唐浩明作品典藏系列

張之洞

（下）

唐浩明 著

SPM
南方出版传媒
广东人民出版社
·广州·

目 录

第三章　血溅变法

第四章　互保东南

第五章　爆炸惨案

第六章　后院起火

第七章　翊赞中枢

第一章 / 与时维新

一　桑治平寄重望于张家二公子

奕䜣的复出，没有给大清帝国的政局以丝毫扭转。百年腐败已经将国势置于危险的巅峰，它以人力不可阻挡的趋势急速滚向灾难的深谷。躲在威海卫海港的北洋舰队剩余的二十多艘战舰，几乎在一夜之间被日本的联合舰队全部摧毁。北洋舰队翼长刘步蟾自杀。北洋水师衙门所在地刘公岛被日军团团围住。提督丁汝昌万般无奈，只得以自杀谢天下，剩下的军舰、炮台及一切军事器械全部落入敌手。以北洋水师衙门的被占、提督殉国为标志，李鸿章苦心经营二十多年、耗资千万两银子的北洋海军，已向国人宣告彻底覆亡。作为海军的核心和灵魂，北洋水师的这个下场，也向世人表明，大清国海军已接近全线崩溃。湘军宿将刘坤一和他所节制的关外六万湘军，也抖不起半点往日的威风，不仅关外军事毫无起色，而且仅仅只六天之内便连失中

庄、营口、田庄台等战略要地。在日本陆军强大的炮火和锋利的武士刀面前，当年耀武扬威的湖湘子弟犹如雪人儿见了太阳似的，立即消融化解，溃不成军。湘军的神话从此扫地以尽。

海陆两军全面失败的残酷事实，击破青年光绪、帝师翁同龢以及朝中那些强烈主战者的幻想及其虚骄侥幸等种种心态，也坚定了慈禧、奕䜣等人的求和选择。奕䜣请求美国公使田贝出面调停。在日本天皇颁发进犯中国的敕书中，本就明确地标明了战争的前后两期。前期的目的是摧毁中国的海军，震动渤海湾，至于打下北京，占领全中国，那是后期的目标。日本鉴于前期目标已达到，遂卖了个人情给美国，接受求和的调停。于是，就有了李鸿章代表朝廷所签订的《马关条约》。这个条约不仅令中国蒙受极大耻辱和损失，也让李鸿章背上了万世不能卸掉的黑锅。中国被迫赔偿军费银二亿两，相当于全国全年财政总收入的两倍多。承认日本对朝鲜的控制，割让辽东半岛、澎湖列岛和台湾岛。辽东半岛的割让引起俄、德、法三国的不满，在三国的干涉下，中国又以三千万两银子的代价赎回，作为回报，又违心地同意俄、德、法三国在此半岛上享有租借军港，修筑铁路，开采矿山的特权。

犹如天崩地震，日亡月殁，又好比昆仑倾圮，黄河倒流，《马关条约》的签订，对大清王国、对中华民族的打击和震动是史无前例、惨痛无比的。

它让大部分中国人深感愤恨，既愤恨这个东洋鬼子的凶残贪婪，又愤恨朝廷的无能软弱，最后又把这种愤恨几乎全集中在李鸿章一个人的身上，众口一词骂他汉奸。昔日红得发紫的一代雄杰，如今落到通国不容的地步。他被革去一切实职，只留下一个文华殿大学士的虚衔，龟缩在贤良寺里，忧郁孤独，门可罗雀。《马关条约》也让不少中国人深感失望，隔海相望的蕞尔小国，历史上从来都是在堂堂大中国的面前低一截矮一头，现在居然可以称王称霸，欲将中国并入它的版图，可见中国如今腐朽到何等地步！人口虽多，却一盘散沙；军队

虽多，却形同乌合。许多人在摇头叹息，在自哀自怜：中国的命运不知将伊于胡底！也有少数强悍者，他们将失望化为怨恨，怨恨慈禧、光绪为首的整个满洲政权。他们认为都是这些关外来的满洲人将中国弄得如此一塌糊涂，使本来辉煌的中华文明蒙羞含垢，所有罪责应由满洲人来承担。自从明崇祯甲申年北京沦落之后，中国实际上已经亡国，中国人至今已做了二百多年的亡国奴，只有驱逐胡虏，才有中国的复兴。他们在暗中结社立会，集聚力量，寻找机会，以四十年前的洪秀全、杨秀清为榜样，揭竿起事，光复汉室。《马关条约》也让不少中国人开始对国家的现状和未来作深入的思索。思索给他们最大的启发是：国家之所以如此受辱，其原盖出于弱，要使由弱到强，除加速发展以军事为主要内容的自强事业外，还要对有碍于自强的各种陈规陋习，乃至律令法则做相应的改变。这一批人多为士林中的热血青年和官场中颇思作为的开明派。张之洞属于这一种人，并因他的地位和办洋务的业绩，成了他们中众望所归的首领。

中国和日本发生冲突以后，张之洞一秉当年清流本性，态度强硬，力主以牙还牙，并主动为朝廷出谋划策，运筹帷幄。高升号运兵船被日军击沉后，其中有五个英国人为此丧生。张之洞向朝廷建议，联合英国一起来谴责日军的暴行。在战争进行过程中，他多次致电李鸿章，向他提出自己的军事建议。威海失手后，他甚至电商自己的老部下现已升为台湾巡抚的唐景崧，请他趁眼下日本国内空虚，派一支舰队奇袭日本本土。可惜，张之洞的这些努力均未奏效，事态的恶化，令他忧虑万分。

在李鸿章赴马关与日本商谈条约时，张之洞多次电奏朝廷，认为日本的条件太苛刻，对此万不可答应，否则中国将从此不能自立。不如拿这些银子购兵舰、募洋将，与倭寇决一死战。条约签订后，他又致电唐景崧和不久前奉命赴台筹办台湾防务的南澳镇总兵刘永福，要他们利用台湾绅民反对割台的民气，拖延交割，以便尽最后的努力，争取国际干涉，不让台湾从祖国的领土中分割出去。然而，张之洞的

这一切努力也都白费了。尤其令他痛心的是，在此生死存亡之际，他曾寄予重望的唐景崧与过去的战友反目，为着个人的权力名位而明争暗斗，不能合作对敌。经过一番反抗、抵御后，唐、刘二人先后渡海回归大陆，台湾被日本强行占领了。谁也没有想到，这一占领便是整整的五十年。

痛定思痛，张之洞认定自强种种，首在强军。受命署理两江后所办的第一件大事，便是组建一支军队，他亲自将这支军队命名自强军。自强军共有前队八营，炮队二营，马队二营，工程队一营，共计近三千人。自强军聘请德国军官为教练，依照德国陆军的操典予以训练。它的区分兵种及各营统一于总指挥的特点，迥异于过去的湘淮军，使之成为一支朝野瞩目的新型军队。建军的同时，他又在江宁创建一所陆军学堂，以便为自强军培养既懂军事又懂外语的新式军官。

看着自强军在一天天长进，张之洞心里高兴。他设想今后还可以在湖北也筹建一支类似的军队。这天晚饭后，随他前来江宁的老友兼亲家桑治平，约他到自己的房里说话。

桑治平寓居督署的房间，在衙门西北角上。三十多年前的两江总督衙门，正是与京师紫禁城拥有同等政治地位的天王府。天王洪秀全请干王洪仁玕依照在香港所见的洋人教堂的样式，为他修造一座小型拜上帝会教堂。这座洋式教堂在王府西北角，全用花岗岩砌就，窗棂上装的是当时最为时髦的彩色玻璃。房顶做成尖尖的塔状，上面有一个铁制的大十字架。上下两层，除开一楼大厅外，楼上楼下共有六个大小单间。这里人迹少，极为安静，洪秀全常在这里做礼拜，读《圣经》。住在这里，他有一种与天父天兄直接对话的感觉。他说的话，天父天兄都能听到。恍恍惚惚中，他也常见天父天兄在向他指示方略，赐予智慧。天王还常常在这里写诗作文，修改增补他的《御制诗文集》。有时，他看中哪个漂亮的女官，也会带到这里来幽会，为的是回避他众多的王娘和进府来请示机宜的列王天将们。

同治三年六月，湘军吉字营的一把大火，将天王府几乎焚烧殆

尽，这座小教堂因为地处偏僻又是岩石建成而幸存。曾国藩将江督衙门从安庆迁回此地后，有人曾建议将这座建筑拆毁，曾国藩制止了。他说一座好好的房子，拆了可惜，留下还可以住人。他只叫人将尖塔和十字架拆掉，因为那是邪教的象征，代之以中国传统的人字形屋顶。也叫人将彩色玻璃取下，那是迷人心性的艳色，代之以中国传统的灰白皮纸。经过改造后的这所房屋，既舒适好用，又平实素朴，曾国藩便将之作为高等驿馆看待，专门接待来两江的朝中贵客。平时无人来则锁起。他自己仍守着湘乡农人似的简朴生活，这座驿馆他一夜也没住过。曾国藩的这个传统一直沿袭下来。数十年来，历任江督都没改变它。桑治平随着张之洞来到江宁后，为着对老友的礼遇，张之洞将他安置在这座署中驿馆里。柴氏夫人半年前过世了，他一人独居。来到江宁后，张之洞给他派了两个仆役，与他同住驿馆，以便随时照顾。

平时，桑治平都过来，与张之洞和大家一起在署中会议厅或书房里议事，这次为何将他请到自己的寓所来呢？在二楼的一间小房子里，落座后，张之洞笑着问："仲子兄，你叫我到这里来做什么？莫非你在这里发现了当年洪秀全的遗物，叫我来悄悄欣赏？"

桑治平也笑了，说："要有长毛遗物，也早叫人搜走了，还轮得到我？"

仆役献上茶后，桑治平叫他们不要再上楼了，他要和总督商谈要事。

"有一桩事，我事前没有和你商量，自作主张地办了，现在来向你请罪。"

"什么事？"张之洞一时摸不着头脑。

"两个月前，我私自要江宁陆军学堂派两个机敏的学生到天津出了一趟差，前几天回来了。"

"到天津去做什么？"

"到天津小站去实地考察一下定武军的训练情况。"

“我以为什么大事！”张之洞莞尔一笑。“这算什么，你不要神神秘秘的，事先告诉我也无妨。”

“我如先告诉你，你一定会说，那有什么可考察的，袁世凯那小子乳臭未干，他能有什么好招。”

“你料定我一定会这样说？”

“你一定会这样说！”

“真的是深知我心！”

二人相视大笑起来。

“你为什么对袁世凯和他的定武军这样感兴趣？”笑完之后，张之洞郑重其事地问。

“香涛兄，这个袁世凯，我已注意多时了。听许多人讲，袁世凯有过人的胆识、气魄和才干，他把定武军训练得有声有色，本想亲自去看看，但我去反而不如陆军学堂的年轻人方便，于是让他们去先瞧瞧。听了他们回来的禀报后，我有些想法，所以请你来这个偏地方好好谈谈。”

看窗外，已正夜色四合了。桑治平起身，将窗帘拉上，室内的西洋玻璃罩大煤油灯光，显得更加明亮而柔和。

去年海战爆发前夕，袁世凯一连二十余通电报请求朝廷增兵朝鲜，但未得一字回音。袁世凯于失望愤慨中私自离开朝鲜回国，向李鸿章哭诉朝鲜局势危在旦夕的实情。李鸿章无力挽救朝鲜的政局，却赏识这位昔日战友的后代的清醒头脑。他为袁世凯担当“私自回国”的责任，向朝廷举荐这个青年才俊。朝廷没有指责袁世凯的擅离职守，比照商务代办的品级，给了他一个浙江温处道道员的官职。但袁世凯不想去浙江，在京城里磨蹭着，等待别的机会。袁世凯的运气好，一个绝好机遇果真让他等到了。一年前属于洋务派系的广西按察使胡燏芬被委以重任，来到天津小站，招募训练新式陆军——定武军，这时他又奉命调任津芦铁路的督办，于是定武军军务处督办一职空缺。袁世凯看中了这个缺。定武军属洋务范畴，李鸿章是全国洋务

的总头领，定武军训练场地在天津小站，属于直隶地面，李鸿章是直隶总督。毫无疑义，对于这支军队，李鸿章异常重视，并握有很大的发言权。于是，袁世凯便向李鸿章请求不去浙江而补这个缺。

李鸿章仔细听取了袁世凯的陈述，面容凝重目光深邃地盯着即将束装就道的温处道员。此人在朝鲜十年，几次平定危局，训练士卒，吃苦耐劳，尤其是极有政治头脑，有预见，判事明晰。十年来，他实际上充当了中国在朝鲜的发言人。此人今年尚只三十五六岁，宽肩厚胸，两腿粗短，正是所谓主富贵的五短身材。特别是那两只眼睛，圆大乌亮，精气四溢，显示出远过常人的机灵和精神。袁家上两代与淮系渊源甚深，可以将他当作淮系后起之秀来培植。李鸿章拍了拍袁世凯肩膀，微笑着说："慰廷，你就准备去补胡燏芬的缺吧。只是到了小站要好好地去干，把定武军训练好，莫给父祖辈丢脸，老夫将寄厚望于你！"

一个月后，袁世凯果然奉旨改派小站定武军军务处督办。出身兵家有过十年行伍经历的袁世凯，深知乱世军队的重要。他一到小站，便把定武军视作自己的性命之所在，以百倍于大清寻常带兵将领的激情，投入到军务之中。

袁世凯到小站不久，定武军的面貌便大有起色。军营号角嘹亮，甲胄鲜明，纪律严格，令行禁止。从将官到士兵，训练时吃苦耐劳，认真负责，直把操场当沙场；不训练时，识字读书，听报告，开演讲会，军营如同学堂。尤其一事他做得最为大胆：原先一千五百人的定武军，半年之后扩大为七千五百人。先前最不起眼的小站，因定武军而弄得名声大噪，引起朝野内外、四面八方的注意，也因此引起了桑治平的注意。

"香涛兄，陆军学堂两个学生在小站住了半个月，受到他们很热情的接待，听了他们回来后讲的所见所闻，我有一些想法。我隐隐约约觉得，这个从朝鲜回来的年轻人，不可小觑，他和他的定武军或许有可能成事。"

“是吗？”张之洞的嘴角边微露冷笑。“我听说袁世凯这家伙是个惹是生非的人。他在朝鲜仗势坐大，不把朝鲜君臣看在眼里，也不把日本看在眼里，这次战争的爆发，有人讲袁世凯负有重大责任，是他激怒了日本人，也得罪朝鲜君臣，把他们推到了日本人那边。”

“这些人说的也可能不无道理，袁世凯或许应该负有某些责任。我们今天不谈这些，我只是觉得袁世凯不是平庸之辈。实在地说，大清官场惹是生非的人并不多，今天官场太多的是平平淡淡、庸碌无为的官吏。它窒息了生机，加重了衰落，这其实更为可怕，更值得忧虑。”

张之洞当然不是一个喜欢平庸的人，他也多次听人夸奖过袁世凯。只是袁世凯没有两榜功名，走的这条发迹之路又不是他心目中的成功大道，说到底，只是不喜欢袁这个人而已。

张之洞说：“当今官场多平庸，你这话说到点子上了。只是袁世凯这个人并没有什么特别过人之处，你为什么对他期许这样高？定武军将有可能成事，我们自强军今后就不能成事吗？”

桑治平笑了笑说：“我今夜特为和你谈谈定武军，正是为了让我们的自强军今后能成大事。”

他收起笑容，面容肃穆地说：“我在隐居古北口的时候，曾花气力研究过历史上的军队。从历朝历代的常规兵制到战争爆发时的临时调遣，从史书上的重大战役到著名的军事将领，尤其是近期的八旗、绿营、湘军、淮军，我都曾对他们倾注过很大的兴趣。这样地研究过后，我有一个认识：凡是能成大事能建奇功的军队，都是统帅个人的私家部队，而不是朝廷的官军。从古时的杨家将、岳家军到现在的湘军、淮军，都可证实我的这个看法。香涛兄，你想过没有，三十年前，建立功勋时的湘淮军，实际上就是曾家军、李家军。”

初听起来这是十足的离经叛道，细想起来却又不无道理。张之洞不露声色地盯着这位一直在辅佐自己却不愿接受任何官职的老友兼亲家，全神贯注地听他说下去。

“我隐隐地感觉到，袁世凯走的是这条路子，也就是说，朝廷的定武军正在被他利用，将慢慢变成袁家军。”

张之洞心里微微怔了一下，问：“你有证据吗？凭什么说定武军将会变成袁家军呢？”

“眼下证据还不够，凭那两个学生半个月的观察，不足以构成凭据。不过，这个是次要的。他袁世凯今后能不能达到这一点，且摆在一边，我以为，他若是有心人，应该这样做，要利用这个大好的机会，来做这件事。”

张之洞似乎听出点名堂来了，他沉住气，再听下去。

“当年我在古北口的时候，村子里的农夫平素务农，冬日里则赶山追兽做猎人。我有一个猎人朋友，他跟我说过这样的话。他说猎人靠的是猎犬。猎犬的作用，平时追赶野兽，危急时则能救援主人，通常的猎人都买未成年的良犬来训育。但他家里却是从自家众多母狗所生的狗崽中，挑选好的来培育，故他家的猎犬比别人家的猎犬更忠心，更护主。这个猎人朋友说的其实是一个很简单的道理：自家的亲，别人的疏。”

桑治平喝了一口茶后，继续说：“这个道理也适用于带兵上。带现有的兵，如同养半大的狗，带自己从无到有组建的军队，好比养自家生的狗，其间是大不相同的。但带兵与养狗又有大不相同之处。家生狗谁家都可以养，但自己组建军队，朝廷决不会允许。非常时期虽可例外，但粮饷的筹集却又大不容易。现在打着朝廷的名义招兵买马，户部解饷，各省供粮，岂不是天赐良机？袁世凯的聪明就在这里，利用这个机会，扩大定武军，同时也就彻底改组了定武军，这支军队实际上是他的家养犬了。他之所以把全副心思投进去，不是他特别地忠诚、特别地要报效朝廷，他是为他自己在做事。你还记得那年广武军二百名军官随船到武昌的事吗？”

“怎么不记得！”张之洞说，“为此还招来一道指摘的上谕。只是后来全力办铁政去了，顾不上办湖北新军，这批人也没好好用。”

“不瞒你说，我当时就藏有远图，只是未向你挑明罢了。六年过去了，那批军官已满身暮气，不能有所指望了。”

桑治平在心里叹了一口气，颇为当年的“远图”未酬而遗憾。张之洞瞪大眼睛看着，等待他的下文。

桑治平压低嗓音：“我们大清国，其实从嘉庆年间开始，就进入了乱世。乱世中靠的什么，就是靠军队，有军队就有名位事业，无军队，则头上的乌纱帽总提在别人的手里。曾国藩当年在江西处于进退维谷的场面，借奔父丧来摆脱困境，但朝廷为什么在守丧仅一年便又叫他复出呢？不是因为他会打仗，而是因为湘军是他的。朝廷起复他，不是看重他曾某一个人，而是看重他手下的十几万湘军。李鸿章为什么能长保富贵尊荣，普天下的清流都骂不倒他，就是因为他手里有一支从淮军转化过来的北洋水陆两支军队。同时代对付长毛的，如袁世凯的叔祖袁甲三为什么四处流动，一事无成，就是因为他手下的军队，不是家生而是抱来的犬。袁世凯正是吸取了他袁家的祖训，改弦易辙，走曾、李的成功之路。”

张之洞听了这一番话后，终于忍不住了：“仲子兄，我明白了你的意思，你是不是要我借着这个好机会，把自强军办成张某人家养的猎犬——张家军？”

“香涛兄，”桑治平面色庄重地说，“我知道，以我们之间十多年的相知和今日的关系，我说的话即便你不赞同甚或反对，都不会怀疑我的用心。”

“这是自然的。”张之洞平静地点了点头。

“那我跟你说几句或许你听了不大顺耳的话。”桑治平有意停了一下，望了一眼坐在对面的儿女亲家，见他在凝神听着，便认真说下去，“自从甲申年来，你致力于洋务事业，将中国徐图自强的希望寄托在你所办的那些洋务局厂上。你的用心很好，为此花费的精力也很令人钦佩，并且已见成效。但说句实在话，里面的问题很多，有人甚至悲观地认为，不要说难以让中国自强，就连这批局厂本身能办得多

久都还成问题。”

张之洞不以为然地说：“这些个话，我也风闻过。但既想要办大事，又想不要听到反对的话，那几乎是不可能的，何况洋务这种自古以来所没办的大事。总不能因有人怀疑，我们就不办了。”

“不是这个意思，我一向都全力支持你办洋务局厂。问题不少也是事实，这桩事今后可以请蔡锡勇、念礽等人来细细商讨，我今夜也不跟你谈这码事。我是说你办局厂是对的，但局势有可能不会让你顺利办下去。”

张之洞盯着桑治平问：

“你这话是什么意思？”

“干脆说白吧！”桑治平略作停顿后蹦出一句硬邦邦的话来。“依我看，局势极不安宁，说不定更大的混乱就要出现。今年春天京师的公车上书，在全国官场士林引起了很大的震撼，朝廷失去威信，民心浮动，这是大乱将至的征兆啊！”

桑治平所说的公车上书，是指的今年春闱前夕，在京应会试的各省举子，听说李鸿章在马关与日本人签订了割地赔款的条约后，群情激愤，在广东举子康有为、梁启超的带领下，一千多名举人集会抗议，又一起来到都察院请代为递交上奏朝廷的万言书，请求朝廷拒绝承认这个卖国的条约。千余公车联名上书，是史无记载的大事。这一事件很快便由京师传遍全国各地，激荡了一股从上到下、从官场到市井的久违的爱国正气，身处江宁的两江总督张之洞怎能不知？当年的清流砥柱是从心底里同情这批公车的热血之举的。不过，他并没有将此与大乱将至联系起来。

张之洞皱着眉头问了一句：“有这么严重吗？”

“我看差不多。”桑治平肯定地说，“大乱来到的时候，局厂还能办下去吗？你再想办也没法办啊，到那时真正管用的是军队。有兵，才可以平乱；带兵的人，才是国家的主心骨。但愿不再有长毛、捻子的事出现，如果万一出现这种不幸的局面，我不希望看到袁世凯

和他的定武军独占风光，我盼望你能做当年的曾国藩、李鸿章，自强军就是昔日的湘军、淮军。”

“你是叫我不要做别的事情了，就像过去的曾国藩，现在的袁世凯一样，全副心思来办自强军？”

桑治平慢慢地说：“我想，你也可以这样去做，把洋务交给别人，而自己一心一意办军队，把自强军牢牢地握在您的手里。”

“我今年五十八岁了，曾国藩办湘军时才刚过四十，袁世凯只有三十五六岁，我这把年纪了，能和他们比吗？能天天跟那些小伙子们一道去操练演习吗？”

“你可以不和他们一道上操场，但你可以和他们一起住营房，如果你去的话，我陪你去住。”

张之洞笑了，说：“那也不行。曾国藩那时只有办湘军一件事，袁世凯也只有一个督办军务的专职，我身为湖督又身兼江督，我怎么可以甩得开！”

“其实呀，只要你有心，这些事都有办法可想。你可以在自强军营里住上半年，这半年里湖督江督的一般事务都委托给别人，特别重要的事才亲自办，不会误事的。”

“难道说离开督署住军营，就可以将自强军掌握在自己的手里吗？”

“当然不是这么简单。”桑治平摸了摸下巴说，“掌握一支军队，关键在于控制这支军队的高级军官。你在军营住上一段时期，与军营建立一种水乳交融的关系，然后在这中间去物色去培养自己的人。若督办处的各位督办、协办，各营的管带都是你一手选拔提升的人，而不是现在的状况：督办由江苏提督兼任，协办是他的多年袍泽，各营管带及哨官都由协办任命。彻底改变这个状况之后，才可以说自强军是你的了。”

张之洞陷入了思索。桑治平这个设想是很对的：现在的自强军虽是经自己的手募集的，但名义上是朝廷的军队，实质上也还是在江

苏提督的手中，自己不过是公事公办；倘若不再呆在江宁，这支新式军队，也跟现行的绿营一样，与自己就无半点联系。世道乱时，不要说听你的号令去冲锋陷阵，即便让它为你办一丁点小事，也不可能做到。但是，让自己放下这大帅的地位，去做一个只有三千人的自强军的将领，张之洞却不屑于这样做。再说，这种越俎代庖的事，明显地违背了朝廷的制度。世道尚未乱，一道道大清律令摆在那里，倘若有人告你一个私营军队的罪名，也是一桩难以纠缠的官司案。想到这里，张之洞说：

“仲子兄，我已经老了，没有亲自指挥一支军队的魄力了。我只是想为朝廷做一点强国强兵的实事，也不想把这支自强军当作个人的军事力量。这或许会令你失望，但这也是无可奈何的事。”说完，长长地吁了一口气。

这的确令桑治平大为失望，端茶杯的右手在半途中停住了。他凝眸望着眼前的署理两江总督，似乎第一次有了这样的印象：他的确是老了！差不多白完了的发辫、胡须，就像制麻局里堆放的那些苎麻，零乱而没有光泽；瘦长多皱的脸庞，好比从热炕灰里扒出的一只煨白薯，惨惨的而没有血色；矮小单薄的身体靠在藤椅上，如同一个十五六岁的小孩，因没有发育成熟而显得很不起眼。平时似乎不是这样的呀！须发虽白而面皮红润，身材虽小却虎虎有威。今夜怎么这等委琐而庸常！

桑治平在心里叹了一口气后说：“香涛兄，这些年的操劳的确耗费了你不少心血，以望六之年来亲领虎符，是有不少难处。我今夜向你提出一个要求，请你万不要瞻前顾后而不接受。”

要求？这么多年来，桑治平可从来没有提什么要求呀！“什么要求，你只管说，我们之间是什么关系呀，你所想要的，我还不尽力而为吗？”

桑治平浅浅一笑，说：“再过三个月，仁梃就要从武昌自强学堂毕业。我请你派他到自强军去，先做个队官，一年半载后升个营官，

日后让他代替你来掌管自强军。”

婚后，仁梃进了武昌自强学堂，系统地学习英文、测算、机器制造等西洋实学。张之洞和桑治平都深感自己不懂西学，有意让儿辈弥补这一绝大遗憾。原本让仁梃毕业后进铁政局，跟着蔡锡勇、陈念礽他们学洋务实业，这是张之洞和桑治平的共同愿望。在张之洞断然拒绝自领自强军的这一刻，桑治平突然冒出一个想法来：让仁梃来做这桩事，比起父亲来，仁梃自有许多不及之处，但同样也有许多超过之处。仁梃身材虽不高大，但他自小跟着桑治平学过不少拳脚功夫，身子矫健、灵活，宜于武事。虽没系统学过军事，但他懂洋文洋学，德国的操典，英国的武器，他只要去学，就会比别人快十倍百倍。更重要的是，他只有二十五岁，如一轮初出地平线的朝阳，霞光万道，前途无限，已到望六之年的父亲和岳父哪里可望其项背！

“让仁梃到自强军去，这事我倒没想过，如果他愿意，也是可以的。”张之洞捋了捋长须。“不过，他在武昌学的不是军事，一到军营便做队官，也不合适，人家会说他仗老子的势力。”

桑治平说：“不说别的，就凭仁梃一口流利的英语和他的测算学问，在五六十个自强军营、队官中就无人可比。仁梃缺的是军事方面的常识，可以先让他做个见习队官，过几个月再补实缺。若让他从士兵做起，何时才能走到掌管自强军这一步？”

“你不要因为仁梃是你的女婿，你就偏爱他，袒护他，我倒是并没有看出他有哪些过人的地方。你对他的期望是不是太高了？”

“仁梃是不是有过人之处，暂且不说，首要的是培养他，这是至关重大的事。这一点，近世唯曾国藩看得最透，做得最好。他说过，只要有中等之资质，若加以良好的培植，让他有充分施展才能的机会，就可望做出大事业来。反之，一个有上等资质的人，若不幸而沉沦淹没的话，他也会一事无成。对曾国藩的这番话，我是深为赞同的。世间聪明人很多，能干出事业来的，不过千分之一、万分之一罢了，绝大多数的人都沉没了，真令人痛惜。你的部属学生，你都着意

培植，为他们创造一个好的环境，难道对自己的儿子就如此苛求薄待吗？”

张之洞哈哈大笑：“仁梃有你这样偏袒他的岳翁，真是他的福气。好吧，就按你的办，让他到自强军。但有一个条件，先得在江宁陆军学堂读半年书，然后按别人一样的待遇，先做见习队官。他若真有才干，再循级提拔，千万不要揠苗助长，爱之反而害之。”

桑治平寄厚望于女婿，殷切期盼他尽快长成一株能挡风雨的大树。不料，风云难测，祸福相倚，因仁梃的来到江宁，反而铸成桑治平一生痛悔不已的大错！

二　桑治平决定跳出名利场，与初恋情人一道融入天地造化之中

仁梃在江宁陆军学堂仅仅学了三个月的军事学，江苏提督自强军督办程世寿为讨好制台大人，便将仁梃安置在最时髦的炮兵营中做一名见习队官。炮兵营共有二百五十余人，分为四个队：两个炮兵队，一个运输队，一个工兵队。炮兵营的管带林志宏原本就是江苏绿营的一个都司，曾由刘坤一派往德国学过半年的炮兵，会讲一点德国话，是个心高气傲的年轻军官。他任自强军的炮兵营管带，是程世寿的提拔。在林志宏的心目中，于他有恩的只有两个人，一个是原江督刘坤一，另一个就是程世寿，对于张之洞，他并无私人感情。张仁梃在江宁陆校只呆了三个月，便到炮兵营任见习队官，他对此颇有看法。看在程世寿的面子上，他没有拒绝；但对仁梃，他却以通常的仗父势的衙内视之，心里有着很深的偏见。炮兵营四个队，实际上是三个等级。两个炮兵队是第一等级。炮兵技术性强，招募时较严，待遇也较好。其次为运输队。最差的是工兵队，说起来也是当兵吃粮，其实干的全是挖土垒石头等粗活重活。故而工兵队招募条件宽松，只要是年

轻有力气就行了。这里的四十几号人，多来自山野鄙夫市井游民和别的绿营中开缺的兵油子，最是散漫混乱难得管理。刚好原队官丧母请了几个月假回籍去了，于是林志宏便把仁梃派到工兵队，有意将这个癞痢头交给他剃。

仁梃少不更事，不知工兵队里如此复杂。他一到队便立即对相沿成习的懒散漫漶的风气予以坚决整顿，严厉声称：自强军乃新式军队，为国家强大的希望之所在，决不允许八旗绿营中的那种军营暮气在工兵队中出现。仁梃以年轻人的热血之气对待自己的职守，也决心把工兵队改造好，以此打下在自强军的基础。他规定了严明的纪律。自己住在营房里，与工兵队的士兵们一起操练、演习、出勤、办差，毫不含糊。仁梃的小家虽然就安置在督署衙门内，从雨花台驻地回家也不过两个小时，他也只是半月才回家一次。仁梃在工兵队的表现，父亲、岳父甚是赞赏，工兵队里那些散漫惯了的兵痞子们，却极不满意。

工兵队里有三个最烦人的癞痢头。一个是四川人，姓魏，排行老幺，人称魏幺爹。一个是安徽人，姓罗，排行老二，人称罗二。一个姓于，江宁本地人，一脸麻子，人称于麻子。

魏幺爹四十多岁的年纪，十五六岁时由一个做袍哥小头目的远房亲戚带到湘军鲍超的部下，过了近三十年的军营生活，是个十足的兵油子。魏幺爹也没有娶妻小，时常找一些易到手的寡妇混混，几十年的饷银结余便都流入到那些寡妇手里，自己也并没有什么积蓄。罗二家住皖北，八九岁就跟着做私盐贩子的父亲走南闯北，现虽只有二十八岁，却也是一个天不怕地不怕的无赖。于麻子才二十岁出头，是个好吃懒做的混虫。魏幺爹把袍哥的那一套带进工兵队，对罗二、于麻子说，人的力量在于结团伙，当年湘军里袍哥会里的爷们，在军营称王称霸，连曾国藩都拿他们头痛。我们三个若结成团伙，就力量大了，谁都不能欺侮我们，工兵队里明里听队官的，暗里掌舵的就是我们。罗二、于麻子都拥护，于是三人结了拜把兄弟，魏做老大，罗

做老二，于麻子做老三。

这三人连成一气后，果然力大气粗，工兵队里那些散兵游勇都怕了他们。队官真的拿他们没办法。张仁梃整顿工兵队，最先得罪的便是这三个袍哥兄弟。

这一天，张仁梃将工兵队带出营房十里外的一个荒山坡上，作一次筑炮台的实战训练。将四十五个士兵分成三组，每组筑一座炮台，三天内筑成。夜晚就住在临时支的帐篷里，不得回营房。

这是一桩苦差事，士兵们心里都不情愿，但又不能反对，只得硬着头皮去干。第一天下来，三个炮台都只挖了几尺深的脚基，炮台连个影子都没有。如果按这样的速度下去，五六天都不一定筑得起。张仁梃心里焦急，训骂督促都不顶事。第二天一整天，才勉强砌上三尺高的墙脚基石。三个炮台上的人像商量好了似的，一样的懒懒洋洋、拖拖拉拉。张仁梃气极了，寻思着如何来扭转这个局面。

魏幺爹新近在营房边又勾搭上一个三十来岁的小寡妇，两人正在热火的时候。魏幺爹每天晚上都要去那小寡妇家里歇上大半宿，天快亮时才回营房。众人都怕他，明知他这档子事也不敢举报。魏幺爹在帐篷里接连独睡了两个夜晚，心火烧得燎燎的，实在忍受不住了。这天刚吃完晚饭，他跟罗二、于麻子打了声招呼，便急急忙忙地赶回雨花台，一头钻进小寡妇的家。

第二天早上，三个炮台上的人已上个把小时的工了，还不见魏幺爹来，罗二、于麻子也替他着急。这时，张仁梃来到炮台监工，见缺了魏幺爹，便问他的棚长，棚长答不知，又问他昨夜在帐篷里睡没有，棚长答不在。张仁梃立时恼怒起来，心里想，正要找只鸡来杀给猴子们看看，不料恰好出了一只，非得好好惩罚不可。正在这时，他远远地看见魏幺爹向工地这边奔了过来。张仁梃迎了过去，喝道："姓魏的，你给我站住！"

魏幺爹一怔，身不由己地停了下来。

"你昨夜到哪里去了？"

魏幺爹在路上已想好一个对策，答道："报告张队官，我昨天拉肚子，回营房拿止泻药去了。"

"止泻药呢？"张仁梃沉下脸来。

魏幺爹没有想到刚到炮台边便被截住，更没有想到这个张队官如此认真，两只手在身上胡乱摸了几下后说："报告队官，我是一路跑来的，药包在路上给跑丢了。"

"这是什么？"

魏幺爹在上衣口袋里东摸西摸的时候，不小心带出了一角彩色丝绢。张仁梃走上前，一把将丝绢从口袋里扯了出来，却原来是一方粉红色的手帕；顺手抖了抖，那手帕上绣了些荷花莲叶游鱼等图案。

旁边围观的工兵队一阵狂笑起来。这都是些想女人想得发疯的兵痞子们，见了这种女人的东西，无异于猫闻到了鱼腥，一个个大受刺激，探头探脑的，龇牙咧嘴的，口角流涎的，搔头抓腿的，真个是丑态百出，妒意横生。有两个平时对魏大恨得要死，但又畏惮不敢公开发作的兵丁，此时仿佛找到了报复机会，又觉得有靠山在后，平添了几分胆气，在人堆里小声骂道："这个狗娘养的，老子们在流黑汗，他倒去嫖婊子去了。割了他的鸡巴，看他还有这份骚劲没有！"

张仁梃听到了骂声，知有人在支持他，劲头更足了。他对着身边的棚长下令："把他给捆起来！"

棚长拿了根绳子，走到魏幺爹身边，见魏幺爹鼓着眼睛望着他，赔着笑低声说："上司差遣，身不由己，你老委屈下。"

魏幺爹发作不得，只得服服帖帖地给捆了。

张仁梃指了指前面一棵歪干松树说："把他捆在那里，晒一天太阳，谁也不能给他一口饭一口水，让他结结实实地吃点苦头。"又指着棚长说，"你给我守着，若有人敢违背我的命令，军法处置，决不讲情面。"

张仁梃听到人群中有人在说"办得好"，"还是张队官厉害"，心里颇为自得。

正是五月末的时候，天气已经很热了，捆绑在松树干上的魏幺爹，被太阳晒得汗如雨淋，身上脸上蚊虫叮咬，两只手被牢牢捆住，动弹不得，又无饭吃，又无水喝，到了下午便头发昏，眼发黑，整个人都蔫搭了。幸而他的两位把兄弟趁着棚长撒尿离开的空隙，送几次水给他喝，不然，这个年过四十的老兵油子真挺不过来。直到天黑，才解除处罚，喝水吃了点饭，魏幺爹仿佛有种从鬼门关里打了个转身的感觉。张仁梃如此狠狠地治了下魏幺爹后，果然让那些士兵亲眼看到这个公子哥儿出身的见习队官不好惹，施工时再也不敢偷懒，都拼命干活，前两天的误工被夺回来，三个炮台只延误半天时间，终于修筑成功了。张仁梃初战告捷，却不料因此埋下祸根。

回到雨花台驻地后，魏幺爹做东，请两个把兄弟喝酒，表示谢意。酒席间，魏幺爹谈起那天的受苦受辱，对张仁梃恨得咬牙切齿，要两个把兄弟帮忙出个主意，报这一箭之仇。三颗脑袋凑在一起嘀咕了好长一会，终于设下一条毒计来。

过了几天，便是五月份的休沐之日。当时一般衙门是每旬一个休沐日，军营严些，半月一个休沐日，通常安排在十五和三十两天。休沐日军营放假，士兵们也可进城去买点东西或下馆子。

仁梃平时住军营，一个月内也只有这两天才回到督署去看望父亲和妻儿。这次仁梃特别想快点回去，因为上次休沐日刚好有急务，他没有回家，有一个月未见妻子和刚生下两个月的儿子了。儿子白白胖胖的，特别逗他喜爱。想起美丽的妻子和憨稚的儿子，仁梃的心里就布满了温馨。下午，他匆匆和士兵们一道吃完晚饭后，便急忙离开军营，进城回家。

来到朱雀巷附近，被两个从后面追来的人赶上。

“张队官，远远地看着像你，原来果然是你，回家去呀！”

张仁梃一看说话的是于麻子，遂点点头打招呼：“进城来啦！”

“张队官，今天是我的生日，特为邀小于子来喝杯酒，没想到在这里碰到您，真是万幸。”

张仁梃转眼看时，说话的是罗二，笑笑地说：“喔，今天是你的生日，祝贺你呀，二十几啦？”

“二十八岁啦！”罗二咧开嘴笑了笑说，“张队官，您一定要赏我一个脸，答应和我们喝两杯。”

张仁梃为难了。他巴不得下一步脚迈过的就是自家的门槛，哪有心思在这里和这两个他实在看不上眼的小兵一起喝酒。“过两天吧，过两天我们再喝！”

“你规定的，军营不能喝酒，过两天怎么能喝？”

“张队官，你是看不起我们这些丘八吧，不肯赏脸！”

“张队官，要是平时呀，我们也不敢斗胆请您喝酒。今天是生日，又恰巧在这里碰上了，您不喝，也太看不起我们了。”

于麻子、罗二一人一句，说得张仁梃犹豫了。带兵还得要爱兵呀，这是岳父大人一再叮嘱的。爱兵如子，这是历代名将的共同特点。有儿子过生日，做父亲的不庆贺吗？何况在城里这样巧遇，不和他们喝两杯，也是说不过去的。

张仁梃答应了。二人兴高采烈，拥着队官走进旁边的一家小酒店。罗二、于麻子一边说着奉承话，一边劝酒。仁梃毕竟只有二十五六岁，经不起如此劝，几杯酒下肚便失了分寸。三人你一杯我一杯，直喝了个把小时，都有七八分醉了。仁梃也不想喝了，迈出酒店门槛时，脚步有点趔趔趄趄的，于是，罗、于二人一人一边搀扶着仁梃往督署走去。快到督署大门时，罗、于二人说：“衙门我们进不去，张队官您自己走吧，我们就此告辞回营房了。”

这一路被风吹着，仁梃觉得酒醒了许多，便说：“不要你们送了，你们赶紧回去吧！”

仁梃走进督署时，守门的卫兵见二公子走路有点歪斜，忙过去扶他，闻着满嘴酒气，知他喝了不少酒，关心地问：“醉没醉，要不要扶？”

仁梃不想让督署卫兵知道他喝醉了酒，便挥手说：“我没醉，不

要你们扶。”

说罢，径直向里面走去。卫兵见状，也没有再去搀扶他。两江总督衙门的西面，三十年前是天王洪秀全的西花园。西花园里有一个人工挖掘出的池塘。这口池塘又大又深，里面种着荷花，养着各种名贵的观赏鱼，池塘里还有一艘硕大的石舫，通过一座九曲回栏与岸边联系着。池塘与石舫给西花园增添了许多美色。因此，尽管是长毛头子留下的东西，大清的历届总督都笑纳不废。仁梃的家便在这池塘的北边。

当下，仁梃沿着这熟悉的池边小路向家里走去，冷不防，从花草丛中钻出一个身着夜行服的蒙面人来。

那人从背后没发出一点声音地来到仁梃的身边，待到仁梃发现有人时，他早已被那人举了起来，没来得及叫喊，便被投入池塘深处。仁梃本不会游水，又加之喝醉了酒，浑身无力。他在池塘上上下下地窜了几下后便沉了下去。可怜一个前途似锦的制台公子，一个闺中娇妻稚子盼归的年轻男人，便这样在自家门前的池塘里活活地被淹死了。

第二天中午，当仁梃的尸体浮出水面时，整个总督衙门立刻像满锅沸水似的闹腾起来。张之洞闻讯赶到池塘边时，桑燕早已哭倒在丈夫的身边，晕死过去。桑治平也是老泪纵横，紧紧地握住女婿那早已僵冷的双手。看着一个月前尚神采飞扬地对他讲述自强军内的种种状况，对自己的见习队官业绩充满信心的儿子，如今却这样全身浮肿，脸色铁青地凶死在衙门里，张之洞只叫了声“梃儿，你怎么会这样”，便立时觉得天旋地转，眼前一阵发黑，颓然倒地。

醒过来的时候，张之洞已躺在自家的床上，旁边围满了人。他的情绪已安定许多。

他望着佩玉问：“虎子妈怎样？”

虎子是仁梃出生才两个月的儿子的乳名。

佩玉道：“她昏睡在床上，还没醒过来。”

张之洞又转眼对女儿说："我这里没事，你和你姨这几天都到你二哥屋里去，照顾你嫂子和侄儿。"

准儿含着眼泪点了点头。

看到大根在旁边。他对大根说："仁梃怎么会死在池塘里，你代我去请江宁县令一定要查清楚。"

"四叔，"大根走前一步说，"昨天下午，江宁藩台、江宁县令都来了，还带了一批仵作，将二少爷全身细细地看了。二少爷身上有很重的酒气，头部、喉部、胸腰部这些要害的地方，也没发现被击打的痕迹。仵作们说，初步估计，二少爷可能是喝多了酒，失足摔到池塘里去了。又据门卫说，他们是昨夜十一点多钟看到二少爷回来的，满嘴酒气，走路也走不太稳，要扶他不让扶。"

张之洞闭着眼睛，一滴滴浑浊的泪水从眼眶里不停地流出。好长一会儿，他才将督署总巡捕叫到跟前说："你去对江宁藩司和江宁县令说，此事不要闹得满城风雨了，有人问起来就说是失足落水的。只是仁梃死得很蹊跷，他一向不多喝酒，怎么会醉到这种地步？他说工兵队复杂，要下死力整顿，是不是得罪了人，别人有意害了他？这事没有根据不能乱说，还请江宁县和自强军督办处一道去细细查访。"

总巡捕安慰道："大人好好将息，要为国家保重。二公子的事，我一定会叫江宁县和自强军严密查访，弄个水落石出。"

仁梃的葬礼完后，大根带着一班子人将他的灵柩运回南皮原籍落葬。

那夜将仁梃丢下池塘的蒙面人正是魏幺爹。这个老兵油子犯下这桩伤天害理的事竟然如同无事一般，依然和他的两个把兄弟在工兵队里吃喝混日子。江宁县和自强军督办处密查暗访了好一阵子，也没有查出什么线索来，遂一致认为张仁梃是酒醉落水，与旁人无干。这桩督署衙门的大奇事，风风雨雨半个月后，也便渐渐平息了。

除老父、娇妻外，仁梃的死还给另一个人的心灵以沉重的打击，此人便是他的师傅、岳翁桑治平。十年师生，本已情同父子，这三年

来又做了女儿的丈夫、外孙的父亲，情谊加上血脉之间的联系，使得桑治平悲痛不已。桑治平在仁梃的身上，寄托了重大的期许。

刚离开古北口，跟随张之洞来到山西的那几年，桑治平对自己仍抱着很大的信心；相信可以借助张之洞的权位来施展自己钻研多年的管桑之学，趁着眼下年岁尚不大精力尚充沛的有利时机，再拼搏一次，以期不负平生。

来到两广后，张之洞力倡洋务，在念礽等一批从欧美回国的留学生面前，尤其在后来办铁厂、枪炮厂，办布纱丝麻四局等洋务局厂的过程中，桑治平强烈地感到了自己与念礽等人之间的距离。这距离不仅是两辈人之间的代沟，更是中国传统治术与西方科技之间的巨大差异。桑治平常常想：导中国于富强的，看来应是来自西方的那一套学问，不可能再是中国的传统治术；包括自己多年来所潜心探索的管桑之学在内，或许都要向西学洋技让步了。

每当这种时候，桑治平心中常会涌出一股浓重迷茫感和失落感，也因此而萌生过再度归隐的念头。然而桑治平毕竟没有归去，一个重要的原因便是为着仁梃。

桑治平想：自己是年岁偏大，不可能再攻西学洋技了，但仁梃还不到二十岁呀，他还可以学洋文读西书，以后中西会通、华洋兼资是能做出一番大事业来的。为国家造就一个人才，为自己赢得良师的称赞，这不也是中国士人的美好抱负吗？为此，他把尚在度蜜月的女婿亲手送到了武昌自强学堂，让他拜红毛蓝眼睛的洋人为师，读英文，学测算制造。女婿在洋学上的长进，使桑治平看到了未来的希望。但是也就在这几年里，念礽对湖北洋务局厂的批评，又常令他忧虑。

念礽多次在他面前讲铁厂枪炮厂的弊病：贪污、浪费、懒散、无序、人浮于事、裙带风气重，这些弊病正在吞食局厂的躯体，污染局厂的光彩。员工大部分不懂技术，扼控局厂大权的又都是些不知管理只想做官的候补道府，再加之湖北官场，从巡抚到州县，真正支持办洋务的人寥寥无几，不敢公开反对，只是碍着一个张大人而已。念礽

常常感叹：中国的洋务事业，好比一只黑夜航行在大海中的木板船，没有光明，没有导航灯，风浪大，自身能力小又孤单无援，走一步算一步，随时都有被风浪打翻的可能，前景实在渺茫得很。

桑治平听到这些话后，对眼下红红火火的湖北洋务，常会无端冒出火灭政息的预感来。

去年秋冬的战事和今春京师的公车上书，更给桑治平敲起了警钟。一次割地三大岛，一次赔款相当于全国两年的收入，京师辇毂之地，千余名应试举子集体抗议朝廷。这三件事，都是史无先例的。而就在举国悲愤的时候，颐和园的太后六十大寿庆典，依旧靡费奢豪地如期举行。日本的太后是卖掉首饰买军舰，中国的太后是用买军舰的银子来修园子，而且一天四万两银子的花费。这个老太婆，半月就要花费掉一艘吉野号，两个月就要花费掉一艘超级主力舰，一年就要花费掉一支全国性的海军。

有如此太后在朝，绝不可能建成同仇敌忾、共赴国难的气氛，只能促成亡国败家、改朝换代！大清国或许不久就会有大乱，乱世中谁还来办洋务局厂？那时要的是军队。当张之洞署理两江、办起江苏自强军时，桑治平就想过，应该劝张之洞效法当年的曾国藩，将自强军牢牢控制在自己的手里，若大帅本人不愿意，则由少帅去代行其职！

仁梃当自强军队官的那几个月，是桑治平近年来最为欣慰的日子，谁知飞来横祸，夺走了未来自强军统帅的年轻生命！

桑治平终于病倒了。病榻上的桑治平思前想后，心中满是怆伤。他不止一次地扪心自问：这该不是上天在警示我，济世之梦不要再做了？

一生以功名事业为追求目标的桑治平，在大梦初觉的日子里，一面与宏抱伟图渐离渐远，一面却对情感世界的向往与日俱增。

柴氏去世又将近一年了。回忆与柴氏结缡的二十五年岁月，他发现，于柴氏，居家过日子的成分多，爱恋的成分少。

他一生真正眷恋的历时愈久思念愈深，常常是无须想起便悄然袭

人心头的，却是在他情窦初开时，那个肃府小丫鬟送给他的含情脉脉的目光和纯情少女的温馨。在刀光剑影的热河行宫，在漂泊寻觅的孤旅村舍，这目光和温馨，常常会不期而然地浮出，成为前行的动力，中宵的慰藉，有时，甚至会是他生命的全部。就在与柴氏做夫妻的年代里，它有时也会像遥远天际边的一点星光，向他闪烁着神秘的魅力，令他生发出一股急欲奔去的冲动。

真是皇天不负有心人，终于有了香山城的巧遇。当看到秋菱为他做的二十四双鞋的时候，尤其是当他得知念礽是自己的儿子和为了这个儿子，秋菱屈身做妾和年轻守寡的坎坷经历时，桑治平的心被重重地震撼了。

他全身充满着被爱的幸福，感受到两情相爱的真挚与久长；然而，他为此也增添了深重的不安：今生今世，对秋菱的亏欠太多太多了！

他恨不得立即就与秋菱破镜重圆，再谱一段有情人终成眷属的佳话。但他不能这样做，因为他有柴氏在室，他不能因一个女人而去伤害另一个女人。就这样伸手便可得到的熟果，又眼睁睁地看着它悬挂在枝头，一拖就是七八年了。如今柴氏已谢世，障碍已消除，若依旧让两颗火热的心各自凉着，这一辈子还圆不圆梦，“弥补亏欠”云云，岂不成了空话？

桑治平借江督提塘处向香山县发了一封急函，仍与小儿子一道住在香山县城的秋菱很快便收到了这封信。

秋菱早已从念礽的来信中知道仁梃淹死的事，但她不知道桑治平为此已在病榻上躺了三个月。此刻的他需要自己到江宁去陪陪，秋菱还有什么犹豫顾忌的？她让小儿子送到广州，然后自个儿在广州搭乘一艘直接驶达江宁的海轮。经过半个月的海浪颠簸，终于抵达江宁，在苍茫夜色中来到桑治平的身边。

与上次相比，病中的桑治平明显地消瘦了，唯独两只眼睛依旧明亮清澈，与三十多年前的肃府西席没有多大区别。秋菱急切地问：

“哥，你害的是什么病？”

“哥”，这一声当年在肃府中背着人被秋菱叫了千百遍的称呼，今天再次响在桑治平的耳畔，令他激动难抑，三十多年前的岁月，仿佛被这一声轻轻的呼唤给唤回来了：他们携手回到了肃府的初恋时代，回到了那个奔腾着热血与情爱的秋夜……

五十出头的秋菱虽身板依然硬朗，但面容到底没有过去的细嫩、鲜亮了。岁月就像无形的霜风，吹干了人身的精血，凋零着人生的青春。一股更强烈的珍惜生命、把握幸福的意念在桑治平的心中油然而生。害的什么病？这病可多啦，有对仁梃的痛惜，有对事业的迷惘，有对来日苦短的忧虑，更有对多舛命运的哀伤。总之，害的不是身病而是心病。他希望在今后，再慢慢地与她诉说衷肠，而眼下，他更希望秋菱能和他一道去选择一种全新的人生暮年。

“我害的病，连医生也说不清楚。这些天已好多了，此刻见到你，差不多就全好了。”桑治平望着秋菱，两眼流露出喜悦和兴奋：“秋菱，你一路上受了许多辛苦，你不会怨我千里迢迢叫你来，太过分了吧！”

“看你说的！”秋菱轻声地说，“嫂子不在了，你在病中能想起我，这是你心里有我，我哪能不来？莫说江宁还不太远，即便是关外、西北，我也会恨不得插上翅膀，马上就飞到你的身边。”

“谢谢你。”或许心中太激动，也或许是大病初愈，腿脚乏力，桑治平两腿微微发抖，半天挪不开步伐。秋菱忙跨过一步扶着他。

“秋菱！”桑治平伸过手去，将秋菱的双手紧紧地握住。这双手，曾经是那样的丰润柔软，那样的温馨可人，而今尽管已没有过去的光泽和细腻，但它温情依然，馨香犹存！摸着它，桑治平的心中充满暖意，全身的活力在瞬间已被激发。

秋菱没有将手从桑治平的手中抽出。在桑治平的抚摸中，秋菱感受到爱意的绵远，青春的复苏。在大变突来后的惊恐日子里，在三十多年空落苦寂的岁月里，秋菱曾无数次地渴望得到桑治平有力的

支撑、爱的滋润，也曾千百次地梦见两个有情人紧紧地依偎着、幻想着，但今天，当这一切都真实地出现在眼前的时候，却又因过分的激动而心绪慌乱，不知所措。

二人相向而坐，思绪万千，却一时无言。

“秋菱，”沉默好一阵后，桑治平先开了口，“那年念礽结婚时，我特为换上在香山拿的那双鞋，你注意过没有？”

秋菱点了一下头，心中蜜蜜融融的。

“你为我去热河做的那双鞋，我一直舍不得穿。我现在穿给你看。”

桑治平说着，从身后柜子里取出一个布包来。秋菱眼睛一亮，这块蓝底白花家织布，正是当年她亲手从箱子里挑出用来包鞋的，想不到，三十多年后再次见到它，依然光鲜如新！

打开蓝布包，里面露出一双男式布鞋来。这双她一针一线饱含着情与爱所纳出的鞋子，鞋底仍然白净无染，显然还从没有穿过。鞋子依旧，纳鞋的人却再也不是当年的妙龄少女了。重睹旧物的一刹那间，秋菱有一股悲凉的沧桑感。

桑治平慢慢地换上新鞋，然后离开椅子站起来。在秋菱的搀扶下，来回踱了几步。

“秋菱，这鞋子穿在我的脚上好看吗？”

一股从心灵深处涌出来的笑意，布在秋菱那被岁月剥蚀被海风吹皱的脸上。她轻轻地点了点头，却没有说一个字。

蓝花布包的这双布鞋，其实包的是秋菱的一颗心，是秋菱当年的青春憧憬。她想象着：等他一回来，便和他商量婚嫁的事情，由他向肃相去请求。若肃相宽宏大量的话，是可以放她出相府的。若肃相不同意的话，她就向肃相请求，以公子考取秀才作为交换条件：明年公子考取秀才了，不要任何酬劳，只要放她出去就行了。她相信对他来说，这不是难事。从小失去家庭欢乐的穷苦丫头，是多么渴望得到爱情，盼望有一个属于自己的小家啊！谁知世事竟如此不可预料，人

生的遭遇竟是如此坎坷。热河行宫的那场政变，不仅摧毁了煊赫一时的肃府，也打碎了她的美好追求。她突然觉得自己好比一个遇到灾难的船客。大船沉没了，她成了一个无辜的受难者，是死是活，漂向何方，归于何处，都只能闭着眼睛听天由命。虽说后来没有死，也有了丈夫和家，但这一切都不是当初的设想。就像鱼翅和粉条一样，看起来相差无几，亲口品尝者则知道滋味是根本不同的。

就在彻底绝望的时候，香山巧遇，带给她无比的惊喜。她也曾因此燃起过一星圆梦的火苗，但无情的现实很快便将这火苗给浇灭了。“能够有这样的结局，也算苍天没有亏待自己了。”这些年来，秋菱在每一次的思念之后，便都这样自我安慰着。

“歇一会儿吧！”秋菱将桑治平扶到椅子边。“你病还未全好呢！”

“秋菱，”桑治平望着坐在对面的梦中情人，深情地说，“你这次就别回香山去了，我们结合吧！让我伴着你，也让你伴着我，共同酿造一段美好的晚年吧！”

秋菱先是一愣，随即便是酸甜苦辣种种况味一齐涌上心头。盼了多少年，终于盼到了这一天。这句本是三十多年前就应说出的话，却因别人的争权夺利而推迟到今日，本应是“美好人生”，却变成了“美好晚年”！

这是甜，还是苦？这是幸福，还是不幸？望着窗外的那轮明月，它依然如当年一样的皎洁明亮。月亮呀月亮，三十多年，在你不过一眨眼工夫，但对一个人来说，它却是半辈子！

秋菱的眼眶里泪水涟涟，好半天，她才说了一句：“都已经是五六十岁的人了，还要结合吗？”

“要，要！”桑治平连连说，“就算活到八十岁吧，也还有二十多年的日子哩。陈酒要比新酒香，夕阳更比朝阳美，我们好好合计下，把这二十多年的日子安排得快快乐乐的。”

秋菱抹掉眼角边的泪水，说：“怎么安排法，你说给我听听。”

“首先，我要辞掉这份幕友差使。”

“辞职？”秋菱有点惊讶。“张大人会同意吗？”

“我要说服他同意。”桑治平郑重地说，“我在名利圈子里兜了大半辈子，越到后来越觉得这个圈子其实很窄，人只有跳出名利场，才会领略到天地的宽阔。离开肃府后我在大江南北漫游了好几年，看到了宇宙的壮美、山川的雄奇，只是因为心里总在想着找你，没有很好去感受；后来在古北口隐居好些年，因为心里老想着建功立业这档子事，也没有仔细地去品尝生活。这一两年来，我开始悟出了一个道理：名利不必去追求，事业也不是你想做就能做得成的，人的生命只有一次，好好地享受人生才是正事，而人的生命也只有融于天地造化之中，才能得到大美；必须跳出名利场这个小圈子，才能进入大境界。有你在一旁，我的心灵算是有了真正的依托。我要和你携手融于大美，就像当年范蠡携西施泛舟太湖一样。我想张大人会理解的。”

秋菱一时还不能琢磨透桑治平心情变化的大道理，作为一个普通的女人，她本能地认可桑治平的这种选择。

“离开总督衙门，我们将到什么地方去住？”

“在张大人幕府里做了十三四年的幕友，我已积蓄了四千两银子，粗茶淡饭，够我们用了。我们可以回我的洛阳老家去住，也可以四海为家，随处租房子住。”

“好！四海为家更好！”秋菱的脸色开始明朗起来，稍停一会，她又担心地说：“我还没有跟儿子们说哩，奶奶都做了八九年，五十出头的人了，还要出嫁，儿孙们会看笑话的。”

桑治平笑道：“耀韩怎么看，我还不大知道。但我们的念礽，我想他一定会赞同的。他在美国近十年，受的是西方教育，西方女人改嫁再婚，是很普通的事，念礽对这事一定会是开明的。哥哥都同意了，弟弟还有什么话说？万一他们兄弟还有点迟疑的话，就干脆把事情的原委都给他们挑明了！”

“别，那些事千万别告诉他们。”秋菱的脸红了起来，急忙止住

桑治平的话。

桑治平开怀大笑起来，快乐给他带来了力量。他发现自己的病顿时好了七八分，趁势把羞涩而喜悦的秋菱搂入怀中。

三　“旧学商量加邃密，新知培养转深沉”。朱熹的这两句诗给张之洞以启示

果如桑治平所料，念礽很快便从武昌给两位老人发来了贺信，祝贺他们这段美好的黄昏恋，到时他要代表弟弟和陈氏家族出席婚礼，致辞祝贺。儿子的这种态度，令秋菱极为欣慰。一切都就绪后，桑治平向张之洞正式辞行了。

“仲子兄，这太让我意外了。”张之洞压根儿也没想到跟着他十几年相处极为融洽的好朋友，会突然向他辞别。“若是对我对总督衙门，或是对别的人有什么不满意之处，你尽管提出来，一切都可商量，只是请你务必不要离开这里。”

张之洞的这番真情实意，倒使得桑治平为自己的这个决定有一丝不安了。他沉吟片刻，只得以实相告：“这些日子里，我时常想起贾太傅。贾太傅责备自己未尽到师傅之职乃至于忧伤而死。仁梃死于非命，我这个为师的有不可推卸的责任。我内心忧伤，方寸已乱，每一见到西花园那口池塘便悲从中来，我理应长归田庐，息影山林了。”

作为仁梃的父亲，张之洞这段时期的心情岂能好过？但他生性坚强，深知身上所负担子的沉重，不得已而强打起精神处理日常事务。得知桑治平的辞职乃是出于仁梃的缘故，张之洞是又感激又惭愧。他沉痛地说：“仲子兄的这番心情，让我愧谢交集。我是仁梃的父亲，仁梃二十五岁便走了，我心里能不难受吗？他死于非命，我能不自责吗？眼看你的女儿年纪轻轻便已守寡，小孙子不满周岁便成了孤儿，我的心里痛苦万分。”

张之洞不觉语声哽咽起来，他停了停，喝了口茶，把涌挤到眼眶边的泪给强压了回去。

“但我痛极之时也能自解，一来死生有命此乃天意，而非人力所能勉强。我一生经历这种打击太多了。四岁丧母，二十岁丧父，二十余年间连丧三妻又痛失娇女，我恨天公对待我太残忍，恨极之时，也只有以此自解。二来仁梃已长大成人，娶妻生子了，死于非命，做父亲的自然有责任，但已不是重要的了，这责任首在他自己。我今天也以这二则反思来规劝你。你一不必太悲伤，二更不必自责失职。仁梃早已独立办事了，并非在你跟前读书的学童，他与坠马而死的汉梁王还是有别的。你千万不要因此而离开这里。”

桑治平本来还想对张之洞说，他对眼下他们共同从事的这个事业也已失去了信心，洋务局厂也罢，自强新军也罢，大概都不可能导中国于富强。话已到嘴边，他还是咽了下去，他实在不忍心挫伤了张之洞的心。他知道，局厂、江苏新军，费尽了张之洞的心血，已是其生命的一部分。此时说这种话，无异于在他心头上插上一把刀。他又想干脆把与秋菱这段情感故事说出来，取得张之洞的谅解。念头刚起，他便觉不可。说出那段往事，无疑就会露出自己“肃党余孽”的身份。对于大受慈禧宠信官运红极的总督来说，张之洞如何接受得了？但什么理由都不说，此举岂非突兀得不可思议？想来想去，他决定有所保留地托出与秋菱之间的关系。

“香涛兄，我告诉你一件事吧！念礽的母亲是我的表妹，我与她从小订的娃娃亲，后来不幸分散了，直到那一年我去念礽的老家香山县，才奇迹般的重逢。现在我也是一个人了，我准备与她完婚。一场三十多年前就该完的婚，不料竟推迟到晚年。”桑治平无可奈何地凄然一笑。

张之洞只从念礽口里知道桑治平是他母亲的远房表兄，却没有想到还有“娃娃亲”一层在内，张之洞高兴地说：“这样说来，我与你是亲上加亲了。你和念礽的妈完婚是桩大好事，但这与你离开这里没

有任何联系呀！”

桑治平说：“念礽妈离开老家四十多年了，很想回家去看看，我也是离家三十多年了，也想念家乡的亲人，我们准备结伴回河南。杜甫说青春作伴好还乡，我和她这是老来结伴好还乡了。”

说罢，苦笑几声。

张之洞说：“回乡探亲，这是应该的，我不拦你，放你半年假如何？”

桑治平停了片刻说：“念礽妈想在家乡多住几年。”

张之洞沉默了，心里想：他是要陪念礽妈在老家住，怪不得要辞职。失散好几十年的娃娃亲，是应该加倍珍惜。尽管老大舍不得，张之洞也只得同意：“我实在不忍心打扰你们的这番情感，只能遵命。只是十多年来你不图名利，不图地位，一心一意辅助我为国家做事，我对你有说不尽的感激。”

听了这话，桑治平的心中涌出一股浓重的伤感来。他咽着嗓子说：“香涛兄，不说这些了，人生聚散，乃是缘分。我才具有限，不能为你做更多的事，此生能参与你的一系列大事业，尤其是镇南关大捷，为疲惫多少年的大清国赢得一场大胜利，虽然后世说起这场战争来不会想到还有一个桑某人曾经为此潜赴越南会见刘永福，但我私心还是欣慰无比的。要说感激，倒是我要感激你，是你的经纬大才，让我多多少少品尝了抱负施展的那种愉快感觉。”

张之洞听出了话中那些时隐时现的幕友情绪。幕府中的人员，有的确实为主人出过很好的主意，有的还亲身参与事情的成功，但无论如何，他们都不会在事情的结束获得属于第一位的荣耀。他们总是辅助者，有的甚至提都没被人提起。压抑委屈之感，为人作嫁之叹，是幕府独具的气氛。这就是幕友情绪。宽厚的主子，幕友的情绪会平和些；与主子有不一般关系的幕友，此种情绪更会平和些。张之洞待幕友算是宽厚，桑治平与他的关系又非比一般，故佐幕十四年来，张之洞才初次感觉到桑治平其实也有通常的幕友情绪。他暗自责备平日

自己粗心了忽略了。张之洞想起二百年前的一个故事来，带着情感说：“康熙年间，河道总督靳辅与他的幕友陈潢之间的友谊，为后世留下了一段主宾之间的佳话。康熙十年，礼部侍郎靳辅外放安徽巡抚。离京南下经过邯郸吕洞宾祠，见祠内墙壁上有一首题诗：四十年中公与侯，虽然是梦也风流。我今落魄邯郸道，要向先生借枕头。靳辅正欲觅一个好幕友，他从诗中看出这正是一个有才学而不遇时运的落魄者。见题诗墨迹未干，知其人尚未走远，便派人四处寻觅，果然找到了。题诗的人名叫陈潢，乃浙江钱塘一个落第秀才。靳辅与陈潢谈了一天一夜，二人深相契合，互为知己。靳辅请陈潢佐幕，陈欣然答应。靳任皖抚六年，陈亦随之六年，二人亦主亦宾，亦师亦友，几无尊卑上下之别。后来靳迁升河道总督，陈又随之赴任。辅佐靳治理黄河，成效巨大。靳不没陈之功，当康熙南巡至河工上时，靳当着康熙面奏陈之功，康熙授陈佥事道。后来，靳遭小人之陷被革职，陈也受到牵连，冤死狱中。四年之后，靳复职。复职后的第一件事，就是为已死的陈潢伸冤彰绩，又将陈之遗作编为《历代河防统筹》一书刊印，亲自为之作序，将陈潢的治河业绩传播于世。我读前代史乘至此，总免不了为之感慨再三。”

桑治平插话：“靳辅、陈潢之间的友谊，我也曾听人说起过，的确令人感动。”

“这些年，我每每将你视为陈潢一类的人物，也愿意做一个惜才爱才真诚待友的靳辅。只是你一再拒绝举荐，所以至今仍是一个布衣，这是我于你有亏之处。”

桑治平笑道：“这的确是我一再拒绝的。你不要有亏欠之感。”

“宦海多风波。即便像靳辅那样一心为国的人，也遭人之害，连累了陈潢。我其实也时常有辞家归里的念头，只是身为疆吏不能自由而已。只好硬着头皮做下去，也不知哪天又会遇到一个徐致祥式的人出来跟我作对。你可以随时退身，这就是你胜过我的地方。我同意你的选择，只是，我有两个要求，你务必要接受。”

见张之洞已经允诺，桑治平有一种轻松感。他说：“你有什么要求，只管说，只要我能做到，我会不遗余力的。”

“第一，十多年来，你披肝沥胆为我做了很多事，帮了很多忙，远比别的幕友作的贡献为大，但你一直并没有比他们多拿银子。前些年拿的是西席薪水，后些年也拿的一般幕友的薪水。为你请衔你不答应，为你加薪你不肯。你现在要回籍休养了，我送你五千两银子，请你一定要收下。”

“香涛兄，你的盛情我领了，但这五千两银子我不能收。”桑治平诚恳地说，“十多年来，我的薪水已不低了，除日常开支外，尚有些结余，以后的日子完全可以过得下去。再说，君子相交，以道义为重，我做你的幕友，原本是想借你的名位为国家和百姓做点事，并不在谋利。你也千万莫以薪水少为歉。”

荐举不受，似可理解，这白花花的银子居然也不受，就未免有点太迂执了。这样不要名利的迂执人，茫茫人世能有几个？身为执掌名利的朝廷命官，对于伸手索求，甚至不择手段索求名利的人，不能让他得逞。而对于那些真为国家做事却淡泊名利的人，也不能让他受委屈。这才是头脑明白的官员之所为。想到这里，张之洞正容道：“仲子兄，你不忮不求，真令我钦服，但这五千两银子各有依据，你且听我说清楚。首先，这其中两千两，不是送给你的，而是送给秋菱的。秋菱是你的娃娃亲，也是我的儿女亲家。她遇到这等喜事，我这个做亲家的不能不有所表示。这两千两银子是我的贺礼，给她置办衣物的费用。你无权推辞。”

桑治平知道这是张之洞的随机应变，但也确实不好拒绝，遂笑了笑，点了点头。

“在你光绪十一年主掌幕府日常事务时，我要给你每月加二十两银子的薪水，你没有同意，但我已命账房，每月支出，给你存在南洋钱庄，此笔银子连息钱在内共二千五百八十两。第三，我兼署江督，朝廷给了我兼薪，你当然也应兼薪，这一年来的兼薪共计三百六十

两，这几笔银子加起总共四千九百四十两，另外六十两是我送你的路费。所有幕友回籍都有路费，你自然也不能例外。仲子兄，你说这五千两银子你是该收还是不该收？”

桑治平笑了笑说：“难为你一片好心。这样吧，你把存钱庄的二千五百八十两银子依旧存着，算是我捐给幕府的银子。今后若遇到哪位幕友有困难之事，需要银子的话，你代我做主，或二百，或三百地送给他们，其余的那二千四百二十两银子我收下。”

“好，好，就依着你吧！”张之洞苦笑着说。“第二，我想请你离开督署之后也不要息居林泉之间不问国事。你以旁观者的身份冷眼观看天下局势，如有大事，请你随时给我以指点。我给你十个有湖广总督关防的火漆信函，这是我平时巡视各处随身所带的密函，你可以交给所在地的县州以上的衙门，他们会连夜加快递给我，不会误事。这件事，请你务必不要推辞。”

桑治平凝神答道：“好，我接受了。只要我认为应尽快告诉你什么，我会动用这些宝贝的。”

“好！”张之洞说，“那我就先谢谢你了。你今后务必多多保重。”

“香涛兄，请你也务必要为国珍重。”桑治平深情地注视着这位因丧子而显得更加憔悴苍老的总督说，“你这几个月来也明显地老多了，你一身当五省重任，可谓朝廷的江南柱石，你千万不能病倒。近来吃饭睡眠都还好吗？”

“吃饭尚可，睡觉比以前差多了。这个把月来连午睡也不敢睡了。”

“为什么？”

“中午一睡，夜里就更难入眠。但中午若不睡，这一个时辰也不知怎么打发，心里总是郁郁闷闷的。”

桑治平突然间有了个主意：“假若有一个极博学又善言辞的人，每天中午到府里来陪你说说话，帮你打发这一个时辰如何？”

张之洞说：“到哪里去寻这样的人！不瞒你说，我自离开京师外放这些年来，像潘祖荫张佩纶那样既博学又会说话的人还真没遇到几个。江宁附近有这样的人吗？”

“有。”桑治平想起一个人来。“钟山书院有个教习，诗做得好，品诗更精当。有次我去书院看主讲蒯光典，恰遇他也在。听他与蒯光典谈前贤今人的诗，颇有点咳唾成珠的味道。”

张之洞说：“钟山书院还有这等人才，他叫什么名字？”

桑治平答：“他叫陈衍，学子们都称他石遗先生，福建侯官人。”

张之洞喜道：“原来陈衍在钟山书院，近在咫尺却不知！”

桑治平说：“你认识他？”

“我没有见过他的面。三年前，林赞虞御史外放昭通知府路过武昌时来看我，我见他的纸扇上题了三首绝句，便借过来看。诗写得很不错，下面落款为‘陈衍’二字，便问陈衍是什么人。他告诉我是他的同乡，有闽中第一诗人之称，我那时就想见见此人，想不到他也在江宁。就烦你带个口信，请他明天中午到督署来，我听他谈谈诗。”

桑治平起身告辞，张之洞久久地握着他的手，说：“什么时候离开江宁，早两天通知我，我要和全体幕友为你饯行。”

桑治平感激地点了点头。

第二天中午，陈衍来到督署，巡捕将他带到正在湖边观鱼的张之洞身边。张之洞见陈衍四十左右年纪，一身旧布长袍，脸上架了一副黑框大眼镜，浑身上下，十足的学究模样。

待陈衍坐下后，张之洞随口问道：“你来钟山书院多久了？”

陈衍答：“快三年了。”

“什么出身？”

“光绪壬午科举人出身。”

“喔。”张之洞点点头。“先前做过些什么事？”

“一直在福州闽江书院任教，因蒯山长相邀，大前年来的江

宁。”

张之洞眯着两只显得昏花的眼睛，将陈衍仔细看了一眼，说：“知道我召你来督署做什么吗？”

“听蒯礼卿说，大人想听我谈谈诗。”

张之洞点点头。

“但不知大人想听卑职谈诗的哪些方面？”

张之洞懒散地松了松袍带，说：“中午这一个半小时，老夫想轻松轻松，听说你博学善言，于品诗极有见地。你就在老夫面前品品诗吧！拣你最拿手的说说，就像那些唱曲子的人一样，先唱精彩的。”

张之洞的这个比喻令陈衍颇为不快：怎么能将我这个“八闽第一诗人”与唱曲子的人相提并论？本想拂袖而去，但又不敢得罪这位总督大人。倘若他怪罪下来，撤去书院教习一职，那一家老小如何度日？陈衍决定干脆在这位目中无人的总督面前放声高论一番，让他看看我石遗先生的学问，下次还敢如此轻薄否？

“那卑职就随随便便说了。”

“你说吧！”张之洞从袖口里取出一个鼻烟壶，在鼻子底下来回嗅着。

“自古以来，学士才子都想作好诗，但很难，也都想品诗鉴诗，但更难。比如孔门弟子三千，贤人七十，夫子能与之说诗者，也不过子贡、子夏二人而已，就连长于文学的子游都进不了这个门槛。如何品诗呢？孟夫子有句话说得好，说诗者不以文害辞，不以辞害志。以意逆志，是为得之。然则知人论世谈何容易！故古今诗话汗牛充栋，能有传世价值者，不过百中之一罢了。卑职有意为《石遗诗话》已在十年之前，拟以四十年成此巨著，若天假我以七十中寿，则此书可成。”

张之洞笑了笑，说：“你打算用四十年时间来写你的诗话，其志可谓远大。你已有十年的准备了，想必心得不少，能向老夫透露一星半点吗？”

陈衍想了想，说：“说诗标举名句，其来已久；诗话之起，实由此。当年谢安与子侄辈闲时论诗，谢安说，你们各举《诗三百》中两句自认为最好的诗来。侄谢玄说，我最喜欢的两句为‘昔我往矣，杨柳依依’。侄女谢道蕴说，最好的应属‘吉甫作诵，穆如清风’。谢安说，你们说的都不错，但依我看，最好还是‘讦谟定命，远猷辰告’二句。后人说，从这个故事可以看出，品诗其实是在品自己。谢玄是大将军，常年外出征战，故对羁旅物候感触深。谢道蕴是女人，性情温和，故喜欢清风明月一类。至于谢安，肩负宰相重任，宏谟远猷，自是他的向往。”

张之洞点点头说：“你刚才这个故事，用来说明你的品诗实为品自己，很是妥帖。你说诗话原于标举名句，看来你对名句颇有研究，说说你的体会吧！”

陈衍说：“依我看，诗中名句，以状景为多。这多半受钟嵘《诗品》的影响。他举了四句诗：‘清晨登陇首’，‘明月照积雪’，‘高台多悲风’，‘思君若流水’，说这些诗句都是即目所见，并非出自经典。在他的倡导下，诗人多在状景上下功夫。唐人善此道，故诗中名句多，宋人偏重情理，相对来说便少些。”

张之洞说：“你这说法偏颇了，宋人诗中也有很多写景的名句，如林和靖‘疏影横斜水清浅，暗香浮动月黄昏’，东坡的‘竹外桃花三两枝，春江水暖鸭先知’，陆游的‘山重水复疑无路，柳暗花明又一村’，陈简斋的‘客中光阴诗卷里，杏花消息雨声中’，难道不都是状景的名句吗？”

陈衍想，世人都说张之洞偏爱苏东坡，因苏东坡而偏爱宋诗，看来此说不假。于是笑了笑说：“大人所举，的确为宋诗中状景的名句，两宋诗才辈出，像苏黄辛陆等人，皆诗界巨擘，岂能说宋诗中无写景名句，只是相对于唐诗来说略逊一筹罢了。至于宋诗中的情理之佳句，又远过唐诗，不说别的，仅朱熹的两句‘旧学商量加邃密，新知培养转深沉’，便有多少可细味之处！”

张之洞在办洋务的这些年里，时常想，洋人的学问与中国的学问，不应该对立，两者可互补短长。如果能融合起来，那就最好。陈衍吟诵的朱夫子的这两句诗，突然间给了张之洞以启示：若将洋人的学问看做新知，中国的学问看做旧学，那么早在朱熹那里就已经融合了：切磋旧学能使学问精邃，培植新知，则学问便更加深湛。

他不再与陈衍辩难了，转而以平等之态问道："曾听人说诗贵风骨，也重色泽，足下专于品鉴，于此可否有说？"

陈衍说："大人此说极有意思，诗人不但可以风骨别之，亦可以色泽别之。"

"试为老夫一别？"

陈衍沉吟片刻说："此种色泽，非寻常脂粉之色，乃天然之色，为花卉、山水、彝鼎图书种种之色泽。王右丞如金碧楼台，陈后山如淡淡靛青，黄山谷则赭石加朱砂，陈简斋好比山茶腊梅。至于吴波不动，楚山丛碧，李太白足以当之；木叶微脱，石气白青，孟浩然足以当之；空山无人，水流花放，韦苏州足以当之……"

陈衍兴致大发，越说越得意，不料张之洞插了进来："粉红骇绿，韩退之足以当之；萦青缭白，柳子厚足以当之。"

陈衍先是一愣，随后快乐地大笑起来，连连说："大人真捷才。大江白浪，山高月小，苏东坡足以当之……"

"算了吧，我看你一口气可以把唐宋各大名家尽涂上花花绿绿的色彩，也不知他们认可不认可。"张之洞快活地笑了起来，话中虽有讥嘲之意，眼里却是赞赏之光。他边说边起身道："我要去办公了，今天谈得很愉快。你今后常来我这里做做客，我乐意与你谈诗。"

陈衍忙说："谢大人的厚爱。"

"据说你博学多识，佛学禅义你懂吗？"

陈衍突然想起昨天答应一个人的事来，机会这不就来了吗？他忙说："卑职对释家向无兴趣。大人要听释氏之学，近日钟山书院来了一位大名人，他对此亦有研究，不妨叫他来陪大人说说。"

“这个大名人是谁？”

“他就是今春在京师闹公车上书的首领工部主事康有为。”

“噢，康有为到江宁来了！”

张之洞对康有为并不陌生。早在粤督任上，他就收到由翰苑朋友张鼎华转来的康有为的一封信，康建议在广州开办一个译书局。张认为这个建议不错，便叫梁鼎芬去见康。梁带回康开列的一大堆西洋书目，认为都在翻译之列。张有意让康来主持这个译书局，但不久，他就奉调湖广，此事也就作罢了。

“你明天陪他来见我吧！”

四　若康有为能为我张之洞所用，岂不更妙

江宁城水西门外，有一个占地约七百亩的大池塘，名叫莫愁湖。相传东汉洛阳城里有个女子名叫莫愁，远嫁江宁卢家。卢家为迎娶她，筑别院于此池塘边。莫愁一生平顺。她虽是一个极普通的女子，却在中国文学史上很有点名气。梁武帝有一首流传很广的乐府歌辞，就是专门咏的莫愁。开头两句“河中之水向东流，洛阳女儿名莫愁”，江宁城中三尺小儿都能背诵。晚唐大诗人李商隐为唐明皇与杨贵妃的爱情悲剧作了一首七律，结尾两句说：“如何四纪为天子，不及卢家有莫愁。”竟然说开创大唐最为辉煌时代的玄宗皇帝还不如莫愁的丈夫。这样一来，莫愁便成为一个享有很高知名度的中国古代民妇，莫愁湖也便跟着出了大名。

莫愁湖四周树木葱茏、风景清幽，阳光照射在平静如镜的湖面上，水光潋滟，清亮可人，是一个极好的休闲游览之处。风和日丽的时候，江宁城里的名利之徒，会常常借此暂且摆脱一下世俗的名缰利锁，获得片刻的心境安宁。至于文人墨客们，无论是春夏秋冬，还是风霜雨露，都有撩起他们游莫愁湖的雅兴。他们会在这里领略历史的沧桑，获取诗文的灵感。历代江宁城主便因此而在莫愁湖畔建起了不

少楼台亭阁，以便更多地吸引游人。围绕着莫愁湖的著名建筑有郁金堂、湖心亭、赏花亭、光华亭、长廊、曲榭，把莫愁湖装点得更加多姿多彩，遂有金陵第一名湖之称。

这是一个初冬的晴朗日子，阳光温和，小草虽大半枯萎，而树叶却多数还留在枝丫上，只是颜色变得暗黑，犹如翠衣上加了一件深色外套，准备迎接即将到来的九九严寒。几株高大的枫树上挂满了红红黄黄的五角叶片，给略带几分肃杀的冬景增添不少亮丽的色彩。

在三三两两的游客中，有一位三十七八岁的男子。他中等身材，略微有点胖，白白净净的脸皮，嘴唇上留一口乌黑的八字短须。头戴一顶茶色小圆帽，身穿一件黄褐色的布长衫，夹杂在游人中，没有丝毫的特别之处。然而此人却非同一般，他就是名动海内的康有为。

康有为乃广东南海县人，出生在一个官宦书香的大家族中。他从小聪颖过人，且抱负宏大。十岁丧父后，便跟着做学官的祖父读书做文章。他博览群书，记性悟性都特别出色，本是一个通过科举考试而走上仕途的好料子。无奈他厌恶八股文，又极爱读那些与应试无关的杂书，故功名场中极不顺利，直到三十六岁时还只是秀才。

广东乃近代中国风云际会的重要省份，康有为受家族和环境的影响，从小便仰慕曾国藩、左宗棠和骆秉章等人的事业，志在用世。目睹国家的外患内忧，百姓的贫穷困苦，康有为忧心忡忡，竭力寻求救世的学问。他从程朱转阳明，又从阳明入佛学，均未找到药方。后在忘年交翰林张鼎华的影响下，开始注重时务和西书。二十二岁时，康有为来到香港考察，见原来的一个渔村荒岛，在英国人的治理下，不过短短四十多年的时间，便成了一个繁荣的都市。这里货物山积，生活富裕，管理有序，文明礼貌，远非内地所可比拟。香港的现实，使他确认中国的出路在于向西方学习。

光绪十四年，康有为再次北上参加直隶乡试。在京期间，他广为结交开明学生和士绅，深入了解朝廷的政治动向。他希望通过向朝中权要上书的途径，来阐明自己的救国主张，以期引起最高层对自己的

重视。他先是向军机大臣潘祖荫致书求见。不料他初见潘时，便大谈改革变法，把潘吓了一跳，便以长辈的身份教训他应熟读大清律例，不可想入非非，轻言变法。潘祖荫到底是个清流领袖，惜才爱才，是他的本色。他虽不喜欢康有为的轻率造次，却也没有给他太难堪，勉励他好好读通圣贤之书，又送他二十两银子作盘缠，要他尽快离京回粤，以免生事惹祸。

康有为回到寓所，越想越不是味道。他怕自己方言很重的叙说，没有表达清楚自己的思想，于是又提起笔给这位在士大夫中素负重名的老才子写了一封长信，指出“大厦将倾而酣卧安处，若罔闻知，真所谓安其危而利其灾”的国势现状，希望能借潘之言“感悟圣意，使翻然有欲治之心”。但这封信如泥牛入海，再无回音。康有为失望之余，又向学界领袖、同治帝师大学士徐桐上书，谁知不懂世故的康有为看错了人。徐桐乃彻底守旧派，凡听新、高、洋之类的话便厌恶，且架子极大。在徐桐的眼里，康有为简直是一个狂妄的无稽之徒，他拒绝接受康有为的信。徐桐的傲慢，使康有为极为不快，但他仍不灰心。他听说从西洋回国不久的曾纪泽是个通达明白、礼贤下士的君子，便又投书曾纪泽。曾纪泽对康有为颇为欣赏，他亲到南海会馆看望康，与他商讨澳门及变法等问题。但终因地位的悬殊与相知的不深，曾康之间这次见面，没有对康有为产生实质性的效果。康有为仍不罢休，又写信求见翁同龢，但翁同龢因对康有为了解不够，拒绝了康的求见。康又写信给都察院都御史祁世长，这封信也无回音。一连串的挫折，不仅对康有为心灵打击甚大，还影响了他的功名。这次乡试，他的文章已被列为第三名，但徐桐视他为狂生，强行命令主考官将他的名字刷下，中举之望再次破灭。

但这一系列的打击，反而刺激了康有为，使生性倔犟的他更加执着了。他借当时皇陵附近山崩的机会，越过阻挡他的王公大臣们，直接向慈禧、光绪上书，并标了一个极为刺眼的题目：为国势危蹙祖陵奇变请下诏罪己及时图变折。在这份折子中，康有为将中国喻为一个

身患重病的人，卧不能起，手足麻木，百窍迷塞，内溃外侵，百脉溃败，病入骨髓，而这还不是最大的忧虑，最大的忧虑是皇太后、皇上无欲治之心，赫然提出变成法、通下情、慎左右的三项建议。

康有为乃一介布衣，根本无权向皇帝上折，于是他只能请大臣代递。他找到国子监祭酒，即甲申年弹劾掉恭亲王及全班军机的盛昱。盛昱为康有为的爱国激情所感，将其折交给翁同龢。但翁读了这份折子后，觉得语气太亢直，不合宜，予以谢绝。盛昱又去找祁世长。祁当面盛赞康有为的忠义，答应为其代奏，但临时又变卦失约。于是这封饱含康有为心血的折子终于未能到达光绪的手中，康有为在京师的活动，没有取得成效，只得怏怏离京回家。

回到广州后，他结识了从四川来到广州的经学大师廖平。廖平接续龚自珍、魏源的学业，治的是今文经学。康有为为廖平的学说所折服，转而潜心于今文经学的研究，他终于从冷落千余年的今文经学中找到改革变法的理论根据。从此，他以今文经学中的通三统、张三世为基础，演绎出自己的一套维新理论。在他所亲手创办的万木草堂中，他一边教学传道，一边发愤著作，将他的研究和思考写进《新学伪经考》和《孔子改制考》两本书中。前书将祖祖辈辈士人尊奉的古文经学，宣布为刘歆所伪造的学说，后书把夏商周三代历史称之为孔子为改制所拟托的理想，其实是根本不存在的，是孔子的托古改制。这种惊世骇俗的说法，无异于给死水一潭的中国学界和政界投入一颗惊天动地的炸弹，引来无数士绅官员们的愤恨抗议，直欲把康有为食肉寝皮而后快。《新学伪经考》一书因此而不得不毁版停印。《孔子改制考》也因此而未能付梓，只是以手抄本在民间流传。但康有为的学说，却赢得了他的万木草堂的学生梁启超、陈千秋、徐勤等人的五体投地的崇拜，也获得了海内无以计数的有志之士的敬重。

前年，他终于中了举。中国军队彻底败于日本的惨痛事实，使得全国上下稍有头脑的人都意识到非变革不可，不变革真有亡国灭种之祸，从而对具有先知先觉的康有为更表尊敬。今年春上，当康有为振

臂一呼，几乎所有应试的举子全都予以热情响应，“公车上书”便以亘古未有之先例载入史册。同时，也使得康有为成为变法维新的当然精神领袖。会试发榜，康有为中了进士，分发工部任主事。

康有为借这股士气，在京师创办《万国公报》。这是中国有史以来在京师出现的第一张报纸，以介绍世界各国情况作为其主要内容，间或也发表一些康有为及其弟子梁启超等人所写的政论文章。《万国公报》的发行，在北京引起的反响是巨大而深远的。

接着，康有为又创办强学会，以强大中国作为该会的宗旨，借此以团结同志壮大力量。强学会得到了北京不少开明中下级官员的支持，纷纷入会，连在天津小站训练新建陆军的袁世凯也积极入会，并捐银五千两。翁同龢、李鸿藻、孙家鼐等京中大佬都对强学会予以支持。李鸿章也表示愿意入会。但强学会将李鸿章视为汉奸祸国殃民者之流，拒绝他入会的申请，甚至连他捐的两千两银子也不收。

但朝廷中也有不少王公大臣对这些事大为不满。他们认为在京师结会办报，其居心难以测度，宜严加监视防范。一批庸员俗吏也对此看不顺眼，攻击指责声时时不断。有人担心节外生枝，劝康有为离开京师，暂避风头。康有为也意识到京师阻力太大，又一时难以成事，而中外交通的重要码头上海，其环境相对来说较宽松些。于是康有为以创办强学会上海分会为由，离开北京南下。

上海是两江所辖之地，署理江督张之洞，正以兴办洋务实业的巨大成就，隐然取代李鸿章成为天下督抚的首领，深受慈禧、光绪赏识。康有为也看中了张之洞。他想：若是取得张之洞的支持，不仅对在上海办强学会有好处，而且对今后的维新事业也都大有好处。不过，康有为听不少人说张之洞不好打交道，架子大脾气乖张，又自视甚高瞧不起人。说不定他根本就拒绝接见，即便是勉强接见了，也可能以一种居高临下盛气凌人的态度，或是斥责，或是奚落，就像他对待许多有所干求的谒见者那样。同样心高气傲的康有为，最为忍受不了别人的轻蔑。犹豫了好几天，康有为以大丈夫能屈能伸为勉励，丢

开一切顾虑，毅然又从上海北上来到江宁。

到了江宁城后，他没有向总督衙门投书求见，而是先去拜访官场士林中的朋友，从那里得知仁梃落水身亡及张之洞近来心情郁闷的信息。他暗思这次来得真不是时候，打算再住两三天便回上海去，过了冬天后再说。前天下午，他去拜访名翰林钟山书院主讲蒯光典，恰逢陈衍也在座，三人洽谈甚欢。蒯光典和陈衍赏识康有为的才华，同情他的维新变法主张，表示遇有机会，一定将他引见给张之洞。康有为于山穷水尽中看到了柳暗花明，颇为欣慰。

今天一早起来，康有为觉得心情顿时轻松起来，便对随侍来江宁的学生徐勤说："我去莫愁湖逛逛，你今天不要出去，就等在客栈，若书院方面有消息，你到莫愁湖找我。"

这时康有为正信步向湖畔的一座古建筑走去。这是一座二层五间的楼房，来到近处，院墙正门顶额上的三个大字迎面扑来：胜棋楼。在正门与楼房之间的庭院里，有一张方形石桌，桌面镌刻着一副棋盘，方桌四周有四个石凳。康有为走进楼房的一楼正厅，对面的墙上高悬着一幅人物画像。此人面容威严，身躯壮伟，身穿团花金粉王袍，头上戴一顶黑色乌纱帽，帽子左右有两个向外延伸的附加物，酷似蜻蜓的翅膀。画像右上角有一行字：大明中山王徐达。这里有着一个广为人知的著名故事。

徐达与朱元璋本是从小要好的穷苦放牛娃，后来一同投军。徐达英勇善战，又对朱元璋忠心耿耿，终于辅佐朱元璋做了大明王朝的天子，他自己也成了开国元勋，拜丞相封魏国公。有一次，朱元璋和徐达一道来到莫愁湖游玩。游览途中，在湖畔一座宋代传下来的楼房边稍事休息。朱、徐都酷爱下棋。小时作牧童时，便常在山坡田头下着玩，以一捆柴或一个雀蛋做赌注。朱元璋一时兴起，邀徐达下棋，徐达问以何物作赌注。朱元璋说，以这座楼房，谁赢归谁。徐达笑道，到底是做了皇帝，口气大了，这座楼房不知可以换多少个雀蛋。朱元璋不以为忤，哈哈大笑。

一局下来，朱元璋输了，这座楼房便归徐达所有。徐达死后追封为中山王，徐氏后人便以此地为中山王的祭祀之地，将此楼改名为胜棋楼，以纪念当初君臣相得的这段佳话。

康有为久久地凝视着徐达的画像，想象着五百年前那场莫愁湖畔的君臣博弈的欢乐情景。志在天下的维新派领袖完全陶醉于其间了。他多么希望今上就是明太祖，而自己就是那辅佐帝业的中山王啊！到大功告成的时候，君臣之间也来个围棋赌墅，留一段美谈长留后世子孙！

正在凝神遐想之际，徐勤气喘吁吁地跑了过来：“老师，钟山书院的陈先生打发人来说，下午一点去督署见张制台，十二点整，他派轿子来客栈接你。现在已十点半了，赶快回去吧。”

马上就可以见到赫赫有名的张大帅了，康有为欢喜之中不免夹杂着一丝儿紧张：这场“游说”二人戏该如何上演呢？“说大人则藐之”，康有为想起亚圣孟轲的名言，顿时增添了勇气。他拉着徐勤的手，兴奋地说：“我们赶快回客栈吃午饭！”

刚吃完饭，钟山书院的轿子便来了。因为是进的制台衙门，康有为不便带徐勤同去，便一人登上轿子，来到衙门口，陈衍的青布小轿早已停在那里了。二人在门房的导引下，来到两江总督西花园附近的花厅。花厅周围植有花木，筑有太湖石假山。厅堂只有檐顶，没有门窗，正因为没有隔离，它于是与花木山石相倚相偎，融为一体。在这座花厅里，天王洪秀全曾经会见过他的战友袍泽，毅勇侯曾国藩也曾与他的幕僚们高谈阔论过。这段时间，则成了张之洞午饭后稍事休憩的场所。陈衍和康有为落座不久，便见从对面鹅卵石铺就的小径转弯处，迤逦走来一队人。陈衍指着走在前面的第一人说，那就是张大帅。康有为瞪大着眼睛看去：那人矮矮小小的，脸瘦长，满嘴大胡子，身上穿的是一件旧灰布薄棉长袍，显得随意草率。走路的步伐似乎有点不太平稳，一脚高一脚低的。康有为没有想到，威名赫赫的张大帅，竟是这样一个不起眼的小老头！他有点不明白，为什么要那

么多的人跟着，一次随随便便的消闲式的聊天，也要摆如此大的排场么？

张之洞一行将进花厅时，陈衍扯了扯康有为的衣角。他自己先站起，随即也便把康有为带了起来。待张之洞在早已摆好的太师椅上坐定后，陈衍走前一步，深深地作了一揖说："卑职陈衍带工部主事康有为前来参见大帅！"

说罢拿眼睛瞟了瞟康有为，只见康有为缓缓地抬起手，向张之洞拱了拱，腰杆也只微微地向前弯了弯。

张之洞没有理睬陈衍，将康有为仔细地盯了一眼。就在这个时候，康有为发现张之洞的所有随从都用一种异样的眼光在过细地打量他。他见惯了这种场面，神态自若地接受各色眼光的审查。

"啊，你就是康有为，大名鼎鼎啦！坐下吧！"

张之洞指了指康有为身边的空凳子，又指了指周围的人说："他们都是衙门里的官员和幕友们，听说你这个大名人来了，大家都想见见，便一起来了。梁鼎芬说那年在广州接待过你，那你们是熟人了。"

"康先生，还记得那年我们在粤海茶楼上喝茶吗？"张之洞的话音刚落，梁鼎芬便笑着向康有为打招呼。这位两湖书院山长兼督署总文案，对官场的兴致更浓厚些。他已将书院的事全部委托给主讲，自己跟着总督来到江宁，做起专职总文案来。

"记得，记得。"康有为也笑着接应。趁这个机会，他将四散在张之洞身边的人扫了一眼，这批人中除梁鼎芬外，还有梁敦彦、辜鸿铭及专程从武进县老家来看望老上司的革员赵茂昌等，当然这些人康有为一个也不认识。他的眼光在辜鸿铭的身上多停了一下，心里想：听说张之洞身边有一个精通十国语言的奇人，是个中西混血儿，看这个人一副怪模怪样的，多半就是他！

张之洞斜躺在棉垫靠椅上，一副憔悴无力的疲惫之态，望着康有为说："听说你对释氏很有研究，说点禅家的事给我听听。"

为着要见张之洞，康有为将他的维新变法的主张和理论，最近这几天又作了一番清理，以便清晰地向这位封疆大员表述，其他方面的相关材料，他也做了充分的准备，但没有料到正在全副心思做着入世事业的张之洞，却对出世的佛家有如此兴趣。而这方面，他恰恰没有准备，只是在听到徐勤转达陈衍的话后，才匆匆想了想。

“回大帅，”康有为合着两手在胸前拱了拱说，“有为年轻时隐居家乡西樵山，曾对佛学有过接触，实在地说，算不了研究。佛学博大精深，我仅略知皮毛而已。”

康有为生性好说大话，古往今来的学问在他的心目中占有大分量的也不多，但在佛学面前，他的确有一种面临大海的感觉：无边无涯，深不可测。

“不要你长篇大论地说内典学理，局外人说禅，或许正中肯綮。”张之洞并未接受他的谦虚。

康有为弄不清张之洞的用意，思忖着，一个当年给他以较深印象的故事浮了出来。

“回大帅，”康有为的两只手又合起来在胸前拱了拱，“我原来并不知佛学，也不喜欢释氏，当年在西樵山时苦闷已极，闲着无事，常去山中的一个小佛寺走走瞧瞧，看那些和尚们是如何生活的。看了几天，也觉失望。他们其实是些浑浑噩噩的无知无识之辈，除开秃头袈裟外，与常人一个样，他们也偷偷地喝酒吃肉，偷偷地嫖娼会女人。”

辜鸿铭先忍不住笑了起来，其他人跟着笑，张之洞的脸上也泛起了微笑。康有为心里想，这张之洞及其身边人与市井小民也并无什么区别，一样地对酒肉女人感兴趣，脑子深处残存的一丝怯意随着这笑声而化去。

“有一天，我在他们的佛堂偶见一部小册子，随手翻阅着，不料一则小小的故事把我吸引了。故事说，有三个得道的高僧在一起聊天，三人都有这样的体会，即苦读经书多年，修行多年，最后的悟

道，则只在一瞬间。由一件小事引起，突然间便像屋顶上的天窗被捅开了，整个儿都亮堂，一下子便什么都明白了。”

这几句引子立时把全花厅的人都吸引了。这些饱学之士，个个都是读了许多年经典的，只不过不是佛典而是儒典罢了。常常有读书多卷而仍淤塞不通的时候，为求得心中的畅通去苦苦地寻求天窗。释家是如何解决这个大难题的，倒真可作一个好借鉴。

“一个高僧说，我苦读苦修不能悟道。有一天到河里去挑水，看见一个女人在河边洗衣服。那女人两只手上各戴一只镯子。她不停地用手搓洗衣服，两个镯子不停地互相撞击，发出好听的声音。我突然想：这两个镯子若不是戴在人的手上，怎么可以撞击成声呢？世上的镯子千千万万，为什么这两个镯子能戴在同一个女人的手上呢？这没有任何道理可以解答，只有两个字：缘分。另外两个高僧说你这是因缘悟道。”

众人都点点头，张之洞也微微点点头。

康有为继续说：“另一个高僧说，我苦读苦修也不得悟道。有一年春天，我一早醒来，见满院子地上都是桃花花瓣，我扫了一个多时辰才扫干净。我边扫边想，这桃花昨天还在树上好好的，怎么今天早上都落到地上来了呢？昨天我还在想，今年可以好好地吃几天饱桃子了，谁知还没过一天，希望就全落空了，都怪昨夜的一场暴雨。这风雨无端而来，造成这场浩劫，改变了一切。我于此而悟道。另外两个高僧总结说，你这是因无端而悟道。”

众人都望着康有为，听他继续说下去。

“另一个说，我苦读苦修多年也不能悟道。有一天夜里，我回房间里睡觉。进门时，脚踩着一只软绵绵的东西，低头一看，那东西裂开了，流出浓糊糊的一摊汁来。我想，这一定踩死了一只小老鼠，那浓糊糊的浆汁一定是小老鼠的内脏血肉。心里很不安，睡在床上，嘴里喃喃念：阿弥陀佛，我一世不杀生，这次是误踩，小老鼠，我明天为你超度亡灵吧！不料刚合眼，便见千万只老鼠龇牙咧嘴吱吱地叫

着向我奔来，好像要撕裂我，为它死去的同类报仇。我吓得醒了过来，决定立即掩埋死鼠，为它念超度经。我点起灯走到门边，低头一看，原来不是死老鼠，而是一只烂茄子，流出来的是茄子汁而不是老鼠血。心里念道：阿弥陀佛，我这下无罪无过了。躺下睡觉，风平浪静，什么梦也没有，一觉睡到大天亮，醒来后干脆把那只烂茄子扔到墙外去了。从此我悟了道。两位高僧说：你这是因心而悟道！”

众人皆大笑起来。

辜鸿铭忍不住嚷起来：“康先生，你这禅家故事说得好听极了，《圣经》、《古兰经》里都没有这么有味的故事。”

张之洞笑着问：“他们都因此而悟道，你也悟了禅道吗？”

康有为答：“我或许缺了慧根，虽读了这则故事，却没有悟出禅道来，但后来却对我悟世道很有启发。”

“悟世道？”张之洞顺手捋了捋胡须，“说说你是怎么悟世道的。”

好了，终于摆脱佛家禅机，回到正题上了。

“回禀大帅，”康有为正襟危坐，将两只手交叉插进宽大的袖子里，高高地对着张之洞拱了两拱说，“我由高僧的得道过程中领悟到，我康某人因父精母血而成形，因母亲顺娩而临世，不生欧美，不生汉唐，而生在由太后皇上执政的大清国，与父老乡亲、友僚门生共处于世，今日又与大帅及大帅府里的各位先生相聚，这一切无从解释，只有缘分二字可以说得。我要珍惜这个缘分，不虚度此生，不负我大清国地载天覆之恩，报效斯世。这可谓我因缘而悟世道。”

张之洞敛容颔首，心里想，这康有为，许多人都说是狂人，从他这段话听来，也通情达理，并不狂妄。

“桃花被风雨打落，僧人感到世事无端。其实，这个世界无端太多。我们好好的大清国，从来没有碍别人的事，可是英国却要强行将鸦片运进来，俄国要霸占伊犁，法国则到处建教堂，传教布道。日本更加可恶至极，不仅炸毁我军舰，逼我赔银子，还要掠夺我们的台

湾、澎湖和辽东。他们好比狂风恶雨欺侮桃花一样地欺负我们大清，不让我们好好活下去。其实，桃花也是可以抵御风雨的，围墙筑高一点就行了。这就是桃花的自强。我们大清也可以自强，自强就能免受洋人的欺负；自强，就能让大家都好好过日子。”

赵茂昌忙讨好地说：“我们香帅现在做的就是自强的事业。香帅的事业成功了，我们大清就立马富强起来了。”

“这位老爷说得好。”康有为明知赵茂昌是在谄媚张之洞，但他此时要附和。“香帅的铁厂、枪炮厂和自强军就是保卫我大清国的围墙。”

张之洞很喜欢听这种话。他突然想到，这康有为可不是一般的新科进士、小京官，他眼下名满天下，四海瞩目。前京师清流派柱石，像冯桂芬、李鸿藻、潘祖荫等人，虽也曾号称士人的领袖，但他们的号召力以及在士人中的威望，都不能跟康有为相比。倘若借此人之口，替我张之洞在四处腾播腾播，岂不胜过赵茂昌这类当面的好话千倍万倍！再进一步，若康有为和他手下的那批人能为我张之洞所用，岂不更妙！

想到这里，他脸上露出会心的笑容来，说：“你这个世道悟得不错。”

“谢大帅！”康有为又拱起手来，说：“要说悟道，我真正佩服佛家的是因心悟道这句话。世间万事万物，对人来说，实只一念之间而已：存之于心则有事有物，不存于心则无事无物。就拿今日我们大清国来说，真正是百病丛生，百脉不畅，危险大极了。忧国忧民之士五内煎沸，如煮如焚，眼见国家多难，求救亡图存之策，日思夜想，寝食不安。但同是大清子民，许许多多人则熟视无睹，浑然不觉，当官的则依旧养尊处优，贪污受贿，为民的则依旧钻营谋利，苟且偷生。这些人犹如梦游者似的，看起来也在行走做事，实则不明不白，无知无识。两者之差，唯在有心无心而已！”

这段话说到了张之洞的心坎上。为办洋务实业，他是殚精竭思，

心血费尽。不说朝廷和别的地方，就拿湖广和两江来说，官场中大多数人或对此麻木漠然，事不关己，或泼冷水，找碴子，暗地刁难，或借机捞油水，发“洋”财。心与心不同，乃有人与人不同。

禅家故事正是将人世间的隐秘给挑穿了。

张之洞正要跟康有为再聊下去，督署凌吏目走进花厅，附在张之洞的身边悄悄说：“徐海道员谢文田今夜里想来看望大人，不知大人有空否？”

张之洞警觉地问：“夜里来！他要谈什么事？”

“谈海州煤矿的事。”

“他在哪里？”

“就在门房里。”

“他不是我的朋友，谈的又是公事，夜里来做什么！就叫他进来好了。我在签押房里接见他。”

说罢，站起身来对康有为说：“明天中午你再来，我们接着聊，陈石遗忙，就不要陪同了。你明天可以带一个学生陪你来！”

康有为和陈衍二人刚走出西花厅不远，便听见从一个房间里传出张之洞的大声吼叫：“这是什么？想贿赂我吗？混账东西！本督非严肃查办革去你这个道员不可！”

康、陈知道这是张之洞在训斥那个徐海道员，不敢多听，急急忙忙地离开总督衙门。

五　张之洞资助的《强学报》，竟然以“孔子卒后”纪年

第二天中午依旧在西花厅里，张之洞和康有为继续着昨天的聊天，只是双方的旁听者都有变化。在张之洞这边，只剩下梁鼎芬和辜鸿铭。在康有为这边，陪同前来的不再是陈衍，而是他的弟子徐勤。

徐勤是万木草堂开办之初的第一批学生，他与陈千秋、梁启超三人最受康有为的赏识，有康门三大弟子之称。陈千秋德才俱佳，可惜二十六岁时便英年早逝，康有为私称之为颜回。

梁启超天才卓荦，常被康有为委以重任。徐勤出身富家，却品性笃实。康有为定万木草堂的学费是每年十两银子，有家境贫寒的可少交甚至不交，家境富裕的希望多交点。徐勤于是每年交银四十两。康知徐忠诚可靠，常将他带到身边，让他一身兼学生与仆役二任。

张之洞要康有为谈谈自己的经历。康有为便将他的身世、求学过程及对国事的思考，特别将自己创办万木草堂及在京师拜谒各位大臣请代递奏折的事详细地叙说了一遍。张之洞很少插话，梁鼎芬一直没有做声，连一向喜插科打诨好表现的辜鸿铭也几乎没有讲话，大家都被康有为二十多年来为寻找中国的富强之路，所作出的辛苦探索和艰苦力行深深吸住。

张之洞一边细听康有为的浓厚粤音的京腔，一边端视着康有为的面庞五官、神态表情，心里在慢慢琢磨着，眼前这个暴得大名的广东佬，究竟是个什么样的人物？

很快，一个半小时的午休时刻就要过去了，凌吏目又走进花厅，对张之洞小声说：“谢道又来了，他要跟大人讲清楚，还说昨天大人冤枉了他。”

张之洞勃然变色道：“怎么冤枉了他，他的禀帖里夹了一张二十万银票，这不是存心要贿赂我吗？他把我张某人看成什么人了，真是岂有此理！”

凌吏目说：“谢道讲，海州商人们开矿心切，出此下策是不对，但他们除按规交税外，每年报效官府二十万。大人自己不收，可以用来为百姓办事。”

张之洞气犹未消：“海州煤矿我早就盘算好了，由海州衙门来办，先由江宁藩库拨三十万作开办费，今后所有收入都归官府，难道不强过他的每年二十万？”

凌吏目不开口了。

张之洞的脸色开始和缓下来，对康有为说：“你明天再来，将你的呈皇上的几份奏折和你的两部书《新学伪经考》《孔子改制考》都带来，给我看看。”

“晚生遵命。”康有为知道两次的谈话已引起了张之洞的重视，颇为高兴，稍停片刻他又说，“刚才听了大帅几句话，对大帅清廉高洁的品质，钦佩不已。今天的世道，像大帅这样高风亮节的官员可谓凤毛麟角。不过，有大帅一人即可知我大清国官场正气尚存，操守尚存，大清富强仍有希望。大帅方才办的是公务，晚生本无置喙之地，但晚生生性迂直，心里有话便要说出才安，诚所谓骨鲠在喉，不吐不快，不知大帅可否容晚生说几句话？”

在通常的情况下，像康有为这种官阶很低的客人，张之洞当然不会容许他过问公务，但一来康有为在张之洞心中的地位不一般，二来刚才这几句恭维话也让他高兴，遂道：“你要说什么话，说吧！”

康有为又拱了拱手才开口：“刚才听大帅说，拟由海州官府出面开采煤矿，晚生以为官办不如商办。晚生研究比较中西国情多年，发现两者之间有一个最大的差别，那就是中国办事只用官方的力量，而西方办事善用民间的，也就是商家的力量。有些事，如纳粮、征税、审案、练兵等，非官方不可，但许多事，尤其是洋务实业，还是以商家办为好。这可以克服官府办事常见的贪污推诿等毛病，因为它的一丝一毫都与办事人的利益密切联系。晚生以为海州的矿务，交给商家办，官府可课以重税，或在常税外再额外交一笔钱给官府办其他公益事业。若纯由官府办，则会像许多官办的局所一样，亏损大而收效少。晚生实在是冒昧陈言，请大帅宽恕。”

张之洞听了康有为这番话后沉默着。他想起了汉阳铁厂和枪炮厂，还有马鞍山煤矿、大冶铁矿，的确是投资巨大而收效甚小。他三令五申严加监督，也不见好转，据说里面弊病甚多，也有好几个人提出招商家来办，他都加以拒绝，他不大相信唯利是图的商人能办好这

样的大厂矿。康有为说中西最大的差别，便是官办与商办的差别，这是他第一次听到这样简明扼要、一针见血道破中西国情的不同，这话给了他一个震动。但他不愿意就这样轻易接受康有为的看法，免得被这个地位比他差得太远的年轻人所轻视。他拍了拍衣袍起身，慢慢地说："你刚才说的这番话，也算是一家之言吧！你得为我找一些实例来，让我看看。老夫一向信服河间献王的做法：实事求是。"

张之洞离开花厅回到签押房，再次召见徐海道谢文田。昨天声色俱厉地表示要对谢文田立案究办的话不再说了，耐心听完他的陈述，只说了句"此事再议"，便将谢文田打发走了。这位五十多岁的徐海道台，昨天离开督署后，便像冬天从池塘里捞出的落水者一样，躺在床上，盖三床棉被，仍全身冰冷、战抖不已。他私下接受了海州商人送的三十万两银子的贿金，为了办好这事，他忍痛拿出二十万送给张之洞。不料引起张之洞的雷霆大怒，声言要将他查办革职。真是偷鸡不着蚀把米。事情办不好，熬了几十年才熬出的四品顶戴都要立即被拔掉了，这不倒了八辈子的大霉！昨夜一夜未睡，今日再来督署告罪求饶，请求总督大人手下留情。不料今天张之洞竟然脸色温和，革职一事不提了，还可以再议。谢道喜从天降，心里不停地念着："祖宗保佑，神灵保佑。"早就听人说过张之洞性格乖张，喜怒无常，这次可算是真正领教了。

翌日午后，张之洞和康有为在西花厅第三次会面。康有为将所有奏折及部分诗文和两部书都带了来，当面呈给张之洞。张之洞问了问康有为这次到江南来的目的。康有为将准备在上海创办强学分会和办报的事说了一遍。张之洞说："我今天下午有几件急务要办，不能跟你多谈了。你给我的这些文章和书，我也得好好看看。明天、后天你都不要来了，大后天再来，我和你再好好聊聊。"

"晚生遵命。"康有为照例拱了拱手说，"有一件事，前两次晚生都忘记了。我离京前，内阁侍读杨叔峤先生要我带一封信给大帅。我说我还不知什么时候去江宁，也不知大帅能不能接见我。我怕误

事，请他还是交提塘官去办好了。”

张之洞说：“你认识叔峤？”

康有为说：“叔峤是个忠义热血之士，我与他见过多次面，对国事的看法几乎完全一致。京师强学会开会，他也去听过，对我们组会办报，他都极为赞同。”

这些年来，杨锐在京师一直与张之洞的长子仁权有密切的联系，也常常会有信件给张之洞。他在内阁任中书期间，因修《会典》有功，已晋升为正六品的侍读。朝廷上的一些事情，京师里的传闻，他常会在信中向张之洞作些汇报。

张之洞“哦”了一声，又说：“叔峤身体还好吗？”

康有为笑了笑说：“身体好，气色也好，看起来是个正在走运的官。”

说罢起身告辞。

接连两个晚上，张之洞都在阅读康有为的四份奏折和部分诗文，翻看他的那两部引起轩然大波的著作。张之洞在心里反复掂量着康有为。这无疑是一个奇才，无论是为学还是做事，都有大过人之处。若生在太平盛世，一心一意治学，或许能达到郑玄、孔颖达那样的成就；一心一意做事，也或许可能获得王安石、张居正那样的功业。他现在既要为学又要做事，既想做圣贤又想做英雄，这颗心真是大得很哩！

在三次与康有为的面谈和翻阅这些文字之后，张之洞对大清立国以来所仅见的这位公车首领有了较为清醒的看法。

康有为虽有南海圣人之称，但张之洞从他年轻时离家出走，类似癫迷的独居经历，和四处趋拜京师权贵乞求奥援的行为来看，特别是从他不惜歪曲孔子编造历史来为自己的学说寻求根据，又肆意诋毁古文经学，粗暴武断地对待前人来看，这个人的品性大有可质疑之处。

此人行常人之所不能行，言常人之所不能言，忍常人之所不能忍，其必抱有常人所不曾抱之功利，求常人所不曾求之目标。他敢做

出头鸟，敢为天下先，其胆气魄力也必在常人之上。显然，他不是在做修诚格致的圣贤功夫，而是在做出人头地的豪强勾当。

以此看来，他所致力的一切，维新变法也罢，强国图治也罢，都不过是一个手段、一苇舟楫、一座浮梁而已，其最终的目的乃在于个人抱负的实现。如此，康有为则很可能是古往今来常见的野心家，并非国士！

且慢，张之洞的思路刚一到达这里，便立时有一股强大的力量在挡住，这力量来自于康有为那四份上光绪皇帝书。这可是一个烈焰腾腾的熔炉，它燃烧的是滚烫的心，奔溢的是激烈的血。

四道上书中的一些话，不断地浮现在张之洞的脑海里：

“窃观内外人情，皆酣嬉偷惰，苟安旦夕，上下拱手，游宴从容，事无大小，无一能举……大厦将倾，而处堂为安，积火将燃，而寝薪为乐，所谓安其危而利其灾者……今兵水陆不利，财公私匮竭；官不择财而上下鬻官，学不教士而不患无学。”

“今日中国好比重病之人，卧不能起，手足麻木，举动不属，非徒痿也。又感风疾，百窍迷塞，内溃外侵，朝不保夕。所谓百脉溃败，病入骨髓，扁鹊、秦缓所望而大忧者。”

“决不能割地赔款。弃台民之事小，散天下民之事大，割地之事小，亡国之事大……天下以为吾戴朝廷，朝廷可弃台民，则可弃我，一旦有事，则次第割弃，终难保为大清之国民矣。民心先离，将有见土崩瓦解之患，自弃其民，国于亡也……不如以所赔之两亿巨款改充军费，强兵复仇。”

“设银行，筑铁路，造机器，开矿藏，设铸造局铸造银元。”

“顺天下之人心，发天下之民气，合天下之知以为知，取天下之才以为才。”

这些话对张之洞来说，都有于心戚戚然之感，尤其谈割地赔款那一段，更是深得张之洞的心。“以赔款改充军费”简直与自己不谋而合，所见略同。至于“割地之事小，亡国之事大”、“可弃台民，则

可弃我”、“自弃其民，国于亡也”这些话，更令张之洞拍案叫绝。他虽然反对割地赔款，却没有用这样的语言予以表达，不是因为身为国家大员，不可以说这样尖刻的话，而是没有认识得这样的深刻透彻，这样的人木三分！自诩天下奏疏第一的前清流名士，在这样的折子面前，也有点自愧不如、后生可畏之感。

此人的诗也好。慷慨沉雄，气势闳阔。“《治安》一策知难上，只是江湖心未灰”，“陆沉预为中原叹，他日应思鲁二生”。张之洞反复吟诵康有为的这些诗句后，常常忍不住感叹：是个有大志的人呀！

从德才学识四方面来鉴衡，此人才与识都属海内罕见，学也不乏，只是它的路子有些偏，不能总是正学，至于德嘛，张之洞下意识地摇了摇头。

昨天下午蒯光典到督署来说，康有为此次到江宁，是前来寻求资助的，希望能对他在上海筹建强学分会予以支援。

天性爱才惜才的张之洞，从心里深处来说，是非常赏识康有为的。他两充主考，再任学政，门弟子中无能写出如这等诗文的人。他开府太原，总督三地，其幕府中也无能写出这等深刻奏章的人。何况，此人的治国方略大多与自己相同。此人若不办学堂自任宗师，若不广结权要自上奏章，若不结会办报自封领袖，而是直接就来投靠他张之洞，愿意在他麾下效力做事，他张之洞必定会予以重用，待遇优厚，对其礼仪程度当不会下于桑治平。可是，康有为不是也不属于桑治平式的人物，那么，又将如何对待呢？

最让张之洞拿不定主意的是，结会办报，此乃犯大忌的举动。历朝历代，哪个君王不严禁结社集会组团纠伙？如今西方传过来的报刊，其煽动力、影响力大得不得了，倘若他办的强学会的背后有什么不轨的意图，倘若他办的报刊上今后刊载了与朝廷决策相左的文章，惹的乱子可就大了。自己身为总督，岂脱得了干系？即便不对抗朝廷，而是惹出别的是非，比如他们在报上骂地方官员，干预官府，这

些事也够麻烦的了。要是你支持他们，今后出了事便会找到你的头上来，到时如何说话？

张之洞陷于深沉的考虑中。正在这时，有一个人轻轻推开签押房的门，蹑手蹑脚地走了进来，将一封信函放在书案上，转身走出房间。张之洞从沉思中回过神来，看了看桌上摆的信函：原来这正是康有为讲的杨锐托他带的信。张之洞急忙拆开封函，取出信来。

杨锐首先问候老师近日的生活起居，健康状况，然后告诉老师，大公子仁权最近几个月来在四书文、试帖诗上狠下功夫，进步很快，下科会试高中是唾手可得。这话很让张之洞欣慰。仁权三十三岁了，尚未中进士。他盼望儿子能早日报捷。

接下来是这封信的主旨。杨锐告诉老师，前来上海办强学分会的公车上书领袖康有为是个非常难得的奇才，他在京师甚得人心，年轻的士子们，包括国子监的学生及各省住京应试的举子，十之八九尊敬康有为。官场上尤其是翰苑、詹事府里的官员们也大多对康有为的爱国热情表示敬意。最为难得的是德高望重的元老，如李鸿藻、翁同龢、孙家鼐等都对康有为表示赏识，尤其重要的是皇上注意到了康有为。皇上读到了他所写的奏折，并且将他的奏折摆在龙案上整整一个月，时常拿起来读，还不断称赞他忠心可嘉。据内廷传出的消息说，皇上早晚要大用康有为。杨锐还表示他想加入京师强学会，并请老师能对康有为在上海的活动给予支持。

放下这封信，张之洞的心情有点激动起来。杨锐的信，似乎专为释疑而作。撇掉翁同龢不论，李鸿藻、孙家鼐都是正派而富有阅历的人，他们都赏识康有为，看来此人确非一般。更为重要的是，皇上看重康有为！尽管有不少传闻，说皇上柔弱无实权，权力都握在太后的手里。但不管怎样，皇上终归是皇上，太后已过了花甲，皇上才二十五岁，大清的权柄最终握在谁的手里，这不是再简单明白不过的事吗？如此说来，康有为的大用，只是时间的早晚而已！想到这里，张之洞不再犹豫，决定明确表示自己的态度：支持康有为，支持康有

为在上海所办的事业。

但是，康有为的锋芒太露了，而且此人既然连“托古改制”的事都可以强加在孔子的头上，他什么话不敢说，什么事不敢做？得有一个人常年在他的身边盯着，以免出大的漏子。倘若能通过此人，将以后康有为所办的事纳入自己的轨道，那就更好。这得有一个既能干又忠诚的人去为好。派谁去呢？张之洞猛然想起刚才送信的人，好像是和梁鼎芬一起从武昌来江宁的汪康年。那时因为在思考康有为的事没有在意，这时张之洞心里想，从门房将信函等物送到签押房是大根的事，大根半个钟头前还来过这里，怎么这封信会由汪康年送进来的，莫非他是借送信为由，要跟我说话？

张之洞突然兴奋起来，就派他跟康有为到上海去，岂不挺合适的吗？

原来，表字穰卿的汪康年也是张之洞所欣赏的一个人才。那年汪康年中了进士后，正候在京里等待分发，偶遇在京师办事的梁鼎芬，两人很谈得来。梁对汪说，你的志向不在百里侯而在名山事业，不如跟我到武昌去。张香帅坐镇江夏，广招天下贤士，共襄盛举，你到武昌去必可得香帅重用。汪康年答应了，跟着梁来到武昌。张之洞与汪康年见面说了话，又读了他的诗文，果然对他大加赞赏，将他留下，让他到两湖书院任史学教习。汪和梁都有同样的爱好：喜欢作诗论诗，张之洞也甚好此道。于是，张之洞与梁鼎芬、汪康年之间除上下级之外，更兼一层诗友关系。

张之洞把大根叫进来问：“早一会，有封信，为什么你没送而叫别人送进来？”

“四叔，是这么回事。”大根答，“我从门房里拿了信出来，正要给您送来，刚好碰到汪教习。他说，这封信交给我吧，我给香帅送去，顺便好跟他说件事。”

果然是汪康年！张之洞说：“你去把汪教习叫来。”

一会儿，三十五六岁、戴着一副西洋近视眼镜的汪康年走进签押

房。

“穰卿，你有事跟我说，为何不说又走了？”

“我见香帅正在想事，怕打扰了您，也不是什么大事，便先走了。”

“坐吧，你有什么事？”张之洞指了指墙壁边的高背椅。

汪康年坐下后说：“前几天我到镇江去了。回江宁后，梁鼎芬对我说，康有为到江宁来了，与香帅见了几次面。总听人说起康有为，我也没见过。我想请香帅下次接见康有为时带我在身边，让我看看这位上万言书的公车领袖究竟是个什么模样。”

张之洞笑了笑：“模样也很一般，年纪比你大不了两三岁，与你的区别是你有四只眼，他只有两只眼。”

汪康年被逗乐了，说：“我还想听听他的说话，看看他的举止表情，我是读过他的《新学伪经考》的。读其书，想见其为人，古今一理呀！”

“好，满足你的要求，明天中午他会再到督署来，你和我一道去见他吧！”

“多谢香帅了！”汪康年起身告辞。“香帅忙，我就不打扰了，明天我准时来。”

“慢点走，我还有话跟你说。”张之洞用手向下压了压，示意他重新坐下。“康有为这次是到上海来办强学分会的，还想在上海办一张报纸，希望我支持他。我想听听你的意思。”

汪康年说：“我听说康有为在北京办强学会，办《万国公报》，京师很多人都赞赏。还听说李中堂、翁中堂、孙中堂都派人参加了强学会，不少人还捐了银子。”

“你都听说有哪些人捐了银子？”

“听说直隶总督王文韶、在小站练兵的袁世凯都捐了五千两，还有两位领兵的将领聂士成和宋庆也各捐了两千两，李鸿章也准备捐两千两，他们还不要哩！”

“想不到李少荃晚年落到这个地步，既受日本人的欺侮，还要受国内无名小辈的奚落。”张之洞说话间还冷笑了两声，那神态，颇有点幸灾乐祸的味道。

汪康年明确地说：“我个人是很赞赏钦佩康有为的。香帅是总督，不比我们，行事宜慎重，但既然京师几位老中堂都支持，香帅支持他，朝廷也没得话说。”

“你看怎么支持？”张之洞斜过脸来问。

汪康年想了一下说：“第一是道义上的支持。就是承认康有为他们在上海办强学分会、办报纸是合法的。上海官府不能随便干涉他们的行为。第二个是资金上的支持，办会办报都要钱。康有为是个书生，家中也不富有，银子对他们来说很重要。”

张之洞点点头说：“你说的这两点我都接受。我还想给他一个支持，派一个人去，和他们一同办事。”

“那当然更好了。”汪康年立即说，稍停一下，他又说，“叫谁去，这个人不大好派。这不是两江的公务，由衙门说了算啊。若康有为以为是去监督他，会碍他的手脚，不同意不接受呢？或是他接受了，这人今后不能与他们很好共事，起不到香帅所要起的作用，也是白派了。”

张之洞盯着汪康年：“你知道我派的人要起什么作用？”

“我当然知道！”汪康年一副自得的模样：“香帅怕他们出乱子，派个自己的人去好随时掌握他们的行径，免得出事，日后朝廷说起来，也好交代：我安排了一个人在管他们呢！”

“你这个脑子倒是鬼精灵的。”张之洞笑了起来。“那就派你去如何？”

“派我去！”汪康年愣了一下。他也是一位热血热肠的士人，想轰轰烈烈地干一番大事业，对康有为及其同仁们所做的事业早已心仪。他怕是张之洞在逗他，便又问了一句：“真的派我去上海，和康有为他们一道办会办报？”

“真的。”张之洞一本正经地说。

“我去！”汪康年坚定地表态。

“好，明天你和我一道见康有为时，我就把你给推荐出来。”

次日，又是一个和暖的初冬午后，康有为应邀准时来到督署西花厅，不料张之洞已先坐在那里闭目晒太阳了。康有为想起“与长者会，不能晚到”的古训，正要表示歉意，张之洞却不以为然，指了指侍立在身后的人说：“他是武昌来的两湖书院的史学教习汪康年，字穰卿，仰慕你的大名，特来与你见面。”

汪康年随即走前一步，向康有为抱拳：“我对康先生仰慕已久，你的大著和几道上皇上书我都拜读过，早想结识，只是无缘。昨天我听说康先生还会来督署，便请香帅带我一起来见面，今日如愿得见，快慰平生。”

康有为来督署已经三次，还没听见过哪位衙门里人说过这样诚恳的话，知道汪康年是个真心仰慕他的人，心中甚是高兴，也忙拱手：“穰卿先生过奖了。张大帅创办的两湖书院在海内士子们心目中有着崇高地位，穰卿先生身居书院史学教习，定然学富五车，钦佩钦佩。”

张之洞正要使汪康年在康有为眼中有个好印象，便接了他的话题说：“穰卿是甲午科的进士，他的志向高洁，不愿做俗吏，却要跑到武昌来跟老夫做点事。他的学问诗文，老夫都不及。”

汪康年忙说：“香帅这话，令我无地自容。”

康有为见汪康年身为进士，不去做官，却来书院做一个无权无势的清闲教师，心知此人确不是俗气的读书人，不觉生出几分敬意来：“穰卿先生志向可嘉。”

“都坐下吧！”张之洞待康、汪二人坐定后，开门见山地说，“康先生，你的两部大著和奏章、诗文，老夫都已读过。你这忧时忧国之心，老夫也甚是体谅。你准备在上海办强学分会，创办报纸，老夫都予以支持。”

康有为今天是准备了一肚子话，来向张之洞游说，希望能支持他的事，不料尚未开口，张之洞便这样直截明白地表示支持的态度，令他颇为意外：这的确是一个做事的人，怪不得在湖广办了那么多的洋务局厂。康有为心里想，嘴上忙说："谢大帅的大力支持。"

"我还要拿出点实际东西来。"张之洞接着说，"我比不得王文韶和袁世凯，他们有钱。我虽然做了一世的官，却没有学到积攒私房的本事，我只能捐给你们五百两银子。银子虽少，却是清清白白的俸金。另外，江宁藩库再拨一千两银子，作为你们的开办费。"

康有为不名一文，眼下最缺的便是银子，有这一千五百两银子，在上海租房聘人张罗会务就有了切实的保证。他满心欢喜，起身向张之洞作了一揖："大帅的慷慨解囊，江宁藩府的大力资助，康某代表京师强学会和即将开办的上海强学分会表示由衷的感谢。"

"感谢不必。"对于康有为的这个举动，张之洞面无表情。"只是你们要把事情办好，千万不要在上海给老夫添乱子惹麻烦。"

康有为从张之洞的神情和说话的语气中，感觉到与刚才的热乎不大相协调的冷意，遂答："大帅放心，强学会是为了我大清的富强而建立，决不会给大帅添乱子惹麻烦。"

"那就好。"张之洞指了指汪康年说，"我还要给你安排一个助手，就是这位汪康年汪穰卿。他能支持你们的事业，相信你们会合作得好的。"

张之洞的这一招，康有为倒没有想到。张之洞派人来，毫无疑问，是代表官府来监督的。京师的强学会，就因为部院官员的干扰太多而不顺利，康有为本意是想在上海另辟一方天地，名曰强学分会，实际上就是强学会总会，要彻底摆脱北京城里的沉闷而又浓厚的官场暮气，借助上海的海港优势来放开手脚做事。他私下将这个决定，比之为俄皇彼得大帝当年将首都从莫斯科迁往圣彼得堡。他为自己的英明决策而自得，却不料刚离京师的官场，又落到张之洞的控制之中。想到这里，康有为有点沮丧，瞬时间他有种被罩在网中的鸟儿似的感

觉。这张网又大又宽，将全中国都统罩住了，无论在他的家乡广东，还是在京师，抑或是在西方气氛较浓的上海，他都无法挣脱这张网，而赢得属于自己的那个自由空间，真是无可奈何！

但康有为自然不能拒绝张之洞的这个安排，何况汪康年给他的印象也颇好，心里想：你张之洞可以利用他来监督我，我也可以改造他来为我所用；他若为我所用了，你张之洞也便间接为我所用了。

康有为做出一副极恳挚的神态说："大帅给了我们这么多银两，又虑及我们人手不够，将穰卿先生这样的大才派出支援，晚生真正感激不尽。只是上海强学分会一切都还在计议之中，要付诸实现，会有许多筚路蓝缕的事要做，到时恐怕要委屈穰卿了。"

汪康年说："我不怕吃苦，只要能对康先生的事业有所帮助，再苦再累我也心甘情愿。"

"好，就这样说定了。"张之洞起身道，"我还有许多事要做，今天就谈到这里。康先生，穰卿从此刻起，就归于你的麾下了。你日后需要找我，找江宁督署的事就可以通过他。什么时候去上海呀？"

康有为和汪康年都站起来。康有为说："过两天，我就带着穰卿坐海船去上海。"

一个月后，张之洞收到汪康年寄自上海张园的信。

汪康年在信上报告上海强学会的筹备业已就绪，即将开成立大会。信上特别提到由康有为起草的《强学会章程》中所说的"分门别类，皆以孔子经术为本"。汪康年说，康有为的"孔子经术"其实是他篡改的所谓孔子改制的那一套，希望去掉这一条，但康坚持。

康还将张之洞作为发起人的第一名列入，也不事先请示。信函里还夹了一份《强学会章程》的抄件。

张之洞将《强学会章程》看了一遍。章程规定强学会的任务是译印图书，刊印报纸，成立图书馆，创办博物馆，传播西学新学，研究如何维新变法以使国家自强，这些都没错。既以西学新学为业，似可

不提“孔子经术”。康有为要格外标出这点，显然是想打着孔子的旗号来推行他的那一套学说，这是不可以的。

身为两江之主，列名为康有为所办的强学分会的第一号发起人，更是大为不妥。张之洞忙亲笔写了一封短函，申明两点：一从章程中删去“以孔子经术为本”数字，二是将他的名字从发起人中划去。为着郑重，派梁鼎芬坐小火轮专程去上海张园。

康有为见到张之洞的信后，对梁鼎芬说：“章程都已发出去，无法改了，至于张大帅不愿列名发起人，那就划去好了。”

梁鼎芬正色道：“长素兄，你这样做不妥。既然张香帅拨款捐银给你办强学分会，那强学分会就应该在大事上对香帅先禀告而后行。像章程和列名这类事都是大事，你如此我行我素，香帅如何放得下心？”

康有为却不以为然：“张大帅虽然拨了银子，但强学分会到底不是两江治下的衙门，用不着事事都要向他禀报。何况‘以孔子经术为本’这七个字本没有什么差错，张大帅既然很支持，将他列名为发起人也不是不可以的。”

梁鼎芬没有想到康有为居然是个如此自以为是的人，暗想此人今后怕是极不好打交道。他叮嘱康有为：“今后要多向张香帅请示。”

康有为漫然应了一声。

梁鼎芬觉得事情有点不妙，把汪康年叫来，要他今后多多注意强学分会，千万莫给香帅招惹是非。然后，急急忙忙赶回江宁，向张之洞禀报了一切。

张之洞紧锁双眉不做声，心里想：这康有为看来是个桀骜不驯的狂人，拨款资助他一事或许草率了点。但事已至此不便改变，遂关照梁鼎芬：“你到钟山书院去一趟，告诉蒯光典，以后注意一下书院学子们对上海那边的反应，有什么事随时告诉我。”

张之洞万没料到，二十多天后，一桩更大的乱子骇得他目瞪口呆。

这天上午，大根照例将一大堆包封信函送到张之洞的签押房，并在一旁当着张之洞的面将它们一一拆开。

“四叔，您看看这个。”大根将一本石印的薄册子交给张之洞。

张之洞接过一看，见上面赫然印着三个大字：强学报。

下面有一行小一点的字：上海中国强学总会。

他心里一动：康有为的报纸印出来了！但随即而来的便是心中不快：为什么没有事先通个声息，比如说报纸的名字啦，一个月出几期啦，创刊号的主要文章啦，什么消息都没有，一张报纸就印出来了。堂堂署理两江总督，上海强学会的强有力支持者，竟然和别人一样，只是在报纸印好后才看到，这康有为的眼里可真没有我呀！

他扫了一眼第一页上的文章，用大字登在首要位置上的是康有为自己撰的文章：《孔子纪年辨》。张之洞觉得奇怪，为什么要写这样的文章？四海之内，从京师到十八行省都一律用的是光绪年号，谁也没有用孔子纪年呀！他读了几句，才明白《强学报》用的是孔子纪年，而康有为辨的就是他自己的做法。张之洞一惊，目光急速地在报上寻找，很快，他便看到刊头上还有一行小小的字：孔子卒后二千三百七十三年大清光绪二十一年十二月初五日。

“岂有此理！”张之洞一掌拍到案桌上，把一旁专心拆信函的大根吓了一大跳。

“四叔，怎么啦？”

“康有为真是胆大包天！”张之洞气呼呼地将手中的《强学报》重重地朝地上一扔。“你赶快出去给我把凌吏目叫来。”

一会儿，凌吏目气喘吁吁地走进来，垂手侍立。

“你把那张报纸拾起来！”

凌吏目一边弯腰拾报一边想：叫我来就是为你拾这张报纸吗，为什么不叫大根拾呢？见张之洞满脸怒容，他也不敢问，只在心里嘀咕着。

“你看看这个！”张之洞指着“孔子卒后”那一行字对凌吏目

说。

凌吏目边看边轻轻地读了出来："孔子卒后二千三百七十三年大清光绪二十一年十二月初五日。"他有点奇怪：怎么要写得这样啰唆，不就光绪二十一年十二月初五日好多了，还加什么"孔子卒后"？

"看出问题了吗？"张之洞绷紧着脸问。

凌吏目仔细地想了想：除开啰唆外，也不见有什么大问题，张大人为何这样凶巴巴的？

"有点啰里啰唆的，有个光绪二十一年就可以了，不要再加什么孔子卒后。"

"岂止是啰唆？"张之洞冷笑道，"你的脑子不开窍，这是自改正朔！"

"自改正朔！"这话让凌吏目睁大了眼睛。凌吏目也是读书人出身，知道这"自改正朔"就是"谋反篡位"的同义词。他浑身打了一个战。稍停一下他又想：说自改正朔是不是有点过分了，后面不还明明写着光绪二十一年吗？历史上谋反者决没有自改正朔后又加上朝廷正朔的，但在张之洞的凶光之下，他哪有为《强学报》辩解的勇气？

"你给我立即出发，乘坐小火轮到上海张园，先找到汪康年，问他知不知道这事。然后再和他一起去向康有为传达我的指令，火速将这一期创刊号封存销毁，下一期不能再有'孔子卒后'这一行字，若坚持不改变，我将查封该报！"

凌吏目来到上海张园，找到了汪康年。汪康年听了凌吏目的传达后，十分委屈地说："康有为这个人极不好相处，专横霸道，根本听不进我的意见。他坚持要在光绪年号之前冠以孔子纪年，说这是对孔子的尊崇。我几次说过，这太骇人听闻，恐授人以柄。他就是不听。"

凌吏目说："康有为一意孤行，怕是要给香帅添大乱子。"

汪康年说："我和你一起去见他，郑重其事地把香帅的意见转告

他。若他依然坚持的话，那我只得离开上海回两湖书院去。”

凌吏目是个吃了二十多年衙门饭的人，他没有汪康年的文人气度，有的是衙门带给他的仗势凌人的习惯。“到时就不是你离开上海而是要请他走路了，哪有拿了两江藩库的银子而不听两江总督话的道理！”

汪康年陪着凌吏目上楼来到康有为的办公室，推开房门，见康有为正撩开袍子，站在桌子边在奋笔疾书，见汪康年进来，只随便点点头，手中的笔并没有停下来。

汪康年指着凌吏目介绍道：“这是香帅派来的凌吏目。”

康有为头也没抬，边写边说：“我们在督署里见过面，请坐。稍等会儿，我还有两句话就写完了。”

凌吏目心中不悦地在一旁坐了下来。过一会儿，康有为放下笔，得意地对汪康年说：“我刚才是在给一位读者回信。穰卿，你还不知道吧，我们的《强学报》创刊号出来后，引起的反响有多大，这两三天我已收到十多位读者来信了，全是拥护，一片叫好。刚才我回信的是谁，你是绝对想不到的，他是容闳容纯甫老先生。他都看到了我们的《强学报》，就写信鼓励我们。容老先生的信，我非亲自回不可。”

最先带领留美幼童出国，后来又做过驻美副公使的容闳都称赞《强学报》，这事也的确令汪康年兴奋。他正要问问容闳现在是不是住在上海，凌吏目冷冰冰的话抢在他之前抛出来了：“康先生，我奉张制台的命令特来上海告诉你，《强学报》上写的‘孔子卒后’那一句话大为不妥。张制台说了，只能用皇上的年号，不能用孔子纪年。”

凌吏目根本不知道容闳是个什么人，容闳来信称赞一事，在他的心目中并无意义，他只为康有为对他的冷漠而生气：我受命前来传达张制台的口谕，就好比传旨的钦差，你一个小小的工部主事竟然如此坐大，真是一点官场规矩都不懂的妄人！

康有为不以为然，说：“这些读者的叫好，大多是冲着孔子纪年，和我那篇《孔子纪年辨》而来的。有孔子才有我中国，无孔子则无我中国，我用孔子纪年正是标明我中国在世界各国面前的崇高地位。我知道，张大帅是怕由此而引起改正朔的嫌疑，这点我早就考虑到了。我康有为赤心拥戴皇上，拥戴朝廷，决没有二心，历史上所有谋反篡位的人，用的都是他自定的年号，决不会用孔子卒后纪年，更何况下面紧书光绪年号。哪有这样的改正朔者？请凌吏目告诉张大帅，千万放心，不要听信旁人的无稽之谈。再说，我康某人一人做事一人当。这事我早申明过，与穰卿无关。今后朝廷怪罪下来，我一个顶罪，不干穰卿之事，更与张大帅无关。”

这几句话顶得凌吏目无言以对。他在官场里混了半辈子，从不见哪一个官员敢顶抗上司。不管此人的官衔有多高，比他官大的人说的话他就得听。官大一级压死人，这就是官场的规矩。一个工部主事，充其量不过六品，张大帅乃正二品的总督大人，这中间不知隔了几重天！凌吏目还是头次遇到这样的角色，他为官场规矩遭此破坏而愤愤不平。“康先生，我也不同你辩什么有孔子无孔子的理论，我只是奉张制台的命令来通知你，你不要再说什么空话，下期的《强学报》必须去掉‘孔子卒后’那一行字。否则，张制台将断绝对你们的资助！”

说完也不招呼汪康年一声，气呼呼地走下楼去。康有为看着凌吏目的背影，对汪康年哈哈笑道：“想不到清流出身的张大帅的衙门里，竟有这等俗不可耐的庸吏！”

汪康年说：“长素兄，虽有不少读者称赞《强学报》，但‘孔子纪年’事关大局，还是谨慎为好。香帅这人很强硬，他是说得出做得出的，一旦断了对《强学报》的资助，那报纸也便办不下去了。”

康有为心里冷笑道：孔子改制，乃天地之大道，岂能为一两江总督的供养而做交易？你张之洞未免也太小看我了。说出的话却温和得多：“穰卿，此事与你无关，你不要担心，张大人实在不容我，我离

开上海就是了。”

凌吏目坐着小火轮一路气呼呼地从上海回到江宁，添油加醋地向张之洞禀报：“康有为那小子无法无天，根本不把香帅您放在眼里。卑职看这人迟早要出大事，香帅您得把他早点赶出上海。”

张之洞铁青着脸听着，不做声。凌吏目走后，赵茂昌进来了，他向张之洞献策：“香帅，对《强学报》的事也不要操之过急，古话说多行不义必自毙。康有为这样做，必定会有人起来指责。那时，您再借助外力予以整治，效果会更好些。”

张之洞默然不语，心里接受了这个建议。几天后《强学报》的第二期出来了，纪年形式和创刊号一个样。再过几天第三期也出来了，同样未改。正在张之洞忍无可忍的时候，一个急转的变化证实了赵茂昌的远见。

六　焦山定慧寺留下张之洞“与时维新”的楹联

原来，就在上海出版《强学报》的同时，北京城里都察院御史杨崇伊突然上奏弹劾京师强学总会，说该会包藏祸心，干了不少非法活动，专门贩卖西洋书籍，抄录各驻京使馆的新闻报，刊印《中外纪闻》，并借该刊之毁誉来要挟外省大员，乘机勒索，请予严惩以肃风纪。

杨崇伊为何上这等严奏，原因在于强学会中的激进人士排斥李鸿章。李鸿章因羞而怒，由怒而恨，授意他的儿女亲家出面来纠弹。

京师中本有不少人早就对强学会的举动不满，便借杨崇伊的折子，对强学会大肆发难。慈禧虽然退政颐养，实际上仍在控制朝政。她一向讨厌低级官员议论国家大计，对庶民议政更是仇恨，遂在一批王公亲贵的要求下，指示光绪皇帝下令查封。当天下午消息传出，未等步军衙门的人查抄，分住在炸子桥嵩云草堂和琉璃厂图书室的强学会工作人员，便早已逃得干干净净。梁启超等人四处联络，希望能联

名上奏，居然一时连找个联名的人都没有。无奈之时，他只得来找翁同龢，想请他出面说服皇上收回成命。翁同龢愁眉不展地告诉他，这是太后的旨意，他也因支持强学会的缘故得罪了太后，免去了毓庆宫差使。现在已不是帝师了，也不好随便去找皇上说情。

梁启超大为失望，转而再找李鸿藻。倒是李鸿藻有主见，他知道，强学会遭弹劾的关键是一“会”字。这“会”与“朋”“党”“团”“帮”一样，都是当政者所忌惧的，凡事一扯上“会”“党”一类的字眼，就容易使人联想到“居心叵测”、图谋不轨之类。他和同是强学会的支持者孙家鼐商量，决定改个名字。强学会的主要目的在于藏书译书印书，不如干脆叫个书局，为表示对朝廷的崇奉，再加一个“官”字，全称官书局，这样就再不会授人以口实了。李、孙合奏此意，终于得到慈禧的恩准。于是兵部衙门的官兵们将强学会的烫金匾牌砸烂，在琉璃厂小小图书室的门上挂了块官书局的白木板。

这事通过京报的刊载，没有几天便让张之洞知道了。他于是借这股风命令上海道解散强学分会，停办《强学报》，又命汪康年接管强学会的全部余款及各项不动产财物。康有为只得悲恨交加地离开上海，带着学生徐勤等人乘海轮回原籍广东。

转眼就到了年关。这一天，汉阳铁厂督办蔡锡勇遣人来江宁，报告铁厂的经营遇到很大的困难，炼成的钢铁被外国客商认为不合格，堆积在厂里卖不出去，银子周转不过来，连薪水都开不出了。眼看要过年了，大家都很着急，盼望张之洞能早日结束两江的署理，回到武昌去。

张之洞何尝不想早回湖广原任？两江虽然富庶，但不是自己的家，家是耽误不得的。辽东的战事早已结束，刘坤一应该过不久就得回江宁了吧！正在他盼望回湖广的时候，天遂人愿，朝廷下达明谕：着刘坤一回两江原任，张之洞回湖广本任。

得知张之洞即将离宁回鄂，赵茂昌急忙赶到江宁城。他要借送别

老上司的机会，来办成一件他谋划已久的大事。这些年里，赵茂昌以乡亲身份巴结上盛宣怀的侄子盛春颐，又通过盛春颐的关系与中国电报总局上海分局总办经元善交上了朋友。赵茂昌知道盛氏发家的两大基石之一便是电报业，又亲见经元善也因电报分局而成为上海滩上有钱有势的大人物。他看准电报业确是一个可以成大气候的洋务，决定挤进来。

盛春颐给他出一个点子：由电报总局在武昌设立一个分局，总局出面提议赵茂昌做武昌分局总办。此事他去跟叔父盛宣怀说。赵茂昌对此感激不尽，许诺若武昌分局办起来，将送一千干股给盛春颐。

经元善也很赞同这个想法。湖北正在大办洋务，武汉三镇的电报业必定会越来越兴旺。武昌设立分局，自然对上海分局的业务大有好处。他支持赵茂昌去做这事，并答应负责为武昌分局培训电报生。

有这样两个得力人物的帮助，赵茂昌的兴头大增。但此事成与不成，关键在于一个人，那就是即将回任的湖广总督张之洞。若张之洞同意，此事就成了；若张之洞不同意，什么盛宣怀的推荐、经元善的支持都是一句空话。

前一向尚不急，现在张之洞就要回任，再不能拖了。这天下午，赵茂昌瞅着一个空隙，对张之洞说了这个想法，不料遭到张之洞的一口拒绝。张之洞说，武昌办电报局一事，还得过两年再说，现在要集中精力解决汉阳铁厂面临的大问题。

赵茂昌失望地离开张之洞，但他并不死心，来到后院找环儿求助。

“环儿，你说大哥帮你办的这桩大事，对你是好还是不好？”

听着赵茂昌突然说出这样一句没头没脑的话，环儿一时愣住了。自从进了张府后，吃的鸡鸭鱼肉，穿的绫罗绸缎，还常常可以托人带点银钱给娘家，比起过去挨冻受饿的日子，当然不知好到哪里去了。过门三年来，丈夫也还疼爱，佩玉也好相处，而且还生了个儿子。作为一个贫贱人家的女儿，应该感恩知足了。但环儿心里深处有很大的

阙失：他毕竟太老了，又太忙太无情趣了，许多时候他不像个男人，更像个不中用的老太监。富裕了的环儿常常想，做一个老年高官的小妾，其实有太多的苦楚，还不如嫁一个年轻强壮的穷汉为好。但那些苦楚，她永远说不出口。只得略带几分苦笑地回答：“我一直记着您的大恩大德哩。”

“那就好，大哥这次有点事求你，你得帮我这个忙。”

“什么事？”

赵茂昌将办电报分局的事，细细地对环儿说了一遍。

“好，今夜里我替您求制台答应。”

“那我先谢谢你了，大妹子！”

三年前下的钓饵眼看就可钓上大鱼了，赵茂昌为自己的运筹功夫而高兴。

夜晚，环儿服侍着张之洞洗脸洗脚，又帮他脱下衣裤鞋袜，让他舒舒服服地躺在床上。环儿坐在床沿上，一面给他盖上被子，一面柔声柔气地说：“赵茂昌要在武昌办电报分局，你为何不同意，让他办好了。”

“他这人在银钱上过不了关，要办也得叫别人去办。”张之洞微闭着眼睛，心里想：赵茂昌这小子居然走起“枕头风”的路子来了。

“哎呀，四爷，你这人真不识好歹！”环儿不像佩玉，扬州瘦马馆既教了她“媚”的一面，也传授给她“驭”的一面。不要说“恩威兼施”是男人世界里上钤制下的一个有效手段，女人中用此法来对付男人的更多更有效果。环儿粉嫩的脸上明显地流露出几分嗔怒。“你不想想看，你的僚属朋友包括你的儿女在内，有哪一个像赵茂昌这样真心真意体贴你？没有他的张罗，你能有我这样年轻貌美的姨太太？没有他源源不断的特制人参，你六十岁的老头子还能生儿子？随便落到哪个老百姓的头上，人家感恩戴德都来不及，不像你们这种做大官的，人家求你还摆架子不答应。你还有点良心没有？再说，赵茂昌的武昌电报局，说好了是像上海那样，集股商办，又不是用的官府银

子。你管他在银钱上过不过得关？赚了是他的，亏了也是他的，说句不好听的话，贪污中饱也是他的，管你制台大人什么事？你不如落得做个顺水人情！”

环儿说到这里，真的来了气，丢开张之洞不管，自个儿坐到梳妆台边怄气去了。

人间百个老头子，至少有九十九个服年轻漂亮女人“媚驭兼施”这一套。张之洞不是百个中的那一个，他也是九十九个中的一员。白日里在两司道府面前威严不可侵犯、说一不二的张制台，半夜里常常被这个千娇百媚的小妾弄得服服帖帖。今夜这一番毫不客气的话不但没让他恼火，反而觉得句句在理，字字中听。只是，将一个因贪污而革职的人重新起用，并委派这等重要的差使，这中间的障碍，总得清除才行呀！认真思索一番后，他有了个主意。

第二天一早，他把赵茂昌召进签押房。

“开办武昌电报局的事，我同意你去做。”

“大人同意了？”赵茂昌又惊又喜，暗自佩服环儿“驯夫”本事的高强。

“不过，得有一个条件。”张之洞习惯性地捋着花白长须，目光尖利地盯着面前这位前督署总文案。

“什么条件？卑职一定照办。”革员赵茂昌在制台的目光威慑下，有几分怯意。

“你得给我写一篇文章，不要长，两三百字就行了。说说你改过自新、与过去的贪劣一刀两断、重新做个廉洁自守的清官这些方面的想法。如何？”

“行，行，卑职今天就写，明天一早交给您。”赵茂昌想，这算什么条件，这不就是将那年痛哭流涕说的话再说一遍吗？

“我要叫人将你这篇文章抄出来，张贴在衙门外的辕门上，派两个兵守着，十天后再揭下。”

赵茂昌刚刚放松的心，被这两句补充的话又给揪得紧紧的。这

哪里是给总督写文章，这不是在给江宁城百万小民写认罪书吗？这不是要将我赵某人过去的贪污情事公之于世吗？这不是让市井舆论来公审我吗？常州、上海都离江宁不远，这不很快就会传过去，让家乡父老笑话，让十里洋场的朋友们瞧不起吗？心里打鼓似的考虑好久，赵茂昌以哀求的口气说："张大人，按理说您这样做是应该的，谁叫卑职当年不自爱呢？但武昌电报局是个大洋务，今后要与各方打交道，恳求大人给卑职留个脸面。卑职日后也好将电报局办好，为大人效力。"

"那你说怎么办呢？不向大家作个交代，老夫岂不有徇私之嫌？"

乖巧的赵茂昌立时从张之洞的话中听出了弦外之音：原来并非存心丢我的丑，而只是为了堵人之口。很快，他有了一个两全之法。

"大人，您的苦心，卑职感激不已。卑职求大人一发成全，就让卑职这篇文章只在衙门内张贴算了。大人也好有一个交代，卑职也借此改过自新了。"

张之洞的手停止在胡须上，久久不做声。赵茂昌一颗心几乎要从喉管里蹦出来，焦灼难受极了。

"好吧，成全你，你可再不能让老夫失望了。"

终于答应了！赵茂昌的心重新回到胸腔。"卑职一定把武昌电报局办好，卑职一定为湖广的洋务大业增光。"

翌日，一份赵茂昌的悔过书在衙门里贴了出来。纸不大，贴的地方又偏僻，当天傍晚，赵茂昌便将它揭了下来。偌大的两江总督衙门，几乎没有几个人看到。赵茂昌心满意足地离开江宁前赴上海，与盛春颐、经元善紧锣密鼓地筹办起中国电报总局武昌分局来。

从此，赵茂昌便因武昌电报局大发横财，又凭借着雄厚的经济实力在官场上飞黄腾达，成为晚清社会中"官而劣则商，商而劣则官"的一个典型例子。当然，这些都是后话。这时督署后院也开始收拾行李，准备离开江宁买舟西归。一天下午，蒯光典在前来送行时偶尔说

到，陈宝琛已从福建闽县来到江宁，他是专程来看望卜居江宁城的张佩纶的，现住在白下客栈，问张之洞愿不愿意见见面。

这消息来得太突然，张之洞一时不好回答。

因海战的失败，张佩纶再次遭到弹劾，他被迫离开直隶幕府，悄悄来到江宁，在紫金山脚下筑了几间茅舍。此事，在张佩纶来宁不久便有人报告了张之洞。张之洞以为张佩纶会先来拜访，一直等着。一个月过去了，两个月过去了，未见人来。他也曾想过去紫金山下寻找，但终不果行，不是因为忙得挤不出时间，而是心里不大情愿：马尾之战临阵弃逃，已属不可谅解，获赦后入赘李府，更不可思议。当年的清流操守到哪里去了！主动登门，固然不会摒弃，若要自己去寻找，张之洞心里着实不愿意。现在是陈宝琛也来了江宁，怎么处理呢？不见，必遭朋友讥责；若是相见，又如何见面法？思来想去，张之洞有了个主意。他写了个便笺，托蒯光典送给陈宝琛。

陈宝琛接到张之洞的便笺时，恰巧张佩纶正在回访他。二人展开便笺，上面只有几句平平淡淡的话，大意是离宁在即，无法抽身，已约好初六日至采石矶与门人袁昶见面，可否于初四日在下关码头会面，先去焦山看看宝竹坡留在定慧寺的玉带，然后再回头同赴袁昶的采石矶之宴？

焦山定慧寺里怎么会有宝廷的玉带呢？原来这里有段故事。

还是在京师的时候，有一天，张之洞和张佩纶、陈宝琛、宝廷四人在一起聊天。张之洞说，当年苏东坡游镇江金山寺，寺僧向他索取玉带以作纪念。苏东坡本是个平易的人，并不以为忤，遂解下身上所佩的那条宋神宗赐的碧玉带，慷慨赠予金山寺。寺僧感激苏学士的厚爱，将这条玉带供奉起来。从此，一代代传下去，将它作为镇寺之宝。同治六年，张之洞典试浙江，还专门去金山寺看了这条玉带。宝廷听后大笑道，哪年我若路过一名寺的话，也学苏东坡的样留一根做它的镇寺之宝。大家听后并不把此话当真。谁知第二年宝廷告诉大家，他专门去了一趟长江焦山，将一条墨玉带留在定慧寺中，寺僧也

供奉起来了。欢迎诸位下次路过镇江时去看看。宝廷居然是个这样的性情中人！大家都笑起来，满口答应。

“你接受他的邀请吗？”张佩纶问陈宝琛。

“不去！”陈宝琛口气坚定地表示，“没想到张香涛是个这样不念旧情的人。你在江宁住了三个多月，他不来看你。我来江宁，也不来看我。他想在我们面前摆他制台大人的架子，要我们主动去看他。他不认老朋友，我们凭什么要应他的约，我又求他什么！”

“弢庵兄，你还不知道张香涛的用意吧！”张佩纶还不到五十岁，已经憔悴得像个花甲老人了，当年儒雅倜傥的风度，已被这些年的坎坷挫折销蚀得找不到痕迹了。“他是想通过焦山之游，用宝竹坡和你我的落魄来衬托他的得志呀！”

哦，经张佩纶这一指点，陈宝琛仿佛明白过来似的，气道：“哼，张香涛竟俗到这般地步了。他走他的阳关道，我们不巴结他，也不陪衬他！”

张佩纶说：“要去看宝竹坡的玉带，过几天咱们俩自个儿去。”

初四日一大早，张之洞便来到下关码头。他想以先在这里迎接的姿态，来表示未亲上门去拜访的歉意，但一个小时过去了，仍不见张、陈的影子。辜鸿铭在张之洞身边十多年了，只知道向来都是别人等他，从不见他等别人，偶尔因事等别人，只要过一台烟的工夫，他便烦躁不安，一边埋怨，一边抬脚走路。对这两个革职朋友的这等耐心，真令辜鸿铭十分惊讶。他劝道：“不必等了，到镇江去要坐两个多小时的火轮，今晚还要赶回江宁哩。”

张之洞心里虽然焦急，嘴里却说：“还等一刻钟吧，再不来就开船。”

辜鸿铭掏出怀表来，盯着表面看。又过了十分钟，还是不见一丝动静，便吩咐驾驶员准备开船。张之洞在心里怨道：不来应早告诉我，也免得我等这么久。正准备进船舱，却突然看到从上游急速驶来一艘小火轮，直向他这边冲来。“是不是武昌那边出了急事？”正

在猜测之间，只见小火轮里一个人从舱里走出，立在船头，向着码头眺望。

这不是杨叔峤吗？他怎么到江宁来了！张之洞一阵惊喜，忙止住脚步，朝着江面上的小火轮细看。果然是杨锐！张之洞顾不得制台之尊，伸出一只手，对着小火轮船头上的杨锐挥舞着。

船上站立的正是杨锐。他已注意到码头上有人在向他挥手示意了，忙吩咐机手加快速度，火轮飞快地向码头靠近。杨锐万万没想到，挥手的竟然就是老师。老师不是后天一早才启程吗，怎么今天就来到了码头？就这样心里一闪念的工夫，小火轮已靠岸了。

“香师，您怎么今天就离开江宁了？”杨锐一边高声打着招呼，一边急速地跑过跳板来到张之洞的身边。

“叔峤，你怎么突然来到江宁？也不写封信来告诉我。”张之洞没有回答杨锐的问题，反而问起他来。

“还是因为《会典》中的事。当年捻子和苗练作乱时还有许多疑问未弄清。孙中堂说，你干脆到我的老家安徽去走一趟，把这些积案都弄清楚。于是十天前我来到安庆。前天特为到芜湖去看望皖南道袁昶。他说你来得正好，香帅马上就要回湖广原任，初六日我在采石矶设宴迎接。我听后说，那我干脆去江宁迎接，今天一清早便坐小火轮来了。今天还是初四，你怎么就上船了？”

“哦，原来是这样！”张之洞对杨锐的突然到来甚为高兴，方才因久等张、陈不至的恼火早已随风飘去。“我今天约两位老友去焦山，一直等到现在还没来。如果不是等他们，我们师生今天就见不到面了。”

两个什么身份的老友，居然约而不赴？好大的架子！杨锐心里想，又不便问，便说：“我今天原本见一见您后就去看看鸡鸣山，凭吊一番台城、鸡鸣寺和胭脂井，后天一早陪您上船一直送到安庆。现在我改变计划，陪您去焦山，过些天再专程到江宁来多游几天。”

“江宁岂是一两天可以游览完的，你应当改变计划，下次专程

来，今天就陪我去焦山吧。”张之洞将杨锐上下打量了一番后笑着说，“几年不见了，变化还不大。喂，叔峤，你为什么对台城这样有兴趣，一天的江宁游，不去别处，先去台城？”

“我近来正在读南朝史，对韦庄那句‘无情最是台城柳’有更深的理解。游台城是想去感受一下台城所承载的那种历史风云。有许多事，我还想好好地跟香师说说。”

“好吧，上船吧，在船上我听你慢慢说。”

这时，梁鼎芬、辜鸿铭、大根等人也围了过来，故人他乡相见，分外欣喜，彼此问候着，一起走入停泊在码头边的一条从英国进口的游轮。

在船上，张之洞将为什么前去焦山的事告诉了学生。杨锐这才知道，老师所约的两个老友原来就是名满天下的清流前辈张佩纶和陈宝琛。

杨锐感叹地说：“京师年纪稍长的人都说，光绪七年香帅外放山西之前的那几年，是京师清流最兴盛的时代。那时清流诸名士以笔作刀，以口代伐，扶正压邪，为民申冤，赢得了官场士林的赞扬仰慕。自从香帅外放后，京师清流的力量开始削弱。到了甲申年后，因张佩纶、陈宝琛、邓承修等人相继革职，后来宝廷又因纳妾事遭劾，清流派便风流云散，自行瓦解了。这些年，宝廷、潘尚书去世，李中堂老迈，京师再也听不到有人说起清流了，好像清流议政已是历史陈迹，于是贪污受贿可以公行，渎职荒政视同无事，官场失去监督，权力便成了私器。”

杨锐的这番话，勾起了张之洞一腔怅惘之情。他默默地看着舱外急速后退的清澈江水，满腔思绪不知从何理起。“人世几回伤往事，山形依旧枕寒流”，仿佛只有千年前诞生此地的这两句诗，才最能概括他此时的心境似的。

“是呀，清流议政已成历史啰！”过了好长一会儿，张之洞才缓缓地叹道。

“叔峤，说点京师的时事吧！康有为他们办的强学会改为官书局后，朝廷的态度如何？”

“自改为官书局以后，就再也没有人说闲话了。强学会散了，集会也没有了，官书局里就是摆着几百册洋文书。那些洋文书，满京城里没有几个人认得，就是有人要找岔子，也找不出什么呀。”

梁鼎芬插话：“那些洋文书摆在官书局是白摆了，不如运到武昌来，让汤生来读。”

辜鸿铭插话说：“节庵这个意见很好，叔峤你就去跟他们说说，叫官书局干脆搬到武昌来算了。”

“叔峤又不是康有为的人，他怎么可以跟官书局里的人说这样的话。”张之洞笑笑说，“官书局设在哪里，你去过吗？”

“官书局在琉璃厂，只有两间小房子，一间房子装书，一间房子里还住了管书的人。”杨锐说到这里，突然眼睛一亮：“香师，有一次我在那里遇到了一个人，您想得到他是谁吗？”

“谁？”张之洞看着杨锐扑闪扑闪的双眼，二十年前成都尊经书院里，那个纯朴好学的美少年形象又出现在眼前，心里想：二十年的人世染缸，居然没有在他身上留下印痕，还是那样的纯真热情，真正难得。

“您决然想不到的。李提摩太！”

李提摩太！那个穿长袍马褂，戴假辫子，操一口流利中国话的英国人！那个在太原巡抚衙门里做蒸汽机、摩擦生电试验的牧师！在广州时，还能经常见面，到了武昌，可是再没见过了。

“他还是老样子吗？”张之洞显然被这个消息弄得兴奋起来，对着身边的辜鸿铭说：“汤生，你还记得那个李提摩太吗？看起来跟你一个样，又土又洋，中西结合。”

“李提摩太，我怎么会不记得！”辜鸿铭说，“但我不同意你的说法，他怎么跟我一样？他是英国牧师，我是中国儒生。我的祖籍是福建同安，正宗中国人。我信奉周公孔孟，是地道的儒家信徒。”

辜鸿铭这几句充满异国情调的中国话，引起满船人的哈哈大笑。但辜鸿铭的表情是认真的，他的话一点也没说错。中国人一向以父系为宗，他的父亲是正宗的中国人，他当然是正宗的中国人。他回国十年来，系统攻读、无限崇拜儒家典籍，说是儒家信徒也恰如其分。听了辜鸿铭这个反驳后，张之洞不但不气恼，反而快活地说：“汤生说得对，是老夫糊涂了，李提摩太怎么能和我们的辜汤生相比！”

转过脸问杨锐：“李提摩太这些年都在哪些地方，做些什么事？”

杨锐答：“他说这些年把中国的城市都走遍了，住得较久的地方是上海，近两年则住在北京。他说他是个牧师，以传教作为主要工作，目的是想让中国人都蒙受上帝的福惠，富裕强盛，过快乐的日子。”

张之洞又问：“他为什么去官书局，他跟康有为、强学会有联系吗？”

杨锐说：“他常去那里看看书，也和强学会的人聊天，他跟康有为很熟。据说，康有为写的上皇上书，无人敢递，就去求李提摩太。李提摩太看后极为称赞，答应帮他找找朝中大老帮忙。”

大根猛地插了一句：“中国人在京师办事，还要找外国人帮忙，这真是怪事。”

“李提摩太比许多中国大官要能干得多，他认识不少王公大员。据说还多亏他找了翁中堂，康有为的上书才到达皇上的几案上。”杨锐回答了大根的疑问后，又望着张之洞说：“香师，李提摩太还惦记着您呢！”

“哦，他还记得我？”张之洞高兴地说。

“记得，记得，”杨锐笑着说，“他说您这些年办了许多大事好事。他还说，今天中国，真正为国家富强办实事的大员只有您一人，是他劝康有为离开北京去上海，并建议康有为来找您，说只有您才是康的真正赏识者。”

原来康有为来江宁还有这样的背景。一瞬间，他对取缔上海强学会、查封《强学报》一事冒出几分歉意来：当初不查封，而是用李鸿藻的办法，将上海强学会改为上海官书局，将《强学报》改为官书局的报纸，可能会更好些！

一直未开口的梁鼎芬似乎隐然察到张之洞的内心活动，便说："香帅本是很器重康有为的，跟他谈了好几次话，又是捐银，又是拨款，希望他好好地为国家做事。但这人太狂妄刚愎，不听招呼，尤其是他的《强学报》一再坚持要冠以孔子卒后多少年，这可是有改正朔之嫌疑的大事。香帅治理下的上海，怎能有这样的报纸？"

杨锐说："康有为的确是个刚愎自用、目空一切的人，不好共事。《强学报》我在官书局里看过，除开'孔子卒后'这一条有些新奇外，其他都尚无可指责之处。不过，'孔子卒后'这一说法，在中国人看来是犯大忌，其实，这根本不是康有为的创举，他是学西洋人的做法，很平常的一桩事。"

康有为的这种冒天下之大不韪之举，居然被杨锐看得如此平淡，张之洞、梁鼎芬等人都专注地听他说下去。

"西洋人纪年就是用的这个办法。西洋人眼中的圣人不是我们的孔子，而是他们的耶稣。他们将耶稣诞生的那一年定为元年，从那以后数下去。比如现在，我们中国是光绪二十一年十二月二十日，西洋就是公元一八九六年二月三日。康有为将这个办法学过来，只是将圣人的生年改为圣人的卒年而已，不必太看重。据说京师里也有人因此说康有为有谋逆之心，是恭王驳了回去。恭王对西洋的纪年很清楚，他说这点不能成立。"

恭王都知道的事，他这个号称很懂洋务的总督都不懂，张之洞很有点惭愧：如此说来，对待康有为和上海强学会的事有点武断了。

正在这时，游轮已到焦山。张之洞加披一件狐皮大氅，在众人的簇拥下登上了这座著名的江中岛屿。焦山山不高，最高处不过二十余丈，绕山走一圈，也不过四里路。原本一座荒凉的无名岛，东汉名士

焦光隐居于此，故得名焦山。焦山因地形绝佳，又位于镇江城郊，故从那以后，历代都有人在此起楼筑室，修亭建寺，一千多年下来，将焦山建成一座人文景观甚多的名胜，与不远处的金山、北固山齐名，成为镇江城的三大游览胜地。

小小的焦山上汇集着吸江楼、华严阁、壮观亭、观澜阁、别峰庵、定慧寺、宝墨轩等建筑，又有保存完好的六朝古柏、宋代槐树和明代的银杏树，的确是一座钟灵毓秀的宝岛。

今天是个冬日晴朗的日子，在阳光的照耀下，焦山上那些叶片尚未落尽的树木仍充满着生机，一座座亭台楼阁散落在山石草木之中，江浪水波拍打小岛四周的坚固岩石，溅出串串水花，天气虽然寒冷，但焦山风光依然可观。

张之洞这次到焦山是来看宝廷留下的玉带的，并非观赏景致。对于望六之人来说，这毕竟不是游山玩水的季节，何况他还要避开众人，与杨锐说点机密事。于是对梁鼎芬、辜鸿铭等人说：“天气冷，我和叔峤直接到定慧寺去，你们自个儿去逛吧。我建议你们先到宝墨轩去，那里有二三百方碑刻，够你们赏玩的，大字之祖的《瘗鹤铭》便在那里。”

听说《瘗鹤铭》碑就在这里藏着，辜鸿铭高兴得手舞足蹈起来，便拉着梁鼎芬等人向宝墨轩奔去。大根站着不动，他一向是紧跟着四叔的。张之洞说：“你也随处走走，不要跟我啦！”

大根其实对这些不感兴趣，便说：“我陪您去定慧寺吧！”

张之洞想了想说：“那你先去寺里告诉他们，我和叔峤过会儿就来。”

大根迈开大步先走了。

张之洞对杨锐说：“我们找个背风向阳的地方坐坐，我要跟你说几句重要的话。”

杨锐明白，遂陪着张之洞找了一个温暖的山坳处，二人席地坐在一个枯草坪上。张之洞轻声说：“叔峤，听说皇上体格不强壮，是真

的吗？”

杨锐敛容答：“皇上是不够强壮，但也没有大病，只是弱点罢了。”

张之洞又问：“太后身体还好吗？”

“太后倒是硬硬朗朗的。”

张之洞沉思片刻又问：“依你看，太后对朝廷的事还管得多不多？”

杨锐想了下说：“朝廷上的事，大部分还是皇上在管着，太后一般不管。”

张之洞点点头说：“你上次信上说，皇上看了康有为的折子，赏识他，又说翁、李、孙几位中堂都支持康有为。那为何要解散强学会，查封他们办的报纸呢？”

杨锐说：“据说这是太后的旨意，皇上其实是不同意的，强学会变为官书局，就是皇上和太后之间的妥协。”

稍停一会，张之洞又问：“依你看，京师对维新变法这些事到底是怎样的态度？”

“香师，我可以肯定地告诉您，”杨锐不假思考地说，“对维新变法，除开极个别的满蒙亲贵外，绝大部分官员都是支持的。听说太后也不是完全反对变革，只是厌恶结会集议这类举动，怕有不测事发生。”

“太后顾虑的有道理。”张之洞点点头问：“叔峤，你跟康有为接触得较多，你认为康有为这个人有没异心？”

“绝对没有。”杨锐坚定地说，“康有为的性格虽有点狂傲，但人是绝对忠诚的，对国家对朝廷是真心爱护的。我曾仔细观察过他，此人是个古今少有的血性汉子。”

“叔峤，你认为在康有为身边有没有真正的国士？”

“有！”杨锐肯定地说，“至少他的门生梁启超就是一个。此人卓荦英迈，学问文章不在乃师之下。其心地之光明、性情之率直，又

要胜过乃师。”

梁启超的名字，张之洞是听过的，又知道他也是广东人，十五岁中举，是个神童，后被贵州籍的主考李端棻所看中，招为妹婿。张之洞生长于贵州，对贵州特别有感情，他心里无端对这个从未谋面的贵州女婿生发出好感来。

“你下次见到梁启超，告诉他，若他路过武昌，可以投刺求见我。”

“好。”杨锐高兴地说，“他对您也是很敬重仰慕的。”

张之洞抬起头来，见太阳已挂在头顶了，便起身说：“我们到定慧寺去吧，刚才我们之间的谈话，你不要对任何人说起。”

杨锐重重地点点头。

说话间，二人来到了定慧寺。定慧寺建于东汉兴平年间，初名普济寺，后又改为焦山寺，乾隆皇帝下江南时，赐名定慧寺。传说著《文心雕龙》的刘勰晚年出家于此寺。定慧寺与杭州的云林禅寺、天台的国清寺号为江南三大名寺。山门外，住持苦丁法师已率领十余名执事人员恭候多时，见到张之洞、杨锐后忙合十行礼，自报家门，然后像迎接佛祖临世一样地将他们二人迎进云水堂贵宾室。略坐片刻，苦丁法师亲自陪着张之洞、杨锐观看寺内建筑。

定慧寺果然不愧千年名刹，殿阁众多，规模壮阔，供奉的菩萨塑像金光灿烂，往来的众僧也衣着鲜亮。张之洞无心在此，便对苦丁说：“十多年前，朝廷有位礼部侍郎路过宝刹，曾应方丈之求，将身上所系的一根玉带留下，此事法师知道吗？”

“知道，知道。”苦丁忙答，“那时寒寺方丈是传篆法师，小僧为监院，当时小僧也在场。侍郎说要学苏学士，留下一根玉带，问我们愿不愿意珍藏。我们答应了。”

“侍郎的名字你还记得吗？”

“记得，记得。”苦丁不用思索就答，“侍郎大人的名字叫宝廷，号竹坡。后来还听说宝大人是皇亲，寺僧把这根带子就看得更重

了。”

“宝大人的带子还在吗？”

“在，在，小寺一直珍藏着。”

“领我们去看看吧！”

“大人请！”

苦丁陪着张之洞和杨锐登上了位于定慧寺后院的藏经楼。走进藏经楼二楼东边的一间房子，苦丁介绍：“这间房子收藏着海内外施主赠送给寒寺的珍贵物品，有天竺国赠的贝叶经，西藏高僧所赠的念珠，还有不少玉佛、金佛、如意、血经等，宝大人的带子就存在这里。”

说罢，苦丁亲手从木架上取下一个尺余长四寸余宽二寸余厚的黑木匣子来。打开匣子，里面果然折叠着一根黑色玉带。

张之洞和杨锐凝眸谛视良久。苦丁取出玉带，露出一张稍为泛黄的白宣纸条。苦丁说：“这是当年宝大人捐带时写下的条子。”

杨锐将纸条取出展开，张之洞看那上面写着：

北宋神宗年间，苏学士赠玉带于镇江金山寺。大清光绪六年吉日，宝学士留玉带于镇江焦山寺。两学士、两玉带、两名寺，谁曰文坛如今无趣事，有宝学士之举，足见今世有雅人。宝竹坡亲书。

看着这熟悉的笔迹，读着这熟悉的语句，宝廷那张熟悉的面孔又浮现在张之洞的眼中。指点江山、粪土公侯的昔日情景已成历史，如今是死的死、贬的贬、老的老了。书生意气、清流议政，转眼之间便人去楼空，再也不复返了！

见老师面有伤感之色，杨锐忙叫苦丁将玉带和纸条重新折好收藏。苦丁把匣子放回木架后说：“大人日后见到宝大人，请代寒寺僧众问候他老人家，就说他留下的带子，寒寺一直好好收藏着哩！”

“宝大人已故去了！”张之洞缓缓地说。

“喔——”苦丁瞪大着眼睛，发出长长的惊叹声。

突然间，一股浓烈的怀旧感堵塞张之洞的胸腔，憋得他似乎有点透不过气来，他觉得应该借诗句来发抒发抒。是的，应该留两首诗在这里，不仅为发抒胸中的郁积，也以此凭吊老友的亡灵，而且，还要借此告诉过去的朋友，尤其是今天拒绝前来的张佩纶、陈宝琛：身居高位的张之洞并没有忘记他们！

“法师，你给我取纸和笔来，我要送两首诗给宝刹！”

“大人留墨宝给寒寺，寒寺将蓬荜生辉。”苦丁兴奋不已，忙叫小和尚拿来纸笔。

张之洞略一思索，挥笔写下两首绝句：

同姓怀忠楚屈原，湘潭摇落冷兰荪。
诗魂长忆江南路，老卧修门是主恩。

故人宿草春复秋，江汉孤臣亦白头。
我有顷河注海泪，顽山无语送寒流。

写完后又在下面补一句：南皮张之洞光绪二十一年暮冬于焦山定慧寺观宝竹坡留带时作。

老师的诗作，杨锐都读过。在他的眼中，老师的诗以学问功夫深厚见长，像这样情感浓郁的诗不多见，而他自己则更喜欢缘情之诗。杨锐对苦丁说：“这两首诗你们可得好好保存，说不定过几年我还会再到焦山来，我会来看的。”

苦丁连连说：“张大人的墨宝，小僧怎能怠慢，一定会把它和贝叶经一样地珍视。”

正说着，梁鼎芬、辜鸿铭等一群人都来了，原来是大根将他们招呼来的。定慧寺已安排好了午餐，大家热热闹闹地吃完饭后，辜鸿铭

兴致勃勃地对张之洞说："这寺院后有一座亭子，建在一块天然的大石上，那石头的一半悬空着，使得亭子也像悬空似的。"

张之洞喜道："那气势一定很好，会给人以腾空欲飞的感觉。"

梁鼎芬道："正是。香帅去看看吧！"

苦丁说："这是寒寺新近建的一座亭子，就在这里不远，小僧陪大人去。"

"好，去看看！"

张之洞来了兴致，众人便一齐响应。

不到半里路程，就来到亭子边。

果然如辜鸿铭所说的，这亭子虽不高大，却因地形独特而极具魅力。张之洞来到亭子间，俯首一望，脚底下，江水滚滚，波浪滔滔，自己如同踩着一朵云头来到长江的半空中，有一种羽化而登仙的感觉。向西边望去，繁华的镇江城若隐若现，如海市蜃楼。向东边望去，宽阔苍茫的江面上，水天一色，如烟笼雾罩。张之洞的心情已从悼亡中走出，被奔流不息的扬子江水激荡起来，不免对身边形容枯槁、举止呆板的焦山寺的住持刮目相看起来："你这个亭址真选得好。眼力不俗呀，法师！"

"大人夸奖了！"苦丁显然很高兴。

"亭子叫什么名字呀！"张之洞一边兴致勃勃地眺望江面，一边随口问。

"还没有取名字哩！"苦丁说到这里灵机一动，"大人，您给它赐个名字吧！"

辜鸿铭立即赞同："香帅，由你来命名最好了！"

张之洞转脸对梁鼎芬说："节庵，你的学问好，你给它取个名吧！"

梁鼎芬忙推辞："香帅在此，哪有我辈弄斧的分！"

"让我想想看，"张之洞喜欢听这样的话。他手扶栏杆，低头凝思，过了一会儿说："焦山东端上有一个吸江楼，人在楼上，用一

竹管，便可把江水吸上来，名字取得好，显然是从郑板桥的‘吸取江水煮新茗，买尽青山作画屏’而来。老夫今天辞去江督回原任，来此一看友人遗物，二看焦山风光，诸位既从老夫游，亦是送别。我想起当年苏东坡有首《渔家傲》，正是送他的友人离江宁回东京而作，道是：千古龙蟠并虎踞，从公一吊兴亡处。渺渺斜风晚细雨，芳草渡，江南父老留公住。公驾飞车凌彩雾，红鸾骖乘青鸾驭，却讶此洲名白鹭。非吾侣，翻然欲下还飞去。老夫此时站在此处，也有双鸾护车、凌江飞渡的感觉。依老夫看来，此亭可名飞江亭。”

“飞江亭。”梁鼎芬忙恭维道，“亭悬空而筑，确有飞江之势，这名字真正取得恰如其分，又与东端的吸江楼遥相呼应，合为双璧！”

梁鼎芬说完，众人皆鼓掌叫好。

苦丁一不做二不休，又央求：“大人所赐亭名，真传神至极，小僧代焦山寺全体僧众深为感谢。小僧有点贪心，亭名是有了，但楹柱上还缺乏一联，若大人肯赐联一副，则是好事做全，焦山寺将永铭大人的恩德。”

张之洞本是一个喜游览好题赠的名士，况且定慧寺乃千年名刹，在此处留下笔墨，定然会传播开来，流传下去，是一桩大好之事，遂笑着说：“法师，你也是索求无厌，老夫今日兴致好，就一发成全了你吧！”

“阿弥陀佛，善哉善哉！”苦丁自知今日所得过多，无所酬报，便使出佛门的惯用伎俩，念几句“阿弥陀佛”来，它既可以理解为佛门子弟的最高最厚的谢意，其实又什么都没有损失。千余年来，这套伎俩成为佛门的万应灵药，保佑僧尼坐收源源不绝的财富，又博得善男信女们的虔诚礼拜。

望着滔滔东去的大江，看着身边杨锐、辜鸿铭等年轻一辈的勃勃生气，想起前些日子与康有为、强学会所打的交道以及刚才与门生的密谈，张之洞忽然间似有所悟，遂脱口念道：

眼底江流，尽皆后浪赶前浪，争相推移奔大海；
世间人事，总是少年代老年，与时维新为正途。

张之洞念完后，大家都愣了一下。“与时维新”，杨锐听到这四个字，心中一阵惊喜：老师确乎是识时务明大势的英雄豪杰。梁鼎芬也在心里忖度：看来香帅虽然不满意康有为这个人，但对他维新变革的主张还是赞同的。辜鸿铭想：香帅是个维新派，今后多给他译一点日本明治维新的资料。

苦丁则不甚懂这四个字的深远含义，但他知道后浪赶前浪、少年代老年，这是天地造化的常规，用它作楹联十分合适，便说：“大人所作的好极了，请大人回到云水堂后把它写下来，明天小僧就叫工匠将这亭名和楹联刻上。亭名用朱红，楹联用石绿，这样一来，这座亭子就又成了焦山一景。”

“好，你去办吧！”张之洞笑着说，又吩咐大根，“时候不早了，你去船上作准备，等我写完匾联后立时就开船回江宁。”

七　采石矶上，师生宾主射覆续联打诗钟

翌日，在梁鼎芬等人陪同下，杨锐在台城、鸡鸣寺一带盘桓了一整天，其他名胜古迹，则留待下次专程再来。

第三天，在江苏巡抚、江宁藩司、江苏提督等一班文武大员的一片送别声中，张之洞登上小火轮，离开江宁城回武昌。

冬日的长江水，是一年中最少的时候，也是最澄清的时候。船行走在浅水段时，江水几如溪水般清亮，水中卵石晶莹发光，石间游鱼历历可数。自江宁至采石矶这一段，自古土地肥沃，物产丰富，民舍众多，阡陌相接，甚至连岸上的鸡犬之声也可隐约传进船舱来。

张之洞望着眼中长江两岸的这一片安居乐业的土地，心中甚是宽慰。临近中午时分，小火轮来到了位于安徽省太平府当涂县境内的采

石矶。

万里长江的两岸上有着数以百计的胜迹，采石矶则是其中颇负盛名的一处地方。它与江宁的燕子矶、岳阳的城陵矶并称为长江三大矶，然其地势之险要、人文之丰富又在其他二矶之上。

采石矶位于南岸的翠螺山麓。相传此地古时有金牛出渚，于是山叫牛渚山，矶叫牛渚矶。又因山形像一只大田螺，当地人便叫它翠螺山。矶上盛产五色彩石，又得名采石矶。日久年深，“牛渚”二字则不再被人们提起了。

采石矶一带悬崖峭壁，兀立长江岸边。对岸也是一座石头坚硬的大山，江面陡窄，江水也便陡急。此处最易扼控长江，于是战乱时代又成了兵家必争之地。据说南宋时，虞允文便在这里大败南下的金兵。采石矶上有不少楼台建筑，出名的有赏咏亭、谈笑亭、江山好处亭、燃犀亭、清风亭、观澜亭、三台阁、虞公祠、谢公祠、广济寺、观音阁等。相传梅尧臣、沈括、陆游、文天祥等历史名人都曾来此处憩足游览，留下大量诗赋题咏。

最让采石矶充满传奇色彩的是诗仙李白在此地的行踪。李白晚年贫困不能自持，便来投奔做当涂县令的族叔李阳冰。

李白喜爱采石矶一带的江山形胜，常在此赏景吟诗。那年秋夜，李白站在采石矶舍身崖上，一边喝酒，一边高吟。月色溶溶，江流奔涌，巨石壁立，四野广阔，佳境与美酒一起，酿造了一个美轮美奂的气氛。诗仙乐陶陶醉醺醺地，完全沉浸于他的艺术世界中，已不知人间烟火身为凡人了。忽然间，他见江面上浮出一轮明月来，在粼粼波光中时上时下，时摇时定，如玉盘在起伏，如明镜在闪烁，比起悬挂在夜空时的模样要好看百倍。正在凝神赏玩时，那轮明月不见了。李白心中一急：它一定是从天上掉到水里，被江浪吞噬了。

多美的玉盘，多亮的明镜，怎么能让江浪吞掉！我要把它捉出，让它重新飞回九天苍穹，让普天下的人都能永远沐浴它的清辉。想到这里，诗仙毅然从舍身崖上，纵身一跳，将月亮紧紧捉住，捧在怀

里……

这是一个多么美妙的传说。它当然不可能是真的。但人们又希望它是真的，在人们的心目中，谪仙李太白是应该以如此方式来结束他的人世之旅的。这才与他那些超凡的诗作浑然一体，相得益彰。

于是，采石矶上建起了问月亭、捉月亭、太白楼，翠螺山上修造了李白的衣冠冢。人们将李白永久地留在这里，世世代代的文人词客也喜在此伫留游览，凭吊先贤，捕捉灵感。

当年的门生要在这里设宴款待过路的老师，怎不令张之洞和他的一行欢喜叫绝。

矮矮胖胖的袁昶一路扶着老师，缓慢登上江岸，来到采石矶上。他陪着张之洞四处走走。采石矶虽不大，却亭楼众多，树木繁茂，再加之绝无仅有的山川之美，使大家都有一种气清神爽、心胸开阔之感。

午宴就设在太白楼。坐定后，张之洞望着袁昶说："没有想到，我们师生今天在这里聚会。十多年了，当年的小青年如今成了皖南之主，我们都来拜你的码头啦！"满桌人听了这话，都笑了起来。

袁昶忙说："香帅客气了，学生才是你的治下。"

张之洞笑着说："从光绪二十年十月到昨天为止，你是我的治下不错，但从今天起就不是了。我是过路的客人，你是这里的山大王。"

大家又都笑了起来。

"香帅取笑了！"袁昶不好意思地笑了笑。

梁鼎芬说："有一点那是永远不会变的，无论什么时候，袁观察都是香帅的门生。"

"正是，正是。"袁昶忙点头。

"节庵说的也不错。"张之洞捋了捋胸前的长须，摆出一副座师的架子来。"上下级之间的关系可以改变，师生之间的关系是永远不会改变的。所以古人说天地君亲师，这五者必须终生敬奉，是因为这

五者是终生不会改变的。”

辜鸿铭心里想：天地亲师这四者不可改变，是自然的，“君”却不一定不变。大行皇帝归天，嗣君继位，这“君”就变了；改朝换代，另一姓坐了江山，这“君”更大大地变了。但这些话他不便说。当大家都异口同声恭维总督说得有理的时候，他闭口不做声。

张之洞继续说：“同治六年，主考浙江是我入翰苑后的第一次放差，大家羡慕我放了一个好差使。浙江人文荟萃，英才辈出，这次下去一定会收一批好门生。我也庆幸自己运气好，头次出差就去的人间天堂。”

袁昶的一生发迹就始于同治六年的乡试，自然对此感情浓郁记忆犹新，插话道：“当时我们听说朝廷典的星使是神童出身的年轻探花，都欢喜雀跃。到了主考坐亮轿巡视贡院的时候，大家早早地等着，引领企盼，都想一睹风采。见香帅坐在亮轿里，年轻英俊，一表非俗，都惊叹不已。”

“年轻是实话，英俊就高攀不上了。我只希望别人不要骂我马脸猴腮、面目可憎就行了。”

说罢抚须大笑，众人也都乐得哈哈笑起来。在座的诸位，其实都听到别人背地里这样描绘过张之洞的。

张之洞以长者的姿态慈祥地望着袁昶说：“你也有四十好几了吧，有点发福了。”

“明年整五十，快要向老境迈步了。”

“不要这样说，你比叔峤、节庵、汤生他们也大不了多少，正是干大事业的黄金年代。读书时的雄心壮志是真情还是空话，就在这十来年里检验了。要说当年浙省乡试的人才，你袁爽秋也算是有出息的一个了。另外还有陶模、孙贻让等人，你和他们还有联系吗？”

袁昶说：“陶模是封疆大吏，官高事忙，我们很少通信。孙贻让在刑部做主事，我们时常走动。他写了不少的书，近日还有信来，说他在做一桩大事，撰写《墨子间诂》。”

张之洞说：“孙贻让不应在刑部，他应在翰苑、詹事府或国子监合适，他是个读书做学问的人。那年你们几个为我送行，我对陶模说：你是个发达的相，官可做到一品。对孙贻让说：你是个清雅的相，著作可等身。这话你还记得吗？”

“记得，记得。”

真个是良师高足喜重逢，有多少叙不完的旧，有多少道不完的情！尽管佳肴满桌、美酒频斟，但主人和主客的心思都在说话上，列位陪客也极为乐意倾听这些发自内心的叙谈。仕途多倾轧，商海多风险，入幕多委屈，谋生多辛酸；人情薄如纸，相交互防范，祸福非所料，处世事事难。人生在世，唯有年少读书时节，才是最无忧虑、最无机心、最无功利的岁月，可以设想自己今后贵比管乐、富攀陶朱、学侪周程、文为韩欧，反正那都是遥远的将来事，用不着立时兑现。谁知一踏入江湖，便有无穷的艰难和烦恼在预先等待着，将你毫不留情地打入各色各样的漩涡中，身不由己，欲罢不能。

今日，太白楼里的客人们，谁没有过这样的经历，谁没有过这种无奈的感叹？且让这对师生的甜美回忆，带着大家一道进入那纯真快乐的学子生涯吧！长江水也似乎变得无语东流，采石矶上成群鸦雀不再聒噪，天地万物都在分享这人世间充满情谊、淡化功利的美好时刻。

袁昶笑着说：“我在京师听老一辈翰詹说，当年清流名士集会结社，不仅针砭时弊，纠劾贪墨，也时常谈诗论文，射覆打诗钟。一个个才思敏捷，妙语天成，其风雅神韵，令后辈文人心向往之而不能及。他们都说老师您是此中高手！”

袁昶这几句话，勾起张之洞心中一段美好的回忆。那是光绪二年至七年在京师做词臣言官的时候，指点江山，激扬文字，固然豪气四溢，天下瞩目，三五同好风和日丽，荷酒担食，在陶然亭、崇效寺、花之寺、龙树寺等幽静清朗之处游览闲谈，更使人心旷神怡，物我两忘，而此时射覆打诗钟，必定是最乐意为之的游戏。的确如袁昶所

说，张之洞是此中高手。

张之洞正在抚须怀念之际，辜鸿铭早已忍不住了：“我读李义山的诗：‘隔座送钩春酒暖，分曹射覆蜡灯红。’神往古时这种有趣的游戏，可惜回国十多年了，还从来没有真的见人射覆过。香帅，你说点给我听听。”

梁鼎芬说：“李义山笔下的射覆与香帅的名士射覆不同。”

“哦！”辜鸿铭兴趣大增，“节庵，你说有哪些不同，也让我长长见闻。”

梁鼎芬说：“唐时贵族子弟游戏时的射覆很简单，大家背过脸去，由一人将一样东西覆盖在碗中，然后大家猜，猜中者有赏。香帅他们的射覆，非得要饱学机敏两者兼备不可，可惜我当时没参加，还是香帅自己给我们说吧！”

在那次谈诗中被张之洞看中，应聘入幕的陈衍也和杨锐等人凑兴吆喝着。

张之洞抿了一口茶，微微笑道：“这都是些往事了，那时大家都有一份闲心情，有这种兴趣。虽说是雕虫小技，壮夫不为，但文人聚会，有没有这个内容，也是大为不同的。有则高雅，无则俗陋，十多年前在京师官场士林中，这可是判别一个读书人有无学问的重要标准哟！”

众皆点头。辜鸿铭说：“像我这种不知射覆的人，哪怕中西书籍读得再多，也是个无学问的俗人了？”

陈衍笑道：“那当然！像你这副模样，连清流边都挨不着！”

众人都笑起来。

梁鼎芬说：“莫打岔，且听香帅说故事。”

“那一年暮春在崇效寺赏花喝酒，喝到兴起时，宝竹坡突然对大家说，我有一覆，诸位谁可射中。不待大家做声，他立刻就说，《左传》曰：伯姬归于宋。射唐人诗一句。大家都低头想。”

说到这里，张之洞笑着对身边的辜鸿铭说："准你也参加一个，你也想！"

辜鸿铭喜得对陈衍说："你说我挨不着边，香帅都让我参加了！"

陈衍说："你别笑早了，这是香帅客气，先邀请你。射得中，算真参加，射不中，靠边站吧！"

"一会儿，我说我射中了。众人都看着我，我不慌不忙地念着，白居易诗曰：老大嫁作商人妇。"

刚说到这里，陈衍便拍手喊道："香帅，您这一射真是绝妙至极！"

梁鼎芬、杨锐先是一愣，很快也明白过来了，都鼓起掌来笑道："再没有这么好的箭法了。"

辜鸿铭却不知妙在何处。他茫茫然摸着半边光头，问杨锐："叔峤，香帅这支箭妙在哪里，你给我指点指点。"

杨锐说："可见你的中国学问还不行。伯、仲、叔、季，这是中国兄弟姊妹的排行序列。伯姬是鲁国的长公主，排行老大。周公平定武庚叛乱后，把商旧都周围地区封给商纣王的庶子启，定国名为宋，故宋国为商人后裔聚族之地。伯姬嫁到宋国，不正是老大嫁作商人妇吗？这真是丝丝入扣，天衣无缝。香帅之学问与敏捷，真我辈百不及一。"

辜鸿铭恍然大悟，大声叫道："绝妙，绝妙！香帅，我敬你一杯！"

张之洞也很高兴，把杯子略略举了一下，算是接受敬酒。

"潘伯寅最爱此道，也最善此道，见宝竹坡抢了头筹，颇不甘心，于是说，我这里也有一覆，宋玉曰：东邻女登墙窥臣三年。也射唐人诗一句，谁射得中，我有一块北魏名碑拓片相赠。"

"这一覆出得好！"辜鸿铭又叫了起来，稍停片刻说："可惜我射不中。"

众人也都极有兴趣地猜着。陈衍心里想了一个答案，但不便说出，聆听张之洞的下文：“大家都喜形于色地想，约有半根香工夫，我问潘伯寅：是不是李白的‘总是玉关情’？伯寅拍手笑道，到底瞒不过你张香涛。”

陈衍笑道：“我也想到了这句诗，只是不好意思先说出来。”

“石遗，你是马后炮。”辜鸿铭嚷道，“我不信，除非你讲清楚为什么‘总是玉关情’。”

大家都知道，辜鸿铭用的是激将法，因为他自己并不懂得这中间的奥妙。

陈衍说：“我就对你说清楚吧！李太白的这句诗来自他有名的《子夜吴歌》：‘长安一片月，万户捣衣声。秋风吹不尽，总是玉关情。何日平胡虏，良人罢远征。’诗中‘玉关’指的玉门关。宋玉的这句话出自他的《登徒子好色赋》，说的是东邻女爱慕他的情意。东邻女为何爱他，因为宋玉是美男子，假若像你这个不中不西的样子，东邻女决不会窥你三年，只怕是窥你三眼就走了。”

大家都笑起来。辜鸿铭却不笑，认真地说：“爱我的女人不少。她们爱的就是我这个不中不西、又中又西的特殊魅力。”

陈衍也不理会他，继续说：“所以说，东邻女窥视，是因为宋玉的缘故，她关的是玉之情，懂吗？汤生！”

“哦，原来这样。”辜鸿铭拍了拍脑门，“将玉关两字拆开，玉指宋玉，关为关联，真是妙极了！香帅，我再敬你一杯。”

杨锐笑道：“你什么都不懂，没有资格敬酒了！”

大家边笑边同喝一杯。

陈衍说：“香帅，这射覆之技，怕是再也没人能超过你了。”

“也不能这样说，”张之洞正色道，“黄绍箕就比我行，我承认我的才思输他一根香！”

“输一根香”是什么意思，这话撩起了大家的好奇心。

“有一年初夏，大家游江亭，陈弢庵见风吹花落，突然来了

灵感，说，我有一覆，孟浩然诗曰：花落知多少。射《易传》一句话。”

梁鼎芬有意打趣辜鸿铭：“你自号汉滨读易者，对《周易》很熟，你来射这个。”

辜鸿铭有点紧张地说：“我真的没入门。不过，我可以想想。”

说后，便一脸木然地陷入深思。

“弢庵说，我点一根香，香燃完前看有没有人能射出来。他刚刚把香点燃，黄绍箕就喊道，我射中了。我忙说，你先不要说出来，用纸写好给弢庵，到香燃完后再公布。一根香正好燃完，我也有了，也写在纸上。两纸一对，真个是英雄所见略同。”

“慢点。”梁鼎芬忙打断张之洞的话。“汤生，一根香点完了，你射中没有？”

“没有！”辜鸿铭一脸沮丧。

陈衍笑道：“好了，你被彻底赶出圈子外了。”

辜鸿铭突然醒悟过来：“节庵，你说一根香点完了，香在哪里？我差点被你蒙过去了，香帅只说了一句话，你的香就点完了？一支香至少点半个小时，我还可以想。”

大家都被辜鸿铭的天真弄得哄堂大笑。袁昶说：“你慢慢去想罢，我们可等不及了。香帅您公布答案吧！”

张之洞抚须微笑道：“两张纸上都写着：心疑者其辞枝。”

辜鸿铭嚷道：“香帅，《易・系辞》我倒背如流：‘将叛者其辞惭，中心疑者其辞枝，吉人之辞寡，躁人之辞多。’但与‘花落知多少’怎能联系得起来，分明风马牛不相及嘛！”

“你这个辜汤生，自己不懂还说人家风马牛不相及，让老夫来开导开导你。”张之洞一本正经地说，“花本是长在树枝上，现在落了，是不是与树枝告别了？辞者，除文辞一意外，是不是还有辞别一意？人家问，落下来的花究竟有多少呀，我怎么知道！便回答他，凡心存疑贰辞别树枝者便都是落花。这难道是风马牛不相及吗？”

辜鸿铭读《易·系辞》中这句话时，与千千万万读这句话的人一个样，即从此话的本义上去理解，没有从另外一个角度去想。这句话的字眼在“辞”字。经张之洞这么一说，辜鸿铭立即如梦初醒，心悦诚服地说：“香帅射得对，这是我的浅陋，我的浅陋。我们中国文字真是太有意思了，世界各国再没有这么好的文字了。”

大家又都笑起来。张之洞却不笑，带着无限遗憾的心情说：“但黄绍箕比我敏捷，他足足强过我一根香。”

面对着总督大人的这种真诚的遗憾，众人都忍俊不禁！纷纷说：“若是让我们参与，十根香点完了，都想不出来的。”

辜鸿铭喝了一大口酒，将嘴巴一抹，又来了兴致：“刚才袁观察说香帅还有一个本事：会打诗钟。射覆我从李义山的诗中已知道，打诗钟我还是头一次听到。袁观察，你给我解释解释。”

陈衍说：“不怕你辜汤生洋文懂得多，今日可是刘姥姥闯进大观园，什么都不知道了吧！袁观察，你就给他上一课，也好让他下次莫在别人面前丢了我们两湖幕府的脸！”

辜鸿铭气得白了陈衍一眼，咕噜噜地冒出几句洋话出来，大家都听不懂，一笑置之。

袁昶说：“诗钟起于道光年间。任举两字，在一个限定的短时间内做两句七言格律诗，要将这两个字分别嵌进去。通常这个时间也以燃香为计。用一根细绳子系一枚钱，钱下置一盂，绳系香上，香燃断绳，钱落盂中，发出一声响，如撞钟一般，这便叫做诗钟。”

陈衍补充说：“近十几年来，以集句为多，从唐宋人诗中取现成的诗句，更觉得学力足。”

袁昶望着张之洞说：“京师士林广传老师的一段诗钟，就是以‘射、房’二字为题，上联为‘射姣斩虎三害除’，下联是‘房谋杜断两心同’。这射、房二字极不好连缀，老师此联令人佩服。京师有多种说法，有人说下联是张幼樵联的，也有的说是吴清卿联的。今天当面请老师说说，以澄清种种讹传。”

张之洞淡淡一笑："都说错了，两联都是我的创作。光绪六年秋天，我和竹坡、弢庵三人游西便门外天广寺，中午在一间僧房休息，见那僧房门上挂了一块匾额，曰'塔射山房'。弢庵说，这四个字有什么涵义？竹坡说，若是用'射'与'房'两字来打诗钟，可是难事。我说，天下没有哪个字不能打诗钟的。竹坡说，那就用这两个字打打看。吃完斋席后，我这联诗钟就出来了。幼樵、清卿都没参加，怎么会续下联哩！"

袁昶笑道："今日算是当面解了这个疑团，可见天下事，讹传不少。"

张之洞笑道："幸而我还健在，若死了，这又成了一桩公案。"

众人都笑了。

陈衍说："打诗钟比射覆要容易些，关键在唐宋诗背得熟。"

杨锐说："也不见得，它往往都附加限制，难就难在这里。"

辜鸿铭立时有了点子，说："石遗有诗家之称，叔峤也是装了一肚子前人的诗，袁观察进士出身，自然诗也是读得多的。香帅，你不妨举两个字来，让他们打一打诗钟，也让我开开眼界。"

张之洞笑着说："好哇，三个都是饱学之士，在汤生面前露一手，让他今后再不敢对你们装腔拿大，可惜没有香。"

"不要紧，我有怀表。"辜鸿铭说着从上衣口袋里取出一只金壳表来。"定多长时间？一刻钟，还是半小时？"

陈衍精研诗二十余年，正要向众人显示显示，便说："一刻钟足够了。"

要说背诗，杨锐也是内行，遂点头："就一刻钟吧！"

袁昶说："你们都是捷才，一刻钟内我怕想不出。"

张之洞说："从众吧，三个中有二人同意一刻钟，就一刻钟。爽秋若打不出，罚三杯酒好了。"

大家都赞同。张之洞抚须沉吟，过了一会，他说："诸位听清了，两个字：'女''花'，上联嵌女，下联嵌花，均出现在第二字

上，以唐人诗句为限。汤生你看表，从现在起开始计时。”

辜鸿铭举起表对大家说：“现在是两点十二分，到两点二十七分为止。大根作证人，到时由他喊停便停！”

大根也很兴奋，忙走到辜鸿铭身边来，眼睛盯着他手中的怀表。三位宿学都在紧张地搜寻着平时记忆。采石矶上顿时一片安静，静得连怀表咔嚓咔嚓的走动声都能听得见。

大约八分钟光景，陈衍便欣喜地说：“我的诗钟已出来了。”

张之洞说：“先不要做声，到时再说出来。”

又过了两三分钟，杨锐面有得色，看来他也想好了。

众人的眼睛都移到今天宴席的主人脸上，只见袁昶双目微闭，嘴唇在不停地上下翕动，间或发出听不清楚的细声来。看来，他这个诗钟打得不容易。大家都帮他着急，猛听得大根雷鸣似的一声：“一刻钟到了。”

众人正为袁昶惋惜时，只见他轻松地笑道：“我也有了。”

张之洞微笑着说：“现在请他们各自念出来，陈石遗先念，接下来杨叔峤，照顾主人，排在最后，由辜汤生作监临，违规的由你来处罚。”

辜鸿铭欢喜地说：“这事交我最好，我执法最不讲情面。”

不待大家催，陈衍摇头摆脑地念道：“上联为李商隐《霜月》中的‘青女素娥俱耐冷’，下联是李白《清平调词》中的‘名花倾国两相欢’。汤生，你看合不合要求？”

辜鸿铭说：“上联第二字为女，下联第二字为花，都是唐人的诗，合要求，通过啦！”

众人皆鼓掌，陈衍一副得意的神态。

张之洞微笑着对杨锐说：“叔峤，该你了！”

杨锐一本正经地念着：“两句诗都出自杜牧。上联为《夜泊秦淮》的‘商女不知亡国恨’，下联为《金谷园》的‘落花犹似坠楼人’。”

同样也是在上下联的第二字上，且亦均为唐人诗句。

辜鸿铭高声喊道：“符合要求，通过！”

众人也报之以热烈鼓掌。

轮到袁昶了，他不紧不忙地念着：“上联为李商隐《无题》的‘神女生涯原为梦’，下联为杜甫《江南逢李龟年》中的‘落花时节又逢君’。汤生，怎么样，通过吗？”

辜鸿铭大叫道：“你们都了不起，我辜汤生也算得个目无余子的人，这射覆打诗钟之类的事，我真的甘拜香帅和诸位的下风。都是赢家，没有输家，我这个监临就只有自罚三杯了。”

转过脸对大根说：“兄弟，给我倒酒！”

大根有意拿过三只大碗来，满满地斟了三碗。辜鸿铭也不知大根有意捉弄他，遂痛快地将三碗酒一气喝下。采石矶上响起一片欢快的喝彩声，引来了几个僧道远远地站在一旁看热闹。

袁昶对辜鸿铭说：“喝醉了没有？”

“没有。”辜鸿铭摇摇头。

袁昶说：“没有就好，我告诉你吧，香帅不仅是射覆、打诗钟的能手，还是制联的高手。想不想跟香帅学制联？”

辜鸿铭两眼慢慢地红了，但头脑依旧清醒，立即说：“愿意，愿意。”

张之洞听了，摊开手哈哈一笑：“辜汤生要跟我学制联，你们说，就这一句话就行了吗？得向我磕头交束脩哩！”

“对，对，磕头交束脩。”大家一齐起哄。

辜鸿铭立即就要离席磕头，张之洞一把拖住他说：“这头就留着到武昌去磕吧，我今天也不打算教给你。讲课很枯燥，大家不爱听。你既然对此有兴趣，我先说两个联语趣事给你听吧！”

辜鸿铭自然高兴，大家也都高兴。袁昶吩咐仆役给每人都斟满酒。众人都饮了一口后，兴致盎然地听制台大人说趣事。

“话说康熙爷的万寿日是三月十八，乾隆爷的万寿日是八月

十三，乾隆朝有个爱制联的翰林，据此制了一道上联，就是：三月十八，八月十三，圣祖祖孙齐万寿。不料，他自己对不出下联来，遍示翰苑诸公，也没人对得了。有人说，这是绝对。谁知十多年后这绝对给破了。”

众人的眼睛都一齐盯着张之洞，这样难的上联居然可以对得出下联，且看是如何破的。

“嘉庆辛未年大考，歙县洪宾华修撰考了四等第一，钱塘戚蓉台编修考了一等第四，而洪与戚又是同年。于是有人据此对出了下联：一等第四，四等第一，编修修撰两同年。”

“绝啊！”辜鸿铭第一个叫了起来。袁昶、杨锐等人也都称赞这副联语制得好，辜鸿铭由“绝对”二字忽然想起了一桩事，说：“香帅，你刚才说破绝对的事，我记得许多年前，在海外时，听人说中国有一上联，至今还未有下联的，不知道这绝对可破否？”

“上联是什么，你说说。”

“上联出的是‘烟锁池塘柳’。五个字含有金木水火土五行。”

梁鼎芬冷笑道：“汤生你真是孤陋寡闻，这联早就破了。你没有去过虎门炮台吧，虎门镇牌坊上就有这副联。”

辜鸿铭说：“我真没去过，你给我说说吧！”

梁鼎芬说：“虎门牌坊上一边写的是‘烟锁池塘柳’，另一边写的是‘炮镇海城楼’。”

“炮镇海城楼。”辜鸿铭重复了一遍，“也有金木水火土，且在虎门炮台边，真的是对得好。”

梁鼎芬说：“这是从武的角度对此上联，还可以从文的角度来对。汤生，下次请你到我的书房里去看看，我书房里挂的就是从文的角度来对的。”

辜鸿铭说：“你先念给我听听。”

梁鼎芬一本正经地说：“你仔细听着：烟锁池塘柳，秋吟涧壑松。”

“秋吟涧壑松。”辜鸿铭慢慢地复诵着，突然他发现了问题，“不对，你这‘吟’字不适合，金木水火土，其他四字都包含了，唯独‘金’没有，‘吟’与金无关。”

梁鼎芬又一声冷笑：“辜汤生，你平时目空一切，自诩对中国学问都已通了，露马脚了吧！我写的‘吟’正含有‘金’，它是口字边加一个‘金’。”

“吟字还可以这样写吗？”辜鸿铭灰蓝的眼睛里满是疑惑。

“当然可以这样写！”

看到辜鸿铭这一副傻乎乎的样子，大家都笑了起来。

“汤生呀，你的中国书是读了不少，但有一本书，你下的工夫还不够！”张之洞笑道。

“哪本书？”

“许慎著的《说文解字》。这部书要读好读透读烂，作起对联来就心里有底了。我再给你们讲个故事吧。”张之洞又来了兴趣，“那年在湖北学政期间，我与各府县教授训导们聊天，我出了一个上联请他们续下联。上联为：木未成材休纵斧。诸公说，这太容易了，于是每人都续了一个下联。我说，你们都续得好，但不是最佳的，我这里有一个最佳的下联。道是：果然一点不相干。”

袁昶、梁鼎芬等人都愣住了，这叫什么下联，毫无一点关联之处。

张之洞笑笑说道：“你们发呆了吧，他们当时也发呆了。我说这就是下联，看起来真的是一点不相干，仔细想想却是字字相扣。经老夫这一说，他们细思一下后，都明白了，大家乐得放声大笑。”

就在这个时候，袁昶、梁鼎芬等人也都明白过来，都说：“是的，是的，字字相扣，香帅这联制得再无话可说了。”

辜鸿铭琢磨半天，还是琢磨不出个名堂来，便问：“香帅，您这对联是怎么对的？”

“怎么对？”张之洞摸着胡须说，“这叫无情对！”

“无情对！”众人一时间都哄堂大笑起来，惊得太白楼上的几只麻雀都吓得飞走了。

袁昶突然想起京师有个传说，说的是张之洞曾经将自己的名字与“陶然亭”三字制成一副佳联，但他不便当着老师的面直呼其名，遂不提起这事。趁着兴头，他以主人的姿态说：“各位请吃菜喝酒，我是多年来没有过这样快乐的时候，今日与老师和各位来个一醉方休。”

梁鼎芬有意让辜鸿铭出点洋相，便说：“香帅，我们来联诗吧。联不出的，罚他三杯酒！”

袁昶立时表示赞成，杨锐也同意，辜鸿铭没有做声。

张之洞说：“我们今天谈的都是对联，干脆续联吧！”

梁鼎芬马上说：“好，就续联。”

张之洞想了想说：“有一联也号称难对，其实也不是很难，我念出来下联，各位都对出上联来。汤生可放他一马，先让他看看阵势，长长见识，以后好努力。”

袁昶摆出主人的宽容来，说：“汤生毕竟于制联是外行，这次就免了。”

辜鸿铭最是个好强的人。他是不懂制联，但又不高兴别人瞧不起他，便说：“说不定我也可以对得出哩！”

梁鼎芬说：“你对得好，我们陪你喝一杯，若对得不成个样子，还是得罚三杯！”

“罚就罚！”辜鸿铭一副倔强的神态。

“这下联是‘三光日月星’。”张之洞左右望了一眼，不见陈衍在座，便说：“石遗不知到哪里去了，你们三人，爽秋、节庵、叔峤依次来吧！”

袁昶本不是制联的能手，但他知道这联有人对过，这是凑兴饮酒，又不是自己制新联，把别人现成的偷过来应付一下是没有人指责的，便随口答道：“六脉寸关尺。”

众人都鼓掌。张之洞说："这是前人现成的。他今天请我们喝酒，看在这点上，我们就宽恕他吧。节庵，你是此中高手，不能偷窃，要自己制。"

梁鼎芬想了想说："八旗满蒙汉。"

其实，梁鼎芬的这个上联也不是自己的创造，但张之洞没有听说过，便说："节庵这上联制得好。我大清入关之前，便有满洲八旗、蒙古八旗和汉军八旗，用八旗满蒙汉来概括，又准确又新颖，通过了。叔峤，该你了。"

这一下把杨锐给难住了，再制一个新的上联，的确不是容易的事，何况在这样的场合中，越想不出心里越急，腊月天的，背上竟冒出冷汗来。

"四洲欧亚美！"

大家都在看着杨锐，等待他的创作的时候，冷不防几声响锣似的，从辜鸿铭的口里吐出这五个字来。

梁鼎芬说："想不到汤生真的对出了一联，平仄虽不完全合，大致也还说得过去。你把意思给大家解释一下。"

辜鸿铭摇头晃脑地说："欧是欧洲，亚是亚洲，美是美洲，但美洲又分北美洲、南美洲，其实是四洲，所以说四洲欧亚美。"

张之洞笑着说："汤生真是聪明！这'三星日月光'还有一个上联，叫做'四诗风雅颂'，雅有大小之分，与美洲的南北之别一个样。汤生这么快就窥到制这种联的诀窍，的确聪明过人，老夫都要佩服你。若早生二十年，说不定可入京师清流之围。"

辜鸿铭得意洋洋地对众人说："香帅批准我入清流了，你们都要敬我一杯。"

袁昶、梁鼎芬暗想自己不过是拾人牙慧，一个毫不懂联语的人却可立即自出机杼，也确实值得佩服，于是都举起酒杯来，笑着祝贺辜鸿铭。

大家都喝了一杯后，辜鸿铭还不罢休，又为难起杨锐来，说：

“有人号称博学，却又对不出来，依定的规矩该如何？”

杨锐忙站起来说：“我不能再喝了，我罚点别的吧！”

张之洞说：“叔峤不善饮，却记性过人，在成都尊经书院时，他就能一口气背完杜工部的《八哀诗》，不知现在还能背不？”

杜甫作于夔州的五言《八哀诗》，八首诗有五百多句，是杜甫诗中最长的一组。杨锐居然能背诵，的确不简单。

杨锐答：“还能背，我干脆背这组《八哀诗》来代替罚酒罢。”

张之洞说：“这组诗要背半个钟头，你愿背，我们还不愿意听哩。这样吧，背一部分。”

梁鼎芬说：“背一首算了。”

辜鸿铭说：“请节庵随意挑一首。”

梁鼎芬笑着说：“还是辜汤生这人鬼，他怕杨叔峤选他熟的背。好吧，我们现在都在江夏谋食，就背第五首《赠秘书监江夏李公邕》吧。”

“好，背就背。”杨锐屏息静气准备着。

袁昶说：“看叔峤这架势，你们是难他不倒的，常言说尝一脔而知全鼎，背一首也太久了，我看就背最后八句吧，能流利背出，也就知他能背全篇了。”

张之洞笑道：“还是爽秋宽厚，就背最后八句吧！”

大家会神听着。只见杨锐干咳了一声，便对着太白楼外的万里长江，朗声诵道：

> 哀赠竟萧条，恩波延揭厉。
> 子孙存如线，旧客舟凝滞。
> 君臣尚论兵，将帅接燕蓟。
> 朗咏六公篇，忧来豁蒙蔽。

果然很流畅，众皆喝彩。

张之洞说："苏东坡当年曾把人世间的乐事归纳为六种，道是：清溪浅水行舟，凉雨竹窗夜话，暑至临流濯足，雨后登楼看山，柳荫堤畔闲行，花坞尊前微笑。"

辜鸿铭笑道："东坡居士道得好，这都是些人间美事。"

"我今日再添一桩。"张之洞缓缓地摸着长须说，"临江好友续联。你们说对不对！"

"对！"众人都鼓掌。

张之洞起身说："感激爽秋在采石矶上为我们设此盛宴，使我们在长江名胜之地饮酒、谈话、射覆、续联、打诗钟，尽兴畅心。俗话说没有不散的筵席，我们就此散了吧。客人好赶路，主人好收场！"

于是大家都起身，纷纷向袁昶道谢，袁昶一直将大家送到江边。张之洞拉着袁昶的手走到一边，悄悄说：

"我已密荐你为江宁布政使，若无意外，不久当有圣旨下。"

袁昶大为感激地说："老师恩德，学生今生难报。"

张之洞说："你在安徽有没有听到对康有为的议论？"

袁昶说："大家都认为康有为是赤心爱国的，朝廷一定要变政变法，不然，不只是亡国的事，说不定要亡种。"

张之洞面色凝重地问："你自己怎么看的？"

袁昶说："我跟大多数人的看法一样。"

张之洞说："你在江宁任职之前，必会去京师朝觐，替我留心一下京师各方对时局的看法，包括对湖北洋务的看法，再写一封详信，派专人送给我。"

"学生记住了！"袁昶重重地点了点头。

第二章 / 中体西用

一　受谭继洵之托，张之洞着力开导谭嗣同，劝他以捐班入仕

还未出元宵灯节，张之洞便着手处理汉阳铁厂的事。他冒着严寒到铁厂去过多次。近一年来化铁炉每天只出少量的铁水，这只是为了不让炉子冷却，究其实，五六天开一次炉子足够了，仓库里堆着不少钢锭铁锭，有的已生了锈，一半以上的匠师和工人一天到晚无所事事，处室中那些办事人员多半是一杯清茶三五闲聊，就这样打发日子，个别人竟然在办公时间里抽起大烟来。还有的一连几天不来，人影也见不着。但每个月的薪水是一个子儿也不能少，而且薪水很高，几个职位较高的洋匠月薪一千两银子，全部三十六个洋匠月薪水高达一万余两。钢铁卖不出去，开支异常庞大，铁厂督办蔡锡勇焦急万分，早就盼望张之洞回来了。

在湖广总督衙门议事厅里，张之洞召集蔡锡勇、陈念礽、徐建寅、梁敦彦，以及洋匠总管德培等人一起会商铁厂的整顿。

蔡锡勇将铁厂的情况如实向张之洞作了报告。耗费他一生中的最大心血，寄托他徐图自强的宏伟理想，曾被洋人誉为亚洲第一大企业的汉阳铁厂，在他离开武昌仅一年零四个月的时间就落到如此地步，这个打击对他是沉重的。

“我离开武昌的时候，将铁厂之事郑重委托给谭抚台，他对铁厂关心得如何？”

张之洞在江宁这段时间里，湖广总督由湖北巡抚谭继洵署理。对于张之洞提的这个问题，大家一时都沉默着。谭继洵仍是湖北巡抚，说他的不是，得罪了他总不是好事。

在美国受过多年教育的陈念礽在这方面的顾虑少些，他见老岳父的话没人回应，遂答：“谭大人只去过铁厂一次，平时也几乎不过问铁厂的事。”

张之洞非常不悦：“其他人呢？湖北的藩、臬两司呢？”

张之洞走后不久，藩司王之春、臬司陈宝箴先后调迁外省，接任的藩司员凤林、臬司龙锡庆也都对洋务不热心。

见大家依然不做声，陈念礽又答道：“他们也不过问铁厂的事。”

“啪”的一声把大家惊吓一跳，张之洞拍打着桌面火道：“铁厂又不是我张某人的私产，我一走，湖北的人都不过问了，岂有此理！”

蔡锡勇息事宁人：“铁厂没管理好，总是卑职等人的责任。我们是要湖北腾挪银子给我们，他们拿不出银子，所以也不好意思问我们的事了。”

张之洞问：“铁厂目前缺多少银子？”

徐建寅答：“至少要一百万两才能全面转动起来。”

“向户部去要嘛！”

梁敦彦说：“户部不给，说前后拨了两百万，再也拿不出银子来了。”

张之洞问蔡锡勇：“铁厂总共花了多少银子？”

蔡锡勇答：“五百多万两。”

张之洞心里也猛地被堵了一下：花了五百多万两银子，还是这个样子，六年前筹办铁厂时，可没想到要花销这样大。

张之洞转脸问洋匠总管德培：“铁厂技术上的主要问题在哪里？”

英国人德培虽来中国多年，仍听不懂更不会说中国话。陈念礽把岳父的话译给他听，他想了一下，叽里呱啦地说起来。陈念礽翻译：“德培说，煤和铁矿的质量都有问题。煤里含硫较多，铁矿里含异质过多，可能与炼铁炉不配套，需要把铁矿送到英国去化验一下。”

张之洞不耐烦地说：“铁矿还要送到英国去化验吗？没有这个必要，先前不也炼过好铁吗？”

陈念礽见老岳父一口否决德培的意见，便没有把这个话翻译给德培听，德培也便不再说话了。

其实这位洋匠总管正是说出了铁厂技术上的症结，可惜让外行而执掌大权的张之洞给粗暴地顶了回去。真知灼见被扼杀，铁厂因此得再受若干年的惩罚。

蔡锡勇见张之洞脸色不好看，一句话几次欲出口又给压了回去。这时，他还是硬着头皮说了出来：“不少人说，不如将铁厂改为商办，银子的问题便可解决。据说，户部也有这个想法。”

“什么户部，是翁叔平他想卸这个包袱！”张之洞怒气冲冲地说，“商办，商人唯利是图，没利的事他们能干吗？他们难道比我还对国家对朝廷负责任？我明天亲自去看谭抚台，要他先拿点银子来帮铁厂过眼下的难关。”

张之洞态度如此坚决，蔡锡勇不好再说什么，大家也都不再提这事了。会议就这样无结果地散了。

第二天，张之洞放下总督的架子，亲往棋盘街巡抚衙门。六十多岁的谭继洵这一年来既当鄂抚又当湖督，事情比先前自然要多得多。他又是个拘谨的人，故更感到劳累，多年来患的哮喘病一到冬天便加重，今年冬天则更严重。入冬以来，他连前院衙门签押房都没去，就在后院卧房旁边的书房里办事接待来客。昨天接到督署巡捕的来函，说张制台今下午要来看望他。

张之洞身为总督，是决不应该在后院书房里接待的。谭抚台赶紧命令仆役将衙门中庭的会客厅打扫好，连夜生好炉子；又吩咐厨子去买点时鲜的菜蔬来，要请刚回任的总督在家吃餐饭；又在入睡前加重剂量喝了一碗鹿茸参芪汤，以便明天精神充足。他还不放心，又叫儿子谭嗣同明天决不能离开衙门。一是让他见见制台大人，和制台大人说说话，建立好关系；二来有什么事好随时呼应。老三机敏强干，谭继洵知道他不仅远胜自己，就连衙门内那些号为干员的人也不能与之相比。

午后，张之洞如期来到巡抚衙门。谭继洵带着儿子及抚署里的总文案、文武巡捕、师爷总管等早已来到辕门外，又打开中门，放炮礼迎。

张之洞笑道："敬翁身体欠佳，大冷的天气，何必亲立辕门外，督抚同城，常来常往，也不必开中门，放礼炮，行此大礼。"

口里这么说，心里倒也很高兴，满肚子对谭继洵的不满，经这番隆重的礼仪，化去了多半。

望着一旁挺立的谭嗣同，张之洞又喜道："三公子英迈俊拔，我的儿子中无一人比得上。"

"香帅夸奖了！"

到了会客厅，谭嗣同亲自侍奉茶水后，便掩门出去了。

"敬翁身体近来好些了吗？"

张之洞望着须发如枯苎麻，面皮如花生壳，行动如笨狗熊的湖北巡抚，心里想：这种衰迈的人如何有精力领牧数千万人口，数万里田

园？他只宜在家卧床曝背、含饴弄孙而已。但是，上自枢府，下至州县，却有许多这样的人物在占据着要津。他们固然是贪槽恋栈，舍不得手中的权力、腰中的银子，而朝廷居然也不劝他们早日致仕腾出位子来给年轻有为者。唉，就凭这点，就非改革不可！此刻，张之洞仿佛心灵上与康有为等人又靠近了一些。

“哮喘病人，最怕的是冷天。今年已咳两三个月了。”

谭继洵说话，浏阳腔很重，张之洞须得仔细听才能听清。

“哮喘不好治，我家有个亲戚也长年患这个病。他有个方子，不妨试试。”

一听说有单方治病，谭继洵心里欢喜，忙问：“什么方子？”

“用冰糖蒸晒干的野枇杷，连枇杷和汁一道吃下去，对病症有所缓解。”

谭继洵说：“这两样东西都好找，我明天就可以试试。”

两人又闲聊了一会儿。谭继洵问：“不知香帅亲自过来，有什么重要事情要老朽效力。”

“我专为铁厂而来。厂里现在周转不过来了，想向湖北藩库借点银子，一旦铁厂的钢铁卖出去后，就连本带息还给湖北。”

谭继洵说：“铁厂的钱该户部出。您跟朝廷上个折子，让户部批银子下来。”

张之洞说：“户部那里一时要不到，只有自己先想办法了。”

谭继洵低头望着眼前的茶盅，眼光呆滞，嘴巴紧闭，像个入定的老僧一样，木头似的纹丝不动。其实，对于张之洞来访的目的，他昨天就已料到了。在张之洞回任的前半个月，蔡锡勇还专门为借钱一事跑过藩司衙门。铁厂对他的抱怨，他也是早已风闻，但他一如既往地坚持对铁厂的态度：不冷不热，不反对也不支持。谭继洵为官三十多年，做京官时，他将忠于职守、拾遗补阙作为自己的职分。做地方官时，他将勤政清廉、重农恤民作为自己的职分。谭继洵做官的原则，完全遵循的是中国传统的儒家经典，尽管这几十年来西学东渐，但他

不屑于西方的那一套，更从来没有想到自己去办洋务，倡西化。他认为这些都不是一个正经官员所应做的事，也不是为官的职分所在。张之洞办铁厂、枪炮厂，建织布局、纺纱局等等，都不是一个总督应办的事。从好的方面说，张之洞是为了徐图自强；从不好的方面来看，张之洞是借此出风头图大名。张是总督，又得到朝廷支持，谭继洵当然不会也不敢反对。但他抱定一个原则：湖北不能为这些洋务局厂出银子。王之春态度积极，谭继洵很严肃地向他打招呼：湖北给局厂的银子，必须有户部的批文，不能私自给，我们要为湖北的财政着想。在这样严格的规定下，王之春也不敢更多地放银子给局厂，但还是尽力予以方便。就因为此，谭继洵看不惯，趁着张之洞不在武昌时，力荐王之春出任川藩，把他调走。

谭继洵不认为洋务能致中国于富强。中国有中国的国情，中国的富强只能按圣人所教的那一套去办，至于张之洞个人的出风头，那就更不能称赞了。

这一年来，他作为署理总督，听到的有关对铁厂和其他局厂的风言风语就更多了，诸如糜耗钱财，挥霍浪费，人浮于事，管理混乱，裙带成风，事倍功半，铁厂为贪利之徒开敛财方便，为幸进之辈谋进身阶梯等等，几乎都是指摘讥讽，少有肯定赞赏的。这一年多里，谭继洵对局厂采取不闻不问的态度。他知道他的湖督是署理，张之洞的江督也是署理，不久都会一切复原的。解铃还须系铃人。张之洞造成的烂摊子只有他张之洞自己来收场。

“香帅的事就是老朽的事，铁厂的事就是湖北的事。”谭继洵说了这句心口不一的客套话后，腔调完全变了。“湖北藩库的银钱收支，香帅您是知道的，眼下不要说一百万，就是十万都挪腾不出。”

张之洞注目看着眼前这个不知哪一天便会突然去了的老头子，吃力地听他缓慢而浑浊的浏阳腔。

“今年湖北，鄂西十多个州县遭受旱灾，普遍减产三至五成。沿长江两岸二十多个州县遭受水灾，大多数只收了三四成，有五六个

县颗粒无收，全年税收只有去年的四成半。朝廷只给我减去二成的上交钱粮，这剩下的三成半，藩库还不知如何来填补。三天前员藩台对老朽说，年底藩库账簿上的现银只剩下二十五万两，受水淹严重的那些县得拨出三十万两银子给他们买种子耕牛，否则春上无法开工。流落武汉三镇难民有四五万人，每天还在增加，已开了一百多个粥厂，还远远不够。这一百多个粥厂每天耗银千余两，估计至少还得开一个半月，这笔银子就要五万来两。这些难民都无处住无衣穿，打算给他们盖四五百间芦苇棚，施发几千件寒衣，还加上每天都有饿死冻死的人，得收殓掩埋。这又要二三万两银子。昨天，又接到急报：京山一带发生地震，方圆百余里的房子都已倒塌，还不知死了多少人。我已命孔兵备道急速奔赴现场，他向我要银子，我明知藩库紧绌，这种时候也只能先顾眼前了，狠下心叫他带十万前去。孔道说十万作什么用。我只得说，先带十万去吧，实在不行以后再说。香帅，老朽所说的句句是实话，无一字是假的。您若不信，明天可问员藩台。您看看现在的情况，湖北藩库能拿得十万两银子出来吗？”

谭继洵说到这里重重地叹了一口气，颤颤抖抖地端起茶盅喝了一口茶。

张之洞则在心头叹了一口气。不能说谭继洵在完全说假话，他说的事，张之洞都已知道，只有昨天突发的京山地震，因为这纯属民政事，故最早的急报是报向抚署和藩署，督署还没有听到消息。张之洞知道，包括地震在内的所有这些，都会被不情愿拿银子的鄂抚夸大了，而藩库里的银子又会有意减少。巡抚和藩司联合起来做手脚，总督一时半刻也是查不出的。张之洞心里很生气，但又不好对谭继洵发脾气。

停了好长一段时间，张之洞才说：“敬翁刚才说的，我也知道一些，藩库的银子自然是紧绌的，也不必从藩库里拿了。我知道江汉关过几天有一笔银子要上缴，估计有五六十万，敬翁把这笔银子先挪给铁厂用用吧！”

“香帅有所不知。”谭继洵又叹了一口气。“江汉关的税收还没缴上来，这笔银子早就先用完了。”

“为何？”张之洞惊道。

“去年八月，宜昌出了个教案。德国教会的一条狗被附近百姓打死，教会拘捕了几个百姓，其中一个百姓死在教会。此事激起了众怒，结果教会被砸，两个传教士和四个教民被打伤，闹出了一个大事故。最后英国驻汉领事馆出来圆场，宜昌县被迫赔五十万两银子，以江汉关税银担保，才把这桩教案平定下去。江汉关的银子早已寅吃卯粮，没有了！”

张之洞的胸中堵了一口闷气，不是因为这笔银子，而是因为这不平等的教案处置。在四川，在山西，张之洞已亲身遭受几次教案，一概以中国人吃亏而结束。没有别的缘故，就是因为中国弱，洋人强，办铁厂本是为了中国的自强，可眼前这个抚台就是看不到这一点。他是宁愿赔银子也不想做自强事业，而像谭继洵这样的昏聩官员，又何止百个千个？

“敬翁，你有你的难处，我也就不勉强了。有一件事，还得请敬翁出面帮忙说说话。”

“老朽一开始就说了，香帅的事就是老朽的事。只是这银子，湖北藩库一时真的拿不出，不能为香帅解决这个燃眉之急，老朽心里惭愧已极。其他事，老朽一定尽心去办，您只管说。”

“大冶铁矿堆放矿石的山坡，原本就是无人管的荒坡。现在县衙门派人来告诉矿区，说矿区用了五年了，要交占地费，一年二百两，五年一千两银子。这本是无道理的事，且矿务局亏损厉害，他们哪里拿得出这笔钱！敬翁，你下个公文给大冶县衙门，免了这笔银子吧！”

说来说去，还是银子的事。不过，这笔银子和方才说的银子大不相同。明摆着这是大冶县衙门的敲诈，禁止他们这样做是名正言顺的，何况谭继洵还有求于张之洞，遂痛快答应：“香帅放心，我明天

就叫文案拟公文，叫大冶免去这一千两银子。”

“那就谢谢敬翁了。”

看着张之洞有起身要走的架势，谭继洵忙说：“香帅，老朽有一件小事也要仰求香帅，请您万勿推辞。”

“什么事？”张之洞见谭继洵说这话时声音颤颤的，似乎含有一丝幽怨感，颇觉惊讶。

“哎！”尚未开口，谭继洵先叹了一口气。“说来这是老朽的家务事，老朽本不应该来麻烦香帅，但是小儿一向敬重香帅，又因香帅那年也曾勉励了他几句，故老朽只有厚着脸皮恳求香帅出面，开导开导他。”

张之洞奇怪地说：“令郎聪颖勤奋，广受称誉，还有什么需要鄙人来开导的吗？”

“香帅，您哪里知道，他是金玉其外，败絮其中啊！”

谭继洵一副恨铁不成钢的神态，同为父亲的张之洞自然深知这种望子成龙的父母之心。他满腔同情地听着。

“小儿要说资质倒也不蠢，书读得还好，诗文也做得通顺，十七岁就进了学。但这些年却不幸走了歪道，不好好读书应试倒也罢了，却又偏偏迷上邪书邪学。近半年来，他关在家里写一本叫做《仁学》的书。有一天，趁他不在家，我在书房里看了他写的稿子，真是骇人听闻。也不知他从哪里捡来两个字，叫什么‘以太’，说世界万事万物都是以太组成，这真是海外奇谈。又说节俭是不对的，连世世代代遵守的准则他都反对。

“更可怕的是，他还说‘三纲’是错的。君臣父子夫妇之间的纲常，这是圣人定下的规矩，他都敢说是错的。这几十年来的书读到哪里去了！”

谭嗣同竟然说“三纲”都是错误的，这倒也真出于张之洞的意外，这个聪明的年轻人怎会如此糊涂！是得开导开导。

“香帅，小儿的这些怪谬，老朽从未跟别人说过。不敢说，怕

人以此加罪他。老朽请香帅以童言无忌来看待小儿，宽恕他的无知，指出他的荒谬，让他迷途知返。小儿心性还是善良的，可以教化。他之所以迷乱，老朽也曾思忖过，可能是从小失去生母，与庶母不和，养成了孤僻冷漠性格。又加之四次乡试不第，由怨生恨。娶亲十多年也没生过一男半女，夫妻不和谐，失去了对人世的爱心。他还好四处游荡，结交了一些不三不四的朋友。这些都使他生出一些与常人不一样的心思，老朽规劝他多次，无奈他总是听不进。老朽命苦，所生三儿，如今也只剩下这一个，孙辈也只老二留下一根独苗，这一子一孙便是维系谭氏家族的血脉。请香帅务必接受老朽这一请求。倘若小儿能有所开窍，香帅您就是老朽的大恩人了。”

说到这里，谭继洵两眼发红，似有泪水在眼角边流动。七十老翁的舐犊之情，使得张之洞不能不答应。

“好。令郎一表非俗，当是瑚琏之器，即算现在走了点弯路，也不为怪。据说胡文忠公在年轻时也曾走过一段弯路，文忠公父亲心中焦急，倒是他的岳翁陶文毅公看出他疏散行为中的鸿鹄大志，劝老太爷不要过急，到时一切都会好的。自古来英雄豪杰都有一些不循常规之举，令郎说不定也会是胡文忠公那样的英豪。我倒是很喜欢他，你叫他今晚到我家里来。我告辞了。”

张之洞居然将儿子许为胡林翼式的人物，这令谭继洵兴奋莫名。他一时间竟忘记了留张之洞吃晚饭，连连激动地说：“谢谢，谢谢香帅，犬子今夜一定会来登门求教！”

断黑的时候，谭嗣同在一个老家仆的陪同下，来到了湖广总督衙门。为了表示亲切，张之洞在二进院落东边小书房里，接待这位“海内四公子”之一的谭公子。

大冷的天气，张之洞身穿丝棉、狐皮还感抵御不住严寒，又在书房里生了一大铁盆炭火，而谭嗣同进门便脱去西式黑呢披风，露出一身紧束的短装来。他只穿着薄薄的棉袄和两层布的夹裤，脚上穿着褐色牛皮靴，长长的靴帮将及膝盖，靴帮上是一层又一层的绳箍。这一

身打扮与瘦精的身材、深陷的双目相配合，显露出一股大异通常贵家公子的精悍、豪爽的英气来。

这的确是个非一般的人！

张之洞在谭嗣同进门那一刻所表现的没有任何虚套的礼节和风风火火的举止中，已经有了这个强烈的感觉。

“三公子，听说你现在又有了一个新的字号。”张之洞亲切地望着谭嗣同笑着说。

“是的，我为自己新起了字号叫壮飞。香帅，您怎么知道了？”

等闲人物，不管年龄多大、官位多高，在张之洞面前都有几分畏惧之感，谭嗣同却不这样。这并非因为他父亲是巡抚的缘故，而是他天生就是这种无所畏惧无所顾忌的性格。

“你刻了诗集四处分送而不送我，是认为我这个老头子不懂诗吗？”张之洞抚须笑着，笑容中流露的是长辈的慈祥。

谭嗣同前向将自己的诗作汇集起来，取个名字叫《莽苍苍斋诗》，印了三百本，署名壮飞。原来是从诗集上看到的！总督衙门的人都没送，他又是从哪里看到的呢？

“香帅是诗坛泰斗，没送是不敢送。我的那些涂鸦之作哪敢烦渎香帅清神。”

“但你的诗已耗了我的清神。杨叔峤带着你的诗集来江宁接我，那天夜晚我读了半夜。”

谭嗣同和杨锐很投缘。杨锐到京师后，他们之间常有书信往来，《莽苍苍斋诗》印好后，谭嗣同寄了十册给杨锐，请他代为分赠京中诸友人。

“叔峤喜欢你的《潇湘晚景图》二篇的第一篇：袅袅箫声袅袅风，潇湘水绿楚天空。向人指点山深处，家在兰烟竹雨中。说是得《楚辞》之风。我却喜欢你的第二篇：我所思兮隔野烟，画中情绪最凄然。悬知一叶扁舟上，凉月满湖秋梦圆。这篇更像《楚辞》，它得的是《楚辞》之神。”

张之洞居然可以随口吟出自己的两首诗来，而且给予很高的评价，心性高傲、身在官衙却瞧不起官宦的谭嗣同不觉对张之洞刮目相看，表现出他平生极少有的谦虚来："谢谢香帅的厚爱，香帅的高评，晚生担当不起。"

"三公子，我从这首诗中看出你心中好像有很重的隐忧。"张之洞试图用迂回的方式来开导谭嗣同。他觉得谭继洵的分析有道理，先不谈他的怪诞心思，而从开启他心灵的幽闭开始。"三公子，人生的灾难，是人人都会遇到的。你十二岁丧母，比起老夫来又强多了。老夫四岁时，母亲就去世了。虽然功名还算顺遂，但老夫中年以前连丧三妻，又痛失长女，晚年则有丧子之痛。尽管命运这样多舛，老夫依然豁达以待，坦然接受种种打击，以平和之心看待人世，不忌不刻，不怨不尤。三公子，你刚过三十，前程还大得很，听老夫的话，去掉心头的隐忧，快快乐乐地读书应试，为朝廷为国家做事。"

知子莫如父，谭继洵对儿子的分析是深中肯綮的。

母亲早逝，父亲宠爱小妾冷落儿子，长年生活在没有亲情的环境中。这是谭嗣同一生中刻骨铭心的悲伤，也是造成他孤冷性格的重要原因。四次乡试不第，琴瑟不睦中年无子，使他的悲伤和孤冷更加重几分。

但是，张之洞想错了。有不少男人，他真正的最深重的忧伤是不愿意说给别人听的，更何况谭嗣同这样一条心高如天骨硬如铁的湖湘汉子！他在嘴角边浅浅地一笑后，淡淡地说："香帅说对了，我心中是有隐忧，但这不是对身世的隐忧，而是对国家对百姓的隐忧。"

"忧国忧民，这是自古圣贤传下来的美德，当然是值得钦敬发扬的。但圣贤也为后人做出了榜样，他们并不把忧伤积压在心里，更不把忧伤转化为怨尤，而是以此激励自己，设法为国办事，为民造福。"

谭嗣同坚定地说："我正是这样想这样做的。"

张之洞愣了一下，他没有想到这位谭公子是如此听不进别人的

话。想到谭继洵的恳求，也为了抢救这个不可多得的人才，张之洞压下心头的不快，继续说："谭公子，听乃翁说你有些过激的心思，他颇为你担心。"

"香帅，不是我的心思过激，而是这个世道实在是沉闷太久，弊端太多，非得大声呐喊，大声呼叫不可；非得大改大变，彻底改变不可。我有些想法，包括家父在内，很多人都不可理喻，其实我是在矫枉过正，而这种过正，也是世道逼出来的。"

张之洞目光凛然地问："难道非要彻底改变，非要矫枉过正不可吗？"

"香帅，非如此不可！"谭嗣同毫不迟疑地说，"因为积重难返，甚至可以说已腐烂败坏，非得用刀子来剜去不可。举个例子说吧。比如香帅您，目光清晰，看出了中国要自强必须引进洋人的科学技术，又魄力闳大，在湖北率先办出了一大批洋务局厂。应该说，您的举措，会得到全国的支持，您办的局厂，会取得巨大的成效。但是，据我所知，至少湖北官场，包括家父在内就不支持您。他们大多数袖手旁观，觉得这桩事与自己毫无关系，少数人还在暗中使绊子，恨不得这些局厂垮掉。而且说句不怕您怪罪的实话，您办的局厂，也没有取得多大的成效。我听说局厂里问题也很多。说句大实话，局厂里除极个别的人外，绝大多数的人也并不对它的成与败真正关心，他们只不过是为赚薪水罢了。"

这些话虽然很不中听，但的确说的是实情，正为铁厂而忧心的张之洞无力责备眼前年轻人的狂妄不敬，反而脱口说道："照你这样说，那什么事都不要办了。"

谭嗣同说："所以我以为非要大改变彻底改变不可，如果不这样，那是什么事都办不成的。"

"你看怎么改变法？"

"要冲决两千多年来所形成的各种有形无形的罗网，全盘引进西方对国家管理的制度法规，改变世代相袭的那些限制中国前进变革的

学说思想。如此，方可言洋务，言富强，言中国的前途。”

谭嗣同气势磅礴地一句接一句，仿佛在向世界发布他冲决罗网的宣言，在给病疴沉重的大清王朝诊断症状，在给古老的华夏民族指明出路。

张之洞在谭嗣同咄咄逼人的气势下已觉自己无能为力，他不想使寄予重托的老鄂抚失望，更不愿在一个年轻的被开导者的面前承认失败，一个主意在他的心里已经冒出。尽管他并不认为这是个好主意，但现在只能借此为自己赢点面子，先让这个桀骜不驯的谭三公子接受再说。

“谭公子，忧国忧民也好，冲决罗网也好，大丈夫为国家百姓办事，不能只凭热血，更不能只讲空话，要的是踏踏实实地做事。办事凭的什么？凭的权和位。你既无权又无位，这些岂不都流入空话吗？”

张之洞目光炯炯地望着谭嗣同，他试图用这种威凌压住谭公子刚才的气势。

“香帅，这个我懂。我四次乡试，也是想通过科场进入仕途，以取得权位。但主考有眼无珠，不辨龙蛇，我也无可奈何了。”

本想说一句“我只好自谋出息了”的话，但想一想在制台面前说这样的话不妥，便又咽了回去。

“比起寻常百姓来说，你有一条更便捷的路可走，为什么不走呢？”

二品以上的大员子弟，在获得秀才功名后可以通过入监和捐银直接进入官场，其出身视同正途。朝廷的这个规定，谭嗣同知道，谭继洵也曾这样考虑过，但谭嗣同不同意。

“我三十二岁了，不想进国子监了，靠捐银买顶子的是些什么人？我岂可与那些人混在一起。”

“谭公子，捐班的确很杂乱，老夫一向也看不起，但事情也不可一概而论，捐班中也有极优秀卓异者。你知不知道，胡文忠公便是以

捐班而成就大业的。”

“胡文忠公不是翰林出身吗？怎么又是捐班呢？”

对于胡林翼，谭嗣同自然是景仰有加的，但胡是捐班，却是第一次听到。

“胡文忠公翰林出身是不错，但在浙江主持乡试时，因主考文庆携人进闱阅卷一事被告发，他受了牵连，降一级为内阁中书。第二年又丁忧，三年后起复，按常规在内阁中书一职上候补。若从这条路走到朝廷大员，不知要到何时，也许一辈子也走不到。另有一条路，若捐银一万五千两，则可得一个候补道，遇到好机会，不久便可得实缺，过几年有望升为藩臬大宪。胡文忠公想，大丈夫做事，当以最后成败定高低，不必拘于区区小节，遂捐了一个候补道。他看准盗匪多的贵州大有英雄用武之地，便主动要求去贵州。果然，没有几年便因肃盗立功升为贵东道，由此发迹。谭公子，倘若没有捐班这个过程，会有后来的胡文忠公吗？”

谭嗣同猛地省悟过来。无权无位不能办大事，走科举正途又得不到权位，看来要想办大事，只有效法胡林翼走捐班一路了。大丈夫能伸能屈，姑且屈一屈吧！

“香帅，谢谢您的点拨，我先去捐个候补知府吧！”

“好。”张之洞十分高兴。他已看出谭嗣同是个不循常规的豪杰。没有约束的豪杰将闯大祸，有所规范的豪杰可望成大事。候补官对于谭嗣同来说正是个约束。如此看来，谭嗣同将有可能成就一番大事业，不妨预作张本，遂笑道：“到时，我将设法把你分发两江。两江我的故旧较多，有利于你的实授和迁升！”

“谢谢香帅！”

谭嗣同告辞张之洞，走出湖广总督衙门时，夜已很深了。

二　汉阳铁厂弊端重重难以为继，不得已由官办改商办

张之洞为谭继洵了却家事，谭继洵却并没有为张之洞了却公事。想起汉阳铁厂银钱困窘、生产萎缩，湖广总督心情仍是沉重。户部因翁同龢的作梗不拨银子，湖北又确实藩库无银，铁厂怎么办呢?

不料，正当经营陷于困境时，铁政局兼铁厂督办蔡锡勇又突然得急病去世。蔡锡勇不仅西学好，人品也好，是湖北洋务的一根顶梁柱，刚刚五十岁便英年早逝，令张之洞悲悼不已。蔡锡勇留下的重担，只得叫陈念礽勉为其难地挑起。铁厂的出路在何方，张之洞想起蔡锡勇多次说过的商办之事，把念礽找来商量。翁婿至亲，无须客套，谈话直接进入正题。

“岳丈，蔡督办说的商办，是可以考虑接受的。美国人办企业，全是商办，政府几乎不管。”

“商人奸诈，唯利是图，铁厂关系到国计民生，交给他们去办，能放得下心吗？”

张之洞满脸忧戚，屋子里的炭火很旺，他摘下帽子，露出大半个秃顶和稀疏灰白的发辫来，愈加显得老而丑。

“无商不奸，这是中国历史上的偏见。因为有这个偏见，才有崇本抑末的政策；长期奉行这个政策，又使得中国积贫积弱。其实，这个偏见实在要不得。商人有奸有不奸的。郑国做牛生意的玄高就是一个不奸的爱国商人。岳丈，说句实话，哪行哪业里人都是有奸有不奸的。就拿读书人来说，应该是最纯洁的，但读书人中奸的还少吗？一部《儒林外史》，写出了多少读书人中的奸诈。又说农夫该是纯洁的吧，各乡各村的盗匪还不都是农夫出身，他们不就是刁民吗？”念礽觉得以这样的口气跟岳翁说话，有点峻厉了，便嘿嘿笑了两声，缓和下气氛。换了一种语调说下去：“小婿在美国生活了八年，跟美国商界打了不少交道。依小婿看来，美国的商人中有奸商，也有类似中国的儒商，有小奸大儒的，有先奸后儒的。”

张之洞笑着说："小奸大儒，先奸后儒，这样的话，倒是第一次从你的口中听到。这怎么解释？"

"许多商人最初都是贫寒的，靠精于盘剥发家，这发家的过程中就少不了欺蒙拐骗。后来发起来了，觉得再一味行奸使诈实无必要，同时也想用钱来洗刷往日的劣迹，便大做好事。比如捐钱办慈善、办教育、办公众福利事业，博取个好名声。这便是先奸后儒，这种人在美国的商人中不少。有的商人在与别的商人做买卖时行奸使诈，但在为国家为公众办大事时，他又光明磊落。这是因为他知道国家和民众的力量很大，行奸，一经揭发，便身败名裂，一生翻不了身；光明磊落则可得到很高的社会地位，提高他的身价，从而更有利于他的生意。这叫做小奸大儒，或叫做暗奸明儒。"

张之洞哈哈笑道："这美国的商人，真把商字做到家了。"

"商业发达起来后，中国的商人也会这样做的。"陈念礽说，"汉阳铁厂是国家的洋务大厂，会有人来认真接办的。其实办好了，他是名利双收。"

"念礽，我倒要问问你，为什么官办不行，商办就行了呢？"

陈念礽想了一下说："这大概是商业这桩事的性质决定的。商业是个以谋利为主要目标的行业，由商人来办，由于利益相关，他会有很强的责任心，做任何事都会精打细算，管理就会严格具体，尽可能地减少或杜绝浪费、拖沓、推诿这些现象。官办的主要弊端是利益不与个人相联系，办事者不愿倾其全力来做。另外，官场有一套相沿已久的繁琐环节和沉暮气习，与经商的灵活、快捷、简便、迅速把握时机这些因素相距太远，所以官办不如商办。"

张之洞仔细琢磨女婿的这番话，觉得也有道理，但改由商办，又交给谁呢，谁有这个财力和才能呢？

陈念礽说："大家在一起也议论过，一致认为当今中国最适合接手办铁厂的商家便是盛宣怀。"

盛宣怀！张之洞想起七年前赴任途中，在上海与盛宣怀晤谈的情

景。正是他，当年就说过湖北有丰富的煤矿铁矿，开矿炼铁，大有可获，只是此事宜商办不可官办。张之洞将此视为奇谈怪论否决了。七年后再去请他来办，不是承认自己输了，承认自己不如他吗？何况，盛宣怀还是李鸿章的人！

张之洞生气地说："可以考虑商办，但不能交给盛宣怀来办！"

陈念礽知道张之洞不喜欢盛宣怀。话还说不说下去？犹豫一会，他还是鼓起勇气把自己的看法说出来。

"岳丈，小婿想说两句逆耳的话，您同意我说吧？"

"你说吧！"张之洞从微微张开的嘴巴里吐出这三个字来。他知道陈念礽直来直去、决不说违心话的性格，这在他周围众多属下和幕僚中间是极为少见的。只有一人与之相同，那便是辜鸿铭。他有时想，这是不是受西方风气的影响，少了中国士人之间惯有的客套虚伪？但同是西方回来的梁敦彦又不这样，看来又不全然。在一片附和恭维声之中，张之洞有时倒是想听听不同的声音，他因而喜欢与辜鸿铭和陈念礽谈话。

"盛宣怀这个人的人品操守，指摘者不少，但对盛宣怀的办事魄力和才干，却少有否定的。他办的轮船招商局、电报局都是成功的。二十多年来他积累了办洋务的经验，结识了一批外国商人，在中国商人中有很高的威望，同时也积聚了巨额财富。这些条件，在今天的中国，可以说无人与之相比。铁厂要商办，非他莫属。况且他早年在湖北办矿务，那年又专门在上海与您见面谈此事，可见他对湖北洋务有很深的感情，很大的期望。这一点也不是别人可比的。小婿想，汉阳铁厂不仅是您一人的心血之所在，事业之所在，更是大清徐图自强的希望之所在，是国家洋务事业尤其是钢铁行业发轫之所在。汉阳铁厂即便受了千挫万折，也不能停办，也不能失败。它若停办了失败了，将会动摇许多人以洋务自强的信心，将会推迟中国洋务事业的进展。它造成的影响，首先不是岳丈您，而是国家，是我们的大清国。"

陈念礽的情绪不由自主地激动起来，一向把以身许国作为终生信

念的张之洞也不由自主地激动起来。且不说他最后的结论是否正确，把铁厂与国家洋务大局联系，从这个角度来高瞻远瞩地看待，这便令张之洞欣慰：这个女婿是挑对了，他是我的知音！

“现在的情况是，若不改为商办，很有可能会停办；若不用盛宣怀，很有可能会失败。小婿想，在盛宣怀面前承认官办不如商办，虽有损制台大人的威信，但比起铁厂停办、失败而言，这是一件很小的事情。倘若真的停办或失败，那影响就更大。起用盛宣怀来办铁厂，仍是您的决定，这就是您的英明之处。今后铁厂办好了，壮大了，发展了，历史必会记住您筚路蓝缕、创业艰辛的功绩，记住您作为中国钢铁业开山鼻祖的功绩，记住您起用盛宣怀让他有一个施展才干的机会的功绩。而这些，说到底还不是最重要的，最重要的是用事实说明中国是可以将洋务引进来办好的，是可以通过洋务实业走上自强道路的。”

“好了，不要说了！”张之洞心头的疑虑犹豫早已被这番话一扫而光。“就派你去上海会见盛宣怀，和他商量接办汉阳铁厂的事情。”

陈念礽往来武昌与上海多次，与现居上海轮船招商局的盛宣怀洽谈关于将铁厂由官办改商办的事宜。

盛宣怀本对湖北的矿业抱着极大的希望，当年张之洞若听从他的意见，以商家来办理洋务局厂的话，他很乐意出面来做督办。可现在，相隔多年再来找他，他却犹豫了。陈念礽第一次去上海，他以养病为由，暂不谈生意场上的事。正事虽不谈，对这个能操一口流利英语的美国留学生却欣赏备至，礼遇甚隆。陈念礽不能在上海多呆，稍住几天后又赶回武昌。第二次再到上海，盛宣怀说他很乐意做此事，但目前要为李鸿章出洋做准备，待李鸿章出洋后方可正式商谈。陈念礽只得又回武昌。张之洞对盛宣怀这种有意摆谱和明显地表示对李鸿章的忠心，虽很气恼，但也只得忍着。待到陈念礽第三次去上海时，盛府门房又告诉他，老爷到常州乡下扫墓去了，请客人在上海宽住几

天，他一回来便会商议这件大事。

陈念礽遂耐心住下来，等着盛宣怀回沪。

其实，张之洞和陈念礽都误会了盛宣怀。他并不是在摆谱，在念礽往返鄂沪之间三个多月的时间里，他正在办着很重要的事情：请现任招商局帮办的好友郑观应代替他去武昌私访汉阳铁厂，为他的决策提供第一手资料。

郑观应带着两个助手在武昌城里住了二十来天，又去大冶、马鞍山等地转了转，情况基本上都弄清楚了。前几天回到上海。正是清明时节，盛宣怀便借扫墓的机会邀请郑观应去他的老家小住几天。一来乡间宁静清新，春暖花开，风景绝佳，看看田园风光，放松放松，消除城市喧嚣所造成的疲惫压抑；二来好从容商谈有关汉阳铁厂接办不接办的事。

在盛宣怀依山傍水、外朴内奢的乡村别墅里，二人对坐啜茗。一个矮小单薄，尖脸小腮，一个高大宽挺，双目深陷，外表差距很大，却有相同之处：都精明干练，都长于谋划算计，都魄力闳大。

“陶斋兄，说说你的看法吧！”盛宣怀放下含在嘴里的肥大雪茄，一边弹着灰，一边笑笑地说。

“依我看，此事可为。”郑观应放下手中的银制咖啡杯。“你谈谈你有哪些顾虑，我可以就你的顾虑来谈谈。”

“我的顾虑嘛，主要有三点。”盛宣怀深深地吸了一口雪茄后说，“第一，那边现有的机器设备如何，具体情况如何，你是个见过大世面的实业家，你看看具不具备办大企业的条件？”

“依我看，汉阳铁厂的机器设备毫无疑问在国内是第一位的，在亚洲，也无可匹敌，即便在欧美，也算得上先进。这是因为他的所有设备都是从欧美各国买来的好家伙，只是钱花多了而已，被外商敲诈，自己的经办人又从中贪污，多费了许多冤枉钱。若我们去买，只有六成的银子便足够了。至于总体情况，则谈不上最好。马鞍山的煤质不好。大冶的铁是丰富的，质量也不错，但化铁炉不建在大冶却建

在汉阳，真不知张香涛当年是如何规划的。这是一个最大的失误。”

盛宣怀笑道：“张之洞办事，既不讲实效，又不去考虑是赚还是亏，他图的是脸面上的风光。当初就有人劝他不要将铁厂建在汉阳。他说他在督署办公，从窗口便可看到烟囱冒烟，心里放心。其实，建在省城，只是为了方便来往人观看，以便展示他的政绩。他的这点子心思，明眼人都知道。”

郑观应说：“这种局面，带来许多麻烦，运输不便，运费大增。”

盛宣怀又问：“那里的人员如何，技术上有能人把关吗，工人的操作上行不行？”

郑观应答：“据我们了解，张之洞为铁厂网罗了不少能人，其中好些个便是从欧美留学回国的。铁厂督办蔡锡勇，是个很能干也很有责任心的人，可惜不久前去世了。接替人即那个陈念礽，也有真才实学。虽是张之洞的女婿，却不是徇私。厂里还有三十六个洋匠，洋匠总管德培，技术上也不错，还有几个人也可以；其余的洋匠大多并没有真本事，拿的银子又多，中国技师不服。工人的操作，只能说勉强应付，比起西洋来，要差得很多。人员最大的问题在管理部门上，人浮于事，争权夺利，贪污受贿，拖拉推诿，毫无一点西方企业的管理知识，完全与衙门一个样。”

盛宣怀冷笑道：“如果我们接受，第一要全部裁掉这摊子人；第二，要叫那些草包洋匠滚蛋；第三，凡无一技之长的工人，也都要换掉，人员要大量精简压缩。”

郑观应说：“这是非常对的，务必如此，才能办好。铁厂生产一吨钢，成本要十二三两，西洋一吨钢只要六两，而且质量好，人家如何会买我们的？这成本高，主要是两个方面的原因：一是运费高。马鞍山的煤，运来汉阳已经远了，还要从开平、日本去买焦炭，就更远，运费更高昂。二是人员太多，开支太大。当然，还有浪费上的原因。”

盛宣怀不停地吸着雪茄，眼睛时不时地眺望远处山坡田垄上的桃花、李花和那些叫不出名字的野花，似乎在尽情欣赏眼前的山乡野景。

见盛宣怀长时间不做声，郑观应以为他还是不想接办，便说：“杏荪兄，你不是很想做中国第一洋务家吗？如果把铁厂接过来，把它办好了，你便一定是第一洋务家了。张之洞办不成的事，你办好了，这天下还有谁来与你争高下？再说，张之洞与外国人交往颇多，倘若你不答应，他就会转而找洋人。若洋人接办，就不好了：第一，会让洋人更瞧不起我们中国；第二，这么一块肥肉让洋人得了，也真是遗憾事。”

“陶斋，铁厂的根本出路是在钢铁的销路。销路旺，铁厂就活了，没有销路，再怎么整顿改进都是白做的。”盛宣怀又点起一根雪茄，吸了一口后，慢慢地说，“这两个月来，我一直在考虑这个事。中国用钢铁最多的地方只有铁路，若铁路大兴，则钢铁销售就可以大旺。但目前津通铁路已建好，其他铁路虽计议多时，却动工无期。铁路不兴，铁厂的钢铁就只有积压起锈了。”

“敦促芦汉铁路马上动工。”郑观应也在想这个问题。“汉阳铁厂的兴建，当初便有为芦汉铁路提供钢轨的一层用意在内，只是后来芦汉铁路停下来了。现在看来只有芦汉铁路动工，才可能使铁厂的钢铁有大量销路。据说当年李中堂反对重修芦汉而主张先修津通，是怀着点私心在内的。津通在直隶地面，对他有利，芦汉是直隶和湖广两个总督联合起来一道修，他担心张之洞拥芦汉之功而坐大。”

盛宣怀笑了笑：“你这是从哪里听来的话，李中堂知道了，可不高兴啊！”

郑观应哈哈笑起来说：“李中堂想压张之洞，这是天下皆知的事，我就是当面对他说，他也不会否认。不管怎么样吧，反正李中堂的直督早已让出来，眼下的王文韶是资格老才干弱。他不会压张，反倒是想借张的力量来办成芦汉铁路，为自己脸上贴金。”

盛宣怀说：“我们先跟张之洞讲好，让他和王文韶合奏芦汉铁路近期开工，这个折子批下来了，我们再谈接手的问题。”

郑观应说：“芦汉动工是大有希望的，这两个月来已有人在造这方面的舆论了。据说折子也上了两三份，《字林西报》、《字林汉报》上有好几篇文章都在谈这事。”

盛宣怀笑了笑说：“陶斋，你知道吗，这都是你在汉阳期间，我配合着你做的事！”

“哦！”郑观应恍然大悟，不觉伸出拇指来。“杏荪兄运筹帷幄，决胜千里，高明，高明！”

盛宣怀收起笑容，老谋深算的本色立即恢复：“芦汉动工是第一步，但芦汉即便动工，也不能保证汉阳铁厂的钢铁就一定畅售，人家洋人的钢铁又好又便宜，为何不买他们的？况且还有回扣，和各种各样看不见的贿赂。要确保铁路用铁厂的钢，还得有个措施。”

郑观应说：“芦汉铁路肯定在张之洞和王文韶这两个总督的手中掌握着，张肯定会要用汉阳铁厂的钢。”

盛宣怀冷笑道：“办实业，要彻底打掉书生气不可。陶斋兄，你身上还有几分书生气没打掉。张之洞如果真有办实业的本事，铁厂也不会来叫我们接办。你想想看，他要做总督，还要办别的局厂，他会有多少心思来直接管铁路？到时候，他只是一个傀儡，实权都在别人的手里。”

“你的意思是……”

盛宣怀胸有成竹地说：“成立一个铁路公司，我来任督办，芦汉干线就由铁路公司来管。任他湖广还是直隶都不能插手，这样方可彻底摆脱官场习气，也可确保铁路用铁厂的钢。”

“好！”郑观应不得不佩服盛宣怀比他要远胜一筹。“这个铁路公司也要由张王会衔奏请批准，借他们的手来为我们办事。”

“我也这样想！”盛宣怀毫不遮挡地说，“商人要办大事，必须要依靠官府，这是没有办法的事，因为权在他们手里。西方那些大商

人，哪一个不是由走官府这条路发迹的？就是发达了，也还得依靠官府才能做更大的事。中国是个官僚国家，更非如此不可。只是中国的商人要想办大事，除依靠官府外，再得加上一条：巴结洋人。因为洋人有钱，借洋鸡来为自己下蛋！”

“依靠官府，巴结洋人！”郑观应爽朗地大笑起来。“说得好，说得好，难怪你做起事来畅通无阻，左右逢源。这可是你盛氏经商办实业的真经呀！”

盛宣怀得意地说：“我盛某人经商办实业的真经还多着哩，这两条还只是表面的，易得学。深层的，我就是明白地说出来，别人也学不好。”

郑观应笑道：“我将我的老三交给你，你带他个五六年吧！”

“那倒不必。”盛宣怀正经地说，“陶斋兄，说句实话吧，像我这样赚这么多的钱，仔细想想也没多大的味道。我这几年老是想，我死前要留下两条遗嘱：一是子孙不要经商办实业，做点小事即可；二以僧服大殓，从简薄葬，让我的灵魂归到佛祖的身边。”

郑观应吃惊地问：“既如此，你天天挖空心思苦苦算计，又为了什么？”

“为什么？”盛宣怀望着远方雾岚缭绕的峰峦，若有所思地说，“说得好听一点，是为了国家的自强；说得实在点，是为了让世人看看我盛某人到底有多大的本事。”

因为话题突然变得沉重起来，二人都暂时不再说下去，一个吸雪茄，一个喝咖啡，都默默地看眼前的田园。正是“乱花渐欲迷人眼，浅草才能没马蹄”的暮春时节，杜鹃声里杨柳依依，拂面熏风中夹杂着花草的清香，令人心脾畅通，两位为洋务劳心劳力、常年奔波于城市码头、在盘算洽谈灯红酒绿中过日子的大实业家，这眼前的恬淡、宁静、清新、平和，给他们劳瘁的心灵以舒坦的抚慰。一时间，他们竟冒出某种疑惑来：人活在世上，到底是过西洋的那种富裕忙碌生活好呢，还是过中国传统的这种清贫淡泊的田园生活为好呢？

疑惑只是一闪而过，既已投身商海，便好比是钉死在传动带上的螺丝钉，只能随着高速运转的机器而运动，不能再有别的选择了。

“杏荪，张之洞派他的女婿来上海三次了，我们这次应和他的女婿一道去武昌和张面谈一次，以表示我们的诚意。”

“这次去武昌还不是时候。”

“为什么？”

“月底李中堂取道上海放洋，要等他走后我们再去武昌。”

“我们往返一次武昌顶多半个月，赶得及月底送李中堂。”

“不是来不及送的问题。李中堂是不高兴我与张之洞合作的，倘若他知道后反对怎么办？我是听他的还是不听他的？他这次出洋要访问欧美五个国家，少则八九个月，多则一年，待他回国后，我把一切事都办得扎扎实实，他再反对也不好说什么了。”

既不得罪老主子，又不失去这个机会，盛宣怀真可谓计虑周到。郑观应不再说什么了。

从常州一回到上海，由郑观应作陪，盛宣怀以最高规格热情接待陈念礽，态度诚恳地讲明，只有在芦汉动工和成立铁路公司两件事情得到朝廷同意后才能接办的道理，并表示，一旦获准，立即和郑观应亲赴武昌拜会张制台，再一起商讨具体事宜。为郑重起见，商办的铁厂还得与制台衙门签订接办合约，双方今后都得信守诺言，这是西洋各国的通例，请张制台谅解。陈念礽从谈话中看出盛宣怀的诚意，他很赞同这种做法：双方都把丑话讲在先，一旦达成协议签字后，则务必遵守照办，不得翻悔。但中国绝大部分商人却不这样，谈判时被求的一方漫天要价，诛索无度，有求的一方则好话说尽，事事应允。会谈时，双方都各自拣好的说，把不利于对方的东西有意瞒着，结果留下许多后遗症，互相扯皮，互不认账，到头来到底谁是谁非无法追究。

陈念礽表示这两点要求是理所当然的，一定说服张制台先办，并请盛宣怀早日去武昌定下这桩大事。

盛宣怀的担心果然不是多余。四月下旬，李鸿章带着两个儿子和一大群随员从天津坐海轮来到上海。七十三岁的李鸿章遭受甲午之挫后，其声望降到他一生的最低点。《马关条约》的签订，使他被举国骂为卖国贼。二十多年的直隶总督兼北洋大臣的宝座失去了，如今只剩下一个文华殿大学士的虚衔，冷冷清清地住在贤良寺，仿佛一个暂住京师的寓公似的，无权无势，一生热衷竞进的前淮军首领心情沮丧到了极点。

正在这时，当年访问中国的俄国皇储现在的沙皇尼古拉，举行加冕仪式。因为还辽事件中，俄国起了主要作用，朝廷派员前去祝贺，派的钦差是王之春。俄国以王职位低加以拒绝，点名要李鸿章前去，朝廷只得改派李鸿章。

正处人生低谷的李鸿章得此消息，心情大为振奋。他以洋人依然看得起感到荣耀，并深知只要洋人看得起，朝廷便不会冷落他，重新执掌大权的日子为期不远。听到李鸿章即将出访俄国的消息，德国、法国、英国、美国都向他发出邀请，希望利用此次出访的机会顺便访问他们的国家。洋人的重视，立即把李鸿章的声望又抬了起来。他出国前夕，被访的各国公使在使馆为他设宴饯行，各部院也看出李鸿章余威尚存，起复在即，便一改先前的冷漠，都与他热乎起来。就这样，沮丧了一年多的文华殿大学士，如今又重新意气昂扬起来。一到上海，各国驻沪领事馆也争相邀请，弄得李鸿章应接不暇，尽管疲劳却仍很兴奋。

直到坐上法国邮轮爱纳司托西蒙号，与送行的各国公使及专程从苏州来上海的江苏抚藩臬三大宪告辞后，李鸿章才有点空暇与盛宣怀说几句话。

"杏荪，听说张香涛的铁厂办不下去了，要你接手，有这事吗？"

重领风光的李鸿章虽须发皆白，脸上布满了老人斑，精神却很好，腰不弯背不驼，两眼看人依然有威凌之色。

“张香涛派人来上海找我多次，但我没有答应。”盛宣怀一副恭敬的晚辈神情。

“不要答应他。”李鸿章的口气近于命令。“张香涛好大喜功，华而不实，汉阳铁厂被他弄得一塌糊涂，你怎么接手法？让他自生自灭，给天下后世留一个笑柄算了。”

“是的，汉阳铁厂据说管理混乱，亏空严重，是个烂摊子。”盛宣怀避开接不接的实质问题，圆滑地与李鸿章敷衍着。

“我知道，张香涛是在看老夫的笑话，他想取老夫而代之。哼，他还嫩了点。”李鸿章习惯性地掏出两只玉球，在手里滚动着。“杏荪，我给你说个故事吧！正月底，袁慰庭突然到贤良寺看我，做出一副关心我的样子，劝我辞职回籍安心养老。我一眼看出了他的阴谋。他是受翁叔平的关托，来为翁叔平说话的。翁叔平协办大学士做久了，早就想晋大学士，没有缺，要我回籍养老，叫我腾一个缺出来。我就偏不腾。我对袁慰庭说，你告诉翁叔平，叫他死了这条心，我决不会主动请求开缺的，除非朝廷罢了我。袁慰庭听了这话，灰溜溜地走了。杏荪呀，我告诉你，张香涛和翁叔平安的都是一个心思。”

李鸿章开怀大笑。自海战以来，他还没这样开心笑过。盛宣怀也陪着他大笑。

“杏荪，你千万不要答应张香涛。我回国后必定会重掌北洋，你若是对办铁厂有兴趣，我替你在天津建一个大铁厂，比汉阳的要大得多！”

盛宣怀含含糊糊地答应着。不久，由直隶总督王文韶和湖广总督张之洞会衔合奏的，关于芦汉铁路开工和成立铁路公司，并委派盛宣怀任公司督办的折子，因为没有了李鸿章的阻力，很快被朝廷批准。得讯后，盛宣怀便带着郑观应等一班随员，乘坐轮船招商局的豪华客船，溯江西上，奔赴武昌。盛宣怀与张之洞在武昌城里反反复复地商谈了个把月，才把合约签订下来。盛宣怀亲自督办铁路公司，而把铁厂交给郑观应来总办。

从此，由湖广总督张之洞出面代表政府的官办汉阳铁厂，便移交给由当时中国第一大资本家盛宣怀为头的商人经理。中国有洋务以来最大的一家工厂，经过四五年的探索后，终于与世界的企业经营之路接上了轨。

就在盛宣怀、郑观应招商引股大力整顿汉阳铁厂、芦汉铁路在铁路公司的督办下轰轰烈烈动工兴建、张之洞在湖北全力经营枪炮厂及布、麻、丝、纱各洋务局所洋务学堂的时候，一场维新改革运动，经过康有为等少数有识之士多年艰苦卓绝的努力过程，已经悄悄地却又是不可阻挡地在全国蔓延开来。很快，“维新”、“改革”，便成为响亮的字眼、时髦的举措，其中又数湖广辖境内的湖南省闹得最为激烈。

三　张之洞以钦差之礼接待梁启超

位于洞庭湖之南五岭之北的湖南省，土地贫瘠，人口众多，环境迫使湖南人吃苦耐劳、倔强好斗。北宋以来所形成并逐渐发达的湖湘学派，又向世世代代湖南读书人灌输奋发向上经世致用的学术文化。两者的结合，造成了特色鲜明的民风士尚。这种风尚终于在三四十年前，在曾国藩、左宗棠等领导的湘军身上达到了顶峰，使湖南成为全国瞩目的省份，也使湘人变得更加自信，更加强悍，也更加敢为人先。

光绪二十一年，陈宝箴由直隶布政使调赴长沙任湖南巡抚。陈宝箴是个志大气雄的政治家，只因乙榜出身又加之时运不济，一直到六十四岁才做到一方诸侯。他决心珍惜这迟到的时运，在有生之年干一番大事。

也是时势造成了英豪的际会，当时长沙城里聚集不少有识见有力量的人物。第一个便是按察使黄遵宪。这位广东嘉应州出生的富家人，从小便得风气之先，对西方并不陌生。光绪三年，不满三十岁的

黄遵宪便出任驻日本使馆参赞，在日本悉心研究明治维新，并撰写《日本国志》。以后，又先后出任驻美国旧金山总领事、驻英使馆二等参赞、新加坡总领事，是一个熟稔国际局势的外交官，深知中国只有维新改革才有出路，十分赞同他的同乡康有为的主张。现在有巡抚出面在湖南先行一步，素有此志的黄遵宪岂能不全力支持？第二个便是学政江标。三十多岁的江标血气方刚，对委靡不振的朝政非常痛惜，常有刷新政局、振兴纲纪的宏愿，故很乐意在湖南做变革之事。还有一人便是谭嗣同。他接受张之洞的劝告，捐了个候补知府后，果然分发江苏。他在江苏创办了金陵测量会，并在上海结识了汪康年和由北京来沪的梁启超。汪康年奉张之洞之命接管上海强学会的钱物后，经张之洞同意办起了一个名曰《时务报》的报纸，取代康有为的《强学报》。《时务报》以汪为经理，梁为主笔。谭嗣同与梁启超一见如故，惺惺相惜，立时便成了莫逆之交。谭、梁、汪三人合作，在上海发起不缠足会。正拟创立农学会时，谭嗣同接到湖南巡抚陈宝箴的邀请。

陈宝箴在做鄂臬时，便很赏识谭嗣同的人品才干，谭嗣同也对这位父执很是钦佩。现陈宝箴主持湘政，立意维新，诚邀他回湘共襄盛举，对家乡有着深厚感情的谭嗣同何乐而不为？便告别梁、汪，立即离沪回湘。这时，还有一位杰出的人物也对陈宝箴的事业有很大的帮助。此人便是二十年后出任民国总理的熊希龄。从湘西凤凰县走出的熊希龄，此时正当二十多岁的青春年华，刚点的翰林院庶吉士。他不愿意在沉闷的翰苑做平庸词臣，得知家乡的巡抚有心办大事，便从京师回湘自愿参与。

那时湖南的藩司俞廉三，虽不积极支持，但也不反对，不设绊脚石。于是陈宝箴在黄遵宪、江标、谭嗣同、熊希龄等人的襄助下，在湖南大行维新变革来。一时间，办矿业，办航运，办新式学堂，办报纸，把三湘四水弄得沸沸腾腾的，沉默了十多年的湖南再次引起世人的瞩目。张之洞自然是支持陈宝箴的这些举措的。湖广总督在军务上

节制两湖的绿营，在民政上，虽不直接掌管，但也担负着督查钱粮刑讼、举察官吏等重要责任。因为督署设在武昌，向来湖督偏重于湖北而疏于湖南，张之洞亦不例外。但现在湖南形势逼人，且陈宝箴本是由张之洞荐举起复而走上坦途的。无论公谊私情，张之洞对陈宝箴治理下的湖南新气象都大为欣喜。在诸如人才、技术及与外国联系采购机器等事上都尽力予以资助。

这时，在谭嗣同的倡议下，省垣长沙又创办了一所规模宏大的新式学堂，因受《时务报》的影响，取名时务学堂，由江标任督办，熊希龄为提调，经黄遵宪、谭嗣同建议，众人一致赞同聘请因在《时务报》上发表一系列文章而享誉海内的梁启超为中文总教习。梁启超欣然接受，与汪康年商量后暂时离开《时务报》前赴湖南履新。汪康年希望梁启超途经武昌时去拜会张之洞，梁启超也很想见见这位如今隐然执天下督抚牛耳的香帅，于是汪康年修书一封，先行投递武昌督署。

《时务报》创办一年来，已出了三十多期，采用新式的石印技术，印刷精美，每期都有二十多页，分为论说、谕折、京外近事、域外报译诸栏目，围绕着一个主题即维新变革。主笔梁启超每期至少有一篇文章，有时两到三篇，三十多期《时务报》上共发表梁的文章达四十多篇。梁启超的文章，或抨击现实中的腐败黑暗，或呼吁变法的重要可行，或介绍西方风土人情，或弘扬中国的国粹传统，篇篇文章激情澎湃，才华横溢，使人读之有滔滔江水一泻万里之感，又好比烈火在胸，满腔热血都燃得沸腾起来似的。除梁启超外，康有为的弟子和追随者如麦孟华、徐勤、欧榘甲，还有后来名满天下的章太炎等人都在上面发表文章。《时务报》集天下文章之粹，汇海内大家之英，如一颗耀眼的明星，冉冉升起在中国的文坛。热心国事、关心时务的士人，都喜欢读《时务报》，每期一出，争相阅读，发行量高达万余册，风靡全国。刊载于《时务报》上的文章，其影响力远远大过皇上谕旨、赫赫布告。

《时务报》每期赠送十册给湖督衙门。衙门里的官员尤其是那些幕友们视为珍宝，不仅仔细阅读，还要三五讨论，说长论短，他们尤其酷爱梁启超的文章。这些以文章换饭吃的师爷，个个皆文章是自己的好，互不服气，目空一切，但在梁启超的面前，他们一概服了输，公认梁是当今第一才子。有的甚至认为梁启超的文章超过韩柳、方驾孟荀，是古往今来的第一等文字。这些幕友们读后又纷纷向其亲友推荐，往往一册《时务报》一两个月后再转回衙门时，早已纸页翻破，角边卷起。

张之洞也很喜欢阅读《时务报》。他每期都读，每篇都读，读得专注认真，和众幕友一样，素以文章自负的张之洞也视梁启超为文苑奇才，年纪轻轻便有如此才华识见，犹如贾谊再世，王勃复出。《时务报》出到第五期的时候，他以个人名义捐银五百两，又以总督名义购买三百份分送两湖文武大小衙门、各局厂书院学堂，让他们以开眼界、以广见闻。此举很快便收到实效。湖北官场对他所办的洋务局厂纷纷关注起来，至于在湖南，更是为陈宝箴的新政大起宣传鼓动、推波助澜的作用。

得知梁启超要来督署拜谒张之洞，幕友们都很兴奋。梁鼎芬、辜鸿铭、陈念礽等人都来到签押房，请总督安排一个时间，让大家和梁启超见面聊聊。梁鼎芬是个最佩服梁启超的人。有人问他同为广东人，你们是不是同宗。梁鼎芬说："番禺与新会相隔不远，同宗的可能性很大。这次我就打算以族人的身份请他吃饭，邀请诸位作陪，请香帅赏脸出席。"

张之洞高兴地说："好哇，请梁启超这餐饭就由节庵付钱吧，为我省了几两银子。"

辜鸿铭取笑道："据说梁启超是你的爷爷辈，你见了他要不要行孙辈大礼？"

陈念礽哈哈大笑起来。

"胡说八道！"梁鼎芬瞪了辜鸿铭一眼说，"有句俗话：五服之

外，兄弟看待。我长他十多岁，他要以兄长之礼待我。”

辜鸿铭又出新论：“听说梁启超十六岁中举，主考很赏识他，将自己的堂妹许给他。这个女人比他足足大了十岁。”

梁鼎芬说：“你又弄错了，没有十岁，只大四岁！”

“大老婆，小老公，打不赢，拿头冲。”辜鸿铭念了几句不知从哪里听来的顺口溜后说，“大四岁，也是大老婆小老公。”

陈念礽说：“我听人讲，梁启超有异于常人的秉赋。他可以一边写文章，一边和人谈话，还不耽误与人对弈，而且赢多输少。”

辜鸿铭指着梁鼎芬说：“节庵，你是下棋高手。到时，香帅命他写文章，我和他谈话，你和他下棋，非把他下输不可。”

梁鼎芬冷笑道：“那样做，赢了也不光彩；若输了，毁了我一世英名。要考查他有没有这个特异秉赋，还是汤生去和他下，汤生反正下的臭棋，输了也无所谓。”

辜鸿铭并不生气，笑着说：“我下就我下，看看他究竟有多大的本事。”

“你们看，梁启超那天来的时候，要不要大开中门放炮迎接？”在众人的谈笑中，张之洞冷不防地提出这个问题。

大家都被张之洞这句话给吓住了。大开中门、放炮迎接的是什么客人，那是奉旨专来督署办公事的钦差大臣，或由京师下来的王公贵戚、大学士、军机大臣，梁启超一个二十多岁的布衣，湖广总督衙门的中门要大开来迎接他，张香帅莫不是糊涂得忘了规矩？

“香帅，这万万使不得！”梁鼎芬连忙劝止。“您这样以非常之礼对待他，不说违背礼制，招人议论，就是梁启超，他也担当不起呀！这要折他的福、损他的寿的！”

张之洞哈哈笑起来，说：“那就不开中门，开右边侧门，我带着你们到辕门外去迎接他！”

当时的规矩，以右为大，右门迎接的都是些高官要员。

梁鼎芬说：“这个礼仪也太重了。香帅亲自到辕门外迎客人，我

们一年中也见不到一两次，梁启超岂能享受这高的待遇！”

陈念礽说：“您不必这样费神了，还是像平常一样，将梁启超当一个普通举人看待，这样于他更好些。”

梁鼎芬说：“念礽说得对，不必格外举行迎接礼仪，只是留他在衙门，由我做东请他吃一顿饭，香帅出席，这便是对他的最高礼遇了！”

“行！就依你们说的办！”

然而，梁启超来得真不是时候。当他在汉阳门码头踏上武昌城地面，经人指点来到湖广总督衙门的时候，正遇衙门的休沐日，总署后院的张府正趁着这个休沐日在操办结婚喜事。

结婚的人是张之洞二哥的儿子仁树。张之洞的二哥很早就去世了，留下二子一女，全靠张之洞接济。长子仁树这些年来到四叔身边。为讨好张之洞，梁鼎芬将连秀才都未中的仁树安置在两湖书院做古文教习。张之洞虽觉得不大合适，看在亡兄的分上，也没说什么。为了不使侄儿在大喜日子里有失怙之感，张之洞特意将他当儿子一样地看待：在后进院里西边厢房的一间高大房间里，为仁树布置了洞房，并同意在衙门里举行婚礼，到时为他主婚。但他也给侄儿约法三章：一不发帖子，二不接礼金，三不摆酒席。侄儿体谅叔父的苦衷，都接受了。

即便不发帖子，这大的事岂能瞒得住？这一天，从早上开始，怀抱着各种各样目的的贺喜客人便络绎不绝地涌进总督衙门，辕门外虽无张灯结彩，也无鼓乐鞭炮，但从进进出出的人们脸上所带的春色中，梁启超猜想衙门里今天正在操办喜事，暗思今天来的不是时候，正想改天再来，转念一想，既已来了，不妨去碰碰运气。

梁启超对门房刚一开口，门房便连连摆手：“你这后生子好不晓事，你没看见衙门今天办喜事吗？侄少爷大喜，咱们家老爷子亲自主婚，怎么有空来见你？今天就算不办喜事，你一个无官无职的后生，咱们家老爷子也不可能见你呀！你得按规矩，先递禀帖，回家候着。

隔三差四地再来打听下，听信儿。以后哩，或许衙门哪位老爷，或者幕府哪位师爷接待你，给你一个答复。你要直接见咱们老爷子嘛，那是戴着斗笠亲女人——还差得远哩！像你这样的人，湖北湖南两省成千上万，个个都要见老爷子，咱家老爷子还要不要为朝廷办公事？光见客还忙不赢哩！”

兴许是府里办喜事，门房高兴，也兴许是这个门房生就的爱唠叨的习惯，他操着一口南皮土音，啰啰唆唆地说了一大堆，把梁启超弄得烦躁起来，心里想，这天下门房怎么都是一个模子里铸出来的：认官不认人，不如糊弄他一下，便对着门房大声说道：“我是张大帅请来的客人。你不要看我年轻没穿官服，我的官比你们湖北的司道大得多哩！”

门房被梁启超这一叫嚷怔住了。他虽是认不得几个字的张家南皮乡下的远亲，但来到武昌守督署大门也有多年了，知道点官场的情况。官场上讲究的是资历，不熬它十多二十年，便要做比司道更大的官是不可能的，这小子在说假话！再仔细打量打量：年纪虽轻，穿的虽是布袍，却气概甚足。他突然开了窍：这后生子说不定是哪个大官家的公子哥儿，也或许是京师哪家王府里走出的黄带子，着平民打扮来到武昌。这些人虽无官无职，却的确会连司道都不放在眼里。想到这里，门房换成一副笑脸，说：“公子贵姓，我好上去禀报！”

梁启超看着好笑，便大大咧咧地说：“我姓梁，你告诉张大帅，说是从上海来的。”

门房说声“梁公子请坐，我进去禀报”，便走出门房。刚走了十几步便遇到梁鼎芬，门房说：“梁老爷，门口有个贵公子，与您同姓，是从上海来的，说是大人请来的客人。”

梁鼎芬一听，这不就是梁启超吗？便说：“你赶快进去告诉香帅，我去门口接他！”

梁鼎芬三步并作两步走到大门口，见一个年轻人在来回踱步，便上前说：“请问你就是上海梁卓如先生吗？”

“我就是！”梁启超笑道，“请问先生是……”

“我叫梁鼎芬，两湖书院山长兼湖广督署总文案。”

梁鼎芬边说边两手合拢，对着梁启超抱了一个拳。

“您就是大名鼎鼎的梁节庵先生！”梁启超一边抱拳回礼，一边笑道：“汪先生经常提到你。你的诗真正写得好，我读过不少，堪称天下独步。”

梁启超是个爽快的性情中人，说话中，常常免不了浓厚的感情色彩和明显的夸张成分。梁鼎芬的诗的确负有盛名，梁启超也很喜欢，但“天下独步”的评价显然过高。这便是梁启超说话的习惯，喜欢用些极端的词来表达他的好恶。至于梁鼎芬的诗是否“天下独步”，他并没有详加比较，或许过几天，他也可能不记得他说过这句话了。

但梁鼎芬听了很高兴。他所钦佩的人竟然这样评价他，这真是英雄所见略同，于是也客气地回赠一句：“我的诗哪比得上你的文章，你的文章才真正是天下独步、海内无双呀！”

两人都快乐地笑起来，彼此都有一种一见如故的感觉。梁鼎芬挽起梁启超的手，以示格外的亲切：“我也是广东人，番禺的。”

“那我们五百年前是一家！”梁启超又爽朗地补充一句，“说不定没有五百年，一百年前便是一家！”

这正是梁鼎芬所期待的一句话，趁此时赶紧认定这一族亲：“我今年四十，比你痴长几岁，我就斗胆叫你一声卓如弟！”

“节庵兄，小弟有礼了！”

梁启超对着梁鼎芬深深一弯腰，梁鼎芬忙扶起，说：“我们进去吧，我带你去见张香帅！”

就在梁鼎芬拉着梁启超跨进督署衙门的那一刻，一个场面让二梁都惊住了：只见从大门到头进接客厅一直到二进议事厅，长长的甬道两旁已站满全副戎装的亲兵营士兵。这些士兵手持红缨枪，精神抖擞，看见他们踏上甬道时，领头的都司高喊一声：“梁先生到！”顿时，“梁先生到”的声音便由前一个士兵传给后一个士兵，一声声递

传下去，一直从接客厅传到议事厅。

农家出身的布衣梁启超，还从未见过这等威仪赫赫的官府礼仪，一时间，他有点手足失措。一旁的梁鼎芬也暗自惊诧：香帅使用的依旧是接钦差和王公大员的礼节，只是免去开中门放炮那些让过路百姓都知道的环节而已。他悄悄地对梁启超说："香帅是用迎钦差的礼仪来破格接待你。你不必紧张，随着我迈开大步走就是了。"

梁启超毕竟不是庸常之辈，心里想：他摆出这个礼仪来，我就受了！王侯将相，宁有种乎？焉知日后我梁某人就不能名正言顺地享受这种礼仪，此时暂且把它当作一场演习吧！

想到这里，他昂起头颅，挺起胸膛，以一袭洗得发白的灰布长袍，旁若无人地大步行走在两旁士兵的睽睽目光中，开创有湖广总督衙门以来从未出现过的奇异场景！

来到接客厅，只见宽敞的厅堂中早已站满了衙门的官员和幕府的师爷们，一个个引领争睹这位以一张报一支笔而震惊华夏的广东举人：他怎么这样年轻，年轻得好比自己的儿辈、孙辈！他们在心里嘀咕着。但就是此人做出了这等大的事业，他现在正活生生地从你眼前走过。后生可畏，后生可畏呀！他们又在心里感叹着。梁启超面对着众人热切的目光，从容自若，面露微笑，他没有一丝拘谨之态，而是满脸的成功之感，心安理得地接受这批被他视为庸吏俗员的惊佩交集的眼神。

刚走出接客厅，正要向议事厅走去的时候，梁启超一眼见到一个身穿官服矮小单瘦白发白须的老头子正向他走来。他心里想，这或许是张之洞，转念又想，人人都说张之洞心气高傲，好摆架子，他怎么会走出厅堂来迎接我呢？正在迟疑时，梁鼎芬用手触了触梁启超的衣角，悄悄地说："香帅亲自来接你了，你要快步上前去迎候。"

果然是张之洞！梁启超一阵惊喜，忙快步趋前。将要来到张之洞面前时，他深深地一弯腰，朗声唱道："广东举人梁启超拜见张大帅。"说着就要下跪行大礼。

张之洞赶紧走上一步，双手扶住：“卓老，你是我请来的客人，不要行此大礼。”

卓老？梁启超和梁鼎芬都一怔，这是在称呼梁卓如吗？二十多岁的年纪，举人的功名，无品无级的身份，年已花甲的湖广总督竟然称他为“老”！常年在张之洞身边的梁鼎芬，曾亲眼见过这位大帅的多少倨傲无礼：不少道府镇协文武官员，递上名刺，三四日等不到召见；轮到接见了，往往在客厅里一等就是一两个时辰，有的官员甚至抱怨说，谒见张大人得随身带被子，以备过夜用。张之洞经常是一脸杀气地接见官吏，几句话不投合，便拍桌发脾气，厉声训斥一番后，将名刺掷下地来，弄得被接见的抱头鼠窜，返家后两三天回不过神来。至于在接见中黑着脸训话指责，那几乎是家常便饭。所以两湖文武都怕见这位使气任性、喜怒无常的制台大人，背地里骂他恨他的人很多。可是，今天怎么啦，难道香帅换了人？难道他料定梁启超日后会做宰相？都不是，很可能是听错了！

“卓老，我早就盼望你来了。”

又是一声“卓老”，清清楚楚，分分明明，令惊异非常的二梁再不敢怀疑是听错了。

“香帅，您千万不要这样称呼我！”梁启超真有点诚惶诚恐了。“您这样称呼我，我今后要死于非命的。”

张之洞哈哈大笑起来：“见到你真高兴。你虽然年纪不老，但学问老到，文章老到，叫你一声卓老，亦不为过。节庵，你说呢？”

梁鼎芬忙说：“香帅爱才重才，出于衷心，溢于言表，卑职敬佩无已，也为卓如欣慰无比。举世滔滔，卓如有香帅一知己，已无愧生于斯世了。只是卓如毕竟才过弱冠，是香帅的子侄辈，这样叫他，他的确担当不起。再说，卑职还刚刚与卓如联了宗，他称我为兄，我叫他为弟，倘若香帅硬要称他为卓老，我这个族兄今后如何称呼他？”

张之洞听罢，又抚须大笑起来：“从门房到接客厅才几步路，你们就联上宗了？好，好，为了不让节庵为难，不叫你‘老’了。”

梁鼎芬笑着说："谢谢香帅，你给卑职大面子了！"

张之洞这时才将眼前初次见面，却闻名已久的年轻人仔细打量着。他原来是这个样子：中等身材，略显单瘦，皮肤黑黑的，脑袋的大小跟常人差不多，脑门却特别的宽广突出，两只大眼睛稍有点凹下去，精光四射，神采奕奕，鼻子有点扁平，一张嘴巴看起来比通常人要宽大。

张之洞边看边点头，说："好，好，我说你怎么这样聪明，原来你的脑门与常人不同，又突又宽，智慧无边。"

梁启超说："取笑了。启超就因这个脑门没生好，被人说为丑八怪。"

张之洞哈哈笑道："再丑还能丑得过老夫吗？你知道别人怎么骂老夫的：尖嘴猴腮，面目可憎，举止乖张，语言无味。老夫今天以王公钦差之礼接待你，今后传出去，又是举止乖张的一个新例证了。"

梁启超说："大帅如此错爱，小子担当不起。"

"担当得起，担当得起！"张之洞说，"你不要看那些蟒袍玉带的王公钦差，模样神气得很，其实没有几个有真本事的，你的本事比他们都大。"

梁启超高兴地说："大帅言重了！"

梁启超随着张之洞走进议事厅，刚刚落座，张之洞便说："在这里坐会儿，只是个仪式而已。这里不便谈话，节庵带你到会客室去，我随后就来。"

在梁鼎芬的导引下，梁启超来到东院幕友堂旁边的西式会客室，这里早已坐满了人。梁鼎芬将徐建寅、梁敦彦、辜鸿铭、陈念礽等一班头面人物向梁启超一一作了介绍。

一会儿，张之洞过来了。他已脱去官服，换上普通的宽大布袍，随意坐下后，又招呼着梁启超坐到他的身边，亲手剥开一个金黄色橘子，递给梁启超："这是湖广特产，有名的南橘，你尝尝。"

梁启超双手接过。

“我自来武昌后就喜欢吃这东西。怪不得屈原作《橘颂》，给它很高的评价。”张之洞情不自已地念道：“后皇嘉树，橘徕服兮。受命不迁，生南国兮。”

“深固难徙，更壹志兮。绿叶素荣，纷其可喜兮。”梁启超接下背道。

“曾枝剡棘，圆果抟兮。青黄杂糅，文章烂兮。”张之洞背到这里，笑着对梁启超说：“这后两句，是屈老夫子在恭维你的文章。”

梁启超不好意思地说：“香帅取笑了。”

众幕友们都笑了起来，对张之洞的机敏表示叹佩。

“听说李端棻是你的内兄？”张之洞望着梁启超问道。

“是的。内子是李大人的堂妹。”

“老夫生在贵州，长在贵州，也可算半个贵州人。因为这个原因，李端棻硬要认我做乡亲。”

梁启超面带喜色地问：“香帅和李大人熟悉？”

张之洞高兴地说：“岂止是熟，而且是很好的朋友。”

顿时，梁启超觉得与这个制台大人的关系拉近了许多：“这样说来，我与香帅之间多了一层私谊。”

“是的，是的。”张之洞点着头。

一向爱出风头的辜鸿铭早已忍不住了，这时见有了点空隙，赶紧接嘴：“梁先生，我们这里的人都喜欢读你的文章。我辜某人向来瞧不起别人的文字，对你却不敢瞧不起。我问问你，你是不是学韩文起的家？”

梁启超早就从汪康年那里知道张之洞的幕府中，有个怪人辜鸿铭，趁着这个时候，他将这个混血儿仔细看了一眼。中国话虽说得仍不很地道，但能看出自己的文章受韩文的影响颇深，表明他的中国文学还是进了门槛的，于是笑着说：“我的确是把韩文公的文章读得滚瓜烂熟，不过，不只韩文公，庄子的文章、太史公的文章乃至今日的曾文正公的文章，我都随口可以背得出。不过，当着张大帅的面，我

说句或许不当说的话，我的文章主要还不是得力于韩文公、庄子或太史公，而是得力于我捉住了报文这种新文体的牛鼻子。这个牛鼻子便是我的维新主张。我凭此才能振起文章的格调，引起海内官场士林的刮目相看。诸公若也抓住这个牛鼻子，同样也可以写出横空出世的文章来的。”

梁鼎芬摆出一副两湖书院的山长神态说：“气者，文之帅。卓如老弟说的维新主张，其实就是他所仗的气。他这种气势，别人尚未得到，故他的文章能超过别人。”

“节庵说得不错。”说诗论文本是张之洞的爱好，昔日学政的派头又出来了。“做文章，遣词造句是第二位，有无气势才是第一位。若气势相当，词句佳者又得上风。卓如的文章胜过乃师康有为，不在气势而在词句上。卓如的词句设譬形象贴切，可触可感，用字讲究声调，琅琅上口，让人读来趣味盎然。还有一点，卓如的文章往往能将深刻的道理化为通俗易懂的文字，这就叫深入浅出。卓如呀，文章做到你这个分上，连我这个老学台都要服气了。”

梁启超忙说：“香帅文章，海内早有定评，小子哪里比得上。”

陈念礽说：“梁先生，你是后来居上！”

梁启超忙说：“不敢，不敢！”

“你的老师不大好！”张之洞表情严肃地说，“他太自以为是，又爱玩弄点小手腕。最不好的是，他篡改孔子，把自己的臆测强加在孔子的头上。这种做学问的态度不老实。”

张之洞这番话真使梁启超太为难了。他十分敬重自己的老师，老师的脾气虽有点犟，但这也正是老师的认真。老师的两本大著也确有臆测的成分在内，但老师不是经学家在做考据，而是借圣人的大名在行维新，其作用比死板的学究书要高百倍千倍。但面对着张之洞这副正经神情，他又不好去为老师辩说。一向能言善语的梁启超嗫嚅着，正思用一个两全其美的良法来解此困窘，突然大根走了进来，附在张之洞的身边轻轻地说：“四叔，婚礼仪式就要开始了，婶子们和仁树

都急着等你去主持。”

张之洞拍了拍脑门笑道：“你看你四叔老成什么样子，连仁树的婚礼都给忘记了。”

转过脸对梁启超说：“今天老夫的侄儿结婚，我现在得过去为他主持婚礼，我过会儿再来。晚上，你的本家要设宴款待你，我们都来做陪客。”

梁启超这才想起门房早就说过此事，因为自己贸然相访，把衙门原来的安排给打乱了，还害得张大帅陪着聊了这长的天，觉得十分过意不去，忙起身说：“小子罪过，罪过。”

“侄儿结婚是喜事，你来督署也是喜事！”说着起身，招呼陈念礽：“你也和我一同去，你这个做姐夫的也不能缺席。”

待张之洞走出门外，梁鼎芬十分激动地对梁启超说：“香帅对你真可谓礼遇之至，比之于古时的陈蕃设榻待徐穉，有过之而无不及。”

梁启超也的确感觉到张之洞在以国士之礼待他，心中充满对这位实力人物的感戴。这次到湖广来是对的，维新变革没有实力人物的支持是绝对不行的，真正的实力人物并不是京师那些王公大臣，而是眼下活跃政坛的几个督抚。他为老师没有与张之洞相处好而感到惋惜，要为老师把这个过失补救过来。

没有张之洞坐在这里，仿佛脖子上的枷锁给解去了似的，那些平素畏惧总督威严的官吏和与总督关系较疏的一些幕友们，这时纷纷毫无顾忌地和梁启超聊起天来。有的问万木草堂的情况，有的问乙未年公车上书的内幕，有的问康有为的三世之说除《公羊传》外还有没有别的依据。梁启超是个没有城府的年轻人，很乐意在他们面前表现自己，遂有问必答，一点也不含糊遮掩。众人都很喜欢这个见多识广、豁达爽直的青年才俊。

大约过了个把小时，张之洞又身穿便服进了会客室，一落座便对梁启超说：“你在《时务报》上说的一句话，老夫很赞赏。”

梁启超问："不知是哪一段话？"

大家也都屏息听着。

张之洞说："我不记得哪篇文章了，话的大意是：如果舍西学而立中学，则中学必为无用；如果舍中学而立西学，则西学必为无本，皆不足以治天下。"

梁启超说："这是我在《西学书目表序例》中说的话。"

"你这话好就好在将中学、西学两者之间的关系分清楚了。中学为本，西学为用。本者，根本也，主体也。世间万事万物，什么是本？人是本，人的身心是本，纲纪伦常是本。修身振纲，还得靠我们老祖宗的名教。用者，使用也，功用也，农桑工矿练兵造器，都是用。这些方面，我们又不得不承认洋人走在我们前面，我们要学习要拿来为我所用。现在有些人糊涂了，分不清本末主次。你能分得清，这就了不起。待到空暇时，我也要专门写一篇长文章，来说这个事。这是个大事，非得要人人都清楚不可！"

梁启超说："小子人微言轻，说的话别人不听。大帅您如能亲自出来说说，那就如惊雷飓风，震动朝野，所起的作用将大过千万倍。如果您看得起《时务报》的话，您的大作就交给《时务报》吧。《时务报》能登大帅您的文章，真是荣光无限！"

"好哇！"张之洞高兴地说，"到时我要找一个冷庙去住几天，把一切事都摒除掉，目前还没有这个时间。"

辜鸿铭说："梁先生，我现在正在将《论语》译成英文，你们《时务报》可以登吗？"

梁启超想了下说："《时务报》的读者是国内人士，你的英文《论语》可能没有人看得懂。不过，我们可以专门为你印一本书，向海外去发行。"

"那很好！"辜鸿铭说，"洋人开口闭口就是耶稣呀、柏拉图呀、苏格拉底呀，他们读不懂中文，不知我们的老祖宗比他们要强得多，我先翻《论语》，接着翻《孟子》，翻《老子》、《庄子》，让

他们开开眼界，长点见识，再不要夜郎自大了。”

张之洞高兴地说：“汤生，我十分赞成你的这个做法，让洋人读点圣人的书，让他们也知道仁义道德。印书的钱归衙门出，不要你自己掏荷包，译得好的话，老夫还要发你润笔费。”

辜鸿铭说：“谢谢香帅。不过你不懂英文，你怎么知道我译得好不好呢！”

辜鸿铭的话引起哄堂大笑，张之洞也捋起胡子开心地笑了，说：“这个辜汤生，欺负老夫不懂英文，我不可以去问梁崧生，去问念礽吗？”

在大家的笑声中，梁鼎芬起身说：“我在大厨房里订了两桌菜，香帅也赏脸，这就请卓如老弟和大家一道去吃饭吧！”

吃过晚饭后，梁启超想起自己已在衙门呆了大半天，张之洞家里偌大的喜事都放下来陪自己，深感张之洞的礼贤下士之诚意，于是起身告辞。张之洞忙压住梁启超的肩膀，说：“莫着急，再在这里陪老夫聊聊天。”又对着众人说，“你们都各人忙各人的去，老夫要和卓如好好谈谈。”

说罢，拉着梁启超的手又走进会客室。梁启超面对着张之洞的如此热情，真有点受宠若惊之感。夜晚的谈话中，张之洞详细询问他们在京师的情况，哪些人与他们有往来，各人态度如何。从梁启超的口中，张之洞得知皇上有效法日本明治天皇维新变法的意图，又得知康有为为了促成皇上此意，目前正在南海老家闭门谢客专心撰写两部大书：《俄彼得变政记》、《日本变政记》。翁同龢已答应待书成后，即呈递皇上。

梁启超满脸兴奋地告诉湖广总督，有皇上的支持，有成千上万有识人士的努力，中国维新变革的高潮即将到来，也一定会成功，要不了多久，一个和日本一样迅速由贫弱转为富强的中国就会屹立在世界的东方。梁启超沸腾的青春热血，对维新事业的坚定信心和对国家百姓的高度责任感，深深地激励着张之洞那颗历经沧桑却不衰老的心。

他专注地听着，这中间大根数度进来请他到西院去应付那边的婚庆场面，都给拒绝了。

已到二更天了，张之洞想到梁启超还要回客栈，便说："圣人曰'苟日新，日日新'，吐故纳新，除旧布新，这是天地之常情，古今之常理，前人说五帝不沿礼，三王不袭乐，老夫一向是个维新变革派。只要你们一不弄什么孔子卒后纪年，二不篡改圣人经典，三不废纲纪伦常，凡对国家苍生有利的维新变法，老夫一律支持。"

梁启超说："大帅乃督抚之首，负天下时望，维新事业有大帅您的支持，一定会进展得更顺利。"

张之洞诚恳地说："你年纪轻轻，便如此博学有识，我身边没有你这样的人。我想请你不要南下长沙，就留在武昌算了。我也不委屈你呆在衙门，两湖书院可以因你而增设一个时务院，你去做院长，年薪一千二百两银子。你以为如何？"

年薪高到这种地步，超过一个七品县令一年的合法收入，为海内书院的教习们所望尘莫及。这是梁启超没有想到的事。他有点动摇了，便对张之洞说："让我考虑考虑。"

回到客栈，他认真地思考着制台的建议。留在武昌虽好，但毕竟只是张之洞的随从，就如同梁鼎芬、辜鸿铭等人一样，永远只是附庸，只是工具，处处受人制约。到长沙去，和谭嗣同等人办时务学堂，那却是一个崭新的事业，一片崭新的天地，可以发舒精神，鼓动舆论，为整个维新大业培养人才，使时务学堂今后成为全国维新变法的重要策源地，如同康师当年办的万木草堂那样。想到这里，梁启超清醒地认识到，留在武昌做院长，好比钻进一只金丝织就的网笼，到长沙去办时务学堂，却如飞向高远的苍穹。这两者是绝对不能相比的。他不想当面拒绝这位热情万分的张制台，便委委婉婉地写了一封长信。他在武汉游玩三天后，把这封信送到督署门房。次日清早，他坐上前往湖南的小火轮，离开武昌码头，开创他辉煌人生的又一段精彩岁月。

四　总署衙门东花厅，康有为舌战众大臣

正当谭嗣同、梁启超等人热情似火地在长沙创办时务学堂，将维新变革之风带进三湘四水的时候，外患频仍的贫弱中国又一次遭受洋人的欺凌。

光绪二十三年秋天，德国传教士唆使教民欺压山东曹州百姓，此事激起公愤。巨野大刀会会众为伸张正义冲进教堂，混乱之际，两名德国传教士被打死。德国政府以此为借口，派兵强占胶州湾。朝廷迫于德国的压力，逮捕大刀会会众多人，又处死二人，向德国政府赔罪。山东巡抚李秉衡亦因此革职。德国政府强迫清廷签订不平等条约。条约规定，德国租借胶州湾为军港，租期九十九年。德国有权在山东修筑两条铁路，并可在铁路两旁三十里内开采矿石。

俄国见德国轻易得了这多好处，很是眼红，便以利益均等为由派军舰占领旅顺、大连湾，又迫使清廷与它签订租借旅顺、大连的条约，并在中东铁路上建支路一条，直通旅、大。很快，法国便步德、俄后尘，强租广州湾为军港，又要求修筑越南至昆明的铁路，并提出中国邮政总管由法国人充当。紧接着英国租威海卫为军港，租期二十五年；又强租九龙半岛、香港附近岛屿及大鹏湾、深圳湾，租期九十九年。

更令人气愤的是，这些国家还在中国互认势力范围：长城以北属俄，长江流域属英，山东属德，云南两广一部分属法，一部分属英，福建属日。

一个好端端的完整的神州大地，竟然东一块、西一块地被人强迫分割租借，一个享有主权的独立大国，竟任凭外人在自己的领土上划分势力范围，占山为王。五千年的中华历史，何曾有过这样的局面！数万万炎黄子孙，何曾受过这等耻辱！地被瓜分，国将不国，面对着空前的危机，康有为再也不能在家乡呆下去了，他第四次赴北京，要给光绪皇帝上第五道书。

在这道折子中，康有为先分析国家所面临的严重局面，然后提出三个具体建议：一，效法日本等国以定国是；二，大集群才以谋变政；三，听任疆臣各自变法。又明确提出国事付诸国会并请颁行宪法。折子的末尾，康有为以前所未有的语气写道：若再不变法图强，“恐自尔之后，皇上与诸臣，虽欲苟安旦夕歌舞湖山而不可保矣，且恐皇上与诸臣，求为长安布衣而不可保矣”。这道折子在呈递过程中因为辞气太亢直，被工部尚书淞溎中途拦截了。

满腔救国谠言却不能上达天听，康有为心中郁闷。时正隆冬，北京城冰天雪地，寒彻骨髓，南国长大的康有为不但身冷，更觉心冷。他不明白，这些享受朝廷高官厚禄的大臣们，为何不替朝廷着想；偌大的京师聚集了来自全国的英才，为何就没有几个知音？酷寒的气候，加上悲凉的心境，康有为决定转回广东，待初夏时分，再到京城来寻觅机会。他于是定好骡车，定下日期，尽早离京。不料，就在他离京的前一天，事情突然起了变化。

这天上午九时多，怕冷的康有为在被窝里磨蹭了好长一会，才慢慢地起身穿衣。正在叠被子的时候，南海会馆的门房老头走了进来：“康老爷，门外有位老爷要见您。”

康有为问：“是谁，你见过没有？”

“没见过，不认识。”

康有为想起过会儿还要去大栅栏买点东西带回家，此人来得不是时候，不想见，便对门房说：“你就说我已出门了，有事留话给你好了。”

“康老爷，”门房小声说，“这个人是个白头发老头子，天气这样冷还来看你，你不见他怕不大好。”

门房说得有理，康有为把被子匆匆叠好，便随着门房走出南海会馆。只见门外停着一顶二人抬的青布小轿，从轿中走出一个圆圆胖胖、白发白须衣着华贵的老人来。老人打着哈哈笑道：“你就是康祖诒吧，害得我好找啊！”

面前的这个老头子气宇轩昂，一表非俗，或许不是一般的人。想到这里，康有为谦恭地说：“天气如此寒冷，您来会馆看我，真正不敢当。”

“带我到你的房间里去看看吧。”老头子不待康有为请，便自己跨过会馆大门，向里面走去。

康有为颇觉为难。他住的房间除开一床一桌一凳外，什么都没有，不但无取暖的火炉，因为起来得晚，还没来得及去后院厨房里打水，连泡杯茶的开水都没有，但见老头子自个儿往前走，他只得硬着头皮跟着。来到房间，他不好意思地说：“这里一无所有，实在不便接待您，请坐吧！”

老头子没有坐，四面扫了一眼说：“你一个名满天下的工部主事就住在这个地方，也真是难得。”

康有为说：“我虽是工部主事，但还从未到衙门里当过差，没有薪水，便只好住会馆了。”

“听说你要离开京师回广东去？”

“是的，已定好了骡车，明天一早就走。”

“你来京师的时间还不久，为何急着回家？”

“我给皇上的折子淞湝尚书半途拦截了，我很失望。再加上天气又冷，京师呆不下去了，只得回广东去。”

老头子哈哈笑道：“一个淞湝就把你的锐气打了，北京城里除开淞湝就没有别的人了吗？你公车上书的胆魄到哪里去了！”

康有为被老头子的气概慑住了，好长一刻才嗫嚅道：“京师达官贵人虽多，却没有几个为朝廷国家着想的，我真有点沮丧了！”

“哪里的话！”老头子威严地说，“你认识几个达官贵人，就敢于这样以偏概全！听老夫的话，不要走了，在京师住下来，老夫明天叫人给你送来百两银子和两百斤木炭。至于折子嘛，你放心，老夫会来过问的。”

听这口气，是个大人物的模样。此人究竟是谁，康有为又将老头

子细看了一眼后问："请问老人家尊姓大名？"

老头子一字一顿地答："老夫乃翁同龢。"

"噢！"

康有为惊呆了。此人便是两朝帝师状元宰相、声动九州权倾天下的翁中堂！三九严寒天里，他坐着青布小轿来南海会馆看我——一个刚刚踏上仕途的六品小主事。这是一种怎样的礼遇？这将会预示着一种怎样的前途？康有为不觉头晕了起来，下意识地跪下，连连说："卑职有眼不识泰山，刚才多多冒犯，还请中堂大人海量包容。"

翁同龢忙双手扶起康有为，诚恳地说："足下乃当今国士，老夫心仪已久。实话对你说吧，皇上也惦记着你，你要为国珍重，放开胸襟，不要为一时受阻而气沮。这里实在太冷，老夫不能久待。你安心住下，静候好音。"

说罢，昂首走出会馆，登上布轿回去了。康有为倚在大门边，久久地回不过神来，只觉浑身热血沸腾，四周的冰雪朔风仿佛都已不再存在了。

翁同龢自己不便出面，便叫都察院给事中高燮上疏。高燮激于义愤，抗疏推荐，并请皇上亲自会见康有为。

二十八岁的光绪皇帝，虽然体质孱弱，但毕竟有一腔青春热血，眼看着祖宗传下来的江山被外人糟踏成这个样子，心里也过意不去，总希望自己所治下的是一个强盛的国家。再加上他亲政已近十年，却仍然处处受左右的掣肘，自己没有独立处置国家大计的权力，也极想通过变法维新这条路来改变这种窝囊处境，做一个名副其实的九五之尊。光绪帝的这个愿望日益强烈，除开他本人的觉悟之外，还得力于珍妃的怂恿推动。

珍妃的娘家是一个较为开明的满洲官员家庭。她的伯父长善做过广州将军，因而全家都能得风气之先。她家里请的塾师文廷式也是一个有志变革现实的名士。因为珍妃的原因，光绪十六年便高中榜眼。文廷式感激皇家的特殊眷顾，常利用机会向珍妃并通过珍妃向皇帝转

述非变法无法改变现状的道理。在珍妃的不断劝谏下，光绪维新之心更加坚定。

他早就想见见康有为了。康有为折子中那句“求为长安布衣而不可得”的话，这些天来更是强烈地震撼着他。他决不愿意也非常害怕做亡国之君，遂命令军机处尽快安排一个时间，召见康有为。

但光绪帝的这个决定，却遭到了他的伯父军机处领班大臣恭王的反对。

从甲午年复出以来，三年多的岁月里，被朝野寄予重望的恭王，其表现令天下大为失望。

他除开在军机处换了一些人员、设立了空有其名的军务督办处外，几乎什么事都没办。这其中的一个原因是他的多病。他今年六十六岁，按着中国古代的寿命说，他才过下寿，但在他的兄弟辈中，他可是硕果仅存的长寿老人了。他深深眷恋着这锦衣玉食位极人臣的皇伯地位，又深知家族享寿不长的严酷事实，保养身体，以求长命，便成了他晚年最重要的准则。刚刚复出的时候，他还有几分热情和抱负，在连连遭受挫折之后，明智的他，已看出国势难以逆转，他的有生之年已是不可能再有任何作为了。不久，他突然中风而跌倒在地，于是他便以养病为由，不再过问军机处的日常事务。军机处的常务，则由翁同龢来处置。虽然恭王依旧挂了个军机处王大臣的名义，这两年的实际领班已经是翁同龢了。遇到大事，翁同龢带着几个军机大臣上恭王府去请示。恭王一般也不干预，听任翁同龢等人去作决定。

恭王虽因老迈衰弱而对国事采取消极态度，但他几十年来所形成的治国理念却是明晰而顽固的。作为一个天潢贵胄，恭王坚持祖宗之法不能变，坚持满人自入关以来便接受的纲常名教不能变。作为一个开明的军机处领班兼总署大臣，恭王也主张学习西方的制造之术，师夷之长技以求中国的徐图自强。为此，他最早赞同曾国藩提出的向外夷学习造炮制船的想法，拉开了中国近代洋务运动的序幕，后来他

也很支持左宗棠、沈葆桢、李鸿章等人办洋务局厂。恭王不欣赏康有为。他认为康有为的许多言论出格了，背离了祖宗成训，有可能把国家引入歧途。听说皇上要亲自召见康有为，恭王急了。他不顾重病在身，吩咐备轿，他要面见侄儿皇帝。

恭王已经好久没有进紫禁城了。两个月前的太后万寿之喜，恭王也因病不能前来，只由福晋代他向太后行礼祝寿。今天是件什么重要的事要亲自进宫面见呢？光绪正在这般思索时，老皇伯已经由两个太监扶着走进了仁寿殿。光绪赶紧从暖炕上起身，来到棉帘边迎接。太监掀开棉帘，恭王见侄儿已站在帘边迎候，正要行大礼，光绪上前搀扶着恭王，说："王爷免礼，请坐。"

待恭王在炕桌的另一边坐下后，望着因久病而苍白瘦削的老伯父，光绪动情地说："王爷贵体欠安，有什么事，叫人转告给侄儿就是了，何劳您亲自进宫。"

恭王喘息了好长一会，才用嘶哑的嗓音说："这件事非我当面对皇上说不可。听说皇上准备召见康有为，有这事吗？"

光绪点头说："有这事。"

恭王声音不大却语气坚定地说："皇上不宜召见康有为。"

"为什么？"光绪心里想，就为这件事，竟然带着重病进宫面见我，有必要吗？

"皇上，"恭王抬起微微发颤的右手，在炕桌上空摆动两下，"那个康有为，依老臣看来，他的言论，一半是书生空话，一半是奇谈怪论，都不可采用。"

光绪说："侄儿读过他的几道折子。他的用心是好的，忧国忧民，真心为朝廷着想。"

恭王摇了摇头说："不，康有为是个躁进之徒。他为了要改变大清的法规，竟然篡改圣人的学说，说孔夫子是个主张改制者。此人如此不老实，切不可信任。"

见伯父这样指责康有为，光绪有点不悦，说："康有为很尊崇孔

夫子，至于他说孔子改制，也可看做一家之说，不能凭这点就说他不老实吧！”

“皇上，”恭王见光绪不采纳他的意见，有点急了，便摆出一副长辈的架势来说，“太祖太宗传下来的家法，皇帝不接见四品以下的官员。这个规矩，想必翁同龢应当对皇上说过。这次又是他来要皇上违背这个家法，我得去训斥训斥他！”

恭王的态度突然变得强硬起来，光绪不得不认真考虑了。祖宗传下的这个家法，光绪知道，但情况特殊，不妨权变。恭王把翁同龢拉出来教训，当然是因为不便明责皇上之故。光绪早已隐约听说，恭王对翁同龢多有不满，他不愿让师傅替他承当这个责任，加之他的性格本来脆弱，于是让步：“既然如此，侄儿就不召见他了，但康有为确有一套治国方略，侄儿很想让他对朝廷说出来。”

见侄儿接受了自己的意见，恭王心里欣慰，不便再拂他的心意，他毕竟是皇上嘛。“皇上想让康有为对朝廷说出他的想法，这个容易，可以吩咐几个大臣代表朝廷召见他就行了。这对于康有为来说，也算是旷代殊荣了。”

光绪想想这个方法也不错。康有为只是一个六品主事，我这样待他，也真是圣恩隆厚了，便主动向伯父征询：“王爷看由哪些人出面好？”

恭王想，这人选是大事，不可随便开列。他知道太后虽退养，但实际上仍在当家，这几个大臣中一定得有太后信得过的人。协办大学士、兵部尚书荣禄是太后最为亲信的人。还有人背地里说，早在二十多年前，太后便看上了他，是慈安太后怕出事，才将荣禄调到西安，一去十多年。前几年回到北京后，一路扶摇直上，全是因为太后偏爱的缘故。荣禄要参与！恭王为太后想好了代理人后，便想起了自己多年的志投意合者，刚从欧美回国，只挂了大学士空衔的李鸿章来，他可以作为自己的代表出席。遂说：“老臣只提两个人，一是李鸿章，一是荣禄，其他的人由皇上定。”

说罢，告辞出宫。

光绪二十四年正月初三日，京师上下正沉浸在过大年的热闹喜庆中，但在总理各国事务衙门东花厅里，则完全是另一种气氛。左边一排装饰华贵的太师椅上，依次坐着李鸿章、翁同龢、荣禄及刑部尚书军机大臣廖恒寿、户部侍郎军机大臣张荫桓。他们作为朝廷的代表，一个个蟒袍玉带翎顶辉煌，除张荫桓略为年轻点外，其他的都是已届花甲的老人，至于李鸿章，已高龄七十五岁了。

右边的一张普通木椅上，坐的正是康有为。身穿六品官服、略为发福的四十岁的康有为，面对着这样的大场面，心里颇有几分紧张。五个朝廷元老重臣集体召见一个小小的主事，熟知本朝掌故的他知道，这在先前是从来没有过的事，这无疑是翁同龢奏请皇上后的安排。他向对面的翁同龢投去感激的目光，但翁同龢似乎并没有特别关注他，正歪着头与一旁的荣禄在悄悄说话。康有为虽有着一丝怅意，但很快也便过去了。他知道自己与翁的地位相差太悬殊了，翁是不可能当众示他以格外热情的。能有这样出格的场面，已经是惊骇世俗了，康有为深知今日这个会见的重要性。维新变法的主张能不能被朝廷采纳，自己今后能不能得到重用，全在于今日能不能成功。二十年来的苦苦追求、劳累奔波，不就是巴望着能有今天的到来吗？“说大人则藐之”。康有为又想起亚圣的这句名言来，李鸿章也罢，翁同龢、荣禄也罢，他们的官位虽高，年齿虽长，但学问未见得比我好，至于维新变法这一套，他们肯定不如我。今天谈的正是我所长彼所短的事，有什么可以畏惧的！素来胆大自信以南海圣人自居的康有为想到这里，刚落座时的紧张心绪消除了多半。他竭力做出一副泰然自若的神态来，竭力将对面的大员当作衰朽粪土看待，而将自己视为沉舟侧畔的飞舸、病树前头的春枝。

待仆役在各位大员面前摆上香茶后，翁同龢作为召见的主持者开了口：“奉皇上圣谕，今天李中堂、荣中堂、廖部堂、张部堂和鄙人在此，代表朝廷召见工部主事康有为。鉴于国家面临的内外困难，康

有为提出维新变法的主张。从乙未以来，他连续给皇上上书过五次，奏的全是维新变法的事。这是一件很大的事情，决不能轻率随意。皇上希望朝廷重视这件事，现在特意将康有为召到这里，各位大人有什么问题，尽可当面询问康有为。”

翁同龢的开场白刚说完，荣禄便抢先发难：“康有为，你知不知大清法规乃太祖太宗传下来的？祖宗之法不能变，变祖宗之法，将有损祖宗之尊，朝廷是不能接受的。”

说罢，以一种居高临下的不屑眼神将康有为狠狠地盯了一眼。康有为早就注意到，今天的五位大员，满人仅只荣禄一人。二百多年的大清天下就是满人的天下，满人享受着数不清的特权。变革，说到底便是对既得利益者的侵夺，也就是说对满人利益的侵夺，因此变革的最大障碍便是掌握各级权力的满人，反对最力者也必然会是满人。今天的这种汉四满一的安排，显然体现了皇上希望召见顺利的用心，康有为因此很是感激。至于这唯一的满人代表荣禄，康有为早知是个强硬刚愎偏见甚深的顽固者，极不易对付。他的迫不及待的责问，暴露了他明明白白的反对者立场，必须将他的气焰压下去！康有为定了定神，不慌不忙地答道：“荣中堂说得对，祖宗之法为祖宗所定，但祖宗当年制定这些法规制度，原是为了治理祖宗之地的。现在祖宗之地割的割，占的占，租的租，且这种趋势有增无减。请问荣中堂，祖宗之地都不能守了，还谈什么祖宗之法？”

见荣禄一时语塞，康有为抓住这个机会，乘胜再度出击：“自古以来，没有一成不变的常法常规。圣人说得好，穷则变，变则通，一条路已走到穷途了，还要一个劲地走下去，结果只能是头破血流，甚至是粉身碎骨，唯一可行的只能是改变方向，另寻出路，则可望畅通无阻。况且祖宗在制定法规的时候，也不可能料及身后的事情，因而也不可能面面俱到，事事周密。贤肖子孙根据新出现的情况，制定出新法新规，以确保祖宗之基业完好无损，这正好是维护祖宗之尊，而不是有损祖宗之尊。好比说我们现在所处的总理衙门，当年祖宗在日

便没有料及到此，祖宗制定的法规里也没有它的条文。文宗爷英明，设置了这个衙门，使我们能更好地对付洋人。这到底是好呢，还是不好呢？是有损祖宗呢，还是维护祖宗呢？”

康有为举的这个例子真是再恰当不过了，而他所提出的这个反问也辛辣到顶了：荣禄若说否，则是反对太后的丈夫咸丰皇帝；若说是，则又打了自己的嘴巴。荣禄被逼到死胡同，无路可走，恨得牙齿格格地交错，直欲把眼前这个位卑人微的广东佬食肉寝皮，却开不得口。

翁同龢心里很赞赏康有为的机敏与辩才，但担心他这种咄咄逼人的气势和凌厉峻刻的语言，会使得荣禄恼羞成怒，那样则于事更不利，遂做出一副呵斥的神态来：“康有为不可无礼，荣中堂乃三朝老臣。当年文宗爷设置总署时，荣中堂正做着一等侍卫，极力称赞文宗爷英明远见。你怎能如此责问荣中堂？康有为听着，你只能好好回答各位大人的提问，不可放肆乱说！”

所谓荣禄称赞咸丰英明远见云云，根本没有这回事，全是翁同龢的当面恭维，免得荣禄难堪。荣禄果然接过翁同龢的话，冷笑一声说：“当年设总署时，你康有为怕还没出世。在老夫面前提这桩事，你不脸红吗？”

康有为知道翁同龢保护他的好意，见荣禄在为自己寻找下台阶，便也给他面子：“我只是就眼前所见的随口举个例子而已，不想冒犯了荣中堂，还请荣中堂多多包涵。”

荣禄余怒虽未消，但一时找不出难题来，不做声了。廖恒寿问：“康有为，你口口声声变法变法的，老夫问你，变法当从何处着手？”

在新与旧、变与守的冲撞中，廖恒寿实际上是一个折中骑墙派。他既不像荣禄那样顽固保守，也不像翁同龢那样力主变革。旧的那一套让他一辈子平平顺顺官运亨通，他对之有深厚的感情，何况他已六十好几的人，真若维新的话，他自思也不可能有什么作为，故而他

趋向守旧。但廖恒寿又是一个关心国家命运的人，内忧外患，国势颓替，也的确让他心焦。他也常常想到，要走出困境，大概只能寻找新途径，洋人如此强大，是有许多可学之处，学人之长补自己之短，这也是昔贤的谆谆教导。从这个角度来看，廖恒寿也不反对变法。但他自己对此素无研究，颇想从康有为这里得点知识。

廖恒寿的话正问到康有为的心窝里了，这些年他苦心钻研于斯，几次上书也放言于斯，今天正好借此机会，给这些老朽上一堂变法的启蒙课，让他们开开心窍。康有为轻轻地干咳一声，拿出在万木草堂讲课时的架势来，不疾不缓地说："以有为之见，变法当从法律规度入手。我大清法制大致沿袭明朝，至今已实行两百余年。一样器具用久了则有损坏，一种法制实施久了则有积弊，被损坏的器具必须更新，有积弊的法制也必须更新，这本是常识所能明了的事。"

康有为说到这里，又顺便望了一下荣禄。这原是他性格的本能流露，他自己并没有觉察到，倒让翁同龢心里不太舒服：康有为如此不容物，以刺人为乐，怕难成大事。荣禄则瞪着眼回应康有为，心中又增加一分怨恨。

"大清变法的重点，当在富国、养民和教民三个方面。"康有为胸有成竹地继续说下去，"关于富国方面，有六大措施：一为设立国家银行，二为大修铁路，三为大办制造业，四为大力采矿炼矿，五为在各省设铜元局，六为在全国建立邮政系统。关于养民，重在四个方面：一为务农，二为劝工，三为重商，四为恤贫。至于教民，则需要在全国大办新式学校，教授中国历史和西方的天文、光电、数学、化学，并广设图书馆，办报馆，办出版公司。还有一个最重要的变法项目，便是仿照西方设立议院，使上下情通，民间疾苦能上闻，朝廷美意能下达，事事皆本于众议，故权奸无所容其私，中饱者无所容其弊。"

康有为正说得起劲，不料这几句话惹怒了对面坐着的一位大人物，此人便是李鸿章。

李鸿章并不是荣禄式的顽固派，实在地说，他是鸦片战争以来，最早提出变革并付诸实践的一位大员。作为一个肩负朝廷重任，并与外人打交道最多的四朝元老，李鸿章对于“变”的重要性的认识一点也不亚于康有为，甚至还有过之，但李鸿章的出身教养和经历，使他更重在变事而不在变法。这是他与康有为的最大分歧。此外，李鸿章在私人情感上与康有为也有很大的抵触。乙未年，康有为领导的公车上书，矛头就是针对他而来的，口口声声骂他是汉奸、权奸、误国罪魁，还说他在与日本谈判中接受了贿赂，后来强学会又拒绝他入会。李对康一直耿耿于怀，刚才康有为说的“权奸”“中饱”之类的话，李鸿章认为这都在暗指自己，遂再也不能忍受，打断康有为的话：“康有为，照你的说法，朝廷六部都要尽撤，规章制度都可以不要了吗？”

康有为看了看坐在首位的这个文华殿大学士，发现他硕大的伞形红缨官帽上插着一根长长的三眼花翎。这是李鸿章一生的骄傲之处，也是他与别的汉员的最大区别之处。原来，清廷的三眼花翎，只授贝子贝勒以上的满洲贵族，汉人不能享此待遇，所以哪怕就是从太平军手中为皇帝夺回江山的曾国藩，也只能授双眼花翎。有清一代，汉人授三眼花翎的只有一个李鸿章。那是在甲午年海战前，慈禧太后因着自己的六旬大寿大赏群臣，破例给了李鸿章这个殊荣。谁知，不久便海战爆发，北洋水师一败涂地，在全国一片指责声中，慈禧又摘掉了李鸿章头上的这个与众不同的标记。接下来是朝廷以战败国的身份派人去日本马关谈判，日方指定要李鸿章去。李鸿章便借此机会向朝廷索价。他说他现在身份低微，不足以代表朝廷，不能去。慈禧害怕日本，又担心谈判不成，只得迁就李鸿章，赏还他的三眼花翎。这个得而复失、失而又得的极富戏剧性的三眼花翎的故事，非常典型地凸现了晚清高层政治的滑稽可笑。

康有为自然是知道这个掌故的。他望着那根李鸿章视为身家性命的三眼花翎，嘴角边浮起一丝嘲笑：“李中堂此话说得过头了。变法

改制，不是说将六部尽行撤掉，也不是要将所有规章制度都要废除，而是要细加斟酌，撤去那些虽有名目却没有实事可干的旧衙门，增添那些非设不可的新衙门，废除那些不合时宜的旧章程，设立那些顺应时宜的新法规，这才是维新变法的正途。不过，我也要提醒李中堂注意，今天是群强并列的时代，不再是过去的一统之世。现在的法律官制，都是过去的旧法，造成我大清危亡的，往往都是这些旧法，理应废除，无须过多留恋，即使一时不能尽废，也应视情形缓急加以改变，新政才能推行。”

真正是本性难改。康有为的辞气又开始锋芒毕露起来，翁同龢暗自着急。他担心激起冲突，把好事办砸，便赶紧转移话题。他做过多年的户部尚书，深知帑藏空虚，几乎不敢有所兴作。银钱短缺，是他最头痛的事，便问：“康有为，老夫问你，行新政要练军修铁路、开矿办局厂，事事都需巨款，钱从何来？”

“翁中堂，这事好办。”康有为对此早已熟思良久，故应声答道，“各国变法行新政都无一例外会面临这个问题，但他们都很好地解决了。日本的办法是设立银行，发纸币，法国是实行印花税，印度是实行征收田税，这些都是行之有效的办法，中国都可以参考实行。比如中国的田亩税，就大有文章可做。就卑职所知，乡村地主和农人逃税、隐税、瞒税、漏税的手段就多得很，若朝廷实行铁腕杜绝这项漏洞，每年可以增加十倍的田税收入。”

一直未发言的张荫桓笑了笑说：“十倍这个数目有何依据？是你想当然吧！”

户部侍郎张荫桓也是广东人。他虽然不是两榜出身，却以过人的精明和才干得以官运亨通，是一个办实事的干员。他是支持变革的，是翁同龢引为助手的同志。康有为知道这位同乡对变法的态度，明白这句话出自他的口，与出自于荣禄的口就绝对不是一回事，于是不好意思地笑了下说：“十倍这个数目，我的确没有确凿依据，但会有成倍的增加，这是可以保证的。我手里有日本的资料。日本通过丈量土

地，实行严格征收制度后，田税在三年之中翻了四五倍。以中国之大及中国旧法之弊，此中问题更多，十倍之增也或许不是想当然。”

张荫桓见他绕个圈子又回到原先的说法上来了，便看出此人是个很执拗的人，遂浅浅一笑说：“我也不和你争这个数字了，你继续说下去吧！”

康有为接着说：“日本与中国同文同种，一水相隔，明治维新之前与中国相差无几，一旦实行新政之后，不过二十多年便强大到与西方列强抗衡。我以为日本强国之路最值得我们借鉴，也最容易被借鉴。为此，我用了三四年的工夫编了一本《日本变政记》的书，另有一本《俄彼得变政记》，记的是俄皇彼得大帝变旧政为新政的事。我今天带了几本来，送给各位大人参阅。并请翁中堂多带一册呈给皇上，请皇上万几之暇浏览浏览。”

说罢，便要打开随身带来的布包，翁同龢见状忙说：“书不必送了，你今天说的这些，各位大人都听到了，他们会向皇上禀奏的。”

说罢，又转脸问：“李中堂、荣中堂、廖张两位部堂，还有什么要问的吗？”

见他们都不开口，便说：“今天召见就到此为止吧！”

康有为只得重新拾起布包，颇有怅意地离开总署。刚回到南海会馆一会儿，便见翁府的仆人进来，对他说：“不要你当场赠书，是怕李、荣两中堂拒绝接受，令你难堪。”

康有为恍然大悟：是的，李、荣二人那种态度，怎么可能接受自己的赠书呢？一旦拒收，反讨没趣。自己办事，往往是一厢情愿，全不顾别人，这次又犯了这个毛病。遂对来人说：“请转告翁中堂，康某深谢他一片爱护之心。”

来人又说：“翁中堂要大著各两册，一份自己读，一份呈送皇上。”

康有为忙打开布包，取出《日本变政记》《俄彼得变政记》各两册来，恭恭敬敬地送给翁府来人。

送别来人后，心里琢磨：李、荣可能拒收，不让我送是对的，但翁同龢要书为何不当面索取，而是事后派人来拿呢？难道给皇上送书也要不让他们知道吗？是翁同龢过于胆小谨慎，还是皇上的力量薄弱，不敌荣禄及其靠山太后？

想到这里，康有为不禁为维新变法的前途深自担忧起来。

五　大变局前夕，鹿传霖传授十六字为官真诀：启沃君心，恪守臣节，力行新政，不背旧章

光绪帝一连几天废寝忘食手不释卷地阅读由翁同龢呈上的《日本变政记》和《俄彼得变政记》两部书，青年皇帝深为明治天皇和彼得大帝的励精图治所感动，恨不得一天之内就把大清治理得如同日本、俄国一样强大。近日来他的情绪一直在亢奋中。这天他午睡起来后，澎湃的心潮依然不能平静，恰好翁同龢进来。他激动地问："翁师傅，您说国家大事，此刻当以何为先？"

翁同龢一眼看见书案上放着康有为的一大堆上书和由他带来的两本书，再看皇上的神情，便知道皇上已被康有为的文章完全打动。是时候了，翁同龢心里想着，遂以坚定的口气答道："以变法为先。"

光绪很兴奋，又问："翁师傅，您说咱们大清变法后会很快和日本、俄国一样强大吗？"

望着皇上一向苍白无神的脸庞上泛起了满面红光，翁同龢欣喜地笑了。

翁同龢无儿无女，大半生的心血都在光绪皇帝身上。光绪聪颖好学，是个明君的料子，但性格脆弱，且身子骨又单薄，翁同龢时常担心他能不能挑得起这副重担。偏偏太后又太强悍揽权，使得皇上事事不敢自主。翁同龢替皇上着急，也为自己叹息：倘若皇上是个强硬的人，自己身为师傅又是军机大臣协办大学士，该是多么威风凛凛、权

倾朝野，然则因为皇上的软弱，害得自己也有名无实。唯一能改变这种处境的便是维新变法。若变法成功，国家有了起色，皇上的权力加强了，他翁同龢的权势也便随之加强。想到这里，翁同龢也兴奋而激动地说："皇上，一定会的。只要我们变法成功了，我们大清就一定会和日本、俄国一样的强盛起来。皇上也就是中国的明治天皇、彼得大帝。"

"翁师傅！"皇上被这几句话说得血脉贲张起来，他一时忘记了自己已是执政十年的帝王了，仍像童年时一样搂着翁同龢的腰说，"那咱们就立即变法吧！翁师傅你去和康有为他们商量商量，赶快拟几道折子发下去，就说咱们大清要变法了，所有臣工天下百姓都要拥护变法，大家同心合力，把咱们大清国建设得强大起来，为祖宗争气，为国家争光。"

翁同龢被光绪的这种赤诚之心和亲昵之举所感动，两眼闪动着泪花，声音颤颤地说："老臣这就去拟旨，把皇上的圣明仁德昭告天下！"

翁同龢派仆人将皇上准备实行变法的大好消息告诉康有为，要康有为赶紧将应次第推行的新政一一草拟出来，随时送到他的府上。他本人与赞同变法的张荫桓，和通过与康谈话后改变游移态度亦主变法的廖恒寿，以及集聚在身旁的一批较为激进的官员们，积极磋商变法大计。康有为和他的一班在京弟子们更是热血沸腾，热情万丈，夜以继日地将多年来成熟于胸的治国纲领书写出来，每天都向翁府投递。又拟出一份"统筹全局"的大折子，请翁同龢呈递皇上，吁请皇上早日在天坛或太庙或乾清门召集群臣，宣布维新，诏定国是。同时在午门设立上书所，准许臣工百姓随时上书。又在内廷设立制度局，并下设法律、税计、邮政、造币等十二局。

朝廷的这个大举措很快便为京师官场士林所知晓，并随即传播到各大都市、各省省垣，一时间群情激昂，跃跃欲试，但也有不少人面对着这个局势，或彷徨迷惘，或焦虑担忧，或痛恨反对。

鉴于学会在团结同志上的重要作用及强学会早已被解散的现实，康有为与他的学生们在南海会馆成立了粤学会，借此聚会广东籍有志维新的官员和士人。在粤学会的影响下，一个个学会在京师相继成立，其中最重要的有福建青年才俊林旭为首的闽学会，还有杨深秀为首发起的关学会。杨深秀此时已官居御史，以热心国事关心民瘼而在山陕一带的官员中享有很高的声望，又因主张变法而得到翁同龢的赏识，近年来在京师官场上十分活跃。受杨深秀的影响，杨锐也比以往更积极投入维新事业。他在成都会馆里发起成立了蜀学会，把一批同具热血的川籍人士聚集起来。这批年轻的维新派官员有一个亦师亦友的长者伙伴，他就是侍读学士徐致靖。徐老先生虽年近古稀，却仍有一颗年轻人的心，深知中国非变法无出路，遂大力支持维新事业。他的两个翰林儿子仁铸、仁镜也与父亲同道。

正当翁同龢、康有为等人酝酿筹备维新大业的时候，恭王府里传出消息：王爷病危，命在旦夕之间。

在颐和园里颐养天年的慈禧得知这个消息后，心情顿时沉重起来。她与这位六叔共事已近四十年了。

当年若不是恭王坚定地站在她这边，以慈禧之力，如何能敌得过肃顺等顾命大臣？若没有热河的胜利，她一个处于西宫的女人，如何能垂帘听政号令天下数十年？当然慈禧也清楚，倘若肃顺等人掌了大权，恭王的日子也会过得不舒心畅意。热河的成功，得利者并非她一人，恭王也是获取大利者之一。所以慈禧在后来的岁月里，对待恭王是既重用又限制，既倚为心腹，又不忘戒备。

恭王于是便几起几落，一人之下万人之上的地位处得也不是平顺的。令慈禧欣慰的是，近四十年过来了，叔嫂二人虽时有芥蒂，但总的来说，小叔还是服从嫂子的。在立载湉为继，和罢军机领班大臣这两桩大事上，恭王也没有公开表示不满，这都令慈禧宽慰。在对待变法这件事上，恭王所持的态度又与慈禧十分接近。这也令慈禧感到恭王有古之贤相之风：心有定见，稳重端凝。在慈禧看来，少不更事、

轻浮急躁的皇帝正需要这种股肱大臣替他把舵定向，高瞻远瞩，不料，他竟然一病而不起！王府长史禀奏：王爷有重要话要当面对太后说，希望太后能在他临终前见一面。

即便无重要遗言，念及文宗手足和四十年风雨同舟的情谊，慈禧也会亲去王府与恭王诀别，何况恭王请她前去！慈禧匆匆登车，先回到宫里，然后带上光绪，同奔位于前海西街附近的恭王府。光绪的心情也很沉重，毕竟是父亲的亲兄弟，血浓于水，到了这个分上，他能不伤心吗？

来到恭王府，只见往日车水马龙热热闹闹的王府大门口鸦雀无声，弥漫着一股浓厚的沉凝窒息的气氛。得知太后和皇上同时亲临，恭王仅存的次子过继给钟郡王的载滢率领子侄们早早在门外迎接，进了大门，恭王福晋又率领众姬妾和女眷们在中庭院子里迎接着，然后由载滢和福晋陪同来到恭王的卧室。

太后和皇上来之前，太医刚给恭王喝了一碗高丽参汤。此刻他极力挣扎着，要起身行礼，被光绪轻轻地压住了，只得说了一句：“老臣在床上恭请太后、皇上圣安！”声音凄怆而细微，说罢，眼眶里滚出几滴老泪来，顺着枯瘦无光的面颊缓缓流下。

三四个月不见，伯父便这等模样了，心地软善的光绪眼圈发热，双手握着他骨瘦如柴的手，哽咽道：“王爷好好将息疗理，病会好起来的。”

恭王脸上露出一丝苦笑。

慈禧见这情景，知道恭王已到油尽灯灭的时候了，随时都有可能过去，必须抓紧时间，请他说话，便对光绪说：“皇帝，你和福晋、载滢都到外屋稍坐一下，我要和王爷说几句话。”

载滢请皇上和母亲出去，然后轻轻带上房门，心里想：太后与父王谈国家大事，避着我们母子，或许还可说得过去，皇上乃一国之主，为什么还要避他呢？偷眼看了看光绪，见皇上脸色平静，并无不悦之色，心里更觉不解。

慈禧挨着床沿坐下，以她素日极为少见的温和神色对恭王说：“王爷，有什么话要对我说，请讲吧！”

恭王无神地望着面前的嫂子，当年京师与热河密切配合，所演出的那一幕幕惊险场面，奇异般地又在他的脑子里浮了出来，可惜，他已无气力去追索那些往事了。他要把他病重以来思之良久的几件事，趁着还能开口的时候，向太后托出来。

“太后，老臣已是将要见列祖列宗的人，为了祖宗的江山，老臣有几句话不得不说。”

恭王闭上眼睛，养了养神，睁开眼继续说：“变法是大事，宜谨慎，皇上持重不够，太后要多留神点。”

慈禧点了点头说：“王爷顾虑得极是，满蒙亲贵中好些人也都对我说过这样的话。”

“翁同龢性情轻率，难稳社稷。甲午年皇上对日本宣战，就是受他怂恿。国力不足而主动宣战，使国家蒙受更大耻辱，这责任要算到他的头上。最近，皇上大讲变法，又是受他之蛊惑。老臣死后，军机处中无人能制约他。故老臣对太后说句极机密的话：适当时可将翁开缺回籍，免得皇上被他所误。”

慈禧心里怔了一下。慈禧原本对翁同龢印象极好，故同治死后又让他教辅光绪，但近年来，因着与翁同龢关系较为密切的吏部侍郎汪鸣銮、户部侍郎长麟，及门生内阁学士文廷式遭到革职，她看出翁已与她有了疏隔，许多人都讲翁利用变法在为皇上和自己争权。现在恭王也这样说，看来确实无疑了。

慈禧问：“王爷看去掉翁同龢后谁可主持中枢？”

“张之洞。”恭王喘了口气后接着说，“主持中枢，李鸿章本来最为适宜。但甲午年对李的声望打击太大，且他年事已高，难以担此重任。这些年，老臣细心观察各省督抚将军，真正可寄大任者唯张之洞一人而已。张守正学而不迂腐，着眼大局而能办实事，是曾国藩之后又一社稷之臣。可将他从武昌调进京师，入军机处办事。”

张之洞，那个其貌不扬的湖广总督，自从光绪七年外放山西后，十七年过去了，他再也未回过京师，慈禧也再也没见过他。当年，她破格召见过此人，将他作为社稷之臣而予以越级超擢。十多年来，他也真不负朝廷重望，在山西、两广、两湖任上都做得有声有色，调他来代替翁同龢，无论从资历、地位、声望来看，都是最适宜的人选。但慈禧也听好几个人在她面前议论过张之洞，说他好大喜功，华而不实，且热衷趋时，与康有为称兄道弟，还在湖广督署内以出格之礼迎接康有为弟子梁启超，令人骇然。慈禧沉吟片刻，又问："除张之洞外，王爷看还有何人可托重任？"

停了良久，恭王低声吐出两个字来："荣禄。"说完便闭上眼睛。慈禧想听他的下文，但一直不见他再开口。恭王的这个人选正合慈禧的心意，她由此而深感恭王是个老成谋国的贤王忠臣，由此而加重他前面所说的那一番话的分量，一句尽人皆知的名言重重地烙在慈禧的心头：人之将死，其言也善。

这天半夜，恭王奕䜣终于带着无尽的遗恨离开了人世，京师为他举行了极为隆重的葬礼，慈禧多次亲临祭奠，又将"忠"字赐给这位小叔子，作为美谥来褒奖他一生对朝廷实际上是对她个人的耿耿忠诚。

恭王走了。翁同龢感到拦在他面前的一块巨石已自行消除，维新变法的大政可以提前推行了。康有为对他说，学生梁启超在湖南得到巡抚及司道大员的支持，湖南新政极有成就，朝廷可派员前往湖南考察，作全国推行新政的借鉴。翁同龢采纳了这个建议，从内阁调派两个中级官员，带上几个随从，星夜赶赴湖南。

说起湖南来，这半年间真可谓闹得人欢马叫，红红火火，又确乎与眼下的自然景观一个样：春光明媚，万象更新。

时务学堂办起后，招收了四十多名举人、秀才、廪生等出身的学员，完全实行新的教学方式，中文总教习梁启超受当年万木草堂的启发，更自创一种新的教学方式：讲课少，批语多。他每隔三五天，

便要出一道题目让学生写一篇札记，然后就在每一个学生交来的札记后面写上自己长长的批语，往往批语是札记的两倍、三倍甚至更多。写好后，再将这个学生叫到他的备课处来详谈，容许学生反驳诘难。他针对学生的问题再一一讲解。梁启超不是将他的学生当一般人看待，而是记住曾国藩的话，把他们当作种子看待。他希望通过这种教学方式，为湖南也为全国培养一批维新种子来，将来通过他们的开花结果，而造成大面积的维新成果。梁启超学问好，文章好，更兼年轻，精力过人，常常一天只睡一两个时辰，从早到晚精神昂扬，诲人不倦。梁启超以他的才学和人格魅力赢得了湖南士人的尊敬，时务学堂因此有了很好的声誉。与此同时，梁启超又与谭嗣同、唐才常等人发起了南学会。这南学会实际上就是强学会的湖南分会，借此团结同好，聚集力量。在南学会的影响下，一时间湖南办起了众多学会，有不缠足会、延年会、积益学会、公法学会、法律学会、群萌学会、任学会、舆算学会、致用学会、明达学会等等，真好比雨后春笋，一个接一个地冒了出来，使三湘大地朝气勃勃，生机盎然。

巡抚陈宝箴、臬司黄遵宪更在这种氛围的激励下，力行新政。一面大力开发地方资源，鼓励创办企业。湖南矿务总局、湖南水利公司、化学制造公司、和丰火柴公司、宝善成公司也相继在省垣长沙开办起来。又有绅商与湖北同人合作，办起了有线电报站、小轮船公司。一面又设立课吏局和保卫局。课吏局以培训官员为主要内容，保卫局则以维护社会治安为职责。

在教育、社会团体、经济与政治各方面一派新气象的同时，湖南的报纸更是办得有声有色，影响巨大。

早在光绪二十三年四月，由学政江标发起，唐才常任编辑的《湘学报》便在长沙创刊。《湘学报》以《时务报》为榜样，旨在使读者周知世局，破除成见，达到开民智而育新风的目的。

《湘学报》为旬刊，每十天出一份报纸，分史学、掌故、舆地、算学、商学、交涉六大门类，较多介绍国外的情况，又常有唐才常等

人的时事评论，对开启湖南的新风气起了很重要的作用。

梁启超来到长沙不久，学政江标调离湖南，接任者即徐致靖的长子徐仁铸。梁启超和徐仁铸都认为十天一报与当今世界的快速发展极不相宜。梁启超说得好：“昨日之新至今日而已旧，今日之新至明日而又已旧。”于是又在湖南创办《湘报》，每日一报，熊希龄又请陈宝箴将非机密的政府公文公牍随时在报端刊发。《湘报》团结当时三湘一批时代精英，他们在报上宣传爱国，倡导救亡，鼓吹维新，批评时弊，在社会各界的影响力上，又大为超过《湘学报》。

然而这一切却引起了湖南另外一些人的反感，这些人中的积极者大多在士绅界，他们的大本营则是岳麓书院。

位于长沙城湘江西岸岳麓山下的岳麓书院，创立于北宋开宝年间，匾额“岳麓书院”四字乃真宗亲手所书。北宋书院繁盛，当时各省都立有书院，然而在后来的岁月里，或毁于天灾，或败于管理不善，很少有存在三五百年以上的。唯独岳麓书院，九百年来一直杏坛高筑，弦歌不绝。书院不仅保持北宋开办之初的面貌，而且在元、明、清各朝都有所扩大。

这里培养了数不清的显宦名士，光是咸同时期的中兴名臣，就有曾国藩、左宗棠、胡林翼、郭嵩焘、李元度、刘蓉、刘长佑、曾国荃、刘坤一等一长串名单。在造就人才的同时，岳麓书院也以其独特的优势酿就了一种学问一种文化，即人们所熟知的湘学或称之谓湖湘文化，然后又通过这种学问文化熏陶化育成千上万的三湘士子，形成一派独具特色的湖湘风尚。岳麓书院于是便成了湖南官绅士子心目中的泰山北斗，获得“潇湘洙泗”的美誉。它以大门上的楹联“惟楚有材，于斯为盛”，向世人高标书院的自信和自傲，以“道南正脉”的讲堂横匾宣布它儒学正宗的崇高地位。

由于朱熹曾做过它的名誉山长，也由于张栻、真德秀、李东阳、王守仁做过它的教习，所以，岳麓书院对山长择人甚严，非做过大臣、或在学术界有着大影响的人不可。对教习也要求甚高，不是品性

敦厚学有专长的宿学，绝难在书院谋得一个教席。

当今的山长王先谦便不是一个等闲人物。这位字益吾号葵园的长沙人，乃翰林出身，做过江苏学政、国子监祭酒，曾因指责慈禧太后而以直声享誉士林，又以著作等身号称大儒。

四年前在一片众望所归的呼声中王先谦由京师回到家乡，接掌岳麓书院。四年来，他从四面八方延聘不少名流来书院任教，又整饬教规，严督学生，把岳麓书院治理得有条不紊，名气更大。

王先谦和他掌管的岳麓书院一向执湖南学界之牛耳，现在突然来了个梁启超，冒出了个时务学堂，大受时誉赞扬，又何况梁启超不过一个二十多岁的布衣，时务学堂连师带生不足百人，这如何令王先谦和岳麓书院的师生心里服气。更有甚者，梁启超在时务学堂公然鼓吹乃师的那一套学问，说古文经书是伪学，尧舜禹汤，尽皆孔子的臆造。又宣扬什么君权轻民权重，民权更胜过君权，国家大事要付诸议院讨论，还要废八股罢科举，凭西学取士，等等。

一向视纲常名教为安身立命之所，以科举功名为进身之途的王先谦和他的同仁及学生们如何能容得下这种大逆不道、数典忘祖的邪说谬论，遂在长沙城掀起了卫道翼教的风潮。王先谦这一派有一个得力的支持人，此人名叫叶德辉。叶德辉的父亲本是江苏人，后来定居湖南湘潭，叶德辉便也以湘潭人自居。他考中进士后分发吏部任主事，但不乐于在京城做官，更喜欢做个自由自在的文士，遂回到湖南住在长沙，一边做他的校勘版本目录学问，一边印书赚钱，养家糊口。他的学问做得好，贩书业也做得好，是长沙城里一个大名流。他也很看不惯湖南的新变化，遂和王先谦沆瀣一气，组成联盟。这样，反对派的势力就更大了。

新派利用《湘学报》、《湘报》和时务学堂为阵地，旧派利用岳麓书院为堡垒，双方展开了激烈的论争。

这一天，《湘报》刊登了一篇署名为易鼐的文章。文章说，要将中国由弱变强，有四种办法可以采纳，一为改法以同法，二为通教以

绵教，三为屈尊以保尊，四为合种以留种。并解释说，改法即西法与中法相参，通教即西教与中教并行，屈尊即民权与君权两重，合种即黄人与白人互婚。易鼐这篇文章如同在本已沸腾的油锅里浇上一勺冷水，顿时溅起满锅油浪，湖湘士人都被这篇文章搅得闹腾腾的。旧派则更是抓到一个大把柄，对《湘报》及其背后的支持者大加抨击，叶德辉义愤填膺，斥之为无耻之甚。

十多天后，张之洞在湖广总督衙门里也读到了这篇文章。对于湖南的新政和《湘学报》、《湘报》，张之洞从整体上是支持的，并指示湖北各级衙门、各大学堂都要订阅湖南的两报，又多次在谭继洵的面前，借称赞他的儿子来肯定湖南所发生的变化，甚至建议谭继洵回湖南去住上个把两个月，一来省亲，二来借鉴。但谭继洵并不认为湖南值得效法，每以年老体衰为辞婉谢，令张之洞拿这个老资格的官僚真正一点办法也没有。

今天突然看到这样一篇言论乖戾的文章，他心中很是愤慨。合种已是贻笑大方，屈尊、通教更是不忠不敬，倘若被人周纳罗致，扣上一顶谋逆的大帽子也并不过分。而这篇文章出自自己所管辖的湖南，又登在自己所称赞的《湘报》上，一旦追查下来，岂能脱掉干系？他提起笔来，给陈宝箴写了一封信：

> 湘中人才极盛，进学极猛，年来风气大开，实为他省所不及。惟人才好奇，似亦间有流弊，《湘学报》中可议处已时有之，至近日新出《湘报》，其偏尤甚。近见刊有易鼐议论一篇，真正十分悖谬，见者人人骇怒。此等文字远近煽播，必致匪人邪士倡为乱阶，且海内哗然，有识之士必将起而指摘弹击，亟宜谕导劝止，设法更正。

写完后，他想此事紧急而寄信慢，于是便交给电报房，作为电报发到长沙。

陈宝箴接到总督衙门发来的电报，不敢怠慢。他一面转告《湘报》的主持人熊希龄，望他以此为戒，今后再不发这等言辞激烈的文章。一面亲自给张之洞回电，承认自己职守有疏，今后要严格督促，两报少发议论，多录古今有关世道名言，效陈诗讽谏之旨。见湖广总督亲自出面严厉指摘，长沙城里的守旧派，莫不弹冠相庆，咸欣欣有喜色。

王先谦指使他的学生大量搜集梁启超等人在时务学堂的出格言论，以及《湘学报》《湘报》上所发的不轨文章，让他们以岳麓书院“学士辑录”的名义给湖广总督衙门寄去，以求得张之洞更大的支持。

张之洞收到了这份告状式的《辑录》后，发现梁启超等人原来在时务学堂发表了许多与朝廷的旨意相悖、与自己的观念相反的言论，想起他对这位后生辈的逾格接待和多次公开揄扬，背上不禁沁出冷汗，心里颇为后悔。这时京城里各种信息也从不同渠道流向督署。初夏的武昌城，如往年一样的草长莺飞，百花争放，但在张之洞的心头上，却如同暮冬般的密云笼罩，阴霾沉甸。局势的进展如何，他难以预测。

他给在户部供职的仁权发去电报，要儿子迅速找到杨锐，将京中的情况如实告诉他。儿子回电，说会见了杨锐。杨锐说他和杨深秀都认为皇上即将重用康有为，在全国实行维新变法的新政。又说两湖已引起皇上的重视，势必成为今后全国的模范。电文还转述杨的话：有迹象表明皇上将召老师晋京担当大任，望早作准备。

张之洞看到这份密电后，心里矛盾交错，难以拿定主意。若按《湘报》、《湘学报》的办报倾向和梁启超等人在时务学堂的奇谈怪论，以及岳麓书院师生所申述的道理，可以立即通知陈宝箴迅速刹车，悬崖勒马。至少，两报只能登正论，而不得乱发议论，时务学堂只能传道授业而不能再鼓吹民权。

甚至也可能按照书院派的主张，关闭两报，遣送梁启超离湘。但

是，假若杨锐、杨深秀所说的是真的，皇上真要重用康有为在全国立行新政，那么梁启超也便即刻获大用。一旦实行新政，仿照西方，那么民权也好，立宪也好，合教合种也好，也都不是完全不可以谈论的话题。形势严峻，问题尖锐地摆在眼前：假若倒向旧派一边，维新派一旦上台掌权，不但不可能晋京获大用，说不定连湖广总督的位置也保不住；假若倒向维新派，若万一变法失败，守旧派得势，则自己有可能变为倡乱的头领，闯祸的魁首。熟谙历史的张之洞知道，历来革新变法都少有成功的，一旦失败，下场极为悲惨。商鞅车裂，半山放逐，江陵鞭尸，便是典型的例子。

怎么办呢？要么索性保持沉默，置身事外，远离漩涡，明哲保身吧！张之洞细细一想，即使这样，也是办不到的。多年办洋务、抬西学，最近一段时期，又与康有为、梁启超等多有交道，在一些人的眼里，自己可能早已被列为新派的人。维新不能成功，自己决然挡不住旧派的清算。那么干脆明朗地表示，站在新派一边。但是，他们的种种主张和做法又并不为自己所全部认同首肯，从岳麓书院师生激情慷慨甚至带有不共戴天之仇的情绪看来，新派要想取得大多数人的赞同，怕也困难。

怎么办呢，怎么办？张之洞反复思忖着，推敲着，一时陷入进退维谷，左右两难的境地。他想：假若子青老哥、阎丹老他们在就好了。他们都曾在最高层呆过较长的时间，对太后、皇上和满蒙亲贵大臣较为注意，这样一场关系全局的大事，他们会因了解内情而比局外人看得清楚些，高远些。可惜，他们都先后故去，不在人世了。这个时候，他又想起了桑治平。桑治平携带秋菱，离开总督衙门至今将近两年了。近两年来，他曾多次想起这位与他朝夕相处十多年的挚友兼儿女亲家，想起桑治平帮他出谋划策、排忧解难的种种往事。他相信桑治平的离去，确乎是出于情感的原因，但也有可能出于别的缘故。他很想能在哪天，突然再见到老朋友，大家放开心胸来畅谈一次就好了，但现在一去两年竟然杳无音讯！桑治平他究竟现在将家安在何

处，是回故乡了，还是寄寓在另一个地方？此刻，倘若桑治平在身边的话，他一定会有一些很有价值的看法。张之洞顿时有一种怅然若失的感觉：可商大事的人太少了！

张之洞一面密切关注着京师和湖南的动态，一面在苦苦思索着：在这山雨欲来的前夕，怎样才能最好地度过即将到来的暴风骤雨？

这时，有一个人突然来到武昌，他无意间给张之洞廓清迷茫，点明津渡。此人便是他的姐夫鹿传霖。

鹿传霖本是一个官运极亨通的人。他历任河南巡抚、陕西巡抚，光绪二十一年又擢为四川总督。郎舅二人均为督抚，在中国的官场上并不多见，既被人羡慕，也易遭人嫉妒，于是郎舅相约书信往来可多些，礼物馈赠则从略，公务上的事，也尽量少往来。去年，鹿传霖却被革去了四川总督，在原本一帆风顺的仕途上跌了一个大跟斗。这并不是因为他贪污受贿，也不是因为他渎职失责，而是因为与西藏拉萨政府发生冲突的原因。

达赖对鹿传霖不满意，上书朝廷告状。清廷对西藏一向采取笼络安抚的政策，只要不牵涉到国家主权和朝廷尊严，其他事，在朝廷看来都是小事，不妨都依着他们，只求不出乱子，彼此相安无事。面对着达赖的状告，主持军机处的奕䜣只能舍弃鹿传霖而安抚达赖。就这样，鹿传霖冤里冤枉地丢掉川督纱帽，回到直隶定兴老家休养。

鹿传霖做了一世的官，骤然间去职为民，这种失落感如何平息得了？何况他一直也不认为自己有错，心里很委屈。过了几个月，待新川督上任，与西藏上层重修旧好后，鹿传霖便开始谋求开复的路子。他自然与京师大员广有交往，不少王府要宅他都去过，也暗中送了重礼，其中一条路上他下的工夫最大，也最有成效，这便是通往荣府之路。

光绪十五年至二十年间，荣禄做西安将军，这期间鹿传霖做陕西巡抚。那时，一个是西北军务的总头领，一个是陕西地方的最高官员，职位的关系，使得他们联系很多。荣禄虽出身满洲贵族之家却并

不是平庸的纨绔子弟。他好读书，也颇有才情，对翰林出身的鹿传霖有几分尊敬。而鹿传霖则更是做官的好手，深知结识荣禄这种人，对自己仕途的重要性，遂倾心相交，殷勤款待，故二人交往颇深。光绪二十年，荣禄内召时，还荐举鹿传霖署理暂时空缺的西安将军。

现在荣禄正受太后的宠爱，出任协办大学士、兵部尚书，炙手可热，是一个极好的奥援，故恭王的大丧之仪结束后不久，鹿传霖便又来到京师，这一次他干脆应荣禄之邀住进了荣府。荣禄告诉他一年前革职的事是恭王办的，现在恭王去世，最大的障碍已消去，这是天赐他以起复之机，准备近日就进园子去为此事面奏太后。过几天荣禄兴冲冲地告诉他，太后已准奏，只是眼下尚无一合适职务出缺，叫他回定兴县去耐心等待，少则两三个月，多则半年，就可以走马上任了。

鹿传霖自是欣喜万分，回到定兴，老两口商量，多年来没有与弟弟见面了，不如趁着这个机会，去一趟武昌，姐弟郎舅叙一叙，过些日子起复后，就没有时间了。就这样，鹿传霖夫妇在几个男女仆人的陪伴下来到武昌城。

能在分别许多年后重见姐姐姐夫，真让张之洞和他的全家欢喜了好多天。张之洞与这个姐姐虽不是同母，但都是幼年失恃，彼此心意相通，故姐弟情分还是深的，而今都过花甲，更添一重珍惜晚年的感叹。家宴上，张氏姐弟你一句我一句地背诵着王安石的那首送给姐姐的名诗——《示长安君》：

少小离别意非轻，老去相逢亦怆情。
草草杯盘供笑语，昏昏灯火话平生。
自怜湖海三年隔，又作沙程万里行。
欲问归期何日是，寄书应见雁南征。

在闪烁的烛光下，在弟弟已成国家栋梁的今夕，老姐弟俩背诵着这首儿时喜读的七律，其乐也融融，其情也洽洽。

佩玉母子和念礽夫妇陪着老两口登黄鹤楼，游龟蛇二山，参拜归元寺，凭吊鲁肃墓。几天下来，老两口说再也走不动了，不看名胜古迹了，要坐下来和家人好好说说家常，聊聊天。老姐姐和佩玉、环儿絮絮叨叨地说些琐细事。张之洞则请姐夫在他的书房里共诉宦海况味。当鹿传霖说到他近来在荣府住了半个月，又说荣禄如今圣恩优渥时，张之洞猛然想起，何不借此机会请姐夫谈谈京师的时局！

“滋轩兄，你这次在荣府住了半个月，你看荣禄对维新一事的态度如何？”

“荣禄反对变法。”鹿传霖不假思索地回答，“正月里，在总署召见康有为时，他的态度最为明朗。我们在一起闲谈时，他不止一次地说过，皇上年轻不懂事，受翁同龢的影响，听信了康有为的煽动。康有为并不是真正为了大清的强大，他是因为仇恨咱们满人，想自己上台掌权，变法只是幌子，可惜皇上阅历浅，看不透这点。荣禄说，他很为皇上担忧。”

张之洞颇为吃惊地问：“荣禄怎么敢这样说皇上？”

鹿传霖不以为然地说：“荣禄背后有太后呀，太后支持他，他还怕什么！”

张之洞早就从来自京师方面的消息中听到一种说法，他想从这位熟知朝廷上层的至亲处得到验证。“不少人都说朝廷分后党、帝党两派，依你看，有这个事吗？”

鹿传霖思索了一下说：“后党、帝党的说法，我在陕西、四川时也听说过。依我看，无论太后和皇上，都不可能有意组一个自己的党派。皇上虽不是太后亲生，论血脉来说，是太后最亲的亲人，何况四岁即入宫教养，与亲生并无多大区别。太后既已归政，何必再事事牵制着皇上？这是从太后的一边来说。从皇上一边来说，满朝文武都是他的臣工，他有必要再树一个帮派吗？那岂不自己挖自己的墙脚？”

张之洞也觉得此话有道理，从常情来说，确应是这样，但许多人都这样说，难道都是无中生有？

“依你这样说来，朝廷文武都应该听皇上的了，但为什么又说太后支持荣禄，荣禄就有胆敢说皇上的不是了？”

鹿传霖笑了笑说：“香涛，你是个聪明人，过去在京里也住过将近二十年，你应该知道太后的性格。我们这位太后可不是一般的太后。”

张之洞点点头表示赞同。

“皇上亲政十年来，尤其是甲午年来，太后和皇上之间有了些隔阂。这隔阂本源于皇上的夫妻不和。皇上不喜欢皇后，而喜欢珍妃姊妹。皇后常向老姑母诉苦，惹起了太后对皇上的不满。再一点是二人性格的不同。太后刚强决断，敢作敢为，皇上柔弱些，遇事拿不定主意，听翁同龢的多。太后对皇上这种性格看不惯，有汉高祖‘盈儿不类我’的感叹。”

张之洞笑了：“父母太强悍了，儿女反而强不起来，自古以来，这样的情形也多。”

“太后与皇上的分歧终于在甲午那一年的战争中明朗了。皇上听了翁同龢的意见，对日宣战，结果辛苦经营十年的北洋水师毁于一旦，在外人面前暴露了我们大清国的虚弱，太后很是恼火。她是力主和谈的。一开始就和谈，日本不知底细，还不至于太猖狂，结果仗打败了，再来和谈，那就只有听凭人家漫天要价了。太后从此对皇上不太相信。太后听政三十来年，朝中文武多是她选拔的，自然对她感恩戴德，尤其是甲午战事中主和的一些大臣，更觉太后英明，于是常去园子里看望太后，向太后请安禀事，这样无形中间便形成了一个派别。十年来，皇上也选拔了一些人，其中主战的那些人自然觉得跟皇上脾性相投，奏事也多些，于是也似乎形成了一个派别。”

张之洞笑了笑说：“说了半天，你又回到我的问话来了，其实朝中确实是有后党和帝党两派的。”

鹿传霖摆了摆头说：“依我看，还是不能用后党帝党这个说法，因为他们并没真正形成一个党派：有头领，有宗旨，常在一起集会议

事，就像当年你们的清流党一样。”

张之洞忙说：“我们也没有什么党，只是大家合得来，共同的话题多些，相同的看法多些罢了。”

鹿传霖大笑起来：“你看，连清流党你都不承认是一个党，现在京师两派的内部关系比起你们当年来差得远了，还能叫党吗？”

张之洞只能笑而不答了。

“除开这一点外，还有一个原因，便是与太后比起来，皇上的力量太弱了，不足以形成一个与太后相对峙的集团，尤其在长麟、汪鸣銮、文廷式等人革职去京后，除开一个翁同龢外，几乎再难找几个大臣是一个心眼跟着皇上走的。这原因还是我刚才说的那些：朝廷大臣都是太后选拔的，皇上办事不力，甲午一仗的失败罪责虽然都算在翁同龢身上去了，但许多人心里都认为皇上是该负责任的。这些原因加起来，使得朝廷中文武大多认为皇上治国远不如太后。皇上哪能有个什么党呀派呀的，与太后分庭抗礼呢？”

鹿传霖这番话引起了张之洞的深思。照这样说来，即便维新变法得到皇上的支持，倘若太后不赞成的话，也是办不成的了。“滋轩兄，你说荣禄是反对变法的，且得到太后的支持，如此看来，太后是反对变法的了。有消息说皇上准备在全国行新政。这样大的事情，皇上若得不到太后的允准，应是不会单独做的。从这点看，太后又是支持皇上的了。这些事情，真叫人摸不清底细。你说呢？”

鹿传霖手握茶杯，凝神良久，缓缓地说：“真正如你所说的，这些事情是叫人摸不清底细。我在京师也听到皇上要重用康有为，在全国变法行新政的传言，又的确亲耳听到荣禄反对的话。照理说，这样大的事，皇上是会先禀报太后的。我想，事情有多种可能：也可能皇上已禀报过太后，也可能根本未禀告，也可能太后同意局部变一变，也可能太后现在同意变，今后遇到麻烦事又不同意变，也可能太后这次打定主意先在一旁看皇上的行事，若不行了，再出面干预。总之，情况很复杂。但不管如何，有一点我是看得清楚的。”

张之洞目光炯炯地望着姐夫，听这位极具做官才能的前川督谈他的官场见识。

“香涛，这话我只是对你说，这是我们郎舅之间的私房话，你听听就完了，也不要对别人说。我刚才说的荣禄的一句话很重要。他说康有为要变法是因为仇恨满洲人。这句话很能代表满洲官员的心态。变法若不伤及他们的利益则罢，若一旦伤及，他们就会在这一点上，消除他们内部的一切恩怨而联合起来，皇上的压力就大了。倘若到那时，他们推出太后来做首领，皇上便只有退让一路可走。但是，香涛，你是知道的，历朝历代，哪次变法又不伤及一些人的利益呢？咱们大清朝哪些人的利益大？还不是满洲人！今后一旦涉及这个分上，那便不是什么变不变法的事了，而是要不要祖宗江山的事了，保不定人头滚滚血流成河的事都有可能出现。”

张之洞听了这话，想起自己与康、梁等人的接触，浑身不舒服起来。“滋轩兄，你不久就要起复了。我请教你，面临这种局面，你将怎样办？”

鹿传霖摸摸圆滚滚的下巴，说：“我一向有个老成法，吃不准的事，稳着办。我起复后，多半还是到哪个省去做督抚。若皇上要行新政了，我当然只能奉命，因为是皇上的圣旨，我不能违抗；但我也不急着办，看看别人怎么做的再说。大局未定的时候，我也不说变法好，也不说变法不好，随大流，不做出头鸟，最保险。”

此即从孔夫子那个时候便有、一直绵延不绝的“乡愿”。张之洞过去一向厌恶，但又不得不承认，这的确是一个保乌纱帽的稳当办法。“你看看我这个湖广总督，面临这样的局面，要怎么办，学你的稳办法吗？”

“你大概不行吧！”

“为什么？”

鹿传霖放下茶杯似笑非笑地说：“普天下的人都说，湖广总督是个新派人物，办洋务局厂、引进西洋技艺、学洋人的劲头大得很。还

有人说你张香涛与康有为、梁启超称兄道弟，甚至有人说康有为的靠山，在朝内是翁同龢，在朝外就是你张香涛。你看，你处在这样的位置上，如何还能稳得住！”

一丝恐惧感突然涌上张之洞的心头。他仿佛发现一向阳光普照的宽广仕途上突然罩上阴云黑雾，变得逼仄迷蒙了。素来好强的湖广总督不由得求助于姐夫来：“滋轩兄，看来一场大风大雨的到来是避免不了的事。你要帮我出出主意，让我平平安安地度过去才好。”

鹿传霖莞尔一笑：“香涛，实话告诉你吧，这就是我和你老姐姐这次专程来武昌的目的。我从京师回定兴后，对你老姐姐说，香涛眼下处在风口浪尖上，不知他自己意识到没有？你老姐姐说，你是他姐夫，又长他几岁，你不能袖手旁观呀，要去和他谈谈。我说，香涛为人固执，怕听不进别人的话。你老姐姐说，即便听不进，也得说。”

张之洞知道这是姐夫在敲自己，忙笑着说：“我虽然有点固执，但在你的面前没有固执过，你不要以此作为借口。”

“我若以此为借口，就不来武昌了。”鹿传霖也笑了起来。“我为此一直反反复复地在想，想来想去，只有一个办法，你必须得向太后、皇上表明一个态度。”

张之洞有点犯难：“这个态度怎么表？是赞成维新，还是反对维新？”

“要表一个这样的态度。”鹿传霖慢悠悠地说，“你既拥护新，又不反对旧；既愿大清强盛，又要守祖宗基业。一路上我琢磨此事可归纳为十六个字，叫做：启沃君心，恪守臣节，力行新政，不背旧章。”

“启沃君心，恪守臣节，力行新政，不背旧章”。张之洞在心里喃喃复述着姐夫的这十六字真诀。这篇文章怎么做呢？他苦苦地思索着。

六　集湖广幕府之才智，做维新护旧之文章

这一天在签押房，他刚放下手中的笔，又想起鹿传霖的那一番话来。这篇文章如何写呢？他捻着下巴上的灰白长须，凝神思考起来。正在这时，梁鼎芬走了进来。

“什么事呀！”

“香帅，”梁鼎芬走到张之洞的身边说，“这些天两湖书院的学生们，因湖南《湘报》上的一篇文章引发了大辩论。”

“是不是易鼐的那篇文章？”

“正是。平时向往新学的拍手叫好，崇尚旧学的则深恶痛绝，双方各执一端，争得面红耳赤，有的甚至课都没有心思上了。”

张之洞盯着梁鼎芬说：“你的看法呢？”

梁鼎芬略作思考后说：“易鼐的那些说法，我不能完全接受，但我说服不了那批新学迷。”

“什么不能完全接受。”张之洞站了起来，“应该是完全不能接受，我去和他们辩论。”

“太好了。”梁鼎芬来的目的，就是为了搬总督这个救兵的。“什么时候能去？”

“两湖书院非一般地方，我得要先准备下才行。第一得有的放矢，第二还得言之有据。节庵，学生们争辩的要点在哪几个方面，你给我说说。”

梁鼎芬想了想说：“依我看，学生们争执最烈的有这么几个主要问题：一是中学和西学哪个更重要，二是西学不要三纲五常，丢掉老祖宗传下来的根本，这在中国能行得通吗？三是大家都去学声光电化这些学问，今后科举如何考，考什么？光声光电化就能治国强兵吗？四是君权与民权。百姓应不应该有权，是君权大还是民权大。等等。当然，还有不少问题，这几个是主要的。”

“行，你回书院去吧，待我思考思考。”

梁鼎芬走后，张之洞重新拿起笔，批起公文来。

中午吃饭时，张之洞又想起了写文章的事。突然，一个灵感在脑子里闪动：何不将去书院讲学与写文章表明态度两件事当一件事来办？两件事有一个共同的主题，即面对当前的局势，我张某人该说些什么。给太后皇上看的文章不用奏折形式更好，它可以在报上公开发表，让天下人都知我张某人的态度，免得众口悠悠说三道四。这些报纸还可以通过别人之手转呈太后皇上，如此，太后皇上也看到了。它所起的作用远比上一道奏折大得多。

放下碗筷后，此事便这样决定了。随即通知衙门总巡捕，说下午要在书房里写一篇重要文章，除朝廷来圣旨外，任何人不接待，任何事不办。

兴许是常吃赵茂昌送的特制人参的缘故，张之洞虽然已六十有二岁了，外表看起来很苍老，精力却依旧旺盛过人，上个月环儿又为他生了一个儿子。老翁得子，不仅有添丁之乐，更有高寿之兆，张之洞因此更增自信之心。尤其是当一桩富有挑战性的事来临时，更能激发他年轻人似的兴致和热情。他放弃惯常的午休，离开餐桌后便赴西院书房。

他提起笔来，匆匆在纸上写了几行字：

今日之世变，岂特春秋所未有，亦秦汉以至元明所未有也。海内志士发愤扼腕，于是图救时者言新学，虑害道者守旧学，莫衷于一。旧者因噎而食废，新者歧多而羊亡。旧者不知通，新者不知本。不知通，则无应敌制变之术；不知本，则有菲薄名教之心。夫如是，则旧者愈病新，新者愈厌旧，交相为愈，而恢诡倾危乱名改作之流，遂杂出其说，以荡众心。学者摇摇，中无所主，邪说暴行，横流天下。敌既至无与战，敌未至无与安。吾恐中国之祸，不在四海之外而在九州之内矣！

一口气写下这段文字后，张之洞自己都有点惊讶：怎么会写得如此畅快通顺，而且一下笔便为新、旧两学定下了基调：新可救时，旧能守教，新之弊在不知本，旧之弊在不知通。同时也明确指出，在新学旧学的争辩中，邪说暴行便乘隙而入，这将是中国的祸乱之根。

再将这段话复读一遍后张之洞也释然了，这也并非是什么福至心灵的缘故，而是自己多年来的认识。尤其在看到《湘报》上易鼐的文章和岳麓书院的《辑录》后，时常思索的结果。其实，没有提笔写文章的时候，脑子里的思索如同乱麻似的，没有条理，也不得要领，用心来做文章，条理自然也就清晰，要领也便出来了。张之洞既感欣慰又觉惋惜。欣慰当年写作《辅轩语》《书目答问》时的能力还在，惋惜的是近二十年来杂事纷扰，案牍劳形，使得自己几乎没有一种安宁的心境来握管作文，不能为后人多留下一些诗文书册。唉，有文则无权，有权则无文，前人说“闭户著书真岁月”，又说“封侯拜相男儿事”，人生事业，究竟应以哪种为最佳？

这样一番感叹后，张之洞忽然想，我何不借此机会多写点，为自己再添一部类似《书目答问》一样的书岂不更好！想到这里，前词臣学政兴奋起来。他慢慢地边磨墨边思考，先来为这本书想个题目。新学旧学辩。这个题目一目了然，但论辩气息太重，不大合自己的身份。求通与守本。这个题目直逼要害，但限制思路，只能作一篇文章，不宜写一本书。

以总督身份去书院讲课，面对着的是儿孙辈的莘莘学子，宜以劝戒的方式为妥。张之洞想起了荀子的名言：学不可以已。是的，过去只有中学而无西学，只有旧学而无新学，尚且是学不可以已，现在面临更多更复杂的学问，更应该不可以已，好了，就用这句名言的出处《劝学篇》作为书名吧！

定下书名后，张之洞开始构思这部书的主要内容了。

他想着：这部书可分为两部分：一部分论旧学。旧学既为本，则从本字上做文章。什么是本呢？对修身而言，心为本；对处世而

言，忠为本；对为学而言，经为本；对圣学而言，三纲为本。要把这些属于“本源”的东西论说清楚。一部分论新学。新学既为通，则应从“通”字上做文章。通者，变通也；变通的目的在于实用，新学的确是很具有实用价值的学问。若从全国范围来讲，新学远未普及，应用大力气去推广新学，比如设学堂、设翻译局、鼓励出国留学等，中国目前最需要的是修铁路开矿藏练军队，而这些方面自己都有亲身历练，是可以好好总结总结的。

到衙门下午散班关门的时候，张之洞脑中《劝学篇》的大纲便基本上有个框架了，必须趁热打铁，抓紧时间做好这件事。

“大根，我要写一篇大文章，想找一个清静的地方去住几天。你看去哪里为好？”吃完晚饭后，张之洞问大根。

大根说：“四叔打算住几天？”

“四五天吧！”

“四五天时间不长，不宜走得太远，只能在武汉三镇找。”

“就在武汉三镇吧，近一点，万一有个紧急事，可很快赶回衙门。”

大根摸着头顶想了半天说：“我看就到归元寺去吧！”

“不行，归元寺进香拜佛的人多，吵闹。”

大根大大咧咧说：“跟方丈说一声，这几天不让人来进香就行了。”

“那怎么行！”张之洞不悦地说，“进香拜佛是善男信女的心愿，也是归元寺的财源。因我住那里而折了世人的心愿，断了和尚的财源，那我不遭人唾骂？归元寺决不能去。”

“那就去晴川阁好了。”大根终于想起了一个好地方。“那里风景好，安静，游人又少，不会影响别人。”

“晴川阁倒是不错，明天一早你先去看看，跟管阁子的人说好，租一间干净的小房子，先租五天。这五天的茶饭也请他们做，走时照付。后天一早，我们就去。”

第二天，张之洞料理了一些必办的公事后，告诉总巡捕，要去晴川阁住几天，有要事可去那里找他。

翌日上午，张之洞仅带着大根一人，悄悄地来到晴川阁，住进一间打扫得干干净净的小房间。

自从那年宴请俄皇太子后，张之洞再也没来过此地了。

晴川阁果然不亏待文人学士。张之洞一坐下来，在江风涛声、山气鸟语的感染下，文思倏然间便如泉水般地涌冒出来，仿佛当年在翰林院做学士似的，有一种奔放欲出不可遏制的冲动。世受国恩、身为疆吏获得过皇家格外恩宠的张之洞，不论是出自内心的情感还是为了今后政治的需要，他都情不自已地要歌颂大清朝的德政，希望天下臣工百姓如葵花向阳般地仰望太后皇上，拥戴朝廷，巴望大清王朝能固若金汤，万古千秋传下去。作为一个生于世代书香家庭，从小浸泡于儒家典籍之中，做过多年学政，写过不少代圣人立言文章的士人，张之洞对周公之礼、孔孟之学发自内心的顶礼膜拜、五体投地。无论是表明自己的名教皈依，还是公开与康有为等人划清学术分野，以免珠目相混、鱼龙相杂，他都要借此机会向世人说个清楚。

于是，在江山如画的龟山禹功矶上，在安谧祥和的晴川阁净室里，张之洞日以继夜地挥笔疾书：

> 一曰保国家，一曰保圣教，一曰保华种，保种必须保教，保教必须保国。
>
> 今日时局，惟以激发忠爱、讲求富强、尊朝廷、卫社稷为第一义。
>
> 自汉唐以来，国家爱民之厚未有过于我圣清者也。
>
> 王化之要，百行之原，相传数千年更无异义，圣人所以为圣人，中国所以为中国，实在于此。故知君权之纲，则民权之说不可行也；知父子之纲，则父子同罪、免丧、废祀之说不可行也；知夫妇之纲，则男女平权之说不可行也。汉兴之初，曲学阿世，

以冀立学，哀平之际，造谶益纬，以媚巨奸，于是非常可怪之论盖多，如文王受命，孔子称王之类。此非七十子之说，乃秦汉经生之说也，而说《公羊春秋》者为尤甚。

张之洞认为，这些都是属于务本的范围，而“本”之悟，全靠的中国学问的熏陶，西洋学问是不可能教授的，甚至有大相抵触之处。无论是两湖书院的学子，还是天底下求学求知的年轻人，都应该深知此本不可动摇，不可移易。

倘若丢掉了这个本，何以为中国之人？无论是朝廷内外的官吏，还是准备进入仕途的士人，都应该加深对“本”的认识，绝不能在西学东渐的时候，迷乱心性，失却方向，忘祖而背本。苟不若此，则中国将何以为中国？

他对自己的这些议论很满意，于是开始写西学部分。外放晋抚，尤其是擢升粤督以来，他也保境安民，也兴利除弊，这些其实与其他督抚都无异处。这些年来与众不同的，或许说他张之洞之所以成为天下瞩目的原因，就在于他重西学办洋务。可以说，他后半生的心血和事业就在于此。毫无疑问，张之洞对洋务、对西学是深有感情的，认定洋务和西学是致中国于自强的唯一法宝。中国只有坚持这个定见，才有可能跻身世界强国。他多么希望太后皇上也能有这个定见，坚定不移地在中国大办洋务，倡导西学。他多么希望十八省督抚和各级官员都能像他这样，在自己管辖的省府州内办洋务局厂，办新式学堂，同心合力地走在这条使国家早日富强的康庄大道上。可惜，许多人囿于陈见，没有这个认识；也有不少人认识到这点，但鉴于在中国办新事的千难万难，遂失去了实干的豪气。还有一些人，因为洋务和西学要影响到他们的既得利益，于是千方百计地干扰阻挡。这些都已是障碍和困难了，但更令人担忧的是，现在竟有一批人，在这个时候提出类似于易鼐那样骇人听闻的言论来，还有康有为、梁启超之辈，本是难得的新式人才，却偏要鼓吹公羊，倡论民权。他们难道真的不明

白，这是在向六经挑战，与朝廷争权吗？好好的一个师夷之长技以制夷的局面，将有可能被这些邪说给毁了，自己有这个责任将中国办洋务行西学之举导向正确的途径。

滚滚东逝的长江水，习习暖人的杨柳风，伴随着张之洞为《劝学篇》续写了一系列篇章：

> 《益智》：夫政刑兵食，国势邦交，士之智也；种宜土化，农具粪料，农之智也；机器之用，物化之学，工之智也；访新地，创新货，察人情之好恶，较各国之息耗，商之智也；船械营垒，测绘工程，兵之智也。此教养自强之实政也，非所谓奇技淫巧也。
>
> 《游学》：出洋一年胜于读西书五年，此赵营平“百闻不如一见”之说也。入外国学堂一年胜于中国学堂三年，此孟子“置之庄岳”之说也。
>
> 《设学》：天下非广设学堂不可，京师省会为大学堂，道府为中学堂，州县为小学堂。学堂宜中西兼学，中学为体，西学为用。且宜政艺兼学。学校、地理、度支、赋税、武备、律例、劝工、通商，西政也。算、绘、矿、医、声、光、化、电，西艺也。大抵救时之计，谋国之方，政尤急于艺。
>
> 《广译》：译书之法有三：一，各省多设译书局；一，出使大臣访其国之要书而选择之；一，上海有力书贾、好事文人，广译西书出售，主人得其名，天下得其用。

第五天下午，《劝学篇》已写成二万多字的大文章了，虽尚有不少言未尽意者，但大体上已将自己心目中的中学西学先后次序本体通用的关系理了一个头绪。想说的话也大致说了，不能离开督署太久，许多公务还在等着办哩。张之洞吩咐大根去结账付钱，待衙门的马车到后即离开晴川阁。

一会儿，大根带着一个六十多岁的老头走了进来。那老头见了张之洞便拜，一边说：“小人不知您是总督大人，这些天来多有怠慢，请大人多多宽恕。”

张之洞说：“起来，不要磕头。”

待老头站起来后，又问：“你怎么知道我是总督？”

老头指着大根说：“刚才这位大哥来结账时说的。晴川阁真正有幸，让总督大人在这里一住就是五天，只怪我这个糟老头子老眼昏花，没有认出大人来，招待不好，多有得罪。”

张之洞笑问：“你在这里做些什么事？”

老头答：“看管晴川阁的房子，做些打扫、擦洗的事。”

“就你一个人？”

“加上老伴，两个人。”

“听你的口音，不大像此地人。你老家在哪儿？”

张之洞因文章写完了，心情较为宽松，遂跟他多聊了几句。

“小人是江西九江人。”

“怎么到汉阳来了？”

“小人三十年前教的一个学生，如今在汉阳县做训导。他怜小人年老无儿女，便介绍到晴川阁来，混口饭吃。”

“你这个学生倒还不错，如今出息了，还记得三十年前的先生。”张之洞习惯性地摸着胡须。“一个月有多少收入？”

老头伸出三个指头来：“三吊半。”

“三吊半的薪水，能过日子吗？”

“省吃俭用，勉强还可对付。只是不能有个三病两痛，生起病来，那就没钱请郎中了。”

张之洞看这老头是个本分的人，便说：“本督给你指个生财之道，你在晴川阁里卖点茶水瓜果如何？”

老头脸上有了一丝笑意说：“好是好，只是游客太少，卖不了几个钱。”

张之洞一时兴起，不觉抖出当年的名士气派来："老人家，本督成全你，你去拿两张大纸和笔墨来，我为晴川阁写副对子，再要汉阳府派人将这对子刻在柱子上。这样一来，你的客人就多了，茶馆可以开起来了！"

老头子喜出望外，忙从自己住的房子里将笔墨纸砚搬了进来。

张之洞站在禹功矶上，眺望三楚大地这一派莽莽苍苍山河，看着身边这位年老无依靠的本分读书人，顿时生出一份镇守江夏的自豪感、为民父母的责任心来。一副楹联在笔底出现：

东去大江，那堪淘尽英雄，彩笔尚留鹦鹉赋；

西望夏口，此水永消争战，霸图休即犬豚儿。

老头捧过墨汁未干的对联，口里激动地说："总督大人，您真是湖广百姓的活菩萨呀！"

张之洞为这句话高兴得哈哈大笑起来：出自于普通百姓之口的话，才是真正的民心呀！

第二天，他将已成初稿的《劝学篇》送给鹿传霖看。鹿传霖看后说："写得不错，尤其是尊朝廷卫社稷和称颂大清深仁厚泽这几段写得最好，太后皇上都会爱听。这应是大家共同遵守的基点，无论中学西学，无论新政旧政，都要尊朝廷卫社稷，这话从你的口中说出来就作用更大。今后无论是新派掌权，还是旧派执政，你都万无一失。"

张之洞说："这是我一贯的主张，我不想别人因我办洋务，就说我是崇洋媚外，想用外国的一切来替代中国。那其实也是做不到的。你看还有哪些不足或忽略的地方吗？"

"西学我不懂，旧学多少知道一点。谈旧学这一节，我提几点建议吧！"

张之洞笑道："你是宿儒，你多多指正。"

"讲旧学，还是你在行。我只是点一点而已。"鹿传霖翻了翻手中的《劝学篇》初稿。"其实，你过去写的《輶轩语》和《书目答问》里都提到了。但你既然把旧学当根本之务提出来，不能不再扼要

地为年轻学子们说几句入中国学问之门的途径，其要在两点，一曰循序，先经次史后子集，待中国学问初通之后，再择西学以补阙。”

“很好。”张之洞轻轻击掌。

“其次在守约。”鹿传霖侃侃而谈，“中国学问浩如烟海，若见一本读一本，这一辈子光读书还读不完，岂能做事？所以要守约，择其重要者而读。你的《书目答问》为学子开了二千多种书目，你可在此基础上，再从中遴选出五六十本至一百本最重要的书来。”

“这个主意好！”张之洞连连点头。

“以我的经验，十五岁之前，通《孝经》、‘四书’‘五经’及唐宋人之晓畅文字。十五岁时开始读经史诸子、舆地小学各门，美质者五年可通，中材者十年也可了。二十或二十五以后，可专力讲求时政，旁及西法，若有好古精研不骛功名、终身为专门之学者，那又自当别论了。”

“行，我再增加两个章节，就用你的题目：循序，守约。”

“还有一点，本不是学问内的事，但我想借你的大作来惊世警俗。我想你会与我持同样看法的。”

张之洞认真地问：“何事？”

“禁烟！”鹿传霖口气坚定地说，“此事，早在道光年间，林文忠公便大举禁绝过，十几年前你在山西又继续了林文忠公的事业，这些年来我在陕西、四川做督抚，依然要花大力气做这事。香涛，这鸦片不禁，中国将有亡国灭种之祸，什么中学西学，体用本通之类的话，一概都不用说了。在今日中国，此为国家第一号大事。”

够不够得上国家第一号大事，张之洞与鹿传霖尚有分歧，但禁烟确是国事中的大事之一桩。对于力禁鸦片的前晋抚来说，这个认识始终是明晰的。虽然不能属于学问之一门，但从国本的角度上也是可说的。

“好，接受你的建议，再添一节：去毒。”

鹿传霖满意地站起身来：“如此，你的《劝学篇》就完满了。”

送走鹿传霖后，张之洞想：古人说集思广益，此话不假，鹿传霖的这些建议就很有益处，不如再让几个人看看，提提意见，修改修改，就更臻完美了。他首先想起的便是引出这篇作品的梁鼎芬来。

梁鼎芬将大根送来的《劝学篇》仔仔细细地看了两三遍，又搜肠刮肚地思考大半天后来到总督衙门，当面向张之洞陈述了自己的看法。

“香帅的《劝学篇》一经刊印，必然警醒当世，嘉惠万代。两湖书院的学子如有幸最早聆听你的这些良言，福莫大焉！”

梁鼎芬一开口，便给张之洞的这篇长文予以高不可攀的总体评价。张之洞听了，却并没有多少喜形于色的表现。他知道梁鼎芬一向爱在他的面前说好听的话，通常他都是乐于听这种颂辞的，有时候也会觉得梁鼎芬有点言过其实，不过转念又想：自己办的事向来都是深思熟虑的，少有别人可指摘之处；再说，一个好汉还须三个帮，一面响锣也应有四处应，未必还要一些专跟你作对的人在身边？当然要听话的，要顺从的人才好。这样，他跟梁鼎芬不觉日趋亲密。梁鼎芬一年到头，在两湖书院的日子少，在总督衙门里的日子反而多些。武昌知府年近七十，致仕养老已迫在眉睫，梁鼎芬多次有意无意地流露出想接替这个位置的念头，张之洞也有意无意地表示可以考虑，惹得梁鼎芬跟总督屁股后面更紧了。

“你不要说空话，有什么根据？”

“当然有根据，香帅。”梁鼎芬满脸都是笑容。“晚生看这篇《劝学篇》首在持论平正，于中西之学新旧之政不持成见偏见，一秉大公，无论新派旧派都能接受。这是一个方面。最重要的还在于香帅将中学和西学最核心的作用以及它们之间的主次关系用八个字作了最为简要最为明了的概括，这就是您在《设学》一节中所说的‘中学为体，西学为用’。这八个字，真可谓金科玉律，金声玉振，治学之宝，治国之纲。这个首创之功将不可估量。”

张之洞笑道：“你看中了‘中学为体，西学为用’这八个字，

这也算是你的眼力吧。不过，这八个字是别人提出的，我不能掠人之美。两年多前，我在江宁时，江苏一个候补道吴之榛跟我写了一封信，他准备在苏州创办一所中西合璧的学校，并提出‘中学为体，西学为用’的办学宗旨，我很欣赏这两句话，就套用过来了。”

梁鼎芬虽略有点失望，但他很会说话：“常言说人微言轻，一个候补道的这两句话能有什么影响，一经香帅提出，那就有天地之别了。太后皇上会知道，文武大臣会知道，各级官员和普天下的百姓都会知道，它就可以变为国策，化为全国上下的共同见识。这个功劳有多大！从今往后，大家都是从你的《劝学篇》里得知这两句话，首创之功非你莫属了。”

“哈哈……”

张之洞得意地大笑起来。

“你莫只说好听的，提点不足之处。”笑完后，张之洞认真地说。

“香帅文章天下第一。虑事之精密，也世间少有，这部《劝学篇》更是您的心血之作，本不容卑职置喙。但卑职想香帅这部书，必将成为大清的治国之纲，眼下国家所要办的新政大事，如铁路、矿冶、局厂、练兵等，香帅都亲手办理过，有许多局外人不能得到的体会和见解，若能把它写出来，对太后皇上来说是个很好的参考。”

张之洞说：“你这个建议好是好，只是六天没办事，案牍又堆积盈尺了，抽不出空来。”

梁鼎芬想了一下说：“有个办法，可叫徐建寅、念礽他们先起个草。他们是专家，熟悉，要他们先写个一两千字出来，由您来删改定稿。如此可为您节省一些精力。”

“好，接受你的建议，就请你代我去办这事。请徐建寅写矿学一节，梁敦彦写铁路一节，念礽写工商一节，练兵一节无人写，可惜仁梃不在了，由他来写是最合适的。”

提起仁梃，张之洞的胸口有点堵闷。儿媳已守寡近两年，不能让

她做一辈子孀妇，今后宜寻一个合适的人嫁出去才是。这样方可对得起孝顺的媳妇和自己的老友桑治平。

“练兵一节可请张彪先拟个草稿。”

“张彪！他能写吗？”

当年大根的拜把兄弟张彪从山西投到广东，张之洞将他安置在督标营，后又随着来到武昌，先在亲兵营做个把总。多年来，也还知上进，积年迁升，现已做了亲兵营的都司，武功不错，只是从小失学，文墨不行。

“香帅不知道，这几年张彪自己漂笔，早已识字断文，偶尔写出封信函来，也还通顺。叫他将湖北练兵章法如实写出，我再替他润色，然后送给你，当个材料用也好嘛！”

“也好，他当了多年的亲兵营都司，洋枪洋炮使过，德国兵操也练过，让他先写个草稿，也是对他一个提高。你一并去告诉他。叫他们四个人三天之内每人给我交两千字。”

三天后，陈、徐、梁、张如期交来自己的文稿，张之洞一一审读增删，比起全由自己从无到有的构思草拟来，确实省了不少的心思。

正在阅读之际，辜鸿铭闯了进来。

“香帅，大家都为你的《劝学篇》作贡献，就连张彪都提起笔来。你就不叫我也写一写，你是嫌我中国学问没学通，还是嫌我没有专门知识？”

张之洞放下笔，望着辜鸿铭颇有点激动的面容，问：“我的《劝学篇》底稿，你也看到了？”

辜鸿铭不满地说：“阖署上下都在诵读，我能不看到吗？”

张之洞惊道：“怎么阖署上下都在诵读了，这还是草稿哩！”

“这样精彩的文字，怎会不传诵呢？徐建寅、梁敦彦很神气，说他们也写了一段，今后可以附骥尾而至千里。香帅，你太小看我了！”

张之洞心里很得意，脸上却冷冷的，说：“先不要说小看不小

看的怪话。你给我的草稿提提意见，提得好，我自然也会让你附附骥尾。”

辜鸿铭说：“提就提吧。我看你的《劝学篇》分为两个部分，前部分谈的务本的事，有类似《庄子》的内篇，后部分说的是通用，类似于《庄子》的外篇。”

以《庄子》的内外篇来看待《劝学篇》的本、用两个部分，目光犀利，比方得也恰当，看来辜鸿铭的中国学问已到了不可小觑的地步。张之洞的双眼中开始流露出笑意。

“《庄子》内篇七章，出自庄子手笔，外篇和杂篇是庄子和其门人共同的著作。今日《劝学篇》的外篇除你本人外，已加入了徐、梁等人的文章，后世学者，也可将外篇视为香帅及其门人的合著。”

这一点，张之洞倒的确没想到，经辜鸿铭这一提醒，也确乎有几分像。张之洞的笑容从眼中流到了脸上。

“如果香帅同意的话，我可以关起门来，写个十天半个月，弄出七八篇来，为《劝学篇》补个杂篇如何？”

张之洞笑出声来，说：“汤生，你的想法倒是好，只是这《劝学篇》是决不能跟《庄子》相比拟的。且不说见解上的差别，光是文风，那一派汪洋恣肆、恢诡瑰丽，哪里是后世人可以学得到的！庄子是前无古人，后无来者，我可不敢方驾攀比。”

辜鸿铭说：“你不去比《庄子》三十三篇也可以，但我为你补个杂篇总是可以的吧！”

张之洞拿这个怪才也无法。他还真怕辜鸿铭去弄个杂篇出来，那才叫人哭笑不得，只好说：“你看还有哪些不足，把外篇再补充一下是可以的，杂篇就不必了。”

“我看至少有两个章节可以补上。”辜鸿铭激动地说，“一个是变法，一个是废科举。不过，这都不是我的主张，都是你自己多次与我们闲聊天时说过。你常说中国要自强，有两个拦路石不可不搬掉，一是不合时宜的律令法规，一是误人子弟的科举考试。为何这两个非

常好的想法不在《劝学篇》里写出来呢？是因为怕被人误解，遭人反对吗？”

辜鸿铭两只灰蓝色的眼睛，犹如半夜时猫头鹰的双目一样，直勾勾地盯着张之洞，真把这位强悍的湖广总督盯得心里微微发起慌来。

辜鸿铭的这两句问话，一针见血击中要害。张之洞在写通用篇章的时候，确实想到过变法与废科举两件事，但最终还是没有写。现在有人在变法的名义下要否定祖宗传下来的家法，要设议院行民权，如果自己也大谈变法，很可能会授人以柄。至于科举考试，更是国内数十万读书人的进身之阶。废除科举，不等于撤了他们的登天梯？

“香帅，丈夫行事，当以大义为重。苟利国家，虽千百人反对，必趋之；苟害社稷，虽千百人拥护，必避之。弊法不去，科举不废，中国决无指望。香帅，这两章，就由我来替你起草吧，倘若遭人指责，我挺身而出承担。”

张之洞为辜鸿铭的这种气概所感动，但又为他的天真而好笑，既算作我张之洞的《劝学篇》外篇，出了事自然由我张某人承担，怎会轮到你的头上？他笑了笑说：“好吧，我嘉奖你的志气，这两个章节就交给你了。也限你三天时间，不要过多发议论，也不超过两千字。”

辜鸿铭欣喜万分：“谨受命。”

正要转身出门，张之洞又叫住了他：“你要注意，写变法一章时，要特别强调伦理、圣道、心术不可变，要变的只是法制、器械、工艺；废科举一章，要把朱子和欧阳修两位先贤关于更改科举的言论找出来作为附件，如此才更增加说服力。”

在张之洞和他的幕僚们共同参与下，一篇长达四万余字的大文章《劝学篇》，终于几经增删而成文了。张之洞将它寄给陈宝箴，要陈在长沙的《湘报》上连日刊登出来。陈宝箴正担心《湘报》遭王先谦、叶德辉等人的反对办不下去的时候，得到了这篇大文，好比即将干涸的小溪来了一股源源不断的山泉，立时又生机恢复。他指令《湘

报》每天腾出第一版的重要位置来，刊登《劝学篇》。一连十天，《劝学篇》登载完毕。果然不出所料，此篇长文在海内引起巨大的反响，除极个别执拗偏激的人认为张之洞是在有意做和事佬外，绝大多数人都认为此文立论公允，态度平和，就连最担心招士人反感的废科举一节，也没有见人公开发表反驳的文章。五月初，张之洞收到已任江宁藩司的袁昶的来信。袁昶除和许多人一样地称赞该文外，还特别高瞻远瞩地指出：在今后很长一段的年月里，中国都会面临着西学与中学、西艺与中艺、西政与中政等一系列的冲突，这种冲突可概括为中西碰撞。老师所提出的"中体西用"的设想，不仅解决了中学西学之间关系如何处理的难题，而且为调和中西碰撞揭示了一条万世不易的经则，那就是中国本土所产生的经过千百代所验证的好的传统永远是体，外来的被彼国所证实有用的东西，永远只能是为我所用。其目标，则是卫我邦本，固我国体。又表示，要用自己的积蓄出版《劝学篇》，刷印三百部，上呈朝廷，并分赠各级官府和学堂，既报师恩又效力国家。

张之洞欣然同意，并寄出二千两银子，请袁昶代为张罗。

很快，三百部《劝学篇》便装订成册了。张之洞指示袁昶寄五十部到北京儿子张仁权处，再存五十部于袁处，以便分送两江同寅，然后再送二百部到武昌，由他本人亲自赠人。

仁权收到书后，与杨锐、杨深秀等人商量如何才能到达太后、皇上处。杨锐说："黄绍箕在南书房当差，可请他带上两部，当面呈给皇上，并请皇上转呈一部给太后。"

黄绍箕是黄体芳的儿子。黄体芳当年与张之洞同列京师清流党，关系甚为亲密。黄绍箕在未进翰林院时，曾在张之洞幕府里做过事。通过这条路上达天听，自然是最好的。没有几天，《劝学篇》便到了光绪皇帝的手中。光绪爱不释手，一天便通读完毕，然后亲自拟了一道谕旨：

> 《劝学篇》内外各篇，朕详细披览，持论平正，于学术人心，大有裨益。着将所备副本四十部，由军机处颁发各省督抚学政各一部，俾得广为刊布，实力劝导，以重名教而杜危言。

就在光绪亲颁《劝学篇》后第四天，中国近代史上最为热闹壮烈的大剧，正式拉开它的帷幕。

第三章 / 血溅变法

一　六十九岁寿诞这天，《诏定国是》的起草者翁同龢被削去一切职务，驱逐出朝

光绪二十四年四月二十三日，根据御史杨深秀、侍读学士徐致靖的奏章，光绪召集全体军机大臣，下诏定国是，向全国官吏百姓宣布变法维新。

由翁同龢拟稿的这份诏书，是古往今来中国帝王文告中少见的开明之作。诏书以清晰明白的语言，表达光绪愿与天下臣民共图新政以挽时局的决心：

朕维国是不定，则号令不行，及其流弊，必致门户纷争，互相水火，徒蹈宋明积习，于时政毫无裨益。即以中国大经大法而论，五帝三王，不相沿袭，譬以冬裘夏葛，势不两存。因特明白

宣示，嗣后中外大小诸臣，自王公以及士庶，各宜努力向上，发愤为雄，以圣贤义理之学植其根本，又须博采西学之切于时务者实力讲求，以救空疏迂谬之弊。

这份诏书经在京提塘官的星夜加急传递及京报上的登载，很快便传遍全国，引起朝野巨大的震动。一向沉闷闭塞、安于现状的九州大地，突然间如同烧起一堆冲天大火，顿时噼噼啪啪、红红火火地闹腾起来。

诏书下达的第二天，徐致靖奏保康有为、张元济、黄遵宪、谭嗣同、梁启超五人。认为这五个人均为忠肝义胆、硕学远识，是维新救时之大才，宜破格委任，以辅佐皇上行新政而图自强。

光绪立即批准这道奏章，命康有为、张元济预备召见，黄遵宪、谭嗣同、梁启超火速进京，或交部引见，或由总理衙门察看具奏。

光绪将已批好的徐致靖奏章放在一旁，正要随侍小太监下发给军机处的时候，翁同龢进来了。

“皇上，刚才园子里来了人，太后请皇上明日上午去一趟园子，她有事要跟皇上说。”

听了这话，光绪不由自主地战栗了一下。光绪从小在慈禧威严的目光和呵斥声中长大，对慈禧已有了一种习惯性的畏惧和疏离。他之所以不喜欢皇后，并非因为皇后本人的不好，实在是由于对皇后姑母的反感而引起。每当夏秋两季，慈禧住颐和园时，光绪就仿佛有种摘掉枷锁似的自由感，办起事来格外有胆量，有信心。一到冬春两季，慈禧回到宫里，光绪就如同被一个浓重的阴影所罩住，整天怯怯的，办事说话都提不起神来。变法维新已酝酿好长时间了，为什么选择这时诏定国是，多半的原因，也是慈禧已离宫住园子的缘故。慈禧住园子时，光绪照例每月初一、十五两天进园请安。明天既非初一，也不是十五，为什么要我进园子？一种不祥之兆浮上心头，光绪脸上难得一见的兴奋之色立时散失，恢复了素日的憔悴苍白。

翁同龢将这一瞬间的变化看在眼里，怜恤之情油然而生，心里忍不住长长地叹了一口气，试着问："太后是不是冲着诏定国是这件事来的？"

"不会吧。"光绪终于回过神来。"十五日请安时，我已禀报过太后。太后说她不反对维新变法，只要能使国家富强，要我自己看着办。"

翁同龢进一步问："太后说这话时，神态如何？"

光绪想了想："跟往常请安时说话的神态差不多，没见她高兴，也没见她不高兴。讲了这两句话后，就说，没别的事吧，没别的事赶紧回宫去。今天谭鑫培进园子来唱《定军山》，得去准备准备。我说没别的事，就退出来了。"

翁同龢说："皇上放宽心好了，也可能是太后想见见皇上，随便聊聊，我陪皇上去。"

"翁师傅，明天是您的六十九岁寿辰，家人和亲友都要来为您祝寿，您就不要陪我了。"

翁同龢每年过生日这一天，光绪不仅记得，还会打发身边的太监去翁家代他祝寿，并送上一份礼物。国家正处新政的开端，皇上日理万机，昼夜不息，居然还记得他的生日，翁同龢心里滚过一阵热浪，语声哽咽地说："皇上万几之中尚记得老臣的贱辰，老臣感激莫名。老臣的贱辰可过可不过，陪皇上进园子觐见太后，却是万不可缺的。"

光绪说："也好，有翁师傅在身边，我心里就安定许多。我们今下午就动身，明天一早见过太后后就回城，不会误了晚上的寿筵！"

翁同龢激动地说："皇上太为老臣着想了，老臣心里真过意不去。"

黄昏时候，翁同龢一行陪同光绪来到颐和园，住进了仁寿殿。晚饭后散步时，翁同龢发现庆王奕劻、兵部尚书荣禄、军机大臣刚毅都在园子里住着，他觉得情况有点不大对头。晚上，仁寿殿的小太监告

诉他，八十岁的大学士徐桐已在园子里住下四五天了。翁同龢听到这个消息后，更觉意外。四十年前，徐桐和他同为同治皇帝的师傅，此人迂执拘泥，与他性格上合不来。后来翁同龢出任光绪师傅，他没有出任，于是与翁嫌隙更深。两年前，他拜体仁阁大学士后，因年事太高，对朝廷上的事便一概不管了，平日里闭门著书。徐桐恪守理学和祖宗家法，仇视西学，反对任何形式的变革，与倭仁一道被朝臣称为前后两个有名的守旧大学士。

徐桐、奕劻、荣禄、刚毅，他们同时来到园子里，究竟要做什么？这个问题，在翁同龢的脑子里盘旋大半个夜晚，他已隐隐感受到一股厚重的力量在压着他，压着他和皇上正在做的事业。

第二天一清早，光绪书房太监王鉴斋，按常规带上一张五百两银票，来到乐寿堂向大总管李莲英献上，然后坐在小廊房里，静候李莲英的安排。

有资格见到太后的文武官员，都必须向太后身边的太监总管递上红包，按红包里的分量来安排召见的先后。慈禧还政住颐和园后，连皇上每次觐见也要递红包。这话听起来有点类似海外奇谈，却又是千真万确的事实。晚清朝廷的腐败到了这种程度，岂是维新变法便可以解决得了的？可惜，当年热衷于新政的光绪皇帝，并没有意识到这一点。

待慈禧吃了早饭，遛了半个小时的圈子后，光绪奉命进殿拜见。

“坐吧。”光绪行完跪拜常礼后，慈禧面无表情地指了指炕床的另一边。光绪挨着炕沿坐下，神情贯注地等待着皇额娘的慈谕。好长一会儿，不见慈禧开口，他偷眼望了望，只见六十四岁的皇额娘，正专心致志地自个儿欣赏她近日刚打好的两只三寸长的金护指，不过眼睛和脸上却并不见一丝欣喜之色。

“皇额娘叫儿子来，有何赐教？”光绪终于忍不住了。

“定国是的诏书是谁拟的？”慈禧的眼睛依旧没有离开金护指。

“是翁同龢。”光绪忐忑不安地回答。

“这样的大事，为何不事先跟我说说？”慈禧转过脸来拖长着声调，问话中分明有着很大的不满。

“十五日请安时，儿子已请示过皇额娘。皇额娘说过，让儿子自己做主。”光绪壮起胆子解释。

“这话我是说过。”慈禧慢慢地说，声调开始缓和些。“祖宗的江山我早已交给你了，又怎么会来事事管着你呢？为国家办好事，我自然支持。你是一国之主，当然由你做主。但诏告天下，明定国是，这是何等大事，你却不事先跟我打声招呼，你的眼中已没有我这个皇额娘了！”

光绪刚刚放松片刻的心绪又紧张起来，忙说：“皇额娘言重了。这事是儿子疏忽了，儿子向皇额娘请罪。”

慈禧脸上露出一丝霁色，说：“也不要请罪了。要维新，要变法，这一点我和你的想法是一样的，你没有做错。只不过这是件祖宗没有做过的大事，我们娘儿俩都得稳当点才好。你凡事多跟我商议商议，只有好处，没有坏处。”

光绪赶紧说：“皇额娘教训得是，除开初一、十五外，凡有大事，儿子都一定亲来颐和园禀请皇额娘。”

“好，这我就放心了。”慈禧端起炕儿上的温茶，抿了一口，说：“你昨儿个拟的徐致靖荐举人才的折子，就急了点。康有为那个人，许多人不大放心，都说不能重用。”

光绪暗暗吃了一惊：徐致靖的折子还没发下，太后怎么就知道了？折子尚未出宫时，只有军机处的大臣和章京才看得到，莫非是刚毅抢先禀告了太后？对于那些心中只有太后，而没有他的老大臣们，光绪又气又恼。他恨不得一夜之间全撤掉，换上一批年轻而原先职位低微的官员。

“禀告皇额娘，康有为这个人虽有许多欠缺之处，但对外面的情况熟悉，对新政新法很有研究。皇额娘教导过儿子，用人如用器，儿子用康有为只是用其器长而已。”

慈禧找不出别的理由来反驳光绪的话，停了一会儿说：“你用康有为、梁启超这些人，我也不阻挡你，只是有一点要注意，今后任命文武二品以上的大员，拟旨前要跟我说说。他们上任前，到园子来跟我见见面。这不是皇额娘在干预你，这是帮你慎选大臣，为的是祖宗的江山。你要明白这点。”

光绪明知这是太后在干预他的天子之权，但几十年来形成的恐惧心理，使他不能对她有任何的违抗，只能违心地说：“儿子知道，皇额娘一切都是为了儿子，为了祖宗江山。今后凡有二品以上的文武大员的任命，儿子都按皇额娘刚才说的办。”

慈禧又说：“荣禄这人，文宗爷当年就称赞他能干。十多年过去了，我看他不但能干而且忠实，是咱们满员中的佼佼者。他做过多年的西安将军，懂军务，我想叫他做直隶总督，领北洋大臣。京畿重地，是要一个能干而忠实的自家人才放得心。你看怎样？”

慈禧用的虽是商量的口气，但光绪知道，这就是她的决定，是绝不能反驳的。何况荣禄做直督兼北洋大臣，无论从资历、地位来说，也是合适的。光绪找不出反对的理由，遂说：“皇额娘看准的人自然没错，只是现任直督王文韶如何安排？”

慈禧说：“先调他进京来陛见，在贤良寺住着，再慢慢来安置，或军机，或六部都可以。”

光绪想：临时叫自己来园子，大概就是为着荣禄的直督事吧。翁师傅还得赶紧回城，家里还在等他这个寿星爷哩。

“皇额娘，这些天起居都还如常吗？”

“都还好，我是个无事一身轻的人。你如今在做着大事，比往日更忙，倒是要多多保重。”

“保重”这样的话，每次觐见时，慈禧都要说上一句，已成没有感情色彩的套话，不过今天，慈禧在“保重”前面又加了几句，使光绪觉得这两个字上多少带有了一点温情，便说：“儿子年轻，多点事不要紧，皇额娘春秋已高，更须珍摄。”

说完这句话，光绪起身：“若皇额娘无别的吩咐，儿子这就告辞了。”

“慢点。”慈禧并没叫光绪再坐下，随手从炕几上抽出几份奏折，在光绪的眼前摇了两下。“这是徐桐、刚毅和安徽藩司于荫霖、御史文悌等人参劾翁同龢的折子。”

光绪吃了一惊，见慈禧并没有叫他看折子的意思，不敢主动从她手里去拿。慈禧将折子晃了两下后又搁到炕几上，继续说：“他们参劾翁同龢近来办事多有悖谬，不能胜任枢机要职，宜回籍养老。我看他们说得有道理。”

见光绪呆呆地站立着，不言不语，慈禧轻轻地叹息一声，口气变得少有的温婉起来：“翁同龢这人，我观察多年了，发现他近几年来有专权仗势、不安本分的迹象。就拿甲午年的事来说吧，咱们底子本薄，他不是不知道，却硬要与东洋人拼命，结果辛辛苦苦办了十多年的北洋水师全军覆没，到头来他把责任都推到李鸿章身上去了。李鸿章也可怜，只得背下这黑锅。谁该打多少板子，咱们娘儿俩心里要有数。去年胶州湾闹事，是你派他去跟德国人谈判的。他不好好谈，跟人家闹崩了。你四五次命他继续谈，他居然可以抗旨不去。这事儿，满朝文武都看不过意去。都说，咱们大清朝还没有与皇上硬顶的大臣哩！当年肃顺那样跋扈，在文宗爷面前还是服服帖帖的。翁同龢这样下去，不会比肃顺走得还远吗？”

慈禧一个劲地数落着翁同龢的不是，光绪手心里的汗水越来越多。他寻思着要为师傅辩护几句，却又在太后的气势下失去了勇气。光绪在心里痛恨自己的懦弱和无能。

“你六伯病危时特为跟我说过，翁同龢不可当重任，又郑重荐举荣禄。你六伯父当国三十多年，到底是老成谋国，阅人有识呀！”

原来那天伯父单独跟太后谈的就是这个事呀，光绪顿觉有一股泰山般的重力向他压来。伯父已死，他讲没讲过这话已无法对证，但太后要将翁师傅开缺回籍的决心，看来已是铁定而不可易移了。他鼓起

极大的勇气，缓缓地说："翁师傅年岁大了，是有不尽人意之处，请太后看他在上书房多年的情分上，宽恕他一次。"

"唉！"慈禧叹口气后，以更为柔和的语调说："你从小软弱，比起你的哥哥来差远了，我担心的也是这点。翁同龢敢于抗旨，也就是看到了你的这个毛病。你还年轻，只知情分而不知利害，像翁同龢这样的人是不能留在身边的。你要忍痛把他去掉，额娘这是为你好！"

慈禧从炕几上又拿出一张折起的纸来说："这是我叫刚毅，以你名义拟的一道谕旨，你派人读给翁同龢听吧！"

说罢，递到光绪的手里。光绪将纸打开，赫然见上面写着：

协办大学士翁同龢近来办事多不允协，以致众论不服，屡经有人参奏，且每于召对时咨询事件任意可否，喜怒见形于辞色，渐露揽权狂悖情状，断难胜任枢机之任。本应察明究办，予以重惩，姑念其毓庆宫行走有年，不忍遽加严谴，翁同龢着即开缺回籍，以示保全。

光绪晕头晕脑地看完这道用他的口气写的谕旨，一股悲怆之情充塞他的胸臆。这完全不是自己的意思，却要用自己的名义来表述，而且还要当着翁师傅的面宣读。这种委屈连一个普通的血性男子都不能忍受，何况自己堂堂九五之尊，当今的万岁爷！一股浓重的羞辱感布满他的全身。就是从这一刻开始，年轻的光绪皇帝，下定死决心要用史无前例的手段和速度，加快进行维新变法，夺回被太后侵占的权力，给那些敢于和他作对的昏迈老朽们一点颜色看看；即便是最终办不成功，甚至是鱼死网破，也付之于天了！

回到仁寿殿，荣禄、刚毅早已在此等候见驾。光绪心绪悲愤，一百个不想见他们，但想起他们眼下正是太后的红人，又不敢得罪，只得宣他们进来。荣禄、刚毅并没有事情要禀报，只是应付式地问候圣安，片刻光景便出来了。这时翁同龢知皇上已回，便在偏房等候，见荣禄、刚毅从他身边走过时，连头都不点一下，一副趾高气扬的神态，心里又气恨又疑虑：难道朝中出了什么大事？

书房太监王鉴斋走过来说："皇上请翁相国进去说话。"

翁同龢三步并作两步走进正房，只见皇上面色苍白地呆坐在炕上，正望着头顶上的藻井出神。

"皇上，出了什么事？"翁同龢已预感到不祥，顾不得磕头行礼，便径直走到炕前。

"翁师傅，你自己看吧！"光绪将谕旨递了过来，翁同龢接着，迅疾扫一眼，便觉眼前一片黑暗，几乎要跌倒。他赶紧扶着炕沿，趁势跪了下去，将头紧贴在冰冷的青砖地面上。

仁寿殿里死一般的沉寂。

好长一会，翁同龢抬起头来，只见皇上正看着他，脸上挂着两串泪珠。翁同龢一阵辛酸，号啕大哭起来，一颗白头死劲地在青砖上磕着，发出令人心悸的"卜卜"响声，嘴里含含糊糊地絮叨着："老臣罪该万死，老臣有负皇上重望，老臣感激皇上不杀之恩，老臣遵旨，即刻离京回原籍。"

光绪心里难受极了，喑哑着嗓子说："翁师傅，您回城吧，家里还等着为您祝寿哩！"

翁同龢哭着说："老臣死有余辜，老臣不过生日了。老臣明天一早还要向皇上叩头谢恩哩！"

清制，大臣无论迁升还是革职，接旨后的第二天必须要向皇上叩头谢恩。皇上可召见可不召见，不召见时，则面对皇宫，三跪九拜，这叫做望阙谢恩。

经翁同龢提醒，光绪想起，今天自己也不能回城。若回城，明天师傅要走很远的路，从家里赶到宫门口，师傅这种时候受不了这个折腾。

"我今天不回城了，明天一早，您在东宫门边等我就是了。"

这天夜里，翁同龢在颐和园的一个小偏殿里，度过他一生最后一次也是最冷清最凄凉的一次住园。他整宿都没有合过眼。除开他身边的老仆外，园子里没有任何一个人前来看望他、关照他。从前那些太

监们“翁相国”前“翁相国”后的甜蜜叫声，斩草除根似的一声也听不见了。人臣之极的翁同龢从荣耀的顶峰突然跌到深谷之中，他深深地感受到人间的势利和冷漠。

翁同龢对这个突如其来的打击很意外很痛苦很不能理解：昨天君臣之间亲近如骨肉，今天的这一纸贬书显然不是皇上的意思而是出自太后的谕旨，但太后为何要如此残酷无情呢？太后对翁氏家族，对我翁同龢本人的恩德不谓不重，翁氏家族及我本人对太后也不谓不忠，究竟是什么缘故呢？是因为早两天的诏定国是吗？是一时疏忽没有叫皇上去特为禀请吗？翁同龢心里有数，诏书的宗旨，太后其实是支持的，太后在多次与皇上的闲谈中表达过她不反对变动一些陈规旧习。正因为此，翁同龢才敢于促成皇上早行维新。贬书的笔迹他熟悉，是刚毅写的。刚毅的汉文不好，常写错念错字，翁同龢有几次在公众场合下奚落他。直到今天翁同龢才知道，书生意气已深深地害了自己：刚毅与他结怨甚深，起草谕旨时才使用这等苛严的词句。他又想起徐桐与荣禄同在园中。徐桐与自己有宿怨，荣禄有野心。细细推究起来，太后与自己也有私隙。修颐和园时，作为户部尚书，对于内务府报上来的银钱，因为熟知内情，他从来没有爽快批准过，总要经过好几个回合后才给三四成，或五六成，内务府甚为不满，多次在太后面前说他的坏话。现在，太后、徐桐、荣禄、刚毅等人出于各种公隙私怨而达成一致，要扳倒他这位恭王去世后的军机处实际领班，既冲他本人，也冲着正在兴起的维新热潮。

经过这样的仔细思考，下半夜后，翁同龢才开始慢慢平静下来。

凌晨时，天下起小雨来，翁同龢昏昏沉沉地起床盥洗，然后由仆人搀扶着，孤零零地来到东宫门。他明知皇上一时半刻还出不了园子，还是不听仆人的劝告，冒着细雨跪在门外等候。他知道，这一别，很有可能再也见不到皇上了。从光绪元年起直到今天，二十四年来，他与皇上朝夕相处，除离开北京的日子外，几乎无一天不见面。是他手把手地将皇上由什么都不懂的幼童，培养成执掌大清江山的

天子。

皇上的每一个脚印，都是他看着走过；皇上的每一处长进，都凝聚着他的心血。从今往后，他就要带着巨大的耻辱南下常熟，与皇上天各一方。无论是个人的情感，还是共同的事业，翁同龢都感受到深巨的哀痛创伤。他生怕错过了这个唯一的再见机会，因此他要大清早地冒着雨在此等候。他不是借此表达自己的忠心，更不奢想以此来挽回慈禧的铁石心肠，而是纯粹出于一种对皇上的不舍之情。

直到辰正时分，光绪的车马队才出园子。皇帝昨夜也是一夜未睡得安稳，快到东宫门时，他就急切地四处张望。他终于看到了，东宫门左边楹柱边，一个满头白发、未戴帽子未着油衣的老头子，正低着头，跪在那里。风吹着细雨，飘飘洒洒地落在他的身上。虽然已是四月下旬，但清晨的风雨依然是凉的，一个望七老人怎么受得了？

听到马蹄车轮声，翁同龢抬起头来，两只昏花的老眼死死地盯着队伍中间那驾为安全起见有意围上青布的宽大轿车。

“皇上，皇上！”轿车离东宫门还有三四丈远时，翁同龢便嘶哑地喊起来。

光绪掀开轿帘，伸出半个头来，呆呆地望着师傅，胸口堵着厚厚的闷气，一句话也说不出来。

“皇上，皇上，老臣向皇上叩谢天恩！老臣就要离京回虞山老家。皇上，您要保重，您要保重呀！”

翁同龢一边喊，一边哭，一边磕头，悲怆的喊叫声弥漫着风雨中的东宫门。

车马队快速地穿过大门，就在轿车从脚边碾过的时候，翁同龢再次抬起头来睁大眼睛望了一眼。他清楚地看见了皇上，看见皇上清瘦的脸庞上挂着两串泪珠。翁同龢顿时晕了过去……

翁同龢回到家里的时候，家里依旧处在祝寿的喜庆气氛中。昨天下午，由侄子状元出身的内阁学士翁曾源出面，在家里办起了十桌寿筵，准备热热闹闹地为三叔暖寿。直到天黑的时候，仍没有见寿星

爷回府。大家都知道寿星爷是随皇上去园子见太后，国事自然重于过生，遂都不在意。众人兴高采烈地频频举杯，祝贺寿翁福星高照，健康长寿。

客人们直到夜深才散去。第二天，翁氏家人及张謇等几个最贴心的门生旧属，仍在等候寿星爷的回来，准备当面向他拜寿祝贺。黄昏时，翁同龢一身疲倦、愁眉不展地进了大门，见四处红灯高挂，寿幛满目，他无限哀伤地摆了摆手，有气无力地对侄儿说："都撤了它吧，我要收拾行李，回常熟替你爷爷守墓去了。"

翁曾源和一旁的张謇大吃一惊，忙问何故。翁同龢一声不吭，低首走进卧房，衣服鞋袜都没脱，倒床便睡。

翁曾源问仆人这是怎么回事。

仆人哭丧着脸说："大人平白无故地便给革了！"

真正是晴天一声霹雳，偌大的一个相国府，立时处于一片惊恐与慌乱之中。翁曾源、张謇等人都涌进卧房，或问具体情形，或劝慰宽怀，翁同龢只是摇头叹气，并不多说话。

甲午年大魁天下的张謇，从老师的遭遇中看清了仕途黄粱梦的真相，更加坚定离开官场、走实业救国之路的志向。他安慰翁同龢："恩师，不要太悲伤。过些天，我也要离京回江苏。南通离常熟很近，我会常来看您的。我准备在南通办蚕桑养殖业和纱厂，待事情粗有头绪后，我就来接您去南通看看。"

翁同龢浮肿的脸上泛出一丝笑容来，正要说些什么，突然大门外传来一声高叫："王公公奉圣旨到！"

犹如满天阴霾里忽然绽开一线亮光，翁府上下顿时一喜。翁同龢在侄儿和门生的陪同下走到中堂，跪下接旨。

王鉴斋高声唱道："奉皇上圣谕，赏翁同龢寿礼：人参六两，红枣二斤，挂面四斤，葛帽一顶，纱围一袭。钦此！"

随侍一旁的两个小太监捧着寿礼来到翁同龢面前，翁曾源代三叔收下。人参通常不是寿礼，而是赐给荣归故里的高龄大员的礼物。

皇上送人参，显然表明在他的眼里，师傅不是革员，而是衣锦回乡的功臣。翁同龢感激皇上的情谊，望天叩首：“臣翁同龢谢皇上天恩高厚，至死不忘皇上恩德！”

说完站起，请王鉴斋坐下喝茶。

王鉴斋小声说：“皇上要奴才特为告诉相国，回籍后千万要放宽胸襟保重身体，皇上会时刻记住您的。”

如一股春风吹拂，像一道晨曦照射，翁同龢积压在胸中两天来的忧郁痛苦瞬时间化去了许多。他含着泪花，激动地对王鉴斋说：“请公公务必禀奏皇上，切莫为老臣担心，皇上自己要注意珍摄龙体。请皇上不管遇到多大阻力，都要把变法维新的大业推行下去，只有行新政才能救大清，只有行新政才会有皇上的一切！”

皇上没有革翁同龢的职，皇上依然在为翁同龢祝寿，皇上在殷殷叮嘱回籍的翁同龢。当翁曾源和张謇把这一情况告诉京师官场的时候，那些素日与翁同龢友善且支持变法的官员们心里都清楚，是太后恼怒翁同龢。但太后高龄六十有四，皇上青春尚只二十八，皇上今后的日子还长着哩。一旦太后山陵崩，也就是翁同龢东山再起的时候。于是，数日后，前门车站出现一场京城罕见的送别罢黜大员回籍的场面。

以孙家鼐、王文韶为首的一批朝廷重臣，以盛昱、徐致靖为首的一批六部九卿科道官员和以张謇为代表的一批少年新进，还有国子监里一部分关心国是热心变革的士子，共五百来人聚集一起，与穿戴整齐心绪平和的翁同龢一一话别。

连李鸿章都打发他的儿子经方，持着他的亲笔函前来送行。张謇更是当众吟诵他专为送老师回籍而作的一首七律：

兰陵旧望汉廷尊，保傅艰危海内论。
潜绝孤怀成众谤，去将微罪报殊恩。
青山居士初裁服，白发中书未有园。

江南烟水好相见，七年前约故应温。

众人祝愿老相国一路平安，且宽心回家休息一段时期，过不了多久一定会重返都门。

翁同龢也抱着与众人一样的心思：迟早会回来的。他神态款款地与大家告别，虽略有伤感却是充满着希望地踏上了南归之路。他哪曾料到，百日后随着变法的失败，光绪的被囚，远在常熟的翁同龢也跟着罪加一等：交付地方官严加看管，不许随便走动。

从那以后，翁同龢便处于荆天棘地之中，再无出头之日。八年后，一代名臣含恨去世，长留人间的并不是他数十年的师德相业，而是弥留之际那首催人泪下的五言小诗：

六十年中事，凄凉到盖棺。
不将两行泪，轻向汝曹弹。

二　奉旨进京的张之洞突然半途折回

翁同龢革职一事，不仅没有阻住光绪的变法，反而大大刺伤了光绪的自尊，他带着亢奋甚至变态的情绪，以古往今来绝无仅有的决断和激烈，快速推行他的新政。光绪这样做，或许是想以霹雳手段来做救亡图强的大业，也或许是不顾一切孤注一掷来维护他那遭到挫伤的帝王尊严。

他手不停笔地批示一道又一道的变革奏章，以异乎寻常的严厉口气指责那些不理解不执行命令的高级官员。他号召天下臣民，人人都上书言变法事，这些书信可以直接向皇宫投递，各级官府不得阻挡。他指示设置一个个新的官署，撤销一批批无事可做的衙门。他决定立即废掉八股取士的老传统，而代之以策论拔才的新做法。他要求各级官员向朝廷举荐人才，以图取代他十分厌恶的老迈昏朽之辈，恨不得

一个早上将那些尸位素餐者全行罢黜。

光绪一系列异于常规的举措，使青年后进欢欣鼓舞拍手称快，也令旧派人士王公大员瞠目结舌，不可理喻。

这时，经光绪御批，各省督抚将军都已得到一册《劝学篇》。武昌又火速再寄八十册到京师，由张仁权、杨深秀、杨锐代为分送各大老及六部九卿、翰詹国子监等处。很快，《劝学篇》便在京中及各省垣传播开来，无论新派旧派都与光绪有同感：持论公允，所议可行。

恭王去世，翁同龢革职回籍，礼王世铎向不管事，军机处缺少一个能定大计孚众望的大臣，因着《劝学篇》的影响，新旧两派都同时想到了张之洞，希望皇上能召张之洞进京，主持正在如火如荼进行的维新事业，将维新变法导入平顺稳健的道路。

此中又尤以在小站训练新建陆军的袁世凯最为积极。他不仅上奏章，而且在多种场合中宣称，中国的新政只有在张之洞这样富有经验、老成稳重的大臣执掌下，才有可能获得成功。放眼海内十八省，舍张之洞外，再无第二人合适。

在上下一片呼声中，光绪亲赴颐和园将内召张之洞的想法禀告太后，慈禧表示同意，于是一道“着张之洞即日进京陛见”的谕旨，便由北京递到了武昌督署。

张之洞捧着这道圣旨，想起不久前杨锐所说的“晋京大用”的话，心情大为激动起来。晋京做什么，谕旨并无说明，当此全国大力举办新政时期，从翁同龢革职军机处缺乏首领人物的形势来看，显然是内调军机处，翁同龢的协办大学士空缺，十之八九将补这个缺。也就是说，这次陛见将意味着进京拜相，而这个相将是有职有权的实相。

二十多年了，等待着的不正是这一天吗？张氏先祖世世代代所盼望于后人的最高境遇，不也就是这种荣耀吗？当年一句“湖广地窄不足以回旋”的奏语，被通国讥为狂言，那么，让他们看看即将到来的事实吧！我张某人将要把湖广一系列的维新事业推行到十八行省，到

那时让你们方才知道做天下第一大文章的手笔，湖广不过是小试牛刀而已。游刃有余地整治九州四海，才是我的真正志向和本事！

张之洞带着辜鸿铭、大根及环儿等一干随行人员取道水路离开武昌，计划先坐从英国进口的维多利亚号货轮到上海，在上海转日本江户丸北上，在天津塘沽港登岸，然后坐刚建好不久的京津路火车进北京，这是一条最为便捷的路线。如一切顺利，不要二十天，便可陛见太后皇上。当年湖北考生进京应礼部试，至少一个半月，而且还要受尽舟车颠簸、风雨阻挡之苦。今昔对比，还不全是因为轮船、铁路所带来的好处吗？只要不是昧着良心睁眼说瞎话，这洋务给国家带来的变化，能否定得了吗？只可惜芦汉铁路尚未建好，这条铁路今后修好后，从武昌到京城，只需要四五天工夫。这在十年前，是连想都不敢想的事情呀！张之洞想，到京师后，要先把自己这次进京的经历和体验对所有的人说说，包括太后和皇上。就从此事说起，谈西学和洋务的好处，使大家都消除顾虑同心同德，和朝廷一道在全国加快推行新政，早日使中国富强起来。

张之洞晋京陛见的消息，通过京报很快传到各省。打听到他走水路后，长江中下游的官府都在掐着指头算日期：什么时候维多利亚号能从本地通过。官场习惯，凡官员路过一个地方，当地品级相当或较低的官衙必须设宴款待，一尽地主之谊，二借此联络声气以备日后之用。有朝中大员路过，那更是不敢稍有怠慢，进界迎，出境送，中途宴请陪伴，主人殷勤侍候，寸步不离，千方百计让客人满意舒坦。这种恭敬早已超过礼仪的规定，完全是出于功利上的目的。

大家都知道，张之洞此番进京，必定大用。沿途所经过的江西、安徽、江苏原本和他就有旧属之谊，这种时候，无亲无故，还要攀三分情谊，何况名正言顺地迎送老上司过境？正好趁此良机巴结讨好，为日后寻找朝中靠山预作铺垫。于是，九江、安庆、江宁三地省级酒宴备极隆重，自然不在话下，连沿途的府县也都空前的客气。他们都乘着当地最好的船，由知府或知县老爷带领着一批官员和乡绅贤达，

早早地便在进入交界处江边等着，远远地看见维多利亚号驶来，便飞快地驾船到江中迎候，然后登上轮船，向未来的宰辅跪拜行礼，献上颂辞。

先前的张之洞一向轻车简从，随意通脱，不讲排场，不重虚文，这些年来他慢慢地变了。长时期的前呼后拥，位高权重，使他已习惯于别人为他准备的奢华排场。文治武功的成效，也使他本就自负的心更添一种睥睨天下、小视当今的外露情绪。他只守着为官不贪、为臣不叛的两道底线，至于其他，早已不在他的顾忌之中了。于是，他也便以即将登台的宰辅自居，人家献媚地叫他中堂，他也不加拒绝，各种逾格的接待礼数，他也安之若素地领受。到了上海，已上任半年的汉阳铁厂和芦汉铁路总公司督办盛宣怀，更是使出他过去接待李鸿章的全副仪仗来迎接这位眼下的顶头上司、未来的中枢重臣。

这天夜晚，张之洞从英国驻上海领事馆，回到盛宣怀为他准备的位于黄浦江的小洋楼。虽然已接连在这块十里洋场上应酬了三天，他却没有疲乏之感，坐在厚实的牛皮沙发上，喝着环儿端上来的龙井香茶，心绪依然在亢奋之中。这位英国领事与盛宣怀关系极为密切，得知张之洞途经上海后，便托盛宣怀竭力相邀，情绪甚好的湖广总督接受了邀请，第一次来到洋人的公使馆做客。公使馆里的五彩玻璃、猩红毛地毯、雪亮高大的莲花形吊顶灯、琥珀般的葡萄酒以及各种各样名目繁多的菜肴糕点，甚至连平日他不能接受的洋歌洋曲，此时，都令他舒心惬意。最使他心动不已的，是那几个袒胸露臂、肤白如雪，却又举止矜持高雅的公使馆官员眷属。张之洞实在敌不过她们的逼人美丽，顾不得总督的尊严，而常常目不转睛地看着她们，回来再看环儿，一向貌美的小妾，仿佛突然成了烧火丫头似的不中看。坐在沙发上的未来枢臣脑子里蓦地冒出一个念头来：要不要悄悄地跟盛宣怀商量下，请他不露风声地从英国买一名年轻貌美的女子来，再置一房洋妾？苟如此，则真的是人生一大乐事。正在意绪飘飘、神思渺渺的时候，大根走了进来，兴奋地说：“四叔，桑先生来看你了。”

张之洞还未回过神来时，只见桑治平从大根身后走出，双手一拱："香涛兄，你好哇！"

"是你呀，仲子兄！"张之洞站起身来，快步走上前，一把抓住桑治平的两只手，喜形于色地说，"真没想到会在这里看到你！两年多不见了，你一切都还好吗？"

说话间，把老友从头到脚仔细地打量了一番。灯光下，分别两年的桑治平气色甚好，虽也是六十出头的人了，却身板硬挺，双目明亮，与在幕府时相比，仿佛更加精神清爽。

"快坐下，坐下，说说你这两年的情况，我的那位亲家母呢？也还好吧！"

张之洞拉着桑治平在另一张沙发上坐下，又吩咐大根："快给桑先生泡杯好茶来！"

"想不到，不过一眨眼间，两年多就过去了！"桑治平喝了一口茶后说，"那年我和秋菱离开武昌后，有两个地方可去，一回我的故乡洛阳，一是去广东香山秋菱的二儿子家。后来我对秋菱说，既不回洛阳也不去香山，我带着你换个样子生活。"

"换个样子，怎么换法？"望着老友喜气洋洋的脸庞，张之洞好奇地插话。

"咱们来个三江四海天地行。"桑治平爽朗地笑了起来，那笑容灿烂光明，就像春花秋月似的令人赏心悦目，决没有官场衙门里那种故作之态，张之洞心里感叹不已：走入造化中的老朋友，看起来的确有一番脱胎换骨般的变化。

"你带着秋菱游历天下，重温三十年前的旧梦？"张之洞带着颇为羡慕的神态说。

"正是。"桑治平笑着说，"我对秋菱说，三十多年前，我虽有过五年游历天下的行动，那时一是为寻找你，二是为平生抱负的实现而体察民风。三十多年后，我与你携手同行，再来一次游山玩水，这也是人生一大乐事，不亚于重宴鹿鸣。秋菱说，三十多年前你是一

个小青年，翻山越岭，不在话下，现在已过了花甲，还能跟当年相比吗？我也是个五十多岁的老太婆了，也没有这个力气陪你了。”

张之洞说：“秋菱说得对，豪兴虽不减，到底是上了年纪，哪能再做这种年轻人的事呀！”

桑治平说：“秋菱的看法既有道理又不完全对。我对她说，当年是为着目标，故有约束，而今是没有目标，自由自在。若说当年是壮游的话，这次便是漫游。仅这点，便大不相同。难处、险处、远处不去；雨时、风时、冷时不去，身体不适时、情绪不好时也不去。我们光选那些风光好的地方、有文物古迹的地方去走走逛逛，一觉劳累便立刻歇息，待感觉好时再走。随身带银票，走到哪吃到哪住到哪，岂不大好。秋菱同意了。”

“你们这才是真正的游览！”一向酷爱山水的张之洞感叹地说，“仲子兄，你所选择的乃是神仙生活！这两年游了哪些地方？”

“这两年间我们先在庐山住了半年，后又在徽州府九华山一带住了将近一年。这半年之间，便在金陵、苏州一带盘桓。”

张之洞欣然一笑：“怪不得我看你一派仙风道骨，却原来尽得造化之精灵。这匡庐、九华与江南乃上天赐给炎黄子孙的绝妙佳处，这两年间都给你们占有了。”

桑治平道：“这些地方诚然是好去处，你说得不错。但好山好水，不仅只在这里，是处处都在的。过去读苏东坡的‘山水本无主，得闲便是主’的话，体会不深。当年游历天下，是怀抱着大目标的，山水的精妙并未悟到。这次是完全彻底的无牵无挂、无功无利，方才深深体会到好山好水，原来都是为有闲人准备的。我们在游览途中，经常要路过无声无名的小地方。在万千人的眼中，它们无任何美可言，而在我们的眼里，却分明觉得它们也自有值得珍惜之处，有时还越看越好、越看越爱，居然会停下来在那里住上两三天。”

说罢，桑治平开心地大笑起来。

“我慢慢体会到，东坡所说的‘闲’字，不只是身闲，更重要的

是心闲。世上身闲的人很多，心闲的人很少，即便是普通百姓，他们也有自己的小九九，整天算来算去，一颗心也很难有闲静的时候。”

张之洞静静地听着，说：“你说得很有道理，像我这样的人，一年到头尽管有做不完的事，但空闲一两天的情形，也是有的。只是心闲不下来，手里无事做的时候，心里也总在想些什么。人生最难得的，看来正是你所说的心闲。”

“我这两年最大的收益，便是这‘心闲’二字。”桑治平满腔真诚地说，“过去读陶渊明的饮酒诗，只觉得很恬适舒惬，但对诗中的‘山气日夕佳，飞鸟相与还，此中有真意，欲辨已忘言’四句总是似懂非懂，对‘真意’究竟是什么，也一直不能琢磨透。”

“现在琢磨透了吗？”

“现在也不能说就琢磨透了，只是说比过去理解深了一步。”略停片刻，桑治平说，“我以为，这个真意，就在‘还’字上。鸟儿本是生长在树林里的，为了觅取更多的食物，它们飞出林外，食物或许多觅了一些，但付出的代价更多。劳累奔波，一刻不能安宁，甚或误入罗网，误中箭矢，连命都丢了。太阳落山了，群鸟飞回山林。陶公见此情景，心中突然悟道：鸟在林中，不出外争食，乃是鸟与人类共相生存的最佳状态，也是宇宙间最为和谐的状态。一时迷误，傍晚知返，也不失为明智的选择。这还归山林，还归平和，或许是陶公心中的真意。”

张之洞默默地点着头，他心里非常赞赏这个体悟，认可好友的这种人生选择。但作为朝廷的封疆大吏，作为重任在肩的洋务力倡者，他不可能走桑治平的道路。相对沉默一会儿后，他转了话题。

“念礽她妈怎样？为何没有跟你一起来看我？”

“秋菱这两年是百病不生，身体越来越好了。她此刻正住在太湖边的一个小村庄里，我因为要赶在你离开上海前见你一面，故独自一人来了。”

张之洞说：“是的，说了半天的话，还没问你，你怎么知道我这

个时候正在上海？”

桑治平说：“你如今是朝野关注的大人物，何况你这次是奉召进京，京报上都有刊载，许多人都知道。早在半个月前我就听说了，于是和秋菱赶到江宁城，在那里等了你五天，估计你会那个时候过江宁。后听说你还没下来，便和秋菱商量，干脆再返回苏州虎丘，直接到上海再见你。又托在江苏巡抚衙门里做事的朋友打听。那个朋友说，你此行走得慢，估计月底才会到上海。前两天，一个朋友邀我到太湖边去看新发现的奇石，在那里听说你已到了上海。就这样，今天中午赶到沪上。打听半天，才知道你住此地。幸好，终于见到了你。”

张之洞为老朋友的情义所感动，说：“你其实可以托在苏抚衙门里办事的朋友，带一封信给我，我会派人来接你的，也省得你这样操心费事。”

桑治平微微一笑说：“我是一个无官无职的布衣，不想沾官府的好处，苏州离上海不过一天的路程，我总会见得到你的。”

张之洞点点头说：“你离开了衙门，不想再与官场打交道，我可以理解。只是我明天一早就要离开上海，早两天见到你，我们可以多聊聊。关于这次晋京，我很想听听你的看法。”

桑治平说：“我这么急着要见你，除见见面外，最主要的便是想和你谈谈这次你的奉召晋京一事。”

说到晋京事，张之洞立即来了兴头：“还是太后皇上圣明，当此全国大行新政的开始，便罢黜了翁同龢。仲子兄，你可能没有见过这个人，不十分了解他。那人看起来像个谦和宽让的君子，其实内心忌刻偏执。那年我把这个看法与他的侄儿仲渊说过，仲渊说他的三叔正是这样一个人。翁同龢如何能担负起推行新政的重任，让他回籍养老正是优待他，腾出个位置也好让真正的柱石之臣为国效力。”

桑治平说：“这些日子，我在姑苏沪宁一带，听人们议论，都说你此次晋京是代翁同龢的。你知道这中间的内情吗？”

张之洞不加掩饰地说："在老朋友面前，我也就不说客套话了。早一向叔峤告诉我，皇上有大用的意思。此刻，新政甫行，中枢乏人，我也认为十之八九是要取代翁同龢的。"

"我也是这么看的，"桑治平微微颔首，"不过，香涛兄，我要问问你，你自己认为，你比翁同龢更合适吗？"

"我比他合适。"张之洞直截了当地说，"翁同龢一辈子做的是京师太平官，既未办过实事，又不懂下情。宰辅这个地位，是既要做过京内官，又要做过京外官，尤其是要做过督抚的人才合适。这点上，翁同龢不能和我比。这是其一。我办过十多年的洋务，论新政经验，李少荃都不如我，更何况未办一局一厂的翁同龢？这是其二。《劝学篇》风靡海内，人人诵读，这其实是一部自恭王、文祥、曾国藩等人开办洋务四十余年以来的总结。不说别的，光是'中学为体，西学为用'这八个字，便足以解决眼下和今后中西之间的冲撞，也是我执政后处理中外华夷纠葛的一条准则。天下争传《劝学篇》，便意味着天下认可我张某人的'中体西用'。除开前面两条不说，光这一条，翁同龢便要自动退位，普天之下的人也再不要和我来争这个新政首领的地位。仲子兄，不是我自夸，这是有目共睹的事实。"

"你的《劝学篇》，我在江宁时，袁昶代你送了我一部。不是我当面恭维你，这不仅是你的著述中最好的，即便环顾百年来的文坛，也无一部书可与它比肩。"

张之洞高兴地说："仲子兄，你是《劝学篇》的第一号知己。不瞒你说，从维新、洋务这个角度来说，岂但是百年，便是从古以来，也没有一部书可以与它比肩。"

桑治平浅浅笑道："正如你自己所说的，四万余字的《劝学篇》，最为精粹的就是'中学为体，西学为用'这八个字。我以为这八个字在今天这个时候，好比航行江河中的船尾之舵，奔走旷野上的车头之指南针，为朝野内外指明了一个方向；又好比木匠用的墨斗，泥瓦匠用的吊线，为自强大业定下一根准绳。"

张之洞拍手喜道：“你说得真是好极了。我要把你的这几句话记下来，这比谕旨的褒扬生动有趣得多，也更为深刻。”

桑治平继续说：“要说我们中国跟胡夷打交道，也是由来已久，并不始于今日，只是今日的洋人既来得遥远，又特别厉害而已。从唐代的胡人东来，到元代的鞑子南下，不管他们是如何的凶猛强悍不可一世，到后来都不得不归顺我中华圣学名教。这正好说明五千年的华夏文明的本体主干是不可动摇的，外来的胡夷只能为我所用，而且也要为我所用，如此才能更好地滋润、弥补我之不足，使华夏文明更臻完美。”

说到这里，桑治平压低声音：“国朝不也是如此吗？二百多年来，信的是我周公孔孟之学，读的是我经史子集等典籍，而这才是国家的灵魂本体，长辫子不过外形枝叶而已！你说是吗？”

说罢哈哈大笑。张之洞也点头不迭：“不错不错，正是你所说的。”

“‘中体西用’这个设想，经你的《劝学篇》一传播，很快便会家喻户晓，人人皆知，今后所起的作用不可限量。我敢说一句大话，几十年几百年后，人们或许不会记得《劝学篇》这部书，也或许不会记得你张香涛这个人，但‘中学为体，西学为用’这句话，以及这句话所提出的方向性的指示，则一定会记住的。到了中国强盛的那一天，应当用黄金铸造这八个大字，让它永远彪炳史册。”

黄金铸就。这话说得太好了，张之洞听了大为高兴起来，随后又诚恳地说：“仲子兄，你回来吧，两年多来，我一直没有这般快乐的谈话。进京后府里的事会更多，你回来帮帮我吧！”

桑治平说：“你的这番好意我领了，但我已是闲云野鹤，不想再受羁绊，况且这两年来我已渐悟人生真谛，对过去的追求有了一些新的看法。更重要的是，我这次急如星火地赶来见你，就是要当面对你说一句：请你立即中止晋京之旅，这次诏命不宜奉领。”

“这是何故？”张之洞大吃一惊，“你详细说说！”

“过去在京师，我没有机会见到翁同龢。这次他罢官回籍，我却有幸见了一面。”桑治平没有沿着刚才的话说下去，忽然间又换了一个话题。

“你在哪里见到他的？”

“在他的家乡常熟虞山。”

哦，是的，翁同龢是常熟人。张之洞恍然大悟，掐指算算，近期内也正好是他到家的时候。

“前几天，我在苏州城里，忽听得市井中都在说，翁相国后天就要到家了，我们看热闹去。我听了这话，心动了，苏州城到常熟不过七八十里地，何不也去看看，看看两世宰相、叔侄状元的翁府中这位承启人物！于是便跟着人群到了常熟。第二天下午虞山镇码头上人山人海，大家都在引领企盼。一会儿，一只大船划过来，从里面走出两个人来。人群中一片呼叫，都以为是翁同龢，谁知不是，原来是翁府的北京管家和常熟管家。两个管家对着众人抱拳打躬，说，列位父老乡亲们，翁相国说他是以待罪之身回籍的，列位这样聚集在一起接他，他担当不起，传出来，更不妥。请父老乡亲们千万体谅体谅，各自回家去，他日后再去看望大家。

“两个管家话虽说得诚恳，但大家都不走，一定要见见翁同龢。翁同龢坐在舱中，见大家不走，他也不出来。直到断黑时，众人见他还不出来，便三三两两地回家去了。到了夜深时分，见码头上没有几个人了，这时翁同龢才由几个仆人照顾，打着灯笼离船上了码头。我一直在码头上等着，终于见到了他。灯火之中，出现在眼前的竟是一个步履蹒跚、形容憔悴的白头翁。心想一个月前还是显赫尊贵的帝师宰辅，怎么一旦摘了乌纱帽便这样不中看。很是为他可怜！”

张之洞本对翁同龢芥蒂甚深，但听了桑治平的这番叙述后，不由得也在心里生出三分恻隐来。

“你在常熟听到些什么？”

“什么话都听到了。”桑治平喝了一口茶说，“有为翁同龢抱不

平的，有指责皇上寡情绝义的，也有幸灾乐祸的，多数人的最后结论是，宦海难测，伴君如伴虎，要求得平安，还是做耕田网鱼的百姓为好。”

张之洞望着老友，无语地点点头。

“我在常熟住了几天，最大的收获是听到了翁同龢的京师管家一番闲谈。那是翁同龢回来的第三天午后，在虞山镇上的茶馆里，翁府管家被几位至亲好友围着，谈这次罢官事。我恰在那里喝茶，便留心听着。”

“究竟是什么缘故？”张之洞对此等事当然极有兴趣，他皱起眉头，全副心思听桑治平的转叙。

“翁府管家说，相国此番罢官，说穿了，是得罪了太后。太后不喜欢她实行了四十年的章法规矩有大的变动，从心理上说是讨厌新政的，而相国恰恰是鼓动皇上行新政的头号大臣。罢黜相国，既是表明太后维持旧秩序的态度，也是杀鸡给猴子看，警告皇上不要走得太远。”

张之洞心里陡然一沉：太后皇上不和的传说，看来是真的。这离京师数千里的虞山茶馆里的闲谈，很可能正是九重宫闱中的最真实的暴露。它的准确程度，不仅胜过邸抄京报，也要超过杨锐等人的隔墙猜测！

“也有人问翁府管家，翁相国还有起复的可能吗？”

桑治平这句话使张之洞不由得警觉起来，是呀，这一问问得好！

“翁府管家冷笑道，你们以为老爷子就真的从此做百姓，没有官复原职的一天了？实话告诉你们，多则三五年，少则一两年，老爷子就会衣锦返京的。你们想想，皇上四岁进宫后，便一直跟我们家的老爷子读书识字，二十四年来，没有一天离开过，这个情谊有多深！这次又不是皇上罢的官，是太后罢的。太后六十多岁了，她还会管几年的事？你们说是不是这个理？听的人都点头。有一句话说的人没说，听的人都心里明白，皇上还不到三十岁，太后六十多了，这日后的朝

政究竟在谁的手里，岂不是明摆着的事！”

听到这里，张之洞一颗本来滚烫的心，突然变得冷起来。是的，再强悍的人能斗得过天吗？试看来日之域中，竟是谁家之天下！翁同龢的东山再起是可以看得见的事。张之洞的脑子似乎清醒了许多。

“翁管家的话，一直留在我的脑子里。过两天，便在京报上看到你晋京的上谕。明眼人都知道，你此次晋京，是去取代翁同龢的空缺的，而我却为你捏了一把汗。所以，我决定无论如何要在进京之前见你一面。”

张之洞问：“你要对我说些什么呢？”

桑治平说：“假若进京后，皇上要你代替翁同龢的位置，你是劝皇上缓行新政，还是辅佐皇上推行新政？”

张之洞立即答：“这不用说，我办了十多年的洋务，巴不得各省都和湖北一样，若一旦真取翁而代之，我当然会辅佐皇上推行新政。”

桑治平说：“倘若太后出面来干预此事，不同意皇上的做法，你是站在皇上一边，还是站在太后一边？”

张之洞很难回答这个问题。

稍停片刻，见张之洞未开口，桑治平笑着说：“我知道你的心思，太后对你恩德深重，你不能违抗太后；洋务是你的事业之所在，你不能违心反对自己。如此说来，你将处进退维谷的两难境地。”

张之洞专心听着，不做声。

“香涛兄，你再想想看，翁同龢刚罢官，你就进京取代，是不是给翁同龢本人及翁氏家族以怀疑，认为你是罢翁的幕后主使？翁氏三世为官门第显赫，门生故吏遍于天下，让他们有这种怀疑也不是好事。倘若如翁府管家所说的，一两年后翁同龢重返京师，彼此之间便不好共事。太后春秋已高，什么事都可发生，不可不预作防范。你说呢？”

桑治平的话不无道理，张之洞说：“照你的意思，这晋京诏命我

不奉领了？”

“不是说不奉领，稍等一会，你不妨安居武昌，冷眼观看一阵北京的政局，待局势较为明朗后，再定进止为好。”

张之洞不假思考地说：“那怎么行，先不说别的，光我从武昌到上海，一路上沸沸扬扬，人人皆知我张之洞奉召进京。怎么到了上海后，又突然打道回府，不北上了呢？”

“今天还说进京，明天便改口说不去了，是有点挂碍，但与其今后变生不测，还不如现在挂碍点，于实质并无影响。何况，还可以找一个借口。”

“借口，有什么好的借口吗？”

“我已经为你想好了。”桑治平不慌不忙地说，“早几天沙市发生的教案，正是一个极好的借口。你可以上一道折子，说沙市教案情况严重，非得你回武昌去亲自处理不可，待教案完事后再进京。”

五天前在江宁时，张之洞就收到湖督衙门发到江督衙门的电报，报告沙市民教冲突，百姓放火烧了传教士的住房的事情。自允许洋人在中国传教以来，教案时有发生，两湖也有过多次教案。张之洞并不把沙市这场案子看得太重，他借江督刘坤一的发报机，向武昌发回了一封电报，指示驻沙市绿营会同荆州府县按主犯从严胁从从宽的原则妥善处理。电报发走后，他也就把这事搁置了。朝廷对教案一向是极为重视的，若以此为借口，暂不进京，是可以说得过去的。但教案过后如何办呢？倘若朝廷改变主意，召别人，那岂不失去了这个大好时机？封侯拜相，自古以来便是读书人所追求的最高境遇；统领天下洋务，这是十多年来自己的最大抱负。这一切，将很可能会因此次拒奉诏命而付之流水……

张之洞陷入了艰难的思索之中。他双眉紧锁地对桑治平说：“你今夜就住在这里吧，容我再好好地想一夜。”

这一夜，窗外黄浦江滔滔不绝的波涛声伴随着不眠的张之洞。他辗转榻上前思后想左瞻右顾：若奉诏进京，必定面临一个扑朔迷离、

云遮雾障的前途，是吉是凶难以料定；若不奉诏，盼望一辈子的机遇就将转瞬即逝。六十二岁的老头子了，此生还能再获这样的谕旨吗？直到天快亮的时候，他才迷迷糊糊地睡去。日上三竿时，他醒了过来，问守在身边的环儿：“桑先生到哪里去了？”

环儿答：“桑先生一早便到江边散步去了，现在尚未回来。”

环儿服侍张之洞盥洗完毕，亲自端来早餐，并按在武昌督署的习惯，将一清早送来的沪版《字林汉报》放在餐桌上。

张之洞一边吃早点，一边浏览着报纸。他这几天在上海滩上的活动，《字林汉报》在头版上登了出来。在第五版右下角上，他又看到沙市民教冲突的报道。报上说沙市百姓焚烧洋宅十余间，法国驻汉领事扬言要派兵去沙市捉拿肇事人员。张之洞心里想，看来此事闹得越来越大了。翻到第六版，他突然被一则消息的标题所吸引：湖南官绅上书湘抚，请罢新政抨异说，驱逐梁启超等人出湘。张之洞吃了一惊，细看起来，报上说湘省新旧两派冲突剧烈，岳麓书院山长王先谦联合在湘著名官绅刘凤苞、叶德辉、黄自元等人向湖南巡抚陈宝箴上《湘绅公呈》，告梁启超、熊希龄、唐才常等人背叛君父，诬及经传，倡立异说，惑乱人心，乃士林之文妖，实权奸逆竖一类，心怀叵测，请立即驱逐出境，以平民愤。湖南学政徐仁铸试图调和，王先谦即以辞职相胁，身为其门生的徐仁铸只得亲赴书院赔礼道歉，再三慰挽，王先谦才收回辞呈。

这一则消息再次给张之洞以震动。徐仁铸一现任学政竟然敌不过湖南乡绅，可见守旧势力之强大。由湖南一省可推及到其他十七省，维新大业要在全国大行，将会有多么艰难！是的，前景未卜，以局外静观为宜。张之洞终于拿定了主意。这时恰好桑治平从江边回来。

张之洞招呼他过来一道吃早点看报纸，桑治平从口袋里掏出一张纸来说：“那一年春天在督署后花园赏花时，你即景吟了一首诗，我昨夜突然想起，把它写在纸上。你看看有没有记错的地方。”

张之洞拿过纸来，那上面写的是一首七绝：

老去忘情百不思，愁眉独对惜花时。

阑前火急张油幕，明日阴晴未可知。

“阑前火急张油幕，明日阴晴未可知”。张之洞心里喃喃念着。是的，阴晴未知之时，速张油幕预作防范是对的。想到这里，打道回府之心更坚定了。

“谢谢你还记得这首诗。没写错，字字都对。我已决定不奉旨，明日即转舵回鄂。”

第二天，张之洞和桑治平互道珍重后分手，维多利亚号掉转船头，溯流西上。

就在张之洞重返武昌静观世态的时候，京师维新事业已出现了极为微妙的迷乱局面。

三　老太婆提醒慈禧：是不能让皇帝再胡闹下去了

进入夏天以来，中国政坛与天地间的气候一样，其热度也在一天比一天地增高提升，而且远比气温的升高更使人感到炽热。它炙烤的不是人的身体，而是人的心灵。有两条主线在明显地贯穿着。

一是办事。这期间所办的大事有：饬盛宣怀克日兴工赶办芦汉铁路，开京师大学堂，废除科考中的五言八韵诗，改各省省会之大书院为高等学堂，府城之书院为中等学堂，州县之书院为小学堂，各类学校均兼学中西，开经济特科，废除朝考，取士以实学为主，不凭楷法，在京师设矿务、铁路、工商总局，裁詹事府、通政司、光禄寺、鸿胪寺、大理寺、太仆寺等衙门，撤湖北、广东、云南三省巡抚及东河总督。又各省同知、通判等中无地方之责者，亦均着裁汰。

二为用人。紧跟着康有为、黄遵宪、谭嗣同之后，梁启超也被赏六品卿衔，办理译书局事务。过几天，又放黄遵宪以三品京堂候补出使日本大臣。又召见杨锐、刘光第等人，奖其关心时政，勉其为新政效力。同时，王文韶奉调进京任户部尚书，入军机、总署，荣禄拜文

渊阁大学士，授直隶总督兼北洋大臣。

这些人事任命都以光绪的名义颁发，但知晓内情的人则明白，荣禄、王文韶是太后的人，他们的新职实出于太后的安排，且至关重要。康、梁、谭、黄、杨、刘等人，才是皇上提拔的新进，这些人均年轻位卑，在朝中毫无根基，于大局似无甚影响。

荣、王是久负重任的老臣，虽居要职，亦不意外。康、梁、谭、杨虽骤进，但品衔低微。故这些人事的变动，并未引起人们太大的惊诧。

直到有一天，礼部六位堂官全部被撤和谭嗣同、杨锐、林旭、刘光第进入军机，这才引起朝廷内外的大震动。

事情是这样的。

礼部主事王照是个主张变革的激进者，对皇上诏定维新很是拥护，遵照皇上的谕旨，上书言事。他建议皇上学习俄皇彼得大帝出访外洋，以开阔眼界，增广见闻，第一次可去近邻东洋日本。王照请礼部尚书怀塔布、许宝骙代为呈递。但怀塔布、许宝骙认为王照的建议太骇人听闻，拒绝代递。王照大为不满，指责两尚书违背圣旨。但礼部四位满汉侍郎也都不愿为王照代劳，于是王照径直向内奏事处投递。光绪得知此事后，对礼部堂官公然无视他的圣旨勃然大怒。光绪从礼部所发生的事情看出问题的严重性。这种严重性不仅在礼部，在其他各部各衙门中也都同样存在着，即年迈位高的官员普遍对维新变法冷淡抵触。这些被康有为指为老朽的官员，既害怕变动将会对他们的既得利益构成威胁，又缺乏新知而不能够应付新的局面。“老朽”已成了维新道路上的大障碍。而这些“障碍”，又都丝毫不以为自己是障碍，反而以中流砥柱自居。他们要屹立在险滩急流之中，捍卫祖宗家法，维护千年传统。他们还结为同伙相互标榜，汇成一股强大的势力。今天在礼部出现抗旨，明天有可能在吏部出现违命。必须对礼部之事进行严处，才有可能挫一挫那些“老朽”的嚣张气焰，收取杀一儆百的效应。想到这里，光绪狠下心来，第一次威严而果断地行使

他的皇帝之权：将礼部满汉两尚书四侍郎全部罢免，授裕禄及梁启超的妻兄李端棻等六人为新的礼部堂官。又赏王照三品顶戴，以示激励。

谕旨颁下，阖朝震惊。就在文武百官尚在议论纷纷的时候，另一道谕旨又令人目瞪口呆：赏杨锐、刘光第、林旭、谭嗣同四品卿衔，在军机章京上行走，参与新政事宜。

在光绪心里，这是他谋划已久的事了。俄国、日本变政经历的启示，康有为折子奏对时的多次提议，使得光绪很清楚地明白吐故纳新、以新代旧的重要性：要行新政，必用新人。

只是他对故旧一时下不了这个决心，同时，也要对新人予以考查。礼部事件促使他不再犹豫了，他终于作出诏定国是以来最招议论的两大决定。

礼部这些日子来，几乎是水沸汤滚，没有宁日。正蓝旗出身的怀塔布暴跳如雷，在公堂上大骂一通王照后将镶着玛瑙红顶戴的伞形帽往案桌上重重一扔，怒火冲天地离开了礼部衙门。七十多岁白须银发的许宝骙则不露声色，默默地带着两个仆人收拾了半天后，抱拳与各司郎中、员外郎一一告别。王照上前与他搭讪。他将袖子一甩，眼睛瞧都不瞧一下，弄得王照十分尴尬。

其他四位满汉侍郎或怒或怨，或激烈或平和，无不一肚子牢骚委屈。各司官员原本就是大部分站在堂官一边的，赞成王照的只是少数年轻不得志的低级官员，再加上几个因别的事情与堂官们有嫌隙的人。谕旨下达后，绝大多数都认为皇上对堂官们处置过苛，又嫉妒王照迁升的火速，于是礼部几乎所有的官员都同情起一夜之间丢了乌纱帽的尚、侍来，王照反倒成了形影相吊的孤立者了。新上任的裕禄、李端棻等人面对着这种情况，也不知如何办。他们一家一家地前去安抚那些革员们，除开一向心胸宽阔的曾广汉外，其他人都没给他们好脸色看。来到怀塔布家，只见大门紧闭，敲了半天的门后，怀塔布的儿子开了门，冷冰冰地只说了一句“家父外出”，也不叫他们进门。

裕禄、李端棻相互望了一眼，知道这是怀塔布拒绝见面的托辞，但他们又不便强行进去，只得告辞。

其实，怀塔布的儿子并没有说谎，他真的外出了。罢官后的第二天，怀塔布就坐上津通铁路火车，奔赴天津找他的亲戚荣禄去了。

怀塔布的福晋瓜尔佳氏是荣禄的远房姑妈，两家一向往来亲密。怀塔布去天津，一是想从荣禄那里摸一摸底，二是想请荣禄帮帮忙。两个人在书房里密谈大半夜后，荣禄给怀塔布出了个主意。

第二天，荣禄和怀塔布同车回到北京。抵京后怀塔布回家，荣禄径直赴颐和园谒见慈禧。

荣禄来到乐寿堂时，慈禧刚睡完午觉醒来，听说荣禄求见，便让李莲英出去亲自带他进殿。

“老佛爷这些天还好吗？”见到李莲英后，荣禄悄悄地问，顺手将一张五百两银票塞进李莲英的手里。

李莲英望着荣禄，满脸绽开了笑容。他不说“谢”字，为的是怕身旁的宫女太监听见，只用特别的笑容来作答。

李莲英的笑五花八门：真笑、假笑、冷笑、嘲笑等等。各类笑里又分等级。接这种门房银时，李莲英是真笑。因为这种银子既是合法收入，又来得容易，不要他付出什么。这真笑里分为三等：品衔高、银票大的，他报以满脸笑容，这是一等。品衔高、银票居中或品衔居中、银票大的，他报以点头之笑，是二等。银票在百两之下，他头不动只是浅浅一笑，这是三等。

荣禄近日红得发紫，炙手可热，送的银子又多，他给予列为一等的笑脸款待，然后，再悄悄向他透露太后这几天的心思。他知道，太后的心思，这是包括皇上在内的凡谒见者都想得到的绝密消息，但李莲英不轻易出售，哪怕是皇上，他也要权衡考虑，见机行事。

“老佛爷这两天不大舒服。”李莲英声音低低地回答，“一是肚子疼的老毛病又犯了，吃得很少。二是为着礼部的事，老佛爷生气皇上，说这大的事，都没有向她禀报。”

这两个不舒服的消息，对此刻的荣禄来说，都是听了舒服的好消息。说话间，来到东便殿帘子外，李莲英先进去片刻，接着便请荣禄进去。

因为是在颐和园，一切礼仪从简，又加之是最受宠爱的大臣，行完君臣相见的常礼后，荣禄便被赏坐，靠近慈禧叙话。

“袁世凯的兵练得怎么样了？”慈禧问话的声音明显地表示出中气不足，李莲英提供的绝密消息是准确的。

“回禀老佛爷，袁世凯的兵练得不错。”荣禄答，“他请了不少德国军官在做教头，德国陆军是世界上最强的军队。”

慈禧又问：“董福祥的甘军和聂士成的武卫军的行程如何？”

上个月，慈禧命令刚接任直隶总督、北洋大臣的荣禄速调甘肃提督董福祥和直隶提督聂士成的军队来京郊驻扎，并把九月份偕皇帝去天津阅兵的事告诉他，要他早作准备。

荣禄答：“聂士成的武卫军，昨日已抵达正定府，董福祥甘军前天到达山西大同府。奴才命令董、聂八月初务必赶到天津，届时奴才亲自监督训练，九月中旬与袁世凯的新建陆军一道接受老佛爷和皇上的检阅。”

“嗯！”慈禧点点头，没有再问下去。

这一问一答说的都是调兵的事，使一向祥和的乐寿堂东便殿充满干戈之气。此时片刻的寂静，又使得干戈气氛更凝重。不知怎么的，久为西安将军的荣禄都觉得有一丝不安，他需要缓和这种气氛，更需要达到他此次进园子的目的。

“老佛爷近来圣体安康否？奴才这次从天津赶来，特向老佛爷贡献一味治腹胀的良药。”

慈禧多年来患有消化不良的毛病，这是荣禄早已知道的。从李莲英口里得知慈禧近日又闹肚子疼时，他暗自庆幸遇上了好时机。

“你有什么好药，我这两日正不舒畅哩！”

慈禧说着，下意识地用手捂了一下腹部。

荣禄按昨天与怀塔布商议好的话说着：“奴才内人这两三年来也常腹胀气滞，遍寻名医均不能根除。半年前，奴才的一个远房姑妈来到奴才家，见内人病又犯了，便赶紧叫人去她家取来药方，内人连服一个月，至今未再复发。奴才知老佛爷也有点这样的小毛病，便想到要把这个药方贡献给老佛爷。”

“难为了你的一片心意。”慈禧听了荣禄的这番话后不禁感叹起来，心里想，自己一手带大的皇帝和自己的亲侄女皇后，从来都没有想到的事，这个五大三粗的男子汉却惦记在心里，难得！她的语气立马变得温婉起来：“是个什么样的药方，好找吗？”

荣禄笑道：“说起来很简单，也不是什么稀罕物，只是制作上与人不同罢了。”

“你的姑妈家在哪里，姑爹是做什么的？”

慈禧显然对此很有兴趣。

“奴才的姑妈长住京师，姑爹便是礼部尚书怀塔布。”

“噢！”慈禧也笑了一笑。“原来你与怀塔布还是亲戚哩。”

“是的。”荣禄说，“怀塔布的福晋是奴才未出五服的族叔的亲妹子。”

慈禧叹了一口气说：“皇帝早两天罢了怀塔布的礼部尚书，他心里一定委屈吧！”

荣禄说：“据奴才所知，怀塔布等人并没有说委屈话，倒是旁人看不过去，有些替他们抱屈。”

礼部的事，在慈禧看来，纯是皇帝的胡闹。哪有一个主事的折子被阻就罢掉六个堂官的道理！这样大的事，事先既没有与她相商，事后的任命也没有向她禀报，慈禧对这个侄子兼外甥的儿皇帝又气又恨。同时，她又从这件事上看出，表面孱弱恭顺的皇帝，内心深处也还有很倔犟、很自尊的另一面。本想召他来园子训一训，但又担心母子关系将因此而弄僵。慈禧灵感一来，突然有了一个好主意。

“荣禄，你去一趟怀塔布家。后天是大公主的生日，你叫怀塔布

的福晋到园子来参加大公主的寿庆，也顺便叫她带点治腹胀的药来，我和她聊聊。”

“奴才领旨！”

荣禄为计划的第一步成功而欢喜，忙告辞出园，将慈禧的这道口谕告诉怀塔布。

慈禧说的这位大公主，是一个史书上只留下几行文字，而实际上却对晚清政局有着微妙影响的女人。

她是恭王奕䜣的长女，咸丰四年出生于王府。同治元年八月，慈禧出于对恭王的感激，同时也为了填补自己膝下的空虚，将年仅八岁长得活泼可爱的她接进宫来，认作自己的干女儿，封她为荣寿固伦公主。因为她比咸丰的另一皇贵妃他他拉氏所生的荣安公主大一岁，宫中便叫她为大公主。

公主有和硕、固伦之分。妃子所生的女儿封和硕公主，皇后生的女儿封固伦公主。大公主得此殊荣，年仅八岁的她本人当时并未意识到什么，而他的父亲恭王却从中看到日后的功利价值。

恭王夫妇每个月可以进宫见一次女儿。见面之际，总是一再叮嘱女儿要好好听太后的话，讨太后的喜欢，视太后为生母。为了讨好慈禧，又决定将女儿的生日增加一个，即入宫那天定为她的第二个生日。这个用意是显而易见的：大公主进宫后获得了第二次生命，给她第二次生命的是太后，太后也是她的亲生母亲。

大公主天资聪颖，很会讨好慈禧。慈禧没有女儿，也从心里喜欢这个惹人爱怜的女孩。天长日久，真的如同亲生母女一般。到了十二岁，慈禧亲自为她指婚蒙古公爵景寿之子志端。第二年大公主出宫下嫁。结婚第五年，二十岁的都统夫婿便得病身亡，她立时成了寡妇。丈夫死后，无儿无女的大公主又回到慈禧的身旁。二人都是年轻丧夫，于是在母女之情上又增加了一份同病相怜之感。慈禧怜恤大公主的苦楚，尽管呵斥满宫，却从不责备她，大公主也由自身的痛苦而理解了慈禧的某些乖戾。

每日召见完毕回到后宫，慈禧常和她谈些国家大事，听听她的看法。至于后宫里的事及皇族子女的男婚女嫁，大公主的话对慈禧的影响更大。三十多年来，慈禧与恭王之间有过许多分歧、冲突与嫌隙，恭王几起几落，甚至赋闲十年之久，但最终还是薨于军机处领班大臣的高位，并得“忠”字之谥，这里面便有着大公主许许多多看不见摸不着却实实在在起作用的力量在内。

每年八月中旬的这个第二个生日，都是由慈禧替她操办，邀请皇家至亲至近的十来个女眷，唯一的男人只有光绪皇帝。

怀塔布家领了这道口谕后，阖府上下便忙开了，他们要准备的是两样大的东西：一是药，一是送给大公主的礼物。

这治腹胀的药，其实是怀塔布家的祖传医方，无论用料、配制都不麻烦。但为了表示它的名贵，怀塔布为他的福晋编造了一套说辞，又特为找了一个做工极为精细考究的锦盒盛着。至于礼物，着实让大家费了一番脑子：大公主还能缺什么，世上的珍稀，还有什么可让她眼亮的？最后还是福晋瓜尔佳氏自己拿了个主意。

这一天天尚未亮，瓜尔佳氏便在两个儿媳四个女仆的服侍下，坐着三匹大青骡子拉的轿车，出了京城。辰正三刻时分，来到颐和园东门。轿车和女仆都被拒在门外，两个儿媳妇特许陪同进园子，但只能在偏殿等候，不能进乐寿堂。

大公主的生日庆典正是在乐寿堂大殿里举行。

四十多岁的大公主因不曾生育，体形未变，再加之保养得法，看起来像三十许人。今日盛妆浓饰，容光焕发，更显得比平时端庄美丽。她坐在鎏金大靠背椅上，含笑接受各位后妃、命妇、格格对她的祝贺。

慈禧坐在另一侧的一张特制凤椅上。这张凤椅既大又高，比寻常的椅子要高出一尺多，是慈禧在乐寿堂里会见外官及举办庆典时的专用座席。第一个向大公主祝寿送礼的是皇后。她今天也穿着大红吉服。小那拉氏对大公主是既感激又带有几分怨情。感激的是当年大公

主极力支持太后选她为后，让她如意坐上六宫之主的宝座，成为母仪天下的皇后，不仅自己荣华富贵，而且光宗耀祖，给本已显赫的承恩公府第锦上添花，令天下一切有女之父母羡慕无比！但是，皇帝不喜欢她，而且结缡十年了，依旧孑然一身。皇后为此深自悲哀，有时想，倘若不嫁进宫中，寻个平民百姓为夫，早已是儿女成行了！这一丝怨恨便冲着太后和大公主而来。当年她们二人任有一人持异议，便是另一番命运了，偏偏二人想法一致，逼得皇帝将那柄玉如意塞到她的手中！皇后心灵深处的怨恨，时时向太后和大公主发泄。每当这时，太后总是以长辈的身份予以教训，而大公主则和她一道叹息流泪，末了再劝她认命，故皇后对太后尊而对大公主亲。

她今天的寿礼是一对用以缀在鞋尖上的硕大东珠。这对东珠非常见之物，拿三五万两银子往王府井、大栅栏一带去买都不能随时买得到。大公主很高兴地收下，又亲自递给慈禧看。慈禧一向喜欢珠宝，伸出两只长长的手指来，夹起一颗朝着门外亮光处照照，内行地说：“不错，色泽淡黄，晶莹无瑕，是东珠中的珍品。这种珠子多产自咱们关外的松花江一带。”

“老祖宗精明！”见慈禧夸奖所送的珠子，皇后高兴地说，“这对珠子正是产在关外，是盛京将军文麒的福晋当年送给我母亲的。”

大公主忙说：“你拿送你母亲的珠子转送给我，我担当不起。”

“她家好珠子多着哩，有什么担当不起的。”慈禧笑着说，交回珠子后又问：“皇帝今儿个怎么没来？”

皇后上个月过生日，光绪也无任何表示。想起这事，皇后便很不舒服，她撇了撇嘴巴说：“人家现在可忙啦，哪有心思记得内眷的生日这些小事。”

“皇上惦记着哩！”谁的嗓音这样好听——风铃似的悦耳，众女眷看时，只见一个年轻俏丽的女子从人群中走出，她原来就是备受皇上宠爱的珍妃。珍妃来到大公主的面前，向她行了一个礼后说：“皇上今天要召见军机处，没有空来，他要我代他将这件礼物送给您！”

说罢，从怀里掏出一样东西递过去。大公主接过看时，是一块西洋造的怀表。

珍妃说：“这是法国公使谒见皇上送的。是一块专为上流社会的女人所特制的女式怀表，比男式怀表小巧，却更精致。皇上说，他很喜欢这块表，故特为送给大公主。”

听这么说，大公主将这块表再细细地看了一遍。这块表就像一颗葡萄样大小，镶金嵌玉，的确华贵异常，就连那一串链条也缀满了闪闪发光的钻石，更衬托出身份的高贵。大公主欢喜无尽，忙说：“谢谢皇上的赏赐。”

珍妃又从怀里取出一样东西，双手递给大公主：“这是一瓶法国宫廷香水，也是那位法国公使送给皇上的。皇上转送给我，今儿个我献给大公主。”

“谢谢！”大公主接过香水，低头用鼻子凑过去闻闻，连声说：“好香！好香！”抬起头来时，却突然看到皇后脸色煞白地呆望着自己，两只眼睛里分明滚动着就要下坠的泪水。笑意立时从大公主的脸上消失了。

皇上不来，代送礼品的不是她而是珍妃，这桩事本已使身为皇后的小那拉氏难堪了；而法国公使送给皇上的香水，皇上也没有转送给她而转送给珍妃，这更令她心中难过又嫉恨。珍妃和皇后的这些表情都让精明的慈禧看在眼里，内侄女被冷落令她恼火，珍妃的张狂又令她气愤，而这一切都是她那个既不会做丈夫又不会做皇帝的嗣子造成的！为大公主做生的喜悦被刚才的这一幕打掉了许多。为发泄心中的不满，也为安慰名存实亡的内侄女，慈禧冷冷地对大公主说：“什么香水，给我看看！”

大公主忙将那瓶小小的造型别致的玛瑙壶香水送到慈禧的面前。慈禧拿起，左右看了看，又用鼻子嗅了嗅，说：“这香味儿不正，它让人闻了容易走邪，我看你就不要收了。”

又远远地对着珍妃说：“珍丫头，你就留着自己用吧。这样的东

西，怎么好送给大公主！”

慈禧虽没把话挑明，但话中的意思，哪一位女眷听不出来！珍妃犹如遭当头一棒，满脸通红，泪水差点儿就要掉下来了。她强忍着眼泪，走到慈禧身边，接过香水，涩涩地说：“奴婢不会送礼，请老祖宗宽谅。”

慈禧狠狠地盯了她一眼，没有吱声。

众女眷都吓得不安起来，各自下意识地都将自己带来的礼品再瞧一瞧，心里忐忑着：不知这个礼品得当不得当？聪明的大公主将这一切都看在眼里，便高声说：“时间不早了，老祖宗想必也饿了，都请入席吃饭吧，饭后还要请各位听戏哩。送的礼品都请留个名儿放在这里，过后我细细地欣赏。”

大公主的这句话，无异于一道赦令，众女眷们都将礼物交给服侍在侧的宫女，然后陆陆续续地入席。

慈禧高声问：“怀塔布的福晋来了吗？”

瓜尔佳氏听了这话忙走上前来，恭恭敬敬地对着慈禧行了大礼，说：“奴婢叩见老佛爷，祝老佛爷万寿无疆！”

慈禧望着满头白发满体福态的瓜尔佳氏说：“你跟我到里面去坐坐，我那里也有好吃的东西。”

瓜尔佳氏喜不自禁地说：“奴婢谢老佛爷。”

见慈禧如此善待这个老太太，乖巧的大公主忙过来搀扶起瓜尔佳氏，满脸笑着说：“老祖宗房子里好吃的东西多着哩，不过，既是来吃我的生日酒，过会儿，我还得亲自端点酒菜送给老祖宗和您吃。”

瓜尔佳氏为大公主的举动和这番话所大为感动，忙说：“送老佛爷吃是应该的，若说送给我，那可真是折了我的寿！”

说着在几个宫女的陪同下，瓜尔佳氏跟着慈禧走进了她的内房。

在内房精致的小客厅内，瓜尔佳氏挨着慈禧坐下。宫女端上几碟小巧的糕点，但瓜尔佳氏不敢动。

慈禧先开了口：“听荣禄说，你有家传的治腹胀的药方，带来了

吗？让我瞧瞧！”

瓜尔佳氏从随身带的小布包里掏出那个枣红蜀锦包裹着的黄杨木匣来，打开匣子，然后双手向慈禧呈递过去。

慈禧接过匣子，立刻有一股异香扑鼻而来，细看里面装的，却原来是一盒黄褐色的粉末。

“这是什么东西？”

“回禀老佛爷，这药方的主要用料是陈年老米。”瓜尔佳氏小心谨慎地回答，“当年我娘家祖父在湖南做衡永郴桂道时，祖母常患腹胀之病。后访得当地乡间一位老郎中，他送给我爷爷一包药粉，叮嘱每日中晚两餐饭后一汤匙，就水吞服，一连吃十天后，祖母的腹胀病就好了。祖父问郎中的药粉是什么东西做的，如何配制。老郎中说，若是旁人他是不肯说的，只因为是道台大人，才不能不说，但切望道台大人不要外传，不然的话，他的饭碗就给人砸了。”

慈禧笑道：“这个郎中好吝啬！”

瓜尔佳氏也笑着说：“是个吝啬的郎中！老郎中说，实不相瞒，这粉末其实就是陈年老米磨成的粉。”

慈禧又笑道：“哦，我当是什么稀罕的物品，却原来是陈年老米粉，这不太容易了吗？”

瓜尔佳氏说：“我的祖父也这么说，但那老郎中却一本正经地说，虽是陈年老米粉，但也不容易做成。这米要是湖南江永所产的香米，这江永香米只产在江永县的山溪村。一个村庄只有十多亩田，每亩田一年只打百十斤谷子，所以江永香米一年只有千把斤米的产量。这香米的特点一是香，二是最易化食。”

慈禧恍然大悟：“难怪这粉末香得特别，可见这天下好的东西原本就是少的。”

瓜尔佳氏忙说：“老佛爷圣明。物以稀为贵，若多就不奇了。老郎中还说，这做粉末的江永香米要十年以上的老米，越老越好。将米放泥锅上焙干，若泥锅用的宜兴紫砂泥，火用九嶷山的檀香木所燃烧

出的火，那样焙干出来的米更好。焙干后再用碾子细细地磨，磨好后还要加一样东西，这东西却不好找。”

“什么东西？”瓜尔佳氏这句话吊起慈禧的好奇心。

“牛黄。”

“牛黄不就是牛身上的石头吗？这不难找。”

慈禧常吃中药，对药材很熟悉。

瓜尔佳氏说：“不是一般的牛黄。这种牛黄要在牛肚子里长了二十年以上，效果才好。牛的寿命只有十来年，十六七年的牛便好比人的百岁寿命，二十年的老牛是少之又少的稀有物。”

“噢！”慈禧算是完全明白了这药的金贵。

“在我祖父离开湖南时，老郎中送了他十斤老香米，两颗二十年牛黄。五十多年来，我娘家用这药粉治好七八个人的腹胀病。我出嫁前因患有此病，便从母亲那里讨了半个牛黄和二斤香米。每发病时，吃上十天半月就好，可以保五六年不发。老佛爷先试着吃点，若有用，我再送进宫来。”

腹胀病折磨慈禧多少年了，若这药方果真有效，岂不是太好了。慈禧高兴地说：“那我就收下了，我该怎么谢你呢？”

瓜尔佳氏忙说：“老佛爷说这话，奴婢可就担当不起了。几十年来孩他爹时常说，咱们满人世代住关外荒凉之地，是靠了太祖太宗把咱们带进关来，才有我满洲世代子弟的功名富贵，忠于朝廷，效忠老佛爷、皇上，是我们满人的本分。莫说这点药粉，就是我怀塔布家老少爷们的生命都贡献出来，也是应该的呀！”

说到这里，瓜尔佳氏语气哽咽，眼圈通红，那情景好像立时就要为太后赴汤蹈火似的。

慈禧很受感动，深深地叹息一声说：“还是咱们满人靠得住呀！怀塔布无缘无故被皇帝罢了官，你们还这样护卫朝廷，不是自家人能这样吗？”

“老佛爷呀，有您这句话，奴婢全家肝脑涂地都心甘情愿呀！”

瓜尔佳氏再也忍不住了，眼泪水刷刷地往下流，激动地说，“想当年，老佛爷随着文宗爷去木兰狩猎，孩子他祖父率领三千铁骑死守通州，硬是将英法洋鬼子堵在通州门外三天三夜，部属血流成河，死的人堆得山似的，孩子他祖父也因此断了一条胳膊，到底还是保卫了文宗爷和老佛爷免受洋人的惊骇！”

看似一时激情，其实是早已撰在腹中的这番话深深地打动了慈禧。咸丰十年，怀塔布的父亲瑞麟以护军统领身份率部在通州与洋人打仗的事，当时代替病中的咸丰皇帝批阅奏折的慈禧是十分清楚，也着实很感激的。瑞麟也正因为这个功劳，战争结束后便被擢升为户部尚书，很快又拜文渊阁大学士，这对日后怀塔布的仕途顺遂也起了非常重要的作用。

怀塔布知道慈禧是个恩怨分明的人。他有意让福晋在面见太后时，把握时机，重提父亲当年的这段护卫皇室的战功，调起慈禧的念旧之情，果然这一着很生效。

慈禧抽出一条雪白的手绢来，在眼角边轻轻地擦着，一边问：“怀塔布今年多大岁数了？”

瓜尔佳氏说：“不瞒老佛爷说，他今年已经六十八岁了。”

慈禧又问：“他是哪年开始当的差？”

“那还是在宣宗爷的手里了。”瓜尔佳氏摸了摸头说，“那是道光二十八年，他十八岁上，由荫生授的刑部主事。第一天当差出门时，孩他爷拍着他的肩膀说，你要记住，你是叶赫那拉氏的后代，好好当差，可不能给祖宗丢脸。”

“噢，怀塔布也是叶赫那拉氏！”慈禧惊喜道。

“是呀！”瓜尔佳氏忙答，“怀塔布说，若按辈分排起来，他要叫老佛爷为姑妈，但他从不跟旁人说起这事，也一再教诫儿孙，千万不能提起这段家谱，怕有攀附之嫌，也怕给老佛爷带来牵累！”

“怀塔布这话说得在理。”慈禧点点头。“祖先是祖先，子孙是子孙，子孙不能一世吃祖先的饭。他还在生皇帝的气吗？”

瓜尔佳氏忙说："老佛爷您这话可就折死怀塔布了。怀塔布哪敢生皇上的气呀！他为朝廷当了整整五十年的差，服侍过宣宗爷、文宗爷、穆宗爷和皇上，算是四朝老臣了。这一身翎顶蟒袍还不是皇家给的？皇上什么时候要收去，就收去，做臣子的哪能有半句怨言！怀塔布做了五十年的大清臣子，这点道理还是懂的。"

慈禧在心里叹了一口气，嘴上却没有吱声。

瓜尔佳氏看到慈禧脸上的表情，知道是到说关键话的时候了："怀塔布要我转告老佛爷。他说尽管皇上为阻止王照的折子撤了礼部六位堂官的职，但他还是要请皇上千万不能听王照的话。洋人不管他的机器造得再好，到底是不讲仁义道德的蛮夷之地，皇上万金之躯怎能入虎狼之穴！若万一有个闪失，如何对得起祖宗，对得起老佛爷！我们做臣子的不能不冒死劝阻。"

慈禧说："王照的话是胡说八道，皇帝怎么能到洋人的国家里去，也没见哪个洋人的国王到咱们大清国来嘛！"

"老佛爷真真是圣明，圣明！"瓜尔佳氏不由得从心底里佩服起太后的厉害来：一句话就严严实实地堵住了王照的口。可惜怀塔布、许宝骙这些国家大臣，须眉男子，就没有一个人说出这等义正辞严、令人不能辩驳的话来。看来，大清朝廷真的是离不开老佛爷，这个家还是要老佛爷来当！

"怀塔布要我禀告老佛爷，他说他快七十的人，官位丢掉不足惜，但有两句话，就是犯杀头之罪，他也要对老佛爷说。"

慈禧面容紧张地问："两句什么话？"

"一是皇上现在听信别人的话，用新人而排斥老人。老人都是文宗爷和老佛爷简拔的，对朝廷忠心耿耿，没有功劳有苦劳，而新人多是些热衷权位的小人，不可靠。请老佛爷对皇上说不能再这样下去。二是皇上现在用的是汉人，排斥的是满人。大清江山是我满洲的江山，祖宗入关之初便一再告诫咱们，汉人可用而不可信。请老佛爷明示皇上，祖宗之训不可忘。"

慈禧听到这里，心里猛地怔了一下：是的，这个提醒太重要了，无论是翁同龢、文廷式，也无论是康有为、梁启超，还有新进军机的四个章京，凡高喊维新变法的人，几乎全是汉人。康有为居然在他所办的报纸上直书孔子卒后多少年，这司马昭之心，岂不公之于世了！皇帝呀皇帝，你太不懂事了，太急功近利了，再这样胡闹下去，我不能不管了！

想到这里，慈禧对瓜尔佳氏说：“你回去告诉怀塔布，他对朝廷的一片忠心我已知道了。我给你一个差事：你今后每隔十天到园子里来，跟我聊聊外间的事。”

瓜尔佳氏忙说：“奴婢遵旨。”

她正要将她精心所备的另一件礼物：西藏活佛所赠红花草呈送大公主的时候，李莲英突然进来禀道：“刚毅请求叩见老佛爷。”

慈禧慢悠悠地说：“什么事呀！”

李莲英说：“刚毅满脸忧愤，他说新来的军机章京不把他这个军机大臣放在眼里，他要请老佛爷评评理。”

慈禧吃了一惊，道：“军机大臣被军机章京欺负了，有这个事吗？你叫他进来说说！”

瓜尔佳氏忙跪安。出殿时候，迎面看到一脸沮丧的刚毅。这位军机大臣昨天果真被谭嗣同、林旭等人重重地奚落了一番。

四　小军机谭嗣同无情奚落大军机刚毅

在我国历史上，军机处是清代独有的机构。它产生于雍正朝初期，全称为办理军机事务处，原因西北用兵而设，专为皇帝办理军事机密。以后大规模的用兵虽然结束，军机处却并未撤销，而成为一个常设机构，并因位高权重逐渐取代内阁。在清代的中晚期，内阁大学士成了名义上的宰相，真正的宰相乃是军机处领班大臣。军机处通常有大臣五至七八人不等，由大学士或各部院尚书、侍郎兼职，另有司

员三十二人，分为四班，日夜当值。军机处司员亦由各部院司官兼任，是军机大臣的僚属，又叫军机章京。京师官场习惯上称军机大臣为大军机，军机章京为小军机。小军机虽无决策权，然参与机密、缮写上谕，且易见到皇上，位置十分重要。朝廷文武官员对他们均另眼相看，礼貌有加，倘若下到各省去，督抚两司也把他们当做大军机一样地供奉着。

杨锐、谭嗣同、刘光第、林旭四人的被授予军机章京，与罢黜礼部六位堂官一样地轰动朝野，因为他们四人都不属正常的迁升。杨锐、林旭皆内阁中书，刘光第刑部主事，都只是六品小官，骤然擢升四品卿衔而进军机，属异数。谭嗣同品衔虽是四品，但他是候补知府。全国候补知府少说也有上千，大部分终年难得一差，像谭嗣同这样从候补知府一步迈入军机处，简直有日出西边的味道，怎不令人惊异！

朝野内外，都知道这四位新章京是维新派，皇上破格提拔他们，是要借助他们来推行新政。他们眼下的地位固然重要，今后的前程则更不可限量。杨、谭、刘、林也深知皇上对他们的器重，决心使出全身气力来报答皇上的圣恩。谭嗣同更是慷慨激烈，多次与他的同志们说：历览古今，变法少有成功而多为失败，只要是为了国家百姓，纵然失败也是英雄。我已是再生之人，生命不足惜，变法倘若失败，流血杀头，我一个人去承担。其他三人十分钦佩谭嗣同这种杀身成仁的勇气，也一致表示既然维新便义无反顾，不成功则成仁，用以报答皇上的浩荡恩德。

四位小军机是如此满腔热血，但接纳他们的军机处却是冷冰冰的。

眼下的军机处大臣有世铎、荣禄、刚毅、廖恒寿、王文韶、裕禄等人。恭王任领班后，世铎就不管事，现在恭王已去世，他依旧不管事。荣禄重任在肩，很少去军机处。廖恒寿老病，王文韶除户部外，还兼着总署，事多，也很少去军机处。于是在军机处顶着办事的便只

有刚毅、裕禄两人。裕禄是新进，通常被称作打帘子军机，不能跟刚毅相比。这样，军机处的掌门人便自然而然的是刚毅了。

刚毅能干又肯干，但刚愎自用，骄傲自大，作为一个满洲笔帖式出身的官吏，他的汉学根基薄弱，缺乏与其权位相匹配的文化素养。此人又有很重的种族偏见，满洲入关二百多年了，他依旧认为满汉之间有着不可调和的对立，甚至说出“满洲疲汉人肥”这样不合时宜的话来，自然引起许多汉员的反感，但他也因此而赢得了包括慈禧在内的满洲亲贵大员的信赖。

正因为此，刚毅从骨子里反对变法。他不愿因变法而改变现行的社会秩序，更不愿因变法而影响自己的地位和由此而带来的既得利益。他有慈禧和满洲大员的支持，并不把皇上看得怎么重，一切变法维新的事他不过应付着办办而已。对这次超擢四章京一事，他在心里也是持否定态度的。

所以，当章京领班富山带着杨锐等人第一次去军机处值庐见刚毅时，彼此间便都不愉快。

刚毅摆出一副十足的大人物模样来，腰板挺直地坐在大炕床上，两条腿分得很宽，右手捧了一把擦得锃亮的铜水烟壶，左手握一根细长的纸媒子，纸媒子的顶端冒着淡淡的轻烟。他吹燃了纸媒子，然后将燃烧的火对着水烟筒上装烟丝的铜管，嘴巴吸着另一根铜管。

呼哝哝地响过一阵后，他重重地吐出一口烟来。这时，才半眯着眼睛对着站在面前已好一阵子的四个章京说：“从左至右，报上姓名、籍贯、出身、官职。”

从杨锐开始，依次为谭、刘、林，四个章京遵命报着。这中间，富山点头哈腰地服侍刚毅：从刚毅手里拿过铜烟壶，倒掉烟灰，又装上新的烟丝，将纸媒子吹燃，然后再奉献给他。刚毅接过又咕噜噜地抽了一台。

这副情状，令四个新章京看着都不舒服，尤其是谭嗣同，更是窝着一肚皮火。他既厌恶富山阿谀巴结的丑态，也恼恨刚毅目中无人的

据傲。抚台公子谭嗣同熟悉官场，知道一边抽烟一边见客，是将客人当作仆役一类看待，乃极不礼貌的举动。他本是个心气高傲的人，一向瞧不起昏庸老迈的顽固派，见刚毅这副装腔拿大的模样，心里早已反感至极。

“这军机处章京可是个重要的位置，不但要勤快，还要学问好。我看你们四个人中只有刘光第一个进士，谭嗣同连个举人都没中，这个差，你们今后会当得不轻松，要多学着点。”待四个人都报完后，刚毅斜着眼从左至右扫射过一遍，以老前辈的姿态训道。

这是一句很伤人的话！杨锐始终对自己未中进士而遗憾，听了这话，心里不免有点气短。二十四岁的林旭，对刚毅这话十分不服气。他原本才学出众，今春因忙于闽学会的事而耽误了春闱，对这次罢第并不太在意，他相信自己有足够的实力在下科高中，本想顶一句，但想起初次见面不可太莽撞，便没有吱声。谭嗣同是个不以功名为意的人，他看重的是真才实学而不是考场上的高下。刚毅说这话时，他在心里嘀咕着：要说这话，也轮不上你呀。你一个笔帖式出身的人，什么功名都没有，也无资格讽刺别人呀！他很想揭揭这位协揆的老底，但也碍于初次见面，强忍了这口气。

刚毅一点也不看他们的脸色，继续说：“这几天，你们什么事都不要干，先见习见习，看别人怎么做的，好好学着。”

说完将铜烟壶向炕桌上一放，站起身来，拍了拍身上的烟灰，然后迈着方步走出值庐。

谭嗣同等四人走到隔壁军机章京办公的房间。当时章京满汉分开办公，一个班八人，满四人，汉四人。他们先走到汉案边。不料一个五十多岁的章京从眼镜片后翻起眼皮说：“我辈是办旧政的，诸位办新政，坐在这里恐不合适。”

四人一愣。谭嗣同瞪了这个老章京一眼，本想斥骂一句，想到刚来乍到就发脾气不太合适，便将到嘴边的骂声强咽了下去。杨锐、林旭等人走到对面的满案边。坐在满案处办公的一位年轻章京白了他们

一眼，说：“我们用的是满文，你们到这里来掺和什么？”

谭嗣同再也忍不住了，怒道：“这里既然没有我们办公的案桌，我们干脆不办了，走吧！”

说罢拉着杨锐等人就要出去。

富山怕把事情弄大，于他不利，便赶紧拦住杨锐，说：“不要生气，我来给你们准备四张案桌。”

刘光第也觉得为这点事不办公也不合适，便劝谭嗣同说：“不要走了，干脆我们四个人在一起办公吧！”

一会儿，四个太监搬来了四张案桌，大家只得坐下来。富山对大家说：“就按刚大人说的办，你们先学着。军机章京的事主要有三桩：一是拟旨，二是誊抄，三是盖印密封。还有一点最为重要，叫做守口如瓶。这值庐里发生的事，出了值庐，对任何人都不可以说起，上自官长父母，下至妻妾儿女，都不能透风。谁要说出半个字来，牢房里的枷锁囚衣在侍候着哩！”

谭嗣同听了这话，心里又火了起来：守口如瓶，这谁不知道，还要你来讲！枷锁囚衣，这是什么话，难道我们是你的奴才！富山忙别的事去了，其他的章京也在各自忙碌，四个新人没有一点事干，都枯坐着。

坐了一会，杨锐、刘光第便主动走到其他章京背后，看他们在做些什么事。林旭年轻好动，干脆走出值庐，到别处溜达去了。谭嗣同托腮呆坐，心里想：我被皇上擢升为军机章京，到这里来办公，他们怎能这样对待我，是欺生，还是对维新有抵触？越想越不对劲，越想越生气。

正在这时，刚毅手里拿着一沓纸大步流星地走进值庐。

刚毅一进值庐，便高声叫道：“富山，有一道紧急上谕，你叫人誊抄下。”

富山从刚毅手里接过上谕，将当值的各位章京扫了一眼，见他们都在忙着，唯有谭嗣同呆呆地坐在那里，不知做什么事好，便走了过

来："谭章京，你把这道上谕誊抄了吧！"

这原本是件不会引起任何不快的正常差事，但谭嗣同的反响却与众不同。第一次来军机处当值，刚毅的拿大和富山的献媚就令他心中大为不快，地方官场上那一套使人作呕的东西他看得多了，原以为军机处作为最高权力机构理应干净点，没想到也这般陈腐。他心里既感委屈又感痛苦，恨恨地想：这个腐烂的官场，看来真要从上到下连锅端掉才行。再说，谭嗣同是一个自视很高的人，对这种抄抄写写的小活计，一向不屑于为，第一次到军机处办事，就做这誊录的苦差，他心里也不乐意。两种情绪叠在一起，他就没有好气了。

谭嗣同以一种鄙夷的目光看了富山一眼，说："刚大人不是说了吗？我们新来的这几天什么事都不做，只是见习见习。你叫别人去誊吧，我还不懂规矩哩！"

富山这个人，别看他在刚毅面前卑躬屈膝的，在下属面前也是一个爱抖威风的角色，何况派章京的差乃是他领班的分内之事，他如何能容忍这种顶撞！遂马上脸色一变，喝道："这是命令，你得执行；不懂规矩，你得学着懂规矩！"

谭嗣同是个吃软不吃硬的人。他刷地站了起来，狠狠地瞪着富山怒道："我就是不抄，看你又怎么样！"

一句话顶得富山下不了台。满屋章京都停止手中的活，一齐看起热闹来。杨锐性格较温和，怕把事情弄僵，忙过来圆场：

"富领班，这个上谕由我来誊抄吧。谭章京从来没抄过上谕，不懂规矩也是实话。"

说着，便从富山手里拿过上谕草稿来。富山也从刚才这一幕中看出谭嗣同是个不好惹的人，再坚持要他抄，他决不会屈从，反而弄得自己下不了台，于是顺水推舟地说："好吧，就由杨章京你来抄吧，半个时辰后交给我！"

富山不敢再对着谭嗣同的目光看，侧着脸离开了。谭嗣同也不再做声，坐在一旁看杨锐誊抄。

上等白麻纸上，出现一行杨锐端秀的楷书：

有关新政谕旨，各省督抚应迅速照录，切实开导。代递各件，立即原封呈送。

谭嗣同看到这行字，心里立时沉重起来。显然，朝廷有关新政的谕旨，不少行省的督抚没有迅速照录，也没有切实开导，地方上有关新政的条陈，也显然许多没有原封呈送，在中途受阻或被删改。上令不能畅行，下情不能通达，这维新事业如何能推行，国家如何能早日出现生机？自己身为皇上特拔的军机处章京，尚且受到如此冷漠，地方上欲行新政的官吏士绅所遇到的阻力，更可想而知了！唉，为什么明明是害国害民的陈腐，却偏偏难于剜除？明明是富有希望的生机，却偏偏易遭压抑？这中间的原因在哪里？是个人利害驱使，还是惰性使然，抑或是大多数的人原本就是冥顽愚陋、目光短浅，而先知先觉注定要备受苦难、历经坎坷？

谭嗣同陷入了深深的苦恼之中。

“湖北这个道员刘鼐是个有定见的人，他不人云亦云，我欣赏他！”

就在谭嗣同独自思索的时候，刚毅迈着老爷步来到正在誊抄的杨锐的身边。他是要看看杨锐的字写得如何，看着看着，不觉脱口说出了这句话。谭嗣同一听，心里想，湖北有一个施宜荆道道员刘鼒，是个很顽固守旧的人物。他坚决不同意张之洞在学堂里兼设中学、西学的主张，反对“中学为体，西学为用”的说法。他所管辖的施南、宜昌两府及荆门州的所有学堂一律不开西学。他也因此闻名两湖。怎么又出来个道员刘鼐呢，莫不是杨锐抄错了？谭嗣同侧过脸去看杨锐誊抄的上谕，写得明明白白是“湖北施宜荆道道员刘鼒”，看来，抄的人没错，说的人错了。

谭嗣同想起刚毅说的四个人中只有一个进士的话来，这个忘了自己笔帖式出身而讥笑别人功名不够的满洲权贵，却原来是个念白字的先生。他心里好笑：你失礼在先，就别怪我刻薄了！

“刚大人，你不要把小锅子当成大锅子看了！”谭嗣同说了这句话后，先自哈哈笑起来。杨锐也现出会心的笑容。

刚毅不明白谭嗣同说的什么，依旧是一副高高在上的派头：“什么小锅子、大锅子，这是军机处值庐，不是你家里的厨房！”

谭嗣同明白了刚毅不仅认错了字，而且对“鼐”“鼒”两个字的意义也不懂。好吧，今天就让你来见识见识我这个举人都未中的新章京的学问。

“刚大人，上谕上的字你念错了。不是刘鼐而是刘鼒，鼐是大锅子，鼒是小锅子。”

刚毅脸上红一阵白一阵地。他知道是自己念错了，但又拉不下脸皮来承认错误，更恼火谭嗣同在众人面前这样奚落他。

“什么大锅子小锅子的，还不都是锅子吗？”

刚毅终于憋出这样一句自我解嘲的话后，立即走出值庐门槛，迫不及待地离开这个使他尴尬的氛围。

刚毅刚一出门，值庐里立即爆发出一阵哄堂大笑。原来，刚毅是个专门念白字的大学士。“皋陶”作为人名，“陶”应念“繇”音，但刚毅不知道，仍念的“陶”本字。有一次念上谕时，把“瘐死”念成“瘦死”，又有一次把“聊生”读成“耶生”。于是有好事者作一联以讥之：“一字谁能争瘦死，万民可惜不耶生。”刚毅霸道，自己念错了还不许别人纠正。翁同龢因为常给他纠错而得罪了他。翁同龢的被罢黜，他在中间起的坏作用不少。

值庐中的章京对刚毅敢怒不敢言，今日让谭嗣同这么一弄，他们也跟着出了一口气，都开心地大笑起来。

刚毅记下了这个仇，但因错在他，亦不便发作。到了第三天，因为一道条陈的事，他又和新章京们发生冲突了。

上条陈的人为湖南邵阳举人曾廉。曾廉说可以变法，但不能用小人变法，而康有为、梁启超乃舞文诬圣、聚众行邪、假权行教之徒，皇上当斩康有为、梁启超以塞邪恶之门。曾廉的这些话，语气虽

强横，实际上并不可怕，可怕的是他摘录了梁启超在长沙时务学堂为学生札记所作的几条批语，再加上自己的案语，恭呈皇上御览。其中最为厉害的一条是梁启超的批语：“屠城屠邑，皆后世民贼之所为，读《扬州十日记》，令人发指眦裂，故知此杀戮世界，非急以公法维之，人类或几乎息矣。”

曾廉对这段批语加上案语：“本朝美举不可殚述，梁启超独抬出《扬州十日记》，无非极诋本朝，以惑人心。臣实不知梁启超是何居心也。”

刚毅主张将这道条陈奏报皇上，并提出军机处的看法，立即拘捕康有为、梁启超，交刑部审讯，以大逆之罪处以极刑。谭嗣同、刘光第坚决反对这样做。谭嗣同更对梁启超的批札一条条予以解释、开脱，并特为指出，扬州屠城并非太祖太宗的意思，而是多尔衮的擅自作为，指责此事不是诋毁国朝，而是清算多尔衮，不能以此罪梁启超。

刘光第主张此条陈不应上奏皇上，以免亵渎圣明。谭嗣同主张可以上奏，但要表明军机处的态度：当此诏定国是推行新政之时，曾廉的条陈实为干扰大局，混淆视听，居心大为不良，应将曾廉处以毁谤新政罪论斩，以安人心而定社稷。

刚毅和谭嗣同、刘光第辩论。谭、刘引来一大堆有关新政的谕旨为自己作论据。刚毅对这些谕旨平时全不放在心上，此时茫然无对。更加之谭嗣同词锋犀利，气势逼人，刚毅在他的面前简直无招架之力。两个年轻的小军机把一个资望甚高的大军机弄得狼狈不堪。回到家里，刚毅越想越气，一个通宵未眠，第二天一清早便直奔颐和园，找慈禧来评理。

慈禧耐心听完刚毅的冗长陈述后，心中已是满腔恼恨。她紧绷着面孔问刚毅：“曾廉的条陈带来了吗？”

“带来了！”

“李莲英，你念给我听！”

李莲英从刚毅手里接过曾廉的条陈，戴上老花眼镜，尖声尖气地念着。

果然如此！一股怒气冲上慈禧的脑门，她狠狠地上下挫动着满口碎牙，终于从口里蹦出四个字来："康梁该杀！"

刚毅一听大喜，忙说："老佛爷圣明，奴才这就去传老佛爷的慈谕！"

"慢着。"慈禧的脸色顿时又和缓下来．"这话你不能传出去，后天皇帝到园子里来，我去跟他说。"

刚毅满心欢喜地走出颐和园，他心里对这场所谓的"新政"前途已是洞若观火了！

自从诏定国是到今天，短短的三个月内，光绪已是第十二次来颐和园请训了。比过去的一月两次超过一倍。自从罢黜翁同龢后，光绪对慈禧已产生了逆反心理，暗暗地滋生着一种不顾一切、雷厉风行、偏要这样干的情绪，但禀赋脆弱的他仍对慈禧有一股先天性的畏惧心，于是便借勤跑园子来博得慈禧的好感，换取对他所行新政的支持。

慈禧看穿了光绪玩的这套小儿把戏，前几次尚且虚与委蛇，后来干脆告诉他，不必来得这样多，只要不违祖制，我不干涉你，你自己看着办吧！光绪以为太后为他的孝心所感化，已改变态度了，遂有一次罢礼部六堂官和擢四章京之举。

这天，光绪又一次来到园子。他恭恭敬敬地向慈禧问候："孩儿请皇额娘圣安！"

慈禧一脸冰霜："这日子都过不下去了，还请什么安！"

光绪大吃一惊，立时便冒出一丝恐惧来，口里说出来的话便不太利索了："皇额娘哪里不……不舒服了……"

听了这话，慈禧愈加生气，提高嗓门说："这江山咱们不坐了，你让给汉人吧！"

光绪被这话吓坏了，浑身直打哆嗦："皇额娘这话怎么说，孩儿

不……不明白……”

“你看看这个就明白了！”

慈禧指了指炕桌上的曾廉上的条陈，厉声说道。

李莲英过来，将条陈递给光绪。光绪一边看一边手抖抖地。

“皇额娘，梁启超在胡说八道，孩儿不会听的。”

“你不会听？”慈禧冷笑道，“他的老师康有为，你现在倚为左右手。他的朋友黄遵宪、谭嗣同，你都在重用，他本人也被你调到北京。你要知道，梁启超的这些言论，都是出自他的老师康有为。康有为早几年就将咱们大清的纪年改为孔子卒后多少年了。他的奸贼之心，不是清清楚楚了吗？”

光绪一边听着慈禧的教训，心慢慢镇定下来。他为康有为辩道：“康有为用孔子卒后纪年，学的是洋人用耶稣诞生纪年的方法，并没有改大清正朔的意思……”

“你还为他辩护！”慈禧打断光绪的话，“我问你，你为何一次就罢黜礼部六堂官的职务！仅仅因为一个六品主事的一道折子被拦阻吗？那个主事要你放洋到外国去，他说的是人话吗？咱们大清国的皇帝为何要去洋人的国家，他洋人的国王为何不到咱们大清来？这样的折子，怀塔布、许宝骙拦阻不奏，拦得对！即使他们拦错了，能因这事革他们的职吗？还要连累四个侍郎也一道丢官！你看看咱们大清的典册，从关外到关内，从太祖太宗到文宗穆宗，有谁做过这样的事？你这样意气用事，不怕列祖列宗的责骂，不怕天下臣民的讪笑吗？”

这一番话，说得光绪哑口无言，方才稍稍镇定的心又慌乱起来。他想辩说，但口嗫嚅着，一时竟找不出一句恰当的话来。

慈禧连珠炮似的又说了下去：

“人家怀塔布快七十的人，从宣宗爷手里便在内廷当差，五十年间，辛辛苦苦，忠心耿耿，从侍卫做起，做到尚书，也不容易。你为一点芝麻大的事就将人家的官职一下子全革了，你叫他如何想得通，又如何有脸回家见子孙？怀塔布落得个这样的下场，别的老臣眼看着

不寒心吗？你年轻，不知道过去的事。当年英国人和法国人打进北京来，是怀塔布的父亲瑞麟大学士率敢死队在通州顶着，三千人死了两千，他也丢了一条胳膊。没有瑞麟的血战，洋人会答应签字吗？会有日后的安宁吗？你就是看在他老子这番功劳上，也不能这样对待他呀！还有，你裁光禄寺等衙门，你想没有想过后果呀？”

光绪终于找到了一点说话的空当：“这些都是只拿薪俸不做事的空闲衙门。皇额娘不也说过，朝廷养了一大帮子废人吗？”

“我是说过这话。”慈禧的火气似乎缓解一些，说话的调门也没有刚才高，节奏也放慢了许多。“我知道朝廷养了一帮子废人，我也知道这些废人多在光禄、鸿胪这些寺里。可是你知道吗，这些废人都是些什么人？大部分都是咱们满洲的人，都是些要看顾的宝贝儿！”

慈禧指了指炕桌上的银碗。立时有一个宫女走上前，双手捧起那只银碗来，一直送到慈禧嘴边。慈禧浅浅地喝了一口。宫女将银碗放回炕桌，抽出别在衣襟缝里的雪白绢帕来，慈禧接过手帕印了印嘴唇，继续说：“有一些人，祖上是跟着世祖爷入的关，他自己又给朝廷当了一辈子的差，也谨慎勤勉，但才干差了些，到老了朝廷要酬劳他，升他个卿贰大员。让他到六部去，他没那个本事，让他到台谏去，他又干不了，只好让他们到光禄、鸿胪去，有个卿贰大臣的名分，又不担心他坏事。又比如，他是咱们满洲的大功臣，但他子侄辈本事不及他，差很多，老子功勋太大，朝廷若不荫及子侄则不足以酬劳，他若不看着儿辈做到卿贰大臣则不肯瞑目。你说说，这些做子侄的打发到哪里去，自然不能去部院，也只有让鸿胪、光禄来安置了。你想想，朝廷若没有这些衙门，又怎么来办这摊子事呢？祖宗当年设置这些衙门，都是用心良苦的。你一下子都裁去，打掉了咱们多少满洲大员的饭碗，他们能不生怨吗？皇帝呀——”

慈禧拖长着声调说出这三个字后，语气完全换成了一个心地良善性情温和的老太太的腔调：“你还年轻，不大懂事，额娘要对你说几句腹心话。咱们大清国是满洲人打的天下，也要靠满洲人出死力气来

保。满洲人不过四百万，而汉人有四万万，咱们一个满洲人要顶一百个汉人，如果不给满洲人超过汉人一百倍的好处，他会出超过汉人一百倍的力吗？皇帝呀，你变法也好，维新也好，有一条你要记住，就是不能得罪了满洲人。得罪满洲人，也就得罪了祖宗，最终就会失去江山。汉人，归根到底是不可信赖的呀！你千万要记住，这是列祖列宗世代相传的家法。”

光绪木头似的呆立着，再也不知说什么为好了。

“皇帝，额娘今天还要跟你说句咱们娘儿俩的家常话。”对于光绪侍立在旁恭听而不回话的情景，慈禧已经习惯了，她并不需要他的回话，只需要他听进去。“家常话”，这几个字倒唤起光绪的格外注意。在光绪的记忆中，慈禧对他这个儿子是很少说家常话的。未亲政之前，见面时总是问他书读得怎么样，字写得如何，末了总要加上一句“多习满文”。亲政之后，见面时便是说的政事国事。至于他的身体怎样，吃得如何，睡得如何，心里的喜怒哀乐等等，她一概不问。一般百姓家所常要说到的三姑六舅表亲远戚的话，慈禧更是闭口不提。所有这些，与他一个月见一次面的亲生母亲比起来，完全是两回事。母亲只关心他的健康和心情，其他并不多问。所以从小到大，光绪与他这个名义上的“亲额娘”总是亲不起来。今天，她却要说起家常话来了，真真少有！

“我的娘家侄女你不喜欢，偏偏喜欢那个不安本分的珍丫头，这或许是前世的缘分不够，我也没有办法。”慈禧轻轻地叹了一口气。“但皇后是后宫之主，掌六院，管妃嫔，这是祖宗定下的制度。你不能剥夺她的权利，乱了这个规矩。”

光绪急道：“我没有剥夺过皇后的权利。”

“早几天大公主过生日，你国事忙不能来，可以体谅，但你送的礼物，理应由皇后而不应由珍妃转送。你这样做，不仅冷落了皇后，也看轻了大公主。你懂吗？”

光绪惘然望着慈禧，好半天才似答非答地说：“孩儿知道了。”

五　光绪帝两颁衣带诏，谭嗣同夜访法华寺

回宫中的路上，坐在豪华马拉轿车里的光绪的思绪一直没有停过，他回顾诏定国是三个月来自己的所作所为。要说失误，同时罢礼部六堂官一事或许可以说得上，太后说的“意气用事”不是没有道理的。但其他的事，包括议论最多的裁撤衙门的事，也并没有做错，只是徐致靖老先生所说的：快了一点。怎么能不快呢，光绪心里急呀，急大清国总不争气，处处不如洋人，事事受洋人掣肘欺负；急自己徒有空名而没有实权，急那些文武官员只知道享受朝廷给他们的权利和俸禄，却从不替朝廷分担忧愁。从上到下，数以万计的官员，几个有心肝血性？俟河之清，人生几何？光绪恨不得一个夜晚就把眼前这些不如意的事一扫而光。他时常因身边的大臣和各省督抚不能理解他的心而苦恼、而焦烦、而愤怒，但今天慈禧的一番斥责，却也使一直处在燃烧状态中的年轻皇帝冷静了许多。

这三个月来确实得罪了不少人，所得罪的人中又多为那些懒散平庸惯了的满人。他们表面不做声，心里不服气，说不定，他们都在暗中跑园子，向太后诉苦，求太后为他们做主。再说，梁启超也太过分了。扬州屠城，这是在揭老祖宗的丑事。向学生说这些，将会导致什么后果，这不明摆着授人以柄吗？另外，还有太后提到的康有为的孔子卒后纪年的事，这也是一件无任何实际意义，只能招致非议的标新立异之举。光绪突然想到，康有为、梁启超其实只是书生而已，他们并没有切实的仕宦经历。随着他又想起徐致靖、杨深秀，想起杨锐、谭嗣同、刘光第、林旭，这几个月来所提拔重用的竟然全是没有政务经验的书生。自从翁师傅回籍后，有关新政事，身旁就再也没有一个既有热情又有威望的大臣可以商量了，有一位众望所归的张之洞，本是替代翁师傅的最好人物，却又在晋京的半途之中折转回武昌。

猛然间，光绪有了一种孤立无援之感。这种感觉一旦涌出，生性脆弱的他便不由自主地慌乱起来。这时，慈禧的震怒和训斥，怀塔

布、许宝骙及光禄寺等衙门官员的怨恨，荣禄、刚毅、徐桐等人频繁地进出园子，以及最近董福祥甘军的进驻长辛店、聂士成武卫军的抵达天津，这一系列现象，便乱哄哄地交叠重复地出现在光绪的脑海中，一种莫名其妙的恐惧在心中产生。他似乎明白地看到：自己其实是手无寸权，这身九龙袍服不过是戏台上的行头而已。他又仿佛看到前面的道路越来越狭窄，越来越黑暗。他这几个月来的朝乾夕惕，好比是在掘深渊，挖鸿沟，过不了多久，自己就将会来到渊沟的边上，被人推下去跌得粉身碎骨……

直到在养心殿东暖阁里坐下许久，光绪的一颗心仍在怦怦乱跳，他还未从恐惧中走出来。

下午四点钟，是宫中的午饭时候，他特为召珍妃进宫来陪侍吃饭。珍妃的到来，使他的心定了许多。席上，他把慈禧的训斥一五一十地告诉珍妃，把大公主过生日那天因为送礼惹得皇后和太后不快的事，也对她说了。珍妃说："当时我就看出来了，我没有理睬她们。"

隔一会儿，珍妃又说："我看，老佛爷昨天斥骂你，与皇后从中使坏有关系。她一向把家事和国事搅在一起。"

"珍妃，"光绪目光乏神地望着眼前的爱妃，凄然地说："朝廷里很多大臣都反对新政，我的努力恐怕会是白费了。"

"皇上，你不要太担心。新政使国家富强，全国百姓都是支持你的。你的努力决不会白费。"

这话让光绪的心稍稍舒坦了一点，但很快他的情绪又波动起来，沉重地说："我现在才知道，太后其实是反对新政的。珍妃，我对你说实话，我一直很怕太后，我知道我斗不过她，如果她坚持反对，我就只有罢休了。"

珍妃虽只是一个二十三岁的少女，却生来胆大志豪有远见。她深爱着光绪，爱他的聪明好学，爱他近于天真的纯良，却又深为他的胆小脆弱而惋惜。

早在两年前，光绪便有意效法日本和西洋各国，振衰起疲，变法图强，但他顾虑多，疑心重，瞻前顾后，游移不定。珍妃一直在旁给他打气，壮他的胆。三个月前的光绪终于下定决心弃旧图新，与珍妃起的作用大有关系。

珍妃以怜恤的目光望着这个比她大五六岁的丈夫，看着他苍白瘦削的脸庞和矮小单薄的身材，猛然觉得他似乎还不是成熟的男子汉，而只是一个大孩子而已。她以母亲哄孩子的腔调说道：“皇上，不要怕，有我在哩，有大清百姓在哩，你怕什么。大不了，咱们停一停，待老佛爷百年之后，咱们再干不迟！皇上，你做的事是对的，祖宗会保佑你的，上天会保佑你的，神明会保佑你的……”

珍妃絮絮叨叨地念着念着，果然，这一招很起作用，从园子里带来的慌乱感、恐惧感，慢慢地从这个欲办大事却又胆气薄弱的年轻人的心上离去了。

“咱们还是得想想办法。”情绪稳定后的光绪开始了正常的思维。“得把这个情况告诉我的臣民。”

珍妃问：“皇上最想告诉哪些人？”

“康有为。”光绪说，“康有为说洋人支持大清新政，叫他去找英、法和日本的公使，若他们出面讲话，太后和那些反对新政的大臣就会有顾虑了。”

“这个主意好。”珍妃立刻附和。“但不能召康有为。康有为品级太低，召见他招人注意，马上就会传到园子里去。我看，不如召见新提拔的军机章京，这属于正常召见，不易引人注意。”

“行。”

“也不要四个人都召见，那样太招眼。”珍妃补充。

光绪说：“就召见杨锐吧！这些日子，我细心观察了一下，杨锐在这几个新章京里最为稳重，性情也较平和，到底是张之洞的高足，今后可寄以重任。”

珍妃想了想说：“为昭慎重，皇上还是写一道谕旨，召见时将这

道谕旨交给他，让他带出宫交给康有为。康有为还可以将这道谕旨出示给公使们看。”

“就这样吧！”

宫里的光线已经暗淡了。珍妃亲自点上灯，又磨好墨，在一旁侍候，光绪略为定定神，提起笔来写着。

今年夏天京师格外热，紫禁城内因为没有树木，又比胡同里老百姓的四合院更显得酷热。正午时分，走过三大殿之间的金砖广场，砖上的热量可以透过两寸多厚的朝靴直向脚底扑来，让人有一种踏在热铁板上的感觉。直到黄昏，灼人的热气仍不少减。大殿堂大阁楼因为顶高砖厚，则比外面要清凉得多。

紫禁城唯有一处建筑物，在这大热的天气里不仅与外面一样燥热，而且还显得更郁闷，这就是位于隆宗门外的军机处值庐。

这一溜房子与周围雄壮的宫殿极不相称，又矮又小，瓦薄砖薄，加之办事的人多，拥挤在一起，更显得热气难耐。大军机或根本不来，或坐一坐便走，留下那些小军机叫苦不迭，一个劲地埋怨着：做军机处章京还不如做讨饭的叫花子！

掌灯的时候，当值的所有小军机，一个个如同从牢房里放出的囚犯似的，急急地往家里奔，空荡荡的值庐，只剩下两个人：杨锐和谭嗣同。他们以对新政的百倍热情，自愿呆在这热得如蒸笼的小值庐里加班加点。

“人都走光了，我们也不要这副君子相了，脱衣吧！”

谭嗣同边说边把长褂子脱了，还觉得热不可当，干脆把上衣也脱掉，只穿一条短裤衩，又抓起一把大蒲扇，死命地摇着：“痛快，痛快！”

见杨锐还是穿着后背都湿透了的长褂子，在全神贯注地读着一份来自他家乡四川的折子，谭嗣同笑道：“叔峤，脱了吧，别这样死要面子活受罪！”

杨锐迟疑一下，把大褂子脱下来。谭嗣同说：“只有我们两个人

了，干脆把上衣都脱了，打赤膊！”

杨锐笑着说：“毕竟是宫中，打赤膊不雅观，万一有内监送个紧急文书来，看见了传出去也不太好。”

谭嗣同说：“已经是夜晚了，莫说是内监，就是宫女来了都不要紧。”

杨锐大笑：“若是宫女来了，就更不好了。”

二人正在嬉笑间，光绪的贴身太监王鉴斋急急走了进来：“皇上传旨召见杨章京。”

杨锐和谭嗣同都颇感意外：这么晚了，皇上还召见，难道出了什么大事？杨锐赶紧把刚脱下的大褂子重新穿好，又把罩在帽筒上的嵌有青金石四品顶子的红缨帽戴上，再对着镜子上下整理整理，然后跟着王鉴斋急急忙忙地跨出值庐，走向西长街。

谭嗣同一个人坐在灯下，再也无心治事了。一股不祥之感越来越浓重地涌上他的心头。在这班维新新贵中，谭嗣同算是一个很特别的人物。杨锐、刘光第等人活动的范围只在京师官场，康有为、梁启超的支持者多在士林，谭嗣同与他们不同，他是结交满天下，朋友遍四海，无论官场士林，还是市井街巷，不管江湖武侠，还是绿林会党，各行各业，各门各道里都有他谭公子的至交好友。当年京师镖局的第一保镖、北国有名的大刀王五便是他的生死之交。朋友多，消息也便多。湖南的朋友告诉他，长沙城里新旧斗争激烈，陈宝箴以巡抚之尊，徐仁铸凭学政之位，都敌不过以耆儒名流王先谦、叶德辉等人为首的反对派，湖南的新政不出长沙一城，且有越来越孤立之势。湖北的朋友告诉他，张之洞的洋务局厂、新式学堂尽管名声很大，但其实只是虚有其表，不能细究，而且张之洞的新政也只在局厂、学堂、铁路、练兵而已，对于开议院、行民政他是坚决反对的。他的《劝学篇》，说穿了是脚踏两只船。尤其令人担忧的是，张之洞对慈禧感恩甚深，一心一意向着慈禧，晋京途中半途折回，背景蹊跷，值得玩味。而以他父亲为首的湖北地方各级官员对新政普遍冷淡，各项有关

新政的谕旨全都搁在箱子里，有的甚至连包封都没打开。江苏的朋友告诉他，翁同龢的革职回籍对江苏全省震动极大，江苏官场与翁氏一家三代关系甚深，翁的倒台，使他们胆战心惊，目前都忙于自保，无暇顾及新政。对新政的成功，他们普遍不抱希望。江湖的朋友则告诉他，眼下秩序动荡，民心浮动，绝大多数人对朝廷已经绝望，他们决不相信朝廷能行新政，而且满汉冲突又起高潮，老百姓的怨恨已转变为种族仇恨，认为是满人害了中国。更有异人在江湖上活动，联络会党，欲揭竿起义，重演洪杨旧事。江湖上，如今是旌旗晃动磨刀霍霍，与变法、学西方等时髦举措全不相干，他们走的是另一条路。

这一连串来自四面八方的消息，使得一向抑郁寡欢的谭嗣同更加忧心忡忡。虽然忧虑，但他并不失望，更不沮丧。他坚信唯有变革维新才能救亡图存，才能致中国于富强，这是不能有任何选择、任何犹豫、任何怀疑的唯一道路。早在十多年前，他便看出了这一点。只是，他深知自己是孤独的。后来他结识了康有为、梁启超等人，虽然增加了一些同志，但他仍感孤独。三个月前，皇上诏定国是实行新政，并特征他为四品衔军机章京。他欢欣若狂，认为可以一展平生鸿抱了。然而，来到军机处不久后，从朝廷，从军机处，从各地的奏报上书及四方友人的来信中，他发现，即便是皇帝本人亲自来倡导这件事，却依然是孤独无援。

他为此哀痛，为此悲愤。他想到中国的读书人，因数千年陈陈相袭的旧观念，使得背上的包袱太过沉重，中国的百姓，因世世代代的贫穷困苦，早已变得麻木不仁，必须要有先知先觉大智大勇者，以生命和鲜血来震惊来唤醒。这段时期来，他已做好了准备：倘若哪天中国需要此种人的话，他谭嗣同愿做第一个！

多少年来，除了这个伟大的事业能给他带来激情和欢乐外，人世间已没有多少东西让他眷恋，让他牵挂，让他割舍不断的了。

他最亲爱的母亲二十多年前就已经弃他而去。自那以后，家庭对他来说，就不再意味着亲切和温馨。他恨继母，恨小姨娘，对自己的

亲生父亲，他也没有几分感情可言。父亲好色自私糊涂懦弱，虽居高位，实际上算不得一个大丈夫。他无子女：无膝下之欢，也无娇儿之怜。他和夫人之间，或许是前生缘分不够，也或许是后世性格不合，彼此相敬之礼胜过相爱之情。结缡十多年了，分居两地之日多，厮守一室之时少，绝不像寻常小夫妻那样如胶似漆形影不离。同胞兄弟三人，大哥二哥早已先归太虚，他本人也是从鬼门关口转回来的。复生，复生，死而复生，这已经是第二次生命了。

亲情既淡，生命已再，谭嗣同对人世无所恋，亦无所憾。他常想，倘若到了真要为自己所耗尽心血的事业而献身的那一天，他会坦然面对欣然就义的。他甚至希望有这么一天，他能以一己之生命与鲜血，唤起国人的醒悟，那将是非常值得的，也将是他告别人寰最理想最壮美的方式。

就在谭嗣同心猿意马惴惴不安地等待的时候，杨锐进来了。灯光下，谭嗣同看到的是一张忧愁的面孔。

“皇上跟你说了些什么？”谭嗣同走上前去，想帮杨锐脱外褂。杨锐的手摆了摆，两手相碰，谭嗣同感到他的手意外的冷。绝不是好事！谭嗣同似乎已觉察了事态的不妙。

杨锐默默在一条凳子上坐了下来，轻轻地说：“给我一杯凉茶！”

谭嗣同赶紧将自己喝了一半的茶端过来。杨锐接过，一口气喝了个精光。

“复生，这是皇上刚才颁给我的密诏，看了你就知道了！”

杨锐从内衣口袋里掏出一张折叠的纸来，谭嗣同忙接过展开，那纸已被汗水浸成半湿了。他小心翼翼地捧着，凑到灯下看了起来。

近来朕仰窥皇太后圣意，不愿将法尽变，并不欲将此辈荒谬昏庸之大臣罢黜，而用通达英勇之人，令其议政，以为恐失人心。虽经朕屡次降旨整饬，并且随时有几谏之事，但圣意坚定，

终恐无济于事。朕亦岂不知中国积弱不振，至于阽危，皆因此辈所误，但必欲朕一旦痛切降旨，将旧法尽变，而尽黜此昏庸之人，则朕之权力实有未足。果使如此，则朕位且不能保，何况其他！今朕问汝：可有何良策，俾旧法可以全变，将老谬昏庸之大臣尽行罢黜，而登进通达英勇之人，令其议政，使中国转危为安，化弱为强，而又不致有拂圣意。尔其与林旭、刘光第、谭嗣同及诸同志妥速筹商，密缮封奏，由军机大臣代递，候朕熟思，厉行办理。朕实不胜十分焦急，翘盼之至。特谕！

独处值庐时种种不祥之兆的思考，果然从皇上处得到了验证，谭嗣同一时间悲愤莫名。

“叔峤，皇上还说了些什么？”

杨锐从谭嗣同的手里将密诏拿回，重新叠好，放进衣袋里，然后慢慢说：“皇上将昨日在园子里遭太后训斥的事略为说了些。还说，变法到了今天，已处于危急存亡之秋。我们要和康有为、梁启超一起商议，是否可请外国公使馆出面，发表支持文告，借外人之力来压太后。”

谭嗣同紧闭嘴唇思索着。他深陷的双目和清癯的面孔，因冷峻而变得森厉起来。他伸出手来，对杨锐说：“把密诏交给我，我现在就出宫！”

如同接受命令似的，杨锐的手不由自主地伸向衣袋。手指刚碰上那张纸，却又停住了。

“你这样急急忙忙地出宫，会引人怀疑的。很难说门禁中没有太后安置的密探。你难道忘了衣带诏故事吗？可惜我们无针线，不能缝之于衣带中，万一被人搜出怎么办？不如明早，我们从从容容出宫为好。”

汉末曹操专权，献帝以指血写密诏授国舅董承，命他定计除曹。皇后将此诏缝于赐给董承的衣带之中，而躲过曹操的严查。这便是历

史上有名的衣带诏故事。

谭嗣同听杨锐这么一说，浑身打了下冷战，难道皇上已到汉献帝那样的可怜地步了吗?

“皇上漏夜相召，说明此事已经危急了，怎么能再等到明天呢?我必须立即出宫，找南海先生筹商良策，你给我吧！我会有办法不让门禁看出破绽的。”

杨锐将密诏从衣袋里拿出，但手依旧攥着，不愿交出来。

“你是怕被人搜出来吧！”谭嗣同在身上摸来摸去，突然有了主意。他把脚上穿的靴子脱下一只，从里面将底帮撕开两寸长的口子。“藏在这里，总可以吧！”

“好吧！”杨锐觉得将密诏藏在此处，也还妥当，便亲手将密诏小心翼翼地塞进谭嗣同的靴帮子里。谭嗣同重新穿好靴子，神色凄壮地向杨锐抱了抱拳：“我走了！”

杨锐心一紧，说：“你要多多注意，明天上午我来南海会馆找你。”

谭嗣同通过景运门时，四个门禁中有两个已坐靠楹柱边睡着了，另外两个正有一句没一句地说着闲话，见谭嗣同大步流星地朝门口走来，其中一个年岁稍长的开了腔：“谭大人，散差了？”

谭嗣同随口答道：“这天一丝风都没有，闷得难受。你们还得守在这里，怪辛苦的。”

另一个年纪稍轻的说：“没法子呀，吃这份粮，就得受这份罪。”

谭嗣同灵机一动，从衣袋里取出一个银元来：“这是块鹰洋，值七钱二银子，四位哥们拿去买几碗冰镇酸梅汤喝喝吧！”

那年轻的忙走过来，一手接住，连声说：“谭大人心眼好，怜恤咱哥们，过不了多久，皇上就会赏您个大军机！”

“好！托你的吉言！”

谭嗣同忙跨过景运门，穿过黑沉沉的宅墙，来到锡庆门。锡庆门

只有两个小门禁把守，谭嗣同向他们点头笑了笑，其中有一个认得谭嗣同的，叫了声：“谭大人！”

谭嗣同又拿出一块鹰洋来，递了上去：“老哥，我有点急事出宫，请你开一道东墙小门让我出去吧！”

东西两围墙有几道小门，是专为进宫做粗事贱事的小民用的。正常情况下，进宫办事的官员都从东华门里进出，谭嗣同想尽快出宫，不愿多走路从东华门出，又怕东华门人多眼杂，无故添出什么麻烦来，于是用小惠来买通门禁。这小门禁是用过鹰洋的，见到这块青灰色的银洋，很是高兴，痛痛快快领着谭嗣同穿过锡庆门来到东墙，打开一道三尺余宽的小门。

走出禁城的谭嗣同，这时才长长地出了一口气：情形原来并不是想象中的可怕。莫非衣带诏故事，是文人的杜撰！谭嗣同顾不得多想，蹽起大步，直奔粉岭胡同南海会馆。

来到南海会馆时，已是三更天了。康有为和梁启超长谈到深夜，刚睡下不久，见谭嗣同夤夜来访，都大为吃惊。

“南海先生、任公，皇上漏夜召见杨锐，颁下密诏。”

谭嗣同一坐下，便把靴子脱下来，从靴帮子里抽出诏书来，双手递过。

康有为拉了拉梁启超的衣角，说：“我们跪下接旨。”

梁启超觉得实在没有这种必要，但又不好违抗老师，便只得跟着康有为跪了下来。

康有为恭恭敬敬地磕了三个响头，然后朗声念道：“臣工部主事康有为谨领圣旨！”

然后高高地举起两只手，从谭嗣同手里接过诏书，再站起，走到灯下细看。梁启超也在一旁看着。

康有为的双手慢慢颤抖起来，两眼也慢慢盈湿模糊。

“皇上呀，皇上！”终于，康有为放声痛哭，高声恸叫起来。

梁启超劝道：“先生，现在不是哭的时候，我们要为皇上分忧想

办法！”

谭嗣同也说：“南海先生，皇上期待我们拿主意！”

梁启超打来一盆水，康有为洗了脸，三人重新坐好，开始筹议。

康有为说：“皇上主要是缺乏领兵的人，有几个领兵的人死心塌地跟着皇上，就不怕老太婆了。”

康有为很讨厌慈禧，从来不用太后、老佛爷这样的尊称来叫她，通常呼她为老太婆，有时气起来，还会骂她老妖婆、老恶婆。

梁启超说：“要说兵丁，六十六镇绿营可谓一群吃粮的蛀虫，只是吓唬老百姓，打起仗来一点用都没有，天下真正管用的军队只有四支：一支是张之洞在江南练的自强军，二是董福祥的甘军，三是聂士成的武卫前军，再加上袁世凯的新建陆军，我们只能从张、董、聂、袁四人考虑。”

谭嗣同说：“张之洞在江南练的自强军，现在由刘坤一在掌管。刘坤一也是个老迈昏庸的人，这支兵不要考虑。董福祥的甘军和聂士成的武卫前军，早已奉荣禄之命，分别从甘肃来到长辛店、从京郊来到天津，荣禄是太后的人，这两支兵力已在太后的掌握之中，不可能再听皇上的命令来对抗太后。现在唯一可考虑的便是袁世凯的新建陆军了。”

“袁世凯可用。”康有为立即接言，“乙未年我办强学会时，袁世凯刚从朝鲜回来便来找我入会，又捐五百两银子。这事卓如也知道。”

梁启超说：“袁世凯在国外十多年，与日本和西洋各国打交道多，眼界开阔，头脑清楚。我和他谈过一上午的话，他给我的印象很深，是个可资信任的领兵之人。”

谭嗣同说：“要想得到袁世凯的实心拥戴，必须请皇上给他越级提拔。他现在只是一个道员衔，我看可以由皇上赏他一个侍郎衔。他必然感恩戴德，在危急之中为皇上效命。”

梁启超说：“我以为，不如干脆劝皇上迁都上海，离开北京。老

太婆舍不得颐和园，她不会跟着到上海去。摆脱老太婆，皇上就可以自主了。”

康有为说：“几年前，我就提出迁都一事，或迁上海，或迁广州都可以。沪穗风气开通，远比北京好。但这是以后的事，远水不能救近渴，眼下还是复生的主意好。事不宜迟，复生你赶紧回去，和叔峤商量，拟个折子，最好能面见皇上，当面说清。我和卓如过会就到日、俄等国公使馆去游说。”

谭嗣同刚出门，便遇到了急急赶来的杨锐。杨锐告诉谭嗣同，已将密诏事告诉了一早进去当差的林旭、刘光第。谭嗣同也把笼络袁世凯的主意告诉杨锐，杨锐同意。他知道袁世凯这几天正在京师，住在西郊法华寺。小站练兵处在法华寺长租一间僧房，作为联络及办事的处所。

谭嗣同说：“这真是天遂人愿，看来袁世凯是皇上的护法天神韦驮。”

杨锐说：“你回到浏阳会馆去准备折子，我回宫，在军机处值庐等候王鉴斋。跟他约好，正午十二时让他到值庐取折子。你在十二时之前把折子缮好带到值庐来。”

“行，就这样办。”

一切都按照他们的安排在顺利进行着。

十一时半，谭嗣同风急火燎地送来奏折。十二时，王鉴斋准时来值庐提取。半个小时后，杨锐、谭嗣同见王鉴斋急如星火般出宫。六时许，就见到袁世凯风尘仆仆地跨进景运门。

杨、谭、刘、林四位新章京在心里长长地舒了一口气。约一个小时后，又见袁世凯气宇轩昂地从遵义门里走了出来。借着薄暮的余光，他们看见这位新建陆军统领的脸上洋洋有喜色，便知道他一定是从道员升为侍郎了。众皆欣慰。

不料第二天傍晚，几乎在杨锐被紧急召见的同一个时刻，林旭也被皇上召见，同样奉了一道密诏出宫。

翌日上午，在康有为的主持下，梁启超、谭嗣同、杨锐、刘光第、林旭紧急聚会于南海会馆。首先由林旭宣读密诏：

朕今命汝督办官报，实有不得已之苦衷，非楮墨所能罄也。汝可迅速出外，不可迟延。汝一片忠爱热肠，朕所深悉，应爱惜身体，善自调摄，将来更效驱驰。朕有厚望焉。着康有为迅速前往上海，毋得迁延观望。特谕。

康有为听了这道谕旨，又大声痛哭了一场。众人或跟着流泪，或板脸握拳，尽在悲愤之中。

林旭首先说："皇上想仿效西洋议会，开懋勤殿议新政，遭到荣禄、刚毅的反对，太后也加以斥责。皇上心里非常痛苦，深觉势单力薄，难以对付旧派，看来京师近期内会有不测之变发生。为了维新大业的前途，请南海先生遵旨先去上海避一避。至于我林旭，决不离开京师，我要在这里与那些老朽较量较量，大不了一死而已。"

康有为说："暾谷不怕死，难道我就怕死吗？我也不去上海，留在京师辅佐皇上，与老妖婆斗到底！"

林旭激动地说："我林旭死不足惜，南海先生乃维新变法的旗帜，只要南海先生不死，中国的维新大业就没有失败。"

梁启超说："暾谷说得有道理，先生宜速离北京去上海。我们都留在这里，静观事态的变化。"

刘光第说："皇上眼下心情焦急，谕旨所说的话难免有过头之处。依我看，目前并不是失败之时，我们不要太悲观。"

谭嗣同猛地一拍座椅扶手，厉声道："我看，一不做二不休，干脆借九月天津阅兵之时，来个非常之举，将老太婆及荣禄、刚毅都抓起来，看谁还敢反对变法！"

这真是石破天惊，又好比山崩地裂，谭嗣同的这几句话把大家都给镇住了。一时间，南海会馆的气氛如雪飘冰封，酷暑之中，仿佛觉得冷风飕飕，寒意逼人。

兵变！抓慈禧太后！这些个维新派精英什么都敢想，什么都敢

干，但除谭嗣同一人外，任谁都还没有想到这等事上来。

这个老太婆是什么人？二十多岁时她便敢于亲手发动政变，杀肃顺、载垣，废除顾命祖制，实行垂帘听政。占据半壁江山、立国十三四年的太平军就在她的手里鸡飞蛋打，只做了一场天国梦而已。跋扈嚣张、不可一世的湘军在她的手里被乖乖裁撤，化解于无形。上自居正位的慈安，下至处领班的恭王，都不是她的对手，至于朝廷的亲贵大臣，各省的督抚将军，所有须眉男子全都匍匐于她的石榴裙下。她甚至可以将太和殿丹墀上的龙凤来个上下颠倒，以表示她至高无上的地位和不可侵犯的权威。若说导大清于强大、致百姓于富裕，她一无所长一窍不通的话，使权术，弄政变，玩天下于股掌之中，行诈术于谈笑之间，则当今中国无一人可比得上。倘若不是计出万全，有百倍制胜的把握，这种念头岂可动得？只要有一丝半点风声泄露，弥天大祸便不旋踵而至！

太突兀，太离奇，太骇人听闻了！大家都不做声，心里头却如翻江倒海般的不得安宁，眼光不由得望着康有为——他们的精神领袖、龙头大哥。

康有为也是大感意外。他在心里掂量几下后，咬紧牙关说："我看复生这个想法也并不是完全不可能的。自古以来，成非常之事者必有非常之举，这个老妖婆倒行逆施，已到天怨人怒的地步，祖宗神灵都会庇佑我们的成功。关键在于，这事由谁来做？"

谭嗣同接话："当然是袁世凯。"

康有为说："是的，此事非袁世凯莫属。只是袁世凯敢不敢做，我们不知道。一个侍郎的官衔，是不是已使他成为皇上的人，也还不清楚。当然，事成之后，可以让袁世凯做大清的兵马副元帅。但若此事不成的话，袁世凯也有灭门之祸，他不会不考虑的。"

梁启超说："先生说得对，得摸清他的态度！"

"我去！"谭嗣同刷地站起，慷慨说道，"我谭复生这就去闯虎穴，今天夜里若没有回来，你们就当我已葬身虎口了！叔峤，暾谷，

你们把皇上颁发的两份密诏借我用一用！”

众人都一齐站起来，一股悲壮之气充塞南海会馆。杨锐、林旭将密诏交给谭嗣同。康有为紧握谭嗣同的双手，沉重地说：“复生，维新大业能不能成功，大清能不能富强，皇上能不能制服老妖婆，就在此一举了。千万斤重担，全压在你一人身上。你不可太莽撞，要相机行事，说服袁世凯，我们都在这里等你胜利归来！”

谭嗣同坚定地说：“大家放心吧，我一定会把袁世凯说服的！”

法华寺建于元代，是北京外城的一个大佛寺。清初，刚进关的八旗军就驻扎在寺院周围，后来又做过正蓝旗的校场。

法华寺的僧人们颇懂世俗的经商之道，利用寺庙地处京城的好条件，着意装饰了十几间僧房用来出租。此招甚灵，来此租房的人络绎不绝。法华寺靠着这笔收入，把一个古旧佛寺侍弄得活络而充满生机。

新建陆军驻扎在天津东南七十里的小站，为便于办事，分别在天津城和北京城设有联络处，北京的联络处便在法华寺。五天前，为着与德国公使商谈一笔军火生意，统领袁世凯亲自来到北京，下榻在法华寺的联络处。

这几年，新建陆军在袁世凯的训练下，很快成为新式军队中最为突出的一支人马。袁世凯受到朝野内外的一致称赞，有识之士更把他称为一颗前途无量的政坛新星，而此时的袁世凯，尚不满四十岁。袁世凯在海外多年，对世界形势颇为了解，知道中国需要变革，故对维新活动予以关注和支持。因此，新派也对他抱有好感，徐致靖还专折保荐过他。尽管袁世凯知道自己口碑很好，迁升可待，但他决没有想到鸿运竟来得这样突然，这样快捷。转眼之间，便从正四品的道员擢为从二品的侍郎，连升三级，一下子便由一个地方中级官员变成一个朝廷大臣了！真正是祖宗保佑，福星高照。亢奋了两天后，袁世凯想起，应该给皇上上一道谢恩折。

星月照耀的法华寺，庄严而不神秘，静穆而不冷寂，灯火下，

袁世凯独坐书桌前，握管构思。袁世凯不喜读书作文，功名仅只秀才而已，他是靠银子捐了监生身份，才得以获取文官的资格。平时在军营，有的是诗书满腹而功名不遂的文人替他捉刀，可今夜全靠自己搜肠索肚，他一时有点作难，刚写了一个题目，便觉得下文难以为继了。他离开座椅，背手在屋内踱起步来。

这时，门被轻轻推开，联络处的一个都司衔武官进来说：“袁大人，有个人要见您。”

“这么晚了，是什么人？”袁世凯显然不乐意此时见客。

都司说：“我已经替您挡了，他坚决要进来。”

袁世凯不大高兴地说：“我现在正在办重要的事情，要见，明天再说！”

“袁大人，再紧要的事也紧不过我的事，你今夜非见我不可！”

从都司背后传来一句尖厉的声音，原来客人已经到屋里来了。

袁世凯见来人一身夜行服装束，腰间微微隆起。军戎出身的袁世凯一看便知道那里藏着凶器：或是匕首，或是西洋短火枪。刺客！他的脑中很快闪过这两个字。

与此同时，来人也在死死盯着袁世凯：不及中人的五短身材，一颗特别肥硕的脑袋，两只又圆又大的眼睛里精光闪亮，上嘴唇有一道浓密的一字须。

“你是谁？”袁世凯威严发问，“如何深夜来此见我？”

“哈哈哈！”来人尖声笑起来。“袁大人，你是贵人眼高，认不得我。”

虽是笑声，却分明透露出一种逼人的威慑之气。

袁世凯已感觉到此人的来头不小。他见多识广，是个极为敏捷乖觉的人，见此情景，立刻改变了态度：“壮士莫怪，袁某一时想不起来，请问壮士尊姓大名！”

“我乃谭嗣同！”

啊，这就是海内闻名的谭公子，而今天下瞩目的新贵谭章京！

“哎呀呀！袁某有眼无珠，不知是谭老爷光临，方才多有得罪，该死该死，还望谭老爷大肚海量，请坐请坐。”袁世凯的态度来了个彻底大改变，满脸笑容可掬，一副谦卑神态，又对站立一旁的都司斥道，“你还不赶快向谭老爷请罪，快去端一碗好香茶来，求得谭老爷宽恕！”

都司连连打躬作揖，又赶紧双手捧了一碗香茶敬上。谭嗣同微笑着坐了下来。

袁世凯以很恳挚的态度说道：“谭老爷名播宇内，声闻南北，袁某景仰之至，总是无缘相见。此次超擢军机章京，足见皇上对谭老爷的器重。袁某多次想登门拜谒，只是顾虑到谭老爷新政事忙，无暇接见，遂不得不打消这个念头。想不到今夜谭老爷光临法华寺，真是天赐良缘，使袁某一偿多年宿愿，确实是三生之幸。圣人云不知者不怪，方才的莽撞之处，千万请谭老爷莫往心里记。请喝茶，喝茶。”

谭嗣同与这位新近崛起的军事统领还是第一次见面，这之前脑子里装着的是有关此人的各种议论评说。对于一个素昧平生的不速之客的冷漠与拒绝，并非多大过错，而一旦得知后立即殷勤接待，足见他的诚恳。袁世凯的这番表现消除了谭嗣同的疑虑，他喝了一口茶说：“袁大人才干超群，识见卓越，我心仪已久。”

袁世凯忙说：“谭老爷言重了，谭老爷才真的是海内人望。”

“造次闯进法华寺求见，本不应当，然事情紧急，不得已如此，还请袁大人见谅。”

袁世凯的心不由得紧缩一下。谭嗣同眼下是皇上的近幸宠臣，说是有紧急事，莫非是受皇上之托而来？遂敛容说：“有什么事情，请谭老爷明示。”

谭嗣同庄容正色地说：“袁大人，皇上自四月下旬行新政以来，颁发新政谕旨上百道，但于官员升黜，除礼部一事特殊外，几乎未有动静，至于军营中，更无一人得到提拔，而在上千个带兵统领中唯一越三级而擢升您。您说说，皇上对您如何？”

袁世凯激动地说："皇上对袁某的恩德，天高地厚，袁某粉身碎骨无以报答。"

谭嗣同又说："袁大人，您看皇上属于怎样的君主？"

袁世凯立即答："皇上乃旷代圣主，实圣祖、高宗爷一脉相传的有为君王。"

"好！"谭嗣同说，"袁大人既感皇上大恩，又知皇上为圣主，若皇上遇到急难之事，您如何办？"

袁世凯不假思索朗声答道："皇上若有急难之事，袁某将亲率新建陆军，为皇上解危靖难，虽赴汤蹈火，在所不辞。"

"皇上现在就遇到了急难。这是皇上近日颁发给杨锐和林旭的两道密诏。袁大人，您先看看。"

谭嗣同从内衣袋里取出两道密诏来，袁世凯忙跪下，双手过头捧接。随即站起，走到灯下细看。

袁世凯边看边想，越想越觉得形势紧如绷弦且危如水火。

袁世凯是个精明透顶的政坛射雕手。他虽居小站，却对京城中的朝局了如指掌。他深知变革对中国的重要性，也深知变革会遭到既得利益者的反对，因而充满着危机和风险。他也知道主张变革的皇上并未握实权，而不希望变动的太后才是大清的实际主宰者。他为自己定下的方略是：安处小站练好新军，静观大局，不卷入漩涡。皇上超擢他为侍郎，他知道皇上想依靠他。当然，他更需要依靠皇上，他决不会拒绝而是心存感激。他感激皇上的圣眷，会为皇上办事，但若是牵涉到新旧两派的争斗，他会谨慎。现在，皇上将不仅让他卷入争斗，而且是卷入与太后的争斗，袁世凯感到百般为难，万般恐惧。看完两道密诏，他的后背已让冷汗湿透了。

"谭老爷，皇上现在处境到底如何？"

谭嗣同脸色阴沉地说："皇上被太后及一群老朽所包围，不能自行其志，处于危难之境，袁大人是救皇上唯一有力之人。若袁大人助皇上，皇上可击败太后及老朽；若袁大人助太后，则皇上将有可

能被废。”

袁世凯被谭嗣同这几句话震惊了。在此之前，他还没有意识到自己今天已在朝廷最高权力的争斗中，处于这样至为重要的地位，也决没有想到自己要在帝、后两圣中择一而从。也就是说，一股意外的力量已把自己推向风口浪尖，这一瞬间的选择将决定一生的命运：或富贵极顶，或杀头灭门！

见袁世凯没有接话，谭嗣同望着他的两只眼睛，冷冷地说：“袁大人不愿助皇上，我也不为难你。你可以立即去颐和园告发我，说我谭嗣同劝你助皇上而背太后。我甘愿就戮，当然，您可以立马得富贵。”

袁世凯凛然回答：“谭老爷，您把袁某看成什么人了！我袁家世受国恩，深明大义，皇上不仅是您的皇上，也是我的皇上。我得皇上非常之恩，自应非常报之。皇上有难，救护之责，岂仅您一人，也有袁某我的一份责任。您有什么良策可以置皇上于平安，请说吧！”

得到袁世凯的明确表示后，谭嗣同这才严肃地说：“要救皇上出危险，必须制服太后及那批反对变法的老朽，欲达此目的，不行非常之变不可。九月间天津阅兵之事，很可能是太后与荣禄的一个密谋，到时利用董、聂二军之力废皇上而他立。所以，我们要先下手为强。董、聂二军决不可与您的新建陆军相比，您先将荣禄抓起来再软禁太后，则董、聂不敢反对您。”

荣禄是袁世凯的顶头上司。自荣禄任直隶总督兼北洋大臣以来，袁世凯对他毕恭毕敬，奉若神明。至于太后，更是四十年来大清臣民心中至高无上的圣君明主。在与谭嗣同见面之前，抓荣禄、囚太后，这不仅是他袁世凯不敢做的事，而且是连想也不敢想的事。再说，皇上本就是太后立的，既然权在太后手里，她要废皇上不是一句话吗，又何必利用天津阅兵？这个念头在袁世凯的脑中很快闪过，正想就此和谭嗣同探讨下，却突然再次瞥见谭嗣同腰间微微隆起的衣襟，立即明白这不是探讨的时候。此时此刻，是干也得干，不干也得干！他只

得说："若皇上阅兵时疾驰入我的军营，在我的军营里传令铲除奸贼，则我定是会奉圣旨，尽全力抓荣禄而保皇上。"

谭嗣同盯着袁世凯看了好一会，猛然说："荣禄是您的顶头上司，一直待您甚厚，您到时能下得手吗？"

袁世凯未料到谭嗣同会有这一招，脑门顶上沁出一排冷汗来。开弓已无回头箭，话已说到这个分上是再也没有犹豫迟疑的地步了，即便刚才的一切都是做戏，也得把这出戏演完，而且要演得逼真精彩。袁世凯定了定神，慨然回答："若皇上在袁某的军营，则诛荣禄如杀一条狗耳！"

谭嗣同听到这里，才长长地舒了一口气，说："如此，护圣主、清君侧、肃宫廷、振兴大清之功，袁大人您当居首位。"

袁世凯忙说："不敢，袁某不过奉圣旨行事而已。"

谭嗣同起身道："袁大人，今夜我们就谈到这里，具体事宜，我们到时再详议。有什么事，可派心腹之人到浏阳会馆来找我，也可到南海会馆找康有为先生。就此告辞了。"

送走谭嗣同后，袁世凯躺在法华寺的僧床上，辗转反侧，一夜未眠。第二天，他上午拜会礼亲王世铎，下午拜会协办大学士军机大臣刚毅。第三天上午拜会户部尚书、军机大臣王文韶。这几个人，既是国之大老，又是太后的宠臣，袁世凯试图从他们处探听点内幕消息，也想借此来平衡一下前夜的倾斜。

第三天下午，袁世凯乘火车离开北京回天津小站。

就在这个时候，有一个人坐在由天津开往北京的火车上，与他相对而行。此人从北洋大臣衙门里走出，即将进入紫禁城。

中国近代史上最惨烈的悲剧，便在这京津道上的往返车厢中策划着。

六　百日维新全军覆没后，张之洞忧惧难安

这个急急忙忙由天津回北京的人便是李鸿章的儿女亲家、广西道监察御史杨崇伊。杨崇伊不仅反对维新变法，尤其讨厌康有为。康有为篡改孔子歪曲儒学的行为，使得杨崇伊很愤慨，他认定康有为是孔子的叛逆、国家的奸佞，便专与康有为作对。乙未年，康有为在北京办强学会。他上折斥强学会煽惑人心，图谋不轨，结果强学会被查封。

康有为在上海办强学分会，《强学报》上用孔子卒后纪年等事，也遭到杨崇伊的严辞弹劾。光绪诏定国是，实行新政，杨崇伊认为这是皇上受了康有为的蛊惑，对这几个月来所颁发的所有新政谕旨，他几乎一概予以反感。他对礼部六堂官被罢黜事很气愤，这使得他很自然地与怀塔布、许宝骙等人结成了联盟。怀塔布十分看重这个仇视新政痛恨康有为的御史，甘言赞扬，重金收买，杨崇伊遂热心地为守旧派卖力。他时常出入刚毅、怀塔布等人的府宅，密谋对付皇上和新政的策略。就在光绪颁发给杨锐第一道密诏的时候，杨崇伊便在怀塔布的家里拟就了一道密折。第二天，怀塔布的福晋瓜尔佳氏再次进了颐和园。两个老太婆闲话家常，谈着谈着，瓜尔佳氏突然煞有介事地对慈禧说：“老佛爷，近来京师很不安静。我们胡同口上就有两家人被抢劫了，有一家婆媳两个被杀。我们家最近几夜都睡不好觉，提防着哩。老佛爷住园子里，太使我们放心不下了。眼看天气也一天比一天凉了，还是早点回宫中去住为好。”

这几句近乎聊天式的话，却对慈禧很有震动：今年夏天是个多事之秋。皇帝行新政，闹得举国不宁，给铤而走险的歹徒造成了机会。过几天就是中秋了，今年中秋干脆回宫里去过好了。

正在思忖着，李莲英送来了奏折。瓜尔佳氏见太后有公事要办，便知趣地告辞。原来这奏折正是御史杨崇伊上的。杨崇伊的折子上说：近闻康有为的江湖死党有包围颐和园挟持太后的非常之变，请太

后速回宫训政。

这原是怀塔布与杨崇伊策划的一个嫁祸于康有为的阴谋，分两个侧面同时进行。

果然，有瓜尔佳氏那一番话在前，慈禧对杨崇伊这道折子十分重视，而且越想越有可能，越想越害怕。当天下午慈禧就决定离开颐和园回宫，弄得光绪和宫中大小太监、宫女们措手不及。

怀塔布见这种恐吓对老太婆极有作用，便和杨崇伊谋划下一步。怀塔布说皇上突然间越三级超擢袁世凯，此举值得大为注意，杨崇伊对这一提醒很重视。怀塔布请他去一趟天津，和荣禄谈一谈。杨崇伊在天津北洋衙门里和荣禄商讨了一个晚上。荣禄也感到皇上此举非同一般。北洋三支新式军队，最强的是袁部，这样看来，九月间的天津阅兵可能有戏看。荣禄的话给了杨崇伊一个启发，这不又是一个很能打中老太婆的恐吓？

一下火车，他便草拟了又一道请太后紧急训政的奏折，急忙送进宫中。

就这样，第二天北京城风云突变，形势急转。复出训政的慈禧太后在短短的三四天内下达了一连串杀气腾腾的慈谕：康有为结党营私，莠言乱政，革职。其弟康广仁着步军统领衙门拿交刑部，按律治罪。逮捕山西监察道御史杨深秀。将谭嗣同、杨锐、林旭、刘光第、张荫桓、徐致靖先行革职交步军统领衙门拿解刑部审讯。全部恢复已裁撤的鸿胪寺、光禄寺等衙门。鉴于康有为、梁启超已逃逸出国，会商英国、日本公使协助缉拿。同时又以皇上名义布告天下，因病重不能听政，恳请皇太后再度训政。

雷厉风行、轰轰烈烈、令举世瞩目的维新变法，从光绪诏定国是那一天起到他囚于瀛台之日止，前后只经历一百零三天，便以新派的全军覆没和旧派的全盘复辟而告终。消息传出，世界各国为之诧异，中国的官场士林为之震惊，身处武昌的张之洞更是各种滋味尽涌心头。

他的第一感觉和所有人一样：震惊。一场本属于建制、法规、律令方面的正常变动，却引发为你死我活势不两立的权力争斗，而且如此之快便见分晓：败者败得一塌糊涂，胜者胜得威风凛凛。即便深知朝廷内幕、关注时局变化的湖广总督都大感意外，这宦海翻覆之间，真是神鬼难测！

接下来，他便暗自庆幸，走对了两步重要的棋。一是四月间匆忙撰写了《劝学篇》，表明了自己在新旧中西之间不偏不倚、平和公允的态度。更重要的是，五月初的晋京之行中止于半途。

张之洞心想，倘若不是桑治平出面来劝阻，到了北京之后，势必取代翁同龢的位置，也势必会成为皇上新政的谋划者、支持者和执行者。那么到了今天，也绝对会落得个失败者的下场。为此，他深深感谢姐夫，更感激目光远大的挚友。

张之洞知道自己十多年来一直在办着与“维新”密不可分的事业，说过许多与“变法”非常接近的言论，在世人的眼光中，他成了新派人物。同时，他与眼下朝廷最为嫉恨的康有为、梁启超都曾有过交往。事实上，他对康、梁都很欣赏，尤其对梁更为偏爱。这些细节，若落在旧派人物的手中，必会成为攻讦的口实。一阵焦灼之后，张之洞开始细心地加以回顾清理。

办洋务局厂、新式军队、新式学堂这些事情，虽是这百日内的新政项目，但实际上在此之前，也就是说在皇上亲政之前，太后听政时期，便已有朝廷明令办理。显然，这些都是太后允准的事，自然不会遭到再度听政的太后的否定。在变法这件事上，他一直小心谨慎地守住纲常名教和祖宗根本这两条底线。关于这个态度，他在《劝学篇》中写得非常明白：“夫不可变者，伦纪也，非法制也；圣道也，非器械也；心术也，非工艺也。”张之洞想，若有人在变法上为难他的话，这几句话便足以为之辩护开脱。

这时，梁鼎芬走了进来，悄悄地附着张之洞的耳朵说：“香帅，焦山定慧寺飞江亭楹联，您还记得吗？”

梁鼎芬的这句突如其来的问话，将张之洞从沉思中唤回，他想了下说："记得，这会子你怎么会想起那副楹联来？"

梁鼎芬压低着声音说："自京师出大事以来，我一直在为香帅回忆着看有没有给人落下什么借口的，刚才我突然想起那年在焦山的楹联，好像有点不妥。"

张之洞的心下意识地紧缩一下："有哪点不妥？"

"我记得，下联的末句是'与时维新是正途'。太后现在最恨的是维新，倘若有人据此告密，说香帅您是维新派，那就麻烦了。"

张之洞的心突突地急跳起来："那怎么办？这楹联已在飞江亭上两三年了，要收也收不回了。"

"把它刮掉！"梁鼎芬早已有了主意。"趁着现在还没有人想起这件事时，赶紧刮掉，重新上漆。到时即便有小人生事，没有了证据，他也硬不起来。"

"行，就这么办！"张之洞立即作决定，"节庵，就麻烦你到焦山去办这件事。你立刻坐小火轮去，明天夜晚把它办好。"

"好，我这就去！"

梁鼎芬说着，正要转身出门，又被张之洞叫住了："你带一百两银票去，送给定慧寺的僧众们。"

这一百银票显然是为了堵定慧寺和尚的口，梁鼎芬佩服张之洞想得周到，答应一声，赶紧出了门。

张之洞很感激梁鼎芬的这份心意。很快，他又不安起来：楹联可以刮掉，但别的东西刮不掉呀！眼下太后最恨的是康有为，上谕写得很清楚：康"纠约乱党图谋围颐和园劫持"，又说康"只保中国，不保大清"。这样看来，康有为乃叛逆，怪不得太后痛恨他。张之洞很悔恨不该在江宁接待康有为，更不应该资助他银两，让他在上海办《强学报》。还有，前年对梁启超的接待，也是太出格了。这些事尽人皆知，决不像焦山上的楹联那样，可以一刮了之的。正好辜鸿铭进来，他把这件事说了出来。

“香帅，你早已与康梁划清界限了。”辜鸿铭一本正经地说，“一部《劝学篇》，乃绝康、梁而谢天下，天下人岂能不知？”

《劝学篇》是预为防患而作，但也没有哪句说到“绝康、梁”呀，张之洞一时摸不清这个怪才肚里的小九九：“汤生，你说明白点。”

“香帅，你不记得了？《劝学篇》开篇就说‘邪说暴行，横流天下’，若有人说你是康、梁的后台，你可以明白地表示，你早就把康、梁的那一套称为‘邪说’了。你禁止康有为在《强学报》上以‘孔子卒后’纪年，又斥责《湘报》上的不轨文章，这就是你反邪说的行动。又有言论，又有行动，陈宝箴、徐仁铸他们能跟你比吗？所以我劝香帅你放一百个心，尽管世间风急雨骤，你却处磐石之上，风雨不动安如山。”

辜鸿铭的确给了张之洞一颗定心丸。但这颗定心丸仍不能让他完全安定下来，他想起梁启超在湖南曾办过南学会。是的，可以通过取缔它来以此表明自己坚决拥护太后，坚决反对康、梁的态度。

张之洞立即传令，命电报房火速致电陈宝箴：立即取缔反动团体南学会，禁止一切集会结社，以安定人心而维护社会秩序。

尽管下达了这个命令，张之洞的心还是忐忑不安。还有一桩事与他同样关系密切，那就是这些天被捕的人中，至少有三个人与他关系不一般。

第一个是谭嗣同。他的父亲身为湖北巡抚，与张之洞共事多年，尽管于洋务两人意见多有不合，但私交尚可。若要追究起来，谭继洵自然责无旁贷，他这个湖广总督也负有管教失严的过失。而眼下，谭继洵不知处于何种境况之中。张之洞唤来女婿念礽，让他代表自己去巡抚衙门探视谭抚台。

晚上，念礽回来告诉岳父，谭抚台虽为儿子逮捕入狱而难受，但不担心受牵连。原来出事后浏阳会馆就拍来紧急电报，告知谭嗣同怕老父受牵连，在步军衙门来查抄之前，便模仿父亲的笔迹写了一封断

绝父子关系的信，这封信可以保护老父。事实上，这两天湖北抚衙也一片安静，未见有事牵涉到谭抚台的身上。张之洞听了这话后，大为宽慰，心里对谭嗣同充满爱怜。好个深明事理的孝顺儿子，在这种危急关头，还能静下心来想出如此好法保全父亲。这等气壮如牛、心细如发、又忠又孝的人，真堪称天地间的奇伟大丈夫。可惜时运不济，遭此困厄，但愿能平安渡过难关，日后作为当不可限量。身为父亲的谭继洵都没有受到牵连，那他这个同寅自然更可以不负责任了。

第二个是杨深秀。早在山西时，杨深秀便因献鱼鳞册而受到张之洞的赏识，后聘请他出任晋阳书院的教习。他进京做官后，仍与张之洞保持良好的关系，并自称是张的学生。张之洞有不少信件在杨深秀手里。实行新政以来，杨深秀很活跃，张之洞对他的活动大多表示支持。张之洞担心，倘若万一查抄杨深秀的家，查出自己写给杨的信件后，岂不成了麻烦事！张之洞向已任刑部官员的儿子仁权发出急电，要儿子打听杨深秀的事，特别关注是否抄了杨家。第二天儿子回电：杨深秀虽入刑部大狱，但家却没抄。张之洞放心了。

最令张之洞忧愁的是杨锐。作为得意门生和受器重的幕僚，从太原到广州，从广州到武昌，杨锐一路跟着他，从未分离过。那年，又是他推荐杨锐进京任内阁中书，实际上是湖广衙门在京城的耳目。这些年来，要说张之洞对待杨锐，在信任和依靠上甚至超过了自己的儿子。感情上他不愿意看到杨锐被捕坐牢，理智上更觉得杨锐不应该遭此劫难。张之洞深知杨锐和康有为不是一类人。杨锐被皇上超擢，按谕旨办事，何罪之有！即便皇上做的事大违太后之意，责任也在皇上身上，而不应当由一个军机章京来承担。杨锐冤枉！

杨锐在好几封信里，都说起过他与康有为、谭嗣同等人的分歧，他是不赞成诸如民权、议院这些过激主张的。现在，却因康有为的事而被捕入狱。一个正在成熟的国家栋梁转眼间成了囚犯，这不太冤枉了吗？要为杨锐诉这个冤！

张之洞刚一冒出这个想法，心里又不免有几分畏难。眼前的变局

是太后一手在操纵的，新旧之争演变为权力之争；从朝廷公布的官方文书上，权力之争又被说成是镇压奸佞集团的正义行为。杨锐已和康梁同被列入奸佞一类，为杨锐诉冤，岂不是为奸佞诉冤？身为国家大臣，此举岂不有和朝廷作对的嫌迹？诉不诉，如何诉？时局危急，又容不得太多的思考。张之洞为此而心如火焚。他多想找一个人来商议商议，然桑治平已不在身旁，谁可与之谈此等腹心话？

下午，念礽过来禀报汉阳铁厂的事，说起铁厂的总办郑观应在幕友房里与众人聊天时，对谭嗣同、杨锐四章京被捕一事深为遗憾。又说督署幕友们也对杨锐遭此不测之祸叹息不已。念礽的这几句话给张之洞以启示：为避嫌疑，自己不能出面，找一个局外人来关说，既可达到诉冤目的，又可以免遭风险。现在有一个最好的人选摆在面前，那就是汉阳铁厂督办兼铁路公司总办的盛宣怀。

此人绝对是新政的拥护者，是杨锐等人的同情者，他门路极广，且以局外人的身份出面更为妥当，但不知道此刻他愿不愿意出面？

念礽说："郑观应的话说得激昂，估计盛宣怀也是这个态度。再说，他现在跟我们关系密切，也不好意思拒绝。"

张之洞说："这不是一般的事，不能勉强人家。你不妨先去郑观应那里跟他说明，让他先用电报与盛宣怀联系。若他愿意，我再直接拍个电报。不过，所有这些都得对外严格保密。"

一个多小时后，陈念礽回来说："一切都办好了，您就拟电报吧！"

张之洞沉吟一会，对念礽说："你记吧。"

陈念礽从衣袋里掏出一支美国带回的钢笔，将张之洞口授的话一字字地记了下来：

盛京堂：杨叔峤端正谨饬，素恶康学，确非康党。平日论议，痛诋康谬者不一而足，弟所深知，阁下所深知，海内端人名士亦无不深知。此次召见蒙恩，系由陈右铭中丞保，与康无涉。

且入值仅十余日，要事概未与闻。此次被逮，实无辜受罪，务祈迅赐切恳夔帅、寿帅设法解救，以别良莠，天下普类同感两帅盛德。叩祷。

王文韶字夔石，故称夔帅。军机大臣裕禄字寿山，故称寿帅。

电报亥时发出，第二天未时盛宣怀回了一电：

张制台：真电所言杨叔峤事，已转电仁和，力恳保全，圣躬未愈，有旨征医。宋伯鲁革职，余无所闻。

仁和即夔帅王文韶，他是浙江杭州人，杭州古称仁和，以仁和代王文韶，乃是对王的尊敬。宋伯鲁乃一名很活跃的新派御史，革职自是难免。张之洞看到这份电报，心情安定下来了。

王文韶与裕禄两人中，盛宣怀没有找裕禄而找王文韶，看来盛与王交情更深。王文韶眼下是太后的大红人，身兼总署和军机两大任，他答应保全，大概杨锐的处罚不会太重。有旨征医，莫非皇上真的病了，多半是因新政失败被囚而忧郁成病？

北京几乎所有的衙门都卷入了新旧之争，朝政眼下不知乱到何种地步！张之洞电告儿子：遇有大事，随时报告。

不料第二天深夜，仁权从京城发来电报：今日午后，康广仁、谭嗣同、杨锐、杨深秀、刘光第、林旭被斩于菜市口，监斩人刚毅，京师百姓观看者数以万计。未等电报读完，张之洞已软瘫在藤躺椅上。

这是怎么回事呢？这样重大的案件，当事人又是朝廷的重要官员，为什么不按正常的程序由刑部审讯，由大理寺定罪，就这样匆匆忙忙，甚至可以说是急不可待地把人杀了？

二百多年来的大清历史上，似乎还没有过这样的先例。

就在接读电报的前一分钟还存在的企盼彻底破灭了，杨锐而今已是身首相分，倒在菜市口的血泊之中。可怜的叔峤呀，你真是冤枉死

了！整整的一个晚上，杨锐的音容笑貌一直在张之洞的眼前晃动：一会儿是尊经书院憨态可掬的年轻学子，一会儿是太原城秉烛夜书的勤勉幕僚，一会儿是奔走国是的热肠京官。今年才刚进的四十岁，一个大有作为的干才能员，一个忧国忧民的正直书生，怎么能以这样的形式结束短短的人生，离别他眷恋不已的国家、朝廷、老父妻儿、师友同寅？

张之洞知道，像这样的朝廷钦犯，在菜市口砍头，是有意暴尸示众、三日之内不能让人收敛的。还差两天便是中秋节了，张之洞抬头仰望夜空中那一轮即将圆满的月亮，心里无限的悲凉。今夜，菜市口是一副多么恐怖的场景；今夜，京城杨宅又是如何地哀伤、悲痛！叔峤七十岁的老父、十岁的幼儿、已成未亡人的妻子，既头顶罪犯眷属的恶名，又要承受失去亲人的痛苦，未来的日子，将怎么过呀！

张之洞要念礽速电仁权，派仆人带一张千两银票悄悄地去杨宅探视，并转达他的问候。

接下来，是一连串的相关消息：翰林院学士徐致靖永远监禁，其子湖南学政徐仁铸革职永不叙用，积极行新政的户部侍郎张荫桓革职，充军新疆，将康有为离间帝后图谋不轨的罪行宣示天下。又命广东地方官府抄查康梁原籍财产，逮捕已出逃的礼部主事王照的一兄一弟，保荐康有为的礼部尚书李端棻革职，充军新疆，交地方官严加管束，湖南巡抚陈宝箴及其子翰林陈三立，以及前湖南学政江标、翰林熊希龄均革职永不叙用，交地方官严加管束。在惩办新派的同时，以怀塔布、许宝骙等为代表的一批老派人物，或加官晋级，或官复原职。

一百零三天的维新变法仿佛一场春梦似的，一觉醒来，大清帝国没有丝毫变化，依旧是原来的旧模样。

疾风骤雨般的疯狂报复过去后，张之洞最为担心的是两件事：一是有人会借他曾与强学会和康梁有过联系，以及他与杨锐的师生关系而攻击他。这都是确确实实的历史，他无法抹去，也无法改变，倘若

遇到仇家要周纳深文无限加码的话，他张之洞也可以被视为维新变法的积极拥护者，甚至是康梁的后台而遭到严惩。事实上，有人已经在这样做了。

十六七年前因贪污被参劾的前山西布政使，十二三年前借徐致祥弹劾张之洞不成、赋闲家居一百天如今又官复原职的太常寺正卿葆庚，便找到了眼下言官中的大红人杨崇伊，以用一万贪污银子买来的宋徽宗的一幅花鸟真迹为诱饵，怂恿杨崇伊上了一道对张之洞的参折，但慈禧将这份参折留中未发下。一来张之洞是她一手提拔的而今享有盛誉的三朝老臣，二来一部《劝学篇》也使得慈禧深信张之洞决不是康梁一类的人。辜鸿铭的那句“绝康梁以谢天下”的玩笑之语，终于得到了证实。这桩事，两年后张之洞从姐夫鹿传霖那里得知，使他对慈禧更添一份感激之情。

张之洞的另一个担心，便是他耗费多年心血经办的洋务局厂，会因这场变故而受池鱼之殃。这个担心在几个月后也慢慢消除了。铁厂和铁路都和先前一样在正常的生产和施工中，盛宣怀及其得力助手们依旧在兴趣浓厚地经营着，并对前景十分看好。其他如汉阳枪炮厂、汉阳火药厂、纺纱局、织布局、制麻局、缫丝局也事事照旧。

张之洞的仕途没遇到障碍，他所致力的洋务事业也没多大的影响。湖广总督衙门的运转一切如常，然而中国的政坛却因这次变故而大伤元气，中国社会的进展也因此而中止甚或倒退。西方各国曾因新政而对中国燃起的一点希望之火也遭浇灭，灰蓝色的眼睛里充满着对这个古老之国的政治不可理解的迷惘神色。中国的亿万百姓，也从此失去了以和平方式获得富强的机会，被迫走上血与火的痛苦之路，神州大地，再度陷于压抑、沉闷、暗淡的时空大隧道中。

终于，这种畸形的陈旧统治术导致了一场更为混乱更为可怕的大动荡，大清帝国因此蒙受从未有过的奇耻大辱，摇摇欲坠的爱新觉罗王朝几近覆没！

第四章 / 互保东南

一 面对废立大事，三个总督三种态度

慈禧再度训政的第二天，光绪便从养心殿搬出，住进紫禁城西边南海中一个名曰瀛台的孤岛上，对外称之为养病，其实已被软禁，身边只有几个太监和宫女服侍。他的正妻那拉氏皇后原本就和他不投缘，现在则干脆投入她的姑妈怀抱，与丈夫断绝了联系。与皇后同日册封的瑾妃平素嫉妒妹妹珍妃的独宠，此时更有幸灾乐祸的快感。她明白表示站在皇后一边。至于珍妃，本就招慈禧的嫌恶，正好以干预朝政的罪名将她打入冷宫。其他几个地位低的妃子更是不敢上瀛台。于是，光绪身边便没有一个妃嫔了。

他一天到晚孤孑一身，形影相吊，连个说话的人都没有。可怜的皇帝，心绪痛苦到了极点。先前只相信康有为所说的“若不变法，求为长安一布衣亦不能”，却没有想到，变法后的遭遇，也同样是“求

为长安一布衣而不能”。光绪的性格本脆弱，体质又单薄，遭此打击后，果然大病了一场。从此他便木木讷讷的，形迹近于呆滞。每月朔望之日，他照例被太监引导，乘坐一叶小舟渡过水面，进宫向太后请安，背诵两句固定的台词后便不再开口，一旁垂手侍立。慈禧也觉得难堪，便吩咐跪安，让太监重新将他带回瀛台。有时慈禧会见重要的外国客人，为避免洋人猜疑，也把光绪带在身边。光绪同样如一尊木偶似的，不说话，甚至笑都不笑一下。

于是，有机会见到皇上的大臣们都私下议论起来：皇上莫非真的神志上出了毛病，否则怎么这样目光呆痴，面无表情，精神萎靡，言辞木讷？皇上毕竟是皇上，太后毕竟年事已高，反省之后的皇上仍得要回宫处理军国大事，大清国今后还得由皇上来掌管。皇上病得这样，如何能担当起君王的重任呢？在皇族里，则有人在偷偷议论着更大的事情：皇上这个样子，得赶紧另打主意。前代可援引的旧例不外乎两种：一是废，一是让。无论是废是让，都得有个取代者。谁做这个取代者合适呢？有几个王府在遍视近支黄带子之后，对这个天大的好处有可能降落在自己府内抱着希望，于是便对大位怀着觊觎之心，跃跃欲试地在各权贵府第中穿来走去，打听联络，寻求机会，以求一逞。这其中有一家自认为可能性最大，遂最踊跃，最热衷，这一家便是位于西城平安里的端郡王府。府主名载漪。

说起载漪的身世来，可非比一般。他是道光帝的第五子惇王奕誴的次子，奕誴是咸丰帝的弟弟，恭王、醇王的哥哥，当今皇上的亲伯父。载漪则是皇上的嫡堂兄弟。载漪的长兄载濂在父亲去世后承袭王位。按祖制，载漪不可能再封王。载漪的封王是因为过继给瑞王府的原因。

嘉庆帝的第四子绵忻封瑞亲王，绵忻去世后其子奕志承袭王爵，奕志无子，为使国不除，咸丰帝让侄儿载漪出为奕志的嗣子，承袭王爵。内阁述旨时，因笔误将瑞写成端，圣旨不可改，遂将错就错，瑞王便变成了端王，载漪就这样成了端郡王。载漪的长子溥儁年方十六

岁。从血统来说，若为光绪嗣子，他不如出身醇王府的光绪诸侄，若为同治嗣子，那他就是最为亲近的侄辈了。这是从父辈一脉来看，若从母系一脉看，溥儁则有着别人不能攀比的优势，这是因为他的母亲乃慈禧的内侄女。

慈禧的弟弟桂祥有三个女儿，长女乃光绪之后，次女即溥儁之母，三女则为辅国公载泽的福晋。当年光绪即位，除开为咸丰的亲侄外，更仗着母亲是慈禧的亲妹的缘故。满朝文武都知道老佛爷的私心，若要立嗣，最佳人选必为溥儁。因为醇王府现今的溥字辈，并非老佛爷之妹的血脉，乃是老醇王的侧福晋刘佳氏的后代。

载漪自然深知端王府目前所处的形势，故对慈禧百般逢迎，务必要讨得这位大清神器授予者的欢心。

对于四岁进宫的光绪，慈禧经历了一个从期望到失望的过程。当她得知光绪竟然听从康有为的奸谋，居然有围攻颐和园的想法时，这个一生强悍，只能制人不能制于人的女人终于狂怒了，失望升格为仇恨。她决定要将亲手立的皇帝，再亲手废掉。心存这个念头后，她遍视近支各王府，目光最后也停留在溥儁的身上。她叫载漪把溥儁带进宫来瞧瞧，又特为邀请蒙古老状元、同治皇后的父亲、她的亲家翁崇绮一旁观察。

经过三天的强化训练，溥儁在父亲的带领下，走进养心殿东暖阁。慈禧见他健康清秀，跪拜如仪，应答也还流畅得体，心中颇为满意，随口问道："平时在家除读圣贤书外，还做些什么？"

溥儁答："奴才除读书外，还喜弓马骑射。"

这话让慈禧中意，说："骑射乃咱们满人的本色，万不可丢掉。"

又问："喜欢读什么书？"

溥儁答："史书及祖宗典册。"

慈禧点点头："也做诗吗？"

溥儁答："间或也做些诗。"

慈禧问：“近日做了什么诗，念一首给我听听。”

溥儁答：“奴才昨日作了一首《秋雁》，请老佛爷赐教。”

停了一下，溥儁念道：“西风乍起时，群雁飞江南。聊将天作纸，挥洒二三行。”

慈禧笑着说：“诗做得不错，赏你一套文宗爷用过的笔墨，下去吧！”

载漪带着儿子，高高兴兴地出了养心殿。

载漪父子刚出宫，崇绮便对慈禧说：“老佛爷，恭喜恭喜，端王府有这样聪明的小主子，老佛爷您有这样颖秀的内侄孙，这真是大清之福。溥儁知书达理，尤其诗做得好。‘聊将天作纸，挥洒二三行。’这诗真有王者气概。老佛爷，您若将溥儁赐给老朽做门生，老朽这一世就算没白活了。”

慈禧听了这话，很欢喜，说：“好哇，就叫溥儁拜你为师吧！”

崇绮乐得白胡子翘了起来：“老朽谢老佛爷了。”

见过溥儁这一面后，慈禧已在心里定下了这桩大事。

溥儁进宫面试并得到老佛爷的赞许之事，很快便传遍朝廷上下，端王府立即车水马龙，热闹如市。在许多人的心里，端王府就要成潜邸了，其中荣禄、刚毅、启秀、裕禄、徐桐等人更为积极。

荣禄、刚毅在这次变局中，坚定地站在太后一边反对皇上，启秀、裕禄是新政期间进的军机，他们本是皇上提拔的，却反了水投靠太后。他们都害怕一旦山陵崩皇上重新掌权后会报复，遂一致主张废除皇上，另立新主。徐桐一向反对西学，他不满光绪，主要在信仰上而不是利害关系上。荣、刚、启、裕执掌军机大权，是眼下大清国的实力派人物。徐桐身为大学士，又曾做过同治帝师，年高德劭，在朝廷中有极高的声望。他们与慈禧结成联盟，废光绪立溥儁，看来已是势在必行的事了。但这时却有两位王爷主张持稳重的态度，一是军机处领班礼王世铎，另一个是总署大臣庆王奕劻。

世铎做了十四年名不副实的军机处大臣，奕劻则是近几年来走红

的王室重要人物。

世铎和奕劻与光绪无怨隙，他们站在较为超脱的立场上，认为废除皇上一事太重大，且光绪因行新政而废，亦颇冤枉。二人意见一致，遂共同奏请慈禧，但他们不便直说，而是采取迂回的方式。

世铎奏："近日王公中密传，谓皇上病重，不能理政，老佛爷有另立之意。奴才和庆王以为此事可否听取京外督抚意见，请老佛爷圣裁。"

慈禧看了看奕劻："你也是这个看法？"

奕劻叩头说："奴才的看法与礼王爷一样。"

慈禧沉默不语，过了一会儿，问世铎："依你看，此事如何与地方督抚商议？"

世铎说："此事太重大，又属绝等机密，不可扩散，只宜与极少数人商议。奴才与庆王私下认为，当今天下只有三个总督可议此事。一为大学士、前直督李鸿章，二为两江总督刘坤一。二人为湘淮两军硕果仅存者，且久为总督，老成稳重，此二人非得事先征询不可。第三位便是湖广总督张之洞。此人非湘非淮、非台非阁而受天下督抚推重，眼界开阔，谋国忠贞。此人亦宜与之商议。三人之外的督抚，似不宜让他们知道。"

慈禧又沉默多时后才说："好吧，就按你们说的，军机处办个绝密信函，分寄李、刘、张三人，叫他们直抒己见，尽快答复。"

第二天，三封绝密信函由军机处发出。一封直送贤良寺李鸿章寓所，另两封以四百里加急分发江宁和武昌。

李鸿章从欧美五国回来后，满以为可再获重用，却不料依旧只是一个文华殿大学士。自雍正建军机处后，内阁的权力便大为降低，到咸同之后，内阁大学士完全成了一个虚衔：位虽高，秩虽隆，而实权几乎一无所有。"大学士"往往成为对立有大功之人的荣誉褒奖。李鸿章很少去内阁办事，当然也无事可办。他一直住贤良寺，读书散步，门前冷冷清清。他是一个十分看重权势和事功的人，处于这种境

遇，自然心境抑郁。对于前一段的新政，李鸿章的态度比较复杂。

应该说，李鸿章是最早认识中国已落后世界很远，必须向别人学习的先知先觉者之一。他的这个认识是在战争中得来的，是在与洋人打交道的过程中感受到的。正因为此，早在同治初年，他便办起了金陵制造局、江南制造局等一批洋务军工厂，是曾国藩“徐图自强”国策的重要制订人和继承者。早在同治九年，在处理天津教案中，他便和曾国藩会衔上书，提出派幼童出国留学的建议。后来在长达二十多年的直督兼北洋大臣的岁月中，他更是倾尽全力办北洋水师，办军火工业。光绪的百日维新变法，不过是以朝廷的名义将他三十年来所做的事业推行于全国罢了。作为第一代的试办新政者，李鸿章怎能不拥护不支持？

但是，对刚刚夭折的新政的实际谋划人康有为及其一班子人员，李鸿章却与他们有着很大的隔阂；造成隔阂的原因，不在学理上和策略上，而在感情上。

甲午海战失败，李鸿章被康有为及康的同志们骂为汉奸、卖国贼，已够伤他的心了。后来强学会成立，他打发家人持两千两银子要求入会，而遭到严拒。这对他来说，更是脸面扫尽。于是李鸿章不再与康党发生任何联系。对康党这次的惨败，李鸿章多多少少有点幸灾乐祸。不过，作为一个淮军统帅出身的国家重臣，他的胸怀尚不至于褊狭到不能容骂他的人。在心灵深处，他还是欣赏康有为、梁启超的。百日新政期间，李鸿章一直安居在贤良寺里，静观时局变化，可与否，他都不置一言。

这天，他接到由军机处送来的火漆密封的信函，心里想：两三年了，还没有收到一封如此函件，老夫早已是一个闲云野鹤了，还有什么重大的国事要问我？待到拆开看时，李鸿章怔了半晌。废立皇上，这是何等重大的事！做过多年翰林的李鸿章熟稔史册，知道历史上凡有废立的时候，均是局势动乱的时候，废也好，立也好，往往都没有达到期望的目标，反而加重动荡。典型的例子如东汉末期，废立之事

经常发生，导致的结果是权臣执政，朝廷威望下降，政局进一步恶化。大清立国二百多年来，除康熙朝外，从未有过废立之事。当初康熙爷对于太子的废立慎而又慎，即便太子作恶多端也还是想方设法尽量不废。最后，实在到了不可救药的程度，才下狠心废黜，从而实行传之后世的藏名于金匣的建储制。然而，就是这样的慎重，也引发了诸子争位、骨肉相斗的朝局。历史的经验值得借鉴，废立之事，不是万不得已，决不可轻率行之。

李鸿章对历史感叹一番后，又回到眼前来。他并不认为光绪是一个非废不可的昏暴之君，即使如密函所说的“身患重病”，也不能成为理由。皇上今年才三十八岁，正当英年，病得再重也是可以治愈的，不必因此而废黜。再说，皇上并无儿子，若是废了，又由谁来继位，岂不又要引起一场近支王府之间的争斗？但李鸿章知道太后很恨皇上，以他如今伴食之身来规谏此事，力量不够，而真正有力量的，是太后所惧怕的洋人；如果洋人反对，那太后就不敢了。但自己如今的地位也不宜到各国公使馆去探听此事呀！

苦苦思索良久后，富有权谋的李鸿章突然有了极好的主意！

李鸿章悄悄来到定阜大街庆王府。老于世故的奕劻在王府客厅契兰斋，热情地接待了这位已无往日威风的落魄大学士。

坐定，寒暄之后，李鸿章说：“废立大事，老朽不敢与闻，承蒙王爷和军机处看得起，告知这等机密大事。老朽认为，处眼下局势，这等大事，一是太后圣心裁夺，二是要探一探各国的态度。”

奕劻是一个极为看重洋人的王爷，忙点头说：“中堂说的是。西洋各列强都与我们大清建有外交往来，他们自然会很重视这件事，探听一下他们的态度很重要。中堂与外人打了几十年的交道，又刚从欧美回来不久，与各国公使馆交往颇深，可否就请中堂到公使馆去探听探听？”

“唉！”李鸿章长叹一声后说，“洋人都是势利的人，我如今无权无势，不过一闲人而已，怎么能去公使馆探听这等重大的事？即便

去，他们也不会对我讲真话。”

奕劻说：“中堂说的也有道理，还有什么别的办法可以探知公使馆的态度吗？”

李鸿章想了想说：“办法也不是没有，老朽有一个主意，也不知可行不可行？”

奕劻忙说：“中堂有什么好主意，尽管说。”

李鸿章说：“我离开直督已经有三年了，各国公使都以为我现在是一个拿薪俸养老的人，不过问朝政，他们自然也就不会和我谈朝政。如果太后能让我暂时到哪个省代理一下总督的话，各国公使知道朝廷又要用我了，必定会来祝贺，那时我就会顺便跟他们谈起这件事，探一探他们的口气。”

奕劻是个精于权术的老政客，李鸿章这番话背后的真正目的，他一听就明白了：无非是不安于赋闲，欲借此机会向朝廷要个总督的实职。他在心里冷笑了一声后，转个念头又想：李鸿章的这个主意也是可行的，若不找个由头，又如何能与公使馆接触？太后对两广总督谭钟麟不太满意，不如建议他去广州取代谭钟麟，两广洋务多，李比谭更合适。

想到这里，奕劻笑道：“中堂这个主意很好，我明天和礼王爷商议后，就奏请太后。”

世铎也认为此法可行，一同面见慈禧，请放李鸿章两广总督，替代不善于与洋人打交道的谭钟麟。慈禧答应了。

果然，各国公使馆听说李鸿章外放两广总督，纷纷前来祝贺。英国公使心直口快，不等李鸿章转弯抹角探听，先自问了起来：“听说贵国要废掉大皇帝，有这事吗？”

李鸿章就势说：“废立的事，我没有听说过。不过，即便真有这事，也是中国的内政，贵国是不能干预的。”

英国公使气傲地说：“这当然是贵国的内政，我们大英帝国是不会干涉的。只是，我们只认得‘光绪’二字，若是换别的人做大皇

帝，我们承认不承认，还得请示敝国政府。”

显然，英国公使不赞成废除光绪。其他一些主要国家的公使除俄国外，李鸿章通过旁敲侧击，也探出了他们的心思：反对废除光绪。李鸿章把他的探听告诉奕劻，奕劻又禀报给慈禧。慈禧得知后，心里甚为不高兴：这些洋鬼子真是可恼，中国换皇帝与你们何干！

这时，江宁发给军机处的密电也到了慈禧的手中。七十二岁的前湘军首领两江总督刘坤一，是个不拘细末却大事明白的人，他不认为光绪行新政有什么错，不能因此而遭废黜。想到自己年过古稀，近年来又疾病缠身，有生之年也不多了，在这桩大事上，不妨说句真话，大不了开缺我的江督。我已做了三十多年的督抚，也做烦了，开缺后正好回籍养病，安度天年。刘坤一这样想过后，给军机处发了一封密电，电文简洁，关键话只有两句：君臣之分已定，中外之口宜防。慈禧看到这两句话后，心里不悦，难道已定的就不能变动了？君在我的手里，我立谁，谁就是君。新立的君与臣之间，不也是君臣之名分吗？心里虽这样想，但到底外国公使和两个元戎重臣都明确表示不同意废立，慈禧不能不慎重对待。她现在期待着来自武昌的回复。

武昌的湖督衙门里，张之洞接到军机处的密函后，已经反反复复地思考三四天了。摆在他面前的真是个大难题。张之洞的内心里毫无疑问是支持新政、拥护光绪的，是不主张废除这个“身患重病”的年轻皇帝的。皇上有不足之处。在张之洞看来，这不足之处主要在两个方面：一是太过于相信和依靠康有为，二是太急于求成。康有为学理怪诞，使人不能对他完全放心，且地位卑微，又不足以服众，用他作新政的主要赞襄者，是皇上的一大失误。旧法实行二百多年了，有的则从前明继承，为时更久，怎么可能在短期内便全部除旧布新？百日维新期间大大小小的变革达三百余项，有时一天之内下达十余个变法谕旨，使人目不暇接，叫各省各府县如何办理？纸上的东西不落到实处，是一点用处都没有的。皇上太轻率，太躁进，太缺乏实际办事能力了，有的甚至近于儿戏。“欲速则不达”这条古训，百日维新的失

败给了它又一个最好的证明。但即便这样，他也不同意废除皇上。因为皇上所要办的这件大事，归根结底是为了强国富民，是符合世界潮流的，与张之洞本人的心是相通的。然而，张之洞又不便明确表示这个态度。他有两个大的顾虑：一是在百日维新中，他本人尽管没有应诏入京襄助，但他的学生杨锐，他的山西时期的幕友杨深秀都卷入得很深，此外，康有为、梁启超、谭嗣同都和他有说不清的牵连，在知晓内情的人看来，湖广总督实际上已卷入了这场变局。鉴于此，张之洞想尽可能地把自己与百日维新划得清楚些，隔得开些。此时，若再站在皇上一边上，他怕别人指责他为康党，为维新派第二。张之洞知道太后很想废掉皇上，若明确表态不同意废的话，无异于直接反对太后。张之洞怕得罪这位厉害的老佛爷。

他将此事与梁鼎芬、徐建寅、辜鸿铭、陈念礽等人商议。梁鼎芬主张跟随重新训政的太后，辜鸿铭主张支持失败的皇上，徐建寅、陈念礽则依违两可，张之洞仍拿不定主意，这时，大根进来对他说：“四叔，吴郎中远游归来，想看看您，您有空吗？”

自从那年送武当山焦桐到武昌以后，吴秋衣与张之洞便没再见面。眼下遇到这等大事，张之洞本没有心思与一个江湖朋友闲聊天，但转念一想，江湖人乃权利场的旁观者，俗话说旁观者清，何况他多年来漫游四海，见多识广，更可以清醒地看待这样的政坛大事。只是这事决不能传扬出去，否则，总督向游方郎中咨询朝廷废立，将会被世人当成笑料看待。

“吴郎中现在哪里？”

“他已在督署门房外。”

“你问过他吗，他住在哪里，是不是还在归元寺挂单？”

“是的，他说他还是借住在归元寺。”

张之洞想了想说：“你去告诉他，说我这时正有急件要办，请他晚上再来，我有重要事和他商议。”

晚上，吴秋衣如约来到督署，张之洞高兴地在小书房里接待这位

不一般的郎中。吴秋衣将他上下打量了一番后，感叹地说：“香涛老弟，你这些年老多了。案牍劳形，此话不假！”

张之洞看老友虽黧黑瘦削，却神完气足，也感慨地说：“你跟上次见面时差不了多少。风雨滋露松柏人，此话也不假！”

说罢，二人都快乐地笑起来。

张之洞问：“秋衣兄，这些年你都去过哪些地方？”

吴秋衣爽朗地答道：“这些年主要在北方停留。在泰山附近滞留了两三年，后又去了嵩山、华山和五台山，不知不觉间，人世就过了十年光阴。这次再返归元寺，原住持虚舟法师居然圆寂三四年了，现在的住持，当年不过一斋头而已。岁月过得真快！”

“是呀，是呀！”张之洞连连点头，“岁月过得真快，就连当年接待你的门房都变老头子了。”

“香涛老弟，那年从武当山带来的桐木料你做了几张琴？”

张之洞答：“九截桐木料，我已做了五张琴，还留下四截，预备着给将来的儿媳和出嫁的女儿做。”

吴秋衣问：“做出的五张琴，音色还中听？”

“好，每一张都好。”张之洞说，“尤其以那截最长的格外好，我将它做了一张大琴，取名天下和平，留在府里，佩玉常常弹弹，那音色真有绕梁三日不绝的妙处。”

吴秋衣的脸上露出了欣慰的喜色。

“秋衣，我之所以约你今晚来此，是有一件重要的事情要听听你的意见。”张之洞面色凝重地将谈话转到主题上。

吴秋衣颇觉意外地问：“你的重要事情都是国事，而我是一个不问国事的人，我能给你提供有价值的意见吗？”

“不错，是国事。而且我也知道你不问国事，我要的正是不问国事人的意见。”

吴秋衣敛容说：“那你就说吧，我尽我的所知所识回答你。”

张之洞神色肃穆地说：“这是一件绝密的国家大事。你必须答应

我，只在这里说，出了书房外，不向任何人提起。”

“什么国家大事，这样绝密？”吴秋衣下意识地整了整头上的布帽子说，“我答应你，守口如瓶，绝不向任何人说起。”

“你先看看这个。”

张之洞将军机处的密函，递给了吴秋衣。吴秋衣接过一看，心里大吃一惊，但脸上却不露声色，平静地说：“我知道了，你是决定不下，想要听听我这个不仅是局外人，而且是江湖人的看法，替你做个参考。”

张之洞点了点头。

吴秋衣说：“如此大事，你能拿出来和我商议，足见你对我的相信，今晚我们在这里所谈的一切，我自然不会泄露半点出去。江湖人无求无忮，对这等事，或许比你们局中人还要清醒些。不过，我倒要问你一句话，你也要以实相告。”

张之洞坦然说：“有什么你就问吧，对你，我没有不说实话的理由。”

吴秋衣盯着张之洞的眼睛问：“对当今的皇上，你认为是废好，还是不废好？”

张之洞说：“皇上虽有许多缺陷，但他愿行新政，有励精图治的抱负，这就是好皇帝。若有圣祖爷、高宗爷那样的明君英主，也不是不能废除皇上而改立贤者，但遍视当今，有资格继承大统的人，却没有一个像样的。故我的态度很明确，还是不废皇上的好。”

吴秋衣说：“我明白了，这就是你的难处：太后要废，你不同意废，既不想得罪太后，又不愿意违背自心，两难！”

张之洞说：“正是这样。你有什么良法可以帮我摆脱这个两难？”

吴秋衣思考良久，说：“香涛兄，你说说，自古以来，立君立主，是家事还是国事？”

张之洞想了一下说：“按理说，立君立主是国事，但它从来又是

当作家事对待的。”

吴秋衣说：“是这么回事。杨修被杀，是因为他插手曹家的立嗣事，曹操恨他。刘琦兄弟相争，请求诸葛亮救他。诸葛亮说，立谁为荆州之主，这是你的家事，外人不得多嘴。依我看，帝王家从来只把立嗣当作家事，当作国事来看的，极少极少。即便有说是国事的，也多半另有目的，是说给别人听的。”

张之洞用心听这位老江湖的分析。

“我想再问问你，太后是个怎样的女人？”

张之洞略为思忖后说：“太后刚强明断，看重权力，与一般女人大不相同。”

吴秋衣说：“依我看太后好比汉之吕后，唐之武则天，是一个喜欢自己揽权弄权的人。她口口声声将自己比之为开国之初的孝庄皇后，其实完全不是。孝庄若像她这样，大清哪会有圣祖爷出现？”

张之洞在心里想，郎中的话虽然尖刻了一点，却是实话。据说百日新政期间，皇上十二次赴颐和园禀报，二品以上的文武大员还得由太后亲自决定，离京前还得去园子里向她叩头谢恩。这哪里是还政颐养，分明仍在控制着朝廷！再有魄力的皇帝，在这样的控扼之下，也难有所作为。

吴秋衣继续说：“你想想，这样的太后，她能把一个外臣的话当一回事吗？无非是利用利用而已。你的话投合她的心思，她就把你的话拿出来作挡箭牌；你的话不合她的心思，她或置之不理，或从此以后整个儿不喜欢你这个人。”

张之洞似乎被这几句话开了点窍，心里一时明亮了许多。

“所以，依我这个不懂权术的郎中看来，你不妨这样回复军机处：废立乃天子家事，当由太后圣心明断，外臣不宜亦不应置喙。”

张之洞望着吴秋衣，默念着他说的这三句话。

吴秋衣说：“你可能以为这几句话好像与没说无多大区别，其实大不相同。第一，你严守君臣之分，不插手太后的家事；第二，你同

意太后自己作出的决定，今后是废还是不废，你都是赞同的。”

张之洞突然完全明白了如此回复的妙处，满脸笑容地说：“你这几句话真是太好了，帮了我的大忙。”

吴秋衣说：“这种回复，你其实也想得到，用不着我来说，我只是解去了你心中的疙瘩。你原先或许以为这样做是耍滑头，其实这才是最恰当的处理方式。本来，既是天子家事，外人便不宜说长道短。你说当今的太后是一个听不进别人意见的人，你又何必去多嘴？”

张之洞起身说：“你这话说得好极了。我就用你的话作为复电。我这几日事多，今夜就说到这里，过些日子，我再到归元寺看你，听你谈谈云游北部河山的心得。”

这天半夜，湖广总督的密电，从武昌传到了北京。

三个总督的答复，两个反对一个不表态。不表态就是不同意，慈禧心里当然明白。这时又有驻外使臣向她报告，英、法等国的报纸上刊登了关于中国欲废除皇帝的报道。正如吴秋衣所说的，慈禧其实并不大看重她手下总督的意见，她最为关注的是洋人的动态，于是她终于打消了废除光绪的想法。但慈禧的改变，使得载漪及荣禄、刚毅、启秀、徐桐等攀龙附凤之辈着急了。他们分头向慈禧奏请换一个法子，即预立大阿哥，为避免醇王府的不满，申明此大阿哥是继承穆宗皇帝的。穆宗做了十三年的天子，无后而终，现在又过去了二十四年，皇上并未诞育皇子，穆宗之庙长期无人祭祀，这事无法向祖宗交代，醇王府不应反对，也无理由反对。

大清祖制，自雍正朝起就不再立太子即大阿哥，现在破了祖制预立储君，多少有点掣碍，但可以“皇帝病重，事出无奈”作搪词，过两年待大阿哥成年后，便可叫他代行皇帝事。如此，名未废而实已废，外人既无借口干涉，文武百官也不会因废立大事来多口舌。慈禧觉得这个办法好，采纳了。

于是，以光绪的名义诏立溥儁为大阿哥，开弘德殿教读，以徐桐、崇绮为师傅，又命端郡王载漪为总理各国事务衙门大臣，兼管虎

神营。载漪掌管外交和军队，权势在当年的摄政王大臣奕䜣之上，隐然可与入关之初的皇叔多尔衮相比了。

慈禧自以为她玩的这个花招很高明，其实她的真实用心，全国臣民都很清楚，就连外国人也蒙骗不了。光绪二十六年元旦，为溥儁正式行礼的大喜日子，文武百官都遵旨朝贺，但各国公使馆尽管早早接到了邀请书，却一个公使都没到场。公使馆的冷落大大激怒了慈禧，也让未来的太上皇载漪深感尴尬。联系到外国人引渡康梁出逃的前科，慈禧、载漪对洋人的仇恨，已到怒不可遏的分上了。倘若说由鸦片、教案、租借口岸等事而招致的国辱尚可忍受的话，那么这种因个人尊严和地位所结下的私怨，则是决不可宽恕的。大清王朝的最高权力执掌者，对洋人已忍无可忍，他们在竭力寻找一个机会报仇雪恨，发泄心中的这口恶气。

机会终于被他们找到了。

二　蝮蛇螫手，壮士断腕

早在嘉庆末叶，直隶、山东、河南等省接承白莲教之后，又有八卦教在百姓中活跃。八卦教以习拳术为主，兼画符治病。他们以组团结伙来互相帮衬，许多穷困愚昧又不甘于受苦受难的乡民则踊跃参加。人们称这种团伙叫义和拳，入伙者为拳民。光绪年间，山东受德国传教士及教民的欺侮颇深，于是乡民在义和拳的组织下，与传教士和教民对抗。历任山东巡抚李秉衡、张汝梅、毓贤，也对传教士及教民的行为不满，袒护拳民，于是义和拳在山东会众日多，影响日大。毓贤更将义和拳更名为义和团，把它当作维持乡间秩序的团练对待，义和团因而取得了合法的地位。义和团声称，习他们的拳术可以神灵附体，刀枪不入。拳民所崇拜的神灵，或来自民间的传说如八仙等，或来自戏台，如齐天大圣、梨山老母等，或为历史上的名人，如关羽等。毓贤对此笃信不疑。但他的继任袁世凯却不信这一套，视之为邪

教，大加镇压。义和团在山东安不下身，便大规模地流向直隶。那时直隶正遇灾荒，大批灾民加入义和团，义和团的声势更加旺烈。为了得到朝廷的支持，他们打出“扶清灭洋”的旗帜，在天津、河南、冀州、涿州等地设坛练拳，其中以乾字团、坎字团最为著名。乾团又称黄团，所有人员皆黄巾、黄带、黄抹胸、黄布缠足。坎团又称红团，所有人员一律着红色。他们公然编列队伍，制造兵器，以军法相部勒。

直隶总督裕禄对义和团礼遇有加，以黄轿鼓吹恭迎其大师兄张德成、曹福田至总督衙门，直隶官员们屏息侍立两旁。义和团因此声势更壮了。他们拆电线、毁铁路，扬言要与洋人干到底。

载漪看中了这批人。他要利用他们来对付洋人，代他复仇，并借以巩固大阿哥的地位，早日实现他太上皇的理想。他向慈禧奏报了这一情况，称义和团为义民，可用他们卫朝廷、抗洋人。慈禧很盼望有一支人马来为她出气，但又怕他们是乱民，便打发刚毅、赵舒翘两位军机大臣前往涿州亲自查看。

刚毅深知载漪的用心，一心附和。赵舒翘则是刚毅提携进的军机，明知义和团走的是邪路，也昧着良心和刚毅说一样的话。慈禧相信了拳民的神力，遂召义和团进京。徐桐等人亲出京门迎接。载漪更在王府里设一大坛，亲自拜祭。其他王公世爵，也争相延请大师兄住其府第。至于内宫太监则更迷信，几乎全部入团。一时间，京师成了拳民的天下。

五月十五日，日本书记生杉山彬被拳民杀害。此事在各公使馆里引起震动，纷纷向总署提出诘难，总署则含糊其辞不加追究。接下来几天，拳民在北京城里烧教堂，杀教民，京师陷入恐怖之中。这时一个名叫罗嘉杰的江苏道员正在北京，他向朝廷投了一封密信，说各国正集结军队进攻京师灭亡朝廷。慈禧看到这封密信又惊又怒，接连三天召见大学士六部九卿公议，御前会议上明显地出现两种对立的主张。以载漪、刚毅等人为首主张先下手为强，借这个机会攻打使馆，

杀尽洋人，永远断绝与洋人的外交往来。慈禧赞赏这种主张。以兵部尚书徐用仪、户部尚书立山、吏部侍郎许景澄以及不久前由苏藩迁太常寺卿的袁昶等为代表的一些人坚决反对攻使馆杀使臣，挑起中外战争的做法，主张用和谈的方式解决目前的纠纷。光绪的态度与主和派相同。

主和派人少势单，又似乎理屈气弱，在主战派激昂的言辞和凌厉的攻势下，毫无招架的力量。终于，慈禧率文武百官誓师太庙，下诏宣战："与其苟且图存贻羞万古，孰若大张挞伐一决雌雄。"并褒义和团为义民，拨内帑十万以奖励，召董福祥率甘军攻打东交民巷的各国使馆。各国政府闻讯，急调人马，组成一支一万八千人的八国联军，从天津向北京进发。

中国近代史上最为荒唐、中华民族在外人面前蒙受最大耻辱的庚子之役就这样爆发了。

朝廷将对各国宣战的诏令用电文通告各省督抚，要他们理解和支持朝廷的这个决定：各怀忠义之心，共泄神人之愤。

由于直隶全省的电线均被义和团剪断拆除，京师电报局及天津电报总局都无法发报，最近的一处便是济南电报局了。山东巡抚袁世凯用强硬手段将义和团驱逐出境，确保境内的安定。当时的报纸将直隶和山东作了对比，说幽燕云扰，齐鲁风澄，谁是昏官，谁是能吏，乱局到来的时候，世人便一目了然了。而袁世凯也正是借此小试牛刀，为他日后耀人眼目的政客生涯奠定了厚实的基础。

当下，袁世凯接到从京师用四百里加快递来的诏书后，心里大大地吃了一惊：太后怎么会做出这等糊涂的决定！他不敢怠慢，马上吩咐将此宣战诏书发往上海电报分局，再由上海转发各省督抚。此时坐镇上海电报分局的正是天津电报总局的督办盛宣怀。盛宣怀看到这份电文，跌足长叹：中国将从此面临亡国之祸！这样的诏书发往各省必然引起天下恐慌，接下来的很有可能便是天下大乱。他将诏书压下来，只先向两地发出：一是广州，发往他的老主子两广总督李鸿章；

一是武昌，发往他目前正在经营的中国铁路总公司和汉阳铁厂的创办人，他的半个主子张之洞。在盛宣怀的心目中，眼下中国最有见识、最有威望的大臣便是这两位总督了。

李鸿章收到这份电报，心情沉重忧郁。朝廷掌权的王公大臣昏聩鄙陋，既不识世界潮流，亦不知强弱对比，狂妄而愚昧，欲废皇上而立大阿哥本是错误之举，现在又利用邪教乱民来与各国为敌，更是错上加错，而太后居然就相信他们，把他们的无知蠢想变为国策。太后呀太后，您怎么会糊涂至此！是什么东西使得您鬼迷心窍，丧失了正常的思考？您当年平发捻、办洋务的英明智慧到哪里去了？这样的诏书我们能奉行吗？能在广州打领事馆、毁教堂洋行，用以响应朝廷的决策，支持朝廷的行动吗？办了半辈子外交，深知中国军事力量薄弱的前北洋大臣，此刻心里明晰得如同一面铜镜似的：中国连一个小日本都打不赢，还能跟美国、英国、德国、法国、俄国这些联合起来的西洋强国交手吗？战争的结局只能是一种后果：中国大败惨败，很有可能被列国瓜分，甚至立刻亡国。

想到这里，七十七岁的李鸿章一阵晕眩，倒在松软的沙发躺椅上，昏昏沉沉中，他仍在思考着这件大事，面前摆着三种选择：一是奉命，二是置之不理，三是明确表示不执行，并告诉其他督抚也不要执行。

奉命是忠于朝廷，但明摆着的是祸乱国家。在官场混了五十多年、历经道咸同光四朝的这位老政客，也知道给国家带来祸乱的人，到头来终究也会给自己及家人带来大祸，无论是为国着想，还是为家着想，都不能奉这个命。置之不理，固然不失为一种良法，但敢于任事、热衷出头的性格及二十多年的疆臣领袖的地位，使得李鸿章不选择这个做法。他想回电盛宣怀，叫盛宣怀把电文压一压，观一观中外形势再说。但是，这是诏书，盛宣怀哪敢扣压不发呢？得有一个说法。李鸿章思索良久，终于从稗官野史中得到灵感：不承认这是两宫发出的诏书，而是别有用心的人盗用两宫的名义制造的乱命。每当时

局混乱之时，常有乱命趁机而出，辨别真伪，区别对待，是危乱之际为臣子的本分。何以辨别呢？这只能从朝廷一贯的宗旨与此次诏书的内容相对比来区分。朝廷一贯与各国友善，而诏书与这一宗旨完全背道而驰，一纸诏书与无数道上谕相较，只能怀疑这一次！

当然，李鸿章知道，从变法以来直到各国拒绝出席大阿哥的加封典礼，太后对洋人的恼怒有增无减，诏书恰是这种仇恨心理的总爆发，自然不会是乱命，但现在只能将它以乱命视之，方可免去日后违旨的究诘。李鸿章将这个想法通过电报发给盛宣怀，老练的大官商盛宣怀对此心领神会。

武昌电报分局总办赵茂昌接到这份特急电报后，星夜赶到督署，亲自交给张之洞。其实，张之洞昨天便已经知道了京师所发生的重大变故，他的消息来源于英国驻汉口的领事馆。

昨天上午，英国驻汉口领事馆代理总领事法磊斯，在江汉关税务司英国人何文德的陪同下，紧急拜会张之洞。张之洞在督署接待他们，辜鸿铭在一旁充当翻译。

身材修长、仪表整洁、极具英国绅士派头的法磊斯坐定后，开门见山地说道："总督先生，我告诉您一个不幸的消息：贵国政府已向西方各国宣战，由甘肃提督董福祥率领的军队和乱民正在向东交民巷各国使馆开火，这是一起极其严重的事件，不知总督先生知不知道？"

通过辜鸿铭的翻译后，张之洞对英国总领事的这番话惊讶不已。他第一个感觉是：政府向各国宣战，这样的事是绝对不可能发生的。这段时期拳民涌入京师，局势动荡，很有可能是那些拳民在围攻各国使馆，他们也有可能打着朝廷的旗号在胡作非为。

"总领事先生，您所说的这件事我不知道。我国政府一向与各国友好，不会向各国宣战的，这或许是乱民的破坏，与政府无关。请问总领事先生，您的这个消息从哪儿得来的？"

法磊斯冷笑了一声说："总督先生，北京附近的电线均已被拆

毁，您的信息不灵是可以理解的。我的消息来源于鄙国政府外交部，鄙国政府外交部的消息则是直接来源于驻北京的公使馆。这是千真万确的，您不要有任何怀疑。”

张之洞从法磊斯的神态中已感觉到事态的严重性。这样大的事情，英国领事馆没有必要造谣，何况由总领事亲自过江来通知，按照洋人的规矩，这是代表他的国家的行为，看来真有其事了。但作为湖广总督，张之洞只能以朝廷的谕旨为准，是不可能也不应该以外国人的话为根据的。

他也报之以微微一笑，说：“即便京师附近的电线被毁，也有别的办法传递消息，我将等待着朝廷的谕旨。”

法磊斯平静地说：“过不了两天，您一定会得到准确消息的。我今天过江来拜会您，是想跟您商量一件事。”

张之洞缓慢地抚摸着胸前的花白长须，口气和缓地说：“有什么事情，请说吧！”

“我奉敝国政府外交部的命令，特为告诉您，如果长江流域发生类似北京的事情，总督先生有无力量可以制服动乱，保证地方安静，从而使敝国在长江流域的利益不受损害。”

张之洞立刻回答：“我可以负责任地告诉总领事先生，万一在湖北境内出现动荡，我有足够的力量可以保境安民，总领事先生不必担心。”

法磊斯的脸上露出满意的神态，说：“我很高兴地听到总督先生这句话，但还想告诉总督先生，贵国的乱民一旦肇事，局面就很严重，您的军队不一定够用。为了贵国的百姓，也为了敝国在长江流域的商务，到时我们愿意出动包括军舰在内的军事援助。”

借用洋人的军事力量来平息中国的内乱，这是当年曾国藩、胡林翼等人所不愿为的事，作为一个富有阅历的统兵大员，张之洞深知曾、胡等人的用心良苦：因为它不但将要受到“汉奸”之讥，而且对于获胜之后的外国军队的无穷诛索，也将会穷于应付而烦恼不已。

张之洞委婉而坚决地拒绝：“贵国的好意，鄙人深表感谢。保境安民，是鄙人的第一职守，湖广的军事力量足以应付境内的一切乱子，不管遇到什么情况，绝对不会需要贵国的军事援助。请总领事先生明确告诉贵国政府，军事援助一事，不要再提起。”

张之洞的这种强硬态度，颇出法磊斯的意外。法磊斯来中国已五六年了，与不少中国高级官员打过交道，没有哪个官员在他的面前不是逢迎献媚、卑躬屈膝的，对于他的主动提出的援助，这样明确予以拒绝的还是第一次遇到。法磊斯在一阵失望之后，禁不住从心里冒出几分敬意来。“总督先生，我知道湖北的军饷已欠三个月了，如果军舰这样明显的军械援助，会引起贵国民众误会的话，我可以改变方式：借款给你们发饷。我手中现有一笔七万五千英镑的现金，可以拿出来，先借给你们发军饷。我们没有别的目的，只是希望湖北军心能够安定，到时能全副心思平乱保境。”

张之洞借过不少洋款，有的利息还很高，但那是为了办洋务。眼下这笔相当于五十万两银子的英镑，对于稳定军心很有作用，因为确乎如法磊斯所说的，湖北绿营的军队有三四个月没有发饷了。兵士得不到饷，就容易滋事，也不愿听调动，一旦有事，就不能得心应手。这五十万银子的确很重要，就算借洋款发饷，也不是不可以的，不过目前的情况非比一般，暂不松口为好。

“总领事先生，贵国政府的诚意，我很高兴地领受。我们的军饷虽有欠缺，但军心还不至于涣散，鄙人作为制军，尚可调遣。以鄙人看来，目前的迹象还看不出有很严重的事态出现。假若发生了意外的事，而我们又需要贵国政府的帮助的话，我们会求援的。比如说银钱，到时我们也可能向贵国政府借。当然，我们会遵照平时借款的旧例，照章付息。”

法磊斯说：“总督先生的态度，我本人能给予充分的体谅。英国在贵国长江流域的商务活动已有三四十年的历史，这些商务活动，不但替敝国的商人谋取了利益，也同时为贵国带来福祉。正常的商务

活动是互利的。我国政府切盼，长江流域的商务活动不因北方的混乱而受影响，更不希望南方发生北方一样的混乱，造成贵我双方的不利。”

张之洞说：“我很赞赏总领事先生刚才说的这句话，正常的商务活动是买卖双方互利的。我本人多年来一直主张与世界各国进行正常的、平等的、互利的商业往来。贵国在长江流域的正常商务活动，鄙人将与两江总督刘坤一制台一道维护。请总领事先生放心，湖广不会发生大规模骚乱。北方的骚乱是因为疏于控扼的缘故。倘若有一两个得力的大臣，在几个月前，拳民刚刚蠢动时就加以镇压，乱子就闹不起来了。”

法磊斯满意地告辞而去。

不料，今天就收到由盛宣怀发来的宣战诏书！张之洞气得将电文狠狠地一甩：“荣禄、刚毅误国！今日世界，能有一个中国向西方七八个大国同时宣战而取胜的道理吗？他们连这点都不懂，真昏聩糊涂到了极点。怂恿两宫犯此大错，罪该万死不赦。”

转脸对赵茂昌说：“你赶快回电报局，有什么情况立即向我禀报。”

又对一旁侍候的巡捕说：“你去通知幕友房，下午在鹤舞轩聚会。有重要事情相商。”

吃过中饭后，督署东花园的前后几个门都被卫兵把守着，不准任何闲杂人员进来。盛夏的武昌城已是暑气弥漫，但鹤舞轩四周树木繁茂，并不太热。梁鼎芬、辜鸿铭、徐建寅、陈念礽、梁敦彦、陈衍等人面色凝重地聆听张之洞在宣读电文后的讲话：“朝廷向各国宣战，鄙人以为是一个错误的决定，但遵旨奉命，又是鄙人的本职，鄙人正面对着进退皆难的境地。各位先生有何良策，可以援我出困境？”

众皆面面相觑，脑子里则都在紧张地思索着良策。这良策也真不容易出来。

一向口无遮拦的辜鸿铭首先开了腔：“洋人不是好东西，打着做

生意和传教的名义到我们中国来欺蒙拐骗，还要用暴力强迫官吏和老百姓听他的。依我看，皇太后泣血太庙，慷慨誓师，与其苟且图存贻羞万古，孰若大张挞伐一决雌雄，是对的。我辜某人赞成。”

总督明白表示不赞成，这位辜汤生偏要唱反调，他意欲何为？众幕友都瞪大眼睛，惊诧地看着他。张之洞的眼神也甚是疑惑。

“义和团也不是东西。我听一个在直隶做官的朋友告诉我，说义和团的人装神弄鬼，弄来的神仙全是戏台上的人物，什么刀枪不入，全是骗人的鬼话。还有什么大师兄、二师兄，全是绿林中的土匪头。最可笑的，还弄来一批女人，叫什么红灯罩、青灯罩，据说都是从窑子里拉出来的婊子。”

这句话引来一片嬉笑声，辜鸿铭很得意。他平日说话，有一半的目的是想唤取听者的惊叹诧异；如果听者没有什么特别的反应，他就会感到失望，觉得很没趣。故而他说话时常走极端，爱夸张，标新立异，与众不同，又很会使用一些极有趣味的比喻和逗人的笑料。这一切手段，无非都是引起听者的格外注意，就像茶馆里说书人似的。然而听者在去掉这些色彩和包装后再去细嚼他的话，也并不是全无道理的，故大家喜欢听他讲话。张之洞尤其喜欢听他讲话，除开这种吊人胃口的艺术外，更重要的是他敢讲真话，这在众幕友中更是少有。

“所以，就我看来，洋人该打，但不能由义和团去打。义和团肯定打不过洋人，结果还是我们中国吃亏。但北京已打起来了，我们没办法劝止，我们守住湖广两省，就算尽职了。对于这个诏书，可以学宫中的办法：淹了。”

将上谕比之于奏折，将督署比之于朝廷，这是何等的荒唐狂谬不伦不类！此话倘若出自别人的口中，必定会大遭斥责，但出自辜鸿铭的口中，仿佛很自然似的。众人又一阵嬉笑，明白了他的意思：我们办我们的事，不去理会这道诏书，也不给朝廷以可或否的回复。

梁鼎芬说：“我完全拥护香帅的话，向各国宣战绝对是一个错误的决定。香帅不能回电表示执行，而是应该致电军机处，请朝廷尽早

停止攻打各国使馆的军事活动。但这个电文不能由香帅具衔，而是由我们署名。”

梁敦彦说：“节庵这个主意好，我愿意列名。我们这些人，数节庵官位最高，就请节庵领衔吧！”

梁鼎芬忙说：“领衔不敢，领衔不敢，我忝列其末吧！”

张之洞笑了笑说：“由湖北督署幕府发出的电文，能避得开我张之洞吗？与其躲在幕后，不如站在台前，还可落得个好汉做事好汉当的美名。这个电文我看不必发。”

二梁见张之洞不同意，遂不再坚持。

陈念礽摸着下巴想了半天后说：“这是很重大的事情，我想湖广不必急于表态，眼下要做的事是加强与京师的联系，多多了解这两天来交战的情况。据我所知，各国在中国可使用的军事人员近三万人，但分散各地，一时不便于集中，估计要半个月二十天的时间才能聚齐。倘若这三万人聚在一起开往北京，即便是三十万义和团也不是敌手。但使馆区的军事人员不多，也可能在三五天、七八天内就会把使馆全部毁尽。如果这种局面出现，那中国就与西方列强结下了血海深仇。这场战争如何结局，真令人难以想象，说不定我们在湖北办的一切洋务，我们徐图自强的所有努力，都将付之东流。”

张之洞说：“念礽说得太悲观了。不过真要那样，中国的确是损失太大，仗既然已开，劝止也大概劝不了，现在只是想办法尽量减少损失，就是上策。”

陈衍一直没有开腔，张之洞望着他说：“石遗先生，说说你的看法。”

陈衍摸了摸下巴上的几根稀疏的胡须，慢慢悠悠地说着福建腔的官话：“古人云，将在外，君命有所不受。又说，乱命不可从。这两句话都说，有时来自朝廷的命令，可以不必服从。一是不合时势的君命不服从，一是危乱之际，有挟持君王而下的命令或违背君王一贯意旨的命令，不服从。眼下京师局势危急，义和团控制朝廷，难保这种

对洋人宣战的诏书不是他们伪造的乱命。”

“乱命”，陈衍的这两个字引起了在座所有幕友的高度注意，他们都在心里说：为什么没有想到这一点呢?

张之洞也被陈衍提醒：太后、皇上一贯主张与洋人友好，怎么突然会宣起战来呢?

义和团挟持朝廷，以朝廷名义来干他们想做的事，这不是不可能的呀！他带着鼓励的口气说：“石遗先生，你说下去！”

“我们可以不执行这道未经核实的诏书，我们还是按过去朝廷一贯的宗旨去办，即在湖广地区维持与洋人的友善关系。昨天英国驻汉口总领事亲自过江来拜会张大人，表明英国政府急于保证他们在湖北的利益。英国是这样，美国、德国、法国也一定是这样，而我们也需要湖北地方的安宁，不愿看到湖北尤其是武汉三镇出现类似直隶和京师的混乱。所以，在这一点上我们是和各国利益一致的。我建议，由张大人向各国明确表示，湖北只有会匪，无义民，本总督负有保障湖广安宁的职责，倘若有人效法义和团的行动，在湖广一带闹乱子的话，本总督将严惩不贷。如此，既安洋人之心，又安百姓之心。至于这个宣战诏书，要严密封锁，不能向下面泄露半点，以免给湖广一带的会党流氓、江湖浪民、市井无赖以骚乱的借口。”

“湖北只有会匪无义民”，这句话说得好极了，它斩钉截铁般断绝湖北一切乱民与北京拳民的联系。凡闹乱子的都是会匪，就将按惩办会匪之例严惩不贷；至于将朝廷诏书严加封锁以免被人利用，则更是当务之急。

张之洞想：看来这陈衍不只诗做得好，还真有能吏之才。他望着这位瘦瘦精精的矮个子福建人，露出了满意的微笑，说：“石遗先生的这几句话说到了点子上。湖广应有湖广的做法，不能盲从……”

“大人，上海电报局又来了紧急电报。”

张之洞正说着，赵茂昌急急忙忙地闯了进来，递上一封刚收到的特急电报。张之洞忙拆开看，鹤舞轩里的所有幕友也都紧张地望着总

督那张瘦削而严峻的长马脸。

“盛宣怀来电说，他建议东南诸省与当地洋人各自订立互相保护的条约，即中国境内的安宁，中国自保，洋人在当地的一切设施，洋人自保，双方各不干涉，也不允许其他人侵犯。盛京堂说，此建议已得到两广李少荃、两江刘岘庄、上海道余联沅的同意，问湖广同不同意。若同意，则派人赴上海与各国驻沪领事馆会商。”

张之洞的话刚说完，梁敦彦就说：“我看盛宣怀这个电文的意思与刚才石遗先生说的主旨很接近，即不接受宣战诏书，各省自行自己的一套，只是讲得更明白了些，华洋双方各管各的。”

梁鼎芬说：“这个主意好是好，就是让人听起来像是各省与朝廷分开，有点闹独立的味道，怕授人以把柄。”

陈念礽说：“这事若在美国，完全不算一回事。美国本就是联邦制，各州有自己的独立性，但在我们中国，的确有点犯忌。”

辜鸿铭说：“朝廷把事情办砸了，不能保护地方，各省自保有什么不对？”

陈衍说：“盛宣怀的建议与我的想法很接近，但东南各省互保，也确有独立之嫌。我想，为避此嫌，必须在互保时得先声明，我们是忠于朝廷，是完全拥戴太后、皇上的，这是危急时候不得已的做法。”

张之洞握着长须，仔细地听着各位幕友的发言。蓦地，他甩开长须，铁青着脸说：“蝮蛇螫手，壮士断腕，断腕是为了保护整个躯体。眼下直隶已乱，京师开仗，后果已不堪预料，倘若保得东南数省的安宁，直隶和京师即便陷入洋人之手，中国仍还有希望；若是东南跟着北方一齐乱，一齐陷于洋人之手，那中国就将再无光复之日。我身为国家大臣，自应为整个国家着想，是非曲直，自有公论，一时的指责，也顾它不得了。李少荃、刘岘庄都同意，我张某人的见识难道还不如他们！我现在即委派辜汤生、陈石遗两位代表我前去上海，与盛宣怀、余联沅一起去和洋人商谈，共同订下互保条约。”

陈衍很不喜欢辜鸿铭的性格，怕他坏事，希望张之洞行前管束一下，便说：“香帅信任我，我自然会竭尽全力，不辱使命。汤生去当然必要，他懂洋话，可做翻译。但汤生嘴无遮拦，又爱骂人，洋人也好，中国人也好，逮住谁骂谁，我有点担心。”

大家都笑了起来。辜鸿铭生怕张之洞听了陈衍的话，不派他去，让他失去一个大出风头的绝好机会，便说：“我这次去上海注意一下，不骂人好了。”

“不，”张之洞正色道，“你此番去上海，该骂的，还是照骂不误，尤其对洋人不要讲客气，就像你刚才那样，先骂洋人不是东西，再骂义和团不是东西。我看就这样骂，最好。”

众皆愕然，辜鸿铭也觉得有点意外。

张之洞继续说：“骂洋人，是叫他们不要翘尾巴，他们所作所为是有许多该骂的地方，骂骂有什么不对？你就放肆骂，见英国人用英语骂，见法国人用法语骂，骂他们一个狗血淋头，表示我们一不怕他，二不依附他，骂完后再和和气气地与他们签条约。义和团更要骂。他们是邪教，是乱民，给国家和百姓带来灾难。骂他们，表明我们和朝廷那些昏聩大员不是一流人，我们有自己的头脑。陈石遗，你放心好啦，辜汤生和你一起去，只有好处，没有坏处。”

这一番话，说得大家都笑了起来，辜鸿铭更是喜得搔首弄姿，得意洋洋。

第二天，辜鸿铭、陈衍奉命坐小火轮离开武昌去上海。到了上海后，他们和刘坤一的幕友及上海道道员余联沅等，在盛宣怀的周旋下，和英国、美国、法国、德国等西方主要大国驻沪领事一道签署了中国近代史上有名的东南互保条约。后来，李鸿章、袁世凯及闽浙总督许宝骙也在这个条约上签了字。东南互保从两江、湖广扩大到两广、山东、浙江、福建，联成一个广阔的区域。东南互保条约，保障了东南半壁河山在北方骚乱时的安堵，却也给晚清政局的分裂埋下了一根伏线。十一年后辛亥革命爆发，各省纷纷宣布独立，便是步它的

后尘，终于导致大清帝国转眼间即土崩瓦解。

就在东南互保条约签订的日子里，一个重大的武装暴动计划也正在长江流域一带酝酿着，湖广总督面临着一场空前未有的生死较量。

三　两湖书院毕业的自立军首领唐才常劝张之洞宣布湖广独立

戊戌年春天，在湖南长沙大办时务学堂的，除谭嗣同、梁启超、熊希龄等人外，还有一个重要人物，他的名字叫唐才常。唐才常比谭嗣同小两岁，不但是同乡，更是志趣、性格相投的刎颈之交。唐才常出身书香门第，本人亦是秀才。光绪二十年至二十二年，他在张之洞创办的两湖书院读书两年，是书院有名的高材生。他同时又兼习武术，并与长江流域的会党广有交往，和谭嗣同一样是一个文武双全的热血青年。

说起长江流域的会党，要追溯到四十余年前的老湘军头上。当年老湘军的霆字营统领为鲍超，鲍超是四川奉节人，他的霆字营中有许多四川人。四川有个影响很大的会党名叫哥老会，四川籍的湘军把哥老会带进霆字营。入哥老会的人互相之间特别亲密，平时有福共享，打仗时有难共当，最受丘八所喜欢。很快，哥老会便发展到湘军各营各哨。江宁打下后，湘军十成裁了九成，这些被裁撤的湘军一部分回到老家，也有一部分不愿回家，流落在沿长江两岸的江苏、安徽、江西、湖北等省内，他们靠着哥老会的组织形式存活下来，并不断发展会众，最多时曾达十多万人。因为哥老会势力强大，地方官绅无不畏惧退让三分，因而使得其他会党，如三合会、天地会、大刀会、红教会、白莲教及拜上帝会余党也跟着在长江流域活动起来，加上这些人在内，光绪年间长江两岸共有二十余万会党在山林江湖中活跃，成为当时中国黑社会势力最强大的一个区域。湖南的平江、浏阳、醴陵一

带自古尚武之风盛行，谭家是浏阳显宦，唐家则是浏阳名儒，各种势力都愿意与他们接近，谭、唐二位本是倜傥不羁的脱俗之才，便凭借这些关系与湖南乃至长江中下游诸省的会党建立了密切的联系。

谭嗣同在法华寺会见袁世凯的第二天，鉴于时局的危急和对袁世凯的不太放心，便向居住长沙的唐才常发出一封密电，叫他迅速与两湖会党取得联系，并立即北上赶到京师，共襄大业。唐才常接到电报后，火速与湖南的几位会党首领取得了联系，又星夜赶赴汉口，欲与湖北首领商议。就在这时，噩耗传来，谭嗣同等六君子为中国的维新变法英勇献身。同时，他在狱中的题壁诗也传了出来：

望门投止思张俭，忍死须臾待杜根。
我自横刀向天笑，去留肝胆两昆仑。

世人纷纷猜测，“两昆仑”指的是谁？只有唐才常心里清楚，这肝胆相照的两昆仑正是谭嗣同和他两人。眼下好友去了，自己留存，留存者只有秉承遗志，继续奋斗，才能不负去者的最高托付和期待。唐才常含着巨大的悲愤，为好友写下了一副传诵极广的挽联：

与我公别几时许，忽警电飞来，忍不携二十年刎颈交同赴泉台，漫赢将去楚孤臣，箫声呜咽；

近至尊刚十余日，被群阴构死，甘永抛四百兆为奴种长埋地狱，只留得扶桑三杰，剑气摩空。

他本欲赴京为谭嗣同收尸，后听得浏阳会馆的长班刘凤池已负主人遗骸，正在南归途中，便回家稍作料理后急赴上海，筹商新的行动。

唐才常在上海停留几天后，辗转香港、新加坡、日本等地，联络海内志士，共同匡救时局。在日本期间，他拜会了亡命此地的康有为、梁启超，又结识了主张以革命手段推翻清朝建立共和的兴中会领袖孙中山。两派都主张武装起事，康有为的目的是勤王，推翻慈禧复

辟光绪，孙中山的目的是革命，驱逐鞑虏，恢复中华。

去年十一月，唐才常带着康有为所筹集的三万银元及与保皇、革命两派都关系甚深的热血志士傅慈祥、林奎、沈荩、毕永年、秦力山等先后回国。不久，慈禧立溥儁为大阿哥，上海电报分局总办经元善联络一千二百多人联名上书，反对废立，要求光绪帝力疾临御，勿存退位之思，唐才常、沈荩等人都列名其中。唐才常从这一行动中看出了光绪在全国的声望，“勤王”的决心更加坚定。他在上海发起成立正气会，用以联络同志，共图大举。为更好地联系江湖会党，两个月后，唐才常又在上海成立自立会。

自立会的形式与哥老会、天地会等差不多。开山堂，发票布，山名富有山，票号富有票，上设正副龙头，下有内外八堂，拜香堂、喝鸡血酒。康有为、唐才常列名副龙头大爷，梁启超、林奎、毕永年、秦力山列名总堂大爷。就这样，他们将长江流域一带的二十余万会党团结在自己的周围。自立会既受康、梁领道，又遥戴孙中山。

北京义和团攻打使馆的事件出现，全国人心浮动，唐才常和在海外的康、梁、孙都认为是个可以利用的大好时机。唐才常遂以挽救时局、保种保国为辞，在上海张园召开国会，选容闳为会长，严复为副会长，又设总部于上海，分部于汉口。

与此同时，林奎、傅慈祥在汉口筹建起义的军队。将军队定名为自立军，集兵二万，分七军四十营，另以会党十万作为后备和应援力量。这七军即中、前、后、左、右、新军、先锋营各军。中军的主力为湖北新军驻汉标营的士兵及中下级军官。前军设在安徽大通，后军设在安徽安庆，左军设在湖南常德，右军设在湖北新堤，新军及先锋营设在武汉。中军统领为林奎、傅慈祥，新军及先锋营的统领为唐才常。自立军定于光绪二十六年七月十五日中元节起事。

这时，李鸿章、刘坤一、张之洞与西洋各国及日本签订《中外互保条约》的消息传了出来，海外的康、梁、孙与国内的唐才常等人都于此看出了一个微妙的动向：李、刘、张三督与朝廷的态度有所不

同，倘若能说动他们独立于朝廷的话，则既可以免去兵戈之灾，又可利用他们的威望影响全国，无论是对眼下的勤王，还是对今后的变专制为共和都大有好处。这些熟谙日本历史的志士，都知道当年明治天皇就是靠着强有力的萨摩藩镇和长州藩镇的策划，才实现王政复古和倒幕维新的。光绪就好比明治，李、刘、张就好比萨摩和长州。由李、刘、张来策划实施，一切就会顺利得多。年轻的救国志士们都认为此种设想值得一试。

恰好此时李鸿章在香港，孙中山请英国驻香港总督卜力代为进行。卜力通过翻译和李鸿章谈了一个上午的话，李听的多，说的少，对于“两广独立”这个重大的问题，他不表态。直到会谈结束，卜力也没弄清楚这个资格最老名望最高的总督，对此究竟是同意还是不同意。卜力耸了耸肩膀，对与中国大员的谈话之艰难深感无奈。卜力做过多年的香港总督，时常与中国官员打交道。这种交道给他的愉快感极少。他似乎看到在他与中国官员之间隔着一道看不见摸不着、但又分明存在着的厚墙深沟，彼此之间很难沟通。后来他才悟到，这是两种文化的差异，他本人无法越过。他将与李鸿章的会晤告诉孙中山。孙中山高兴地说：“晤谈是成功的，请你过几天再去见见他。”

谁知两天后李鸿章便接到恢复直隶总督兼北洋大臣的任命，当卜力再次与他会面旧事重提时，李一口拒绝了。“两广独立”的努力算是白费了。

游说两江总督刘坤一的，是后来做了新军第六镇统制的年轻留日士官生吴禄贞。吴禄贞通过一个在自强军中做中级军官的朋友引导，在总督衙门里拜会了刘坤一。

吴禄贞是个直炮筒，不喜欢转弯抹角，话没说几句就提到了“两江独立”的话来。刘坤一听到这话，脸色陡然一变：“你是想走当年王闿运劝曾国藩的路吗？这条路在我刘某人这里一样的走不通！”

在湘军战功鼎盛的时候，年轻的书生王闿运曾劝曾国藩蓄势自立，遭到曾国藩的拒绝。作为一个性情刚烈的军人，吴禄贞受不了刘

坤一的这种奚落，一气之下二话没说，就走出总督衙门，心里狠狠骂道：“真是个老废物，还摆谱哩，等我们起义成功后，你向我投诚，我都不收留！”

自立军的分部设在汉口，张之洞自然是自立军首领密切关注的重要人物。中军统领林奎采取江湖通常手段，选派四名武功高强的侠客在湖广总督衙门旁边游弋，试图寻找一个机会下手，劫持张之洞。因为北方局势紧张，武昌各衙门已接到不少湖北地方乱民蠢蠢欲动的报讯，督署及省垣三大宪等衙门都大大加强了戒备，亲兵营为督署增加两个哨的兵力，日夜值班，不敢有丝毫懈怠。四名侠客在衙门四周游弋半个月，有几次甚至登上张之洞居住的后院上房屋顶，但始终没有找到一个可以下手的机会。康有为得知这一情况后来电制止。这时唐才常也从上海赶到汉口，在紧靠英租界的宝顺里住下。宝顺里的房主李宝田在英国人办的宝顺洋行当买办，以他的名义在宝顺里购的六栋房屋，其实是宝顺洋行的产业，受英国租界的保护。中国官府未经英国领事馆同意，不能进入宝顺里。因为有这层保护，唐才常住在这里，并将自立军总部机关也设于此。

否定劫持方案后，唐才常和傅慈祥决定光明正大地进督署游说张之洞。这是因为唐才常和傅慈祥都有一个很好利用的身份——两湖书院的肄业学生，而张之洞则是以总督、创办者的身份一直兼任两湖书院的名誉山长的。

正是武汉三镇又成火炉的日子里，午后，唐才常和傅慈祥两人各穿一件薄竹布长衫，来到位于汉阳门码头附近的湖广总督大门口，对门房说：“我们两个是两湖书院的肄业学生，得官费派往日本留学，现学成回来，特为拜谒恩师张大人，请代为通报。”

张之洞对两湖书院的学生寄予厚望，凡有两湖书院的学子造访，均拨冗接待，何况他们又是官费资助的东洋留学生，想来张大人一定更为乐意接见。门房想到这里，笑着对唐、傅说：“二位稍等一下，我去禀报大人。”

一会儿工夫，门房出来，果然客气地说："二位先生随我来，张大人在客厅里接待你们。"

在会客厅刚坐稳一会，张之洞便来了。令两位过去的学生所惊讶的，还不是四五年不见的两湖书院名誉山长的衰老，而是他的散漫随意，不修边幅。在两湖书院就读期间，他们曾多次见过张之洞。那时的张之洞虽其貌不扬，却官仪十足。正二品的翎顶蟒袍、三寸高的白底乌筒靴，在前呼后拥的随从衬托下，总督大人显得威风凛凛，令那些年轻的学子两眼不敢正视，心里则羡慕得要死。而如今的这个老头子，上穿一件灰白色的宽袖对襟夏布衣，下套一条半长阔腿玄色旧绸裤，不穿长衫已使人惊奇了，脚下还趿着一双麻与布混合织就的拖鞋，手上拎着一把有了裂缝的大蒲扇。若不是在督署客厅里相遇，若不是先前认识，唐才常、傅慈祥怎么也不会相信他就是威名赫赫的湖广总督，分明就是一个老态龙钟、毫无地位的普通市井老者，顶多只是三家村的一个穷老教书匠而已！早就听说张之洞通脱简易，看来传说自有它的依据！

唐、傅见张之洞迈过了门槛，立刻刷地起身，弯腰向他深鞠一躬，然后自报身份：两湖书院第三期学子湖南浏阳唐才常，两湖书院第五期学子湖北潜江傅慈祥。

"坐，坐下。"张之洞上下扑了两下蒲扇，和气地对着两个后生子说，自己也边说边坐下。"你们两个都是两湖书院的，我看着你们有点面熟，但若在路上相见，认不出来。"

这是实话。张之洞一年到书院不过两三次，唐、傅两人在书院读书时也没有格外突出的表现，当然不可能在他的心目中留下很深的印象。

唐才常说："我们两个从两湖书院毕业已有几年了，今天特来看望恩师。"

那时的官场士林时兴认师拜师。亲自教过的学生，哪怕只三个月半年，终生认其为老师，这是天经地义的。书院的山长，视书院的

所有士子为生，反之，所有士子也认他为终身老师，这也是理所当然的。府试、乡试、会试的各位座师、房师，被中式的秀才、举人、进士视为老师，这也是顺理成章的。各省学政、各府教谕，被该省的士子视之为老师，也在情理之中。所有这些，都有师与生的痕迹可循。还有一种普遍的拜师习俗，那就是下级官员执着门生帖子恭恭敬敬地拜上级官员为师，上司如果受了，今后就按师生形式频繁走动。这种做法实在没有一点师生之迹可循，只是将赤裸裸的功利目的掩藏在深情脉脉的师生之谊中罢了。一旦到了原来的学生大为发迹，做的官和自己相当或甚至超过自己的时候，做师的便要将帖子奉还，表示自己现在已当不起你的老师了。据说刚毅与翁同龢的关系恶化便起于这件小事上。刚毅原来只是刑部的一个主事，因办事能干，翁同龢器重他，将他提拔为郎中。刚毅见翁同龢这条路子可走，便递上门生帖子，翁收下了。从那以后，刚以翁的门生自居，执礼甚恭。以后外放地方官，每次进京，都要殷勤看望恩师。后来，翁将他再调进京来，做了礼部侍郎。那时翁是尚书，官位还在刚之上，刚仍对翁以师相待。不久，刚入军机，升工部尚书，又调兵部尚书，又拜协办大学士，和翁完全平起平坐了。翁却没有想到这时应该将刚的门生帖子还给刚，引起刚的极大不满。最后，在慈禧面前多次告翁的恶状，翁终于被开缺回籍，丢失了富贵仕途。

刚毅这种反目为仇的小人做法虽是少数，却很典型地说明了晚清官场中所谓师生关系的实质，说起来真是令人可笑可叹！

主考、学政出身的张之洞，出任地方督抚之后，一向热衷于办学校作育人才，他自然乐于得过他一日之教的人终生称他为师。对于那些为了干求而递门生帖子的下属，只要他看得起的，他也乐于接收其为门生，乐呵呵地听人家叫他老师。见这两个离开两湖书院好几年的年轻人来看他，还称他为恩师，张之洞显然高兴。他笑着对唐才常说："你从两湖书院肄业后的情况我略知一点。你是回到湖南去了，为地方做事，时务学堂你参与了，《湘学报》上常看到你的文章。办

新政是好的，但不要太激烈了。圣人说过犹不及，你也过了点。当然，比起谭嗣同来，你又算稳当的了。”

唐才常注意听着，在目前这个时候，提起谭嗣同，不骂他为奸佞，只是说他激烈、过头了。身为朝廷大员，这种态度，已足够友好的了。唐才常觉得欣慰。

只见张之洞又转向傅慈祥，问：“你从两湖书院肄业后做了些什么事？”

傅慈祥答：“我在两湖书院读了两年后又转到湖北武备学堂，读了一年后，由官费派往日本留学，先入日本的成城学校，后入士官学校。”

张之洞听到这，眼睛一亮，说：“你这条路选得好，湖北最缺军事教官。你这次回来是休假，还是毕业了？”

傅慈祥犹豫了一下说：“我是回来休假的。”

张之洞问：“什么时候毕业？”

傅慈祥随口答：“明年夏天。”

张之洞用蒲扇指着傅慈祥说：“我和你约定，明年夏天你一回国就来找我，我派你去训练新军。只要你好好干，待遇和提拔我都会从优。”

傅慈祥笑了笑说：“谢谢恩师。”

张之洞摇了摇扇，说：“大热天的，你们来督署看我，还有什么别的事吧。既然是两湖书院的学生，那我们师生之间没有客气可讲，有什么事就直说吧！”

唐才常和傅慈祥互相看了一眼。唐才常挺了挺身板，操着浏阳音极重的官话，声音洪亮地说：“我们二人来督署，一来是好几年没见恩师了，心里系念，特来看望；二来，我们也确有一桩大事要向恩师禀报，求得恩师的支持。”

张之洞停止摇蒲扇，眼睛再次为之一亮。从这两次的亮眼中，唐才常和傅慈祥都看出，张之洞外形虽老了，但内神并没有老，依旧和

前几年一样的充足健旺。

“恩师，学生就以实相告吧！”唐才常面色凝重地望着张之洞，显然压低了声音，浏阳官话变得浑厚低沉起来。“眼下北方拳民猖獗，京师更处在拳民的控制之下，载漪、荣禄、刚毅等人欺蒙皇上，挟乱民自重，竟然冒天下之大不韪，围攻各国驻京师公使馆。据最新消息，各国已调动近两万军队，组成联军，现正集结天津，不日将向京师开拔。拳民所谓刀枪不入纯属鬼话，在两万西洋联军面前，他们只有死路一条。京师危急，皇上危急，天下所有良心未泯的中国人皆忧心如焚，我辈亦如此，日夜筹思良策，试图救皇上于兵火之中，挽神州于陆沉之际。”

张之洞绷着脸盯着唐才常，一边听着他如流水般滔滔不绝地讲话，一边想：此人浓眉大眼，脸如国字，膀阔腰圆，肤色黧黑，十足的一个带兵勇将的材料，可惜他一直办报摇笔杆，不去学军事。相反，那个读了三个中外军事学校的傅慈祥，却眉清目秀，一副书生模样。人真的不可以貌而定。唐才常说的这个情况，张之洞已从盛宣怀的电报中获得。不过，他同时还知道聂士成、李秉衡的部队正在开往天津的途中。聂军完全是西洋装备的新式军队，又是主军，面对着身为客军的联军有许多优势，应当可以抵挡得住的。张之洞并没有把局势看得如唐才常所说的那样严重。

“学生有幸看到，当此北国危亡中原板荡之时，独恩师与两广的李中堂、两江的刘岘帅，头脑清醒、目光犀利，不奉伪诏，不从乱命，不畏无识之流的诘难，毅然与西洋各国签订中外互保章程，为皇上保东南半壁河山之安宁，为华夏免数省百姓之流离，这种置一己声名于不顾，以社稷苍生为重的风尚，学生敬仰至极，感佩无已！”

尽管唐才常、傅慈祥在张之洞的眼中并没有什么分量，但他还是很看重唐才常对他参与中外互保行为的看法。因为这毕竟是背着朝廷与洋人签的条约，若要深文周纳的话，扣上“卖国”“汉奸”的罪名，也不是无凭无据的。唐才常这番话代表着一部分读书人的看法，

应是值得重视的。

“你们能这样体谅老夫就好。”张之洞说着，手中的大蒲扇又轻轻地摇动起来。

“不过，学生们斗胆请问下恩师，假若京师出现了一种新的局面，恩师将作何种态度？”

唐才常目光炯炯地望着张之洞，张之洞分明感觉到一种无形的威胁。他为避开这种凌厉的挑衅，放下扇子，端起茶杯来喝了半口。心里虽然有所意识，口里却不由自主地问：“京师会有什么局面出现？”

唐才常单刀直入：“西洋联军打进北京，皇上被囚，朝廷变成外国人联合组成的政府。若是京师出现了这种局面，恩师，你的态度如何？”

张之洞拿杯子的手不自觉地抖了一下，茶水从杯口溅了出来，他赶忙将杯子放回几桌上。就在这个过程中，他的心绪很快恢复了平静。

“在老夫看来，这样的事是不会出现的。四十年前，英法联军也曾打入过京师，文宗爷在避暑山庄安然无恙。洋人嗜利，给他重利，他便与你和谈，他没有必要囚禁皇上。再说，京师里有步军统领衙门，还有神机营、健锐营，新近又成立了虎神营，洋人要囚禁皇上也不容易。”

“这次和上次不同，”一直未开口的傅慈祥忍不住插嘴了，“上次是因续约不成，仇恨尚不大。这次是围攻公使馆。公使馆就是国家的代表，打公使馆就是打他的国家，这是对他的最大侮辱。何况，日本公使馆死了书记官，德国公使干脆给拳民杀了，这仇恨就大了。一旦打进京师，洋人囚禁皇上的可能性是大的。至于京城内外的军队，说句不客气的话，他们根本就不能打仗，绝不可能成为洋人的对手。”

傅慈祥的话也并非全无道理。你可以打人家的公使馆，杀公使，

人家为什么就不可以囚禁你的皇上？若是真的重演“靖康耻”的话，该怎么办？拥立泥马渡江的“康王”，那谁又是今日的赵构呢？张之洞真不好回答这个问题了。他反问两个学生：

“倘若真有那种大不幸的事情出来，你们看怎么办呢？”

唐才常抓住这个难得的好机会，坚定地说：“恩师，那时请您出面宣布湖广独立。”

“独立”！这个在十一年后的武昌起义时期，各省纷纷采取的行动，此刻在湖广总督的脑子里完全是不能想象的大逆不道。张之洞睁大眼睛，板起面孔：“湖广是朝廷的湖广，怎么能独立？”

傅慈祥立即说：“皇上被囚，朝廷已不复存在，湖广宣布独立不再是对朝廷而言，而是对洋人而言，这不是背叛朝廷而是表示更忠于朝廷。”

对于一个在儒家学说熏陶下成长的读书人，对于一个世代深受国恩本人又身居要职的朝廷命官，张之洞对这个奇怪的建议深感突兀，即便真的出现“徽钦被虏”的事，他也没有想到过“独立”二字。张之洞严肃地说：“此事太重大，不宜多谈，何况今日谈此事，也为时过早。”

康才常说：“恩师的这种态度我们可以理解，不过到那时，学生就要先采取行动了。”

“采取行动”？张之洞惊疑起来。他的两只虽有点昏花却依然锐利的目光重新将这两个昔日的学子打量起来：唐才常和梁启超、谭嗣同一起办过时务学堂，他莫非是康梁一党？傅慈祥这些年在日本留学，据说在日本留学的中国学生流品复杂，不少人同情康、梁，有的甚至还同情那个以造反暴动为业的江洋大盗孙文。傅慈祥是康党，还是孙党？

来者不善！张之洞的脑子里突然间浮出这四个字，他的声音立刻威厉起来：“你们要采取什么行动？”

“勤王！”对于谈话气氛的变化，唐才常并不感到意外，他从容

答道。

张之洞问："你们凭什么勤王？"

傅慈祥颇为自得地答："我们有十万兄弟聚齐在长江两岸，只待登高一呼，便会赢粮影从，直捣黄龙府！"

张之洞从这句话中嗅出一股异味来：这聚集长江两岸的十万兄弟，岂不就是那些啸聚江湖的会匪党众吗？

见张之洞没有出声，唐才常再挑明："到时候，我们想借汉阳枪炮厂的枪炮子弹用一用。恩师造枪炮原是为了保卫皇上保卫社稷，到了皇上被洋人所囚，社稷被洋人所占的时候，我们借用枪炮来勤王卫国，想必恩师不会不同意的。"

这是什么话！这岂不在明白告诉我，他们将会打劫枪炮厂，在武昌起事吗？勤王，勤王，他们打起勤王的旗号，不知将要做出什么事来；退一万步说，即便勤王，也只能由我湖广总督出面，你们凭什么做这等事！

张之洞完全明白了，对面坐着的再也不是当年单纯文弱的两湖书生了，他们很可能是会党之头，绿林之首。与他们之间，再也不是师与生，而是官与匪的关系了。本应立即将他们拿下，但想想又觉不妥，这无疑将会把刚才这一番话公开出来，对自己不利，不如暂时不露声色。他起身说："老夫尚有许多公务要办，你们回去吧！"

不等唐、傅说话，便对着外面高喊一声："送客！"

回到签押房，张之洞独自一人将会客厅的这一场会见从头到尾，细细地回忆着，越想越不对头，越想越可怕。他把大根叫来，低声说："给你一个紧急差事。你去张彪那里挑选二百名精壮兵士，分成两个营，日夜巡逻，加强戒备，特别注意要道关口码头和汉口各租界入口处的动态。这两个营交给你统领，三天内组建好。"

大根一听，全身血便立刻沸腾起来，颇带几分兴奋地问："四叔，发生什么事了？"

张之洞严峻地说："有消息说：长江流域一带的会匪正在蠢蠢欲

动，近期内有可能在武汉三镇闹事，说不定会暴动。”

大根觉察到事态的严重，将缠在身上的精钢腰带勒了勒，说：“四叔放心，我会把这事办好的。他们敢有点风吹草动，我会立即向您禀报。我这就去汉阳张彪那里。”

“慢点，你稍等下，我要给张彪发个手谕。”

张彪三年前已离开亲兵营，当上了湖北新组建的新式军队的统制。这个新军完全仿照江宁自强军的形式，分八个标，二十四个营，共七千余人。

张之洞给张彪写了封短信，告诉他局势严重，要严加戒备，尤其是武昌城里各衙门、枪炮厂、火药厂要添派重兵看守，不能有丝毫懈怠，遇有情况，随时报告。

张之洞将这封鸡毛信用火漆封好，命大根立即赶去汉阳新军统制衙门。

就在张之洞对武汉三镇加紧戒备的时候，北方的局势越来越坏，一道道令人恐悸哀痛的电文，通过上海电报分局源源不断地发向全国各省督抚衙门：

洋兵攻陷天津，大清武卫军统帅聂士成在八里台战场英勇牺牲。

董福祥军围攻使馆月余不下，荣禄调国初攻北京时留下的红衣大将军火炮，但未中使馆却使民居大受其害。

主和派徐用仪、立山、联元、许景澄、袁昶相继被杀。

直隶总督裕禄战败自杀。

浙江提督、武卫左军统帅马玉昆大败，退至武清河。

巡阅长江水师大臣李秉衡，在武清河被洋兵大败，退兵至通州张家湾自杀殉国。

北京城被洋兵攻破，董福祥败走彰义门，纵兵大掠逃逸西去。太后召见大学士六部九卿，竟无一人到场。京师城内拳民全数逃散。

太后携皇上、大阿哥、载漪、奕劻、刚毅、赵舒翘未明离宫，出西直门，向怀来方向逃去。洋兵占领北京城。

京师陷落，帝后出逃，对于战事来说，这是何等惨败！对于国家来说，这是何等耻辱！然而这样的事情，竟然发生在有着五千年文化传承和四万万民众的中华民族的国土上，发生在立国二百多年的大清帝国光绪二十六年七月二十一日。按照西历计算，这正是十九、二十两个世纪之交。中国和中国人民就是这样以受人欺侮任人宰割、丧师失地、首都沦陷的奇耻大辱告别旧世纪，进入新世纪！

张之洞和所有良心未泯的中国官绅士民一样，面对着这一道道无情的电文，陷于巨大的悲愤之中。得知袁昶被杀的那一天，张之洞罢去了晚餐，彻夜未眠。不到两年的时间里，自己一生寄望最大品学最优前景最为看好的两个学生：杨锐、袁昶都在英年被杀害。杀害他们的又不是仇家怨敌，而是他们所共同尊崇的皇太后。这是怎么一回事呀！这世道究竟发生了什么变化！他深知杨锐稳重厚道，决不会是康、梁、谭那一类激进亢奋的人，皇太后居然不加区分，不加审判，就将他和谭嗣同一道给杀了，真是冤枉。但此冤犹有可说：因为杨锐毕竟时运不好，和谭嗣同等人同时被授章京之职，很容易被误认为康党。但袁昶之死，却无任何道理可说。难道在六部九卿的会议上，一个太常寺卿不可以发表不同的意见？朝廷主战，难道主和的人就都得杀头吗？自古道言者无罪，现在是不但有罪，而且罪至于死！这是什么王法，这难道是清明之治吗？更何况，袁昶的话完全是对的，是金玉良言，是耿耿忠心。皇太后呀皇太后，您精明一世，为何这两年间糊涂至极？

这一夜，慈禧端佑康颐昭豫皇太后那拉氏英明圣哲的崇高形象，在张之洞的心目中降落了许多！

但是，在听到太后携皇上已安然无恙地逃出京师正行走在西去的驿道上，强占北京的洋兵也并没有派兵去追赶捕捉的时候，张之洞还是由衷地感到欣慰：太后和皇上没有受辱，这是祖宗的庇佑；洋兵并不越城追捕，这表明西洋各国并不想灭亡中国。太后、皇上还在，朝廷就还在；朝廷还在，大清的各级文武也就还在。

张之洞想起十多天前唐才常、傅慈祥的游说，心里默默地舒了一口气：幸而脚跟站得稳，没有听信他们的胡说。“湖广独立”，这是多么荒谬绝伦的设想。大清二百年深仁厚泽，国基笃实，是不会灭亡的。想在老夫面前玩花招，你们这些毛头小子，还嫩了点！

四　为对付湖北巡抚，湖广总督半夜审讯唐才常

这时，早已离开湖北现为安徽巡抚的王之春，给张之洞发来密电。电文说，中元节位于长江边安徽桐城县内的大通镇发生会匪暴动事件，经过七天七夜的捕杀，现已平息。这次暴动的大头目秦力山、吴禄贞系逃亡日本的康梁、孙文死党。据搜获的伪文书上说，大通暴动实整个长江流域暴动的一部分，暴动总部设在汉口，总头目为唐才常，请武昌密切注意动向。

这份电报证实了张之洞的判断。他立即命令湖北新军统制张彪进一步加强对武汉三镇的戒严，又给大根布置一系列紧急应对措施。

不错，大通镇的暴动正是自立军大暴动的一个环节。自立军大暴动原本就定在中元节，七军一齐起义，但起义所急需的军饷却一直未到。唐才常从日本回国时，康有为答应给他起义经费三十万银元，先领三万，余下的二十七万在起义前再陆续汇来。离中元节只有几天了，军饷却依然不见踪影，打电报催，回电说正在筹集中。除开极少数有追求有抱负的志士仁人外，自立军中绝大多数会党头目，其实是冲着钱财地位而来的：起义前的三十万银元，起义成功后的高官重权。

有好些头目坐在汉口等银子，等不到银子，他们的兴头便减少了许多。这时，又有一个消息传来，说海外华侨早就捐足了银元，被康有为等人在日本挥霍了。众头目听后很生气，骂康有为不是君子，骂唐才常欺骗他们，有的干脆脱离自立军，重操他们打家劫舍的旧业。唐才常、傅慈祥、林奎等人很着急，决定将起义日期延迟。

但大通附近的自立军不知道这个决定，依旧按原计划来到大通镇集结。大规模的外乡人突然汇集大通，这事引起当地官府的注意。在大通盐局的密报下，安徽官军逮捕了哥老会首领郭志太、陈得沅，起义计划遂暴露了。秦力山、吴禄贞当机立断，立即起义，张贴布告，攻打盐局，一举占领大通镇。接下来便是与安徽官军激战，最终全军失败，所幸秦、吴两位统领没有被抓住。

这天傍晚，大根急急忙忙来到督署，对张之洞说："四叔，这两天，各个码头和通往城内的路口都发现许多神色异样的汉子，估计他们是来武汉三镇集结的会匪党徒。"

张之洞说："我刚才收到英租界送来的密报，宝顺里住着几个可疑的人，你说的情况和英租界的密报正好吻合。现在要紧的是把宝顺里的情况弄清楚。"

大根说："我有办法。"

他附着张之洞的耳边说了几句。张之洞连连点头说："就按你这个想法去办。"

第二天下午，一个四十多岁的剃头匠挑了一担剃头担子来到汉口宝顺里。这汉子在巷子口四处望了望，然后敲起手上的小铁片，一边喊着："剃头，剃头哟——"慢悠悠地向巷子里走去。

宝顺里的巷子并不长，西头连英租界，东头为闹市区，因为地势好，一条小小的巷子却很有气派。麻石铺就的路常年洗刷得干干净净，两旁的宅第多半豪华高大，从高墙铁门后面时常会冒出几分洋味来：洋歌曲声、洋香水气，外加几只油光水滑的洋狗。这里的确住了不少洋人，他们多是英国人，也有法国人、美国人。

从三号到八号一连六栋房子，就是用李宝田名义购买的宝顺洋行的产业。这六栋房子有两栋已经住上了洋人，有四栋还空着。唐才常用高价租了两栋，因为一来靠近租界保险，二来房屋高大阔气，能住几十个人又不至于引人怀疑。

这时唐才常和林奎正好饭后聊天，林奎听到墙外的剃头声，对唐

才常说：“佛尘兄，你的头发怕有两三个月没剃了吧，趁着这两天有点空剃一剃，起义后那就忙了，没有工夫了。”

唐才常摸了摸头顶，又摸了摸下巴，笑了笑说：“上次的头还是在开国会之前剃的。头发都有寸多长了，是该剃了。把剃头匠叫进来吧，你也剃剃，楼上还有几个兄弟也都来剃个头。”

林奎走出大门，对着街那边喊道：“剃头的，到这里来！”

“来啰！”

剃头匠高兴地挑着担子过了街，随着林奎走进了宝顺里七号。进了大门后，他又四处张望了一下。这座房子有楼地二层，楼上有四个窗户，估计有四间房，围着楼房的四周种着花草树木，还有铺着鹅卵石的弯曲小路，是一座很典型的洋楼。剃头匠边走边跟着林奎进了房。这是一个很大的厅堂，左边、后边也有房子，估计是厨房餐厅等。

厅堂里的靠背椅上坐着一个壮硕的三十多岁的汉子，见剃头匠来了，便招招手，说：“给我剃。”

剃头匠见那汉子，心中一喜：正是他！原来，这剃头匠就是大根装扮的。那天唐才常、傅慈祥进督署时，他远远地见过。见眼前坐的正是唐才常，心里想：原来这个两湖书院的士子竟是会党的大头目，读书人正路不走走邪路，真可惜。大根小时跟着父亲跑江湖，三十六行，他懂一半，于是自告奋勇装了一个剃头匠来踏水路，果然一脚便踏进了贼窝。

大根走到唐才常的面前，给他系上围布，又拿出毛巾来将他的头发打湿，从布袋里取出一把明晃晃的剃头刀来，挂出尺把长的磨刀布，刀在上面来回地刮了几下，一副架势十足的老剃头匠的模样。

“师傅哪地方人？”唐才常和大根聊起天来。

大根答：“小地方，直隶盐山小羊庄的。”

大根本是南皮人，怕引起怀疑，临时换了南皮的邻县。“刷，刷”，大根开始在唐才常的头上动起刀来。

“家里的日子还过得下去吗？”唐才常又随口问着。

“不瞒老爷说，家里的日子苦，不得已才挑了这担挑子，从直隶来到湖北，混口饭吃。”

唐才常闭着眼睛，让大根一刀刀地剃着。他是个耐不了寂寞的人，没多一会儿又问：“你也念过书识过字吗？”

大根说：“老爷，俺命苦，三岁死了爹，五岁娘改嫁，讨饭长大的，哪有机会读书识字。俺是一天学堂门没进，自家的名字还认不得哩！”

唐才常心里想：是个不识字的人就好，不然还得提防着他。

头剃好了，大根又给唐才常修脸。唐才常忍不住又开口闲聊：“听到你们老家闹义和团的事吗？”

“听过，听过。”大根操着道地的直隶西部一带的土音说，“听说俺们老家就有好多个义和团哩，他们后来还到京城打洋人去啦。听说洋兵把京城占了，太后、皇上逃跑了。老爷，这大清的文武百官和军队都是太后、皇上开的饷，眼下，他们有难了，怎么就没有人去救他们呢，您说这是个什么理！”

唐才常心想：这个剃头匠都晓得要救太后、皇上，比那些当官的、吃粮的良心要好得多。

正打算多说几句，突然，傅慈祥风风火火地走了进来，手里提着一个布兜。他来到唐才常面前，兴奋地说：“都刻好了，全在这里。”

唐才常也露出高兴的神色说：“师傅停一下。”

大根停了手中的剃头刀。

“字刻得怎么样，有印样吗？给我看看。”唐才常朝着傅慈祥伸出手来。傅慈祥望了望大根，犹豫着。

唐才常明白傅慈祥的意思，心里想剃头匠不识字，不必防他，便说：“不碍事，你拿出来给我看看。”

傅慈祥从布兜里掏出一张纸来，揉平了，递给唐才常。大根两

只眼睛也赶紧瞟过去，这一瞟把他给吓住了。原来那张纸上盖的是四个鲜红印信。一个三寸长宽的方印上面刻的是：中国国会分会驻汉之印。三个两寸宽五寸长的条印分别刻的是：中国国会督办南部各省总会关防，中国国会督办南部各路军务关防，统带中国国会自立军中军各营关防。

唐才常笑着说："这廖麻子的字刻得还蛮像个样子，今后还叫他多刻几个。"

大根问："老爷，脸还刮吗？"

唐才常摸了摸脸颊，说："不刮了，不刮了，我要办事了。"

说着从口袋里摸出十文钱来问："够吗？"

"够了，够了。"

大根收下钱，挑起担子，慢慢地走出大门，一离开宝顺里巷口，便飞起脚步向江边走去。

这天半夜，江汉道稽查长徐升带着五十多个兵丁奉湖广总督之命，并带着英国驻汉口总领事法磊斯亲笔签署的搜查证，突然包围了宝顺里七号楼。唐才常、林奎、傅慈祥等人正在睡梦中，在一片凶狠的呵斥中被如狼似虎的兵丁捆绑起来，同楼的十余个自立军小头目除一人逃跑外全部被捕。

徐升领着人将楼上楼下六七间房子仔细搜查，在这里起获了大批非法物品，包括数千张未发出去的富有票，六十余支后膛长枪，七箱子弹，一大卷安民告示，以及大大小小的自立军旗帜、花名册和下午刚刻好的四颗印信，还有十多封康有为、孙中山写给唐才常、傅慈祥等人的信件。第二天，又根据线索，在英租界李慎德堂逮捕了十多个自立军骨干。

江汉道稽查长徐升初审后，呈文报告张之洞。张之洞面对着这道呈文，整整思考了半天。不是不好定罪，罪证是明明白白的：凭富有票，可定会匪罪；凭枪支弹药和安民告示，可定谋反罪；凭康有为、孙文的信件，可定康党孙党头领罪。无论哪一项，都是死罪，杀无

赦，这是毫无疑义的。张之洞的顾虑有两个：一是唐才常、傅慈祥这两个总头目，就在半个月前还以学生的身份在督署和他聊了一个下午的话，而且说的又是独立勤王等等。倘若他们在审讯时，对这事大加渲染，那将十分麻烦。第二，按照惯例，这种谋逆大案，必须是总督和该省巡抚同堂共审。湖北省的巡抚谭继洵受儿子的牵连，前年便革职回浏阳老家去了，接任的是于荫霖。

于荫霖是张之洞十分器重的人。早在光绪七年，张之洞初任山西巡抚时，向朝廷胪举贤才的名单中，便有时在詹事府任职的于荫霖，称赞于，“学术纯正，直谅笃实，正色立朝，可断大事。”身为著名清流的张之洞的这个胪举，对于荫霖的仕途十分有利。十几年间，他从道员到臬台到藩台，官运很顺。谭继洵革职后，张之洞向朝廷荐举了时任安徽藩司的他。张之洞原以为于荫霖会很合作地与他在武昌共事。不料，于荫霖深受传统理学禁锢，对外国人和洋务存着很深的偏见。他不认为洋务是导中国于富强的道路，因此对张之洞在湖北所从事的洋务活动极为反感，甚至说引进洋务是以夷变夏，这使得张之洞大为失望。于荫霖又秉性耿直，将公与私划分得一清二楚：他感激张之洞对他的荐举，却并不因此而放弃自己的理念附和曾有恩于他的人。张之洞对荐举于荫霖来湖北很是后悔。但于荫霖清正廉洁，勤于政务，张之洞一时也找不出理由来赶走他，只得隐忍着与他共事。

与这样一位人物来共审此次大案，一向我行我素的湖广总督心里不免有几分担忧。因为从初审的结果来看，一共捕捉的二十八名犯人中，两湖书院的学生除唐、傅两人外，还有三人，另有四人为湖北武备学堂的，有二人为湖北自强学堂的，两湖、武备、自强都是张之洞所创办的以西学为主的新式学堂，老百姓称之为洋学堂。另外还有九名时务学堂的学生。当年陈宝箴在长沙创办时务学堂，张之洞也是极力支持的。加上这九人，二十八名犯人中从洋学堂里走出来的竟占了二十名。而这九名时务学堂的人又都是唐才常的学生。唐才常又是张之洞的学生，如此说来，这二十人都是张之洞的弟子及再传弟子。

倘若于荫霖出于厌恶洋务西学的角度，如此这般地将他与这批犯人联系起来，并进一步全盘否定湖北的洋务事业，那就惨了。如果再遇到怨敌，又将于荫霖的告发接过去，把这事与杨锐、袁昶一线串连下来，在太后面前告他一状，他张之洞能担当得起吗？想到这里，张之洞不觉有点发怵。

他把他视为智多星的梁鼎芬召来，与他商议。梁鼎芬想了想说：“香帅，这桩事你就交给我吧，由我来处理。”

梁鼎芬充当两湖书院山长多年。他不是一个纯粹的文人，渴望掌实权，做方面大员。张之洞知道他的心思，早已许下了他的武昌道的职位，但他至今尚未掌上武昌道的印。他希望借此机会再立一个大功，以便早日做个真正的道台大人。他身为两湖书院的山长，自然也不希望书院里出康党和孙党，他的第一个想法是劝唐才常、傅慈祥二人放弃两湖书院的学籍。

梁鼎芬青衣小帽来到武昌县监狱，不惜降尊纡贵，在充满霉味的破烂单身牢房里，接见手脚都锁了沉重铁链的唐才常。

“还认识我吗？”梁鼎芬面色温和地问。

自谭嗣同就义后，唐才常早已置生死于度外，虽蹲在牢房里却心如常态，照吃照睡，并不焦急，所以看起来，除开衣服撕裂了，发辫零乱些外，神色依然和平时一个样。他看了看坐在对面的梁鼎芬，说：“我怎么不认识，你是节庵山长嘛！”

梁鼎芬皮笑肉不笑地说：“离开两湖书院好几年了，你还认得我，我这个山长也没有白做。不过，我倒希望你，不认识我为好。”

唐才常哈哈大笑：“你是怕我唐某人坏你大山长的名声是吧！”

说完这句话，他收起笑容，辞色峻厉地说：“可惜我大业未成。若勤王成功，只怕你到处宣扬还来不及哩！人世势利，此又是一明证！”

梁鼎芬被唐才常这一番抢白弄得很尴尬，略为定定神后，说：“此刻，你我师生之间，坐在牢房说话，完全可以抛弃往日书院里的

那一套伪装。我身为两湖山长，比你痴长近十岁，书籍和世事都比你多接触一些。我实话对你说，平时书院里所讲的那些圣人说教，乃是为人的极端境地。这个极端境地，莫说我们这些凡夫俗子做不到，圣人自己也未必就做得到。孔老夫子见到国君就大谈仁政，见到小吏则掉头不顾，这说明他也势利。至于朱老夫子，还有人说他与儿媳有染，在品行上那就更糟了。你说得对，人世间本就是势利的。你要干大事，先要做好成者王侯败者贼的准备。好比说，你此番勤王成功了，你就会拜将封侯，史册上你就是大英雄，不仅我梁某会四处宣扬你是两湖书院出身的人，连张香帅也会以你为荣。如今你失败了，官书文册上自然会写你为奸贼。我们这些吃官家饭的，自然要想方设法与你划清界线，越远越好，不仅我梁某人，张香帅也是如此。跟你说句实话吧，我今日来会你，就是秉的张香帅的钧命。”

唐才常冷笑道：“罢，罢，你对包括我在内的成百上千两湖学子说了多少套话假话，今天总算说了几句真话。你就实话实说吧，你今天来见我，到底为了什么？”

梁鼎芬抹了抹额上的虚汗，说：“事到如今，我也不打弯子了，我跟你说实话吧。不是为我，是为张香帅。湖北抚台于大人跟张香帅有点不对，为防他加害张香帅，在督抚公审的时候，请你帮张香帅一把。”

“哼！”唐才常说，“我一个阶下囚，能帮他制台大人什么忙？”

“能帮，能帮。”梁鼎芬连连说，“你只要在公审时承认你不是两湖书院的唐才常就是了。”

唐才常气得大声道：“我不是唐才常，那我是谁？”

“你说你是自立会的首领，冒了唐才常的名。”

唐才常笑道：“我既是自立会的首领，又是唐才常，我什么人的名也没冒。”

梁鼎芬急道：“只要你在出审时这样说说就行了，也不是真要你

脱离你的唐氏宗族。”

唐才常见梁鼎芬这个模样好笑，便逗他：“我若这样说了，会给我什么好处？”

梁鼎芬喜道：“你若这样说了，张香帅就不杀你了。”

唐才常又是一阵大笑：“梁山长，你这是在哄三岁小孩。我既然承认是自立会首领，就已经把头送到砍刀之下，还有什么不杀头的？告诉你，我唐某人可比得上古之豪杰，乃今之英雄，行不改名，坐不改姓，随你刀劈火烧，我到哪里都是唐才常，决不会承认是冒名顶替的人。”

梁鼎芬眼睛盯着唐才常，一时说不出话来。

“佩服，佩服！”过了好久，梁鼎芬才言不由衷地说道。

唐才常掉过头去，不再理会他。

梁鼎芬又想出一个主意来：“你不愿委屈自己，我也不勉强，如果你能在审讯时说上一两句两湖书院曾对你教育甚多，是你自己背弃了师长之教这样的话，也就是帮了张香帅的忙。”

“不行。”唐才常断然拒绝，“我勤王有什么错？难道说两湖书院教育我不忠于皇上，我忠于皇上是背弃了师长之教？”

“当然不能这样说，不能这样说。”梁鼎芬急忙打断唐才常的话。

“那我说什么？”唐才常反问。

两湖书院山长语塞了。他知道，唐才常已是铁了心，要学他的朋友谭嗣同，甘愿将这颗头颅抛掉。对于一个不畏死的人来说，还有什么可以打动他的心呢？猛然间，梁鼎芬有了主意。

“佛尘先生，你的公子多大了？”

“今年九岁。”唐才常似乎意识到了什么，忙说，“我一人犯法一人当，要杀要剐由你们的便。你们不要连累我的儿子，也不要连累我的父母妻室。”

梁鼎芬听了这话，心里得意了：“佛尘先生，你犯的是谋逆造反

大罪。按国初的律令，是要满门抄斩的。太后宽仁，即便不杀你的儿子，也要叫地方官严加管束。你的儿子能留下一条命为人做奴，便是最大的福气了，要想今后有所出息，那是绝对不能指望的。”

唐才常心里冒出一丝悲凉来。他自己是早已不顾恤这条命了，但贻祸儿子，他却深为沉痛。他也曾作过两手准备，拟交一笔银子给弟弟，万一事不成，则托弟弟带全家老小逃到香港或澳门去，但银子一直等不来，这件事也便没办。唐才常是条硬汉子，尽管心里很痛苦，但他不想求梁鼎芬。他知道梁鼎芬将会借此为要挟，自己若答应将会于大义有亏。

梁鼎芬早已从唐才常的眼神中看出了他的心思，心里有了把握：“我知道你既不愿害了儿子，又不愿得罪你的党众，我为你想了一个两全之策。公审时，既不要你说是冒名顶替，也不要你说两湖书院的好话，只要你什么话都不说，任于抚台如何问你逼你，你都不开口。你做到了这点，张香帅就保证此案不牵连你的父母妻儿，你的九岁儿子可以由你的兄弟带出国门，张香帅可以保证他的安全。”

这个条件，唐才常可以接受。

“梁山长，你说的话算数吧！”

“一定算数！”

“好，我同意。”唐才常双目如炬地望着梁鼎芬，“假若你们说话不算数，我的父母妻儿有什么好歹，我的魂灵决不会饶过你们。我唐才常生为人杰，死为厉鬼，你们是对付不了的。”

梁鼎芬感觉到了森森冷气：“你放心，你放心，我们说话是算数的。”

停了一会，唐才常说：“我没有什么东西送给我的儿子，今当永别，我作两首诗，你帮我记下来交给他，就当我送他的礼物。”

“行，行，我会照办的。”

梁鼎芬边说，边吩咐牢卒拿纸笔。

“你念吧！”

唐才常将这两天在牢房里想好的两首七绝一字一句地念着，梁鼎芬边听边记：

新亭鬼哭月昏黄，我欲高歌学楚狂。
莫谓秋风太肃杀，风吹枷锁满城香。

徒劳口舌难为我，剩好头颅付与谁？
慷慨临刑虽快事，英雄结束总为斯。

当梁鼎芬把与唐才常的谈话原原本本地告诉张之洞时，张之洞的心里涌出一股又恨又敬、又气又怜的复杂情感来。

人们都说湘人倔犟，从唐才常的身上，张之洞算是领教了。按湘人的性格，如此倔犟汉子能作这种交换已是不错了。他不说任何话，自然也就不会说起进督署游说的事。如此，麻烦就可以少去许多。

无论是从牵涉到自身这一层来考虑，还是从牵涉到牢房外面数万名会众来考虑，唐才常、傅慈祥等二十多名囚犯都不能羁押过久，处理得越快越好。这样想过之后，他突然冒出一个对付于荫霖的好法子来。

张之洞拿出一张纸，给于荫霖写了一封短函，告诉他近日破获的自立军案是一桩特大谋逆案件，与海外的康党孙党、省内外的哥老会大刀会联系密切，案情极为复杂，现正在抓紧时间清理头绪，定于五日后即八月初一日与贵抚台在督署会同审讯。张之洞将这封短函封好后交何巡捕赶紧送去。

于荫霖看到张之洞的信后，决定这两天把手头的事先行了结，从二十八日开始，用三天时间查阅此次案件卷宗，以便心中有数，会审时能有的放矢。

不料，第二天半夜，于荫霖被督署来人从睡梦中叫醒。来人气喘吁吁地告诉他，一个小时前，有一队人马打劫牢房，要营救被抓的

自立会大小头目，已被抚标官兵们击退。张制台深感事态严重，不能再拖了，请于抚台连夜过去公审，立即处决，以绝后患。于荫霖被弄得昏昏沉沉的，但事关劫狱大案，他不能拒绝张之洞的相邀。带着瞌睡虫，坐着大轿，一路上迷迷糊糊地来到总督衙门口时，只见灯火明亮，刀枪林立，一副如临大敌的戒严状态。来到大堂时，更是气氛恐怖，刀斧手两旁侍立，杀威棒黑白分明，张之洞全身穿戴，正绷紧长脸，瞪着大眼，凶神恶煞般地坐在大堂正前方左边的虎皮太师椅上，右边椅子也铺了一张特大的虎皮，虎头上瞪着两只吃人的眼睛，散发出令人毛骨悚然的狰狞之气。这虎皮椅刺目地空着，显然是为于荫霖留下的。

“于中丞，坐吧！”张之洞指了指右边的空椅，依旧是黑着面孔，一点笑容都没有。

巡抚与总督，官衔上虽差了一级，但并不是上下属，彼此相见，得以平级之礼相待。倘若在平日，张之洞这样做，于礼仪上不合，但今日这种场合，却没有什么不合的痕迹，反倒与周围的气氛相一致。于荫霖面对着这一切，心中突然有一种底气不足之感，好像是张之洞在为国宣劳，而自己却在一旁悠闲似的，未会审，气势上已先矮了一截。他匆匆拱了拱手，赔着笑脸：“兄弟来迟了，来迟了！”看了看椅子上躺着的真虎皮，书生出身的于巡抚情不自禁地生出一丝恐怖感来。

张之洞却无笑脸相迎，也不同他商议，立刻拿起惊堂木来猛地一拍：“将犯人带上来！”

在满堂吆喝声中，唐才常、傅慈祥、林奎等一长串人鱼贯而出。灯火闪烁中，除唐才常神色如常外，其他人多少都有些沮丧颓废之色，有的两腿发软，要靠狱卒扶持着才能迈开步，有一个后生子居然在大堂上放声痛哭起来。

“不要哭，大丈夫死则死矣，不可示人以弱！”唐才常压低着声音，威严地对着哭者说。

后生子赶紧闭了嘴，却还在不停地抽泣着。

张之洞满脸凶恶地扫视众犯人一眼，提高嗓门喝道：“你们这些无父无君、无法无天的匪徒们听着，你们不好好交代罪行，竟敢勾结牢外会匪强盗，打劫牢房，这是罪上加罪，死有余辜！老实告诉你们，本督军队天下无敌，你们那些乌合之众，岂能成事？只能适得其反，加速你们的灭亡。你们已死到临头了，还有什么话说？”

二十多个自立军大小头目一齐望着唐才常，唐才常平静地冷笑着，不作声。什么勾结牢外会匪，什么打劫牢房，他一点都不知道，无从辨别是真是假，他能说什么！

见堂下一片死寂，张之洞转脸对于荫霖说：“于中丞，你有什么话要问他们，请说吧！”

这于荫霖半夜三更被弄到总督衙门来，脑子里本就晕晕乎乎的，不太清醒，面对着这个剑拔弩张的场面，先又输了一筹，再说原本明天才看卷宗的，眼下被急忙叫来，对案件的来龙去脉一点都不知晓，叫他如何审讯？于荫霖只听说这桩案子的总头目叫唐才常，是从日本回国的洋学生，便硬着头皮叫了一声：“谁是唐才常？”

“我就是！”唐才常不慌不忙地应了一声。

“什么地方人，今年多大年岁了？”

“湖南浏阳人，今年三十三岁。”

“你为什么要聚众造反，你和康有为、孙文是什么关系，从实招来！”

唐才常觉得问这些话真是可笑，不值得回答，况且他与梁鼎芬有约在先，遂闭口不作声。

于荫霖气道：“你为什么不回答本部院的问话？”

唐才常用蔑视的眼光看了一眼于荫霖，仍旧不开口。

“唐才常，你在哪里读过书，是怎么去的日本？”

一旁站着的梁鼎芬心里紧张了：不知这小子说话算不算数，如果他把一切都和盘托出，那就糟了。这样想过后便赶紧思考对策。

张之洞也有几分担心，见几秒钟过后唐才常仍不开口，便转过脸问于荫霖：“这班人是死心塌地要与朝廷对抗到底的逆贼，劫牢的匪众扬言下次还要再来，本部堂以为宜早处置为好，免生意外。于中丞，你看呢？”

唐才常一问三不答，已令于荫霖恼火了，何况他对案情本就一概不知，再审下去也无词了，只得说：“就按香帅的意见办吧！”

张之洞站起来，对着两旁的刀斧手喝道：“把他们押出去！”

“慢点。”唐才常突然开口了，令张之洞和梁鼎芬一惊。

于荫霖忙挥手制止刀斧手：“他有话说，让他说吧！”

梁鼎芬瞪着眼望着唐才常，心里骂道：这小子说话不算数，我要让你死得不痛快！

只见唐才常缓缓说道：“拿一支笔和一张纸给我！”

于荫霖对着一旁的衙役说：“拿纸笔来！”

张之洞心里虽有点急，但他不能阻止于荫霖，只得暗自叫苦。

纸笔拿来了。唐才常接过笔，叫衙役把纸在地上铺平。唐才常望了一眼两位主审官后，挥笔在纸上写道：

湖南丁酉拔贡唐才常，为救皇上复仇，事机不密，请死。

张之洞看了这行字后，心里大舒了一口气，对唐才常说：“好，本部堂成全你！”

然后再次命令刀斧手：“都给我押下去！”

七月二十八日凌晨，唐才常、傅慈祥等二十八人，在武昌小朝街旁的紫阳湖畔被杀。

过几天，于荫霖得知这二十八名死犯中有二十名系洋学堂毕业，而且唐才常、傅慈祥二人还以学生身份游说张之洞时，心里十分恼恨张之洞那夜突然袭击似的会审，使得他没有充足的时间做准备，白白失掉一个当着张之洞的面批判洋务西学的好机会。

但他还是补上一个折子，借自立会案件提醒朝廷，洋学堂有培养叛逆的可能，必须多加提防，严格控制，只是因为没有拿到活口，不能坐实游说总督一节。于荫霖与张之洞之间的矛盾越结越深，终于在第二年被张之洞借故请出了湖北。

唐才常式的在野勤王活动被残酷地镇压了。与此同时，一场由各省地方官发起的官方勤王戏却在热火朝天地上演着。

五　请密奏太后，废掉大阿哥

七月二十一日，天色未明时，当得知洋兵已攻破广渠门，城内已无任何守兵时，慈禧着青衣布履，装扮成一个民间普通老太婆，带着身穿布袍仿佛坊间店铺小伙计似的光绪皇帝，匆匆忙忙地逃出紫禁城。慈禧在一片慌乱之中，什么都顾不上了，却没有忘记对她的眼中钉、她侄女的情敌、皇帝的宠妃珍妃以惩处。她命令宫中二总管崔玉贵将披头散发的珍妃活生生地推进颐和轩后的一口水井中。这口日后以珍妃命名的枯井，成了中国封建时代众多帝妃爱情悲剧的最后一个实证。它以无比的凄艳，引发多情凭吊者和文人墨客的不尽咏叹。

随着慈禧和光绪逃出的还有皇后、大阿哥及载漪、善耆、奕劻、载勋、载润等王公和刚毅、赵舒翘、英年等大臣。他们一行出居庸关，至怀来县，然后向西逃命。这一群往日养尊处优、锦衣玉食的帝后王公大臣们，在逃命的途中提心吊胆、饥寒交迫，若用旧时说书人常说的“惶惶如丧家之犬，急急如漏网之鱼”来形容他们，一点也不过分。直到他们逃到山西境内，才略为安定下来。

这时，由盛宣怀居中串联，李鸿章、刘坤一、张之洞、袁世凯等督抚连名上折，请严惩纵容拳民闯下滔天大祸的肇事魁首载漪、载澜、载勋、刚毅、英年、赵舒翘等人。慈禧见此奏折，颇为不悦，为应付悠悠众口，只对他们予以口头斥责，即便这种处罚，也将大阿哥的父亲端王载漪排除在外。至于各省的勤王举动，慈禧则欢喜无已。

最先向慈禧表忠心的是甘肃藩司岑春煊。这位前云贵总督苗人岑毓英的大公子，早年是有名的京城恶少，以性格暴烈、胆大妄为、挥金如土、宾客如云为人所乐道。后来收敛恶习，走入仕途，居然官运亨通，三十多岁便做了方伯大员。岑春煊看出落难的慈禧、光绪奇货可居，便向陕甘总督陶模请求亲自带兵前去保驾护卫。当时慈禧一行正在直隶，要护驾也自以调直隶的兵为近，用不着甘肃的兵马去越俎代庖，岑春煊此举无非是想哗众取宠。但他旗号打得堂皇正大，陶模不得不准，便拨给他兵马二千，饷银五万。岑春煊携银带兵，日夜急驰，在直隶宣化县境内迎上了慈禧的车驾。

慈禧再要强，也是个女人，何况又是一个望七之年的老女人，当此窘迫危难之际，忽见一支人马前来保护她，怎能不感动，不感谢？当岑春煊跪在她面前，大声叫"臣甘肃布政使岑春煊从兰州带兵前来保护皇太后、皇上，谁敢动太后、皇上一根毫毛，臣与他血战到底"的时候，慈禧禁不住放声大哭，以至于走到岑春煊的身边，摸着他的头说："想不到我们母子遇此大难，差一点就见不到你了。大清朝文武官员成千上万，唯独你有这颗忠心，千里迢迢赶来护驾，我们母子不会忘记你的。"

慈禧这一哭，将那些跟随她一起逃难的王公大臣们也引得痛哭起来。岑春煊没料到一向威严不可侵犯的太后如此失态，也没料到一向威风凛凛的王公大臣们如此脆弱，心里对自己的这个决定十分得意。他也一边大哭，一边说着诸如赴汤蹈火、粉身碎骨也要保护好圣驾的话。慈禧当即任命他为督办粮台大臣，负责警卫料理整个逃难人马的安全及生活等一切事项。转眼之间，一个小小的布政使便成为大清帝国流亡政府的实际控制人了。

岑春煊的这一创举点拨了各省的督抚将军们，他们猛然间仿佛都醒悟过来了：常言说饥者易为食，寒者易为衣，如今则是落难者易为功呀！这个"冷灶好烧"的极浅道理怎么都忘记了，却让那个广西苗子昔日恶少占了头功！

于是，不仅较近的山西、陕西、甘肃等省，就连较远的河南、青海、四川也都纷纷勤王或送各种吃穿日用物品。自从进了山西之后，因为各省勤王人马物品源源不断地到来，流亡途中的太后、皇上也逐渐恢复元气，小朝廷也日益像个样子了。慈禧令奕劻、李鸿章等人进京与洋兵谈判，自己带着日趋庞大的队伍继续西行，在老太婆的心理上，是离北京越远越安全。

远在苏州城里的苏抚鹿传霖，也悟到“勤王”是一条日后升官捷径，不顾六十五岁的高龄，亲自带着一千五百名士兵及三吴珍稀特产，日夜兼程北上，终于在秦晋交界之处追上了浩浩荡荡西幸的车驾。鹿传霖临出发前，给妻弟一封信，希望张之洞也能于勤王有所表示。

这天，张之洞看了信后，顺手递给坐在一旁的辜鸿铭。

“香帅，这可是个好机会，你也可学鹿中丞的样，自带一支人马北上护驾。这个功劳，太后、皇上日后会记一辈子的。”

辜鸿铭看完信后，笑着对张之洞说。

张之洞知道辜鸿铭是在调侃，在他心里，对鹿传霖亲身勤王也不大以为然，但嘴巴上免不了对姐夫作一番辩白：“你不知道，我这个姐夫虽是个文官，弓马功夫却是自小就练就的，好得很哩。他二十岁那年，随父住在贵州都匀府，当地苗民作乱，围攻府城，他父母被苗民戕害。他一个人杀出重围，飞马百里外搬来救兵，到底把苗乱镇压下去了。他有这等武功，自然可带兵勤王。我这个制台，虽是统率水陆几万军队，其实手无缚鸡之力，不能跟他比。”

辜鸿铭收起笑容：“你就是有鹿中丞那样的武功底子，我想你也不会亲自带兵去勤王的。”

“何以见得？”张之洞在公务空暇中是很乐意与这位混血幕僚聊天的，跟他闲聊轻松坦率，用不着半点防备和伪装。

“因为太后身边有一大批混蛋在包围着，你去了会觉得憋气，不舒服。你在这里做武昌王做久了，怎么习惯得了在那群既令人瞧不起

但又不得不对他们客气的窝囊废中过日子！”

“还是你辜汤生知我！”张之洞笑了一下后又严肃地说：“勤王与惩办肇事者，这两桩事还得分开，假若太后皇上有旨让我带兵去卫驾，我张某人还是会去的。只是眼下湖广还离不开我，自立会余党，哥老会的匪徒们还在伺机复仇。”

“香帅，我有一个两全其美的好主意。”辜鸿铭突然兴奋地提高了嗓门。

张之洞兴趣盎然地笑望着这位怪才，不知从他的口里又要蹦出什么惊人之语来。

“你上个折子给太后、皇上，请他们干脆到武昌来住，立武昌为陪都。强龙压不过地头蛇。到那个时候，端王也好，庄王、肃王也好，统统都得服从你这个武昌王。”

“哈哈哈！”张之洞被辜鸿铭这极富创意的设想，弄得快乐地大笑起来。他连连拍着辜鸿铭的肩膀说：“汤生，你这个主意好得很，那咱们就拟稿吗？”

辜鸿铭也快活得像个孩子似的：“我先拟个英文稿，再请念礽把他翻成中文。”

“你这真正是脱掉裤子放屁！”

听了总督这句粗鄙的话，辜鸿铭笑得眼泪水都流出来了：“香帅，这句话英文里也有类似的表达，它是这样念的。”接着一阵咕噜咕噜的洋话，从辜鸿铭的口里放水似的汩汩流出，张之洞自然是什么也听不懂。

正在笑得舒畅的时候，梁鼎芬拿着一封信进来，对张之洞说：“香帅，有一位特别人物，过几天要到武昌来拜会您。”

张之洞说：“什么人，让你这样神神兮兮的？”

梁鼎芬说：“此人虽只是一个知县，眼下却是太后最为亲近和相信的人。他在太后的眼中，任哪一位王公宗室都不能相比。香帅，这里有一封信，你请看吧！”

梁鼎芬从信函里抽出一大沓纸来，正要递过去，张之洞说："这么长的信，我不看了，你说说吧！"

辜鸿铭说："我可以坐在这里旁听吗？"

梁鼎芬笑着说："还正要你辜汤生坐在这里，我才会说得起劲哩！"

辜鸿铭喜道："节庵在卖关子，这里面一定有好故事听。"

梁鼎芬坐下来慢慢说："这个人名叫吴永，字渔川。他是浙江人，却生在四川，长大后又客居湖南长沙，因此而有机会从郭嵩焘侍郎游，又由此而到了曾纪泽侍郎的门下，并且得到小曾侯的赏识，做了他的乘龙快婿。"

辜鸿铭瞪大了眼睛插话："这样说来，他是曾文正公的孙女婿了。"

"正是。"梁鼎芬点头。

"那我要见见他。"辜鸿铭十分认真地说。

张之洞笑道："辜汤生近世什么人都不敬仰，唯独敬仰曾文正公，可惜没有机会见到他本人，又没机会见到他的儿子。这次又可惜，来的不是孙子，而是孙女婿。孙女婿的身上是找不到曾文正公的痕迹来的。"

"这大概就是爱屋及乌吧！"辜鸿铭自我解嘲，"他是曾文正公孙女的丈夫，多少总通了点曾家的气吧！"

大家听了这话，都笑了起来。

梁鼎芬继续说："前几年他被朝廷授为怀来县知县。太后、皇上这次离开京城，第一站便是怀来。老天爷成就了他，让他成了第一个接驾的朝廷命官。吴永能干，在极端困难的处境中尽力而为。太后很满意，就叫他跟随身旁，一路西行，封了他个前路粮台会办。一路上，吴永成了太后得力的左右手，极受太后的宠信。这次他是以太后身边人的身份来湖广办粮饷的。"

辜鸿铭说："刚才我还和香帅在说勤王的事哩，看来不必派人去

了，接待好吴永就行了。”

张之洞说：“你怎么知道得这样多，这信是谁写来的？”

梁鼎芬扬了扬手中的信说：“这信是湖南俞抚台的公子俞启元写给我的，我曾教过俞启元的古文。俞启元现在和吴永一道会办粮台，二人同时被太后派出办粮饷。一个去江南，一个来湖广。俞启元怕大家不了解吴永而怠慢了他，故给我写了这封信，先通报一下。”

张之洞问：“吴永什么时候到武昌？”

“初七八就会到了。”

张之洞说：“节庵，俞启元既然写了这封信给你，就麻烦你去接待他。对于这种人，自然不能怠慢，可安排他住在胡文忠公祠，并派两个人在他身边听他使唤，待住下一两天后我在督署衙门设便宴招待他。”

吴永说到就到了。梁鼎芬以接待钦差大臣的礼数接待他，将他安置在武昌城里最好最安全的驿馆——胡文忠公祠，又从两湖书院抽调两名略知文墨的仆人来专门服侍他。梁鼎芬郑重告诉吴永：“明天晚上，张制台在督署为您接风。”吴永表示感谢。傍晚，临离开胡文忠公祠时，梁鼎芬又悄悄对吴永说：“楚女又泼辣又风骚，要不要叫一两个来陪陪？”

吴永微笑着摇了摇手。

第二天，湖广总督中庭左侧的宴客厅灯火通明，各种水陆佳肴摆满整整一桌子，张之洞在这里宴请来自太原行宫的要客吴永，陪席的有梁鼎芬、辜鸿铭、徐建寅、陈念礽、陈衍等人。三十六岁的曾门女婿不善饮酒，不到一个小时，饭就吃完了。张之洞把客人带进小客厅，特为泡好上等龙井款待这位祖籍浙江的不平凡客人。

张之洞笑着说：“渔川，包括梁节庵在内的我的这批幕友，都是没有见过太后和皇上的人。你在太后皇上身边一个多月，而且又是在这种非常的日子，也可算是太后皇上的患难之交了。你跟各位随便聊聊行在的情况吧！”

吴永说："张大人言重了，我吴永什么人，怎么敢说是太后皇上的患难之交。这也是国家不幸，吴永万幸，能有机会侍候太后皇上。也不知吴家哪辈子积下的阴德，让我这个不肖子孙给遇上了。"

辜鸿铭早已急不可耐，抢先第一个说话："我曾有机会见过英国女王维多利亚，尽管她那时已近六十却依然美丽过人、雍容华贵，她的气质和风度是普通人所绝没有的。渔川先生，我想象中的皇太后应该也和维多利亚女王一样，但我没见过，不知是不是一样，你说给我们听听。"

在座的除张之洞外，谁都没有亲眼见过皇太后，即便是张之洞，也不可能看清那个召见他时高高在上威仪赫赫的太后，他和众幕僚一样希望多了解这位大清国的第一人。他笑着对吴永说："我这里最是随便，不受礼制和规矩的限制，这些人也都是些本分人，不会背后使绊子。你尽管放心大胆地说，不要有顾虑。"

吴永说："有张大人这番话作挡箭牌，我就随便和各位聊聊。但有一点，只在这里说，出门以后我就不认账了，不要说这话是听吴某人讲的，到时我会赖账的，各位就不要怪我不是君子了。"

众皆笑起来。

吴永说："怀来县城离京城不过百把里路，京城内外都闹义和团，怀来自然不可免，也被闹得乌烟瘴气。我知道洋兵正在打京城，整日里惶惶不安。七月二十三日傍晚，正要吃饭的时候，突然有一人闯进县衙门，说是有紧急公文，递上来时，乃是一团粗纸，无封无面，像一团破絮似的。我将纸团展开抹平，一看，吓了一跳。原来上面写着，皇太后、皇上，满汉全席一桌，庆王、礼王、端王、澜公爷、伦贝子、军机刚中堂、赵大人等各一品锅。另随驾官兵，不知多少，应多备食物粮草，上面盖着延庆州州印。我忙问来人，这是怎么一回事。那人说，两宫圣驾已在离怀来县城五十里的岔道口上过夜，明天就到此地。我心里想，现在一切都乱了，哪里去预备满汉全席、一品锅，得连夜布置。天明即回城赶赴岔道口。巳正时，在途中遇到

了两宫圣驾车骑。待我见到太后时，哪里敢认，那简直就是一个逃荒的老太婆：头发蓬乱，面色蜡黄，衣衫褴褛，原来太后已是一天一夜没吃过东西了。”

满厅一片欷歔声。

梁鼎芬问：“见到皇上了吗？皇上如何？”

“皇上也一个样。”吴永说，“我见到皇上时，他正站在太后的身旁，身穿一件半旧玄色细行湖绉棉袍，宽襟大袖，上身无外褂，腰上无束带，头发有一寸多长，蓬头垢面，憔悴已极。”

辜鸿铭惊问：“七月下旬的天气，皇上怎么就穿棉袍了，我们现在还未穿棉袍哩！”

吴永说：“皇上身子骨极弱。以后的日子里，在太后吃好睡好后，我才发觉，太后其实是一个很好的老太太，既端庄秀美，又开朗健谈。倒是皇上，一直是面色苍白，一副病恹恹的样子。”

陈念礽和辜鸿铭一样也是好奇心极重的人，问：“渔川先生，你和太后、皇上朝夕在一起相处这么久，你觉得他们跟我们普通人有什么不同吗？”

“我没看出他们与普通人有多大的不同。”吴永说，“比如太后吧，她伤心的时候也会放声哭，高兴时也会絮絮叨叨地讲个不停，与普通老太婆一个样。刚见到她那一天，她说她想吃鸡蛋，我好不容易给她弄了五枚鸡蛋。她一连吃了三枚，给皇上留了两枚，连说鸡蛋味道好，说好久没吃过这么好的东西了。这与饿极了的人吃个包谷也觉得好是一样的。至于皇上，更是无任何威仪可言。无事时，他甚至会和太监一道坐在地上玩泥蛋，又喜欢在纸上画各种大头长身的鬼形，再扯碎扔掉。有时在纸上画一只乌龟，乌龟背上写着他所恨的人，然后贴在墙上，用竹签做小弓箭去射，再从墙上扯下，撕碎，让它随风飘去。”

说到这里，吴永猛然记起曾经亲眼见皇上在乌龟背上写了一个人的名字，那是当今一位十分重要的人物。当然，这个名字是绝对不能

说出的，今后若有可能，也仅仅只能对张之洞一个人讲。

众幕友见大清国的九五至尊居然是这样一个孩童般的人，都不可思议。有的人觉得有趣，有的人觉得滑稽，张之洞的心里却忧心忡忡：从百日维新的急躁和而今的病态来看，从醇邸中走出来的这个皇上，很可能是个心智不健全的人。一旦老佛爷山陵崩，大清国将走向何处？

“渔川，我问你，皇太后一向精细明慎，这次为何会上义和团的当？神灵附体、刀枪不入这等鬼话，太后当时是真的相信吗？”

吴永说：“张大人你说得好，神灵附体，刀枪不入，这完全是鬼话，不是我自夸，怀来县那些拳民也在我面前这样装神弄鬼的，我一概不信。太后当时怎么会糊涂至此，我也纳闷。我当然不敢问她老人家，我是后来慢慢从她周围的人聊天说闲话中得知一二的。主要是两拨人蒙骗了她。”

这可不是常人能晓得的宫闱秘密，大家都聚精会神地聆听，尤其是辜鸿铭，瞪大那双蓝幽幽的眼睛盯着，让吴永看了有点儿害怕。

“一拨人是刚毅刚中堂和赵舒翘赵大人。太后本是派他们两人去涿州查看义和团实情的。端王是一心要用义和团，刚中堂迎合端王说拳民可用。赵大人是饱学之士，一见就知道拳民成不了事，但他是刚中堂引进军机处的，不能抵触刚中堂，回京禀报时含含糊糊，也没说可用，也没说不可用。太后听了刚中堂的一面之词，以为拳民真的有神术。另一拨是宫中的太监们。不知什么缘故，这些太监都没有头脑，都相信义和团那一套鬼把戏，许多太监都入了团，在园子里设坛祭神灵。他们天天在太后面前说拳民们如何如何了不得，都说是自己亲眼见的。你们想，三人都可以说成虎，几十上百个太监都那么说，太后怎么会不相信？就拿火烧正阳门那件事说吧！义和团放火烧大栅栏一带的教民住宅，火烧大了，一直烧到正阳门去了，这不闯了大祸吗？拳民们也着急了。来了一个大师兄说，不碍事，我们请东海龙王来保护正阳门。于是所有拳民都席地而坐，跟着大师兄念念有词，谁

知不但东海龙王未请来，火反而越烧越旺，把正阳门烧成一座焦楼。拳民们吓得全部逃走了。这本来是一个戳穿义和团花招的极好例子。不料，由太监口里告诉太后的却变了样。他们说本来海龙王要来的，因为皇上不听太后的话，要重用康党，就不来了。火烧正阳门，是对皇上不孝的惩罚。太后听了这话，不但不加怀疑，反而说神灵有眼，拳民可嘉。这两拨人就这样坑害了太后。”

客厅里一片嗟叹。

张之洞想，谈论太后皇上太多了也不大好，而且他还要与吴永单独密谈在心里琢磨了好久的一桩大事，于是起身说：“天很晚了，吴渔川还有许多事要办，今夜就谈到这里吧。”

见总督发了话，众幕僚们只得脚跟脚退出客厅。

原来，吴永来武昌，是要向湖广代流亡朝廷讨五十万两银子和十万斤粮谷、五万匹棉布绸缎。这事属巡抚所管，吴永在湖北境内盘桓了半个月，多次拜会湖北的巡抚、布政使、粮道、江汉关道等要员，然后又南下洞庭，找湖南的地方衙门去了。

有一天，梁鼎芬悄悄对张之洞说：“香帅，您不知道吧，吴永现在与曾家已断了关系。”

张之洞颇为吃惊：“这话怎么说？”

“他的夫人早几年前就过世了。”

“夫人过世了，还有儿女呀，儿女跟外婆家的血脉是割不断的。”

“可惜的是没有儿女。”

一刻短暂的沉默。

张之洞说：“你去长沙住几天，一则陪陪他，二则遇到方便时问问他想不想续弦。”

梁鼎芬说：“续弦是肯定想的，他还只有三十六岁，且无子女，哪有不续弦的理。只怕是曾经沧海难为水，难有一个令他中意的人。”

张之洞说：“我叫你去长沙，也包含着这层意思，看他想要个什么样的人。”

梁鼎芬领了张之洞这道钧命，在长沙整整陪了吴永半个月。两人谈古论今，诗词唱和，居然成了很好的朋友。吴永将续弦一事委托给了他。

回到武昌后，梁鼎芬开始为这事筹划起来。他思忖着：吴永是太后的亲信，又有曾家的背景，今后前途无量，自己若能与他将关系结牢的话，日后也算是朝廷有人了。这股肥水决不能流到外人田里去，我梁鼎芬要和他攀下这门亲。梁鼎芬把自家亲戚中的女人们都列出来，挑尽了三姑六婆后，倒真给他看中了一个人：他广东老家远房八姑今年二十二岁，因高不成低不就，早过了出阁年纪仍待字闺中，成了个老姑娘。梁鼎芬忙修书一封通过官驿寄回广东番禺，不久后收到了回信。八姑家对这门亲事满意极了，若男方无意见，可即刻护送新娘子前来武昌完婚。趁着吴永尚在湖南的空当，梁鼎芬又去信老家，要他们去广州城里拍几张照片寄来，把事情办得尽量妥当些。二十多天后，照片寄来了，吴永也从湖南返回武昌。吴永看了照片，模样端正，又是一个从没嫁过人的黄花闺女，且是梁鼎芬的亲戚，很满意。这时已到初冬季节了，张之洞于是邀请吴永干脆在武昌度岁，年前完婚，过完年后再回到太后身边去。吴永一口答应。

慈禧、光绪一行早已在九月初到了陕西西安府，便将西安当作行都，行使起朝廷的职能来。庆王奕劻和直督李鸿章奉命与八国联军总司令瓦德西为首的洋人谈判。洋人不但要赔四亿多两白银，而且开出一长串名单来，指控这些人均为肇事祸首，不杀不足以平各国之愤，奕劻、李鸿章看那名单，赫然列为第一名的便是圣母皇太后她老人家，不禁惊得目瞪口呆，半晌合不得嘴。接下来便是端王载漪，庄王载勋，国公载澜，军机大臣刚毅、英年、赵舒翘，礼部尚书启秀，刑部侍郎徐承煜，前山东巡抚毓贤，甘肃提督董福祥。

奕劻对瓦德西等人说：“祸首列太后之名万万不可，这于中国国

情相悖太大，不但我们不能答应，即便皇上也不能答应。太后死，皇上存，皇上将有不孝大罪，势必不能独活于世。”

瓦德西说：“要说名副其实的祸首，还只有你们这位皇太后够资格，其他人都是听她的，只能说是从犯。不杀她，怎么说得过去？你们这个皇太后，我看还不如赛二爷，她的见识比皇太后的见识高得多。她请我不要杀老百姓，说老百姓无罪，罪在拳匪。这话有道理。”

赛二爷是谁？奕劻没听说过。他讨好地说：“赛二爷是哪家的公子，我要奖赏他！”

瓦德西哈哈大笑：“赛二爷不是哪家的公子，她是八大胡同的妓女，一个会说德国话的可爱的女人，据说是你们以前驻德公使的夫人。”

将一个妓女拿来跟皇太后相比，不仅使奕劻，也使李鸿章气愤不已。这简直岂有此理，欺人太甚！奕劻、李鸿章恨不得将眼前这个可恶的红毛蓝眼魔鬼杀掉。但眼下他手里有着一万八千名手持洋枪洋炮威力无比的军队，杀人的刀把子不是在自家而是握在别人的手中。太后千叮万嘱和谈只准成，不准败。没法子，只得强咽下这个羞辱。奕劻赔着笑脸说：“无论皇太后有什么差错，都不能让她承担，只要放她一马，什么话都好说。我们大清国有的是全世界都见不到的宝贝，您和各国将军们要什么，我们给什么。”

李鸿章听了这话不是味道。国家的宝贝怎么能随便送人，这些人都是贪得无厌的恶狼，他们的欲壑你能填得满吗？但奕劻是首席和谈大臣，又是亲王，何况这是救太后的事，李鸿章也只得忍了。瓦德西狞笑道：“好哇，早就知道你们的宝贝多得很，拿宝贝来换皇太后的头颅，也是可以的，但以下的那些人，是再也不能讨价还价了。”

最后，双方达成如下协议：中国赔银四亿五千万两，分三十九年还清，年息四厘，以关税和盐税作抵押；划东交民巷为使馆区，中国人不准居住；拆毁大沽至北京城防炮台，外国军队驻扎北京和从北

京到山海关沿线十二个重要地区；永远禁止中国人成立任何反对外国的组织，违者处死，若再发生此类事件，当地官员立行撤职，永不叙用；严惩载漪等十余名祸首。

奕劻、李鸿章代表朝廷签下这个中国有史以来最大的不平等条约。

作为会办和谈大臣，张之洞除严惩祸首这点外，对条约中的其他几条都很不满意，尤其对赔款和驻军两条，更为不满。赔款如此之多，几乎要把中国的元气耗尽，“徐图自强”目标的实现不知又要向后挪动多少年。在中国的土地上允许外人驻扎军队，这有丧失领土主权之嫌。张之洞致书奕劻、李鸿章，明确表示不能完全赞同的态度。

李鸿章想起二十多年来，张之洞一贯与自己唱反调，心中甚是不快。外国政坛上有鹰派、鸽派之说，李鸿章觉得自己是中国的鸽派之首，而张之洞处处跟自己为难，是不是想当鹰派的头领？他气得对奕劻说：“这个张香涛，还是当年那一副书生做派，做了十七八年的督抚，应该有些历练了，还是这样喜欢放言高论，正是曾文正公当年所说的那句老话：看人挑担不费力。”

奕劻说：“他是个喜欢出风头的人，不去管他！”

后来，李鸿章在别处也多次说过这样的话，终于传到了张之洞的耳朵里。他气愤地说：“李少荃倚老卖老，不把国家当回事。他说我书生意气，我没有骂他老奸巨猾就算客气了，他哪有资格说我？”

李张之间本来就很深的裂缝，变得更深了。

年关临近，武汉三镇飞起漫天白雪，梁鼎芬的八姑姑带着庞大的护送嫁妆的队伍来到武昌。梁鼎芬忙着为他们布置新房。过小年这天，婚礼隆重举行，大媒便是候补道两湖书院山长、总督衙门总文案梁鼎芬。张之洞为他们做了证婚人，又破例从他珍藏多年的古董中选了两件战国青铜器：一面凤舞九天图纹铜镜，一把八寸长的玉柄双刃铜短剑，作为礼物送给吴永。

又娶了美娇娘，又获得张之洞的格外青睐，吴永这趟湖广之差简

直是美不胜收。蜜月过后，吴永接到行宫来的电文，催他急返西安交差。

临行时，他来到总督衙门表示他的由衷谢意，张之洞也要拜托他多多致意太后、皇上，二人说得融洽而深入。

为了答谢张之洞的厚爱，也为了在今后的仕途上增加一个强有力的靠山，吴永向张之洞透露了一个绝密消息。

“香帅，您知道皇上最恨的人是谁吗？”

“不知道。”张之洞的心里无端冒出一丝恐惧感。

“袁世凯。”吴永压低了声音。

“为什么？”

其实，张之洞先前也听到过一些风声。戊戌年事变后不久，从湖北巡抚衙门里传出消息，说谭嗣同曾去找过袁世凯，请袁救援皇上，袁表面答应，第二天回到天津就将这事告诉了荣禄。荣禄急告太后。于是便有太后训政、六君子被杀、皇上囚禁瀛台的结局出现。袁世凯是个口是心非的小人，可耻的告密者！

对袁世凯的这个评价，成了所有传说这个故事的人的最后结论。张之洞对此将信将疑。

“康有为和军机四章京都极力推荐袁世凯，皇上相信了，将他从天津叫到北京，超擢他做侍郎，并召见他，以重任相托。袁在皇上面前慷慨激昂，忠心耿耿。不料他一回天津，就对荣禄说，皇上发动康党围颐和园，要挟持太后。引起太后大怒，并痛斥皇上不孝不仁，皇上矢口否认。太后说这是袁世凯说的，并有荣禄作证。皇上还是不承认有围园劫后的计划。因为此，皇上恨死了袁世凯，巴不得将他碎尸万段。”

“哦，是这样的。”张之洞深深地倒吸了一口气：两年多的一段传闻终于得到证实。

“香帅，”吴永的语气很诚恳，“袁世凯这个人我没有见过，不知其为人到底如何，说他能干的人很多。他这两年也很能任事，东南

互保的事，严惩祸首的事，他都与您一起参与了。他是有心要攀附您这棵大树。我今夜把这事告诉您，想提请您注意这个人。他今后前途到底如何，还很难说，也可能飞黄腾达，也可能粉身碎骨。您对他，还是多留点神为好。”

这可真是个重要的提醒！对于袁世凯，张之洞原本并无甚好印象，只认他是个不读书凭军功发迹的暴发户。去年以来他对袁的印象大有改观。原因是袁任山东巡抚时全力镇压义和团，有先见之明，又积极参与中外互保合约，有胆魄。袁世凯很明显地在与他套近乎，若没有吴永的这个提醒，真有可能被袁世凯给套住了。

张之洞说：“渔川，谢谢你这个提醒，我今后会注意的。”

隔一会，他又说：“我想问你一件事，你不要对别人说。”

吴永肃然：“什么事？凡我所知的，我都可以对您说。”

张之洞的脸向吴永凑了过来：“你看大阿哥这个人怎么样？”

吴永略作一番思索后说：“大阿哥今年十七岁，人长得比皇上要精神些，也还灵泛，诗作得不错。”

“大阿哥会作诗？”张之洞显然对此很感兴趣，“你能记得几句吗？”

“前几日我收到西安行宫中一位朋友的来信，信中极赞大阿哥的诗才，说大阿哥近日有一首《终南山》，确实做得好。诗是这样写的：入夜宫中烛乍传，檐端山色转苍然。今宵月露添幽冷，欲访楠台第五仙。”

“这诗是做得不错。”张之洞微微点头。“大阿哥的书读得怎样？”

“大阿哥的最大不足之处就是不爱读书，好玩耍，心不能静。还有一点，性情轻佻，喜怒无常。”

张之洞说：“就常人而言，大阿哥可算是一个聪明颖秀的少年，若有严父严师管教，日后或许也能做点事。但对大阿哥这个身份来说，他的长处恰恰是短处，而他的短处则不仅于自身不利，更将于国

家不利。”

吴永仔细聆听着这位社稷之臣的谠言庄论。

“吟诗作赋，是普通人怡情悦性的好方式，但一国之君不能沉湎于此。治国平天下，靠的是圣贤之教，史册之鉴。十六七岁，正是发愤苦读经史的大好时光，大阿哥的功夫不下在此处，却用在诗词上，是舍本逐末。隋炀帝、陈后主、李后主、宋徽宗都是诗词歌赋中的高手，却成了亡国之君。耽于诗词，又加上轻佻，喜怒无常，这样的储君，真不是国家之福。”

吴永插不上话，说是也不宜，说不是也不宜，只好缄口听着。

“渔川，有一桩事，我在心里想了好久，要向太后禀报。但至今未禀报，一是拿不定主意，二是不知通过什么途径传到太后那里。你这一来，即使我拿定了主意，又找到一条便捷通道，你一定要把这桩事当面禀报太后。”

吴永说：“我一定照大人的吩咐去办。”

张之洞敛容正色对吴永说：“你回去后，找一个方便的机会，单独对太后说：张之洞请太后废掉大阿哥！”

吴永心里大吃一惊，傻望着张之洞。

张之洞严肃地说：“去年夏天所发生的这场灾难，是由立大阿哥而引起的，端王要借拳匪来打击洋人，为自己出气，才竭力怂恿太后围攻使馆。要说祸根，就在这里。这已是官场士林中公开的秘密了。大阿哥年纪小，又没管过事，他当然不会成为洋人所索求的祸首。现在祸首中的人虽然载勋、毓贤、刚毅、赵舒翘、英年、启秀、徐承煜都已死了，但载漪、载澜兄弟还健在。假若哪一天，大阿哥真正登极做了皇帝，载漪便是太上皇，载澜便是皇叔，他们一定会唆使皇帝翻案，对指责他们的人报复。对洋人，只会更加仇视。无论对国外还是对国内，这都是极不利的。我早就想过，不废大阿哥，不将他迁出宫，去年的事就不能算彻底清算。但我拿不定主意，这原因是我不知道大阿哥其人。若他真是明君之材，或不必担忧，但听你刚才所说

的，我可以断定此人必定成不了明君。”

吴永颇为紧张，想不到自己刚才的那几句话居然对大阿哥的命运起了作用。一个小小的知县，一介草莽出身的平常人，竟然会对当今帝王的废立起作用，这真是不可想象的事，而此事竟然就发生了。想到这里，吴永又不禁自豪起来。

“如此看来，我想，为了太后，为了祖宗的江山，也为了大阿哥自己，还是废了为好，而且必须立即搬出宫，永远断绝他的念头。这桩事不能写奏折，只能面禀。我又不能到西安去，真是天赐良机，让你到武昌来了。渔川，你千万不要前怕狼后怕虎的瞻前顾后，一定要以国家大义为重，将我的这个想法面禀太后。万一有什么事出来，我张某人会向太后上书，说清事情的原委，洗去你的责任。你不要有顾虑。你曾经做过曾家的女婿，要像你的丈人和太丈人一样，在紧急关头，抛开一己得失，为国家挺身而出。”

这两句话激励了吴永，他站起身来坚定地说：“香帅放心，我一定会把你的这个建白如实禀报太后。香帅身处如此高的地位，尚且不顾自身利害，我吴永一个七品芝麻官，算得了什么！若能协助香帅为国家办成这桩大事，也不枉曾家赏识我一场了。”

第五章 / 爆炸惨案

一 八闽名士向张之洞献融资奇策

吴永离开武昌两个月后，一道关于废除大阿哥的上谕颁发下来。张之洞心里欣慰：太后尽管糊涂迷误过一段时期，但毕竟还是醒悟过来了。

是的，这次亲身遭逢的巨变，的确给一向自以为了不起的慈禧以深重的创伤和刻骨的刺激，严酷的现实迫使她不得不自我反省，也迫使她不能不承认自己的失误。为了挽回丧失殆尽的人心，维护自己摇摇欲坠的至尊形象，在西逃的路上，她便指示跟从的军机大臣草拟以皇上名义下达的“罪己诏”。又在批准和约的上谕里再次表示“自责不暇，何忍责人”的沉痛心情。在所有痛定思痛的奏章中，慈禧最看重的是朝廷奉为客卿的英国人赫德所上的条陈。这位担任中国海关总税务司近四十年的洋人，以极为诚恳的语言劝告太后，西方各国决不

是要中国的国土和人民，只是希望中国改弦易辙，实行新政，奉行和他们一样的国策。赫德请太后早日回銮，今后只要认真实行改革，中国是可以富强的；中国富强了，与世界各国也就相安无事了。

慈禧完全接受这位洋朋友的建议，一面筹备回銮北京的准备，一面筹谋实行新政，并明诏国民："世有万古不易之常经，无一成不变之治法，穷变通久，见于大《易》，损益可知，著于《论语》。盖不易者三纲五常，昭然为日星之照世，而可变在令甲令乙，不妨如琴瑟之改弦。伊古以来，代有兴革，大抵法积则弊，法弊则更，要归于强国利民而已。"又要求各军机大臣、六部九卿、各省督抚及出使各国大臣，取外国之长，补中国之短，参酌中西政要，对有关朝章国故、吏治民生、学校科举、军政财政等方面，向朝廷提出有关变法改革除旧布新的建议。一时间，仿佛戊戌年的"百日维新"之剧又重新上演，只是戏中的主角由皇帝变成太后而已！

庚子年的这场惨变，任何一个稍有爱国之心的中国人都会痛心疾首，任何一个稍有头脑的中国人都知道，要想不亡国灭种，只有变法一条路。相对于两年多以前的那个夏天来说，这次的变法，在表面上已经是没有反对派，大家咸与维新了。在新一轮的变法高潮中，最为积极也最为朝野看重的封疆大吏，当首推既有新政实质、又有"中体西用"理论主张的湖广总督张之洞，次则为对办局厂办新军有兴趣的硕果仅存的湘军元戎两江总督刘坤一，另一个则是办新军大有成绩，又在镇压拳民中崭露头角的山东巡抚袁世凯，他们都在组织一批智囊文胆，切磋研讨关于变革方略的文稿。

袁世凯多次向张之洞写信，以晚辈自居，请他牵头，选择几个有影响的督抚会衔上奏，共同提出关于新政全局的建议来。因为有吴永的那番话，张之洞不理睬袁世凯的示好，而主动与刘坤一联合，希望以他们两人会衔的形式，提出改革方略。戎马一生一向以战功自炫的刘坤一，晚年亲眼目睹湘淮军在洋兵面前屡战屡败的现状，真是痛心不已。洋兵打进京师，帝、后弃逃，在刘坤一看来，这无异于亡国，

是军人的奇耻大辱。他欣然赞同张之洞的建议，愿意为中国的复兴，与张之洞一起担当这个重任。

经过两三个月的起草修改审订的过程，关于新政的三个奏折产生了。第一个折子名曰《变通政治人才为先遵旨筹议折》。此折提出变法图强，以人才为先的主张，指出中国不贫于财，而贫于人才；不弱于兵，而弱于志气。并提出育才兴学四条办法：设文武学堂，酌改文科举，停置武科举，奖励游学。第二个折子名曰《遵旨筹议变法谨拟整顿中法十二条折》。此折从十二个方面提出对中国旧的法规法则加以改革，即提倡节俭，打破资格限制，停止捐纳，考核官员并增加俸禄，改进官员诠选，取消书吏和差役，改善刑狱，筹八旗生计，裁撤屯卫、绿营等等。第三折名曰《遵旨筹议变法谨采用西法十一条折》，提出应当采纳的切实有用的西法有：广派官员出国考察，编练新军，改良农业，提倡工艺制造，制订有关矿业铁路商业交涉等法律，货币改用银元，征收印花税，推行邮政，多译各国书籍等等。

第二折的除旧和第三折的布新，都审慎地遵循张之洞的中体西用的理论：关于本体的方面，即中国的纲常名教、伦理道德，仍得坚持，不能改变；西法西艺，均作为功用而被引进，以促使本体的健壮强大。

这就是中国近代史上著名的“江楚会奏三折”。它以形式上的温和中庸，内容上的切实可行，时间上的恰到好处，上奏者的地位资望，获得了以慈禧为首的朝廷执政者的一致认可，成为事实上的新一轮新政的实施大纲。这些变法设想，通过以后的一连串上谕，向全国各地陆续颁发推行。

张之洞趁着这个大好时机，加速发展湖北的洋务事业，在两湖各府县广设各式新学堂，大量派遣官费生赴日本留学。他又在湖北扩大新军。湖北新军按全国统一军制，将军队编为一镇一混成协，即第八镇、第二十一混成协，共有官兵一万五千余人，全部用新式枪炮及西洋器械装备，聘请德、日教官充当军队教习。配合新军建设，又在武

昌办起将弁学堂、武备普通中学和陆军小学堂。这三所军校担负起培养新军各级武官的责任。与此同时，张之洞又拟在武昌创办火柴厂、水泥厂等工厂。

办学堂，办新军，办工厂，凡有兴作，第一步便是筹措资金。到处需要钱，到处都向总督衙门伸手要银子。“银钱”两字，令他焦急，令他忧虑。再一次“银钱短缺”的重荷，压得他透不过气来。他多么盼望能有点铁成金之术：顷刻之间，他的面前便可出现金山银山。他甚至幻想过，能在哪一处施工现场，突然发现前人埋在地下的金窖银库。当然，这都是不可能的事。怀着满腔洋务宏图的湖广总督，从哪里去获得眼下所急需的大批资金呢？

这一天，陈衍来到签押房。他对面有愁容的总督说：“卑职知香帅为资金一事苦恼，愿向大人献一奇策，可立解燃眉之急。”

张之洞颇为疑惑地望着这位瘦小的八闽名士，见他一脸正经，不像说笑话的样子，弄不清他葫芦里卖的什么药。张之洞似笑非笑地说：“你有办法可立刻筹集一批大的银钱？”

陈衍点头：“是的，不出两个月，您可得二十万两银子，半年光景，您可得七十万两银子。”

张之洞问：“你是去借钱？”

陈衍摇摇头：“不是借。现在借钱利息都很高，何况也借不到这么多。”

张之洞盯着陈衍的眼睛：“你想去学梁山泊的草寇，打劫生辰纲？”

陈衍哈哈笑起来：“香帅真会取笑。太平世界，朗朗天日，我一个弱书生怎敢打劫别人的金银！”

张之洞也笑了，说：“那你的奇策是什么？”

陈衍收起笑容，正经八百地说：“我的奇策，既不靠借，更不靠抢，它靠的是真实的学问。这门学问，洋人称之为货币金融学，我已经研究这门学问多年了。”

张之洞惊道："看不出，石遗，我原来以为你只钻研诗话学，想不到你对西学也有研究。"

陈衍说："我的家乡福建侯官，虽不如广州、香港等地，却也因地处沿海而得风气之先。自林文忠公以来，侯官研究西学已蔚然成风。我曾偶尔得到几本西洋人所著的货币和金融方面的书籍，便被这门学问所迷住，多年探索，颇有心得。"

张之洞听陈衍这一解释，知他不是走的野狐禅一类的歪门邪道，遂认起真来："你说说，你有什么好办法，若真的行之有效，你可为湖北的洋务立下一大功。"

陈衍说："这个办法其实也简单。湖北现有两台您从广州带来的铸银元机，就用这两台机器，铸造一种新的货币即铜元，每个铜元合铜二钱七分，由总督衙门规定，一个铜元值十文制钱。如此，湖北银钱短缺之围可立解。"

张之洞一边摸着胡须，一边将陈衍这番话在脑子里思考着："我弄不明白，你这是玩的什么把戏，为何将制钱换成铜元，就能立即生财？"

"香帅，容卑职慢慢解释。"陈衍知张之洞虽热心推行新学，其实是连新学的门槛都没进的人，于是耐心地剖析，"香帅，您是知道的，一两银子可兑换一千文制钱，一千文制钱重八斤，也就是说一千文制钱是用八斤纯铜所铸成。八斤即一千二百八十钱，也就是说，一文制钱含铜一钱二分八，将近二个制钱便可铸一个铜元，这个铜元当十个制钱用，剩下的近八个制钱便是总督衙门所赚的了。十文赚八文，一两银子可赚八百文，百万两银子可赚八万万文制钱，将这八万万制钱再换成银子便可得八十万两银子。我估计湖北一省半年市场银子流通量大约有百万两，当然这种计算是个概数，其实要两个多制钱才能铸一个铜元，再打个八五折，恰好近七十万两。一年下来，可得银子一百三四十万两。香帅，拿这笔银子，你办什么洋务不成？"

听陈衍这么一说，果然这一百三四十万两银子的得来并不难。铸银机器确实是现成的，早在光绪十五年张之洞通过郑观应从香港购买了两台。广东省是大清国第一个铸造银元的地方，张之洞也便成了有史以来中国第一个铸造银元的官员，如果能在湖北最先铸造铜元，那不又成了中国第一个铸造铜元的人？一向敢为天下先的湖广总督被这个念头所激动，大为兴奋起来。但是，张之洞毕竟对货币金融学没有研究，这是桩关系千家万户生计的大事，不能草率，他想多方听听意见。于是，拍了拍陈衍的肩膀说："石遗，你这个想法很好，明天一早我在议事厅召开会议。你今夜好好准备下，明天当着众人的面详细说说，让大家一道来参谋参谋。"

第二天上午，督署衙门中西两文案房的一批有头脸的幕僚集会于议事厅，听陈衍讲他的"以一当十"的融资奇策。陈衍以诗人的气质，带着浓烈的情感色彩，眉飞色舞地将他的奇思妙想当着众人的面演说了一番。他滔滔不绝地讲了一个多钟头，满心期待幕友们对他的鼓掌赞扬。不料他的话音刚落，辜鸿铭便用手指着他的鼻尖，脸朝着张之洞说："香帅，陈石遗乃大奸大恶。我想请你先取下他的头来，再容我批判他这个恶毒的奇策。"

陈衍顿时吓得面如土色，众幕僚也被辜鸿铭的这一手所镇住。

张之洞板起面孔说："汤生，你这讲的什么胡话！幕僚议事，谁都有发表自己意见的权利，我如何敢要他的头？石遗的想法恶毒在哪里，你说给我听听嘛！"

辜鸿铭指鼻尖的手放了下来，两只灰蓝眼睛狠狠地盯了陈衍一眼说："香帅既不肯取你的头，就暂且让它留在你的脖子上吧！"

众幕僚被辜鸿铭的表演弄得笑了起来。

辜鸿铭却没有笑，他尖起喉嗓，大声说："陈石遗此计，乃真正的残害民生的坏主意、恶念头。他也不想想，老百姓没有了制钱，有几多不方便，都用当十的铜元，难道到酱园里去买块酱萝卜，到针线铺去买根针，也要用一个铜元吗？久而久之，一个铜元便变成一文制

钱用了，物价不就涨了十倍吗？到时候，香帅不取陈石遗的头，老百姓会剥陈石遗的皮的！”

看着陈石遗在辜鸿铭的斥骂下，那副灰头灰脑的模样，众人又免不了笑起来。

刚入幕不久的郑孝胥说：“制钱并没有收尽，还可以用嘛！大钱小钱一道用，买酱萝卜、针线就用小钱嘛！”

郑孝胥与陈衍同为福州人，又是诗友，曾在日本领事馆里做过事，精通日文。年初由陈衍介绍进了幕府，张之洞对他也很器重。

辜鸿铭说：“苏戡，你不知香帅的脾气。有这么好的生意，香帅岂会不大做特做。要不了三年，湖北市面上就看不到制钱了，哪里还有什么大钱小钱一道用！”

在督署里，唯一敢当面批评张之洞的，便只有这个混血儿，其他人都没有这个胆量。大家偷眼看了看张之洞，见他脸上并没有生气的神态，知道总督的心思或许已被辜鸿铭所说中。

张之洞朝大家扫了一眼说：“诸位都说说，陈石遗的这个办法可行不可行。”又对着梁敦彦说：“崧生，你在美国多年，于美国的货币金融应有所了解，谈谈你的看法。”

梁敦彦思忖片刻说：“石遗的这个主意，本质上属于通货膨胀。”

“什么是通货膨胀？”张之洞打断梁敦彦的话。

“西洋各国已普遍实行纸币，纸币的印刷权利掌握在政府的手里。货币的发行量与实际需要量平衡，市场则稳定，若发行量超过了实际需要量，则造成货币贬值，物价上涨。这种现象，金融学称之为通货膨胀。”

张之洞点点头说：“如此说来，通货膨胀不是个好东西了。”

“对老百姓来说，显然不是好事，但对政府来说，则有它有利的一面。”梁敦彦继续说，“政府财政有了亏欠，或是政府准备办一件大事需要一大笔款子，用这种办法可以弥补亏欠，或筹措资金。”

陈念礽接着梁敦彦的话头说："说穿了，就是政府通过这个办法从老百姓手里聚集一批钱来。说得好听点，就是政府身上的担子，让全体老百姓来分担。"

张之洞听到这话高兴了："我们现在也正是这样。总督衙门的担子，要湖广两省的老百姓一道来分担。看来陈石遗的主意可行。"

梁敦彦皱了下眉头说："政府做这种通货膨胀的事，得有两个条件：一是政府所办的事，必须是为了全体百姓的利益；二是老百姓都能体谅政府，支持政府，愿意与政府来共挑担子。"

梁鼎芬一直没吱声，他是在揣摸张之洞的心思，现在他已经完全明白了，于是开口："我看崧生说的这两个条件我们都具备：香帅办洋务，完完全全是为了我们大清国，为了湖广的富强，是为老百姓谋利益的大好事，湖广百姓也是完完全全体谅支持香帅的。香帅你就定下吧，按石遗的主意办。"

张之洞望着梁鼎芬点了点头。梁鼎芬见香帅赞许他的话，心里很得意。

辜鸿铭讨厌梁鼎芬这种当面谄媚的作风，说："香帅，恕我说句直话，你办洋务的确是为了国家富强。国家富强了，老百姓的日子就好过，归根结底，办洋务是为了老百姓。但是，要说老百姓眼下都体谅支持你，这种说法我不敢苟同。老百姓都是只顾眼前利益，看不到长远利益，在没有得到实利之前，要说都支持，怕不可能。"

得到张之洞首肯的梁鼎芬决心要讨好到底："照辜汤生的说法，香帅办的洋务现在还没有让老百姓得到实利，故而老百姓不体谅，不支持？"

梁鼎芬这种露骨的献媚，令梁敦彦、陈念礽等人也看不过去，但他们也不敢太拂张之洞的心意，都闭口不做声。辜鸿铭气得咬着牙齿说："梁节庵，你这是为虎作伥，助纣为虐。"

梁鼎芬也反唇相讥："辜汤生，你是反对洋务，坑害忠良！"

见议事会变成了攻击会，张之洞大不耐烦起来，他拍了拍太师椅

上的扶手，高声道："都不要吵了。这桩事老夫已弄清了，即便湖广百姓一时不体谅，心有怨言，就让他们说去，到时他们自然会明白老夫的一番苦心的。陈石遗，铸铜元这个差事就交给你了。"

"卑职遵命。"陈衍满心欢喜。"铸铜元是桩大事，卑职想这得成立一个机构，卑职也得有一个名分才行。"

"陈石遗在向老夫要权！"张之洞笑了笑说，"名不正则言不顺，他的想法也是对的。就把过去广州那个现成名字改一个字移过来，就叫铸铜元局吧。老夫任命陈衍为铸铜元局总办。"

这真是一个肥得流油的美差，梁鼎芬、郑孝胥带头为陈衍的好运鼓起掌来。

在陈衍的指挥下，铸铜元局很快开办起来，大张旗鼓地化制钱铸铜元，又以总督衙门的名义颁发通行"以一当十"的铜元流通命令。实行不久，老百姓便深感不便，怨声载道。但库房的银钱却与日俱增，一个月下来，便赚了近十万银子。张之洞心里高兴。半年下来，库房又增加六七十万银子。张之洞拿出二千两银子来奖励陈衍，称赞他的奇策果然立竿见影。

有了银子，什么事都好办了，湖北的洋务局厂在张之洞的大力经营下，又出现了一派红红火火的场面。不料，正当湖广新政蓬勃兴起的时候，一场意料不到的惨案发生了。这便是中国洋务史上有名的汉阳火药厂爆炸案，一位才干杰出的科技专家因而殉职。此事给张之洞的洋务事业抹上了浓重的阴影。

二　徐建寅罹难，暴露出火药厂种种弊端

这年二月十二日上午，张之洞在签押房做他每天的常课：正式办公前阅读中外报刊。这些报刊包括北京的邸报、上海的《字林汉报》以及来自日本的由梁启超主办的《清议报》等等。《清议报》是朝廷明令禁止入境的报纸，但它每期还是有一两百份从各种渠道流进国

内。湖广衙门里的《清议报》，则是张之洞通过他在日本的亲信，专为购买并夹在别的邮件中寄来的。

张之洞喜欢读《清议报》。《清议报》指责国内的时弊，提出变政的建议，如果撇开它责骂皇太后那些内容不说，则是一份很有内容很有见地的好报纸。至于梁启超那如同烈焰般的熊熊激情，和既流畅明快、又起伏跌宕的语言表述能力，更是海内外难有第二人可比。张之洞不仅自己看，还时常推荐给幕僚们看。在湖广总督衙门里，《清议报》属于非禁品。

这时，张之洞正在阅读半个月前出的第七十二期《清议报》。何巡捕进来禀报："香帅，出大事了！"

"什么事？"张之洞放下手中的报纸。

"火药厂爆炸了，徐会办等人遇难！"

"徐会办遇难！"张之洞的脑子里嗡的一声巨响，呆坐片刻后，沉重地说："我们过江去看看。"

陈念礽、陈衍等人闻讯后也赶了过来。他们急忙走到江边，然后登上总督的专用小火轮，横过长江，来到位于江汉交汇口的龟山下。湖北火药厂是两年前才办的一座新厂，因为它是为着枪炮厂造火药，故就近建在枪炮厂旁边。当张之洞一行赶到出事地点时，火药厂总办伍桐山正在指挥工人搬移碎铁烂石，从里面将那些受伤的人抢救出来，一见到张之洞便哭丧着脸说："香帅，真没想到出这样大的事故，徐会办他死得很惨！"

张之洞铁青着脸："徐会办的遗体在哪里？"

伍桐山指着对面一间小厂房说："暂时停放在那里。"

张之洞低沉地说："带我去看看。"

伍桐山带着张之洞、陈念礽、陈衍等人走进了对面的小厂房。这里一字形摆放着十多具罹难者的尸体，伍桐山指着打头的一具说："这就是徐会办！"

张之洞走了过去。天哪，这就是两天前还和自己谈笑风生的那个

徐建寅吗？只见他头上血迹斑斑，半张脸被炸得已不成样子，右手右腿不知去向，就像半个血人似的躺在冰冷的洋灰地面上。再看看其他的炸死者，也大半血肉模糊，四肢不全。

张之洞紧绷着脸，一声不吭，两只手反扣在背后，在徐建寅的遗体边站立好长一会儿后，才迈开沉重的双腿，走出小厂房。

“爹呀，你在哪里？”刚出厂房门，一声凄厉的喊叫迎面扑来。

原来是徐建寅的长子徐家保闻讯赶了来，跟在他后面的是徐建寅的女婿赵颂南。见到张之洞，徐家保顾不得礼节，嘶哑着声音大喊道：“香帅，我爹给炸死了，您得为我们做主呀！”

看着徐家保哀痛欲绝的神态，张之洞再也忍不住了，两行泪水从眼眶里刷刷落下，抱着徐家保的双肩，哽咽着说：“家保，你要节哀，我会查清这件事的！”

徐家保郎舅直奔小厂房，瞬息间里面传出撕心裂肺的喊叫声。张之洞抹去脸上的老泪，混乱了半天的心绪逐渐安定下来。一定要彻底查清这场惨案！他在心里下了决心。

他再次来到事故发生地，四处审视了一番，然后命令身旁的伍桐山说：“赶紧抢救受伤的人，安顿好死难者的家属，尽可能地保存现场，晚上到督署来向我禀报事故的前前后后。”

回督署的路上，徐建寅和那一排罹难者的惨相始终晃动在张之洞的眼帘前。

十一年前，出于对徐氏家族及徐建寅本人技艺的尊重，张之洞礼聘徐建寅来湖北会办铁政局。这些年来，除开朝廷差使到天津、上海、福建等地短暂处理一些洋务难题外，徐建寅一直在湖北。他带领铁政局一班人查勘长江两岸煤矿的分布情形，并亲自主持马鞍山煤矿的开采及枪炮厂的生产规划。徐建寅对西学洋务的精通与淡泊敬业的人品，给张之洞以极好的印象，认定他是个很优秀的洋务人才。

前年，张之洞创办省城保安火药厂，徐建寅又出任该厂会办兼总技师。火药厂生产黄色普通火药。半年前，徐建寅带领长子家保、

女婿赵颂南一道研制最先进的黑色火药。只经过三四个月，便研制成功，其品质与英、德等国的黑色火药不相上下。谁知大规模生产才一个多月便遭此横祸。徐建寅才只五十七岁，身体健康，精力充沛，正是为中国洋务事业大展才干的时候，多么可惜！张之洞不仅为国家失去良才而伤心，也为徐建寅本人身怀绝学却未竟大功而惋惜。

晚上，火药厂总办伍桐山来到督署向张之洞禀报。因为自己不懂火药制造的技术，他特命女婿陈念礽随侍旁听。伍桐山叙述了事故发生的前前后后。

昨天下午，临收工的时候，火药厂的主机即目前辗制黑色火药的机器突然卡壳，不能转动了。工头晋老大吩咐工匠们散工，明早请徐会办来处理。今天一早，晋老大来到离火药厂三四里远的徐建寅的临时住所里。这时徐建寅正和女婿赵颂南在餐桌边吃早饭，听到晋老大的报告后，放下未吃完的半碗热稀饭，匆匆跟着晋老大来到厂里。晋老大陪着徐建寅在机器面前四处检查了一番，然后命令开机。开机后只有一两分钟，机器便爆炸了。

出事前的情形似乎非常简单。张之洞紧锁双眉问："就你看来，爆炸是什么原因引起的？"

伍桐山答："详情还在调查中。初步分析，可能是昨夜积压在机器中的火药粉，发热后引起的爆炸。"

张之洞又问："像这样积压一夜，第二天再开机的情况，以前也有过吗？"

"没有。"伍桐山答，"过去艾耐克总是一再招呼，下班前要把机器里的火药粉清扫干净，上班时也要仔细检查一下，要在完全没有积压的火药粉后再开机。"

艾耐克是火药厂请的德国技师，上个月回国休假去了。

张之洞问："照这样说，是因为徐会办疏忽了才造成这个事故的？"

伍桐山沉吟片刻后说："徐会办当时心情焦急，一时忘记清扫积

压的火药粉，是可以理解的。”

张之洞盯着火药厂的总办，厉声重复一遍：“照你这样说，这个事故是徐会办因自身的疏忽而造成的了？”

伍桐山低着头，没有吱声，半晌才说：“工头有责任，应当提醒。卑职也有责任。”

“你有什么责任？”

“卑职是火药厂的总办，火药厂出的一切事都与卑职有关，所以卑职有责任。”

张之洞问：“事故发生时，你在哪里？”

伍桐山不好意思地说：“昨夜睡得晚，事故发生时，卑职尚在床上睡觉。”

张之洞心里不悦，又问：“死了多少人，伤了多少人？”

伍桐山答：“除开徐会办外，还死了十五个人，其中五个工匠，十个工人，重伤二十多人，轻伤五十多人。”

陈念礽插了一句：“工头晋老大炸死了吗？”

“他倒是没死。”

张之洞觉得奇怪：“他就在徐会办身边，为什么没死？”

伍桐山答：“机器开启前一会儿，他就离开了厂房。”

念礽望了一眼岳父，张之洞会意，对伍桐山说：“你叫晋老大明天到我这里来一趟。”

第二天，一个四十多岁的干瘦男子来到总督衙门，一见到张之洞和一旁的陈念礽便跪下，磕头如捣蒜，口里不断地说着：“大人，我有罪，我没有想到徐会办会死的！我有罪，十六条冤魂都会找我算账。我没有想到他们会死的！”

陪同前来的伍桐山说：“香帅，他就是晋老大。事故发生后，他就疯了。一天到晚就这几句话，大家都说，他是给吓疯的。”

张之洞注目晋老大：一脸黑气，两眼呆滞，浑身哆哆嗦嗦的，确有几分疯傻之状。

“是你领着徐会办去的，为何又离开了他？”

听了张之洞的审问，晋老大抖得更厉害了。

“小人到厂房外撒尿去了。小人尿泡不好，经常要撒尿。”晋老大说完这两句话后又喃喃念道，“我有罪，我有罪！”

“是谁要你去叫徐会办的？”陈念礽问了一句。

“我自己去叫的。”晋老大跪在地上，呆呆的两眼望了望陈念礽，又望了望张之洞。隔了一会，又不停地磕头，口里一个劲地叫道：“我有罪，我有罪，我要死了！”

张之洞见审不出个所以然来，便对伍桐山说：“你带着他回去，好好看着他，别让他出意外，过几天我还会再问他的。”

不料，第二天上午，伍桐山便慌慌张张地前来报告：晋老大死了，淹死在厂房边的池塘里。张之洞打发陈念礽去实地看看。

下午，念礽回来，向岳父禀报：“晋老大确实死了，是淹死的，看不出有勒索捆绑的痕迹。厂内外传说纷纷。有说是他疯了，自己走到塘里去淹死的，也有人说是炸死者的灵魂将他拖到池塘里去的。”

张之洞问：“晋老大这人平时口碑如何？”

念礽道：“厂里人都说他是个小人，巴结上司，克扣工人。不过，他平时对徐会办倒是很恭敬的。”

“他有妻室儿女吗？”

“他的家在黄陂，乡下曾经有个婆娘。后来进厂当了工头，就不要乡下那个婆娘了，喜欢嫖赌，没有儿女。”

张之洞两手来回地捋着胡须，不再说话了。

“岳翁，”陈念礽望着张之洞，慢慢地说，“我这两天来在想，这桩事故有几点可疑之处。”

张之洞边捋须边说：“你有什么看法，只管说出来。”

陈念礽托着腮帮子说：“昨天晚上伍桐山讲，是积压的火药粉受热后引发的爆炸。这个说法难以成立。火药粉受热后只会引起大火，很难引起这种机器炸裂、厂房尽毁的严重后果。”

张之洞停止捋须："如此严重后果，会在什么情况下出现？"

陈念礽说："只会出现在有意爆炸机器的情况下。"

"有意爆炸？"张之洞的手从长须上滑落下来。"难道说有人存心使坏？"

陈念礽说："这只是分析，不能作肯定。火药只有挤压成一团，再引火爆炸，才能形成杀伤力；分散的火药粉，没有这大的威力。最能解释的假设是这样的：有人事先将一包威力很大的炸药塞在机器转轴里，然后在机器开动时，点燃火线。如此，机器才会炸得四分五裂，酿成厂毁人亡的惨重后果。"

张之洞问："你怀疑是晋老大放的炸药？"

"晋老大的可疑点最大。"陈念礽说，"是他去叫的徐会办，爆炸前他又赶紧离开了现场，事故发生后他神态失常，现在他又淹死了。这几点联系一起来看，可以有八九成的把握断定炸药是他放的。"

张之洞的手又不自觉地捋起胡须来："你这个分析有道理，但他为什么要害死徐建寅和这么多的工匠呢？他和他们有什么冤仇？"

陈念礽说："这是一个接下来需要解开的疑团。我想晋老大很有可能是受人指派的，也就是说，另一个人与徐会办有仇，他收买了晋老大，让他干了这桩伤天害理的事，事后又将他灭了口。"

"你是说晋老大是被人推下池塘淹死的？"

陈念礽点点头："这种可能性很大。"

"念礽，"张之洞轻轻地说，"你这些思考很有道理。这些话，你不要再对别人讲了。你到火药厂去住几天，名义上是协助伍桐山处理善后事宜，实际上你去多看多听，以便多获得线索。我们要把这桩案子弄个水落石出，否则对不起徐建寅的在天之灵。"

陈念礽第二天就搬到附近的兵工厂住下来，白天在火药厂和总办一道处理因灾难带来的许多棘手问题。

半个月后，武昌城里的徐公馆为徐建寅举行了隆重的祭奠仪式。

徐建寅的嫡妻及其弟——颇负盛名的洋务专家徐华封也分别从无锡老家和上海格致书院赶来了。

武昌城各大衙门的官员，各洋务局厂的总办、会办，还有火药厂大部分工匠工人都络绎不绝地前来徐公馆吊唁，表达他们对徐建寅的痛惜和哀思。

张之洞带着督署内的官吏和幕僚亲自前来祭奠，并告诉徐氏家人，他将要为徐先生上一道请恤折，请朝廷褒扬他的业绩，封荫他的子孙。徐氏家人对总督的厚谊深表感谢。

徐家保和赵颂南请张之洞到小客厅叙话，他们要向张之洞禀报一桩重要的事情。

一起来到小客厅后，徐家保将门窗关好，然后和姐夫并排坐在张之洞的对面。徐家保今年二十七岁，幼承家学，十多年来随同父亲南来北往，见多识广，洋务造诣日渐提高，也算得上当今中国的第一流洋务人才了。

赵颂南也是一个精通洋文洋技的专家，因为此而被徐建寅看中，多年来一直是徐建寅的得力助手。出事那天清早，翁婿二人都在吃饭，徐建寅是放下饭碗就走，赵颂南则是把饭吃完后再去的，走到半路就听到爆炸声。虽然自己的一条命侥幸存活下来，但他却为当时没有拉住岳丈吃完饭再去而痛悔不已。

“香帅，有件事，我和姐夫商量过，认为应当告诉您。”徐家保先开了口。

张之洞以平时极为罕见的慈蔼口气说：“什么事，你们只管说。”

徐家保说：“来到火药厂不久，有一次父亲对我和姐夫说，厂里从德国进口的主机是二手货，别人用过很多年了。我说，您怎么知道。父亲说，光绪五年，他由驻德公使李凤苞奏调为驻德使馆二等参赞。有一天参观柏林罗物机器厂，看到一部大型辗制火药的机器正好组装成功，他去祝贺。现场指挥的工程师很高兴，将他的姓‘徐’字

用德文字母刻在机器中的齿轮上，以示纪念。来到火药厂，他看到这部机器上的厂标：柏林罗物机器厂一行德文字，想起二十一年前参观该厂，心里很兴奋，遂对这部机器有了亲切感。他将机器上上下下里里外外仔细地审看抚摸，发现它已被使用多年，后来又碰巧在齿轮上发现了德文拼音'徐'，父亲更有如逢故友似的高兴，于是他确认这部大前年由德国进口的机器是二手货。"

张之洞气愤起来。他记得清清楚楚，这部机器是由伍桐山请他任驻美公使的堂叔伍廷芳向德国联系购买的。伍桐山向张之洞禀报，这部机器是德国的最新产品，出价三十二万银元。因为看在他堂叔的面子上优惠了五万元，只要二十七万，而且派人来中国免费安装，加上运费六万银元，购买这部机器共花费三十三万银元。张之洞从来没有想过这竟然是二手货。如此说来，他受了欺骗。究竟是伍桐山欺骗了他呢？还是德国欺骗了伍廷芳叔侄？

"父亲从侧面打听到这部机器花了三十多万银元后，对我们说，这种用了十多年的二手货在德国只值三成价，用不了十万银元，运费也顶多在三万左右。德国人严谨，讲信誉，不会欺骗客户，问题出在中国人身上。父亲说，这些年经手洋务的人，贪污中饱、得回扣的多得很。当年驻德国公使李凤苞就是一个代表。他就是因为不与李凤苞同流合污而提前回国的。"

张之洞知道李凤苞在为北洋购买铁甲舰艇时贪污巨款，最后遭人告发，被抄家革职了。当年驻德使馆中的不少人都牵涉进去了，唯独身为二等参赞的徐建寅清清白白。

赵颂南说："岳丈还对我说过，火药厂的经费开支很混乱。从国外购办的东西，包括原料和配件，都比通常情况要贵。就是从国内买的东西，包括建厂房的砖瓦材料开销都很大。而这两年来生产的黄火药数量很少，在国外这样的厂子早就倒闭了，火药厂是因为皇粮多才维持下来。这里的问题，要么办厂的人是大少爷，崽用爷钱，不心疼。要么就是蛀虫，把皇粮吞进自己的肚子里去了。"

张之洞听了这几句话后，心里很不是味道。火药厂是他一手筹办的，但建设的过程和建成后的生产尤其是财务上的管理，他基本上没有过问。

他相信徐建寅的所见不错，如此说来，自己至少是渎职了。

见总督一直沉默着没有开口，两郎舅以为是这些话让他不高兴了，于是不说话了。

“说下去呀，徐先生这些见地非常好，可惜，他生前没有告诉我。”

徐家保望了一眼赵颂南，得到姐夫鼓励的眼神，他继续说下去：“父亲不让我们对别人说这些，但他自己早几天却在酒席桌上忍不住对伍总办等人说，买这部机器的钱花得太多了，这里面保不准有名堂；又说厂里浪费太大，会办不下去的。当时，我就坐在一旁，听了也没在意。现在出了这场大惨案，我和姐夫都觉得有点不对劲，事情蹊跷。昨天跟叔叔说起这事。叔叔说，你们要跟张大人禀报，这对查清这桩事故有帮助。所以我们俩趁着今天香帅亲来吊唁的机会，把这些事情都说出来了。”

赵颂南说：“说句实话，我们都怀疑这个事故是人为的，但没有确凿的根据，只是怀疑而已。”

张之洞说：“你们提供的这些情况都非常重要，我会认真对待的。这些话再不要对任何人说起。”

说罢，起身告辞。

这些日子里，张之洞心绪非常不好。火药厂的爆炸事件，很快在武汉三镇传播开来，各种各样的说法都有。正道的、小道的、眼见的、耳闻的、想象的、猜测的、渲染的，把个事故说得五花八门，千奇百怪，甚至夸张到整个工厂夷为平地，百多号员工无一幸存的地步。中外各种报刊也相继报道，白纸黑字里说的也多半不是事实。张之洞每看到这种文字，又气愤又苦恼。

善后的事务是麻烦而头痛的。抚恤的银子发了一批又一批，家

属仍不满意，天天都有去厂里吵闹的人。现场的清理也很费事。二十多天过去了，事故发生地仍是乱糟糟的一摊破烂。工是自然上不成了，不少人已自动离开工厂，怕再出事故，更多的人则在等待今后的安排。火药厂已陷于瘫痪。更严重的是这桩事故，给湖北洋务带来极其严重的影响。这个影响主要来自两方面：一是以湖北巡抚于荫霖为首的一批本就对洋务持反对或冷淡态度的各级衙门的官吏，如今借这个事故大做文章，大泼冷水，巴不得将湖北的这十多年洋务成绩一笔抹掉。二是对湖北省内近十万名在洋务局厂做事的技师和工人心理上的挫伤。炼铁炼钢，挖矿采煤，制造弹药，调试枪炮，无一不与“危险”二字挂上号；且工作场地简陋，设备不全，规章制度混乱，伤残死亡的抚恤条例阙如。不少洋匠说，西方的条件比你们好过百倍，还常出工伤事故，你们这里的管理一塌糊涂，隐患到处存在，出事故是正常的，不出事故才奇怪。洋匠们这一煽动，工人的心更浮动了。陈念礽告诉岳丈，兵工厂和铁厂有人在私下串联，工人们准备联合起来向厂方和总督衙门要求改善工作环境、抚恤条例，不能把工人不当人看待。这些事弄得张之洞心情更为烦躁。

关于火药厂里的事，陈念礽还告诉岳丈，通过十多天与厂里上上下下的接触，的确深感厂子的问题很多，尤其是总办伍桐山，许多人对他看不惯。他在广东原籍有家有室，来到汉阳不久便娶了一房姨太太，又在汉口和武昌两城各有一房外室。他的钱是从哪里来的？另外，这两年伍桐山还从广东弄来一批他的朋友，包揽着厂子各重要部门，工人都说湖北的工厂让广东班给把持了。

陈念礽怀疑晋老大是作案人，而他背后的指使人便是伍桐山。因为徐建寅发现了购买机器上的舞弊情事，而舞弊者就是伍桐山，所以伍桐山要连人和机器一道炸毁，以便毁据灭口。陈念礽主张把伍桐山抓起来，严加审讯，事故的真相便可弄得个水落石出。

受张之洞委托，过问这个事故的陈衍不同意陈念礽的主张，他有他的理由。火药厂的事故固然疑点很多，人为的可能性很大，但要查

出个水落石出，却很困难。一则最主要的两个人：晋老大和徐建寅都不在了，得不到最重要的第一手材料。二则徐家保赵颂南的话是在徐建寅死后才说的，既无对证，便难保其中所说的都是真的。通常情况下，家属都有一种心态：即亲人的死非自己的原因，而是出于谋害。不能排除徐家人也有这种心态。三则伍桐山的种种挥霍奢靡，其银子的来源虽甚堪怀疑，但仅凭这一点还不能把他抓起来审讯。假若抓错了，事情如何收场？不如把事故定在“意外”这个范围内来办理，厚恤徐建寅和其他罹难者，尽可能把事故的影响减少为好。至于伍桐山，则不能再用，可以“管理不善”的过失来处罚他，让他离开火药厂，另委能干者来办，或者干脆就任命徐家保或赵颂南来接替总办一职，也是可以考虑的。

张之洞觉得女婿的主张和陈衍的分析都有道理。作为朝廷的封疆大吏，作为湖北洋务事业的创始人，在处置这桩事故时他还不能不考虑到两个方面：一是人事，二是影响。

火药厂的事，认认真真地追查起来，最后的目标无疑是伍桐山。伍桐山这个人，张之洞过去对他并不了解，完全是看在伍廷芳的面子上才委派为火药厂的总办的。伍廷芳籍隶广东却生在新加坡，从小学习英文，后又在英国留学多年，以后在香港做律师做法官，再后来又入李鸿章幕襄办洋务。在张之洞的眼中，伍廷芳是一个很好的洋务人才。四年前，朝廷委派伍廷芳出任驻美公使，路过武昌时，张之洞亲自宴请他。席上，张之洞谈起办火药厂的设想，伍廷芳完全赞成，并答应在国外尽力帮忙。又提议让他的堂侄伍桐山来武昌协助办厂。伍廷芳介绍了堂侄的经历。原来伍桐山在香港英国人开办的火药厂里做过八年的事，这两年在新会自己办了一个小厂，也有二三十个工人。既是伍廷芳的侄儿，又有这样的经历，张之洞一口答应了。过两年，办厂的经费筹集差不多的时候，便将伍桐山聘来武昌，委派他办火药厂。伍桐山的精明能干很快赢得张之洞的信任，三个月后就任命他为总办，将整个火药厂交给了他，张之洞从此再没有过问了。现在如果

抓起伍桐山，审查他的舞弊行为，则直接牵涉到伍廷芳。这几年伍廷芳作为驻美公使，给湖北的洋务事业帮助很大，一旦与伍廷芳交恶，对事业不利。

湖北所办的洋务局厂耗银太多，收效不明显，为此张之洞已遭到来自各方面的攻讦。有人送他一个绰号叫做“张屠财”，意即专门以钱财为屠宰对象，讽刺他滥用钱财。如果按念礽所说的作为一桩因贪污而致杀人灭口的刑事案来处理，则更为攻讦者提供了一个实实在在的口实，对今后湖北乃至全国的洋务大局将会带来极为不利的影响，当然，也包括他这位洋务制台在内。十几年辛辛苦苦树立起的“名督能臣”的形象，将因此而被抹上一块大黑污！

张之洞思来想去，还是觉得陈衍的处置更为妥当些。但他心里总有一股怒气郁积着：他恨自己错用了伍桐山这个奸佞小人，给他造成这么大的坏影响。火药厂经营不善，伍桐山大肆挥霍，这是铁的事实。至于徐家保说的二手货的事，张之洞也相信多半是真的。也就是说，伍桐山在他的眼皮底下公开要手段、玩花招，从中贪污一二十万巨款。以张之洞的性格，他如何能容下这种败类，他如何能咽下这口恶气！一想到这里，他又觉得不应该如此便宜了这个小子，还是从严究查的好。

这天夜里，伍桐山突然来到总督衙门，请求见一见张之洞。张之洞很不客气地命令他进来。伍桐山一进门，便跪倒在张之洞的面前，边哭边说：“香帅，火药厂爆炸，卑职有失职守，罪责重大，谨奉堂叔之命，愿以十万两银子赎罪。请香帅看在堂叔薄面上，不追查卑职的刑事责任，让卑职回新会去侍奉老母，教读稚子。这是堂叔给您的信。”

说罢，双手递上一张纸。

这是伍廷芳从美国寄给伍桐山信中的一页。信上说，在美国得知湖北火药厂爆炸，徐建寅先生等多人遇难，不胜惊讶。伍桐山是他的堂侄，又是他推荐的，他负有不可推卸的责任，已责令赔偿银子十万

两，以此赎罪。请香帅念他亲老子幼，并非有意，网开一面，法外施恩。又说已与德国罗物机器厂联系，该厂愿以半价再卖一部同样的机器，以利火药厂早日恢复生产。

这最后一句话使张之洞猛然省悟过来：尽快恢复火药厂的正常生产，才是对各方诘难的最好回答。既以十万银子赎罪，又以半价机器来补偿，就给伍廷芳一个面子：网开一面，法外施恩吧！

张之洞恶狠狠地盯着伍桐山，直把他看得浑身筛糠似的战抖，口里不停地说："香帅开恩，香帅开恩，十万银子，卑职将在半个月内凑集。机器的事，堂叔说话是算数的。"

"哼！你这个不成器的王八蛋，辜负了我的一片苦心！"

"卑职对不起香帅，卑职有罪！"伍桐山又一个劲地磕起头来！

"你给我滚吧！"

张之洞飞起一脚，把伍桐山踢翻在地，自己气得早已胸闷头痛，半晕了过去。

十多天后，伍桐山如期赔偿十万银子，然后悄没声息地离开武昌南下了。同时，一纸厚恤徐建寅的奏章也从湖广总督衙门辕门外放炮拜发。在奏章上，张之洞向朝廷报告火药厂会办徐建寅因机器炸裂而亡故，并满怀感情地赞扬徐建寅为研制黑色火药所作出的卓越贡献，尤其称颂他为国效劳、廉洁自律的可贵人格，建议朝廷为他建专祠，并宣付国史馆立传，并援军功例，赠徐建寅子孙云骑尉世职，世袭罔替，以彰其功。

同时，张之洞又任命徐家保为火药厂总办，继承父亲的遗志。火药厂在徐家保的率领下很快复工了。

这桩事故和由此引发出的舞弊情事，给张之洞敲了一重棒。他决心从严管理湖北各级洋务局厂，特别是在财务开支和安全保障方面更要抓紧抓牢。

这年十一月，两宫结束长达一年多的流亡岁月，回到北京，慈禧感念跟随她度过这段苦难日子的文武官员，遂大加赏赐。吴永放广东

雷琼道，岑春煊擢升陕西巡抚，鹿传霖升任礼部尚书，授军机大臣。

吴永的外放，虽让张之洞有点失望，姐夫的进军机，则让他很是兴奋，这对自己今后的事业和仕途无疑是一个吉兆。

接下来又奖赏保守东南疆土免遭动乱的三位首功大臣：刘坤一赏加太子太保衔，张之洞、袁世凯赏加太子少保衔。这期间，李鸿章以七十八岁高龄去世，袁世凯以四十二岁的壮年擢升直隶总督兼北洋大臣。中国政局的这一重要异动，为十年后的大变故埋下了祸根。

正当张之洞全力整顿湖北洋务局厂的时候，突然间各大衙门在悄悄地传递一个天大的奇闻：皇上微服私访，已来到武昌城！

三　连皇帝都敢假冒，这世界利令智昏到了何等地步

这天，接替于荫霖的新任鄂抚端方急急忙忙地打轿总督衙门，见到张之洞后，把他拉到一旁，悄悄地说："香帅，皇上到了武昌城，你知道吗？"

端方字午桥，是满洲正白旗人。此人聪明，诗文也不错，有满洲才子之称，是中国近代史上一个著名的人物。可惜，他的著名，不是因为他的官做得大，更不是他的文才好，而是八九年后，被哗变的士兵所杀，成为辛亥革命中的一个重要事件。此时年方四十出头的端方风度翩翩，才情出众，甚为张之洞所喜欢。正是因为这点，张之洞才在竭力挤掉不合作的于荫霖后，将他所喜欢的端方从署理陕抚的位置上要来湖北。

"皇上到了武昌城？"张之洞睁大了眼睛。"这事我怎么会不知道，还要由你来告诉我？"

端方比张之洞年轻二十多岁。虽是巡抚，张之洞平时对他，不像对待谭继洵、于荫霖那样的注重礼仪，端方也像晚辈对长辈一样地对张之洞恭敬礼让。如此，督抚之间的关系反倒和谐起来。

"是呀，这事我也纳闷。照理说，皇上到咱们湖北来，朝廷第一

个要告诉的是您香帅，同时，也应知会湖北巡抚衙门。我事先并不知道，是衙门里一个文案告诉我的。我刚听也不相信，那文案说皇上是微服私访。我想，这或许也可以说得过去。”

张之洞知道，大清朝的皇帝微服私访，那是康熙爷、乾隆爷那几朝的故事。从嘉庆爷开始，这一百年来，就再也没有听说过微服私访的事了，除到承德去避暑外，连公开到外地巡视也见不到了。难道说，咱们现在的这位爷，效法起老祖宗的榜样来，要以一介草民的身份来体察人情世俗？

“你说详细点，是个什么情况？”

端方说：“昨天，抚署里的王文案告诉我，前几天武昌金水闸客栈来了三个人，一主两仆。主人二十几岁，容貌清秀，举止文雅，穿着打扮都是一副官家子弟的派头。一仆三十岁左右，剽悍强健，类似保镖。另一仆四十多岁，说话尖声尖气，像女人腔，又没胡须，是个太监。店小二见这三个人与众不同，花费奢豪，远过常客。最奇怪的是，早早晚晚进食进茶，仆人必跪下请主人，又对主人称圣上，自称奴才。又见主人吃饭的碗是一只玉碗，上面镂刻着两条镀金的龙，龙为五爪。店小二见此情景，大为吃惊，便去告诉店主。店主将保镖召去盘问。保镖说，实不相瞒，主人乃当今皇上光绪爷，另一位乃沈公公。皇上四岁进宫后，便是沈公公服侍的，一天也没离开过，故皇上将他带来湖北。又说他自己姓蔡，乃九门提督下的参将，武功为京城第一，故皇上叫他来保驾。蔡参将于是带店主进房间，打开随身带来的包袱，里面都是绣着五爪金龙的衣袍和被面，还有一颗一寸见方的玉印，上面刻着‘御用之宝’四个字。店主一看，知道真的是皇上驾到了，便跪下叩头。又收拾好自己的一个宅院，让他们三人住进去，每天好酒好饭地招待他们。”

张之洞觉得这事真是稀奇得很，问：“他们到武昌来做什么？”

端方说：“蔡参将说，皇上从直隶到河南，从河南到湖北，是为了查看民风，体恤民情。”

张之洞说："好，这事我知道了，你去吧。巡抚衙门若打算做什么事，先知会我一下。"

"那是自然的。"端方打着千说，"这件事卑职不敢擅自做主，会随时来请示大人的。"

端方刚走，新军统制张彪又来了。张彪对张之洞说："听说皇上到了武昌城。皇上的安全是第一等重要的事，要抽调多少兵丁进城保卫，请大人指示。"

张之洞心想：张彪就把这事当真了！挥挥手说："先不要调兵，什么时候调，调多少兵，到时我会通知你的。"

打发走张彪后，张之洞坐在签押房里一直在想着这件事。有可能吗？为什么没有从接到朝廷发下来的文书中看出一星半点影子？倘若真的是皇上，决不能怠慢；倘若不是的，又该如何处置？

第二天，湖北按察使李岷琛、武昌知府范尚德又相继来到总督衙门，都说起这事，想从张之洞这儿打听些消息。当张之洞告诉他们未获朝廷通报时，臬台和知府也都不知该怎么办。张之洞对他们说，你们一律不要采取什么行动，一切听总督衙门的安排。

晚上吃饭时，张之洞特意来到幕友房，和众幕友们一道吃饭，席上他把这个新闻告诉他们。幕友们听后，既惊讶又兴奋。他们都是没有见过皇上的人，对皇上的一些模糊印象，还是庚子年秋天，从吴永嘴里听来的。现在皇上驾临武昌城，真是千载难逢的好机会，谁不想亲眼见见这个真龙天子？

张之洞笑着问大家："你们说这会是真的吗？"

"我看多半是真的。"辜鸿铭立刻接言。

张之洞问："你有什么根据，断定它多半是真的呢？"

辜鸿铭放下碗筷，一本正经地说："皇上微服私访，历朝历代都有，国朝的康熙爷、雍正爷、乾隆爷，都是最爱私访的，民间流传的故事多得很。据说还播了许多龙种在民间，朝廷也不好承认，那些龙子龙孙只好委屈做虾子龟孙了。"

大家都笑出声来。在幕友房中，调侃几句太后皇上，骂几句王公大臣是常事，大家都不在意。因为辜鸿铭的话说得刻薄风趣，听后特别开心，有年纪大点的连嘴里的饭都喷出来了。

“还有哩！”见大家都笑，辜鸿铭很得意。他天生喜欢这样惹人注目，大家越注意他，他就越有劲。“皇上自戊戌年以后，形同虚设，有他没他，都没关系。他成天没有事做，不如到外面走走，散散心。前一年的流落岁月，使他多少看了一点江湖，知道江湖上比他的紫禁城要好玩得多，所以他忍不住又出来了。珍妃死了，他身边没有一个知心女人，保不定这次瞒着太后出宫的目的，是要寻几个民间美女。”

梁敦彦在一旁打趣：“汤生，你有没有未出嫁的妹子或什么姑呀姨呀的，挑一个好的给皇上，你就是国戚了。”

大家又都笑起来。只有梁鼎芬脸上尴尴尬尬的，他觉得梁敦彦是在指桑骂槐，揭他巴结吴永的老底。

陈念礽说：“我看八成是个冒牌货。你们想想看，皇上被太后当囚徒一样地管束着，他能逃得出宫吗？听说他身子骨很弱，能走几千里路，到我们武昌来吗？”

张之洞在心里点点头：念礽这几句话还真是说到点子上了。

陈衍说：“这也难说。他到底是皇上，真要出宫，别人也是不敢拦他的，说不定还是太后有意放他出来历练历练哩。历练成了，今后还继续让他做皇上。万一在外面有个三长两短，她也不伤心，正好借此再立一个满意的……”

“石遗这话最有见地！”梁鼎芬忍不住打断陈衍的话。“我看说不定是真的。”

张之洞在心里想着：陈衍的话也并不是没有道理。

梁敦彦说：“真假在这里说都没有用，最好是要当面验证下。听说两宫回銮时有照片登在上海的《字林汉报》上，你们谁见过这张报纸？”

大家都摇头。

“我倒是见过。”陈念礽说，“不过这都一年多了，谁还能找得出这张报纸来呢？”

“我有办法！”辜鸿铭兴奋地拍着桌面，桌上的碗筷被他拍得叮当响。“不是说他手上有玉碗吗，我们借它出来，让香帅鉴定鉴定。香帅是古董家，又熟悉宫中用品。若碗是真的，那人也就是真的了！”

梁鼎芬说：“汤生说的也是个主意，只是他们又怎么肯让你借出来呢？”

辜鸿铭想了一下，对张之洞说：“香帅，烦你出个公函盖上湖广总督关防，让我带上这个公函去见见他。他见是总督衙门的人，自然会借的。”

张之洞想：不管是真是假，总得要有人去见见面才是。便说：“这也可以，你就带上个公函去拜见拜见吧！”

辜鸿铭高兴起来，忙说：“见皇上是要行三跪九拜大礼的，我可不知道这中间的环节。香帅，你过会儿教我演习演习。”

陈念礽笑道：“还没弄清是真是假先就演习起大礼来了，万一拜了个假皇上怎么办？”

大家又都笑起来。

梁鼎芬想：这可是个千载难遇的好机会！若是真的，这就是一个攀龙附凤的绝好时机；即便是个假的，见见也无妨。便说：“香帅，让我也去一个吧，仔细替您辨辨。”

“行。”张之洞说，“不过，你们两个都先自有个真皇帝的主见了，还得去一个相反看法的，方收兼听之效。念礽抱怀疑态度，让他也去一个吧！再说他见过报上的照片，多少有些印象。你们三个人一同去，都替我仔细看仔细听，所谓听其言观其行，看谁是火眼金睛！”

第二天上午，辜鸿铭、梁鼎芬、陈念礽三人来到城西头金水闸客

栈，向客栈的店小二打听。店小二神气地说：“你们是拜见皇上吗？你看那边就知道了。”

顺着店小二的手势望去，只见百把丈远的一个小巷子里，早早地排成一条人的长龙。店小二说：“那都是想见皇上的人，你们在后面排队吧！”

三人来到小巷子边，见排队的人足足有三四百之多。一个个都兴奋无比，一边慢慢地移动脚步，一边热烈地讨论着。陈念礽说：“这要排到什么时候，只怕天黑了还见不着。”

梁鼎芬对辜鸿铭说：“你不是揣着公函吗？我们到前面去，我们是办公事，叫他们让一让。”

“说得有理！”

辜鸿铭大步向前面走去。来到宅院门口，只见店主和蔡参将一边门柱坐一个，口里不停地说：“一人一个银元，不要和皇上说话，看一眼就走，后面的人多着哩！”

辜鸿铭出外一向不喜欢带银钱，再加上先没料到，身上一个子儿都没有，回过头来问念礽：“你带了银元吗？”

陈念礽心想：这是怎么回事，见皇上还要交一个银元，这不是把皇上当猴儿耍了吗？心里先就有了几分反感：“我们不交这钱，你把公函拿出来，给他们看看！”

辜鸿铭走到院子门口，对店主说：“我们是湖广总督衙门的，让我们先进去吧！”

店主一见紫色条形湖广总督关防，立刻换上了满脸笑容，忙起身打躬说：“既是制台衙门里的老爷，请进吧！”

那边的蔡参将说：“先进去可以，每人得交一块银元。”

“什么话？”陈念礽怒道，“办公事还得交银子吗？”

蔡参将还要坚持，店主忙说：“你们进去吧，银元归我出。”

说罢，弯腰打躬，请他们三人进去。穿过一个不大的庭院，便来到正房。沈公公站在正房门边，见有人来，扯起男不男女不女的嗓声

道：“跪下，一叩首！”

辜鸿铭、梁鼎芬听到叫声，便身不由己地跪了下来。陈念礽不愿跪，仍站着。沈公公瞪了他一眼：“见了皇上为啥不跪？跪下，一叩首！”

陈念礽很厌恶这种不男不女的腔调，身上仿佛起了鸡皮疙瘩似的不舒服。梁鼎芬拉了拉他的衣角，陈念礽仍不跪。见这个年轻人实在不跪，沈公公也不再坚持，自顾自地继续喊下去：“二叩首！三叩首！”

趁着这个机会，陈念礽把坐在正对面只有两三步远的“皇上”仔细地看了几眼。

这是个二十多岁的年轻人，面皮白净，五官清秀，带有几分女人味。头上戴一顶古铜色小便帽，帽檐正中处嵌一颗大红枣状宝石，身穿一件暗红四开禊长袍，外罩一件石青常服褂，脖子上没有朝珠，脚登一双三寸厚的白底乌缎靴。与他从《字林汉报》上看到的光绪照确有几分像，心里想：莫非是真皇上？

辜鸿铭、梁鼎芬叩了三个头后，沈公公说：“跪安吧！”

见他们还原地不动，又说：“你们可以走了。”

辜鸿铭从口袋里扬出公函：“我们是湖广总督衙门的，想和皇上说几句话。”

沈公公接过公函，递给年轻人。年轻人看了看公函，脸色微微一怔，但很快就恢复了正常，不待辜鸿铭开口，先笑着问：“你是洋人还是中国人？”

这位生在异域长在海外的混血儿，自从接触中华典籍后，便在心灵深处滋生了一股很重的帝王情结。他依稀记得过去也在报刊上看过光绪的照片，的确也就是这个样子，在他的想象中光绪皇帝也应该就是这个模样。不知不觉间，他便认定这少年就是皇上了。

将近四十岁了，还从来没有面对着皇上说过话哩，今日真是三生有幸，得遇真龙，机会难得，切莫错过；即使他不是皇上，过过瘾

也好。想到这里，辜鸿铭朗声答道：“启禀万岁爷，臣辜鸿铭是中国人，祖籍福建同安。”

那少年又向跪在一旁的梁鼎芬问：“你是什么人？”

梁鼎芬趁着闲在一旁的时候，也在仔细地审视着眼前的一切。他没有见过皇帝，但他见过太监。就他的观察，这个沈公公是个真正的太监。无论是从说话上，从无胡须上，还是从他的举止动作上来看，的确是个真正的而且是训练有素的太监。太监是真的，皇帝的真实性便随之增加。但梁鼎芬比辜鸿铭老练点，他还不能完全认准，他要借取别物来证实下。成天在皇帝身边的王公大臣，他认识得极有限，一时也想不出个合适的人来。猛然间，福至心灵，他想起已做了自己八姑丈的吴永来。逃难过程中，吴永与太后皇上朝夕相处几个月，若真的是皇上，他不可能不认得吴永。于是答道：“我是湖广总督衙门总文案兼两湖书院山长，吴永是我姑丈。”

少年问：“吴永是谁？”

梁鼎芬猛一惊，他不认得吴永，莫非是假的！这时辜鸿铭、陈念礽也都浮起与梁鼎芬同一个想法。梁鼎芬说：“吴永原是怀来知县，后护驾西行，现蒙恩放了广东雷琼道。”

“哟，你原来说的是怀来吴知县。”沈公公在一旁代为回答，“他是太后的人，皇上没有跟他打过交道，皇上自然不认识他。”

这话说得对，吴永本是太后的人，皇上不认识他也可理解，辜、梁释怀了，陈念礽却仍有点疑惑。

“你们要说什么，快说吧！”沈公公显然不愿意和他们多说话，再次下逐客令。

辜鸿铭说：“回禀万岁爷，张制台本想来朝拜万岁爷的，但他没有接到廷寄，不敢造次。”

那少年笑道：“张之洞是个老滑头，他怀疑朕是假的，故不来见。你可以告诉他，朕并不想见他，至于朕是真是假，朕不多说。朕这里有一只玉碗，你可拿去给他看。他在京中做过翰林，应见过宫中

物品，是真是假他看看就知道了。不过，明天你们一定要还给朕。”

沈公公忙说：“这玉碗不能随便拿去，你们带有什么值钱的东西吗？存下做抵押，明天一手交碗一手还给你们。”

陈念礽说：“我们将公函放在你这儿做抵押还不行吗？”

沈公公说：“公函又不值钱，它怎么能作抵押！”

陈念礽心里气愤，但也不好与他们争吵。

辜鸿铭在身上摸来摸去，突然说：“我这有块英国带回的金壳怀表，上面有英女王的像，留下它作抵押吧！”

说罢将怀表取下递过去。沈公公接过看了看，又递给那少年。少年接过怀表，翻来覆去地看了看，满脸笑容说：“这个怀表值钱，行，留下做抵押吧。”

陈念礽心里想：这人好像从来没有见过洋人造的怀表样，凭这点看来也不大像。

辜鸿铭接过用黄缎布包好的玉碗，和梁鼎芬、陈念礽一道离开宅院，赶紧奔总督衙门。

张之洞正在翻阅着临时叫大根从武汉三镇买来的各种小报。这些小报上全都刊载了皇上来到武昌的新闻，有一份小报还将唐朝的事拿来类比，说太后是武则天，皇上是李旦，皇上到武昌，是来找张之洞保驾的。张之洞看后，真是又好气又好笑。

张之洞捧着辜鸿铭带来的玉碗，上上下下细细观赏着：这是一只羊脂玉雕的小碗，比通常的饭碗略小一点，上面镂刻着两条腾云驾雾张牙舞爪的彩色飞龙。仔细看这两条龙，又似乎跟通常所见到的帝王用品上的龙略有不同：它的线条丰富，色彩饱满，富有立体感，给人一种活生生的仿佛就要离碗飞去的感觉。张之洞在心里暗暗叫好，如同平日鉴赏古董一样，他拿起碗对着窗外照看，为的是借用强烈的阳光来透视。这时，他看清了碗的一角有一块小指头大的裂痕。“这玉碗修补过。”他一边想，一边将玉碗轻轻地在手中摩挲着，有似曾相识之感。猛然间，他想起来了，这不就是那年潘祖荫请大家看的那只

御碗吗？

那是二十多年前的事了。张之洞刚刚从四川学政任上回到北京，立即成为以李鸿藻、潘祖荫为首领的清流党中的重要成员。那时潘祖荫身为刑部尚书，以精于鉴赏古董闻名于京师官场。他也兼上书房师傅，教读只有七八岁的光绪皇帝。有一天他去上书房较早，光绪正在早膳，因为粥有点烫嘴，发气将碗一甩，掉在青砖地上。一旁服侍的太监吓慌了，忙把碗拾起来，发现碗口断裂了一小块。主管太监将这个太监狠狠责打了四十大板。不是主管太监太凶恶，而是这只御碗委实不寻常。它是当年康熙亲手赏赐给乾隆的礼物。

康熙晚年，宫中来了一名洋画匠，名叫郎世宁。他是意大利的传教士，又是一位造诣很高的画家，康熙喜欢他的画。召他入值内廷如意馆，赏给他三品顶戴，并让他为自己画像。晚年的康熙极疼爱他的第四子雍亲王的儿子弘历。弘历十岁生日前，恰好盛京将军向康熙呈献一块百年难遇的纯净无瑕的羊脂玉，康熙命工匠雕成一只小饭碗，又叫郎世宁用油彩在碗上画了两条飞龙，然后再叫工匠依照郎世宁的画镂金镶彩，成功了一件绝世佳品。在弘历十岁生日那天，康熙亲手赏给他的这个小爱孙。

因为此，弘历跟郎世宁结下了友谊。到了他登基做乾隆皇帝后，郎世宁受到他的格外宠爱。郎世宁也感知遇之恩，尽心尽力为乾隆服务，不但为乾隆画了《乾隆皇帝大阅园》这样的传世名画，还成为圆明园工程的主要设计者。

乾隆很看重爷爷所赏的这只玉碗，将它珍藏着，以后一直无人动用。同治帝登基时还只有六岁，慈禧疼爱儿子，希望儿子效法祖宗，便叫内务府找出这只碗来给儿子吃饭用。到了光绪登基时，因为也是小孩子，于是沿同治旧例，也用这只碗吃饭。不料今日给摔破了，这主管太监能不又恼怒又恐惧吗？好在掉下来的那块小片还完整未碎，主管太监拟请人修补，但他不熟悉这种事，便请教已亲眼看到这一幕的师傅潘祖荫。潘祖荫一口答应，并乐意亲自来办理这事。主管太监

求潘师傅把活尽量做好，做到让人一眼看不出，如此才好遮人耳目。

潘祖荫带着这只碗出宫，找了一个他平日所结交的修补古董的一等高手。经过此人的高超手艺，果然乍看起来，就像没有破损的一样。潘祖荫心里高兴，他知道他的好友张之洞、陈宝琛、张佩纶、宝廷等人都是爱好鉴赏的人，平日没有机会见到这等国宝，应该让他们看看，开开眼界。于是，将他们四人请到他的家里，五个人爱不释手地把玩一整天。半年后宫中传出消息：这只经过修补的玉碗失窃了，任怎么追查，都没有查出个下落来。一件国宝，就这样给丢失了。想不到，今日却不用吹灰之力，便摆到了自己的眼前！张之洞心里兴奋莫名。

“香帅，这碗是真的宫中之物吗？”辜鸿铭见张之洞品得出神，禁不住问。

“真的。”张之洞眼睛仍没有离开这只玉碗。“它是皇上小时候吃饭的碗。”

“那好啦！”辜鸿铭高兴得鼓起掌来。“我的头没有白叩，的确是真皇上来了！”

“皇上是假的！”张之洞眼睛离开了碗，神色严肃地对辜鸿铭说。

“真碗怎么反而换出个假皇上来？”辜鸿铭不理解，灰蓝色眼珠子左右不停地移动。

“正因为是真碗，才是假皇上。”

张之洞把二十多年前的那桩掌故大致说了说。

陈念礽说：“我一直觉得奇怪。既是皇上见百姓，为何要收银元？拿碗给我们，还要以怀表作抵押。小里小气的，就像跑码头的卖艺人一样。说起吴永来，又懵然不知，就算是太后的人，他也不会从没听说过。”

梁鼎芬说：“说不定那只碗后来又找到了呢？”

辜鸿铭说：“节庵问得有道理。失而复得的事是常有的。古人一

颗珠子掉到河里，二十几年后还能从河蚌壳里又得到哩！说真碗就是假皇上，有点武断。”

陈念礽说：“我有个主意，不妨拍个电报到京里去问鹿大人，他是军机大臣，必然知道皇上的情况。”

梁鼎芬说：“念礽的这个主意可行，去问问鹿大人。”

张之洞说：“是可以拍个电报去问问鹿大人，但现在来不及了。他跟你们说好是明天要把玉碗还给他，假若他明天得了玉碗就离开武昌怎么办？我现在有八成把握断定这一伙人是假的，但没有十足的把握，又不好现在就抓他们。”

这时，大根在一旁插话：“我有个主意。”

大家都转眼看着他。

“我想，做假的都在人前做，人后露出的一定是真相。今天夜晚，我伏在他们的屋顶上，掀开几片瓦，看看他们做些什么，说些什么，就真相大白了。”

众人都鼓掌叫好。

张之洞也笑着说：“我们这么多饱学之士，当不得一个不读书的人。我看大根这个主意最好，就请你今夜做个梁上君子。”

晚上，大根穿上夜行服，趁着弥天夜色，不露一点声响地跃上了金水闸店主的宅院屋顶。掀开几片瓦，屋子里的一切便都暴露在他的眼前。

一盏小油灯摆在八仙桌的当中，桌上堆满了银元，三个人分占着三方，六只眼睛都死死地盯着那一堆闪着灰白光芒的银元。

沈公公说：“张之洞派人来拿碗，就是怀疑咱们。咱们明天拿到碗就走。”

白脸少年说：“我看也是早走为好，张之洞那人不好对付。”

“怕什么，你们都是胆小鬼。”蔡参将一边收银元一边说，“既然你们说是真的御用物，就不应该怕张之洞怀疑。生意才刚刚做起来，今天就比昨天多收了一百多块，明天、后天还会更多，过两天再

走不迟。”

沈公公打了个哈欠，对白脸少年说：“小三子，听我的，明天拿到碗无论如何要走。他实在不走，我们俩走！”

用不着再听下去了，这哪是什么皇上，分明一伙骗钱的流氓！大根蹑手蹑脚地离开屋顶，一溜烟跑了。

“事不宜迟，现在就去抓！”张之洞听完大根的禀报后，立即作出决定。“夜里抓更好，免得惊动附近百姓，你带两个人去，抓来后先关起，我明天再请湖北三宪过来一道审。”

第二天下午，张之洞将湖北巡抚端方、湖北布政使瞿廷韶、湖北按察使李岷琛请到督署，并学西方国家的样，邀请武汉三镇报馆派人参加旁听。三个被押上公堂的案犯，见此情景，早已吓得全身发抖，不用多问就全盘招供。

原来，沈公公真的是一个在宫中呆了三十年的太监。他的师傅当年偷了那只玉碗，原想偷运出去卖掉，后来风声紧，他不敢冒险，就在宫里挖了一个洞将它藏起来。这一藏便藏了二十多年。临死时，把这事告诉他唯一的徒弟沈公公，叫沈公公挖出这只碗后离开皇宫，一辈子可以过自在的好日子。沈公公拿了这只碗后逃出京城，在一个客栈里遇到了小三子。小三子是一个戏子，在京城王府里演过戏，对贵族旗人有些了解。小三子提出扮演皇上骗人的主意，皇帝的衣服就是他演戏的行头。后来又找了一个刻字匠刻玉玺，于是这个刻字匠也入了伙，做了蔡参将。武昌是他们的第一站，几天来已骗了近三千银元。

审讯完毕后，张之洞将这三个骗子判了个杀头示众。第二天正午在汉阳门码头公开行刑，观者达数万人之多。张之洞又将此事写成一个奏折禀告朝廷，并说明失落二十多年的康熙朝玉碗已起获，将派专人护送至宫中珍藏。

一件轰动武汉三镇的真假皇上案就这样给破了。办完这件案子后，张之洞心里很长时间不能平静：连皇上都敢假冒，这世界利令智

昏到了何等地步！几个骗子自称是皇上，就有这么多人相信，连省垣官府也将信将疑。这说明如今官场的章法多么混乱，如今的百姓多么愚昧。这样的国家能自立自强吗？

这天午后，梁鼎芬笑笑地走进签押房，对正在办公事的张之洞说：“香帅，按照您的指令，两湖书院已选出三十二名品学兼优的学生，作为官费留日生。明天下午书院开欢送会，后天一早他们就要乘船离开武昌了。”

“哦。”张之洞放下手中的笔，转过脸来。这些年来，张之洞十分注重派遣学生出国留学，除开各种实业学堂大批选派外，湖北的两湖书院、经心书院，湖南的岳麓书院、城南书院等以传统中学为主兼习西学的官办书院，也都选拔过一些优秀学子放洋深造。在张之洞看来，学实业的宜去英德美法那些国家，而学军事、法政、师范等科目的则去日本更好。日本与中国同文同种，日本的经验最值得借鉴，且相距近，费用少，中国的银元也可在日本直接通用，彼此之间都省去了许多麻烦，故而张之洞大力提倡去东洋留学。因陈衍的铜元局为湖广衙门增加了财力，这次拟在湖广两省派遣两百名官费留学生，其中留日的有一百四十名，分配给十余所书院，两湖书院是人数最多的一所。

“两湖的学生后天就走了，其他书院的呢？”

梁鼎芬说：“两湖的先去上海打前站，约好所有留日生，月底在上海大东旅馆聚合，再坐同一艘船去日本。”

“行，这很好。”

张之洞顺手端起桌上一只粗大的白瓷杯子。这杯子里装的不是茶，而是参汤。多年来，赵茂昌每月给督署送来十支特制人参。每天上下午喝下一杯这样的参汤，已成了张之洞的习惯。

“明天书院的全体师生都要参加欢送会，场面盛大隆重。卑职想请香帅百忙之中，抽空去书院讲几句话，接见这三十二名学生，一来给卑职和两湖书院增光，二来也为这批留学生壮壮行色。”

先前两湖书院也送过几批留学生，说是要去看看他们，总因忙也没去成。这次人多，且今后要把此事蔚为风气，借这个机会鼓吹鼓吹也好。张之洞点了点头，说：“好哇！明天下午我去说几句。”

梁鼎芬很高兴：“那晚饭就赏脸在两湖吃吧！”

“饭不吃。”张之洞立刻拒绝。停一会，又问：“这批学生中有特别出色的人才吗？”

“个个都优秀，出色的也有好几个。”梁鼎芬想了一下说，“其中有一个特别卓异之才，我看他今后有可能成大器。”

“噢，你说说看。”学政出身的张之洞对人才有一种出于本能的浓烈兴趣。

“这个学生名叫黄兴，湖南善化人，秀才出身兼习武术，二十四年进的两湖。此生品学兼优，文武兼资，文似东坡，书工北魏，诗尤其豪气磅礴。卑职掌两湖十余年，像黄兴这种出类拔萃的人尚不多见。”

听了这番话后，张之洞越发来了兴趣：“你说他的诗气势壮，念一首给我听听。”

“黄兴有一首咏鹰的五律，我很喜欢，背给香帅听听。”

梁鼎芬略为思忖后背道：

独立雄无敌，长空万里风。
可怜此豪杰，岂肯困樊笼。
一去渡沧海，高扬摩碧穹。
秋深霜气肃，木落万山空。

“好！”张之洞高兴地站了起来。“就为了见见这个黄兴，我明天也要去一趟两湖书院。”

次日下午，一向平静的两湖书院变得热闹起来，书院最大的会讲场所——传道堂里布置一新，讲台上方拉了一条二丈多长的大红布，

上面剪贴着八个大字：负笈东瀛，为国求学。大字下面还贴着一行较小的字：欢送官费留日学生大会。书院六十余名各科教习，四百余名学生早早地来到这里，绝大部分学生都对坐在第一排的三十二名留日生投去羡慕的眼光。

山长梁鼎芬主持这次盛大的欢送会，因为有张之洞的讲话这场重头戏，故梁鼎芬简单地说了几句开场白后就高声地宣布："现在我们恭请制台大人张香帅训话。"

张之洞虽然仍挂名书院的名誉山长，但自从出了唐才常的事后，就再也没有来过两湖书院了，这两年进书院的学生才第一次见到他。原来是这样一个又矮又丑的衰老头子！许多学生望着走上讲台未着官服的湖广总督，心里这样嘀咕着。

"诸位师生，两湖书院此次又有三十二名学生去日本留学，是一件大好事，鄙人很乐意参加欢送会，并说几句话。"张之洞干咳了一声，操着带有明显南方口音的官话说着，"去年两宫回銮之际，鄙人同两江刘岘帅，连上了三道条陈，其中有一条重要的建议，便是广开游学，得到了太后、皇上的旨准。两湖用官费派遣留学生，本在各省之先，今后更要扩大名额，年年资遣。这次两湖共有二百名去西洋东洋，光我们两湖书院便有三十二名。明年，鄙人拟派二百五十名，两湖书院可派五十名，只要品学兼优者，都有出洋的机会。"

学生中间已开始有小声议论了。有的说，别看这老头子模样不中看，说话的中气倒蛮足的。有盼望出国的学生，更喜形于色，禁不住悄悄地互相鼓励。

"鄙人之所以动用大笔经费派遣留学生，当然首在为国家为两湖培养人才。两宫旨准了鄙人与刘岘帅的条陈，这表示两宫将要在全国大办洋务，大办新政。国家和两湖急需大批洋务人才，所以要派优秀学生出国学制造，学冶炼，学测量，学军事，学法律，学师范，学成回来报效国家，报效两湖。诸位留学的银子，虽说是湖广总督衙门拿的，其实都是湖广老百姓的血汗钱。所以鄙人希望你们不要糟蹋了

这笔钱，要好好读书，多听多观察，真正地把洋人的本领变为自己的本领。若有到了东洋后，不把心思花在求学上而是去吃喝玩乐、下赌场窑子的话，鄙人知道后固然要重罚，只是，那些人首先要遭神明的诅咒。拍拍胸膛自问，这样做对得起湖广的父老乡亲吗？对得起鄙人吗？对得起自己的良心吗？”

前排就座的三十二个即将赴日本的学生，人人脸上表情肃穆，心里想：张制台并没有打官腔，说的是实实在在的话。每年官府给每人四五百银元的留学费，这笔钱可供七八户六口之家生活一年了。留日生中大部分家境都不宽裕，想到这点，他们对即将开始的新生活更觉珍惜。

“当然离乡背井，去国留学，也是很艰苦的。首先是要学别人的语言文字，此外还得要习惯人家的饮食习俗，更不要说和洋人打交道的麻烦了。你们现在恐怕是高兴多于担心，鄙人倒是要劝你们，多做点吃苦的准备。不过，古人早就说过，不吃苦中苦，难为人上人。你们一旦学成回国，那就不得了啦！要银子有银子。鄙人的洋务幕友，薪俸每月六十元，要比中文幕友多二十元。至于铁路局、枪炮厂的督办、高级匠师们更高，有一百到一百五十块银元的。你们想想，这银元比别人多了几多倍！想做官也容易。鄙人幕府中有个梁敦彦，从美国回来的，我已保荐他做江汉关道了，下个月就走马上任。堂堂道台，正四品，再过几年，他就可升臬台藩台，做得好，也可以做抚台制台，前途大得很。诸位不要担心留学的没有功名做不了官，只要有真才实学，今后一样地戴大伞帽，亮红顶子！”

张之洞这番大实话，引起满堂师生大笑，大家情不自禁地鼓起掌来。这掌声把张之洞的情绪大大调动起来，他说得更起劲了：“有人说，万一回来没事做怎么办，诸位也不要有这个担心。你们是湖广派出去的，今后都统统回湖广来，鄙人有的是洋务局厂可以安置。鄙人向你们担保，一回来就给你们三十块银元的月俸。”

两湖书院的教习不超过二十块银元，在东洋读了几年书，一回来

就是三十块，真是优待。

“也有的心里在想，你张制台六十多岁了，说不定哪天就死了，说话算不了数。诸位，你们放一千个心，鄙人会为湖广立个章程，今后不管谁来做湖广总督都得执行。再说，鄙人死了，两湖洋务局厂是不会死的，有洋务局厂在，就有你们大展抱负的天地。好好的学本事吧，你们个个都会升官发财，飞黄腾达的！”

湖广总督这番赤裸裸的演讲，赢得了两湖书院那些将要出国或盼望出国的学生雷鸣般的掌声和欢呼！

在这片高涨的激情中，三十二名留日学生鱼贯走上讲台，接受总督的接见。他们来到张之洞的面前时，并足鞠一躬，张之洞再微笑着注目看一眼，算是答礼，站在一旁的梁鼎芬则将该生的姓名、籍贯、年龄向总督报告一遍。一个学生便接见完毕，第二个再上来。大约接见了十多个学生后，只见一个学生与他的同伴一样来到张之洞的面前，并足鞠躬，张之洞报以微笑，梁鼎芬在一旁高声介绍：“黄兴，湖南善化人，二十八岁。”

噢，这就是黄兴！张之洞的双眼顿时亮起来，重新将面前的学生仔细看了一眼：中等身材，大头宽肩厚背，两目炯炯有神，浑身上下充满着刚强和力量，站在那里纹丝不动，如同一根柱石、一座石雕。张之洞心中暗暗叫好。他特为站起来，走近黄兴一步，和气地说：“我听梁山长念过你的诗，诗写得很有气势。”

黄兴并不因总督给予他的特殊待遇而激动。他平静地说：“谢谢大人，我的诗写得并不太好。”

张之洞饶有兴趣地问：“你自认为可以做得最好的是什么？”

黄兴不假思索地回答：“指挥千军万马，战必胜攻必克！”

张之洞吃了一惊：此人心雄万夫，看来深受湘军的影响。

“有志气！”张之洞脱口而出说了这句话后，心中无端涌出一丝不安来。“到日本后，准备学什么？”

“准备进弘文书院学师范。”

“这很好，很好！”

张之洞有种宽慰的感觉。他自己也觉得奇怪，见到黄兴的第一眼时，他就想到此人是将材，应劝他进日本陆军大学学军事，但不知为什么，当听到黄兴说出“千军万马”的话时，立时又感到不安。现在，听说黄兴要去学师范，他反而放心了。

三十二名两湖学生接见完后，梁鼎芬对张之洞说：“有两个武备学堂的学生，前几年也是由官费派往日本的留学生，这次回国休假，明天也和两湖学生一道去上海。今天也参加了这个欢送会，他们想与香帅见见面，您看……”

“叫他们上来吧！”张之洞爽快地答应了。

梁鼎芬向台下招了一下手，立时有两个年轻的学生走上来。两人并排来到张之洞的面前，并足鞠躬，然后自报家门：“湖北武备学堂学生吴禄贞，湖北云梦人，现年二十二岁。”“湖北武备学堂学生蓝天蔚，湖北黄陂人，现年二十四岁。”

张之洞见二人笔挺地站在他面前，颇有点军人的英武之气，问道：“你们是哪年去的日本，在日本学的什么？”

吴禄贞指着蓝天蔚说：“他是大前年去的，我是前年去的，都在日本士官学校学军事。”

“不错。”张之洞点点头，又问：“日本话都会说了吗？生活上还习惯吗？”

蓝天蔚答：“日本话好学，有半年工夫就学会了。日本的生活与我们差不了太多，住两年也就习惯了。”

“什么时候毕业？”

吴禄贞答：“他明年毕业，我要晚一年，毕业后想再进陆军大学读习两年。”

“学成后有什么打算？”

蓝天蔚说：“我们早就商量好了，回国后为湖北新军服务。”

这个回答令张之洞十分满意。他走过去，拍着蓝天蔚的肩膀说：

“好，本大帅等着你们回来。只要成绩好，报到那天，本大帅便委任你做标统！”

“是！”蓝天蔚、吴禄贞双脚跟一靠，向两湖新军的统帅行了一个漂亮的军礼。

一旁的梁鼎芬见两个武备生抢了两湖学生的风头，心里有点不是味道。突然间，他有了一个主意，对张之洞说：“明天的轮船十点起锚，九时准，我带他们来督署向香帅辞行。”

“好吧，我等着他们。”

欢送会结束后，梁鼎芬招呼三十二名留学生：“刚才武备学堂的两个学生说的话，你们听到了吗？回国后为湖北新军效力，张香帅立马便委任他们做标统。你们明天向张香帅辞行，也要表示回国后为两湖效力，让他把好缺留给你们。”

学生们大都表示愿意。

第二天上午九时，梁鼎芬带着三十二名学生来到总督衙门辕门口，正要进门，两个挎刀的卫兵将众人拦住。一人说：“制台大人一早传下话，此处乃衙门，不是书院，进谒者须衣冠整肃，磕头拜见。”

梁鼎芬对众学生说：“昨天是在两湖书院，大家可依书院的规矩，向张香帅行鞠躬礼。今天要依衙门规矩，向张香帅行磕头礼。”

不料，学生们却议论起来。原来，随着西学科目在两湖书院的设置，西方文明也传进了两湖书院。在湖北士人中，两湖书院可谓受西风影响最深的地方。学生们知道，在欧美各国，早就废除了跪拜磕头等礼节，他们大多对中国仍普遍实行这种有损尊严的礼仪心存反感。何况，他们并不是张之洞的僚属下级，凭什么要向他跪下磕头？于是大家都呆着不动。黄兴说：“我们干脆不辞行了，直接去汉阳门码头上船吧！”

众学生都赞成。梁鼎芬急了，忙拦住大家说：“我去和香帅说说，看能不能免去磕头这一项。”

梁鼎芬急忙走进衙门，来到签押房说："香帅，学生们不习惯磕头，是不是请香帅免了？"

张之洞满脸不悦："这是衙门的规矩，怎么能免？"

梁鼎芬说："他们说，如果硬要磕头，他们干脆不辞行。"

"放肆！还没出国就这样无法无天了！"张之洞气道，"这话是谁说的？"

"黄兴。"

"哼！"张之洞大为恼火。"看来此生不是个安分守己的人！"

梁鼎芬心里也焦急起来，后悔昨天不该多出"辞行"一节，招来了今天的麻烦。他弯下腰，低声下气地说："香帅，这都怪卑职平日管教不严，使得这些学生无尊无卑，不懂规矩。但确实西洋各国现在都不行磕头礼，他们才敢这样放肆。眼看他们就要出国了，今后都会是国家的栋梁，香帅也犯不了为这点小事与他们闹僵，倒是在他们临行前再教诫教诫几句最重要。卑职想，就让他们依原来书院的规矩，向香帅行鞠躬礼，借他们的口传扬香帅大度宽容、礼贤下士的美德，也是一件好事。"

张之洞猛然想起唐才常的事来。是的，有几句最要紧的话昨天在书院忘记讲了，今天必须补上。磕头或是鞠躬是次要的，这几句话倒非讲不可。

他板起面孔对梁鼎芬说："就按你说的，让他们进来吧！"

一会儿，梁山长带着三十二名学生来到接客厅。待学生们在接客厅站好后，张之洞穿着全身官服，有意踱着方步款款走出。

"向制台大人鞠躬！"梁鼎芬扯着喉咙叫道。

众学生都向张之洞鞠了躬，抬起头看时，但见张之洞拉长着脸，两眼冷冰冰的。

"昨天在书院，有几句话鄙人忘记对各位说了。各位所去的东洋，西学西政固然先进，但也是一个藏污纳垢的国家。为害中国的罪魁祸首，康有为、梁启超、孙文等人都麇集在那里。他们不仅结会办

报，而且私购军火，与国内会党强盗联通一气，图谋暴乱，推翻朝廷。他们是一批十恶不赦的坏人。在你们即将起锚的时候，鄙人郑重地对你们说一句：在东洋只能读书走正道，切不可误入康、梁、孙文的贼船。鄙人昨天说了，学了真本事回来，保证你们升官发财，飞黄腾达。若鬼迷心窍，与康、梁、孙文搅到一起，与朝廷作对，鄙人也决不会因你们是湖广派出而法外施恩，到时别怪鄙人不仁不义了。各位快去码头上船吧，愿一帆风顺，好自为之。”

走出衙门的三十二名官费留学生，在昨日与今日的对比中，似乎发现了两个截然不同的湖广总督。

不久，国家又出了一桩大事，湘军最后一位元老，做了三十多年督抚的两江总督刘坤一病逝江宁，朝廷令张之洞兼署江督。张之洞本不想接受这道任命，因为他不愿离开正在整顿与发展中的湖北洋务事业。但他想起此次去江宁，可以为自己了却几段情事，遂答应暂时署理三个月，请朝廷在这期间物色一个合适的两江总督。

四　为着一个婢女，盛宣怀丢掉轮电二局

再次署理两江总督的张之洞，时常有一种淡淡的伤痛感。船过采石矶时，他想起六年前与时任皖南道的袁昶的欢快聚会。袁昶一向被他视为门生中最有识见的干才，且仕途顺遂，实可指望日后成为国家的梁柱。谁知恰恰是他的过人识见，招致杀身之祸。现在虽然已给他昭雪，并予以“文贞”的美谥，但到底是人去楼空，一切都晚了。从他个人来说，是冤里冤枉地丢掉了一条命；对于朝廷来说，五大臣之死，随同当年那场荒唐透顶的闹剧一道，留给史册和后人的，将是永远的耻笑和指摘。一股浓烈的悼念之情，聚集在他的胸臆间，不得不发而为诗，借以宣泄：

七国联兵径叩关，知君却敌补青天。

千秋人痛晁家令，能为君王策万全。

民言吴守治无双，士道文翁教此邦。
白叟青衿各私祭，年年万泪咽中江。

凫雁江湖老不材，百年世事不胜哀。
采石矶上青青树，曾见传杯射覆来。

江宁城内的鸡鸣山，是一处风光秀丽且承载着厚重历史积淀的名山。那一年，杨锐匆匆游了一趟鸡鸣山后感叹：倘若在此山上建一座楼房，供游览者饮茶小憩，远眺山景，是一桩功德之事。张之洞记住了这句话。这次一到江宁，便拨款给鸡鸣寺，委托寺僧承办，限定在三个月内建好。寺僧为讨总督欢心，不到两个月，一座二层楼的屋宇便在山顶建立。落成之日，请总督题匾额。

张之洞一生题联题匾已不计其数，而对着鸡鸣山上的这座楼，他手中的笔久久不能提起。若说袁昶的被杀，让张之洞愤慨忧虑的话；杨锐的被杀，则令他伤痛哀绝！

对于杨锐，张之洞有着远非一般门生可比的师生情谊。将近三十年了，由学生而幕友而常驻京师的代办，这种非同寻常的关系，在张之洞的周围再也找不出第二人。

杨锐得张之洞的器重，除开他的学问人品外，最主要的是在中国维新改革这件大事上，他和老师持完全相同的态度。

他主张变革，主张学习西方，主张引进西学西艺直至西政，是一位站在时代潮流前端的激情洋溢的维新志士。

但他的维新主张是稳健的，他希望中国的改革是渐进的，是次第推行的，不赞同康有为、谭嗣同等人试图一夜之间改变中国面貌的激进行为。他也希望中国的改革是温和的，是在不过多伤害既得利益者的前提下达到国富民强的愿望。他更服膺张之洞的“中体西用”的说

法，认为这才是导中国于正途的唯一准则。他最大的愿望是中国每个督抚都能像张之洞这样脚踏实地地在本省举办新政，发展洋务实业，若中国每个省都像湖北省一样，办工厂，开矿山，建学堂，练新军，有个十年二十年，还怕中国不富强吗？

他的这些想法和张之洞非常吻合。可惜，他被当作“康党”杀了头，真是冤枉透顶。真正的康党至今逍遥海外，被冤枉的康党却已屈死多年，人世间是多么的不公！令张之洞心中更为痛苦的是，杨锐的千古奇冤，他却不能为之申诉，更不能为之公开辩白！明明含着一肚子苦水，却不能把这苦水吐出！袁昶虽也是冤死，却很快得到昭雪，亲朋好友可以名正言顺地祭奠他，他的子孙不会因此而受牵连。可怜忠心为国的杨叔峤，至今仍身负恶名。朝廷没有为他平反，人们便不敢公开悼念他，他的妻儿便不能抬起头来堂堂正正地做人。作为一个国家大臣，张之洞只能把对杨锐的这份情谊深埋在心底。得知杨锐的妻儿已安全回到四川绵竹老家后，张之洞曾打发大根悄悄地到绵竹，代他去看望，再送二千两银子，叮嘱他们切不可自暴自弃，天道神明，总是会保佑忠良的。

尽管如此，这几年来，他每当想起往事，杨锐那张憨厚的娃娃脸便会浮现在他的眼前，令他有如利箭穿心般的痛苦，也为自己身居总督高位却不能援救一门生而难受。现在，他突然有了个想法：这个楼房本就是因杨锐的建议而修筑，何不就用此楼而纪念他呢？借题匾额来表达这种心愿吧！但这种表达又不能让人看出来，诸如什么“杨锐楼”“叔峤楼”之类的名字都不能用。煞费苦心地想了很久，张之洞终于想起杨锐背诵杜甫的八哀诗来。八哀诗并非杜甫诗中最好的作品，且篇幅很长，但杨锐却喜欢诵读，且能一字不漏地全部背出。张之洞知道，这是杨锐在借古人之酒浇自己胸中的块垒，老杜伤的是开元、天宝，杨锐伤的是当今。

“君臣尚论兵，将帅接燕蓟。朗咏六公篇，忧来豁蒙蔽”，杨锐那略带川音的抑扬顿挫之声又响在耳畔。“豁蒙”吧，皇上受康梁

之蒙，太后受宵小之蒙，才会酿成戊戌年那场本可避免的悲剧，导致杨锐的含冤受害。也是因太后受载漪、刚毅及义和拳之蒙，才有庚子年那场本不应发生的惨祸，使得袁昶无缘无故地丢了头颅。其实，又何只太后、皇上要豁蒙，中国数万万百姓更需要豁蒙。几个头领登坛一吆喝，便有数十万人响应影从，相信神灵附体、刀枪不入，这还不蒙昧吗？有多少人终生不识一字，非但不懂西学洋务，连孔孟先圣的教导也不与闻，既不知富民强国，也不知修身养性，从生下到死去，浑浑噩噩、糊糊涂涂地过了一辈子。这些碌碌生灵，难道不更需要豁蒙吗？这“豁蒙”二字，既寄托了对杨锐的哀思，又表明了自己的期盼，真是太好不过了。

张之洞想到这里，挥笔写下了“豁蒙楼”三个遒劲的苏体。

鸡鸣寺为豁蒙楼举行了隆重的落成庆典。在一片鼓乐欢呼声中，人们发现，张之洞赫然站在楼上，神情分外激动。堂堂总督大人对这座并不高轩的豁蒙楼如此重视，让许多人纳闷不解。

下午，张之洞回到督署，刚刚坐定，巡捕便来报告：直隶总督袁世凯舟过江宁，希望会见香帅，现在下关客栈等候钧命。

官场惯例：官员过境，同品级的当地官员要尽地主之谊，有客气的则更是既迎又送，宴请之外再加馈赠。通常的督抚路过江宁，两江总督都会奉行这些礼节，何况直隶总督光临？直督乃天下疆吏之首，连总署对直督，也以平级相待，不用上下之间的称呼，以表示对第一疆吏的尊重。若是别的直督路过江宁，遇上的又是另外的一个江督，那必定是一派热闹非凡的官场迎送场面。但眼下是袁世凯过的张之洞的地盘，彼此之间的关系很是微妙。

在张之洞的眼里，四十岁刚出头的袁世凯，不过一后生小子罢了。在以鲁抚身份驱逐义和拳出山东之前，袁世凯从没引起过张之洞的重视。尽管那以前的袁世凯，在朝鲜武功卓著，回国后在小站练新建陆军广受称赞，乃至于破格简授侍郎衔。所有这些，在张之洞看来，都算不了什么。平定朝鲜内乱，能与打败法国人的谅山大捷相比

吗？至于新建陆军并没有经过战场上的考验，不能因为它操练时的步伐整齐、甲胄鲜明，就断定它是一支强大的军队。衡量一支军队强大与否，只能是战场上的胜与败。部署过越南战争，创办过自强军和新军的制台张之洞，并不因为别人的表扬而特别看重小站那支新建陆军。何况出身名门的袁世凯居然连个举人也未考中，足见是个不走正路的纨绔子弟，充其量不过是个“不学有术”者而已。

真正使得张之洞对袁世凯刮目相看，是庚子年事变前，袁世凯对拳民本性的深刻洞察和所采取的强硬镇压措施，以及事变后参与东南互保的积极态度。这两桩事使得张之洞对袁世凯的认识有了很大的改变：这小子至少在“有术”二字上还可以加上两个字——有识。

然而，这种好感不久便被吴永的一番密谈给冲淡了。尽管张之洞绝不赞成谭嗣同等人围园挟后的荒唐做法，但对袁世凯的告密离间更为厌恶。他认为袁世凯此举是地地道道的小人行径。这是关系到一个大臣的人品操守的大事，史册上的奸佞，不就是指的这等人吗？

出于对袁世凯品性的反感，张之洞不愿意与他往来，但袁如今是直隶总督，路过江宁请求见面，又怎么能不见他呢？再说，袁虽是顺道拜访，其实是有目的的。袁的目的，张之洞早已知道。

原来，一个多月前，盛宣怀的父亲盛康以八十四岁高龄病逝于老家武进县。讣闻传来，张之洞派女婿陈念礽代表他前去吊唁。盛宣怀告诉念礽，朝廷拟由直隶接管轮船招商局和电报局，但两局商股董事们不同意，请香帅在这个关键时刻帮他的忙。念礽问他怎么个帮法。盛宣怀说，袁夺轮电两局，是因为这两局获利甚丰，但他同时还兼汉阳铁厂督办，而铁厂亏空甚大。请香帅告诉袁世凯，他是将轮电的赢利来补铁厂的亏空，若北洋要轮电，则干脆连铁厂一道要去，否则的话，铁厂无法办下去。如此，袁有可能放弃夺轮电的想法。

陈念礽回江宁后，将盛宣怀这番话如实禀告岳父。张之洞知道，盛宣怀所谓的商股董事们不愿意，实际上就是他不愿意，因为他是商股中控股人。对于盛宣怀，张之洞的看法是复杂的。

他本能地不喜欢这个人，这是因为，第一盛宣怀是个以追逐利益为人生目标的商人，深受儒学熏陶的张之洞对“唯利是图”有很深的成见。第二盛宣怀是李鸿章的人，是靠李鸿章而发迹的。当年的清流骨干一向对“浊流”李鸿章存很大的反感，即便他后来做了督抚，经办与李鸿章相同的事业，也不改对李鸿章个人的初衷。因为厌恶李鸿章，于是也便不喜欢李鸿章看中的人。

但是，张之洞又不能不佩服盛宣怀的洋务才能，尤其是铁厂，让盛做督办的这几年间，铁厂的经营有了很大的变化。首先，铁厂生产出来的钢铁质量大为提高。其次，在江西萍乡找到了很好的煤矿。萍乡煤矿，品质既优，蕴藏量又大，可以满足铁厂的需要。萍乡煤的发掘，使得成本大为降低，钢铁的价格也就降下来了。质量提高，价格下降，遂使得销路迅速扩大，尤其是芦汉铁路的开工，全国钢铁的需求量很大，有时甚至供不应求。就这样，汉阳铁厂近两年来红红火火，往日的亏空正在弥补中，盛宣怀的大赢利就在眉睫了。

这事，让张之洞对盛宣怀不得不佩服！

盛宣怀是既不肯把轮船局和电报局交出来，也不愿意把铁厂交出来的。他是借铁厂恐吓不懂内情的袁世凯，希望懂内情的张之洞不要说出铁厂的真相。这一点，张之洞看得很清楚。

张之洞自然不愿意轮电两局落在北洋衙门的手里。因为这几年盛宣怀的确从轮电两局中腾出大量资金投入铁厂，如果落入北洋的手，则断了这道活水。袁世凯年轻而雄心勃勃，一旦让他得到了轮电两局，更是如虎添翼，眼里不会再有别人的位置。让一个不通文墨的暴发户平白捡下这大的便宜，张之洞实在不情愿。经过这样一番利益权衡后，张之洞决定帮盛宣怀一把。

前些天，他收到盛宣怀的信，说袁世凯借给母亲营墓的机会请假南下河南项城，绕道长江回天津。其目的：一是实地看看湖北的洋务，二是在江宁见张之洞，三是在上海见盛宣怀。

见不见袁世凯，张之洞这两天在心里犹豫着：不见他，让这位新

贵碰个软钉子，杀杀他的骄盛之气，这可为日后与他谈正事增加几分威慑力；见见他，看看他到底是个什么人，与他当面谈盛宣怀所托办的事，遏制一下他的张狂之心？

袁世凯并没有像别的督抚一样，沿途下滚单，明示地方官接待他，而是悄悄地来到江宁。这倒令张之洞生出几分好感来，也促使他立时打定了主意。他吩咐何巡捕持他的名刺，带二十名衙役、五十名兵丁，抬一顶绿呢空轿，前去下关客栈接袁制台。

袁世凯这次下江南，其实是他庞大计划中的一部分。

袁世凯二十五岁随同吴长庆出兵朝鲜，只用了短短十六年工夫，便从一个流落江湖的落魄汉爬上疆吏之首的高位。异乎寻常的顺遂和成功，给了袁世凯巨大的自信力，也刺激了他更大的野心。他决心在直隶轰轰烈烈气势磅礴地大办新政——开厂矿，练新军，办学堂，以出色的政绩为今后攀登更高的地位、攫取更大的权力奠下基础。他要更积极更主动地笼络朝中权贵，依靠他们的力量，为更辉煌的仕途扫除障碍铺平道路。所有这一切的成功，最重要的保证是银子。李鸿章利用截旷、扣建结余下来的八百万两军饷，帮了袁世凯的大忙，但要实现宏伟的规划，这笔银子仍是不够的。如何广辟财路，成了袁世凯治直的第一件大事。他的心腹藩司杨士骧自然也在为此而思虑。这一天，杨士骧兴冲冲地对袁世凯说："慰帅，有一个人愿意送财神菩萨来，您接不接？"

"财神菩萨来，怎么不接？"袁世凯拍着杨士骧的肩膀说，"莲府，坐下来慢慢细说。"

"我的二弟士琦一向三教九流的朋友很多。昨天他对我说，他有一个朋友，原是盛宣怀的红人，近来两人闹翻了。"

"盛宣怀的红人？此人叫什么名字？"袁世凯禁不住插话。

"此人名叫朱宝奎。他是盛的同乡江苏常州人。从美国留学回国后，便被盛所网罗。朱宝奎西学好，又极精明会办事，大得盛的信任。先在轮船局做事，后又在电报局做事，从中获得暴利。朱又花钱

捐了一个候补道，盛于是委派他为上海电报局总办。盛做了铁路公司督办大臣后，又委任朱为材料处长。十多年来，朱宝奎不仅积下巨资，且对盛宣怀办洋务敛财的内幕非常清楚。这次的闹翻，缘于一个女人。”

女人？平生最好女色已拥有一妻七妾的袁世凯，听了这两个字立时精神倍增。

“是的，一个婢女。”说这种艳事，杨士骧也是兴趣极浓的。“盛宣怀身边有一个很标致的婢女，朱宝奎看中了。他请盛宣怀将这个婢女送给他做小妾，他愿出十万银元为这个婢女赎身。朱宝奎满以为自己为盛宣怀出了很多力，又愿出这等高价，盛一定会同意。不料，盛听后怒火中烧，大骂道：朱宝奎，你这个狗日的，贪得无厌，居然打起我的主意来了，莫说十万，就是百万我也不会让出。朱宝奎恼羞成怒，决计离开盛另觅出路。”

袁世凯说：“盛宣怀是个明白人，他怎么会为一个丫鬟而得罪这等重要的伙伴呢？”

“我也这么想过。据士琦猜测，这个婢女可能早已是盛宣怀的人了。盛宣怀是个老色鬼，身边有个这样的美人，他会放过吗？”

“对对，很可能是个通房大丫鬟。”袁世凯连连点头，“朱宝奎被美色冲昏了头，没有想到这一点，活该挨骂！”

杨士骧说：“士琦对我说，若慰帅趁此机会将朱宝奎挖过来，可以为直隶带来一笔大财富。”

“这话怎讲？”

“盛宣怀经营的轮、电二局本是北洋的产业。这些年轮、电二局赚了数千万两银子，由于李中堂放手不管，这些银子全都进了盛的腰包。假若把轮、电二局收回北洋，那北洋一年岂不多几百万银子的收益？”

袁世凯说：“据说轮、电二局是官督商办，现在是商人集股在经营，直隶要完全收回来，在道理上有障碍，盛宣怀会死死地抓住不

放。”

“所以朱宝奎这一来，便是天助慰帅。”杨士骧说，“轮、电二局里面一定黑幕不少，别人不清楚，就说不到点子上。朱宝奎知内情，到时他可以揭发盛宣怀在这中间玩的手脚，直隶便可借此接过来官办，谅他盛宣怀到时不敢跟慰帅硬挺下去。”

“好主意！”袁世凯拍了拍茶几。“你告诉你二弟，就说直隶欢迎朱宝奎来，问他要什么价？”

杨士骧说：“慰帅可以给他一个什么价码？”

袁世凯想了一下说：“先让他做直隶洋务局总办。若忠心替我办事的话，三五年之间，我保荐他做个侍郎。他现在哪？”

“听说住在京师。”

“你叫令弟去说吧！”

朱宝奎接受了袁世凯的价码，并将他所知道的轮、电二局的内幕都告诉了袁世凯。

正在这时，盛宣怀的父亲去世。朱宝奎抓住这个机会，向袁世凯建议，赶紧上一道折子，说盛丁忧，轮、电二局无人管理，宜由直隶收回，请朝廷允准。这是个好主意，袁因此而不得罪盛，朱也免去卖主的讥责。

不出所料，盛宣怀果然以轮、电二局系商股集资为由拒绝交出。

无奈之际，袁世凯只得拿出第二套方案，即以为去年去世的母亲修墓作借口，亲自去上海面见盛宣怀。至于他的底牌，便是朱宝奎的揭发材料。

离开保定前几天，袁世凯给盛宣怀拍去了一个电报。第二天便收到回电：直隶若硬要收回轮、电二局，请连汉阳铁厂一并收去，因为无轮、电二局赢利为补贴，汉阳铁厂则无法办下去。

因为这个缘故，袁世凯决定顺路察看设在武昌的洋务局厂，路过江宁时拜访张之洞，当然也有另外一个目的：联络联络当今这位天下真正的第一总督。

袁世凯不愧为一代枭雄。他除雄心勃勃、精力过人外，且洞悉人情世故，精于官场上的做工。他深知张之洞今日所处位置的重要程度，决定不惜以门生和晚辈的身份去巴结依附。他在武昌停留三天，由署理湖督端方陪同，细细地参观了铁厂、枪炮厂和布、麻、纱、丝四局。他本是一个极爱铺张排场的人，却有意减杀仪仗，降低规格，轻车简从不露声色地来到江宁城。张之洞派出这样一支庞大的队伍来接他，他心里甚是高兴。

轿队离两江总督衙门外的木栅辕门还有百把丈远的时候，袁世凯便吩咐停轿。他走出轿门，步行通过辕门，然后在大门口肃立，请何巡捕将他的名刺呈送给张之洞。袁世凯此举，用的是晚辈见长辈、门生拜老师的礼节，全不像是直督与江督之间的平等会见。

一会儿，何巡捕恭请袁世凯进去。袁世凯带着一名贴身侍卫，跟在何巡捕的身后，穿过逶逶迤迤的回廊小径，来到西花园旁边的花厅。张之洞穿着一身松软的丝棉长袍，坐在一把粗大的旧藤椅上看报，见袁世凯快要走近了，站起身来，满脸堆笑地打着招呼：“慰帅，你来了！”

袁世凯走到张之洞面前，毕恭毕敬地鞠了一躬：“给香帅请安！”稍停片刻，又补充一句：“世凯是晚辈，请香帅千万不要以慰帅相称，叫一声慰庭，我已受宠了。”

张之洞哈哈一笑说：“好，难得你这般谦抑，我就叫你慰庭吧！”

说着，伸出一只手，指了指对面一把高背靠椅：“坐吧，今天阳光格外好，我请你到西花园会面，顺便让你瞧瞧洪天王的石舫与李文忠的九曲桥。”

洪秀全建天王府时，特为在西花园的湖中雕刻一座大型的石舫。后来李鸿章署两江总督，修复被火焚烧的天王府，又在湖中架起一座弯弯曲曲的石桥。于是，石舫和石桥便成了江督衙门里的景点。但称洪秀全为洪天王，又将他与李鸿章的谥号并列称呼，袁世凯觉得有点

怪怪的。心想：人言此老与众不同，果然有点标新立异的味道。遂笑道：“久闻江督衙门里西花园的大名，果然景致好。”

张之洞见袁世凯穿的衣服不多，便问：“江宁地面冬天冷，你穿的衣服够吗？”

袁世凯说：“晚生在朝鲜十年，那里冬天滴水成冰，已习惯寒冷了。江宁虽冷，比起汉城来要暖和得多。这些衣服足够对付。”

张之洞望着眼前这位个头虽矮却壮实英挺的直隶总督，不觉叹道：“到底是年轻，老夫怕冷，若是阴雨天，都不敢出门。”

说话间，衙役早已端上香茶果点。

袁世凯笑着对张之洞说：“光绪三年，先伯父病逝，朝廷饰终甚隆。御赐祭文和御制碑文均出自香帅手笔。二十多年来，我袁家一直拿这两篇文章作为范文命子弟诵读，不惟铭记皇恩，也让子弟从小就知道什么是好文章。晚生也从中得益甚多。如‘风凄大树，留江淮草木之威名；月照丰碑，还河岳英灵之间气’这样的句子，真是字字珠玑，句句警策。”

袁世凯虽是在恭维张之洞，但说的是事实。光绪三年，刑部左侍郎袁保恒在陈州放粮时染时疫而殁。张之洞那时正在翰林院做编修，奉旨为袁保恒草拟御赐祭文和碑文。文章是做得不错，他自己也引为得意。袁世凯提起这段往事作为初次见面的开场白，应该是极为聪明的一着。但张之洞有意不买账，淡淡一笑，说：“那是老夫的奉命之作，不必太看重。”

袁世凯心里一冷，但立刻便又恢复笑容，说：“在香帅您是小事一桩，在袁府可是特大之事。因为此，晚生从小便崇仰香帅。这次有幸能在江宁城拜见，实慰平生素志。晚生特备一份薄礼，敬献香帅，以表心意，还望香帅笑纳。”

袁世凯侧过脸去，对站立在一旁的侍卫说：“把献给香帅的礼物拿出来。”

侍卫答应了一声，从随身带的长布袋中取出一个长约两尺的木

匣，双手捧着。

袁世凯亲自打开木匣。张之洞看时，原来木匣里平放着一把手剑，剑鞘上镶满一排光亮耀眼的各色珠宝。

袁世凯说：“这是一把德国打造的元帅剑。香帅身兼两湖两江制军，手创自强军和新军两支军队，这把元帅剑佩戴在香帅身上，最是适宜。”

袁世凯是一个请客送礼、拉帮结派的高手，最善于送礼，也舍得在这件事上花力气花钱财。为给张之洞送礼，他和他的幕僚们反反复复地商议了好久。他们知道，张之洞是个不受苞苴的清廉人，送银票送珠宝，他定然不会接受。张之洞平生雅爱古董。有些幕僚建议，送他一个商周鼎爵或是汉唐陶雕。但也有人说，张之洞是这方面的专家，而我们又缺乏此中学问，万一送了个假古董，遭他取笑，反而不好。最后还是袁世凯自己作了决定，将他那把在德国打造的元帅剑送去。因为一则此物贵重，张身为制军，礼物和身份相吻合。二则张是文人，缺的是武威。常言说，缺什么盼什么，张以文人典兵盼的正是肃杀之气，这把元帅剑能让他满足这种企盼。众幕僚都佩服袁世凯的过人之见。

袁世凯亲手捧上木匣，对张之洞说：“请香帅笑纳，给晚生一点面子。”

张之洞眯起老花眼，仔细地盯看这把光彩四射的宝剑。这把剑的确引发了他的兴趣。尽管张之洞不收受礼物，但一年到头，总有不少人为了自己的目的，挖空心思地向他敬呈各种礼物。不过，从没有谁送他兵器一类的礼物，大家都当他是一个文人，没有人懂得他借武补文的心理需求，袁世凯是唯一懂得这种心态的人。

如果没有对袁世凯的成见，如果没有“给点颜色看看”的准备在先，张之洞很可能会欣然接受的，但现在他要拒绝。

“慰庭，你这是什么意思？”张之洞拉下他的长脸。“老夫虽是制军，却是一介儒士，并不会使枪弄剑。倘若有人要谋杀老夫，老

夫即使握着你这把剑，也保护不了自己。若是要靠佩着这把剑来增加统帅的威严，那羽扇纶巾的诸葛亮，布袍葛帽的王阳明，从不执刀佩剑，他们号令三军的威严，又从何而来？你不要再提‘笑纳’‘面子’一类的话，快把它收起来吧！”

毫无商量余地的拒绝，满脸秋霜似的冷淡，换在任何一个督抚的身上，一时都难以摆脱尴尬的困境，然而袁世凯只在一瞬间的难堪之后，立时心绪坦然，依然脸挂微笑。

他轻轻地把木匣盖上，再递给侍卫收起，然后重新坐好，从容说道：“香帅这番话给晚生很大的启示，晚生读书少也不求甚解，只知刀枪剑戟可增将帅的威严。今日听香帅这番话，方知古人说的不怒自威、不武自强的道理。看来，古之诸葛亮、王阳明，今之香帅才是真正领兵的大帅，像晚生这样只看重刀枪武功的，已落入第二流了。”

这几句话，说得张之洞心里十分受用，他捋起长须笑道：“你这话算是悟道之言，看来你是一个有天分的人。老子说大方无隅，大象无形，《易·系辞》说形而上者谓之道，形而下者谓之器。大者上者，总是无形的，无形的方为道；小者下者，有形可求，却只是器而已！慰庭呀，你平日做事多，读书少，不懂学问的精奥。不过你还年轻，今后做事之余，还要多读点书才是。”

袁世凯一副诚恳的模样：“香帅指教的极是。晚生少年不好读书，只乐于骑马射箭，以为读书无用，打天下靠的是武力，治天下靠的是峻法。后来做了巡抚，方知治天下乃是绝大的学问，才觉得肚子里的书读少了。我是真心实意想拜香帅为师，今后能得到您的多方指教。”

张之洞心想：都说袁世凯不通文墨，只知诈术，看来并非如此。他也知道学问的重要，知道自己读书少，这就是聪明了。常言说知耻近乎勇。孺子可教！张之洞心中对袁世凯的反感顿时减了几分。

“你要拜老夫为师，这心意当然好，但大可不必。”张之洞缓缓地说，“你现在身居天下第一督抚的位置，可以广延天下第一流英

才，只要你不拘一格揽人才，自然良师佳友滚滚而来，强过拜老夫一人为师多多唉！”说罢捋须哈哈大笑。

张之洞公然以师自居的态度，若摆在别的督抚面前，也会令人难以接受，但袁世凯听了心里却很高兴，又感觉到张之洞这一“哈哈大笑”把彼此间的气氛弄得活络了，于是也笑了起来说：“若真有天下第一流英才愿来直隶衙门，我会学筑黄金台拜郭隗的燕昭王，推心置腹，以师相待。”

“好。”张之洞脱口而出。“有你袁慰庭这个气度，自然会有今日郭隗去投靠的。”

袁世凯觉得因送剑而引起的不谐气氛已消除得差不多，是转入正题的时候了。

“香帅，这次我在武昌和汉阳看了您所创办的好几处洋务局厂，一个个规模阔大，气象宏伟。您为了大清的富民强国，十多年来踏踏实实地做大事，辛辛苦苦地办新政，如今是业绩彪炳、硕果累累，不仅为湖北造福祉，也开天下之风气。晚生在武汉三日，受益之多，终身难忘。原先只是耳闻，这次是目睹。对香帅，晚生实在五体投地了！”

说袁世凯对张之洞办新政佩服，也不全是虚假的。戊戌年，建议调张之洞入京主持新政大计，态度最积极的便是袁世凯。这些年湖北的洋务局厂已成了张之洞生命中的重要组成部分，他已和它们血肉相连、息息相关。他本是个性情中人，情绪化很浓烈，谁要是在他面前敢于诋毁他办的这些洋务局厂，他很有可能立刻将他视为敌人，反之，本来心有嫌恶，却可以瞬间化为朋友。

“慰庭，不是老夫自夸，办洋务，老夫虽不是首创之人，却是一个有大格局、远眼光的人。你看汉阳铁厂，是全亚洲最大的钢铁厂，这话不是老夫说的，这话是洋人说的。布、纱、麻、丝四局，直接为民造福。过去曾左沈等人办洋务，眼睛都盯在军事上。军事当然重要，但老百姓的日常生活更为重要，洋务局厂要办到让老百姓都感到

得利获益，这洋务才算真正办成功了。”

这话说得好。袁世凯点了点头，但他此刻不是来领教办洋务局厂的，他是冲着盛宣怀手中的轮、电二局来的。盛宣怀提出要收轮、电二局就非得把铁厂同收不可的条件。他看铁厂，拜会张之洞，就是来摸这个底的。

“汉阳铁厂，真个是气概非凡。晚生在那里足足看了一天。见那里钢花飞溅，产品山积，通往长江码头的路上，搬运钢材者车水马龙。在直隶时听人说，汉阳铁厂是名声在外，其实生产萧条，亏空严重，实地一看，才知道那是造谣……”

“说这话，不止是造谣，简直是造孽！”张之洞迫不及待地打断袁世凯的话。“正在兴建中的芦汉铁路上铺的钢轨，全是用的汉阳铁厂的产品，仅这一项，每年便为国家节省数百万两银子。现在，汉阳铁厂的钢材已远销南洋，甚至进入了欧洲市场，前景好得很。骂铁厂的人，不仅有眼无珠，而且无心肝！”

儒雅的江督这两句骂人的话，虽然粗陋，但他急切展示自己业绩的表白中，却透露了一个重要的消息，那就是汉阳铁厂不是鸡肋，而是肥肉。

“香帅，不怕您恼火，有人说，汉阳铁厂是靠盛杏荪的轮、电两局护持的，没有轮、电两局，铁厂早垮了。”袁世凯又适时抛出一颗探深浅的石子。

“胡说八道！”张之洞的火气一下子就被撩起来了，他突然怀疑这话很可能是盛宣怀说的，是盛宣怀在打击他而抬高自己！“没有盛杏荪的轮、电二局，老夫就不能办好铁厂了？岂有此理！慰庭，我跟你说句实话，铁厂如今是比以前兴旺了，兴旺的原因不是盛杏荪从轮、电二局拿出了二百万两银子，而是因为芦汉铁路的动工。老夫已做好准备向香港银行借二百万洋款，有了这笔洋款，铁厂一样地可达到今日的兴旺。盛杏荪找了老夫，自愿拿出二百万两银子，与老夫合作办铁厂。盛杏荪是捡了大便宜。芦汉铁路建好后，还要建粤汉铁

路，粤汉铁路建好后，老夫早就想到的川汉铁路也可动工了。汉阳铁厂，光生产国内的铁轨，就至少可以高枕无忧二十年……”

张之洞被一股好胜之心所激动，滔滔不绝地说了一大篇。说到这里，他突然意识到，自己方才的话已出了轨。一则明明是盛宣怀为自己解了难，反而说成是自己帮了盛宣怀。二是明明答应盛宣怀要在铁厂一事上帮他说话，现在反而将铁厂的前途虚夸得这样美好，更吊起袁世凯的胃口，给盛宣怀帮了倒忙。张之洞为自己的失言而不安，现在唯一的补救是不再讲话了。他闭起两眼，斜靠在藤椅上，一会儿工夫，便轻轻地打起鼾来。袁世凯见此情景颇为奇怪，刚才还神采飞扬，怎么转眼间便老颓如此？

侍立一旁的何巡捕也从未见过这种现象。他急中生智，对袁世凯说：“香帅近来身体一向不太好，昨夜为修改一份折子，又忙到三更天，想必是累了。卑职陪袁大人在西花园里走一走，过会儿他醒来后再接着谈。”

袁世凯会见张之洞的目的已经达到了，又亲眼见到这位外间传闻得不可一世的张香帅，其实已经是一个衰朽老翁，不可能成为自己前进路上的障碍、竞技场上的对手。袁世凯已没有必要再跟他谈什么了，便站起来，轻轻地对何巡捕说：“香帅困了，不要惊动他，让他好好睡一觉。我明天还要赶到上海，就先告辞了。”

说罢，蹑手蹑脚地走出西花厅。

张之洞干脆装到底，也并不叫住他。晚上，何巡捕持了一封张之洞道歉的亲笔函前来看望袁世凯。袁世凯看后淡淡一笑，置之一旁。

第二天，袁世凯来到上海，满脸哀戚地在盛康的遗像前三鞠躬后，便胸有成竹地和盛宣怀谈起轮、电二局的管理来。

袁世凯做出极大的诚意和真心关怀的姿态对盛宣怀说，许多人都在打轮、电二局的主意，若让他们得手，今后便难收回。若让北洋衙门来管理，一则此二局既为北洋所发端，现交北洋管，名正言顺，二则你为北洋旧人，眼下只是因守制暂不过问而已，三年后复出仍可

继续督办北洋的洋务局厂。盛宣怀对此早有预料，便大谈轮、电二局每年需要拨巨款维持汉阳铁厂的经营，若北洋收回轮、电二局，则请连汉阳铁厂一道拿去。不料袁世凯已知底细，未作丝毫犹豫便一口答应。这下反而弄得盛宣怀非常被动。

盛宣怀本是个机智过人的人，稍稍一愣便有了主意。他说，不管轮、电二局也好，汉阳铁厂也好，实行的都是董事会制，这样重大的事情，必须召开董事会，由董事会作决定。盛宣怀推出董事会来，一为拖延，二来借此作转圜。

袁世凯在心里冷笑一声，嘴里淡淡地说了一句：朱宝奎现正在直隶做洋务局总办，要不要他回来和你商谈董事会的开会日期。盛宣怀听了这句话全身都凉了。他知道袁世凯已掌握了他的内幕，再不交出，结局会更惨，遂咬紧牙关，忍痛将轮、电二局暂时让给直隶，今后再寻机报仇。

盛宣怀写信给张之洞，请张之洞务必为他保住铁厂。张之洞当然不愿意袁世凯染指他的地盘，便函告袁世凯，铁厂是湖广的洋务，与北洋无关。袁世凯本不要铁厂，回函说铁厂只能由香帅经营，北洋无权也无能管理。盛宣怀终于保住了这块肥肉。

袁世凯与盛宣怀的交手，以袁的全胜而告终。但这只是第一个回合。到了六年后袁世凯罢官回籍，盛宣怀借机卷土重来，将轮、电二局夺了回去，他又胜利了。这些当然都是后话。

五　秦淮河畔，两江总督与卖菜翁畅谈六朝烟水气

转眼三个月期限已到，并未见有回湖督本任的谕旨下达。眼见从武昌带来的银钱所剩无几，在江宁主管家政的环儿心里着急。朝廷给官员的薪俸极低，一个一品大员的年薪也不够一百八十两，靠正薪是根本不能过日子的，真正度日的银子是养廉费。一品官员的年养廉费为一万两。有了这笔钱，日常的开销足可以打发，但也不能过得奢

华。其实，几乎所有的大小官员都用度奢华，他们的银子从哪里来？显然不是靠朝廷所发的正常薪俸，而是另有渠道。除贪污受贿外，其渠道主要来自各种可由地方自行控制的收费，如火耗、折色等，各级官府从这里抽出一部分来分肥。管军队的衙门则可以从军饷中打主意，如截旷、扣建等。官场都这样，便见怪不怪，只要不贪污受贿，就是清官了。

湖广总督的经费也有这条来路，但张之洞用这笔钱来广招幕僚。湖督衙门的幕僚最盛时曾高达八十余人，供应这个庞大的幕府需要一笔很大的经费，张之洞有时不得不从自己的养廉费中支出。除此之外，他还要常年接济两个哥哥留下的遗孤。因此，张府的银钱一向并不宽裕。养廉费通常都要到次年的正月才发放，年关一天天的近了，无论江宁寓所还是武昌家中都存银不多。这天夜里，环儿对丈夫说："还有十几天就要过年了，银钱不够怎么办？"

张之洞问："还有多少银子？"

环儿答："所有散碎加在一起，还不到一百两。"

张之洞紧锁着两道眉毛，想了很久，想不出一个办法来。

环儿冷笑道："你为办洋务，可以设法筹集几百万两银子，为家里筹集几百两银子，你都想不出个办法来。你这个一家之主怎么当的！"

与佩玉不同，环儿仗着年轻漂亮，时常在张之洞面前说点不客气的话，张之洞喜欢这个小妾，也并不生气。

"你有什么好办法吗？"

"这还不简单。"环儿不屑地说，"你是堂堂的江督，不问江宁衙门要钱，已经是很清廉了，难道不可以向江宁藩司借点钱？"

"向江宁藩司借钱？"张之洞睁大了眼睛，"这个口怎么开？"

"借钱怎么不好开口，有借有还嘛，过年后开了养廉费再还给他们不就行了？"环儿说话一向伶牙俐齿。"你做总督的不好开口，我叫大根去借好了。"

“不能这样！”张之洞断然否定这个办法。“你不知道，两江有多少人想打我张某人的主意，只是找不到借口罢了。你若向江宁藩司借钱，他们立马就会知道张某人缺钱用，主动送钱上门的人就会踏破门槛，到那时你怎么办？传出去也不好听。”

环儿反问：“那你说怎么办呢？年总得过呀！”

张之洞说：“你别着急，让我来想办法。”

张之洞躺在床上想了很久，终于有了一个主意。

第二天清早，他问环儿：“你说说，过个年需要多少银子？”

环儿想了想，说：“紧打紧算，至少要八百两。”

张之洞说：“到典当铺去当八百两如何？”

环儿笑道：“我们到江宁来是做客，本来就没带多少东西。你看看，家里摆的用的就这些，能当得八百两银子吗？”

张之洞说：“这你不管，你给我找出四只空木箱来。”

从武昌带来的木箱子有六口，现在大部分都是空的。环儿稍作调整后，便腾出了四口空空的大木箱来。她望着丈夫道：“你拿这四口空箱子去当？”

张之洞说：“你把大根叫来。”

大根很快进来了。

张之洞对大根说：“你到外面去捡些碎砖断石来，每个箱子里放半箱的砖石。”

大根大惑不解：“四叔，您这是做什么？”

张之洞附着大根的耳朵，轻轻地说了一番，大根笑得咧开了嘴。

“你可不能对任何人说起哟！”张之洞叮咛着。

大根笑着点头：“您放心，我不会说的！”

这天放晚，大根亲自赶了一头大骡车，车上放的正是这四口装了砖石的木箱子，只是每个箱子上多了一道盖有两江总督衙门关防紫花大印的封条，来到白下街一家名叫兴发的当铺前。账房先生忙迎上来。

大根一副神气十足的派头，从车上跳下，对账房说：“你是老板吗？”

“鄙人是账房。要当东西，找我就行了，不需要找老板。”

大根白了一眼账房，大大咧咧地说：“你知道大爷我是谁吗？我是两江总督衙门上房管家，总督夫人急着要点银子用，一时手头短缺，拿出四口箱子来抵押，向你们典当点。你们老板不亲自接待行吗？”

账房听说是两江总督衙门来的，早就神情紧张，起身忙说：“大爷稍等，我马上去叫老板。”

一会儿，一个肥肥胖胖的中年人急忙走出来，对着大根点头哈腰，满脸堆笑：“小人是兴发铺的老板，怠慢了，怠慢了，请大爷进屋喝茶抽烟。”

大根挺起胸膛命令道：“叫两个人来，将这几口箱子抬进屋，要仔细点，碰坏了，你们赔不起的！”

“是，是！”

老板陪着大根进了屋，立时便有人上茶敬烟壶。

大根跷起二郎腿，将烟壶搁在茶几上，先喝起茶来。

兴发典当铺开了二十来年，还从来没有正经官员在这里当过东西，现在居然招来了个两江总督，这个主顾可了不得！今后什么时候说起来，都是兴发铺的光荣。把这个事儿传扬传扬，铺里的生意岂不大大地兴旺发达？

老板想到这里，心里十分高兴，客气地说：“请问大爷，这箱子里装的是什么？”

大根瞪了一眼：“夫人装的，我怎么敢问！咱们家老爷素爱古董，八成可能是前人的宝贝儿。”

许多做大官的都有好古董的脾气，瞧这箱子重的，不是青铜，便是细瓷。但老板生性精细，怕上当，又试探着说：“大爷，凡来铺子里当的，我们都得看看，也好估个价呀！”

大根没好气地说："要你们估什么价，这些东西又不卖，只是做个抵押而已。你看看这封条，总督关防严严实实地盖着，你能启封吗？"

老板细细地看了看封条，果然清清晰晰地盖着三寸多长一寸多宽的紫花大印，老板见过盖着这种印信的文告，相信了。

"那么，请问大爷，这四口箱子要当多少银子？"

"不多，八百两就够了。"

老板心里大大地松了一口气：原以为四口装着古董的大木箱，要当几千上万两银子，不料只这么一点。老板高声对账房说："取八百两纹银来给这位大爷。"

账房捧了银子过来，大根接过。账房弯着腰说："大爷既是总督衙门的，想必有进出的腰牌，请给小人看看，以便登记造册。"

"你是不相信你大爷，好吧，你拿去看看吧！"

大根从腰带上取下一块小铜片来，账房双手接过，翻来覆去地看了看后，又双手奉还，连连说："这是小铺的规矩，请大爷包涵包涵。"

大根也不去管他，提起银包上了车。

正要吆喝骡子时，他记起了张之洞的叮嘱，忙把老板叫过来，板起脸说："这事你不要对任何人说起，要不了十天半个月，我会将本息一起还给你的。"

"是，是！"

老板忙不迭地答应。

有了这八百两银子，环儿不再为在江宁过年发愁了。

这天午休时，梁鼎芬到西花园散步，看见张之洞在石舫甲板上晒太阳，便走了过来，说："香帅，我昨天去了趟钟山书院，蒯光典告诉我，张幼樵已在上月底过世了，灵柩也在前几天运往他的老家丰润去了。据说身后萧条，除几箱文稿外，别无长物，李家也没有人来。"

“幼樵过世了？”张之洞大为吃惊。“他比我小十一岁，今年才不过五十六岁，怎么就会过世了？”

“听蒯光典讲，这几年幼樵心情抑郁，一天到晚以酒浇愁。前年李少荃过世后，他更觉起复无望，从那以后愈加消沉厌世。忧愁是伤人的祖师，他哪里经得起这多年的折磨。唉，可惜呀，一代才子便这样无声无息地了结了。”

张之洞的心里也不好受，沉默片刻后说：“幼樵病重时，张家也不给我一个信，让我最后见他一面，说几句话也好呀！”

梁鼎芬说：“我也这样对蒯光典说起过。蒯光典讲，上个月中，他和钟山书院几个教习去看他，问他要不要香帅来见见面。幼樵说，他是个大红大紫、飞黄腾达的人，我是待罪之身，不要牵连他。”

张之洞听了这话，心口陡然堵塞似的闷得难受，长长地叹了一口气说：“幼樵到死都在记恨我！”

是的，也不能怪张佩纶记恨。上次，张之洞在江宁城做了近两年的署理江督，对住在同一城的张佩纶不闻不问，只在离开江宁前函邀他与陈宝琛一道游焦山。难怪张、陈均不接受这个邀请，也难怪张佩纶至死不愿与张之洞见面。从张佩纶那边来看，张之洞的确是一个只顾仕途而薄于友情的俗吏。然而，从张之洞这边来看，他也有瞧不起张佩纶的充足理由：纸上谈兵时慷慨激昂头头是道，一到战场便手足失措，贪生怕死；当年骂李鸿章时，何等理直气壮、正义凛然，谁知转眼之间，又做了李府的入赘女婿，这与卖身投靠有什么区别！

就这样，二十年前，辉耀京师台谏的清流双子星座，到了晚年，一人地位显赫，一人声名狼藉，而在感情上，却彼此都嫌隙甚深，虽近在咫尺，却老死不相往来。中国是一个讲究朋友交谊的国度，五千年的中国史册上，记载了数不清的朋友之间形形色色的故事。晚清二张，可谓朋友掌故中的又一趣谈。

然而，今天，在听到张佩纶英年去世身后落寞的时候，一股浓重的伤感与怀念相交织，立时将十年来的疏离给弥缝了。他对梁鼎芬

说："明天一早，你陪着我再带上汤生，我们三个人去看看幼樵在江宁的寓所。在生时我没有去看幼樵，他心里恨我；死后，我去凭吊凭吊他的旧居，希望他的在天之灵能稍得慰藉。"

第二天一早，张之洞乘了一顶普通小轿，梁鼎芬、辜鸿铭随轿步行，三人离开总督衙门，向城南方向走去。张佩纶卜居江宁城的寓所原先在紫金山脚下，后又迁到武定门外，离督署有十多里路。一个多小时后，他们来到夫子庙旁的秦淮河畔。今天是个冬日的好天气，阳光温暖，惠风和畅，坐在小轿里的张之洞看着帘外一派生机勃勃的景象，早已耐不住了。他拍了拍轿杠，吩咐停轿，走出轿门后，对轿夫说："你们先走，在武定门洞里等我，我和节庵、汤生慢慢走，随后就来。"

辜鸿铭高兴地说："隔着轿帘说话费劲，我巴不得香帅早点下轿了。"

张之洞四面看了看，对梁、辜说："我们顺着秦淮河往南走吧！"

张之洞一身布帽棉袍，走在闹市中，犹如老塾师，好比邻家翁，没有丝毫特别处，自然也不会引起周围的格外注意。明媚宜人的冬阳，熙熙攘攘的人流，带给署理江督一份好心情。

他指着身边小河，对辜鸿铭说："这就是胭脂花粉秦淮河了。前人说江南佳丽地，这里便是佳丽集中之处。你闻到花粉香气了吗？"

辜鸿铭从书本中得到的秦淮河印象，是两岸秦楼楚馆酒帘高挑，河中流着花瓣残酒，浮着画舫笙歌，但此刻走在秦淮河畔，满目尽是破楼旧屋，河边触目所见的皆是流黑汗的船夫、洗衣服的老妈子，不觉胃口大跌。他颇为失望地说："哪里有花粉香，我倒是闻到汗臭了。"

梁鼎芬笑道："汤生，你有没有看过说部《薛丁山征西》？"

"没看过。"辜鸿铭摇摇头。

张之洞也不明白，说得好好的秦淮河，怎么又扯到薛丁山身上去

了？

“野史上的薛丁山是西凉国王薛平贵的儿子。他的太太，白天是丑妇，夜晚是美女。这秦淮河就好比薛丁山的太太，胭脂花粉香是要夜晚才闻得到的。”

这个新奇的比喻引得大家一阵好笑。

见总督高兴，梁鼎芬兴致更高。他大声说：“江宁乃六朝古都，龙盘虎踞之地，历来骚人墨客吟咏甚多，光这条秦淮河就不知写进了多少诗词歌赋中。我建议，我们每人背诵一首前人写江宁的诗，因为太多了，得有限制：一为唐人七绝，二诗中要有秦淮河。”

“好哇！”张之洞欣然赞同。

“我先背！”辜鸿铭脑子里立即浮出一首极有名的诗来，他生怕别人抢先背了。“杜牧诗曰：烟笼寒水月笼沙，夜泊秦淮近酒家。商女不知亡国恨，隔江犹唱后庭花！怎么样，既是唐人的七绝，又有秦淮河。”

张之洞笑道：“让汤生拣了个便宜去了。”

梁鼎芬说：“听我的。刘禹锡诗曰：山围故国周遭在，潮打空城寂寞回。淮水东边旧时月，夜深还过女墙来。”

“没有秦淮河！”梁鼎芬刚一背完，辜鸿铭便叫了起来。

“怎么没有？”梁鼎芬急道，“淮水就是秦淮河。”

“是这样吗？”辜鸿铭问张之洞。

张之洞说：“节庵说的不错。这条河原本叫淮水，秦始皇东巡会稽，路过江宁，命人凿山砌石，引淮水北流。新凿的这条河渠称之为秦淮河。久而久之，整个淮水都被叫做秦淮河了。”

梁鼎芬说：“汤生，你得感谢我，由这首诗让你又增加一段学问。”

辜鸿铭说：“香帅你也背一首。”

“这容易。”张之洞随口背道：“也是刘禹锡的诗：朱雀桥边野草花，乌衣巷口夕阳斜。旧时王谢堂前燕，飞入寻常百姓家。”

辜鸿铭笑道："香帅，不怕你见怪，你背的这首诗再怎么解释也找不出个秦淮河来！"

梁鼎芬说："汤生，你真正的孤陋寡闻。香帅背的这首刘禹锡的诗，句句关切秦淮河。朱雀桥，乃古时秦淮河上最热闹的一座桥，乌衣巷乃东晋时秦淮河边第一富豪之处。后面说的也是秦淮河，你想想，那些燕子认惯了乌衣巷，一时找不到王谢两家，也只在附近人家筑巢安居，还是在秦淮河边嘛！"

辜鸿铭瞪眼看着梁鼎芬，又服气又不服气，但也找不出反驳的话来。张之洞见他这副神态，禁不住哈哈大笑起来，拍着辜鸿铭的肩膀说："汤生，你知不知道，我们三个人刚才的言谈，不知不觉地走进了一种气氛中。古人对这种气氛有个很富有诗意的说法，叫做六朝烟水气。"

"六朝烟水气？"辜鸿铭瞪圆两只灰蓝色大眼睛，两只肩膀朝上耸了耸。"这五个字美极了。可惜，我不明白！"

"节庵，你给他解释解释。"

这种学问本是两湖书院山长的看家本领，遂侃侃而谈："江宁乃吴、东晋、宋、齐、梁、陈六个朝代的都城，当然，明代朱元璋父子祖孙也在此地做过几十年的皇帝，但那是以后的事，唐宋时的文人通常都把江宁称为六朝古都。江宁富庶繁华，文风兴盛，诗酒歌舞，香艳风流。此外，江宁城得江山之形胜，雄伟壮阔，以一城而纳江河湖泊山峦田舍，海内罕有其匹。历代名胜古迹甚多，可谓每处山水每座楼台，都有一段引人入胜的故事。更因六朝从首到尾不过二百多年，这二百多年之间更替六个朝代，数十位帝王。这种变化不定的政局，最易引起文人墨客的世事沧桑、吊古伤时之感。韦庄的一首《台城》最是道尽了此种消息。依我看，这香艳、幽思、伤怀等种种情调，如烟如云如雾如水般地笼罩在江宁城，这种气氛便是六朝烟水气。"

辜鸿铭听得心旌摇动，如醉如痴，喜道："节庵，要说你的中国学问，许多人都称赞，但我一向不大佩服。今天，你说的这段六朝烟

水气，我倒真是服了。”

梁鼎芬笑道：“你这个狂妄的辜汤生，我梁某人的学问，你佩服不佩服，我也不在乎。你不要以为今天服了我的这番话，我就脸上有光了！”

辜鸿铭也并不以梁鼎芬的讥讽而在意，倒是真为自己今天增加了学问而高兴。

张之洞说：“汤生，江宁的这种六朝烟水气在文人身上随处可见。自然不在话下，就连挑水卖菜这些做粗事的愚民身上都有着。”

“挑水卖菜的人身上都有六朝烟水气，我不相信。”辜鸿铭满脸疑惑地望着张之洞，又望了望梁鼎芬，见他们都哈哈地笑着，便说，“你们在逗我！”

童心未泯的混血儿的天真，激发了张之洞的情趣。他说：“不信？我们试试看！”

辜鸿铭忙说：“我去问。”

他四处张望着，恰好见一个人挑了一担水，从码头边走过来，忙急步走过去，将那人上上下下仔细打量一番。但见那人衣衫破烂，满面菜色，大冷的天气，打着一双赤脚，两只脚冻得红红的。辜鸿铭心想：“此人这副模样，与香艳、幽思、伤怀的六朝烟水气相差岂止十万八千里！”

辜鸿铭正盯得出神时，挑水汉破口骂道：“你这个遭瘟疫的，拦着我的路。你找死呀！”

辜鸿铭不知该用什么话来回答。只见那汉子抬起头来看了他一眼，先是愣了一下，接着又没好气地说：“原来是个洋鬼子，触楣头了。”

那汉子不再叫辜鸿铭让路，挑了满满一担水快步从他身边走过。

辜鸿铭老大不快，冲着赶来的梁鼎芬说：“这哪里是六朝烟水气，这简直是凶神恶煞气！”

梁鼎芬快乐地笑道：“谁叫你长这副模样，他把你当洋人看了，

让我去试一试。”

梁鼎芬发现前面有一个卖水果的小伙子正在吆喝着，兜售着他摊子上的橘、柚和江宁特产——青皮红心水萝卜。梁鼎芬走过去，小伙子忙笑脸迎道：“老爷，买橘子柚子吧！”

梁鼎芬说：“橘子等下买，我先问问你，你家住在秦淮河边吗？”

小伙子答：“是的，我今年十八岁了，从生下来起，一天也没离开过秦淮河。”

梁鼎芬满意地点点头：“那你该知道，秦淮河有个桃叶渡了。”

“知道，知道。离我家只有二三里地，那块比这块还热闹。”

“你知道桃叶渡的来历吗？”

“不知道。”小伙子一脸茫然。

“王令风流旧有声，千年古渡袭佳名。这诗你听说过吗？”

“没有听过。”小伙子摇了摇头。

梁鼎芬不灰心，又问：“秦淮河口有个名叫白鹭洲的地方，你知道吗？”

“知道。”小伙子欢快地说，“我还到洲上拾过鸟蛋哩。”

“唐代大诗人李白有首诗写的就是这个白鹭洲：三山半落青天外，二水中分白鹭洲。你知道吗？”

“李白是哪个？”

李白都不知道，两湖书院山长甚是气沮。他不想再问下去了，正要走时，不料小伙子却主动说起诗来：“老爷，我没有发过蒙，不懂诗，不过我昨天倒是听人说过两句诗来。”

小伙子也说诗了！梁鼎芬立刻高兴起来，拍着身旁辜鸿铭的背说：“怎么样，没有发过蒙的卖果子小贩都可以说诗，这还不是六朝烟水气吗？”

辜鸿铭也来了神，兴奋地说：“且听他说的什么诗？”

小伙子说：“昨天两个相公来我这块买橘子。一个说，宁饮建业

水，不食武昌鱼。另一个说，对呀，咱们江宁的水比武昌的鱼都好，怪不得张制台赖在我们江宁不回武昌。”

辜鸿铭望了望张之洞，不觉笑了起来。

张之洞拉了拉梁鼎芬的衣角：“走，我才不想赖在他们江宁哩，我天天都想回武昌去。”

三人走了十多步远，还听见小伙子在高声喊：“你还没买我的橘子哩！”

正走着，迎面一个六十来岁的老头子挑了一担白菜、胡萝卜，慢悠悠地向他们走来。

张之洞指着这人对辜鸿铭说：“别地方的卖菜翁挑担子都是急急忙忙的，你看他悠悠闲闲，踱着方步。这人身上必可寻到六朝烟水气，让我来跟他聊一聊。”

“老人家，你这菜好鲜嫩呀！”张之洞笑着与卖菜翁打着招呼。

卖东西的人，你说他东西好，就好比在女人面前恭维她长得漂亮似的，立时可博得她的好感。果然，老头子放下担子，高兴地说：“你这人好眼力，我这菜都是今早上才出菜园子的，白菜碧青，胡萝卜生脆。我这菜挑到集上，不到半个时辰就会被人抢光。”

是个好说大话的爽快人！张之洞心想，又说：“老人家，你住的这秦淮河可真是好地方呵！”

“可不是吗！”卖菜翁心情甚好。“这是块真正的风水宝地，要不，前代那些人怎会拼死拼活地来争斗。我们江宁城，可是出了好多个天子的地面呀！”

张之洞得意地望了望辜鸿铭，眼神里似乎在说，你看，一开口便是六朝风味了！

又转过脸来望着卖菜翁：“听说，秦淮河边有座媚香楼，前明留下来的大院落，怎么找不到了呢？”

这一下，卖菜翁的兴头更大了。他索性放下担子，从肩上取下长长的扁担，将它竖立在脚边，一手扶着，犹如武士仗着长矛似的。

“客官，看来你也是个寻艳买欢的人。实不相瞒，老汉我年轻时最爱的就是这档子事。”

辜鸿铭笑着望了望张之洞，心里说，好个张香帅，你这下成了卖菜翁眼中的嫖客了。

张之洞心中虽不快，却也不好坏了这老头子的兴头，只得不做声，继续听他说。

“要说那媚香楼，可真正是个好去处，那里美女成群，香气扑鼻，日日笙歌，夜夜灯火。老汉我年轻时家里有钱，不爱读书，就爱这脂粉女人。读了十年的‘四书’‘五经’，连个秀才也没考上，却把家里的银子都送给那些婊子了。直到咸丰二年，媚香楼前还是车水马龙的。第二年闹长毛，先是一把火把媚香楼烧了，接着便是十多年的禁止妓院青楼，江宁的温柔乡元气大伤。这不，长毛平定三十多年了，元气还未恢复过来，媚香楼喊了二十多年，也还没恢复。唉，老汉真为时下这些有钱的哥儿们叫屈呀。客官你看，他们腰里缠着的银子，想找个好花销的地方都没有呀！”

看来，这个卖菜翁要没完没了地说下去了，张之洞哪有心思听他对昔日寻花问柳岁月的追怀，忙抱个拳，拉着梁、辜告辞了。

走了几步，张之洞笑着对辜鸿铭说：“怎么样，节庵说的香艳、幽思、伤怀，一样不少，十足的六朝烟水气。前人说的不假吧？”

辜鸿铭说：“六朝烟水气不假，可卖菜翁是个假的。”

梁鼎芬说：“明明挑的一担子菜，怎么是个假的？”

辜鸿铭说：“你没听他说读了十年的书吗！他是个落魄的读书人，中年以后才做灌园叟，还不假吗？”

张之洞笑着说：“不要争了，管他是假是真，你若不在江宁城，到任何一个地方都不会遇到如此卖菜人的。咱们不能多停留了，轿夫怕是在武定门洞等急了。”

到了武定门，坐上轿，出城门两三里，便看到张佩纶生前最后住过的几间房屋了。这是一个极普通的民居：一圈稀疏竹篱里围着

四五间大小青瓦屋，前院有几畦菜土，后院有几个小鸡舍。房子都锁着，还没有搬进新的主人。张之洞等人透过窗户，可以看到里面还摆着一些陈旧的家具和厨房里的闲锅冷灶。这里没有一丝人气，也不见一只鸡鸭，菜土上残留的几株剩葱断韭也已枯黄憔悴，一切都是人去楼空、生机消失的冷寂荒芜之态，刚才在秦淮河畔访谈六朝烟水气的心绪已荡然无存。想起张佩纶少年得志时的倜傥潇洒，想起他那些刚劲尖利掷地作金石声的奏章，想起二十多年前京师清流聚会的热闹场合，想起自己和张佩纶当年意气相投的忘年之交，张之洞心中百感交集，一股强烈的怜悯之心占据整个胸腔，他对自己两度署理江督而未访故人深感愧疚：即便张佩纶有千差万错，毕竟当年曾是挚友呀，可以责他骂他，但不可不见他；弢庵的指责或许是对的，心灵深处还是怕他牵累了自己呀！

他叫轿夫在附近买来几沓纸钱，一束线香，就在前院焚纸燃香，望空作揖，算是为故友送行。

坐在回衙门的轿子里，张之洞为此行吟了两首七绝：

北望乡关海气昏，大招何日入修门。
殡宫春尽棠梨谢，华屋山丘总泪痕。

廿年奇气伏菰芦，虎豹当关气势粗。
知有卫公精爽在，可能示梦儆令狐。

过两天，一道谕旨下到江宁：调云贵总督魏光焘任两江总督，着张之洞进京陛见，主持己卯经济特科。

张之洞对大根说：“我们还是回武昌过年吧，今夜你去把那几口箱子赎回来。”

夜里，大根带上赎金，依旧神气十足地从兴发典当铺里取回箱子。来到一个偏僻之处拆开封条，将那些断砖碎石全部倒掉，然后把

四口空木箱还给环儿。

过了元宵节后，张之洞急匆匆地踏着冰雪启程北上。离开京师整整二十一年了，他是多么渴望再见一见太后，会一会老友，重温昔日那种纵论时局、激浊扬清的清流岁月啊！可惜，时过境迁，一切都变了！

第六章 / 后院起火

一　一心要破译蝌蚪文的张之洞，给京师学界留下一个千年笑柄

张之洞进京后，住在靠近儿子家旁边的宝庆胡同。第三天，太后便安排召见。养心殿东暖阁，分别二十一年后君臣再次见面，张之洞见太后虽着力打扮，却依然掩盖不了脸上的皱纹、头上的白发。慈禧眼中的张之洞则更是瘦削矮小，须发尽白，俨然一个衰翁。彼此都有沧桑之感。当张之洞一声“太后受苦了”的话刚说出口，慈禧便忍不住失声哭起来。

庚子年的动乱，似乎使一生刚强的慈禧变得脆弱多了。回銮一年多来，每当一人独处，她就会无端想起仓皇出逃宫门时的惊恐，想起西行途中的颠沛流离，想起洋人欺负百姓指责时的耻辱。噩梦似的流亡日子，虽已过去多时，但余悸至今尚在心头存留，挥之不去，闲时

又来。

她变得胆小了，害怕孤独，害怕黑夜，甚至害怕爆竹声。她的心肠比先前也要软多了。她不但给袁昶、许景澄等人恢复了名誉，也对皇帝和气得多了。她甚至命令崔玉贵将珍妃的尸体从井里打捞出来，予以隆重安葬，追封她为皇贵妃；还让身边的小太监半夜代她给珍妃的亡灵烧纸钱，求冤死的珍妃宽谅她。

外省督抚来京陛见，只要说起庚子逃难，她就忍不住要流泪。对于那些圣眷较浓的大臣，她甚至会失态大哭，絮絮叨叨地对他们说个不休。

太后变了，变得愈来愈像个普通的民间老奶奶，与过去那个冷酷、威严、无任何忌惮的老佛爷相比，有了很大的不同。这个不同，不但她身边的太监、宫女感觉明显，那些时常与她接触的王公大臣也看出来了。当慈禧不厌其烦地与张之洞谈光绪七年前的琐事，而对洋务新政所说并不多的时候，张之洞也在心里发出一声轻微的感叹：太后老了！

见过太后的第二天，便有好事人作了一首诗来记叙他们的这次见面。诗曰：

京阙重逢圣恩稠，少年探花已白头。
说到仓皇辞庙日，君臣掩面泪长流。

张之洞听说后，胸中泛出一股淡淡的哀伤来。他的这种哀伤，在以后的日子里越来越浓。他去看望姐姐和姐夫，鹿传霖夫妇也老了。他去看望二十余年前的清流朋友们，他们大多官运蹇滞、境况窘迫。在吊唁王夫人的哥哥王懿荣时，心情更是苍凉。庚子年洋兵打进北京时，国子监祭酒王懿荣率领一班热血学生执刀守卫城门。城破后，王懿荣悬梁自尽。前一年，王懿荣刚以发现刻于龙骨上的商代甲骨文而轰动学术界。如今，慷慨报国、杀身成仁的王懿荣的道德学问赢得官

场士林的高度赞许。国子监特在监内的韩文公祠里，为王懿荣挂了一幅遗像，希望他千秋万代享受监生们供献给他的血食。张之洞在国子监里读到王懿荣的临难绝笔，参拜他的风骨凛凛的遗像，敬仰与悲叹交织，挥笔为国子监师生留下一首悼诗：

戟门阶下绿苔生，凤翥鸾翔老眼明。
人纪未沦文未丧，岿然石鼓两司成。

他又到磨儿胡同看望潘祖荫旧宅，到西山凭吊宝廷的墓。当年京师清流的诗酒文会，臧否朝政，是何等意气风发，如今，人既早已凋零殆尽，旧事也鲜有人再提起，仿佛灰飞烟灭、风流云散似的。面对着潘祖荫屋檐间的青苔、宝廷墓上的宿草，前詹事府洗马神色黯淡，恍然有隔世之感，一首凄婉七绝从心底里流淌出来：

翰苑曾记清谏风，至尊能纳相能容。
枫林留得愁吟在，乐长疏星独听钟。

接下来的经济特科更让它的主考大人心伤气沮。

有清一代人才选拔的途径都是科举考试，即通过从府试到乡试到会试到殿试的层层考试，每三年录取百余名进士，分发朝廷各部门及各州县。除开这种考试外，还有一种由朝廷直接主持的考试，名为制科。制科也是一种历代相传的选拔人才的方式。

清代的制科有康熙十八年、乾隆元年举行的以诗文为主的博学鸿词科，另有间或举行的以孝行为主的孝廉方正科，以经学为主的经学科。鉴于时局阽危急需实学人才，朝廷接受贵州学政严修的建议，举行以经济为主的经济特科，命各部院堂官各省督抚推荐，各部省共荐举三百七十余人，定于光绪二十九年闰五月举行，委派张之洞为主考，另委裕德、戴鸿慈等人为阅卷大臣。张之洞极为看重这次选拔真

才实学的制科考试，严格督促所有阅卷官员，尽心尽力为国抡才。第一场考试后放榜，录取一等四十八名，二等七十九名。不料张榜后没有几天就有人举告，说一等第一名梁士诒，是梁启超的兄弟，其姓名的第三字“诒”与康有为的表字祖诒同字，经济特科第一名取梁士诒系别有用心。梁士诒是广东三水人，梁启超是广东新会人，连同族都不是，更不是兄弟。至于说“诒”字相同，便有联系，尤为荒唐不经。这本是一个一文不值的举报，却让对康梁又恨又怕的慈禧见了恼怒不已，即行否决这一榜，命令再次考试重新录取。张之洞捧着这道慈谕，真是哭笑不得。他不明白，太后怎么会懵懂胆怯到这等地步？他没有别的法子，只得遵命再考再录，但“为国抡才”的初衷经此折腾，已消失殆尽了。

因为有这场无端风波夹杂其间，使得这次经济特科完全流于形式，再次考试录取的八十多名人才，十之八九没有安置，依旧回到原地做原事，极少数得到安置的也没有受到重视。一场准备了五六年、为天下士人所瞩目的制科，便这样儿戏般地散场了。人才没有得到，得到的是一片耻笑声。一生以主考学政甄拔人才为荣的张之洞，首次主持全国大考，便落得这个结果：身负谤名，替人受过。张之洞的心情郁闷极了。他巴不得早点离开京师，回到洋务事业正在如火如荼开展的武汉三镇去。谁知一道上谕颁布，命他继续留下，和管理学务大臣张百熙一道拟订京师大学堂的办学章程。

张之洞只得硬着头皮领旨。

这是一件软差事，时间可长可短，事情可多可少，标准可高可低。这位湘人张百熙是个病号，又因戊戌年间荐举康有为而受过革职处分，年纪虽不大，却早已滋生迟暮之气。他视这个差事为闲职，并不当一回事。急性子张之洞找过他几次，他都以拖拉延宕来对付，弄得张之洞毫无办法，只得强压住性子在京师闲住下来。

天气不好心绪不佳的时候，他便在宝庆胡同寓所读书，温习过去的诗文。天气好心绪佳的时候，他带着大根，雇一辆骡车，一一寻访

先前常去的地方，比如达智桥内的松筠庵，宣武门外的法源寺，城南的龙树寺、崇效寺、江亭，西山的碧云寺等等。这些地方，曾是京师清流喜爱的聚会游览之所。二十多年后的再度寻访，给张之洞的印象都不是当年那种令人喜悦的气氛。房屋老旧，庭院破缺，花木残损，尤其是那些遭到洋兵破坏的地方，则更是墙颓壁污，至今仍未恢复元气。这些先前的名胜，“前度刘郎今又来”的时候，大半都是乘兴出门扫兴归家。这时，恰好有一个旧时友人正在北京候职。此人也是没有事做的空闲之身，于是便常来宝庆胡同与张之洞谈诗说文，共消寂寞。他便是近代诗坛名流樊增祥，其父便是那位曾遭湖南师爷左宗棠侮辱的总兵樊燮。

樊燮被参削职回籍后恨死了左宗棠，立志要让两个儿子读书求功名，在科举上压倒举人出身的左师爷。为此，他专门筑一室，让两个儿子在里面读书，儿子均着女装。又不惜花重金聘名师教授，对老师更是优礼有加。樊燮对二子说：“考中秀才，除女外衣；考中举人，则功名与左宗棠相等，则去女内衣；考中进士，则超过了左宗棠，方为祖宗孝子。”又书左宗棠当年骂他的“王八蛋”三字，放在祖宗牌位下，以示激励。后来其长子中举人，次子中进士。中进士后回家那一天，次子在父亲坟头上放鞭炮，烧“王八蛋”三字，祭告乃父：儿子已在功名上超过左宗棠，为祖宗出了气。这个次子，便是樊增祥，字樊山，人称樊山先生。

樊燮父子卧薪尝胆般地报左宗棠之仇，在湖北广为流传。张之洞来到武昌做湖督时，樊增祥已放陕西宜川县令，恰逢母亲去世，便回籍守制。张之洞招他来武昌会面。相见之后，张之洞发现这个身材瘦小脸面扁平的丑县令不仅学问好，且诗也做得极为出色。樊樊山既佩服张之洞的学问，更希望依附张之洞的高位，便向张之洞递了一个门生帖子。张之洞很高兴地收下了。守制期间照例不能做官，也便没有了薪水，对于家境不够宽裕的人来说，生计则受影响。樊樊山家银钱也不宽裕，于是张之洞介绍他主讲潜江书院。樊樊山感激制台的照

顾。服阕后，樊重新回到陕西做官。后来鹿传霖做陕抚，因为有与张之洞的关系，与鹿也相处得好，又通过鹿巴结上西安将军荣禄。樊樊山办事精明，又仗着鹿、荣的关系，不久便升道员。公事之余，他把全副精力用于诗词中。庚子变故后，他根据赛金花与瓦德西之间的关系，写了两篇长长的古风。赛金花本名傅彩云，于是这两篇古风遂命名前后《彩云曲》，其中比如“姑苏男子多美人，姑苏女子尽琼英。水上桃花如性格，湖中秋藕比聪明”，“身是轻云再出山，琼枝又落平安里。绮罗丛里脱青衣，翡翠巢边梦朱邸”，又如“朝云暮雨秋变春，坐见珠槃和议成。一闻红海班师诏，可有青楼惜别情”，绮事艳词，传诵大江南北，世人比之为吴梅村的《圆圆曲》，更有人视同白香山的《长恨歌》。一时间，樊樊山诗名大炽，寖寖然直逼诗坛盟主之位。

这时，他正在京师办一桩公务，恰逢陕西按察使出缺。他眼睛瞄准这个位置，有意借此机会活动活动。便以公务短时难以办好为辞，在京师住下来。一面往来荣禄、鹿传霖之间，一面又时常到宝庆胡同来，一则尽门生之情，一则也想借这位太后跟前的红人之口为他说说话。

闲居无事的张之洞有这样一个风雅门生陪伴，无聊的岁月里增添了一些乐趣。樊樊山陪张之洞去得较多的地方是厂甸。厂甸在宣武门外，从元代起，这里便是烧琉璃瓦的厂窑，故又称琉璃厂。乾隆年间开四库馆，全国书籍、四方文人聚会京师，琉璃厂一带书肆繁荣，又由书肆带动了古玩业的兴盛。到了咸丰年间，此地已是一个十分热闹的场所了。

琉璃厂以经营书籍、字画、文房四宝、珍宝古董、陈年旧货为主，吸引四面八方的文人学士、附庸风雅之徒。外地进京赶考的士子、办事的官员，有事没事都喜欢到琉璃厂走走逛逛，在这里感受一下都门文化的气息。

樊樊山陪着张之洞游琉璃厂。两人原本都其貌不扬，一人尖嘴猴

腮，一人面如削瓜，这下脱去官服朝靴，换上布衣葛巾，就更不起眼了：年长的如同书院的穷教习，年轻一点的好比文庙中的香火工。这种时候，他们无官宦之气焰，有书生之好奇心，又加之久别京师，书肆老板没有一个认得他们，更显得优哉游哉，逍遥轻松。

这一天，他们来到琉璃厂东街海王邨。海王邨的店铺多摆的是古董古玩，老板也大多为古物鉴赏家。他们低价从各处收购古物，再高价卖出。老板的鉴别力愈高，获利则愈丰。常常也有些落魄王孙、遭难官员、不务正业的公子，为纾一时之急，将家中祖传的珍宝典当，也有江洋大盗、梁上君子打劫偷摸富贵人家的财产，或不识深浅，或急于脱手，也拿到此处来找店主兜售。遇到这种情况，往往是获暴利的绝好机会。

张之洞、樊樊山慢慢地闲逛着。这海王邨果真气度不凡!

但见家家店铺摆满各式各样的古旧之物。有先秦的青铜鼎爵簋匜，黄褐色的锈斑布在青绿的器皿上，透露出远古贵族聚会时凝重肃穆的气象。有春秋战国时的剑戟弩矛，黑黝黝的残缺不全，留下那个无义战时代残酷杀戮的痕迹，可以想象到古战场上的你死我活、白骨累累。大大小小五颜六色的唐三彩，或是高大骆驼上骑着凹目浓须的胡商，或是扬蹄欲奔的铁马上一边悬挂着皮囊剑鞘，一边横躺着琵琶羌笛，尽情展示大唐盛世时汉胡一家四境安夷的强大国力。或是琳琅满目的宋明瓷器，要么古拙天成，要么鬼斧神工，有的彩釉鲜亮，有的青花素朴，有的白净如玉，有的胎薄如纸，从中可以看到举世无双的窑瓷品已遍及寻常百姓家。

那上面的标价，有的高达数千上万两，也有的低到几文十几文。当然，所有的物品都可以讨价还价，正所谓漫天要价，就地还钱，当面敲定，出门不认。出价和成交之间的差额有数倍数十倍之别，令人难以置信。这讨价还价中便有极大的学问。除开商业学问外，更重要的是考古鉴赏方面的高下。那些具备识真辨假，有着火眼金睛般本事的客人，也能在一大堆赝品中将真正的古董认出来，然后跟那半桶水

的老板打马虎眼，用买赝品的价把真品买下来，回去后博得行家的称赞、同好的羡慕，心里美滋滋、乐融融的，很长一段时间里都会有一种好心情。这便是玩厂甸逛海王邨的乐趣。

张之洞、樊樊山也便抱着这种心态一路欣赏着、搜寻着，来到一家名曰厚古阁的古物店面前。张之洞立即被这家店铺收购的古玩种类多、品级高而吸引。正在跷起二郎腿捧着一把铜水烟壶吸烟的老板，见有客人来，忙起身打招呼，又吩咐店小二泡茶，端凳子。老板陪着张之洞、樊樊山看了前店的货物后，又将他们从侧门带进里面的后院。这后院同样摆满了货物。张之洞看着看着，突然，摆在廊柱边的一口大陶缸引得他眼睛猛地一亮。只见这只陶缸约有三尺高，呈方形，周边也有三尺来宽，颜色深黑褐色，模样古朴浑拙。尤其令张之洞大感兴趣的，是那陶缸四壁上若隐若现、似字非字的图纹。

张之洞弯下腰来，细细地观看赏玩，又用手轻轻地在缸壁上摩挲着。骤然间，他心里一亮：这上面的图纹不就是古书上说的蝌蚪文吗？

心里有了这个想法，再凑近看时，似乎觉得缸壁上那一个个图纹都化成了一只只蝌蚪：头大尾小，摇摇摆摆，正在眼前浮动着嬉戏着。蝌蚪文究竟有还是没有，两千多年来学者们争论不休，莫衷一是。之所以如此，就是因为没有找到一个确凿的证据来，想不到今天居然无意之间被自己发现了！张之洞心中的快乐非同小可。他将欢喜压在心里，小声地对同样也在认真观看的樊樊山说：“你看图纹像什么，像不像蝌蚪文？”

樊樊山也是只知道有这种古文字，却从来没见过，经张之洞这一提醒，果然觉得这些图纹也真的和蝌蚪差不多：“哎呀，这怕真的就是失传了的蝌蚪文！”

张之洞听樊樊山这么说，信心又坚定了几分，笑着问：“你也是这么看的？”

樊樊山诗词写得好，对古董却没有研究，若不是张之洞的提醒，

他是不会将这些图纹往蝌蚪身上去想的。他一则知道张之洞素来耽古好旧，对文物有研究，二来也要讨好这位权势显赫的老师，于是点头答："您的眼力是很好的，我看八成是蝌蚪文。"

厚古阁老板将这一切都看在眼里，听在耳中，这时插话了："二位老爷真正目光超人，庄王府算是遇到知音了！"

樊樊山听了这话惊道："你这话从何说起，莫非这口缸是庄王府里的东西？"

老板说："你这位老爷说的正是。这陶缸正是庄王府之物。半个月前，王府长史带人将这口缸抬到小人这里，说是王府急用一批银子，万不得已将祖上的传家宝拿来出卖。两位老爷知道，自从庚子年庄王爷坏事后，庄王府就败落下来了，这两年常听说王府在厂甸典当什物的。说起来也让人寒心，当年煊赫一时的庄王府，如今却要靠卖家当过日子。子孙不贤，只好吃老祖宗了。"

老板说得动起真感情来，眼圈都红了。他擦了擦眼睛，继续说："我瞧着这口陶缸，不像是近时的物品，便问王府长史，您说这口缸是府里的传家宝，它宝在哪里。长史说，这是当年庄慎亲王在西北打仗的时候，当地一位回回首领敬献给他的。这位回回首领家里保存这口缸已有三百多年的历史，老辈一代代传下来，说是大禹治水时留下的水缸，上面的图纹是祈求上天平洪赐福的祷文，但没有人认识。回回首领对庄慎亲王说，中原多博学之人，带到京师去或许会遇到能识祷文的奇人。庄慎亲王带回京师王府，这一传又是一百多年了，一直没有遇到能辨识的人。王府缺银子用，只得把它拿出来变卖。小人问王府长史，要卖多少银子。他说五千，低于此数不卖。小人说，我这海王邨常有奇才异学的人，倘若有能识这祷文的，是否可以降价卖给他。王府长史说，若果真有这种人，庄王府愿半价出售。"

樊樊山说："那就是二千五百两银子了？"

老板点头说："正是。"

樊樊山望着张之洞笑了笑，张之洞仍在专注于四壁上的蝌蚪文，

似乎想立时破译几个字出来。听了老板的话，抬起头来说：“这口缸的确是个远古之物，只是二千五百两银子，却难以筹措。”

听这口气，张之洞是想买下来了。樊樊山便对老板说：“我这老师，一生以舌耕为业，对古物钻研甚深。他想把这口缸买回家，细细揣摩，把这篇祷文给认出来。你降点价如何？”

老板看了看樊樊山，又看了看张之洞，说：“小人一家三代经营古董业，小人自己也做了二十多年古董买卖，多少懂得点，有点见识。看得出，两位老爷是博学多识的君子。说句实话，庄王府的这口陶缸，在这里摆了半个月，识它是个远古之物的人倒有几个，但能判定图纹是蝌蚪文的还只有两位老爷。若两位老爷买回去，将这蝌蚪文辨识出来，也是一大功德。小人一家吃了三代古董饭，也乐意为此效点微力。既然两位老爷愿意买，小人愿代出五百两，这口缸就两千两卖给二位了。”

张之洞心里暗暗想着：二千两银子买一口禹王爷时代的陶缸，这事做得。何况这上面的蝌蚪文，多看几眼后，仿佛面熟多了，若带回去，朝夕观看，日夜揣摩，说不定真可以把它破译出来哩。四五年前，王懿荣发现甲骨文的事，在士林中引起轰动，对张之洞而言，更是一种震撼。

翰林出身的前清流柱石，骨子里仍把学问上的事看得最为神圣崇高。他从心灵深处佩服内兄这个了不起的发现。想想看，殷商时代刻在龟板牛骨头上的文字居然给发现出来了，这可以从中挖掘多少宝贵的秘密，以此纠正史书上多少错误，中国的文字史因此而提前多少年？这种贡献，简直可以和发现孔宅墙壁中的古文《尚书》相比美，其功劳决不是开疆拓土、平叛止乱所可比拟，更远远地高过那些经师的著述、文人的诗词。就是自己这十多年来所引以自傲的谅山大捷、洋务局厂，在内兄的这个发现面前，也显得黯淡无光。要说伟大，这才是伟大；要说名垂千古，这才是名垂千古！多么幸运的王懿荣，老天爷将这个旷世奇功慷慨地赠予了他！

张之洞想，如果这陶缸上的图纹真的就是蝌蚪文，如果自己真的将它辨识了出来，那岂不也和王懿荣发现甲骨文一样的伟大，一样的名垂千古吗？是不是老天爷也要让我张某人变成建旷世奇功的幸运人！

张之洞越想越激动，越想越兴奋，真恨不得立刻就将这口陶缸移到宝庆胡同。但是，二千两银子，从哪里去凑齐？将寓所里所有银钱拿出来，还凑不出一千两，即便到姐夫儿子处去借，也不能开口太大，顶多再凑五百两。张之洞在犹豫着。一只手在缸壁上摸来摸去，那模样，像是在抚摩即将远去再也不能见面的小儿女的脸蛋似的，恋恋难舍，依依情深。

张之洞对陶缸的宝爱，毫无掩饰地写在他的脸上和手上。这情景被厚古阁的老板看在眼里，喜在心头。他指着樊樊山说："听您这位老爷的口音像是南方人，不知二位是在京师做官的，还是来京师办事的？"

张之洞说："我们是来京师办事的，带的银子不多。这口陶缸虽然好，却买不起。"

老板说："请问老爷您能拿得出多少银子？"

张之洞思忖一会儿说："大概能凑千把两吧！"

老板爽快地说："看得出两位老爷都是上了年纪的实诚君子，又是真正的识货人。给二位老爷说句掏心窝的话吧，我们开古董店的，也是商家之列。不是小人夸口，我辈虽不能称为儒商，却也不是奸商，我们做的是风雅生意。"

张之洞、樊樊山都笑了起来。樊樊山问："何谓风雅生意？"

老板笑了笑说："世间商人都以赢利为目的，所以奸巧乖滑，常常会弄些坑蒙拐骗的手腕。但我辈做古董生意的不这样。我们一来是为了糊口，因此也要赚钱，但一半是好古。看到好的古物便想收购，生怕它沦落消亡，化为泥土。若是眼看着一件有价值的古物被毁了，心里有罪过之感。所以常常不惜用高价将它买来。买的时候，也不知

今后它能不能卖得出去，赚不赚得到钱。一句话，那个时候，做主的不是赚钱的心思，而是厚古惜古的念头，这就是小店以‘厚古’二字作为店名的原因。”

老板说着，将下巴上疏疏朗朗的胡须摸了一下，摆出一点儒雅的气度来。

“这是一面。另一面，若是有真识货的买主来，看着他对所爱之物情深意厚，但又囊中羞涩，拿不出多少钱来的时候，我辈又往往忍痛降价，半卖半送。虽在钱上亏了些，但看到物归其主，心里也就很快乐。故而我辈做的是风雅生意！”

张之洞说：“风雅生意，这四个字好。不止是你们古董业，其实整个厂甸，包括做字画生意、做文房四宝生意，都应做风雅生意！不要以牟利赚钱为唯一的追求！”

“说得好！”老板做出一副豪爽的北方汉子气派来说，“这位老爷，您真是我辈的知音。看在您的这份情义上，只要您再拿出二百两，一千二百两，小人就把这口禹王爷传下来的陶缸交给您了。这就是小人方才说的半卖半送。希望借两位老爷的口传出去，使大家都知道，我厚古阁做生意半卖半送，不是一句空话。”

樊樊山心里想：从五千两降到二千五百两，再降到二千两，现在又一千二百两都愿意出手，俗话说便宜无好货，莫非这中间有诈？他死劲地将眼前的陶缸再盯着看：造型古朴浑拙，从陶色看，也像是年代久远，尤其是那上面的蝌蚪字，是越看越像大大小小的蛙崽子。再看看张之洞那种喜爱不已的神态，到嘴边的话又咽了回去。

张之洞终于拿定主意了：“老板，你把这口缸用棉纸好好包扎起来，今天傍晚送到宝庆胡同。你在胡同口就能看到一棵大枣树，那就是我的寓所，我给你一千二百两银子。”

“好呐！”厚古阁老板高兴至极。“傍晚时分，我一定亲自送来，您在家候着就是了。”

自从有了这口陶缸后，张之洞闲居的日子顿时充实起来。他一天

到晚围着这口陶缸转，壁上的蝌蚪文也不知看过多少遍了。经樊樊山的宣传，京师官场士林中有不少人都知道张之洞得了一件无价珍宝，纷纷前来观看，一个个看后都称赞不已。张之洞心里非常得意。

樊樊山对张之洞说："香帅，许多来看的人都想得到一份蝌蚪文的拓片。门生想，不如干脆叫一个技艺高超的拓工来，拓它个数十上百份，分送给那些对文字有研究的朋友。然后我们定一个日子，请这些人到宝庆胡同，香帅您来主持这个会议，让各位发表高见。门生以为，这一则是一桩学林佳话，二则香帅您可以集众人之长，对彻底破译壁上文字会有帮助。"

张之洞说："你这点子很好，这事就交给你去办吧！"

樊樊山领下这个差事，几天工夫就拓下了一百份蝌蚪文拓片。他把这些拓片装裱得精美可观，作为他的礼物分送给京师那些附庸风雅的大老，以及翰林院、詹事府中好古信古的闲翰林冷洗马，又送一些给他的那一批诗坛朋友。靠着这份特殊的礼物，很短的时间里，樊樊山结识了京师一大群风雅高致的文人朋友。这一天，按照张之洞的安排，二十多个对古器物、古文字有兴致有研究的官员文人们，兴高采烈地在宝庆胡同的大枣树宅院欢聚一堂，高谈阔论。看着这一场景，张之洞心里喜悦极了。这喜悦不仅仅因为这口陶缸，以及缸壁上的蝌蚪文吸引了京师众多饱学之士，引发他们的思古之幽情，更因为眼前的这一切，使他想起了二十多年前的常课：松筠庵的集议，龙树寺的聚会，东兴楼的欢宴，陶然亭的清谈。而这些，恰恰是最能鼓荡他满腔青春似的热血，唤起他飘逝已久的书生激情。来京师一年了，无论到哪里，无论见何人，似乎总没有寻觅到当初的影子，找不到昔日的情怀。这时，他才突然醒悟到，原来是没有寻觅到先前的那种氛围——讨论时政、切磋学问、意气相投、好恶与共的氛围。这氛围，如同诗之气韵、人之精神，失去了它，松筠庵也好，龙树寺也好，在张之洞的眼中，都不是先前那一回事了。而今天的气氛，则庶几近之。

突然，屋外电闪雷鸣，紧接着大雨哗啦啦地下起来。没有多久工夫，天井里便积下好几寸深的雨水。这时，樊樊山突然想起摆在天井中的那口陶缸来。

陶缸平时摆在书房，今天一早，特为搬到天井里，因为天井开阔又光线充足，便于众人观赏，后来大家都坐进客厅里兴致勃勃地谈论起来，陶缸则依旧放在天井里。

“香帅，陶缸还在天井里，得叫人把它抬进屋里来吧！”

张之洞透过窗口，看到那口陶缸虽经大雨冲击，却依旧岿然不动，笑着对樊樊山说：“这是陶缸，又不是字画，传到现在，也不知经历了多少风吹雨打，还在乎这一次吗？干脆不动它，待雨停后再抬进书房不迟。”

这话在理，樊樊山也不再去管它了。客厅里的考古学术讨论，照旧热气腾腾地进行着。

中午时分，会议散了，大家走出客厅，不约而同地注目那口又经历了一次风雨洗礼的陶缸：它静静地稳稳地立在天井中部那光洁的青砖地上，有一种傲然屹立于世间的史翁气派。一位酷爱它的年轻翰林走了过去，他要再一次好好欣赏欣赏这个华夏民族先祖留下的杰作。

猛然间，他有了一个奇怪的发现。他不敢相信自己的眼睛，揉了揉，再仔细看，终于忍不住喊了起来：“缸壁上的蝌蚪文不见了！”

这怎么可能！张之洞、樊樊山和所有与会者都围了过来。果然，陶缸四壁上的那些蝌蚪文几乎全没有了，剩下的十几只小蝌蚪，或有头无尾，或有尾无头。张之洞和众人都被这意外的一幕给惊呆了。《神异记》中有一个故事，说唐代大画家张僧繇在墙壁上画了一条龙，恰逢雷电大雨，壁上的龙便乘此飞上天去。难道这些蝌蚪也赶着这场大雨离开缸壁游向了池塘？这显然不可能。那么，它们又都到哪里去了呢？那个年轻的翰林将壁上残留的几个蝌蚪文用手指掐了掐，发现它们是松软的。他小心地将它们取下来，放在手心里慢慢抹平。这时，大家都看出来了，这些蝌蚪文根本就不是和陶缸一道烧制的，

它们分明是粘在上面的粉糊一类的东西，故而被刚才这场大雨给冲刷了！一个结论几乎同时在每个人的脑海里浮出：这口缸是假古董，所谓的蝌蚪文是骗人的游戏，一切都是一场骗局。

大家碍于主人的面子，都不敢点破，只是用眼睛斜斜地瞟着这位刚才还神采飞扬、侃侃而谈的风雅总督。只见张之洞脸色早已铁青，本来窄长的脸显得更加难看。他突然拾起地上一块松动的青砖，朝着陶缸砸去。哐啷一声，陶缸破了一个大窟窿。樊樊山拾起一块陶片，明亮的正午阳光下，众人都清清楚楚地看到，陶片的破碎处闪着冷冷幽幽的青光，稍有点陶瓷常识的人都知道：这是一口新近烧制的陶缸，问世顶多五六年光景。去陶瓦市场买的话，不会超过五十文！

真相大白，白白地丢了一千二百两银子不说，还在京师落下一个不识真假、遭人愚弄、将胡乱涂抹的图案认作蝌蚪文的笑柄。这对于一个研究古物数十年，一向以鉴赏家、收藏家自负的张之洞来说，是何等大的羞耻！张之洞狂怒起来，吼道："大根，你带几个人到海王邨去，把那个混蛋捆绑起来！"

下午，大根回来禀报，厚古阁的招牌在卖出陶缸的第二天便已摘下，老板已不知去向。现在店名已变为与厚古阁毫不相干的迷古斋了！

张之洞这一气非同小可，第二天便病倒在床上！

二　端梁联手欲借织布局的贪污案将张之洞轰下台

张之洞在病床上躺了几天，不看书，不走动，心思倒彻底安静下来了。一旦澄虑，一个疑问便不期而然地浮出水面：朝廷为何要将我留在京师这么久呢？要说办事，特科放榜后的这半年里，几乎没做什么事，京师大学堂章程的拟定有张百熙一人足够了，即便要二人合力，又何必要我这个现任湖广总督呢？朝廷上下能拟议学堂章程的大臣多得很嘛！倘若要将我从湖广调进朝廷，也得给我个职位呀，不说

拜个协揆，至少也应该是个尚书或都御史，不能老是以湖督的实缺挂个议学大臣的空名呀！国朝两百年，旧掌故里很难找出个这样的先例来。那么只有一种可能，有意将我从武昌调出来，放在京师晾着。朝廷会这样做吗？二十余年来一直自认为是国之干臣疆吏楷模的湖广总督，尽管想到这一层，自己却并不大相信。

这怎么可能呢？这些年来一直对太后忠心耿耿，要说她有不满之处，只有戊戌年对康梁、对新政的态度和庚子年的东南互保。但戊戌年的事已过去五年了，这五年里并未见太后有一句指责的话。至于东南互保，太后一再表示同意，回銮后还特地予以封赏。若说是记这两个前嫌的话，似乎又不大可能。那这是为何呢？难道还有什么别的缘故，自己却始终蒙在鼓里不知呢？

想到这里，张之洞有点惶恐起来。他决定打听一下。向谁打听呢，当然是姐夫鹿传霖最好。

鹿传霖的运气真好，自从亲自带兵到西安去勤王这一步棋走对后，便步步得法，节节顺利，不久进了军机，现在又做了协办大学士，成了一个红得发紫的新贵。张之洞在为姐夫庆幸的同时，也多少存着几分嫉妒。论才干，论成就，论功绩，自己都要远在姐夫之上，但就是缺少这个福分。官场荣枯，人生泰否，真个是说不清道不明！

鹿传霖是个谨言慎行的人，虽与张之洞是郎舅至亲，但二人之间的交往基本上是公私分明的。那年张之洞希望儿子出洋一段时期，以广见闻，正好江苏名额有多，便去信给姐夫，要他报上仁权的名字，同时清楚地表明，只借江苏一个名额，一切费用全部自理。鹿传霖也并没有以江苏巡抚的特权替自己的外甥谋取一份公费生的优待。现在要从这位按章办事的军机大臣的口中打探点秘闻，会有收获吗？思考良久，他想出了一个法子。

张之洞把樊樊山叫来，将自己的想法对这位门生详细地叙述一番，然后要他按自己所说的去见一次鹿传霖。

樊樊山正好因蝌蚪文一事弄得很没面子，有个把月没去鹿府了，

便欣然领命前去。

“鹿中堂，香帅病了，病得不轻！”

樊樊山一见到鹿传霖，便焦急地说道。

“上个月他还在我家里吃了一餐饭，好好的，怎么就病得不轻了？”

鹿传霖虽比张之洞大一岁，但保养得好，看起来倒像比内弟年轻得多。

樊樊山按张之洞的意思，将如何受骗如何在众人面前丢脸的事大肆渲染了一番。

“鹿中堂，香帅这次上的当可不小。您看看，他一辈子好古董，谁不知道他是个鉴赏大家。到了晚年，却以制台之尊栽在一个海王邨的小商贩手里，又是当着那么多名流的面，公然让他下不了台，多丢他的脸，伤他的心！我看他已病得只剩下一口气了，他是想临终前见见老姐夫姐姐一面。”

这几句话，说得鹿传霖的眼圈都红了，忙进后院告诉夫人。鹿夫人一听，眼泪刷刷流下，两老夫妇当晚便赶到宝庆胡同。

“四弟，上个月还好好的，怎么会病成这个样子！”

环儿陪着鹿传霖夫妇来到张之洞卧房，见到本来就瘦削的弟弟，如今更加黑瘦地躺在床上，额头上围了一块玄色手帕，两只手冷冰冰的，鹿夫人伤心起来。

“三姐，我怕是活不久了。”张之洞两眼无神地看着这位同父异母的姐姐，气息微弱地说。

“说什么话！”鹿夫人难过地说，“你一向身体都健健朗朗的，千万别胡思乱想。明天，你姐夫跟内务府说一下，请大内的太医给你瞧瞧！”

鹿传霖忙说：“我明天正要见太后，就请太后派个御医来。”

张之洞说：“不要惊动太后，也不要御医。我这病我自己知道，是心里郁积而成的，药物治不了。”

鹿传霖笑道："你是在为陶缸的事气恼吧！京师爱好古董的官员们，有几人没上过古董骗子的当？你不要往心上去！"

鹿夫人说："从今往后，再不要去理那些坛坛罐罐的东西了。你姐夫这点好，他一生不沾边。"

鹿传霖说："我哪能跟四弟比！我迂实缺乏才情，四弟雅好金石书画，才是真正的翰林本色。"

这几句话，说得鹿夫人和环儿都笑了起来。

张之洞对环儿说："你陪着三姐到外面屋子里去聊聊家常，我要和姐夫说点事情。"

环儿和鹿夫人走出卧房后，张之洞握着鹿传霖的手说："三姐夫，我这病，上古董贩子的当只是个引发，根本原因还是这半年多来心里的烦闷。"

鹿传霖说："你烦闷啥呀？"

张之洞叹口气说："三姐夫，你就不要明知故问了。换上你，当年一个在任上一天到晚有做不完事情的江苏巡抚，突然弄到北京来挂个议学大臣的空名住在胡同里，一年到头什么事也没有，不死不活的，你会怎么想？"

鹿传霖说："你就宽心在北京再住一住，朝廷总会有个明确安排的。"

"我就是宽不下心。"张之洞的手松了，似乎的确是气力不支。"我在武昌的事，别的都不说，光就那些洋务局厂，就让我牵肠挂肚，放心不下。端方他能管得了吗？再说，局厂那些总办会办们也不会听他的。姐夫，你在军机处，一定知道内情，你给我透点风气，朝廷到底是怎么处理我张某人的。如果还这样不死不活地让我住在京师，我宁愿拿根绳子上吊算了！"

鹿传霖笑道："你这是怎么啦，一下子变得器量窄小了？"

张之洞说："不是器量变窄小了，我心里很烦躁，如果这个结不打开，这病也好不了，真怕活不久了。三姐夫，我知道你是个实诚君

子，一辈子没求过你，为的是不愿给你惹麻烦。但我这次非得求你给我透点声息，你若不答应我，我真的好不了。”

鹿传霖主动握起内弟的手来，这手果然是枯皮包着瘦骨，且没有多大热气。他心里不免涌出几分哀怜来：“香涛，你要我给你说点什么？”

“是不是经济特科没有办好，太后对我不满意了？”

鹿传霖说：“没有听说过。倒是有次听荣中堂讲，太后说过，原来梁士诒不是梁启超的兄弟，其实特科第一场考试不废也可，难为了张之洞。”

这话很让张之洞欣慰了一下。他又问：“太后是不是认为我已经老迈衰朽了，不能再为朝廷出力，有意先冷一冷后再开缺回籍？”

鹿传霖笑道：“你还不到七十，子青老哥八十多岁还做白发宰相呢！”

张之万八十四岁寿辰那天，由恭王出面为他祝寿。酒席上，他再三恳求致仕，恭王再三慰留。但没过几天，一切职务都下了。其实，恭王一上台，就想请张之万下台，为了顾全张的面子，二人商量好一道在酒席上那样表演。这官场上的操作，与戏台上的做戏，真的没有几多区别。光绪二十四年，这位老来红的状元宰相终于以八十八岁高龄辞世。

听到张之洞要自己透点声息的话，鹿传霖心里便一直在矛盾着。作为正受太后宠信的军机大臣，鹿传霖早在十天前就知道朝廷留张之洞在京的真正原因了。

原来，这事的起因正出在张之洞为之付出十四年心血的湖北省垣。

以湖北巡抚身份署理湖广总督的端方，不是一个厚道人。署理湖督没多久，他便已经知道被张之洞经营十多年的湖督衙门，所拥有的强大实力和在中国举足轻重的地位，倘若这一切属于自己掌管的话，“端方”这两个字便非比一般了。四十多岁的年轻人热血，撩得端方

对此有强烈的觊觎之心。在一次和梁鼎芬的交谈中，他发现这个备受张之洞器重的候补道两湖书院山长，是一个对自己有用的人。遂拍着梁鼎芬的肩膀说："节庵呀，都说张香帅很器重你，我看他只是用你而不重你。凭你的才干，早就该荐举你做臬司、藩司了。你却至今还是一个候补道，可惜！"

不料，端方的这几句空头话，正打在梁鼎芬的心坎上。这些年来，梁鼎芬最为伤心失意之处正是在这里。他追随张之洞十多年了，并不甘心一辈子只做过山长或师爷长。他素来自视甚高，很想早日开府建衙，自掌权柄，渴望通过张之洞这位有力者的提携来实现自己的宿愿。他也曾向张之洞间接地谈过。张之洞也答应过，只待武昌道出缺，便让他补。但这一个愿口头上许了多年，就是不见兑现，至今仍是张之洞身边一个没有实职实权的师爷头。

梁鼎芬心中有不满，但又不便强求，端方的这几句话正点中他的隐痛，便一面自嘲一面试探性地问："这也不能怪张香帅。我大概是命里注定只有文名而无官运，即便是你端中丞真除湖广总督，我恐怕也只能是个幕僚头而已。"

梁鼎芬的话中之话，端方一听便明白了，忙说："节庵，你放心，若哪一天我真除湖广总督，我一定很快提拔你做一个湖北按察使。"

"你说话算数？"

"当然算数。"

就这么几句赤裸裸的交谈，两颗热衷之心贴在一起了。从此，梁鼎芬便全心全意为这位新主子办事效力，并积极地为端方由署理到真除而出谋划策，奔走经营。

要真除湖广总督，第一步得先让现任的湖督开缺，把位子腾出来才行。开缺张之洞可不是一桩容易的事情。端方和梁鼎芬筹谋良久，并没有找到确凿而足够的弹劾证据。终于，功夫不负有心人，就在特科考试即将结束时，织布局突然出了事。有人告发织布局的材料处主

办李满库贪污巨款，局里账目混乱，亏空严重，而李满库正是张之洞如夫人李佩玉的堂弟。端方和梁鼎芬得知此事后大为高兴，视为天赐良机。

梁鼎芬为端方谋划：先将张之洞留在京师不回武昌，以便彻底清查织布局的贪污案，竭力找出张之洞与此案的牵连，然后将它作为一发重型炮弹，把他从湖督位子上轰下去。

但如何达到将张之洞滞留京师的目的呢？梁鼎芬又向端方出谋：可以走庆王奕劻的路子。奕劻贪财好货，且与张之洞关系不深，一向对张之洞有几分不满，这个口子最易打开。又自告奋勇愿去办好这桩事。

端方当即许愿，若办成此事，算是立了大功，保证半年之内酬谢梁鼎芬一个湖北臬司。

梁鼎芬带着端方给他的一张十万银票和一包珍稀宝物，在两个戈什哈的陪同下，火速赶至京城。

梁鼎芬生怕在京城里碰上与张之洞相关的人，遂十分小心谨慎。通过端方正白旗内的老关系，梁鼎芬在一个月黑风高的夜晚悄悄进了庆王府，拜会奕劻。

见了银票和珍宝，奕劻早已笑眯了眼。他本就反感张之洞从不巴结他，现在有人带重礼上门来替他出气，何乐而不为？奕劻收下这份礼物，小眼珠子转了转，有了主意。他叫梁鼎芬立刻回武昌等着看邸报。梁鼎芬回到武昌没几天，果然见到载于其上的任命张之洞为议学大臣暂不回武昌的谕旨。端方、梁鼎芬见第一步已经成功，遂紧锣密鼓地开始了第二步行动。

他们的计划周到而万无一失：先把李满库调到纺纱局，由处主办升为局协办。李满库自然不会怀疑，高高兴兴走马上任。继而把织布局的总办马汉成派往英国，让他到全世界纺织业最发达的老牌强国去学习人家的技术，时间半年，给他发足银两，又特配一个英文翻译。

马汉成一辈子没有出过洋，听别人说起西洋如何如何，他只是

羡慕得眼珠发红，口角流涎。他不敢奢望去看西洋，因为他一不懂洋文，二付不起这笔庞大的费用。他做梦都没有想到，天大的好事突然间从天而降。将近天命之年，居然可以放洋出国，而且有人替自己做翻译，又不要从自己腰包掏出一文钱。他心里暗暗地盘算着：今生今世，这样的美差既是空前，大概也是绝后了，一定要好好利用，看够吃足自然是不在话下，还要玩好；听说洋婆子个个风骚无比，务必要玩几个才不虚此行，也不枉过此生了。

还是端方好。马汉成不止一次地在心里对署理制台感恩戴德。替张之洞效力七八年了，他何曾想到要这样奖励自己？

过几天，马汉成准备就绪，喜滋滋地带着翻译离开武昌，取道上海扬帆远航了。

将马汉成和李满库调离织布局，剩下的事就好办了：第一着封账，第二着审理，第三着外查，第四着核定。一切过程都在暗地里悄悄进行着，织布局的生产仍一如既往，并未中断。

这一过细查核，不但查出了主办李满库贪污银子达十六万之多，而且牵连到总办马汉成也有一万多两受贿银。更为严重的是，织布局只在前三年略有赢利，这三年多来连年亏损，合计亏空达二十万之多。但令端方遗憾的是，查了将近五个月，却没有查出张之洞本人在银钱上与织布局的牵牵绊绊，也就是说，张之洞并未从织布局中贪污。张之洞所要承担的责任，是用人不当，而这人又不是别人，乃是他的小舅子，咎责难逃。端方并不死心，一面将现有的情况汇总起来，派梁鼎芬再次赴京，向奕劻禀报，一面命令细查深挖，寻根究底，务必要找出张之洞从织布局中贪污受贿的罪证来。

十天前，军机大臣王文韶请奕劻到自家喝酒，酒酣耳热之时，奕劻情不自禁地说了句："张香涛在京师优哉闲哉，他不知道他的后院已火烧上房了！"王文韶一惊，忙问为何。奕劻一时兴起，把事情说了个大概。王文韶与鹿传霖过从较密，知鹿、张之间的关系，便将奕劻的话告诉了鹿传霖。鹿传霖听后也大为惊讶。但他是一个谨慎的

人，并没有急着把这事告诉内弟。

眼下，看着张之洞病得如此严重，他再也不忍心隐瞒了。

“四弟，武昌织布局出了事，朝廷有意留你在京师，暂时回避回避！”

“什么！”张之洞霍然一惊，掀起被角，猛地坐了起来。“织布局出了什么事？”

说话的同时，张之洞的脑子里立时想起了织布局的李满库。事情一定出在他的身上，不然不会叫我回避！

鹿传霖将从王文韶那里听到的话经过浓缩后简单说了几句。

“用不着回避，让我来处理这件事更好。”说话间，张之洞已下了床，慌得鹿传霖赶紧上前扶着他，二人都坐了下来。

“三姐夫，既然是湖北的洋务局厂出了事，我就更不能滞留京师了，何况织布局的材料处李满库是佩玉的堂弟，这事便直接牵涉到我的身上，我更不能置身事外。我比端方更熟悉，办起来会更顺手。我张之洞经手湖北洋务局厂的银子高达七八百万两，遭到许多人的指责，有人甚至骂我是‘屠财’。但是，三姐夫，我跟你说句掏心的话。你四弟办局厂靡费钱财之事或许有，但贪污中饱事决没有。在这件事上，我可以上对朝廷祖宗、下对百姓子孙说一句毫不为过的话，张之洞对公款一清如洗一尘不染。但我也可以对三姐夫说句腹心话，我不能眼睁睁地看着别人耍花招做手脚，有意对我栽赃诬陷。我即刻便向太后上折子，若信得过我张之洞，便让我回武昌去亲自处理织布局的事；若信不过我张之洞，便干脆开缺我的湖督之职，不要让我这样不死不活地困在京师吃白食！”

张之洞越说越激动，嘴里大口大口地出气。面对着内弟的这种急躁和冲动，鹿传霖心里后悔不迭：实在是不该告诉他。或许过一两个月，武昌那边的事便会水落石出，他自然会清清白白地回去。不料他年近七十依然像年轻时一样的不能容物，万一他回到武昌后与端方闹翻了怎么办？

“四弟，我看你不必这样急，就让端方他们去办好了。朝廷让你回避，原也是一片护卫之意，既已住了将近一年，再多住一两个月也无妨。还是保重身体要紧。”

张之洞冷笑一声说：“三姐夫，你不知道，端方那小子是个聪明过头的人，八成是他使的坏。我不回去，这心如何安得下？”

鹿传霖知道张之洞的倔脾气，到了这个时候是绝对扭不回头了，只得跌足叹息而已。

第二天，张之洞便向慈禧太后递了折子。折子上讲，听人说武昌织布局爆出贪污案件，请求太后让他回湖北去亲自处理这事。

慈禧并不知幕后的情况，既然湖北洋务局厂出了事，身为湖广制台的张之洞自应早日回鄂处理，便即刻批准他开缺议学大臣之职回湖广本任。

三　处理织布局的贪污案，是个棘手的难题

得知张之洞即日将回武昌本任的消息，端方和梁鼎芬大出意外，两个人在端方家的书房里心情焦灼地商量对策。

端方心里庆幸，好在尚未将织布局的事定案，不如和盘托出交给张之洞。至于定罪处罚，则由他本人去办，以表示自己并不夹杂倾轧的私念，纯是一片为国办事的公心。

梁鼎芬深知张之洞的性格。他没有多加思索，便决定出卖端方以求自保。

两人密谈半天，达成一个共识：端方派梁鼎芬走庆王府的门子，此事只字不能提。这不仅是为了顾全庆王的面子，更是为了掩盖他们两个的真实意图。不提这一层，调查织布局贪污案，就是办一桩普通的案子，而不是别有用心的举措。

火车抵达汉口站时，端方带着湖北省一批文武大员亲往迎接。

张之洞走下火车，一眼看见满脸堆笑的端方站在欢迎队伍的前

头，心里顿生厌怒。

“香帅辛苦了！”端方走上前去问候。

“哼！”张之洞黑着脸，对着端方一甩手。“辛苦什么，一天到晚除了吃饭睡觉，屁事都没有！”

端方讨了老大一个没趣，尴尬片刻后，又笑着脸凑了过去：“香帅这段日子身体还好吗？”

“好什么？”张之洞大踏步向前走，看也不看端方。“有人在我的后院烧火，我还好得起来吗？”

端方完全明白了，张之洞是冲着织布局的事回来的，而且心里充满了对他的恨意。他心虚起来，耷拉着脑袋，不敢再开口。

湖北省的藩司、臬司等人忙着向张之洞拱手道乏，张之洞也跟他们拱手答话，脸色和悦。

这一切，心怀鬼胎的梁鼎芬都看在眼里。他要试一试张之洞对他的态度，从中可以探知张之洞抓没抓到他的把柄。

“香帅！”梁鼎芬分开众人走上前去，笑容灿烂地说，“听说您这几个月在京师做了许多好诗，能不能赏给我看看？”

“好哇！”张之洞笑着说，“你梁节庵是诗坛高手，我还正要请你帮忙润润色哩！”

脸色神态、说话的口气跟往日一个样，梁鼎芬胸口上压的那块巨石落了下来：他不知道我梁某人做的事，这就好办了！

借“帮忙润色”这句话，梁鼎芬第二天傍晚便来到督府后院。他要抢在端方之前，先来报告织布局的事。

“香帅，织布局里银钱对不上数的事，想必您已经知道了。有人上书给端中丞。端中丞问卑职这事怎么办。卑职说，织布局的事香帅最清楚，此事应当等香帅回来后再由他来查办为好。但没有几天，端中丞就安排人去调查这件事，卑职想拦阻也来不及了。”

梁鼎芬一脸诚恳地说着，似乎为自己没能拦阻端方而怀着沉重的歉疚。

张之洞不以为然地说："端方是鄂抚兼署理湖督，他要办什么事，你怎么可以拦阻得了？织布局的事与你无关。"

梁鼎芬彻底明白张之洞不知道他在办理此案中所扮演的角色，如释重负："香帅海量，但卑职身为督署总文案，总是有责任的。"

张之洞平和地说："端方要查织布局的事，作为署理总督，他有这个权力。织布局出了事，也是应当去审查，这也没有做错。我不满他的是，他应该把这事告诉我，不应把我蒙在鼓里。我想我这几个月闲在京师，也一定是他的鬼主意，他想借此堵住我回湖北的路！"

梁鼎芬听了这话，吓得背上沁出一丝冷汗。他不由自主地望了一眼比一年前显得更衰老的张之洞，只见那两只凹下去的眼睛正在盯着自己，仿佛对织布局的事早已洞若观火。

"香帅，您真英明。这几个月来，卑职已有所察觉，端中丞是想挤走您而真除湖广总督。"

"哼！谁走谁留，等着瞧吧！"

次日，在冷冰冰的气氛里，端方将湖广总督关防璧还给张之洞。又硬着头皮，在张之洞峻厉可怖的眼神下，将织布局贪污案的调查情况作了尽可能短的禀报，留下有关此案的一大堆簿册文书后，急急忙忙地离开签押房。

走出总督衙门的大门，端方回望一眼这座自己住了将近一年的最高衙门。这衙门仿佛一个虎口似的，正在向他张牙伸舌。他清醒地意识到，不仅这座衙门从此不再属于他了，就连不远处的湖北巡抚衙门，也很可能呆不久了。

花费整整两天的时间，张之洞将织布局的这一大堆档案认真地看了一遍，心绪沉重复杂，五味杂陈。他既痛恨李满库滥用职权，贪污中饱，坑害了织布局，又惭愧自己这几年来居然对织布局的严重亏空懵然不知，还时常四处吹嘘创办纱、布、丝、麻四局的功绩。他对端方的恨意，随着一页页档案的翻过，已在一分一分地减弱。

张之洞把织布局和李满库的事告诉了佩玉，又叫大根到纺纱局去

把李满库叫来。

李佩玉直到这时才知她的兄弟是个贪污犯，心里极为难受。

自从环儿过门以后，佩玉便明显地看出，张之洞对她冷落得多了。环儿年轻漂亮、能歌善舞。她超人的琴艺也不再受到张之洞的特别赏识，环儿的歌舞填满了张之洞少有的闲暇时日。佩玉在心里深深地叹息着。她知道自己出身贫寒，且非明媒正娶的夫人，无非比环儿先过门几年而已，并无压倒环儿的地位。来到张家不久，她才明白，张之洞不立她为续弦夫人的真正原因是她的出身低微。他的前三任夫人，均是出身官宦家庭的大家闺秀。而她，一个三家村塾师的女儿，一个丧夫夭子的寡妇，怎么可能与她们相比！男人爱少艾，自古皆然，何况张之洞身为制台，位高权重，是男人中的英雄，妙龄美女也是爱他的，自己能有什么话好说！度过几个月的郁闷忧愁后，佩玉还是想开了。

好在张之洞对她虽有些冷落，却依然以礼相待，家政仍主要归她管，环儿插手之处不多。何况她生了两个儿子，在张府里的地位自然也不是环儿所能撼动的。她要处置后院众多的庶务，还要照顾未成年的子女，一天到晚，也够忙碌了。在外人的眼里，她依旧是内宅的当家人，并没有被冷落的痕迹。她连琴也没有多少时间可弹了，只在准儿有时过来看父亲和她的时候，师徒二人才忙中偷闲，调弦挥指弹两曲，自个儿乐一乐。

将堂弟安置在织布局，让父母晚年有个嗣子在身边尽孝，这是佩玉由衷感激丈夫的一件事。刚来几年，李满库还常来督署走动走动。这四五年里，因为二老相继过世，李满库来看姐姐的机会越来越少了。佩玉只知道堂弟如今发达了，升了官买了大宅，前几年还置了一房妾。都说在洋务局厂做事的人大有洋财可发，何况堂弟又在织布局做材料处主办，自然发的洋财比别人多。堂弟现在冬裘夏绸，妻妾穿金戴银，也是分内的事，佩玉不在意，也不过问。今日才知道堂弟原来不安本分，贪污公款，佩玉深以此为羞惭。堂弟这样不争气，辜负

了丈夫的一番心意。佩玉觉得很对不起丈夫。

其实，刚从山西老家来到武昌的李满库，还是一个老实巴交的三晋汉子。他对张之洞感恩戴德，对佩玉及其父母也很好。一年后又把老婆接到武昌城，让佩玉的父母跟他夫妇俩一起住。他自己在织布局里做事也踏实。这一切，都是一个实实在在过日子的厚道人的表现。张之洞对此颇为满意放心，也便不大过问他的情况。

李满库人聪明，也识得些字，又跑过码头做过生意，两年后便得到提拔，做了一个小工头。再过两年，马汉成来到织布局做总办。马汉成走的是捐班一路。先是花钱捐了个候补知县，分发湖北。干了几年，他看官场出息不大，而洋务局厂倒是油水不少，便又走武昌知府的路子，多方辗转，终于坐上了织布局的第一把交椅。马汉成是从官场中走出来的人，来到织布局不久，便发现李满库奇货可居，立即把他提拔到材料处，先让他做个副职，查看查看。李满库见马总办将他安排在人人垂涎的肥缺上，心里感激莫名，遂对马汉成百般恭顺，鞍前马后拼死效力。

马汉成凡与各级衙门各方商人洽谈重要生意时，总是将李满库带在身边，特意向客人郑重介绍这是张制台的小舅子，张制台如何如何喜欢他、器重他等等。这种时候，织布局的生意便往往谈得融洽顺利：衙门会行方便，商人会让折扣。生意谈好后，他们还会得到额外的好处。至于平日，李满库的家里常常会有陌生人来拜访，大包小包进门，点头哈腰出去。这些人绝大多数是来求李老爷买他们的材料，也有的是来求他在张制台面前说几句话，再凭这几句话去达到他们各自的目的。这时的李满库终于看清了自己的价值，他要充分地利用这种价值来为自己谋取实实在在的利益。在织布局混上六七年，年届而立的李满库已经完全成熟了。

他一面自觉地张扬自我，一面更紧跟马汉成，很快便被提升为材料处的主办，执掌支配整个织布局各种生产材料的大权。

他自己从局里提拔几个贴心兄弟进材料处，又从晋北老家调来两

个远房亲戚，安置在身边。织布局的材料处，成了李满库一手控制的独立王国。掌了大权的李主办钱财滚滚而来。先是买豪宅，接下来买小妾，后又瞒着妻妾置外室寻花问柳，完全过的是花天酒地、纸醉金迷的生活，不仅与过去的山西农夫的景况判若霄壤，就是比起他的湖北洋务创始人的姐夫来，也不知要潇洒舒服多少倍！

马汉成不但重用李满库，以便利用张之洞这块金字招牌为自己服务，同时又巴结荆州将军寿贵，希图依靠这个正白旗的满洲大员来打通各方关节。寿贵有个堂侄名叫寿安。寿安读书不成，习武不就，却看中洋务局厂。寿贵通过马汉成将他安排进了织布局。没有多久，寿安便做了售销处的主办。织布局有一进一出两个肥缺，进的是材料处，出的便是售销处。生产出来的布匹都要由售销处卖出去，其中的油水比起材料处来还要大。这寿安原本就是一个纨绔子弟，自己腰包里有了大钱，便更是不安本分了。

李满库与寿安多年来相安无事，半年前却为汉口惜花院里的一个妓女闹翻了脸。惜花院里有一个名叫杏花的妓女，人长得漂亮又伶俐，一出道便受到嫖客们的格外喜爱。李满库和寿安也同时喜爱上了杏花。因为争风吃醋，两人开始闹起矛盾来。后来，为防止李满库染指，寿安将杏花包月。在他包的这个月里，别的客人杏花都不能接待，李满库也自然不能再进杏花的房，心里又恨又痒。一月满后，李满库遂以高于寿安一倍的价，与惜花院的鸨母谈妥，将杏花包年。也就是说，一年内杏花再也不能接待包括寿安在内的其他客人。这下惹恼了荆州将军的侄公子。他本早已得知李满库的一些贪污影子，遂公报私仇，趁着张之洞不在武昌的时候向署督端方告了一状，恰好为急于寻找缺口的端方所利用，遂全力以赴地查起这个案子来。

李满库在张之洞的面前痛哭流涕地交代了这一切后，跪在地上说：“请求大人千万放我过这一关，我今后一定洗心革面改邪归正。我其实没有贪污十多万两银子，这是端方一伙有意陷害。我老实向大人坦白，我是贪污了织布局里的银子，但决不会超过三万，我愿意全

部赔清。我的银子都是别人自愿送给我的，不是我有心贪污得的。寿安只会比我贪污得更多，端方不查他，这说明端方打我不是目的，他打击的是您！”

张之洞气呼呼地踢了他一脚，骂道：“你这个不成器的混账东西，我恨不得一刀杀了你！你滚吧，我不想见到你了。”

一连几天，为李满库说情的人络绎不绝地来到张之洞的面前：先是佩玉恳求网开一面，继而大根也劝四叔不要大动干戈，最后连环儿也吹起枕头风来，说家丑不可外扬，保护满库过关，其实也是保全张府的体面。到了第三天，梁鼎芬悄悄地来见，转告端方的话：现已得知满库是受寿安的诬陷，好在织布局的案子并未结案，也没有上奏朝廷，一切都可以从头来，不如大事化小，小事化了，方方面面都好过得去；至于上次所交的那包档案，一把火烧掉算了，就当没有这回事一样。梁鼎芬特别强调，这是他找端方推心置腹商谈了很久后，端方才接受的方案。这既为李满库好，也为织布局好，更是为香帅和整个湖北的洋务事业好。

端方、梁鼎芬的这个新方案让张之洞动了心。这是官场上惯常用的弥缝补漏手法：官官相护，互为遮掩，今日为别人保了脸面，来日也替自己预留一条后路。数千年来中国官场纲纪的紊乱败坏，其源半出于此。

当年的清流中坚悟到了这一层，立刻断然否决这个方案。他心里恨恨地想：假若自己不回武昌，端方的这个方案便绝对不会出来。为什么查了近半年的案子，都不晓得是寿安的诬陷，这短短的几天，便一下子查明了真相，岂非咄咄怪事？这中间的用心岂不昭然若揭！前几天刚刚萌发的对端方的体谅之情，被这个方案扫荡得差不多了。

如此看来，应当把织布局的这个贪污案公事公办，全权委托给武昌知府衙门，公开审理，秉公办事。马汉成贪污了多少银子，李满库、寿安等人贪污了多少银子，全部公开，然后再根据大清律来处置，或赔款，或坐班房，或流放充军，全都交给湖北各衙门去办，再

上报朝廷，自己一点都不插手，彻底回避。然则，这样做又是不是最为妥当的呢？张之洞一时拿不定主意，叫陈衍过来商量。

陈衍将尖下巴上的几根疏稀短须摸了好半天工夫，才缓缓地说出自己的看法：“以卑职之见，弥缝过巧，易授人以柄，何况此事虽未奏报太后皇上，但已传到京师上层，庆王和鹿中堂等人都已知道，一旦得知织布局什么事都没有，难免心中作疑，腹里有香帅护短之讥，卑职以为不妥。”

张之洞点点头：“你的看法与我相吻合。”

得到鼓励后，陈衍的兴致更高了：“以卑职之见，回避更不妥，倘若将此事全权委托给武昌知府办理，结案后向社会全盘公开，如此办，卑职看来，有三不当。”

“有哪三不当，你详细说说。”

张之洞对这位入幕甚晚的诗人兼理财家一向刮目相看，很重视他的意见。

“武昌程知府，并不是一个精明的人，人品官品也不足称道。他或是被表象所迷惑，不能究根寻底，弄清案子原委；或是接受别人的贿赂而有意将水蹚浑。这两者都有可能最终辜负香帅的期望。这是一不当。”

张之洞注意听着，不置可否。

“卑职听说织布局这些年问题严重。从总办马汉成到各处各科主办，几乎无人不贪，且经营不善，亏空很大。织布局的问题，若彻底追查从严细究，这个洋务局厂就会从基脚到顶端，轰然一声全部垮掉。这是二不当。”

张之洞神色严峻起来，瘦长的马脸拉得更长了。他显然不想听这些话，但陈衍不顾他的反应，按自己的思路继续说下去：“织布局一个厂垮掉还是小事，可怕的是它会对整个湖北的洋务事业带来很坏的影响。上自朝廷，下至府县，旁及各省，这些年来对湖北的洋务事业虽赞扬甚多，但攻讦也不少。据卑职所知，攻讦之处多在靡费银钱、

亏空过大、经营不善、用人不当等方面。织布局的问题就恰好出在这几个方面。如果我们将织布局的事彻底查清，再向全社会公开，恰好给他们提供了一个铁证如山的例子。他们将会用这个例子大做文章，肆无忌惮地攻击湖北洋务事业，攻击香帅。到那时，织布局就是一个缺口，最后的结果只能使湖北的整个洋务全盘垮掉，香帅十四五年的满腔心血化为乌有。”

张之洞的脸色越来越黑了，犹如大雨将至时的满天乌云。他恨不得拂袖而起，或者大声斥退这个不知高低的狂妄幕僚。但他究竟还是将愤恨压了下去，硬着头皮听完这番令人难以接受的福建官话：“香帅，卑职方才所说的决不是劝香帅做文过饰非、护短遮丑的俗吏，而是切切实实为了湖北为了中国的洋务事业着想。洋务在中国是一项新的事业，大家都生疏，做起来必然会有许多不尽如人意之处；而洋务又是一定要做的，中国若不引进洋务，便决没有强大的可能。因为此，香帅这十多年来所做的事，便应当受到社会的称赞，同时也应当受到社会的保护。有人不顾国家大局，只图发泄个人私愤，攻其一点，不及其余，恨不得借一个差错来否定全盘。对于这种人，我们不能让他遂其心愿。从保护中国刚开始的洋务大局出发，我向您提出一个方案。”

陈衍的这番话，使张之洞大有拨启茅塞之感。从他心里来说，也是不想把织布局的事弄得太大，这于自己的体面总是不光彩的，但弥缝遮掩又一向为其所耻，怎么办呢？如何来寻找一个支撑点，在这个支撑点上将心理和现实两方面都摆平呢？好了，现在陈衍为他寻到了这个支撑点。

张之洞的脸上开始有了光亮：“石遗，你把你的方案说出来！”

“我的方案说起来其实很简单，折中于弥缝与回避之间。不弥缝，由湖广总督衙门出面，成立一个审查团，对织布局的所有问题，尤其是总办和处科主管人员的操守，以及织布局建立十年来的收支两大方面进行审查。不回避，审查的结果不向社会公开，由香帅一人最

后定夺，立足在保护，但对恶劣者要严加处置。无论如何织布局要存在，无论如何要造成这样一个结论：织布局创建十年来，功大过小，利多弊少！”

“好，就这样办！”张之洞站起来，拍着陈衍的肩膀说：“石遗，你是湖广衙门的一名能幕。”

又花了整整三个月的时间，张之洞亲自指挥的审查团终于将织布局的事定了案：马汉成、寿安、李满库等人都分别犯有程度不等的贪污情事，除全部赔款弥补亏空外，马汉成开缺永不叙用，寿安除名，李满库遣回山西原籍。织布局创建十年来，生产布匹售销全国十八省，并远销南洋，赢利三万五千四百两银子，成就巨大，由湖广总督衙门重新委派总办及材料、售销主办，继续经营，以期年年进步。

这个定案以张之洞的名义正式上奏太后、皇上。

端方担心张之洞回鄂后会全面为织布局翻案，然后再寻他个差池，将他撵出湖北，甚或参掉他的巡抚之职。现在见张之洞如此办理，既顾及了他的面子，也保全了织布局，而且也并没有袒护家人，屈服权贵，禁不住由衷钦佩这位老官僚的老练圆融。但毕竟跟张之洞背地里干了一场，端方总有几分心虚，便竭力通过庆王的门子以求离开武昌。恰好不久朝廷重拾新政时期牙慧，撤销与总督同城的广东、湖北、云南等省的巡抚，趁此机会，端方请求调出湖北。朝廷遂将他改调苏州，署理江苏巡抚。张之洞从此集湖广总督与湖北巡抚于一身，掌军事与民事于一手，权力更大了。

梁鼎芬依傍端方的想法是彻底破灭了，他比往日更加殷勤更加屈己地侍候着张之洞。织布局的案子使得张之洞对武昌各级衙门很是反感，他一兼上鄂抚后便参掉武昌道和贵的职务，将这个肥缺送给了梁鼎芬。端方没有给他兑现的好处，倒让张之洞给真正兑现了。梁鼎芬又羞又愧，此后更死心塌地跟着张之洞干。过了两年，张之洞又擢升他为湖北按察使，终于让他实现了做一省大员的梦想。梁鼎芬终生将

为端方谋湖督走门子一事讳莫如深，直到张、端都死去后，自己也到垂暮之年时，才向好友透露一星半点。这自然都是后话了。

兼任湖北民政最高长官的湖广总督，在广阔的荆楚大地做起事来更加无遮无碍得心应手，过去尚有些许疏隔的湖北两司及道府州县，从此尽皆在他的直接管辖之下，再不敢有丝毫的违抗和不恭了。张之洞充分利用这份难得的大权，扩大洋务局面，加快芦汉铁路的施工速度，大规模地兴办各种新式学堂，尤其注重创办各级师范学堂，以求早日培养大批教师推广新式教育。又拿出巨额公款来派遣出国留学生，其中尤以赴东洋日本的为多。湖北派遣的公费留日生最多时，曾占全国各省在日学生总数的三分之一。张之洞在自撰的《学堂歌》里曾这样得意地说："湖北省，二百堂，武汉学生三千强。湖北省，采众长，四百余人东西洋。"在陈念礽、辜鸿铭的开导下，张之洞还有意仿照西方城市的格局来重塑武汉三镇的面貌。他在汉口修建了被后人称为"张公堤"的后湖长堤，又在三镇市区修筑了十余条颇为规范的近代马路，大大地改观了古城市容。

他又建起湖北电话公司，在汉口、武昌设立分局，装有磁石式电话机三十部，开启中国地方市内电话的先河。又加速完成沪汉、京汉、粤汉、川汉、湘汉五条电报干线的建设，使武汉三镇很快成为全国电报网络的中心。于是各大商号云集武汉，他们将分号设于上海、广州等地，负责进出口业务，自己坐镇武汉的总号，只需通过电讯来指挥各地分号即可。

张之洞又在武汉最先建起水电公司，通过水厂流出自来水，通过火力来发电。

工厂、马路、电讯、水电，一座粗具现代化格局的新城市，在张之洞治鄂的后期，终于崛起在古老的神州大地，为日后中南地区的经济发展奠定厚实的基础。

就在张之洞忘记老之将至而全力经营湖广新事业的时候，扼控全国命运，也同样扼控他本人命运的朝廷枢垣，又泛起了微妙的涟漪。

作为政治平衡杆上的一枚重要砝码，张之洞在毫无心理准备的时候突然被内召京师，授予大学士、军机大臣的崇职，步入晚年岁月中的最后一段时期。他迎来荣耀的顶峰，同时也走到事业的末路。

第七章 / 翊赞中枢

一　袁世凯用三牛车龟板甲骨，换来了张之洞的以礼相待

张之洞大办荆楚洋务实业，有一个人在华北平原上同样勤奋苦干。他也办洋务，但他的洋务事业明显地倾斜在军事上。他的北洋军聘请的多是洋教官，配备的是最新的洋枪洋炮，且人数达六镇之多。他不仅会办军事，更擅长政治，察言观色，结党拉派，纵横捭阖，长袖善舞，在几个大的关口上，因为看准了，把握住了，从而扶摇直上，风云际会，成为当今天下万方注目的人物。此人是谁，他便是直隶总督兼北洋大臣袁世凯。

袁世凯在从朝鲜回国后的短短数年间的迅速崛起，让朝野上下明显看到一颗政治新星正在冉冉升起，他或许很快便会辉光明耀、照射四野。不少人发出“国朝得人”的感叹，但也有人在不断地向枢垣

提出警告：此人很有可能是一个王莽、董卓式的人物，切不可掉以轻心。

他们的顾虑并非空穴来风。

袁世凯办北洋军，是以一个久历行伍熟谙军旅者的身份在办，到时他可以亲自指挥这支军队上阵打仗，与张之洞等书生制台大不相同。换句话说，张之洞等人办的新军，是朝廷的军队，袁世凯的北洋军，将有可能变成他的私家军队。

袁世凯太会交往了。他的关系网不仅结到朝廷的王公大臣，也触及到西洋各国的政要。不少外国使馆的公使在不同的场合公开表示过，袁世凯才是中国真正的人才，袁世凯代表着中国的希望。一个握有军权的中国高级官员，受到西洋各国的如此称赞，这不是朝廷之福。

袁世凯还只有四十多岁，精力充沛，思路活跃。他从没有认真攻读过“四书”“五经”，也不太看重圣贤教导、纲常伦理。血气方刚则易起异念，不受圣教则缺乏约束。纵观上下古今，惹是生非，胡作非为，甚至搅得天下不宁者多半是这种人。更令人不放心的是，此人不讲操守，品行无端。朝野不少人说，戊戌年他先是答应了谭嗣同在天津阅兵时发动兵变，拥戴皇帝，囚禁太后，但一到天津就立即向荣禄告密，变祸首为功臣，用谭嗣同等人的血染红自己的顶子。这完全是奸人贼子的行为，而他居然做起来娴熟老到，左右逢源。当年他可以出卖皇上，日后也可以出卖朝廷。这种人都不防范，还要防范什么人？

这股风先是在王公府第中暗暗地吹拂着，后来吹进了紫禁城，最后终于传到慈禧的耳中。慈禧开始警觉了。大清当国者，历朝历代都谨遵祖训：不让汉人握兵权。只是到了咸丰年间，太平军太强大，八旗绿营太无能，为了保祖宗江山，才让曾国藩、左宗棠等汉人组建湘勇。

这是万般无奈之事，即便如此，也是防范再三，严加控制。一旦

江宁打下，便即刻迫使湘勇裁军，且十裁其九，用高官厚爵、良田美宅买去他们手中的利刃、身上的铁甲。所有这一切，都是因为祖训煌煌不绝于耳：非我族类，其心必异，军权不可落入汉人之手！

而这一政治杰作的创造者，正是慈禧本人。对于防范袁世凯的话，她如何会掉以轻心！七十三岁的老太太再次运用她的政治智慧，将袁世凯调进京师，任命他为由总署改名而来的外务部尚书兼军机大臣。这是古今权术中用得最多的一个：明升暗降，体面地解除危险人物手中的实权。为了不让袁世凯有所借口，同时调张之洞进京，一样地进军机处。

保定城里的袁世凯对朝廷的用心洞若观火，却发作不得。他领下圣旨，有意磨蹭，为的是在保定城里与过路进京的张之洞见面，以便通过再一次的隆重接待而以输诚意。

无论是从私心的钦佩角度，还是从今后的利益相关，袁世凯都希望能像与朝中的庆王那样，与张之洞建立非同寻常的情谊。

七十一岁的张之洞虽舍不得离开经营了将近二十年的湖广，却也对自己晚年能得到大学士、军机大臣的待遇而满意。人生追求的最高境地是什么，作为儒家弟子来说，还不就是入阁拜相吗？能做一代辅佐圣君成就大业的贤相，斯世足矣，夫复何求！身为军机大臣的大学士，有职有权，且可以天天面见太后、皇上。倘若能凭借这一切，推动全国的洋务事业，使十八行省都能像湖北一样学堂林立、工厂接踵、铺上铁轨、架设电线、水电连通、马路交叉，再加上用洋枪洋炮武装起来的劲旅，古老的神州不就迈进了时代的前列，贫弱的中国不就成了富强之邦吗？一花独放不是春，百花齐放春满园。武汉三镇、湖北全省即便好，也只是一城一省，只有全国都好了，才是整个中国的兴旺。调入京师，身居相位，才有可能实现这个愿望。古稀之年的张之洞，怀着这样一种美好的憧憬，留下湖北铁政局督办陈念礽等人在武昌继续原来的洋务实业，带着家眷和梁敦彦、辜鸿铭、陈衍等人告别鄂湘两省的官场士林、局厂商界，踌躇满志地登车北上。时序正

是光绪三十三年仲秋。

两年前，芦汉铁路已全线通车。张之洞坐在豪华舒适的卧车厢，看着窗外的村庄田畴和那条年久失修，逶迤北上的千年驿道，想起过去进京时千里跋涉鞍马劳顿，如今睡卧之间便穿山越岭，一日千里，心里感慨万千。这条铁路正是自己在光绪十五年间亲手勾画出来的。历经几起几落的曲折，十多年间在历任直督的配合下，终于铺设成功，正在每日每夜造福于国家百姓。可以想象得到，在今后的岁月里，它将与南边正在规划中的粤汉铁路连成一气，对中国的自强伟业起着难以估量的作用。尤其令张之洞欣慰的是，芦汉铁路全线运行仅一年便将全部投资收回。铁的事实证明，自行筹款或向外国借款修筑铁路，是一件一本万利的大好事。芦汉铁路的成功，将会促使整个中国铁路事业的发展。

在一阵震天鸣叫声中，火车缓缓启动，张之洞伫立窗前，深情地望着倾注自己下半生全部心血的武汉三镇，心情颇为激动。

这座已具现代城市雏形的华中重镇，眼下的器局不仅远过京津，超迈穗港，就连有十里洋场之称的大上海，也未必比它强过多少，至于它的灵魂——以铁厂、枪炮厂和布、麻、纱、丝四局为代表的洋务局厂，则更是京津穗港所望尘莫及的。武汉三镇，今天是海内徐图自强的典范，明日就是富强中国的缩影。历史无疑会记住湖北洋务为中国强盛所作出的贡献，历史也决不会忘记我张某人的开创之功。

正在这时，他看到龟山脚下高大的烟囱正冒出一股浓重的黑烟，这景象给他以巨大的喜悦。他遥指窗外，孩子似的嚷道："你们看，铁厂冒烟了！"

梁敦彦、辜鸿铭、陈衍等人都围了过来，顺着他的手臂眺望着，果然见汉阳铁厂的黑烟在越冒越浓。

陈衍有意恭维道："香帅，您办的这些局厂可谓天下独有，海内无双！汉阳枪炮厂要超过德国的克虏伯厂。"

这显然是不合事实的出格颂扬，熟悉欧美现代大工业的梁敦彦，

对陈衍这种文人习气极不满意，但见张之洞正在兴头上，也不便泼冷水，只是淡淡地笑着，不吱声。

梁敦彦刚卸下江汉关道，经张之洞的推荐，就任新成立的外务部司官。

“可惜，只有模样，没有精神。”不谙世故的辜鸿铭却不顾忌，他心里想什么嘴里便说什么。

辜鸿铭好与人抬杠。他的这种性格，张之洞和陈衍都清楚，所以也不生气。

张之洞笑道：“汤生，你说话可要负责任，凭什么我办的洋务局厂只有模样，没有精神？”

辜鸿铭也笑嘻嘻地说：“武汉的局厂我都去看过，欧美的局厂我看得更多，两相比较，我有这个感觉：武汉的局厂与欧美的局厂模样儿相似，但品性却相距很大。”

陈衍忙说：“模样相似是个基础，至于品性，可以慢慢培植，过些年后也就会差不多的。”

“你说得不对。”辜鸿铭较起真来，“模样相似是没有用的，关键在品性。湖北局厂，照现在这个路子走下去，是培植不了好品性的。”

张之洞开始有点不高兴了。他问辜鸿铭：“你听到什么啦？”

“我正要跟您说哩，香帅。”辜鸿铭一脸正经地说，“武昌闾巷里，流传这样两句俚句，说是官劣而为商，商劣而为官。前者的代表是一大群进入局厂的候补道，后者的龙头老大，便是铁厂的督办盛宣怀，经商发横财，现在做了朝廷中的一品尚书了！”

话是不错，但在如此好气氛下说这等败兴的话，这个辜汤生真是太不懂事了。梁敦彦见张之洞的脸色越绷越紧，心里暗暗想着：必须把话题转开。看着车窗外出现一大片沼泽地带，他赶紧对张之洞说：“香帅，这怕是古书上所说的云梦泽了。”

张之洞望了望窗外，说：“是的。楚襄王游云梦，游的正是这一

片地方。”

陈衍的更大兴趣也是在这谈古论文上，于是忙插话：“这云梦泽因为楚襄王的游历而幻怪离奇，一直成为历代骚人墨客笔下的神秘之所。到了南宋时，有一个游方道士路过云梦，指着云梦之北说，三百年后此地将出天子，不想这话给他说对了。”

这话撩起了辜鸿铭的极大兴趣，禁不住问道：“天子是谁？”

张之洞斥道：“桑先生教了你一年的二十四史，你不好好读书，这下子对不上号了吧！”

梁敦彦说：“我听人说前明嘉靖皇帝以旁支从安陆进的京师，这天子是不是指的他？”

陈衍道：“正是。从此，云梦在幻怪的色彩上又加了一道尊贵的光环。”

张之洞似有所思地说：“可见这荆襄三楚是一块宝地，老夫的十九年心血不会白费。”

“那是自然的。”陈衍忙附和。

梁敦彦成功地将话题扭转过来了。大家谈历史说掌故，一路谈笑风生地穿过鸡公山，奔驰在豫中大地上。

次日午后来到了彰德府。

张之洞饶有兴趣地问辜鸿铭：“汤生，我考考你，你知道彰德府城外有个著名的遗址叫什么吗？”

辜鸿铭这些年来发愤苦读中国典籍，凭借他过人的记忆力和悟性，他比幕府中许多宿儒更通中国学问。只是他一直无机会作万里行的壮游，对中国的舆地所知甚少。他一向坦诚，知之为知之，不知为不知，遂笑了笑说：“我从未到过彰德府，真不知道这里有个什么著名遗址。”

张之洞捋须笑道：“我说汤生呀，你自夸对‘四书’‘五经’倒背如流，一到真要管用时，就露出先天不足的缺陷了。”

辜鸿铭望了望一边微笑不语的陈衍：“石遗兄，这地方难道与

‘四书’‘五经’有关？你告诉我吧！”

陈衍说：“听香帅给你上课吧！”

张之洞说：“《盘庚》三篇，开篇第一句是什么？”

“盘庚迁于殷。”不待张之洞说完，辜鸿铭便答道。

“对了。”张之洞指了指窗外。“这里便是殷。”

“哎呀！”辜鸿铭惊叫起来，头伸出窗外。“这里就是三千年前的殷都了！”

陈衍笑道：“可惜现在一片颓废，只能叫殷墟了。”

张之洞望着辜鸿铭说：“彰德府城外有个叫小屯村的地方，就是当年殷都的所在地。光绪二十五年，当地老百姓从古墓废丘里发掘不少兽骨，因为骨头大，大家都叫它龙骨。都说龙骨可以入药，治多年的风湿，于是北京同仁堂药铺就到这里来收购。我的内兄王懿荣那时正做国子监祭酒，他自己本是一个高明的医生，知道陈年兽骨的这种药用功效，听说同仁堂里有从河南收购来的龙骨，便买了一些。他是一个有心人，在龙骨上发现了不少像文字一样的东西。经过细细考证，认定这就是殷商时期记述卜筮的文字。就这样，王懿荣无意之间发现了这个埋在地底下三四千年的绝大秘密。”

辜鸿铭伸出大拇指来赞道：“王懿荣真了不起！真伟大！”

“可惜，他在庚子年为国捐躯了，龙骨上的文字没有继续研究下去。”张之洞叹口气说，“若让我自己选择的话，我宁愿不进京做大学士军机大臣，倒是愿意住在这里，大量搜集出土龙骨，把这个研究做下去。”

陈衍说：“这的确是件比做军机更有意义的好事。”

辜鸿铭认真地说：“香帅若呆在这里做龙骨文字研究，我愿伴着您，给您当助手。”

张之洞哈哈笑道：“可惜，我是身不由己，想留在彰德府也是不可能的呀！”

正说着，汽笛长鸣一声，火车在月台边停了下来。侍役们忙着下

车打水取食物。这时一位身穿二品补服的中年官员，在几个随从的陪侍下，走上车来。

那官员不须打听，径直走到张之洞的身边，对正在看报的张之洞弯下腰说：“香帅，您还认得下官吗？”

张之洞摘下老花眼镜，将来人认真地看了看说：“你不是杨莲府吗？怎么到这里来了？”

“香帅好记性，下官正是杨士骧。”杨士骧谦卑地笑着说，“下官奉慰帅之命，特为到彰德府来恭迎您，下官在此地已等候三天了。”

“坐吧，坐吧！”张之洞伸出手来指了指对面的沙发。“慰庭这人礼数太多了，打发你到彰德府来接我，耽误你这多天，实在没有这个必要。不过，彰德府住几天也不会白住，你去小屯村看过殷墟了吗？”

“去过，去过！”杨士骧在沙发上坐了下来，乐呵呵地说，“我这次在小屯村买了三牛车龙骨，借这列火车运到保定城，公余要好好揣摩揣摩，兴许能认出几十个古字来。”

“太好了，太好了。”张之洞笑道，“到时你可以先给我看看，莫急着公布于世，免遭方家讥笑。”

“香帅愿意替我审核，那真是求之不得的事了。我随身带了几块龟壳板，有几个字，我自认猜得了七八分。请香帅看看，点拨点拨下官。”

“在哪里，快拿给我看看！”张之洞一副急迫的神态，仿佛一个贪玩的儿童，焦急地向大人索取一件新奇的玩具。

杨士骧从随从手里接过一个布包。打开布包，露出十来块沾着泥土的黑褐色龟板。张之洞急忙重新戴上老花眼镜，取过一块细细地审视着。辜鸿铭、陈衍等人也一人拿起一块，十分好奇地观看。奔驰北上的火车厢，顿时成了一个考古研究所。

看着张之洞的专注神色，杨士骧为自己精心准备的这一招而庆

幸。

杨士骧是直隶布政使。四年前，张之洞进京路过保定时，袁世凯在总督衙门设盛宴招待张之洞。张之洞坐在主宾席上，左边坐着袁世凯，右边坐着杨士骧。二人殷殷勤勤地款待着这位贵客。可张之洞并不十分知趣。他基本上不搭理左边的主人，却对右边的主陪很热情。原因是杨士骧乃翰林出身，一肚子掌故学问，又极善言谈，与张之洞很对路。他们一起谈翰苑轶闻，谈前朝旧典，高谈阔论，津津有味，完全不顾及满座嘉宾贵客。别人倒不觉得怎样，袁世凯心里则很不是味道。他是酒席的主人，张之洞不对他热乎，已使他感到不快，更当着他的面大谈科场翰苑，明显是欺负他非两榜出身，腹中无笥。袁世凯被冷冷地晾在一旁，脸上虽挂着笑容，心里却嫉恨不已。

到了散席的时候，张之洞还送给袁世凯这样一句话："袁慰庭，想不到你一旦做了总督，身边便会有杨莲府这样的人。"

这句话的言外之意是，你袁世凯本是一个粗人，只是因为你做了总督，身边才会有才子学人跟着；假若你没有这么高的官位，这些人才不会看得起你呢！袁世凯被这句话噎得半死。

张之洞走后，袁世凯气得对杨士骧说："张香帅这样看得起你，你干脆跟他好啦！"

杨士骧是个圆滑得可以随意滚动的人。他知道袁世凯心里不平，忙赔着笑脸说："张香帅一副倚老卖老的架势，他即便要我去，我也不愿伺候这种人。他在慰帅您的面前大谈文事，其实恰暴露出他不懂军武的弱点。他是个乖巧的人，只有谈文事方可保全自己的脸面，若在您的面前一谈带兵打仗的人，便立即露了馅。我知道他的底细，只是不说破罢了。"

杨士骧这番话说得袁世凯转怒为喜，想一想张之洞已到了衰暮之年，实在没有必要跟他计较，于是很快便释怀了。这次袁世凯决定再来一次笼络张之洞，打算派一个人远到他的家乡河南彰德府去迎接，以出格的礼节来表示自己这一番仰慕之心。他立刻就想到了能与张之

洞谈得来的杨士骧。杨士骧想，从彰德府到保定城，要坐将近一天的火车，再谈得来，也不可能谈一天的话。要怎么样来讨得老头子的欢心，让陪伴的这一天过得欢快而充实呢？他想来想去，想到了殷墟里出土的龙骨。在彰德府上车，从龙骨谈起，岂不会引发这位雅好古董的老名士的极大兴趣吗？

这一招果然灵。张之洞、辜鸿铭、陈衍和杨士骧四个人，面对着这十几块龟板，围绕着甲骨文这一新兴的学科，有着无穷无尽的话题。不知不觉间，列车已进入保定车站。保定城已是万家灯火的初夜时分。车刚一停稳，月台上便响起一片西洋军乐声。一行穿着簇新北洋军礼服的吹鼓手们，或握铜号，或背铜鼓，在一个手执银杆人的指挥下，整齐而嘹亮地吹奏一首满车人都听不懂的乐曲。

杨士骧起身对张之洞说："请香帅下车，在保定城住一夜，袁慰帅已在督府衙门摆下接风酒恭候。"

张之洞说："我看就不要下车了，这么多人去吵烦袁慰庭，也过意不去。你就下车去复命吧，代我们谢谢他。"

杨士骧急道："慰帅派下官去彰德府迎接，就为了请您在保定城住一夜。请香帅看在这番诚意上，赏脸下车吧！"

陈衍也觉得袁世凯用心太厚了，若不下车，也说不过去，便对张之洞说："袁慰帅是真心诚意请香帅下车，香帅给他这个面子吧！"

张之洞笑了笑说："袁慰庭这人，说好，好在这里；说不好，也不好在这里。一个官员，太注重迎来送往，太待人热情周到，就会分散心思，影响办实事。"

杨士骧忙说："袁慰帅因对您格外仰慕，才如此出格逾礼。对于别人，他并不都是这样的。"

这句话说得极得体，既袒护了袁世凯，也抬高了张之洞。

"好吧！"张之洞起身说，"也不要让袁慰庭太扫兴了。汤生，石遗，你们陪我到袁慰庭那里走一趟。崧生不舒服，你就和其他人留在车上不动，明天一早我回来就开车。"

众人簇拥着张之洞走下车厢。脚刚一落到月台上，便有一个穿着耀眼军服的青年军官跑上前来，向张之洞行了一个举手礼，声音洪亮地说：“北洋第一镇第一协第一标标统马如龙奉袁大帅将令，在此恭迎张大帅，请张大帅一行上轿。”

张之洞检阅过江苏的自强军、湖北的新军，对这一套并不陌生，只是心里想，我又不是来检阅北洋军队的，何必如此！袁世凯这人太多事了。

他对着军乐队挥了挥手，便向着前边走去。就在这时，军号吹响，鼓乐齐鸣，月台上再次热闹起来。

张之洞上了绿呢大轿，在星月灯火中穿街走巷。突然眼前一片明亮，扶着轿杠陪同前进的一位小吏隔着轿帘说：“张大帅，总督衙门到了。”

张之洞挑起轿门帘，看到高大木牌坊后面黑压压的一大片人，两旁高高地悬起四根灯链，在夜色中显得璀璨壮观。

绿呢大轿在木牌坊面前停稳，扶杠小吏将轿帘掀起，张之洞刚一迈出轿门，便听见旁边响起洪亮的豫东口音：“张香帅，一路辛苦了，晚生袁世凯恭候香帅光临保定！”

原来，迎在轿旁的正是袁世凯，紧跟他身后的是直隶臬司、粮道、兵备道、保定知府以及北洋六镇的高级武官们。灯光下，但见粗矮壮硕的袁世凯一身官服，面带微笑，神采奕奕。身后的文武个个精神抖擞，虽已是八九点钟的夜晚，却不见丝毫疲惫倦怠之色；尤其那些武官，佩刀仗剑，笔立挺拔，英武之气毕露无遗。张之洞在心里叹息一声：“老夫不如此人！中国的希望或许在他的身上。”

张之洞一改前两次的倨傲不恭之态，笑容满面对袁世凯说：“慰庭，你太多礼了！”

袁世凯再次打千：“香帅能赏脸下车，不仅是晚生的荣幸，也是保定全城的荣幸，若是白天，晚生会动员保定全城百姓来夹道欢迎。”

张之洞大笑："若如此，乃老夫之罪过！"

说罢，拉起袁世凯的手，二人一道迈步向大门走去。

稍事休息，袁世凯便请张之洞入席。张之洞说："老夫已在车上吃过东西，不必再吃晚饭了。"

袁世凯说："为请香帅，晚饭已推迟了三个小时，想必同寅们肚子皆饿了，请香帅莫再推辞。"

张之洞惊道："何须如此！大家为老夫饿肚子，老夫怎能心安？"

在袁世凯的陪同下，张之洞一行来到直隶总督衙门花厅。这里早已灯火通明，热气蒸腾，十多席八仙桌上罗列着山珍海味、美酒佳肴，香气弥漫着整个花厅，飘散到直隶总督衙门前后院的各个角落。

坐定后，由袁世凯带头，接下来直隶司道、保定知府、北洋六镇依次向张之洞敬酒，一个个拣最好听的话恭维着颂扬着，直视张之洞为当今的张陈房杜，一顶顶高帽子戴得老头子头晕晕的，心甜甜的。他怕自己酒后失态，每次敬酒都略微舔舔而已。袁世凯、杨士骧依旧分坐两旁，不断地夹送着各种珍馐美馔，张之洞也只是拣点清淡的尝尝而已。

为了弥补上次的过失，张之洞这次尽量多和袁世凯说话，不再有意和杨士骧说那些陈芝麻烂谷子的事了。

"慰庭，你什么时候进京？"

"不瞒香帅，晚生已经向太后、皇上递了折子，请求让晚生依旧在直隶不动。"袁世凯放下筷子，挺起腰板，神态严肃地回答。

"你不愿意进京？"

"也不是不愿意。晚生自觉才能有限，不是做外务进军机的料子，还是在直隶做总督顺手些。"

"慰庭呀，老夫劝你一句。"张之洞又下意识地捋起须，摆出惯常的架子来。"你还不到五十，前程远大。外官你已做了二十多年，历练也已够了，应该到京师里去做做朝官。再说，朝廷对你依畀

甚大，外务、军机都是极重要的职位，决不在直督之下。中枢号令天下，做好了，对国家的贡献，要远胜一省督抚。”

对中外局势已看透的袁世凯心里冷笑着：这老头子是真不懂时局，还是假作正经？这个时候，还谈什么“中枢号令天下”！朝廷连派五大臣出国考察宪政的钱都拿不出，要各省分摊，它早已是一个空架子了，还有什么号令天下的资格？眼下的朝廷与各省的形势，跟晚周相差无几。朝中的军机宰相哪能与一个强省的督抚相比！老头子莫非让虚名给冲昏了头？

袁世凯想到这里，决定试探一下：“香帅，你历仕两朝，德高望重，从武昌调到京师，自是人心所望，朝野所归。做了大学士、军机大臣后，当然是以中枢号令天下，为国家所做的贡献要远过湖广两省。晚生不能跟您相比，且做事顾大不及小，难免遭人讥评。晚生进京，只怕反不如在直隶。”

张之洞说：“你平时做事，一向敢于负责，也颇自信，为何一旦叫你进枢垣，反而畏葸不前了？太后年高，皇上多病，国家又值多事之秋，正是我辈为君分忧、为国操劳之际。想你袁家，自端敏公起到令尊，都是救时的忠臣。你应当以先人为榜样，国事为重，自家为轻。好在你我同在军机，有事还可以一起商量嘛！”

国事为重，自家为轻。这样的语言，袁世凯只是童稚时代，从塾师的口中听到过，这几十年的军戎官衙之中，他再也没有听人说过这种话，自己心里也从不存这种念头。想不到这个白发消瘦的古稀老头，却吐出这等久违的古训来！一股怜悯之情油然而生：张香帅呀张香帅，今日四海之中还有几个像您这样想，大清朝廷包括老佛爷在内，有几个像您具这般心思？如此礼崩乐坏、人心鼎沸之际，您怎么还信奉这过时发霉的名教？

不过，袁世凯倒也从这两句话中看出张之洞的为人来。儒家信徒多迂腐，然则也多厚实。张之洞如此笃信儒学，他也一定是个既迂又实的人。与这种人打交道，不必担心他会两面三刀、倾轧陷害。今后

到了军机处，还得多靠他为自己挡点风雨才是。

袁世凯诚恳地说：“香帅的教诲，使晚生大开茅塞。袁家三代深受国恩，晚生自当尽忠国事，不以个人为怀。若太后不准奏，晚生也不再坚持了。早日进京办事，朝朝夕夕可得香帅指教，请香帅到时切莫以晚生愚钝而嫌弃。”

张之洞笑道：“你都愚钝，那天下无聪明人了。”

另一桌上，直督幕府总文案杨士琦等人陪着辜鸿铭、陈衍，也是觥筹交错，谈兴甚浓。杨士琦对他的主子袁世凯很是崇拜。言谈之中对袁的本事之大发迹之快钦佩不已，说起袁的一妻八妾之艳福及其后院之宏阔豪华来，更是垂涎不已。辜鸿铭瞧不起杨士琦这副巴儿狗的神态，更对袁世凯的聚敛贪婪甚为厌恶，趁着酒兴，他笑着对杨士琦等人说：“我给你们说点洋人的事吧！”

直督幕僚们都知道这个混血儿的不凡经历，于是纷纷举杯叫好。其中一个年轻人更是嬉皮笑脸地说：“辜先生，你逛过洋窑子吗？洋嫖客和咱们中国嫖客有不同吗？”

辜鸿铭听了这话，又好气又好笑：“洋女人我倒是有几个相好的，洋窑子可没去逛过。但我知道洋嫖客和中国嫖客是有不同的地方。”

“有哪些不同？”五六双眼睛饿狼似的瞪向辜鸿铭。

“洋嫖客嫖娼为己，中国嫖客嫖娼为人。”

辜鸿铭的这两句话把满座给弄糊涂了。这些饱读“四书”“五经”的幕僚都知道孔子有句名言，道是“古之学者为己，今之学者为人”，却对辜氏的这两句嫖经颇为费解。这是什么意思？难道中国嫖客嫖娼是给别人看的？

那个年轻人央求道：“辜先生，请你解释下。”

辜鸿铭原本不过借用《论语》两句话来标新立异、耸人听闻罢了，其实并没有什么深意在里面。年轻人这一问，他一时倒给噎住了。好在他脑子灵活，立即便有了答案：“你们不知道，外国人富

裕，温饱不愁，做娼妓的只是变个法子来寻乐趣而已，故嫖客也不需花费太大，彼此都是为了自己。中国女人做娼妓，多为生活所迫，卖身是为了钱，恨不得一夜掏尽嫖客的半年薪俸，所以中国的嫖客为的是养活娼妓。这不是为人吗？”

年轻人感叹起来：“看起来下辈子一定要做个洋人才是，连当嫖客都当得潇洒。”

众人都笑起来。

杨士琦说：“还是听辜先生说洋人的事吧！”

“有一天，一个来华的英国绅士对我说，你在英国多年，知道英国人有贵种贱种之分吗？我只知道印度人有这种区分，在英国时倒没有听说过。我如实以告。那个绅士说是有分别的，只是你不知道罢了。我问他如何区别。他说，看他们到中国后的表现便知道了。凡英国人在中国住了许多年，体形不变的则是贵种。若到了中国没有多久，便迅速发胖，大腹便便的则是贱种。我问这话从何说起。那绅士说，在中国，各种食品，都比英国便宜，凡贱种都喜欢贪小便宜，于是大吃大喝，很快就赘肉累累了。”

一个幕僚禁不住插话：“辜先生，用这种办法真的可以分出贱种贵种来吗？”

“我后来有意观察，证明这个绅士所说不诬。”辜鸿铭满脸正色地说，“其实，用这个办法也可以区分出中国官场的贵贱来。凡做官的，取钱取物都远比老百姓容易。贵种则不以这种容易而多取，谨守本分，饮食起居与常人无异。贱种却不然，他们利用手中的权势，大量攫取民脂民膏，肥私利己，大起洋楼，广置良田，小老婆讨了一个又一个……”

“哈哈哈！”刚说到这里，听者都知道辜鸿铭的醉翁之意了，不约而同地哄堂大笑起来，弄得杨士琦脸上尴尴尬尬的，很不自在。

陈衍知道辜鸿铭的老毛病又犯了。他生怕弄得主人不快，忙圆场，端起酒杯对杨士琦说：“我们这个辜汤生，是逢佳朋美酒则话

多，今天各位既是博雅君子，燕地之酒又醇厚甘美，他说起话来便口无遮拦了。来来，我和汤生借花献佛，敬杨总文案和各位一杯！”

于是大家都举起酒杯，十分豪气地互碰了一下，均一饮而尽。

在主客皆欢之中，直督衙门的奢豪夜宴终于结束了。

袁世凯对张之洞说：“今夜请香帅委屈在幽燕客栈歇息。明天上午，晚生再恭送您上车。”

张之洞说：“吵烦太多，明天你不要送了。”

杨士骧说：“慰帅想尽尽地主之谊，香帅您就不要推辞了。”

袁世凯说：“晚生知香帅一向不受别人馈赠，故也不敢备什么礼相送。只是有一样东西，晚生和莲府商议着要相送，想必香帅不会推辞。”

张之洞望着杨士骧说：“什么东西？”

杨士骧笑着说：“就是从彰德府带来的那些个宝贝。”

张之洞还没有回过神来，袁世凯说：“莲府对晚生说，香帅昨天在车上，对殷墟龙骨有极大的兴趣，好些个文字已被香帅破译了。晚生说，既然香帅是考订龙骨的专家，不如把你带来的那三牛车龙骨都送给香帅，供香帅公余赏玩研究。莲府说，就不知香帅肯不肯赏脸收下。”

“老夫收下，收下。”张之洞从来没有这样爽快地接受别人的赠与。“老夫把它们都带到京城里去，如果能看出点什么名堂来的话，说不定今后还要麻烦彰德府替我多收集点送来。”

杨士骧高兴地说：“这个容易，我立即打发几个人去彰德住上半年，好好地再收集几牛车龙骨来，运到京城里去！”

张之洞笑道：“莫着急，待老夫先好好看完这三牛车再说。”

望着张之洞等人的绿呢大轿消失在夜色中，杨士骧对袁世凯说：“看来老头子这回让您给笼络上了。”

袁世凯道：“这还得谢谢你的那些烂牛骨破龟板！”

杨士骧说：“拿什么谢我？”

袁世凯反问：“你要什么？”

“直隶总督！”

“行。”袁世凯立即答应。“不过有一个小条件，你每年至少得给我五十万两银子，我好应付京城里那班饿鬼。”

杨士骧点点头：“这好说。”

朝廷的要职，国库里的银子，就像做小买卖似的，如此三言两语就给敲定了。

二　力禁鸦片的张之洞没想到十多年来居然自己天天在吃鸦片

抵达京师，安顿好的第二天，张之洞便进宫递牌子，请求召见。第三天上午，慈禧召见张之洞于养心殿东暖阁。中秋节临近了，太后赏张之洞节礼：福、寿字各一帧，各色月饼两大盒，金银馃子各五十个，西湖藕粉四斤，广西沙田柚二十个。当内务府将这些御赏抬到先哲寺张寓时，大家都欢忭喜悦，但真正的被赏者却高兴不起来。

原来，太后只和他谈了不到半个钟点的话，全没有四年前见面的那种君臣相对而泣的亲热感。最令他意外的是，太后叫他依旧管理学部事宜，继续四年前的未了之事。至于张之洞最关心的立宪大事，太后只字未提。张之洞走出养心殿后心里纳闷着：将我张某人从武昌调来，难道就是学部的事无人管吗？以体仁阁大学士军机大臣来做学部大员，这办学堂的事情，难道在太后的眼中竟有如此高的地位吗？

令张之洞忧忡的还有两宫的健康状况。七十三岁的太后尽管浓妆艳抹，仍不能遮掉她颜面上的苍老。太后斜靠在龙椅上，声音轻微而干涩，全然没有了过去的甜美柔润，令人听了很不舒服。

显然，半个钟点的谈话，对她已是一个很大的负担了。看来召见时间的短促，很可能不是对自己的冷漠，而是体力不支。想到这点

后，张之洞的心情十分沉重。他对太后一生充满着感恩戴德之心，尽管有庚子年的重大失误，但太后在他的心中依然是值得尊敬的。现在，这位执掌大清江山近五十年之久的皇太后，真正到了油尽灯干的时候，他怎能不忧虑！倘若皇上是个圣明之主，太后即便撒手而去，国家也可在平静中度过那段悲痛的时候，但偏偏是皇上既不圣明，又沉疴在身！

召见时，皇上并未在座。张之洞在请皇上圣安的时候，慈禧只冷冷地答了一句："皇帝在瀛台养病，已有半年多不见臣工了。"母子之间的深重隔阂已让张之洞心惊，而外间关于皇上病势沉重的传闻，也在这句没有任何感情在内的话中得到证实。

太后衰老，皇上病重，大清朝的又一次重大变故迫在眉睫，此时的大学士军机大臣，将要面临着怎样的艰难乃至危险！

正在沉思时，只见大根进来禀报："鹿中堂来访！"

自从前年夫人去世，大病一场后，鹿传霖是明显地衰老了。他浑身虚胖，四肢乏力，在自家后院散散步都感到疲倦，入秋以来，因为气候干爽适中，才略觉好受一些。

郎舅同拜大学士共处军机，这是少有的殊荣，鹿传霖自应来看望看望，同时也要和内弟好好聊一聊。

张之洞也巴不得早日和姐夫见一见面。听说姐夫主动来访，忙亲自出大门迎接。

聊过一番家事后，两个军机大臣都更有兴趣谈军国大事。鹿传霖向内弟介绍了军机处的近况。军机处现有五人：庆王奕劻，文华殿大学士、礼部尚书世续，他本人再加上新进的张之洞和袁世凯。揣摸太后的意思，醇王载沣也即将进军机处。

"载沣进军机处？"张之洞摸着枯白而稀疏的长须，边思忖边说，"是不是醇王府又会出一代天子？"

皇上虽只有三十八岁，但这一两年病情很重，知内情的人都晓得皇上的病好不起来，龙驭上宾只是早晚的事了。皇上没有儿子，天

命将归于何人，这是京师高级官员们最为关注的大事。如果看准了，早下工夫，将是一本万利的绝大生意。一年前，奕劻的儿子载振曾被人看好。论血脉，载振是远了点，但奕劻现在是太后之下、万人之上的实权在握者，太后对他圣眷最隆，而且载振聪明伶俐，模样周正，甚得太后的欢心，年纪轻轻就做了新成立的农工商部尚书，显然是在着意培植他。但不久，杨翠喜一案被披露，载振的皇储一说也便随之而破了。原来，朝廷准备新设黑龙江、吉林、辽宁三省，派徐世昌与载振去东北实地考查。袁世凯的小站亲信候补道段芝贵，在老主子的支持下想谋取黑龙江巡抚一职，趁着徐世昌、载振过天津的时候，用一万二千两银子买下津门名伶杨翠喜，送给好色的公子哥儿载振。果然，这一美人计十分管用。段芝贵很快被任命为黑龙江巡抚。此事被御史告发，虽后来经奕劻、袁世凯周旋，没酿成大祸，但到底引起慈禧的反感，载振被迫辞去尚书一职，段芝贵的黑龙江巡抚也泡汤了。载振做不成皇储了，皇储又可能是谁呢？大家将各王府排来排去，一时都难以拿准。

鹿传霖点点头说：“你的猜想有道理，我和世续也是这样认为的，很可能由载沣来继承他二哥的位置。”

张之洞说：“我看载沣的可能性不大。皇上刚继位的时候，太后就许下承祧穆宗的诺言，若载沣继位，太后还能看到她亲生儿子的承祧人吗？我想，这天命多半要落在载沣儿子的头上。”

这话提醒了鹿传霖。他拍了一下脑门，脸上欣欣然地说：“还是你看得透彻。载沣的儿子溥仪两岁多了，载沣虽是老醇王的侧福晋刘佳氏所生，但他的福晋瓜尔佳氏则是太后指定的。瓜尔佳氏是荣禄的女儿，荣禄很受太后的器重。那年病逝时，太后不仅亲去吊唁，还动了真情，哭了。”

张之洞说：“你这一说，事情就越发明朗了。今后我们对这位小醇王，就更不能等闲视之。你与他打过交道吗？”

“见过几次面。”

“人怎么样？”

鹿传霖说：“长得还算清秀，对老臣们也还有礼貌。只是器宇不宏阔，见识平庸，顶多只能算个中下之材。”

“唉！”张之洞叹了一口气。“多年前，有一位朝廷大员就对我说过，遍视近支王府，找不出一个像样的人物来。王室乏人，此乃国家之大不幸。”

鹿传霖说：“还有一件事，我也很忧郁。太后这几个月时常闹病，七十好几的人了，时常闹病，可不是好征兆。万一她走在皇上前头，这事岂不更麻烦了！”

“是呀！”张之洞轻轻地附和着。心里想：万一这种事情出现了，谁来应付这个乱局呢？做湖广总督时可以不想这种事，可如今身为大学士、军机大臣，到时是想推都推不掉的呀！国家大事，千头万绪，这立储立君，可是头等大事呀。未雨绸缪，作为相国，第一要绸缪这桩事才对！

“香涛，你知道，袁慰庭为何被调进京城吗？”鹿传霖换了一个话题。

在张之洞看来，袁世凯调进京，应看做是太后对他的重用。尽管总督与尚书品衔相当，但外务部的前身是总理各国事务衙门，主持者从早期的奕䜣、文祥，到近期的李鸿章、奕劻，其地位都远在一般总督之上。袁从直督到外务部尚书，地位应是上升的，何况又兼军机大臣，不应该是某些人所说的明升暗降。张之洞说了这番看法，但鹿传霖摇了摇头。

“这是满洲亲贵在打击他。香涛，你或许不知道，眼下京师一个新的朋党正在形成，这就是满洲亲贵党，它的盟主是肃王善耆，骨干有良弼、载洵、载涛、铁良等人。”

十多年前陪俄皇太子访问武昌的善耆，过去因受慈禧的压抑，一直不问政事。他的最大爱好是唱皮黄，常召伶人来王府演戏取乐，他自己有时也粉墨登场。近两年善耆受西风影响，也爱议论立宪改制等

国事，很想通过变革来改变自己无实权的冷王爷身份。载洵、载涛是载沣的同母弟，因过继的原因都早早地封了贝勒。这两个贝勒虽年轻无本事，却有很强的权力欲望。铁良、良弼都出身于贵族，从日本士官学校留学回国，铁良已掌新成立的陆军部，良弼是铁良的助手。善耆既是王爷，又年长，便自然成了这个新党的头领。

"革命党头目孙文等人在日本组建同盟会，提出驱逐鞑虏的口号，将满汉之间的嫌隙重新挑起。善耆这一班满洲亲贵们血气特盛，想要来个针锋相对，全部排斥汉人。香涛，你还不知道，近来京师满汉对立到了何种地步，有的衙门，甚至满汉之间互不交言。"

张之洞一惊："满汉不交言，公事如何办？"

"如何办，只有拖下不办呗！"鹿传霖无可奈何地摇摇头。"铁良虽然掌了陆军部，袁世凯训练的北洋六镇也有四镇划归了陆军部管，但北洋军队是袁世凯训练出来的，部属们都听袁世凯的话，不买铁良的账。铁良等人于是将袁世凯视为大清朝最大的隐患，要彻底削掉他的实权，故而将他从保定调到京师。"

"噢——"张之洞长长地叹了一口气。他似乎已看到前面道路上的亮光在一点一点黯淡下去。

后来，张之洞不断地从儿子仁权以及其他旧友那里听到类似的话，大家为张之洞勾画了这样一个时局。

一是朝廷对改制一事举棋不定。各省都有立宪的呼声，海外更有立志推翻朝廷的革命党。于是有一些大员认为，与其被革命掉，不如立宪，尚可依旧维持皇室至高无上的地位。以载泽为首的五大臣考察东西方各国宪政回国后，也倡导立宪变制。载泽是慈禧的侄婿，他的话慈禧还能听得进去。慈禧知民心在立宪，但她本人又不能接受这个新事物，遂来个预备立宪，待九年后再行宪政。她的内心深处的想法是，九年后她已死了，到那时你们爱怎样就怎样吧。慈禧的真意明眼人一看就清楚，于是大家都敷衍着，预备立宪就变成了假立宪、不立宪。社会上反对之声很强烈，朝廷处在众矢之的的位置，日子很

不好过。

二是满汉对立严重。一批满洲少壮派力主排斥汉族大员，将国家大权全夺过来，掌握在自己手里。朝廷各部各衙门的汉员人心惶惶，无意做事。

三是去年的官制改革，将过去的旧秩序打乱了。由于内外形势不安宁，新的秩序建不起来，官场基本上处于瘫痪状态。

四是太后高龄多病，皇上朝不保夕，大清的家今后还不知谁来当，大家都在观望之中。公事得过且过，做一天和尚撞一天钟，甚至只做和尚不撞钟。朝廷上下，虽官员林立，实际上是一盘散沙，稍有个风吹草动，便有可能顷刻崩塌！

唉，张之洞可真没想到，京师的状况竟是这样的糟糕。面对着如此局面，能做什么呢？你说要各省都像湖北一样办洋务吗？你一个人的话，督抚不会听，你先得说服军机处。军机处的领班是庆王，庆王的心思在个人聚敛，国家是否强盛，他并不放在心上。他能支持你吗？即将进来的醇王当然也是领班，他的心思自然放在醇王府里出第二代天子的事情上。他能有这份闲心来管各省的洋务吗？即便军机处同意，还得奏请太后、皇上，眼下的太后、皇上自身处在病痛之中，他们哪里会去管国家的事？张之洞终于明白了，这大学士军机大臣原来并不是做惯了督抚的人所能做的差事。想想自己，从光绪七年外放山西巡抚以来，独当一面，独自主政，已经二十六七年了，特别是谅山大捷以后的二十三四年里，主持两广，经营湖广，真个是台上一呼阶下百诺，想说什么说什么，想干什么干什么，无人阻挡无须禀报。人们将督抚比之为一方诸侯，真是再恰当不过了。怪不得，功高盖世的曾国藩一直安于两江总督的位置，怪不得英雄一生的左宗棠只做了三个月的军机大臣便急着离京去做闽浙总督，原来他们都是大明白人啊！张之洞想到此，禁不住心中悲凉起来。北上前的满腔怀抱消解了多半。他甚至有点后悔，不该在这种时候贸然进京。

辜鸿铭不知张之洞的心事，欢快地闯了进来，喊了一声：“老相

国。”

自从抵京的那天起，大家便一律改口，不再叫香帅，而叫老相国。不是总督，自然不能称帅，大学士就是宰相，这称呼的改变是恰当的。前几天张之洞听了很觉舒服，今天听辜鸿铭这么一叫，他倒觉得身上陡然加了一道无形的压力。

“老相国，听说太后赏了您紫禁城骑马的特殊待遇。您今后入宫，是不是骑着马去？”

面对着这个没有机心的混血儿的天真提问，张之洞不觉笑了起来：“紫禁城骑马，就是骑着马进紫禁城吗？”

辜鸿铭被张之洞这一反问，倒弄得糊涂起来。他摸了摸光秃秃的前脑门，用至今仍不标准的中国话问：“这我就奇怪了，明明说是赏紫禁城骑马，为什么又不是骑马进紫禁城呢？”

张之洞说：“赏紫禁城骑马，就是赏一个这东西。”

说罢，顺手将茶几上的一样东西递过来，辜鸿铭忙接过。原来这是一根尺把长拇指粗的小木柱，木柱的一端拴着一根两尺余长的紫色丝绦。辜鸿铭端详许久，问：“这是什么？”

“这是一根马鞭。”张之洞淡淡地回答，“马鞭就意味着骑马。太后赏你这根马鞭，就等同在紫禁城骑马，并不是要你真的骑马进宫。”

辜鸿铭睁大着一对灰蓝眼睛，说：“即便是马鞭，这也不是呀！这种马鞭作得什么用，只配在舞台上做马鞭的道具。”

张之洞说：“说得好，它只是道具。汤生，你知道吗？人生就是一台戏，身边所有的摆设，即便是名利，也不过道具而已。”

辜鸿铭的灰蓝眼睛睁得更大了。他跟随张之洞二十多年了，从来只见他汲汲乎事功，何曾有过半句“人生如戏”的悟道话！难道说进入枢垣位极人臣，反而还颓丧了吗？

学部也真是没有什么可管理的。京师大学堂的章程早已定好，剩下的事只是学堂本身的按章办事罢了。辜鸿铭提出向西洋学习，在

首都建一个国家图书馆。张之洞很赞同这个建议，遂专门上了一道折子，请建京师图书馆，虽得到允准，但经费没有着落，京师图书馆也便只是一纸空文。

不久，广东和四川又重提粤汉铁路和川汉铁路的旧事，闲不住的张之洞又自请充任督办这两条铁路的大臣，但也只是挂名而已。因为种种缘故，铁路修建的进展十分缓慢。

张之洞在京师，虽然位居大学士军机大臣，却仿佛有闲人之感，国家的重大决策以及各省督抚将军的人事任免，似乎都只是在庆王、醇王和世续这几个满洲王公大臣之间暗中进行似的，他和鹿传霖、袁世凯等人都若隐若现地被排除在这个圈子之外。张之洞所做的事，多为祭祀、典礼、陪同接见外国公使之类可有可无的应酬。想起十八九年间武昌王的风光，他心里既空虚又郁闷。

这一天上午，他独自坐在家里，漫无目的地翻看近日印发的各类报章。大根进来禀报："有一位官员打发仆人送来一封信函，仆人说他家老爷是四叔您的故人，希望来拜访您。"说着将信函递过去。

张之洞心想：是哪位故人？当年的清流朋友，还是从两广两湖调进京师的过去僚属？边想边将信拆开，一张印制精美的大红名刺从信封里掉了下来。他拿起一看，上面写着：满洲正白旗呼拉尔贝子嫡长孙，前太常寺卿，蒙恩加三级致仕，颐年堂主葆庚字啸亭。

张之洞心里骂道：原来是葆庚，他有什么资格称我的故人？信封里还有一张纸，张之洞将它抽出来，只有短短的几行字："太原别后至今，二十五六年了。岁月匆匆，你我都垂垂老矣，想必阅历会给你带来真学问。闻已拜相进京，能否于万几中抽半日之暇，以叙旧情？"

一股极大的不悦冲上脑门，他将葆庚的名刺和信扔在一旁，躺在椅背上呼呼出气。

大根瞟了一眼名刺后问道："原来是先前的山西藩司葆庚，他不恨死了您吗？为何还要来见您？"

是的，他为何要见我？张之洞默默地思索着：若说我现在是大学士军机大臣，他想巴结的话，名刺上明明写着“致仕”二字，既已不做官，就没有巴结的必要。若说叙旧情，山西的旧情只能使他痛苦，没有哪个人愿意自揭伤疤，何况当着刺伤他的人的面？

那么只有一点，葆庚是想在我的面前炫耀他这些年的高官厚禄，炫耀他的蒙恩加三级致仕。而且还要翻案：他当时没有错。“真学问”三个字，不是分明指责我当时只凭书生意气而缺乏真学问吗？

好个贪官污吏葆庚！他既敢这样肆无忌惮地在我面前耀武扬威，把他叫来，好好地训斥一顿。张之洞正要大根把这话告诉送信的人，转念一想，又觉得太没意思：是谁使得他失之东隅，收之桑榆？是谁使得他敢于否定自己的罪行，秋后算账？还不是朝廷吗？还不是有一批居高位掌重权的人和他站在一边吗？张之洞又想起刚到武昌不久，便收到曾国荃寄来的由王定安写的《湘军记》。在序言里，曾国荃竟然无视事实，颠倒黑白，称王定安为异才，只因命运不好而仕途不顺。当时他真想和这个横蛮不讲理的曾老九打一番官司，只是那时正在筹建铁厂，忙得不可开交，实在分不出这份心来才作罢。许多正派清廉的人受压遭屈，痛苦一生，却有更多像葆庚、王定安这样的宵小之徒，偏偏左右逢源，快乐享受一辈子，说不定还要在史册上留下一个美名。这天道人世，难道真的原本就不公不平吗？

张之洞很有些心灰起来，吩咐大根：“你告诉送信的人，我近来身体不适，见面一事，以后再说吧！”

大根心里有气说：“四叔，让他来，您教训他一顿，杀一杀这个老东西的威风！”

张之洞叹了一口气，苦笑道：“我平生有三不争：一不与俗人争利，二不与文士争名，三不与无谓争闲气。我犯不着与葆庚这种无谓人争闲气，弄得自己不舒服。”

就在张之洞进京后事事不顺，心情抑郁时，武昌城又给他传来一件极不幸的消息：佩玉永远离开了他和孩子们，撒手走了。

得到噩耗后，张之洞老泪纵横，一连几天都沉浸在悲哀之中。

自从光绪十年佩玉过门来，陪伴他至今已是二十三年了。二十三年间，佩玉为他生下两个儿子，为他操持家政，勤勤恳恳任劳任怨，奉献了一个女人的全部生命。离开武昌时，佩玉虽已病重，但还只有五十一二岁，张之洞没有想到她会先他而去，只是嘱咐她好好养病，病好后再进京。仁侃虽已跟着他北上，拟于明年与王懿荣的侄女完婚，但还有仁实在家陪着。另外，念礽准儿夫妇都近在咫尺，随时可以照应。张之洞对佩玉留在武昌是放得心的。原指望她明年春暖时来京师，参加儿子的婚礼，不料竟然看不到儿子大喜这一天了！

张之洞悲痛的心情中更多的是愧疚。在准儿未嫁、环儿未过门的那八九年的日子里，张之洞尽管忙碌，很少有缱绻缠绵、两情相依的时候，但心里还是有佩玉的。有时，他也会叫佩玉给他弹上一曲，在她优美的琴声中感受到家庭的温馨和佩玉对他的情爱。有时，他也会和佩玉兴致浓郁地谈些家常琐事，回忆太原、广州时的往事。在絮絮叨叨的对话中，感受到夫妻真情的可贵和世俗生活的乐趣。后来，环儿过了门，大大地分去了他对佩玉的爱恋。再后来，他一天天的衰老，又加之洋务局厂的诸多不顺，佩玉虽仍给他操持家政，但他的心中却对她渐渐地淡薄了，有时甚至不会感觉到她的存在。

张之洞知道，最后使佩玉生下大病并一病不起的则是因为织布局事件。

由李满库而引带出的织布局事件，给张之洞很大的打击。事情后来的处理虽说还算满意，但张之洞却一直将织布局事件视为他洋务事业的一大污点。他恨李满库不争气，给他丢脸，这种恼怒也自然迁到佩玉的头上。佩玉为此忍气吞声。她没有在丈夫面前为弟弟辩护过半句，背地里常常以泪洗面。就这样，她终于落下病根。

张之洞也知道佩玉是无辜的。自己心绪平和的时候也会去劝慰她，但越这样，佩玉越会深感愧疚，终于由自怨自艾而自害自戕！

张之洞猛然想到，像佩玉这样善良而懦弱的才女，其实是不应该

嫁到官家，尤其不应该嫁一个像他这样以功名事业为生命的大官丈夫的。倘若佩玉嫁一个与她志趣相投的男人，夫唱妇随，琴瑟和谐，或许没有地位，也或许一辈子清贫，但夫妻之间以沫相濡，互为依伴，内心是充实的、甜美的，不会再有别的女人进门来分出丈夫的爱，也不会因为拥有权势而导致意外的不幸。

娶佩玉的时候，张之洞对将给佩玉带来幸福是充满着绝对信心的。回头来看，二十多年间，佩玉跟着他，却并没有得到多少幸福。

回想过去做闲官的时候，他与石夫人、王夫人之间也曾有过很恩爱的夫妻情意，做督抚以后，一年到头，有操不尽的心、做不完的事，家庭情趣的确少了很多。难道说，权与情就一定互不相容吗？难道说，追求功名事业就必须要牺牲爱情和亲情吗？

张之洞真想回武昌去，亲自祭奠一下佩玉，在佩玉的灵前诉说这些年的苦衷。但是，他一个堂堂相国，一个军机大臣，能为妾姨的死而离京离职吗？这当然是不可能的。他叫仁侃立即赶到武昌去，主持母亲的丧事。又特为让仁侃转告准儿，要准儿在佩玉的灵前代他奏一曲《幽涧泉》，算是他为佩玉送行。然后再把当年吴秋衣赠的桐木所制的那把“山水清音”琴焚烧在她的坟头，让她带着这把琴上路，也表示他会永远记住他们这段以琴相会的情缘！

因为佩玉的突然去世，张之洞更加衰老，豪气和雄心似乎正在一天天离他而去，他心中常有风烛残年之感。这使他恐怖，也令他无奈。

赵茂昌送的人参半个月前就用完了。这半月里他每天喝的从京师同仁堂买的人参，但效果相差甚远，他愈来愈神志分散、精力不支了。环儿说：“赵老爷请人制的人参效果好，不如叫他来京师一趟，将技艺传给大根，今后由大根照着制。”

张之洞想想也是，便发了一个电报到武昌电报局。做了十多年武昌电报局督办，前些年又身兼湖北轮船公司督办的赵茂昌，而今已是腰缠万贯、富甲荆楚的实业家了。他接电报后乘火车来到北京。

张之洞说：“你在武昌，今后人参寄到我这里不方便。你将你的制作方法告诉大根，让他如法炮制，彼此都好些。”

赵茂昌迟疑片刻后说：“这事还是由我来做吧！我每个月寄一包给您，就不需要再买同仁堂的人参了。”

张之洞说：“那太费事了，你就传给大根嘛，也让他多一门手艺。”

赵茂昌心里仍在犹豫。

见他一直不答应，张之洞心里烦了：“你是不是有什么绝技不愿传出来，别人不传，难道大根都不传吗？”

见张之洞不悦，赵茂昌忙说：“没有绝技，也不是不愿传给大根。”

张之洞绷紧脸问：“那为什么不按我的话办呢？”

赵茂昌已无路可走了，只得说实话：“方法很简单，只是您听了会不高兴，这人参是从鸦片水里泡出来的。”

“什么？”张之洞大吃一惊。“这么说来，我张某人等于吃了十多年的鸦片烟。你这个混账东西！”

张之洞觉得有一种蒙受大骗的耻辱感。他怒不可遏，抬起脚来，朝着赵茂昌的身上踢去。他早已虚弱不堪，这一脚并没有踢痛赵茂昌，倒让他自己跌倒在地！

众人忙把他扶起。赵茂昌也走过来搀扶，张之洞怒气未消：“你滚吧，我不想再见到你了。”

独自坐在椅子上，张之洞心里痛苦极了。他想起做山西巡抚时，雷厉风行挖罂粟苗禁鸦片烟的往事，想不到一个疾鸦片如仇、与鸦片势不两立的人，竟然每日与鸦片相伴十多年，而居然一点不知！

“赵茂昌真是个小人！”张之洞恨恨地骂道。

“我看也未必。”环儿在一旁说，“赵老爷也是为了你好。这十多年来，你吃了他制的人参，精力充沛，公事办得好，六十四岁又生了个满崽。你应当感激他才是，怎么反而骂他是小人呢？”

环儿这几句话，句句说到点子上去了。尤其是六十四岁得子这件事，像是突然将他敲醒了。是呀，自己体魄并不十分健壮且公务繁忙，这份难得的福气，不是靠的鸦片水泡出的人参，又靠什么呢？想到这里，张之洞对赵茂昌的怨恼减去八成。

“他应该告诉我才是。”

环儿说：“他知道你恨死了鸦片，告诉你，你还会吃吗？其实照我说呀，鸦片也不是那种坏透顶的东西，那么多人喜欢它，总有一点道理。乡下人说清水里养不了鱼，世上的事也不必太清清爽爽，睁只眼闭只眼，彼此都过得去就行了。”

张之洞睁大眼睛看着环儿，仿佛觉得她这番极简单的话里有着很多可咀嚼的内涵，初听不大对味，细想又不乏道理。他猛然想起葆庚信上的“真学问”三字。“真学问”是不是环儿说的这番话呢？

“你说说，我是吃下去，还是不吃？”

环儿“扑哧”一声笑了起来：“这还要问，当然继续吃下去。我还向你建个议，应该在京中为赵老爷谋个差事。这样，他今后为你制药也方便。”

张之洞没有做声，心里已经认可了。

过两天，他委派赵茂昌为粤汉川汉铁路办事处帮办。这个天下第一美差对赵茂昌来说，真是喜从天降。十多年不露声色的献媚功夫，终于获得了巨大的成功。

吃了赵茂昌亲手炮制的鸦片人参后，张之洞的精神很快有起色。就在这个时候，他时时担心的变故终于在悄没声息中突然发生了！

三　瀛台涵元殿，袁世凯在光绪遗体旁痛哭流涕

光绪三十四年十一月二十日，刚过寅初，张之洞就起床盥洗了，确切地说，他昨夜一夜未眠。正是仲冬季节，京师早已天寒地冻，这些日子更兼阴云密布，窗外是一片沉入深渊似的黑暗，既没有半颗星

光，也不见一盏灯火。屋内尽管烛光明亮，炭火熊熊，身着狐袍貂帽的张之洞仍有一种寒气逼人的感觉。这不仅仅是气候的冷，更是因为他心中的神魂不宁。就在两个多时辰之前，他经历了一生中最为惊悸的时刻。

昨夜，自鸣钟刚敲过九下，按照素日的习惯，他在环儿的服侍下，脱衣摘帽正要上床歇息。突然，大门外响起了一阵敲门声。这声音急切而慌乱，在冷清寂静的冬夜，显得格外的刺耳和恐怖。

张府上下的心都揪了起来，不知出了什么事。大根打开门后才知道，宫里打发两个太监来，请张大人立即进宫，老佛爷夤夜召见。

慈禧最善保养，绝少夜晚办事。这种破例的冬日深夜召见，一定有大事。联想到两宫重病的背景，一个可怕的念头涌上心头：莫不是有非常之变？怀着惊疑不定之心，穿过后宫肃杀空旷的长街，张之洞来到灯光摇曳、寂静无声的养心殿东暖阁，和醇王载沣、世续一道跪见慈禧。老太太愁容满面，声气微弱，一副病入膏肓的模样。在令人阴冷窒息的气氛里，慈禧宣布了一个惊人的消息：皇帝快不行了。

张之洞听到这句话时，脑中“嗡”地响了一下，手脚立时便觉绵软无力。耳畔又响起慈禧细弱的声音：“我本想让载沣来接替，但皇帝登基之日，我便已明告祖宗天下，以皇帝之子兼祧穆宗。不想皇帝无子，万般无奈，只得委屈载沣了，让他的儿子溥仪来接替吧，日后溥仪不但要祧穆宗还要祧皇帝。你们看如何？”

这最后一句话纯是套话，老佛爷钦定的如此大事，谁还能不同意？张之洞只在脑子闪过一句“不料竟被猜中”后，便忙跟着载沣、世续一边磕头一边说：“老佛爷圣明。”

歇了一会子，慈禧又有气无力地说：“溥仪只有三岁，不能理事，国事还得由载沣来处置。我想应该给他一个名称，你们看，定个什么名称为好？”

三十四年前光绪继位时，慈禧未必想到要给老醇王奕谖一个特别的名称。而今的这个想法，显然源于自己已无力秉国了。这个一世好

强的女人，不得不在上天的面前低下头来！

东暖阁又陷入可怕的寂静。

载沣自然不便说话。世续本是个不学无术的人，他靠的家世和钻营才有今天的地位，若要问他个典章制度等学问方面的事，即便在平时，他都支支吾吾地说不明白，何况此时此刻，面对着如此重大的事！他的序列在张之洞之上，理应他先开口。他急了好一阵子，还是想不出，便求救似的望着张之洞说："张中堂，你是饱学之士，你看用个什么名称为好？"

张之洞已在心里琢磨好了，便不再推让："启奏老佛爷，醇王所处的位置，前明有监国之称，国朝有摄政王之例在先，两者都可。宜用何者，请老佛爷圣心裁定。"

慈禧说："两个称号都好，我看就并用吧。张之洞，你拟旨吧！"

喘息一会，慈禧叙旨："以皇帝的名义颁发上谕：一、醇亲王载沣之子溥仪着即刻抱进宫中教养。二、醇亲王载沣加授监国摄政王。"

张之洞拟好旨后，便离开养心殿。回到家时，已是子夜了。他在床上躺了个把时辰，根本无法入睡。自鸣钟"咔嚓咔嚓"的响动声，更给冬夜增添几分冷寂。他终于忍受不了这种难耐的沉闷，吩咐点灯烧火，他要起床梳洗，静坐待旦。

凌晨的空气冷冽而清新。张之洞手捧着一杯热参汤慢慢喝着，心绪渐渐安宁下来后，昨夜的一个大疑虑又从脑海里浮了出来：太后召见时只有三位，军机处现有六位大臣。奕劻先一天去东陵为太后查勘万年吉地去了，鹿传霖这些日子生病，这两位不在可以理解。但还有袁世凯呀，为什么召见时没有他呢？想起鹿传霖所说的满洲亲贵少壮派嫉恨袁的话，张之洞心里一亮：难道说，袁将要被赶出军机处？以袁的处境，一旦出军机，他的仕途也就走到头了。想到这一点，张之洞不免对袁世凯生出一丝惋惜之情来。他甚至想到，若遇上一个机会

的话，应当在太后面前为袁世凯说上两句：用人如用器。袁虽有许多不足之处，但他毕竟是今日朝廷内外少有的能做事的人。

因为年高德劭，张之洞享受平时可以不上朝的优待，昨夜太劳累了，他今天不打算上朝，但他还是穿戴得整整齐齐。他知道今天不定哪个时候，就会有人来报告出自宫中的那个特号消息。

但是，直到天黑，仍没有任何消息传来。张之洞提心吊胆的一天，在京师官场文恬武嬉的平静中度过。第二天傍晚，张府正在开夜饭的时候，从宫中出来的两盏白灯笼终于带来了确凿的消息：皇上已于酉初三刻崩于瀛台涵元殿。

张之洞赶忙放下碗筷，乘轿急奔宫中。来到景运门时，恰好遇上鹿传霖，两人下轿，结伴进宫。原以为此时宫中必定是一片哭泣，一片忙乱，谁知完全不是这样。宫里安安静静的，如同什么事也没有发生过一样，与往日不同的，仅只是军机处的低矮屋檐下挂起两只白纸糊的灯笼而已。张之洞和鹿传霖见此情景，心里颇为过意不去。走进军机处，醇王、庆王、世续早已到了，正在聚首研讨什么，见张、鹿二人进来，三个满洲权贵只是淡淡地打了一声招呼。

张之洞问身边的一个章京：“大行皇帝现在哪里？”

章京答：“仍在涵元殿，未移灵。”

张之洞悄悄对鹿传霖说：“我们去看看吧！”

鹿传霖点点头。

张之洞问载沣：“王爷，你们去看过大行皇帝吗？”

载沣面无表情地说：“还没有哩，大家正为新皇帝继位的事在忙着。你们二位也来一起商讨吧！”

张之洞说：“我们先去看看大行皇帝吧！”

载沣犹豫了一下，说：“也好，快去快回，好多事情等着你们来办。”

临时叫来两名太监导引，在一名军机章京的陪同下，张之洞、鹿传霖摸黑向南海子方向走去。

涵元殿是瀛台上的一座主要建筑。瀛台则是南海的一个半岛，它的东面、西面、南面三个方向都临水，只是北面与地面相连。明代起帝后们就常到瀛台来游玩，借以观赏民间的田园风光。清代，宫廷在此大兴土木，把它当作海上的仙山来经营。修楼筑亭，移花植木，让人站在这里便有来到传说中的海上三山——蓬莱、方丈、瀛洲的幻化感觉。瀛台上除涵元殿外还有香扆殿、补桐书屋等主要建筑，清代的历朝帝妃常在此地游幸避暑，康熙、乾隆等帝还在此理朝听政。自乾隆起，各朝皇帝都常在补桐书屋读书。瀛台，的确是一个美丽幽静的好地方。但是，自从戊戌年秋天，光绪被慈禧安排在此养病读书之后，这里就成了一所皇宫中的高级囚牢，皇上成了这座囚牢的犯人。

与外界相连的涵元门被慈禧派的兵丁把守，除开几个太监宫女可以出入外，外官一律不能进来。光绪本人非得到慈禧的同意，也不能外出。皇后和瑾妃一个月也难得来一两次。可怜一个泱泱大国的皇帝，就这样孤单、冷清、忧郁、苦闷地在这里度过生命中的最后十年。

张之洞、鹿传霖踏上瀛台时，迎面感受到的是来自南海子水面上的飕飕冷风，两个衰翁不由得打起寒战来。半岛上的楼台亭阁全都笼罩在夜色之中，花草早已凋零，古木愈显苍老，四处不见一个人走动。被人们视为仙境的瀛台，今夜，如同它的主人一样，已经死去了！

光绪的遗体安置在涵元殿的正殿，围绕着他的四周点起十余支素色蜡烛，两个平日服侍他的小太监见张、鹿走来，便跪下叩头。张之洞走到光绪身边，只见他身上盖了一件暗色的布衾，面孔灰白瘦削，两眼紧闭，两眉紧蹙。一看这副模样，就知道他是带着极大的痛苦离开人世的。想起大行皇帝懦弱悲惨的一生，张之洞、鹿传霖禁不住老泪纵横。他们跪在光绪的灵床边，恭恭敬敬地磕了三个头，向大行皇帝作最后的诀别。

站起来的时候，张之洞发现，自他们进来直到现在，整个涵元殿

仅仅只有这两个跪在一旁的小太监，既不见别的宫女太监，也没有一个料理后事的内务府官吏。尤其令他们难受的是，皇后、瑾妃以及他的亲弟载洵、载涛等人竟然没有一人在身旁。这是怎样的一代天子，他拥有三十四年的年号，却没有留下一点骨肉，死后连一个亲人也不来守灵，名为皇帝，其实连一介草民都不如。

苦命的皇上啊，你真不该投胎帝王家！

张之洞正在心灵深处为光绪叹息的时候，突然，一声悲号传了进来："皇上，臣看您来了！"

随着哭声，一个人跌跌撞撞地奔进来，朝着光绪的遗体趴下，大声喊道："皇上，您不应该走呀！您不能丢下大清国，丢下您的臣民不管呀！"

一边喊，一边使劲地在地砖上磕着头。

张之洞和鹿传霖走过去，一边一个扶着那人的肩头，说："慰庭，起来吧，军机处那边还有许多事等着要办哩！"

在光绪遗体旁痛哭流涕的正是袁世凯。都说当年就是袁世凯出卖了皇上，都说袁世凯巴不得皇上早死，都说袁世凯要拥戴庆王的儿子载振为帝，但是今夜，他为何要独自一人来到无人凭吊的灵堂，向皇上作如此这般的诀别？

这一个绝大的疑问，谜一般地留在两位老臣的脑子里，只是谁都没有发问。

第二天，三岁小皇帝溥仪诏告天下：继承皇位，国事由监国摄政王载沣代为处置，改明年为宣统元年，尊慈禧为太皇太后。

然而这位太皇太后拥有崇高徽号尚不到半天，便在当日未时崩于她的寝宫仪鸾殿。

两宫一前一后接踵而去，时间相距不到一个对时，这不仅为有清一代所没有，就在整个中国帝制时期里也无先例。

如果说，光绪的死去无声无息，就像后宫里走了一个老太妃似的，那么慈禧的突然晏驾，便真如天塌地裂、山崩海啸，整个紫禁城

立刻变成一个大灵堂，京师所有公务一律停办。朝廷内的争权夺利，官场中的勾心斗角，一时间也好像都已止息，上自王爷贝勒，下至胥吏走卒，全部投入到浩繁的两宫丧事中去了。

直到半个月后，小皇帝坐在父亲的怀里，举办完中国历史上最后一次登极大典，一切才逐渐恢复正常。新皇帝刚登基，便下达一道封赏军机处四个大臣的诏书：世续、张之洞、鹿传霖、袁世凯一律赏加太子太保衔，袁世凯赏紫禁城骑马。

当袁世凯接过那根玩具似的紫色马鞭时，二十天来沉重的心绪骤然轻松了：看来那夜太后召见军机大臣时，只是因为她病情严重心思恍惚而一时忘记了我？

袁世凯高兴过早了。正是那个直到临死时依然头脑精明的老太太，在大行之前特别关照载沣要防备袁世凯。也正是在国丧期间，一批满洲少壮亲贵在日夜商议，如何对付袁世凯。他们公开劝说监国摄政王载沣杀掉袁世凯，为满洲剪除心腹大患。毫无当国经验的二十五岁载沣在犹豫着：杀袁世凯，可以真正地收回北洋六镇的兵权，长保皇室的安全，然则袁乃大臣，杀他师出何名？在朝野内外的影响又会怎样？

就在这时，一封署名御史王景纯的参劾袁世凯的折子，由内奏事处呈递到载沣的手里。王景纯的参折指控袁世凯在山东巡抚和直隶总督任上目无朝廷、擅用职权、靡费钱财、挪用公款、结党营私、勾结洋人的种种不法情事，以及投机钻营、首鼠两端、媚上欺下、阳奉阴违等恶劣的品性，请监国摄政王杀袁世凯以彰正义，以谢天下。

王景纯的参折为载沣提供了一个可资利用的工具，他命令京报全文刊登出来，先造造舆论，再听听各方反应。参折见报后，立即在京师及全国的官场士林中引起巨大反响，袁世凯本人看到这份参折后更是惊恐不已。

他是一个极为老练的政客。从保定调到京师，未被慈禧托孤，御史参劾，这三件事加在一起，无疑构成了黑云压城的险恶局势。他不

能坐以待毙，他要死里求生。

袁世凯的心腹参谋、助手兼私人代表，是他的三十三岁嫡长子袁克定。他的最可靠的朋友是患难之交、现任东三省总督的徐世昌。恰好这时徐世昌由东北回到北京参加吊丧活动。于是，在北洋公所袁府里，袁氏父子和徐世昌日夜商讨对策。

最后，他们商定动用文武两支力量，来向载沣施加压力。武的方面，由袁克定去找段祺瑞。段祺瑞是袁世凯在小站练兵时所提拔的统制。段感激袁的知遇之恩，铁心投在袁的门下。光绪三十二年官制改革时，袁建议设置练兵处，负责领导全国的新军训练。袁作为会办大臣握有练兵处实权，练兵处的各级头目均为他的心腹将领。段祺瑞被任命为军令司正使，地位十分重要。在袁世凯的着意栽培下，段祺瑞成为北洋新军中仅次于袁的第二号人物。袁克定塞了一百五十万两银票给段祺瑞，要他联络北洋新军的弟兄们帮袁家渡过这一难关。段祺瑞爽快地答应了。

文的方面则由徐世昌去游说张之洞，然后请张之洞出面说服载沣。恰好这时，载沣七弟载涛筹建御林军，六弟载洵与妻兄长麟为争夺海军大臣一职而闹得不可开交。这是满洲少壮派急于掌握朝廷各要害部门的信号，引起朝中文武尤其是稍具正直心的汉大员们普遍不满。抓住这个机会，徐世昌走进了张府。

王景纯的折子，张之洞自然也看到了。一个刚加封为太子太保的外务部尚书军机大臣，一个曾做过多年直督、训练过六镇北洋的练兵处会办大臣，御史王景纯敢于这样无情地揭露和斥骂，张之洞当然知道，这决不是王景纯的大胆和无私，而是他有强大的靠山。这靠山显然是鹿传霖一年前就说过的满洲少壮亲贵派。过去太后尚在，载沣未当国，他们尚不敢太放肆，如今他们是毫无顾忌了。袁世凯固然有不少可指责之处，但现在他们这样做，却是醉翁之意不在酒，或者说是杀鸡给猴子看，借袁来向包括鹿传霖和他本人在内的汉元老大臣开刀。当年大清开国的时候，顺治爷、康熙爷为融合满汉花费几十年心

血，才有后来的五族携手共创大业的局面出现，以至于洪杨造反，公开打起恢复汉人江山的旗号都不能起作用。现在孙文等人在海外鼓吹驱逐鞑虏，恢复中华，这是洪杨故技重演。载沣等人不承袭先朝笼络汉人的国策，反而针锋相对来个驱逐汉人，汉人是满人的多少倍？汉人蕴藏的力量有多大？他们怎么不想一想，掂一掂。唉，这些爱新觉罗的子孙们，怎么如此不贤不肖，如此懵懂愚昧？

正当张之洞为载沣掌国的第一个举措便失当而惋惜的时候，徐世昌衔命来访。在仁权及近日任职学部的辜鸿铭、陈衍的陪同下，张之洞接待了这位有过十五年黑翰林经历、最近这几年却平步青云的徐世昌。

徐世昌长得丰神伟仪，又善于说话，是一个受张之洞喜欢的客人。他将他所知道的满洲少壮亲贵们幕前幕后的情况，诸如载沣将出任陆海军大元帅，其两弟分任御林军统领和海军大臣，善耆等人再次提出撤销军机处，铁良、良弼要将包括湖北新军在内的全国新军重新改编及扩大陆军部军权等等，一一向张之洞娓娓道来。为了刺激张之洞，徐世昌又杜撰一则传闻：汉阳枪炮厂近日已引起高层的关注，铁良等人提出此厂不宜再由湖督掌管，应归陆军部控制。

徐世昌说了一两个小时的话，却只字不提王景纯的折子。张之洞知道徐世昌与袁世凯的关系，他当然也知道徐世昌登门造访的目的，见徐不提参折的事，他也不提。张之洞只是静静地听着，自己说得不多。连汉阳枪炮厂也不放过！徐世昌的这则杜撰果然引发了张之洞心中极大的不满，他已经意识到时局的严重性。这一群不谙世事却又有着极强权力欲望的少壮派，不是将已处风雨飘摇中的大清国引向避风港，而是将它拖到风口浪尖上。不仅仅是为了袁世凯，也不仅仅是为了自己，更主要的是为了国家，为了社稷，为了曾经给张家世代尤其给了他本人大恩大德的朝廷，他要尽一个老相国的责任，保护袁世凯，刹住这股邪风！

当徐世昌告辞的时候，张之洞说：“托你转告给袁慰庭一句话，

宜处处留心，不可大意。老夫该做的事，老夫会竭力去做。”

张之洞的这句话令徐世昌极为满意。他急奔北洋公所，将此话告诉了老友。

探得了张之洞的态度后，袁世凯开始实施第二步计划：请奕劻出面说动载沣咨询张之洞。

在袁世凯数十万两银票的引诱下，奕劻多年来已和袁世凯结成了联盟。他不愿意袁世凯垮台，他甚至也不愿意张之洞、鹿传霖等人退出枢垣。因为他知道，他虽然是满洲亲王，但在载沣兄弟眼中，他是属于“老朽”者之列，也是少壮派们要排斥的对象，何况他一向名声不佳。过去全仗着老佛爷这座靠山才未倒下，现在靠山没有了，少壮派随便找一个岔子就可以把他驱逐出去。出于自身利益的考虑，他此时是很愿意与袁、张、鹿等人抱成一团的。他乐意接受袁府之托，亲去醇王府，谦容卑辞地拜访他的侄儿载沣，希望载沣在处理袁世凯这件事上听听张之洞的意见。

载沣公开王景纯的奏折，原本就是为了听听各方反响。张之洞作为受托孤之命的唯一汉大臣，德高望重的元老，他的意见自然更应重视。载沣放下监国之尊，亲自来看望张之洞。

张之洞与载沣共事将近一年，深知载沣与他的父亲醇贤亲王、二哥光绪一个样，平庸而懦弱，决不是一个能挽狂澜于既倒的强者、一个能导国家于治平的明王，但命运和时势既然把他推到了这样的位置，张之洞不得不在他的身上寄予重望。

老相国拖着衰弱的身体，以报答国恩的忠诚，与年轻的监国恳谈了半天。他告诉载沣，不能据御史的一纸参折来定大臣的罪，折子上所讲的那些事，都要通过查核落实才行。他向载沣指出，眼下正是历史上常有的“主少国疑”的局面，这种政局需要当国者小心谨慎，多用笼络，少用杀戮。何况海外的革命党虎视眈眈，千万不要给他们以可乘之机，安定、平稳才是上上之选。

又说袁世凯曾经是六镇北洋新军的统帅，与北洋中上级军官关系

不浅，倘若因处置袁世凯而引起北洋军的骚动，将对大局极为不利。说到这里的时候，张之洞想起徐世昌所说的关于汉阳枪炮厂的事，遂特别严肃地对载沣说："这二十年来，奉朝廷之命，为了徐图自强大业，不少督抚在地方上办起了洋务局厂。这些洋务局厂多半属于军事上的，个别几个省还训练了新军，当然，地方上的局厂军队，都是大清国的财产，但毕竟大部分是该省自筹的。请摄政王继承太后和大行皇帝的遗志，对这些忠贞为国的督抚予以尊重，对他们的局厂军队要予以爱护，不要动不动就收归朝廷，更不要随便指摘他们动机不纯。督抚安定，天下才会安定。各省眼下都在关注着朝廷，关注着摄政王您，您的一举一动都系着天下安危。"

为着让年轻的监国增加治国阅历，张之洞还给他说了咸丰帝慎办左案的掌故。

当年樊燮状告左宗棠的折子到了咸丰帝手里。咸丰帝看了十分惊骇，提起笔来，在官文奏折上批了四个字：就地正法。写完后，他想想有点不妥：左宗棠虽是个幕僚，却才干超众，不能听信一面之词，错杀人才。于是再次提起笔来，写道：饬湖南巡抚查核，若果有其事，将左就地正法。

到了夜晚临就寝时，咸丰帝又想起了这事：左既是巡抚的幕僚，让巡抚来查核，必不能服樊燮之心，应由朝廷出面来查为好。于是重新拟一道旨，着都察院速派一名正派御史前往湖南调查此事。第二天一早醒来，咸丰帝想起正在带兵打仗的曾国藩、胡林翼等人都是湖南人，必定对湖南情况熟悉，听听他们的意见很有必要。上朝后命内阁拟旨分寄曾、胡，征求他们对左案的处理意见。正因为咸丰帝再而三、三而四地慎之又慎，才保住了左宗棠的性命，也为大清国保住了一根柱石。

载沣说："老相国说的这桩旧事对我很有启发，对袁世凯的事，我会慎重办理的。另外还有一件大事，我想听听您的意见。"

"何事？"张之洞将身子向着载沣倾斜过去。

“明年，我想给皇帝启蒙，您看师傅选哪几个人合适？”

张之洞说：“这的确是件大事，容老臣来慢慢寻找。”

刚说到这里，他想起一个人来。此人便是当年京师有名的“四谏”之一、甲申年因为与曾国荃不和而回籍，至今家居二十多年的陈宝琛。

那年陈宝琛从福建到江宁看望张佩纶，居然不进总督衙门，显然是对张之洞冷淡友谊的不满。为了弥补过失，也为了能在晚年与老友有个见面谈话的机会，调陈宝琛来京做小皇上的师傅是一个最好的办法了，寂寞二十多年的老清流也可在晚年风光风光。

“王爷，有一个人，当年老佛爷称赞他品行端方，学问醇厚，我看此人可先调来上书房。过些日子，我再荐举几个。”

“您说的这人是谁？”

“陈宝琛。”

陈宝琛离开官场时，载沣才刚出生，自然对这位当年名谏不太清楚。张之洞将陈宝琛的情况简略地说了一下。

“好吧，就让他进宫吧！”载沣做出一副贤王姿态，“将他委屈了二十多年，这是朝廷的疏忽。”

弢庵就要衣锦回京了！这是所谓“翊赞中枢”以来最令张之洞欣慰的一件事。

四　陈衍献计：用海军大臣作钓饵，诱出“保袁”的枕头风

送走载沣后，陈衍、辜鸿铭、仁权都围着张之洞，听他说谈话的情况。

仁权说：“依我看，父亲的话，醇王不一定都听到心里去了。毕竟他的那些急于掌权的兄弟，对他的影响更大。”

辜鸿铭说：“我的直觉，袁世凯这个人是个大伪君子、大奸臣，实在该杀，不值得惋惜。”

张之洞说：“这不是袁世凯个人的事，这一股邪风，我身为相国，不能坐视不理。”

陈衍坐在一旁不开口，张之洞问他：“石遗，依你看，袁世凯的八字怎么样？”

陈衍说：“我看他很险。大公子的话很有道理，在老相国与洵贝勒、涛贝勒之间，摄政王很有可能倒向自家兄弟那一边。”

张之洞生气地说：“摄政王若这样做，朝政便不可收拾了，我不如回南皮养老去！”

陈衍说：“我倒有个主意，但手段并不是很光明正大的，所以我要先问问相国，袁世凯是不是一定要救，若可救可不救，我也就不说了。”

辜鸿铭天生沉不住气，急道：“陈石遗，你有什么好主意就明说，还要问相国什么。相国当然是愿救袁世凯，不然也不会和摄政王磨半天嘴皮子了。”

张之洞也笑道：“石遗大概用的是阴谋诡计，不然何须吞吞吐吐的。你说吧，再怎么不光明，在这里说也不要紧。”

陈衍说：“大公子的话给我以启发。摄政王怕他的两个弟弟，若两个弟弟不知天高地厚，坚持要杀袁世凯的话，摄政王便有可能顾不得老相国了。但我也听说，摄政王惧内，他的福晋是个有名的河东吼。倘若他的福晋也说出老相国这番话来，他就很有可能听进去了。我是怕老相国听了生气，才不敢说。无奈大清国只有这样一个不中用的摄政王，我才出此下策。”

张之洞笑道：“这也不是什么太不光明磊落的主意。女人爱吹枕头风，男人易听枕边话，自古皆然。”

仁权说：“既如此，陈先生你就说下去。这条计策的关键，是要摄政王的福晋愿意那样说。”

“是的。大公子说得对，这事的关键在如何使福晋愿意替袁世凯说话。我的思考线索是这样的。”陈衍摸着下巴上的短须，不紧不慢地说，“摄政王的福晋瓜尔佳氏是荣禄的女儿，瓜尔佳氏有很强的干政欲望，也想学老佛爷样当大清的家，对娘家势力很重视。她的哥哥长麟想当海军大臣，洵贝勒也想当，二人之间发生了冲突。瓜尔佳氏站在娘家一边。这是大家都知道的事。现在让人去见长麟，说大家都支持他做海军大臣，条件是不杀袁世凯。让长麟去跟瓜尔佳氏说，再由瓜尔佳氏为着哥哥的海军大臣，在载沣面前说好话。如此，事情就成了。”

辜鸿铭说：“你这里又有一个难题，谁去见长麟呢？据说此人极不好打交道。他做了个水师翼长，架子就大得不得了，现在又升为国舅，更不可一世了。”

陈衍笑着说：“当然不是一般的人可以去见他，这个人我也想好了，他就是鹿中堂！”

“鹿中堂！”辜鸿铭、仁权差不多同时一惊。

“为什么鹿中堂最合适，你们听我说。”陈衍慢悠悠地说，“当年，鹿中堂做陕西巡抚的时候，荣禄正做西安将军，一文一武，两人是同住一城的最高官员。两家相处得很好，时常走动。那时瓜尔佳氏还在娘家做女儿，长麟、长麓兄弟也还住在家里，遵父命常去鹿府，向鹿中堂请教诗文。长麟对鹿中堂甚是敬重。假若鹿中堂肯出面到长麟家里去一次，并答应他愿与老相国一道保举他做海军大臣，长麟一定会跟瓜尔佳氏去说的。何况，作为荣禄的长子，他一向与袁世凯也多有联系。一箭双雕，他会乐意的。”

辜鸿铭说：“长麟也不是海军大臣的人选，中国真正够资格做海军大臣的，只有我们福建人萨镇冰。”

陈衍点点头说：“萨镇冰当然是很好的海军大臣，但他没有后台，不敢争这个位置。长麟长期供职水师，又在英国海军大学留过学，与载洵比起来，他就合适多了。所以，鹿中堂和老相国支持他出

任，也不能算无知人之明。”

仁权说：“我姑爹体气衰弱，他愿意去低他一辈的长麟家吗？”

“这倒也是。”陈衍搔了搔头。“鹿中堂又不是为自己办事，要他拖着这身病体去长麟家，是有点说不过去。”

张之洞一直没做声，这时插了一句：“石遗，你不可以调换一下，让长麟去看鹿中堂吗？”

“哎，这是好办法！”陈衍拿手指头点击太阳穴。“不过，叫长麟去鹿府也不是一件容易事。”

“拿海军大臣做钓饵！”辜鸿铭爽快地说。

“也还得去个人联络才是。”陈衍若有所思地说。

“仁权，你去一趟长麟家吧！”张之洞望了望儿子。

“我？”张仁权望着父亲，为难地说，“我与长麟联系很少，贸然去访，有点突兀吧！”

张之洞想了想说：“我给你一个借口。严复有个折子，提出每年派十名左右优秀子弟去英国格林威治海军大学读书，请朝廷批准。你说奉我的命问他这个曾留学英国的前水师翼长，一个人在英国读海军每年得花多少银子。谈话之间，把话题引到正题上来。待得长麟愿去鹿府后，你再去姑爹家，就说我请他一起帮帮袁世凯。”

仁权说：“这可是个难题，不知道做得好不？”

张之洞说：“这也是个历练。你若做不好，干脆这个刑部郎中也不要做了，跟我一道回南皮去算了。”

大家都笑起来，陈衍打气道：“大公子，你不要为难，一定做得好的。到时候，长麟和袁世凯都感谢你，你就等着升官吧！”

张仁权今年四十八岁，在父亲外放督抚的二十七八年里，他一直在北京住着。三十三岁那年他中的进士，分发刑部，三十六岁那年，鹿传霖做江苏巡抚，他借江苏省籍的一个名额，自费留学日本一年，学习日本的律法，这一年对他的长进起了很大作用。回国后不久即被擢升为员外部，过两年又升郎中。仁权为人实在勤勉，今天的刑部中

级官员这个地位，是他以年资和政绩换来的，父亲的高位对他所起的作用并不大。

仁权是个本分人，张之洞关于京师的联络，并不主要依靠这个儿子。戊戌年之前他主要依靠杨锐，戊戌年之后，则主要依靠湖广会馆。

湖广会馆在骡马市大街东口南侧，是京师众多会馆中最有名气的一个，不仅建筑规模宏大，而且有一个可容纳千人的剧场和一口著名的子午井。据说这口井的水在子、午两个时辰是甜的，其他时辰则与一般井水无异。因为此，湖广会馆不仅成为两湖旅京人士的驻会之地，也是京师人爱去的热闹场所。张之洞在此设立一个两湖驻京办事处，办理他所交办的各项事务。

与袁世凯对儿子的期待不同，张之洞不希望儿子卷入是非之中。他对儿子本分为人、守职做官的处世态度颇为满意。他从不安排儿子为他办事，这次算是第一遭。

张仁权也知道这事的重要性，他要竭尽全力来办好。

与多年前颇为出名的户部侍郎长麟同名的荣禄长子，住在父亲留下的旧宅中。荣府坐落在交道口菊儿胡同，占地很大，整个一条菊儿胡同，荣府占了一半。读过《红楼梦》的人，都将它视为该书中的荣国府。

荣府分为三部分：西边为洋楼房，中间为花园，东边为住宅。住宅分为五进院落，除长麟外，他的老母亲和弟弟长麓也住在这里。自从溥仪登基后，此处成为真正的国务府。一天到晚，车水马龙，达官贵人络绎不绝，西边四座西式洋楼便成了荣府接待各方来客的场所。长麟为人高傲，好摆架子，等闲客人都打发弟弟长麓或管家去接见。仁权官位虽不高，但他是张之洞的大公子，长麟自然不好怠慢，便亲去接待。

在一个充满着英伦三岛风味的客厅里，身着西式便服的前格林威治海军大学留学生，与现任刑部郎中对坐在大牛皮沙发上，他的面前

摆着一杯黑褐色浓咖啡，客人的面前放一碗清绿的龙井茶。

寒暄之后，张仁权说：“学部翻译馆总纂严复通过学部大臣张百熙上了一道折子，请朝廷每年派遣十名优秀子弟到英国格林威治海军大学学习，每批读书五年毕业，连续派十年，共培养一百多名中国海军高级人才。他造了一个计划，每年五万两银子，十年共五十万两银子。家父赞赏这个计划，但对所需经费事宜，心中无数。鹿中堂说国舅爷曾留学格林威治海军大学，情况清楚，于是家父打发我来请教国舅爷。”

长麟想了想说：“严复这个建议是好的。朝廷筹议海军部，议来议去，最大的困难，还不是银钱缺乏，而是人才缺乏。先前沈葆桢在福建办马尾水师学堂，李鸿章在天津办北洋水师学堂，每年都从毕业生中选拔优秀者，送到英国去留学，严复、萨镇冰等人都是这样去的英国。甲午年北洋水师全军覆没，不久海军衙门也撤了，水师毕业生去国外留学一事也便随之停止。现在筹办海军部，老的一批死的死、改行的改行，新的没跟上，竟到了青黄不接的地步，人才极缺。严复看到这一点，这是他的目光过人之处。”

仁权插话：“严复这些年来翻译《天演论》等洋人著作，又在报纸上发表不少议论时政的文章，成为留英生中最有名气的人了。”

长麟淡淡笑道：“我刚才说有人改行，严复就是其中一个。他在办北洋水师学堂时没有大名气，翻译写文章倒让他出了大名。当年培养他的中国教习和洋人老师大概都没想到。不过，话说回来，真正筹办海军部，严复并不是好的官员人选，他没有水师的实际经历。”

听得出来，长麟并不太赏识严复，话外之音，是突出自己在水师里做过管带、翼长的实际经历。仁权是冲着长麟来的，严复不过是一块引玉之砖罢了，于是忙附和：“严复名气虽大，但毕竟做的只是书生事业，要办海军部，还得要既有海军学历，又有统带水师资历的人才行。”

这话说到长麟的心坎上了。他笑着说：“张郎中不愧相国大公

子，见事就比别人明白些。”

“哪里，哪里！”见谈话融洽，张仁权高兴。

“还是说正题吧！”长麟喝了一口咖啡，接着说，“当年曾国藩第一次提出派遣幼童出国留学，给朝廷造了一个计划，每年派三十人，学习十五年左右，一共派四批，首尾近二十年，共一百二十人，造的开支是每年六万两银子，共一百二十万两。若按人头算下去，一个幼童一年在西洋的费用大约二千两，这是四十年前的物价。幼童读书的费用与成人又不同，还有，学的专业也不同，学海军的费用就比学机械的要高得多。我是光绪十八年去的英国，在格林威治海军大学读了六年，共用三万五千两银子，每年花费近六千两。当然，我的开销是大了点。”

张仁权在日本做过一年多留学生，深知留学生之间的差别。有自费的清寒家庭出身的，除省吃俭用外，还得帮人做事赚取学费。有公费的达官贵人家子弟，住别墅，雇仆人，还要包女人，逛窑子。这两者的开销何异霄壤！

“手脚小一点，有四千两也足够了。”长麟继续说，“现在又过去十多年了，英国物价涨得快。严复给每人造五千两一年的计划，虽略显宽裕，但不离谱。”

张仁权说：“国舅爷这一细说，经费事宜就很清楚了。另外，一年派十人，人数上是不是合适，家父也让我请教国舅爷。”

长麟笑着说：“若从海军的发展来说，一年十个人当然远不够。依我看，每年至少派三十至四十人，每只军舰三副以上的军官都要有留洋的学历才行。我想严复只提十人，不是他不懂中国海军，而是他怕口张大了，朝廷不批。另外，现在的海军部也没建立，今后还不知如何来筹建海军。他也怕花费许多钱，培养的人回国以后没事做。严复是个精细人，这些他都会料到的。”

“国舅爷见事、知人这两方面，都有远过常人之明呀！眼下朝廷中的大员，像您这样的人才，百里也挑不出一个。”张仁权不失时机

将话题引到他的轨道上来。“怪不得鹿中堂力主国舅爷您出任海军大臣哩！”

最近一个月来，“海军大臣”已成了长麟的一个心结。早在留学英国的时候，作为满洲亲贵子弟，长麟就萌生了日后要主宰大清国海军大权的雄心，随着父亲的地位日趋显赫，长麟在水师中的官位也逐渐递升，其掌海军大权之心也日渐膨胀。但天不遂人愿，甲午一战，北洋水师全军覆没，海军从天之骄子一夜之间跌到耻辱的深渊，海军衙门悄然摘牌，关门大吉。接着李鸿章去世，中国热心办海军事业的最大人物走了，中国海军的复兴失去了最后一个指望。

再过两年荣禄去世，长麟本人的靠山也没有了，他的主宰海军的雄心彻底破灭，遂把日子打发在声色犬马之中。正所谓天无绝人之路，妹子突然做了醇王妃，荣府又开始有了亮色。妹子真争气，一年后给醇王府添了个长公子，也就是说，没有儿子的皇上有了血缘最亲的侄子。按照常理，这个侄子十之八九会是日后皇位的继承人。

荣府上下想到这一点，一个个莫不心跳血涌：天命所归，莫非荣府就是下一代皇帝的外家？眼看方家园的显赫和威仪，哪一家皇亲国戚不垂涎三尺！荣府若能盼到那一天，昔日的辉煌不但可以恢复，还有可能超过。果然，溥仪如愿登基，荣府的姑娘成了皇上的生母，菊儿胡同成了今日的方家园。荣府上下，人人脸上顿添十分光彩。筹办海军部，出任海军大臣都是时候了，环顾宇内，海军大臣舍我其谁？长麟抱着十足的把握跟妹子提起这事，要妹子去跟载沣说。长麟的妹子瓜尔佳氏是个强悍的满洲女性，丈夫的家一向由她当着。现在丈夫监国了，她理所当然地认为国也得由她来监。慈禧是她的榜样，娘家的势力是她的后盾，一定要让两个哥哥掌握着要害部门，长麟提出做海军大臣正与她的心思相合。不料，载沣的六弟载洵也盯上了这个肥缺，已正式提出这个要求了，瓜尔佳氏大为恼火。论学历论资历，小叔子哪一点能与哥哥相比？瓜尔佳氏跟丈夫吵了起来。一边是亲弟，有老母作后台；一边是内兄，有福晋作后台。论血缘，载洵亲，论条

件，长麟强，海军大臣到底给谁呢？懦弱的载沣失去了主意。他只得暂时搁下来，两边都不得罪，但也弄得两边都磨刀霍霍地，要一争高下。

张仁权的这句话猛地使长麟心扉一亮：若鹿传霖出面说话，再加上军机处几位大臣都附和，如此，筹码不就要加重了许多？

“鹿中堂最近身体如何？”

“他就是身体不好，说了两次要来看看国舅爷，向您道喜，都因为行动不便来不成。”

“我去看看他。”

第二天，长麟带着两株峨眉灵芝，去鹿府看望他二十年前的老师。

已得知内情的鹿传霖，十分喜悦地在客厅接待这位身份贵重的世兄。

“得知老中堂身体不适，特来看望看望。”长麟双手将灵芝递过去说，“那年先父病重时，四川总督命人特为在峨眉山采集了两株百年灵芝，待送到京师时，先父已不能开口，故留了下来。都说峨眉灵芝在益气养神上有特殊功效，老中堂不妨试一试。”

荣禄去世前红极一时，权倾朝野，哪个官员不巴结他？这四川总督送的百年灵芝自然是真货，不是一般人能得到的东西。鹿传霖体气衰弱，急需这种大补之药，他高兴地收下，笑着说：“你如今是国舅爷了，送这贵重的礼品，叫我老头子如何承受得起。”

长麟谦恭地说：“做了国舅爷也是您的学生，尊师重道可不能忘呀！”

“言重了，言重了！”鹿传霖不耐久坐，他也不多说闲话，直冲着主题来，“海军部筹建一事进展如何，摄政王的主意打定了吗？”

“还没有哩！”长麟做出一副并不热心的姿态来。“洵贝勒对这事盯得紧，他是皇叔，海军在他的手里，摄政王或许更放心些。”

“不能这样说。”鹿传霖以国之重臣的口气说，“要说放心，

你是国舅，一样的放心。只是依老臣愚见，古人的内举不避亲，外举不避仇，是有个基础的。这基础便是贤能二字，或贤或能方可不避亲仇。你和洵贝勒，贤字先不去讲，若论能字，我可以当着洵贝勒的面讲，他不如你远了。”

长麟略带酸意地说：“但人家有老娘作后台，咱哪比得上！”

鹿传霖说：“军机处几位大臣可作国舅爷你的后台。”

原来鹿传霖不仅自己出面，还准备联络军机处一道来为自己讲话，若军机处全班人马出来保荐，其分量显然要超过载沣老娘的面子。长麟感激地说：“老中堂能说动其他几位军机大臣一起保荐，这份情义，学生当终生铭记。”

鹿传霖说：“我和令尊是多年的好友，不必言谢。只是有一个人，他虽是令尊的下属，却也和令尊深相契合，最先说过海军大臣你最合适这话的就是他，可惜他现在处境困难。”

长麟明白过来：“您莫不是说的袁慰庭？”

“是的，正是他。”鹿传霖说，“袁世凯这人的确有很多缺陷，但他有许多大臣所没有的长处。他勇于任事，善于用人。现在有人企图置他于死地，其实是别有所图的。他多次说过，应当恢复海军衙门，出掌海军的最佳人选就是国舅爷你，其次为萨镇冰。我和张中堂都赞成他这个说法，他因此也便得罪了一些人。现在他处境不好，我和张中堂都在力谋保他，但力量有限。国舅爷是最有条件保他的人。倘若让他渡过这一关，他定然知恩图报。我们三人再加上世中堂，四人联名保举你，那海军大臣就非国舅爷你莫属了。”

长麟问：“我如何保他？”

鹿传霖笑着说：“你去跟皇上的额娘说说，由她出面跟摄政王说，皇上新登基便杀大臣，于国不利，且要防备北洋新军的不满。”

长麟点点头，他终于明白了这中间的关系：袁世凯被人弹劾，汉军机大臣鹿、张有兔死狐悲之感，要借他这个国舅爷的关系，通过他的妹子去吹枕头风保袁，其实最终目的是保自己。但他们开出了一个

交换价码：海军大臣。这正是自己眼下所汲汲以求的。长麟寻思着：自己要想得到海军大臣，只有求得军机处的支持才有可能去跟载洵争，舍此再无更好的办法。想到这里，长麟道："我去试试看！"

见鹿传霖精神不好，长麟也不多说闲话，起身告辞。

当天下午，长麟就到了醇王府。见到妹子后，把事情的原委详细地说了一遍。瓜尔佳氏愿意在关键的时候，助娘家哥哥一把。晚上，便劝说丈夫不要杀袁世凯。载沣暗思：福晋的话怎么与张之洞说的如出一辙？他在心中已接受了这个劝谏。过两天，北洋六镇的统制们相继致电军机处，一致表示：若听信御史之言杀袁世凯，北洋官兵一旦哗变，他们将不能弹压，故请先革了他们的职后再杀袁宫保。

载沣接到这样的电报，又恨又怕，心里狠狠地骂道：袁世凯拿朝廷的银子练他自家的军队，反过来又拿这支军队威胁朝廷，世上还有比这更可恶的事吗？心中虽恨，但到底不敢激起兵变，思考再三，最后以"足疾"为由，将袁世凯削职为民。袁世凯留下的军机大臣之缺，由满洲大学士那桐补上。

谕旨颁发的那一天，张之洞突然间脑子开了窍：为何来京师后表面上入阁拜相，风光无限，其实无事可干，形同虚设，原来，朝廷压根儿就并不是要他宰辅天下，调燮阴阳，不过是借他制造一个假象而已：满洲少壮派要除掉袁世凯，将袁从直隶调进京，为怕袁和北洋军系生疑心，便把他也从武昌调进京师，同入军机。去掉袁，不补汉人而补满人，明白无误地表示朝廷排斥汉人的心态。看来，自己和鹿传霖被驱逐出军机处的日子已为期不远了。张之洞想到这里，心绪更为悲凉起来。

袁世凯以保全首领为万幸，接旨之后，立即出京回河南，在彰德府的洹上村隐居下来。他心里藏下对张之洞、鹿传霖救命之恩的谢忱，思量着若有机会东山再起，一定要重重报偿。但是，当两年后时局陡变，袁世凯真的复出、一手握大清命脉的时候，张之洞、鹿传霖已是墓有宿草了。

张之洞的一病不起，几乎发生在袁世凯匆匆离京的同时。病因起于一封信函。

五　桑治平道出四十八年前的秘密

这封信函其实乃一份请愿书，是由湖广会馆呈递上来的。开头第一句话说：为陈衍残害鄂民事告太子太保大学士、军机大臣张书。

张之洞刚看了这一句，便大为吃惊：陈衍乃一身无寸权、手无寸铁的文士幕僚，何得残害鄂民！他怀着莫名的惊奇读下去。

原来下面的文字乃状告陈衍，在光绪二十八年湖北设立铜元局时，提出当十当二十铜钱的馊主意，为湖广总督衙门聚敛银元一千四百万两，而这些钱财被靡费在铁厂和枪炮厂等洋务局厂上，洋务无尺寸效益，湖北百姓却为此付出了惨重代价。从那以后，湖北物价年年上涨，至今百姓生计必需品已上涨十倍之多。陈衍以鄂民之血汗换取某大员的个人虚名，实乃奸佞小人，祸鄂灾星。请张之洞杀陈衍，悬陈衍之头于黄鹤楼上，以谢二千万鄂民，以平荆楚大地之公愤。下面是密密麻麻的几十个签名，打头的一个，签的是“蕲水汤化龙”。

张之洞耐着性子看完后，勃然大怒。他没有想到汤化龙这个年轻后生，居然会带头上一份这样的请愿书。五年前，汤化龙中进士不做官而自愿去日本学法政，这件事得到张之洞的赞许。他在督署接见汤化龙，以后在多次集会场合鼓励湖北年轻人向汤化龙学习，像汤化龙那样志存高远，中西会通。想不到这小子狂妄自大，以怨报德，竟做出这种事来。这哪里是在骂陈衍！不错，当十、当二十的建议是陈衍提出的，但付之于实行还得湖广总督的同意才行，责任当然只能由总督来承担。照汤化龙之流看来，设铜元局是残害鄂民，那残害鄂民的罪魁祸首不是陈衍，而是我张之洞。说什么悬陈衍之头以谢鄂民，不如直截了当地讲，悬张之洞之头以谢鄂民！

想起自己在湖广任上十九年，为湖北的洋务事业惨淡经营，呕心沥血，为支付洋务的庞大开支不得不设立铜元局，所获之利自己分文未取，全部用之于国计民生。不料，到头来不仅不被理解，反被控之为祸国之灾、残民之贼，要说冤屈，天底下还有这样大的冤屈吗？

一口痰冲到喉咙，气接不上来，张之洞猛地晕倒下去。

家人慌忙把他扶到床上，仁权看到飘在地上的请愿书，明白了父亲陡然起病的原因。

晚上，陈衍、辜鸿铭等人也都闻讯赶到张府。随后赶到张府的，还有一位人物，他就是新任外务部尚书的梁敦彦。梁敦彦这些年来可谓吉星高照，飞黄腾达。

前年，梁敦彦随张之洞进京入外务部。袁世凯赏识他，将他安置在外务部做郎中。梁的一口流利英语，很快在外务部派上大用场，三个月后便升为右丞。接受八年美国教育的梁敦彦，敬业务实，在那些只会做官场功夫的庸俗官吏中显得格外出类拔萃，一年后便升为侍郎。待到袁世凯削职回籍，梁便取代袁做了尚书。梁敦彦对张之洞有很深的知遇之感，常来张府看望老上司。

看了请愿书后，陈衍心绪沉重，他对卧在病榻上的张之洞说："老相国不必为此而忧郁，此事我是始作俑者。湖北士绅既然要我的头，我就回武昌去，让他们把我的头取下吧！"

张之洞的嘴角边流露出一丝凄笑："陈衍二字是张之洞的代号，你这还看不出！"

辜鸿铭说："老相国，我们回武昌去吧，您可以把汤化龙叫来当面辩一辩。京师这地方我已不想住了，除开拉嫖客的妓女和钻门子的政客，再没有几个干正事的人。"

辜鸿铭这几句话，弄得大家想笑又笑不出声来。

梁敦彦对国内外政治局势较为清楚，他比别人看得透一点："据说湖北马上要成立咨议局，汤化龙新从日本回国，已被看好为咨议局局长。他这样做，一是迎合百姓对物价的不满，为自己赢得体恤民情

的好名声，以便顺利当选；二是现在各省士绅都主张立宪，对朝廷迟迟不行立宪不满，因此他们对朝廷一切都否定，借此煽动人心，讨好百姓，以拥护他们上台。湖北士绅要否定朝廷，就得要否定老相国在湖北所办的一切。依我看，陈石遗固然是一个代号，铜元局一事也很可能是一个开端，今后还要拿铁厂、枪炮厂、火药局、织布局等一个个地开刀。”

张之洞声息微弱地插话：“崧生说的有道理。戏台只有一个，他们要上台，你就得下台。有错是错，没有错也是错。湖北的戏，可能还正在敲开场锣哩！”

说罢，闭住双眼，一脸的枯槁阴黑。

“戏台”，辜鸿铭心里一惊，联想到上次说的道具，看来入京后的老相国与两广两湖时的香帅，的确是大不相同了。

张仁权看到父亲这副模样，心里涌出一丝恐惧来。他强打精神安慰：“爹，现在各省都有一批这样的立宪党人在活跃着。他们看似跟革命党不同，其实也是与朝廷离心离德的。湖北的立宪党否定您在湖北的洋务业绩，完全出自于他们的私心。是非自有定论，公道自在人心，汤化龙这几个人就能代表二千万鄂民吗？爹，您犯不着与他们计较。”

儿子的话也很有道理。张之洞的心安定了片刻，他睁开眼睛来对儿子说：“我多年来不知市面上的物价，为一方总督而不知百姓日常生活，不管怎样，这是失职。你写封信给念礽，叫他细细调查一下，这些年来物价的情况，尤其是米、盐、油、菜、肉这些东西的价格。”

“好，我这就写。”仁权答道。

张之洞似乎已意识到自己病情的严重，停了一会，他又吩咐：“桑先生与我分别已经十多年了，戊戌年匆匆一见，距今又整整十一年了。我时常想起他，有许多话要跟他说。你要念礽想办法尽早与他的母亲联络上，请桑先生夫妇到京师来住一住，再不来，今生今世怕

不能见面了。”

“爹，别胡思乱想了，您的病很快就会好起来的。好好保养身体，老朋友见面时，才有精力说话哩！”

仁权虽如此劝慰着，但心里对老父此番的病况着实担忧。他在信中叫弟妹们随时准备进京，并设法通知桑先生，无论如何要尽快来京与父亲见面。

陈念礽接到内兄的信后，带着铁政局的两个工役，实地在武汉三镇做了三天的调查。这一查，令一向对中国洋务抱着乐观态度的陈念礽大吃一惊，不仅证实了请愿书上所说的物价涨十倍，而且几乎所有被调查的人都不承认武汉的洋务局厂给他们的生活带来实惠，枪炮、钢铁，他们固然不需要，铁路、水电的好处，他们因为无钱，一点都不能享受。即便像布匹这种与他们密切相关的日用品，他们也很少购买。因为生产成本高，售价并不比洋货便宜，老百姓要么买洋布，要么买来自乡村的更便宜的家织布。

陈念礽面对着这些调查上来的实情，不知如何禀告岳父。说实话，怕他生气，病情加重；说假话，虚夸政绩，又对不住良知。

他把这些情况如实写在信里，告诉他的继父桑治平。

这些年来，桑治平和秋菱一直住在香山县城。选择此地度晚年，最主要的原因是因为秋菱的次子耀韩一家在这里。再则，这里一年四季天气和暖，青草长绿，鲜花长开，令桑治平欢喜不已。

他朝朝暮暮与南海为伴。滔滔海浪，洗刷他心中的尘垢；无限海域，拓宽他的视野胸襟。旭日东升、星月摇晃的壮阔海景，更鼓荡起他胸臆间消失已久的艺术情愫，他重新拿起了画笔。在最能感受宇宙浩瀚的大海边，他的智慧和灵气得到升华，一幅幅涌动生命精神的画从手中诞生，他和秋菱也从这些画中重获青春。真正是“丹青不知老将至，富贵于我如浮云”。

年过古稀的桑治平常常会回忆往事，会回过头看一看过去的足迹。但此时他的心绪，跟眼前阳光照抚下的南海一样，平静而空阔。

当年是那么的霹雳惊爆、动人心魄，而今都似乎已被岁月长河洗涤得淡泊平和，被无限时空消解于悄无声息之中。他有时会从心里发出讪笑：当年给肃顺做谋士，弄得偷鸡不着蚀把米，害得自己从此改名换姓；倘若肃顺成功了，又怎么样呢？也不过是肃顺或是皇上手里的一个工具而已。后来，给张之洞做幕僚，奔忙了十多年，说到头，还是为他人作嫁衣裳。进一步说，不给张之洞做幕僚，自己做一方督抚呢？湖北洋务的困境和革命党欲推翻朝廷的现实，让桑治平的头脑日渐清醒过来，即便做一方督抚也将会一事无成！在与秋菱相处、与画笔为伴的日子里，桑治平终于领悟到，只有爱情和艺术才是真正属于自己的永恒！功名也罢，地位也罢，其实都是以出售自身为代价。它只是一种交换，犹如农夫以谷换布、商人以货易银一样。

淡漠了功名和地位，并不意味着淡漠情感和友谊。在过去的生命历程中，那些以情谊留在桑治平脑中的人，在天风海雨冲刷下，尘埃去掉后他们的形象反而更加清晰了。排在第一的自然就是张之洞。那年身肩晋抚之命的张之洞驱车古北口，礼聘他出山。古北口月夜，两人约法三章的情景依然历历在目。这份别于世俗的道义相交，令他永生不能忘怀。

他也很想见见张之洞，向他谈谈别后十余年间他的这些新的人生体会。现在张之洞已奉召进京，他定居在香山城，一南一北，相隔四五千里之遥，要见一面也真难啊！

这一天，他接到了念礽从武昌发来的急信，方知张之洞已病得不轻，渴望在有生之年再见见面。桑治平意识到，这很可能就是最后一次相聚了，再远再难也得去。秋菱自从离开京师，便再也没有回去过。四十多年了，大内都换了三四位皇上。京师是啥样子了，秋菱多想旧地重游啊！老夫妻决定携手北上。好在海路早已开通，两人身体都还硬朗，一路坐船去京师不成问题。于是，他们从香山坐船到香港，再从香港换上英国的海轮沿海岸北上，直抵天津，再由天津转火车。沿途花去了整整一个月的时间，待到一脚踏上前门月台时，京师

早已是和风拂面的初夏了。

经过治疗调理后，张之洞的病情有所好转，已经销假理事了。这次见到分别十余年的老朋友，他更是心情兴奋，病又好了几分。陈衍见到桑治平后更是倍加欢喜，只是谈起铸钱而招致湖北物价猛涨时，颇为内疚。桑治平安慰道："物价上涨，这是社会发展的必然趋势。据香山一带的老华侨说，西洋各国物价上涨是普遍规律，故西洋人不存钱，有一个花一个。再说，这当十当二十的铸钱法，湖北不做，别的省也会做的。"

陈衍苦笑道："若不行当十当二十的办法，湖北的物价或许不会涨得这样快。不是跟着相国到了北京，我这颗头怕早已被鄂民割下了。"

桑治平哈哈笑道："你的头不还是好好地安在自己的脖子上吗？大风吹倒梧桐树，自有旁人说短长，要说就让他们说去吧！"

梁敦彦感激桑治平当年的伯乐之恩，在乾隆爷赐名的都一处设宴，为桑治平夫妇接风，陈衍、辜鸿铭等人作陪。辜鸿铭现在已做了京师大学堂的教授了，他依旧和过去一样，随意谈笑，不拘小节。他的中西会通的学问和嬉笑怒骂的性格，在京师大学堂里很受欢迎。

桑治平和秋菱特意去条儿胡同寻找当年的肃相府。肃相府会败落，这是他们早已想到的事，但没有亲身来到条儿胡同之前，他们绝没有想到会败落到如此地步。

眼前已没有当年肃相府一丝一毫的痕迹，问了几个二三十岁的年轻人，都摇头不知道肃顺是什么人，也不知道肃相府在何处。好容易碰到一个六十多岁的老头子，才知道这段往事。那年抄肃相府的时候，他就住在胡同口上。老头子说，抄了家后，肃相府贴满了封条，封条上盖的都是步军衙门的长印。以后每隔几个月，便启封几间屋。到两三年后，全部封条都启了。这里住进了二十几户平民百姓。几十年下来，这些住户糊口尚且不易，哪有闲钱修缮房屋？老头子带他们走到胡同中部，指了指对面说："这一大片当年都是肃相的旧宅。"

桑治平、秋菱望时，眼前的房屋尽皆灰暗破败，墙污门朽，瓦缝间、墙头上到处是杂草枯茎，烟囱倾斜，杂物乱堆，进进出出的几个人，也都蓬头垢面衣衫褴褛，若不是破烂堆里那几棵高大的槐树被秋菱认出，他们简直不敢相信老头子所指的这片地方，就是当年朱柱碧瓦、雕梁画栋的肃相府！几只燕子在一旁人家的屋檐下呢喃叫着，正应了“旧时王谢堂前燕，飞入寻常百姓家”这两句古诗。历史又一次惊人相似地重演。

想起这当年与桑治平定情的堂堂相府，一夜之间便遭灭顶之灾，不到五十年便败落至此，秋菱也禁不住悲从中来，泪水簌簌而下。

肃相府今昔之比，更使桑治平加深了对人生的领悟。他想，是到把埋在心里近五十年的这个大秘密告诉张之洞的时候了，再不说，今生今世就没有机会了。

翌日晚餐后，张之洞笑着对桑治平说：“仲子兄，我过去写的诗，你读过不少。你读过我填的词没有？”

桑治平想了想说：“好像没见过。”

“你是没见过。”张之洞点点头说，“我年轻时也常填词，进翰苑后，不再填了。前年火车过河南安阳，想起不远处就是当年魏武帝初封魏公时定都的邺城，发起少年狂来，填了一阕《摸鱼儿》，你有兴趣到书房去看看吗？”

桑治平兴奋地说：“那太好了，我要好好欣赏欣赏。”

二人一起来到书房，仆人掌灯上茶，坐定后，张之洞从抽屉里拿出一张条幅来。桑治平接过一看，果然上面写着《摸鱼儿·邺城怀古》。他轻轻诵道：

控中原北方门户，袁曹旧日疆土。死胡敢啮生天子，衮衮都如呓语。谁足数，强道是慕容、拓跋如龙虎。战争辛苦，让倥偬追欢，无愁高纬消受闲歌舞。荒台下，立马苍茫吊古，一条漳水如故。银枪铁错销沉尽，春草连天风雨。堪激楚，可恨是英雄不

共山川住。霸才无主，剩定韵才人，赋诗公子，想象留题处。

“怎么样，还过得去吧？”桑治平刚一读完，张之洞便急着问，那情形就如同一位刚学填词的新手等待词坛名家的评判。

“岂止过得去，好得很！”桑治平赞道，“一口气从曹操到慕容氏、拓跋氏，再到高氏王朝，都数落了一遍。一条漳水如故。为这些邺城的匆匆过客作了总结。”

“仲子兄，你是真懂词。”张之洞抚须笑道，“你还看出点别的名堂吗？”

“有名堂！”桑治平点了点手中的条幅，“这一句‘春草连天风雨’，是偷的温庭筠的‘邺城风雨连天草’。偷得好，一点作案的痕迹都没留下。”

“自古文人皆是贼，没有不偷别人的。”张之洞哈哈大笑起来。他觉得似乎已有好多年没这样痛快地笑过了。

“‘可恨是英雄不共山川住’。这一句恐怕是这阕《摸鱼儿》的词眼了，我没说错吧！”

“没说错。”张之洞收起了笑容。“大江东去，浪淘尽，千古风流人物。苏东坡这一叹，将世上一切英雄都叹得心灰意冷了。仲子兄，不瞒你说，这两年我心里就常有这种叹恨，魏武、拓跋焘是何等的英雄盖世，都不能共山川而住，何况我张某人！唉，仲子兄，你来了，我才跟你说说；你不在，能与我说这种话的人都没有呀！”

桑治平已从这番话里感觉到张之洞的心绪，虽然没有深入交谈，他已看到彼此之间的相通之处。

“香涛兄，你猜我昨天到哪里去了？我和秋菱去条儿胡同找肃顺旧宅去了。”

“你们去怀古了？”张之洞的眼神里充满着惊奇。“京城里可供怀古的地方多得很，为何要去凭吊肃顺？”

“我们不是去怀古，我们是怀旧。旧地重游，追寻那一段我们共

同的刻骨铭心的岁月。”

看着张之洞的眼神由惊奇到疑惑，桑治平揭开了这个凝重的谜底：“香涛兄，你决然没有想到，四十八年前，我曾经是肃府里的西席，秋菱她是肃府的丫鬟。”

“你这话是怎么说的？”张之洞张开两只大眼睛，多年来缺少神采的眼眸里射出一丝惊异的光芒。他伸出干枯的手指来掐了掐：“四十八年前是辛酉年，也就是文宗爷升天的那一年，你那时正在肃府？”

“是的。”桑治平平静地说，“我那时不仅正在肃府，我还随着肃顺去了热河。肃顺等八人受顾命之后最早发出的几道折子，都是我拟的稿。”

张之洞盯着桑治平，仿佛望着一个陌生人似的，仔细地从上到下看了一遍。肃顺为他的几个公子请过不少先生，在肃府做过西席不算奇怪，张之洞的好友王闿运就任过此职。肃顺出事后，王闿运还特为到京师去看望肃顺的两个儿子，送了一千两银子给这两个昔日的学生。但随同去热河并在顾命大臣与两宫争斗的时期，为肃顺拟稿，这种西席就非比一般。浮过张之洞脑子里的第一个想法是，倘若当年肃顺一派胜了的话，眼前的这个布衣老友就不知又是一种什么样的处境了。

“这么多年了，从未听你吐过半个字。”张之洞的心中异常感慨。“那么，子青老哥知道吗？你对他说起过吗？”

“没有。”桑治平淡然一笑。“如果他知道，他一定会告诉你的。”

“那你为何不告诉我呢？”张之洞有点气沮地说，“你是不相信我吗？”

“没有告诉你，是因为我一直在想，应当选一个什么时候告诉你才最好。”桑治平的脸上现出一缕苦笑。“若不相信你，我现在也可以不告诉你。”

张之洞点了点头："那你就对我说说当时的情况吧。你是怎样离开肃顺的，你和秋菱是在肃府相爱的，还是后来到香山去见到她时才动的心？一晃近五十年，已成历史了，连太后都作了古，不须忌讳什么了，都说给我听听吧。我想，这一定是极好听的故事。"

张之洞的语气中似乎带有点央求似的，仿佛一个小孩子正在恳请长辈给他道往事，说掌故。

"好，这正是我这次北上的一个最重要的内容。我们慢慢地说吧，今天说不完，明天再接着说，只要你想听，我什么都可以说。"

"你说吧！"张之洞将书桌上的一沓纸推向一旁，两只手搁在桌面上。他觉得这样舒服些。"自从上次得病以后，我对我眼前的事反而无多大兴趣了，我的兴趣更在对往事的回忆咀嚼上。你说吧，关于你所经历的那些事，你的生活体验，我什么都喜欢听。"

于是，桑治平对老朋友慢慢地说起来。在挚友面前追忆往事，这其实也是他自己所乐意做的事。像小溪淌水似的，桑治平平和宁静地聊起他如何走出洛阳前往京师应试，落第后又如何经王闿运推荐进肃府做西席，在肃府时如何与秋菱两心相印。他绘声绘色地描叙四十八年前那场决定大清命运的宫廷政变，讲肃顺等八大臣失败后的心绪，讲肃府被抄，讲自己的壮游天下，讲在虎丘卖画结识张之万，最后定居古北口，而眼睛却一直盯着长安天街。

就这样，桑治平和张之洞接连谈了三个晚上，掌灯说起，夜深而罢。桑治平传奇般的经历，给张之洞的心灵以深深的撞击。他一向认为自己是天下最优秀的人才，一生所得尽皆自己奋斗而来。现在面对着这位老朋友，他开始对此不那么自信了。要说资质秉赋、目光见识、办事能力等等，自己并不比桑治平强多少，若说坚定执着、笃于情义，则远不如他，至于他的绘画才华，则更是望尘莫及。看来解元探花、督抚宰辅的锦绣历程，大概多半是来于运气。他的脑子里突然冒出曾国藩的一段名言来："不信书，信运气，公之言，传万世。"看来，这位老于世故者的这十二字箴言，倒真是阅历之得，

悟道之语！

“仲子兄，你那年为何要坚决地离开我，除开仁梃遇难这件事外，还有别的原因吗？”

桑治平说：“仁梃的遇难，将我的设想打破，同时也使我突然悟到生命的短暂和脆弱。事业并非自己能全盘把握，而个人的生活却完全可以自己做主。秋菱对我的爱使我感激，我对她的情也是我一生的真心，而对着这么短暂而脆弱的人生，我为什么还要把全副心思都放在自己不能完全把握的事业上，而让真爱实情在怨阙中白白流失？所以，我毅然决然地学习陶朱公，要不顾一切，携我所挚爱之手，泛舟五湖，归隐海隅。”

张之洞被这番话所深深打动。他好像看出了他们之间的最大差别，就是在做事做人这一档子上。他这七十年来的人生经历，尤其是给他带来辉煌的这三十年，似乎用“做事”二字便可全盘包括。至于做人这方面，尤其是夫妻之爱、家庭之情、手足之谊、朋友之义等等，很少去想过，也很少去体验其间真味。

几十年来，仿佛做了事业的奴隶，而遗忘了人生的真趣。这难道就是辉煌的成功的人生吗？

张之洞被自己的疑问所问倒。他有点后悔起来：这一问怎么问得如此之迟！

“仲子兄，咱们在一起合作了十多年，也办了许多实事。你认为这些事，能对国家和老百姓有多大的实效吗？”

汤化龙等人对湖北铸造铜元的指责这件事，给张之洞的心灵造成很大的阴影。他从来都认为自己办的全是有利国计民生的实事，是国家和百姓的功臣。铸铜元造成物价上涨十倍的事实，使他开始反省起来，他对自己的所作所为也不敢那样自信了。

“你这些年来办事不易！”桑治平没有直接回答他的所问，把话题错开去。

“你这话是真的知心之言。”张之洞感叹道，“病榻上，我曾经

把外放晋抚以来这三十年间所作所为，作了细细的回顾，发现除开在太原期间还略有点闲暇外，在广州，在武昌这二十多年里竟无一刻安宁，不只是忙，更是累，形累尚次之，心累更令人痛苦，几乎有每日都在荆天棘地间行走似的感觉。”

“是啊！”桑治平浅浅一笑。“我是陪着你在荆棘中走了十四五年。”

“你走后的这十多年更不好过。”

“我知道，念礽常有信来。”桑治平同情地望着老友。“叔峤遭难，袁昶被害，对你的心创伤很大。铁厂的被迫转给盛宣怀，织布局的贪污案，外加端方等人的不友好，对你都有很深的刺激。外人看你轰轰烈烈办大事，我知你其实是孤独的。你的许多良苦用心不为人所理解。你耗尽心血在拼搏，你做的许多事，都是别人不能做不想做，或者说不敢做的事。”

这几句话说得张之洞身上的血热了起来。多少年来，他从来没有听到如此贴心知己的话。他很想将双手伸过去，紧紧地抱住这位布衣挚友，但他已没有这个气力了。

“仲子兄，我为自己这二三十年做了这样一个总结：大抵所做之事，皆非朝廷意中欲办之事；所用之钱，皆非本省固有之钱；所用之人，皆非心悦诚服之人。”

“是的，因为你所做的事，皆非中国传统治国术中所规范的，你开创的是一片新天地。经营这片新天地，你既缺钱，又缺人。”

“但是费力不讨好，有很多人在骂我。”张之洞的神情又显得沮丧起来。

“你说的也不错，是有不少人指责你。”

“他们指责我些什么呢？是不是也像户部那样，说我张某人专门靡费朝廷银钱？”

“当然有很多人说你靡费了银钱，但这还不是主要的。许多人批评的是你办的这些洋务没有收到实效。铁厂出来的钢铁没有用来造高

楼大厦，纱布麻丝四局没有使湖北的布匹便宜，水电火车老百姓享受不起，至于枪炮厂造出来的枪炮虽多，洋人还是照旧打进北京，帝后还得离京出逃，并没有看到汉阳造的枪炮发挥作用。严复前不久在天津的报纸上发表文章，说你的‘中学为体，西学为用’不通。他说体与用不能分开，比如说有牛之体乃有负重之用，有马之体乃有致远之用，未听说以牛为体，以马为用的。”

“中体西用”虽不是张之洞的发明，却是通过他的《劝学篇》而传遍四海，又在他的洋务局厂中得到实践，是张之洞晚年视为一生对国家的最大贡献。现在居然遭到严复如此的挖苦嘲弄，是可忍孰不可忍！若是在前些时候，张之洞必定会拍案而起，勃然大怒。然而现在，他依旧颓坐在松软的藤椅上，衰病让他失去发怒所需要的体力，湖北洋务见效甚微，也让他失去了发怒所需要的底气！

“香涛兄，我说的这些让你生气了吧？”看着老友面无表情，如一段朽木似的呆痴之态，桑治平为刚才这番直言后悔起来。

“没什么！”张之洞打起精神说，“我倒是想见见这位严复，听听他的意见，中国今后到底该如何办。是全盘接受西学，完全不要自己的中学呢？还是依旧全用自己的中学，一概不用西学。我这脑子是老朽不中用了，除中体西用外，我想不出更好的办法！”

“如果我们换一个角度来看，就不必把严复的指责看得太重。”桑治平实在不愿意太刺伤了这位努力做事的实干家。

“我想听听你的下文。”

“严复是从逻辑学的角度看‘中体西用’，才有体用不能分开的观念。其实，任何一种事物都可以从多种角度去看。换个角度，所见便不同。古人所谓移步换形，说的就是这种现象。你是官员，办的是众人之事。治众人之事也是一种学问。西方称之谓政治学。”

“政治学？”张之洞对这三个字很陌生。

“政治学这个名称，我们的典籍上不曾有过。但政治二字，古人还是用过的。《说苑》上就有‘政治内定，则举兵而伐卫’的话，意

为国事政务的治理。只是这两个字，后来却不常用了。”

“我与刘岘帅会衔的第一折便用了‘政治’二字。”张之洞想了一下说，“折名叫做《变通政治人才为先遵旨筹议折》。”

“对对，正是这两个字。”桑治平连连点头，继续说，“若从政治学来看，你的‘中体西用’便是一个极高明的谋略。我知道你这句话的‘眼’在西学上，目的是要推行西学。你明白，这种推行要变成众人的行为，才有实际效果。若是都反对，推行云云，便只会是空想。中学在中国盛行两千多年，根深蒂固，深入人心。若一旦全抛，或者把它贬低，反对西学的人不要说了，即便赞同西学者，在心理上也难以接受。现在，你说中学是本源，是主体，西学不过为我所用罢了，反对西学者不好说什么，赞同西学者也可以容纳。眼下中国的当务之急，不是先在逻辑上去辩个一清二楚，而是要赶快把西学引进来，先做起来再说。对于这样一桩从未实行过的新鲜大事，尽量减少反对，减少阻力，争取最大多数的理解支持，才是最重要的。你是政治家，图的是国强民富。严复是逻辑家，图的是学理缜密。角度不同，所见则不同。说句实在话，我更倾向你的实用，并不太欣赏严复的推理。所以，戊戌年我便说过，‘中学为体，西学为用’这八个字，后世当用黄金铸造。其道理就在于此。”

“高山流水识知音。仲子兄，你才是‘中体西用’的真正知音！”说了半天话，张之洞的眼光中这时才见一点神采。

“严复虽诘难你，但没有恶意。批评你的人中还有另外一类，他们心怀叵测。”

张之洞被桑治平这句话吊起了胃口。

“这类人的目的，是在推翻朝廷。他们怕的是那些忠心耿耿为国家为朝廷的官员，甚至恨那些清正廉洁实心实意为百姓办事的官员，因为大清这样的官员多，大清的江山就牢固，他们要想推翻就困难。他们巴不得大清的官员个个糊涂混账，人人贪污中饱。如此，推翻朝廷就容易多了。要说他们心中全无是非，也不对，待到他们上台后，

他们同样要褒善贬恶激浊扬清，只是现在不择手段罢了！”

张之洞长长地叹了一口气，说：“我张某人，现在不幸成了他们的绊脚石，他们自然要扫掉我。想想也可理解，只是他们不要歪曲我，诬陷我就行了。”

“千秋功罪，自有后人评说。”桑治平勉强安慰道，“办洋务，这件事总是做得对的。风气一开，不怕没有后继人，眼下虽收效不大，今后总可见实效的。洋务可强泰西，就一定可强中国。这点信心你应该坚持。”

老友的话给张之洞以鼓励，抑郁的心情开朗了许多。

“这看来是个绝大的题目，我们再慢慢聊吧！仲子兄，我近日有个想法，想编一部诗集，将旧日好友如今已殁世者的诗作汇集刊刻，借以寄托思念，并让他们的诗作能借此保留传世。名字就叫怀旧集。”

“这是好事，入选哪些人？”

“我想了几个，你再帮我补充。”张之洞掰着指头数着，“徐建寅、蔡锡勇、宝廷、张佩纶、袁昶、杨锐。”

“杨锐”，桑治平听到这里，心头猛地跳了一下，一张总是带着笑意的娃娃脸又浮上脑海。一个多么优秀的青年才俊，一心一意为国家的强盛，竟然无端做了菜市口的无头鬼。桑治平由此看出老友心灵深处的情感。或许，这部怀旧集纯是为了怀杨锐而编，只是为了不至于太显眼，才把徐、蔡、宝、张等人也拉进来。

桑治平说：“我在京师也没多少事做，徐建寅、蔡锡勇、杨锐，也都是我的朋友，这部怀旧集就交给我来编吧，就算我们一道来怀念旧日的朋友。”

“好。”张之洞脸上现出难得的一丝笑容。“我们所能做的，也仅此而已！”

六　他说，他一生的心血都白费了

这以后的一段时间里，张之洞基本上不再过问军机处的事，每天大部分时间和桑治平聊聊天，审核他所选编的怀旧集。病虽未好，但大致稳定下来，只是精力愈来愈不支了。他常常整夜整夜睡不着。睡不着的时候，往事便会自然而然袭上心头，挥之不去，欲罢不能。桑治平的一番恳谈强烈地震动了他。他有时会觉得委屈，有时又觉得有道理，有时对自己的一生感到满意，有时又认为自己毫不足道。

这天午后，宫中来人传达载沣的口谕：明天在军机处商讨给事中高润生弹劾津浦铁路总办李德顺贪污事，相国熟悉铁路事宜，若身体可支，请进宫一议。

次日上午，张之洞按时进宫来到军机处值庐。那桐已先入值等候。一会儿，载沣也来了，一副匆匆忙忙的神态，刚坐定，跟张之洞略为寒暄两句，便将高润生的弹章递给他，请他看后再给那桐看。

高润生的弹章说，天津道兼津浦铁路总办李德顺，在与英德银团签订的九百八十万英镑贷款协定中，损伤了国家和直隶江苏两省绅民的利益。通常向外国银行贷款年息为五厘，李德顺签订的年息为五厘五，仅此一项便每年应多付英德银团四万九千英镑。另外，协定中注明以九折付款，其中九十八万英镑实际上并没有借出，但还款时又按九百八十万计算。直苏两省士绅对此事反响极大，认为李德顺若没有接受英德银团的好处，决不会如此公然出卖国家利益，李德顺贪污是绝对无疑的。津浦铁路督办大臣吕海寰纵容李德顺，应为同案犯，请朝廷撤掉李德顺、吕海寰职务，以平直苏两省民愤。

张之洞将弹章看完递给了那桐。

载沣说："老相国亲手办过芦汉铁路和粤汉铁路，对与外国银行签约事宜熟悉。依您看，高润生的弹劾有没有道理？"

张之洞说："光绪二十六年，经朝廷同意，委托驻美国公使伍廷芳出面，与美国合兴公司签订了一个借款条约，规定年息五厘，以

九折付款。后经有识之士指出，这中间大有弊端，结果废除了。以五厘付息，都被认为高了，那么五厘五显然不合理，九折付款也极无道理。高润生的弹劾是对的。李德顺、吕海寰必定与英德银团勾结，从中贪污了巨款。依老臣之见，宜先革掉李、吕二人之职，查实后予以定罪。”

载沣说：“老相国所说极有道理。我问了一些人，都与老相国所见相同，李、吕二人即行革职。只是津浦铁路动工在即，督办、总办大臣不可缺位，老相国看何人可补此缺？”

张之洞说：“容老臣回去后仔细想想，过两天再禀报摄政王。”

载沣说：“洵贝勒提出一个人，说他曾经办过芦汉铁路，可让他来补津浦铁路督办大臣的缺。这个人便是荣府上的二爷长麓。老相国，你看如何？”

长麓这个人，张之洞当然知道。在王文韶任直督期间，他做过一段时期的芦汉铁路北段的总办。他与长麟虽是亲兄弟，却远没有兄长的出息。他不但根本不懂铁路，且又懒又贪，舆情很不好，王文韶碍着荣禄的面子一直保护着。后来一桩贪污大案牵涉到他的头上，实在保不住了，才被开缺回家吃闲饭。这样一个名声很不好的纨绔子弟，载洵为何要荐举他，载沣又为何要用他呢？张之洞想起早几天，鹿传霖说的一桩事来。鹿传霖说，海军大臣的缺，载沣一直还定不下来。长麟虽然增加了鹿、张的支持，但洵贝勒硬是不放手。醇王府的老福晋刘佳氏是个顽悍的妇人，她威胁载沣，若不让老六做海军大臣，她就死在他的面前。刘佳氏是载沣的生母，她这一威胁，载沣就怕了。最近，他们兄弟谋求另一个解决的办法，即除陆、海两部外，其他部任长麟挑一个，然后再补长麓一个肥缺，据说瓜尔佳氏和荣府都勉强同意了。原来，这个肥缺就是津浦铁路督办大臣！

都说太后死后，满洲亲贵揽权野心急速膨胀，看来事实的确如此。亲贵掌权不是说全不对，但也要能拿得下，比如长麟长海军，还可说得过去，但让长麓出任津浦督办大臣，无论如何是不行的。权力

交易不能这样进行！

“王爷，长麓当年办芦汉铁路时名声很不好，舆情不洽。”

载沣脸色暗了下来：“那是过去的事，改了就好。”

“王爷，贪敛钱财，这是本性，改也难。”张之洞急了。“津浦铁路除借洋款外，直苏两省士绅都集了股份，长麓有贪名，他们会不放心的。王爷，长麓去津浦不妥。”

载沣的脸色由暗到黑：“朝廷任命的官员，不放心也得放心。”

张之洞对载沣如此态度极为不悦，冷冷地回了一句：“若如此，会招致绅民激变！”

“激变！”载沣刷地站了起来。“他们敢？朝廷有兵哩！”

说罢，拂袖走出值庐。

朝廷有兵，这是什么意思？绅民拒绝接受一个贪官，难道也要派兵去镇压他们？堂堂一个监国，怎么昏蛮至此！

张之洞望着载沣匆匆外出的脚步，跌足叹道：“不意闻亡国之音！”

一句话刚说出口，一股浓血在胸腔里奔涌躁动着，直冲破喉咙喷出嘴外，眼前一片昏黑，张之洞蓦地倒在值庐里，什么都不知道了。

“老相国！”那桐被眼前这一幕吓住了，声音凄惨地喊道。

刚出门外的载沣听到声音不对，忙扭过头来，见状后也大惊。军机处的章京们都围了过来，将张之洞抬上炕床。载沣吩咐那桐：“你在这里守着老相国，打发一个人去叫太医院的大夫，待老相国苏醒后即送回家。我还有要紧事急着办，这里就交给你了。”

在太医院大夫的抢救下，半个时辰后，张之洞醒了过来。待送到家时，天已快黑了。

桑治平见状，忙叫仁权拍电报到武昌，叫仁侃夫妇、准儿夫妇及仁实赶快来京。

陈宝琛、梁敦彦、辜鸿铭、陈衍等人得知张之洞咯血军机处的消息后，也相继来到张府。在御医的精心调理下，三四天后，张之洞的

病情已略有好转。

中秋节那天，为让父亲高兴，张仁权将在京的所有父亲的朋友都请到家来，大家赏月饮茶，有说有笑。张之洞也在天井里坐了一会，与客人们一起欣赏夜空中的那一轮明月。

张之洞对众人说："我此刻最思念着一位朋友，很想见见他，但不知他眼下在何处。你们谁猜得出，他是谁吗？"

大家都猜不出此刻最让张之洞思念的这个人是谁。只有桑治平心中有数："是不是吴秋衣？"

"正是。"张之洞欣慰地说，"还是仲子知我心。秋衣飘荡一生，也洒脱一生，他可以想怎么活法就怎么活法，比起我来，要强过百倍！"

桑治平说："让我们一起将苏东坡的两句词送给他吧！"

仿佛心有灵犀，两人不约而同地念道："但愿人长久，千里共婵娟。"

众人都说："还是东坡居士说得好，今夜有多少人都是明月共赏而人不能见面，只有互致祝福了。"

人们都为张之洞渡过了这一难关而高兴，不料数日后他的病情陡转，终于不可挽回。

宣统元年八月二十一日上午，张之洞忽觉精神很好，他叫大根拿几张报纸给他看看。大根找出几张送了过来，张之洞戴上老花眼镜慢慢翻阅。突然，一则消息引起了他的注意。消息说，汉冶萍公司召开第一次股东大会，并组成理事会，董事会共推盛宣怀为总理。又说，汉冶萍公司自光绪三十三年冬天新建一号、二号平炉开炉以来，生产蒸蒸日上。所炼钢铁品质纯净，含磷量只有百分之零点一二。每日出钢六千吨，产品远销日本、美国。国内各铁路公司纷纷向该公司订购钢轨，该公司目前已集商股一千万元。张之洞正为汉冶萍公司的兴旺发达而欢喜的时候，不料文章变了调。接下来说，汉冶萍之所以有今天，全是因为盛宣怀经营有方。盛宣怀以能去磷的马丁平炉替代不能

去磷的贝塞麦转炉，提高钢的质量，又以萍乡煤取代开平煤，降低成本。除开这两项众所周知的重大措施外，更为关键的是原经办人死抓官办不放手，将汉阳铁厂、大冶铁矿办成了衙门，违背办洋务的根本原则，致使内部混乱，腐败成风，全赖盛宣怀将西方企业管理方法引进公司，以商代官，才使铁厂、铁矿起死回生，从而创造出今天举世瞩目的成就。

张之洞看到这里，心里虚恐起来。文章虽没点他的名字，但明眼人都知道，批评的正是他张之洞。是他张之洞不懂科学，武断专横，拒绝化验铁矿石，致使炼铁炉和矿石不能配套，造成钢铁质量差。也是他张之洞眼里只有官府而没有商人，拿官场的一套来办洋务局厂。

张之洞不得不承认文章写得有道理，也不得不承认盛宣怀比他有本事。但作为汉阳铁厂、大冶铁矿的创办人，张之洞有一种极大的委屈感。这种委屈感令他痛苦，也使他心灰。

张之洞擦了擦昏花的双眼，定定神后又不自觉地翻开了报纸。突然间，他惊呆了。原来他的眼前赫然现出这样的题目：海外革命党要给张之洞颁发大勋章。他急切地看着正文：

> 近日，同盟会在东京集会，该会协理黄兴在会上笑道：他要给他的老师前两湖书院名誉山长湖督张之洞，铸造一枚百吨黄金的大勋章，以奖励其为革命所作出的重大贡献：第一，张用官费资送三千名湖广留日生，此中半数成为革命党骨干；第二，张建造的汉阳枪炮厂为革命党准备充足的武器，革命党将接过他的汉阳造驱逐鞑虏，恢复中华。

张之洞看到这里，两眼顿时一黑，哇地又吐出一口血来。张府上下一片慌乱，大夫握着他的手，半天找不到脉息，遂悄悄地将大公子拉到一旁说：“老相国怕是不行了，快去请摄政王来一下。”

掌灯时分，载沣终于来了。张府内外已是一片肃静，悲痛沉重地

压在每个人的心头。大家无声地给摄政王让路。

载沣一脸戚然，来到张之洞的病榻前，坐下，望着面如死灰、双目无神的大学士，轻轻地说：“老相国公忠体国有名望，好好保养。”

张之洞声气微弱地说：“公忠体国四字，老臣不敢当，廉政无私，则勉强可说得过去。”

“廉政无私”，老头子是不是在讥责我用长麓是徇私呢？载沣想到这里，一时语塞，不知道再要说些什么了。本来今天夜里，因新任津浦铁路督办大臣长麓已与英德银团签好了贷款条约，英德银团在六国饭店举办一场隆重的酒会。载沣要去参加这个酒会，本不想来张府，只是听仁权说，老人家很可能过不了今夜，才勉强来了。他心里急着去六国饭店，便说：“英国和德国银团在今夜有一个会议，关系到千万英镑的贷款大事，我必须参加。老相国好好保重，改日我再来看你。”

张之洞虽感到命如游丝，但头脑还是清醒的。在得病之后，他就想到自己今日位极人臣，担负着燮理阴阳辅佐君王的重任，大限将至之时，应当仿效古人的榜样为君王举荐传人，以便薪尽而火传。这是所有贤明的宰相为君王所做的最后贡献，也是他张之洞为报答皇恩的最后一着。为此，他想了几个人，在他死后可以让排首位者补他的遗缺。此时，他多么希望载沣能像当年的汉惠帝，而他则是萧何。

可是，这个摄政王居然把一千万英镑看得比他还重，居然没有向他询问这等国家大事。张之洞彻底失望了，他微微地闭上眼睛，不再理睬载沣。

载沣悄悄地退了出来，出门上轿走了。一直呆在门边的宣统帝师陈宝琛急忙进来问：“监国说了些什么？”

张之洞张开眼睛，看着当年的清流挚友，而今的三岁皇帝之师，万千话语涌上心头，却不知从何说起。他也无力说什么了，只是长长地叹了一口气：“国运尽矣。”

说罢，又闭上了眼睛。

深夜，张之洞再次从昏迷中醒过来，四周望了一遍。仁权知道父亲将要留下遗言了，带着众弟妹子侄走上前来，弯腰聆听。只见张之洞一字一顿地轻轻说道：“人总有一死，你们无须悲痛。我生平学术治术，所行者，不过十之四五，所幸心术则大中至正。为官四十多年，勤奋做事，不谋私利。到死，房不增一间，地不加一亩，可以无愧祖宗。望你们勿负国恩，勿坠家风，必明君子小人之辨，勿争财产，勿入下流……”

见父亲意似未尽，但却没有再说下去了，仁权含着眼泪说：“父亲放心，儿孙们将谨记您的教诲！”

守候在四周的亲人友朋都以为张之洞已过去了，不料，过一会，他的嘴唇又动了起来：“仲子兄……”

“桑先生，家父请您过去！”仁权对站在张家子孙后面的桑治平说。

桑治平走了过来，握起老友的手说：“香涛兄，我来了。”

张之洞看着桑治平，眼中似有无限的眷恋和遗憾，好久，才嗫嚅着，但已发不清声音了。桑治平将耳朵贴近他的嘴唇，努力地听着。待张之洞的嘴唇闭住，仁权问：“桑先生，家父说了些什么？”

桑治平心绪沉重。他抬起头来，猛然发现在张之洞卧榻边的墙上，高高地悬挂着《古北口长城图》。

这幅由桑治平精心构思绘制的名画，自从光绪七年走出古北口后，一直随着张之洞从太原到广州，从广州到武昌，想不到，它今天居然又挂进了北京的相府。二十八年来，它历经时光消磨、岁月侵蚀，却依旧完好无损，色彩如新。画面上的长城还是那样蜿蜒苍挺，城楼还是那样高耸雄奇。然而，它的主人却已经走到了生命的尽头。更为可叹的是，当年对着古北口立下宏誓的疆吏初膺者，为着自己的人生目标，在努力奋斗二十八个春秋后，却是如此心灰意冷。桑治平实在不想把他所听到的张之洞留给人世的最后一句话说出来，经不住

仁权的再次询问，只得低沉地开了口：“他说，他一生的心血都白费了。”

大家的心头全都像压上一块厚重的石板，一时间无法分辨：这究竟是一位事功热衷者失望后的激愤之辞呢，还是一位睿智老人对乱世人生的冷峻思索？

一九九六年十二月六日—二〇〇〇年七月二日

初稿于长沙静远楼

二〇〇一年二月四日

定稿于台北天人合一庐

不夜灯
ENLIGHTENMENT

唐浩明作品典藏系列

策　划　肖风华　向继东

《曾国藩》（修订版，全三册）

《张之洞》（全三册）

《杨　度》（全三册）

《冷月孤灯·静远楼读史》

《唐浩明评点曾国藩家书》（全两册）

《唐浩明评点曾国藩日记》

《唐浩明评点曾国藩奏折》

《唐浩明评点曾国藩书信》

《唐浩明评点曾国藩诗文》

《唐浩明评点曾国藩语录》

唐浩明作品典藏系列

張之洞

（中）

唐浩明 著

SPM
南方出版传媒
广东人民出版社
·广州·

目 录

第三章　督建铁厂

第四章　参劾风波

第五章　外宾访鄂

第六章　署理两江

第一章／试办洋务

一　为筹银钱，张之洞冒险重开闱赌

郑观应从南洋回到广州的当天下午，张之洞便丢开手头的要务，在总督衙门单独接见这位《盛世危言》的作者。郑观应双眼深陷，形容清奇，迥然别于官场上那些脑满肠肥、大腹便便的庸官俗吏，不能不令张之洞刮目相看。

四十多岁见多识广的郑观应，在这位新近立下大军功的制台面前并无半点自卑之感。他侃侃而谈自己少年去上海钱庄做学徒，后来又去轮船招商局做事的经历，当谈到他如何挤垮美国旗昌公司的时候，张之洞听了捧腹大笑，极口夸奖他的胆识和气魄。从下午到深夜，张之洞从这位涉足洋务十多年的实干家那里获得了许多新的知识。夜已深沉，郑观应告辞的时候，张之洞请他考虑振兴粤省实业的方案，郑观应欣然答应。

三天后，郑观应向张之洞提交一份长达十五页的兴粤实业方案，其中包括治水师，设水师学堂，造军舰，练陆军，办军火厂及炼铁厂和机器铸币厂等。郑观应这些建议均合张之洞的心意，他决定全盘采纳，逐年实施。

当务之急是要编练一支不同于绿营、团练的新式军队。这支军队要全部使用西洋武器，并按西洋操演之法予以训练。张之洞将此事交给熟悉西洋兵法的记名总兵李先义，规定编制二千五百人，期望它能成为广东省的一支百战百胜的军队，故而将它命名为广胜军。

随后，他在广州城北石井圹开办枪弹厂。通过郑观应从上海泰来洋行购来一批英国机器。这种机器可造毛瑟、梯尼、士乃得、诸士得四种子弹，每天可生产子弹八千粒。

与此同时，张之洞利用黄埔附近的原博学馆旧址，开设水陆师学堂。水师学堂聘请英国教师任教，其中又分轮机制造运用堂和舰船驾驶攻战堂。陆师学堂聘请德国教师任教，分为马步堂、枪炮堂、营造堂。水师陆师学堂的学生规定学期为三年，毕业后择优者出国深造，大部分留下作为水师和陆师的军事教官。又利用原黄埔船坞，设立造船厂，以便自造小型战船。

就在张之洞大张旗鼓准备在广东兴办一番强国实业的时候，一个严峻的问题异常突出地摆在他的面前，这便是“经费”二字。练广胜军要银钱，办学堂要银钱，造军舰更要银钱，一时间各种需要银钱的禀帖如雪花般地飞到总督衙门，雄心勃发的制台面对着这些禀帖，愁绪满怀，一筹莫展。

广东的藩库，早在关外大捷之前便已清洗一空，万不得已才又向香港汇丰银行借银一百万，到了越南战争停火的时候，这笔银子已用得差不多了。幸亏藩司龚易图手脚紧一些，使得藩库还存有十三四万两银子。练军设厂办学堂，这几件事一做，不到三个月，十三四万银子便又花光了。当张之洞把黄埔船厂急需二万银子购买机件的禀帖交给龚易图时，龚藩司哭丧着脸对张之洞说：“实在没银子了，不要说二万，此刻就是二千都拿不出。”

“没银子怎么买机件？”张之洞发火了，“这铁舰也不是为我张某人造的，误了事，你龚易图负得了责任吗？”

龚易图这几个月来，因为拨款的事常挨张之洞的训。他发现自从关外那一仗后，张之洞的性格有了明显的变化。过去不仅对巡抚两司这样的大员客客气气，就是对府县官员也不大发脾气，现在不同了。他对人说话都带着命令的口气，不容你提出不同的看法，甚至连解释几句也不耐烦听，动不动就用“你负得了责任”这样咄咄逼人的话来压人。龚易图听说左宗棠跟人说话就一向是这种口气，看来张之洞是在模仿左宗棠。唉，若是这样，今后得处处小心才是。

“张大人，”龚易图用近于低声下气的口吻说，“卑职知道造铁舰是为了广东的海防，您为这些事情操心费力，别人看不到，卑职还看不到吗？只是这藩库确是没有银子了，卑职既无点石成金的本事，也不能去强行搜刮百姓啊！”

“谁要你去搜刮百姓了？”张之洞没好气地说了一句，便摆了摆手，“你回去吧！”

龚易图忙起身告辞，直到走出督署大门，才长长地透了一口气。

藩库是没有多少银子了，龚易图并没有说假话。这些，张之洞心中是有数的。再逼他有什么用呢？共事一年多了，张之洞已把常与之打交道的这几个广东大员摸透了，都不是能吏干员，更谈不上大才，他们只知道按部就班，照章办事，没有人想去出点新主意。若要给他们下一个考语的话，用“平庸”二字最为贴切。

龚易图是平庸到了骨髓，再不可救药了。至于倪文蔚，除平庸外还要加上“老朽不堪”四字。张之洞真想倪文蔚能有自知之明，能自己提出致仕养老；要不，朝廷来一纸命令，调他到别的省去，哪怕是升个总督也罢，到时自己好提名一个能干的人来接替，大家也好一起共襄大业。可这倪文蔚就是赖在广州不动，张之洞也奈何他不得。无论是龚易图，还是倪文蔚，都不能指望他们想出什么法子来筹集银钱，这副重担，只有自己一人来承担了。

从哪里去弄银子呢？再向汇丰银行借款是不行了，就是你不怕背重息，但前款未还，又开口，人家也不会借呀！广东商务发达，从商人那里去敲点银子来？但凭什么叫他们出血呢！弄不好会惹出麻烦来，这条路也不能走。向朝廷开口？练军设厂办水陆师学堂，并不是朝廷要你做的事，朝廷又哪会给你拨款呢？倘若引来个“经费支绌，诸务暂停”之类的上谕，反而更不妙！你是执行，还是不执行呢？条条道路都不通，唯一的指望还是靠自己。广东还有办法可想吗？

张之洞身边最亲近的几个人桑治平、杨锐、辜鸿铭等都知道总督的这个难题，他们也在着急，但也都没有好办法。

郑观应知道了总督的难处，见众人都无法为他分忧，终于忍不住来到督署，找上张之洞。

“张大人，筹款的事，我有个想法。”郑观应坐在张之洞的面前，迟疑了一下，说：“我也不知道这个法子可行不可行，我想了好几天，又想说又怕说。看您好些天了都还没有好办法，我只得横下心来，跟您说说，行不行由您自己拿主意。”

张之洞见郑观应这副小心谨慎的模样，不禁笑了起来，说：“陶斋，你是个走南闯北见过许多世面的人，怎么也这样不爽快起来？筹款一事大大为难了我，我的确还没有什么好法子。你有什么想法你只管说，能行就行，不能行的我自然不会去做。比如你叫我去打家劫舍，像晁盖那样去取人家梁中书十万生辰纲，我自然不会干的。”

郑观应也被总督的这句话逗笑了，说：“打劫的事，我当然不会劝您去做。不过，这事，在有些人看来，也是很不光彩体面的，跟取生辰纲也差不了多少。”

“到底是什么，你就明说，别绕圈子了，说得我心里痒痒的。”

“好，我就明说吧！”张之洞的这几句话消除了郑观应的心理障碍，他放心大胆说了起来：“大人是北方人，不知南方人爱赌博的特性，尤其是闽粤两省，不论士农工商、男女老幼个个都嗜赌如命。”

张之洞笑了："你这话说得也太过分了些吧！"

"不过分。"郑观应正正经经地说，"不但好赌，且赌的花样很多，规模很大。这赌博业就有大量的银钱在流通。"

一听到"银钱"二字，张之洞的兴趣立即高涨："你是广东人，一定深知其中内情。你倒是要细细说给我听，让我也长长见识。"

"我先给大人说说福建的花会。"郑观应微微地笑了笑说，"这种花会以三十六个字为赌。"

"三十六个字！"张之洞插话，"哪三十六个字？"

"没有固定的，由主花会者选择，不过都是些常见常用的字，选定后公布于众。主花会者，从中挑出一字来，暗地里写好，然后用纸包紧密，高高地悬挂在屋梁上。屋里摆着一张大桌子，桌子上排列着这三十六个字。大家都可以来猜这个字。比如说有人猜，主花会者悬在梁上的字是'郑'字，于是就在郑字上押一文钱，也可以押十文八文百文千文，随你。如果猜中了，主会者则送你三十二倍的钱。若押的一文，则给三十二文。押的千文，则可得三万二千文。"

张之洞说："一千文钱变成了三十两银子，这不立刻就发了一笔小财？"

"是呀！"郑观应说，"故而当地有句流行的话说：一文可充饥，百文可制被，千文可娶妻。如押对了一千文钱，便可以拿赢来的钱讨个老婆了。"

张之洞说："主会者说话算数吗？如果许多人都押对了，他又付得起吗？"

"大人问得好。"郑观应说，"这主会者必定是有钱人家，要么有田产，要么有铺面，大家信得过，才会把钱押给他。若是毫无一点家当的人，是不可能做主会者的。这是多年来传下来的老风俗，若是亏了，主会者卖田卖屋也会要付的。不付会犯众怒，他也在地方上呆不下去。"

张之洞点点头，右手习惯性地捋起胸前的长胡须，兴致浓厚地听下去。

“押字的人还可以自己不来，托人办理，主会者也会雇一批人，称作走脚。走脚走村串户，找上门来。你押什么字押多少钱，走脚给你一张收条，押中了，走脚将钱送上门，从中收取二成的脚费。如此，局面就扩得非常大，甚至闺阁中的女流也可以来押。”

“啊！”张之洞听来入神了，“福建的女人也有这种兴致。”

“女人的兴致还大些。”郑观应笑了笑说，“大人您想想，这女人平时不出门，外面的事都不知道，日子过得比男人单调枯燥得多。这一押起字来，一颗心就被字给勾住了，日子就过得比平日大不同了。左邻右舍的女人一见面，谈的就是押字，话题就多了。押不押得中不可估计，说起来就更显得有趣味。于是有的女人就吃斋求卜，有的进寺院烧香拜佛求菩萨保佑，也有的女人真的夜里就梦到菩萨来告诉她，醒来后赶紧就去押这个字，弄得神魂颠倒，寝食俱废。您看，这日子过得不就丰富多彩了？”

张之洞笑道：“是不错，平添了许多内容。”

郑观应说：“这不很好吗，闺阁中最难耐的是寂寞，有这事让她们去挂心，也就不寂寞了。”

停了一会，郑观应又说：“不过，麻烦事也就跟着来了。赢了好，押字换来高兴。输了呢，那就不妙了，丈夫打骂，公婆责备，于是瞒着家人再押，想把本赚回，结果又输，典当首饰衣物。首饰衣物当尽，则不顾廉耻了。寡妇因此失节，良妇因此改嫁，伤风败俗，莫此为甚。”

张之洞颔首说：“这就是赌博给凡夫俗子带来的祸害。别的地方只是男人赌，没想到福建的妇人赌瘾也这样大。”

郑观应说：“福建、广东一带的妇人大多吃苦耐劳，当家理事的能力往往强过男人，故而她们参与赌博的兴趣也不弱于男子。”

“说说广东吧，广东人是怎么个赌法。”张之洞暂且置筹银于一边，了解民风民俗，对于一个总督来说也是很重要的呀！

“广东人是拿乡试中式的姓来打赌，谁猜中谁赢。这叫做赌闱姓。”

“真是岂有此理！”张之洞生起气来。“乡试是何等庄重清贵之事，怎么能跟赌博连在一起！”

“于此便可见广东人好赌成癖，不管清贵卑污，什么东西都可以拿来赌，什么东西都可以赌得有滋有味。我先说几个小赌给大人听听。”郑观应端起茶杯，喝了一口，说：“比如有个人有一件很好的衣服要卖，标价三串钱，因为价太高，没有人来买。于是他拆开来，以一百文钱为一标，折成三十标，当众抓阄，谁抓了这件衣服就归谁，以一百文钱买三串钱的衣服，太划算了，故人人都乐意来参加。”

张之洞说：“三十人参加，只有一人得到，没有得到的，那一百文钱不就白丢了？”

郑观应说：“没抓到，那一百文钱是白丢了，但损失很小，若抓到了，则收益很大，碰碰运气嘛，广东人最是喜欢碰运气了。一个人的一生说穿了就是碰运气。小的事碰对了，得小运，大的事碰对了，得大运。一生得了几个大运，这一生命就好了。连曾文正公都说不信书，信运气嘛。”

张之洞慢慢捋着黑白相间的长须，默不作声，似有许多感悟一时都向心中涌来。

“民间是这样，官府也这样办。三年前，一个大商人犯了事，他的豪华宅园籍没归公，作价十万银子。没有人买得起，就将它分为二万标，一标五两，结果被城郭一个卖菜的农夫买去了。他拿这个豪宅没有用，于是减去二万，以四两一标，再卖，结果被一个秀才买去。那个秀才得了这座宅子，高兴得见人就问，你知道我是哪个吗？”

张之洞奇怪了：“他为什么要这样问？”

“他怕自己是在做梦，要别人证实一下是真的呀！”

“哈哈哈！”张之洞掀开胡须，快乐得大笑起来。

“现在来讲这个赌闱姓的事。”郑观应见总督大人这样乐意地听他讲赌博的事，自己的兴致也高涨了许多。“闱赌是广东最大的赌，遍设全省九府四州二厅，没有一处不参与。办赌的人不是票号老板，便是本地的大富家，每逢乡试之年的二月初一日开局，一直到主考进闱之日止。大姓不赌，专赌小姓冷僻姓，办赌者要把不赌的大姓，如刘、李、张、王、陈等公布出来，其他未公布的姓则可赌，以二十姓为一条。列出若干条来，或十条或十五条。每条都可以押，押金一元、二元直到十元，听便。然后再以押金多少分为十类，相同的押金为一类，一类中又分若干列，一列以千人为限，满了一千人后再开一列，故而每一条中列数不等，有的姓押的人多，列数多，有的姓押的人少，则列数少。一元类的一列则为一千元，二元类的一列则为二千元。将此分为两部分：十成取一归办赌的主人，十成取九归投标者，内中又分头标、二标、三标。头标分十成之六，二标分十成之二，三标分十成之一。头、二、三标这样分：二十姓中猜中十姓的算头标，猜中六姓之上的算二标，猜中三姓之上的算三标。”

张之洞说：“这中间的头绪还挺复杂的嘛！”

“是很复杂，我只说了个大概，内里还有许多细节，我还没说哩。一元类的头标是六百元，二标二百元，三标一百元。若是十元类，头标则是六千元，二标二千元，三标一千元。有几个人中了头标，则几个人平分，比如说，这一千人中有一百人中了头标，投的都是一元的标，则一百人分六百元，每人分六元，若投的是十元的标，则一人分六十元。因为参加的人多，所以总数很大，全省大约有二三千万的投标数。”

“慢点。”张之洞看出这中间的要害来了。他停止捋须，打断郑观应的话。“你刚才说开办的人抽十成之一，若二千万的总投标数，他就得到二百万，若三千万的总投标数他就得三百万是吗？”

“是的。”郑观应知道张之洞的心已被开办者所获取的暴利打动了。“他这是包赢不输，而且是净得，连开支费他都不出，因为这中间还有一项规定，从剩下的九成再取十分之一来作为所有的局用及脚费纸张等经费。这笔钱便转到投标者身上了，开办人是净得总数的一成。”

“那不行，官府要抽税。”张之洞的口气，听起来像是三分气愤七分嫉妒似的。

“这事行了许多年，过去都没有明文抽税，只是开办者背地给各衙门送红包。红包有大有小，大的数万元，小的三五百元不等。自从长毛作乱后，军饷浩大，藩库拿不出钱来，巡抚衙门就打起这事的主意了。咸丰三年军需局成立，便下令要先前办赌的人出血。办赌人无法，凑了四十二万银子给军需局。从那以后便成了定例，而且每次都有增加。到了同治二年，增加到一百五十万两，抽得办赌者一个个心疼得不得了。”

“有什么心疼的？这都是不义之财。办赌的交出不要心疼，官府抽了也不理亏。”张之洞仿佛一时之间断然拿定主意似的。“陶斋，你的点子想得好，我也不增加了，就依同治二年的例，一百五十万银子。乡试之年要到明年，只是我眼下急需银钱用，等不及，要前年办赌的那些人马上凑一百五十万两给我应急；不然，明年本督就不准他们办。”

郑观应见张之洞立即就决定下来，而且大开狮子之口，张嘴便是一百五十万，心里不免吃了一惊。他既佩服张之洞这种办事的魄力，又担心办赌人反对，因为十多年前的高额征税是要负担军饷，现在国内并无战争，那些贪财如命的办赌人会肯出这多血吗？起身告辞的时候，他特为叮嘱一句：“张大人，这是一件大事，你还得多听听别人的看法。特别是广东省的抚、藩、臬三台，听听他们是怎么说的。”

张之洞为此很兴奋。他给桑治平、杨锐、辜鸿铭几个人说了这件事。大家都赞成，尤其杨锐更是拍手叫好，认为这是取之于民、用之于民的大好事，何乐而不为？桑治平也觉得事属可行，只是不必定一个固定的数目，不如也来个提成，从主办者的手里提取四成或五成。张之洞认为这个建议很好，说：“就定五成吧！官府和办家对半分。就这样，他们也赚得太多了。我若不许他们办，他们一文钱也赚不到。”

张之洞已在心里将这事定了。过几天，他把广东抚、藩、臬三宪请来商量这件事。谁知，他的话才讲完，倪文蔚就连连摆手，龚易图一脸惊色，沈镕经面无表情。三大宪的反应，大出张之洞意料之外。

六十五岁须发皆白的倪文蔚急急地说：“张大人，闱赌一事禁止十来年了。那年英翰做粤督时开禁过一次，结果弹章四起，年底英翰便因此革了职，气得他一病不起，第二年便含恨去世了。张大人，英制台是前车之辙，闱赌万不可再开。”

原来，此赌早已禁止，这一点郑观应并未说明，张之洞还不知道。不过英翰革职是在同治十三年，当时正在四川做学政的张之洞知道，他是为着一桩贪污案被革职的。第二年死时，朝廷又说他与此案无关，还给他一个“果敏”的美谥。

见张之洞抚须沉吟，默不作声，一向会看脸色行事的龚易图，估计张之洞被巡抚的这几句话说得打消此念了，便壮着胆子补充：“张大人，卑职知道，您是因为设厂办学堂缺银钱，逼得无法才这样做。您这番苦心，卑职明白，别人却不一定明白，还以为大人您为谋利而不择手段。倪大人说得好，闱赌决不能开，因为这里面弊病太多，得不偿失。”

张之洞目光峻厉地望着龚易图：“这里面有哪些弊病，你说说。”

望着张之洞凶凶的眼光，龚易图生出几分怯意来。他看了一眼倪文蔚，倪文蔚忙给他打气：“龚方伯，闱赌弊病，是明摆着的，张大人来广东不久，不了解内情，你拣几条重要的，说给他听听。”

倪文蔚这种摆老的口气，几个月前张之洞还觉察不出，现在听起来很是不舒服。

龚易图略为想了一下说："这闱赌第一个弊病就是亵渎了乡试。乡试乃朝廷三年一次的抡才大典，入闱者尽皆十年寒窗苦读的秀才，他们都是功名在身的人，中试者更是将来国家的栋梁之材，怎么能容忍无知无识的愚民村妇拿他们的姓作为赌注来戏弄玩耍呢？"

龚易图的话有道理，做过两度乡试主考官的张之洞不能不赞同。

"其次，有押银元数目巨大的人，为获暴利，则拿银子去收买主考和副主考，请主考、副主考在最后圈点时，照顾他所押的那些姓。这样一来，乡试以文录取便变成以姓录取了，公正没有了，王法没有了，贻害甚大。"

张之洞心里想：考场舞弊最令人痛恨，如此说来，广东的舞弊又多了一层，的确有危害。

"第三，乡试之年，从二月初一日开局，到四月初一放榜，整整两个月，所有投标之人都为此事弄得士人无心读书，农人无心种田，工匠无心做事，商人无心经营。因投标人多，整个广东士农工商几乎都停止下来，这对广东全省有多大影响？"

张之洞心想：影响是有，要说全省士农工商都停业，说得也过分了吧！

"还可以说出好些弊病来，我看这几条就已足够厉害了。"

张之洞转脸问沈镕经："你看呢？"

沈镕经迟疑片刻答："刚才倪抚台和龚藩台的话都有道理，我看此事朝廷既然早已禁止，自然是弊病太多的缘故，应以不开禁为好。"

送走广东三大员后，张之洞对闱赌开禁不开禁犹豫起来了。

倪文蔚、龚易图的话确是有道理，倘若自己仍在京师做朝官的话，得知这样的事必定会坚决反对，因为不需要任何道理，仅将乡试与赌博连起来就觉得十分倒胃口了。可是现在，有过三四年督抚经历的张之洞，对于当年那种书生意气，已不再持全盘肯定的态度。

过去那些京师清流朋友们，自以为天下事事事关心，但就是不谈生财获利之事，几乎所有的清流都认为言利非君子之所为。今日的张之洞方才真正明白，天下实事的兴办莫不是建筑在财力的基础上，而其最终目的又莫不落脚在利益二字上。不谈财、不言利就不能有芸芸众生的安居乐业，也不能有国家的强大兴盛。就拿眼下来说，若没有银钱，则一切美好的想法都不能付诸实现。

他素来敢作敢为，并不在乎别人怎么看待的，往日无权无势的小京官尚且心高胆大，何况如今八面威风实权在握的南国总督，其他的均可置之一旁不顾，最令他犹豫不定难下决心的是朝廷曾有禁止闱赌明令。不请示，则是有意违抗朝命；请示了，则又明摆着办不成。办不成则筹不到银钱，没有银钱则一切新举措都将半途而废。

就在张之洞最为苦恼的时候，省抚台衙门的巡捕赵茂昌来到总督签押房。

“香帅。”

赵茂昌亲亲热热地叫了一声张之洞，这一声与众不同的称呼，让张之洞的心中油然生出几分惊喜来。他身为制军，可称作大帅。字香涛，按当时官场的惯例是可以称为香帅的。但还从来没有谁这样称呼他，这中间另有一个缘故。总督都可叫大帅，但对于文人出身而从来没有带过兵打过仗的总督，人们通常还是不称他为帅，人们只是将几位立有军功的总督称为某帅，时下最有名的几大帅就是曾做过两广、两江总督的岘帅刘坤一，现任两江总督的九帅曾国荃，署理过两江总督现任兵部尚书的雪帅彭玉麟，以及刚刚去世的前两广总督轩帅张树声。张之洞虽十分羡慕这种称呼，但比起刘、曾、彭、张，他自知还比不上。可是，现在就有人这样叫他了，心里虽得意，毕竟是第一次，他还觉得不太习惯。

“竹君，你不要这样叫我，我没有上过沙场，称帅总有点名不副实。”

“香帅，称你为帅是最名副其实了。”赵茂昌一本正经地说，“上沙场攻城略地，其实是将的事，运筹帷幄决胜千里，才是帅的事。您选贤任能，制定方略，提供军需，掌握全局，坐镇广州而决胜于镇南关外，这才是真正的大帅，古之张良、谢安，今之曾文正公，都没有跨马挥刀，冲锋陷阵，谁能说他们不是大兵家呢？要我说，九帅、岘帅他们还真的比不上香帅您哩！他们只是胜了自家人，您是胜了洋人，灭了洋人的威风，长了我们中国人的志气。您不叫大帅，这天下还有谁可当得上大帅呢？”

赵茂昌的马屁，拍到点子眼上，张之洞听着心里舒服极了。他想想也是：帅和将就是不同，打中国人和打洋人就更不同了，自己还真的是名副其实、最有资格叫大帅的人！

张之洞对眼前这个面庞清秀、身材匀称的文巡捕顿时生出很大的好感来，以素日少有的慈祥语气对这个比自己小二十岁的纳赀出身的后辈说：“竹君，你刚才是要对我说什么话呀！”

“香帅。”见总督如此亲切地叫他的表字，赵茂昌知道刚才这几句话甚得张之洞的欢心，遂气势旺壮地说：“我听说您这几天为闱赌一事在愁闷。”

张之洞想：这事有说能办的，有说不能办的，赵茂昌也是个明白晓事的人，何不叫他说说自己的看法呢。于是打断他的话：“这事能办不能办，你不要有顾虑，放开胆子来跟我说说。”

“卑职来广东四五年，这闱赌之事也听得多了。说不好的人大多是官府里的人，说好的大多是百姓。百姓说的是真心话，官府人说的多半是假话。”

“你这话是怎么说的？”张之洞目光锐利地望着赵茂昌。

“从表面上的大道理来说，将乡试举子的姓氏与赌博连在一起的确有辱斯文，一旦有人来攻讦，主政的人总觉得于理有亏，禁止才是理所当然的。公开场合，他们不得不禁止这种赌博。但是有此赌，于公于私都有好处，故他们骨子里并不想禁，因而说的都是假的，表里不一。”

“嗯。”张之洞下意识地点了点头。

“于公来说，闱赌能给官府带来一宗大款项，解决不少困难。于私来说，从省到府县，哪级官吏不从中得到收益？一下子禁止，大家都没有了，口里虽说好，心里却不是味道。老百姓则不一样，他们不要说什么脸面话，心里怎么想的，口里就怎么说，也不去考虑久远的得失，什么事能给他们眼前好处，他们就去做。”

赵茂昌见张之洞的眼神里满是期待，干脆直截了当地说：“香帅，您还不大清楚，这广东人天性好赌，赌能给他们带来极大的欢乐。好比说，他用气力赚来一串钱，他心里没有多大欢乐，若是用赌博赚来一串钱，他就欢乐无比。即使他为这一串钱耗费一串五甚至两串，他也会感到快乐。又如，官府要他们捐钱做公益事，他们决不肯捐，捐一文钱就如同要他们出一碗血一样。但是换一个方法，让他们花一百文、二百文去买一根签，然后凭这根签去抽号，若抽到了则可得一个价值十倍百倍的礼物，明知抽到的机会极小，他们也会乐意去做，而官府则因此获得一大笔银钱。这样做，彼此皆大欢喜，何乐而不为？”

张之洞微笑着：“这真是各地有各地的风俗，各地有各地的人性。北人质朴实在，这种投机取巧的事，大都不屑于为。”

“正是这话。”赵茂昌忙恭维。“若说我们吴人，也不会这样。吴人精明，算一算，一千人、一万人中才有几个人中彩头，自己明摆着得不到，何苦去送一百文钱？还不如拿这一百文买几个烧饼，可以填饱肚子，划算得多。”

“照你这样说，在广东开办闱赌，是于国于民都有利无弊的。”

“卑职以为是这样。”赵茂昌点头。“其实，这些年来闱赌明里是禁了，暗地里还在进行，只是不在广州，而搬到了澳门。洋人是不禁赌的，只要你照他们的规矩纳税，什么赌都可以在他那里赌。人家只重实在，才不去管那些虚文呢！”

“重实在，不管虚文。”赵茂昌这句话拨动了张之洞的心弦。他仿佛从这句普普通通的话里，顿时领悟了许多。

“香帅，眼看着我们中国的银钱，就这么白白流进洋人的腰包，这也说不过去呀！”赵茂昌见张之洞沉吟不语，知道总督是在认真听他的话，于是把这个扎眼的要害又加重了一句。

“只是这闱赌，”张之洞像是自言自语，“朝廷有明文禁止呀！”

“香帅。”赵茂昌思索一会儿说，“卑职想，这事可以先办着，不要向朝廷奏明，说不定朝廷也改变了主意。万一有人告状，朝廷追究下来，也不怕，把万不得已的苦衷向朝廷讲清楚，卑职想朝廷也会原谅的。要紧的是，由赌局上缴的这笔钱要做到账目十分清楚，一笔一笔用到哪里去了，都要明明白白，谁也不能贪污一丝一毫。另外，还要严格规定，赌局的税只上缴督署，其他过去的各种规费一概禁止。这样，办赌的省去许多打点，上缴给督署的钱就会拿得利索。香帅，依卑职看，出之于民的银钱，只要用之于民，就不怕台谏的责难，不怕朝廷的追究。”

张之洞眯起两只长大的眼睛，将赵茂昌细细地打量着。他突然发觉，坐在眼前的这个年轻后生，原来是一个有胆有识的办事之才！

“竹君，明天我跟倪抚台打个招呼。后天，你就到我这儿来做巡捕。”

“卑职谢香帅的提拔。”

赵茂昌忙起身作揖。不仅因为督署高过抚署，更因为张之洞大才高名，敢作敢为，跟着前途无限的张香帅，要百倍胜过日薄西山的倪抚台！

“闱赌一事，开禁不开禁，我还要再好好思量思量。”张之洞捋着胡须慢慢地说，“若是开禁的话，我就委托你来办这件事。你可要像刚才跟我说的那样，把这事办好，办得无任何把柄给别人拿住！”

“香帅如此信任卑职，卑职一定肝脑涂地，为大人办好这事！”

赵茂昌心中顿时惊喜万分，暗暗地想：倘若闱赌交给我来办理，只办三科，我就要让三四十万银子悄没声息地进入赵家账户！

张之洞打发桑治平、杨锐、大根等人到广州城内城外去询问百姓对闱赌的看法。询问的结果：大部分读书人不赞成重开闱赌。除开士人外，绝大部分人都赞成开禁，许多人说十来年没有办这事了，一想起来就心痒痒的，若开禁的话，要好好地赌一赌乐一乐。张之洞本人也悄悄地问过广州府里几个知县，出乎意外，这几个知县异口同声地表示，只要省里三大宪为头，他们就支持。张之洞心想：过去开赌时，广州府各个县的文武衙门可能获利最多。

官场百姓两方的查访结果，大多数人主张对闱赌开禁。经过再三权衡，张之洞决定重开闱赌。当然，他心里很清楚，倘若朝廷追查起来，所有的责任，都只有自己一人承担。为了筹集银钱办大事，他决心豁出去了！

赵茂昌果然会办事。禁止了十二年的闱赌，在他的操持下办得比以往任何一科都要大。省府县各级闱赌主办者都知道，这次赌局，是制台张大人在亲自坐镇，是他冒着革职丢官的风险，瞒着朝廷开禁的。而掌舵的，便是总督衙门的赵老爷。是赵老爷磨破嘴皮说服张大人，才同意开的禁。赵老爷同时也明白告诉他们：说不定就这一科，倘若被人弹劾，下一科就办不成了。大家都要珍惜来之不易的这一科，也要体恤张大人的苦心。

广东省大大小小的主办者、千千万万的赌徒，都以空前未有的热情参加这次闱赌，他们的心情比过任何年节都要欢跃兴奋，下的赌注也比以往的大得多。本是明年的乡试，不到三个月，便已聚集了一千二百万的巨额赌款，而且还在日日增加。主办者们欣喜无比，自动先拿出八十万两作为税款上缴总督衙门；当然，赵茂昌没有忘记自己的账户。虽说才只三十岁，钱庄学徒出身的他在这方面已有丰富的经验，手脚做得干净利索。摸着一天天膨胀的私囊，他心里美极了。

有了这笔庞大的银子，张之洞的大事真是好办多了。广胜军的洋式操练更加起劲，中气十足的口号声数里外的百姓都听得见。黄埔船厂开工了，小战船也造出来了。水陆师学堂也办起来了，一百多名学子跟着洋教师学英文，学西学，兴致勃勃的。军火厂的机器也已运来，日以继夜在安装。铁厂的厂址也在忙碌选择之中。

还剩下二十多万银子，辜鸿铭向张之洞建议，办几个为百姓谋利益的工厂，如纺纱织布、缫丝等工厂。桑治平则建议创办一所书院。因为这银子毕竟是来自乡试，且士人反对激烈，用它来办一所传经授道的书院，既可以减轻读书人的愤怒，又于心稍安，万一朝廷追究下来，也多一层申述的理由。

张之洞采纳了桑治平的建议。除桑治平所说的理由外，作为有十年学政经历的两广总督，他从心底深处更为喜爱中国固有的学术文化。泰西的学问不能不学，但那只是为富庶、致强大，至于世道的整治、人心的化育，还得靠中国的经史诗文，这才是治根本的大学问。

岭南属蛮荒之地，学术向不发达，近几十年来虽然也办了一些小书院，但与中原江浙两湖相比，还远为落后。广东省的最高学府，至今还是道光年间由阮元所创办的学海堂，然则它早已陈旧落伍了，再办一所，无论规模还是地位都要超过学海堂。新建的军队既然命名为广胜军，那么新建的书院就叫它广雅书院吧。胜，是军人追求的目标；雅，则是士人必须达到的风致。一胜一雅，堪称文武合璧。

有了钱，书院的地皮房屋设施都好办，教师也不难聘请，最难的是请一位主持教务的人。最佳者为道德文章名世的宿学，其次为两榜出身的显宦。然而目前的广东，这两方面的人物一时都找不到，张之洞为此颇为费神。

这一天，他收到姐夫鹿传霖的一封家信。鹿传霖为官处世一向稳健，官运也因而亨通。早在张之洞还只是一个小京官时，他便做了福建按察使，不久又调四川布政使。这个时候，姐夫比起小舅子来，要神气许多。孰料，张之洞突然间时来运转吉星高照，短短的几个月，便由从四品升为从二品，又外放山西巡抚。小舅子反倒超过姐夫了。到了光绪九年，鹿传霖升为河南巡抚，两人拉平。第二年张之洞升粤督，又后来居上。郎舅并世为督抚，也算是当时官场的佳话。然而，鹿、张深知宦海三昧，为不授人口实，有意避嫌，凡自己所任职省份的政务，尽量不牵扯，暗地里却常有书信往来，互相帮衬。

前些年，鹿传霖从河南改调陕西，这封书信便是从西安抚署里发来的。除了几句家事外，大段大段说的都是国事。鹿传霖告诉内弟，他和张之万都因镇南关大捷一事增光不少，所有的亲戚都因此而自豪。又说，放眼今日海内，李鸿章一误再误，威望日减，曾国荃、刘坤一日渐衰迈，后起之秀就是贤弟，过不了几年，就会超过曾、刘，直逼李相。姐夫如此颂扬的语句，过去信中还从来没有。张之洞看了心里很舒畅。接着，鹿传霖就议论起李鸿章来。说李鸿章最近在京中做了一件蠢事，弄得很不得人心。事情是这样的，翰林院编修梁鼎芬上疏朝廷：宜乘镇南关大捷的兵威，一举收复太原、河内，将越南北圻从法国人手里全部夺回来。李鸿章却借此来与法国和谈，实在是误国媚外。李鸿章这些年来与法国人偷偷摸摸多方接触，或许私自接受了法人的馈赠，以牺牲国家利益来换取法人的欢心。李鸿章秉政多年，贪权恋栈，不修私德，世间多有议论，请朝廷严查以息人言。李鸿章得知后勃然大怒，给太后皇上上折，说梁鼎芬恶意中伤大臣，干扰国家大事，可恶至极，请严惩不贷。太后批示交部严议，结果梁鼎芬被降三级使用。京师官场士林议论纷纷，都说李鸿章以宰相之尊与一个小小的编修怄气，太失身份。信中最后说，梁鼎芬近日已回广东番禺原籍守制，如此有风骨的人，可予以延见嘉奖。

番禺在广州城外三四十里地，张之洞没想到就在身旁便有一位敢于和李鸿章作对的人物。他是翰林院的编修，又有如此见识和风骨，现既守制在家，不如就请他做广雅书院的山长！他立即修书一封，打发人急送往番禺，请梁鼎芬即来广州一见。

梁鼎芬很快就来了。原来竟是一个瘦瘦的二十六七岁的年轻人。因为丁忧期间，身穿一件玄色长袍，纽扣边吊着一束白麻。待梁鼎芬坐下后，张之洞和气地说：“听说足下因上疏言中法战争事，得罪了李中堂？”

“李鸿章这人，就是今日的秦桧！”梁鼎芬直呼李鸿章的名字，又将他称之为秦桧，既令张之洞惊讶也使他甚觉快意。

“大人您苦心经营，冯老将军冒死奋战，三万将士流血牺牲，得来的辉煌战果就让他轻飘飘地换了一张和约，真是气死人，恨死人。他不是秦桧是什么？怀疑他私下收了法国人银子的，不只我梁鼎芬一个人，京师持这种看法的人多着哩！”

“足下因得罪了李中堂而降职，不后悔吗？”

“不后悔。”梁鼎芬毫不犹豫地说，“莫说只是降了三级，就是革职坐牢，我也不后悔。李鸿章报复我一个年轻的编修，是他丢了面子，反倒成全了我的名声。现在京师提起梁鼎芬，哪一个人不知道？我还要感谢他哩。”

说罢，不由得笑了起来。

好！广雅书院的山长就是他了！刚见梁鼎芬，张之洞的心中尚有一丝疑虑：年纪轻轻，又只是一个编修，能孚众望吗？能压得住那些心高气傲的学子吗？听了梁鼎芬的这几句话，观其气概，张之洞很快打消刚才的疑虑，断然决定此事。他相信梁鼎芬有能力掌管一个书院。他敢斗李鸿章的骨气，他在京师士人中赢得的声望，就足以使粤省士子对他服气。更重要的是，张之洞要重用梁鼎芬，来跟权势煊赫的李鸿章唱一出对台戏。

正当张之洞几个月来一直在广州城里随心办事、恣意用人的时候，一场麻烦事很快便降临到他的头上。

二　朝中有人好做官！张之洞派杨锐进京入朝

一天下午，杨锐拿着一张邸报走进张之洞的签押房：“香帅，有人在说开禁闱赌的坏话了。”

张之洞正在批阅公牍，他放下手中的笔，并不太在意地问：“说什么坏话？”

“有人上折给太后、皇上。”杨锐将邸报递了过来。“邸报将这个折子给登出来了。”

“喔，上折子啦？”张之洞的神态显然比刚才在意多了。“给我看看。”

张之洞拿来邸报，认真地看了起来。这是一个名叫高鸿渐的御史上的折子。折子上说，近闻广东开放闱赌之禁，无识粤民踊跃参与，奸商从中操持，牟取暴利，影响所及，遍于士农工商。朝廷鉴于闱赌之害，早在同治初年便已禁止。现有人无视朝命，竟联络鼓噪，死灰复燃。请朝廷严饬广东巡抚应予制止，为首者应严加惩处。

张之洞轻轻一笑：“高鸿渐是谁，我不认识。他大概还不太知悉内情，话也说得温和，暂且不管。你给我注意近日邸报，说不定还有厉害的攻讦出来。”

果然不出所料。以后的几天里，杨锐几乎每天都在邸报上看到有言及广东闱赌的文章。这天的邸报竟然并列登出两篇措辞尖刻的奏章，都点了张之洞的名，也都说这事是张之洞一手操办的。建议朝廷立即将张之洞革职严办，刹住这股歪风，以维护朝廷抡才大典之尊严，而杜绝奸人贪婪无耻之妄念。

张之洞看那上折的人，一个是詹事府的右庶子莫吉文。此人张之洞很熟悉。他是张之洞的同年，先前两人相处很好。在张之洞做洗马时，他已是侍读，莫吉文为张之洞多年学政还屈居下僚而不平。后来张之洞晋升从二品，反而对张不满起来，说他是靠堂兄的力量走醇王府的门子而夤缘高升的，从此对张之洞视若路人。张之洞到太原后，从张佩纶的来信中知莫吉文投到李鸿章的门下，这两年迁升很快。张之洞从莫吉文的参折中看出了背景：这无疑是李鸿章在作祟，以报远仇而泄近愤。另一个上折的是都察院的易果信。此人是谁，张之洞想了许久想不起来，看来是自己离京后这几年新上来的人。易果信给闱赌列了四大害处：科场舞弊、商贾受累、奸民纵恣、赌匪横行。

“这些人很可鄙，也不到广东来实地查访一下就上这样的折子，成事不足，败事有余。”杨锐气愤地说。

张之洞想，若自己还在京师做言官的话，说不定听到这事也会上折纠弹，便笑了笑说：“从奏折上的文字来看，上折的人也无大错，风闻具奏，原是言官的职分所在，也无须到广东来查访。”

张之洞端起茶杯，沉吟起来。

“要害在哪里呢？”杨锐给老师添上水后，轻声问。

“要害在奏折之外。”张之洞指了指“莫吉文”三字，“此人是李少荃的人。”

“要害是李鸿章在为难您？”杨锐似乎明白过来。“这个易果信也是他的人吗？”

“此人我不清楚。”张之洞喝了一口茶，不再做声了。

“这个姓易的不知有没有背景。”杨锐像自言自语似的。

“叔峤，你去给我准备几样东西。”张之洞望着身为督署内文案的昔日学生，边想边说，“一个是一份禀文，把不得已而开禁闱赌的前前后后写清楚，措辞要委婉而明晰。一个是一份清单，详详细细、清清楚楚地将闱赌所收上的银钱，和这些银钱的各项去路都写上。”

“是。”杨锐已明白了老师的用意。“学生这就去安排各位文案赶紧弄出来。”

“还有一样。”张之洞慢慢抚摸着胡须。“打发一个人立即到澳门去，将这些年来去澳门办闱赌所上缴的税款弄清楚。洋人办事严谨，澳门税务局一定有这种存单，将有关此事的所有存单都录一份来。”

“学生安排一个能办事的人去。”

“办一个公函，盖上总督衙门的印信，否则，澳门税务局不会让你查的。”

“学生明白。”

杨锐出门后，张之洞将邸报上所登的这几道参折又细细地看过一遍，脑子里想了很多。

开禁闹赌，会有人说闲话，有人攻讦，甚至会有人上弹章，这些，张之洞在开禁之先都想到了，也作过充分的准备。但由邸报这样刊载出来，公之于全国，并接连几天不断，调门越来越高，而且由李鸿章在后面做主使，这些，张之洞事先还估计不足。应该采取哪些对策呢？这到底意味着什么呢？事情会如何发展呢？张之洞深深地思考着这些问题。

事情的背景和趋势一时难以看清，想好了几条应对措施后，张之洞横下一条心：一是不怕。既然敢于这样做，就敢于承担由此而起的责任。二是不管谁在背后操纵，也要跟他周旋到底，为国家办事的公心一定要剖白于天下。

过了几天，杨锐把应做的几件事都做好了。张之洞仔细审阅后，对他说："你安排人每样誊写四份，明天就带上这些东西进京。"

"到京师去？"杨锐颇为意外。

"你到京师去，主要做三件事。"张之洞缓缓地交代，"一是将这几件文字送一份给我的堂兄张之万中堂，让他先看一看。问他要不要再送一份给阎敬铭中堂，如果他说可以的话，由你去送，当着阎中堂的面还可以多说些话。你再问张中堂，应不应该送一份给醇王。若应该送的话，你就再给张中堂一份，由他去呈递。你在京中就住到我原来的院子里，这两年仁权一家住在那里。"

张之洞的长子仁权，现正在国子监读书，五年前杨锐为东乡事住京师时，曾与他见过面，年纪相差不多，也还谈得来。能与仁权住在一起谈古论今，当然是一件很惬意的事。只是他已娶妻生子，他的妻子对一个陌生的客人能欢迎吗？

"大公子一家人多，我住在那儿方便吗？"

"你只短期在京师住一住，顶多一两个月，有什么不方便！"张之洞放下茶杯，慢慢地说，"我这儿还有一封家信，两支给厚琨的小毛笔，你一起交给他。"

厚琨是张之洞的长孙，是他去山西那年出生的，已经四岁多了。

“你此番去京师，除送去这几个文件外，还得替我探听一下京师各方面对两广，特别是对闱赌的议论。我给张中堂的信里也说到了，有关这些事情，他会主动告诉你的。”

杨锐点了点头，把这些交代都牢记在心里。

“明天晚上，我安排一只小火轮专门送你出广州，一直送到厦门。你到厦门后再换上去天津的海轮，由天津进京师，大约十天可到。住京师期间，若有紧急事，仁权会告诉你怎样用电报与我联系。”

张之洞的这种安排，使杨锐顿感此行的异常重要和肩上担子的分外沉甸。

仲夏时节的一天傍晚，杨锐风尘仆仆地来到北京城，当他摸黑出现在徐绸胡同张宅时，开门的张家大公子仁权兴奋地抱住他说：“我这两天，天天在盼望，你终于到了！”

“你知道我要来？”杨锐颇为惊喜地问。

“早几天阎中堂打发人来告诉我，家父给户部电报房来了电报，说你十五日前后会到京城并住在我这里。”

原来户部已设立了电报房！杨锐心里一边想，一边跟着张仁权进了客厅。

“你这一路上辛苦了，还没吃晚饭吧，我给你去安排。”

“别，别，我已经吃过了。”杨锐忙拦住仁权。“你先看信吧！”

杨锐忙从包袱里拿出张之洞的家信来，连同两支小毛笔一起交给仁权。仁权接着毛笔，说：“厚琨下个月，就用爷爷送的毛笔来开笔吧！”

杨锐笑着说：“你比我小三岁，儿子就有四岁了，我去年才成的家，抱儿子还不知要等哪一天哩！”

“不用急。”仁权笑嘻嘻地说，“明年，你夫人一定会给你生一个大胖儿子！”

仁权虽是大家公子，或许是自小丧母的缘故，并没有娇生惯养的纨绔习气，对人一向以礼相待，因杨锐是父亲的得意弟子，故对他又较别人更为亲切。这句话说得好，杨锐高兴得大笑起来。

仁权看完信后，两个青年学子又就闱赌谈到越南战事，谈到两广的风土人情，兴致浓烈地谈了大半夜。看看将近三更了，仁权说：“明天，你先休息一天，我也做点准备。后天，我陪你一起去看伯父，我也有两三个月未去了，不知他老人家身体如何。”

仁权愿意陪着一起去张之万家，这真是太好不过的事了。这一路上海船奔波，也的确是疲乏困倦，明天是得休整下。杨锐谢过仁权的好意，在先前住过的客房里，很快便进入自离广州来的第一个安稳梦乡。

第三天在仁权的陪同下，杨锐拜访了张之万，将张之洞的信及在广州所准备的文件交给了这位年迈的协办大学士军机大臣，又详详细细地将张之洞不得不开闱赌的苦衷叙说了一遍。

张之万说话不多，当杨锐问要不要给醇王呈递一份文件时，他想了想说：“留下一份吧！”

从张之万家里出来后，仁权又陪着杨锐去拜访阎敬铭。阎敬铭认真地听完杨锐的禀报后，对仁权说：“你父亲有胡文忠公的办事气魄，胡文忠公九泉有知，当为后继有人而欣慰。你可以告诉你父亲，我会尽力想办法的。”

仁权连连致谢。

杨锐在仁权家住了下来。他要等待张之万带给他关于此事的答复。他还要利用这段时间四处拜访同乡和熟人，尽可能地多了解一些国事动态。而在杏花胡同的张之万家，七十多岁的老军机这几天一直在为堂弟惹出来的乱子思量着善后之策。

莫吉文是李鸿章的代言人，张之洞信上说的不错。易果信这个人，经过打听，也已经弄清楚了，他原来是翁同龢的学生；如此看来，翁同龢也是反对闱赌这件事的。

李鸿章与清流有宿怨，这是天下共知的事实。他示意别人攻讦张之洞，也是意料之中的事。而翁同龢也来反对张之洞，这却在意料之外，而这个翁同龢，又的的确确是不可得罪的人。想到这一层，白发苍苍的老哥真的为堂弟捏出一把汗来。

翁同龢是朝中一位非同寻常的大人物。他的不寻常，首先是他有显赫的家世。

翁同龢的父亲翁心存道光二年通籍，先后做过乡试主考和学政。后入值上书房做过咸丰皇帝和恭王、惇王等人的师傅，历任工部、户部尚书，拜体仁阁大学士，晚年又授读同治皇帝。帝师宰相，这是普天之下读书人的最高追求，翁心存都做过，可谓荣耀至极。翁同龢的长兄翁同书，官至安徽巡抚，因省垣失守而削职。次兄翁同爵，也曾做过督抚。更有趣的是，就在翁同书削职不久，其子翁曾源又高中同治癸亥科状元，这一科的探花正是张之洞。翁同龢的不寻常，更在于他自己的非同凡响的仕宦经历。翁同龢二十七岁时中了咸丰丙辰科的状元，一直在京为官，先后任过翰林院侍讲、国子监祭酒、内阁学士、户部侍郎、刑部和工部尚书。光绪八年进军机。光绪十年，随同奕䜣倒台而退出军机处。从同治六年起，翁同龢便充当同治帝的授读。一直到同治帝亲政时为止。因授读有功，被赏赐头品顶戴。光绪帝登基时，慈禧又命他进毓庆宫授读光绪帝。十年来，翁同龢与光绪帝结下亲密的情谊，朝野上下都说翁同龢与皇上，名为君臣，情同父子。故去年他虽从军机处退出，依然在毓庆宫行走。慈禧也很信任他，清朝文武都看重翁同龢与皇上的这份情谊。一旦皇上亲政，他的地位就不是任何人可比得上的。

这样一个重要的人物，谁能忽视得了！

然则，翁同龢为什么对张之洞如此反感呢？二十多年前张之洞与翁曾源同登鼎甲，因为有这层缘分，二人关系一向很好。翁同书关押诏狱时，张之洞曾两次入狱探视，翁同龢因此颇为感激。后来翁同书被判成边，翁曾源陪同父亲出京，张之洞还为此置酒饯行，又写了一首古风相赠，诗中亟力称赞翁氏一门的学问孝悌。

什么事得罪了这位当今的状元帝师呢？张之万在书房里来回踱步，深深地思考着：是因为重开闱赌，既伤斯文体面又开世人趋利谋财的侥幸之门，出身清华的翁同龢不能容忍这种出格逾矩之事？京师中出身清华的人数以千百计，别人为什么不这样看呢？事急从权，本是昔贤名训，何况张之洞新近为国家建立了大功勋，难道不可以给他多一点权限吗？或许，翁同龢此举另有原因。

猛然间，他明白了这中间的缘故：去年翁退出军机之日，正是我进军机之时，虽然罢免恭王军机处是太后的主意，但一进一出，难免不会引起翁的嫉恨。何况没有几天，张之洞便放两广之缺，翁一定会以为这是我在中间做了手脚，恨意便更深了。如此看来，翁同龢指使门生攻讦张之洞，其本意还在为难新班军机处，斥弟的目的在于劾兄！

张之万悟出这层缘故后，更觉为张之洞化解此事渡过难关，是自己不容推卸的本分事。

他想，化解此事，唯一的途径便是联合阎敬铭一道，说服醇王，由醇王出面跟太后说情。只要太后谅解了，满天阴霾便可化为晴空万里！

张之万想到这里，提起笔来给阎敬铭写了一封信，请阎设法为堂弟弥缝此事，过几天再一道见醇王。他将这封信密封好，派家人送到阎府。

住在头条胡同一座简朴小院里的阎敬铭，这两天也为两广的事在思量。这位当年湘军中的第一理财好手、现官居协办大学士户部尚书兼军机大臣的三朝元老，并不因身份的贵重而沾染官场的虚文陋习。十多年的军旅生涯，让他悟出打仗其实打的就是粮饷的大道理：粮饷足，仗就打得赢；粮饷不足，一切筹谋都成画饼。湘军之所以超过当时所有的团练绿营而成大事，最后的落脚点便在于寻到了一条行之有效的筹粮筹饷的路数。他任职期间，凡可筹粮筹饷的事他都做，只求目标，不计手段。即使引起府县不满，百姓怨恨，他也在所不惜。最后，他以保障各路供应换取前敌战场上的成功，赢得能员干吏的美誉，一切腾怨便自动熄灭了。他由此领悟自古以来常说的“积贫积弱”四字的深刻内涵：弱乃因贫而起，人贫则人弱，家贫则家弱，国贫则国弱，要想强则先要富。富强富强，富裕之后才能强大。正因为此，他深为赞赏张之洞从理财着手振兴两广的施政方略，至于开放闱赌，尽管会招人指摘，但为了强粤大计，也是可以采取的。他相信他可以凭此说服皇太后。作为一个精明的官员，阎敬铭看出此事的最大难处，在于朝廷过去曾禁止过闱赌，又有英翰开禁而被撤职的前例。这是攻讦者所能持的最有力的尚方宝剑。倘若没有这些，那就一切都好办多了。张之万的信提醒了阎敬铭，张之洞实际上已经与新军机坐在一条船上了。“同舟共济”，才是新军机处所应当采取的措施。阎敬铭进一步意识到此事与自己的关系所在。然而，那道横在化解此事道路上的巨大障碍，要如何绕过去呢？他决定从国史馆调来英翰的档案详加研究。

世上的事情，耳听传闻与扎实详究，这二者所得的结果是大不相同的。英翰因开禁闱赌而革职的事便又是一个例证。详查英翰的旧档后，阎敬铭不仅弄清了英翰削职的经过，也弄清了广东闱赌一事的来龙去脉。

原来，粤省的闱姓之赌，朝廷并无禁止的明文，可以查到的禁赌依据，是咸丰十一年时任两广总督劳崇光关于闱赌的一道奏疏上的朱批：“粤省闱姓作赌，扰乱民间秩序，助长侥幸求利之风，应予禁止。”这道朱批的时间是咸丰十一年八月初九日。

阎敬铭看到这个日子，心头猛然一阵难受，因为正是这一天，他在武昌城里接到咸丰帝宾天的凶问。八月初九日的这道朱批，显然不是咸丰皇帝写的。二十多年后的今天，当年热河行宫那场惊心动魄的争斗早已成公开的秘密，阎敬铭心里明白，这道朱批既不是六岁小皇帝所写，也不是东西两宫太后所拟，而是那时正执掌朝廷最高主权、气势熏天的肃顺的命令。理清了这层关系后，阎敬铭心中的这块石头算是落下了八成。

肃顺禁闱赌的命令其实只在劳崇光任粤督时，认真执行过。劳崇光调走后，此风又复起。用粤省百姓的土话来说，朝廷对闱赌是开一只眼闭一只眼，英翰的革职其实并不因为开禁，而是那一年出了场大风波。

花县一个姓陈的闱赌主办者在开局的前夕拐挟赌民五百万银子，逃到国外去了。四处找不到他的踪迹后，赌民决定变卖他的房产田地赔偿。结果发现他的良田美宅早已卖给别人，剩下的财产全部加起来不及三十万两。赌民们气愤不过，对姓陈的行事查了个究竟。查出他与官府关系密切，怀疑他私下送给总督银子不下百万两，于是几个家中损失巨大的粤籍京官联名上奏弹劾英翰，罪名是私开闱赌，接受贿赂，包庇纵容奸人拐逃巨款。赌民也恨死了英翰。有的甚至投匿名帖到督署，声称要杀掉他来出气。英翰吓得不敢轻易外出。他自己上疏朝廷，说闱赌一事他禁止不力，以致酿出如此大事，请求朝廷给予处分，调离两广。

朝廷见事情闹得这样大，只得派出两员大吏来广州调查。不知是钦差受了贿，还是英翰手脚做得干净，总之，查来查去，也没查出英翰私受巨贿的真凭实据来。最后两位钦差向朝廷具折，建议禁止闱赌和将英翰免职调离。朝廷同意了这个建议。英翰便因此丢了粤督而回到北京，但不到三个月，他又谋到一个乌鲁木齐都统的美职，走马西北上任去了。两年后死在任上，饰终隆重，御祭文满篇称赞，无半句提到闱赌一案。

弄清楚英翰的这段履历后，阎敬铭心里更踏实了。

这天上午，张之万邀了阎敬铭一同来到太平湖醇王府。

三　以三十万两银子上缴海军衙门为条件，换取闱赌的合法进行

“什么好风，两位老中堂联袂而来，难得难得！”四十五岁的醇王满面笑容地将张、阎让进王府精致的内客厅，立时便有小太监端来香茶、果品。醇王才具不及恭王，对待下属却比恭王要和气得多，醇王府也不像恭王府那样奢豪森然。这是醇王高过恭王之处，也因此在京师赢得不少好口碑。

“有好些天没见到王爷了，心里惦记着，今天天气好，我约了丹老一起来看望王爷。”张之万两眼含笑地望着醇王说。醇王年纪虽不大，但一向身体单薄瘦弱，脸色常是灰灰白白的，然今天却容光焕发。他颇为奇怪，嘴里颂扬：“几天不见，王爷气色这样好，老臣心里高兴极了。”

阎敬铭也看出了这一点，忙说：“王爷精神旺盛，是天下臣民之福。”

“是吗？”醇王摸了摸自己的脸颊说，“我也觉得这些日子身体是健旺些，吃饭睡觉比过去都要香甜。”

张之万因为在醇王小时便教过他的诗文，彼此关系较为亲切随便，为把今日的气氛营造得更热络些，便开着玩笑说：“想必王府来了高人给王爷开了好秘方，王爷拿出来给我们瞧瞧，也让我们这两个老家伙回去吃几剂，调调神，多活几年！”

说罢哈哈大笑。

“张中堂取笑了。”醇王笑着说，“哪有什么秘方，真要有的话，一定会公之于众，让诸位同享。只是二位今天来得正好，有一件大事，我还没有跟礼王他们说，先听听两位老中堂的意见。”

“什么事？”阎敬铭肃然直起腰杆，全部注意力立即集中起来。

“请王爷说说。”张之万也放下手中的托杯。

“前几天，太后召见我，跟我说起办海军衙门的事。”

“办海军衙门？”两位军机大臣几乎异口同声地反问了一句。

“是的。”醇王继续说，“海军衙门，这四个字是太后亲口说的，我当时也没想到太后会有这个想法。”

“这是一件好事。”阎敬铭立即予以肯定。

“太后具体怎么说的？”张之万暂时压下堂弟的事情。跟办海军衙门比起来，广东的闱赌当然是小事一桩。

“太后说，李鸿章跟她讲，马尾江战役把福建海军的弱点都暴露出来了。当初左帅创办马尾船政局，原是想利用该局造舰办学，培育人才，为大清的海军打下一个基础，不想辛辛苦苦办了二十年，耗资几千万银两，瞬息之间便被法国人毁掉了。检讨福建海军的这个结局，一是因为舰艇太差，被法军击毁的十一艘舰艇，一半是我国自己制造的，一半是从西洋买来现成的。自己造的舰小、炮力弱，远不是法国人的对手。不是他们不知道自己的舰艇不行，也不是他们不知道洋人有好舰，他们是没有更多的银子去购买。二是监督不严格，人才缺乏。张佩纶、何如璋固然不懂海战，其实他们更是命不好，倒霉而已。历届船政大臣都和他们一个样，发生在谁身上，结局都是一样的。针对这两个方面，李少荃向太后提议，由朝廷来办海军，设一个海军衙门，专门办这件事，集中全国的银两来买舰艇，就可以购买最好最新的洋舰，由朝廷出面聘请最能干的洋员来经办。如此，我们大清也可以建立起一支世界上最强的海军来。”

“这个提议不错。”张之万轻轻地点了点头，心里想着：李鸿章这人就是乖觉，心计多，马尾江的败仗，普天下的人都知道，将近一年来，骂张佩纶的话洋洋盈耳，弹劾的奏章也积案盈箱，就没有哪个记得张佩纶曾经有过建水师衙门的折子，这海军衙门不就是水师衙门吗？还是李鸿章这人聪明！

“但是，太后没有同意，说由朝廷出面办一个海军衙门好是好，但说到底还是要银子呀，朝廷一时哪里拿得出这么多银子来买炮船呀。”

“太后考虑的有道理。”身为户部尚书的阎敬铭深知国库的空虚，他皱着眉头说，“自从长毛作乱之后，朝廷是一空如洗，至今元气还没恢复过来，哪里拿得出大笔银子来呢！”

张之洞的事情，归根到底还不是因为银子短缺的缘故吗？正是一码事呀！张之万赶紧补充：“丹老说得很对，国家当今第一大难题便是缺银钱。太后当一国的家，为一国的银钱忧虑，督抚当一地一省的家，则为一地一省的银钱忧虑。”

说罢望了一眼阎敬铭，阎敬铭懂得他目光中的意思，说：“太后有太后的难处，督抚有督抚的难处，越想办大事，困难就越大。”

醇王则不明白两个军机的话中之话，依然沿着自己的思路说下去。

“银钱艰难这点我也清楚，别的不说，就说为太后造园子的事吧，进展不快，也就是银子跟不上来。皇帝都眼看要亲政了，太后还没有一处地方颐养，我能不着急吗？”说话间醇王特地看了阎敬铭一眼。

醇王所说的造园子的事，内中也的确有些曲折。

光绪六年，醇王亲自为慈禧踏勘清漪园旧址，将修复清漪园的计划定了下来。但管事的恭王仍像同治年间一样，以帑藏紧缺为由将计划搁置一旁不理睬，慈禧心中大为不快。甲申年撤换恭王全班军机，近因是越战失败，远因则是这桩事。

新军机上任后不久，醇王便旧事重提，没有恭王这个障碍，事情好办多了。但那时越南的战争正打得紧，大兴园工，无论从气氛上说，还是从经费上来说都不是时候，于是醇王便先以修理三海来暂时讨得慈禧的欢心。三海即北海、中海和南海，本是皇家的行宫，它挨着紫禁城，出入方便。

夏日三海水波荡漾杨柳成荫，较之宫禁来说，自然凉爽清幽，故帝王后妃们夏天常来三海游憩。自元代定都北京来，三海便不断拓建。到了清代，三海是宫殿成群楼阁相望。康熙、雍正、乾隆几代皇帝，不仅将此当作游乐之地，而且在此宴请王公大臣，并在勤政殿等宫殿里召见官员，处理国事，接见进京朝觐的外藩国使臣，欢迎得胜回朝的出征将士。三海里的水时常疏浚，保持一年四季的清亮洁净，又特为种了不少莲藕。每到三夏时节，一眼望去，三海之上碧叶田田，莲花盛开，真正是“映日荷花别样红”，那景况的确是清雅至极！

可慈禧却还嫌它不够气派，不够豪华，于是醇王下令，将三海所有亭阁楼台重新漆过一遍，又特为将连接北海和中海的宏伟大桥——金鳌玉蛛桥加以包装，将数以万计的黄金、白银熔成水液涂饰其上。三海气象果然一新，慈禧心中自然欢喜。

光绪八年初阎敬铭出掌户部后，开源节流，精打细算，到了年终报账，他又将闲款与正款一齐上报，比前任多出三四百万两银子。慈禧对阎敬铭的能干甚为称赞。晋协揆，入军机，便是对他的奖赏。这两年修三海，用的就是阎敬铭上报的闲款。

户部的闲款大致包括抄查犯罪官员的家产等各种罚款，以及变卖之款等等。历任户部尚书都不将这笔闲款上报，一来怕来年正款有亏，好以此补缺，二来户部留下这笔银子也好自己办些事情：或是上下官员们沾润沾润，或是年节之时用来向王公贵戚们送礼，还有各省抚藩们到京城来办事，送来百两银子的礼物，尚书侍郎们收下后，也得回送十两八两的。所有这些，都要有一笔银子摆在这里才好办呀！

阎敬铭不需要这种小金库，他统统上报。后来得知这些银子全部用在三海上去了，他又有点心疼。

光绪十年底，正款、闲款加在一起，比上年多出五百万，慈禧看到户部这份结算单后，高兴地对醇王说：“阎敬铭真是一个理财能手，每年都能多出几百万两来，比翁同龢要能干多了。今年居然增加了五百万，明年要再增加五百万就是一千万。你前些年说的修复清漪园子的事，我看可以动手，有这一千万两银子，大概也差不多了。”

醇王本拟将这五百万银子做点别的事，听慈禧这一说，主意就改变了。他想：三海毕竟近在咫尺，还是要将清漪园修好，让她搬得远远的，彼此都可省心。

“清漪园的事臣已筹划好些年了，现在，冯子材在越南打了胜仗，阎敬铭又在户部筹集了款子，这都是托太后的洪福。明年春上就动手，两到三年工夫也就修好了。”

醇王把这事跟阎敬铭一说，阎敬铭的脸就沉下来了，说了许多不能挪作园工的道理，特别强调万一又打起仗来，这笔银子还得用作军饷。醇王好说歹说，才勉强地说动这个倔犟的陕西老头，同意从户部拨出了二百五十万两。

阎敬铭虽然拨了银子，但心里老大不情愿。时隔不久，内务府又为园工的事向户部要银子。阎敬铭压下不理，内务府再次具文，阎敬铭又不批。无奈，内务府只得请醇王出面。醇王看了内务府禀报，竟然开口要八十万，他心里吃了一惊：刚提的二百五十万，怎么又要这么多！禀报后面附了一页清单，上面详详细细地开列了二三十个项目，每项多少多少，汇总起来八十万还出了头。醇王也不知道哪项该要哪项不该要，更弄不清楚这种材料的行市怎样，只得照批给户部，要户部速拨银八十万。

三十年前的户部主事深知宫中用工的弊病。宫中用工，比如修缮殿堂、整治道路、调理花园等等，开出一万两银子，用到工程上的有三千两就不错了，这其间的七千两银子便被监督、工头、采买、工役等人层层贪污中饱了。至于日常的吃饭穿衣用药等开支，则更是公开地滥报冒领。道光帝是个知道节俭的皇帝。有一天吃饭时，他指着一碟韭黄炒肉丝问御膳房的太监，这碟菜要多少银子，太监答十两。第二天他召见一位大臣。国事谈完后，他顺便问一句，一碟韭黄炒肉丝得要多少钱。那位大臣答，十文钱左右。十两与十文，有着千倍之差，道光大为恼怒。他召来御膳房太监，问这是何故？谁知这位太监并不恐惧。他平静地告诉皇帝：民间炒一盘菜，的确十文便可以，但宫中炒出这碟菜，非要十两不可。接着便详细说明：这菜里的肉取的是猪背正中的一块肉，一头猪只能取够炒一碟的肉丝，故肉要算一头猪的钱。这头猪由专人喂养，从生下来起就吃的白米稀饭，喂这头猪出来要六两银子。韭黄是来自丰台专为宫里供菜的暖棚，这暖棚从入秋起要生炭火保温，一直到来年春末，施的肥料是专门用黄豆麦片沤烂而成的。一碟韭黄则要从一百斤韭黄中一根根地精细挑出。这碟韭黄要花费二两银子。另外，要用燕山的豹子油，夹皮沟的蘑菇，木兰围场里的山鸡汤，渤海的鱼粉等等做佐料，这些耗费要在二两左右。用十两银子，还未计厨房里的工钱，若将工钱加进去，尚不止十两哩！道光帝听了，觉得有道理，便不再追究了。其实，这位御膳房的太监说的全是骗人的话。内宫里每一样从宫外买进的东西，都有一套这样的离奇来历，太监们一代传一代，编得滴水不漏，皇帝妃嫔都被他们这样糊弄过去。这样一道韭黄炒肉丝，他们至少要从中贪污八九两。这批内务府里的大小蛀虫们就这样上下包庇内外勾结，将国库里的银子化为他们囊中的私物。这中间的弊病，惟户部最为清楚。但户部的堂官和司官，或不敢得罪，或与内务府狼狈为奸沆瀣一气，至于部里的那些小官小吏，也多多少少得过其中的好处，大家便都两眼一抹黑，任它如何伤天害理，也不去理睬。阎敬铭的心里当然最有数了，每一想起此事便心情郁闷。但他已是六七十岁的人，真要认真调查起来，哪有这个精力？何况部里几乎无人支持。他实在不愿在这种两难处境中呆得太久，东山复出尚只有三四年，便又萌生了回解州书院养老的心愿。因为有此念头，他也便不想曲意阿附太后和醇王。要拨出八十万来，除非把别的都压住。但救苦救难，赈灾抚恤，总比修园子来得重要吧！阎敬铭勉为其难地分出三十万来，也学醇王的样子，附一张表，详载近两个月来哪个省灾荒拨出若干，哪个省瘟疫拨出若干。醇王看后嘴里不说什么，但心里不悦。刚才这几句话便有这个意思在内。

阎敬铭明知醇王话中所指，也不辩解，闭着嘴巴，面露微笑地听着。

“我对太后说，西洋那些强国，都有海军衙门，我们大清国海岸线有好几千里，若没有强大的海军则守不住。这次马尾江之役便是很大的教训，朝廷设一个海军衙门还是有必要的。不过李少荃提出同时建北洋海军、南洋海军、福建海军，这个规划也太大了些。太后说的有道理，经费拮据，一时也不能把摊子铺得太宽。我看先办北洋海军，等过几年朝廷富裕后，再来办南洋和福建的。太后想了想说，按理说吧，咱们大清也是该有个海军衙门，既然你和李鸿章都有这个兴趣，就试试看吧！衙门的主儿也不交给别人了，干脆你自己出面来当这个家，李鸿章做你的副手，再找几个靠得住的人一起来张罗。就按你刚才说的，先办北洋海军，再办南洋、福建海军。一则是银钱缺，另一个嘛，也是先办办看，积累点经验，学点儿见识。老百姓说，不能一口吃成个胖子，我看就是这个理儿。我赶紧答应下来。要说我这几天气色好哩，就是遇到这件好事。人逢喜事精神爽，这话说得不错。”

原来是这档子事，对于国家来说，这无疑是桩大好事。作为熟知醇王脾性的老中堂，张之万更知道，此事之所以令醇王如此兴奋异常，还有它重大的深层原因。

身为皇帝的父亲，醇王本应处于太上皇的地位，国家大权理应握在他的手里，但其实不然。无论朝廷大臣，还是草野小民都知道，大清帝国至高无上的权力并不属于他，也不属于皇帝，而是属于那位宫女出身的西太后。爱新觉罗氏用血汗生命打下来的这座江山，已让此人坐了二十四五年，上上下下里里外外已全是她的人马在控制掌管。醇王本人自然更为清楚，自己的儿子尽管是太祖太宗的黄金血胤，但若不是出自她妹妹的腹中，也是绝不可能坐上今天这个位置的。出自这个原因，醇王对这位太后嫂子，是既畏惧又感激的。他并不想与慈禧争夺权力，他也知道是绝对争夺不过的。他只是希望，过两年儿子亲政后，慈禧能一心一意地到清漪园去颐养天年，将权力全部地毫无保留地交出来。但是，热衷于最高权势已久的她，能做到这一点吗？醇王心里很没把握。这些年，醇王一直在暗中努力培植自己的势力。从恭王手里夺来军机处，便是这一努力过程中的最大收获。不过，军机处的领班名义上仍然不是他，况且军机处地位太崇隆、太重要，太后一直紧紧地把它抓在手中，要想借它扶植更多的私人力量并不容易。好了，现在有了海军衙门这个从名义到实际都属于自己的领地，今后真可以大有作为了。

用铁骑征服汉人的努尔哈赤的后裔清楚地知道，刀枪兵马才是夺取权力和保护权力的至关重要的根本。而恰恰就是在这一点上，醇王深感自己的基础薄弱，那些将军都统几乎没有一个是他的心腹。海军衙门一旦建起，事情就会来一番大的改变。当今的世界，舰艇取代铁骑，大炮取代刀枪，军务重心已转移到海军上来了。醇王心里有数，谁是大清国新兴的海军的最高统帅，谁就是大清国最有力量的军事统帅。现在就拿太后所授予的名正言顺的权威，组建一个完全是自己人的团伙，调拨千万两银子购买几十艘炮船，筹建一支名为朝廷实为自己所统领的海军。那时的醇亲王便手握真正的权柄，太后即便不甘寂寞，也将力不从心，自己的儿子便可以坐稳这座危机四伏的江山，自己也便成了名副其实的太上皇！这怎么能不令醇亲王异常激动，异常亢奋呢？怪不得这段时期气色这样好，精神这样旺！

张之万是巴不得醇王早日握有实权的，他出自内心地喜道：“恭喜王爷，贺喜王爷，王爷是我们大清国也是有史以来中国第一个海军大臣。有王爷来亲自执掌，大清海军将必定可与西洋列强抗衡，保卫我万里海疆，永不遭受外人的侵扰！”

阎敬铭也高兴地问：“王爷准备召集哪几个人来办这事？海军衙门何时挂牌？”

醇王说：“这些事，正是我要跟礼王和军机处诸位一起商量的事。你们帮我物色物色，选几个特别合适的人出来。”

张之万一边抚摸着灰白而稀疏的长须，一边缓缓地说：“海军衙门是自古以来没有过的新衙门，也是我大清今后最为显赫的第一大衙门，几个主要办事的人员非得要德才兼备众望所归者不可！”

醇王点点头说：“我也是这个意思。”

张之万说：“李少荃是太后点的名，当然没话说了。此人能干是能干，但揽权谋私也是第一。王爷今后要防着点。”

醇王点了点头，没有吱声。

“至于其他人选嘛，这要慎之又慎。”张之万沉思片刻后说，“眼下只有一个人挺合适。”

“谁？”醇王眼睛盯着张之万。

阎敬铭也凝神谛听。

“曾纪泽。”张之万郑重其事地说出一个人名来。“二十年前，文正公在江宁做两江总督时，他在督署住过一段时期。我去江宁会文正公时，总要和他聊几句。当时我便对文正公说，你这公子笃实勤奋，日后必为国家的栋梁。现在看来，我的眼光不错。这些年来，曾纪泽一片公忠为国家办事，是阖朝有目共睹的。我之所以要荐他进海军衙门，除他的人品行事有乃父之风外，更主要的是看重他有多年出洋做公使的经历，又懂洋文会说洋话。王爷，这海军衙门不像别的部院，以后跟洋人打交道是第一件事，必须要有一个熟谙洋情的主办人才行。”

醇王不仅不识洋文不懂洋话，就连英美法这些西洋大国的基本知识，他也所知甚微，曾纪泽这样的人才是太重要了。他连连点头：“曾纪泽这个人提得好，海军衙门非他不可，他这一个就算定了。明儿个让总署发急电催他回国。”

说着转过脸问阎敬铭：“丹老，你看还有谁合适？”

阎敬铭说：“张中堂说，人选要慎之又慎，这话说得很对。海军衙门我还是刚才听说，一时尚没有适当的人，提不出。只是，”犹豫片刻，阎敬铭还是直爽地说了出来，“户部的银子都用到园子里去了，办海军衙门的经费从哪里来？户部留点银子，原是为着国家的不时之需，所以我不主张修清漪园。王爷您看，现在不就等着要银子用吗？”

醇王笑了笑说：“太后为国家操劳几十年，修座园子让她好休养休养，也是应该的。至于海军衙门的钱嘛，我会另想办法，不从户部拿。”

阎敬铭说：“只要不从户部拿银子就好，否则我这个户部尚书就是砸锅卖铁，也凑不出这笔银子来。”

“银子嘛，慢慢来想法子。”醇王说着说着突然提高了嗓门，“两位老中堂，你看我人未老就先糊涂了，现存着一笔名正言顺的银子，我都没想起拿来用！”

“王爷说的哪笔银子？”阎敬铭被醇王这句话弄得一时摸不着头脑。

“海防经费呀！”醇王兴奋地说，“朝廷过去每年都从海关关税中抽出四五成拨给直隶、两江、福建、两广等省办海防，现在成立海军衙门，这笔银子理所当然地归海军衙门了。”

阎敬铭忙说：“王爷说的极是，这每年的海防经费今后自然应当交由海军衙门来经理。”

经醇王的提醒，张之万又想起张佩纶的折子来。他说：“海防经费归海军衙门管，这是再恰当不过了。还有，早在前年，张佩纶建议办水师衙门的时候就提出一个设想：全国十八行省每年协济朝廷四百万银子办水师，按大小贫富不同分摊。我看，海军衙门建立后，就按张佩纶这个设想叫各省协济。”

醇王说：“张佩纶这个设想好是好，但各省都告穷不已，当时他的设想就没有得到一个省的响应。现在再提出来，也不知各省的反响如何。”

这时，张之万猛然来了灵感，寻到一个为堂弟说情的好机会。“王爷，这种钱哪个省都是能躲则躲，能推则推，不会心甘情愿主动出的。这要采取两个措施。一是朝廷下严旨，出也要出，不出也要出。二要有一两个省份的督抚带头，他们一带头，别人也就不好不出了。”

醇王微笑着说：“就叫令弟在两广带个头如何？”

“我也正是这个想法。”张之万将身子向醇王那边移了移，口气明显地亲热许多。“王爷，张之洞最近有一笔收入，老臣可以跟他商量，要他拿出二十万来协济海军经费，为各省带一个头。”

“张之洞的这笔收入是不是闱赌的钱？”

张之万、阎敬铭的心都顿时怔了一下，他们听出醇王的口气似乎有点不友好。

“正是这笔钱。”张之万的声调不自觉地低了下来。“马尾江之役福建海军的全军覆没，法国人在越南的强梁称霸，这些给张之洞很大的刺激：法国人之所以如此嚣张，全凭着他们的军事实力。托太后、皇上的如天洪福，托王爷的大才经纬，镇南关取得大捷之后，张之洞下定决心要在粤省设厂制造炮弹船舰，办洋学堂。要办这些大事，最缺的就是我们刚才谈论再三的银钱二字。万般不得已，他才采取从闱赌中抽取税款的下策，至于他自己和粤省各级文武衙门，则绝对不敢从中牟取一丝一毫的私利。张之洞日前托人送来一份关于不得不办闱赌的陈述，及所收款项的明细账目，老臣正要呈报王爷过目。”

说罢，从左手袖袋里取出早已准备好的一份双手递给醇王。

醇王接过张之万递过的一沓厚纸，望了望阎敬铭说：“看来，两位老中堂今天是特为此事约好一道来府的。”

阎敬铭说：“近来连续有人给太后、皇上上折子，说张之洞办了一件很坏的事，朝廷应将他撤职查办。张之洞受了一肚子委屈，没有办法了，只得托我们把实在情况禀报王爷，请王爷为他主持公道。”

醇王把手中的纸略微翻了翻后，将它放在茶几上。“张之洞这次做得是有点莽撞，太后对此事也有看法。”

张之万、阎敬铭心里又紧张起来，悚然谛听下文。

“初七日上午，太后召见我时，特为提到这件事，说高鸿渐、莫吉文上了折子。还说到翁同龢为此很气愤，骂张之洞公然冒天下之大不韪，用新举人的姓来打赌，亏他自己还是两榜出身、做过几任乡试主考的人，真正是有辱斯文。”

张之万的心骤然一阵寒冷，果然没有猜错：易果信的背后就是翁同龢。只是翁同龢也太狠了些，在太后面前说这样的话，岂不要置张之洞于死地，全然不顾侄儿同年的一点情面！

阎敬铭问：“太后对这事作了圣裁吗？”

“还没有。”醇王说，“太后对我说，张之洞是为国家立了大功的人，此事的处置要慎重；广东闱赌的事情，先帝既然早有禁令，先让吏部派人去两广调查清楚，违令是不对的。不管如何，得先把此事停止才对。”

听了这话，两位老军机才略为放下心来。

阎敬铭说：“咸丰十一年，当时两广总督劳崇光关于禁止闱赌一折上是有一道朱批。只是这道朱批的日期是八月初九日，文宗爷是七月十五日龙驭上宾，这道朱批出自谁的手，王爷比老臣更清楚。”

醇王听了这话，眼前忽地一亮：“丹老是说，禁止闱赌的朱批的日期是咸丰十一年八月初九日？”

“是的。”阎敬铭以极为肯定的语气说，“为核实此事，老臣亲自从国史馆档房调出旧档，军机处录副上清清楚楚地写着八月初九日。”

二十四五年前，那场惊心动魄的变局顿时浮上了醇王的脑海。他知道慈禧对肃顺的深恶痛恨，直到今天也未减轻一丝一毫。他更知慈禧的为人：仇敌所做的事，她要坚决反其道而行之。禁止闱赌的朱批不是咸丰而是肃顺之所拟，她绝对会毫不犹豫地斥责为伪批。那么，违背伪批的张之洞自然就没有过错了。

醇王不把这层思考说出来，只是点了点头说：“好，好，只要丹老说的这个日期确实没错就好。”

阎敬铭斩钉截铁地说：“绝对没有错，我可以将这件军机处录副送来请王爷过目。”

“行。”醇王说，“明天打发人送来我亲自看一下。”

张之万极为佩服阎敬铭的精明老到：“丹老澄清了一件大事。八月初九的朱批，无疑不是出自文宗爷之手。更何况，二十多年来粤省的闱赌名禁实未禁，一直在民间暗中进行着。英翰革职之后，闱赌则转到澳门去了，洋人从中获取高额税利，本属于中国的银钱反而流到了洋人的腰包。”

“还有一点，要向王爷说明的。”阎敬铭补充，“英翰的革职是因为有人卷款外逃，牵涉到官府，英翰本人又涉嫌收受巨额贿赂。关于这件事，老臣也详细查明了。”

醇王认真听着两位军机大臣的话，心里在默默地思量着：以新举人的姓为赌博，真正反感的也只有翁同龢这样的书呆子，要说这犯了多大的罪过也说不上。粤省的百姓既然乐意赌这个，赌赌又何妨？最主要的是可以从中抽税。平素要百姓出一个子儿，好比割他们身上的一块肉，用这个办法来抽税，他们倒情愿捐输。现在筹集银钱太难了，也怪不得出此下策，眼下办海军衙门第一件难事不就是银钱吗？张之洞这样做，要是我做粤督说不定也会这样做，至于太后，也不会把几个举人的姓看得那样重，不赞成闱赌，无非是有先帝的禁令在罢了。既然那不是先帝的朱批，而是肃顺的伪冒，太后脑中的怒火还不知如何烧哩，她哪里还会去计较什么斯文扫地之类陈词滥调！不妨卖个面子给这两个老头子，让他们去监督张之洞每年带头捐银子是挺重要的。想到这里，醇王态度持重地说：“张之洞用抽闱赌的税来办自强大事，居心虽好，但手法却嫌卑下了点，怪不得引起不少的纠弹，太后也不太赞成。我能知他的心情，也想成全他这番苦心，情愿冒犯太后一下，也要去替他说说情。只是方才张中堂说的，张之洞今后每年捐献三十万给海军衙门，为各省带个头，这件事他一定要说到做到。”

张之万心里想：我刚才明明说的是二十万，醇王怎么说三十万呢？是听错了，还是借机多要十万？他也不敢提出来纠正，生怕醇王不高兴，多十万就十万吧，只要这事能让张之洞去做就得了！

张之万忙说：“张之洞一定会感激王爷成全他的大恩大德，至于每年捐三十万，老臣想他一定会做到的。这三十万留在广东是办自强大事，捐给海军衙门，不更是自强大事吗？这个道理，张之洞是会明白的。”

“正是这个话。”

说着，醇王站了起来，张之万、阎敬铭见目的已达到，也赶紧起身告辞。

四　难道是她？是那个多少年来魂魄所系的肃府丫鬟

慈禧得知禁止闱赌的朱批是肃顺的代笔真相后，立即改变了对此事的态度，高鸿渐、莫吉文等人的折子也便悄无声息地淹没了。其他一些善观风向伺机而动的台谏言官，见高、莫等人的折子没有引起什么反响，拟好的纠弹奏章也不再上了。一场即将掀起的滔天风浪，也就这样转眼间平息下来。

一个月后，杨锐圆满完成任务回到广州。虽说离京前，由张仁权通过户部电报房，已将京师的情况告诉了张之洞，但在杨锐抵穗的当天下午，他们还是立即见了面。张之洞需要从学生的口中得知更为详细的内容，尤其需要杨锐谈谈与张之万、阎敬铭及通过两位军机转述的醇王的一切言谈。他还想了解杨锐所感受到的京城里的其他种种。

杨锐将自己在京师近一个月的全部活动，向老师作了禀报，又特别将两位老中堂的临别之话作了复述。张之万要杨锐告诉堂弟：开闱赌虽出于万不得已，然此等易招谤谳的事还是以少做或不做为好。此次倘不是阎丹老查出朱批的真相，即便醇王有意护卫，太后那一关也不易过。用三十万两银子买醇王的大驾，代价虽然大了些，但闱赌每年可收入九十余万，除去三十万，尚可余六十余万，划得来。且海军衙门一旦办事，“各省协饷”必定逃不脱，不如主动带头，在太后、醇王面前博得好感，在朝野上下赢得好名声，权衡之后，当知利大于弊。

老哥的这段告诫引起了张之洞的重视。前几天得知闱赌风波平安度过后，赵茂昌又兴致勃勃地向张之洞提出另一条生财之道。

海外吕宋国盛行一种赌博，这种赌博的名称叫买白鸽票。白鸽票分为全票、半票、小票等多种，全票一张六元，共卖出四万张，得二十四万元，国王从中抽出四万八。半票一张三元，也卖四万张，得十二万元，国王从中抽出二万四。小票一张一元，也卖四万张，得四万元，国王从中抽出八千。国王每次从全、半、小票中共净得八万元。每月初一卖票，三十日开彩。国王亲自主持，文武大臣分列两旁。国王座位左右两边各置一大桶，每个桶内有四万张筹码，内中载明头彩、二彩、三彩一直到十彩。其中全票头彩一人，中者得六万元，二彩一人，中者三万元，三彩一人，中者一万元。以下各彩依次递减，中彩人员也增多，到最末等人员最多，中者得钱最少，为十元。半票、小票也一样，只是得钱分别为全票的一半及六分之一。吕宋国王每月从彩票得银八万元，一年得银九十六万元，成为全年收入中的一大宗。福建有商人专做这种生意，从吕宋国贩票进来，在福建城乡卖。若有得中的，商人取去十分之二，十分之八归买主。近来，此风已蔓至山东、江苏、浙江等沿海省份。赵茂昌建议，广东可以将吕宋国这种彩票照搬过来，不成问题。赵茂昌这番话说得张之洞心动了。

听了杨锐转达过来的老哥的告诫后，他决定白鸽票之事至少暂时不能启动。闱赌毕竟是一桩在粤省流行多年的旧事，且办理的人是商人，官府不过抽税而已；若按赵茂昌所说由粤督出面主办白鸽票，那我张之洞不将成了专办赌局的总督，授人的口实就大了。这事且待以后再说吧！

杨锐还转达了阎敬铭的一番话。阎敬铭说，自强实业是一桩大好事，这正是曾文正公、胡文忠公生前想办而没有办成大结果的事业。现在李少荃、刘坤一等人正在继承着，但也尚未见大成效。办自强实业一靠实力、二靠人才，李少荃这些年来之所以做得像模像样，就是靠的这两个方面。当年曾文正公手下有个奇人，名叫徐寿，安庆内军械所造的第一艘汽轮机“黄鹄”号就出自此人之手，且人品操守也好，极受曾文正公的器重。徐寿有个儿子叫徐建寅，其才不亚于父亲，又出过洋精通洋文。本拟请徐建寅去两广幕府，但他正守父丧，不宜办公事。徐建寅推荐他的一个朋友蔡锡勇。蔡锡勇同治十三年在广州同文馆肄业。光绪元年由总署咨送广东差委。不久，由出使大臣陈兰彬携带出洋，派充驻美翻译，又升任驻日参赞。光绪八年，因父死回福建原籍守制。蔡锡勇人品端方，西学精湛，正当盛年，是个不可多得的洋务人才。上个月三年守制期满，正在漳州府等待复出。望迅速派人去漳州，用重金聘过来。阎敬铭还语重心长地叫杨锐转达一句话：世上一切事情，都是人做出来的。所以，事业的成与否，千条原因，万般机奥，最后都落在“人才”二字上。曾文正公、胡文忠公之所以成就了一番大事业，归根结底，也就是在会用人这一点上强过别人罢了。

阎敬铭的这番话更给张之洞以重大启示。他当即要杨锐休息几天后，即赴福建漳州，不管有多大困难都要克服，不管蔡锡勇提什么条件都满口答应，一句话，务必把此人请到广州。

杨锐为老师的这番爱惜人才的激情所感动，说：“我年纪轻轻的，不需要休息，明天做点准备，后天我就去吧！”

半个月后，杨锐果然将蔡锡勇带到两广总督衙门。张之洞见蔡锡勇端端正正的五官、文文雅雅的举止，满心欢喜。简短地交谈几句后，他知道蔡锡勇字毅若，今年三十五岁，有一妻一子和一位七十余岁的老母，现都暂住漳州府老家，待这里安顿下来后再来广州。又知蔡锡勇精通英文和日文，对机器制造、采矿炼铁等学问都有研究。张之洞高兴地说：“我这里有一位辜鸿铭是你的同乡，他也懂得好几国洋文，对洋学问也有研究，你们今后可以用洋话讨论洋学问，彼此都不孤寂了。”

蔡锡勇说：“早就听说福建出了奇人辜鸿铭，只因他一直在南洋，不能见面，想不到也在大帅的府里，真是难得。”

张之洞笑着说：“我这里不仅有懂洋文的辜鸿铭，还有对老祖宗传下的学问钻研深透的梁鼎芬，更有胸怀绝学才可济世的桑治平，还有能办事的赵茂昌。接你的杨锐年纪虽轻，你也不能小看他，日后也是国家的栋梁之材。”

说得杨锐在一旁不好意思起来：“恩师言重了，我哪里是栋梁之材。中国的学问，只略微懂一点，洋人的学问一窍不通。蔡先生、辜先生才是真正有用的大才哩！”

张之洞说：“洋学问重要，中国的学问也重要。只是眼下懂中国学问的多，懂洋学问的人少罢了。我们要有十个八个毅若、汤生这样的人，办起自强实业就顺畅多了。”

“这个不难。”蔡锡勇说，“我认识一些有真实学问的洋人，可以通过他们招聘一批洋技师来，马尾造船厂里就有五六个法国技师。”

“行。”张之洞说，“确有真才实学，薪水高点也不妨。”

“大人，还有一条招致人才的路子。”

“什么路子，你说说。”张之洞以极大的兴趣听着。

“大人，若论办洋务实业，广东较之于其他省来说，最是得地利之福。”蔡锡勇操着一口福建官话，慢条斯理地说，“广东地处南海之滨，是我国最先与西洋诸国打交道的省份，加之后来香港、澳门租让给英国、葡萄牙，更使得广东省有与西洋比邻而居的味道。故而广东民风受洋人的影响很大。这点，不仅陕甘、四川、两湖这些内陆省份不能比，就是江浙等沿海省份也不能比，连我的家乡福建，虽然很早以来便有漂洋出海的传统，也不能与广东相比，因为福建没有香港和澳门这样的洋人租借地。当年容闳奉曾文正公之命，选拔一批少年出国留学，在其他省份找不到人，但他一回到家乡广东来招，便立刻招满了。道理就在这里。”

蔡锡勇说的是十多年前的事。同治十年，曾国藩和李鸿章联名上折请选派聪颖子弟留学西洋，学成后报效国家，为徐图自强大业培植人才。那时张之洞正在湖北做学政。这道有名的奏折他在邸报上看过，当时满脑子清流，并没有把这道奏折看得很重。当然，他更不可能意识到，就是这道奏折给中国日后的发展带来了划时期的变化。今天，将两广富强置于自己双肩的粤督，突然发现，十五年前的这个亘古未有的设想和不久后付诸实施的行为，实在是一桩极富预见的贤哲之举。

“你是说，广东有不少懂洋务的人才？”

“是的，大人。”蔡锡勇说，“容闳从同治十一年起，曾先后组织四批共一百二十个少年，远渡重洋去美国留学。他原本按着曾文正公的设想一批批地招下去，但后来一些有力者对此事颇为不满，故只招四批就停下来了。在美国留学的幼童，也陆续回国，回国后多不受重视。因为他们是广东人，所以很多至今还在广东老家。广东可以说是洋务人才的藏龙卧虎之地。”

“毅若，你知道这一百多个幼童，在美国到底学得怎么样吗？”

“据我所知，在美国不好好读书，沾染洋人恶习的人是极少数，绝大多数都勤奋学习，洁身自好。他们一来资质聪颖，二来多为清贫家庭出身，读洋书不唯替国家出力，也是为自己谋一条进身之路。一二批基本完成了学业。三四两批尽管没读完，但他们洋话洋文都很好，洋学问的基础也打下来了，与那些未放过洋的人毕竟有天地之别。只要把他们放在洋务局厂，他们立即就可以随着机器的运转而将自己的才能发挥出来，即使过去没有学过，看看摸摸，要不了三五个月，也便成为行家。”

“好，好！”张之洞满心欢喜。“把他们都招聘来，让他们在我这里都学以致用，发挥长才。你看如何把他们招来？”

杨锐问：“你过去与这些人有过交往吗？”

“也认识几个。”蔡锡勇说，“不过，认识的这几个人都不在广东，或在京师，或在上海，或在天津。他们算是这些人中运气较好的，有事让他们做，所学也能用上一些。”

“我有一个主意。”杨锐兴奋地对张之洞说，“可不可学学古人的办法，张贴招贤榜，把藏卧于草泽林间的龙虎招出来。”

“行！”张之洞被学生的这个想法激动起来。“就以两广总督衙门的名义颁发一个招贤榜，不局限当年的留美幼童，凡对洋务实业有一技之长之能人，我们都欢迎他们前来毛遂自荐。把这个招贤榜张贴于广东各府县，让全省士绅百姓都知道我们正在招纳四方贤俊，共襄广东富强大业！”

“太好了，太好了！”蔡锡勇连声称赏。杨锐则快乐得几乎要蹦跳起来。

“叔峤，招贤榜这个点子，是你提出来的。这个榜文，就由你来拟。我们求的洋务之才，别的可忽视，不管出身、资历、品性如何，只要有洋务一技之长，都可报名。你用心写好，要写得像《求贤令》、《举逸才令》那样，既有文采，又标新立异，争取流传下去。”

杨锐说：“我一定努力写好，但恩师期望太高了。《求贤令》、《举逸才令》上下几千年，也只有这两篇，况且也只能出自集英雄和奸雄于一身的曹孟德之手，别人写这样的文章，不被唾沫淹死才怪呢！”

张之洞哈哈大笑起来：“叔峤呀！你的气魄太小了，不是做大事的胸襟。要做大事，就得有曹孟德那样的气度。怕什么别人的唾沫？大业成功了，唾沫自然没有了！你大着胆子写去，这不是你杨锐在招贤，是我张某人在招贤。五千年的中国历史，难道只许出一个曹孟德，不能多出个张之洞吗？”

杨锐也受了感染：“我放开来去写，说不定也写得出。”

张之洞对蔡锡勇说：“辨才识才一事就交给你了，你就充当这次广东洋务乡试的主考。我还给你请一个副主考。”说到这里，张之洞停了一下，“就是我刚才说的桑治平。他是我的老朋友，等会儿，我带你去认识认识他。他久阅人事，历练丰富，给你当助手。若是既有洋务之才，又懂中国学问，品行又好的全才之才，本督将亲自接见委以重任，破格提拔，为粤省士人树立新的楷模。”

几天后，盖有“两广总督关防”紫花大印的招贤榜在广东省九府四厅六十余县的城乡关隘、道口码头、集市墟场、驿站客栈到处张贴。老百姓只是在茶馆书肆里、戏园舞台上知道古时曾有过招贤榜，却从来没有在现实中见过这类东西。现在，由粤省最高衙门所颁发的招贤纳才之告示，不就白纸黑字地贴在眼前吗？而且招的是洋才，真正是又稀罕又有趣。工商农人看稀奇，乡绅读书人在感叹。贤才尚未招纳，实业尚未启动，招贤榜就已引起了千千万万人的议论纷纷。当然，主事者更是做梦都没有想到，这道招贤榜还引出了世间一段动人心弦的爱情故事。

一两个月来，设在督署旁边的招贤馆，成了广州城里最为热闹的场所。它不仅引来四面八方跋山涉水前来投考的人，也吸引更多看稀奇的游手好闲的市民。

前来应招者各式各样的人都有：有会几句洋话的，有对西洋数理之学略知一二的，也有在香港澳门洋人办的工厂里做过工的。这些人通过蔡锡勇的当面测试，都一律登记上册，告诉他们听候通知。当然也有些油滑劣佞之徒，试图来此浑水摸鱼。这种人，桑治平只要略问一二句，把戏便被戳穿，在围观市民的哄笑之中鼠窜。

这段时期里，也真的招来了十二三名当年随容闳去美国求学的幼童，这些人中年岁大的早已过而立，最小的也有二十四五岁了。有的回国已七八年，光绪七年最后一批回来的，也有四五年了。回国后景况都不佳，在美国所学的知识技能毫无用武之地。这些年都靠做点别的小事谋生糊口。想起自己辛苦所学一无用处，心里常常痛苦不已；看看自己的国家与美国相比，一切都如同天地之差，更是悲伤失望。这些人大都情绪激动，对两位主考表示：不求高薪，不求美宅，只要将当年所学的能在自己国家派上用场，就心满意足了。桑治平听着这些话，心里很感动，常会从这些人的身上看到自己的影子：当年自己不也是这番热血吗，后来不也是伤心失望吗？而他们毕竟比自己幸运，能在青春尚未逝去的时候，碰上一个这样的好总督，还能有才能施展的一天。摸摸鬓上的霜花，将近五十的桑治平不免心头怆然起来。

这天上午，招贤馆里又走来一个应招者。桑治平第一眼看见这个人，心里便有一种异样的感觉。他自己也略觉奇怪，定定神，又将此人仔细地打量了一番。这是一个刚过弱冠的年轻人，与通常广东青年男子相比，他有不少不同之处。广东青年男子，大多黑瘦矮小，脸上颧骨较高，眼睛略显下陷。这个年轻人，高挑，白皙，五官清秀，没有让人产生凹凸错位的感觉。步履稳健，举止文雅，尽管衣帽并不讲究，但一眼便看得出是一个受过良好教养的人。

因为是招聘洋务人才，都由蔡锡勇先接待，桑治平则在一旁静静地听着，悄悄地打量。

“小伙子，你是看到招贤榜后才来的？”蔡锡勇面带微笑，温温和和地问。

“是的，我是看到招贤榜后才到广州城里来的。”小伙子坐在蔡锡勇的对面，平静而大方地回答。

桑治平听出来了，这小伙子的口音明显不同于大多应聘者的粤腔十足的广东官话，而是带有中原地域的腔调。他不是广东人。桑治平由此证明了刚才的直觉。

“招贤榜张贴出去快两个月了，你怎么今日才到广州应聘？”

“我这半年在澳门一家报馆做事，十天前才回的家，看到榜文后，即刻就到广州来了。”

蔡锡勇点点头，继续问：

“你叫什么名字？”

“陈念礽。耳东陈，怀念的念，示字旁加一个乃字。”

陈念礽一字一顿地报着自家姓名，以便让执笔书写的主考不至于写错。

蔡锡勇一笔一画地在登记簿上写着。一旁的桑治平在心里默默地想：这个小伙子的名字竟与我的本名共着一个“礽”字。这“礽”虽也是一个好字眼，但一来较偏冷，二来因为康熙皇帝的废太子叫允礽，所以用这个字为名的人不多。默想之间，桑治平又将眼前的陈念礽多看了几眼。

“多大了，哪里人？”

“今年二十四岁，本省香山人。”

“你父亲做什么事？”

“我父亲曾在京师做过内阁中书。我五岁时，父亲便去世了。”

桑治平插话：“你父亲叫什么名字？”

“陈建阳。”桑治平搜寻着脑中的记忆，找不出有关此人的一点痕迹。

蔡锡勇继续询问：“你懂洋文吗？”

“懂！”

“英文，法文还是德文？”

“我懂英文，也略懂一点法文。”

“你的英文是从哪里学来的？”

“我在美国住了整整八年。”

这句话立即引起两位考官极大的重视：莫不又是一位当年留学美国的幼童？

“同治十三年，我随容纯甫先生去美国留学，光绪七年回的国。”

果然是的！两位主考的眼睛里立刻射出惊喜的光芒。

“这么说来，你是第二批赴美留学的幼童？”蔡锡勇的问话中分明带有几分羡慕和企望。

“是的。我是第二批。”陈念礽也因蔡锡勇这一问而兴奋起来，“第一批比我们先一年，比我们后一年的是第三批，再后一年是第四批。一共仅派出了四批，每批三十人，以后再也没有派了。”

“那你认不认识梁金荣、方伯梁、梁普时？”

“认识，认识，他们跟我一批的。”陈念礽更加兴奋了，“当年我们一起坐轮船去的美国，在船上整整坐了两个月，一天到晚在一起。到美国后就分开了，回国时没有一起走，我好多年没有见到他们了。先生，你怎么认识他们的？”

蔡锡勇笑了笑说：“他们也是跟你一样，看到招贤榜后到我这里来的。”

“他们也来了，太好了，我可以见到他们了！”陈念礽激动得红光满面。“梁普时有个弟弟梁普照，也是一同去美国留学的，他来了没有？”

“没有。”蔡锡勇摇了摇头。

看到陈念礽由谨慎稳重突然变得如此活跃欢忭，完全露出一个大孩子的聪明灵动本色，一股长者的慈爱之心立时涌现在桑治平的心头。他笑容荡然地问：“你刚才说二十四岁，那同治十三年，你不只有十二岁吗？这么小，就离开母亲漂洋过海，你不怕，不想家吗？”

其实，前面在此应招的十来名留美幼童，都是这种经历，为什么对他们没有发出这样的问话呢？话一出口，桑治平就觉得自己仿佛对这个年轻人有着不同的感情，是第一眼就有一种亲切感的缘故，还是因为他与自己同名的缘故呢？桑治平自己也不清楚。

“也害怕，也想家。”陈念礽实实在在地说，“刚到美国那一阵，天天巴不得回国，直到一两年后才定下心来，立志好好读洋书，学本事。”

桑治平问：“你们到美国后是怎样生活、读书的？”

陈念礽答：“到了美国后，我们就分散住在美国人的家里。每三个月，容监督来看我一次，检查我的功课：有美国的功课，也有中国的功课。”

“还给你们布置中国的功课？”桑治平问。

“是的。我们也要读‘四书’‘五经’，读《史记》、《汉书》、李杜诗篇、韩欧文章。”陈念礽答话的神态显得颇为自豪。

桑治平很有兴致地问：“在美国那个环境里，吃面包喝牛奶，读中国的古书，能提得起兴趣吗？”

“是有许多人不想读，但我却有兴趣。”

“为什么？”

“因为我是中国人。我母亲总在信中告诫我，不管在美国住多久，始终不能忘记自己是中国人，学成后一定要回来报效自己的国家。我牢记母亲的话，即使住美国，也努力读中国的书，读中国的书使我时刻不忘我的国家。”

桑治平和蔡锡勇互相交换了一下目光，这个回答使他们十分满意。桑治平更对陈念礽的母亲产生几分敬意。一个女人，能有这样的见识，难能可贵！

蔡锡勇问：“在美国上了大学吗？”

“我在耶鲁大学读了两年。”

“学的什么？”

“学的机械和冶金。”

“最好，最好！”蔡锡勇连声称赞，又问：“我来考考你，中国最早的机器制造厂是哪家？”

“中国最早的机器制造厂是咸丰十一年曾文正公在安庆办的内军械所。安庆内军械所以造洋枪洋炮为主，实际上是我国第一家兵工厂。”陈念礽回答得很流利。

“目前中国最大的机器制造厂是哪家？”蔡锡勇又问。

“江南机器制造总局。”陈念礽应声答道，“同治四年，曾文正公和李中堂在上海建造的。它的机器来自三个方面，一是安庆内军械所，一是美国旗记铁厂，一是容监督从美国买回来的新机器。江南机器制造总局规模很大，比较接近于欧美等国办的机器厂。”

蔡锡勇很满意，又问：“你能说得出几个国内有名的机器厂吗？”

陈念礽想了想说：“要说机器制造厂，除安庆内军械所、江南机器制造总局外，还有李中堂创办的金陵制造局和左侯创办的福州船政局，可惜，去年此局被法国人破坏惨重。除这两个局外，就我所知道的，还有兰州机器局、天津机器局，广东、山东、湖南、四川等省都有机器制造局。不过，这些局大多规模不大，所出的产品也不多。”

“行了，可以了。”蔡锡勇又问：“张大人打算在广东办一些洋务实业，你看，最急务的当是什么？”

陈念礽低下头，沉思一会，说：“当年曾文正公请容监督去美国购买机器，立脚点在自己造机器，故买的是机器之母，即凭在美国所买的机器，造出新的机器来。一时间，机器二字盛行中国。所以，这几十年来，中国所办的军工厂莫不以机器局命名。我记得还是我们初到美国不久，容监督有次跟我们说，钢铁是构成一切机器最主要的材料。中国现在没有钢铁，要造机器，得向美国或欧洲一些强国买钢铁，成本昂贵。其实，中国矿藏很多，完全可以自己采矿冶炼，自己来造钢铁。这样，不但可以解决自己的用材，还可以将这些钢铁卖给外国，赚大钱。在容监督的启发下，我在美国就选择了机器制造和冶炼这两门功课。故以我之见，当务之急是在广东办一座钢铁厂，自己采矿炼铁炼钢。”

蔡锡勇满脸绽出笑容。他站起身，然后握着陈念礽的手：“你这个想法跟我不谋而合，我们是英雄所见略同，恭喜你被录取了。今后，广东的洋务实业要多多借重你。”

陈念礽很高兴地说：“我只是学了点书面知识，没有具体做过事，今后只能是边干边学。”

桑治平也起身，问：“你住在哪里？”

“我住在榕树街鸿达客栈。”

蔡锡勇说：“还委屈在那里多住几天，不要挪动了。过几天我再为你寻一间好房子，到时我派人来鸿达客栈接你。”

晚上，桑治平又想起了陈念礽。他发现自己是从心里喜欢这个小伙子。他甚至还觉得小伙子有点像他年轻时的模样，举手投足之间，依稀可见二十多年前自己的影子。他有一种想和陈念礽聊一聊的冲动。次日下午，桑治平早早地吃了晚饭，便径直去了榕树街。鸿达客栈是一个很不起眼的小旅店，经过多次打听，才在榕树街的一条小巷子里找到正在灯下攻读的陈念礽。见是昨天的大主考亲自下到这里来找，他显得又激动又紧张。忙将小房间唯一的一条小木凳让给客人，自己坐在床沿上。

“读的什么书？”桑治平随手翻着陈念礽刚才读的书问。

“从美国带回的《采矿学》，随便翻翻，温习温习。”陈念礽的答话有些拘谨，不像昨天那样大方，主考的亲自拜访太出乎他的意外了。他很客气地说：“老爷光临鸿达客栈，我真没想到。我家里清贫，住不起大旅馆，这里太简陋，无法招待你，我很过意不去。”

桑治平爽朗地笑着说：“不要叫我老爷，我叫桑治平，你叫我桑先生吧！我是穷苦书生出身。像你这样年轻时，我能住这样的旅店就算很好的享受了。”

桑治平说着拿起桌上那本《采矿学》，指着书上的英文，笑着说：“你真了不起，能读它。在它的面前，我可是一字不识的睁眼瞎呀！”

说着又哈哈大笑起来。

望着桑治平脸上那灿烂的笑容，陈念礽心里的拘谨和紧张完全消除了。

“刚到美国时，听美国人叽里呱啦地说话，看他们书报上那些歪歪斜斜的文字，我心里很害怕，不知自己今后有没有本事听得懂他们的话，认得他们的字。后来慢慢地也就习惯了，不知不觉间也就能说能看了，也真奇怪！”

“这就是俗话所说的，在山识鸟音，在水识鱼性。身临其境，很快也就会了。”

桑治平放下《采矿学》，笑微微地又将坐在对面的小伙子细细打量起来，心里惊道：这小伙子真的是有几分像我！

“念礽，我今夜来此看你，没有别的事，想和你随便聊聊家常。”

陈念礽点头笑笑，他觉得这位主考老爷很亲切平易。

“昨天你说，你父亲在京师做内阁中书，你又是怎么到广东来的，祖籍香山吗？”

“是的，我家祖籍香山，父亲在京师做中书。五岁那年父亲病故，全家就迁回香山老家了。”

桑治平心想，照这样说来，他是真正的广东人，怎么会与一般广东人的长相差别很大呢？遂问：“你母亲也是广东人吗？”

“不是，母亲说她娘家是河南的。我回香山后，常听到的也是母亲的中原口音，十二岁以后又离家到美国，所以我的口音与香山腔调有很多不同。桑先生问我母亲的籍贯，是不是也发现了这个与别人的不同之处？”

陈念礽两只圆而黑亮的眼睛里闪烁着招人喜爱的灵气，桑治平看着这两只眼睛，又一次觉得似曾相识；认真地看时，又仿佛轻烟淡云似的摸不到实处。他在心里轻轻地遗憾着。

“是呀，我听你的口音，就不像是地地道道的广东腔。”桑治平有意接过他的话，“你有几个兄弟姊妹？”

“我有四个姐姐，但不是同母的，同母的还有一个弟弟，比我小两岁。”

“哦。”桑治平点点头，又问：“你弟弟叫什么名字？”

“陈耀韩。”

“你为什么不叫陈耀什么的，或者是陈什么韩的，而与令弟的名字完全不同？”

陈念礽活了二十多岁，还从来没有一个人对他的名字这般寻根究底地问。他感到奇怪又有趣：“我原来的名字不叫念礽，而叫耀朝，朝廷的朝，与我的弟弟的名字只差半个字。”

“什么时候改的这个名？”

“在我去美国留学的前夕，母亲对我说，你改个名吧，不叫耀朝，叫念礽吧！我问母亲为什么要改这个名，母亲沉默了很长一段时间，才对我说，念礽就是怀念礽，礽是一个人的名字，他一直留在妈的心坎里。妈让你改这个名字，你就改吧，不要多问了。我当时觉得母亲的心里深处好像藏有什么秘密似的，但我那时年纪小，也不想多问。到了美国后，我便改叫念礽了。回国后，也没有再改回来。”

小伙子没有想到，他这一番平平实实的叙述，早已让他的主考桑先生终于在一片模糊中寻到一丝线索。“我母亲是河南人”，“礽是一个人的名字，他一直留在妈的心坎里”。一个久已不再想起、却又永远不会忘记的人，已经慢慢地越来越清晰地浮上了他的心头。难道是她？是那个在他的生命历程中，第一个拨动他的心灵情弦，进入他的情感天地里的，多少年来令他念念不忘的那个肃府丫鬟？世上真有这样的巧遇吗？

“念礽，我冒昧地问你一句，你母亲叫什么名字？”

聪明的陈念礽终于明白：为何桑先生要亲自来旅店看我，为何要寻根究底地问我的名字、家世，看来他是在打听一个人；难道他要打听的，竟是我的母亲不成？念礽换了一种眼神，看着眼前的这位身份和地位都不平凡的主考：两鬓虽已可见白发，然精神仍然健旺抖擞，仪态虽严肃庄重，两眼却充满慈祥和善。

“我母亲没有名字，别人都叫她陈姨娘。”

桑治平一阵失望，但他仍不甘心，又问：“你母亲今年多大年纪了？”

“我母亲今年四十三岁。”

年龄是吻合的。桑治平又问：“你见过你母亲娘家的人吗？比如说舅舅、姨妈等。”

陈念礽摇摇头，心想：桑先生莫非是我母亲娘家的亲戚？他犹豫一下后问：“请问桑先生，您是河南人吗？”

“是，我是河南洛阳人。”

“你和我母亲是老乡！”陈念礽兴奋起来。

一个念头突然强烈地在桑治平的心间涌出：香山离广州不远，我何不去陈家看看呢？即便不是她，实地看看他的家风也是件好事呀！

“念礽，明天你陪我回香山去，我看看你的家。”

“桑先生要去我家！”陈念礽惊喜地站起来，连连说，“好，好！”

五　陈念礽原来是桑治平的儿子

香山县城北距广州约二百里，南离澳门约一百里，东傍珠江口，西临西江岸，位于广东南部一块富庶的宝地上。此地在明代乃是一个晒盐场所，逐渐发展成为一座盐商聚集的城镇。它因气候温暖而农产丰富，因海盐交易而经济发达，更因地临南海靠近澳门而早得西洋之风的感染。现在，诞生在此地的一位伟男子已经二十岁了。他在南洋求学，将要迈开他光辉人生的重要第一步，一个崭新时代的帷幕正在等着他去揭开。四十年后，人们为了永久纪念他的不朽历史功德，他的家乡香山也因此改名为中山。香山之所以诞生了这位伟人，不是偶然的，它的地理环境和人文习尚为之准备了厚实的基础。

早在道光初年，此地就出生了一位开风气之先的人物，他就是容闳。容闳十二岁入澳门的教会学堂，十九岁留学美国，取得耶鲁大学的学士学位，加入美国籍。二十七岁回国时，正碰上遍及长江中下游一带的内战。作为一个基督徒，他首先看中的是拜上帝会，他向太平天国的领导提出一系列富民强国的构想。然而，当时正在忙于夺取政权的天王顾不上他的这一套，却不料天王的对手曾国藩很赏识他，几次三番地予以约见。容闳终于在安庆见到这位湘军统帅时任两江总督的曾国藩，二人相谈甚欢。容闳的那套宏伟的设想大受曾国藩的赞扬，立即拨出六万两银子，委托他到美国去为中国购买机器。后来，容闳又担起负责中国幼童留学美国的重任。

当时，中国士人的正统出路仍然是科举一途，留洋攻西学不为人所重视。容闳在京师及中原一带招不到合格的子弟，目光便转到他的家乡香山。果然，在这里他选派了不少优秀少年，而这批人才日后又为香山的进步起了很大的推动作用。香山，就这样地成了近代中国一个具有特殊地位的小县城。

陈念礽的家在县城西北角，此处较为冷僻。一座接一座的砖瓦房，比起县城中心那些宅院来，显得陈旧、灰暗。陈念礽把桑治平带进了一扇油漆剥落的门边，说："这就是我的家。"

开门的是一个和念礽面相相差甚大的年轻人。他很高兴地叫了声："哥，你回来了。"

念礽对桑治平介绍："这是我的兄弟耀韩。"又对弟弟说："快叫桑先生，他是我的主考大人。"

耀韩怯生生地叫了声"桑先生好"后，便赶紧先进了屋。

在简陋的客厅里刚坐下，便有一个二十岁左右的小媳妇端了两杯茶出来。念礽对桑治平说："这是我的弟妹。我去美国的时候，弟弟十岁，母亲带着他过日子，家里人口少，孤单，弟妹家人多，穷。第二年母亲便把她接到家来做了童养媳，去年完的婚。"

桑治平笑道："你订了亲没有？"

"没有。"念礽的脸红了一下，很不好意思似的。

桑治平说："哥哥未娶亲，弟弟倒先娶了。"

念礽说："在中国算少见，在美国，这是很常见的事。"

耀韩端上一盘南国水果放在茶几上，笑着插话：“哥见过大世面，眼界高，他的亲难订。”

念礽说：“不是眼界高难订，我是因为事业无着落，不想订。”

桑治平说：“现在事业有着落了，可以订亲了。”

耀韩欣喜地对哥哥说：“招上了？”

念礽点点头。

耀韩快乐地说：“我赶紧去告诉妈。”

“妈在哪里？”

“李八奶今天过七十大寿，在她家帮忙。我这就去叫妈回来，妈可高兴死了！”

说着，一溜烟跑出了门。

小客厅里，念礽陪着桑治平说话。桑治平嘴里应付着，心里却翻腾起一阵阵的浪花。

念礽的妈真的就是她吗？他下意识地摇摇头。京师肃府里的那个柔弱温顺丫鬟，无论如何也难以与眼下这个天涯海角的小县城联系起来。当年踏破铁鞋寻遍京师，走访河南，一点消息都没得到，难道真可以相逢偶然，得之于全不费功夫吗？这种事，只能是戏台上见书中写，却是人间少世上稀。这种稀罕之事就可以让我桑治平碰上了，真的是精诚所至金石为开吗？桑治平在心里悄悄地笑了起来。要说全不可能，也未见得。桑治平相信自己的直感，那一对大大的圆圆的、亮亮的饱含着无限深情的眼睛，如同两枚融汇着灵慧与机敏的黑色和阗玉棋子，如同两只在水天一色中上下飞翔随波起伏的海鸥，如同两孔幽静清澈、深不见底的泉井，二十多年来，一直深深地驻留在他的心田上，铭刻在他的记忆中。这些年里，桑治平见过多少人，注视过多少双眼睛，还从来没有哪双眼睛能使他感到如此亲切，如此可爱，如此一见便怦然心动，如此能唤回他那无限甜蜜的记忆。

他再次认真地看了一下坐在对面的念礽。猛然间，他为小伙子的这双眼睛找到了答案，那飘飘忽忽的影子不就是她吗？

就在桑治平这样遐想乱思的时候，只见念礽冲着门外喊了一声：“妈，我回来了。”

门外传来欢快的声音：“听耀韩说，你被招上了！”

正说着，一个中年女人走进屋来。念礽忙站起，指着桑治平说：“这是我的主考桑先生，他特为从广州到我们家来。”

“啊！”中年女人十分欢喜地说，“贵客，贵客。”

她走到桑治平的身边，道了一个万福，说：“主考大人，谢谢你招收了我的儿子，他从美国回来荒废四五年了。你是我们家的大恩人。”

桑治平起身，微微地笑着，一边仔细打量着她，一边说：“念礽是官府培养出来的人才，官府应当用他，让他发挥自己的才干。”

“谢谢，谢谢。念礽，你好好陪主考大人说话，我帮着春枝到厨房里去做饭。”说着又转过脸来对桑治平说，“主考大人，你先坐一会儿，我去准备晚饭。”

望着她的背影消失在门外，桑治平一时间热血奔流，万千情绪顿时涌上心头。正是她，正是二十多年来久隐梦魂深处的那个女人。

她明显地老了。眉梢眼角间爬上了皱纹，皮肤粗黑了，头发也没有先前的黑亮了，步履显得重慢了，说话的声音也变得有点沙了，粗了。

当年那个白嫩、鲜丽，走起路来轻盈婀娜，说起话来清脆响亮的她已不复存在了，唯一没变的就是那双眼睛，还是那样大而圆，还是那样幽深明净！她没有看出自己来。是的，二十多年来，功名困顿，事业受挫，岁月打磨，时光无情，昔日那个清秀倜傥、风度翩翩的美少年早已消失得无影无踪，在她眼前竟是这样一个尘满面、鬓如霜的半百汉子，她怎么可能认得出！何况她压根儿就不会想到，当年肃府的那个西席会出现在香山县城，会与她的儿子联系上来。毕竟世界太大了，光阴太快了，机缘太少了，人生太匆促了。她一个弱女子，怎么可能会对命运存那么高的奢望！

那么，相认，还是不相认？寻找数千余里，相思二十多年，特为赶来见面却不相认而回，无论如何都说不过去。相认，怎么个认法？桑治平希望过会儿一起吃饭时，她能把他认出来，那将是一个多么喜人的场景！

到了吃饭的时候，只有念礽兄弟俩陪着，婆媳俩都不见了。桑治平问念礽：“你的母亲和弟妹呢？”

念礽说：“因为你是贵客稀客，她们都不上桌，在厨房里吃。”

桑治平说：“我去请她们。”

说完走到厨房边，见婆媳俩正在收拾灶台，桑治平急切地说：“嫂子，听念礽说，你是河南人，我也是河南人，我们两个河南人在广东见面太不容易了，请你和你的媳妇一起上桌，我们唠唠家常吧！”

念礽的母亲抬起头来，笑着说：“主考大人，您也是河南人？”

“是的。”桑治平换成一口纯正的河南话说，“俺是河南人，听说嫂子也是河南人，俺们是乡亲。”

这熟悉的声音像是突然召回了她的记忆。她瞪大两只眼睛，凝神望着眼前这个高大壮实的主考大人，笑意在她的脸上悄悄消逝，疑惑在她的双眼中渐渐涌现。多么眼熟的一个人，他是谁呢？

“好，好，俺是好多年没有遇见过娘家的乡亲了。”她的心里无端生出几分慌乱，拉着媳妇的手说：“春枝，和娘一道陪主考大人上桌吃饭吧。你哥招上了，这是俺家的大喜事！”

饭桌上，念礽兄弟一个劲地向桑治平敬酒劝菜。桑治平几次想和她聊家常，都被两兄弟热情的举杯给打断了。她低着头，一声不吭，默默地吃饭，分享着儿子的喜悦，只是常常不由自主地将目光向对面投去，趁着儿子们热情敬酒的时候，将主考大人仔细地盯了一眼又一眼，她的心绪越来越乱了：开始还只是微风吹拂，一池秋水上荡起细细的波纹，接着便是风雨袭击西江、浪花飞溅冲刷两岸，现在则好比午夜时分，南海潮涨潮落，轰然撞击着水中的礁石、岸边的坚岩。

儿子跟主考大人在说些什么，她仿佛一句都没听进，只是那令她亲切的中原乡音，将那些久已淡泊的童年和少女时代的意念，从脑中一丝一缕地勾出，而勾出来的又总是一种苦涩的、辛酸的、怅惘的况味。然而，就在那艰辛的少女生涯中，也曾出现过一段短暂的亮色。那色彩是粉红的、温馨的、暖融融的，永远是她苦难生命中的甜蜜，平凡岁月中的珍稀。之所以有那段色彩，则是因为有了他。这位主考大人是多么的像他呵！那双炯炯有神的眼睛，那道正直挺拔的鼻梁，尤其是那满脸灿烂善良的笑容。正是他，没错！尽管离别整整二十五年，他的脸上有了皱纹，腰子也比过去粗圆，但大体上没有太多的变化，应该是他！只是天底下相像的人很多，京师距香山有四五千里路途，时隔二十多年了，难道真有这等共处一室同桌吃饭的巧事吗？

在她四十余年的日子里，命运几乎没有给她什么优待，她不相信人到中年还会有这等喜事降临自己的头上。这时，突然有一句话传进她的耳朵：“念礽，我在你这个年纪时，你知道我在做什么吗？我在京师一个协办大学士家做西席。后来，东家出了事，我也做不成西席了，便漫游天下，为的是寻找我的所爱。”

好比一声春雷，猛然间将她心中的所有雾霾都炸开了。就是他！实实在在、千真万确的就是他！老天爷，你真的有眼，竟让我在有生之年能圆这个梦。一行清泪从她的眼眶里汩汩流下。她赶紧起身，悄悄走进厨房，蒙住脸，让泪水尽情地流着流着……

桑治平将这一切都看在眼里，他多么想冲进厨房，把她抱在怀里，为她抹去脸上的泪水，暖热她的心窝。但是他却站不起来，移不动身子。时光已过去了二十五年，二十五年后的今天，他们都不再是热血奔涌的少男少女，而是为人父为人母的长者，在儿女面前，他们需要庄重，需要克制。

吃过晚饭后，桑治平被安置在念礽的房间里休息。他的一颗心，如何能安静得下来！二十五年前那个初秋月夜的情景，又鲜明而灼热地显现出来。二十五个年头，九千多个日夜，桑治平曾无数次地为那夜的孟浪而自责而痛悔。他做梦也不会想到，短短的两个多月里，世事便会发生那样天翻地覆般的变化，原先的一切美好憧憬被彻底摧毁，毁得连一点残片都拾不起来。人家一个好端端的姑娘，今后如何嫁人？如何安身？你不该活活地坏了她的一生。罪孽呀罪孽！每每想到这里，桑治平便禁不住狠狠地抽打自己的耳光：都怪当初年少不更事，都怪一时冲动而不能自制！

此时此刻，桑治平心里冒出的第一个念头便是要向她负荆请罪。尽管流逝的岁月不会重返，失去的生活不可再得，一句请罪的话与二十五年的生命相比较，何其渺小轻微！但桑治平仍想当着她的面说这句话。只有这样，才能使自己心灵上的重荷略为减轻点。

桑治平辗转床上，无论如何不能入眠。他凝望夜空中的皓月，想起了古人的名句：“年年岁岁花相似，岁岁年年人不同。”是的，花只是相似而已，与人一样，也不可能岁岁年年相同，要说不与年岁推移而改变的唯有天上的这一轮明月！又是一个秋夜，又是一轮秋月，二十五年前的那个夜晚，月色不也正是这样的吗……

半夜时分，秋菱从床上起来，她要离开载礽回自己的房间了。载礽依依不舍地送她出房门，二人携手来到中庭。此刻，一轮明月，如同清水中捞出的玉盘，高高地悬挂在一尘不染的星空，溶溶的清辉流泻在肃府宽大而豪华的宅院里，给白日里火红的石榴、墨绿的虬松、浅灰的汉白玉栏杆、橘黄的琉璃瓦，披上一袭薄薄软软的轻纱，笼上一层飘飘渺渺的淡雾。人间万物都进入了一个空蒙蕴藉的意境之中。天上升起一轮明月，世间就立刻美了；身边有着一个秋菱，生命也就立刻美了。载礽终于按捺不住心中火一般的激情，再次将秋菱搂在怀中，口里喃喃地念道：“秋菱，我真舍不得离开你！”

“皇上不会在热河住得很久的，顶多还有两三个月就会回京师，那时我们就又在一起了。”秋菱再次被巨大的幸福包围着，胸口急跳，两颊通红。

“两三个月也是一段很长的日子呀！”

“要是肃中堂叫我也去热河就好了！”

“我们明天一道去热河吧！”

“那哪儿成！”秋菱小声地笑了起来。

“秋菱，你一定得嫁给我！”

秋菱脸涨得更红了。她低下头，好半天才低声说着：“我已经是你的人了，不嫁给你嫁给谁？”

“好，就这样定了！”载礽托起秋菱的脸颊来。月光照在她端正秀丽的面孔上，比起白日来更显得妩媚可爱！

“秋菱！”

载礽轻轻地呼喊着，将怀中的女人搂得更紧了。月亮躲进了云层，它有意让这对情人放心大胆地长久地吻着……

唉！二十五年前的月亮与今夜一个样，不曾多一分，少一分，也不曾亮一点，暗一点；可是，人却大为不同了。对面而坐，却不能像当年那样谈笑依偎、拥抱深吻！

今夜的她，还记得当年吗？还记得销魂蚀魄的那一夜吗？

不能这样呆着！往昔曾费了多少工夫踏遍山山水水去苦苦寻找，今日怎能失之交臂，当面错过！桑治平披衣走出门外。小小的香山县城早已万籁俱寂，简陋的陈家小院也已进入梦境，唯一的一盏昏暗的油灯，在东厢偏房的窗纸上跳动着。桑治平知道，这一定是念礽母亲的住房。今夜，她和自己一样，同是长夜不眠人。犹豫了一会，桑治平终于鼓起勇气，走了过去，轻轻地敲起窗棂。

“谁呀！”房间里传出的声音轻细而温婉。

“我，念礽的主考桑……不，我是载礽。”

门轻轻地打开了。

桑治平的心上上下下在急剧地跳着。他快步走进屋，只见她站在油灯旁，两只眼睛热切地望着他，如同二十五年前那夜一样的激动兴奋，一样的动人心弦。

“秋菱！”桑治平不顾一切地奔过去，将秋菱的双肩紧紧地抱着。

“真的是你吗？”秋菱仔细端详着桑治平，两行热泪滚滚而下，好半天，才颤颤地说，“这不是做梦吧！不是做梦吧！”

“不是做梦，秋菱，这不是梦。”桑治平又把秋菱搂入怀中，轻轻地替她抹去眼泪。秋菱的脸滚烫滚烫，犹如发着高烧。“秋菱，我们又相见了。你还记得那一夜吗？那也是这样的一个秋夜，在京师，在肃府，月亮也和今夜一样的好看……”

桑治平的心里藏着许许多多的话，他恨不得一股脑儿全部倒出来，对心中的所爱倾诉个痛快！

不料，他才开了个头，秋菱已双手蒙住脸，嘤嘤哭泣起来，桑治平赶紧住口。秋菱还在哭。桑治平将她扶到床沿边，让她坐下，自己随手拉过来一条凳子，坐在她的对面。二人对坐好长一会儿，桑治平沉重地说：“秋菱，我知道你的心里有许多苦楚，是我伤害了你。尽管我是真正地爱你，要娶你为妻，尽管后来的变化是我万万不可料到的，但这二十多年来我时时刻刻都在痛责自己，是我的一时冲动给你一生带来了永远不能抹去的痛苦。我今天，在认出你的那一刻，我第一个念头便是要向你请罪。你打我两个耳光吧，把你二十多年来积压的苦楚散发出来吧！”

桑治平说着，把头朝秋菱伸了过去。秋菱的双手依然蒙在脸上，但哭声已慢慢停止了。四周静得一切似乎都凝固了，只有桌上的那盏小油灯的晕黄火苗，还在一闪一闪地跳跃。片刻之间，两个人仿佛两座石雕似的呆着。突然，秋菱的双手伸过来，紧紧地抱住桑治平的脖子，把脸贴在桑治平的额头上，又嘤嘤地哭了起来，一边说着：“二十多年了，你到哪里去了，你怎么不给我一个信？”

泪水顺着秋菱的脸颊流到桑治平的脸上，又从桑治平的脸上流到秋菱的手上。桑治平被秋菱的这一片深情所打动，从不落泪的汉子也忍不住热泪奔涌。

好半天，两人才从这相拥而泣的状态中解脱出来。秋菱起身，拿来一块毛巾递给桑治平，又给他倒了一杯茶。

桑治平的心平静下来：“秋菱，是我伤害了你，你受苦了！”

“唉——”秋菱重重地叹了一口气。这口气好像是从她的五脏六腑深处涌出，随着这声叹气，二十多年来心中的郁积仿佛顷刻间消散多半。“不说它了，这一切都是命。我知道，这些年你心里的苦楚也不会比我少。”

这一句轻轻的话，如同一把利斧似的，把套在桑治平身上的无形枷锁一下子全给劈了，他有一种获释之感。

“秋菱，为打听你的下落，我在西山住了一年多。为了寻找你，我走遍了河南。河南找不到，又寻遍大江南北。二十多年来，我时时刻刻都在想念着你，却不料这次有幸能见到你的儿子，他将我带到香山，终于在这里见到了你。苍天有眼，想不到今生今世，我们还有相见的一天。”

“你的儿子”这几个字，猛烈地撞击着秋菱的心房。她再次凝望着眼前这个无数次出现在梦中的男人，嘴唇嗫嚅好久后，终于开了口：“念礽是你的儿子！”

“我的儿子！”桑治平睁大眼睛，看着秋菱，他怀疑她是一时情绪激动说错了话。

“是的。”秋菱的心绪已平静下来，将刚才的话重复一遍，“念礽是你的儿子！”

念礽难道就是那夜所种下的根苗？桑治平的脑中瞬时间闪过这个疑问，但又觉得不大可能。他拉过秋菱有点发凉的手，急切地问：“这是怎么回事，你说清楚点！”

“你走后两个来月，我开始觉得自己身体有些不大对劲，浑身无力，贪睡，作呕，厌食，不明白得了什么病。有一天，我终于跟刘姐说了。刘姐，就是厨房里那个做杂事的大姐，你应该还记得。”

“记得，记得！”桑治平点头之际，一个二十四五岁的年轻女子的模样出现在眼前。她是个丧夫的小寡妇，婆家将她卖到肃府。刘姐心地善良乐于助人，又因为年岁稍大，历事稍多点，成了肃府那些小丫头的大姐姐。她们有什么事都愿意对刘姐讲，桑治平也知道她是一个苦命的好女人。

“刘姐听了我的叙说后，怔了好半天，才悄悄地附着我的耳朵说，你对姐说句实话，你有没有相好的男人？我一听这话，满脸通红，直羞到脖子根下了。刘姐见我这样子，心里一下子明白了。她沉下脸说，姐是过来人，这种事经过，我实话告诉你吧，你这病八成是怀娃了！我一听，眼前发起晕来，泪水禁不住滚珠似的流下，两手抓住刘姐的手不放，一个劲地对刘姐说，你说的是实话吗，是实话吗？刘姐满脸肃然地说，姐怀过两个娃，都有这毛病，特别是怀第一个娃时，与你说的丝毫不差。你是个没男人的人，这事姐怎么可以诳你！我顿时吓得六神无主，浑身发软，两手一松，倒在刘姐的怀里。”

桑治平心里难受极了：一个未婚的女子怀上娃，这是一桩多么丢脸的丑事！古往今来，凡有这种丑事的女子十之八九自寻短见，死了之后，还要被人唾骂诅咒！连娘家人都抬不起头来。桑治平呀桑治平，你怎么可以做下这等造孽事！桑治平心头上的血在一滴一滴地流！

“刘姐对我说，你告诉姐，这人是谁，姐再帮你拿主意。到了这个时候，我不得不说实话了。不料，刘姐听后，反而笑了，说原来是颜先生！这样的话，姐倒要恭喜你了。颜先生学问好，今后必有大出息。你跟着颜先生，这是你的福分。听说肃大人很快就要回京师了，等颜先生回来后，你就赶早办了大事，明年堂堂正正地生个小子出来。刘姐这一说，我的心宽了许多。不去想别的，一心一意地等着你回京师。”

桑治平的心却并没有宽松，因为这以后所发生的，完全不是秋菱和刘姐所期盼的。

“过些日子，尔盛从热河回到府里，说肃大人过几天就要回京师了。阖府上下都忙着准备迎接肃大人回府，我心里更是高兴，急着要把这事告诉你。谁知喜事没有到来，到来的却是肃府的大灾大难。一天清早，突然来了一两百号兵丁，将肃府团团围住，一个人也不准外出。我懵懵懂懂的，不知出了什么事。一会儿，刘姐告诉我，肃大人犯了谋反大罪，肃府抄家了。我吓懵了，一时心慌意乱，不知如何是好。我也不知道肃府抄家后会将我们这些丫鬟如何处理，我最担心的就是会和你失去联系，我以后到哪里去找你呢？我那时想，要是晚几天你回来后再抄家就好了，有你在身旁，我就什么都不怕，我跟着你走就是了。唉，偏偏就在那时出了事。”

秋菱又重重地叹了一口气，桑治平本想讲讲热河行宫里那些惊心动魄的权力争夺，他怕打断秋菱的思绪，没有插话。

“我在屋子里干坐了三天。第四天，我们一群年轻的丫鬟被单独押到一处，刘姐也夹在我们一堆里。一个满脸横肉的把总走到我们面前吼道，你们肃家的丫鬟也都有罪，看在你们是女人的分上，不治罪，把你们统统都卖掉，都是一样的价，一个人一百两银子，都有买主了。买家是戍边的犯官，还是京师里的老爷，买去是做小妾，还是去做丫头，这要看你们的命了。说完，一个小兵拿了一个竹筒，竹筒里插着二十来根竹签。那个把总又吼道，每人抽一支，抽到哪一支就哪一支，不能抽第二次，抽完后收拾行李，送你上那家去。”

桑治平听到这儿，心里又痛得像刀扎似的：想不到几天前还是高贵显赫的肃相府，一下子落到这般地步，可怜的肃府丫鬟们顿时沦落为任人买卖的货物。心爱的秋菱，等待你的是什么命运呢？

“捧竹筒的小兵挨个儿从排成一排的丫鬟面前走过，每个丫鬟都从竹筒里抽出一支。有瞪着眼睛将竹筒盯了半天后才下手的，也有闭起眼睛毫不犹豫就拿起一根的。拿到竹签看过一眼后，多数丫鬟紧闭嘴唇，面无表情，也有突然放声大哭的，房间里的气氛又紧张又压抑。我只觉得浑身发冷，抖抖嗦嗦的。眼看那个小兵慢慢走近了。我的左手边坐着刘姐，她的手颤抖了好一会，才从竹筒里抽出一支竹签来。她不识字，要我帮她看。我看那竹签上贴的纸条写着：内阁中书陈建阳小妾一名。刘姐铁青着脸没有做声。轮到我了，我闭着眼睛随手抽出一根，一看：大行皇帝万年吉地洗衣妇一名。

“刘姐轻轻对我说，洗衣妇好，比做妾强。我刚暗自欣慰一会儿，立刻便恐怖得不得了：要不了三四个月，这肚子便会被人看出来，那时怎么办？再过六七个月，孩子就要出来了，岂不更骇人？我抓紧刘姐的手，哭着说，洗衣妇对别人是好事，对我却不好！刘姐马上明白过来，说是呀，过不了多久，你就要现怀了！突然间，有了一个想法：跟刘姐换！这念头一出来，我否定了：给别人做小妾，怎么对得起礽哥？再说已坏了身，别人不嫌吗？转过来又想，若去做洗衣妇，母子命都不能保，给人做妾，至少暂时可以遮丑，想必礽哥可以体谅我这番苦心。脑子里这样斗来斗去，到头来，我终于狠了狠心，对刘姐说，我们俩换一下竹签吧，你也好，我也好。刘姐点了点头，趁着小兵给别的丫鬟抽签的时候，我们赶紧偷偷地换了。出了肃府，她去大行皇帝的陵寝地，我则到了陈家。”

桑治平听到这里，流血的心突然被搁到冰窖似的，里里外外全都冷透了。

“内阁中书陈建阳原来是个快六十的老头子，家里有一个年岁与他差不多的老妻。老妻为他生了四个女儿，就是没有儿子，陈建阳买妾是想要个儿子。知道这个情况后，我决定对他说实话。我说，我已有两个多月的身孕了。老头子大吃一惊，脱口问，是肃顺的？我含含糊糊点了点头，不料老头子反而高兴起来，说，肃顺是天潢贵胄，你把他的种子带进我家，日后若生了儿子，必定大有出息。我顺着他的话说，若有出息，也是你陈家的光耀。老头子忙说那是那是。我心里好受多了，说，那就请老爷你在太太面前替我保密，只说孩子是早产儿。老头子说，这事只你知我知，再不能让第三人知道。我一听这话，便跪下给老头子磕头，说，若这样，你就是我的救命恩人，我一世做牛做马服侍你。从那以后，我天天给菩萨上香叩头，求菩萨保佑我生个儿子。果然，七个多月后，生了个男孩，老头子高兴得不得了，给他取名叫耀朝，意思是日后可以光耀朝廷。她的太太居然一点也没有怀疑，跟着高兴。”

到了这个时候，桑治平的一颗心才又回到自己的胸腔，感觉踏实多了。

“过了两年，我又生下老二耀韩。到了耀朝五岁时，老头子突然得病死了。他是广东香山人，那时四个女儿都已出嫁，太太带着我们母子就这样来到了香山县城。陈家并没有什么家产，县城里只有这一栋旧院子，乡下只有十亩水田。到了香山第二年，太太去世，为办丧事，卖了四亩田。结果留给我们母子三人的，仅只这栋房子和六亩田了。”

桑治平插话：“三口人，六亩田，这日子怎么过？”

“苦是苦，也这样过来了。田租给别人种，每年给我们二十石谷，菜自己种，我再帮别人缝缝补补，也绣点花，赚点小钱，供他们兄弟俩发蒙读书。”

“秋菱，你是一个有见识的好母亲，日子这样艰难，还能让儿子读书。”

“这要感激你，是你当时教我识字的。识了字后，就大不相同了，何况他们兄弟俩是男孩，更不能做光眼瞎子。”

说到这里，两人都感觉到轻松多了。桑治平问：“后来，念礽怎么去的美国？”

秋菱理了理头发，说道：“那年他十二岁，容先生回到老家来招留美幼童，见他聪明可爱，有意招他。来到家里，问我愿不愿意。我先问他自己，这孩子一口就说愿意。你知道，香山这地方华侨多，华侨们在南洋在美国做工，到老了，也有回到家乡来的，所以这里的人对美国不生疏，都知道美国比我们这里好。孩子的爽快答应帮我定了决心。我想，家里穷，也无势力，孩子留在香山，也不会有大出息，让他出国闯闯也好，于是就答应了容先生。临走前，陈家叔伯兄弟们知道了，坚决反对。我说，孩子是我生的，我有权为他做主，你们也从没给过他一文钱，你们有什么资格反对！”

先前在肃府，秋菱在桑治平眼里始终是一个柔弱的小女子，不料她也有这等魄力。正是应了一句古话：女子本弱，为母则强！

“送孩子上船的路上，我对孩子说：你改个名字吧，叫念礽。孩子问我为什么要改名。我说，妈在年轻时，曾遇到一个名叫礽的好人，他于妈有恩，妈一直怀念他。孩子懂事地点点头，也没再问下去。从那以后，孩子就用了这个名字。”

桑治平身上的血一下子又奔涌起来。他抓住秋菱的手，激动地说：“叫我怎么感谢你呢，秋菱！你忍受着委屈痛苦，保留了这个孩子，又把他送往美国，学成回国。他即将成为国家的有用之才，我心里真是高兴极了。明天，我就去认了他，让他归宗，改叫颜念礽吧！”

秋菱默默地听着，没有做声。两只手从桑治平的手中慢慢抽出，好半天，才轻轻地说：“念礽终于能到自己亲生父亲的身边，这是天意，我欢喜无尽；你认他，这也是正理。但我仔细想了想，以为还是不认他，不让他归宗为好。”

桑治平急道：“认祖归宗，这是大好事，为何你不同意？”

秋菱说：“念礽这孩子毕竟是我们未婚所怀的，这事只有你知我知，还有耀韩的父亲知，除此之外，再没有第四人知道。你将他归宗，这不是搅得沸沸扬扬，大家都知道，叫我在这香山如何做人？以后嫂子知道了，对你多少也会有些怨恨。”

桑治平连连点头：“你说得有理，有理。”

“还有一点，能让念礽平安生下来，长大成人，能让我还有今日与你团聚的一天，这靠的是谁，还不是耀韩的父亲吗？我们不能过河拆桥，忘掉了他的大恩大德。念礽可以改名，但却不能改姓，这一辈子就让他姓陈姓到底吧，也算是我对耀韩父亲的感激。”

桑治平忙说：“秋菱，你说得很对，刚才是我喜极而懵了。我只有一个女儿，多年来极想有个儿子，现在猛然听到自己有个这么卓异的亲生儿子，你说我该有多高兴！我再不说什么认祖归宗的话了，一切照旧，念礽依旧是陈家的长子。”

秋菱脸上泛出一丝笑容，说：“我倒有个主意，明天我对两个儿子说，我们昨夜聊家常，才知道原来是表亲，让儿子叫你表舅吧。如此相称，日后你也好多管教他关心他。”

桑治平似乎忽然之间对眼前这个女人有了更多的认识。若说二十多年前，他对她是一个热血青年对一个多情少女的爱恋；二十多年后的今天，则是一个中年男子对一位饱经坎坷的成熟女性的敬慕。

桑治平动情地说：“秋菱，若不是有你嫂子的话，我真想明天就将你娶过门，我们堂堂皇皇拜天地，体体面面做夫妻。”

秋菱脸上顿时飞过一片红霞。“堂堂正正拜天地，体体面面做夫妻”，多少年来，这一直是秋菱的梦想和追求，但如今梦中人真的来到身边的时候，却又时过境迁，往日的憧憬倒反而变得飘渺起来了。

她充满柔情地说：“说说嫂子吧，说说你的女儿吧。这些年来，她们才是你最亲的人。”

是的，也应该向秋菱说说这二十多年来自己的经历。于是，桑治平将自己如何改名换姓隐居西山到漫游天下，到古北口成家，到入张之万幕，一直到跟着张之洞从山西来广东的过程，细细地告诉了秋菱。秋菱静静地听着，脸上看不出多少反应，而胸中却如一锅沸水似的翻滚不停。她从桑治平的叙说中，时时能感受到一个男人真挚而深沉的情和爱，一个志士博大而执着的事业心。她为自己当年慧眼识人而欣慰，更为儿子今后的前途有望而舒畅。

“哥，”依旧是当年肃府时的称呼，它将桑治平全身的热血直唤到脑顶。“我给你看样东西。”

秋菱起身，从床底下移出一只黑漆梓木箱子来。桑治平把桌上的油灯挑亮，他要把秋菱让他看的东西看个仔细。秋菱站在木箱边，定了定神，桑治平见她的脸色渐渐泛红，隐隐约约地感觉到她的心在急速跳动。这情景又使他想起了当年去热河前夕，秋菱刚进书房那一刻的神态。

她把木箱打开，箱子里整整齐齐放着几件旧衣服。她把衣服拿开，露出一大堆男人穿的棉鞋来。秋菱拿出其中的一双递给桑治平。这棉鞋，跟二十五年前秋菱送给他的那双一模一样。秋菱重新坐到桌子边，眼睛盯着桑治平手里捧着的棉鞋，好半天，她才开口说话，语调缓慢而凝重："这箱子里一共有二十四双棉鞋，二十五年来我对你的思念都在这里面。"

桑治平的心陡然一惊，手中的棉鞋忽然变得异乎寻常的珍贵而沉重起来。他又向木箱那边看了一眼，那一排排堆放的棉鞋，也突然在他的眼中有了异样的感觉。他很想说话，却又不知说些什么，呆呆地望着手中的鞋子，犹如当年捧着秋菱送的那双鞋子一样，激动得全身热血奔涌。

"你那年陪着肃大人去热河的时候，院子里的海棠树开始飘叶了。第二年京师海棠树再次飘叶的时候，我却做了陈家的小妾。我不知道这个时候你在哪里，也不知道你脚上的棉鞋穿坏了没有，我想我应该为你再做一双。于是我拿起针来，一针一针地纳鞋底。边纳边想，那一针一针地上下抽纳，就好像在跟你一句一句地说话，满肚子的心事，满肚子的苦水，吐了出来，心里就好受多了。"

月亮早已不知去向，夜已经很深很深了，四周是一片浓重的黑暗。远处零丁洋的海浪拍岸声，似有似无地传进陈家旧宅，更使人感到长夜的冷寂。

"从那以后，每年秋风起的时候，我便开始为你做一双棉鞋。我把这一年来的思念之情，用这一针一线，把它纳入鞋中。平时，拿起这些鞋子来，往日的桩桩旧事便会一一浮现在我的眼前。从北京到香山，从背着念礽兄弟到他们成人，就这样，二十五年来，我为你做了二十四双棉鞋。每次做鞋的时候，都想到什么时候能让我看到你亲自穿上它就好了。前几年我还抱着一线希望，近几年来随着年纪老了，精力衰弱了，我也不再抱希望了。不料，上苍有眼，还有我们重逢的一天。我真的可以亲眼看到你穿上我做的鞋子的时候了！”

秋菱眼中的泪水顷刻间决堤而来，她不再说话。二十五年里积压的无穷无尽的思念幽怨、郁闷冷寂，今天夜里，都要借这悲喜交集的泪水来彻底洗刷荡涤！

零丁洋的海浪，似乎翻卷得更高，撞击得更响了；一声一声递进，比起刚才来，显得清晰可辨。它是在为她苦难的身世而哀哀哭泣，还是在为安慰她而絮絮轻语？茫茫无垠的星空，浩浩无边的大海，今夜，你们听到的是一个平凡女子的来自情感最深处的声音。在天长地久亘古不息的宇宙看来，人类实在太脆弱，太无能，人的一生实在是太渺小，太短暂。这脆弱渺小的人类，好不容易拥有一个生命，为什么不好好享受，偏要生出这么多自身造成的灾难，制造出这么多美与恶的争斗，情与仇的纠缠？这个当年卑微的肃府小丫鬟，用她整整二十五年的相思之情，纳成的这二十四双浸泡着泪水的棉鞋，是情到深处的美丽，还是情到痴处的迷误？是人性的光辉，还是人性的悲哀？这实在是一个说不清道不明的话题。不过，无论外人怎么评说，对面的男人，却实实在在地被这一腔深情厚谊所打动，所震撼！

桑治平放下棉鞋，将秋菱的双肩再次抱紧：“秋菱，你那年送我的那双棉鞋，我一直没有穿，我走到哪儿，都把它带着。看着它，就如同看到了你。这二十四双鞋，寄托了你二十五年的情意，我会用我的全部生命来珍惜它。”

“我知道。”秋菱幸福地望着桑治平，温存地说，“回房去睡吧，念礽从今往后就交给你了！”

六　海军衙门和颐和园工程搅到一起了

第二天吃中饭的时候，秋菱当着桑治平的面告诉两个儿子和媳妇：主考大人原来就是失散了三十年的表哥，想不到在香山居然亲戚重逢。秋菱叫他们一齐向表舅磕个头，认了这门亲。念礽听了，喜从天降。他对桑治平正是感恩不尽的时候，不料这位恩人竟是母亲的表兄，从此恩人和表舅合为一人，更是情上加亲了。耀韩觉得很是稀奇，好像正应了“天下之大无奇不有”的古话似的，奇事眼睁睁地就在自家出现了。只有儿媳春枝心存几分疑惑。昨天吃饭的时候，她就发现婆婆的神色不大一般，特别是婆婆突然流泪离席，这个举动也很特别。夜晚，她隐隐约约听到婆婆房间里整夜都有人在说话。这些加起来，凭着女人的直感，她觉得这位主考大人与婆婆的关系决不会如此简单；但这事非同小可，不能乱怀疑，况且婆婆一向对自己很好。婆婆年轻守寡，这些年来春枝眼见婆婆规规矩矩、清清白白的，无一句闲话给别人说。春枝没有对丈夫说出自己的怀疑，而且告诫自己，今后永远也不能说。

于是，念礽、耀韩夫妇一齐起身，然后跪下，喊一声表舅，再向桑治平磕了一个响头。

桑治平再一次细细端详念礽的时候，觉得除开那双眼睛像秋菱外，其他的一切，都像二十多年前的自己。凭空添了一个亲生侄儿的桑主考，一时间真有此生再无所求的满足感。

磕过头后，大家是一家人了，一顿饭吃得热热火火、团团圆圆。桑治平在陈家一住五天。五天里，他和秋菱互相说了许多别后的经历，两颗深受重创的心都得到了弥补，彼此都有一种青春重返的感觉。一天下午，念礽和耀韩夫妇都不在家的时候，桑治平叫秋菱把那二十四双棉鞋都拿出来。在秋菱的面前，他将每一双鞋都在自己的脚上穿了一下，在屋子里走了几步。秋菱坐在床沿上，看着桑治平来来回回地走着，心里得到极大的安慰。

桑治平说：“这二十四双鞋我都背回广州去，慢慢穿。”

秋菱想了一下说：“不要带走了，就让它们一直留在我身边吧！既然每一双你都穿了，我的目的也就达到了。说实在话，这鞋子穿不穿都不要紧，只要你知道我这些年来的心意就足够了。”

“正是因为这是你的心意，我是一定要带回去的。”

“听我的，不要带。”秋菱淡淡一笑，“你一下子带回这多棉鞋，嫂子会觉得奇怪。何况广东暖和，隆冬季节也不要穿棉鞋。知道离别后，你想我念我，四处寻找我，我就心满意足了。我的心思没有白费，鞋子放在你那儿，还是放在我这儿，都是一样的。仔细想想，还是不拿走好些。”

“好。”桑治平理解秋菱的良苦用心，说，“那我就带一双回去吧。”

第六天一早，桑治平带着一双棉鞋，与念礽一道离开了秋菱和耀韩夫妇，坐着小火轮，当天晚上便回到广州。

招贤榜为两广总督衙门招来六十余名各种洋务人才，陈念礽和他的几个美国留学同学，协助蔡锡勇将这六十余名人员按其专业特长予以合理安排。有了这批人才进去后，黄埔造船厂、广州机器局、广东水陆师学堂都大有起色。陈念礽向张之洞建议，在广东兴办一个炼铁厂，自己冶炼钢铁。张之洞欣然赞同，要蔡锡勇、陈念礽拟出详细计划出来；又拨出专款，让他们从美、英等国购买器械。

这时，京师海军衙门正式成立，醇亲王奕譞以皇帝本生父的尊贵地位出任中国第一任海军大臣，名曰总理海军事务大臣。海军衙门的主要官员们，根本无需奕譞煞费脑筋物色，慈禧早有安排，奕譞提供的会办大臣名单不过供她参考而已。由军机处发布的名单是：庆郡王奕劻、直隶总督李鸿章、正黄旗汉军都统善庆，至于奕譞本人所推荐的曾纪泽，则排在海军衙门大臣中的最后一名。

奕劻乃乾隆帝第十七子庆亲王永璘的孙子，父亲绵性为永璘第六子。绵性的侄儿奕綵因服中娶妾被革去郡王爵位，绵性欲以行贿来袭爵，事发，被流放盛京。绵性自知再无出头之日，便把儿子奕劻过继给无子的绵为。过了几年奕綵死了，因无弟无子，奕劻被幸运地转房承袭爵位，初封辅国将军，继封贝子。咸丰十年加封贝勒。因为家里失了势，奕劻年轻时也便认真地读了几年书，也能画几笔水墨画。他家离慈禧的娘家方家园承恩公府近，便常往承恩公府里跑，想尽办法博得了承恩公桂祥的欢心。又常替桂祥给慈禧写信，慈禧因而知道了奕劻。到后来奕劻又与桂祥结了儿女亲家，于是变成了慈禧的娘家亲戚，因而承袭庆王留下的爵位。以宗室子弟靠走慈禧娘家的门子而发达的人，奕劻是一个代表。奕劻傍着慈禧这个大靠山，以后升亲王，兼军机处领班大臣，直至新政时期的内阁总理大臣，权倾一时。此人有小机巧而无治国大才，更由于他的贪财好货而将国事政局弄得一塌糊涂。这些都是后话。眼下慈禧起用他做海军衙门会办，便是上监督奕譞，下监督李鸿章，将海军衙门完全控制在自己的手里。而善庆，则是慈禧为奕劻所安排的助手，操纵海军衙门的实际事务。

海军衙门成立后发出的第一道公文，便是要各省捐款共襄海军大业。张之洞有言在先，不便食言，便带头捐款三十万，但其他各省并不踊跃。此时，清漪园已由慈禧亲赐颐和园之名，在内务府大臣恩良的掌管下，大张旗鼓地开工了。奕譞对恩良说，光绪十五年元旦皇帝亲政，颐和园务必要在光绪十四年秋天完工，以便太后归政后住到园子里颐养天年。太后有个舒心的地方住，皇帝才能安心治政。恩良领了这道旨意，加紧督办园工也便有了更充足的理由。

就这样，中国近代史上最有名的两大工程——海军和园工便搅在一起了。于是，一桩桩关于海军和园工之间经费模糊不清的传闻，便由京师传到广州，传到各省，令张之洞和所有关心海防的封疆大吏们愤懑焦虑，忧心忡忡。

受命海军会办大臣之初，李鸿章很有一番壮志。自从同治九年以来到今天，李鸿章在直隶总督的位置一坐二十个年头，成为有清以来督抚任期最长的封疆大吏。直隶为京师所在之地，向为全国疆吏之首。因而实际上，李鸿章做了二十年的督抚领袖。以淮军起家的李鸿章既深知兵权于人臣之重要，也深知军事于一国之重要，作为担负国家对外防务重责的大臣，在塞防与海防之辩中，鉴于西洋诸国多以船炮强行攻破国门和东洋日本日渐崛起的局面，李鸿章认为海防重于塞防，主张大力加强沿海防务。直隶所属的渤海湾有被英法联军野蛮闯入的惨痛教训，故而李鸿章对北洋水师十分重视。沈葆桢任两江总督兼南洋大臣时候，曾提出一个每年各省协济海防四百万的计划，他生前未及看到此计划的实施。前年曾国荃出任两江总督，在李鸿章和曾国荃的强烈要求下，此计划开始实行。北洋历来重于南洋，南洋又重于福建，故这四百万银子，北洋占了一半，南洋又从剩下的一半中提取三分之二，其余的则归于福建。李鸿章又从直隶藩库中挤出一些银子来，连同这二百万一起都投入了北洋水师。他向西洋订购铁舰，又高薪聘请洋人做海军军官和技师。他一心想把北洋水师建成世界一流的海军，但苦于银钱短缺，眼睁睁看到德国、英国造出了时速更快、战斗力更强的军舰，但北洋却无力购买，只得望洋兴叹。

现在好了，太后同意办海军衙门，可以借此大好机会，多要点银子为外海水师，尤其为北洋水师多置些装备。李鸿章把他的北洋水师中的中外舰长技师们召来，花了七八天时间拟就一份详细计划，其中包括购买最新铁舰十五艘、钢炮三百座、炮弹六千发，聘请洋技师一百名，修筑炮台十座，在大沽建渤海水师学堂等内容，共需白银五千万两。

醇王看了这个计划后，连声叫好。他想，让李鸿章去努力办，一旦办成，中国海军便是世上最强大的海军，本王便是世上最有力量的海军大臣。有这样一支海军掌握在自己的手里，还怕谁敢跟我过不去？

奕譞兴冲冲地将这份计划呈给慈禧。慈禧看后，冷笑一声："李鸿章的胃口也太大了，一个单子就五千万，户部一年收多少银子？园工又停了，阎敬铭说户部拿不出一两银子来。你自己瞅着办吧！"

奕譞碰了这个钉子，头上直冒汗，说出的话都不太连贯了："是，是，五千万，拿不出，那就分年办，或者年年办，慢慢办。"

慈禧见奕譞这个样子，又好气又好笑。她也觉得拿园工和海军比，又会让那些台谏清流做文章有把柄了，于是将语气缓和："当然，李鸿章也是好心，急着把海军办好，但国家哪有这么多银子呀。

你告诉他，一口吃不成个胖子，慢慢来吧。”

“是，是！”

奕譞不敢再多说一句话，急忙退出。他总算把太后的心思摸到了：太后原来并不急于建海军，她心里装着的急务是园子！下午，回到王府的海军大臣，与上午出门相比，十分兴头已去了六七分！

五千万的计划，原封不动地又回到李鸿章的手里，带来的只有一句话：“朝廷拿不出这么多银子，慢慢来吧！”

会办大臣的壮志也从此消失多半。

不久，海军衙门的牌子在一片鞭炮声里，裹着大红绸子高高地悬挂起来。奕譞、奕劻、李鸿章只在开办的那天去过一趟，以后再没有踏过衙门的门槛，三人都说太忙不能多照管，而将衙门日常事务交给两位帮办大臣。帮办大臣之一的曾纪泽此时尚远在英国伦敦做公使，于是堂堂大清帝国海军衙门的一切权力，便落到另外一位帮办大臣善庆的手里。

这位满人都统对此则是欢喜至极：独掌海军衙门，真乃求之不得的大好事。在众人的眼里，海军衙门是朝廷的第一大衙门，这里必定权力大无边际，银子多如海水，能进这里来，是福星高照，财源滚滚。一时间善庆府门口车水马龙，除开贺喜的巴结的之外，更多的则是投靠的荐举的。从挂牌办事的那一天起，手握实权的善庆便决心把这个朝廷的官署办成他自家的作坊。他的堂兄堂弟侄儿外甥，一个个联袂而进。他的拜把兄弟、酒肉朋友也后脚接前脚地跟了进来。各大衙门之所荐，三朋四友之所举，凡他认为将会对自己有利的人员也逐个儿安插。几个月过后，海军衙门正事没办成一桩，近百号人员却已全满了。这些人三成有二成是善庆的沾亲带故，清一色的纨绔子弟、游手哥儿，没有一个人识外情懂洋务。自然有人看不惯，闲言杂语也便随之而起，间或也有几句传到慈禧的耳朵里。

“海军衙门办起快有半年了吧，办了几件事呀？”

在一次叫起将要结束的时候，慈禧问海军事务大臣。

奕譞奏道："回禀太后，衙门各员近日才到齐，正在商量着今年要办的事。"

"各省的海军协济，户部已上了折子，今后就都由海军衙门来安排吧。"

"太后处理得极是，海军衙门要很好地使用这笔银子。"

"衙门的事，你也要常过问过问，要是各省督抚问起来，协济的款子都做了些什么呀，你总得有个交代吧！"

回到王府，奕譞有点着急了，恰好打帘子军机孙毓汶跟着他的轿子后面进来，他把慈禧的话告诉这位醇王府的常客。孙毓汶摸着尖尖的下巴，想了好长一会，终于有了个主意。

"前几天，天津电报局的督办盛宣怀来京办事，在我家里坐了一会。闲谈中他说，李中堂去年跟德国订购的三艘军舰，已于近日从不莱梅港起航，开往大沽口交货，估计下月中旬可到，何不就此做点文章。"

"这是李少荃以北洋大臣的身份在去年买的，与海军衙门搭不上界呀。文章怎么做？"奕譞一时还不明白孙毓汶肚子里的算盘。

"王爷，这事可以做大文章。"孙毓汶阴阴地笑了一下，说，"您可以率海军衙门各位会办、帮办大臣一道去天津，一来验看北洋新买来的这三艘军舰，看合不合格。二来命令北洋所有舰队在海面上实地操演，您和各位大臣予以检阅。三，您带着各位大臣巡查渤海湾沿海炮台修筑情况。这三篇文章都是海军衙门成立以来的新作，到时将它做得轰轰烈烈，必是花团锦簇的大好文章。"

"行，你这个想法不错。"孙毓汶这一段话，说得奕譞大为开心，这真是一件很风光很露脸的大好事情，亏得他指点。稍停一下，奕譞笑道，"莱山，这文章还可加一段：曾国荃去年向英国买了三艘快船，叫他命这三艘快船到时也赶到大沽口，干脆来个北洋南洋大会操！"

奕譞毕竟也是个聪明人，孙毓汶这一提醒，他立即意识到这是个显示海军衙门办了大事的好机会。但孙所说的，依然还只局限北洋的范围，这些事，李鸿章都可以北洋大臣的身份来做；若将南洋的快船调来会操，却就大不相同了。不是海军衙门的命令，北洋能调得动南洋，曾老九能听李鸿章的？谁说海军衙门没有做事，这不在做大事吗？

孙毓汶听了这话，也从心里佩服奕譞的这个补充，忙说："王爷，您这段文章真是绝大手笔，天底下再没有第二人可以想得到，做得出了。今年来个北洋、南洋大会操，明年等福建水师的那几条船修好了，再给他们配两条洋船，我们就来个北洋、南洋、福建三支水师大会操，那可就是大清开国以来最大的军事盛典了。到时把太后、皇上都请来检阅，王爷，您就成为咱们大清海军的万世功臣了！"

孙毓汶这马屁拍得恰到好处，一丝不偏地拍到点子上，一连几天，奕譞一想起"大清海军万世功臣"这句话，心里就美得喜洋洋、暖融融、兴冲冲的。

奕譞也不再与奕劻商量，立即给李鸿章拍了一封电报，将北洋南洋会操的设想告诉他，然后要他出面以海军会办大臣的身份奏请太后、皇上。

李鸿章接到这封电报，一眼就看出了醇王的用意，但他欣然赞同。因为这事说到底是在看北洋水师，这出戏的真正主角是他李鸿章，他正好借此机会向太后、皇上，向全国乃至洋人展示北洋水师的实力。因五千万计划遭驳而心情郁闷的李鸿章，顿时开朗了许多：不管如何，凭借海军衙门这个招牌，总能有所作为，至少可以借这个检阅之机大大渲染一下北洋水师，今后利用海军衙门统一安排海军款项的权力，再大力将它扩充。李鸿章拜发奏折后即刻下令北洋水师各队各舰各炮台，做好迎接朝廷检阅和两洋会操的准备。

这种视表面热闹为事业成就的心态也正是慈禧的性格。听完李莲英读的这道折子后，慈禧笑着说："这是谁给老七和李鸿章出的点子，看来海军衙门里还真的有几个能干人！"

李莲英忙恭维："太后洪福齐天，玉皇大帝把天上文曲星武曲星都打发下来，辅佐咱们大清了。"

"好，这件事就依了他们。"慈禧斜靠在松软的黄缎躺椅上，两个宫女正在轻轻地为她捶着大腿。

李莲英忙把手中的奏章递给慈禧。慈禧接过，右手拇指在奏章的左下角用力掐一下，绵软宣纸上留下一道深深的指甲痕。李莲英又从慈禧的手中把奏章接过来，立即就有内奏事处的小太监过来，将这道奏章转给外奏事处。外奏事处的官员以及军机处和内阁的大臣们，都熟知慈禧的这个处置方式：凡无指甲痕的奏章都是不同意的，凡有指甲痕的都是赞同的。他们甚至还能根据指甲痕的大小深浅，印在纸上的位置等等不同的情况，来判断慈禧对此折是欣赏、同意或是勉强同意等不同的态度。他们的判断大抵不会错。这一套内廷学问，也亏得这班官员能研究得出来，真正不容易。

"念下一份吧！"

"嗻。"

李莲英躬身答应一声，打开了另一份奏章。这是内务府大臣兼颐和园工程总办恩良的折子。折子里说的是德和园建大戏楼的事。这德和园便是那年奕譞第一次查看清漪园时，特别看重的怡春堂。就是他亲自向慈禧建议，在这里修建一座"前代无双本朝第一"的戏台。慈禧对这一建议大加赞赏。慈禧识字不多，也没有读书吟诗的兴趣，她政余的最大爱好便是听戏，尤好皮黄。她对前代历史的那点知识十之八九来自舞台。慈禧常召一些皮黄名角进宫来演戏，其中她特别赏识杨月楼、谭鑫培的唱工武打，特许他们入升平署做内廷供奉，每月发给定银，使得杨月楼、谭鑫培在京师梨园界享有崇高的声望。慈禧对拟建戏台的怡春堂特别在意，将清漪园改名颐和园的同时，也将怡春堂改名德和园。

恩良也深知慈禧的这一爱好，故而对德和园戏台下的功夫最大。他请京师最有名的工匠首领景矮子按照"前代无双本朝第一"的意思，设计了一座前无古人的大戏台。戏台分前后两部分，前台在正面，有三层，后台在背面，有二层，前台有六丈多高，第一层舞台最宽，有五丈多，最上一层的舞台也有二丈多宽，上中下三层舞台用一个名曰天地井的通道相连。在下层舞台的底下还有一个地下室。地下室的正中有一口小井，四周有四个方形小池。当演水漫金山寺这样的水戏的时候，小池可以喷出水来，戏台上好像真的在打水仗。若是演鬼怪土遁的场面，艺人还可以从一层戏台钻到地下室，让看戏的人仿佛眼看着他忽然消失了似的。要是碰到演神仙一类的戏，便可以通过天地井里的绞索，将艺人从一层升到三层，或从三层降到一层。真个是上天入地，均可随心所欲。慈禧对这个戏楼的机心巧设甚是满意，一再叮嘱一定要照这个设计精心造好，不能打折扣。在大戏楼的对面还设计一个看戏的场所，正中有一个大厅宽敞明亮，太后一人独坐，旁边有两厢侧房，可让后妃及王公大员家的女眷坐，以便陪伴太后，侧房左右再建两条长廊。这两条长廊也可安置座位，让那些奉慈禧特许一同观赏的王公大员坐。慈禧对这一安排给予赞赏，特为赐名颐乐殿。

这两大建筑全部完工需银六七十万两。慈禧特谕，别的工程或可节省，德和园的大戏楼和颐乐殿非建好不可。

恩良的折子讲的就是这件事，说万事皆备，只欠东风。这东风就是银子，第一期工程需拨三十万两银子，否则难以开工。

慈禧听完这道折子后，面色十分不悦：“阎敬铭那倔老头，早几天才让我训得勉强拿出五十万两银子。现在又叫他拿三十万，这不又要他割肉吗？”

慈禧像是自言自语，又像是说给李莲英和两旁捶腿的宫女听。

李莲英听慈禧这样说，不敢把折子递过去，仍旧两手捧着，十分真诚地说：“唉，太后打长毛，平捻子，保住了祖宗江山，辛辛苦苦为国操劳二十多年，把两位万岁爷从小拉扯大，到头来，连个安生居住的地方都没有。莫说皇上、王爷过意不去，就连奴才们看了，也心里挺难受的！”

不知李莲英说这话时是真难受还是假难受，慈禧听了这话后，倒是真正地难受起来：李莲英说的一点不错，归政后有个园子住下来，听听戏，散散步，这总不能算过分吧！今后九泉之下见了列祖列宗的面，也都说得过去。奕譞、阎敬铭，这些人怎么就这么不体贴呢？她由难受而变得恼怒起来，气得说道："这三十万是非拨下去不可，哪怕从各省海防协济款里借也要借出！”

李莲英心疼地说："太后，这大清天下哪样东西不是您的，这协济款里的银子还要借吗？海军衙门若是要太后还的话，他们可真没有天理良心啦！”

李莲英这句真心话，倒反而使慈禧心跳了一下：借海军款项去修园子，这话传出去，不会说我皇太后动用军饷来为自己谋私利吗？这有多难听呀，万一被那些舞文弄墨的人再添油加醋，写进什么私家史乘中去，我慈禧太后岂不成了一个历史罪人！慈禧想到这里，马上坐起来，神色严肃地对李莲英说："我刚才不过说句气语，你就当真了，再没钱修园子，也不会向海军衙门去借款呀！”

今儿个是怎么啦，从来说一不二的皇太后，竟会说自己的话是"气话"？李莲英略一思忖，立即就明白了：原来这老太婆是又想要海军衙门的银子，又怕别人说！他满脸笑容地走前一步，说："太后克己奉国，奴才是又仰慕又难受。太后当然不会借海军衙门的银子啦，不过，奴才想，李中堂也是，太后这么抬举他和北洋水师，他也应该孝敬孝敬太后呀！若太后不同意，海军衙门能办吗？南北两洋会操能操得起来吗？他李中堂能有这个脸面吗？”

刚一说完，李莲英就意识到自己今天这话说多了说过头了。海军衙门，两洋会操，这是多大的国事呀，能轮得上我李莲英来插嘴吗？李中堂是国家的顶梁柱，我李莲英有什么资格说他！这些话，若是在乾嘉道咸时期，哪个太监敢稍稍言及，脑袋早就搬了家。虽说太后宠爱，有时也能偶尔谈两句国事，但从来没有这样放肆过呀！李莲英不由得出了一身冷汗，忙跪在慈禧的面前，狠狠地抽了自己两个耳光，连连叩头说："奴才该死，奴才今儿个话说多了，老佛爷您处置我吧！"

慈禧太后面无表情地看着李莲英的这一番表演，心里想：李莲英的这个主意还真的不错，就让他将这番话对李鸿章说一遍，要他为园工捐献上一点银子。李鸿章当了二十多年的直隶总督，办了二十年的北洋水师，前些年又办了电报局，据说那是个很赚钱的买卖。他随便从哪里挪动一下，从哪个指头里抠一点，拿个百儿八十万银子是不为难的。直隶总督这样做了，别的督抚也会学样呀，颐和园的银子不就有了吗！这话朝廷不能说，还只有李莲英去说才最合适。但李莲英又哪有机会去跟李鸿章说呢？慈禧想了想，脑子突然开了窍。

"李莲英，四月份检阅北洋水师的时候，你去侍候醇王。"

"奴才去侍候醇王爷？"李莲英简直不敢相信自己的耳朵。太后不但没有斥责，反而派出宫外侍候醇王去检阅北洋水师，这可真是大清开国以来从没有的事呀！我李莲英的祖上哪辈子积了这样的大德，让我这个阉人来出这种光宗耀祖的风头？李莲英转念又一想：兴许是太后在试试我？"奴才从来没有侍候过醇王爷，奴才不敢领命，奴才还是在宫里侍候着老佛爷。"

慈禧沉下脸说："你不侍候醇王，你怎么可以去见李鸿章？"

我怎么可以去见李鸿章？我又有什么必要去见李鸿章？李莲英下意识闪过这个念头后，立即大彻大悟了：原来太后同意了我刚才说的那番话，要我借侍候醇王爷的机会去天津见李鸿章，把带头为颐和园捐银子的话当面与李鸿章去说。李莲英赶忙重重地叩了三个响头，口齿麻利地说："奴才领旨，奴才一定不辜负老佛爷的大恩大德，把醇王爷侍候好！"

七　醇王检阅海军，身旁跟着握长烟管的李莲英

四月中旬，正是京津一带最为宜人的初夏时光，天气和暖，熏风陶醉。杨树、榆树、柳树早已枝繁叶茂，燕儿、雀儿、莺儿成天歌舞飞翔，连渤海湾的水也从冬天的冰冻中苏醒过来，如今已是洗手洗脚都不觉得冷了。

宏阔壮丽的渤海湾，一天到晚水蓝如染，波平如镜。打鱼谋生的渔民，运货赚钱的海船老板，当兵吃粮的北洋水手，哪个与海面打交道的人，不喜欢眼下这如母亲般兼柔情与博爱于一身的渤海湾！

北洋水师前年秋天定购的三艘德国兵舰，两个多月前从不莱梅港下海，由北海进入大西洋，经印度洋到太平洋，十天前已停泊日本长崎，将顺带的货物在长崎港卸完后，再开渤海湾，在旅顺海口接受中国政府的验收。之所以选定在这个时候交接兵舰，是因为初夏时光，乃渤海湾的最好季节。

李鸿章这一个多月来既忙碌又兴奋。他一向精力充沛，越办大事越有精神。事情虽多而繁杂，但在他的设在天津的北洋通商衙门的指挥下，一切都在有条不紊地进行着。北洋水师现有四十余艘大小海船，这次从中选出十五艘来，分为左、中、右三翼，在北洋水师提督丁汝昌的率领下操练，力求为全国海军做出一个榜样来。昨天上午，两江总督南洋大臣曾国荃派出的三条快船，由六十八岁的老将长江水师提督黄翼升率领，开进了大沽口。早在咸丰年间，身处曾国藩幕府的李鸿章，便与那时已为水师总兵的黄翼升认识。二十多年过去了，这位长沙籍老资格湘军虽然须发皆白，却依然精神抖擞。老友重逢，李鸿章心里高兴。下午，官方迎接的隆重仪式之后，两位沙场老友又亲亲热热地畅谈了好一阵子。

“明天中午，醇王爷到天津，一清早我们一道进城去。”

“好，我陪你这个会办大臣一道去接督办大臣。”黄翼升笑了笑说，“跟着醇王爷来的还有哪些人？”

“曾劼刚还在英国来不了，庆郡王说是身体不适不来，海军衙门的大臣中跟着来的就只有善庆了。”

“善庆这人我没见过，过去听说老打败仗，究竟有没有点本事？”

“此人过去一直跟着胜保。胜保是有名的败保，他手下会有能人吗？”李鸿章冷笑两声，“你说他一点本事都没有，也冤枉了他。醇王爷是不管事，庆王爷老有病，曾劼刚在英国，我在天津，这海军衙门就成了他一人的天下，据说他把自己的人马将衙门上下都安插遍了。”

黄翼升愤愤地说：“朝廷怎么叫这种人来呢？”

“唉，都别提了！”李鸿章摆摆手，轻声说，“还不是命好！生在正黄旗，就是一个傻子，也是天生的靠得住的自己人呀，何况他还有军功，做过杭州将军哩！”

“少荃！”黄翼升也压低了声音，“这么看来，善庆说不定是太后特为派到海军衙门来的，你今后还得提防点才是。”

李鸿章点点头，没有做声。

第二天一早，天津北洋衙门便张灯结彩，披红挂绿，鼓乐不断，鞭炮齐鸣。在衙门一里外的地方，又专门搭起一座牌坊和几间棚架。牌坊和棚架扎得气派宏大，上面挂满红黄彩绸，又特为安排一队排场齐全的吹鼓手。李鸿章和他的老师曾国藩不同。曾国藩事事节俭，李鸿章处处讲阔绰、摆脸面，何况，今天所迎来的人非比一般。北洋通商衙门前身是三口通商衙门，同治九年将“三口”二字换“北洋”二字，故而北洋通商衙门挂牌以来到今天不过十六七年历史。醇王乃是这个衙门十六七年间迎来的最高位的人。醇王不仅有着皇上本生父的崇高身份，更加上一贯深居简出，轻易不离开京师，倘若不是兼着总管海军事务大臣这个职务，他才不会到天津来，更不会出来冒海涛风波之险哩！

作为北洋通商衙门大臣，醇王此次的下榻，也是给李鸿章一个极大的脸面，所以他要以最高的礼仪来迎接。

正午时分，在天津道府县三级长官的郊迎下，醇王一行庞大而豪华的队伍缓缓进了城门，逶逶迤迤地直向北洋通商衙门走来。远远地看着旌旗飘舞，彩牌高举，十几匹高大骠壮的战马在前面开路，李鸿章知道醇王来了，便领着北洋水师统领丁汝昌、长江水师提督黄翼升以及一批舰长等高级武官，齐刷刷地跪在牌坊下等候。

“李中堂，快请起来。”奕譞笑容可掬地走出杏黄大轿，来到李鸿章等人的身边。

李鸿章起身，抬起头来望着奕譞说：“王爷以万金之躯，亲来天津检阅海军，老臣及所有北洋水师官兵能在此躬迎王爷，实三生之幸！”

“李中堂，辛苦了！”奕譞指了指牌坊和棚屋说，“你何须如此花费，快请上轿，咱们一道进衙门吧！”

“王爷请先上轿！”李鸿章弯着腰，伸出右手做一个姿势。杏黄大轿移动了两步，来到了奕譞的身边。

“李中堂，奴才向您请安了！”

李鸿章这时才发现，杏黄大轿的左边轿杠边，正有一个中年太监，在一腿单弯，一手向前甩，向他做了一个请安的架势。这不是李莲英吗？他怎么来了！李鸿章大吃一惊，眯起老花眼定睛再看一眼，不错，正是李莲英：没有穿平时常穿的四品官服，而是穿了一身普通太监的灰布长衫，没有甩动的那只手里拿着一杆足有三尺长的浑身闪光发亮的长烟管，手腕处悬着一只绣有二龙戏珠花纹的明黄大荷包，他请好了安，跟在轿杠边，对着李鸿章发出极为谦卑恭顺的笑容。

“李总管，你也来了！我是老眼昏花，竟没看见您，真不中用了！”李鸿章一边说，一边上前去也向李莲英弯了弯腰，以地主身份表示迎接。

“李中堂，快莫这样，折杀奴才了。”李莲英忙着又连连给李鸿章请了两个安，走到李鸿章的身边，悄悄地说，“醇王爷身边装烟的老太监病了，别人干不好。老佛爷叫奴才来替代，这不，”他指了指烟杆和荷包，“奴才跟着来天津就为了装烟点火，专门侍候王爷吸烟的。”

“难为李总管了。”

李鸿章笑笑地和李莲英说了几句后又跟善庆打了声招呼。大家重新都上了轿。李鸿章的墨绿大轿紧跟在醇王的杏黄大轿后面，看着前面一手扶着轿杠，另一只手握着烟管，迈着方步紧套轿夫的步伐亦步亦趋不紧不忙地向前走着的李大总管，直隶总督、海军衙门会办大臣李鸿章深深地纳闷着：李莲英怎么会跟着醇王到天津来了呢？当然，他必定是太后指派的，但太后为什么要派他来呢？这实在是一件极不一般的事情。它首先是大为反常。李莲英名义上是大内太监的总管，其实只为太后一人服务。他一天到晚不离太后左右，现在居然离开太后好些日子来为醇王装烟点火。从来没有哪个大内总管出宫伺候一个亲王的先例，作为太后的宠奴李莲英本人也从来没有过离开太后外出的先例，这两者都是反常的。

反常之事背后必然藏着反常的企图。那么他的企图是什么呢？醇王来天津是检阅海军，可以算是一个军事举措。翰林出身的前淮军首领立刻想到了“监军”这两个字。

皇帝派出宠信的太监代表他本人，到前线去慰劳军队，甚至长期住在军营，借以掌握前敌情况，监督前敌军事统帅的行动，这就是中国历史上屡见不鲜的“太监监军”。太监监军是中国政治的特有产物，成事不足败事有余。唐代宗时期的鱼朝恩，明神宗时期的高起潜，都是恶名昭著的太监监军的代表，稍有点才能和血性的前敌统帅，都讨厌这种挟天子令骄横霸道却又一窍不通的监军太监。至于言官史家、街头巷议，更是从来没有对此恶政有一言之赞的。鉴于前代教训，清朝立国之初，便严禁阉寺干政，至于派太监出京监军，更是从来没有过的事。不过表面上，李莲英的确不是监军，是随同醇王来的，要说监军，只能是醇王，而不是他。其实醇王也不是监军，他本人便是这次检阅的最高统帅。监军、监军，监督前敌的最高统帅，这么说来，李莲英是以装烟为名来监视醇王的？李鸿章想到这里，背上直冒冷汗。要说太后不完全相信我李鸿章，还可以说得过去，我是汉人，我手里有淮军。但醇王是什么人？他是太祖太宗一脉相传的嫡系子孙，他是当今皇上的亲生父亲，对他还能不相信吗？何况他手里还并没有军队哩！

只能这样认为：醇王虽不危及大清江山，却有可能危及太后本人的权力；醇王尽管过去没有军队，但现在是海军大臣，有可能借此检阅会操的机会培植自己的亲信，今后就有可能掌握最有力量的军队，所以要派李莲英出来监视，以便防范？太后呀太后，你已六十多岁了，马上就要归政颐养了，你何必还要如此煞费苦心？李鸿章刚刚在心里冒出这句话后，突然又想到，说不定李莲英的监军，不是监醇王，而正是监督李某人我呢？他发觉左腿已发麻了，原来右腿压左腿压得太久。他换了一下，将左腿压在右腿上，然后靠着松软的后垫，在略有点晃动的轿子里又闭起眼睛思考起来。

太后怕我跟卖船的德国人有什么交易？还是怕我在南北会操中兜售私货？或者是担心我会跟醇王在这次检阅中结成朋党？

对了，李鸿章轻轻地拍了一下左腿：一定是这种可能，担心我与醇王结朋党，所以派李莲英出来，既监视醇王，又监视我，二人一道都在监视中。想明白了后，李鸿章也就宽心了：我李鸿章对太后从来没二心，醇王也只有这大的能耐，我也不想与他结党营私，你监视就监视吧！

李鸿章没有想到，他的这一番思虑，这些天在醇王的脑子里也同样有过。

离京前夕，奕譞陛辞太后。太后的脸上露出很和善的笑容，这种笑容在她的脸上很少见到。他正有点奇怪，只听见太后说话了：“七爷，听说王府里给你装烟的老哈头病了，你这次去天津，他不能陪你去，你身边也不能没有一个人照应。我看，就让李莲英侍候你几天吧！”

奕𫍽听了这几句话，人木了好一阵子：这是怎么回事呀，老哈头一点病都没有，太后怎么说他病了？再说，太后又怎么知道，王府里有一个专为我装烟点火的老哈头，难道是福晋聊天时跟他说起过？退一步说，即使老哈头病了，也没有太后身边的太监出宫侍候我的道理，何况这个太监现领着大内总管的职务哩！

奕𫍽忙说：“太后恩德，臣领了。臣身边有人照料，不麻烦李莲英了，太后身边也一天不能缺他呀！”

慈禧依旧微笑着：“七爷，你不知道，李莲英可会侍候人啦，装烟点火更是他的一绝，侍候我抽烟十多年了，这两年调教出了一个小谭子，居然也有几分像他。你身子骨不好，好多年没有当过这差了。这回到天津去，还要受海涛颠簸，我不放心，就让李莲英去侍候你吧，也省得我天天在宫里牵挂。再说，李莲英侍候人，那是再也找不出第二个来的。你就享几天福吧！”

太后这么说，奕𫍽还能再推辞吗？他只得带着满腹狐疑接受下来。回到王府，一宿没睡好。第二天清早，李莲英便在两个小太监的陪伴下来到醇王府。这两个小太监就是平时服侍李莲英的，他带着他们一道去天津：白天，李莲英服侍醇王；夜晚李莲英歇下后，这两个小太监又来服侍他。

一路上李莲英对醇王照顾得无微不至。他总是穿一件半旧的灰布长褂，一手握着醇王十分喜爱的那杆镶金嵌玉的特长烟管，另一只手的腕下则是悬挂装着特种烟丝的荷包。旅途中，他总是紧靠在醇王的轿旁，一手扶着轿杠；休息时，他总半哈着腰站在醇王身后，随时听候命令。他不仅对醇王谦辞卑容，即便对善庆乃至海军衙门里的其他中小官员也一样的客气有礼。这一些人都不曾见过李莲英，但几乎都听说过这个人。传闻中的李莲英是如何的狐假虎威，如何的气焰熏天，如何的令人嫌恶，但几天下来，他们亲眼所见的这个大总管却又不是所说的那样。这是怎么回事？大家觉得稀奇。不管是醇王面前，还是在别的官员面前，李莲英从不多一句嘴，至于军国大事，他更是不闻不问。尽管如此，奕譞还是对李莲英心存戒备。白日在轿中，他也总在琢磨这个题儿：太后为什么要让他跟着我，是太后不放心我，让他监视？或是太后自己有什么私事要在天津办理，如同当年派安得海出京一样？抑或是太后让李莲英代她看一看京津一带的民风民情，兴许也是让他借此机会代她瞅一瞅北洋水师官兵的举止言行？

从北京到天津，一路上，奕譞就是这样琢磨来琢磨去，到底也没有琢磨个名堂出来。只是有一条他给看准了：李莲英此行绝不是只在装烟点火，他一定负有太后交给他的特殊使命。对这个人身卑贱到了极点，所处位置又高到极致的角色决不能掉以轻心！

醇王由北京带出的这支办正事的二三人、随从的服务的三四十人的浩荡队伍，在北洋通商衙门安排的二百多人的精心照料下，吃得好睡得好住得好。傍晚时分，待醇王饭后休息了一阵子后，在驿馆外便房里等候多时的官员，便开始递牌子请求接见了。他们有天津道府县各级官员，有朝廷特派驻津衙门的官员，也有像盛宣怀这样新兴的洋务局厂官员，还有从江宁城里跟着三条快艇来到天津的两江督署衙门的官员。人人都知道醇王地位的非比一般，人人都知道这是一个难得的巴结机会，人人都想得到醇王的召见，以便和他说上一两句话。这一面之见，几句话之赐，说不定在今后的仕途中一生享用不尽！

奕譞慢慢地翻看着由王府长史带进来的一大沓名刺，一张张地仔细阅读，将这些人的姓名、字号、官职、籍贯一项项地用心记住。他难得出京，也难得与道府以下的官员接触。他想借此机会召见他们一下，跟他们随便聊聊，以示恩宠，保不定，就因这短短的一次召见，他们一辈子都会成为忠心不二的家臣。但就因为有李莲英随侍在侧，就因为弄不清李莲英此次究竟是为了啥，奕譞犹豫了半天，还是决定一个都不见。

醇王府的长史奉命传话：王爷旅途劳累，要早点安歇，各位心意王爷领了，请各位回府吧！

所有等待召见的官员莫不大为失望，但又无可奈何，只得扫兴离开驿馆。

这些人刚走不久，李鸿章匆匆赶来，奕𫍽正在李莲英的服侍下准备就寝。

“王爷，从德国买回的三艘铁舰，昨天已从日本长崎开到旅顺口了。老臣不想让那些护送铁舰的德国海军军官看到我们大沽一带的防务，叫他们停泊在旅顺口，在那里验收完毕后，就将除技师工匠外的德国人全部打发走。”

“你这个安排不错。”奕𫍽插话。

“谢王爷。”李鸿章继续说，“老臣想明天就出海到旅顺口去，不知王爷想不想去。”

奕𫍽早就听说坐船出海是件很苦的事，最苦就苦在晕船上。船到海中，风浪一起，便左右晃荡。晃得你眼花心慌，头昏脑胀，就是睡在船板上，也要让你五脏六腑的位置错乱，肚子里的东西全部呕出来；没有东西呕了，连胆汁都要流出。奕𫍽是个从小就养尊处优惯了的人，怎受得起这种折磨。再说，自己身为皇上本生父，也不能当着臣子的面前呕吐失态呀！他说：“听说出海要晕船的，我就不去了，你和善庆一道去！”

李鸿章知道奕𫍽怕苦不去，也不再劝。正要告辞，一眼看到李莲英正在给烟管头上的小铜锅装烟，灵机一动，走了过去，亲热地说：“李总管，明天和我们一起去旅顺口玩玩吧！”

“岂敢岂敢！”李莲英连连摇手，“老奴是专为来服侍王爷的，王爷不去，老奴岂敢去旅顺？李中堂，您千万别害老奴了。老奴还要留下这副贱体服侍老佛爷、王爷几年哩！”

李鸿章笑道：“总管硬硬朗朗的，哪个想折你还折不了哩！”

出了驿馆，李鸿章放心了：看来李莲英不是来监督我的！

第三天下午，李鸿章乘着刚验收过的德国新军舰，从旅顺口回到大沽口。他连夜进城，禀明醇王。

“这德国人造的船叫什么名字来着？”奕譞听了李鸿章的禀报以后，满脸笑容地问。显然，他对这几艘洋船有很高的兴致。

“这三艘铁舰还没有命名，王爷，您给它们取个名吧！”

其实，两个多月前，当知道舰已下水，正在向中国开来的时候，李鸿章已为这三艘新军舰想好了名字。好在还没有公布，正好把此荣誉送给这个爱虚荣的王爷。

“好哇！”果然，奕譞很高兴。在他看来，给这三艘新买来的军舰命名，就意味着他是这三艘军舰的当然主宰者。“让我好好想想。”

清朝对皇子的教育历来都很重视，他们的师傅都是饱学之士。奕譞小时候也曾在南书房里规规矩矩地上过十年学，书读得不少。

“想是想了三个名字，不知行不行。李中堂，你是翰林出身的大学士，若不合适，你帮我改一改。”花了一袋烟工夫，翻来覆去地比较十几个名字后，奕譞终于看好了几个。

“谁不知王爷是当年阿哥中的大才子，取的名字一定好，快说出来让老臣开开眼界。”

李鸿章摆出一副很诚恳的样子催道。其实，当年谁也没有说过七爷是阿哥中才子的话，反正这种话无法对证，不过是说者顺口、听者顺心罢了。

“李中堂，我想这三艘铁舰来自遥远的西洋，他们的名字中都可以有一个‘远’字，这好比我们中国人兄弟的辈分一样，他们是远字辈。”

果然，醇王不是愚鲁之人，这种想法便新奇而贴切。

“好！就用‘远’字辈，真是妙极了！”李鸿章两只手掌轻轻地击了一下，他是从心里佩服这个设想的。

李莲英恭敬地站在一旁，没有说话，但从脸上流露的笑容里看得出，他一直在仔细地听。

“远字辈三兄弟，既然买过来了，便是我们的武器。我要用它来对付洋人，镇压外敌，这第一艘便命名镇远。我也要用它来安定海疆，安定人心，这第二艘便命名为定远。我还要用它来救危济难，同舟共济，这第三艘便叫济远。李中堂，你看这三个名字取得怎样？”

“好极了！”李鸿章再次击掌。“镇远、定远、济远，这三个名字实际上寄托了王爷对我们未来海军的殷切期望。请王爷写下这三个名字，明天，我就叫漆工把它们漆在船头上。今后，这威镇外敌、安定海疆、救危济难，便是我们大清海军昭示全世界的口号！”

李鸿章这一发挥，让奕譞格外高兴。

“李中堂，还是你讲得好，我们要把这三句话昭示全世界，也要让全体海军官兵奉为练军宗旨。”

李鸿章兴奋地说：“王爷，检阅一事，我看后天就可以开始了。我想安排这样三个项目：首先，来一个新购铁舰的命名大会。这个会就在镇远号开。开完会后，北洋、南洋实地操演。次日，我陪王爷巡视沿海几个炮台。巡视完后，王爷在天津安静休息两天再回京城。您看怎么样？”

“行，就这样吧！”奕譞对李鸿章的安排很是满意。他也想不出什么补充，便说：“你去安排吧，明天准备一天，后天正式开始！”

一轮红日从遥远的海平线上冉冉升起，渤海湾迎来了它又一个风平浪静的夏日。今天是渤海湾一个不平凡的日子，中国有史以来的第一次海军检阅就将在这里举行。前天才进港的三艘新军舰一字儿摆开，平整地浮在海面上。这三艘军舰高大雄壮，气势宏伟。雪白的舰身，高高的桅杆，粗大的烟囱，黝黑的钢炮，这一切都在朝阳的照耀下闪闪发亮，给人以仪表堂堂威风凛凛的感觉。

奕譞亲自书写的舰名：镇远、定远、济远，已被分别油漆在三条新舰的船头船尾上。正中镇远号舰艇是命名大会暨阅操典礼的主席台，高高的桅杆上从上到下竖挂着三条大红绸带，依次写着“威镇外敌”“安定海疆”“救危济难”三句话。大红绸带下摆着一长条铺着白布的桌子，桌面上满是鲜花、时果、杯碟等物。

上午十时，奕谖、李鸿章、善庆等一班海军衙门的大小官员，在北洋通商衙门和北洋水师提督衙门的官员们陪同下，踏过长长的跳板，从大沽码头登上了镇远号炮舰。就在这时，三艘新舰同时拉响汽笛。顿时，巨大的“呜呜”鸣叫声划破海波，响彻碧空，把万千人的注意力都吸引过来了。汽笛声刚一停止，安装在舰艇后部的尾炮开始鸣炮。三艘舰共有尾炮十八座，每座炮发三炮。只见轰隆一声炮响后，空中出现一团耀眼的火光，立即就见海中飞起数丈高的一堆浪花。五十四声轰鸣，五十四团火光，五十四堆浪花，使得有史以来的第一次海军检阅，便以空前未有的壮观场面拉开了帷幕。奕谖虽处皇上本生父的尊贵地位，却也是生平第一次经历着这样宏大的场面。这种以西式礼仪为主要内容的典礼，使他大开眼界，大享风光。这位过去对洋人仇恨至极，对洋人的一切发明创造都视为奇技淫巧的醇亲王，似乎从此刻起，开始彻底与过去的旧观念告别，立誓要做一个精通洋务、融入世界的大清海军大臣。

他在李鸿章等人的陪同下，在一排排身着簇新军装持刀挺立的水兵面前走过，兴致百倍地欣赏镇远号炮舰。这是他生平来第一次见到大海，第一次上炮舰，第一次见到水兵，第一次听到诸如时速、吨位、浬等古怪的名字。他新奇无比，兴奋无比，当然，他什么都不懂，好坏优劣如何，他一点也查看不出。但他是大清朝海军的最高统帅，所有北洋水师官兵，所有专家工匠，从李鸿章到管带到普通炮手，都在聆听他的对海军炮舰外行到类似白痴的言谈，都在恭维他字字正确，句句英明，只有那些懂得中国话的洋匠们在一旁窃笑不止，尤其对醇王身旁那个握长烟管、悬大荷包，半躬着腰，亦步亦趋的太监更是又嘲笑又纳闷。他们不明白，海军大臣巡视炮舰，为何要带上这样一个怪物！

巡视完毕，命名大会召开，奕谖、李鸿章、善庆等一班人端坐在铺着白布的长条桌边，甲板上站满将要在这三条舰上服务包括管带、副管带、轮机手、炮手、伙夫在内的所有人员。

奕譞端坐在大靠背椅上，将命名训词念了一遍。这训词是昨天由李鸿章衙门里的文案写的，训词通篇骈文，四六对仗工稳，引经据典确切，捉刀者还十分注意声调、文气，力求做到抑扬顿挫，铿锵有力，存心要将这道训词做成一篇流传百世的文章范本。可惜，奕譞事先看也没看一遍，便拿来朗读，因而读得很不流畅，很不贯气，作者精心营造的韵味一点儿也没读出来。那位混在人群中聆听的文案，直气得跌足长叹。好在全镇远号只有他一个人在听，包括李鸿章、善庆在内的数百号人，没有一个在意醇王的朗读。抑扬不抑扬，铿锵不铿锵，在他们看来，全是一回事！

奕譞的朗诵结束后，按事先的训练，三条舰上的所有人员在丁汝昌的统一指挥下，齐声高呼："谨遵王爷训令：威镇外敌，安定海疆，救危济难，永固大清！"

一连三次，整齐有力，响彻海空。奕譞对此甚是满意。

命名会结束后，李鸿章以主人的身份，在镇远号的豪华餐厅里摆开了一桌十分丰盛的西餐。餐桌上摆满牛排、乳猪、烤羊、熏鱼、奶酪、面包及各色小菜，还有威士忌、白兰地、啤酒等各种美酒，殷勤款待奕譞等一班京师来的要员，其他的人则上岸吃饭。饭后，这次检阅的主要内容——北洋南洋大会操开始了。

八　世俗之礼都是为常人设的，大英雄不必遵循

镇远号开出港口，来到深海，以便让坐在检阅桌边的奕譞等人观看舰艇的操练。按照先宾后主的传统礼数，远道从吴淞口开过来的南洋快艇先做表演。这三艘快艇，分别为开济号、南琛号、南瑞号，是两年前从英国买进来的。这三艘快艇规模不及刚从德国买来的远字号三艘，但它们速度快，行动轻巧。黄翼升身穿从一品武官袍褂，前胸挂着一块方方正正的绣獬补子，挺直腰板，站在指挥舰——开济号船头上，手里高举一面黑底黄边海牙滚龙旗，远远地向镇远号开过来，

身后紧跟着南琛、南瑞两艘快艇。

开济号开到离镇远号一箭远的海面上，黄翼升弯腰向醇王行了一个鞠躬礼，同时口里喊道："长江水师提督兼南洋水师大臣黄翼升参见王爷！"

抬起头后，他将手中的指挥旗一挥舞，开济号便箭一般地飞驰起来，南琛、南瑞也同样全速运行。一望无际的海面上，三艘南洋快艇一会儿成品字形，一会儿成一字形，一会儿成川字形，不断地交换位置。队形表演后，接下来是实战演习。黄翼升手里的指挥旗在不停地挥舞着，一发接一发的炮弹，从船头船尾不断地射向天空，然后落在远处的海面上。三艘快艇表演一个多小时后，再次聚集在镇远号船头的海面上。黄翼升伫立向奕譞报告："演习完毕，请王爷指示。"

奕譞很高兴，连声说："好，好！"并让身边的一个大嗓门北洋管带传他的话："王爷说，南洋快艇操演得好，有赏！"

奕譞转过脸对李鸿章说："黄翼升本是湘江上一个一字不识的船老大，想不到六十多岁的人，居然能把洋船指挥得这样好，实在不容易！"

"不容易，不容易！"李鸿章忙点头附和。其实他心里清楚，黄翼升根本不懂指挥洋船，他只是做个样子而已，真正的指挥者是他身后那个红毛蓝眼的英国佬。曾老九以二万银元的年薪将他从利物浦聘来做南洋水师的教头。

接下来是主人北洋水师的表演。北洋水师不愧为三大水师中的龙头老大，二十年来，在李鸿章的苦心经营下，无论舰艇的数量质量，还是水师官兵的才能待遇都要明显地优于南洋和福建。参加这次操演的十五只舰艇，更是集中了北洋这两方面的优长。当丁汝昌将这十五只舰艇齐刷刷地开到镇远号面前时，奕譞和所有检阅者立即眼睛一亮：这的确是一支实力强大的舰队！

北洋因为有十五只舰艇，故他们的队形操练，较之南洋的三只远为壮观、复杂和多变。首先是全队出动。他们或作一字长蛇，或作方形矩阵，或作三角连环，都有一种劈波斩浪、势不可当的巨大威慑力。在辽阔的海面上，将平静的渤海湾扰得波涛汹涌，上下翻腾，倘若真有龙王和海底龙宫的话，这个下午必定是他们恐惧不安人人自危的时候。

队形操完后，北洋的实战演习更为精彩动人。他们的火炮不是空对空，而是真打实轰。辽远的海面上，突然出现一排张满白色风帆的大木船，在海风吹拂下，不停地左右摆动。为了让检阅者看得清楚，李鸿章在奕譞、善庆面前摆了两只单筒望远镜。奕譞拿起尺把长犹如楠竹竿似的望远镜来，远处鼓着白帆的木船立时显得清清楚楚了。只听见一声炮响，一只木船应声倾斜，船身着火，布帆被烧，很快这只船便沉没消失了。

“好！”奕譞不觉叫了一声。放下望远镜，他关切地问身边的李鸿章：“船上的人呢，他们不被炸死了吗？”

李鸿章笑着说：“王爷，船上的人早就走了。操练时拿人的性命来玩，那我李鸿章不要短阳寿吗？”

正说着，又是一声炮响，远处又有一只木帆船着火。善庆和其他人一齐叫起好来。

奕譞重又拿起望远镜，聚精会神地看起来。炮弹一发接一发地射出，木帆船一只接一只地消沉。一个小时后，海面上的白帆船全部消失殆尽。

奕譞放下望远镜，升起大拇指对李鸿章说：“弹无虚发，百发百中，北洋炮手尽皆纪昌、养由基！”

正说得高兴，不料渤海湾顿起狂风，镇远号突然间左右摇荡起来。奕譞和众人一样，在座位上不停晃动，李莲英赶紧双手扶着。但李莲英自己也站不稳，一边扶着奕譞一边自己也在摆动。奕譞本来身体弱，又加之中午吃的西餐，吃时味道很好，过后腹中便觉不对劲了，加之没睡午觉，经不住这几次摇摆，他已觉得肚子里像打翻了五味瓶似的难受得很。又一股狂风吹来，镇远号剧烈地摇动一下，奕譞终于忍不住了，“哇”地一声吐出一口酸水来。接着又是一连串的呕吐，中午吃的牛排、喝的牛奶全部从肚子里跑了出来，弄得一身脏兮兮的，吓得李鸿章等人不知如何是好，只得赶紧叫来几个人把奕譞稳住，由李莲英背着进了船长室，将衣服脱下让他平躺在床上。

躺了一会儿后，奕譞觉得好多了。李鸿章这才命令将镇远号向港口开去。舰艇以最慢的速度缓缓地开着，奕譞睡在装有弹簧的西式床上，感觉越来越好，不知不觉间，安然入睡了。李莲英想：往日在驿馆，想说话一直没有机会，今儿个在镇远号上，正是天赐良机。

到了港口边，天色已近黄昏，李莲英悄悄地拉了拉李鸿章的衣角：“李中堂，王爷睡得正好，让他睡一会儿，醒了后再扶他回驿馆。您让船上的人该回去的都回去，您和我两人陪着王爷坐一会儿，行吗？”

一直在戒备李莲英的李鸿章一听这句，便知道这位大内总管今天一定有事了。他马上心领神会，让善庆和所有检阅官员以及其他人员都下船，只留下管带、轮机手、厨师和自己随身的跟包，一共不过七八个人。半个钟点后，喧闹的镇远号安静下来，管带将船上的电灯全部开起。在夜色的笼罩下，日间那个铁血壮士似的炮艇已不复存在，灯火明亮的镇远号宛如一位雍容风韵的阔太太，流光溢彩，美丽多情。

见床上的奕譞正在匀称地发出鼾声，李鸿章对侍立一旁的李莲英轻声说：“王爷睡得很好，这里暂时让我的家仆代为照料一下，李总管请去餐厅吃晚饭吧！”

“多谢中堂的美意。”这一安排正合李莲英的心思。

在管带的带领下，李莲英跟在李鸿章的身后，来到另一间小房子，这是舰艇专为管带、副管带设计的小餐厅。这里完全按西式餐厅布置，虽狭窄一点，但精致、协调，氛围很好。

管带亲自送上全套中国饭菜酒水，然后把门带上，悄悄地退出去了。

“你以前在海船上吃过饭吗？”李鸿章亲自为李莲英倒了一杯酒，递过去。

李莲英赶紧双手接过，连连说：“中堂大人为奴才倒酒，这哪里是奴才所能承担得了的。奴才平生第一次坐海船，在海船上吃饭，也是平生第一次。”

“今天我们以朋友身份一起喝酒吃饭，不要拘礼节。李总管。”

“您还是叫奴才李莲英吧！这样叫，奴才反倒心里自在些！”李莲英打断李鸿章的话。

“哪儿的话！你到天津来，就是我的客人，哪有直呼其名的道理！”李鸿章的态度似乎很诚恳。“你平日在宫中见到我，以为我很讲礼数。其实，我是一个最不讲究礼节礼仪的人了。”

“中堂大人是大英雄。世俗之礼都是为常人设的，凡大英雄都不必遵循。奴才也听说过中堂大人平常洒脱大度，奴才是从心里敬佩中堂大人这样的大英雄。”

李莲英这几句话并非全是客套，朝中像李鸿章这样文武兼资的大臣，倒真是凤毛麟角。他一向都对李鸿章另眼相看。

“你这话真说到家了。”李鸿章心想：李莲英还知道说“大英雄不必循世俗之礼”的话，可见此人是有些见识。

“来，再喝一杯！”

“奴才一向不喝酒，中堂大人，请您宽恕奴才。奴才慢慢地把这杯酒喝完。”

李莲英的脸色已泛红，看来是真的不善饮。李鸿章怕奕譞很快醒过来，他不想再跟李莲英多说废话了，必须抓紧时间说点有用的话。

“李总管，你看今天北洋水师操演得如何？”

“精彩，精彩，大人统领下的北洋水师真是天下雄师！”李莲英恭维道。

李鸿章对今天的操演很满意，笑着对这个名为醇王奴仆实为太后特使说：“北洋水师能有今天，全托太后、皇上的洪福。”

李莲英也不想转弯抹角，他也要趁着这个好机会完成太后交给的重任。他是个很有心计的人，平时尽管从不过问国家大事，看起来像个本分太监，其实他对官场最高层的举动都看在眼里，记在心里。因为平时读折和旁听的缘故，他知道许多别人所不知的事情。为了让李鸿章就范，几天来他使尽脑汁在想主意，终于让他找到了一个缺口。他若无其事地问："中堂大人，这三艘从德国买来的炮舰花了多少银子？"

"六百五十万。"李鸿章随口答道。

"三艘六百五，一艘二百多。"

李鸿章说："镇远号贵一点，二百四，定远号二百一，济远号二百，一共六百五。"

一直挂在李莲英脸上的谦卑笑容不见了，他有意轻声问："中堂大人，这事是谁在中间牵的线？"

"天津电报局的督办盛宣怀。"

李莲英把头伸过去，做出一副很关心的神态来："中堂大人，盛宣怀可能在这中间玩了手脚。"

"怎么啦？"李鸿章显得颇为惊奇，疑惑的目光盯着李莲英那张一旦不笑便很难看的脸。"你是说，这三艘船没有六百五十万，盛宣怀从中贪污了？"

"有可能。"李莲英的脸色仍然不好看。"去年，德国公使陛见老佛爷。老佛爷问他，买一艘德国造的最新式的军舰要多少银子。公使答，目前最新式的炮舰，如果买法国的要二百五，买英国的要二百四，如果买德国的，同样性能，只要二百万，如果是卖给中国，看在太后的圣面上，还可以再优惠。镇远号用了二百四，是花英国的价买来的，吃亏了。"

李鸿章听了李莲英的这番话，心里暗自吃惊。李莲英过去在他的印象中，只是一个贪钱财会逢迎好使两面手法的小人而已，没料到此人如此精明强识，而且如此准确地选择要害之处下手，厉害！北洋有购洋船的打算，盛宣怀立即向他推荐德国船，说同样性能的船，德国造的可便宜二十万。李鸿章本是一个精明人，容不得别人在他面前玩手脚。他不轻信盛宣怀，暗中打发人直接询问法、德、英三国船商，证明盛说的不假，便委托盛去办。不久，盛办成了此事，悄悄地对李说，三艘船明价六百五十万，这个价和法国、英国差不多，用来向户部报销；实际收钱六百万，那五十万作为回扣。另外，三家船厂的船主感谢中堂的惠顾，另外凑了三十万送给中堂个人，请以后再多多关照。盛宣怀还十分恳切地说，北洋要办的事很多，中堂个人要办的事也很多，都要银子，务请把这八十万全数收下，不要对户部说起。他也决不会跟谁说起。李鸿章觉得盛宣怀会办事，于是就这样定了。三个月前，盛宣怀前往德国，办妥了这件交易，真的把八十万银子打到李鸿章私人账户上去了。李鸿章于是从中拿出十万奖励盛宣怀。听了李莲英这番话后，他明白，凑给他三十万这件事，其实是船主自愿做的，说不定盛宣怀促成了这笔生意，那三家船主也凑了三十万给他。但此事绝不能让这个太后的耳目获得任何把柄。

他灵机一动，嘿嘿笑了两声说："德国公使对太后说的话不错，我们这三艘船，买船的价的确只用六百万，那五十万是用在火炮上去了。一是三艘船共增加八座炮，另外，所有的火炮都用的克虏伯厂的最新造出火力最大的钢炮！故而多花了些钱。不过，李总管，你提醒得很重要，说不定这些炮不值五十万，盛宣怀那小子在中间玩了手脚，我要好好地查查账。"

李莲英一边听，一边在心里盘计着：人说李鸿章厉害，果然不错！他在大炮上来糊弄朝廷，倒也不失为高招。但思忖半天才回我的话，不明摆着在思考对策吗？"不过"后面的话，就是明显的心虚表现。

他也干笑了两声说："哦，原来这三艘船多装了八座炮，这一点奴才没想到。不过，这事中堂大人今后还得专门具个折禀告老佛爷，万一被哪个小人先告状，反而不美。老佛爷是宁肯亏自己，也是舍得拿大钱用于海防的。若是她知道受了骗，心里自然不舒服。”

李鸿章品出了这话中弦外之音，马上说：“李总管说得很好，这是对北洋水师的爱护。过几天，我再上个折给太后，把添置火炮的事说说。总管刚才说太后宁肯省自己，是不是颐和园的工程又要节省了。”

“是呀！”话说到这里，才说到正题上。李莲英说：“为德和园戏楼的事，老佛爷很难过了一阵子。”

“谁让太后难过了？”李鸿章表现出极大的关切。

“还有谁，户部呗。”李莲英推开酒杯，那情形，就像心里堵得连酒也喝不下去的样子。“戏楼要开工了，恩良上了折要户部提出三十万两银子作前期费用。老佛爷看了折子后，叹了一口气说，户部近来很紧，哪里拿得出三十万银子出来，戏楼别修了吧！那天吃饭，老佛爷只喝了两口汤就不吃了。奴才知道，老佛爷是为德和园戏楼的事哩！果然，饭后遛圈子时，老佛爷跟奴才聊天说，小李子啦，咱们今后就不看戏了，实在闷得慌，你叫杨月楼、谭鑫培他们到园子里来两段清唱好了。奴才听了这话，直想掉眼泪，说，老佛爷快别这样说，这话让皇上和内外大臣们听了，还不知有多难受。唉，老佛爷为国家操劳二十多年了，归政后有个园子住住，建个戏楼看个戏，到哪儿说都不过分呀！户部每天拨到各地的银子少说也有一两百万，就不能匀点出来吗？老佛爷说，那都是救急救难的银子，不能匀。奴才又说，听说北洋买船，户部一次就是六百多万哩，办事的人稍微节省点，三十万就出来了。老佛爷说，那是买船守海疆哩，也不能省。”

李鸿章听到这里，觉得凳子上突然长出许多钉子来，一只一只地都在刺着他。六百多万银子买船的话，不是说明李莲英早就知道船价了吗？那么刚才的话是明知故问，是敲山震虎。这个可恶的不男不女的李四！

“老佛爷的这份心真让奴才感动得不知说什么是好，奴才实在忍不住了，冲口说，天下所有的官员，哪个不是老佛爷您放出去的？老佛爷于他们的恩德比生养他们的父母还要重。父母缺钱用，做儿子的理应拿出。现在老佛爷缺银子，天下的官员都应该从自己腰包里掏出钱来捐献，这是儿子对父母的孝顺呀，是理所当然的。老佛爷笑道，现在的儿子都不孝顺父母了，有几个你李莲英这样的孝顺儿子呀！”

李鸿章终于彻底弄明白了，李莲英此次来天津的目的，乃是为老佛爷化缘。他来找我这个天下第一督抚化，然后再以我为榜样，让所有朝廷命官所有食皇粮的人都来向太后尽孝心，为她的颐和园捐款纳银。我拿出几十万银子出来不要紧，只是我这一带头，必将给其他人出了难题，不捐不行，捐了又不情愿。我李鸿章立时就将被天下命官所咒骂所怨恨，“千夫所指，无疾而终”，这样一来，我的阳寿也折了。不好带这个头。但不拿银子看来是不行的。你看他一出言便抓住船价的事，做好做歹的，分明是怀疑此中有中饱情事。事实上，李鸿章此事也是过不了硬的。德国船厂的回扣五十万、礼金三十万，除分了十万给盛宣怀外，剩下的七十万，他全部入了自己的金库。李鸿章口口声声以老师为榜样，实际上，他的行为与老师有很多的不同之处，其对银钱的态度便截然相反。非分之钱哪怕一丝一毫，曾国藩都不要，但李鸿章对到手的银子却从不推辞。就这样，二十年直督，他为直隶省创造了财富，也为他李家聚敛了万贯家财。

一个难题摆在他的面前：银子拿也不是，不拿也不是，怎么办呢？李鸿章死劲地在脑子里想着，蓦然间，他想起了一件事。

那是一个月前，杨宗濂深夜进了北洋通商衙门，拜访李鸿章。杨宗濂的父亲是跟李鸿章一起创建淮军的功臣，后来官至记名提督，在一次与捻军的战斗中重伤而死。临死前夕，杨父将独子宗濂托付给李鸿章。李鸿章珍惜这种战场上的生死情谊，对杨宗濂格外照顾。杨家有钱，先为杨宗濂捐了个监生的功名，后为他买了个候补道员的官衔。那时李鸿章的兄长瀚章在湖北做湖广总督，杨宗濂就跑到武昌投奔李瀚章。李瀚章对他也很照顾。清末官场混乱，用银子买来的候补官多如牛毛。过去有个成语，叫做群盗如毛，现在人们将“盗”换成

“道”，群道如毛，反而更贴切。湖北一省候补知县、候补知府、候补道员便有二三百人，通常要候补一两年才能得一差，有的十年八年也得不到一差。因而候补官员中穷困潦倒的不少，病饿而死的也屡见不鲜。杨宗濂一到湖北，便立即委以汉江河工的美差。谁知杨宗濂不争气，领了这个美差事不好好干，听任属下偷工减料，贪污挪用，中饱私囊。他自己整天花天酒地，吃喝嫖赌。结果耗费百万巨款修筑的堤防一点用也没有，次年大水一发，处处崩溃，汉江两岸数十万百姓流离失所，淹死好几百人。

铁面御史邓承修为此上了一折，请朝廷严惩渎职者。湖广总督李瀚章为他说情，将责任推在几个具体办事人身上。结果杨宗濂只受了降二级处分改调直隶交李鸿章委用。湖北人不服，纷纷上书。于是太仆少延茂、御史屠仁守再上劾折，朝廷将杨宗濂革职永不叙用。杨宗濂向李鸿章求情，李鸿章也为此给吏部尚书打过招呼，但吏部尚书怕言官再上弹章，不敢答应。此事一拖就是半年。

“少叔，”杨宗濂亲热地叫了一声李鸿章，“侄儿不肖，有负少叔、筱叔的器重，革职查办，是罪有应得，侄儿并无怨言。只是家母因侄儿之事气病在床，已奄奄一息了。侄儿不忍心让母亲死不瞑目，宁愿捐出一笔银子来，请求开复。侄儿只是想求个名分，让母亲安心远行，并不想当官掌权。海军衙门买船买炮，经费必定会不够，侄儿愿捐出两万银子出来，恳求少叔帮侄儿一把。”

李鸿章心里想：这个办法不错，海军衙门正缺的银子，一纸撤销处分的部文便换得海军的二万两银子，是一件很好的事情；若有十个杨宗濂这样的人，就一下子得了二十万。过去湘淮军创建之初，不就是靠卖空白执照卖军功牌来换饷银吗？海军创建之初，也不妨如法炮制。

“好，我试试看。”

打发杨宗濂走后，李鸿章便忙于北洋南洋大会操的事，杨宗濂的事搁了下来。现在何不把这笔钱换一个名称，将海军捐银改为园工捐银呢，孝顺太后，换来取消处分的部文岂不更方便些吗？

“李总管，太后耿耿为国为民之心，实在让我们做臣工的钦佩不已。按理说，做臣工的捐出自己的俸禄为太后修园子，这是分内的事。但我想，太后可能会为此不安。”

李鸿章看到李莲英的脸色依然绷得紧紧的，知道他是铁了心不拿到银子不罢休的。“我有一个办法，既可以得到银子，又不让太后心不安。”

“什么好办法，中堂大人说给奴才听听。”李莲英的脸色有了松动。

“是这样的。”李鸿章把杨宗濂谋求开复的事简要说了一下。

“这个办法是不错。”

生于河北乡间，从小吃苦受罪，九岁净身进宫的李莲英，在他的脑子里，衡量世界，只有一个标准，那就是金钱利益，至于礼义廉耻、道德操守之类空泛的一套，他从来不去管它。在他看来，卖官鬻爵，与卖米卖盐也差不了多少，同是在做一手交钱一手交货的交易，曾国藩、李鸿章等人将此作为不得已的权宜之策，李莲英却认为这也是公平买卖，无所谓“不得已”之类的于心不安。李莲英想，这事谁去跟吏部说呢？老佛爷当然不能去说，自己出面也不方便，若由醇王去跟吏部说，则较顺理成章。“中堂大人，明天，您去跟王爷说说，请王爷跟吏部打个招呼。只是，一个杨宗濂的二万还不够，还得多一些人才行。依奴才之见，海军衙门真的要向老佛爷献孝心不难，大沽港口停泊的北洋水师舰船少说也有四五十只，新近又买进三艘最先进的德国炮船，还有南洋的船也很好。就现在这个样子，在世界上也算很强大的海军了。奴才愚见，海军衙门这两三年可以不再添置新船，省下来的一千多万两银子，可以拿出一半捐给园工，另一半委托户部去放息，息钱给园工，本钱仍是海军的。两三年过后，颐和园建好了，老佛爷安心了，海军衙门尽可以再去添船买炮。李中堂，你说行吗？奴才是个蠢人，不懂国家大事，只是看着老佛爷吃不下饭睡不好觉心疼，也知道中堂大人想尽孝心而摸不着门路，胡乱说几句罢了。今夜奴才有幸跟中堂大人在海上共享晚餐，有一句话怎么说的，”李莲英敲了敲脑袋后说，“想起来了，叫做海外奇谈。奴才刚才说的也都是海外奇谈，好在没有别人在场。行不行，中堂大人自己斟酌，若不行，就当奴才没说。我们快吃饭，王爷还得等奴才去侍候呢！”

海军衙门不再添船买炮，拿海防银子去修园子孝敬太后，这真是匪夷所思的事情。这种馊主意，除开李莲英外，别人大概难以想得到。海军会办大臣听了这话后，怔了好长一会。忽然他想到，莫非这主意就是慈禧本人的意思，特意让李莲英到天津来说给我听？对，一定是这样的！唉，太后呀太后，这大清江山是您的，您自己都不爱惜，我们还苦心经营个什么呢？您实在要这样做，我们也只得听命了。转念他又想，只有两三年的时间，海军的兴建暂时委屈一下，也不是什么大不了的事。再说，自己的那份家产也不明不白，真的得罪了那个说得出做得到的老太婆，说不定哪天一张封条就全给封了。李鸿章想到这里，遂放宽了心，认真地对李莲英说：“李总管的想法有道理，我明天就去跟醇王爷商量。”

“好吧！忙碌一天了，吃完饭，中堂大人也要早点安歇。”

李鸿章转过脸看了看窗口。

窗外，早已是夜色深沉，无边无际的黑暗罩住了镇远号，也罩住了渤海湾。没有月亮，连星星也看不见，只有一阵接一阵极有节奏的海浪在拍打着岸边的石头，发出沉闷的响声。李鸿章的心里蓦地生出一丝不祥之感来：这海军衙门刚刚建起，太后便向它伸手要钱，开了一个极坏的先例，今后难免不会有人再向它打主意。五千万银子得不到，看来今后每年协济的四百万银子也难以全部用于海防上。海军呀，大清的海军，你的前程怕也会像眼前的渤海湾一样茫茫黑暗，风险难测！

九　半百再得子，张之洞欢喜无尽

第二天，李鸿章将昨夜与李莲英的谈话向奕谖说了。这同时也解开了奕谖心中的疙瘩：原来李莲英是来向李鸿章要钱的，并不是来监督自己的。奕谖一下轻松了，并因而生出一份对太后莫名其妙的感激来。

他热情地帮助李鸿章修改捐献方案：“杨宗濂的银子不能捐到园工去，这会使太后蒙受不佳的名声，只能说是捐给海防，并且鼓励像杨宗濂这样的人向海防报效，海军衙门单独为这一报效立册。然后，再将这笔银子如数转给颐和园工程。海防费用这两年暂时压一压，支援一下太后，也是好事。过两年园子修好了，太后归政了，我们再大办不迟！”

由李莲英提醒，经慈禧默认，再借检阅海军的机会由李莲英私自向李鸿章提出，最后奕 拍板。这就是中国近代史上最大的一桩经济案子的全部策划过程。从此，由内务府掌管的颐和园工程处，便名正言顺、肆无忌惮地向海军衙门索款。后来又将海军学堂的牌子挂在颐和园大门口，说是昆明湖可用来操练海军。小小的昆明湖能让万吨铁舰纵横驰骋吗？这岂不是笑话！其实，这是在遮掩世人耳目，为的是将园工与海防绑在一起，从而可以更方便地调拨海军衙门的银子。据历史学家统计，从光绪十二年海军衙门正式办公起到甲午年北洋水师消失，九年间，颐和园共挪用海军二千万两银子，占各省协济海军款的三分之二。另外，尚有六百万两银子长期存入户部起息，其息银也用之于颐和园。由于存的是死期，海军衙门后来连修筑炮台都不能从户部提取这笔钱。外加上海军捐报效银四百万，也全部给了园工。故而，颐和园工程大约用去海军银子二千五百万。按照当时宫中用工三七开的惯例，实际用于工程上的只有七百五十余万，而一千七百多万的大头则流入各级人员的私囊了。这九年间也即自有海军衙门以来，中国海军就没有再新添一只军舰，致使本来实力已不差的海军后来大大落伍，终于在甲午年被后来赶上的日本海军打得全军覆没。经济上的腐败，导致政治上的失败，最终使得政权彻底垮台。这就是历史留给后人的教训。

奕谖匆匆看了几座大炮后，便立即打道回京。回京以后，向太后上了一道禀报北洋、南洋会操盛况，请太后给有功人员以重赏的折子，然后给吏部打了招呼。很快，杨宗濂便接到部文，开除处分，交北洋委用。杨宗濂用二万银子报效海军赎罪的事在官场上引起很大的反响。于是，许多革职官员多方筹措银两，来到海军衙门，请求报效，海军衙门全单照收，这些革员也都重新得到委任。又有许多想很快迁升的在职官员，也带着巨额银子来到海军衙门。不久，他们便主事的得升郎中，郎中的得升道员，道员的得升两司。真可谓银到官到，立竿见影。本来就已溃烂的官场，从此更烂得不可收拾。

京师又有不少爱抓把柄做文章的言官谏官，他们对李莲英出京参加天津检阅海军一事大为不满。内中有一个不怕死的御史，居然直接给慈禧上折，指名道姓地批评这桩事，又翻出十多年前安得海擅离京城，而被杀头的旧事来，提醒慈禧万不可重用宦官以致自乱朝纲。

这个名叫朱一新的御史像吃了豹子胆似的，竟然敢捋虎须逆龙鳞，惹得慈禧大为恼火，抓住朱一新折子里一句无法证实的话，将他贬为礼部主事。朱愤而辞职，欲回浙江老家终老林下。

敢于纠劾老佛爷，这实在是一桩骇人听闻，也令人敬仰的举动。朱一新的奏疏尽管邸报不敢登载，还是不胫而走，风行海内。张之洞在广州读到这道奏疏后，不禁拍案叫好："好多年没有读到如此文章了，有一朱一新，可见京师清流之风未绝！"

他立时心情激动起来，对一旁的杨锐说："你以我的名义写封信给他，叫他不要回浙江了，就到我这里来。我聘他为广雅书院主讲，把他身上这种浩然之气带到南国来。"

杨锐满口答应，正要握笔作书，赵茂昌提醒张之洞："香帅，朱一新得罪了太后，您把他聘来广州，岂不惹太后生气？"

刚才是清流旧习一时激发，经此提醒，张之洞猛然省悟：“竹君说得有道理，只是人才难得，广雅书院失去此人，太可惜了。”

“我看这样吧，”赵茂昌建议，“让梁节庵以朋友身份写封信给他，请他到广州来玩玩。如此方不露声色。”

“也好。”张之洞点点头。

不久，朱一新受梁鼎芬之邀，来到广州城，住进广雅书院。张之洞悄悄地到广雅书院看望朱一新，对他的奏疏赞赏不已，并请他主讲广雅。朱一新欣然接受。张之洞为网罗了朱一新这样的人才高兴了好些天。

这天午后，大根满脸喜气地推开签押房门，高声说：“四叔，恭喜贺喜，姨太太生了一个儿子，母子平安！”

“这么快就生了，不说要到半夜吗？”张之洞欢喜无尽地说，“我去看看！”

“四叔，过会儿去吧，房子里都是血腥味，要伤运气的！”大根劝阻道。

“不要紧，我一身堂堂正气，什么血腥味也伤不了我！”

张之洞急忙走出签押房，三步并作两步地向后院奔去。

张之洞已有两子一女，长孙都已五岁多了，照常理来说，他似乎不必如此的欣喜激动，犹如初为人父似的。这是因为一则出于对佩玉的爱，二则他由此更对自己充满了信心。

佩玉嫁给他三四年了，先前一直没有怀上孩子。佩玉焦急，他也为此不安。这几年来，佩玉以她特有的贤淑，温暖着张之洞那颗在情感上备受挫伤的心，尤其是佩玉的琴声和对准儿的疼爱，更使张之洞时时感受到女性的温馨和柔情，为他繁忙而枯燥的宦务增添了生活的亮色和家庭的情趣。在张之洞略有闲暇、心情宽松的时候，佩玉常常会为他奏几曲。佩玉此时的琴曲，常会激起他青少年时代那种吟诗作赋、临池挥毫的情怀，也同时又让他生出簿书堆积、雅兴殆尽的感叹。在张之洞公务不顺、心情抑郁的时候，他也会叫佩玉弹弹琴。佩玉清清幽幽的琴曲，常能为他引来一泓化外清泉，洗去心头的尘俗和郁结。有一次，佩玉为他弹了一个曲子，那琴声幽冷清越若旷世遗音。张之洞半躺在床上微眯着眼睛，面前渐渐浮现出一幅高山深涧、泉水清洌、冷月高挂、猿啼古松的图画来，沉寂多年的创作欲望突然在胸间涌动。

他问佩玉：“这曲谱有歌词吗？”

佩玉答：“这是一首很古老的曲谱，我父亲教给我的。父亲说，教他的师傅说过，这曲谱原是有词的，几百年前失传了。”

张之洞从床上一跃而起：“我来为它配上一首新词。”

他走到书案前，一边磨墨一边凝思。佩玉放下琴过来观看，只见张之洞在纸上写出三个字来：幽涧泉。佩玉问：“这是词名吗？”

“是。”张之洞说，“我想这一定是古时一位怀有绝大志向绝高学问而遁逸山林的隐者所作。他借幽涧流泉来象征自己遗世独立的高尚人品，我现在就来模仿他的心绪作一首词。”

随着一行行字的出现，佩玉轻轻地念道：

幽涧泉，千尺深，长松磊砢，生乎南山阴。中有美人横素琴，轸有美玉徽有金，清商激越生空林。　元霜杀物兮萧森，素月默默兮青天心。哀猿为我啼，潜虬为我吟。牙旷千载，忧思钦钦。抚兹高张与绝弦兮，何怨乎筝阮之善淫，唯有幽涧流泉知此音。

“好凄美的一首词。”佩玉赞道。“我弹这琴曲的时候，脑子里也隐隐约约地有这种意境，经你用文字这一描摹，就变成可触摸的实物实景了。我想你这首词与那首失传的古词大概八九不离十。”

张之洞喜道：“认准了就好。你边弹边唱一遍给我听听。”

佩玉念了几遍之后，已记在心里了，于是重新坐在琴架旁，一边抚弄琴弦，一边轻轻地吟唱起来。果然，词与曲交融，意境更臻绝妙。从此，这首琴曲便为他们两人所共同喜爱，常弹常唱，弹者不倦，听者不厌。

在佩玉的悉心指教下，准儿现在也能弹得一手好琴，这尤使张之洞欣慰：母亲的琴艺，如今张家终于有人能够传承了，母亲的在天之灵，应可得到些许安慰。佩玉为他做了这多奉献，但佩玉始终是个姨太太，倘若不生儿子，她在张家就没有地位。佩玉还年轻，自己一定会走在她之前，没有儿子的姨太太，处境是很悲凉的。在为佩玉焦急时，他也对自己的生命力产生怀疑。佩玉这么久不能怀上孩子，这无疑证明自己的生命力已大不如先前。事业才刚刚开始，多少宏伟的设想尚在等待着去一一付诸现实，强健的体魄，旺盛的精力，才是事业成功之本。家有年轻的姨太太，却不能让她怀上孩子，这说明什么呢？张之洞每每想起这事，一丝悲哀便会压抑不住地油然而生。现在好了，佩玉生养了，而且还是一个儿子，她的焦虑可一扫而光，张之洞的自信心也顿时增加十分！

当张之洞来到后院时，上房门前围满了人，几个女人匆匆忙忙地端盆捧巾地进进出出。大家看到张之洞时，忙不迭地贺道："恭喜，恭喜！""大人，又得贵子！这是大喜事！"张之洞也破例的双手抱拳，对各位笑道："谢谢，谢谢！"说罢就要进门。刚好佩玉的母亲捧着一堆血布出来，见到张之洞，吓了一跳，随即满脸堆笑："大人，请暂勿进去，要看儿子，过会儿包扎好后抱他出来。"

张之洞说："不要紧的，我要看儿子，更要看佩玉。她还好吗？"

佩玉娘听了这话，很是感动，连声说："好，好，佩玉没事，托大人列祖列宗的保佑，母子平安。"

说话间，张之洞已走进了屋，春兰和新雇的小丫头蕉儿在床边检检弄弄。接生婆已给婴儿穿好了衣服，佩玉脸色惨白地躺在床上。接生婆见张之洞来了，犹如献礼似的忙将手中的婴儿递过去，咧开大嘴笑道："张大人，看看你的儿子，大头大耳，满脸红润，这鼻子眼睛跟大人您一个样，没差一丝一毫。”

大家听了都笑起来，佩玉见张之洞不管产房的血气脏乱，这么快就进来了，心里欣慰至极，脸上泛出甜蜜的微笑。张之洞接过儿子，心里真是乐开了花。他仔细地端详着还没睁开眼睛的小脸蛋，舒心地笑了：“说是像我，但更像他妈。他的这张脸长大后，一定比我的脸丰满，不会像我这样尖嘴猴腮的。”

平时满脸威严的张制台，今天这样当众戏谑自己，大家知道他此刻真的是开心，于是也都放心地大笑起来。张之洞将儿子还给接生婆，坐到床沿边，望着笑意荡漾的佩玉，温存地问：“这会子好些了吗？”佩玉点点头。“都说要等到半夜才生哩，没想到小家伙等不及，赶早就钻出来了。”

张之洞一句笑话，又把大家逗乐了。

张之洞将佩玉枕边的被角压了压，说：“女人生孩子，好比从鬼门关口打了一转回来，母子平安，真是天大的喜事。这几天就在床上好好躺着，叫你娘吩咐春兰和蕉儿多做点活血提神鸡汤肉汤，多吃点，尽早复元，第一千万不要伤风受凉。产后空虚，好比一根头发丝点的灯，最是要提防……”

说着说着，王夫人当年难产丧命的那一幕又浮现在眼前。多么贤惠的夫人呵，多么使人高兴的添丁加口的好事呵，孰料转瞬之际，便化为人间最惨痛的悲剧。王夫人含恨离世六年多了，六年来，只要一旦想起，张之洞就会痛责不已，仿佛是他夺去了夫人年轻美丽的生命似的。现在又一次地面临这样的大事，幸喜生产顺利，而产后的调理也万不可轻视。经历过三位夫人生产、年过半百的张之洞，感到有许许多多的经验，许许多多的叮嘱要对佩玉细说。

佩玉娘从外面进来，见张之洞还在娓娓不断地说这说那，她很惊讶：从没看到这个八面威风的冷面半老男人，竟然还有如此脉脉温馨、款款深情的一面！

她走到床边，从接生婆手里抱过小外孙，问张之洞：

“大人，儿子的名字给取好了吗？”

“还没想好哩。”

佩玉娘亲了亲小外孙，充满着对女儿和外孙的无限爱意，说：“大人，你年过五十，再得一子，真是一桩天大的喜事。佩玉嫁到张家四年了，才生下这个儿子，也是望穿了眼睛。大人，儿子满月时，可要好好办几桌酒，庆贺庆贺。”

张之洞高兴地说：“那当然，当然。”

佩玉娘对张之洞的这个答复很满意，她把小外孙放进女儿的被窝里，让他跟妈妈并肩睡觉，然后摸着婴儿红扑扑的脸蛋说：“小乖乖，跟妈妈睡觉，父亲大人已答应了，满月时给你摆大脸！”

佩玉把儿子紧紧地抱着，沉浸在巨大的幸福中。眼看着这一幅母子连心图，张之洞心里也格外觉得温馨平静。闲暇时读读好的诗文，欣赏古玩古画，或是登山临水融于造化之中的时候，他的心里也往往有一种平和的感觉，但那是外界的引发，而此时的这种感觉，却是从心灵深处所发出。细细地品味，这中间有很大的不同。是的，这是人类对新生命的欢喜接纳，这更是人类对自身生命延续的一个本能企盼的满足。人的生命的价值，岂是无血无肉的外物所能比拟！这宇宙万象、世间万物，一旦离开了人的生命，又有什么意义可言？

一晃半个月过去了，为越南战争结束后的遗留问题，如冯氏父子的赏赐授职及所募十八营团勇的奖恤遣归，刘永福与黑旗军的妥善安置，为远道来粤的湘、淮军的遣散，为广州城几家洋务局厂的早日开工等等一系列大事小事，张之洞忙得一天到晚团团转，竟把为儿子办满月酒的事丢得一干二净了。

这天晚上，当佩玉再次提起的时候，他才恍然大悟。佩玉并不是一个很俗气的女人，她赞同母亲的意见，希望丈夫热热闹闹办满月酒，除开对儿子的疼爱外，也想借此为自己赢得脸面。受过诗书教育的佩玉，孀居之后，仍然抱着宁愿为人清贫之妻不愿做人富贵之妾的素志，当初纯是出于为张之洞挚爱琴艺之心所感动，做了张府的姨太太。尽管上面并没有正室在堂，她实际上是督署后院之主，但因为名分上始终只是姨太太，她的心态总免不了有失衡之感。她希望能有一次风光的机会，让她扬扬眉，摆摆脸，真正以一个女主人的姿态接受众人对她的恭贺，对她的祝福。自从得知怀孕之后，她便想到孩子做满月是个好机会。倘若生个女儿，只在督署里办个三五桌就行了；倘若是个儿子，她巴望丈夫能在广州城里的酒楼上，开它二三十桌筵席，让全城的人都知道，她李佩玉生了个儿子，张制台又添了一脉香火。

“佩玉，我想我们不办满月酒算了。”

张之洞用手指头轻轻碰了一下儿子的脸蛋。儿子的名字在三朝时给取定了，叫仁侃。小仁侃瞪着乌黑发亮的眼睛，望着眼前这个留着尺来长黑黄胡须的半老头儿的脸，眨都不眨一下。看着儿子这副粉饼肉团似的模样，张之洞舒心畅意地笑了。

“为什么？”佩玉大感意外，心里已有几分不快，“是因为他是小妾生的，就不摆酒了？我的身份虽贱，他却是你的亲骨肉！”

佩玉越说越委屈，竟然止不住流下眼泪来。

“你想到哪里去了，佩玉。”张之洞拿起枕边的绸巾，为佩玉拭去眼泪。“我什么时候把你当妾看待了，整个家务钱财不是都交给你了吗？除开名分外，你和哪家的正室夫人有一点区别？快别哭了，你在坐月子，女人在月子里一身骨头都是散的，千万别伤着身子。”

这几年来，张府的家务一直是佩玉在主持，油盐柴米，雇人用钱，都是佩玉说了算，连仁梃、准儿兄妹的吃穿零用钱也都是由佩玉来安排。应该说，佩玉是个有职有权的主妇。想到这里，佩玉的怨气消了许多，说话的口气和缓下来：“那是为什么？”

“佩玉，我告诉你吧，仁权是头生子，他都没办满月酒。为什么，因为那时清贫，我虽是翰林，但是有名的穷京官，办不起酒。仁梃满月说是办了几桌，但那是在臬台衙门他外公家里办的，自己家其实也没办。他们都是太太生的。”

“正因为是太太生的，不办可以。”佩玉插话。“仁侃是姨太太生的，若不办，会有人说闲话。”

“闲话不闲话，不要去管他，倒是那天你母亲说办满月酒，我是满口答应的。不只是为儿子，更主要是为了你，我是想好好地为你祝贺一番的。”

这几句话，说得佩玉心中的怨气已减去了八成。

“但是，我仔细想了想，还是以不办酒为好。”

佩玉凝神望着丈夫，没有做声。她在认真地听着。

“这没有别的，不是因为你和仁侃，而是因为我，是我不该做着两广总督。”

张之洞离开床沿，在屋子里一边慢慢踱步，一边缓缓地说道：“在广州城里，有多少官吏怕我畏我，又有多少官吏想靠近我巴结我，更有多少商人想讨好我买通我，假若我张某人为儿子做满月酒的口风一传出，广州城数以百计的衙门、数以万计的官吏、数以千计的商行、数以十万计的商人中那些怕我畏我、想靠近我巴结我买通我的人，都会借此机会送重礼以达到他们的目的。官吏们拿的是民脂民膏，商人们拿的是敲诈盘剥，这样的礼物送到总督衙门，即使不是为了某种目的，我也是不敢拿不愿拿的。上有神明，下有祖宗，我张之洞拿了心里不安呀！”

穷苦塾师家出身的佩玉，深以丈夫的这番话为然，她已在心中点头赞同了。

“官吏中也有清官廉官，商人中也有正经买卖人。我若办满月酒，他们要是送礼，又于心相违，若不送，怕我对他们有别的看法。”

佩玉对这几句话很有同感，因为他的父亲便是这样一位耿介的穷书生，时常为世俗的礼节而烦愁。

“更重要的是，广州城里，还有上百万的黎民百姓在瞪大眼睛看着我。眼下贪官污吏遍布全国，他们利用各种机会巧取豪夺，中饱私囊，借升官调迁、祝寿吊丧、生子添孙、娶妇嫁女等大办酒席，广敛钱财，这种手法比比皆是，形同公开。假若我张之洞办满月酒，即使申明不收人一文贺钱，又有谁会相信呢，我半世清名岂不毁于一旦？这尚在其次。更重要的是我今后在两广想再要整饬官场，廉洁官风，那就没有人听了。我这个两广总督，岂不成了一个尸位素餐、形同虚设的木偶？”

佩玉心里下意识地打了一个冷颤，丈夫说得有理：为了一个小小的虚荣，将会给他带来多大的不利！佩玉呀佩玉，你真的是一时糊涂了。

“所以，我张某人生长子、次子时，没钱不办满月酒，生三子时，有了钱也不办满月酒。佩玉，望你能体谅我，成全我。”

“你想得周到，仁侃这个满月酒就不办了。”佩玉诚恳地说。

“你真正是我的贤内助！”张之洞为佩玉的深明大义而感动，重新坐到床沿边，满眼含情地望着佩玉在亲吻儿子的脸蛋，心里充满浓浓的天伦之乐。

过一会儿，他又对佩玉说：“你这样贤惠，令我钦佩，这几年来操持家务，也很辛苦，现在又生了仁侃，为张门添丁，我理应表达我的一点心意。我还是要让你母子热闹一番的。”

“哦，那太好了。”佩玉又兴奋起来，“你有了别的好法子？”

张之洞笑着说：“你等着那一天看吧！”

佩玉也不再打听，存了这个心，从第二天起便仔细观察，看张之洞如何让他们母子热闹一番的。

十　以中国百姓第一次看见电灯的喜乐来庆贺儿子的满月

这一天清早，佩玉见大根装束停当，像要出远门的样子，便问：

“你到哪里去？”

大根答：“到黄埔港去买松树。”

“到黄埔买松树做什么？”

“四叔说，他那年去黄埔看张轩帅，见北岸牛山上有一片好松林，他当时尚未在意，这些年来却发现广州城里几乎见不到松树。四叔说，他平生最爱松树，要我去黄埔牛山买两株好松树来，栽到督署衙门空坪里。”

当年晋祠内松柏森森，一派肃穆景象，令佩玉怀念不已。眼前的确是不见松柏，经大根一说，佩玉倒真觉得是一个遗憾。“四叔跟你说过，要买什么样的松树吗？”

“四叔说，不要弯弯曲曲奇形怪状，也不要稀罕少有、品种名贵的，要选两棵主干粗直，形体端正，让人看着觉得有一股堂堂正气就行了。”

佩玉听了很高兴，这种选材主张也合她的心意，又问：“买大的还是买小的？”

“四叔说，尽量买大的，大的气派足些，但一要考虑到容易成活，二要考虑到好搬运，要我跟当地农民好好商量。”

“好，你去吧！”佩玉心想，老爷子一天到晚忙忙碌碌的，今儿个倒有闲心来美化环境了。看来，仁侃的确给他带来一份好心绪。

下午，赵茂昌领着几个木匠和泥灰匠来修缮幕友堂。幕友堂在督署大院的西侧，中间一个大厅堂，四周有十余间小房，这里是两广总督衙门的幕僚办事之处。幕僚原本是古代将帅用兵打仗时，随军住在帐幕中的军事参谋、书记等人的通称。后来，地方大员因衙门属官定制有限，忙不过来，便把将帅们的做法学过来，聘请一些人办理文书、刑名、钱谷等事务。因为是学的军营一套，名称也便跟着叫幕僚。这些人不属朝廷命官，是衙门主人请过来的，合则留，不合则走，类似朋友的关系。所以主人都客气地叫他们为幕友。清代末年，内乱频繁，地方大员担负着繁重的军政责任，故聘请幕友之风大盛，各省督抚都有一个庞大的幕友队伍。此中最为有名的当然要属曾国藩的两江督署的幕僚班子了，那里集中着数百名行政、军事、理财、科技等当时的第一流人才，号称天下人才渊薮，甚至还有朝廷人才不及两江的说法。

两广地处中国南大门，近几十年来又是与洋人打交道的冲要之地，故两广督署的幕僚也不少，各色人等加起来有三四十号。由于桑治平与张之洞的特殊关系，来到广州后，他实际上成了幕僚长。前一向他和蔡锡勇用招贤榜的方式招来了六十余名洋务人才，这中间绝大部分到了局所，只有陈念礽等五个从美国留学回来的留在督署做幕友。过去的幕府科房都以朝廷六部命名，即吏科、户科、兵科、工科、刑科、礼科，现在这六科外再增加两科，即以蔡锡勇为头包括陈念礽等五人在内的洋务科，以辜鸿铭为头的翻译科。

赵茂昌将这些幕僚们暂时安置到别的房屋里办事，指挥工匠们将幕友堂全部修整粉刷，又特别从中挑选一位手艺高巧的细木工匠，要他按照张制台的墨迹为幕友堂做一块横匾。

过几天，佩玉又看到督署里来了一位怪人，和辜鸿铭差不多，粗看起来像是一位普通的师爷：瓜皮帽，长袍马褂，细看却又像个洋人：高鼻梁、白皮肤，瓜皮帽沿露出的竟是金色的头发。但又听他一口纯熟的中国话，和张之洞边走边亲热地交谈着。佩玉心里很纳闷，这是个什么人？

刚好桑治平到后院来找他的太太柴氏——这段时间，后院事多，柴氏常来帮帮佩玉——佩玉便问他。桑治平说：“那是个英国牧师，名叫李提摩太。早在山西时，制台便和他成了朋友。前几天到了广州，特为来看望老朋友。他向制台推荐一种机器，制台很高兴，立即委请他到香港去买。”

“什么机器？”

“电灯机。”

电灯机是什么机器，做什么用，佩玉弄不清楚，她也不好意思再问下去。

再过几天，便有马车拖来又大又沉的铁制机器，连同一卷一卷细长的绳子。跟着机器来的，除李提摩太外，另有两名洋匠。三个洋人在衙门里住下来，足足在幕友堂里里外外忙碌了四五天，有时又传来一阵阵“叭叭叭”的响声。佩玉因身子尚未完全复原，也没过去看。接着大根买的两棵松树也运进来了，遵照张之洞的吩咐，这两棵松树栽在幕友堂大门前左右两旁。

又过几天，眼看明天就是满月的正日子了，究竟怎么热闹一番，张之洞仍未透露。夜里，佩玉忍不住问丈夫。张之洞笑着说：“明天晚上，我要让你看一样你出生以来从未见过的东西，让你有许许多多的惊叹和兴奋。”

会是什么东西呢？会给我送一个稀世珍宝，一套华贵衣服，或许是给侃儿送一个世所罕见的玩具？这些都有可能使观者惊叹和兴奋。佩玉想了很久，到底没有想出个什么东西来。

第二天上午，幕僚们搬进了修缮一新的幕友堂。只见门窗都油上了新漆，墙壁被石灰刷得洁白如雪，地面全都嵌上一色青砖。众人站在案几边，环顾四周，立即生发出一种舒适清爽之感。

尤其是大门口的那两棵新移来的松树，约有二人之高，合抱之粗，虽不很高大，却主干挺直，侧枝劲秀，针叶茂密而深绿，给幕友堂平添一股雄壮之气、威严之姿。幕僚们人见人爱，人见人喜。

到了下午，桑治平对众位幕友宣告：吃了晚饭后，各位还请到幕友堂来一下，晚七时，张制台将亲自主持幕友堂挂匾仪式。到时备有茶点，还将请大家看一样洋玩意儿。

幕友堂，是衙门内人员对幕僚们办事处所的称呼，并不是一个规矩的名称。张制台亲自主持挂匾仪式，看来这个匾额是他亲题的。他会题几个什么字呢？幕僚们都在猜着。于是大家恍然大悟了，原来修缮房间，移栽松树，都是为了今晚的挂匾，而洋玩意儿又是什么呢？

虽是初秋时节，但广州的夜色来得却比北方迟。吃过晚饭，众幕僚都穿戴整齐来到幕友堂时，天色仍未黑下来，大家喝着茶，聊着天，心情都显得有点亢奋。

将近七点时，张之洞来了，后面还跟着几个工役，其中两个抬着一块用红绸包好的大木板。这木板约有四尺长二尺多宽，幕僚们都知道这一定是幕友堂的匾了，都好奇地围了过来，却看不见上面的字。这时有人搬来了一个竹梯，一个年轻力壮的工役竖抱着木板，登上了梯子，将木板挂在预先钉好的钉子上，红绸依然裹着，一根长长的绳子一头连着红绸，一头垂到地面。

眼看天色渐渐暗下来，张之洞对大家招了招手，大声说："诸位幕友们，大家辛苦了。"

三十多号幕友除几个暂时告假养病或回家省亲的外，差不多都来齐了，听到东家已道出开场白，便纷纷走过来。

"各位看得起我张某人，从四面八方来到两广总督衙门，帮助鄙人料理各项繁杂的事务，事情多，薪水少，再加之鄙人一向为人粗疏，不会嘘寒问暖，各位没有怨言，尽职尽责。诸君都是十年寒窗的饱学之士，还有乙榜出身的，还有从西洋留学回来的，之所以能如此，我想主要不是为了赚钱养家糊口，而是为了施展自己的平生所学，上报朝廷，下为庶民。"

张之洞这几句话，慕僚听了舒服。其实，这些幕僚，绝大多数都是奔着衙门优厚薪水而来的。幕僚月薪，视出身、能力、资历及所担负事务的不同有高低之分，通常最低的也不会低于二十两银子，高的甚至可达四十多两。当时一个七品县令的年薪不过四十五两。到了年底，一切事故都没出，平平安安过了一年，则可以得养廉费一千两，按每月摊下去，月薪不过九十多两。身为县令，有许多排场应酬，又有许多穷亲戚来打秋风，所以，一个不贪污的清白县令，以其正当收入来过日子，并不算太宽裕。至于一个通常塾师，月薪不过五六两而已。读书人若命不好，做不了官，便只有做塾师的分。一旦来到总督衙门做师爷，就可以得到半个县令七个塾师的收入，这是一项多么令人垂涎的好行当！但是，他们这些人都是读着孔孟长大的，从小起一个个都有经世济民的宏大抱负。许多人明知今生永远与经世济民无缘，但在嘴巴上，总喜欢这样说说，或许是眷恋太深，或许是画饼充饥，也或许纯粹是为了赚取别人的尊重。总之，都喜欢说说“一展抱负，为国为民”之类的大话。现在总督大人肯定他们，赞许他们，他们何尝不感到心里暖融融的！

“但是，鄙人身为主人，心里总觉不安，所以这次下决心将诸位办事的场所来个修缮粉刷一番，让大家有个舒舒服服的环境，一天的疲劳也可减轻一点。另外，我又特为从黄埔移来两株松树。”

大家的眼光都不约而同转向门前的两棵松树上。

“不瞒诸位幕友，鄙人平生最喜爱的草木便是松树。爱它雄壮伟岸的躯干，狂风吹不倒，大雪压不垮。爱它顽强的生命力量，元气充沛，虬枝针叶，千年不衰。更爱它四季常青，哪怕隆冬严寒，依然青青翠翠，昂然居三友之首。故而圣人称赞它，岁寒而后知松柏之后凋。将这两株松树从黄埔移到幕友堂前，不但为自励，也为激励众位朋友们，将它看做是两个畏友，天天面对着我们，逼我们自省，逼我们奋进。”

幕友堂前，刚才还有点小小的私语声，这会子完全静寂下来。夜色中，依稀可见幕友们大都神色庄重，表情严肃，有几个年纪较大有点倚老卖老放任自流的幕友不免面有赧色，心生愧疚。

“趁着幕友堂装修的机会，我为它题了个堂名，并制成一块竖匾挂上去了。各位朋友们可能都在想，张某人会给它题个什么字呢？等会鄙人扯下这块红绸，大家就可以看到了。”

随着张之洞的手势，大家又都不约而同地抬起头来，向大门顶部望去。可惜，天色已经黑下来，包着红绸的竖匾模模糊糊的，很多人都在心里说：就是扯下绸子，也看不清上面题的什么字呀，为什么不选在白天挂匾呢？要不，门口上多挂几只灯笼也好呀。就像听到了众人的腹议似的，张之洞笑了笑：“大家一定都会说，黑灯瞎火的，这匾怎么个看法哩！各位不要急，鄙人会给你们借火来的。”

他转脸对站在旁边一直在待命的赵茂昌说：“你叫他们把机器发动起来吧！”

“是！”

赵茂昌很快走进厅堂，只听见一阵“噗噗噗”的响声过后，众人冷不防眼睛一花，忽见堂里堂外顿时明亮起来，犹如瞬时间点燃起千万支蜡烛，又以为黑夜中的闪电被长久地留在天空。大家正在惊疑四顾的时候，几个留美的年轻人一边指指点点，一边大声地叫道：“电灯，电灯！”众幕僚这才发现，突如其来的雪白光亮，原来是从一个拳头大的白玻璃泡里发出来的，并且又很快发现，不但大门上悬着这样的玻璃泡，而且厅堂内，各个小房间里都悬挂着好些个这样的小灯泡，有人在数着：“一个、两个、三个……”有人则大声地说：“我已数清了，整整一百个。”又有人说：“你们看，松树上还有哩！”

大家又都看松树了。可不是吗，两棵松树，每一棵上也都吊了七八只白玻璃泡。松树躯干上的树皮，本来就有着龙鳞似的裂纹，此时在灯光的照耀下就更像一条挺立着的龙身，它的头就藏在松树叶中，而尾部则埋在泥土里。

除开辜鸿铭、蔡锡勇、陈念礽几个喝过洋水的人，以及像赵茂昌等极少数几个进过公使馆和洋行的人外，今夜，幕友堂前数十号幕友及衙役和后院眷属仆人，打从娘胎出来，还是第一次看见这种不可思议的神奇现象。一个小小的玻璃泡怎么会发出如此耀眼的光亮来？泡子里面装的是什么？有的人还怀疑，这玻璃泡里是不是事先捉进了许许多多的萤火虫？不过他们又想，萤火虫不可能这样听话，说亮就都亮了，再说萤火虫的亮光是一闪一闪的，这光它并不闪呀！

借着灯光，彼此都发现对方的眼睛里全射出惊喜不止的目光，脸上都流露出喜气洋洋的神色，陈念礽终于忍不住呼喊起来：“张大人，你把电灯牵到衙门里来了，你真伟大！”说着说着，不由自主地鼓起掌来。梁普时等几个留美学生也高呼："张大人伟大，伟大！"跟着也鼓掌。

众幕僚也学着鼓起掌来，他们不习惯叫"伟大"这个词，但一时又想不起别的合适颂词来，只好呼喊："张大人，张大人！"二百多年了，自有两广总督衙门以来，似乎还从来没出现过这样热烈喜庆、兴高采烈的场面。

待大家的情绪稍稍稳定下来后，桑治平站在大门口，高声喊道："现在，请张制台为幕友堂揭匾！"

张之洞走到竖匾下面，拿起绳索悬下来的一头，轻轻一拉，红绸飘落下来，门楣上的竖匾露出了它的真面目：乌黑发亮的漆面錾着三个上了石绿色彩的大字，在雪亮的灯光照耀下，这三个忠实体现张之洞书法的字，笔画刚劲，结构严谨，转角勾折之处，硬直中流动着秀美的灵气，大家几乎异口同声地喊起来："广益堂！"

张之洞高兴地说："广益，既有集思广益之意，也有诸位多多献策，使两广获益之意。为了使诸位更好地办事，在英国朋友李提摩太的帮助下，我们从香港买来了一个发电机。发的电只能装一百个灯泡，这一百个灯泡就全部装在广益堂。下次我们再买一个，为签押房那边再装上灯泡。那时我们两广衙门就在一片光明中办文案，理公事。愿这一片光明带给我们诸位光明磊落的心地，办光明干净的公务，为两广百姓谋光明灿烂的前途。"

幕友房总文案蔡锡勇代表众幕僚诚恳地说："您这样厚待幕友，大家都很感激。大家都说，您文治武功，彪炳于世，这都是您自己的才干所致，幕友们并没有帮上什么忙。如今督署装电灯，先不装你的签押房，也不装后院上房，而先装广益堂，大家都觉得受之有愧。"

为祝贺儿子满月而设置的这一热闹场面，获得了众幕僚的衷心感激，张之洞为此而十分满意。蔡锡勇刚才"没有帮上什么忙"的谦虚话，使他突然想起野史上的一则故事，一时高兴，竟忘乎所以了。张之洞拍了拍蔡锡勇的肩膀，笑着说："众幕友都帮了我张某人的忙，这不消说了，有些事，是用不着帮忙出力，也可以心安理得享受好处的。我说个笑话给你们听。”

总督大人要说笑话，这可是难得的事，大家都围拢过来。

“话说当年东晋元帝司马睿的宠妃生了一个儿子。元帝很高兴，不仅重赏他的宠妃，而且遍赏文武百官，每人加升一级，真正是皇恩浩荡，皆大欢喜。大臣殷洪乔出面代表百官感激元帝。这殷洪乔是个老实人，说的也是老实话。他说，皇上喜得皇子，这是普天同庆的好事，只是我们并没有出什么力而得此重赏，心里都过意不去。元帝哈哈大笑，说，我生儿子，当然不要你们出力，你们哪个若是出了力，那还了得！元帝说的也是大实话。这两段大实话加在一起，便成了一段大笑话，很快便传出宫外，全国官民听了，都捧腹不已。”

张之洞刚一说完，众人都哄堂大笑起来。最爱抢风头的机灵鬼辜鸿铭最先反应过来，他大声说道：“香帅中年得子，我们蒙电灯之赏，虽没有出力，心里也不会不安！”

经辜鸿铭这一点破，大家恍然大悟。是的，上个月张府添了一位公子，今天莫不是小公子的满月！原来大家都在与张制台分享他的儿子满月之喜。霎时间，广益堂内外沸腾起来。

这时，张之洞看到佩玉坐在稍远处的回廊里，正望着他，脸上满是幸福的笑容。

张之洞高声对大家说：“好了，揭匾仪式完结了，诸位都进去，到各自办公室的房间里去瞧瞧吧，看看光线够不够。为庆祝今晚这个大喜事，厅堂里还摆有瓜果糕点，大家边吃边看边议论。”

于是，众幕僚、衙役和仆人都雀跃般涌进厅堂，兴致万分地在小小的玻璃泡前，久久地伫立着，笑谈着。两广总督衙门，度过它有史以来第一个最为光亮的不眠之夜。

第二天消息传出，巡抚衙门、藩司衙门、臬司衙门以及广东提督衙门、广州知府衙门等各大衙门都来打听。张之洞意识到这是一个宣传普及洋务最有说服力的例子，于是请幕僚们半个月内夜里暂不在幕友堂办事，这段时间每天夜晚从七时到十二时，开亮所有的电灯，让各大衙门的官员、各大商号的老板、各大书院的学子，乃至广州城里的普通百姓前来参观。这个决定做出后，每天晚上，两广总督衙门前便排满数以万计的参观者。人们怀着兴奋的心情，纷纷前来一睹这亘古未有的新奇。许多人看后都叹道，不料夜明珠真有其物！更多人反驳道，哪里有什么夜明珠，那都是骗人的鬼话，这电灯是洋人的聪明才智制造出来的；我们再不要夜郎自大了，要放下架子向洋人学习。也有人说，我们不要妄自菲薄，洋人的技巧我们也可以学过来，今天督署点上了，往后我们老百姓家里也可以点上。

光绪十四年，广州城内，张之洞成了第一个将电灯引进官署的中国人。第二年，广东商人黄秉常在张之洞的支持下，在广州开办中国第一个民办电灯公司。从此以后，电灯走入神州大地的千家万户，给茫茫长夜带来如同白昼的光明！就在这个时候，近代社会的另一个重要标志——铁路能否引进中国的问题，正在大清高层官场上激烈地争论着。

第二章 / 筹议干线

一　香涛兄，你想做天下第一督抚吗

自古以来，中国的交通运输，陆路靠的车马，水路靠的舟船，虽然史书上有诸葛亮造木牛流马运粮食的记载，颇有点自动化的味道，可惜千余年间，无数绝顶聪明的人按照书上所说的尺寸规则，无论怎样摆弄来摆弄去，也不能让拼出来的牛马开步行走；改变尺寸另辟蹊径，也一样的没有成功。于是，仍然只能沿用人力畜力水力和风力来减轻人的劳累，至于以转换其他能量来作为代替的设想，却很少有人想过，更没有在现实中实验过。

十九世纪，蒸汽机的诞生，使人类获得一个能量转换的有效途径。它的广泛应用，更改变人类在许多领域内的生存方式。轮船和火车的出现，使得人类在水陆交通上找到比舟船、车马强过许多倍的运输工具。

对于以五千年悠久文明自夸于世的中国来说，用蒸汽船取代人工船的过程，似乎没有遇到多大的麻烦。同治元年正月，正是江南战事最激烈的时候，经朝廷批准，由曾国藩出面购买的第一艘洋人制造的蒸汽机船，开进了安庆港码头。半年后，华蘅芳、徐寿所设计制造的第一艘中国人自造的蒸汽机船在安庆江面试航成功。曾国藩为此在日记中写下一句颇为自得的话："窃喜洋人之智巧，我中国人亦能为之，彼不能傲我以其所不知矣。"

然而，火车的引进中国，则远不是这样的一帆风顺，这段历程的曲折复杂，实在令人可悲可叹！

几乎在购进洋船的同时，以怡和、旗昌为首的英美等二十七家洋行，便向时任苏抚的李鸿章建议，兴建一条由苏州至上海的铁路。因主权问题，遭李鸿章拒绝。次年，英国工程师斯蒂文生来华，又向清廷提出兴建六大干线，即汉口至上海，汉口至广东，汉口至四川，上海至福州，镇江至北京，广东至云南的建议。也因主权问题被拒绝。同治四年，美国商人在北京宣武门外修建了一条一里多长的铁路，欲作为样品来引起朝廷的重视，结果因为中国人从来没有见过这种怪物，被其吼叫声和运行时的强烈震动所吓倒，没有几天便让步军统领衙门给拆掉了。到了光绪元年，怡和洋行修筑了一条由上海至吴淞的铁路。火车在铁路上行驶仍然引起官府民间的一致反对，终于借火车轧死一个士兵的理由，勒令停止运行，不久又用二十八万两银子买下拆毁投入海中。第二年直隶开平矿务局成立，为方便运煤，李鸿章向朝廷奏请兴建一条运煤的铁路，但遭到朝廷许多大臣的反对，事未果。直到光绪六年，李鸿章再次奏请，并特别声明不用洋机车头，而用驴马拖拉，才得到朝廷勉强同意。一年后，由中国人自办的第一条铁路在中国建成了。这条铁路起自唐山，终止胥各庄，全长只有二十二里，由驴子和马拖着车厢在铁轨上走。这在世界铁路史上，可谓独一无二的创举。再过一年，英国工程师金达利用旧锅炉进行改造，终于造出中国的第一台蒸汽机车。这台蒸汽机车的牵引力只有一百余吨，全长一八点八英尺，每小时只能行走五公里，尽管各项指标都小得可怜，然而它却是第一个中国制造的有着完整概念的火车。

与唐胥铁路诞生的同时，一场关于铁路兴建与否的论争也在展开。

光绪六年，前淮军大将刘铭传上了一道名曰《筹造铁路以图自强折》，向慈禧太后详细说明修造铁路的重要性和必要性。刘铭传指出其重要性首先体现在军事上，可以迅速调兵运饷，保卫边疆，同时也有利漕务、赈务、商务、矿务、行旅者，并提出兴建南北四条干线，即北京至奉天，北京至甘肃，汉口至河南，清江至山东。考虑到四条干线同时并举，资金短缺，可先修北京到清江一条。若银钱不够，可举借洋债。这份奏折，道理充足，规划详尽，言辞恳切，引起慈禧太后及军机、内阁大臣的重视，下发交朝臣疆吏们讨论。

内阁学士张家骧首先发表反对意见，批评刘铭传是无事生非，莠言乱政，指出兴造铁路有三大弊病：一招致洋人觊觎，二坏沿途坟墓田园房屋，百姓不满，三与轮船争利。

时任直隶总督的李鸿章态度鲜明地支持刘铭传的意见，详细分析兴建铁路有保卫京师、筹办海防等九个方面的利益，并逐条驳斥张家骧的诘难。

李鸿章的折子刚递上，即遭到另一批人的猛烈攻击，这批人中最有代表性的是通政司参议刘锡鸿。此人曾经做过中国首任驻英公使郭嵩焘的副使。他虽然和郭嵩焘共事，却对郭氏的一套全持反对态度，后来又向朝廷密劾郭氏在外的种种不是，终于使得郭嵩焘被撤职查办。刘锡鸿因此赢得朝野守旧派的称赞。刘锡鸿坚决反对修铁路，说火车虽在西洋通行，但中国断不能仿效。刘锡鸿以一个见过世面的副使身份出面反对修造铁路，很有说服力。于是，刘铭传的建议以“着庸毋议”搁置一旁。

但是，事实胜于雄辩，不少顽固守旧的人逐渐在事实面前清醒过来。这几年间朝廷中有一位举足轻重的人物也终于清醒过来了，此人便是醇王奕譞。通过中法战争，尤其是做了海军衙门督办大臣亲自检阅海军、主持南北海军大会操的盛典之后，奕譞对洋人和洋务的看法有了根本性的改变。

在一片反对声中，奕譞支持李鸿章将唐胥铁路延伸至芦台，并同时组建开平铁路公司。光绪十三年，延伸段完工，整个铁路更名为唐芦铁路，又继续再延伸到天津。由于奕譞的原因，朝廷同意了这一计划。趁此机会，李鸿章将开平铁路公司改名为中国铁路公司，俨然以中国铁路的总督办自居。光绪十四年，全长二百六十里的唐津铁路建成。这时，一个广东商人表示愿意接造天津至通州的铁路。经奕譞奏请后，上海报纸很快便刊出中国铁路公司为津通铁路招集股金的广告。消息传出，又招致一班人的激烈反对。

这一班人以新任户部尚书翁同龢为代表。原来，阎敬铭已在一年前就离开了户部。自从颐和园开工后，阎敬铭便因拨款事数次与慈禧相抵牾，惹得慈禧老大不快。于是借故将阎敬铭革职留任。户部尚书崇绮知趣，干脆绕过留任的阎敬铭，源源不断地将款子拨给园工，弄得阎敬铭十分恼火。年过古稀的倔老头终于对官场彻底厌倦，第三次奏请开缺回籍。慈禧是个既专断自用的皇太后，也是一个恩怨分明的女人。她既对阎敬铭于园工持不合作态度甚是不满，但也对咸丰年间帮她渡过难关的老臣始终怀一分眷顾之情，特别是阎敬铭，是她将他再次起用，而他这几年也的确为整饬户部丰富国库做出极大的贡献。故而当慈禧接到阎敬铭的开缺折后，心中不免有一丝伤感。她一面接受他的恳请准予开缺，将闲置三四年的翁同龢补授户部尚书，一面又劝他暂勿回籍，在京师里宽住一段时日，由太医院风疾圣手萧长治给他诊治，待病好再回解州不迟。阎敬铭为风疾苦了二十余年，这几年在京师，早就听说太医院的萧长治极擅长治风疾。阎敬铭是个拘谨的人，尽管京师也有达官显宦私下里用重金请御医治病，但他不愿意这样做。没料到太后逾格示恩，阎敬铭感激之余，遵命在京城赁屋住下。至于户部的大小事情，他决不过问。翁同龢联合内阁学士文治、国子监祭酒盛昱以及礼部尚书奎润等人上书，说铁路为开辟所未有，祖宗所未创，又将太和门近日失火联系起来，认为这是天象示儆，应将李鸿章的误国误民之举立即停止，以弭国患。

以两江总督刘坤一为代表的一批督抚则全力主张在中国大办铁路，将铁路视为千万人之公利，万世之大利，是安内攘外刻不容缓的急务。

一向以经营八表自命的两广总督张之洞，自然十分关注着这场激烈的争论。今日的张之洞，已经是一位底气甚足眼界更宽的政坛后起之秀。天下督抚，在他的心目中，已没有几个可与之比肩了。靠几十年的积资逐级而上的，多平庸老迈，已成渐薄西山之夕阳，自然不必理论。就是那几位以战功起家的中兴功臣如刘坤一、曾国荃、刘铭传、刘锦棠、岑毓英等，早些年张之洞对他们尚有三分敬畏，现在，这种敬畏已不复存在了。他们的战功，只不过是对神神鬼鬼的长毛和乌合之众的捻子而言，能跟打败拥有世上最强大的舰炮武器的法国人相比吗？张之洞有时想，倘若自己早生二十年，说不定还不会让长毛捻子猖獗那么久；那批所谓大帅名将中，究竟有几个真正会用兵的人，真是天晓得，也不过是时运际会罢了！世无英雄，遂使竖子成名。抹去这些人的武的光环后，他们的文的一面就简直提不得了。走私盐枭刘铭传、邱八刘锦棠不说，就是号称读书人的刘坤一、曾国荃、岑毓英等人，也没有一个得举人功名的，要他们不假人手，自己作一篇赋吟一首长诗都不行。探花出身的张之洞一想到这一层，便自觉比他们高出一头地。

中兴名臣这批人中，张之洞真正崇敬的还是他的恩师胡林翼和曾国藩、左宗棠，他们上马击贼下马吟诗，可谓文武双全。可惜，胡林翼英年早逝，曾国藩也仅寿止花甲，就连到老不改英雄本色的左宗棠也在前年去世了。

对于那个被世人公认为中兴名臣之一、领天下督抚之首达二十余年、以群臣领袖自命的李鸿章，张之洞的看法则要复杂得多。

说句实在话，张之洞对李鸿章还是佩服的。当年，李鸿章以一个清华翰林的身份，能看清天下大势，毅然离开舒适宁静的翰苑回原籍办团练，主动投入兵凶战危之地，这一举动就要高过千万个读书破万卷的儒士文人了。后来亲自组建淮军，指挥一支能征惯战的军队，直到在他的手里彻底扑灭流窜四方的捻子，也算得上有统兵之才。这些年，李鸿章能清醒地看到必须学习洋人的长处，并在直隶办机器局枪炮厂，办水师学堂，为北洋大购艇炮，继而又办电报局修铁路，在中国开一代风气之先。这办洋务一途，尤使得从清流变为督抚的张之洞更加钦佩，他不得不承认：这个曾文正公的高足确有过人之处。

但张之洞不喜欢李鸿章，有时甚至是厌恶。这种心态最初萌生于彼此间的政见不同。

作为清流党中重要人物，在对外关系上，张之洞一贯持强硬态度。但李鸿章多采取妥协的做法，主张退让、息事宁人。对此，张之洞十分看不惯，激情勃发时，他也会和清流党的朋友张佩纶、陈宝琛等人一起骂李鸿章贻误国家，与汉奸差不多。这几年来，尽管他已从清流党的狭隘圈子中走了出来，对李鸿章的某些做法有些体谅，但他还是认为徐图自强和对外强硬并不矛盾。

张之洞不喜欢李鸿章，还因为他对李鸿章的人品有反感。他认为李鸿章的为人，一喜拉帮结派，二喜聚敛财货。李鸿章用人，最看重两个背景，一是不是出身淮军或与淮军有渊源，二是不是安徽人。若有这两个背景，又有本事，他则重用；即便没有本事，他也会优予看顾。安徽人尤其是庐州府的人去找他，他都吩咐手下人好好接待，能安置的尽量安置。他有一句名言：“咱两淮人历来生计艰难，好不容易如今混出一支军旅、出息了这么多人物，父老乡亲来依附你，找碗饭吃，你能让他失望而归吗？”这句话，让千万安徽人听了心暖，却也因此而坏事。李鸿章和他的袍泽们所管辖的地方，无论官署还是军营，都是良莠不分，鱼龙混杂，常常使得英雄气短，志士灰心，最后终因甲午海战大败而坏了他的一世英名。李鸿章在钱财上不检点。

他本人是来者不拒，他的兄弟子侄则更是放肆聚敛。他们人在外面做官，家中则良田无数，美宅无算，合肥李氏家族是安徽最大的财主。当时有句民谣：“宰相合肥天下瘦。”对他讽刺挖苦是既辛辣又绝妙。

这两点素为中国传统操守所抨击，也是清流党人敢于与李鸿章作对的所恃之处。李鸿章以乡情和银钱来网罗收买世俗间鸡鸣狗盗之辈，成就了一番英雄豪杰的事业，也因此得罪天下清高之士，招致生前身后洗刷不去的骂名。这原是自古以来，凡做世俗大事的人都不可避免的无奈。“求仁得仁”，就李鸿章本人来说，以他豁达大度之胸襟来看倒也没有什么，但要堵住世人悠悠之口，让人对他有发自内心的敬重，却也是做不到的。

张之洞就是这群人中的一个突出者，即使当年身为洗马一类的小京官，辈分上足足低了一辈，他也敢对李鸿章不恭，甚至指名道姓地骂。

如果说这两个方面，在先前尚未构成直接利害冲突的话，那么在中法之役中，张之洞则实实在在感受到了李鸿章对他的祸害。按照张之洞的想法，是要趁着谅山大捷的大好时机来一个“直捣黄龙府”，将法国在越南北部的势力一扫而光。此事一旦成功，对国家来说，将可长保滇桂一带的安宁，大大提高在世界上的声誉。对他个人来说，则可以建立更大的功勋，留在史册上的这页记载也将更光彩。可惜，李鸿章却害怕因此而打乱他的和局战略，见好就收，最后反而出现战胜国向战败国求和的咄咄怪事。张之洞深怨李鸿章这样做，使国家蒙受了耻辱。李鸿章则多次指责张之洞是矜能自诩，好大喜功。

张之洞从此与李鸿章结下个人仇隙：李鸿章不但误国，也误他张某人！他决心要与这个四朝元老较量较量，让此人感受一下后来居上者的压力。

张之洞和他的幕友们无疑是铁路兴建的热烈支持者。至于如何办，他安排洋务科拿出具体的方案来。

主管蔡锡勇集合陈念礽等人搜集欧美等国建造铁路的历史资料，根据本国的具体情况，提出三个阶段的设想：第一阶段全力支持李鸿章建立中国铁路公司，并成立招商股份公司，先把津通铁路建好。第二阶段兴建上海至南京的沪宁铁路和上海至杭州、宁波的沪杭甬铁路。第三阶段，则为兴建北京到汉口的京汉铁路。这条铁路直贯中国的腹心地带，好比人身上的一根主动脉，对于国家各方面关系重大。但因为线路长，施工难度大，耗资浩大，技术和财力一时都跟不上，故宜摆在第三阶段，待津通、沪宁、沪杭甬三条铁路相继完成后再考虑。

蔡锡勇向张之洞禀报这个三步走的设想后，特别提出："这是洋务科全体幕友将中外情况反复研究比较后，提出的一个慎重而又可行的计划，希望香帅能采纳并据此上奏。"自赵茂昌首开"香帅"的称呼后，没有多久，除桑治平和杨锐等极少数几个仍沿用旧称呼外，其他人都一律尊称张之洞为香帅。张之洞也乐于听人家这样叫他。

张之洞没有表示态度，只让蔡锡勇把所有的有关资料存放在他的签押房里。

过两天，翻译科主管辜鸿铭对张之洞说了该科几位幕僚的看法。他们认为不必分三个阶段，铁路于中国太重要了，要迅速地大规模地把铁路建起来，因此他建议先建北京至汉口的京汉铁路。这条铁路一建好，立即就建武昌至广州的铁路，可称之为粤汉铁路。两条铁路建好后，从北到南，从燕赵到湘粤，贯穿一气，中国的大脉络就顺畅了，中国的元气便会很快复苏。辜鸿铭的话，张之洞听了颇为心动，只是这的确是一个旷古未有的大工程，其艰难程度不亚于秦始皇修万里长城、隋炀帝开大运河，眼下能动这样的大手笔吗？

桑治平这些日子来，也一直和陈念礽在讨论铁路事。陈念礽来两广总督衙门洋务科已经两年多了。这两年多里，他不仅为事业有成而兴奋，更为表舅父亲般的疼爱而深感温暖。念礽从小就失去父亲。在过去二十年的岁月里，尤其在艰辛困顿、委屈痛苦面前感觉到自己脆弱乏力的时候，幼小的念礽是多么渴望一个坚强有力的父亲的呵护和支撑，然而他没有！一切都靠自己挺起肩膀扛着，硬起头皮顶着，咬紧牙关忍着。人前从未低过头，母亲面前他也从未哭诉过，弟弟面前他更要敢于担当。可是，在那些个不眠之夜里，小念礽独自流过多少心酸的泪水！他万万没有想到，二十四岁之后来到广州，却遇到这样一个表舅。表舅对他的关怀和照顾，足以填补这二十年来父爱的缺失。

念礽哪里知道，填补这个缺失正是桑治平这段时期来从心灵深处所爆发出来的强烈愿望。桑治平为亏欠念礽母子太多而内疚，也为半百之后突获亲子而欣喜，他把自己满腔的父爱全部倾注在念礽的身上。他给念礽买来七八套新衣服，又为念礽购置全套新家具。每天夜晚他都会去念礽的房间里说话，对念礽所说的一切都有着极大的兴趣。尤其喜欢听念礽谈美国，无论是美国的实业还是美国的政体，也无论是美国百姓的生活习俗，还是上层社会的名流交往，这些从念礽口里说出来的话，都给桑治平带来很大的乐趣。有时念礽睡着了，他也会盯着那张越看越像自己的脸庞，很久之后才悄悄离开。休沐之时，他或是陪着念礽游五羊城，登越秀山，或是带着念礽到自己家里，置办丰盛的酒食招待他。这段日子里，他给仁梃讲《资治通鉴》。为让念礽也能听课，他对张之洞说，辜鸿铭、陈念礽都是西学好而中学欠缺，必须让他们补上这一课。经史子集有的可不看，中国历史却不能不知，应让他们二人与仁梃一起读《通鉴》。张之洞很赞同。于是辜、陈天天下午与十八岁的仁梃听桑先生的课。在桑治平与陈念礽每天晚上的对话中，桑多说的是中国学问，陈多说的是西方见闻，二人互补不足，都有很大的提高。

从陈念礽的谈话中，桑治平知道在欧美各国，铁路纵横交错，与机器、船炮一道是国强民富的重要条件。中国幅员辽阔，更需要铁路作长途运输，未来中国最大规模的洋务工程，应该是铁路，谁执铁路牛耳，谁便执洋务牛耳。

笃信管桑之学的桑治平，从陈念礽的无意言谈中悟出一个深刻的大道理：如果说两千多年的管仲、桑弘羊以农商来求富国强兵的话，处当今之世，欲求中国富强，舍洋务之外，别无他途，而眼下最大的洋务在铁路。一个构想电光石火般地在他的脑子里闪现。倘若这个构想付诸实施的话，对张之洞而言，可成就一番绝顶大事业，对自己而言也可酬谢知遇之恩。

几天来，他为这个构想的完善而日夜思索着，也因而心情亢奋着。

这天吃完晚饭后，他约张之洞在衙门签押房里密谈他的构想。

“香涛兄，你想做天下第一督抚吗？”桑治平这句横空出世般的话，给张之洞罩上满头雾水。

“你这话怎么讲？本朝有明文规定，直隶总督才是疆吏之首，我即便想做天下第一督抚，若不取李少荃而代之，一个两广总督，人家也不承认你是老大呀！”

桑治平笑了笑，说：“直督为疆吏之首，是不错，但这只是表面的具文，真正的天下第一督抚不在表面，而在内里的分量。比如说，曾国藩做两江总督的时候，天下第一督抚是那时做直督的刘长佑呢，还是曾国藩呢？答案是很明白的，当然是曾国藩。这是因为曾国藩当时正在做削平长毛的天下第一大事业。又如林则徐做两广总督的时候，天下第一督抚是那时做直督的琦善吗，当然不是，而是林则徐，因为林则徐当时也在做天下第一大事即禁烟。所以，依我之见，天下第一督抚不是属于直督的专利，而是属于做当时天下第一大事业的督抚。”

张之洞恍然大悟：“你指的是这种第一督抚，那我张某人当然想。若不是李少荃胆小怕事，鼓动朝廷匆匆谈和，我让冯子材、刘永福他们军队长驱顺化，将法国人彻底赶出越南，按你的说法，那我早就是天下第一督抚了。”

桑治平晃了晃头：“即便如此，也只是立功异域，在中国国内，你还是取代不了李少荃的地位。”

张之洞说：“这都不行的话，那依你看，凭什么可以取代李少荃而做天下第一督抚？”

“眼下就有一桩天下第一大事，谁把这事办好了，谁就将有可能成为天下第一督抚。”

张之洞思索片刻后说：“要说眼下国家的第一桩大事，就是修铁路了。李少荃要修津通铁路，醇王和一批疆吏支持，翁同龢等人反对，还不知道太后倾向哪一边。不过，即便太后同意修津通铁路，那也是李少荃的功劳，轮不到我张之洞的头上。话又说回来，修好一条津通铁路，也算不上建了天下第一功呀！”

“香涛兄呀，香涛兄！”桑治平哈哈大笑起来，“人人都说你目光远大，你也常常以经营八表为志，可惜，你是百尺竿头，尚欠一步。”

张之洞被桑治平笑得不好意思起来：“你说说，欠了哪一步？”

桑治平的上半身向着张之洞移了半步说：“津通铁路不过二百多里，自然算不了很大的工程，但蔡锡勇、辜鸿铭他们提出的芦汉铁路全长三千二百里，粤汉铁路二千四百里，这两条铁路加起来五千六百里，按修二里一万两银子计划，共需银子二千八百万两。五千六百里线路二千八百万两银子，这样的工程算不算天下第一大事？”

张之洞说：“芦汉、粤汉这两条铁路是蔡锡勇他们提出的，等津通、沪杭甬等路建好之后再考虑，辜鸿铭认为可以先建芦汉铁路。我想，这好比历史上的长城、运河一样的大工程，朝廷会有如此魄力接受吗？”

桑治平点点头说：“你的顾虑极有道理，但铁路不是一年就可建好的，假定一年建四百里，八年建好芦汉，所耗的一千六百万两银子，每年只需二百万。二百万只要愿意，户部是提得出的。依这个速度六年再建好粤汉铁路，十四年后两条铁路就可建好。谁若主持办好这事，谁不就为天下立了第一大功？身为督抚者，岂不成了天下第一督抚？”

这话说得张之洞笑起来：“仲子兄，听你的口气，是要我张之洞来做这天下第一事。姑且还不知太后同意不同意芦汉铁路这个规划，即便同意了，我在广州，也与这条铁路搭不上界。这天下第一督抚，我是可望而不可即呀！”

桑治平郑重地说：“先看你想不想做这事，若是有意为之的话，再来办第二步第三步。”

张之洞笑了笑说：“有意为之又怎么样？”

“那我们就先上一个折子给朝廷，把李少荃修津通铁路的设想给打掉，让朝廷接受粤督所提出来的芦汉铁路的构想，这是第一步。”

张之洞认真听着，没有做声。

“第二步，请朝廷将你由粤督改调湖督，主持芦汉铁路的兴建，同时作粤汉的规划。湖北居这两条铁路的中枢，你今后坐镇江夏，稳建这不世之功。上可接林文忠公的徽光，下可承胡文忠公的遗绪。”

张之洞拊掌喜道：“这当然好极了。只是这同意建芦汉铁路和平移湖督，都得由太后圣躬独断。自古说天意从来高难问，如何能让太后的心思随着我们的意愿转呢？”

桑治平说：“事在人为。有些事看起来像是极难做到，其实若深入其间，也并非想象中的难；在于去做。”

“如何去做呢？”

“这事在广州不能做，要到北京去。你给我两个月的时间，一个月的旅途，一个月在京师的活动，到了京师后再相机而行。”

张之洞说：“到京师后，当然你可以去找子青老先生，还有阎丹老。可惜丹老现在只是京师一寓公了，不妨也去和他商量商量，听听他的意见。”

“张中堂、阎丹老我都会去拜访的，另外也还可以找仁权，看看他有些什么朋友可以帮得上忙。”

“仁权这孩子老实过头了，没有多大的用。”张之洞摸了摸脑门说，“倒是杨深秀你可以去见见他。他去年中的进士，分发在都察院。杨深秀能干会办事。”

“是的。”桑治平点点头。“有三四年没有见到漪邨了，到了京师，自然应该去看看他。”

“还有一个人，你和他也有过一面之交，进京后你也去看看他。”

“哪一个？”

“王懿荣，准儿的亲舅。他在翰林院做侍读。”

“哦，王廉生！”桑治平高兴地说，“他过去是你们清流党的尾巴。据说这几年用心研究古文字，在京师很有点名气，我也很想去拜访他。”

因为王懿荣和清流党，桑治平的脑中突然又冒出一条路来。

“仲子兄，你去看望子青老哥，顺便帮我带件礼物给他。”

很少见张之洞给人送礼，桑治平觉得新鲜。

“梁节庵前些天对我说，赵王街有家端州人开的砚铺，铺子里收藏了一方明永乐年间五蝠献珠砚。你和节庵一起去，把这架砚台买过来。子青老哥平生好砚，把这台砚送给他，他一定喜欢。”

端砚产在广东肇庆府端州，与宣纸、湖笔、徽墨号称文房四宝中的佳品。粤督送明永乐端砚，自然是件既合身份又名贵的礼物。

“阎丹老有风痹，你的老朋友李提摩太与广州洋药行熟，请他代买一些治风痹的洋药。你忙，叫辜汤生去找李提摩太。辜汤生常埋怨无人跟他讲洋话，怕把洋话给丢了，叫他与李提摩太说一天的洋话，让他过足瘾。”

张之洞这样细心地给两位大老安排礼物，足见他对这次进京的重视，同时也给桑治平以启示。他想起此次要见的另一拨人，他们或许比张、阎更需要外官的敬奉。

“香涛兄，你给张万两银票给我。我去相机行事，有的人是很需要这东西的。”

张之洞立即明白了桑治平的用意，带着歉意地说："是我考虑不周，带上银票是很重要的。你再细细检索下，一万两够不够，要不干脆带一万五吧！"

桑治平说："一万两够了，这也是民脂民膏。"

"一万也好，一万五也好，都是我本人的私蓄。这些开支不会动用公款的，你放心好了。"

张之洞如此公私分明，令桑治平感动："这笔银子，说到底不是为私，而是为公。你作为私款开支，自然更好。既是私人积蓄，我更要精打细算了。具体开支，眼下也说不清，从京师回来后，我再给你一个明细表。"

"将在外，君命有所不受。一切由你做主。"张之洞抚着桑治平的双肩说，"祝你成功！"

待桑治平刚转身出门时，张之洞又把他叫住："带嫂夫人一道去京师，让她回古北口去住些日子，与亲友叙叙旧。"

二　为了一个麻脸船妓，礼部侍郎自请削职为民

在两广总督衙门洋务科众多幕友集思广益的基础上，由桑治平、杨锐起草，经张之洞字斟句酌的审核，一道长达三千余字的《请缓造津通铁路改建腹省干路折》，三天后在督署辕门前放炮拜寄。同日下午，桑治平带着夫人柴氏在临海码头登上火轮。他们取道水路，经厦门、上海、烟台，半个月后在天津塘沽上岸，再由陆路雇骡车进京。将夫人送到古北口后，桑治平回到城里，在南横街一家小旅馆住下，展开紧张而不露声色的活动。

第一个去拜访的，是位居体仁阁大学士的军机大臣张之万。这一对主宾在京师分手已经八年了，再次相晤，张之万已到望八之年。晚景的大红大紫，使得张之万虽老而不衰，红光满面，步履稳健，配着白发雪须，真有点鹤发童颜之状。张之万见桑治平年近五十，却依旧

挺拔矫健，精力饱满，也深觉事业对人生的激发力之大。两人见面，都备觉欢喜。桑治平将张之洞的永乐端砚送上，果然，这位丹青老前辈激赏不已。寒暄之后，桑治平谈起了他此次进京的意图和打算。

“八年来，与香涛相处甚得，我常觉对他贡献太少，有负中堂当年的推荐和他的一番殷殷相聘的诚心。故毛遂自荐，进京办这桩事，算作一种酬谢吧！”桑治平款款说道，“我想借重老中堂的力量，让朝廷接受香涛所上的折子。”

“这道折子已到了北京。”张之万插话，“三天前，我就在外奏事处的登记房里看到已收到的记录。”

“第二，能让朝廷将张香涛从粤督平移湖督，以便由他来主持这桩天下第一大事。”

张之万半躺在软椅上，仔细地听着。听到“平移湖督”这句话时，他缓缓坐起来，摸了摸胸前稀疏的长须，慢慢地说：“各省关于建铁路的折子，遵照太后旨意都先到军机处过堂。军机处议事时，我自然会替香涛说话，礼王爷那里，我也可以先去打个招呼。但督抚迁徙这种事，若不是太后特为叫军机处发表意见，照例军机处不敢多嘴。这是太后筷子下的一碟特菜，别人是不能下箸的。”

“这我知道，但可以造出一个机会来，让一位太后极信任的人来点一点。而且，我已想到了能打动太后的要害之辞。”

“打动太后的要害之辞？”张之万笑了笑，“你从没与太后打过交道，你知道什么言辞能够打动她？”

桑治平也笑了笑，从容答道：“太后这个人，我虽没与她直接打过交道，但她的脾性，我还是略知一二的。我曾经对她的驭政之道作过用心的研究。老中堂，我给你说点心得吧！”

身为太后的重臣，张之万自觉对这个心计甚深的女人都难以捉摸，桑治平这个布衣远客，居然对她研究有得：是旁观者清，还是隔靴搔痒？体仁阁大学士敛容细听。

“这是二十多年前的事了。咸丰十年，文宗爷命左宗棠自立一军，协助曾国藩办理江南军务。第二年文宗爷去世，太后秉政。这年年底，太后简授左为浙江巡抚，以一四品京堂越级升为从二品疆吏，本已属破格隆遇。不料仅隔两年，又擢升左为闽浙总督。四年前左宗棠还只是一个避难曾国藩幕中的食客，转眼工夫便与他平起平坐，而且左的楚军也由六千人扩大到三万余众，成为别于湘军的一支劲旅。左宗棠为什么能得到太后的这般重用，迁升得如此之快？仅仅是因为他的才高会打仗吗？”

张之万被这一问给镇住了。作为曾、左时代的人，那个时候他也已进入高级官员一流了，对于左宗棠三四年之间的飞黄腾达，他的解释与朝野普遍的看法是一样的：左宗棠会打仗，朝廷急需这种人平叛复国。看来这位过去的幕友另有高见，且听他是如何说的。

“要说能打仗，李鸿章并不亚于左宗棠，且出身翰林，也不过只升到巡抚而已，直到同治六年才正式做湖广总督。为何左宗棠独独这样受到太后的眷顾呢？依我看，同治二年时，江南军事大势已定，朝廷的第一要务并不是对付长毛，而是对付在与长毛作战中迅速膨胀的曾国藩和他的湘军势力。但又不能采取削弱实力的做法，而只能采用帝王学中的另一招——制衡术。左有本事有实力，又一向不服曾国藩，尤其这‘不服’二字使得左成了最好的人选。于是将左迅速提拔起来，与曾国藩相当，分庭抗礼，形成一股在长毛削平之后，稳定政局的极为重要的制约力量。相反，李鸿章是曾的学生，便不能擢升太快。太后那时秉政不久，年纪尚轻，不可能有如此的深谋远虑，不知谁为她出了这个主意，那人是大清朝的一大功臣。此人对同治中兴所起的作用，当不在曾、左之下。太后接受这个主意，也足见太后的智慧不低。从后来她用醇王来制约恭王，用清流党来制约当权派，都可见她已深知其中三昧。”

仿佛真有点说破英雄惊煞人的味道。二十多年前江宁打下后大裁湘军，抑曾氏兄弟抬左宗棠、刘长佑叔侄的一系列反常举措，以及这些年来朝廷内部权势斗争的此消彼长，经桑治平拈出“制约”二字来，在官场中从青年混到白头的张之万，顿时有廓清一切之感。

他不断地点头说："你看得很准很透，太后是在时时用这个办法。就拿前几年办海军衙门来说吧，既叫醇王做督办大臣，又要派个庆王来做协办大臣。一个是皇上的本生父，一个是她方家园的亲家，这不也是用庆王来制约醇王吗？"

"正是这样的。"桑治平接着说，"依我看，太后这些年面对着以李鸿章、刘铭传为首淮军势力的炙手可热，和以曾国荃、刘坤一为首的湘军势力的倚老卖老，总在设法寻找一个非淮非湘，而又能独当一面的人来培植，以便制约湘淮两股力量。以我冷眼观察，这个人便是张香涛。"

堂弟这些年的迁升速度确有当年左宗棠飞黄腾达的架势，但作为湘淮力量的制约人，张之万倒没有从这个方面想过，经桑治平这一提醒，他有点恍然大悟似的。

"香涛这些年也还争气，尤其是镇南关那一仗，打得太漂亮了。你不知道，战前我还真为他担心，生怕他成了第二个张树声。祖宗保佑，他没有给张家丢脸。"

"所以，我以为在今后的年月里，张香涛将作为文武兼资的社稷之臣受到太后的器重。故而，当有一个太后信得过的大臣向太后点明，兴建铁路尤其腹省干线乃是国家的第一等大事，这桩事若让湘淮两个圈子里的任一个人来做，都会因此而更助长他的声望，从而使得重量倾向一方。只有让张香涛来做，才能让他挟此事功，成为真正能制约湘淮的第三大力量。若能如此，大清江山将可厝于磐石之上，至少二十年内可保平衡。"

张之万离开软躺椅，一边踱着步，一边说："你这话是计虑深沉之言，只是得由谁去向太后挑明呢？我是他老哥，自然不合适。醇王爷格于他的身份，不宜讲这等话。其他人，有能和太后做这种谈话的，太后未必信得过他；太后信得过的人，又未必有这个机会。"

"有一个人，太后信得过，他也会乐意为张香涛去当说客，但眼下缺少与太后见面的机会。”

“哪一个？”

“阎丹老。”桑治平答。

“要说太后对阎中堂，虽然也有过不愉快，但我知道，从心里来说，太后是很敬佩他的。接受他的致仕请求，却又挽留他住京师，每个月派御医登门两次为他拿脉诊病，从太医院那里给他取药，本朝尚无先例。只是他既不在军机处，要见太后就十分之难了，怎么能有进言的机会呢？”

桑治平说：“张香涛知他风痹严重，特为从洋人那里购来了最新的治风痹良药。明天我去拜访他，先把药给他送去。”

“也好。你先去看看他，了解下他的近况。过几天，我亲自去见见他。若有可能的话，我们两个老头子为香涛来谋划谋划。”

第二天，桑治平由张府仆人带路，来到猫耳胡同阎宅。

猫耳胡同是一条很小的胡同，胡同里只有十几座老旧的小四合院，阎敬铭所住的院子就是其中的普通一座。不但外面不起眼，里面也一样的灰暗逼仄，若不是张府仆人导引，桑治平寻遍京城，也不会想起会在这种胡同宅院里，找到一年前还是协办大学士户部尚书军机大臣的阎敬铭。八年前去解州书院拜访的那一幕又重现在眼前，对比数百步外的豪宅大院高车驷马，桑治平禁不住感慨唏嘘。

“去年当然不是住在这里，那院子宽大些，胡同也大些，因为一天到晚有不少人来，主要是方便客人。现在不在位了，也没有几个显贵的客人来了，要那大院做什么，这也就足够了。”当桑治平疑惑地发问后，阎敬铭平淡地解释。

一个三十余岁不脱庄稼人本色的黑瘦汉子过来冲茶，桑治平认得，这就是那年陪着进京的阎敬铭的侄孙。阎敬铭指着侄孙说：“过去的男女仆人也全都打发走了，只剩下他们两口子跟着我，做点茶饭浆洗的杂事。”

京城哪一位退下的大员不依旧是钟鸣鼎食奴仆成群，阎敬铭如此不合时宜，怪不得在官场里混不长久！桑治平在敬佩之余不免生出几分怜恤来。

“你这次为的啥事进京？张香涛还好吗？”阎敬铭仍然是一口带着浓重鼻音的陕西口音。桑治平心里想：他这样瓮声瓮气地说话，慈禧听了不烦吗？嘴上忙答道：“我来京师，是为两广办点公务的。张香涛很好，他常惦念着您，知您有风痹，特为从洋行里买了些西药，叫我送给您。您试着吃吃看。”

说着，打开随身带来的布包，将一个尺余长宽印着几排洋文的白纸盒递了过来。阎敬铭接过，打开纸盒盖，里面整整齐齐排列几十个雪白的玻璃小瓶，取出一个小瓶子看时，内里装着百十颗黄豆大的小丸子。

“怎么个吃法？”

“每天早晚各一次，每次四粒。一个瓶子一百粒，可吃十二天，这里有二十四瓶药，差不多可吃一年。”

“劳香涛费心了。”阎敬铭笑了笑说，“萧太医很怕洋药，看来这个药还只能偷偷吃，不能让他知道。”

叫侄孙收好药后，阎敬铭笑眯眯地问：“你来京师办什么公事，机密吗？”

桑治平答：“也不是什么机密事。眼下为着要不要修铁路的事，各省都在发表自己的看法，张香涛集合衙门幕友也在探讨这个事。大家都说，铁路是致中国于富强的大好事，并且提出一个大胆的设想，为此专门上了一道长折给朝廷。”

“大胆的设想？”阎敬铭微笑的脸上布满皱纹和褐色老年斑。“设想什么呀？”

“张香涛和粤督衙门的幕友们认为，中国有一条大铁路要修，即从北京到广州，把这条大铁路修好了，中国南北就通了。京广铁路好比人身上最大的一条主血脉，这条血脉一通，人就生龙活虎了。”

“好！”阎敬铭昏花的老眼里突然射出光亮来。“这真是一个石破天惊的大设想，张香涛为朝廷出了一个好点子！”

不待桑治平点明，阎敬铭已明白他此次进京的意图：“我知道，你此次是负着张香涛的重托，来京师游说当路者，让他们为这个设想说话。”

“正是的！”桑治平兴奋地说。

“可惜，我已不当路了。”阎敬铭边说边用手按压着大腿，显然是风痹的原因：因坐久了大腿发胀。“不过，我可以为你出个主意。”

桑治平忙说：“请丹老赐教。”

阎敬铭说：“据我看来，太后表面上讨厌洋人，心里其实很看重洋人，洋人说的一句话，抵得上文武大臣的十句百句话。修京广铁路这样的大事，若仅张香涛一道折子，太后很可能会被建这条铁路的困难所吓住，不会同意。若有几个洋人，尤其是英、法这些强国的洋人也说中国宜建这条铁路，太后就会心动了。据说张香涛的幕府中有好些喝过洋水的人，叫这些人用洋文洋名在几家外国报纸登几篇文章，那就起大作用了。”

“用洋文洋名”，这不是明摆着叫中国人冒称洋人吗？这不是与圣贤“诚实不欺”之教大相径庭吗？倘若这句话，从时下的一般官员口中说出，自是毫不足奇，但却由这位丹老口中轻轻松松地说出，却令桑治平颇为吃惊。然而也就在这一刻，他突然意识到，自己对这位传奇式三朝元老的所知，或许仅只皮毛而已！

“丹老，外国报纸上的文章，太后是怎么知道的？”

阎敬铭微笑着说：“总署里有一个翻译馆，馆里也有十几个深懂洋文的译员。这些译员什么事都不做，天天读外国的报纸，遇有议论中国的事则译出来，送给总署大臣，再由总署大臣拣大的送给太后亲自过目。太后每天上朝之前要看一个小时总署送来的译文。”

啊，原来慈禧并不蔽塞寡闻！

看到阎敬铭再次按压大腿，桑治平不敢久坐了。他起身告辞，急忙奔到仁权家，要仁权将阎敬铭的建议用电报发往广州。

将拜访阎宅的情况禀报张之万后，在仁权的陪同下，桑治平看望了王懿荣。

这个未来的甲骨文之父至今仍屈居于中下级京官之列，翰林清贫，加之他两年来身患腹胀之病，药资耗费不少，家境颇为萧条。桑治平拿出五百两银票来，说是妹婿所赠。妹子已去世八年了，妹婿还念及旧情，重金相赠，王懿荣很感激。因为是至戚，桑治平将进京的意图毫不隐瞒地告诉王懿荣，并坦率地对他说，希望借助当年清流的力量，为张之洞谋求支持。

王懿荣沉吟片刻后说："好！今天天晚了，明天一早，我们雇个骡车到西山去一次，我陪你去看一个当年清流中的重要人物。"

"谁？"

"明天在车上我再跟你说吧！"

王懿荣有意卖了个关子。吃完晚饭，仁权回家去了，桑治平则和王懿荣闲聊京师官场士林。夜里，桑治平躺在王家书房的单人木床上，将往日清流名士们排了个队，却始终拿不准眼下住在西山的是哪一个。

第二天，是北京秋日的一个好天气，阳光和丽，蓝天高爽，想起西山此刻正是红叶浪漫的时节，桑治平便欢喜难耐，转念又想：这位翰林老弟怕是借看人为由，邀我秋游西郊？坐上骡车后，王懿荣笑着问："你想得出，我今天带你到西山去看谁吧？"

桑治平摇了摇头。

"当年与四爷齐名的翰苑四谏之一的宝廷。四爷放外晋抚不久，他也擢升为礼部侍郎。"

啊，原来是满洲第一才子宝竹坡，当年京城赫赫有名的清流党，桑治平怎会不知，只是没有见过面罢了。

"他在礼部做侍郎，为何又住在西山？是不是西山有别墅，他这段时期在西山养病？"

王懿荣笑道："哪里养什么病，他早已不是侍郎，隐居西山两三年了。"

"这是怎么回事？"

"你听我慢慢地说吧！"

于是，在通往西山的古道上，在骡车清脆的铜铃声中，王懿荣为远道客人讲述了一段清流党人中的风流故事。

三年多前，黄带子宝廷以礼部侍郎的身份出任福建乡试主考。乡试完毕，宝廷离开福州北上回京。这一天，来到浙江衢州府江山县。江山县风景秀丽，尤其是流经境内的衢江两岸更是山清水秀，风光如画。载舟泛衢江，便成为江山县的一大特色，向为文人雅士所称道。船家为了揽客，常以年轻的女人作诱饵。这些女人打扮得漂漂亮亮的，都能唱几曲歌子，弹两手琵琶。她们卖唱也卖身，多花几个钱，大白天里也可在乌篷盖着的舱里陪游客睡觉，故而好色之徒趋之若鹜，江山船妓也便艳帜高张。这宝廷本就是一个极好女色的文人，早闻江山县有这等美事，遂有意在这里玩乐玩乐。他悄悄吩咐贴身仆人，去寻找一家有着最美女人的船户，不管他开价多少，都可以。仆人很快便给他找了一只船，船上有一个能歌善舞的美女，白天陪他看两岸风光，晚上在船舱伴宿，一天一夜收白银三十两。宝廷主考福建，放榜后新举人们合伙凑了一千五百两银子送给他作程仪，三十两不过区区小数，他满口答应。

第二天一清早，宝廷带着仆人上了船。这个船比别的船都大，船板船舱都像新油漆过似的光亮亮的。船上的各种器具也都整齐干净，驾船的是一对五十开外的老夫妻，对这个舍得出大价的游客兼嫖客十分殷勤。自然，最令宝廷开心的，是那个浓妆艳抹、打扮时髦的船妓。这女人大约二十五六岁，高挑而丰满，美丽而妖冶。特别是那一对三寸金莲娇娇小小，托在手掌里都嫌纤弱。宝廷是满人，家里的福晋也是满人，满人不裹脚，故而在宝廷的眼里，小脚更显得可贵。那女人边弹边唱，琴声婉转歌喉甜美，说起话来，一口软绵越语，又温又柔，如糖似蜜。宝廷完全被这女人给迷住了，哪有心思去看两岸的风景，一双眼睛总盯着船妓眨都不眨一下。天色尚未断黑，便拥着那女人进了舱，一夜颠鸾倒凤，销魂荡魄，宝廷似乎平生没有这样畅快过。他决定将她买下来，带回京城去。

“姑娘，我是当朝的礼部侍郎，圣祖爷的后裔，你愿意跟着我吗？”

姑娘被吓懵，瞪着一双大眼睛借着闪来晃去的豆油灯，将眼前这位年过半百的单瘦嫖客，从头到脚仔仔细细地看着，心里想：礼部侍郎，圣祖后裔，这可能吗？这大的官，这尊贵的身份，他会来江山县嫖船妓吗？她惊疑万分地摇了摇头。

“你是不同意，还是不相信我说的话？”

宝廷平静地笑了笑。那姑娘还是只瞪眼看着，不说话。

“我给你看样东西。”

宝廷从随身带的蓝布包里取出一段三寸长一寸宽厚的铜柱来，悄悄地说：“这是朝廷颁给我的福建正主考官铜印，不信，我盖一个给你瞧瞧！”

说着，又从蓝布包取出一团印泥来，将铜印在印泥上擦了擦，看看左右找不到盖印的纸张，突然他灵机一动。“姑娘，伸出你的手臂来。”

船妓不知他要做什么，顺从地将手臂伸过来。宝廷卷起她的袖子，将铜印往她的手臂一压。立时，姑娘雪白的手臂上现出几个鲜红的字来。姑娘识得一点字，看那上面果然印着“钦命福建乡试正主考关防”十一个字。

果然是一位贵人！这船妓从十六岁开始便做皮肉生意，她做梦都不敢想在这种场合上能遇到如此贵人，真是可遇而不可求呀，老天爷送来的好运，岂可让它失掉。姑娘忙磕头说：“若大人不嫌我卑贱，我一世做牛做马侍候你。”

宝廷笑道：“不要你做牛做马，要你做我的姨太太。”

姑娘欢喜无尽地说："能给大人做姨太太，是我三生修来的福气！"

宝廷摸着姑娘的脸蛋说："船上老两口是你的父母吗？"

"不是，我八岁上被人卖给了他们。"

"你看，我从他们手里买下你，会要多少银子？"

姑娘愣了一下说："这个我不知道，他们一定会要大价钱的。"

宝廷没有做声。

姑娘急了，忙说："如果他们要价太高，我会帮大人说话的。我死活要跟你走，他们说不定会把价降下来的。"

宝廷笑了笑说："难得你一番好意。"

第二天清早，宝廷就向船主提出要买走姑娘。

船主问："她本人同意吗？"

"同意。"宝廷答。

船主想了想说："你拿一千五百两银子来吧，一手交银一手交人。"

仆人在一旁听见，吓了一大跳，忙把主人拉到一边，偷偷地说："大人，你不能买这种女子，以后让人知道了，多不好！"

宝廷一本正经地说："买妾是常事，有什么不好？青楼女都可以买，船家女就不能买？"

仆人又说："即便要买，也要还个价呀！一千五百两，这价出得太高了。"

宝廷笑道："你不知道，这女子是无价之宝，一千五百两不贵。我主考一次福建，都得了一千五百两程仪，她还比不得我一次主考吗？退一万步，就算没放这个差，我没得这一千五百两程仪嘛！"

仆人无奈，只好不做声了。宝廷痛痛快快地交给船主一千五百两后，高高兴兴地带着船妓继续上路。途中的某一天大清早，他突然发现，刚洗好脸未及化妆的船妓脸上长着十多颗浅麻子。那女子见宝廷看出了她的毛病，十分羞愧。宝廷却不以为然地说："你这麻子浅，多搽点粉就行了，我与你相处十多天了才看出，别人谁会知道我娶了麻女？”

后来宝廷刻印自己的诗集，命名为《一家草》。因为江山县的这种船业以九家船户最为著名，浙江人称之为江山九姓。于是有好事之徒以此作联：“宗室一家名士草，江山九姓美人麻。”

宝廷并不在乎别人的讪笑，将这个麻美人当作无价宝看待。到了京师后，先在西山买了三间房子，让麻美人住，自己常来西山与她相会。后来此事终于被人发现，京城里弄得沸沸扬扬的。宝廷于是干脆上了一道自劾折，说身为宗室侍郎，在奉命主考期间嫖船妓，又买之为妾，实属有违圣命，有辱斯文，请朝廷准予辞职为民，以肃言箴以惩来者。慈禧也深恨宝廷太不争气，便真的将他削职为民。福晋和两个翰林儿子也以他为羞，于是宝廷索性离京长住西山，与麻美人厮守在一起，这一住便是三四年了。

“真正难得的一段风流佳话！”桑治平听完王懿荣的故事后快活地大笑起来。“想不到张香涛当年的清流朋友里还有这等性情中人，想不到宗室中还有这样不爱高官爱美人的风流名士！如此有趣的人，我真想结识结识他。”

王懿荣也很高兴地说：“马上就要到了，你可以在西山多住几天，和他说个透！”

三　经阎敬铭点拨，慈禧重操制衡术

说话之间，骡车拐进了山村小道，四周尽是黄黄红红的树叶，连茅草也被映得火亮亮的。西山，果然已被它独特的秋景所包围，与尘土飞扬人声喧嚣的市廛相比，眼前的西山真是神仙居住之处。

王懿荣指着前面的几间简朴的泥木房说：“宝廷和他的麻美人就住在这里。”

他们刚下骡车，就见屋子里走出一个面容清癯的半老头子来，一身布衣布履，头上戴的也是一顶布帽子。他朝骡车看了一眼后高声招呼："稀客，稀客，我听见骡铃声，知有客人来了。原来是你王廉生，你可是难得来的呀！"

王懿荣也笑呵呵地说："你是西山之主，这么美的西山红叶，也不发个帖子请我们来玩一玩。"

说着走近了，王懿荣指着桑治平介绍："你知这位是谁吗？他就是这几年协助张香涛成就大业的桑治平桑仲子先生！"

宝廷满脸笑容地说："早就听说张香涛身边有个了不得的桑先生，今日能在西山与您相见，幸会幸会。也不必进屋了，就在这坪里坐吧！"

桑治平也笑道："久仰竹坡先生大名，有缘得见，足慰平生。这坪里最好，一边畅谈，一边欣赏西山秋景。"

坪里摆放着几把木桌木凳，大家坐下。一阵山风吹来，夹带着几声雀儿啼叫，顿觉心旷神怡，浑身清爽。

宝廷朝屋里喊道："水妞，来贵客了，快端茶点上来。"

王懿荣悄悄地向桑治平使了个眼色。桑治平明白，这水妞就是刚才说的江山船妓了。

水妞出来了，手里端着一个大木盘，盘子上放着茶杯、果点等。桑治平仔细地看着这个女人：丰腴匀称，五官端正，脸上笑意盈盈，或许忽闻客至来不及化浓妆的缘故，当她走近桌边时，明显可见脸上的麻子。桑治平心想：即便除开麻点不论，要说这个女人多么美艳迷人，似乎过分了点，这种女人多的是。她到底凭借什么将宝竹坡迷恋到神魂颠倒，以至于连官位家室都不要了呢？想到这里，桑治平越发觉得眼前这个宗室可爱起来。在许多人看来，此乃典型的不足为训的放浪行为，可他却能顶得住压力，受得了寂寞，守住这个麻女怡然自得地生活着。这种与世俗为敌的勇气和耐力，显得多么难能可贵！桑治平想起张岱说的两句话来："人无癖不可与交，以其无深情也；人无疵不可与交，以其无真气也。"这话虽被视为惊世骇俗的怪诞之言，然衡之于世人，又的确如此。这位宝宗室可谓癖恶疵大，然而却又是真正的有深情有真气的人。桑治平的确乐意与他做朋友。

“仲子先生，这里不比城里，没有好东西款待，将就吃一点。”正在桑治平神思遐想的时候，宝廷给他递上一片野梨。

桑治平接过，顺口问：“竹坡兄这几年过得还好吗？”

“马马虎虎也还过得下去。”宝廷一边嚼着野梨一边说，“我就好喝酒，这个毛病到死都改不了，故而日子过得拮据。”

桑治平想起随身带的银票，便摸出一张来递给宝廷：“这是一千两银票，是张香涛送给你的。他说他做督抚七八年了，从来没有对过去的朋友有过丝毫资助，心里有歉意。竹坡兄，看来你正需要它，你就收下吧！”

宝廷并不推辞，立时接过说：“这是张香涛送给我的银子，我有什么收不得的？何况我这几年缺的就是这东西。”

说着又掉过头对里屋叫道：“水妞，张香涛送银子给我了，你出来一下。”

水妞又出来了，笑吟吟地从宝廷手里接过银票，向桑治平深深地道了一个万福后，捧着银票又款款地进了内室。

看着水妞左右摆动的细长腰肢，桑治平看到了这个女人与众不同的风韵，他似乎突然明白宝廷被她迷住的奥妙所在。

桑治平不由得赞叹：“竹坡兄，你真好艳福，有个这么年轻漂亮的太太。”

“不是太太，是姨太太。”宝廷大大方方地纠正。

王懿荣笑着说：“在来的路上，我把你们两人的故事说给仲子听了。他高兴得不得了，连连称赞你是性情中人，真名士，愿意与你做朋友。”

宝廷喜道：“看来仲子也是个性情中人，我很乐意有你这样的朋友。我跟你说句大实话，你别看张香涛是个八面威风的总督，于性情中事，他比我决不逊色！”

说罢，自个儿哈哈大笑起来。桑治平、王懿荣也跟着笑了。王懿荣说：“竹坡，我问你一件事，你要对我说实话。”

“什么事？”

“你那年带着姨太太回京师，为何一定要自劾，而且自己提出要朝廷准你削职为民。无论宗室里，还是卿贰一级的官宦中，买妓做妾的都大有人在，让人说说议议一段时候，兴头一过自然也就风平浪静了，有的人干脆来个不承认，反说人家诬陷大臣。你怎么这样胆小怕事，难道你真的认为自己是有辱朝廷吗？”

宝廷笑着说：“你看我像个胆小无主见的人吗？”

王懿荣说：“就是看着不像，我才有这个疑问。”

宝廷收起笑容，过了好一刻才开口：“你是我过去的清流朋友，仲子和我一样是个性情中人，当着你们真人，我不说假话，我对你们说实话吧！”

宝廷端起手边的茶杯来，喝了一口，对着两个聚精会神的听众继续说：“我原本也并没有想为这件小事自劾的。带着水妞走到山东的时候，突然听到张幼樵充军新疆的消息，心里大吃一惊。到了通州，又听人说陈弢庵降五级处分，已回原籍福建去了，心里好一阵难过。回到家没几天，又听说吴大澂与俄国人勘定边界受辱而回，京中官场对他倍加奚落。这一连串的坏消息，使我突然醒悟过来。我自思前些年也爱放言高论，得罪过不少人，张、陈、吴都是被人诱进圈套，跌到陷阱里去了。看来，这不仅仅只是对他们三个，而是对清流党的算计。李中堂、潘部堂都不在军机处了，保护伞已失去，说不定哪天自己也会糊里糊涂地进了别人的圈套而不自知，何不索性借这事来跳出是非圈。两位，实话告诉你们，我宝竹坡用的是苦肉计，以自污来免祸，苟全性命于乱世。”说罢苦笑起来。

王懿荣说：“原来如此！看到这几年清流凋零的现状，我也猜到几分，只是不能坐实罢了。”

宝廷说得兴起，指着不远处一个棚子说：“你们看那是什么？”

桑治平顺着手势看去，茅草棚里放着一个大木器，像是棺材，却又比通常的棺材大得多。

王懿荣也不知道那是什么。

“告诉你们吧！那是一口可装两个人的棺材。”宝廷爽朗地笑道，“这全是黄体芳那促狭鬼害的。”

黄体芳现为通政使，早些年也是清流中的一员干将。王懿荣和他很熟，桑治平也知此人。

“黄体芳说，你每次弹劾别人，都声言不畏死，并曾买过一口白木棺材寄在龙树寺，这事太后早已知道。说不定你这次自劾，太后会赐你自尽。你为船妓而死，船妓自不当独存，故要死就会同时死两个，不如干脆先定做一个可盛两尸的大棺材。过去你是为义而不畏死，而今是为情而不畏死，普天下都仰慕你是个汉子。我听信黄体芳的话，果然做了这口可盛双尸的大棺材。不料太后并没有叫我死。我拿这口大棺材真没办法。要卖出去吧，哪家会买这样的棺材，准备一天死两人？要劈掉当柴烧，大清律有规定，劈柩有罪。只好供在这里，今后唯有慢慢让它腐烂好了。”

说罢又纵声大笑起来！

世上居然有这等胸襟的人！桑治平望着这位满洲绝无仅有、天下罕见其双的名士，不觉从心里爆发出酣畅淋漓的笑声来。

三人快乐地大笑一阵后，宝廷说：“不说我的那些无聊事了，仲子，谈谈张香涛吧。你从广州到京师，又从城里来西山，想必有大事，说说你们的事吧！”

在这样胸无城府、旷达脱俗的人面前还有什么可隐瞒的，桑治平将他心中所想的一切毫无保留地全部掏了出来。

宝廷平静地说：“自光绪二年张香涛从四川回京，到光绪十年张幼樵、陈弢庵获罪，这八九年间是京师清流最活跃的时期。那时国有大事，清流必集会商讨；参折朝上九重，犯官夕入诏狱，是何等的风光！但后来，香涛外放，潘伯寅、李高阳相继出军机，再到张、陈贬谪，我宝某人隐居，邓铁香病归，这几年来，风流云散，人去楼空，京师不闻清流之名已久矣。”

宝廷这几句话说得桑治平心里沉重起来，是呵，今非昔比，先前震慑朝野的清流还可以借重吗?

“尽管清流辉煌不再，但余韵尚存。”宝廷的语气显然转变了。“李中堂现仍做着礼部尚书，潘伯寅在家养病，国家大事他还挂念着。黄体芳做通政使，他的侄儿黄绍箕在翰林院做侍讲，这小黄比老黄更敢作敢为，日后前途无量。此外，还有我们这个大学究王廉生在。张香涛是清流的骄傲，他现在有事求大家帮忙，众人岂能袖手旁观?这事交给我好了，我来做串通人，五六年没有集过会了，不妨借这个题目大家再聚一聚，议一议，也让官场士林知道，清流还在，大家做事还得留神点。”

桑治平刚要变冷的心立时被宝廷这番话烧热了：原来这个退出官场的隐士还依然热情如故！此时他才明白，为什么王懿荣要带他上西山来会宝廷。正在高兴时，一个顾虑冒了出来。

“竹坡兄，这修铁路是大洋务，据说当年的清流们是以谈洋务为耻的，他们会对铁路热心吗？”

宝廷哈哈笑道：“仲子，你这是老皇历了，经过甲申年跟法国人这一仗，大家都看出洋务的重要了。徐桐、崇绮等视洋务为仇的老顽固没有几个了，即便翁同龢等人反对修铁路，也是别有用心，并不是反对洋务。”

“好，这就好了。”

桑治平放下心来，开始和宝廷、王懿荣细细研讨每一个环节。黄氏叔侄也属清贫之列，依王懿荣例，赠五百两银子。李鸿藻是个清高之人，绝不收银，这几年他一直遵照当年龙树寺方丈通渡所说，服饮龙树寺代为炮制的丹皮茶。于是决定送三百两银子给龙树寺，寺里每三个月给李府送去五斤丹皮，直到将三百两银子用完为止。宝廷说至少可以用十年，老头子今年六十九岁了，还不知活不活得了十年。潘祖荫也是个不收银子的名士，他一生爱的是鼻烟壶。就叫精于鉴别的王懿荣到古董铺给他买一对极品鼻烟壶，再贪心的古董商，喊出二百两，也是天价了。

送银送礼请帮忙的事，都由眼下无任何职衔在身的宝廷去办，可以不露声色，不着痕迹。众人收下银礼答应后，桑治平再一家家去走访，代张之洞去看望他们。宝廷建议："在萃华楼置一桌酒，大家一起见见面，聚一聚。"王懿荣认为现在已不是八九年前的情形，清流们还是宜散不宜聚。桑治平也以不聚为好，免得招来闲言碎语。

就在宝廷与众清流联系的时候，阎敬铭也为此事做出一个重大的决定。

一连服用十天洋药后，阎敬铭感觉风痹痼疾有了明显缓解：可以拄杖在胡同里来回走上三五次，腿脚不胀痛了，右手也可以握管作字了。号称风痹圣手的萧太医开的单方，吃了一年多，并没有大的效果。看来这洋药是真的好。老头子因病情的好转，这几天里心绪很好，故而当张之万来看望时，两个老搭档兴致勃勃地说了一个下午的话，趁谈话投缘之际，张之万将桑治平的那番话婉转地说了出来。送走张之万后，阎敬铭躺在床上思索良久。自己一个无官无职寓居京师的衰老头子，又如何能将那些话上达天听呢？即便想出个法子，那些话又如何既含蓄又不致很费解地来表述呢？琢磨来琢磨去，阎敬铭觉得最好的方式是面见太后。如今要面见只有一个借口，即要离开京师回原籍了，请求陛辞。不是在任要员，太后能拨冗召见吗？没有别的路可走了，且试一试，太后实在不肯召见，那也只能归之于天意了。

寓居京师，原是为了治病，现在萧太医既然治不好，而张之洞送来的洋药却有效，不如回解州去专吃洋药好了，滞留京师已无必要。倘若因此而成全张之洞的好事，也算酬谢了当年他的推荐之德，于人有利，于己无损。临天亮时，阎敬铭终于拿定主意。他用心口述一篇情意殷切的折子，叫侄孙记下封好，递交给午门侍卫，由午门侍卫代送到宫中外奏事处。

出乎阎敬铭意外，慈禧在看到阎敬铭的折子后，立即传令，次日上午在养心殿召见。这一年多来，慈禧多次从萧太医的嘴里听到阎敬铭居所是如何的卑陋，自奉是如何的简朴，也多次从户部堂官口里听到阎敬铭留下的账目是如何的明白清晰，与部属的交往是如何的公私分明。慈禧对这位致仕大吏有了更深的了解。

不要因慈禧日食万金、挥霍数千万两银子修建颐和园，就以为她也赞同别人奢豪靡费；不要因慈禧用卖官鬻爵笼络收买等手法来驾驭臣工，就以为她也希望别人贪污中饱、拉帮结派，恰恰相反，历朝历代的专制者，从来都是将他本人与律令法规分开的。国家律令、祖宗成法都只是对臣下而言的，他本人决不在其管辖约束之中。他本人可以穷奢极欲，却要求臣下越节约越好；他本人可以无端猜忌，却要求臣下忠贞不贰；他本人可以培植私党，却要求臣下决不能朋比结伙。古往今来，凡专权擅政的帝王，莫不如此。慈禧就是这类人中的一个。阎敬铭不贪不欲，是难得的好官，过去的不满早因他的致仕而消除，如今对他施行格外的优渥，正好为文武大臣树立一个典范。

“阎敬铭来了吗？”第二天上午，慈禧带着光绪，刚在养心殿东暖阁炕床上坐定，便问当值的端王载漪。

“阎敬铭已在朝房恭候多时了。”载漪恭恭敬敬地回答。

“你去把他叫来。”

“嗻！”载漪没想到第一个叫起的便是阎敬铭。

一个钟点前，朝房里便坐满了等待召见的大臣。今天共有五起，有军机处的，有刑部的，还有外省进京的督抚。因为知道阎敬铭是个致仕回家的人，这把年纪了，也不会再有起复的可能，对官场而言，已是个没有用的废物。载漪只对阎敬铭不冷不热地打个招呼后，便热情地与那些现任军机督抚谈天说地聊家常，再不理他了。这么多肩负重任的人等着要见，为何第一个召见他呢？载漪不明白太后脑中的机奥，来到阎敬铭的面前，脸上略有点笑意：“阎大人，太后叫您哩！”

太后第一个召见一位致仕回籍的革员，这是件稀罕的事，满屋大臣都用惊异的眼光望着阎敬铭。七十三岁的阎敬铭确实已经衰老了。他的须发已全部变白，而且白得哑暗没有一点亮光，面孔瘦削，本来就粗糙多皱的皮肤上又增加了密集的老人斑，更显得老态。他慢慢地站起来，步履沉重缓慢，略带有点颤巍巍的样子，好像两条细长的腿已没有足够的力量支撑起整个身躯了。

来到养心殿东暖阁，按照规定，阎敬铭向太后和皇上行了跪拜礼。慈禧指着旁边的一个尺把高铺着西北毛毯的四方木墩，对阎敬铭说："起来吧，坐在这儿说话。"

"臣不敢。"阎敬铭坚持要跪着。

"阎敬铭，你七十多岁了，又是先帝简拔的重臣，今日陛辞，非比平时奏事，坐着说吧，也算是我和皇帝为你送行了。"

慈禧的出格礼遇使阎敬铭颇为激动："臣谢太后和皇上的恩赐。"

他站起身，双腿似觉麻木，赶紧坐在木墩上。

"一年多不见了。"慈禧望着阎敬铭显得龙钟的身态，关心地问，"病都好了吗？"

"托太后、皇上洪福，这一年来，多亏萧太医的精心诊治，风痹宿疾已好多了。老臣准备离京回籍慢慢调理。老臣这一去，便再无觐见之日了。天恩高厚，粉身碎骨不足以报答，故恳请能再见一次太后、皇上，以表老臣依恋感激之心。"厚重闷实的陕西腔，从这位土得像黄土高坡上的农夫，老得像华山深处的百岁道长的前协办大学士口中吐出，显得格外的质朴诚恳。

慈禧听了这话，也颇为感动，以难得的和蔼问："你离京以后，是回朝邑本籍，还是回解州书院？"

"臣本籍朝邑已无房屋，故打算先回朝邑，借亲戚家住几个月后，依旧回解州书院去住。"

"再给士子们讲点书吧，为国家培育人才，是一件好事。"

“怕不行了。”阎敬铭凄然地笑了一下。“臣这一年来精力已大不支了。”

慈禧听了这话，心中怃然：“莫说你已七十多，我才过五十，便常有精力不支之感。好在皇帝已成年，过几个月就亲政了，今后我也不再为他操心了，国家大事就让他自己做主。”

说罢，特意看了光绪一眼。平时，光绪陪着慈禧召见臣工，向来不说话。一则因为马上要亲政了，二则出于对三朝元老的敬重，光绪问了一句：“阎相国你就要走了，国家大事上，你还有哪些要对朝廷说的？”

阎敬铭正愁无法切入正题，光绪这句话，恰好帮了他的忙：“老臣自离开户部、军机处后，就不再过问国事了，太后、皇上英明圣睿，国家大事，桩桩件件都允洽天意民心，老臣也实不能置喙。老臣只想说一句话，眼下铁路一事，依老臣愚见，应当修建。”

两天前，军机处将张之洞的折子呈递给了慈禧，慈禧对张之洞的建议也有兴趣。阎敬铭既然说到这桩事，不妨听听他的看法。慈禧问：“李鸿章建议修津通铁路，张之洞建议修腹省干线。你看先建哪条为宜？”

阎敬铭答：“从对国家的作用而言，腹省干线要远远大于津通铁路，老臣以为当先修腹省干线。”

慈禧说出她的顾虑：“从京师到汉口，有三千里，需银一千六百万两。张之洞提出分八年修造，每年提二百万。你是做过多年户部尚书的人，你说说，户部每年二百万提得出吗？”

“提得出。”阎敬铭不假思索地回答。

这两年来，颐和园工程因有海军衙门的资助款子，正在大张旗鼓地兴建。慈禧对此虽然很满意，但也常听到一些闲言闲语，有些言官的折子中也会旁敲侧击地点到此事。慈禧希望能有一项大的工程，转移大家对园工的视线，让他们看到，朝廷并非只注意太后的住宅，更注重国计民生。她心中也倾向建一条大铁路，但她被户部叫穷叫怕了，面对这样一件大事，她心里没底。阎敬铭坚定的回答使她一时突然感到，朝廷真的不能缺少阎敬铭。他这一走，户部今后还可以每年拨得出二百万吗？

“阎敬铭，这些年来你实心为朝廷办事，我和皇帝都是知道的。你走后，我以后会想起你的。”

慈禧这两句充满感情的话，使阎敬铭很觉温暖。他本来想就修铁路的事再多说几句，并借这机会推荐张之洞做这桩大事。但现在不宜再说这种话了，于是说：“七年前，蒙太后、皇上不弃，召老臣来京师，这些年又得以入军机，晋相位，享尽人间的至高尊荣，老臣肝脑涂地，不能报太后、皇上之恩于万一。为朝廷办事乃臣子本分，只是老臣禀赋愚钝，性情憨直，办事多有不中意之处，尚请太后、皇上宽谅。臣走后，请太后多多保重玉体，天下臣民都仰仗太后的庇护。”

这后一句话，最使慈禧听了舒心。慈禧最担心的便是一怕皇帝亲政后全不把她当一回事，大事小事，都自己说了算，心目中已不再有她这个圣母皇太后了。二怕文武大臣们的心全都转到皇帝那边去了，不记得是她给他们带来如今的荣华富贵。三怕今后住到园子里，没有国事要办，再也看不到百官匍匐在她面前唯命是从的场面了，那日子将怎么打发？一句话，即将交出最高权力的慈禧心里有一种隐隐的失落感。“天下臣民都仰仗太后的庇护”，这句话说得有多好！她突然发现，阎敬铭是真正忠于她的大忠臣，悔不该去年接受他的辞职。慈禧这样想过后，立即意识到，应该在此时听听他这方面的想法。

“过了年后，我就再不管国事，都由皇帝自个儿处置。他也长大成年，我也放心了。”

“孩儿不懂事，还请皇额娘多加训诫。”十八岁的皇帝深知太后这话背后的潜台词，不顾有外臣在旁，赶紧接话。

慈禧笑了笑说：“阎敬铭，我一向知你刚直公正。你要走了，我也要歇息了，你给皇帝荐举几个人吧。”

提铁路的事，就是要将太后的思路引到用人这个点子上来。但这话要怎么说才能得体呢？他迅速将昨夜的思索回忆一下后禀道：

“皇上天禀聪明，有太祖太宗之风，十多年来，又得到太后的精心培育，大清将会一天天强盛兴旺，这是老臣和中外文武所意料之中的事。向朝廷推荐人才，这是本朝二百年相沿的良法，臣蒙三朝特达之恩，又曾忝列内阁军机，自是更有义不容辞的责任。得太后圣睿的启发，老臣于此也有过一些心得。”

慈禧心想，这个倔老头子得到了我的什么启发？遂认真地听。光绪则听得更加聚精会神。

“臣年轻时好读史书，对前代治乱之世都极有兴趣，然终不甚明了治世何以治，乱世何以乱，为人君者其应世之方，处世之术，又何以有高低之别。咸丰十年文宗爷擢湘军统领曾国藩为江督，同治二年太后擢楚军统领左宗棠为闽督，尔后又擢李鸿章为湖督。从此，湘淮楚三军鼎足于世，互为激励，收长毛、捻子于毂中，固祖宗江山如金汤，老臣终于茅塞大开，佩服太后御政之高明。这治与乱，一字之差，全在于为人君者的如何制衡。”

阎敬铭说到这里，有意停了下来。为了这几句话，他昨夜很费了一番心思。桑治平所挑明的“牵制平衡术”，的确是慈禧太后从执政之初便采取的成功手腕。但这种手腕只可由她本人做，却不能容忍旁人说。如何来表述，既让她知道，又不使她不快呢？阎敬铭左思右想了许久，最后，他想一是还得说，二是点到为止，神明保佑她明白才好。倘若她明白不过来，那也无可奈何。其实，阎敬铭太过虑了，这几句话尽管年轻的光绪根本听不出个味道来，但慈禧已很快明白。她不希望阎敬铭说得太透，幸好，也还未说透，且看他的落脚立在哪里。

“臣以为大清要在二十年内确保安宁，内当重用翁同龢，外当重用张之洞。至于夷务，李鸿章老成持重，自可依畀。李、翁、张共同辅佐皇上，就像当年曾、左、李中兴同治朝一样，可无惧洋人之骚扰，长保海内之太平。”

翁同龢是光绪帝的师傅。光绪五岁时，翁同龢便为他启蒙授书，十三年来师徒之间有着父子般的情谊。光绪正寻思着亲政后要重用翁同龢以谢师恩，听了这话，忙高兴地说："阎相国说得对，翁同龢当重用。"

光绪皇帝的表现，很令慈禧不悦。她心里想：都十八岁了，怎么还这样不懂事！身为皇帝，须有人臣不能测之威仪，用人大事，哪有臣子奏对时便立即表示态度的？大清这万里江山交给他，如何能放得下心呀！

慈禧已知道阎敬铭所推荐的人选了，她不愿看到皇帝再有什么失态，必须立即结束这次召见。

"阎敬铭，你的意思我已明白了，下面还有几起等着召见。这天气眼看就要凉了，你回籍途中要一路保重，多穿点衣。送你人参六两，银一千两，礼不重，也算是朝廷对你的一点酬劳。你跪安吧！"

"臣谢太后、皇上的恩赏，到籍后，臣再上折请安。"

阎敬铭走出养心殿时，周围院墙上反射过来的强烈阳光，刺得他睁不开眼。他一边揉着昏花的双眼，一边暗暗想着：太后听懂我的话了吗？

阎敬铭的担心是多余的，工于心计的慈禧已听出他的弦外之音。洋人也说中国宜在中原省区内兴建从北至南的大铁路，其看法与张之洞不谋而合。就连沉寂多年的李鸿藻、潘祖荫、黄体芳等人居然也上折大谈修建铁路的好处，而且主张修大铁路，不仅要利国，而且要利民。而湖广总督裕禄却依旧脑瓜不开窍，拼死反对架电线修铁路。不仅奕譞骂他顽固，就连慈禧也嫌此人太不通时务了。

光绪十五年秋天，一道改授张之洞为湖广总督、督办腹省干线南端的圣旨递到广州。张之洞如愿以偿。他欣然接旨，立即离粤北上。此刻，张之洞或许没有料到，他从此便在江夏古城最高衙门里，一坐便是十九年，开创有清一代湖督任职时间最长的记录。他或许更没想到，近世史册也从此将"张之洞"三字与湖广总督紧密联系起来。百余年来，历史老人仿佛将一个错觉刻意留给后人：一提起湖广总督，便是在说张之洞；一说起张之洞，便想到“湖广总督”在中国近代洋务史上的特殊地位。

一个人能与一个职位如此紧密地联系在一起，能给一个空洞的官职填上如此充实而传之久远的内容，在中国两千余年的官场史上极为罕见。且让我们来看看张之洞是如何将湖广总督做得这般色彩斑斓、不同凡响的。

遗憾的是，张之洞踏进湖督辕门的第一天，接到的便是一份措辞严厉的训谕。

第三章／督建铁厂

一　盛宣怀“官督商办”之策，遭到张之洞的否定

张之洞一行取道海路，沿着广东、福建、浙江的海运航线北上。他素来厌恶官场的无聊应酬，何况在他现在的眼睛里官场上更没有几个人可以值得晤谈，故而沿途各级地方官员的盛情邀请及登船拜访等等，他一概谢绝，甚至连闽浙总督卞宝第的面子也不给。船至闽江口，福州府近在咫尺，他既不上岸进城去看卞，也谢绝卞上船来看他的好意。

张之洞的此种举动，为官场所少有。有说他不近人情的，有说他清高的，也有说他居功骄傲的，他都充耳不闻，我行我素。佩玉劝他不必如此固执，像上海道、浙江巡抚、闽浙总督，这些官员地位既重要，资格也老，不妨见见聊聊，只有好处没有坏处。

张之洞冷笑道：“什么地位重要资格老，尽是些尸位素餐之

辈！”

桑治平将这一切看在眼中，心里想：他这是在高标耿介绝俗的为官操守呢，还是因成功而滋生了目空一切的骄慢习气？不管如何，张之洞的待人接物已明显地发生了变化。

张之洞充分利用这段难得的空闲，大量阅读有关湖北湖南两省的书籍。从历史沿革到近世建制，从文化源流到风俗物产，从江汉荆襄往日的大事名流到晚近湖湘人物的风云际会，他都一一装在胸中。在他看来，这些湖广省情要远比言不由衷的客套话、别有所图的殷勤款待重要得多。唯一中断的一次是在得知彭玉麟病死衡阳的讣闻时，他整整半天伤感不已，并亲笔写了一封悼函，寄给老将军的亲属。

从广州到武昌的数千里航程中，张之洞只接见了一个人。

那一天，船在上海黄埔港刚刚停泊时，一个衣着阔绰态度谦卑的人，自称是上海电报局的局员，有一封重要信函请转交给新任湖广总督张大人，希望立刻得到回音。大根对来人说：“我家大人很忙，说不定他这会子还没有工夫看你的信哩。你不要在这里等，回去吧！”

那人说：“我在这儿等一个小时，一个小时若无回音，我就回电报局。”

大根拿着信走进船舱时，张之洞正在吃午饭。大根不想打扰四叔，正要退出，张之洞叫住了他。他只好把信递上去。张之洞便放下碗筷将信笺抽出。匆匆看过后，便要大根告诉在岸上等候的送信人：晚七时，在轮船上接见。

大根大出意外，兴冲冲地快步下船来到岸上，对电报局的人说：“你家主人是个什么角色？一路上的巡抚总督，我家大人都一概不见，走了几千里，你家主人还是第一个得到召见的人。快回去告诉他，做好准备，晚七时来轮船上拜见我家大人。”

电报局局员听了这话，喜滋滋地回去复命了。

此人是谁，他怎么会有这大的面子？这位使得张之洞破例召见的人，正是官居山东登莱青兵备道兼烟台东海关监督，现任中国电报局、轮船招商局督办的盛宣怀。

得知张之洞走海路赴任的消息后，盛宣怀特为从天津赶到上海，住在电报局的上海分局，等候拜见张之洞。盛宣怀为何要花这大气力，请求与这位一路倨傲的新任湖督会面呢？是成心要巴结打败洋人的英雄制军吗？巴结之心固然有，但更主要的，是另有一番宏图存于他的心中。

原来，这个天字第一号的长袖善舞者，正要借助于新一任的湖广总督，来办成他在湖北经营已久的一项大事业。他的好朋友郑观应此时正在上海办织布局。他知道郑观应与张之洞熟，请郑观应陪同他一道前去黄埔港。郑观应满口答应。

盛宣怀拿出他从天津带来的两件价值昂贵的礼物：一个镶金嵌玉、逢时奏乐并加上洋妞旋转的三尺高英国造座钟。一个布满一百零八颗珍珠的和阗墨绿玉如意，问郑观应："这两件礼物，一是西式，一是中式。你帮我参谋参谋，送哪件合他的胃口，或是两件都送。"

郑观应笑了笑说："你今天若是拜访两江总督曾国荃，则送中式的，若是拜访闽浙总督卞宝第，则送西式的。只不过，今天拜访的是清流出身湖广总督张之洞，依我看，西式中式都不要送。你送他重礼，他反而会怀疑你对他有非分之求，破坏了晤谈的气氛。不如什么都不送，彼此都轻轻松松，反而可畅所欲言。"

"好，就依你的看法。"

正当盛宣怀在郑观应的陪同下，乘着电报分局考究的黄包车，穿过十里洋场一条条繁华街巷，向黄埔港奔去的时候，粤秀轮甲板上，辜鸿铭握着一张洋文报纸，兴高采烈地从自己所住的二等舱向头等舱快步走来。

"香帅，极好看的花边新闻，你看看吧！"辜鸿铭冲着一身便服斜躺在软皮沙发上的张之洞大声说着。

张之洞放下手中的《荆州府志》，笑着说："什么好看的花边新闻，让我看看解解闷。"

“醇亲王得了梅毒病，已病得不轻了。你看看这个。”辜鸿铭将手中的《泰晤士报》递了过去。

张之洞接过一看，见是满纸洋文，心里不悦道：“哪里捡的一张垃圾纸也来蒙我，你这是欺负我不懂洋文是不是！”

辜鸿铭见状忙说：“香帅息怒，我哪敢欺负您，我是一时高兴得忘记这是一张洋文报纸了。但这报的的确确不是垃圾纸，这是我刚在码头上散步时和一个英国人聊天，他送给我最近出的《泰晤士报》。”

见到花边新闻便高兴得忘乎所以，一定是个好色之徒；不过，他毫不掩饰自己的内心想法，也坦率得可爱，比起那些又要做婊子又要立牌坊的伪君子强多了。想到这里，张之洞脸色平和下来：“到底是怎么回事，你说给我听好了。”

辜鸿铭笑嘻嘻地说：“报上是这么说的，英国公使馆里一个医生，前不久应醇王府之请，进府来给醇王瞧病。医生仔细诊断后，明确告诉醇王得的是梅毒病。醇王大惊，说他压根儿就没有逛过妓院，哪来的梅毒病。英国医生说，病是梅毒，这是确凿无疑的，若不是外面惹来的，便是府里的姨太太传染的。醇王说，别胡说了，我的侧福晋都是规规矩矩的女人，她们怎么可能得这种恶疾。英国医生说，除开姨太太外，王爷还喜欢过府里别的女人没有。这句话提醒了醇王。他想起身边新来的一个丫鬟。一个月前，庆王盛情邀请醇王到他的王府做客。席间，一个特别妩媚妖艳的女人，将醇王勾引得目不转睛，魂不守舍。庆王笑着说，王爷喜欢她，就带回府去吧！醇王很高兴地接受这个礼物，当夜便带回王府。一个月来这个丫鬟夜夜陪他睡觉，把他服侍得心花怒放。莫非是她带来的病？醇王把这个丫鬟叫来，让英国医生一检查，果然毛病出在她的身上。醇王气得痛打这个丫鬟一顿，叫她从实招来。丫鬟于是招供，她本是八大胡同一个妓女，被庆王府买去的第二天便被送到醇王府。醇王听后大吃一惊，心里想：庆王为什么要这样害我呢？后来用重金买通一个常在太后身边的小太监，才知原来是慈禧叫庆王这么做的。于是醇王知道自己必死无疑，从此不再请洋医生看病了。”

“胡说八道！”张之洞生气地说，“这一定是下三流洋痞子编造出来的！醇王府里即便有这等事，他怎会知道？再说，太后为何要这样害醇王？醇王是个老实人，又不碍她的事。”

辜鸿铭依旧笑嘻嘻地说：“这事不可全信，也不可不信。《泰晤士报》是家严肃的大报纸，不比那些无聊小报，没有根据的事它不会登的。为醇王瞧病的汉姆是个名医，他也不会瞎说。香帅，你不要说醇王就全不妨太后的事，你还记得吴大澂上表为醇王加尊号的事吗？”

这就是不久前发生的事，怎会不记得！

前清流名士现任东河河道总督的吴大澂给朝廷上了一道奏疏。奏疏上说，本朝以孝治天下，普通百姓尚且以本身封典貤封本身父母，何况皇上之父母，应更有尊崇之典礼。当此归政前夕，请太后饬下廷臣会议醇王称号典礼，以满足皇上和百姓之所望。奏疏又提到历史上最为有名的宋代濮议和明代大礼议两个典故。并以乾隆的批示为依据，肯定了明代大礼议，即明世宗尊其父为兴献帝、庙号睿宗的做法是对的。吴大澂的意思很明确，请封醇王为太上皇。过几天，一道圣旨下来，说早在光绪元年正月，醇王便有奏折上禀两宫太后，永不接受尊封，如日后有援明世宗之例说进者，务必目之为奸佞小人，立加屏斥。并附着醇王当年的这道奏折。

此事在朝廷内外引起很大震动。有人说，吴大澂一贯以清流自居，常常拿“群居闭口，独坐防心”的自撰格言送人，看来是一个典型的伪君子，一个善拍马屁的奸佞小人。不料这次马屁没拍到点子上，惹得太后恼火。

但更多人却认为所谓醇王光绪元年的奏疏很可能是临时伪造的，一则先前为何从未听说醇王有过这样的奏疏，二则这道奏疏字字句句都是针对吴奏来的，就连所举的前代事例，也是濮议和大礼议，难道十五年前醇王就知道吴大澂会要上一道这样的说进折吗？不久从内宫传出消息，说太后对此甚为恼火，怀疑醇王想以太上皇的身份取代她这个已归政颐养的太后，吴大澂是奉醇王的旨意而上折的。太后与醇王之间的嫌隙，为朝廷政局罩上了一丝阴影。

难道说，太后因此要除掉醇王？但用这种手段却未免太出之卑下了。太后会这样做吗？

正在这时，杨锐进来禀报："盛宣怀已到码头边，等候接见。"

张之洞说："叫他上船。"又转脸对告辞的辜鸿铭说："洋报上的这段花边新闻，万不可再对人说起。"

盛、郑二人上了船。杨锐先进去禀道："香帅，盛宣怀、郑观应在舱外等候接见。"

"陶斋也来了！"张之洞放下手中的《荆州府志》，"叫他们进来吧！"

郑观应走前半步，盛宣怀紧跟在后面，二人欲行大礼。张之洞说："都免了吧。"

说着指了指对面的沙发。

郑观应说："大人荣调湖广，杏荪特为从天津赶来，向大人表示祝贺。我也有两年未见到大人了，沾他的光来拜见拜见。"

盛宣怀忙说："职道久仰大人威名，多年来渴望拜谒。今日能蒙大人拨冗赏脸，实荣幸之至！"

"哦，你就是盛杏荪，我也久闻你的大名了。坐吧，坐下好说话。"

趁着盛宣怀落座的时候，张之洞将他认真看了一眼。只见盛宣怀四十多岁年纪，不仅身材矮小单薄，而且头脸也小，眼睛细细的，下巴尖尖的，浑身上下，就像一只猿猴似的。张之洞尽管自己长得丑而矮，却不喜盛宣怀这等长相，心里想：难怪许多人说他是个嗜利小人，看这模样，真的不像个大人君子。先自有了三分不悦，转念一想：张树声称赞他十个尚侍也比不上，必定有些真本事，自己不正是冲着这点决定见他的吗？想到这里，张之洞换上笑脸对盛宣怀说：“张轩帅可是大大地称赞你，说你是洋务奇才。我张某人，别人可以不见，岂能不见你？”

盛宣怀颇有点受宠若惊地说：“轩帅言重了，当年他要我到两广去帮他架电线。我没有去得成，心里一直觉得对不住。没想到他不久就过世了，我难过好长一段时期。”

郑观应插话：“轩帅是给法国人气死的。香帅打败了法国人，为轩帅报了大仇。”

“是的，是的。”盛宣怀忙说，“自从与洋人交战以来，还没有人打败过洋人，香帅不仅为轩帅报了大仇，也为我们大清国长了大威风。”

郑观应、盛宣怀的这几句话，说得张之洞甚是高兴。这两年来，张之洞最喜欢听的就是别人恭维他打败洋人的话。“文澜不取归熙甫，兵略时同魏默深”，年轻时他便以文武兼资自许。文章倒的确已为世所公认了，多少年来，他一直盼望兵略也能为世所认可。现在有了镇南关外大捷，这兵事上的谋略，谁敢有目无睹？五十出头的张之洞，尽管口里不说，心里早已认定自己是天下第一臣了！

“盛道，你从天津千里迢迢赶到上海来见我，究竟有什么大事？”

“职道来上海，一来是想见见大人，二来听说大人要将为广东购买的铁厂机器运到武汉来，在湖北建立一座炼铁厂。因为此事，职道要向大人禀报一些情况，或许于大人有点作用。”

“你是怎么知道炼铁厂的机器要运往湖北的？”张之洞盯着盛宣怀两只绿豆大的眼睛。

原来，仍被朝野公认为第一臣的李鸿章，对张之洞一向抱有成见，即便张之洞在越南的战争打赢了，李鸿章也认为不过侥幸获胜，并不因此改变对张的看法。李鸿章知道广东无煤铁，对于张之洞在广东建铁厂的想法他以冷笑待之。当他得知李瀚章要从漕督移督两广，便对胞兄说，张之洞这个人好大喜功，在广东所办的事都要细细审查，不合时宜的要坚决停办，铁厂不能接受，要他迁到湖北去。

李瀚章虽为李家老大，却素来惯听老二的话，因此人尚未到任，便有急函给张之洞。离穗前夕，张之洞接到李瀚章的信。他正为铁厂不能带到湖北而遗憾，此议恰合他的心意，忙回函李瀚章，表示同意。这事只有他和李瀚章两人知道，盛宣怀怎么这样快就获知了？

“前几天，职道在北洋衙门看望李爵相，爵相对职道说的。”

哦，张之洞顿时明白了，盛宣怀不是李鸿章一手提拔的人吗？怎么忽视了这一层！因为不满李鸿章，张之洞又对眼前这个容貌不起眼的李氏家仆生出反感来。

“筱荃嫌铁厂是个麻烦，这事是我张某人干的，烂摊子也只能由我张某人收拾，我不把它带到湖北又如何呢？”

机灵精明过人的盛宣怀，已从这话里感受到张之洞态度的冷淡，他不敢说“铁厂办在广东不合适”的话，怕触犯了大帅的虎威。“香帅，把铁厂带到湖北，实在是极为英明的决定。职道认为，在湖北办铁厂，比广东强过十倍二十倍。”

“为什么？”张之洞用一种怀疑的眼光打量着这个电报局兼轮船局督办。

“铁厂的原料一是铁矿二是煤，这两样东西湖北的蕴藏量最多。”

“哦！你有确凿的根据吗？”张之洞的兴致明显有了提高。

“香帅，”郑观应插言，“杏荪在湖北办了好几年的矿务。”

张之洞的双眼里亮出几分喜悦的光彩，望着盛宣怀说：“难怪你对湖北的矿藏清楚，你是办的铁矿还是煤矿？”

“煤矿。”盛宣怀答。

“你细细地说说。”张之洞跷起二郎腿，向沙发垫背靠过去。

“家父在湖北做过多年的官，先是在胡文忠公幕府里做事。”

“令尊叫什么名字？”张之洞打断盛宣怀的话。

"家父叫盛康。"

盛康，张之洞努力回忆在胡林翼巡抚衙门所呆过的短暂时期，盛康这个人既没见过，也没听胡林翼说过，大概是个地位不高的幕僚。

盛宣怀期待张之洞的热烈回答"哦，我认识"，或者是"哦，我听说过"。但张之洞什么也没说，干等了一会，盛宣怀继续说下去："后来做了湖北盐法道。同治六年，职道在武昌盐道衙门住过一段时期，在家父签押房里见过广济县禀禁止开挖武穴煤山的公文。此事一直存在职道的心中。"

"你那时多大？"

"二十四岁。"

张之洞心想：通常的官家子弟，这种年纪或是在书斋攻读举业，或是在酒楼妓院里花天酒地，很少有人去关心百姓生计的，盛宣怀确有不同常人之处。"你那时还很年轻，怎么会注意些这样的事？"

"香帅不知，职道二十余岁才中秀才，后来几次乡试都未中。或许是职道生性愚钝，但平心而论，职道从年轻时就不乐于举业，一向对经济之事极有兴趣。"听出张之洞的话中带有肯定的语气，盛宣怀的情绪比刚才好多了。

郑观应说："杏荪多次跟我说过，做事要做对国家有实在利益的事，当今对国家大有实益的事便是办实业，办洋务。"

张之洞点了点头，微笑着望着盛宣怀。

得到鼓舞，盛宣怀开始滔滔不绝地说下去了："职道在轮船招商局做会办时，深以洋煤价格昂贵，所费太多为虑。心想，我们中国有的是煤，为什么还要买洋人的呢？别人告诉我，中国的煤质不好，又少，不够用，所以要买洋煤。我又问，我们中国这样大，就找不到好煤吗？属员说，好煤在地层深处，中国土法挖不到。如果买进洋人的机器来，用洋法开采，既可得好煤，又可大量生产，两个问题都解决了。"

郑观应插话："十多年前，中国用洋法采煤的地方只有两处，一处是直隶的开平，一处是台湾的基隆，都是英国人办的。”

“听了这些话后，我在心里盘算着：若是我在湖北办一个洋式采煤的矿，不仅自己轮船公司不再买洋人的煤，而且还可以卖给别的轮船用，甚至还可以卖给在中国的外国轮船。于是我请人先行查勘，最后看中了广济一带。为确定准确位置，特为聘请一个洋矿师，英国人，名叫马立师。”

张之洞半眯着眼睛望着盛宣怀，问：“这个英国矿师本事如何？”

“这个洋人徒有虚名。”盛宣怀苦笑，“他闹腾了三个月，还没有找到好煤层。跟我说，再给他三个月时间，他一定可以找到。我看他银子花了三万，一点成效都不见，不知他是本事不高，还是根本就没本事，纯是骗局，我没有答应，让他走路。”

张之洞点点头说：“跟洋人打交道，要多存几个心眼。我在两广这几年，就积了这个经验。好多洋人，就仗着红毛绿眼睛会叽哩哇啦地说洋话，便在我们中国人面前耀武扬威，自以为了不得，其实大多没有什么本事。有的是在本国混不下去了，到我们中国来浑水摸鱼，有的很可能就是他们国家中的流氓、痞子、偷儿、乞丐之流。在本国只是做孙子的角色，到我们这里来却要做大爷！”

郑观应听了这番话，哈哈笑起来。盛宣怀心想：别看他张香涛现在要办洋务了，骨子里还是过去那一套；把来中国的洋人如此奚落，也太刻薄了点。嘴里却说：“香帅说得对。跟洋人打交道，是得多存点心眼，后来我就谨慎多了。我知道赫德这个人值得信任，又知他推荐的一个矿师在台湾基隆煤矿办理矿务有条有理，于是请赫德推荐。不久，赫德推荐了英国矿师郭思敦。郭思敦有本事，又舍得干。经过半年的实地考察，他认定兴国、广济、归州、兴山等地均无好煤，湖北的好煤在荆门、当阳之间观音寺窝子沟和三里冈一带，这里的煤层有二尺来厚，蕴藏量为二百万吨。”

“二百万吨，何为吨？”张之洞打断盛宣怀的话。

“吨是洋人的叫法。”郑观应解释：“一吨为二千斤，一万吨为二千万斤，二百万吨则是四十万万斤，即四十亿斤。”

“而且煤质好，可以和美国的白煤相当。郭矿师说铁矿也很好，蕴量大约五百万吨；含铁成分也很高，一万斤铁矿石里含铁十二斤，可以炼出上等好铁。”

“大冶应该是有好铁。”张之洞摸着下巴下浓密的半尺余长胡须说，“好几部书，比如《太平寰宇记》《方舆纪要》都记载过大冶附近有铁山。从三国吴王孙权起便在此地设炉炼铁，一直到明代都不断地有人采矿炼铁。岳飞在此地锻造了一批极锋利的剑，被称之为大冶之剑。大冶之剑，是当时的宝剑。我看，在孙权之前肯定有人做过这种事。大冶之名从何而来？当然是源于此地曾有过大规模冶铁之事嘛！”

两位偏重于实业而读书不多的洋务家，对总督的博学强志很佩服。

“制台说得对。大冶大冶，必与冶炼有关。职道先前倒还没有这样想过。”盛宣怀连连点头说，“荆当煤矿和大冶铁矿找到后，职道决定开采，但难题也便接踵而来。”

“银钱不够充足？”张之洞问。出任督抚以来，他才深刻地懂得，办任何一件实事，最先面临的便是银钱二字，而银钱的筹集，真正千难万难。

“正是。”盛宣怀说，“职道和郭矿师初步筹议，开采煤矿与铁矿添置机器，需二十万两银子，还须修建一条铁路从煤矿到长江边，需银三十万两，两项加起来，为五十万两。当时，职道领取的银子不足二十万两，且前期查勘已用去了十万。经报请李爵相同意后，采取招集商股的办法来筹钱。”

以发行股份的方式来集聚商人手中的银钱，用以办事，在广东，并不是新鲜事，但张之洞认为官府办事不能这样做。官府办事，目的在为民造福，商家办事，目的在获利。官府如果与商家纠合在一起，就会将造福变成了获利，官府在百姓的眼中便没有了地位。自古以来，官府做官府的事，商人做商人的事，从来没有官商结合办事的。官商勾结，这成何体统？

“原拟发一千股，一股一百两银子，结果只发了五百股，招银五万两，机器无法买了，只得用土法采煤。”

张之洞说：“商人是要赚钱，他没有看到有七八成赚钱的可能，他就不会把银子拿出来的。万一亏损了，他的银子怎么办？官府办事用这种方法不妥当。”

盛宣怀听张之洞这样说，心里愣了一下，略停片刻，他硬着头皮，继续说下去：“因为缺乏资金，又因为管理方面的一些问题，结果煤矿亏损厉害，不到一年，矿务局便关闭了。”

张之洞心想：张树声把盛宣怀抬得那样高，看来也不过如此。但这次他要见我的目的是什么？专程从天津来上海，总不是就为了向我禀报矿务局关闭的事吧！

“盛道，矿务局关闭这几年来，那里还有人在采煤吗？”

“当地的百姓仍在那里用土办法挖煤。因为没有机器，采不到底层的好煤，而且没有官府的监督，也就没有章法。老百姓顾自己的眼前小利，把矿区破坏得很厉害，给今后的开采带来很大的麻烦。我知道这事后深为可惜。”盛宣怀以热切的眼光望着张之洞说，“香帅，职道这次之所以来打扰您，就是为了这湖北的煤矿事。我想请香帅到了湖北后，立即下达一个命令，就如当年湖北巡抚衙门的禁令一样，严禁荆门、当阳一带老百姓擅自开挖煤矿。香帅，职道这个建议，纯是为了国家为了湖北。那样好的煤区，据说现在已糟蹋得不成样子了，若再挖几年，就会全部毁掉。”

从盛宣怀的神情上，张之洞看到一种发自内心的诚意。这种诚意源于一个人对自己的所爱而生发的珍惜之心。好比说一个古董爱好者，看到一件珍稀古董被破坏，尽管这件古董不是他的，他心里也很痛惜。又如一个塾师，看到一个聪颖的孩子不能上学，心里也很痛苦，与这个孩子跟他之间的关系无干。张之洞是个古董爱好者，也做过多年的学政，他常有这种心情的产生，因此很能理解盛宣怀的这种情感。他相信盛的话不是做作的。

“你放心好了，这件事，我到武昌便可以做，而且我很快会把这矿务局恢复起来。要办铁厂，先得要有铁和煤，恢复矿务局还得先行一步。”

“香帅说干就干，真是雷厉风行。”盛宣怀高兴起来。“郭矿师是个很优秀的人，他早已回英国去了。如果香帅需要的话，我可以写信请他再来中国。”

“好。”张之洞爽快地说，“我相信你的眼光，到武昌后，我再跟湖北的抚藩臬商议商议，到时再请你帮忙。”

“职道理应效劳。”盛宣怀说，“刚才香帅说，立即恢复矿务局，实在英明。虽说当年因银钱不够，没有添置足够的机器，但还是买了一些器件，发电机、鼓风机、胶皮车等，后来都堆放在仓库里锁起来了。矿务局一旦办起来，这些就全部送给矿务局，不收分文。”

“那就先谢谢你了。”张之洞笑着说，心里想：此人器局还不窄小，怪不得这几年电报局、轮船公司都办得不错，真正有所作为的商家也不能事事斤斤计较。

盛宣怀此行的真正目的，是劝张之洞将湖北的矿业交给他，由他来实行招商集资，重操旧业。盛宣怀相信，如果这样的话，他有十足的把握能把湖北的矿业办得红红火火。这是因为第一，五年后的今天他已积累更多的经验和更多的钱财，各方面的实力雄厚了。其次，比起五年前，买股份的风气在中国更加盛行，而且也有一批发了财的商人，故前来认股的人会远比先前的多。还有更主要的一点是张之洞在湖北办起了铁厂，煤和铁矿有了固定的买主，矿务局的生意包赚不亏。这样的发财好机会，真是可遇而不可求，他怎能不抓住？

刚才对招商集股的办法，张之洞明白地表示不同意，这桩事还提不提呢？盛宣怀虽是一个最善于察言观色、见风使舵的乖巧人，但也是一个拼命追求成功的执着者，集商股的办法本就是从洋人那里学来的，中国官府要员们难得接受，是不奇怪的，关键是他们还不明白它的好处。张之洞是个明白人，若对他说清楚，他应该会支持。想到这里，盛宣怀壮起胆子说：“职道无能，在湖北办了三四年矿务而没有成功，但职道经过上次的挫折后也积累了几条经验，也算是前车之覆，可作后车之鉴吧！”

张之洞对这句话很感兴趣：“有哪几条经验，你说给本督听听。”

盛宣怀说：“这第一条经验，要慎选矿师，马立师这人因为没有选对，不仅一无所获，还害得我耽搁三个月时间，丢了二三万两银子。郭矿师则发现了埋在地下三四百丈的宝贝，这样有真才实学的矿师，不妨付给十倍八倍的俸金，因为他为我们所创造的财富当以十万倍百万倍计。”

张之洞点点头没有做声。盛宣怀继续说：“第二是慎选矿区。最好的矿区是蕴藏量大，品质优良，而且要考虑到运载的方便；运载不便，得专为修路架桥，耗资就大了。”

张之洞仍没做声，但看得出他在认真地听。

“最后我想向香帅详细禀报一下，矿务局宜采取官督商办的形式。”

“官督商办？”这个名称显然使张之洞感到陌生。他放下跷起的二郎腿，不自觉地前倾着上身问。

“是这样的，香帅。”盛宣怀解释，“官督，就是由官府来监督。矿务局的大计决策都要禀报官府，由官府定夺。商办，就是由商人来具体操办。因为开采矿藏是一桩投资巨大的事情，采取集股的办法则可以较快地筹集大笔资金。”

“盛道，”张之洞打断他的话，“集股事，你不是试过不灵吗，为何不吸取教训，还要再用这个办法？”

“香帅，”盛宣怀耐着性子说，“刚才我在说到集股事时，还没来得及说明它的另一大好处，即集股除可筹集资金外，还有更重要的优越，便是将矿业的亏损与办矿人的利益紧密联系在一起。洋人的通常做法是，凡买股的人都是股东，由一批大的股东组成董事会，由董事会推选出能干的人来经营，钱赚得多，股东们分红就多，亏损了则大家吃亏。这样，就使得他们只能赚而不能亏。如果由官府来办，钱由藩库支出，赚和亏都与经办人无关，他们就不会好好操办。”

“盛道，你这话不对。”张之洞斥责道，“由官府委派去办矿务局的，当然是选品行好、操守好的人去，藩库的银钱都是老百姓的血汗钱，一不能贪污中饱，二他应该知道要把事办好，怎么能说，赚和亏都与他无关呢？一年到头，官府要办的事很多，都是由各级衙门委派的人去办。照你说的，事事都得由董事会来推选，否则便办不好？如此，还要官府做什么？”

张之洞咄咄逼人的口气，很有点使得这个官居道员身负重任以能人自许的洋务派受不了，但为了远大的目标，盛宣怀压下心中的不悦，极力挤出笑容来辩解：“香帅，这办洋务的事，与过去官府办差有所不同。官府办差不与生财有关，且不担风险，而这不同……”

“有什么不同？”张之洞立即打断盛宣怀的话，“牙局、厘卡，不都是与生财有关吗？还不都是由官府在办，要什么董事会？”

盛宣怀被这几句话堵得语塞。张之洞本不想再理睬了，看他毕竟是远道专来拜访的客人，说的都是关系湖北国计民生的大事，于是又说了几句：

“盛道，你有没有想过，这埋在地里的煤和铁矿都是国家的财富，商人怎么可以拿国家的财产来为自己谋私利呢？开矿采煤炼铁，这样的大事，当然只能由官府来做，取之于国，用之于国，决不能让那些贪得无厌的商人们来染指。他们想利用国家的财富来发自己的财，在别人手里或可行得通，在我张某人的手里，办不到。”

盛宣怀听了这话，满肚子里都是委屈。他很想细细地向这位想办洋务又不懂如何办洋务的总督大人说清楚：煤和矿是国家的财产，不错，但埋在地里，不挖出来利用就不是财富。商人固然是要谋利的，但他在谋利的同时，也为国家带来了利益，这种谋利，官府应当支持。集股就是把分散的闲置在民间的银钱融聚起来办事，这是一种很好的办法，尤其是国家银钱紧缺时，更要多采取这种形式来办大事。但是，他听说张之洞固执刚愎，这两年更以英雄自居，听不进别人的话，又眼见这种毫无商量余地的神态，知道再多说也无益，于是向郑观应使了个眼色。郑观应明白，说："大人百忙之际能抽空接见，杏荪兄和我都感激不已，不敢再多打扰，就此告辞了。"

说着起身。张之洞也起身说："盛道刚才说的这些，对湖北今后的矿务和创办铁厂都很有益处，本督理应感谢。到时，或许还会请二位专程到湖北来实地指导。"

盛宣怀忙说："指导不敢当。香帅今后若有用得着的地方，职道当尽力效劳。"

张之洞站着不动，对着窗外喊了一声："叔峤，代我送客人下船。"

目送盛宣怀、郑观应走出舱门后，张之洞背着手在船舱里踱步，脑子里总在想着：湖北的采矿冶炼之事，今后应当如何去办呢？

二　游方郎中给张制台泼下一瓢冷水：橘过淮南便成枳

粤秀轮慢慢靠近司门口码头时，早已等候着的湖北巡抚奎斌，带着武汉三镇各大衙门的官员立即走到江边来热情接待，接着又在总督衙门举行盛大隆重的接风酒会和交接仪式。所有从九品以上的官员们全都紧张热烈兴致勃勃地参加这些活动，丝毫也不以繁琐冗长、耗时伤神为意，有几个因阴错阳差没有收到请柬的低级官员，为没有出席这场盛会而忧心忡忡、惊疑不安，不知何故而失去了这个资格，十分担心头上的那顶小乌纱帽能否戴得下去，直到一两个月后见并无动作才稍稍安宁下来。就连年近古稀身患重病的藩司黄彭年也硬撑着病体应付着，待到两天的仪式结束后，他便重新躺到床上去了。

走进奎斌所布置的豪华气派的大签押房，张之洞的第一件事便是将那幅《古北口长城图》高高地悬挂在北面正墙上。这幅气势磅礴的丹青，从太原到广州，如今又随着主人来到武昌衙门。张之洞凝神看着，觉得自己既像那蜿蜒的长城，又像那高高耸立的关楼，心中很是自豪。他转眼看了看摆在房间正中央的那张宽大的案桌。案桌上已叠起尺余高的文册牍书。他顺手拿起放在最上面的一件，乃是军机处寄来的四百里急件。看收函的单子，已是十天前便到了武昌督署。出了什么急事，让军机处发这样的快件？张之洞边想边打开，几行字赫然跳进他的眼帘：

近来总督赴任，辄带亲兵营随行，既多靡费，且与制度不合。据传张之洞此次赴任，随带亲兵二百人，数量之多，骇人听闻。着张之洞将所带亲兵除酌情留一二十名外，其余皆遣回广东，不得有误。

张之洞万万没料到，以湖广总督身份第一次收到的上谕便如此令他窝火。他气得将军机处函件一推，离开书案，在铺着西域红长毛地毯的房间里急速地来回走动。

急步走了一袋烟的工夫，他的心情才略为平静下来，叫门外的衙役将桑治平请来。

一会儿，桑治平走进签押房，见张之洞的脸色灰黑黑的，知他心情有不快："遇到了什么事，心里不舒服？"

张之洞指了指桌上的函件说："你看看就知道了。"

桑治平拿起军机处的函件，很快浏览了一遍，轻轻地说："这是我害了你。"

原来，从广武军中选拔一批军官带到湖北，这个建议是桑治平提出的。为显制军的威风也为了沿途的安全保卫，总督调动迁徙时往往带着一大批亲兵同行。近几十年来，已成惯例。奉到湖督令后，桑治平对张之洞说："广武军创办三四年了，请的是德国教官，德国陆军是当今最强的军队。广武军这几年在德国教官的训导下，很像个样子。若从广武军中的中下层军官中抽调一批优秀者，将他们编为一支亲兵队，带到湖北，再以这批人为骨干招募一支湖北新军，湖北新军便可以很快训练起来。"张之洞同意桑治平这个建议，遂委派桑治平、大根及已升为亲兵营都司的张彪到广武军去秘密地选派人员。于是桑治平、大根在三千广武军中挑选了一百五十名中下级军官，张彪则从亲兵营中挑出五十名自己的哥儿们，一共二百人，组成一个新的亲兵营，乘坐另一艘海轮，一路护送到武昌。原本一个很好的设想，突然被打乱了，是谁将此事捅到朝廷去了？

唉！张之洞在心里叹了一口气后想，子青老哥因病请假才几天，军机处便下这样的上谕！

他走到桑治平身边说："害了我的话，从何说起！你的主意，我至今仍认为是很好的。我气的是有人在暗中捣我的鬼。"

"只要你不后悔就好。"桑治平拧紧双眉说，"捣鬼是一定的，你在广东这些年，哪有不得罪人的地方？好在上谕并没有给你以处罚，只是令随行的亲兵遣回广东。我现在问问你，这些亲兵你是遣回还是不遣回？"

张之洞问："遣回怎么样，不遣回又怎样？"

"若是愿意遣回，那很简单，遵旨办事，将这些人都打发回广东，仍到广武军营去，我也没有话可说的。如果你不想遣回的话，下一步我们再商量。"

张之洞咬住牙关，绷紧着脸，思索很久后，从嘴里迸出两个字："不遣！"

"对，应该不遣！"桑治平脸上露出欣慰之色。

"你看下一步怎么办？"

"得想个办法应付朝廷。"桑治平将军机处的急函上下打量着，脑子里有了一个主意。“看这样行不行？”

“怎样应付？”

“你就给朝廷上个折子，说这些亲兵本是淮勇。他们不惯广东水土，宁愿回安徽原籍务农，不愿再回军营。现遵旨就地遣散，发给途费，让他们回原籍务农。朝廷之所以这样，不是因为广东少了二百号亲兵，而是怕你在湖北安置跟随已久的将士，只要这些人离开了湖北，朝廷就不会过问了。”

“来广东的淮勇，几乎没有几个能适应那里又热又潮的气候，都想回家，这个说法应付得过去。麻烦你告诉叔峤，叫他按此意思拟个折子。”

军机处寄来的这道上谕，提醒了张之洞，立即要做的事情除铁路、矿务、铁厂外，这组建湖北新军的事也不能拖延太久。若时机未成熟，可先办一所陆军学校，早日培养一批新式军官出来。

张之洞抛开上任伊始的不快，以比在三晋两广更大的热情投入事业。但他根本没有料到，朝廷将他从两广调到两湖所要办的头等大事，尚未措手便胎死腹中。

原来，李鸿章对朝廷否定津通铁路方案，赞同芦汉铁路方案，一直大为不满。在他认为，芦汉铁路方案是典型的好大喜功，不仅路线太长，花钱太多，更兼路况复杂，河南、湖北一带山多水多，还有一条黄河天堑要飞跃，兴建这样一条大铁路谈何容易！何况眼下铁路，首先不是为了利民，而是为了利于打仗。大清国的敌人是洋人，洋人对我皆有掠夺之心，而掠夺又分掠夺财物和掠夺领土之别，掠夺领土才是最可恨的敌人，有这种野心的一是日本，一是俄国，故而铁路首选地在华北东北，而不在腹心省份。朝廷被那个爱出风头善于论辩的张之洞所迷惑，真是令人痛惜！为津通铁路的修建，李鸿章已向外国银行借款二百万两，前期筹备已用去十三万两，现在这条铁路不建了，十三万两银子就白白地花费了，李鸿章对张之洞甚是恼火。

正在这时，一个机会给了李鸿章报复的借口。就在张之洞刚刚到达湖北的时候，俄国派遣一支军队进驻朝鲜。俄国这支军队对东北构成的严重威胁，引起满洲亲贵大臣的不安。李鸿章抓住这个机会，联合总理各国事务大臣奕劻一道上奏，请求缓建芦汉铁路，集中全力先办关东铁路，万一战火烧到满洲，可用该铁路迅速调兵遣将。朝廷立即接受这个建议，下旨停办芦汉铁路，而将兴建关东铁路一事交给李鸿章全权处理。

张之洞奉到这道旨令后，尽管对朝廷处理国家大事这等轻率随意深感不满，但他无可奈何。恰好一部分原本在广东订购的机器，已从美国运到武汉，办理铁厂一事便迫在眉睫，于是张之洞摒弃一切杂事，将满腔心血全都扑到这件大事上来。

不久，一个由张之洞亲笔题写的“湖北铁政局”招牌，在总督衙门大坪外的高大辕门楹柱上挂了起来，此事引起武汉三镇市民的格外注意。这个地方做了两百多年的总督衙门，衙门的主人前前后后换了几十个，从来没有哪位总督把另一个衙门的招牌悬挂在辕门上。两湖地区有哪一个衙门能有资格获此殊荣？年轻人觉得很新奇，对着矿务局的招牌指指点点，议论它的品衔和职权。许多人都认为这个充满洋味的“局”的品级一定很高，能够挂在总督衙门的辕门上，大概不会低于巡抚衙门。有人说能在这里谋个差事就好了。旁边立即就有人讥笑：到这里来谋差事，你懂洋文吗？你懂洋人学问吗？那人不再吱声，脸上现出几分沮丧来。

年纪大的人路过这里，都被这种怪现象所唬住。其中读书识字与官场多少有些往来的人则摇头叹息：这成何体统！一个临时办事的“局”招牌，怎能挂在一品衙门的辕门上，这不有损朝廷的尊严吗？何况这个局还不是通常的“救济局”“善后局”，而是什么“铁政局”。《说文解字》、《康熙字典》里都没有“铁政”二字，铁政是做什么的？有激烈的甚至骂道：这个张之洞崇洋媚外，标新立异，已没有丝毫清流气味了！什么不伦不类的铁政局，竟然挂在总署辕门上，要摘下砸掉才是！

骂归骂，恨归恨，但到底也没有哪个敢冒制台虎威，将铁政局的牌子摘下来砸掉。湖北铁政局的招牌，天天都堂堂正正地挂在高大的辕门上。在衙门二进西侧的几间宽大的房子里，由督办蔡锡勇协办陈念礽为首，包括当年在广东招来的十几个满腹西学的局员，天天都在紧张地忙碌着。

光绪十六年春末夏初的和暖季节，张之洞在蔡锡勇、陈念礽的陪同下，花了整整一个月的时间，亲到大冶及广济、荆门、当阳等地，实地考察这些铁矿和煤的开采情况。湖北丰富的煤矿蕴藏，更加坚定了张之洞筹办炼铁厂的信心。

机器早已运到武昌，但铁厂的厂址立在何处，却一直没有定下来。矿务局的意见：铁厂的两大主要原料是铁矿和煤，故毫无疑问，地址应当依这两大原料而定，或就铁矿或就煤。陈念礽认为铁厂可定在荆门、当阳一带的观音寺附近，此地煤极好，可炼出很好的焦炭，供铁厂使用。铁厂的用焦量很大，以节省运费来考虑，铁厂以靠近煤产区为宜。另一些局员主张铁厂立在大冶附近。理由是大冶产铁矿，且靠近长江，今后炼出的铁易于运出。两种意见都有道理，蔡锡勇认为这是一件很大的事情，应该由总督本人来最后定夺。

“毅若，谈谈你的看法？”

当蔡锡勇把选址情况向张之洞禀报后，张之洞想先听听这位督办的意见。

“我较为倾向于在大冶建厂。大冶铁矿含铁量高，冶铁的历史也很悠久，我们化验了前代大冶出的铁，质量不错。从前是土法冶炼，尚且能炼出好铁，现在我们用新式的洋法冶炼，一定会更好。至于荆州、当阳的煤，论煤质来说是很好，这不错，但没有炼过焦，不知道焦的质量如何。”

“你是说，大冶的铁矿能出好铁，是有把握的，而荆、当一带的煤能否炼好焦没有把握？”

“正是这样。”蔡锡勇继续说，“况且荆、当一带交通太不方便，铁矿运进固然难，今后炼出的铁块要运出来也是难事。若厂址在大冶，便只有煤运进的一次难。况且广济一带也有不少煤，若能从广济的煤里炼出好焦的话，煤的问题也可能得到解决，故我以为铁厂以建在大冶为好。”

张之洞听了蔡锡勇的话后，摸着满脸大胡子，好半天才说：“依我看，铁厂还是建在武汉三镇为好。”

“建在武汉？”蔡锡勇对总督的这个看法不能同意。“武汉既无铁矿又无煤，合适吗？”

“武汉虽无煤无铁，但它有一个最大的好处，交通方便。”张之洞其实早就在思考这件事了，蔡锡勇的意见使他对自己的思考作了一番反思，但他还是坚持自己的意见。“江汉舟楫之利，是不必再说了，还有铁路之利。你莫看眼下芦汉铁路让李少荃的关东铁路取代了，但过几年总是要兴建的。这条铁路非建不可，李少荃拿俄国吓朝廷，朝廷不得不改变主意；关东铁路建好后，朝廷一定会再建芦汉的。等芦汉建好后，我们再建粤汉。铁厂乃百年大计，眼光要放远一点，待芦汉、粤汉两条铁路建好后，武汉的铁便可以四面八方地运出去。”

蔡锡勇觉得总督的这席话也有道理。不过，芦汉和粤汉什么时候能建好呢？按照洋人办工厂的惯例，铁厂投产三年后就应当赢利，若不赢利就办不下去，倘若芦汉、粤汉十年二十年后才建好，亏欠十年二十年的铁厂还能坚持得下去吗？他把这个顾虑说出后，张之洞笑道：“你太过虑了，本督办铁厂，赢利不赢利，不是第一位的。第一位的是要用我们大清国的铁矿和煤，炼出我们大清国自己的好铁来。这个好铁要赛过洋铁，至少不比洋铁差，为我们大清国争下这口气。从我们的铁厂出铁后，中国就不进洋铁了，大家都用我们湖北铁厂的铁。你算过这笔账没有，这为大清国和湖北赢来的脸面，怎么能由钱来计算？”

望着总督神采飞扬的自豪之色，蔡锡勇也不由得受了感染，心想：倒也是的，中国受洋人欺侮太久了，长自己威风，灭洋人志气，不但是朝廷上下，也是全国百姓的共同愿望。不惜代价来办铁厂，即使在银钱上亏了，但在志气上是赢了。到底是总督，看得要比自己高远！遂点头说："大人说得对！"

"还有，鄙人身为湖广总督，怎么能让一个铁厂因不能赢利而停产呢？我可以全力保证它的开支，藩库再没有钱，也要保证铁厂的钱。赢利不赢利，不是你们矿务局考虑的事。"

蔡锡勇想想也对：矿务局都是些技术方面的人员，把关的应是采矿、炼铁等具体的生产过程，至于赢利与亏损等事，是总督管的，不宜多插手。

"还有一点，办铁厂是鄙人又一桩大事，要时刻关注，一管到底。筹建时管，投产以后也要管，隔三差五，我就要去看看。若铁厂设在大冶，我怎么能常去看？不常去看，如何谈得上管？将它建在武汉，我在督署就能看见铁厂冒烟没冒烟。今后厂里的一点一滴，能逃脱我的眼睛吗？"

蔡锡勇终于被总督这种高度的责任心所感动，点头说："好，就按您的意见，铁厂就建在武汉。只是武汉三镇这样大，厂址具体设在哪里呢？"

张之洞说："过几天待我稍有空闲后，我们一起到三镇各地走走看看，选一个合适的位置；要么这几天你们先去看看，提出几个地方来，然后我再有目标的去看。"

"行。"蔡锡勇稍停片刻，又提出一件事。"铁厂里最重要的设备，我们还没有去买。现在各方面准备都已就绪，这个设备应该要开始订货了。"

"什么设备？"

"炼铁炉。"蔡锡勇说，"铁厂的最主要设备便是炼铁炉。"

"赶快订！"张之洞立即做出决定。"向哪个国家订好，美国，德国还是英国？"

“英国好。上次订购的机器也是英国的，干脆这炼铁炉也在英国订，英国人办事认真，放得心。”

“好吧！这事就交给你了，你去办。先订两个，越大越好。还有别的机器，也要考虑了。凡是所需要的，都赶紧造册，我写一封信给驻英公使刘瑞芬，叫他替我们一并在英国订购。我的目标是要在中国建一座世界最大的铁厂，超过洋人，至少要超过日本，在亚洲是第一。”

总督宏伟的气魄，果断的决力，使蔡锡勇激动不已。这个四十三岁的林则徐同乡，二十年前从广州同文馆走出之后，便为推行西学西技不遗余力。他一心一意希望落后贫穷的中国，能通过学习西方日渐繁荣富强。但他没有科举功名，尽管有一颗赤诚爱国心和满腹真才实学，官场的大门却一直对他死死地关闭着，他做不了官。在大清国，没有官就没有权，没有权就不能做事。多少年来，他始终只是在翻译、教习的位置上徘徊，空有一腔热血，却无洒处。看着那些实权在握的大官们一个个花天酒地醉生梦死，全不把国家大事百姓生计放在心上，看着国势一年年地衰弱、百姓在饥寒中挣扎，蔡锡勇只有愤恨叹息而已！

来到广东后，蔡锡勇亲眼看到张之洞是个与众不同的官员，他真心诚意办洋务，脚踏实地做事情。蔡锡勇感觉到自己多年来积蓄的学问有了用武之地，为国家效力的抱负可以得到施展，他热情万分地在粤督洋务科没命地做事。现在，看到总督居然有将湖北铁厂办成世界第一的想法，蔡锡勇怎能不为之兴奋万分！为了给张之洞节约时间，也为了给铁厂的筹建多尽一份力，蔡锡勇带领着矿务局的一批局员，先行在武汉三镇踏勘厂址。一个月后，他请张之洞看看由他们初定的几个地方，再做最后定夺。

六月中旬，正是一年中气温最高的时候。武汉三镇地处长江和汉水的交汇处，白天，火球似的太阳将两条江烧得热烘烘的，犹如即将沸腾的滚水。夜晚，余热还不断地从江面散发出来，将一股股热气挤进千家万户。又加之人口众多，车马繁华，武昌、汉阳已是十万户以上的都市，而汉口镇更是从宋代以来便与江西景德镇、广东佛山镇、河南朱仙镇并称天下四大镇。清代人口剧增，汉口镇汇集八方商贾，四邻游民，居住人数之多，为全国城镇所少见。武汉三镇集这地热人多于一身，于是成为长江沿岸大小火炉之最。

一到入夏，温度便一天高过一天地直线递增，人们的手中不仅拿着扇子，许多人还得要加上一条毛巾，以便随时擦去身上的臭汗。到处都是热的。路边的石头固然热得烫脚，连家中的桌椅板凳都热得不敢沾边。别的地方白天热，晚上较凉爽，武汉这地方，夜晚之热，丝毫不亚于白天。每天只在凌晨三四点钟时伴着一丝儿拂晓的凉风，才可勉强睡一两个钟头。因为热，心头烦；因为烦，人的脾气就变得暴躁。到处都可以看到吵架斗殴的，动不动便挥拳踢腿，拔刀相向，所以外地人都害怕不敢招惹。有两句民谚最是形象道出此地的民风人情："天上九头鸟，地上湖北佬。"然而，奇怪的是湖北人尤其是武汉人，并不觉得这是在骂他们，反而以九头鸟自居，生发出一股令人畏惧的莫名自豪感。

就在这样的高温酷暑的时候，五十四岁的湖广总督每天戴着凉帽穿着绸衣麻鞋，在蔡锡勇、陈念礽、杨锐、大根等人的陪同下，亲自察看矿务局所看定的几个厂址。连日来，他已看过城外的武胜门塘角、武昌城东南的汤生湖和汉口城外的黑龙庙、青石桥、枣林等地。张之洞对这几个地方都不太满意。看着丈夫每天回来时那副疲惫不堪的神态，及换下那身湿了又干、干了又湿尽是汗味的衣裤，佩玉总是心疼地劝他："这一把年纪了，不能跟年轻人样天天在炉火里煎烤，要么等秋凉时再去看，要么干脆交给蔡督办他们定下好了。"

张之洞则总是说，选择厂址是头一件大事，不亲自去看不放心，铁厂要加紧兴建，也不能等老天爷凉快了才办事。佩玉知道他的犟脾气，不再多说话。待张之洞洗完澡吃了饭后，叫他在竹凉床上躺着，吩咐春兰替他扇扇子。自己则弹几曲轻柔的古曲，让他好好休息休息。

这一天清早，他对蔡锡勇说："你们所看的武昌、汉口几个地方，都不算太好，今天我们一道去汉阳看看。"

于是，一律便装简从的督署官员们，静悄悄地渡过天堑长江。来到汉阳城时，已是午后三点多钟，大家由临江门进了城。咸丰八年，张之洞来武昌看望胡林翼时曾经来过一趟汉阳。如今三十一年过去了，眼中的汉阳古城依旧是当年矮矮的店铺，窄窄的石板街，除开来来往往的人多些外，市容并没有多大的变化。张之洞正在叹息间，忽然感觉到一股凉风从西北边吹过来，浑身上下一阵舒服。抬头一望，原来不知不觉，太阳早已被满天黑云所遮盖，天色比刚才暗多了。大根说："武汉这里的日头比哪里的都毒，想不到也有被乌云吞没的时候，再不要让它钻出来了！"

杨锐说："要是下场雨就好了。"

话音尚未落，一阵大风吹来，立即就有豆大的雨点打在大家的脸上。大根兴奋地拍起手："好啦，好啦，下雨了，老天爷，下久点，好让我们今夜睡个安稳觉。"

蔡锡勇说："要找个地方躲躲雨才好。"

大家四处张望，陈念礽发现了一个好地方，指着左侧大声说："那边有一处大院落，我们都到那里去。"

大家簇拥着张之洞快步向左侧走去。走到近处，张之洞高兴地说："原来这就到了归元寺。早一会儿我还在想，这次要好好地到归元寺去看看。"

除张之洞外，其他人都是第一次到汉阳，遂兴致勃勃地说："下雨了，反正也踏勘不成了，今天我们好好地看看这座江夏名刹。"

归元寺的确是一座名刹。它建于清代顺治年间，相对于那些汉唐时期的古寺来说，它的历史并不久远，但它的名气却很大。这一则是归元寺的规模宏大，殿阁很多，包括大雄宝殿、韦驮殿、天王殿、地藏王殿、藏经阁、大士阁等大小建筑几十座，且都一色的黄绿琉璃瓦，配上朱红色的楹柱、窗棂，显得分外的庄严肃穆，气象宏伟。二来归元寺在宏阔的大布局中又用心设计不少精巧细微的小院落小景致。如翠微峰、翠微井、梅花坛、凤竹亭等。这些地方小径曲廊清幽雅洁，是修炼、读书、疗疾、幽会的极好去处。归元寺将天竺国崇隆伟岸的佛学艺术与中国江南的园林景致融为一体，形成独具一格的建筑体系，在数以千计的华夏寺院中别树一帜，从而名播大江南北。此外，归元寺位于汉阳城里，汉口、武昌近在咫尺，使得它的香客众多。尤其是那些商贾们，因为商海风险难测，求神拜佛之风特盛。若遇有菩萨保佑发了财，则不惜将大把大把钱花在还愿上。焚香献礼自不待说，更有人修缮庙宇，重塑金身。故而，这归元寺一年四季信徒络绎，香火隆盛，殿阁佛像金碧辉煌。寺院也因此收入丰厚，僧众们也很富裕，大小和尚个个僧袍光辉，身躯肥胖，令那些普通庵寺的穷僧苦尼们艳羡不已。

刚一进门，便有知客僧走上前来。知客僧迎的各方来客多了，见这一群人虽没有轩车肥马跟从，却皮肤白净，举止斯文，知他们不是俗人。知客僧连忙叫来几个小沙弥，拿来脸盆布巾，给张之洞一行洗脸擦手，又殷勤地说："寺内有干净僧衣，若衣服湿了，可以换下来。"

陈念礽觉得若穿上僧袍，真是一件太有趣的事情，便说："有干净衣服最好，我们身上的衣服都湿了，正要换，你给我们拿五件来吧！"

张之洞心想，一个总督穿上僧袍像什么样子，正要阻止，却发现自己的衣服也已打湿，贴在背上，很不舒服，万一病了更不好，只得让他们去拿。一会儿，小沙弥捧来五件僧袍，大家都换上。陈念礽问知客僧："有镜子没有？"知客僧摇摇头说："寺院里从不用这些东西。"

"不要照镜子了，我给你看。"杨锐走过来，上上下下打量一番说："不错，蛮整齐的，若戴上僧帽，更像一个风流倜傥的美和尚。”

陈念礽笑着对大根说：“你更好，若剃掉发辫留下络腮须，那就是一个十足的花和尚鲁智深了。”

说得众人都笑起来。

知客僧把众人带进会客室，立刻有小沙弥送上香茶。外面早已浓云密布，大雨如注，凉风从窗外吹进来，大家都有浑身舒坦之感。

知客僧笑着说：“阿弥陀佛，菩萨保佑，这场大雨下得及时，万物都蒙它的恩惠。”

张之洞说：“武汉的热天真不好过，这要热到什么时候才凉爽！”

“要到大暑前后才慢慢凉起来。”知客僧望着张之洞说，“听施主口音，不像是本地人。你们是在汉口做生意，到寺里来求菩萨赐财，还是路过此地，顺便到寺里来看看？”

张之洞略为想了下说：“我们不是做生意的，也不是游客，是奉人之命来湖北采风的，要在武昌住几年。”

“采风”是什么？见多识广的知客僧一时摸不清这几个人的身份，也不便细问，便说：“雨看来一时停不住，我叫伙房预备下，晚上就请在这里吃一顿斋饭吧！敝寺也有干净客房，今夜就请诸位施主在这里过夜。”

张之洞见雨虽然比刚才小了点，但看起来一时半刻也停不了，众人脸上都有欣色，显然对吃斋饭住寺院这种新鲜事有兴趣，便点头同意了。

知客僧见有钱可赚，立刻来了兴致，一面吩咐小沙弥通知伙房，一面又忙叫上瓜子糕点，好好招待。

突然间，随风传来一阵中气甚足的朗诵声，大家侧耳倾听：

天连吴楚，地控荆襄，吞云梦之空阔，接洞庭之混茫。有大禹之镇石，留黄鹤之遗响。鲁肃墓长眠忠厚，孔明灯烛照愚氓。

万古悲愤，三闾魂魄今何在？千载知音，流水涓涓绕高山。灵龟伏北，金蛇盘南。遥望赤壁烽火昨夜息，又见小乔今宵宴周郎。险哉夏口，扼江汉之交汇；壮哉三镇，居九州之中央。

“好文章！”张之洞禁不住脱口赞道，“这是谁在朗诵，宝刹还住着攻读诗书的士子么？”

杨锐笑道：“莫不是一位待漏西厢的张秀才！”

知客僧嗔道：“施主取笑了，哪里有什么张秀才，那是一个年近花甲的游方郎中，敝寺住持虚舟法师的朋友。”

张之洞起身说：“游方郎中有如此雅兴，我们去见识见识！”

众人都跟着总督起身。大雨已停，天井里积满着一时流不走的浑水，对面的一个小院落里，站着一个身材矮小的汉子，双手捧着一张长长的纸条，背对着天井在全神贯注地欣赏着。显然，正是此人刚才情不能自已地朗读纸条上的文章。

“吴郎中！”知客僧对着那汉子叫了一声。

“啥子事！”那汉子操着一口四川话，边说边回转过身子来。

哎呀！这不是吴秋衣吗？他怎么会住在这里？张之洞揉了揉眼睛，又仔细地盯了一眼。不错，正是那年给他治病的吴秋衣！他快步上前，惊喜地喊道：“秋衣兄，你什么时候到汉阳来了！”

那人先是一愣，随即大声一叫：“是你呀，香涛老弟，巧遇巧遇！”

吴秋衣迎上来，松开一只捧纸条的手，重重地拍着张之洞的肩膀。张之洞把吴秋衣紧紧抱住。

“秋衣兄，离开京师后，一直在想你，不料一别就是八九年了。你这些年都还好吗？”

“好，快活得很哩！”吴秋衣爽朗地说，“你这些年来也好吗？”

“也好，也好，我们今夜慢慢谈！”

杨锐、大根与吴秋衣也是老熟人了，异乡重逢，都激动不已。

张之洞向蔡锡勇、陈念礽介绍：“这位吴秋衣先生是真正有道德有学问的处士。十六年前，有一次我在路上中暑，幸亏当时遇到他，不然早就没命了。”

原来是总督往日的救命恩人，蔡、陈对眼前这个干瘦矮小的半老头子肃然起敬。

张之洞笑着问：“秋衣兄，你刚才读的文章在哪里？”

“这里，这里！”吴秋衣立即兴奋起来，将手中的纸条扬了扬。

“黑底白字，原来是一幅拓片！”

“我上午从禹王矶上拓下来的。什么人作文不知道，什么人书丹也不知道，却真正的是好东西。”

吴秋衣不去问张之洞缘何到了此地，张之洞也不询问吴秋衣的近况，两个金石爱好者凑在一起，细细地品赏起这幅尺余宽、三尺余长的拓片来。杨锐等人也围过来欣赏。

“这文章做得真好。尤其是这两句：遥望赤壁烽火昨夜息，又见小乔今宵宴周郎。绝妙好文！”

“好文，好文，集豪雄与艳美于一身！”

“你看这字，学二王是学到骨髓里去了。”

“刻工也好，一点没有走样失真！”

“看来这文和字都出自平凡人之手，却比不少名家大家的强得多！”

“是呀！世上许多杰作妙品都出自民间无名之辈，他们不想扬名谋利，故反而能得物理之精奥，而那些沽名钓誉之徒，才得皮毛便迫不及待向世上夸耀，汲汲以求名利，反误了正业。老子说圣人为而不恃，为而不争，讲的就是这个道理。”

蔡锡勇、陈念礽静听着张之洞与吴秋衣的随口谈论，觉得很有意思。

谈了好一会子拓片，吴秋衣才问：“你怎么也到汉阳来了，是不是从山西调到湖北来做巡抚了？”

张之洞还未来得及回答，大根早在一旁大声说：“吴郎中你说错了，我家大人早在六年前就做了两广总督，这次是从广州到武昌来做湖广总督的。”

知客僧在一旁听得呆了：真的是湖广总督到寺里来了？岂不是活菩萨进了山门！他拉着杨锐的衣角悄悄问：“这位真的是制台大人？”

“不是真的，难道还假冒不成？”杨锐得意地撩起僧袍，将挂在腰带上的铜牌亮了亮。知客僧确知来的是现世菩萨，忙分开众人，对着张之洞连连打躬：“小僧肉眼不识金佛，适才多多怠慢。”又对身边的小沙弥下令：“快请方丈出来迎接贵客！”

一会儿，便见一位矮矮胖胖身披暗红袈裟的老和尚急步走来，知客僧忙将他带到张之洞面前。老和尚双手合十，深深地弯下腰说：“贫僧虚舟，不知制台大人光临，未能迎接，万望宽宥，请制台大人赏光，到方丈室一坐。”

张之洞笑着说：“暂借宝刹，以避风雨，多多打扰，甚是不安。”

厨头过来对方丈说：“斋席已备好，请客人入席吧！”

虚舟说：“把那年我从鸡公山上带来的猴头菌和运光法师送的武当山黑木耳拿出来，再做两样好菜款待制台大人。”

厨头得知今日的客人原来是制台大人，忙衔命回厨房赶紧张罗。

张之洞在方丈室刚刚落座，外面就喊入席了。只见云水堂灯烛辉煌，一桌丰盛的酒席早已摆好。虚舟将张之洞奉在上席，然后请吴秋衣右边相陪，自己在左边陪坐。又叫知客僧请蔡锡勇、陈念礽、杨锐、大根在客位上坐下。一张八仙桌，恰好坐得满满的。上座虚舟亲自把盏，下座知客僧把盏，频频劝着素酒素菜，殷勤备至。酒过三巡，虚舟问：“制台大人酷暑过江来到汉阳，想必有要事。”

张之洞说：“总督衙门打算筹办一个铁厂，在武昌、汉口看了几处厂址，不很满意，今天特为到汉阳来再次寻找。”

虚舟问：“铁厂大吗？”

张之洞说：“大概要十多二十顷地的范围。”

虚舟的心动了下，又问：“请问制台大人，这衙门要地给钱不给钱？”

“给钱。”张之洞应声答道，“如果真是好地，宁可高于市价我们也买。另外，住在这里的老百姓的损失，比如庄稼、果树、房屋，我们也要考虑到。”

“善哉善哉！”虚舟左手五指并拢，在心口上移动几下。“官府不与民争利，真正的青天大老爷。”

张之洞想，这归元寺每天接待南北香客、十方商旅，最是消息集散之处，方丈和知客僧无疑是民间的头面人物，可以借他的口来传扬传扬本督以洋务强国富民的施政大计。于是放下碗筷，正经八百地说：“法师是出家人，不管俗世之事，现在的俗世是又贫又弱，国势不振。但大海之外却有一批洋人，比如离我们最近的东洋日本人，离我们很远的英国洋人、美国洋人、法国洋人、德国洋人，他们都又富又强，老是欺负我们，凭借着手中的船炮从我们国家取走千千万万两银子。”

虚舟说：“贫僧虽是出家之人，但吃的稻粱，穿的衣服，无一不来自俗世，且天天与四面八方香客打交道，眼中所见、耳中所闻尽是世俗之事，贫僧何能离得了世俗？众生贫苦、洋人欺负这些事，贫僧心里也知道，不知大帅有何妙法解除众生之穷苦，抑洋人之强梁？”

张之洞说：“此事鄙人已思之甚久，最重要的一条路子便是把洋人那一套富强之术搬过来。我手下有好些个幕友都在海外生活很多年，他们都说洋人并不比我们聪明。他们的那一套只要我们肯学，很快就可以学好。鄙人要充分利用两湖的财富大办洋务，铁厂是第一步，以后还要修铁路，建枪炮厂，建织布局、纺纱局，还要办新式军队，办洋学堂，把这一切都办好以后，我们就跟洋人差不多了。两湖百姓的日子就好过了，我们的军队强大，洋人也不敢欺负我们了。”

对于张之洞勾画的这一幅美好的富强蓝图，六十多岁的归元寺方丈一点兴趣都没有，他在心里盘算的是另一回事：龟山靠汉水边有一块三十顷的荒地，是相沿已久的寺产，只是这里濒临汉水，每年都要遭受大水的淹没，低洼处甚至一年遭水淹达两三个月之久。因为这个缘故，那块地便荒芜下来，地虽大，并不能给寺里带来收益。前一任方丈是个精明人，他想与其荒芜下去，不如租给农人。于是他把这块荒地分成十多块，租给了十多户附近少田无田的农人，规定他们每年向寺里交十多二十担谷，其余的收成都归农人自己。寺里的要求并不高，租地农人乐于接受。从那以后，寺里每年可以坐收二三百担谷子，十多户农人又有了安身立命之处，荒地得到了充分的利用。虚舟心里想，归元寺的众僧吃饭不成问题，每年二三百担谷子对于归元寺来说不是太重要的事。那年虚舟在京师西山碧云寺挂单，看到碧云寺的五百罗汉堂，赞叹不已，心里起了一个念头：要是在归元寺也建一个这样的罗汉堂的话，不仅为佛门做了一桩大善事，同时也大为提高归元寺在天下丛林中的地位，作为办理此事的方丈，自然功德无量。但建一个五百罗汉堂，没有三五万两银子不行，归元寺哪里拿得出这笔巨款！此事在虚舟心里存着十余年，突然他看到了希望。

“大帅，当年白光法师建好归元寺后，还剩下一笔钱，大家都劝他到天竺国去买几尊玉佛和几百册贝叶经来供奉。白光法师没有同意，却拿这笔钱在龟山脚下买了一块三十顷的荒地。众僧都不理解白光法师如何要办这样的傻事。白光法师对大家说，诸位不知，这是武汉三镇一块最好的风水宝地，二百年后，有一位能人会在这里炼出乌金来，给归元寺带来百倍的好处。”说到这里，虚舟脸上流露出抑制不住的喜悦，“大帅今日来此寻找铁厂，正好从三个方面印证了白光法师当年的话。”

张之洞来了兴趣，笑着问：“哪三个方面？”

“第一，白光法师说的是二百年后的事，归元寺最后完工是在康熙二十二年。”虚舟左手指头弯了几弯后说，“到今年恰好二百零六年，这是第一个印证。第二，大帅是今日海内数一数二的能人，这是举世公认。”张之洞微笑着没有做声，大根自豪地说：“谁还比得上咱们家大人，连洋人都得举白旗投降。”

一句话说得众人都快乐地笑起来。

“白光法师说的是炼乌金，铁是黑的，不正是乌金吗？”

蔡锡勇说：“洋人是把铁煤称作乌金的。”

虚舟高兴地说：“这位老爷帮我证实了白光法师的话，如此看来，三个方面都应验了。这块风水宝地的确是专为大帅买的。”

虚舟的话说得大家都心痒痒的，张之洞也被他说动了，于是说：“明天一早，烦法师陪我们去看看！”

吴秋衣一直没有说话，这时也笑着说：“真有这么好的风水宝地，明天我也跟你们去瞧瞧！”

吃完饭，虚舟要将寺里最好的客房安排给张之洞。张之洞说：“好客房让我的幕友们去住吧，我今夜要跟我的老朋友住在一起，好好地聊聊。”

接着，他把那年因中暑偶遇吴秋衣的事说了一遍。虚舟很兴奋：自己的朋友竟然是总督大人的恩人，这真是一座通向两湖最高权力的桥梁。忙叫小沙弥好好打扫吴秋衣的房间，送上香茶糕点，临时又移来一张宽大的凉床。

夜里，在明亮的灯烛下，一对分别八九年的老朋友促膝细谈，互相叙述别后这些年来的情况。

“老弟。”游方郎中不客气地沿用着十多年的旧称，仿佛今日对面坐着的并不是建立过赫赫战功权倾一方的总督，依旧只是一个无实权的学官。

“席上，你对虚舟谈了一套富强之术。我问你一句话，你要对我说实在的，你就真的相信那会给中国带来富强吗？”

“老朋友，你是怎么看我的，”张之洞颇感意外地说，“我不相信，我为什么会努力去做？这样热的天，普通百姓能躲凉的都躲凉，我一个五十多岁的总督，在火毒的太阳下，一连走了几天寻访厂址。我若不相信，我为何要这样做？再说，虚舟法师乃归元寺的方丈，佛门之人，我若不信，我跟他瞎说什么，我也用不着以此博取他的几句赞扬之词。”

“老弟，你不要因我这句话而不高兴。”吴秋衣笑起来了，说：“我不是说你有哗众取宠的意思，我是想你颖悟过人，精通经史，这些年又出任封疆大吏，头脑应很明白，你没有想到洋人的那套在中国是行不通的吗？”

“我不是要把洋人的一切都搬到中国来，我只想学他们建厂修铁路办学堂练兵这些东西，有什么行不通的？你有何高见，我倒要好好听你说说。”

吴秋衣连连摇头说：“老弟，不是我说你，你是书生气太重了，你其实不懂今日情势。今日中国，处处都显露出末世的景象，就跟前明崇祯朝相差无几，朝廷能多保几年的命就是好事了，何暇来谈富国强兵！还不如安心做你的太平总督为好，不要存什么励精图治之志。”

国家弊病很多，这点，张之洞岂能不知，但决不是末世，怎么能拿大清跟前明崇祯朝相比呢？崇祯被李自成给翻掉了，洪秀全闹腾十多年，到头来还不是让朝廷给平定了吗？太后圣明，比无术多疑刚愎自用的崇祯强多了。张之洞素来对太后怀着感恩情怀，倘若说这话的不是一个老朋友，他早就要将他抓起来当反叛者处置了。这时，他压下心中的不快说：“秋衣兄，你这话说得过头了，我受太后皇上恩泽深厚，自当与朝廷休戚与共。太后皇上为国家宵衣旰食，我怎能不励精图治？”

吴秋衣敛容说：“你受皇家恩德，愿尽忠报效，此心诚然可贵，但可悲也在于此。你是一叶障目，不见泰山。”

“此话怎讲？”张之洞神情肃然起来。

“老弟，你想过没有，你办洋务，都靠什么人来办？还不是靠官场的这批人。今天中国的官场，已经烂得差不多了，清廉的官，实心办事的官，十个之中难得一个。这些年来，四川也新办了不少局厂，每办一个局厂，就增加一个衙门，培植一批官吏，徒为百姓增添负担，办成了什么事？老弟，你是官场上的人，不怕你见怪的话，我冷眼观察中国官场几十年，是越看越失望，越看越心寒。我的看法与你不同，今日中国的积贫积弱，不是没有洋务，而是中国有这样一个腐败贪婪懒散推诿又盘根错节官官相护的官场，这是中国的万恶之源，贫弱之本。古人早就知道橘迁淮北而为枳。好端端的橘，为什么变为枳了呢？就是因为水土不好的缘故。今日中国就好比淮北的水土，外国好比淮南的水土，洋务这东西在外国是可口的橘，一到中国来就变成酸涩的枳子。腐败的官场，就是中国成为淮北水土的根本原因。而这，你一个张香涛是无力改变的。所以，你纵有天大的才干，也成不了事。”

吴秋衣的话，不是没有道理，但他太夸大其辞了。官场虽不好，但一则还是有好官，二来也可以整顿，其他省且不管，两湖是掌握在自己的手里的，我难道就不能凭借朝廷赋予我的权力，整顿出一个清廉的官场来？难道就不能利用这官场办一番轰轰烈烈的洋务事业来？他冷笑着说：“事在人为，两湖就不能是淮南水土吗？何以就料定它必为枳呢？”

吴秋衣哈哈大笑，说：“好，老弟，我不和你争辩了。我们可以在这归元寺，在佛祖的面前打个赌，十年二十年后我们再见分晓吧！时间不早了，明天还得去龟山看地，吹灯睡觉吧！”

第二天一早，趁着气温还不太高的时候，虚舟带着张之洞一行连同知客僧、吴秋衣等来到龟山。

龟山古称翼际山，又名大别山，坐落在汉水与长江的会合之处。山不高，形状方方圆圆的，从高处看来，犹如一只巨大的石鼋伏在江汉两水之间，因此俗称龟山。

知客僧是归元寺里的才子，能说会道，登上龟山顶，便兴致勃勃地一一指点远近风光，把它介绍给即将与归元寺做成一桩绝大买卖的贵宾们。

“诸位大人老爷们，站在龟山上，武汉三镇风物尽收眼底。就在龟山前后左右，便有大家所熟知的名胜。诸位向东看，那一座直冲长江形如船头的大石块，就是有名的禹功矶。”

大家的眼睛都顺着知客僧的手势望去，果然在前面三四十丈远的江边，一块庞大的嶙峋怪石兀然矗立在水中，像一根拴船的石础，又像一段阻水的石堤，滚滚的江水在这里被激成飞溅的浪花。使人不由得想起苏东坡“乱石穿空，惊涛拍岸，卷起千堆雪”的名句来。

吴秋衣对张之洞说：“昨天我得的碑文就出自那里。湖北百姓为纪念大禹治水，在这禹功矶上建了一座禹王祠。还有一棵千年古柏，相传是大禹亲手种植的，另有元代建的禹王庙。此外还有一块很好的碑，名叫岣嵝碑，据说是大名士毛会建将衡阳岣嵝峰上的碑文，拓后再刻碑立于此处。”

张之洞问：“岣嵝碑文你拓下没有。”

“拓了。回归元寺后我拿给你看。”

“诸位请看，禹功矶上有一座亭阁。这座亭阁叫什么名字，贫僧一说出来，诸位大人老爷一定早已知道。”知客僧就像一个训练有素的导游似的，吊起大家的胃口。“它就是大名鼎鼎的晴川阁。”

“晴川阁！”众人不约而同地惊叫起来。有人已轻轻地背诵崔灏的诗来：“晴川历历汉阳树，芳草萋萋鹦鹉洲。”

“对，它就是唐才子崔灏诗中所说的晴川阁。”知客僧很懂得游客的心理，补充说，“鹦鹉洲在晴川阁的下游，已被水淹了。”

如同故友重逢似的，张之洞将那座童年时代便记于心中的亭阁，伫看了很久。

“诸位再向南看，有一片竹林，竹林里有一座墓，墓主就是那位帮孔明草船借箭的东吴谋士鲁肃。”

鲁肃墓！众人又是一声惊叹，一齐向南看去。只见临近山脚边，果然有一片清清幽幽的竹林，团团围在一起，墓冢、墓碑都看不见。

张之洞心想：鲁肃在世并未为东吴建立大功，只是以忠厚诚信出名，死了一千多年，人们还记得他，墓旁能长年有这一片翠竹陪伴，也足以自慰了。

“诸位再向左边看，那里有一座三层六面石塔，名叫石榴花塔，为何叫这个名字，这里有个来由。”知客僧面对着大家关注的目光，说出一个悲恸的故事来：“宋代时，汉阳有一个年轻的寡妇，虽丈夫死去多年，一直谨守妇道，对婆婆尽心尽孝。有一天，寡妇杀鸡给婆婆吃，婆婆吃后第二天便死了。各种谣言纷起，都说寡妇有意毒死婆母，婆婆的女儿向官府告状。官府判寡妇死刑。寡妇受此天大的冤屈不能表明心迹，临刑前，她摘石榴花一枝，插于石缝中。对着石头说，若婆婆真是我害死的，石榴花枯萎干死；若是冤枉，则石榴花开放茂盛。行刑的刽子手冷笑说，花插在石缝里，必死无疑，哪有茂盛的，你莫不是疯了！谁知寡妇死后，插在石缝里的石榴花果然开得茂盛灿烂，第二年春天还在石缝边的土里生出一棵小石榴树来。这棵小石榴树长大后，年年满树花果。大家怜悯这位蒙受奇冤的寡妇，于是为她建了这座塔，取名为石榴花塔。八百年来，一直香火不断。”

众人听了，都感叹唏嘘。

虚舟法师说：“寡妇的冤枉，是龟山的石头给她洗刷的，可见龟山是一座神山，一座灵山。在龟山办事，是会得到神灵保佑的。”

大根一向信神信菩萨，听了虚舟的话忙说：“法师说得有道理，若不是神灵保佑，石头缝里的石榴花哪有不枯死的道理！龟山这地方确实通灵性。”

“龟山灵杰之处还多哩！”仿佛龟山是知客僧的家园似的，带着自豪的神气，他又指着远远的地方说：“那里就是古琴台，俞伯牙摔琴谢知音的地方。”

高山流水，人世间美好的相知相遇的象征，竟然就源于龟山，出于脚下的这块土地。突然间，湖广督署的幕友们对这座并不高大的山岭顿生又敬又亲的情感来。这是一座多么逗人喜爱的小山啊！

张之洞的心也激动起来。大禹、鲁肃、伯牙、子期、晴川阁、石榴花塔，这一切在他的心里已构筑一幅动人心扉的图画。不用具体去踏勘那块荒地了，他已经在心里做出决定：铁厂就建在这里，有这么多圣贤神灵聚集，龟山当然是风水宝地，铁厂借着它的雄魂精魄，今后必将兴旺发达，震撼中外！

“大人。”虚舟见知客僧将龟山四周的名胜介绍得差不多了，适时地建议，“我们下山去看那块地吧。”

“好，你带路。”

众人跟着虚舟，顺着一条窄窄的山道从山顶下来，朝着汉水走去。没有多久，就来到属于归元寺所有的那块土地上。

“这一片都是。”虚舟用手臂在空中画了一个圆圈，把众人眼帘中所见的一大块河滩全部包进去了。“此处襟江带河，气象壮阔，地势平坦，一马平川，白光法师真正的好眼力。”

虚舟以自己的高度评价，再次为这块荒地预定基调。

张之洞极目远眺，但见这块三千余亩的大平川，约有一半属于河滩，上面布满沙砾，几乎不能种植树木庄稼，另一半虽是黑黄色的泥，却也大部分长着蒿草杂木，约有五六百亩地被辟为田土，上面正生长着庄稼和蔬菜。也有数百上千株果木。在田土与果木中可见稀稀落落的农舍，间或传来犬吠鸡鸣。张之洞虽看不出它的风水佳妙之处，但可以肯定其水路极为方便，且地势辽阔坦平，为今后建世界一流的铁厂提供了足够的条件。他已经默许了，不过还想听听幕友们的看法。

“毅若，你看呢？”

“大致尚不错。”蔡锡勇的眼光四处扫视一遍后说，“涨水时，工厂有一半会被淹。”

“筑一道堤，将汉水和长江的大水拦在堤外。”张之洞早已想到这一点。

陈念礽说："河滩一带地势低洼，容易积水。"

张之洞："可以把它填高。"

杨锐说："筑堤、填土这两项工程，将会耗资不小。"

张之洞胸有成竹："要建一座铁厂，当然花费会很大。银钱一事，由我来设法筹集。"

显然，总督的主意已拿定，大家不再提出异议了。大根却有新的发现："四叔，河滩填高以后，可以做一个很好的跑马场，今后骑兵可拉到这里来训练。"

受大根这话的启发，张之洞突然间又冒出一个想法来："花这么大的成本来做跑马场太浪费了，不如在这旁边再建一座枪炮厂，就用铁厂出的铁来造枪炮，省得再外运！"

大家鼓起掌来，齐声赞扬这个好主意。

虚舟知张之洞已是看定了，心里高兴至极，忙恭维道："大帅办事气魄宏阔，真不愧为让洋人举白旗投降的大英雄。富国强兵，扶正压邪，也是我们佛门的宗旨。这块荒地上能兴建铁厂、枪炮厂，真是一桩大慈大悲救苦救难的无量善事。阿弥陀佛，归元寺要为大帅此举办一场三天三夜水陆道场，祈求菩萨神灵保佑，诸事顺遂，功德圆满。"

虚舟这番话引起众人好一阵大笑。张之洞对方丈说："行，就这样定了，过几天，我派人到宝刹来具体商谈。"

"善哉，善哉！"法师合十作揖，欢喜无尽。

吴秋衣眼看着这一切，一句话都没有说。

五天后，从广州跟随张之洞来武昌、任职督署总文案的赵茂昌奉命来到归元寺，就这块荒地的交割与寺方代理人知客僧清心洽谈。

清心将这块荒地上所包括的水田、果木、池塘、房舍、人口、牲畜等列了一个眉目清楚的明细表，并且一项一项地说给赵茂昌听。清心不厌其烦地详尽叙述，赵茂昌耐着性子听了两个来钟点，实在厌烦了，便不客气地打断和尚的唠叨絮语：“多余的话不要说了，直截了当谈价吧，你们要多少银子？”

清心心里想：昨儿个总督和幕友们一个个都客客气气的，这人官架子怎地如此大！他是个惯于和各方打交道的和尚，面对着赵茂昌的官气，一点儿也不在乎，脸上依旧笑笑地：“好，总爷说得对，多余的话不讲了，贫僧就一项一项地报价。水田一千零二十亩，每亩作价七两五钱，共计七千六百五十两银子。土地八百二十亩，每亩作价四两，共计三千二百八十两。河滩地一千四百亩，每亩作价一两二钱，共计一千六百八十两银子。这三项加起来共一万二千六百一十两银子。另房舍二百二十五间，平均每间作价二十两银子，共四千五百两。池塘一百零七口，连所养的鱼在内每口作价四十两，共计四千二百八十两。另大小牲畜一千一百三十二头，平均每只作价一两，共计一千一百三十二两。另外尚有果木三千余株，平均每株三钱银子，共计九百两。这四项加起来一万零八百一十二两银子。七项总计二万三千四百二十二两银子。佛门一向与人为善，尾数的四百二十二两就让给你们了，我们只要二万三千两就行了。”

赵茂昌一边听一边心里不停地冷笑，当听到最后报出二万三千两的天价时，禁不住暗暗骂道：好一群贪得无厌的秃驴，还要说什么“佛门与人为善尾数相让”的话，真正地不知羞耻二字！钱庄伙计出身的总文案是个精明透顶的人，这些天他已暗地里对龟山一带的行市摸得一清二楚了。

他皮笑肉不笑地对清心说：“和尚，你报的价也太离谱了吧。你不要欺负我们是外地人，不懂本地的行市，也不要把官府的人都当成傻瓜，银子随便由你拿。”

赵茂昌这几句话打中了清心的要害，他心里一阵发虚：看来这家伙不是个好对付的人，得小心点。知客僧满脸堆笑说：“赵总爷，贫僧报的价有哪点不属实，你老尽管指教。”

赵茂昌脸上的假笑一丝儿都不见了，两道阴冷的目光盯着知客僧，以不容置辩的口气说：“你报的每一项都不属实。汉阳城郊最好的水田，也不过六两银子一亩。龟山这块荒地上的上等水田，在汉阳城郊的水田中不过中下而已，值不得四两，七百多亩水田平均作三两算都高了，就此一项，可见多报了一倍多的价。其余土地、果木、池塘、房屋，你都翻了一倍。说句实在话，本总爷早就给你把各项细账都算清楚了，满打满算，给你一万二千两银子就够意思了，没想到你们佛门这样黑心！

“阿弥陀佛，我佛大慈大悲。”清心嘴里不停地这样念着，其实是强压住心中的虚恐，同时也在思量着对策。正在这时，小沙弥过来请入席吃饭，清心借机中止洽谈，重新满脸笑容地说：“赵总爷，我们先吃饭，账目嘛，吃完饭后再慢慢算。”

赵茂昌顺水推舟地起身说：“好吧，吃完饭再说。”

席上作陪的，除方丈虚舟、知客僧清心外，维那清戒也来了。三个和尚殷勤劝酒劝菜，恭维话不断，把赵茂昌当成真身赵公菩萨一样供奉着。饭后，清戒亲自陪着赵茂昌参观藏经阁。藏经阁里藏着归元寺的镇寺之宝——三部天竺国的贝叶经。这三部贝叶经从不轻易示人，非达官贵人或佛门高僧不能一观。

清戒吩咐管藏经阁的和尚打开楠木书柜，将一部贝叶经取出，亲自翻开，讲叙给赵茂昌听。赵茂昌听不懂贝叶经上的经文，对那些青黄色的长椭圆形树叶也看不出个名堂来。清戒见赵公菩萨心不在焉，忙收起贝叶经，将他带到玉佛堂。玉佛堂是归元寺专为收藏发了财的信徒们，自愿捐献给寺院的佛像的殿堂。

这些佛像大部分是玉雕的，故称玉佛堂。有几座鎏金的佛像，还有一座五寸高的金佛像，是一位南洋巨富捐的，深藏在地下室里。为了对付赵茂昌，管堂的执事和尚在吃饭期间，便奉知客僧之命将所有鎏金佛像都赶紧搬走了，又将一座极普通的黑玉佛像，用一只四面镶着花格玻璃的精致梨木盒装了起来，摆在最为显眼的地方。

来到玉佛堂，赵茂昌兴致大增。他一座一座地细细看，又不停地用手这里摸摸那里摸摸。这种亵渎佛祖的行为，若是换了别人，一定会受到和尚们的呵斥。但今日此人便是佛祖，维那不但不予制止，反而随着他的手一起对佛像指指点点，议论玉的质地和色泽。

来到黑玉佛面前，赵茂昌立时被精致的玻璃框架所吸引，连连称赞这个架子好。维那笑着说："赵总爷，这座佛像的玉质更好。"说完，吩咐执事和尚拿钥匙来将框架上的锁打开。

赵茂昌的手在玉佛身上摸了摸。他其实并不懂玉，心想在这样名贵的框架中的玉佛一定很贵重，便点头说："这玉质是好。"

"赵老爷好眼力。"维那笑着说，"不瞒你老说，这座玉佛可不一般。它来自暹罗国的古都清迈王宫，是暹罗王的后裔送给寒寺的。这黑玉有一个专有的名字叫暹罗圣墨，黑玉是玉的精品，暹罗圣墨又是墨玉中极品。这座圣墨玉佛在清迈王宫供奉了近百年，后由国王赏赐给他一位宠妃生的儿子，从此离开王宫。六十年前，这位王室后裔来归元寺朝拜，将它送给了寒寺。这玉佛堂里所有的玉佛加起来，都不及这一座。"

赵茂昌的眼睛死死地盯着圣墨玉佛，贪婪的眼神毫不掩饰地流露着。维那知道鱼儿已经上钩，便笑容可掬地说："赵老爷若是喜欢，就送给你老，为归元寺与总督衙门结一段善缘。"

见赵茂昌不说话，知已默许，便高声命令执事和尚："把这座圣墨玉佛好好包起来，今夜由你护送，送到赵老爷府上。"

就在维那陪赵茂昌游藏经殿、玉佛堂的时候，知客僧和住持正在方丈室里密谈。见玉佛堂的事情办好了，知客僧亲来邀请赵茂昌去方丈室。

洽谈在方丈室里继续进行，只是寺方的代表已换成第一号人物住持虚舟法师。

"汉阳那块地就请赵老爷关照关照，二万三千两银子，委实没有多要。"虚舟法师说。

"没有这么多。"赵茂昌的态度依然和饭前一个样，只是说话时的声音柔和多了。“刚才清心法师报的每个细项都多算了许多，比如说牲畜平均每只算一两，这里的马虎眼就大得很。牲畜中有大牲畜，有小牲畜。我亲自查看过，一百一十户人家中，猪牛这些大牲畜加起来不过三百来头，其余的都是鸡呀鸭呀这些小牲畜，一只鸡鸭值得几个钱！清心法师按平均每只一两计算，这不明摆着是哄蒙人吗？”

虚舟法师听了赵茂昌这番话，心里又恨又佩服：恨这家伙拿了归元寺的玉佛，依旧不松口，佩服他精明能干。

“赵老爷，你是一个真正认真办事的人，贫僧十分钦佩你。”先给赵茂昌戴上一顶高帽子后，虚舟慢慢地说，“从每项的细账看，清心是报多了点，这没有瞒过你老的法眼。但总体来说，二万三千银子不算多，因为清心忘记告诉赵老爷了，这块地是二百多年前白光大法师看中的风水宝地，它今后会给铁厂带来十倍的兴旺，百倍的利益。”

见赵茂昌并不以这话为然，嘴角边似乎有着淡淡的讥笑，虚舟明白，这是个不受软功的强硬角色，到了这种地步，他不得不实话实说了。

“赵老爷，实话对你老说，出家人脱离了世俗，没有妻室儿女的拖累，也不想去巴结讨好别人，要钱财做什么？佛门第一戒的是贪。贪使人迷失本性，坠入火坑，乃作恶生孽之根。本来，张大帅办铁厂，龟山的那块地就送给总督衙门也无妨，只是寒寺将有一桩大事要兴作。”

见赵茂昌对这句话有兴趣，虚舟说话的劲头更足了。

“二十多年前，贫僧见京师西山碧云寺有一座五百罗汉堂，气象宏伟，实北地佛门壮观，可惜荆襄大地没有。遂对着佛祖立下宏愿，今生要竭尽全力，在归元寺也建一座五百罗汉堂，二十多年来也为此积下将近二万七千两银子。要建成这座五百罗汉堂非五万两银子不可。贫僧年近七十，来日已不多，不能再行募集，另外的二万三千两便只有靠出卖这块龟山旧地了。实话说吧，这块地连同上面的房舍、池塘、果木、牲畜大约可值一万二千两左右，加上好风水可增值银八千两，此外的三千两就是赵老爷你老送的了。这三千两银子的恩泽，贫僧会告诉佛祖听的，并由寒寺十位得道高僧为赵老爷念十天十夜祈福升官保平安经文，保佑你老大福大寿大俸禄，全家老小康泰顺利。”

见赵茂昌面色稍怿，虚舟略为压低了声音，却是一字一顿地分外清楚：“寒寺将打一个三千两银子的包封送给赵老爷，略表贫僧和寒寺全体僧众的感激之情。”

这句话，为什么不早讲，绕这大的圈子多费劲！赵茂昌不动声色地说：“按理说一万二千两都多了，风水宝地嘛，这是虚的，铁厂尚未建，投产更是三年五年以后的事，拿什么来证明？只是你们要建五百罗汉堂，需要银子用，才不得不哄抬行市。你早说清楚不就得了！赵某祖母、母亲都吃斋念佛，家里多年来也供奉过菩萨，既然是为五百罗汉堂做贡献，赵某人就认了你这个数。”

“善哉，善哉，阿弥陀佛！”虚舟忙捻着佛珠，念念有词。“赵总爷大恩大德，贫僧一定奉告佛祖。”

赵茂昌心里冷笑了几声，接着说：“但有一句话，我先给你说明白了，三千两银子的包封，是你们自愿给的，赵某人可没问你们要！”

“那是的，那是的！”虚舟忙点头。

“所以，不管以后什么人来问，你们都不能说。如果有人说出了，赵某人可不是好惹的。”

赵茂昌的厉害，虚舟已经领略了，忙说：“赵老爷放心，此事只是贫僧一人知道，归元寺众僧连同清心、清戒都不知。只要贫僧不说，谁人知道？贫僧感激还来不及，又岂会说出去！如若不信，我可以在菩萨面前起个誓。”

“不要起了。”赵茂昌起身说，“还有一点，你们另外再造一个细目，各项加起来是三万三千两银子，那一万两是赵某人核实后减下去的，懂吗？我走了。”

“懂，懂！”虚舟弯腰合十，恭恭敬敬地将赵茂昌送出归元寺门外。半夜时分，归元寺一个年轻力壮的和尚背着那座黑玉佛，悄悄地来到赵茂昌的家中。

听说赵茂昌将归元寺提出的三万三千两核减为二万三千两，张之洞连连称赞赵茂昌能办事，对这个从广东带来的总文案更加信任了。蔡锡勇和陈念礽拿出筑拦水长堤和填高低洼五十万土方的预算：长堤需银五万八千两，填土需银四万六千两，连同购地二万三千两，需银十二万七千两。

蔡锡勇问：“这个厂址，费用是不是太大了点？”

“不过十二万多两银子嘛，不算多。”张之洞满不在乎地回答。

蔡锡勇又提出一件事：“香帅，刘瑞芬公使来了电报，承造炼铁炉的利物浦工厂，要我们赶紧派人送铁矿样品到英国去。”

“为什么？”张之洞大惑不解。

“炼铁炉有两种。”蔡锡勇以专家的身份说，“一种是贝塞麦转炉，这种炉不能去生铁中的磷，一种是马丁炉，可以去磷。”

“为什么要去磷？”对冶铁技术一无所知的总督大人发问。

“铁厂炼出的钢含磷量若超过百分之零点二，则质量不高，许多对钢材要求高的工程就不能用，比如说，铺铁路的钢轨就不能用超过百分之零点二的钢材，因为容易断。所以要化验我们用的铁矿石，若含磷量不超过百分之零点二则订做贝塞麦转炉，若超过就用马丁炉。”

“大冶铁矿还没有开工哩，从哪里去找铁矿石？再说派一个人送矿石去英国要花多长的时间，岂不耽误了我的开工日期！”张之洞不耐烦了，看着铁政局督办一副为难的样子，心中说，到底是一介书生，没有办事的魄力。他断然说：“你给我回一个电报给刘瑞芬，说利物浦那家工厂目前做什么炉子方便，就给我们订下两座，越快越好。大冶铁矿石那么多，岂能只是一个成色？它的炉子能去磷，我们就用磷多的矿石，不能去磷就用磷少的矿石。退一步说，大冶的不行，中国这么大，还能找不到合适的铁矿！这是很简单的事，何须如此麻烦，这洋人就是死板！”

一向严谨的洋务督办虽觉得总督的话近于荒唐，但面对着板起面孔不容商议的神态，他一时失去了争辩的勇气，只好说电报上的第二件事：“他们要先交六万两银子的订金，刘公使叫我们赶紧汇银票去。”

“你告诉刘瑞芬，就说银钱一个子儿都不会少，请他先给我垫着，我即刻就汇过去。只是要快，铁厂明年夏天要开工，不能误了我的工期。”

“还有，电报上说两个炉子连运费，共需八十万两银子。”

“好，我知道了，到时一手交货，一手交银子。这个利物浦的工厂也是小气，我一个堂堂大清国的湖广总督，向他买东西还会少他的钱吗？这些洋人也太计较了！”

蔡锡勇笑道：“香帅，这就是洋人办事的习惯，事先双方都说清楚。你对他的货物可以提出各种各样的要求，他做得到就做，做不到就不做。他要的钱他也说清楚，你同意，这笔生意就做，不同意就算了。彼此一点不伤和气。我们这份电报拍过去后，他就会来一个合同，上面将双方的要求都写得一清二楚，双方为头的在上面签字，事情就这样定了，彼此不得反悔，反悔就要赔偿损失。哪像我们中国人，起先都是拍胸脯的君子协定，无只字凭据，到时出了事，彼此又互相推诿，都不承担责任。”

“洋人办事死板是死板点，但这种认真的态度还是可取的。”张之洞点点头说，“事先说清楚，白纸黑字，也好免得日后麻烦。待他们的合同来后，我来签字，你先把电报拍过去吧！”

办铁厂、枪炮厂，这都属于洋务兴作，从曾国藩咸丰十一年在安庆创办中国有史以来第一座兵工厂算起，到现在亦不过二十几年历史，其后不论李鸿章、左宗棠，还是沈葆桢、丁日昌等人创办的各种机器局、制造局，也几乎都是为军事服务的。由朝廷颁下专款，通过户部拨给总署，再由总署拨给办洋务的督抚。海军衙门成立后，总署的这个差事便移交给了海军衙门。

张之洞向朝廷上折，请求由海军衙门尽快拨下一百万两银子的专款。他知道掌户部的翁同龢不是一个好说话的人，军机处里，阎敬铭是离开多年了，堂兄这些年也年老多病，长期在家休养，不大问事，大权已逐渐落入最善迎逢又最喜揽权的孙毓汶的手里。孙毓汶身为军机大臣，却并不是个一心为国的人，一向置个人得失在国家得失之上。张之洞不愿意拿国家的银子和自己的人格去走这种人的门子，所以他估计这一百万银子的批复下来不是件顺畅的事。

但龟山的地要立即买下来，这迁移、填土、筑堤都得抓紧时间进行，买炼铁炉的订金也得汇，这几项银就得二十万两；大冶铁矿和新近确定的江夏马鞍山煤矿也必须尽快开工，眼下非得有四十万两银子不可。若坐等朝廷的专款，不知要推延到何时。性情急躁素来办事只争朝夕的湖广总督不能坐等，更何况神州第一大厂的巨大成就感，更在强烈地鼓动着他那颗好大喜功的雄心。他决定先要湖北巡抚拿出四十万两银子来。

按照朝廷的制度，总督对所辖省份的民政刑事虽有管理之权，但偏重于军事。这种制度，咸丰朝期间因战争的缘故，在江南一带则被改变了。因为当时这些省份里，用兵打仗成为压倒一切的大事，所有举措都得服从战争这个大局，故而当时的湖广总督、两江总督、闽浙总督乃至两广总督、云贵总督都拥有调动一切、指挥一切的权力。为了收指臂之效，所辖省份的巡抚、藩司、臬司便往往由该总督提名，朝廷照准不误。战争进行了十多年，朝廷过去的定制在江南各省被无形中破坏了。待战争结束后，已实行多年的制度便成了新的定制。张之洞做两广总督时，所面临的第一桩大事便是在越南的中法战争，这又是一场用兵打仗的大事，广东、广西的巡抚不能不听凭他的调遣。来到武昌后，张之洞也同样以这种心态对待两湖的抚、藩、臬。他以先前两广总督召见广东巡抚的架势，请湖北巡抚来督署有要事相商。不料，初与湖北地方大员打交道的张之洞，便碰了一个不硬不软的钉子。

三　病入膏肓的黄彭年冒死劝谏张之洞莫办洋务

张之洞到武昌后不久，湖北的巡抚就由奎斌换成了谭继洵。从小恪遵圣贤之教刻苦攻读“四书”“五经”，一心在科举功名上下功夫的谭继洵是湖南浏阳人，今年已经六十八岁，是个须发皆白的老者。

谭继洵二十七岁中举，三十七岁中进士，分发户部做主事，五十五岁才外放甘肃巩秦阶道，直到六十一岁时仍只是一个四品衔的中级官员。正当谭继洵叹息仕途不顺的时候，不料老来吉星高照，官运亨通。这一年，他被擢升为甘肃按察使，第二年又被擢升为甘肃布政使，今年又简授湖北巡抚。短短的七年工夫，谭继洵便直线上升为一省的封疆大吏，而且将他由苦寒边远的西北调到湖广。作为一个望七之年的湖南人，谭继洵自认为对朝廷的恩德粉身碎骨不足以报答。

二人在布置得十分精致的小客厅坐下后，谭继洵谦恭地说：“不知张大人叫下官来有何事。”

“谭大人，”张之洞也以很客气的称呼叫着。“铁厂的厂址已最后选定了，就在龟山的脚下，我看那地方很宽阔，以后在旁边还可再建一个枪炮厂。”

张之洞要在湖北办铁厂，谭继洵是知道的，他心里很不赞成。一来他墨守成规，对洋人有深刻的成见，并不认为洋人的那一套就是致富强的唯一之路。中国是礼仪之邦，还是得遵循历朝历代行之有效的清吏治、厚风俗、奖农桑、薄赋税等办法，那才是一条利国利民的康庄大道。洋人只重强权，不要义理，那只能胜人之口，不能服人之心，终归不是长治久安之策。二来在甘肃时，他深知左宗棠创办的兰州织布局、机器局、制造局等洋务，耗资大而收效微，管理混乱，连年巨亏的内幕。左宗棠是中兴功臣，又为朝廷收复了新疆，厥功甚伟。他不敢公开批评，只是私下里对同僚们说，洋务这码事，只能由洋人在他们国家里办，我们中国办不成。来到武昌，他听说张之洞要在湖北大办洋务，心里就着急，本想给头脑发热的总督泼点冷水，但转念一想，张之洞是个刚立下赫赫战功，又倔强自信、甚受太后恩宠的人，一定听不进去，于是打消了这个想法。只在心里暗自决定：他张之洞折腾让他去折腾吧，只要不损伤湖北就行了，我一个老头子，既犯不着与他唱对台戏，更不能与他同台共演一出明知要砸台的戏。

谭继洵以很不自在的笑容说："好啊，何时开工？"

"离开工还早哩！地还在归元寺的手里没有买过来，买来后还要筑堤、填平，还要买机器安装，一年后能开工就是好事了。"

唉，太平总督你不当，却要这样折腾做什么？谭继洵心里这样想，嘴里却说："好，到开工的时候，下官率湖北司道们都去祝贺！"

"祝贺是以后的事。"张之洞与僚属说话一向不喜欢兜圈子，因为他要办的事太多了，不愿意在这种虚委中浪费时间，遂直截了当地摊明："眼下鄙人有急务要求助于谭大人。"

"什么事，大人只管吩咐。"久为藩司的谭继洵已大致猜到了张之洞的所谓"急务"。

"实不相瞒，鄙人要向谭大人求助银子。"

望着张之洞的两道热切的眼光，谭继洵本想不开口却又做不到，只得应付着问："大人要多少银子？"

四十万两。张之洞正欲开口报出这个数字，转念一想，谭的年纪既比自己长十多岁，中进士又早两科，是真正的前辈，不能当寻常巡抚看待，宜逐项报明以示尊敬。于是改口："有几大项工程都急着要开工，一是买地，要付二万三千两，二是筑堤，要费五万八千两，三是填平，要费四万六千两，再是大冶铁矿和马鞍山煤矿开采，各要十万两，外加炼铁炉订金六万两。这五笔款加起来共三十八万七千两。鄙人万不得已，要向谭大人求助四十万两银子。”

果然是为了银子的事。谭继洵为自己的不幸猜中而深陷忧虑。谭继洵一到武昌，第一件事便是查看藩库的银子。账面上尚余五十万，要从中拿出四十万两出来，看似可以，但实际上是做不到的。一则，账目上的银两其中一半是数字，并不是白花花的纹银，这些银子还在各地税卡、牙行和县衙门里。自从战争以来，各省拖欠中央的银子，各省下属拖欠省里的银子，已相沿成习。他们应交的银两，有意压下数月半年不交，放在钱庄生息，这息钱便成为个人荷包中的私利。此风已成官场公开的秘密。二则存在藩库的二十几万两银子，已是八方伸手，立即就得发下去的。如洪湖水灾的救济款，德安干旱的救济款，施南、宜昌瘟疫医药款以及从监利到嘉鱼段长江防洪堤的加固款，这些都是早两个月前便应发下去，只是因为奎斌已调走，藩司黄彭年又病重不能理事，眼巴巴地等着谭继洵上任后早日发下。藩库仅存的二十几万实银都是救命的专款，岂能交给张之洞去瞎胡闹！怎样来搪塞这位偏爱大兴作的总督呢？一时间，老头子急得背上一阵津湿。

他决定实情相告。把湖北藩库的实际情况详细禀报后，谭继洵说：“大人办铁厂、枪炮厂，这是富国强兵的好事，湖北自应全力支持，下官也应当全力配合。只是湖北贫穷，灾害又多，实在拿不出一两多余的银子来。下官明天就叫藩司衙门一并送来账簿和各地请求救济的火急禀帖，请大人验看。下官若有半句假话，甘愿受大人制裁。”

湖北藩库只存五十多万两银子，这与当年张之洞就任粤督时，广东藩库所存银数差不多。这点张之洞相信。但有一半银子没入库，以及各地急需拨银的情况，张之洞却将信将疑。他也不便硬与湖北抚藩作对，去亲自验看，只得摆摆手说：“账簿不要送了，想必谭大人不会说假话。湖北的银钱出入，鄙人过段时期也会清楚的。”

张之洞这句不冷不热的话，说得谭继洵又不安起来，心里想：

这是一个不好对付的硬角色。谭继洵做了一世的官，从来不与上司顶撞，何况张之洞这样的人物，更是得罪不得，要把僵冷的场面缓和过来才是：“大人，过去左侯在兰州办制造局、火药局，都是朝廷总署拨下来的专款，数目大得很。”

张之洞明白巡抚的言外之意，冷笑着说：“铁厂今后需要好几百万两银子，湖北拿得出吗？两湖又拿得出吗？当然是朝廷专款。但铁厂办在汉阳，是湖北省的大事。你湖北省就坐视不理，一毛不拔吗？”

张之洞咄咄逼人的气势，使年迈拘谨的湖北巡抚颇为畏惧，细思藩库的银子又不是自己的家产，死命不给，得罪了这位总督，日后也不好相处。他的性格素来是息事宁人，何况办铁厂是朝廷同意的，在道理上张之洞也站得住脚。谭继洵犹豫一阵后，终于让步：“大人说的是，铁厂办在湖北，也是件给湖北大挣脸面的事。藩库里现存的实银，各地救灾款和防洪堤款我先照半数拨下去，余下的一半，估计不会少于十万，就全部给大人吧！虽然远远不够，但龟山厂址的筑堤和填平工程可以先动工。”

张之洞还以为这个老头子会一两银子都不肯拿，没想到转眼之间便同意出十万，也算是倾力相助。他转怒为喜，说：“谭大人，谢谢你了。”

第二天上午，张之洞正准备让赵茂昌去巡抚衙门拿银子调拨单，却不料周巡捕匆匆进来说：“黄藩台来到栅门口，刚出轿门便跌倒了，轿夫已把他背进北溟亭。他说有紧要事即刻见大人。”

黄彭年不是卧床数月、病入膏肓了吗，他有什么要紧事亲自来督署见我？张之洞忙放下手中的笔，立即向北溟亭一路奔去。

北溟亭是督署北面的一个小亭阁，四围栽种一些花草树木，夏天是一处乘凉休憩的好地方。时正酷暑，武汉三镇热得像个大蒸笼，七十二岁的老藩司黄彭年重病已大半年，不能上衙门办事，一般公文自有各科吏目照例办理，紧要的则派人送到他的府上，念给他听。他有气无力地交代几句后，再带回交相关人员按他的指示办理。近两个月，他大门都不出了，只偶尔在自家小庭院里坐坐，看看树叶看看天。昨天下午，谭继洵从督署出来后便到他家，一来看望，二来将张之洞办铁厂求助湖北以及已答应给十万的事告诉了他。黄彭年一听，气得顿时回不过气来，好一阵子才气息嘶喘地对谭继洵说："张之洞这是在胡闹，不能给他银子。"

谭继洵为难地说："我已答应了他，也不好收回。"

黄彭年说："明天我去拒绝。第一次若不硬点，他今后会诛求无度。朝廷的银子由他乱花我们管不着，湖北的银子不能听任他丢到水里去。"

谭继洵本就不情愿，让这个倔老头子去阻拦一下也好，但黄彭年病得如此重，能出得门吗？

"老方伯身体欠妥，还是让我去转达吧！"

"不，非得老夫亲自去不可。"

黄彭年说完这句话，便气喘吁吁。他闭目养神不再说话，巡抚悄悄地退出了。

原来，翰林出身的黄彭年是个死硬的洋务反对派，在当年办不办同文馆的大争论中，他就坚定站在大学士倭仁的一边，对倭仁"立国之道，尚礼义不尚权谋；根本之图，在人心不在技艺"这一套服膺至极，认为倭仁才是安邦治国的柱石之臣，奕䜣、文祥等人听信浮言，浪开同文馆，总有一天会把中国弄成和夷狄一样的论势不论理的野蛮之国，对后来曾国藩、李鸿章等人的大办洋务，黄彭年一直持反对态度。黄彭年为人方正刚直，操守清白。他治家严谨，独生子黄国瑾二十多岁便中进士点翰林，现正在翰苑做编修。父子均出身词臣，令官场士林钦佩。仗着这种声望，黄彭年决定以重病之躯入督署，不惜以死来谏阻这个任性使气的后生制台，至少要卡住这十万银子。

黄彭年晚餐特意多吃了几片鱼肉，天不黑就闭着眼睛强迫自己养足精神，以便明日出门办大事。第二天早上，他又喝了一大碗浓浓的关外人参汤。参汤喝下后，他觉得气力好多了，居然可以自己走进绿呢纱顶大轿。趁着早凉，轿夫们抬着他向督署走去。走了一半路时，他的感觉都还好，后来便渐渐地不舒服了。太阳越升越高，气温也越来越高，虽然是纱顶夏轿，但毕竟四面绿呢围着，气不能顺畅流动，老头子在里面热得难受。为了使他不受颠簸，轿走得极慢，到督署大门时已是辰末时分了。轿夫掀开轿帘，他刚迈步出轿，一股热浪迎面袭来，只觉得脑袋一晕，便昏倒在栅门口。轿夫忙将他背起，随行的仆人一手提着事先备好的药囊，一边嚷叫督署的人出来接应。

张之洞来北溟亭时，骨瘦如柴的黄彭年正躺在藤靠椅上，轿夫在轻轻地扇扇，仆人在给他喂汤药。他勉强吞了两口，睁开眼睛，见张之洞站在一旁，忙挣扎着要起身行礼。张之洞赶紧走上一步，制止说："老方伯，千万别动，这会子好点了吗？"

"好多了。"黄彭年答道，声音比游丝粗不了多少。

都病到这种地步了，还亲自到督署来做什么？张之洞大惑不解。他拉过另一把藤靠椅，紧挨着黄彭年坐下，轻声问："署里有冰镇的莲子汤，要不要喝点？"

黄彭年摆摆手。仆人说："黄大人再热的天也不吃冰镇的东西。"

张之洞又问："热茶可以吗？"

黄彭年点点头。督署衙役忙送上热茶，黄彭年喝了两口，气好像回过来了，灰白的皱脸上慢慢有了点血色。又过了一会，黄彭年觉得好多了，便对着仆人挥手："你们都走开点，我要跟张大人说重要的事。"

仆人带着轿夫离开北溟亭，督署的衙役也自动走开了。北溟亭里只剩下黄彭年和张之洞。一阵轻轻的南风吹来，亭外盛开的芍药、玫瑰微微摆动，长长的垂柳上贴着几只蜂似的小鸟，不停地在叶片上啄来啄去。黄彭年感叹地说："我有半年多没上督抚衙门了，上次来时，柳条儿都是光光的。"

张之洞说："老方伯大安后，请常来这里坐坐聊聊。"

黄彭年脸色阴了下来，说："我是好不了了，这怕是最后一次来督署了。"

"老方伯怎么这样想？好好将息，自然会一天天好起来的。"看对面这位藩司的气色，张之洞也知他活不多久了，但嘴里还是这样安慰着。

黄彭年轻轻地摇了摇头，没有说话。

"老方伯，这么热的天，再有什么大事，你也不必亲到督署来，可以叫我去府上看你嘛！"

"有一件大事，非我亲来不可。张大人，我是个要死的人，什么顾虑都没有了，也不怕得罪你。"黄彭年说到这里，停了下来，气在胸臆间运了运后说，"听说大人要在汉阳办铁厂、枪炮厂，大人的心意当然是好的，但我要对大人说出逆耳的忠言：请赶快打消这个念头吧，莫做这种劳民伤财的蠢事，洋务在中国是办不成的，也大可不必办。大人饱读诗书，自然知道治理中国，当用圣贤世代相传的古法，切不可让洋人坏了我华夏数千年来的名教纲常。"

原来是为了这件事！张之洞心中顿时不悦。若是换了别人，他必定会大声呵责。但眼下这个老人，是冒着死的可能在烈日酷暑下亲来督署，要当面说这番话，就冲着置个人生死于不顾这一点上，也不能责备呀！何况"名教纲常"也是张之洞自己心中的最高准则，"切不可让洋人坏了这个最高准则"，也是他的心愿。他压下心中的不快，露出微笑来说："老方伯有什么话尽可照直说，凡对国家对百姓有利的忠言，再逆耳我张某人也不会怪罪的。"

"老朽知道大人当年乃京师清流砥柱，伸张正义，扶持朝纲，大人的那些奏疏真是千古流芳的瑰丽佳作，不愧国朝翰苑翘楚。"

这些话，张之洞听了很舒服。

"老朽也知道大人数为学台，凡督学之处皆奖掖学子，循循善诱，创办书院，惠泽士林。大人的这些功德，当今学子们谁不称赞！

老朽在好几个省的书院里都看到他们在读大人所著的《书目答问》，用以作为求学的指南。”

这些话，张之洞听了也很坦悦。

喘了喘气，老方伯又开了口：

“老朽还知道，大人外放晋抚时，禁罂粟、复农桑、查藩库、劾贪官，这些更令老朽敬佩。大人现在总督两湖，真两湖三千万百姓之福。老朽想大人宜以当年的血性整饬两湖官场，复兴旧日湖广粮仓，培育两湖学子，踏踏实实地为两湖做实事，切莫玩洋务这种花架子。谭抚台昨日答应的十万两银子，老朽恳劝大人千万莫接，那是湖北处水火之中的灾民所盼望的救命钱啊！大人积积阴德，切不可糟踏在洋务这种冤枉事上……”

黄彭年正要再说下去，突然双眼一阵翻白，急得张之洞大声叫藩台衙门的仆人。仆人同轿夫赶紧过来，一面扇扇一面掐人中，一面调药撬开嘴角强灌下去。张之洞眼看着这一切，真是又急又悯，又气又恨，万千愤怨如棉絮堵在他的胸口，一句话都说不出来。

他还能再说什么呢？说老头子无学无知吗？此人学富五车两榜正途，文章诗词盈箧盈筐。说老头子不谙世事吗？此人三十年来历任数省司道，政声甚好。说老头子完全是一派胡言吗？其中可圈可点可警可策的话不少。说老头子是一意孤行吗？京师和各省各地持他这种看法的人还是大多数。说老头子为私利吗？此人的话堂堂正正为两湖百姓没有半个字言及自己。他以一个行将就木的垂死病人来行尸谏，你还能说他什么！那十万两银子你还能动吗？张之洞为官三十年，还是第一次遇到这样的一个人。他怕老头子还要说下去，万一一口气接不上死在北溟亭里，传出去有多不好！见老藩台慢慢回过神来，张之洞略微放了心。他双手握起黄彭年冰冷僵硬的手，尽量做出一副极为诚恳的神态来说：“老方伯此行令我很感动，你说的话也不无道理，我谨记在心。湖北藩库的十万两银子，连提款的手续都还没办，就依照您所说的，分文不要，让它尽快拨到灾区和长江防洪堤上去。您放心回府吧，好好保养身体，过几天，我再到府上来请安。”

说罢，也不等黄彭年答话，便让轿夫背起。张之洞亲自护送到栅门外，看着他安坐在轿子里。直到轿子走到几十步远外，才抬着沉重的双腿回到签押房。

怎么办呢？当然不能听信黄彭年这个昏迈老头子的糊涂话去停办铁厂，但即将到手的十万银子却要不到了，一时从哪里去筹措钱呢？万般无奈之时，他只得打起军饷的主意来。

两湖地区共有绿营四镇，分别为镇筸镇、襄阳镇、宜昌镇、永州镇。嘉庆朝以前国库充裕，绿营的一切军饷军需款项全由朝廷负担，总督负责监督所辖省份的提镇大员，按要求开支，定期检查饷需发放情况。道光以后，帑银枯窘，绿营饷需常有拖欠，便不能不向地方索求，地方只得从上缴朝廷的地丁银子中拿出一部分来供应驻省绿营。太平天国平定后，江南练勇解散，不少人进了绿营。绿营臃肿，饷需愈加不足，更是明目张胆地向地方要。于是总督每年都要从所辖省的藩库提取相当多的钱粮来供应军营。这笔款子掌握在总督手里，但也是捉襟见肘，入不敷出。

张之洞叫负责这项事情的总署吏目，将账簿拿过来，整整盘算了一个晚上，好不容易从湖北宜昌镇绿营中挤出十二万两银子出来。第二天召来湖北陆路提督程文炳，跟他谈起这事。程提督叫苦不绝，满肚子委屈，直到张之洞再三保证海军衙门的银子拨下后立即给绿营补上，程提督才极勉强地答应了。

付出二万三千两银子给归元寺，把龟山的地买过来了。再付六万两银子给驻英国公使刘瑞芬，把两个炼铁炉订下。剩下三万多银子，一万留给筑堤和填土，一万给大冶铁矿，一万给马鞍山。三处虽可以开工了，但对铁矿和煤矿来说，这好比杯水车薪，并不起多大作用。

他想起了身为陕西巡抚的姐夫鹿传霖，要不要求姐夫向陕西藩库借一点银子呢？这些年来，郎舅书信虽然密切，但公私还是分得清清楚楚。身为湖督，却向姐夫借债，话很难说得出口。但是，再也没有别的法子想了，只有这一条可行的路了。他硬着头皮向姐夫陈述这一切，请求帮忙；为不使姐夫为难，他愿意付以钱庄利息，能借多少就借多少。二十天后他收到鹿传霖的来信。姐夫体谅他这一片苦心，但身为巡抚不好从藩库借银给内弟，只好请他的几个商界朋友帮忙，筹集了十五万两银子，打三张金花大银票夹在信里派专人从西安送来。有了这十五万两银子，虽可暂解燃眉之急，但与张之洞要办的宏图大业比起来，仍然是区区之数。海军衙门的拨款一直没有消息，久病的黄彭年却寿终正寝了。他的儿子翰林院侍读学士黄国瑾从北京赶到武昌吊丧。黄国瑾对父亲的去世伤心欲绝，一连十多天茶饭不思。白天忙于跪地迎接各方吊客，夜晚睡在灵堂里的草垫上。素日养尊处优体质单薄的黄国瑾受不了这个折磨，突然病倒了，但他还要坚持继续履行孝子的职责。在一次大祭奠时，黄国瑾带着病躯上灵堂，望着即将入土的父亲棂椁，他放声痛哭，不可收拾，不料昏厥在灵堂。待到大夫赶来抢救的时候，他早已跟着父亲的脚步走了。

这一下，黄府的丧事便更加悲痛也更加热闹了。武汉三镇的官场民间，处处在传颂着黄国瑾这个古今少见的孝子。各大书院均以这一生动的教材教育学子，各个家庭的父母也抓住这一难得的机会训诫子孙。将三纲五常当做立身之本的张之洞，既深为黄国瑾的孝行所感动，也深知借此教化风俗的重要性。他以总督之尊亲去黄国瑾的灵台致祭，又和谭继洵会衔朝廷，请求予以特别恩恤，并交付国史馆立传。原本对黄彭年反对洋务的行为很是反感，也因为他有如此孝子而予以宽恕了。

四　以包揽把持在湖北建国中之国

黄府的两台丧事折腾个把月后，一切又复归于平静。龟山及大冶、马鞍山的三处施工在热火朝天地开展，白花花的银子每天水一样地从库房里流出。眼看鹿传霖借的十五万两银子即将告罄，海军衙门的专款仍没有拨下，张之洞开始着急，心情也随之变得烦躁起来。不少僚属幕友都会无缘无故地遭到他的训斥，有几个性格刚烈的师爷受不了他的无礼，干脆请长假回家去了。桑治平这几个月一直在悉心教读二公子仁梃。唐夫人生的仁梃今年晋二十，仍没有中举，明年又逢乡试了，桑治平和他们父子心情一个样，盼望他明年乡试告捷。来武昌半年了，仁梃闭户不出，发愤苦读，学生如此用功，老师当然不能懈怠。办铁厂所遭遇的种种不顺，桑治平自然都清楚，他也正为东家的大事着急。

转眼到了初秋，荆襄大地令人难耐的酷暑已经过去，早晚凉风习习，正午时光也不很热了。趁着一天张之洞心情较好的时候，桑治平提起一桩他思之已久的事。

“有一个地方，我想你一定会愿意去的，今日有空，我陪你去看看如何？”

“什么好去处？”

“胡文忠公祠。”

张之洞果然立时来了兴致：“一到武昌，我就想去看看文忠公的祠，这些日子给铁厂弄得六神无主，差点给忘记了，亏你想起。”

“我已打听到在城南磨盘巷，但不知怎样走。”

“我知道去。”

桑治平惊道：“你怎么知道去？”

张之洞笑道：“你忘记了？同治七、八、九三年，我在湖北做学政，仁梃就出生在武昌城。”

桑治平也笑道：“真的哩，是我一时懵懂了。武汉三镇，你是二十年后又重游。”

张之洞说：“吃过午饭后，把大根带上，就我们三人去看看，再不要惊动别人了。”

吃过午饭，张之洞身着便衣，由桑治平陪着走出督署。大根照例身藏暗器，短衣绑腿，做仆人状紧随其后。三人一路穿街过巷，向城南走去。

武昌城北临长江，西门南门乃是通往湘粤大道的出口。东北一带乃码头所在地，货物集散，人员游动，场景喧腾杂乱，是脚夫、流氓、乞丐的麇集之处。武昌的商业繁华区在城南。这里店铺林立，百货充斥，街巷交错，人口稠密，配合商务活动而起的酒楼、妓院、戏园子随处可见。尽管三楚大地到处都是饥饿、贫困，但武昌连同对岸的汉口、汉阳城里，却又是畸形的繁华，银号金铺里尽皆肥马轻裘之辈，酒楼妓院中多醉生梦死之徒。

南门大街右边的一条窄窄的小巷便是磨盘巷，张之洞、桑治平来到祠堂前。只见一道一人半高的青砖砌成的四方围墙，围住一个小院落。院子正中是一座虽不高但占地也还宽阔的青瓦青砖木柱木梁的厅堂。一边有四五间低矮的小平房。院子里杂草丛生，几只母鸡在到处觅食，却并不见人影。

砖墙上泥浆剥落，砖缝中时见青苔壁虎，灰暗冷落中透露出浓厚的衰败之气。祠堂大门门额上的"胡文忠公祠"竖匾，也是油漆斑驳，蛛网四结，两边楹柱上依稀可辨当年曾国藩赠给胡林翼的联语：舍己从人，大贤之量；推心置腹，群彦所归。

他们进了祠堂。祠堂中间是一个大厅，东西两厢有着四间小房。大厅正中是一幅胡林翼的半身画像：圆形脸上微露着笑容，三绺稀疏的胡须挂在下巴和两耳之下，穿戴一品官服。画像被烟火熏得黑黄黑黄的。张之洞仔细地端详着，脑子里竭力回忆恩师的形象。他觉得这幅画像与恩师先前的模样相差很大，分明是有意美化了。像前砖砌的平台上竖立一座二尺余高的神主，上面写着：太子太保衔赠总督湖北巡抚胡文忠公讳林翼之位。两边还有一大堆高高低低乱七八糟的神主，显然是当时一批死在战场上的高级军官的牌位。能在死后入祀胡林翼祠，这是对死者的一种褒奖。

神主的前面是一个极大的长条形石炉，这是香炉，但上面连一根竹签子都没有。石炉与平台之间摆供果烛台的供桌也不见了。再看两边的厢房，只有一间空闲着，其他三间都堆积了箧箩、麻袋、木箱，看起来不是祠堂的厢房，倒是存放什物的仓库。这就是阔别二十年，一直在心中视为圣地的恩师祠堂么？张之洞呆望着眼前那座灰蒙蒙的胡林翼神主，简直不敢相信。二十年前做湖北学政的时候，他曾多次前来瞻仰过。那时的光景，仍记忆犹新，历历在目。

当年的胡文忠公祠可是城南一大景观。整个磨盘巷没有一个闲杂百姓居住。新湘军的三个哨官兵驻扎在此地。巷子里干戈林立，旌旗飘舞，一派兵营气象。胡文忠公祠里里外外整齐干净，油漆鲜亮，一年四季香烟缭绕，灯火长明，供果不断，凭吊者川流不息。那种崇高庄严肃穆的气氛，令人崇敬之情油然而生，不能不对祠主顶礼膜拜。

那时距胡林翼病逝不到十年，无论湖广总督还是鄂省三宪，不是出自湘军系统，便是与湘系有着密切关联的人。曾国藩还健在，湘军虽十裁八九，但从湘军中走出的人员仍占据着各省文武要津，尊崇胡林翼及千千万万为那场战争丢掉生命的湘军官兵，不仅是为了缅怀先烈，更是为了保障未死者的既得利益。当时异乎寻常的崇祀，是可以理解的，但仅仅只过了二十年，它不应该冷落颓圮至此呀！

张之洞的脑子里，突然间冒出胡林翼咸丰六年寄给他的题为《武昌军次》的七律来：

十万貔貅会武昌，天时人事两茫茫。
英雄热血吴江碧，丑虏妖氛楚塞黄。
虎帐夜谈窗挂月，霓旌晓发剑飞霜。
相期尝胆歼狂寇，愁看东南满战场。

这就是恩师从长毛手里夺回的武昌城，如今对待恩师的态度吗？当年跟随恩师光复武昌的湘军官兵，应有不少人仍在人世，统帅的祠堂尚且如此冷寂落寞，那些普通战死者的遗属境遇岂不更可悲？是人间无情，三十年的光阴足可以将赫赫战功冲刷得无迹可寻，还是当年那一时的战功本就不值得长留天地间？若说胡文忠公这样的人都不值得久传，那事功勋名还有追求的必要吗？

桑治平见张之洞无语久伫，知他必为祠堂的败象而神伤，景况之糟也出于他的意外。他悄悄吩咐大根出去买些灯烛果品来，顺便把守祠堂的人叫来。

一会儿，一个三十来岁拖着一只跛脚的男子进来，那跛子见到张之洞，跪在地上大声说：“不知制台大人驾到，小人有罪！”

显然是大根刚才训了这人几句，又透露了张之洞的身份。张之洞望着跛子，问：“你是守祠堂的？”

“是的，小人在这里守祠堂。”

“听你的口音，不像是本地人。你是湖南来的吗？”

“是的，小人是湖南益阳人。”

“你是怎么到这里来的？”

“回制台大人的话。”跛子心神已安定下来，按照官府的规矩回答，“小人名叫胡家信，是文忠公的远房本家。早先本是小人的伯父在这里看祠堂，小人一直跟父母住益阳乡下。八年前伯父去世，小人从益阳来到这里，接替伯父看祠堂。”

张之洞说：“二十年前我来过这里，祠堂好像有四五个人在看，那些人呢？”

“回大人，”跛子答，“原本是有五个人，都是从益阳乡下投奔文忠公的。因在打仗中受了伤，或断手或残脚，蒙文忠公家人照顾，在这里看祠堂。官府每人每月发两吊钱，我的伯父是其中一个。刚开始几年，官府按月发，后来总是拖欠，也无人管。这样拖了三五年，有人呆不下去，走了。到后来，都走光了，只剩下我伯父一人。伯父打断了两条腿，离开祠堂无处可去。他靠着每年死皮赖脸向官府讨来的几吊钱勉强度日，临死时他叫我来接替。他说，好歹这里有几间房子可以安身，多少也有几吊钱，你可以再找点门路赚几个，总比在益阳乡下强一点。”

张之洞心想：怪不得祠堂弄成这个样子，连几吊薪水都不发，他怎么会用心来看管？湖广官府眼里，哪里还有文忠公一丝半点地位？

张之洞指了指房里堆的杂物问："那是些什么东西？"

跛子瞥了一眼后忙说："回大人，这些东西都是别人寄存在这里的货物，小人也是没有办法，靠收几个租钱过日子。"

张之洞在心里叹了一口气，又问："我记得二十年前祭堂上有一尊胡文忠公的泥木塑像，怎么不见了？"

跛子答："原本是有塑像的，四年前，一群绿营兵喝醉了酒，在祠堂打起架来，把文忠公塑像打得一塌糊涂。小人禀告官府，官府不闻不问。小人拿不出钱来为文忠公重塑，只好用一吊钱请个画匠画了一幅文忠公的像。"

原来如此！相对于官府的淡薄无情来，这个跛子还算是有点情义。

这时大根捧着一大把香烛果品进来了。桑治平说："张大人要祭奠胡文忠公，你把灵台左右清理一下，再把那间厢房打扫好，烧点开水，也让张大人坐下歇一歇。"

"是，是。"跛子答应着出了门。

片刻工夫，跛子重新走进来对张之洞说："请张大人到外面院子稍坐一会，小人把这里打扫一下。"

张之洞、桑治平走出祠堂。只见院子里已摆好一张小四方桌，方桌上摆上了茶点，旁边放着四条凳子，张之洞等人坐下。跛子带着一个二十多岁的小伙子在屋里忙碌着，才一袋烟工夫，当张之洞、桑治平再次走进祠堂时，与刚才大为变了样：灵台上的大大小小的神主已重新摆过，这些神主围绕着胡林翼的牌位，按大小高低井然有序地分立两旁。三十多年前，这些人都一个个活生生地恭立在主帅的旁边，议论战事，等候将令，而现在，统统成了一座座木牌子，怎能不使人感慨唏嘘！

抬头看胡林翼的画像，四周的蛛网也给抹去了，只是黑黄黑黄的烟灰尘土无法清除。这是岁月留下的积淀，岂是人力所能揮抹？长形供桌也不知从哪里拱出来了，上面尽是斑斑驳驳的油渍裂缝。大根带来的各色瓜果已被几个碟子装好，石炉已摆正，上面摆起了燃着火光的白烛黄香，烟雾袅袅，香气弥漫。有了这一股迷迷蒙蒙遮遮掩掩的烟雾气，祠堂仿佛立时神秘起来、崇高起来。恩师的祠堂应当长年四季都是这个模样才对。张之洞喃喃自语，从石炉里拈起三根线香，跪在临时摆好的棕垫上，向着胡林翼的画像和神主磕了三个头，然后挺直着腰膀，默默祷告：

"恩师在上，托祖宗神灵保佑，托恩师之福，弟子今天终于能以两湖之主的身份前来祭奠。祠堂这般冷清，想必您在天之灵深受委屈。弟子既为两湖之主，就不能眼看这种景况继续下去，务必重修祠堂，改换旧貌，让恩师神主面前日日鲜花供果，夜夜烟火缭绕。愿恩师在天之灵安息，愿恩师庇佑弟子在两湖的事情顺利成功。"

张之洞祷告完毕起身。桑治平也拈了两根香，跪在棕垫上，向胡林翼磕了三个头。

这时，跛子在旁边说："厢房里已摆好茶水，请张大人进去歇息。"

那间唯一没有堆放杂物的厢房被打扫得干干净净，刚才放在庭院里的那张小方桌，连同桌上的茶点及矮凳都端了进来。大根和衙役在祠堂外面游弋，桑治平将厢房门虚掩后，坐到小方桌边，向张之洞建议："我想应把这个祠堂好好地扩建一番，我看了围墙外边的情况，不需要动迁民居，便可将范围扩大两倍。"

张之洞说："扩大两倍，有这个必要吗？我只想把它修缮一下，再给文忠公塑一个金身泥像，取代那幅画像。"

"塑个身自是应该的。我建议扩大两倍，不仅仅为了尊崇胡林翼，还有另外一层意思。"桑治平端起茶碗，悄悄地说，"武昌城里应当有一座贤良寺。"

一提起贤良寺，张之洞立刻就想起那座花木掩映的小别墅，想起清风阁里与堂兄的亲切密谈，想起在那里初识桑治平。京师贤良寺可不是一座单纯的驿馆，它是一个负有特殊使命的政治场所。联络声息，秘密会谈，安置绝密人物，包括中枢要员的暂时隐栖，都是贤良寺的职责。倘若武昌城里也有一个这样的处所，那真是太好了。要是单独建，自然引人注目，招人非议，将它隐于胡文忠公祠堂里，便有诸多方便。望着桑治平眼内闪烁的神采，想起他突然提出的来祠堂的动议，张之洞突然悟到：桑治平是不是有什么重要的话要在这里对我说。于是兴奋地说："将文忠公祠堂扩建为类似京师的贤良寺，这是一个好主意。仲子兄，我们很久没有好好地说说话了，关于这件事，我想你一定有不少新的想法。祠堂内外无碍事之人，就不妨敞开胸怀来谈谈。"

"这几个月来，我走遍武汉三镇，深感此地江山形胜，风水绝佳，是个出大才干大事的地方。怪不得古时杜预、羊祜，今世胡林翼、罗泽南都在此地建立了不世功勋。朝廷放你到武昌来做湖督，真是为你提供了一个极好的舞台，若善加利用，杜羊胡罗之功亦可再出。"

"武汉三镇是个军事要冲，要说建军功，的确是个好地方。"张之洞轻轻叹了一口气说，"我们现在要办的是洋务，怕不见得有多少优势。腹省干线眨眼间就吹了，铁厂这事，看眼下情形，也不知何年才能建起，胡罗之功，怕是难以后继。"

"不然。"桑治平断然说，"武汉三镇气势很好，是英雄豪杰的发祥之地。依我之见，铁厂一定可以建成，腹省铁路过几年也会开工的。今日天下形势，已是外重内轻、强枝弱干，为有志督抚提供了做大事业的可能。但督抚要做大事业，一要占据重镇。海内重镇，京师之外，当数保定、江宁、广州、兰州几处。武昌地处腹心，交通便捷，素有九省通衢之称，更有其他重镇不及之处。胡罗以此成大业，非惟人和，更仗地利。二是要长时间的经营。本来治理一方水土，没有一段长时间是不行的，勾践说越国要强盛，当十年生聚十年教训，需二十年时间。自古以来，朝廷为防地方大吏培植亲信形成自己的势力，故而频繁调动，这就使得地方大员们不能有所作为。当然朝廷本来就不指望疆吏有所作为，只要稳定秩序，交粮交税就行了。近世于此有些变化。”

张之洞双目炯炯，显然对此极有兴趣。

“前朝前代不去说，就拿国朝来说，督抚在一个地方任职十年以上极为少见，近几十年来则打破了这个常例。左宗棠从同治五年起任陕甘总督，直到光绪六年，一任十五年。李瀚章同治六年起任湖广总督，直到光绪八年，一任十六年。李鸿章从同治九年起任直隶总督，直到今天已在直督位置上坐了整整二十年。”

先前对此没有留心，经桑治平这一指出，倒真的是这么回事。李鸿章还不到七十岁，身体硬朗，直督这个位置说不定还有十年八年坐，一坐这么多年，的确罕见。

“李瀚章本是庸才，只是沾着乃弟的光，才有这好的命，他辜负了两湖给他提供的条件。若说左宗棠、李鸿章，真是得亏了长期稳定，才在兰州和保定做出令世人刮目相看的业绩。而陕甘、直隶也便真正成为大清国的国中之国了。”

“国中之国”！张之洞猛然想起阎敬铭那年在榆次驿馆的深谈，他说胡林翼之所以成就事功，第一条便是将湖北变成国中之国。

张之洞兴奋起来说：“仲子兄，我知道了，你今天之所以让我来文忠公祠堂，就是让我重温文忠公当年将湖北建国中之国的历史！”

“对呀，就是这个意思！建国中之国。”桑治平再次将这四个字强调了一下。

张之洞说：“建国中之国，按你的说法，除占据重镇外，还要有长时期的经营。但这点掌握在朝廷的手里，并不是由自己所能决定的。”

桑治平说：“掌握在朝廷手里是不错，但人为之力要起作用。我想长期固定在一个地方的最大可能，便是不断地在这里兴办大事。”

张之洞笑道："你我不谋而合了。"

"铁厂是件大事，要办多年。铁厂粗具规模后，就办枪炮厂。再办织布厂、纱厂、制麻厂，过两年就得把腹省铁路再提出来。你张香涛在两湖热火朝天地办大事，朝廷满意，不想调，你经办的事情别人插不进手，也不能调，这不就长期经营下去了！"

张之洞说："我为了强国富民，要大办洋务，你为了要让我长保湖督，也要大办洋务，这是应了一句老话……"

"殊途同归。"桑治平替张之洞点明了结穴。

二人对视着，哈哈大笑起来。

"但是眼下困难太多了，银钱紧绌，工匠缺乏，湖北抚藩臬三大衙门都不支持，铁厂还不知什么时候能办得起来。"

"银钱、技师都是困难，但最主要的困难还在于湖北省。"桑治平收起笑容，严正地说，"当年胡林翼带兵打仗，若没有官文的支持，则事事难成。因为官文是制军，军事上的事由他做主，情势迫使胡林翼要出下策笼络官文。今日你要兴作，没有湖北抚藩的支持，也很难成事，因为钱粮在他们手里；即使海军衙门同意拨给你银子，这银子也要由湖北藩库出，只不过在上缴的数目中划出这部分罢了，这已是近几十年来的通例。所以，归根结底还得靠湖北。"

张之洞不怿地说："文忠公当年以认官文姨太太为干妹的做法，其心可悯，但这点我张某人做不到。谭继洵由姨太太扶正的夫人，今年也只四十几岁，但要我认她做干妹，我无论如何不会这样做。"

"香涛兄，你也太拘泥了！"桑治平失声笑了起来，"官文是满洲亲贵协办大学士，又是从荆州将军调到武昌的湖广制台，无论从哪个方面来说，都在胡林翼之上。谭继洵怎么能跟他比，何况如今你身为制台，也不能低这个格。你难道不记得那年阎丹老对你传授的胡林翼治鄂秘诀吗？"

"你是说'包揽把持'这四个字？"

"对。胡林翼要达到的目的无非是包揽把持。手腕可以不同，只要达到这个目的就行。你无需效胡氏故伎，眼下有一个极难得的机会，若利用得好，也可达到这个目的。”

张之洞移动了一下身子说：“你仔细说。”

“这个机会便是因黄彭年的去世而造成的鄂藩缺位。”桑治平喝了一口茶，不紧不慢地说，“若新任鄂藩与你同心同德，湖北的阻力就要小得多。”

“你说得很对！”张之洞觉得自己的心扉被打开一点，一束阳光射了进来。

“趁着朝廷尚未定下人的时候，提出一个鄂藩的人选来。你心里有合适的人吗？”

张之洞默默地在心中将平日贮藏的人才夹袋调了出来，一个个地排列着。“我看还是王之春这个人比较合适。此人器局开张，热心洋务，办事干练，与盛宣怀、郑观应等人也很熟，今后可以借助这层关系与洋人打交道。”

“王之春是个做事的人。”桑治平与王之春同赴越南考查，对他比较了解。“还有一点，他是你在广东一手从雷琼道提拔为臬司的，这次你又将他擢升为藩司，他自然是对你忠心耿耿。”

张之洞一边思忖一边说：“广东方面情形也较为复杂。巡抚一职一直由游智开护理。游智开已过七十，最近又病得厉害，他向朝廷具折请开缺回籍，估计朝廷会接受。若王之春不离广东，极有可能升藩司。让王之春自己挑，跟李瀚章，还是跟我，他自然会愿意跟我。王之春要是来湖北了，谁又去广东呢，也得帮朝廷物色一个来。”

桑治平沉思片刻说：“我有一个主意，推荐臬司成允去广东做藩司，这有两个好处。一则成允是世铎的远亲，世铎会愿意帮他，他自己京师门路也熟。若你向他表示要荐举他去广东做藩司，他一定会倾力在京师活动，促成此事，王之春从广东调来湖北事就好办多了。二来可腾出鄂臬一职，再招来一个同心同德的人。谭继洵虽对洋务不热心，但此人是个本分君子，且年老气衰，干不了大好事，也干不了大坏事。他不过是求平安无事保头上的乌纱帽而已。若藩、臬齐心支持你，他也不会从中作梗，上次他最后还是同意拿出十万银子来，便是最好的说明。”

“这样移动一下，我得力助，成允得升官，一石双鸟，好极了！”张之洞兴奋地说，“臬司我已有一个好人选。江西义宁人陈宝箴，十多年前我在京师就认识他。此人器宇宏阔，能办实事，我多次向朝廷保举过他。三年前在浙江按察使任上被人无端弹劾，现在京师赋闲，正好让他到武昌来顶成允的缺。”

“你此时保荐陈宝箴，无疑雪中送炭，他自然感激不尽。”

“那就这样定了，这道折子得赶快上。”

二人正要起身，走出厢房，突听得祭堂里有人在似吊非吊似哭非哭地喊道：“润芝先生，为了一点蝇头之功、萤火之名，你五十岁就死了，值得吗？”

张之洞轻轻地说：“好像是吴秋衣在说话。”

“这是个极有趣的人，我去会会他。”

“不要打扰他，且听他说些什么？”

两人侧耳听时，只见沉寂一会的祭堂里，又响起了浓重的四川口音：“润芝先生，我是四川的一个布衣小民，久闻您的大名，这次来武昌，特为到此来看看你的祠堂。世上都说你是个了不起的人，你自己也一定以伟男子自居，殊不知，都大谬不然。”

张之洞听了这话，眉头皱紧起来。桑治平却因此更增加了兴趣。

“你若不死的话，今年还只有八十岁，正是儿孙满堂、四世同乐的时候。春风观花，冬日晒背，与邻下棋，含饴弄孙，人生有几多乐趣可供八十老人享受。你却为筹谋粮饷，为调和人事，为算计别人，为卫护爵禄而日夜不安，终于呕血而死，连个一男半女都没留下。你以为你是为了朝廷百姓，而今，朝廷依旧腐败，百姓依旧困苦。你以为你是为了自己的身后之荣，而今才过三十年，你的祠堂便已颓废如此，冷清如此！再过三十年，怕连这个祠堂都不复存在了，谁还知道有你这个胡宫保胡文忠公！人生只有这一回，你不舒心畅气快快活活地过日子，偏要天天提心吊胆、寝食不安，用三十年阳寿换取这一座冷庙、半幅画像，你值得吗？我的润芝老前辈呀！”

祭堂的大声喊叫停止了，从脚步声听得出，说话的人正在向门外走去。桑治平说：“我们出去和他聊聊吧。这个老朋友是个有自己头脑的人。”

张之洞凝神片刻说：“让他走吧，不要坏了他的情绪，改天我们再到归元寺去看他。银子还没消息，我现在最想的是这桩事，不知是卡在户部，还是卡在海军衙门？”

第四章 / 参劾风波

一　为获取信赖，候补道用高价从书呆子手里买来一部《解读东坡》

为兴办汉阳铁厂请款的奏疏移到户部很长时间了，翁同龢有意压着不办。

翁同龢的侄子翁曾源与张之洞为同科鼎甲。故翁同龢与张之洞非但无个人嫌隙，反倒多一层情谊。张之洞与翁氏叔侄关系一向不错，但几年前却决裂了。

这原因是因为张之洞的开禁闱赌。出身阀阅世家的翁状元十分注重性理品操。广东赌徒的眼睛居然会盯住乡试，这令翁同龢不可思议。乡试乃朝廷抡才大典，神圣而清高，怎能与赌博挂上钩？翁同龢坚决主张取缔这种非法赌博。后来广东官府严令禁止，翁同龢是十分拥护的。张之洞以清流出身的两广总督，居然可以为了几个钱冒天下之大不韪，解除这道禁令，让罪恶之赌在广东再次泛滥，这哪里算得上圣门之徒，这又怎么配做总督？所以尽管张之洞有关外之捷，翁同龢仍不喜欢他。他的请款奏疏移到户部后，翁同龢公然对下属说："暂时压一压，看他张之洞又会想出什么点子来。"

直到成允四处在京城活动，帮成允说话的人来到醇王府，说起湖北的事情和张之洞办铁厂的艰难时，重病中的醇王派人给翁同龢带去他的口谕：户部不要在用款上为难张之洞，他在湖北办洋务不易，要支持。

翁同龢不敢不听醇王的话，于是同意给汉阳铁厂拨款二百万。另外附带两个说明：一是这笔款子即为铁厂的全部拨款，今后不再追加；二是银子从光绪十六、十七两年湖北应上交给户部的四百万两铁路筹款中扣除。正是桑治平所预料的：羊毛出在羊身上。

由于张之洞的力荐，也由于成允本人在京师的得力活动，更因为醇王的支持，张之洞所期望的人事安排完全达到了预期的目的：王之春从粤臬升调鄂藩，陈宝箴官复原职，放湖北，成允升调粤藩，皆大欢喜。

有了热心洋务的湖北藩、臬的帮衬，又有了户部允准的银子，张之洞决心步胡林翼的后尘，利用荆襄江汉这块广袤的土地，大力兴办洋务，把汉阳铁厂建成世界第一流的钢铁工厂，既为朝廷立一个强国富民的样板，也为自己在千年史册上留个美名。

龟山脚下成千民夫在填土筑堤，一派热火朝天的景象。大冶铁矿、马鞍山煤矿沉寂多年后又开始热闹起来。附近的百姓都知道，新来的张制台在这里采矿挖煤了。这时，铁政局督办蔡锡勇又将阎敬铭早已看好的徐建寅引进湖北。

徐建寅的父亲徐寿，是近代中国一位著名的科学家、工程师。早在咸丰十年，曾国藩在创办中国第一个洋务工厂——安庆内军械所时，徐寿就与因翻译《几何原理》而出名的数学家华蘅芳应聘来到安庆。在这里，徐寿造出中国第一枚开花炮弹，研制中国第一艘蒸汽轮船。后来徐寿又和华蘅芳一起来到上海江南机器局，创办中国第一个翻译机构——江南译书局，翻译一批化学物理等西洋书籍，并培养了一群中国最早的洋务人才。徐建寅为徐寿的次子，从小受到严格的家庭教育和良好西学熏陶，勤奋好学，中西会通。他在江南机器局、福州船政局、天津机器局做过事，又作为使馆参赞驻德国一年多。其学识和能力均不在乃父之下，现刚四十出头，正是年富力强的大好时光。他和蔡锡勇一样，虽出没于达官贵人之间，却不受官场污染，潜心于自己的学问技艺，故与蔡锡勇成为好朋友。湖北正需要徐建寅这样的洋务人才，徐建寅也正需要湖北这样的洋务舞台。张之洞久仰徐寿大名，对徐建寅十分礼遇，当即委任他为湖北铁政局会办，并请他负责大冶铁矿的勘查、开工等事宜。湖北铁政局原有蔡锡勇、陈念礽等一批洋务骨干，现在又得了徐建寅，力量大为加强。但铁政局及其下属的铁厂、矿区有着大量非技术性的事情，如银钱管理、文案、后勤等等都需要得力的人去办，更迫切需要一个总管这方面的人才。

赵茂昌看出铁厂将是一个奇货可居之处，他请求张之洞派他去铁厂。张之洞说："你是督署的总文案，你不能去铁厂办那些事，那些事好比当年胡文忠公打仗的后路总粮台，得有一个阎丹初式的人去做。你帮我物色一下，找个能干又可靠的人出来，你今后可以代表我或是代表督署去铁厂稽查，好比朝廷派出的钦差大臣一样。"

赵茂昌听了这话，打消做铁厂粮台总理的念头。他寻思着今后以张之洞的私人代表身份更好，既不负实际责任，又可以坐得大利，物色一个人来代替，倒的确比自己出任更好。

有赵茂昌这种眼光的人，在湖北官场中不少，尤其在候补官这一群体中更多。当时湖北有候补道、府、县及佐杂近八百人，他们的顶子都是用钱买来的，十之八九也是想以此赚取更多的钱。但这个生意也不好做，赚大钱的固然有，偷鸡不着蚀把米的也常见。现在武昌来了个张制台，这个张制台要办铁厂、办枪炮厂，要开煤矿、开铁矿，他一纸奏折，就招来二百万两银子，而且据说这银子今后还要源源不断地从户部国库、从洋人银行里引来，白花花的银子将会像海水一样的流入湖北，流入武昌城。张制台兴办这么多的洋务衙门，给死板老套的官场平添成百上千个自古未有的职位。这职位一天到晚跟银子打交道，顺手将几百两银子放进腰包，简直如游泳时张嘴吸口水样的顺当容易。今日拿印把关，明日便可暴富！据说张制台办洋务造出的铁块、钢材将可以跟洋人媲美，各省都会来购买，洋人也将来订货，日后黄金白银会堆得山一样的高。所有在洋务衙门里做事的人都可以按官职大小每年分红，多的可达数万，再少也比一个县令的俸禄要多。

张制台真个是财神菩萨呀！这些个以发财为唯一追求又无实际职守羁绊的候补官员们，除极少数脑子尚未开窍者外，个个都想削尖脑袋向新办的湖北铁政局里钻。

现任的道府知县与候补官相反，因为官运正好，既有银子，又有前途，几乎没有人想进洋务局所。张制台办的洋务，看似热热闹闹，但成败尚不可预料，绝对犯不着为了一个会办、协办、总办等野码头官来换朝廷钦赐的乌纱帽。

不过，这些大人老爷们有着众多的七姑八姨内侄外甥。他们没有官职，他们比一般百姓更想发财——因为他们有一个可依赖的权势。这中间的不少人也有这个慧眼，知道进了洋务局所便是与洋人沾上了边，既可以发财，又可以攀上高枝。于是纷纷托自己做官的亲人前去联系。于是，候补官场与裙带官场相汇合，一时间，湖广总督衙门、湖北铁政局以及汉阳铁厂、大冶铁矿、马鞍山煤矿筹办处的门槛都几乎踏破。亲自来的，托人关照的，各个衙门的大人老爷打发人来递条子的，络绎不绝。洋务还没办起来，到这里来求发洋财的、混饭吃的就如苍蝇逐臭般地蜂拥而至。

铁政局的督办蔡锡勇、会办徐建寅、协办陈念礽等人都是科学技术人员，既不善于应付，也厌烦于人事，便把这件事统统推给总督衙门。张之洞让总文案赵茂昌接待这些人员，但发下一句话，所有进入洋务局所的候补官员以及所有股处部门负责人都得由他一人定夺，任何人不得擅自做主。张之洞力图严把这道关口，杜绝无能而贪墨之徒混进他所主办的洋务局所。

张之洞这个决定虽然使一部分人望而却步，但更多人并没因此而胆怯，他们在寻思对策，以便顺利通过张之洞这道关口。他们不约而同地看中了督署文案处，特别是看中了总文案赵茂昌。张之洞高高在上，不能随便接近，赵茂昌却容易交往。张之洞日理万机，政务纷杂，不可能对所有欲进洋务局所的人透彻了解，他只能通过赵茂昌的介绍。赵茂昌这一关才是真正的关口。就这样，赵茂昌的家几乎成了集市。他精于此道，方方面面都应付得圆熟。

在湖北省四十余名候补道中有一个名叫栗殿先的人，籍隶江苏丹阳，父亲在丹阳城里开着一个丝绸铺，家道殷实。栗殿先二十多岁中了秀才，以后十年间三次应举均不第。其父花四万两银子为他捐了一个道员，五年前分发湖北。栗殿先科场上虽不顺，为人却八面玲珑，做事精明能干。仗着这个本事，五年来他在湖北候补官道中算是最为走红了。他先后办过三次长江堤工。这是湖北省内最大最肥的优差。栗殿先办堤工，看起来堤修得结实美观，账面上也做得干干净净，不露贪污挪用的痕迹，实际上三次堤工下来，他悄没声息地将三十万银子转到了自己的腰包。他又知道财不能独发的道理，从中拿出五万两发给身边几个贴近的下属和分管一些重要部门的吏目，又从中拿出十万两银子出来打点湖北省和武昌府、汉阳府的有关衙门，把事情做得四面八方都顺顺溜溜。既办了事，又捞到了银子，还得了好口碑，真正是个官场中的奇才异能。

张之洞来到武昌不久，他就跟督署新班子中的不少人混熟了。丹阳与常州相隔不到百里，口音接近，赵茂昌与栗殿先一见投缘，谈起家常来，又知道彼此原来是亲戚。栗殿先的一个远房姑妈嫁到常州，做了赵茂昌表兄的太太，栗殿先立即叫赵茂昌为表叔，赵茂昌也一口就应了。栗殿先极望能在督署中巴结上一个有实权的人物，赵茂昌也期盼在湖北官场中有一个可靠的心腹，两人一拍即合。短短的一两个月内，栗殿先不断地给赵家送古董、稀奇洋钟、洋呢，打银票包封，近一万两银子的礼金来到赵茂昌的家中后，两人的关系便亲密得跟一个人似的了。

栗殿先一眼就看出铁政局是个强过堤工十倍的好差事，心里对此已经琢磨很久了。张之洞将为铁政局物色一个主管后勤的协办一事委托给赵茂昌时，赵茂昌也想到，栗殿先是一个最合适的人选。在一个酒酣耳热的晚上，赵茂昌向栗殿先说出这个想法。栗殿先听了心里一阵狂喜："表叔，如果您替侄儿谋了这个差使，侄儿这一辈子就是您的孝顺亲儿子。"

赵茂昌笑着说："我有三个儿子，不缺你这一个。你今后只要不忘表叔，一个心眼跟着表叔就行了。"

栗殿先立即说："表叔于侄儿恩同再造，今后办什么事，表叔只要发个话，侄儿赴汤蹈火万死不辞。"

"赴汤蹈火的话以后再说吧！先去弄一份扎实的履历表来。"赵茂昌拿起一根牛骨牙签，在牙缝中剔了几下后说，"履历表里要把哪年进的学，哪几科考举人，都要写得详详细细。张大人看中的是读书人，你虽然没有中举，但场屋里进出个几次，也是一个读书人了。"

"是的，是的。"候补道员恭敬地听着总文案的指教，犹如现任道员听制台的训话一样。

"履历表还要详详细细地写好到湖北来办了哪些差，这些差办得如何。张大人看中的是做实事的人，你办的差事越多，他越看重。"

"是的，是的。"栗殿先连连点头。

"还有，"赵茂昌又剔了两下牙缝，"武昌城里几大衙门的爷们都要关照一下，不要拆你的台。张大人是个办事实在的人，他会派人去查访你履历表上写的真伪如何。"

栗殿先的额上冒出一丝热汗，脸上堆满感激的笑容："表叔是真的疼侄儿，侄儿照办。"略停一会，他又试探着说："表叔，您看侄儿要不要向张制台表示表示一下？"

“不要！”赵茂昌放下牙签，坚决地说，“张制台这人脾气有点怪，您若去表示什么，这事立刻就吹了，说不定今后连别的差事你也捞不到。”

捐班道台背上沁出一阵冷汗，忙说：“表叔教导的是，教导的是。”

赵茂昌的眼睛盯着桌上的那支牙签看了半天，慢慢地说：“你不要给张制台送礼，但你若给他送一件另外的东西的话，那这桩事成的把握就更大了。”

栗殿先眼一亮，赶紧问：“什么东西？”

赵茂昌慢悠悠地说：“张制台一向喜欢吟诗作赋，过去做史官学台时，每年都要写个上百首诗。自出任山西巡抚来，政务太忙，没有时间写诗了，但每天夜里睡觉前一定还要读上几首唐诗宋词。”

“哦，我明白了。”栗殿先接话，“表叔是要侄儿送几本宋刻元錾的唐诗宋词。”

“不是。”赵茂昌打断栗殿先。“宋刻元錾的唐诗宋词就如珍宝古玩一般，你送给他，和送重礼不是一回事吗？这东西送给那些明里不要钱心里要钱的人最好。但张制台不是这种人，你送他这个，他一样会训斥你。”

“那又是什么东西呢？”栗殿先摸了摸光溜溜的头顶，一时想不出来了。

“张制台于唐宋诗人中最喜欢苏东坡。他亲口对我说过，凡所到之处，若该地有东坡的遗址旧迹或祠堂之类，他一定要去凭吊，感受苏东坡的灵气。你若是能写一部关于苏东坡的书送给张制台，那他一定很高兴，会认为你是一个很有才学的人，立刻就会重用你。”

这可是给自认为天下无难办之事的候补道台，出了一个大难题。漫说他过去的读书生涯，只不过是在四书文应制诗里打转身而已，何曾读过几部真正的学问之书？李杜韩欧苏辛等人，也不过闻其名而已，并没有认真去读过。要他去写一部关于苏东坡的书，这不是叫描红郎去保和殿里考书法吗？退一万步说，即使能写，写一部苏东坡的书，又谈何容易，没有两年三载的时间能写得出吗？两三年后铁政局协办的位置不早被人占去了吗？栗殿先愁眉苦脸地说出自己的难处。

赵茂昌冷笑道："亏你是个会办事的能人，脑袋瓜子怎么这样不开窍！"

"请表叔点拨侄儿！"知道督署里这个真正的能人心里已有高招，栗殿先忙恭敬地请求。

"哪里要你自己去写！武汉三镇里的书呆子多的是，你也不用到处找，就到经心书院里去就行了。那里有的是喜欢苏东坡的人。你先找一个出题的人，出它十个题目，然后再找十个人来，每人按题作文，不要一个月一部书就出来了。这些书呆子大多清贫，你只要出高价，他们自然会乐意连文带名一并卖给你的。"

"好极了！"候补道台不得不佩服督署总文案的过人聪明，他起身谢道："侄儿永世记得表叔的恩德。"

一个月后，一部题作《解读东坡》的大书，由赵茂昌亲自送到张之洞的面前。张之洞翻开这部装裱精美、字迹端秀的书，一口气连读了两篇文章，心里十分舒畅。张之洞喜欢东坡，已到了偏爱的程度。在外放晋抚之前，他也曾有过为东坡写一部书的念头，但因他太热衷于时务的缘故，不能长时期潜心静研，书当然无法写成。做了督抚，一天忙忙乱乱的，连一首诗都难以吟了，更何况著书立说？

"写这部书的栗殿先，好像是个捐班道员。"

"是的，是的。"赵茂昌忙说，"他来过督署两次，只是没有机会见到您。"

"一个捐班能有这等学问，也真的不错。"张之洞感叹着。"你跟他熟吗？这人在湖北办过些什么差？"

"卑职与他打过几次交道。他来湖北五年了，办过十多件差事，在公安一带办过三年河工。"赵茂昌说着，从袖袋里取出一个手本来，递了上去，"这是栗殿先的履历本，请大人看看。"

张之洞慢慢地翻开栗殿先的履历：祖父拔贡、父亲秀才，本人年纪三十七岁，二十二岁中的秀才，先后参加过己卯、壬午、乙酉三科乡试，皆不售，三十二岁以捐班分发湖北。张之洞在心里说，此人读书人家出身，十年间进过三次乡闱，圣贤之书想必烂熟于胸，不第是命运不济，比起那些连贡院大门都没进过的捐班来，要强得多，怪不得他能写得出研究苏东坡的书来。他继续看着：办过放赈、施药、筑堤等事。还管过税卡、稽查过私盐、暗访过命案等等，张之洞合上履历卡，对赵茂昌说："这倒是个会读书也会做事的人。"

赵茂昌说："卑职见过湖北候补道府，少说也有三四十名，这个栗殿先，可说是最出类拔萃的。依卑职看，不但湖北候补官员中无人可及他，就是现任的道府中也少有人比得上。大人叫卑职注意为铁政局物色一个协办，卑职留心观察，这个栗殿先是个最适合的人了。"

张之洞说："明天上午，你带他来让我见见。"

晚上，当赵茂昌把张之洞要接见的事告诉栗殿先时，他欢喜之余，又不无担忧："表叔，你是知道的，这部苏东坡的书是请人捉刀的，万一张制台要跟我深谈苏东坡，那不会露马脚了吗？"

赵茂昌笑了笑说："你看看，到底是偷来的锣鼓打不得的，着急了吧！这就要看你临场表演的本事了。现在是有这个运，就不知你有这个命没有。"

栗殿先急得头上冒汗，央求："表叔得帮侄儿一把。"

赵茂昌说："这是当面见真相的时候，怎么能帮你？莫非叫张制台不见你了？"

"不是这个意思。"栗殿先情急智生。"侄儿把这部书也读熟了，若张制台问起苏东坡一般的事，侄儿也答得出点，怕的是他提出什么古怪的问题来。侄儿求表叔帮一个忙。表叔事先准备好一件别的事情等着。到时张制台问的事侄儿答不出来了，便用双手正一正衣领，这是个暗号。表叔见了这个暗号，赶紧就用准备的事来岔开，最好就此让张制台打发侄儿走。表叔帮侄儿这个忙，好比救侄儿一命。”

赵茂昌哈哈大笑：“亏你也想得出这个点子来，真是个乖角儿，就不知到时能不能哄得过。哄得过是你的命大，哄不过就自认倒霉了。”

第二天，栗殿先准时来到督署。他在小客厅里足足恭候一个小时后，才被赵茂昌引进张之洞的签押房。坐下后，湖广总督将候补道员仔细打量了一眼，面孔虽说不上端正，两只眼睛却聪明灵动。张之洞指着案桌上的《解读东坡》一书，略带笑容地问：“这部书是你写的？”

“是卑职写的。来到湖北之前，卑职一心读书，故有时间可以写文章。”栗殿先虽有点心虚，但回答的口气还是肯定的。

张之洞又问：“古今诗人多得很，你为何独独写苏东坡？”

栗殿先答：“卑职家从祖父到父亲一直到卑职本人都喜欢苏东坡。卑职七八岁时，就能背他的‘大江东去’，到了十二三岁，就对他的前后《赤壁赋》爱不释手。长大后更知苏东坡不仅诗、词、文章写得好，而且字、画也很好，更为超过别人的是，苏东坡一生历经坎坷而始终旷达乐观，真正的了不起。故卑职从二十岁起，便下决心要好好为苏东坡写一部书，花了十年时间才完成。听说大人也喜欢苏东坡，故托赵老爷呈送一部给大人，恳请大人点拨赐教。”

栗殿先对苏东坡的喜欢缘由与张之洞完全一致，这几句话将他与候补道员的距离拉近了许多。早在广州的时候，张之洞便因功高位尊而逐渐改变了过去与僚属平等相待的态度，常常是一副居高临下的神态，说起话也满是教训、斥责的口气，尤其对候补官场的那些人更是如此。来到湖北之后，这种毛病更加剧了，以至于两湖官员们见到他都有点战战兢兢的，而眼下，因为这部《解读东坡》，他不再把栗殿先当手下的候补官员看待，而是把他当做一个有学问又爱好相同的文友了。

“‘大江东去’和《赤壁赋》都写得好，但本部堂更喜欢他闲适的心态。他有一首小词，通过眼中所见的常景，用农夫村妇都能听得懂的口语，说出人生的大道理。这可是真胸襟真本事。栗道，这首词你背得出吗？”

不料，交谈还没开始，便给问住了。栗殿先急得浑身发热，想给坐在一旁的赵茂昌来个暗号，又想这么早便结束了会谈，绝不会给张之洞留下一个深刻的印象。如此，辛辛苦苦的谋划不就白费了吗？暂且敷衍敷衍下。“苏东坡这方面的诗词很多，容卑职过细地想想。”

“不要想了，我背给你听。”张之洞抚着胡须，兴致盎然地背道：

山下兰芽短浸溪，松间沙路净无泥。萧萧暮雨子规啼。
谁道人生无再少？门前流水尚能西。休将白发唱黄鸡。

张之洞真是个可人！栗殿先禁不住在心里呼叫起来。湖广总督的这番摇头摆脑的吟诵，不仅解了候补道员的困境，而且让他充分领略了一个真正的苏轼崇拜者，陶醉于苏词艺术境界后那种文人的真性情：不存自我，化去尊卑。

“大人记性超人，卑职不胜佩服！”栗殿先连连称颂，恨不得鼓掌欢呼。

张之洞抚须的手放下，说：“苏轼为什么自号东坡，后人有多种说法。栗道，你主哪一说？”

栗殿先仅知唯一的一个说法，还是他估计到张之洞会考问这个题目，昨夜临时将捉刀人从经心书院请来询问的。他为自己的先见之明暗自得意，遂侃侃而谈：“苏轼自号东坡的缘由，后人考证有多种，卑职认为源自白居易的东坡诗较可靠。苏轼敬重白居易，尤其喜爱白居易作的东坡诗，其中《步东坡》一诗他曾多次书写赠人，《步东坡》写道：朝上东坡步，夕上东坡步，东坡何所爱，爱此新成树。在黄州时，他新建的房子落成。他在新房大厅四壁上画满大雪，署其名为东坡雪堂，以后便以东坡自号。”

张之洞点点头说：“不错，此说最有道理。他的名作如前后《赤壁赋》等都写在黄州东坡雪堂。”

栗殿先毕竟是个老于世故的官吏，他知道若总等着张之洞的发问再回答，必然很容易露马脚，不如反客为主，拣些自己知道的说给他听，将他的思路引到自己所想好的线路上来，则可收取融洽谈苏的好气氛。他努力追忆在与这部书的捉刀们聊天时所听到的故事，终于让他想起了一个，于是以一个苏轼研究者的身份谈着：“苏东坡在东坡雪堂里吟诗作文，勤奋读书，为后世留下许多佳作，也留下不少佳话。”

“哦。”果然，张之洞对“佳话”来了兴趣，“说给我听听。”

“有年冬天的晚上，雪堂外面下着大雪，刮着寒风，天气非常寒冷，苏东坡在雪堂书斋里读杜牧的《阿房宫赋》。东坡很喜欢这篇赋，高声朗诵了一遍又一遍，全然忘记已是半夜三更，也全然忘记外面的风雪。他自己不冷不要紧，却苦了书房外两名值夜的老兵。他不睡老兵也不能睡，两个老兵又冷又困，实在受不住了。一个老兵说，这文章写得有什么好，值得这样反反复复地读，害得我们跟着受苦，何人写的，真是造孽！另一个说，我听了半夜，没听出什么味道来，只有一句说出我的心里话，‘使天下之人不敢言而敢怒’，这句话正合你我两人的心思。当时东坡的小儿子苏过正在旁边的一间房里用功，听到了两个老兵的对话，第二天告诉父亲。苏东坡笑道：‘这汉子不枉跟了我这么久，见识倒真还不错。这句话不正是《阿房宫赋》的点睛之语吗？他看得多准！可惜不会写文章，若是会写文章，不在我之下。’”

张之洞笑着说：“近朱者赤，近墨者黑，跟东坡跟得久，耳濡目染，也成了半个文人。东坡三个儿子，个个文章出众。特别是你刚才说的小儿子苏过，不仅文章好，绘画也得乃父之风。”

栗殿先突然又想起捉刀者说起的苏过的一个故事来，忙接下说：

“苏过被人称为小东坡。据说宣和年间，他游京师时寓居景德寺僧房。正是盛暑时节，忽然有一天，有几个人抬着一乘小轿来到景德寺，声称奉旨来请苏小东坡。苏过不敢抗拒，只好上轿。轿四周深色帘子遮住，轿顶敞开，上面有一把凉伞遮着太阳。几个人抬着轿子快步如飞，苏过坐在轿中，两旁的景物一点也看不到，只觉耳边风声阵阵，人如在云雾中飞腾。”

张之洞听得入迷了，禁不住插嘴：“莫不是上界神仙来请他？”

坐在一旁的赵茂昌也笑了起来。

栗殿先继续说：“大约走了十多里路，轿子停住。苏过走出轿，面前是一条长长的走廊，一个内侍前来迎接；走过长廊后，来到一座小殿堂。一进殿堂，只见风流天子徽宗皇帝已坐在那里等候他。徽宗身穿黄色袍子，头戴青平冠，几十个宫女环侍左右。苏过不敢仰视，忙跪下叩头，一会儿，便觉四周异香扑鼻，冷气逼人。他侧着眼睛看了看周围，原来殿堂里积冰如山，一阵阵香雾从冰山上喷出，真有点像是来到神仙境地。”

张之洞笑道：“这位道君皇帝也不是凡夫俗子，说不定他此刻正在哪座仙观里参拜祖师爷哩！”

“苏过正在惊疑之际，皇上开口了：你是苏轼的儿子，听说善画窠面，这里有一堵新砌好的白壁，你给它画一幅画吧！苏过起身，来到左侧一堵粉墙边，各种颜料早已调好。他思索一会儿，然后挥笔画起来。一个时辰后，画好了。但见滔滔海浪中有一座陡峭山峰，山峰上长满青松翠柏，松柏中露出一座道观，通向道观的是一条羊肠小道。小道上有一个道士在拾级攀援，那道士背上背了一药袋。徽宗皇帝看后称赞不已，亲自拿起笔来题了几个瘦金体：崂山道士采药图。苏过为皇帝高超的领悟力所佩服。皇帝赐他美酒一壶。他喝了这壶酒后，浑身轻快有飘飘欲仙之感。内侍扶他上轿，一会儿又回到景德寺。苏过仿佛觉得像做了一场美梦似的，仔细闻闻嘴唇，只见酒香犹在，知不是做梦，是真的。”

“这故事有趣！”张之洞显然被这个传说所吸引，停了一会说，“有一个有名的故事，说有人评苏轼与柳永的词的不同处。东坡的词，当关西大汉执铁绰板唱‘大江东去浪淘尽千古风流人物’。柳永的词，当十七八岁妙龄女郎执红牙板，唱‘杨柳岸晓风残月’。这是说苏词豪放，柳词婉约。其实苏轼的诗词有豪放一面，也有婉约一面。栗道对苏轼钻研颇深，你能否对本部堂说说，苏轼的豪放风格继承了前人哪些人的长处，对以后南宋的词风有哪些影响，他的婉约之风又体现在哪些名作上？”

张大人对东坡的兴趣真是太浓厚了！赵茂昌听到张之洞提出这样大的一个问题来，心中暗暗吃惊：这样的题目是可以再写一部书来的，漫说栗殿先是个冒牌货，即便那些对苏轼真有研究的学究们，要答出这个问题来也不容易，看来备用之物该出手了。这时栗殿先早已将衣领正了两次，正在焦急不堪之际，看到赵茂昌的脸转过来了，忙向他投去求救的眼神。赵茂昌会心一笑，从左手袖里掏出一沓纸来，走到张之洞的身边说：“这是辜汤生昨夜里交给我的一沓译稿，并特别指出英国的《泰晤士报》已报道湖北将建世界第一大型铁厂的消息，正在伦敦休假的俄国皇太子表示要在明年访问中国，期间一定要来武昌拜访铁厂的创办人。”

“哦，这样重要的消息，你为何不早说！”张之洞一把接过辜鸿铭的译稿，一边看一边说，“栗道，你先回去吧！关于豪放和婉约的事，我们下次再谈。”

如同奉到特赦令似的，候补道员从囚室里解脱出来。他赶紧起身，向张之洞深深地鞠了一躬，又特为向赵茂昌报以感谢的微笑，然后匆匆走出督署签押房。

二　归元寺状告湖广督署总文案

俄国皇太子明年将来武昌的消息，给张之洞带来很大的兴奋。

铁厂还在筹办之时，便引起世界的瞩目，建成投产后，必定更会引起世界的震动。一定要抢在俄皇太子来华前建好，让他看看由湖广总督张之洞创办的铁厂是如何的气派壮观，借这位大国太子的口去传播四方，既扬我中华国威，又扬我张之洞的大名。他给铁政局的督办蔡锡勇下达命令：一定按世界最高的规格建汉阳铁厂，厂的占地面积要最宽，炼铁炉要最大，烟囱要最高，配套设备要最齐全，机器要最新，一切从最好要求，不要小气，不要省俭。二要加快进度，明年秋天要把大致规模弄出来，要让俄皇太子有东西可看。至于银钱，由他来筹措，不必分心。为了让蔡锡勇、徐建寅等人一心一意投入建设，铁政局里银钱调配开支、文案拟办收发、人事安排协调以及差事调拨委派等等，将专门由一批人员来办理，另设一个铁政局协办总理这一大摊子事，此协办正是献《解读东坡》而捷足先登的候补道栗殿先。

栗殿先不愧是个能干人。他上任没几天，便将蔡锡勇为之头痛的大小事务一手包揽了过去，并为蔡锡勇、徐建寅及另一协办陈念礽等人加派仆人、轿马、车夫、厨师，将他们的日常饮食起居料理得妥妥帖帖，又在龟山厂址的最南端划出一块地，拟给他们每人建一幢小洋楼，为的是方便今后的办事。栗殿先这些举措，很快便得到蔡锡勇等人的赞赏，他们在张之洞面前称赞新来的栗协办能干会办事。张之洞为自己的慧眼识才而高兴。

不久，栗殿先向张之洞呈递一份汉阳铁厂机构设置构想。他有意将由徐建寅、陈念礽所管辖的技术部门空缺，而将他所管辖的部门则构想得甚是周到。这些部门，分为五股：收支股、稽核股、物料股、商务股、卫生股。每股下设四至五个处，如收支股里有五处：筹银处、外国银行处、发放处、账房处、复核处。每处设主审办一人，副审办二人，处员若干，下辖二至三室，每室则设室头一人，室员若干人。如此则诸事分门别类，职守清楚，股处各司其职，各负其责，整个铁厂的后勤管理则纲举目张，井然有序。

张之洞见了这道禀帖，欣然赞同，吩咐栗殿先照此办理，只是强调股处两级的负责人员，必须呈报详细履历单，由他审核，其委任状由他签署，并盖上湖广总督的紫花大印，以示郑重并抬高任职者的地位。

栗殿先捧着张之洞这道命令，大肆施展他的用人行政之长才。他的候补官场的朋友们，拜把结义的兄弟们，各种场合结识的哥儿们，远的近的转弯抹角的亲戚们，他依照亲疏厚薄，特点长处，予以不同的安排。他将那些能够造得出一张像样履历表的人安排在股处两级的主副审办上，交给张之洞去审查。张之洞查看那一沓沓手本，似觉个个都清清白白的，从出身品级经历到所办的差使，看不出栗殿先在挑选人员和安排职位上有什么不当或徇私之处，几乎一律照准。至于那些拿不到台面上的，则安置在股处室里做办事员。这些人张之洞概不过问，栗殿先连一点手脚都不必做。赵茂昌也在其中安插了一大批私人，栗殿先自是一切照办。张之洞也会自己做主安排一些他认为可靠能干的人，栗殿先当然不敢违抗，一一遵命。但过一段时期，他若发现此人对他不利，便会不露声色地将此人调动一下，或支出办差，或明升暗降，总之，被整的人心中明白，又都说不出口。没有多久，栗殿先控制的后勤几个股处便被办成大大小小的衙门，各级官府惯常的衙门作风：敷衍、推诿、拖欠、散漫、不负责任以及讲排场、铺张奢华等等都在股处中滋生蔓延开来。属于技术部门的机器股、化铁股、制钢股、化验股，也纷纷效尤。这些股的主办人员也一个个包揽私人，拉帮结派，一个原本只需要十几个人的铁厂办公部门，很快便高达三百多人，许多人占着一个位子，只拿薪水不干事，更多的则是一桩事每个股处都沾边，既都要行使自己的职权，又都不承担自己的责任。

中国官场一切根深蒂固的恶习痼疾，不上半年工夫便深深地缠住了这个新生的汉阳铁厂，蔡锡勇、徐建寅、陈念礽等人对此种局面深为头痛，但又毫无一点办法。

不过，铁厂的兴建工程仍在按计划进行。河堤早已建好，厂址也早已填平，炼钢厂、轧钢厂、钢条厂、电机厂、翻砂厂、修理厂等主要工厂也在次第兴建。从英、美等国购买的各种机器远渡重洋，从吴淞口进入长江，然后溯江而上，源源不断地运到临江门码头，搬运到龟山脚下。大冶铁矿、马鞍山煤矿在徐建寅的指挥下，也在加速建设中。张之洞隔三四天便要亲自来一趟铁厂工地，看着工地上一片忙忙碌碌的景象，听着蔡锡勇谈着各种问题，眼见龟山脚下这块土地上正在日新月异，蓬勃发展，他心里高兴。尤其是听栗殿先报喜不报忧的禀报，他更是得意。现在，他要腾出手来办一件所到之处必办不可的大事——创办学堂，促进学政。

位于武昌营坊口都司湖畔的经心书院，是同治八年张之洞任湖北学政时创办的，二十多年来，这所学堂为湖北培养上百名举人进士，但近年来，却有日渐衰败之象。大前年都司湖涨水，浸坍了一部分斋舍，至今也没修缮，几个有名望的先生去别省任教，于是到经心书院来读书的学子也减少了。张之洞来到这里视察，见自己当年倾注极大心血办起的这所书院，被弄成如此模样，犹如眼见自己长大的儿子没有成器似的，心里十分难受。检查原因，一是这些年学台无能，巡抚不重视，拨下的经费不足；二是书院的山长不是一个热心教育的人，他更大的兴趣是混迹官场，时常出没于官府举办的各种活动中，而不是传授学问作育人才的人师之头领，因而招致一些正派教习的不满，终至弃他而去。

张之洞决定整顿经心书院。他辞退那位热心社交而不热心教学的山长，将所赏识的梁鼎芬从广东端溪书院请来出任经心书院的新山长。梁鼎芬这几年在广东办端溪书院，积累了不少办学经验，又受风气影响，头脑里增添许多新式学堂的观念，他在察看了经心书院后，向张之洞提出一个宏大的计划。

“香帅，这都司湖水光潋滟，四周草木葱茏，是个办书院的极好地点，依学生的直感，此地今后可出大人物。”

张之洞笑道：“这地方本是我亲自选定的，可惜这二十年来书院没办好。现在由你来接办，希望能应你刚才的话，在你做山长的时候，书院出一两个大人物。”

梁鼎芬听了这话，浑身热血沸腾起来，说：“香帅如此看重学生，学生一定要鞠躬尽瘁，把书院办好，不负香帅的期望。”

“好，书院的山长就应该都有这种想法。多出几个举人进士，自然是办书院的目标，但真正的还是要作育能办事的人才。许多举人进士其实只是书呆子，‘四书’‘五经’背得很熟，八股文也做得好，但处事却不行，官也做不好。办事为政，还得有真才实学才行。你今后掌书院要多在这些方面下功夫，尤其注重发现和培养那些有卓异才干的人。今后书院若出一两个曾文正公、胡文忠公那样扭转乾坤的大人物，你这个山长也就不朽了。”

张之洞的这番期待更激发梁鼎芬的热情，他在心里将原先的计划又作了一番扩充：“香帅，学生想将经心书院作一番大的改造，办成一所全国最大最新的书院。”

张之洞办事一向喜以天下第一作为自己的目标，梁鼎芬也能有这个心思，这是他所最为欣赏的。他微笑着问：“全国最大最新的书院，这个想法很好，我支持你，你有些什么举措呢？”

“学生想首先得把这个书院的规模扩大，至少扩大一倍，其次得把教学门类增多。经心书院目前只有经学、史学、理学、辞章学四门，学生想在这四个门类的基础上再增经济学和西学两个门类。在西学里开设算术、天文、地理、测量、化学、矿冶等科目。”

“这个想法好，”张之洞打断梁鼎芬的话，“铁厂、枪炮厂办起后，很需要西洋人才，今后这方面的人才要大量培养。你去聘两个常年西学教习，铁政局的洋匠们也可以兼兼课。”

“有香帅的支持，学生的胆子更壮了。第三个想法是要用高薪聘请全国最有名的各科教习。”

“书院办得好不好，关键的一点就得看有没有好教习。你用重金聘名宿，我同意。”

得到这句话，梁鼎芬的底气更足了，“香帅同意，学生便可放心去做。眼下最大的问题就是银子。学生思忖着，最要紧的是修缮旧房，新建斋舍，最少得要七八万两银子才能动得手。学生想请香帅拨下这笔银子。”

张之洞摸着胡须思考片刻说：“七八万两银子一时拨不出，先给你三万，你拿去用着，我慢慢再调拨。”

“有三万银子，也可以先动手了。”

梁鼎芬满意地起身告辞。

一个月后，他兴冲冲地告诉张之洞一件事，武昌茶叶商会会长表示该会愿意为经心书院捐款二十万两银子，没有别的要求，只是希望书院每年能为茶商子弟留十个名额。

茶商的要求并非无根据。早在二三十年前的战争时期，朝廷就用“增广名额”的办法来奖励捐助军饷。每个省的乡试中式名额是有定数的，不能增多。军饷紧绌时，这也成了朝廷一条生财之道：全省多捐一百万两银子，则扩大乡试文武名额各一人，多捐二百万两，则扩大文武名额各两名，并成为定例，永久不变。这其实和捐款买顶子是同一回事：用名器来换银子。

中国官方历来奉行重本抑末的方针。本即农，末即商，重视农桑，压抑商贾。对商人有很多限制，有的朝代甚至规定商人只能穿什么颜色的衣服，戴什么式样的帽子，使得商人在公众场合抬不起头来。虽然这种带有羞辱色彩的政策实行并不久，但对商家子弟入学做官则历代都限制得很严格。清末，由于西风传入，这种现象大有改观，然在传统守旧人的眼里，商贾总与奸诈连在一起，商家子弟进书院也多有阻力。武昌茶叶商会希望用二十万两银子来换取十个弟子名额，正是基于这样的背景。

张之洞说：“武昌茶商愿意拿二十万两银子来资助书院，这是很好的事，十个名额不多。”

停了一会，又说：“我想，此事还可以做得更好点。让武昌茶商会与湖南茶商会联系一下，他们也可以照这个样子，捐二十万两银子，也给湖南每年十个名额。还有，今后每年湖北、湖南两省各捐一万五千两银子，作为书院膏火费和贫寒子弟的资助费。如此，还可以再增广十名，两省各五名，一共三十名茶商子弟。另外，为表示对商界的支持，书院每年还特为增收十名为国家出大力的两湖商家子弟。”

梁鼎芬高兴地说：“两湖商人真要把香帅当活佛供奉了。”

张之洞也为自己这突来的灵感高兴起来。他激动地站起身来，一边快速踱步一边说：“节庵，我看把这事还办完美点。我身为两湖总督，理当为两湖百姓谋利益。这书院既已为两湖茶商招收子弟，不如干脆从湖北一省的局限中走出来，向两湖全体百姓敞开大门。建好后的经心书院，每年向湖北、湖南两省择优录取一百名士子。”

梁鼎芬不由得击起掌来：“妙极了，这才真的是两湖总督的决策，这样看来，斋舍还得扩大一倍。”

张之洞兴致大增：“一不做，二不休，索性将这所书院取名两湖书院。”

“好，这名字气魄大。”身为山长，梁鼎芬当然希望自己所执掌的书院规模越大地位越高越好。只是经心书院呢？他问：“经心书院不要了吗？”

二十多年来，张之洞先后亲自创办亲自命名的书院，除湖北的经心书院外，还有四川的尊经书院，山西的令德堂，广东的广雅书院。无论做学台还是做督抚，所任之处，他皆以建书院厚文风为本分。他对书院的关爱，甚至胜过自己的亲生儿女。决不能让经心书院消亡！“我们再找一块地方，把经心书院搬个家。经心书院的所有师生都搬过去，都司湖这块地方就全部交给你，由你办一所全新的两湖书院。”

新旧衔接，无疑有许多烦恼事。这一决定，顿将这些烦恼一扫而光，如同一个开国皇帝重整江山，所有的陈规陋法将可彻底扫除；如同一个开荒农夫新辟田园，所有的沟渠界限都可重新布置。梁鼎芬对未来的两湖书院怀抱着美好的憧憬。

都司湖畔的两湖书院，与隔江相望的龟山脚下的汉阳铁厂，都在热火朝天施工着。眼看着自己胸中的宏图正在变为眼中的现实，张之洞几乎每天都在亢奋中。他压根儿也没有想到，就在这时，一场大参劾的风暴正平地而起，猛烈向他袭来，直将他头顶上的大红珊瑚顶子吹得摇摇晃晃，差不多就要滚下跌碎了。

这场大参案，近因是因为湖南的茶商捐款事，远因却是十年前的山西清理库款案。

与湖北茶叶商会会长不同，湖南的茶商会长赵恒均是个守旧而吝啬的人。这个靠贩卖南岳云雾茶起家的衡山人，出身于一个贫困的农家，没有读过书，靠漂学而识几个字。凭着精明和过人的节俭，他的财富年复一年地递增，终于成了湖南的第一大茶商。他每年的销售量和利润将近全湖南茶商的五分之一。因为此，他被推举为湖南茶叶商会的会长。湖北茶叶商会为捐款事给湖南茶叶商会发了一封公函，赵恒均看了这封公函后，心里很不舒服。湖南要捐二十万创办费，以后每年还要捐一万五千膏火费，按他的占全湘五分之一的财产比例，要第一次拿出四万两，以后每年都要拿出三千两。这好比割去他肚皮上一块大肉、放掉他胸膛里半碗血！

他无论如何都不情愿。况且他从自身的体验中领悟到，发财致富与读书做文章并没有什么联系。多少满腹诗书的酸腐们一辈子穷困潦倒，连妻子儿女都养不活。他一天学堂都没进，却金玉满堂，妻妾成群，做生意靠的是盘算精明，把握行情，外加运气。这些本事，哪本圣贤书能教给你？圣贤们说什么正其谋而不言其功，守其义而不言其利，若信了这话，岂不老本贴光，家当败尽！

他的大儿、二儿都只读过三年书，在略通文理、会写字记账之后，便跟着他进入生意场，走江湖，闯码头，十岁小儿子虽然还在私塾读书，但他也绝没有让小儿子进书院苦读经史的想法。

赵恒均本想拒绝湖北茶叶商会的邀请，但此事其他茶商也知道了，大部分人都认为是好事。武汉三镇是大都市，让子弟去那里上正正规规的大书院，求之不得，尤其是这还意味着茶商的地位大大提高，捐这个款值。没有多久，一笔银子便凑上来了。几个犹豫不决的茶商见众人踊跃，也将自己的那一份银子拿了出来。这样一来，便逼得作为会长的赵恒均只得忍痛割肉出血。二十万两银子是送到武昌去了，但赵恒均好长时间心里一直不舒服。

这时，他收到粤海道容富的请柬：小儿定于下月初八成婚，请大驾光临，使容门增辉。

赵恒均接到这份请柬犯愁了好几天。容富请他吃喜酒，不过是个幌子，敲他点银子，才是真正的目的。不独容富，这也是当时官场的普遍风气。娶媳、嫁女、生子、寿诞、丧亲这些大事，自不待说，此外，只要能沾上边的，如进学得功名、擢升、调迁、三朝弥月、娶小死姨太太等也决不放过，早早地发下请帖。尤其是那些有求于他们而又有钱财的，如商人，则更是盯紧的目标。找出花名册来，按名单发帖，不会漏掉一人，即使远在外省，也不能幸免。一场酒席下来，一笔横财就进了屋，依官位高低所握实权的大小，进益不等：少则几百两，多则上万两。

赵恒均实在不愿赴这个喜宴，一则破财，二来耗时费神，但他不能不去。他每年两三万担茶叶通过粤海关道的手里出关漂海，容富的手稍微卡一下，他就得多付七八千两银子的关税。所以每年过年的时候，他都要亲自到广州向容富拜年，然后再打上一两千两银票的红包。容富高兴地接下了，他才松一口气：今年茶叶过关将不会遇到多大的麻烦。倘若容富脸露不悦，他就要思考着，还要寻个什么借口补一张。容府讨媳妇，这是多大的喜事，能不去吗？舍不得出血也得出呀！他拿出一张千两大票来用一个红纸袋装着，想一想，觉得一千两少了，于是咬了咬牙，又拿出二百两的一张中票添上，然后叫小儿子在红纸包上写上一句恭贺的话。喜期十天前，赵恒均带着红包南下五羊城。

初八那天，容府张灯结彩喜气洋洋，高车驷马，盈门盈巷，酒席足足摆了八十桌。赵恒均在容府的客人里只能算是下等里的上档。席次安排在六十几号，和他共席的是来自广西、江西、福建的几个和他实力差不多的商贾。几杯酒喝下去，商贾们都吐起苦水：江西的瓷商叹瓷器卖不出去，福建的桂圆商叹年景不好，桂圆果小汁涩，卖不起价。赵恒均也向他们诉苦，不仅诉生意场上的苦，而且借这个机会，把这段时期压在胸口的闷气尽情地宣泄。他添油加醋，信口开河，把湖北茶叶商会的信改为张之洞督署的公文，又借此指斥这是张之洞的个人勒索，并想象汉阳铁厂、枪炮厂的兴建款里一定有不少类似的勒索款。说到情绪激动时，加上烈酒的冲击，他索性破口大骂张之洞做湖督以来的大肆兴作，名为富民强国，实为害民祸国。赵恒均借酒使气的这番话，那几个商贾们听听也就算了，并不太当一回事，不料内中另有一个人却在认真地听着，并一一记在心里，此人是新娘子的娘家仆人。而这新娘子的娘家不是别人，正是张之洞做晋抚时所参劾的原山西藩司葆庚。

十年前，葆庚因贪污赈灾款被革职查办，锁拿进京，本被判发配新疆。家里为他上下打点银子，结果保释出狱就医。再过一年，发配一事便无声无息地消失了。他怕在京师招人议论，便买通在盛京守皇陵的睿亲王后裔，宁愿去盛京守护太祖太宗，借以赎罪。守陵是个极寂寞极冷清的苦差使，一般人都不愿意做。葆庚的请求很快得到同意。到盛京后不出半年，便做了小头目。三年过后，居然头上换了一顶水晶石四品顶戴。葆庚并不甘心一直过这种半流放式的生活。也是他的机遇好，那时海军捐款正在热潮中，他向海军衙门捐了五万银子，又找人替他到醇王府里活动，居然堂堂正正地升了个太常寺卿。太常寺是掌管朝廷祭礼的衙门，权力虽不及六部，地位却也崇隆，班列九卿，算得上朝廷的大官了。经过六七年的卧薪尝胆，当年的贪官葆庚又官复原品。然而对张之洞的仇恨，他却一直没忘记过。只是张之洞正受太后、醇王的宠爱，官运隆盛，他奈何不得罢了。

容富也是正白旗人，十多年前两家就订了娃娃亲。葆庚出事后，容家没有断这门亲事，葆庚心存感激，趁着请假养病的时候，便亲自送女儿南下完婚，以此答谢亲家的情谊。

陪同南下的仆人佟五在山西时就跟着他，深知主人恨张之洞入骨。当天晚上，佟五便将在酒席上听到的话一五一十地告诉了主人。

别人骂张之洞，就好比是在代他出气，葆庚心里快意无比。赵恒均此举给葆庚一个很大的启示：张之洞做湖督不久，便有人恨他骂他，他在广东做了五年粤督，恨他骂他的必定更多。好不容易来一次广东，何不借此机会广为搜集张之洞在广东的秕政，向朝廷告一状，能参劾更好，即使不能参劾，也杀一杀他的威风，出一口多年来积压胸中的怨气。

他先把赵恒均请进容府，要他详细说一说为两湖书院捐款的事。

见容富的亲家堂堂太常寺卿对他优礼有加，布衣赵恒均受宠若惊，在得到葆庚不说出他的名字的保证后，湖南茶商会长将酒席上的话，当着葆庚的面细说了一遍，又无中生有地捏造湖北增收盐税、洋药税，以供张之洞办厂办矿，沽名钓誉。待赵恒均告辞后，葆庚将他的话全部用笔记录在案。

赵恒均提供的情况使葆庚进一步增强了信心。他于是在亲家府里住下来，专心致志寻找张之洞粤督五年间的种种谬误。功夫不负有心人，通过两个月的努力，前山西藩司终于替他的仇人找来不少罪名。葆庚将它分为几大类：

一倨傲荒政。司道大员拜会，都需排期等候，待到来时，有等一两个时辰不见，有的甚至白等一天。至于候补州县，几乎一概不见。平时起居无常，号令无时，群僚皆苦病之。

二任人无方。有喜爱者一人兼职十数，有不喜者则终岁不获一面，而其所赏识者大多轻浮好利之徒。

三勒索挥霍。凡家有厚资者，必定借机勒索，逼他们自认捐献，或自认罚款，多者甚至有上二十万的。所收之款名曰办公事，实则挥霍浪费。粤省殷实之家多有不满者。

令葆庚欣喜的是，除张之洞外，他的两个亲信王之春和赵茂昌的许多劣迹，也在掌握之中。若说张之洞本人的这些罪名有的尚属莫须有的话，王之春在粮道期间安装电话线时的七八万两银子的账目不清，及赵茂昌在办理闱赌时的贪污行径，则是多有人反映，且证据确实。而这两个人，张之洞对他们依畀甚重，调任湖督时，又将他们随调武昌。张之洞对王之春、赵茂昌即便够不上狼狈为奸的话，至少也有失察之责。葆庚怀揣这一沓重要材料，兴冲冲地告别女儿和亲家，回到北京。

这时，王定安也恰好住在做小京官的儿子家，得知昔日的老上司从南方回来后，便去看他。

王定安不是判了十年监禁吗，怎么可以随意走动？原来，王定安只坐了一年的班房，便通过曾国荃的关节保释出狱。曾老九保他出来的目的，是要他写一部湘军史乘。先一年，王闿运受曾纪泽之托，几度寒暑、数易其稿的《湘军志》雕版付印。因为王闿运意在立信史，故对湘军许多重要将领多有微辞，又对曾国荃焚烧天王府的做法颇为不满，因而对老九的战功只轻描淡写，并未着意渲染。

尽管文人们对《湘军志》评价甚高，但以曾老九为首的一批湘军将领却大为不满，甚至骂它是谤书。书生王闿运如何是位高权重的武人们的对手，最后，《湘军志》落得个焚书毁版的下场。

为了消除《湘军志》的影响，曾国荃保王定安出狱，另写一部为湘军将领，特别是为他本人评功摆好、歌功颂德的《湘军记》。王定安感激曾国荃为他消去监禁之灾，遂把一生的才学全部抖落出来。他也顾不上史德与史识，完全按老九的要求，历时三年，精心炮制一部二十二万字的大作。曾国荃看后非常高兴，亲自为之作了一篇序言，称赞王定安“少负异才，不谐于俗，由州县历监司，所至树立卓卓”，公开为王定安平反昭雪，恢复名誉。又说他，“齮龁于时，偃蹇湖山，行见以著述老，人多惜之。然鼎丞不穷。夫名位煊赫一时，而文章则千载事也。韩愈氏所谓不以所得易所失者，其斯之谓乎！”既为他的罢官坐牢抱不平，又吹捧他的《湘军记》可千载不朽。

前人文章之不可全信，此又为典型一例。然王定安则多亏了这部《湘军记》，又早获自由，又得到一笔优厚的润笔，又仗它招摇欺世，在东湖老家的日子过得很悠闲。光绪十六年，曾老九在两江总督任上辞世，他专程去江宁痛哭了一场，而后便彻底丢掉东山再起的念头。这次因为儿子给他添了一个小孙子，满心欢喜，特为从湖北赶来祝贺，也借此看看昔日的朋友，特别是葆庚。

畅叙多年来的别情后，葆庚将在广州的特大收获告诉了王定安。

“好，我们要好好地合计合计，做一篇大文章，将张之洞弄臭。”

十年后的前冀宁道也绝没忘记旧事，对张之洞的仇恨将伴随着他的一生。

“鼎翁，”葆庚将他从广州带回来的全套材料交给王定安。“你足智多谋，你仔细看看，琢磨琢磨，看如何办最好，需要花的钱，由我出。”

“行。”王定安摸着愈加尖瘦的干下巴思索着说，“皇上亲政两三年了。听说皇上遇事不大情愿听太后的，要自己做主。皇上特别相信翁同龢。张之洞过去仗着太后和醇王的宠信，才敢于那样跋扈嚣张，现在醇王已死，西太后归政，我们得摸摸皇上和翁同龢的态度，若皇上和翁同龢不像太后和醇王那样，那我们就好办了。”

“还是你计虑得深远。”葆庚点点头说，“朝廷内部的事由我来打听。”

葆庚于是很留心这方面的动态，但所获不大。几天后，大理寺卿徐致祥邀请他去听戏，不料，做客徐府时却很轻易地得到他所要的消息。

徐致祥和葆庚同为九卿，彼此很熟，他们有一个共同的爱好，即听戏听曲子。若听说哪个戏园有唱得好的戏子，他们就会请来家唱几曲堂会，届时会将一班同好邀来一起听。两人常常互相邀请，听完后照例设饭局，边喝酒边论戏，大家都觉得这半天过得很快活。

这天，葆庚在徐府听的是新从安徽来到京城，在大栅栏三庆班唱老生的程继宗，据说是程长庚大哥的后人。程继宗唱了几个老生名段，如《草船借箭》《空城计》《捉放曹》等，这几段老生戏唱得苍劲低回，韵味十足，大家不时击掌叫好。吃了晚饭诸票友各自告辞回家时，徐致祥又特为将葆庚留下来聊天。

“葆翁，我给你说一桩有趣的奇事。近日大理寺收到一份状子，告的是湖广总督衙门的文案赵茂昌，这倒不奇，奇的是告状的人乃汉阳归元寺的和尚。大理寺的官吏都说，和尚告官员，而且直接告到大理寺，这真是罕见的怪事。”

这不仅是奇事，简直是喜从天降，正要找张之洞的把柄，这把柄不就送上来了吗？他压住心头的狂喜，笑道：“噫，真正是少见的趣事。这和尚是归元寺的方丈吗，他告赵茂昌什么状？”

“不是方丈，是监院。”

佛寺名曰世外净土，其实和俗世官场一样的等级森严。凡粗具规模的佛寺都有严格管理制度，寺里地位最高的僧人为方丈，方丈之下为监院，监院负责管理寺内一切事务，犹如总管。接下来依次为负责接待的知客僧，负责纠察的僧值，负责僧客的维那，负责膳事的典座，负责客房的寮元，负责方丈室事务的衣钵和负责文书的书记。自监院之下至书记，号称八大执事，各司其职，上下分明。

“这监院名叫清寂。”徐致祥兴味极浓地说下去，“清寂在状子上说，湖广总督衙门总文案赵茂昌奉总督之命，购买归元寺寺产办铁厂。赵茂昌与归元寺方丈、知客僧、维那互相勾结，从中牟取暴利。赵茂昌接受了方丈的贿赂三千两银子，而方丈、知客僧、维那又从卖得二万三千两银子里分别私吞一千两、六百两和四百两，方丈、知客僧和维那拿了这笔黑心银子在寺外买私宅、养女人，败坏寺规。归元寺众僧愤恨不已，请大理寺做主，严惩这批不法之徒。”

葆庚拍手大笑：“有趣有趣，和尚买私宅养女人，归元寺是海内名刹，出了这等事，真是大新闻。老兄，这个清寂不仅告了官员，也连和尚一起告了。”

徐致祥也笑道：“大理寺原本不受这种状子，但同僚们都兴致很高地接收了。一是和尚告官及和尚内讧都颇为有味，二来为那个监院着想，事情牵涉到湖广总督衙门，湖北还有哪个衙门敢受理这个诉讼？他来上告大理寺，也是不得已。”

葆庚试探着问：“和老，这牵涉到湖广总督衙门的事，你就不怕惹麻烦吗，张之洞那人仗着关外大捷的功劳，现在是眼睛长在头顶上，老虎屁股摸不得！”

“我跟张之洞同在翰林院多年，我怕什么？他张之洞的底细我还不清楚吗？哼。”徐致祥从鼻子里冒出的这一声“哼”，十足地表露他的心态。“张之洞这些年太得意了，我得在他的头上敲几下。”

徐致祥的确与张之洞在翰苑共事多年，与张佩纶、张之洞等人一样，他也是个喜欢上疏言事的人。但他缺乏张佩纶的精辟和张之洞的稳重，易于冲动，好出风头，常常事情尚未全部弄清便急着上折，生怕人家抢了头功似的。故而他上疏虽多，影响大的却极少，当时以李鸿藻为首领的京师清流党也不怎么看重他。同为言官，眼看张之洞名满天下，而自己却声名远不及，他心里总免不了有点酸酸的。这种酸妒感随着张之洞的仕途大顺而愈加浓烈。

更重要的是，他与张之洞在洋务一事上所持观点大相径庭。光绪十年，在中国要不要修建铁路的大争论中，徐致祥连上了两道措辞激烈的反对奏疏，被斥为荒谬，予以降三级处分。事隔四年，关于铁路的讨论再次展开，张之洞力主修建，并提出先建腹省干线的主张，徐致祥仍持反对论。

徐致祥在朝廷高层中并不乏支持者。去年，他的处分被撤销后，立即擢升大理寺卿。他因此并不把时下正走红的张之洞放在眼里。归元寺这桩事，无论于公于私，都令他快意无比。

徐致祥的态度很令葆庚欣慰。他思忖着：纠弹张之洞的事若由此人出面，则是很合适的，只是还得再摸摸他的底。

“张之洞是国家重臣，此事要谨慎点才是。”

徐致祥说：“这我懂。有人说，这两年曾国荃、彭玉麟也相继辞去，老一辈的中外大臣，只剩下李鸿章、刘坤一，一个坐直隶，一个坐两江，这天下第三位总督便是坐湖广的张之洞。他是后起之秀，要不了几年，领海内疆吏之首的便是此人了。敲他的头，我当然会谨慎。实话对你说吧，葆翁，若没有可靠的支持，我也不会轻举妄动。”

“此人是谁？”葆庚的肥大圆头凑了过去。

“翁同龢。”

“噢！”葆庚的小眼睛睁得圆圆的。他知道眼下国家的大权，名为握在二十一岁的皇上手里，实际上是皇上的师傅翁同龢在操纵着。他没想到，张之洞在朝中竟有这样的对头。看来，张之洞的风光日子不会太久了。

“为归元寺和尚告状一事，我专门去翁府拜谒过翁师傅。他没有丝毫迟疑地对我说，这个状子大理寺要受理。莫说赵茂昌只是湖广总督衙门的总文案，就是湖广总督本人又怎样？贪污受贿，天理不容，即便普通百姓告状也得受理，何况出家人？若不是有十足的把握，料想他们也不至于走到这一步。你去办吧，有什么难处只管找我好了。”

这真是踏破铁鞋无觅处，得来全不费功夫。张之洞呀，张之洞，你也会有今天！葆庚暗暗在心里得意着。

“和老，翁师傅支持，其实就是皇上的支持，再也没有别的顾虑了。”葆庚小声说，“你有这个决心，兄弟我当助你一把。”

“葆翁如何助我？”

“张之洞这个人其实不可怕。他色厉内荏，外强中干，看起来好像是个能干的有操守的总督，其实大谬不然。我这次从广州回来，亲自听到有关他在两广任上的不少荒谬。至于那个赵茂昌，更是一个坏透的小人，两广人恨之入骨。还有原广东臬司王之春，也是个贪财厚敛之辈。张之洞对他们都信任有加，大肆包庇，前年又将他们调到湖广。”

“好，这些你都有证据吗？”徐致祥巴不得有人能给他多提供些关于张之洞过失的证据。

“有。明天请和老放驾到敝寓去坐一坐，我把从广州带来的东西给你看。我还有一个朋友，是当年曾文正公和九帅的文胆，此人极有谋略，又工于文章，我叫他来跟您一起琢磨琢磨。”

第二天，徐致祥应约来到葆府，王定安早已在此恭候，葆庚为他们二人彼此作了介绍。然后便一边看广东方面的揭发，一边讨论着如何办理。最后，徐致祥决定暂时把归元寺的状子放一放，擒贼先擒王，先给张之洞上一道严厉的参劾。树倒猢狲散，只要张之洞被弹劾，赵茂昌的事也便迎刃而解了。当晚，徐致祥再次来到翁同龢府，把张之洞在两广失政的事向翁作了详细禀报，翁同龢毫无保留地予以支持。

几天后，由王定安起草经徐致祥修改润色，并由他具衔的参折，由外奏事处送到内奏事处，由内奏事处呈递到年轻的光绪皇帝手中。

三　为早诞皇子，翁同龢向光绪帝献蛤鹿冷香丸

光绪皇帝今年虽只有二十一岁，登基却有十七年了，已超过咸丰、同治两朝的年月。他的老祖宗曾有过在位六十一年、六十年的纪录。传说尧、舜在位百年以上，但那只是传说而已，并没有确凿的证据。真正有记载的在位时间最长的皇帝，就是光绪的这两位祖宗，不仅在位时间长，而且治国有方，康乾盛世比起历史上任何一个太平盛世来说毫不逊色，这是爱新觉罗氏的骄傲。四岁登基的载湉，若活到

七十岁的中寿，光绪的年号便可写到六十六年，无疑将刷新祖宗的纪录。但他的亲近王公大臣及随侍左右的太监宫女们，面对着皇上单瘦的身材、苍白的面容，尤其是他终日郁郁不乐的神态，大多对此不抱乐观态度。

身材单瘦，面容苍白，都好理解。他的祖父道光帝、父亲醇王都是身子骨单瘦的人，故而这“单瘦”是遗传。他从小生长在深宫，未经风雨少见阳光，苍白也是正常，唯有这郁郁不乐从何而来？身为九五之尊，拥有四海之地，怎么可能还有忧郁？原来，光绪的忧郁，源于慈禧。是慈禧做主，将他由一个普通的王子抬到真龙天子的座位上，然而又是这个慈禧，将这个真龙天子严格地控制在自己的手中，不容许他有任何身心的自由。

慈禧是个性情刚硬权力欲望强的女人，担心自己一手扶植起来的皇帝，在长大亲政后不听她的话，于是在小皇帝入宫的第一天起，她就不以慈母而以严父的面孔出现在小皇帝的眼前。慈禧相信经过十几年的严厉训斥、苛刻管教，小皇帝便会习惯成自然地怕她服从她。其实，慈禧没去想，她的这一套教育方式的结果是会因人而异的。若遇到一个性格倔强、好斗好胜的人，这种方式所收到的效果或许将适得其反：被教者长大后将会对教育者充满反叛，甚至是仇恨的心理。若是一个性格懦弱胆小怕事的人，则将效果显著。不幸的是，堂堂大清帝国的天子恰恰便是后者，已亲政两三年的光绪皇帝，仍旧像先前一样地对太后毕恭毕敬，不敢违背丝毫。

慈禧归政后秋冬住养心殿，春夏住颐和园。住养心殿时，光绪每天晨昏定省，跪拜如仪。住园子时，光绪一个月去一次叩见请安。遇有重大事情，则随时请示。慈禧对此很满意，而光绪心里并不很情愿。光绪性格虽懦弱，却并不蠢，从小熟读史册，见前朝前代哪个帝王不是君临一切，生杀予夺，自己也是一个皇帝，却要受一个老妇人的摆布，他如何能心甘？表面上的恭顺与内心的不情愿，这个巨大的反差，造成了他一天到晚的郁郁寡欢。

这只是其一，令光绪心情郁郁的还有另外一件大事。

三年前，光绪大婚，这不仅是光绪本人的大事，也是朝廷的大事。年满十三岁至十八岁的满蒙大臣家的女孩子都在挑选之列。经过层层审看之后，带进宫直接让光绪见面的有十多个。他独独看中了江西巡抚德馨的女儿，想立她为后。他的生母醇王福晋尊重他的选择，但他的嗣母即慈禧却不同意。其实，别人挑选，光绪面审，这些都是形式而已，慈禧早已为光绪准备了皇后。这皇后就是她的侄女——晚一辈的叶赫那拉氏。在慈禧的眼里，皇后，与其说是光绪的正妻，不如说是后宫的女主，最高外戚群的诞育者。她怎么会让这个天字第一号的好处落到别人的家里！但光绪不爱小那拉氏，他心里很不舒服。一个普通的男子都有选择妻子的权利，他身为一国之主，却没有这种权利。他不能否定慈禧的决定，只是提出退一步的要求：让德馨女儿为妃。而慈禧深恐德馨之女进宫后会夺去光绪对她侄女的爱，竟连这个要求也不同意。光绪无奈，只好立侍郎长叙的两个女儿为瑾妃、珍妃。德馨女儿被迫拒之于宫门外。

但小那拉氏其实也是一个很不幸的女人：作为妻子，她一生没有得到过丈夫的喜爱，甚至连做母亲的权利也没有得到。作为皇后，后宫事无巨细都在她的姑母掌握之中，她无权过问，更谈不上处置裁决。二十年后，作为太后，她更是与巨大的耻辱连在一起。就是她，抱着六岁的末代皇帝溥仪，悲痛欲绝地将逊位诏书交给袁世凯。大清王朝立国二百六十余年，终于在她的手里给断送了。

她是一个亡国的太后，是爱新觉罗家族的千古罪人！

光绪帝的这种忧伤，只有一个人最清楚最怜恤，此人不是他的父亲醇王，而是他的师傅翁同龢。

人世间男子汉的荣耀，翁同龢给占尽了。他生于宰相府，长于书香中，状元及第，仕途顺达，千人羡慕，万人崇仰。同治皇帝十岁时，他便奉两宫之命，授读弘德殿，直至同治帝亲政。光绪登基的第二年，他便奉旨在毓庆宫行走，授读五岁小皇帝。翁同龢学问好，诗文书法尤佳，又勤勉尽职，慈禧很是看重。授读的当年他便由内阁学士升户部右侍郎，第四年又升都察院左都御史。光绪五年授刑部尚书，又改调户部尚书，不久又入军机处。恭王下台，军机处全班被撤时，其他人都罢黜，他却被指派为上书房授读，两年后又补户部尚书，官复原职。

然而，作为一个男人，翁同龢有一个绝大的遗憾：无儿无女。晚清名臣中胡林翼也无儿无女，但胡虽无儿女，年轻时的风流香艳却够他一辈子回味。翁同龢自小循规蹈矩，无半点狭邪游之劣迹，从同时代人骂他“天阉”中可知，他是先天性的缺乏男性功能。可怜一个风光无限的状元帝师，夜半更深之时，他内心的痛苦有多么巨大！他的这种痛苦有谁能替他排解？世人都崇拜权力，渴望做权力顶尖上的人物，当我们从“人”的角度来平视光绪帝、后及其师傅这些尖顶上的人物后，便发现他们也有许多的苦恼和遗憾。这多多少少可以让那些权力崇拜者的头脑清醒些。

正因为缺乏生儿育女的能力，他对五岁起便在自己身边受教长大的光绪皇帝便充满了更为深厚的爱心。他常常会不由自主地将小皇帝当作自己的儿子，他的师傅情中不知不觉地渗入慈父爱。身处于父母难见、嗣母冷酷环境中的光绪帝，也自然而然地把师傅当成了最为亲爱最可信任的人。尽管聪明的光绪帝知道宫中顾忌甚多，心中的苦恼郁积太盛的时候，他也会向师傅叙说。翁同龢深知皇上苦恼的根源，但他决不能点破，只能转弯抹角地加以宽慰，以“孝顺”这个大道理来启沃皇上，让他化去怨尤的心理基础，以效法祖宗、做英明有为天子等祖训来增强他的心志，引导皇上跳出儿女私情小框框，把思绪转移到宏大目标上来。光绪皇帝爱戴师傅，相信师傅，也依恋师傅，亲政以来，他事无大小都要跟师傅商量着办理。

徐致祥这份参劾张之洞的折子已放在书桌上两个时辰了，光绪从头到尾一字不漏地看过一遍。他很是赞赏徐致祥的这种凛凛风骨：敢于维护圣道，捍卫朝纲，抨击不法，主持正义。亲政不久的年轻皇帝还不知世事的复杂和他手下臣工的表里不一，他很容易被折子上的那些冠冕堂皇的文字所迷惑，认为凡能做豪言壮语的人，必定是豪杰；凡能替朝廷说话的，必定是忠臣；凡能攻击贪污揭发违法的人，必定是奉公守法的清官。所以他对徐致祥很有好感。但他也很为难。尽管他对许多臣工尚不太了解，对张之洞却是清楚的。除开早年的清流和在山西肃贪禁烟不说，因为那时他还小不管事，然则打赢谅山一仗，就足以让他钦敬。那时光绪已是十四岁的少年了，在师傅翁同龢的熏陶下，很有一番保卫祖宗江山抵御外敌入侵的雄心壮志。张之洞作为两广制军，打败了法国人，将道光爷以来四十年间受洋人欺侮之仇给报了，少年光绪何能不兴奋？何能不对张之洞记忆深刻？再说张之洞学洋人的长技，办洋务，光绪也是赞成的。他年轻，少成见，对于一切新鲜的事物都有兴趣。造枪炮轮船，架电线修铁路，洋人靠这些富强了，我们为何不能学？在光绪的眼里，张之洞是个挺会办事的能干人。把他参了，岂不是对国家不利？

他吩咐身边的小太监去请翁师傅。翁师傅一时来不了，他无心看别的折子，又把徐致祥的参折拿过来，拣其中重要的部分再看了起来：

> 湖广总督张之洞，博学多闻，熟习经史，屡司文柄，衡鉴称当。昔年与之同任馆职，深佩其学问博雅，侪辈亦相推重。该督当时与已革翰林院侍讲学士张佩纶并称畿南魁杰。

光绪点点头，心里想：徐致祥并不否定张之洞的一切，过去是同寅，关系不错，这次参他，看来不是出自私怨。

> 不料年前，荐擢巡抚，晋授兼圻，寄以岭南重地，而该督骄泰之心由兹炽矣。

光绪自思，官高功大，渐萌骄泰，前朝这种人多啦！翁师傅常教导说，满招损，谦受益，看来张之洞忘记了这条古训。

下面徐致祥从懒见僚属、任人轻率、敲索富家几个方面叙说了张之洞的不是。又说王之春佥壬，掊克聚敛，报复恩仇，夤缘要结。另赵茂昌是细人，官场上多有谄媚赵以钻营差缺。张之洞倚此二人为心腹。这些，光绪都记得清楚不再看下去。

跳过这些，再看看张之洞到湖广后是如何荒谬的：

该督创由京师卢沟桥至湖北汉口之说，其原奏颇足动听，迨奉旨移督湖广，责其办理，该督奉命即爽然若失。明知其事必不成，而故挟此耸动朝廷，排却众议，以示立异。铁路不行，则又改为炼铁之议。以文过避咎，乞留巨款。今日开铁矿，明日开煤矿，此处耗五万，彼处耗十万，浪掷正供，迄无成效，又复百计弥缝，多方挡求，一如督粤时故智。

光绪皱了皱眉头，此一大段文字，其实并无贪污勒索实据，只是说不该办铁厂、耗资过多而已。这也能作罪责吗？

最后一段文字，若就文论文，文采和气势都很好。光绪五岁发蒙，八岁开笔，翁师傅耐心指导他如何起承转合，如何设辞修饰。但光绪生就的缺乏才情，无论怎样诱导，文章总是写得干巴枯燥，没有味道。但他知道“言而无文，行之不远”，故又对能写好文章的人很是佩服。徐致祥的整个折子虽然文字平平，然而这结尾一段却写得甚好，他拿起折子，禁不住高声念起来：

臣统观该督生平，谋国似忠，任事似勇，秉性似刚，运筹似远，实则志大而言夸，力小而任重，色厉而内荏，有初而鲜终。徒博虚名，无裨实际，殆如晋之殷浩。而其坚僻自是，措置纷更，有如宋之王安石。方今中外诸臣章奏之工，议论之妙，无有过于张之洞者。作事之乖，设心之巧，亦无有过于张之洞者。此人外不宜于封疆，内不宜于政地，惟衡文校艺，谈经征典，是其所长。昨岁该督祝李鸿章寿文有云，度德量力，地小不足以回旋。夫以两湖幅员之广，毕力经营，犹恐不足，而嫌其地小，夷然不屑为耶？该督之狂妄，于此可见一斑。

“皇上，您在朗诵谁的好文章？”

光绪正读得起劲，翁同龢已走进毓庆宫小书房。光绪亲政后，为表示对师傅的感谢，特为准许翁同龢在平时免去跪拜礼节，还是如同过去授读时一样：向皇上鞠个躬就行了。当下，翁同龢走进来，一边鞠躬，一边笑眯眯地对着皇上说话。“皇上万几之暇，尚能不废吟诵，老臣欣慰至极！”

“师傅请坐。”

翁同龢在光绪对面坐了下来，立即便有小太监托来一个十分精致的黄地白龙上盖下托小茶碗。光绪将手中的折子递给翁同龢：“这是刚送上来的一道参折，朕见他文章不错，便不觉失声念了起来。”

“参折？”翁同龢接过折子。“谁参谁？”

“大理寺卿徐致祥参劾湖广总督张之洞。”

翁同龢将折子展开来，从袖口袋里掏出一副西洋进口老花镜戴上，急速地看了起来。徐致祥的参折说上就上了。他到底参劾张之洞一些什么呢？

“就是为了它而将师傅请过来。”待翁同龢看完折子后，光绪说，“师傅看这事宜如何处置为好？”

翁同龢放下折子，取下老花镜，嘴唇紧闭，面容端肃。光绪盯着师傅这副神态，突然之间，似乎发觉师傅已经衰老了。师傅今年才六十三岁，头发胡须便全部白完了，胖胖的面孔上长满大块大块的老年斑，身体臃肿，步履龙钟，一切神态都仿佛古稀之年的老人。光绪知他无子，心里想：莫非是为此事而忧愁成这个样子？一丝怜悯之情油然而生。本想和他聊聊家常，劝慰劝慰，但光绪平日知道师傅端庄严肃，轻易不言琐事，更何况今日请他过来是商讨参折的大事，更不宜以别事分心，只得在心里叹了一口气，打消这个念头。

思索好长一会子，翁同龢终于开口：“老臣为皇上有徐致祥这样的骨鲠之臣而贺喜。”

犹如先前听师傅授读一样，光绪瞪着两只虽神采不足却也清纯可爱的眼睛，凝视着师傅，听着他那夹杂点江南口音的北京话。师傅说话总是不疾不徐，和蔼清晰，光绪很喜欢听。

“张之洞历任史官学政，外放巡抚，擢升总督，朝廷对他的恩眷之隆，依畀之盛，可谓少有人能及。外放这些年来，张之洞虽实心做过不少好事，却也办了不少有损朝廷威仪的荒唐事。”

翁同龢打开茶盖，一股清香沁出水面，他浅浅地呷了一口，继续说下去：“老臣常听人说起张之洞的闲话，如在山西时率性提拔官员，擅自派兵丁下乡以拔罂粟为名骚扰百姓。尤其在粤督任上擅开闱姓赌，以官府名义将朝廷抡才大典与市井无赖的赌博连在一起。辱没朝廷，斯文扫地，再无过于此事。一个总督居然可以为了几个钱，做出这等事来，实不可思议。那时我就想上折弹劾，只是因为越南战事未了，为大局着想，只得隐忍下来。”

所谓“为大局着想”是翁同龢临时想起的托辞。其实，翁同龢之所以没有上折参劾，是因为顾及着慈禧太后。他知道这些年张之洞的飞黄腾达，无非是因为慈禧恩宠器重的缘故。从晋抚擢升粤督，完全是慈禧对张之洞的格外重用。慈禧正要用他捍卫国门，你却去参劾他，老太太能高兴吗？一旦犯了老太太的虎威，你能有舒心日子过吗？何况那时他刚从军机处被撵出来，正冷着哩！其次他也顾及着醇王，他知道醇王一直是支持张之洞的。第三他也顾及着张之万。张之万四朝老臣，眼下正受着宠信，协办大学士兼工部尚书，又新进了军机处，成为名副其实的宰相，得罪了这个老头子，也不是件好事。就这样，书生出身的翁同龢虽对张之洞亵渎斯文甚为仇恨，却隐忍不敢发。

现在太后归政住颐和园，醇王也已去世两年多，张之万老迈多病很少过问军机处的事，更重要的是自己一手授读的皇上已亲政几年了，一句话，今非昔比了。翁同龢认为，应该通过皇上的名义更多地推行自己的主张，实现从早年起就树立的一匡天下的宏伟抱负。

“近年来张之洞仗着战功，骄慢倨傲之心日益严重。他在广东的那些所作所为和到湖北这两年来大肆兴作，好大喜功，老臣多次听到来自两广两湖人士的议论，老臣心里也有看法。徐致祥不畏权势，不惑于假相，敢于上这等参折，确为难能可贵。老臣以为，徐致祥此举应予支持，此折不能留中而让它悄没声息地淹了。”

光绪点点头，明白了师傅的意思，这与他的想法也大体相符。但他还是有所顾虑：“师傅，张之洞为国家立过大功，又是太后信任的重臣，折子若不留中，又该如何处置为宜呢？”

这两三年间，凡遇军事外交及大臣升黜调迁这些大事，光绪都要事先跟师傅在毓庆宫密商，这既是他对师傅的极端信任和尊重，也是借此进一步学习为政之道。在这一方面，光绪远胜他的堂兄同治。同治皇帝载淳酷肖其母，在上书房读书期间便不安于书卷，时常偷偷外出冶游，亲政后更是摆出一副天子架势，不但李鸿藻、翁同龢这些师傅的话不再对他起作用，甚至连自己生母慈禧的话他也阳奉阴违。亲政不久，轰动全国的就地处决安得海的圣旨就是由他亲手颁发的。载淳十九岁上死去，帝王事业还刚刚起步。倘若天假他几十年，或许可以成就一番可圈可点的帝业，也或许会是个刚愎自用、将天下苍生当作手中玩物的暴君。与秉赋刚烈的同治相比，性格懦弱的光绪这种谦逊稳重的态度很令翁同龢满意。他常常会将自己的两个皇帝学生作些比较，尽管光绪有不及同治之处，但整体来说要好得多，翁同龢对光绪寄予着极大的希望。因此，每探讨一件事时，他都会有意识地对之作详尽的剖析，以便使年轻的皇帝，通过对一桩桩具体事情的分析，逐渐掌握处理军国大事的技巧，提高办事的能力，早日成熟起来，做一个有大作为的英明天子。

眼下，这道参劾又是一个极有代表性的例子，翁同龢清了清有点老化的喉嗓，耐心地对着光绪说：“皇上处事的稳重态度，老臣心里很是欣慰。皇上居九五之尊，一言可以兴邦，一言可以亡国，所以深沉稳重，自古以来便是人君的第一等好品质。皇上正在朝这个方向努力，老臣欢喜无极。”

这一番话，是两朝帝师翁同龢在上书房几十个春秋里常常说的话。这就是循循善诱，启沃帝心。

“皇上深沉稳重，固然是第一等品质，但不等于该办的事不办。皇上仁厚慈爱，这是大清之福，也是天下臣民之福，此乃为人君之基础。然为人君者更需有高于臣民的仁慈，方能成就大业。高于百姓之仁慈，谓之大仁大慈，它不以一人一事为考虑，而是怀抱社稷，着眼长久。古人云‘计利当计天下利，成名宜成万世名’者，此之谓也。”

翁同龢深知自己的学生秉赋懦弱，又备受压抑，遂先从这里入手，因人施教。

“世事纷乱，人心难测，自古人君，当威临天下，以严厉治国。张之洞受两朝特达之恩，蒙太后破格简拔，更应勤于王事，为督抚表率。但他不知检束，日趋骄慢，荒怠政事，宠信小人，皇上对张之洞非加以抑制不可。”

翁同龢端起光绪赏赐的极品龙井，抿了一口，顿觉神志清朗，于是侃侃说下去：“此时借徐致祥的参折，抑一抑张之洞，老臣以为有三点好处。一可以张皇上君威。皇上亲政以来，还没有处分过二品以上的大员，一些宵小之徒便误以为皇上一味宽容。此次严惩张之洞，可以昭示天下臣工：祖宗之法不可轻慢，朝廷之政不可荒怠，皇上天威不可冒犯。让大小臣工知道，皇上将秉列祖列宗之志，励精图治，中兴大清。”

这番话光绪听了很是舒心。自小起，师傅便叫他以列祖列宗为榜样，洗刷几十年来的朝纲疲沓之风气，但他不知从何处着手，现在寻到了其中的一条：严惩大员以示威厉。

本来，翁同龢可以顺着这个意思说下去，说出下面的话来：亲政之前，朝廷大权在太后手里，内外臣工并未将皇上看得很重，现在正宜趁机昭示天下，大权已从太后转到皇上手里来了，过去受太后恩宠者应赶快改换过来，投到皇上的门下，才有将来的锦绣前途。但这些话他不能说。恪守以孝治天下的儒家信徒翁同龢，深知不宜这样开导皇上，以令皇上生出不孝之心，做出不孝之事，何况太后对他本人及他翁氏家族一向也是恩德深重的。二来他也不敢这样说，太后最忌讳有人在她和皇上之间说什么。当年同治是她的亲生儿子，她尚且时时提防，有好几个臣子就以“离间骨肉”的罪名遭到重惩。何况光绪并不是她的亲生，她岂不防范更严？出入宫中几十年的翁同龢，十分清楚宫闱内部的争权夺势，远比外间来得神秘而残酷。说不定这毓庆宫里就置有太后的耳目，万一有什么风声传到她耳中，那还得了！翁同龢说到这里，立即转弯：

“这第二，可以挽救张之洞。张之洞有学问才干，也会做事，朝廷不愿意看到他自己毁了自己。皇上趁早敲敲他发热的脑袋，让他改邪归正，今后还可以为朝廷办事。第三，皇上此举，也是对徐致祥的鼓舞。扶持正气，遏制邪道，历来为人君者的本职。奖励什么，惩处什么，这是引导社会风尚的最好方法。参劾张之洞这样的人，皇上都支持，还有谁不能参劾？史官言官们必定会额手称颂，高歌皇上圣明，今后他们上疏纠谬就更有兴致了。”

“翁师傅，是不是叫御史台派几个御史微服到两广和武昌去私访，查实徐致祥折子里说的事？或是朕派两个钦差到南边去，以示朝廷对此事的重视？抑或干脆让内阁拟一道旨，叫张之洞来京陛见，要他向朕当面说清这些事？”

“皇上天纵睿智，一时间便有了三种处理方法，而且都在可行之列，老臣心里真是高兴呀！”

翁同龢这句话不全是客套，他是从心里希望光绪有能力，有才干，因为这中间有他的不可抹杀的一份功劳在内。“只是，还可以有别的更为妥帖的办法，容老臣细细地想一想。”翁同龢凝神望着那只精致的景德镇官窑中的神品茶碗，思索片刻说，“御史微服私访好是好，但时下御史台没有几个脚踏实地的人，大多为轻率躁动、沽名钓誉之辈，老臣一时真的还想不出可以派出京师办这等大事的人。钦差当然也可派，但影响太大，除非大的命案、盗案或谋逆之案，一般通常不派，为的是免去众口嚣腾、人言啧啧，不成事反而坏了事。让张之洞进京陛见也可，但湖广重镇，两三个月里没有总督在位也不合适。谭继洵庸懦，做鄂抚都已吃力，署理湖督更是难以胜任。老臣想，此事可密谕两广总督李瀚章和两江总督刘坤一。命李瀚章就地查清张之洞在广州的事，刘坤一派员去武昌查出张之洞在湖广的事。李瀚章和刘坤一都是文宗爷简拔的老臣，忠于朝廷，赤心任事，他们两人是张之洞的前辈，即便此事今后让张之洞知道了，他也不可能对他们怎样。”

六十三岁的状元师傅对着二十一岁的皇帝学生，在传授为政之道时，使用了他惯常的表里不一的方式——在堂堂正正的言辞背后隐藏着他的真实意图：借钟馗打鬼。翁同龢很想就徐致祥参劾之际将张之洞整下去，但又不能留下痕迹，此事需借别人的手来打倒张之洞。他知道，张之洞在朝廷重臣中有好些个对头，第一个便是李鸿章，这是过去张做清流时所结下的宿怨；尽管李母八十寿辰时张有寿文，今年李本人晋七十张也有寿文，但这只是虚与委蛇，不是真心。李瀚章作为李鸿章的亲哥哥，一向对自己的二弟马首是瞻，二弟的对头也是他的对头，用他来对付张，岂不是绝好的借刀杀人？光绪七年，张之洞上疏参劾过刘坤一，彼此之间一定结下了怨仇。现在用刘坤一来查张之洞在湖北的表现，岂不是又借了一把杀张的刀子？

翁同龢深以自己老辣的为政手腕而得意，但他既不将自己的真实意图挑明，也对自己这种口是心非表里不一的做法没有丝毫的内疚，他认为这样做都是对的，都无可指摘。

对于皇上，必须用圣贤之道、周孔之礼，用堂堂正正光明磊落的论说，引导他走尧舜文武的正路，至于那些只可做不可说、只可权不可经的策术手腕，即属于权谋的那一套，他这个做师傅的绝对不能说，只能让他从历代史册中去揣摸，从实际政务中去领悟，能达到哪种地步，这就全靠他的天分和悟性了。

光绪接受师傅的建议，模仿咸丰、慈禧处理奏折的办法，用指甲在折尾处着力掐了两下，绵软的折子上留下了两道深深的痕迹：这是重要的，即刻要办的折子，过会儿内奏事处的太监来收拾文书时，会对此类奏折特别请示如何办理。

“翁师傅，今天请您过来，就为这事，现在您可以再去忙别的事了。”

说罢，像往常一样地站起身来，亲自送师傅出书房门。翁同龢对皇上这种不忘师恩、优礼有加的表现，发自内心地感激。他赶忙起身告辞。见皇上面容憔悴，他突然想起了一件大事。

“皇上，您一天到晚太累了，要多休息保重。这不只是为了您一人，而是为了祖宗传下来的基业，为天下亿万臣民。”

翁同龢情动于中，不由得语声哽咽起来。

光绪颇为感动，拉着师傅的手说：“朕会知道爱惜身体的，师傅放心，倒是师傅年岁大了，要多多保重。”

正是初秋天气，光绪已穿上薄薄的丝棉夹袄，手却还是冷的。

“皇上，夜晚读书不要太晚，要早点安歇。对皇后、嫔妃要多施恩泽，皇上不仅得为太祖太宗延续子孙，还得为穆宗皇帝接继香火，担子重着哩！”

同治十三年十二月初五日，慈禧在立载湉为皇帝的懿旨中就讲明载湉承继文宗显皇帝大统，并为穆宗毅皇帝继嗣。光绪未来的皇子将兼祧同治和光绪，故而多多益善。可是光绪大婚三年多了，身边有一后二妃四嫔七个女人，却未见一个女人怀有身孕，包括慈禧在内所有王公亲贵，都在关注着这桩大事。二十一岁，不算太年轻，当年顺治、康熙都是十四五岁时便诞育皇子了。大婚三年，不算太短，后妃七人，不算太少，至今没有阿哥、公主，看来是皇上本人身体欠佳。从小看着皇上长大对皇上怀有一种父子之情的翁同龢，更比旁人多一层焦虑。他从自己青壮年时期常服用的十几味药中，请高明郎中精选五味酿成一味药丸，名曰蛤鹿冷香丸，将蛤蚧、牡蛎、蝾螈、海马、鹿鞭碾成粉末，以杏花村百年陈酿调和。此药曾送给十个婚后多年不育的男子吃过，其中有七人的太太已怀孕，证明这种药有奇效。翁同龢以极为严肃的神态，极为真挚的语调将此事告诉光绪，最后以不容分辩的口气说："老臣明天就亲自带二十颗蛤鹿冷香丸来，皇上早晚各服两颗，一个月后可见效果。坚持服三个月，后妃们必定会早怀龙子。"

望着翁同龢双眼中流露出的慈父般关爱，光绪浑身上下荡漾着热流。他点点头，以示同意。

四　看到袁昶的密信后，张之洞头晕目眩虚汗直冒

半个月后，设在江宁的两江总督衙门收到内阁寄来的密谕："着即派人去武昌密查上奏。"另附徐致祥的参折抄件。两江总督刘坤一阅后，对这件棘手之事颇觉为难。

六十二岁的刘坤一，也算得一代人才。咸丰五年，正当曾国藩统率的湘军，借攻克武汉三镇之军威挥师东下的时候，二十五岁的新宁廪生刘坤一率领百十个团练投奔刘长佑。贡生出身的刘长佑早两年已招募了一支人马，跟着江忠源闹得挺热火。他比刘坤一年长十二岁，却是刘坤一的族侄，见到这位年轻的族叔英气勃勃，满心欢喜。刘坤一不以叔辈自居，却以后进之礼师事刘长佑。刘坤一悟性极高，几仗打下来，便把两军对垒这些事都弄熟了。那时，曾国藩、左宗棠等人目光盯着长江下游太平天国都城，对湖南广西一带无暇顾及，刘氏叔

侄抓住这个空当，在湘桂之间连打几个大胜仗，很快便壮大了自己的力量。咸丰十年，湘军创始人曾国藩还在以一个兵部侍郎的空衔客悬虚寄的时候，刘长佑便做了广西巡抚，两年后三十二岁的刘坤一也做了广西藩司，再过三年代替族侄做了广西巡抚，成为当时最年轻的封疆大吏。而这时，刘长佑早已做了三年的总督。

刘氏叔侄不声不响地经营后方，没有几年便相继登上督抚高位，人们不得不佩服这两个新宁秀才在打仗、做官这两码事上都要高出时人一筹！

光绪元年刘坤一做了两广总督，光绪五年调任两江。刘坤一是个聪明绝顶的人，因为连年征战，身上留下多处刀枪创伤和疾病，治事稍多，便感倦怠，于是不管是做巡抚还是做总督，他都只管大事不问小事。小事让别人去做，他自己腾出大量的时间用来吃喝玩乐。声色犬马之事他样样喜欢，甚至对鸦片烟，他也极有兴趣。但是他的头脑清醒，军国大事一点都不含糊，袍泽们说他是大事不糊涂的吕端，他亦欣然受之。

就因为此，光绪七年，张之洞参了他一本，说他“暮气深重，政务倦怠”，两江重地，不可贻误，请派兵部侍郎彭玉麟为江督，以便刘坤一安心养病。朝廷居然接受了张之洞的建议，将刘坤一内召，就此免去了他的两江总督之职，由彭玉麟署理。刘坤一以后便一直以筹防军务为名空悬着。就这样一过十年，待曾国荃在光绪十六年秋天去世时，他才再次出任江督。重回江宁的刘坤一吸取先前的教训，各方面都检束多了。鸦片烟也戒了，明显荒唐的事也不做了，一个中兴功臣能这样也就不错了，他因而获得舆论称赞。

刘坤一当然恼恨张之洞。不是张之洞的参劾，他如何会丢失十年江督？不过，靠军功起家的刘坤一，在心灵上与张之洞有一个相通之处，那就是面对洋人的欺负，都持不妥协不示弱的态度。尤其令刘坤一感慨的是，张之洞居然在粤督任上，部署中国军队在越南大败法人，为中国军人长了脸面，为大清帝国赢来声威，对于这点，深明大义的刘坤一钦佩不已。这种惺惺相惜之情，大为冲淡了他对张之洞的恼恨。

握着内阁寄来的上谕，刘坤一陷于两难。细细地揣摸旨意，似为倾向徐致祥一边，若不照办则违旨；若遵旨派人去武昌认真密查，则张之洞的湖督难保。身任督抚十多年的刘坤一知道，真要细查，哪一个督抚都经受不起，随随便便即可找出几个足够弹劾的失误来。真的把张之洞劾掉了，对朝廷也并非是好事。

他将平日信得过的江宁藩司瑞章找来商量。全国几大总督，除直隶、四川两总督身兼军民两政外，其他总督都重在军政，故无藩司一职，唯独两江总督下面设了一个江宁藩司，掌管江宁府的钱粮收入。这或许是因为有一个专为朝廷服务的江宁织造局在江宁府的缘故。这个皇家制衣店每年亏空极大，需要有一笔银钱来弥补。如此看来，江宁藩库应是朝廷设在地方上的一个小金库。

瑞章是个满人，由宗人府外放江宁。他一向注重朝廷内部满蒙亲贵的动向，虽在江宁，却与京师联系不断。瑞章同刘坤一一样，也认为这是一件很棘手的事情。思索良久，他突然想起一个人来。

“岘帅。”刘坤一字岘庄，故而大家都尊称他为岘帅。“前些日子新任安徽徽宁池太广道的袁昶，是由京师外放来的。他在京师做户部员外郎，兼总理各国事务衙门章京，是个通达时务的人，对朝廷近来情势一定很清楚，何不悄悄地请他到江宁来商量商量。”

“此人你先前认识吗？”刘坤一问。

“认识，我们有过多年的交往。”

“可靠吗？”

“这是一个实诚君子，十分靠得住。”

“那你就派一个人到徽州去接他来吧！”

徽宁池太广道管辖着安徽省长江以南的徽州、宁国、池州、太平四个府和广德州，俗称皖南道，是安徽一个辖地广阔地位重要的分巡道。当年慈禧的父亲惠征就死在皖南道任上。故同治、光绪两朝，皖南道为朝廷所关注。皖南道员通常是被认为将要走红发迹的官员。正因为如此，四十六岁的员外郎兼章京袁昶从北京来到徽州时，心情极好。他知道这是朝廷对他的重视，预示他今后的仕途会顺利宽广。

袁昶这几天恰好在省垣安庆办事，江宁藩司府的来人很快在怀宁客栈找到他。听说是刘岘帅有要事相商，便立即乘快船离安庆赴江宁。安庆至江宁行的是下水，第二天午后便到了下关码头。袁昶在来人的陪同下，先进藩司府会见瑞章，二人寒暄一阵后，便分别坐上大轿，一前一后地来到位于城内东南角的总督衙门。在全国所有督抚衙门中，江宁城的两江总督衙门最为壮阔。这是因为此处曾经做过十余年的太平天国天王府。洪秀全动用数千万两圣库银子，为他这个天父次子在人世间修造了一座最为豪华宏丽的宫殿，后来虽然被曾国荃的吉字营为毁灭打劫金银的证据而焚烧，但基础和部分烧不坏的建筑还是存在。节俭总督曾国藩没有在江宁住几天，便来了手脚阔绰的总督李鸿章。李鸿章将被火焚的房屋全部恢复，做起了舒舒服服的无其名而有其实的金陵王。以后的历任江督便沾了李鸿章的余荫。刘坤一也是个大手大脚的人，光绪十六年重主江宁后他又将江督衙门彻底翻修一遍。如今的督署，更是气魄宏伟，金碧辉煌。

袁昶是第一次来到两江总督衙门，他边走边看边想：除开紫禁城，这怕是海内最大的一座建筑群了，恭王住的和珅旧宅也不及呀！

刘坤一性情豪爽简易，虽是首次接见袁昶，也没有穿官服，而是一袭宽大的便服。他对正要行大礼的皖南道挥挥手说：“不必拘礼，请坐吧！”

待袁昶坐下后，他笑着问：“袁观察是几时到的皖南？”

“回大帅的话，职道是上个月中旬到的徽州，原拟下个月专程来江宁拜谒大帅，不知大帅有事要召见，职道失礼了。”袁昶拘束而恭谨地回答。

“不，不。”刘坤一又挥了挥手。“我是临时请你到江宁来一下，并不是因为你的职分内的事。”

不是我的职分内的事，那是什么事？袁昶在心里紧张地思索着。对这位从战火中厮拼出来的制台，书生出身的袁昶是久仰其名，又怀着三分敬畏之心的。

“袁观察是哪里人，什么时候进的京？”

刘坤一并不急着谈正务，却跟这位矮矮胖胖的下属聊起天来。

“职道是浙江桐庐人。光绪二年中进士后即分发户部做主事，职道鲁钝，直到光绪十二年才升为户部员外郎，十四年兼总署章京。”

袁昶三十岁中进士，做了十六年的京官，还只是一个四品衔中级官员，迁升的确不快，比起这位仅只用十年时间便从一个廪生做到一省巡抚的上司来说，责备自己“鲁钝”并不为过。其实袁昶并不鲁钝，他只是为人做事太过于实在拘泥，不善于看风使舵罢了。这种性格不仅妨碍了他的迁升，更不幸的是八年后，在义和团大动乱中他因此忤逆慈禧而被丢了脑袋。

刘坤一笑着说：“皖南道是个要缺，你好好做几年，前途大着呢！”

袁昶忙说：“以后还要多多靠大帅的栽培。”

瑞章一旁插说：“岘帅是个活菩萨，在他手下做官，只要尽心尽力，迁升快得很。”

瑞章这话一石两鸟：既吹捧了刘坤一，又暗示袁昶，要好好为刘坤一效力。

袁昶明白瑞章的意思，赶紧接话：“职道初任地方官，没有阅历，职道一定会遵瑞大人所说尽心尽力去做，倘若有不周到之处，还望大帅宽谅。”

“好，好！”刘坤一曼声应道。“瑞方伯说，他在京师时便与你相识，说你是个实诚君子，又对京师各方情势熟悉，所以特为请你来一趟江宁，有一件事情要听听你的意见。”

袁昶下意识地紧张了一下，刚来两江，便有什么大事要听我的意见，莫不是发生在京师里的事？

刘坤一对瑞章说："你对袁观察说说吧！"

"是这么回事。"瑞章干咳了一声后说，"内阁给岘帅寄来大理寺卿徐致祥的一份参折，并转达上谕，要大帅派人去密查。因为你刚从京师来，又在户部和总署做过事，对京师及各省的情况都熟悉，故岘帅叫你来一起商量商量，这事要怎样办才最合适，你先看看徐致祥的参折吧！"说着，从旁边的茶几上拿起一沓折好的纸递给袁昶。袁昶接过，展开来看。

袁昶刚看了一句开头的话，便立时眼瞪大起来，心突突地狂跳了两下。原来，刘坤一和瑞章都不知道，袁昶是张之洞的门生！

同治六年，张之洞以翰林院编修的身份充任浙江乡试副主考，这是他日后漫长的学官生涯的第一站。浙江是人文荟萃之地，历代才子不少，张之洞以能典试浙江为荣。三场紧张的考试结束后，各房考官开始忙碌的阅卷事宜。送到房官手里的试卷经历了三个过程，即先由弥封处糊名，再由誊录所用朱笔重抄一遍，最后由对读所校读。房官阅读的朱卷虽不是士子的亲笔，但与士子的墨卷完全无异，只是没有了名字。这一系列复杂过程的采取，全都是为了一个目的：防止房官阅卷时徇私。

这天，张之洞去各房检查房官的阅卷，见各房官都极为认真，他很满意。来到第十三房时，房官请他坐下，拿出一份试卷对他说：这份卷子上错了一个字，但文章写得极好，卷子推荐还是不推荐？张之洞说，我看看。他坐在房官身旁将试卷认认真真地看了两遍，思索良久后说，从错这个字来说，卷子不宜推荐出房，但从文章来看，此子才识俱佳，实为难得。十年寒窗，三更灯火，熬进贡院不容易，错字出于疏忽，而文章能达到这一步却难，我看还是推荐出房。有副主考做主，房官大胆将这份试卷推了上去。在最后审定时，张之洞又向正主考张光禄陈述了这个看法，张光禄亦同意。就这样，这份卷子被列为前茅，到张榜填名时才知道出自桐庐袁昶之手。袁昶向房师谢恩时，房师把这个过程讲给了门生听。袁昶对张之洞感激不已，在他面前重重叩了三个响头。

当下，袁昶匆匆将徐致祥的抄件和上谕看完一遍后，第一个想法是，应尽可能地帮恩师一把！

他定了定神，对刘坤一说："不知岘帅要向职道垂询什么？"

刘坤一说："我和瑞方伯都住在江宁，对京师的事情较为隔膜，想问问你，徐致祥这个人，你熟悉吗？"

"职道认识。因为同是江南人，说起话来，彼此都觉得有亲切感。"

"这人怎样？是个谨慎的人，还是那种喜欢风闻奏事的人？"刘坤一盯着袁昶问。

袁昶心里想：这是个关键的问题，徐致祥的性情如何，显然关系着这份参折的分量轻重。他从容地说："徐致祥是个老前辈，职道虽然对他谈不上很熟很了解，但在京师时，也常听到人说起他。都说他是属于那种易于冲动的人，俗话说见风就是雨，这位老先生颇有点这样的性格。故而他的折子虽多，先前太后听政时，并不把他的折子看得很重。"

刘坤一没有在意，瑞章却听出"先前太后听政时"这句话的画外之音了。他揣摩：看来这事是皇上的决定，太后并不知道。

"另外还有一点。岘帅和瑞方伯都知道，徐致祥是坚决不同意修铁路的，在这件事上他竭力反对张之洞。他的反对修铁路的折子，不知岘帅和瑞方伯读过没有。他说修铁路一坏风水，二惊吓祖宗，明白人读后都窃笑不止。正因为明摆着的太荒谬，故朝廷降了他三级。"

这几句话对刘坤一很起作用。戎马十余年的刘坤一，在战争中亲身领略洋人枪炮的威力，他是力主向洋人学习制造术的人。刘坤一心想：看来这个徐致祥是个不明事理又办事轻率的人。这道参折在他的眼里已大为跌价了。

瑞章问："袁观察，你离京那会子，太后是住在园子里还是住在宫里？"

袁昶答："太后每年三月中旬到九月中旬住园子，其余时间住宫里。我是六月下旬离开京师的，那时太后还住在园子里。现在是八月，要到下个月才回宫。"

瑞章又问："听说皇上每个月都到园子去一次，向太后请安。是这样吗？"

"是这样的。"袁昶说，"除请安外，皇上也将这个月来的国家大事向太后禀报，太后也会很有兴致听。据说间或也会说点自己的看法，皇上都会照办。皇上天性纯孝，亲政以来，没有听说在处理军国大事上与太后有不协之处。"

刘坤一说："皇上为天下臣民做了一个好榜样。"略停一会，又问："湖北藩司王之春这个人，袁观察知道吗？"

袁昶答："此人我没见过。在总署办事时，倒是常听同僚们说起过他。大多数人说他热心洋务，器局开朗，有办事才干。也有人说他精明苛刻了点，易于得罪人。"

"赵茂昌呢？"瑞章问。

"不知道。"袁昶摇摇头。"一个总文案官职太低，京师官场怎么会说起他？"

袁昶说的是实话。

要问的大致都问了。刘坤一起身说："袁观察，谢谢你了，老夫还有点事要办，先走了。你和瑞方伯在这儿聊聊天，晚上，老夫陪你在署里吃顿便饭。"

袁昶忙起身打躬说："谢岘帅。"

"袁观察，我们今天谈的是一桩秘事，你回安徽后，不要对别人说起。"待刘坤一出门后，瑞章特别向袁昶叮嘱一句。

"职道明白。"

吃完饭回到瑞章为他安排的客栈后，袁昶心里一直不能安宁。他没有想到，张之洞这样热心办实事的人，居然会有人攻讦，而且上谕的意思竟然偏向攻讦者，他为当年的副主考感到委屈。他觉得应当把此事告诉张之洞，使他有所准备，又想起瑞章的郑重嘱咐，左右为难。在床上辗转大半夜后，感恩报恩之情终于占了上风。他点燃蜡烛，给张之洞写了一封长长的信，转述上谕及徐折的要点，请恩师早划对策。

第二天，他离开江宁回安徽。到了安庆后，吩咐在怀宁客栈等候他的仆人赶忙去武昌，把这封装在盖有皖南道官印信封里的密信，亲自送到湖广总督张之洞的手里。

四天后，这封密信到了张之洞的手中。安徽皖南道怎么会有这种信给他，他深为奇怪，拆开信读完后，才知是二十多年前的门生袁昶写的。同治六年到光绪二年整整九年时间里，袁昶困于会试，自觉乏善可陈，所以也没有写信给张之洞，师生之间断了联系。光绪二年，袁昶中进士分发户部，恰好张之洞结束四川学政回到北京，二人又恢复了联系。户部事多，袁昶又是务实的人，一天到晚忙忙碌碌，故在京师期间二人过从并不甚密。光绪七年张之洞外放山西后，几乎又中断了联系。不料袁昶近日已外放皖南道！读完信后张之洞的第一个感觉是：袁昶是个讲义道的学生，二十多年前的那段惠而不费的恩情居然死死地记在心里。私泄这等机密之事，万一被朝廷知道了，轻则断送前程，重则下诏狱。在只讲利害不讲情义的今天，能有这种古道热肠，真是罕见。典试浙江能得这样的门生，也算是平生一幸事了。张之洞提笔给门生写了一封短短的谢函封好，将袁的仆人唤进来，将信连同桑治平刚从鄂西带回的一包黑木耳一起交给他，叫他带给主人。然后又拿出四两银子出来打发。袁家的仆人千恩万谢地告辞走了。

张之洞坐在牛皮太师椅上久久地凝视着袁昶的这封密信，胸中的怒火在一阵阵灼热地燃烧。它炙烤着他的心，令他愤怒，令他委屈，也令他痛苦！

他没有想到，这份参折竟然出自徐致祥的手！他们在翰苑共事多年，经常在一起谈国家大事，谈经史诗文。这个江南老才子尽管比张之洞大几岁，却对张之洞格外殷情称赞，时常出格恭维他可比古之张良、谢安，有治国安邦大才，可惜屈于翰林院。不料就是这个人，今天居然说他只可衡文，不可从政！

身为大理寺卿，怎么可以不要任何实据，只凭几句传闻之辞，便给别人定下这等严重的罪名！这不是深文周纳吗？这不是存心要把人往死里整吗？

外放这十一二年来，自己为山西、两广和湖广做了许多好事，在越南战争上为国家赢得声望。对于这些，徐致祥他可以闭眼不视，只字不提，却把一些谣传当作宝贝，无端罗织罪名。徐致祥究竟要达到什么目的呢？张之洞真恨不得将他揪到面前来当面质问，狠狠地扇他两个耳光！

世上人本是良莠不齐，徐致祥要这样无事生非，也拿他没法。令张之洞最为委屈的是，朝廷怎么竟然也会看重他这篇可耻的谤文！又是发上谕，要刘坤一密查，又是发抄件，让两江的官员们去阅看，这不明明认为徐致祥的参折有合理之处吗？徐致祥荒谬不明事理，朝廷难道还不知我张之洞？皇上还不明白我对国家社稷的一片赤诚之心？这等破烂的折子，不掷回斥责、留中淹掉便够意思了，居然要刘坤一来武昌密访，皇上和朝廷对我张之洞怎么如此不相信？

这样想来想去，一阵揪心之痛令张之洞头晕目眩，手心直冒虚汗，终于瘫倒在太师椅上。一会儿，大根进来斟茶，见四叔双目紧闭，脸色苍白，吓得叫道："四叔，四叔！"喊了几声后，张之洞睁开了眼睛。

"四叔，您不舒服？"大根捧起张之洞的左手，在他虎口处略微用劲压了一下。"好过点吗？"

张之洞轻轻地点点头，有气无力地说："你背我回后院去躺躺！"

见大根背着丈夫来到后院，佩玉大吃一惊，忙放下手中的活计，快步走过来，连声问："怎么啦，怎么啦？"

大根答："四叔有点不舒服。"

佩玉摸了摸张之洞的额头："哪里不舒服？"

"胸口闷。"张之洞轻声答，脸色已比刚才好些了。佩玉铺好被子，又和大根一道将张之洞的外衣裤脱去，让他好好地躺着。"要不要请医生来瞧瞧？"佩玉问。

"不用。"张之洞轻轻地摇摇头。又对大根说："你不要对别人说我病了，免得大家都来探视，耽误了办公。有事找我的，叫他明天再来。你出去吧，我一个人安静躺躺。"

大根出去了。佩玉则守候在床边，看着张之洞微微地闭上了眼睛。她心里想：早上吃饭时还好好的，到押签房办公还不到一个时辰，怎么会突然病得这么厉害？她深情地盯着睡中的丈夫，猛然觉得来武昌这两三年，他比过去更显苍老了。还只有五十五六岁的人，须发差不多全白了，面孔瘦削，衬托出那颗比常人略大的鼻子更显硕大。她知道，这都是因为办铁厂的缘故。丈夫为铁厂耗费的心血太多了。来到武昌之后，洋务成了他的最大的事情。佩玉记得有天晚上，丈夫因户部同意拨下二百万两银子而特别兴奋。他对她谈起自己的洋务理想：先办铁厂，把铁厂办成全世界第一流的厂子，让洋人看了惊叹。然后再办枪炮厂，办纺纱厂，办织布局。还要办发电厂，让老百姓的家里都点上像总署衙门一样的电灯！提起电灯，佩玉就会想起儿子满月的那一夜，两广总督衙门里突然亮起了百十个电灯泡，像天上的星星落到人间似的，房间里每个角落都亮堂堂的，一根针掉到地上都找得到。要是让每户老百姓家里也有一颗这样的夜明珠，该多好呵！她握着丈夫的手说："您做的是大好事。真的到了那一天，百姓要怎样感激您哩！"佩玉看到，一向很少笑的丈夫脸上绽开了孩子似的灿烂笑容。

一眨眼工夫，佩玉过门来便是八个春秋了，准儿已经十六岁，大姑娘了。在她的悉心指导下，准儿的琴早已弹得很出色了。她常常夸准儿青出于蓝而胜于蓝，比她强得多。准儿却说，只有形似而神不似，韵味还没有把握住，再说，凤凰还没下来听我的琴哩，还差得远。准儿一直把凤凰听琴当作自己的最高目标，这使张之洞和佩玉听了又好笑又欣慰。张之洞对女儿说，要想凤凰从天上下来听你的琴，可不是件容易的事。凤凰极少，弹琴的人极多，它只能去听弹得最好的人的琴，继续努力下去，活到老，弹到老，到了成老太婆时，凤凰就会飞来听你的琴了。说得大家都笑起来。佩玉自生了仁侃后，又生了个儿子仁实。张之洞忙，家里的事全然没有精力顾及，佩玉除开料理丈夫的饮食起居外，还要关注着读书的二公子仁梃和待字闺中的准儿，以及自己生的两个稚子，一天到晚也够累了。

前些日子，张之洞对佩玉说，桑治平的夫人柴氏这两年卧病在床，担心自己哪天会先走一步，牵挂着女儿的婚事。佩玉说，桑家的燕儿是个好孩子，也有十七八岁了，有好婆家的话是该找一个的。张之洞说，我心里倒有一个，你看合适不合适？佩玉问是谁。张之洞说，你看仁梃怎么样？佩玉抚掌笑道，平日里没想到，你这一说，倒真是挺合适的一对。由学生转为女婿，桑先生第一个高兴。张之洞也笑道，这是你说的，还不知燕儿母女怎么想的。佩玉说，我打包票，燕儿母女一定喜欢。张之洞说，准儿也有十六七岁了，也到该出阁的年龄了，你为她想过这事吗？佩玉说，我在心里早看好了一个人。张之洞问，谁呀？佩玉说，洋务科的陈念礽。我看是个可成大器的男子汉，你看怎么样？张之洞喜道，你的眼光真不错，论人品才干，念礽自是幕友中最出色的人才，只是年龄要比准儿大十来岁。佩玉说，只要准儿自己愿意，大一点没有关系。佩玉准备找一个机会，好好跟准儿谈谈，不想丈夫突然病了，看来这事得往后推推。

下午，佩玉还是将常来督署看病的汉口名医孙大夫请过江，给张之洞瞧瞧。孙大夫过细诊了半天脉，没发现什么大毛病，便开了三剂舒心顺气的药，先吃吃看。连服两剂药，又沉睡三四个时辰的好觉，第二天早晨，张之洞感觉好多了。他要大根请桑治平、杨锐、梁鼎芬三个人到督署后院来。

五　当王之春亮出盐政账目单时，准备大干一场的李瀚章立刻软了下来

桑治平很快就到了。他走进后院的客厅，一眼看到张之洞满脸病容，惊道：“怎么啦，病了？”

张之洞苦笑道：“我昨天在床上躺了一天，胸口被棉絮堵了似的，手脚无力，昨晚服两剂孙大夫开的药，今天好多了。”

桑治平问：“好好的，怎么病了，什么病？”

张之洞小声说：“其实我没有生病，是让人给气病的。”

桑治平觉得奇怪：“谁还有这个本事，气得总督大人生病？”

“你先看看这封信。”张之洞将袁昶的信递给桑治平，说，“过会儿节庵和叔峤两人来，你就别说我昨天气病的事。他们两人是学生辈，不要让他们笑我太没胆量。”

桑治平接过袁昶的信，笑道：“人无气不立。该气愤的事还是要气，气得病倒也是正常的，不能说没有胆量。”

张之洞说：“年轻人面前还是不要说，给我点面子。”

桑治平不做声了，全神贯注地看起皖南道的密信来。难怪令素日气壮如牛的制台病倒，这是一份多么令人憎恶的参折啊！朝廷中怎么竟有这等容不得别人能干的小人？皇上的这道上谕也荒唐得可以。

桑治平如此在脑子里嘀嘀咕咕的时候，梁鼎芬和杨锐一前一后走进了客厅。待他们坐下后，张之洞说：“大理寺卿徐致祥告了我一状，皇上要两江的刘坤一来密查我。”

梁、杨二人听了这几句话，都惊愕不已。

“你们看完桑先生手里的信，自然就清楚了，请你们过来，是想听听你们的看法。”

桑治平把信递过来，梁鼎芬接过，杨锐凑过脸去，迫不及待地和两湖书院的山长一道看起来。

“岂有此理！”三十五岁的杨锐依然年轻气盛，信还未全部读完便禁不住叫了起来。

三十一岁的梁鼎芬比杨锐性格沉稳些，他扶了扶鼻梁上的黑框近视眼镜，说：“袁昶这个人，我在京师见过一面，那时他在户部做员外郎，却不知道原来是香帅的门生，是及门的还是私淑？”

张之洞淡淡地答：“他是我同治六年典试浙江时中的举。”

“哦。”三个人几乎同时说了一声。

桑治平说：“此人难得！”

杨锐仍是气愤地说：“江宁派人来密查，就让他来好了，我们人正不怕影斜，脚正不怕鞋歪。”

梁鼎芬思索好一会儿说：“香帅一心为国，尽人皆知，徐致祥上这样的参折简直是丧心病狂。王藩台也是一个少有的大才，骂他聚敛，也没有道理。不过，我在广雅时，也曾听人说过，王藩台精明过分了点，难免招人怨谤。赵总文案也有人说闲话，说他与包闱赌的彭老板金钱上有点牵扯。所以，依晚生之见，不能轻视徐致祥这份折子。”

张之洞不喜欢梁鼎芬说的话，沉下脸说：“不要听信谣传，王之春、赵茂昌我了解，没有什么事。”

梁鼎芬一怔，本想再说下去，赶紧打住了。

张之洞转脸问一直没有开口的桑治平：“你说说，这事该如何对付？”

桑治平思忖片刻后说：“我倒是赞同节庵的说法，不要太轻看了徐致祥的这道参折。徐致祥诚然是个嫉贤妒能的小人，但他住京师，说的却是广东和湖北的事，我想一定是有人在中间挑唆，怂恿徐致祥出面。这是一。其次，徐致祥的这份参折能得到皇上如此重视，一定是有人在背后支持，支持他的人非同小可。”

张之洞眼睛盯着桑治平，脸绷得紧紧的，没有吱声。杨锐、梁鼎芬也都全神贯注地听桑治平的分析。

“这挑唆的人和支持的人，我们今后慢慢地去查访，眼下最主要的事是寻求对策。我倒以为，刘坤一那边会好说话。他既然找袁昶商议，而袁昶又冒险给我们通风报信，估计袁昶在刘坤一面前会尽力将此事冲淡。刘岘帅为人不拘细节，不是那种阴险害人的人，料定他不会太过不去。倒是有另一个人要引起我们的特别注意。”

“另一个人？”张之洞轻轻地重复这句话。脑子里在迅速地寻找这个人。杨锐也在努力地思索着。梁鼎芬脑子里突然浮出一个人来，莫非是指他？但事关重大，刚才又受了训斥，他不敢贸然讲出口。

“徐致祥的折子说的大多是广东的事情，上谕既然叫刘坤一来武昌密访，依我看，必定会叫两广总督李瀚章在广州就地查访。李瀚章这个人倒是要认真对待的。”

梁鼎芬心中一喜：果然让我猜中了！

张之洞点点头说：“仲子兄分析得很有道理，徐致祥的抄件也同样会往广州寄一份。李瀚章虽与我无直接嫌隙，但李鸿章与我多年政见不合，做哥哥的定然向着弟弟，倘若无端生出些是非来，也是件麻烦的事。”

桑治平忙接下这个话头：“正是这个话。苏东坡的名言：横看成岭侧成峰，远近高低各不同。同是一座庐山，从左边看或是从右边看，从上面看或是从下面看，就不相同。世界上几乎所有的事都是这样的，从不同的角度就会看出不同的结果来。比如说广东开禁闱赌那件事，理解的会说是为筹军饷而迫不得已，不理解的会说是拿国家抡才大典来赌博不体面，倘若遇到要存心为难你的，他便会说，这是亵渎圣贤，有辱斯文。所以，对一件事情的叙述，叙述者本人的心思如何关系大着哩！”

张之洞体会出桑治平话中的含义。看来广东那边是一定收到类似江宁的寄谕。粤省更不容忽视，如何对付清流党的箭靶子的老兄呢？见桑治平看着自己，嘴角边动了两下却没有发出声来。他明白，这位当年古北口的隐士可能有什么秘密话要说，碍于杨锐、梁鼎芬二人在场，不便开口。正在这时，赵茂昌推门进来，对张之洞说："大人，铁政局会办徐建寅先生来信说，马鞍山煤矿有不少老百姓挖小煤窑，对煤矿干扰很大。他请大人将此事与谭抚台商议，叫巡抚衙门向江夏县打招呼，要江夏县颁发一道禁令，禁止附近百姓擅自挖煤。"

张之洞借这个机会对杨锐说："叔峤，你回文案室去，先给徐会办代我回一封函，说这事马上就和谭抚台商议，一定要制止乱挖小煤窑。"

杨锐答应着即刻起身。张之洞又对梁鼎芬说："节庵就也先回书院去吧，你好好想想，明后天再到我这里来谈一谈。"

待众人都离开后院小客厅后，张之洞问桑治平："他们都走了，你要说什么就说吧！"

桑治平笑道："你怎么知道，我有话要背着他们说？"

张之洞笑道："我察言观色，知道你有只能对我一人说的好主意。"

"刚才节庵说的，有关王之春和赵茂昌的闲话，不瞒你说，在广东时，我也听说过。当然，王之春是个能干人，大的方面还是可信赖的，不过，若是广东有人跟他过不去，不检点的事两三件堆在一起，也就很碍眼了。"

"你是说，王之春和赵茂昌都经不起访查？"张之洞刚刚放松的脸又绷了起来。

"是的。"桑治平面色严峻地点点头。

"怎么办呢？若有谕旨下来，李瀚章肯定会去办的，他和刘岘帅不同。"张之洞心里忧虑起来。

"有办法。"一个想法在桑治平的脑子里形成了。"我们来它个针锋相对。"

"怎么个对法？"

"这件事交给王之春去办。"桑治平指着袁昶的密信说，"这里也提到他王爵堂，不妨让他看看。他看后保证坐不安了，心里急得很。”

“让王爵堂去上疏为自己辩护吗？”张之洞的脑子里充满了怀疑。

“不是的，本人辩有什么用！”桑治平压低了声音，“这件事，你完全不出面，由我来跟王爵堂说，叫他背地里查一下子李瀚章督鄂时的老账。同治七年到光绪八年，李瀚章在武昌做了十五年的鄂督，难道他十五年间就一清如水，没有一点事？那年我在子青中堂那里，亲耳听他说过湖北的盐政弊端大，官方走私是公开的秘密。湖北官方走私食盐，若没有李瀚章的同意是绝对行不通的。我看就叫王爵堂专门细查那十五年的盐政，就会查出大的问题。那时叫他悄悄地到广东去一次，当面去见李瀚章，把这事告诉他。说是你派他来的，问他此事如何了结。”

张之洞高兴地一拍大腿，霍地站起来：“仲子兄，这是个好主意！世人说李家积累的财产，可与乾隆朝的和珅相比。李瀚章任鄂督十五年，还真不知道他刮去了多少民脂民膏。再说这事让王爵堂去办也合适。只是，要他保密，不能让谭敬甫知道了。”

“这我知道。谭敬甫那人是担当不了一点事情的。”桑治平稍停一会又说，“你想过没有，此事若是太后当政的话，会不会出现？”

张之洞思索片刻说：“至少太后不会叫人来武昌密查，会直接问我本人。”

“皇上对你并无成见，看来是有人在影响着皇上。”

“你说的是翁同龢？”

“很有可能。”桑治平凝神说，“那年开禁闱赌的事，他就从中作梗。自从他执掌户部来，处处为难，铁厂的银子他有意压下大半年才批，这些年他对你的作为干扰不少。我估计这事极有可能又是他在作怪。”

“若是翁同龢存心跟我作对，我也真拿他没办法。”张之洞面色忧郁地叹了一口气，“自古权臣在内，无立功于外者。这种事不幸让我碰上了。”

“也不必这样悲观。”桑治平劝慰道，“从前曾涤生在外带兵，皇上、太后身边掣肘他的人还少吗？他虽然也常有这种叹息，毕竟还是立功于外了。”

张之洞说：“曾涤生的家书家训，我读过多遍，他那种履薄临深、战战兢兢的悲苦心绪跃然纸上。只求不得罪东家好来好散，一个中兴第一名臣居然抱这种心态，令人怜悯。曾涤生晚年习黄老之术，一味委曲求全，这点我做不到。我修身不到家，性子又急躁，怕难得像他那样。”

“曾涤生那样压抑自己，我看也不可取。尽人事而听天命，不要管那么多，能做到哪一步就是哪一步，问心无愧就行了。”

张之洞说：“我正是你说的这种态度。我努力去做，他权臣要干扰就让他干扰，我也不去巴结他，祈求他。大不了做不成事，我就去读书作文吟诗词。赤条条来，赤条条去，随心任性地在人世间走一遭，这才是大丈夫！”

“壮哉！”桑治平不由得由衷赞叹，“不过话又说回来，巴结祈求大可不必，但如果能遏制权臣，不让他得逞，那就更好了。我看此事还得想办法让太后知道，由太后来制止，才确保无事。否则，尽管刘岘庄和李筱荃都不说坏话，翁同龢若存心要整的话，还是会想出别的主意来的。”

“怎么让太后知道呢？醇王爷也不在了。”说到醇王，张之洞心里好一阵难受。几多难事，都是靠的他才办成了，真正是恩重如山啊！可惜，他去世时连祭灵的机会都没有。“也不能去找子青老哥。他年迈体弱，不好让他为此事跑园子去见太后。”

“是呀，怎么样才能把这个事情传到太后的耳朵里，让她出面说两句话就好。”桑治平自言自语地，他一时也想不出一个好办法来。

两个人都托着腮帮子想着。忽然，桑治平的脑子闪过一道光亮：

“上个月，曾有一道为太后治病向各省求良医妙方的上谕，当时你跟我商量过，我劝你不要去理它。为太后献医本是一件冒风险的事，治好了，赐你几百两银子，这几百两银子对你无用；治不好，或者万一出差错，那就吃不了兜着走了。”

张之洞说：“是的，我和你的看法一样。你现在重提此事，是不是想利用荐医的机会给太后送口信。”

“对，我是这样想的。”桑治平望着张之洞说，“你有合适的好郎中吗？”

“好郎中是有。”张之洞想起了一个人。“不过，即使是我极力推荐的好郎中，要能得到太医院的通过面见太后也是很难的事。再说，他就是见到了太后，又怎么能跟太后说起这事呢？退一万步，他能说，太后愿听，他拿什么做凭证呢？总不能把袁昶的信拿给太后看吧！”

是的，张之洞说得有道理，面见太后不易，见面时也只能瞧病不能言及国事。看来，这条路不通！桑治平在心里思索着，还有别的路可走吗？

让徐致祥的参折见邸报！桑治平突然间想起了这个办法。太后一定会看邸报的，看了邸报就会知道这件事，但这也有不相宜处。因为一旦上邸报，也就通报全国各省了，张香涛会同意丢这个脸吗？况且引起大家议论，影响之辞就会变为真事，反为不美！

还有什么别的办法可想，别的路子可走呢？一向主意较多的桑治平陷于思路困顿之中。张之洞也在努力搜寻着旧日京师的僚属友朋们，希望能找到一个可递口信的人。一个个的人名出来，又一个个地被否定。蓦然间，桑治平想起一个人来。

“如果能让李莲英把这个消息转告给太后，那也是一个很好的途径。”

张之洞摇摇头说：“这条途径也不好。莫说我不愿意通过他传达此事，即使愿意，李莲英这个人，你又如何能去接近他？我在京师十多年，从来没有这条道上的朋友。”

张之洞的断然拒绝，使得桑治平在失望之中又不乏对张之洞的敬意：毕竟不愧是清流出身，不愿降格去阿附太监总管，比起别的督抚来，人品上还是要高一等。但这事该怎么办呢?

张之洞说：“你先去和王爵堂谈对付李筱荃的事。太后那里，眼下看来没有合适的人，只有等待机会了。”

真是天助张之洞。过两天，一个绝好的机会降临他的头上。这天上午，他接到来自西安的信：他的姐夫陕西巡抚鹿传霖定于下月初七日启程前往京师陛见皇上。

张之洞看了这封信后，欣喜异常。将事情的原委告诉姐夫，请他在陛见皇上后再去颐和园向太后请安，就这个机会面奏太后，这比别的任何一条路子都来得可靠而便捷。苦苦思索几天后的一个难题，终于由一个偶然的机遇给妥善解决了。这个事情给张之洞一个很大的启发：外放十年了，京师官场日渐隔膜。长此下去，外官是做不好的，必须有一个非常信任的人处在朝廷要害部门，才能探知朝廷中一些不为外人所知的内幕。由谁来做这个事呢？仁权久居北京，对朝廷内外情势有些了解，但他不宜做这种事。一则因为他是自己的儿子，易于招人注意，二来他为人拘束，这种事也办不好。正思忖间，杨锐推门进来，悄声地对张之洞说：“我这几天帮助王藩台清查李筱荃鄂署任上的盐政，查出了不少事，至少有三百万两银子去向不明，估计都流入他的腰包了。过两天再核实清楚后，我将陪王藩台去一趟广州，向李筱荃摊牌。有这一招，谅他不敢在徐致祥这件事上与我们为难。”

张之洞微笑着点了点头，猛然想，就让杨锐去充当这个角色，他一定可以胜任。

“叔峤，你不要陪王藩台去广州了，我交给一个新的任务，你去京师，并且今后就长住在那里，不回来了。”

“这是怎么回事？”杨锐瞪大眼睛望着张之洞。他觉得老师的这个决定太突兀也太费解了：长住京师做什么?

“坐下吧，我慢慢地对你说。”望着杨锐那虽早已而立却仍充满青春朝气的神态，张之洞将请鹿传霖面见太后的想法告诉了自己的得意弟子，然后神情严肃地对杨锐说：“我有一个很重要的计划，即安置一两个完全可靠的人在京城做事，以便更多地得到一些朝廷内部的消息，随时与我保持着联系。你是最合适的人，我请你去担当这个角色。”

见杨锐依然满脸惊疑，张之洞怡然笑道：“叔峤，你不要紧张，也不要有什么不安。我蒙同治、光绪两朝圣恩，又是太后特别超擢的总督，我对朝廷，对太后皇上忠心耿耿，别无二志。我让你去京师呆着，决不是要你做什么间谍之类的勾当，也不会叫你做违背朝廷律令的事，只是希望有一个我十分放心的人在京师多了解一些情况。这次若不是刘岘庄恰巧叫袁昶去商议，我们至今还蒙在鼓里。若有一个手眼宽阔的人在朝廷，也就不至于这般被动了。”

杨锐明白了老师的意思，他为难地说：“大前年，我听恩师之劝，回四川乡试，好容易中了个举人，却又没有考上进士。我眼下无官无职，在京师冠盖中简直微不足道，我能为您做什么呢？”

张之洞说：“这些我都想到了。你去京师后在仁权那里住下来，然后去拜访子青老相国。我有一封书信交你带给他，他会安排你进内阁，做一个中书舍人。中书舍人官位虽不高，但位置重要，你在那里可以接触上至大学士、各省督抚将军，下至京师各衙门的小官吏，可以获得许多别人轻易得不到的东西。你把中书舍人做好，到时，我会想办法通过别人的手来提拔你。”

听了这话，杨锐心里很激动。杨锐一边在湖广督署幕府里做文案，一边也在努力准备会试。前年他没考上，杨深秀却以晋阳书院山长的身份中了进士，分发吏部。这使杨锐既羡慕又自责，并暗地发誓，下科一定要考上。一旦进内阁做中书舍人，身在京师官场，参加会试有许多有利条件。若没中式，以一举人而有此地位，也是极好的待遇。中书舍人既有进士出身，也不乏举人出身的，并不妨碍迁升。

这实在是求之不得的好去处。只是杨锐对自己肩负的重担仍有顾虑："恩师，进内阁做中书舍人，这是学生梦寐以求的位置，只是学生资质鲁钝，能力有限，深恐有误恩师的重托。"

张之洞安慰说："我一生教过许多学生，也阅历不少官场士林中人，一个我所熟悉的人，他有多大的才干，能做多大的事，我心里是有数的。你若实在不是这块料子，我也不会让你去。你不相信自己，你要相信我，放心去吧。鹿抚台初七从西安出发，他的随从多，走得慢，你一个人，单骑匹马无牵无挂走得快，估计他到彰德府时，会在二十八九。今天初十，你用半个月的时间，争取在二十七八日左右赶到彰德府，与他会合。若万一在彰德府错过了，你就继续往前赶在顺德府、正定府一带与他会合也行。退一万步，就是在保定府与他见面也行，只要赶在进京城前见到他就行了。"

杨锐说："这点请恩师放心，我明天收拾下，后天出发，二十五六日我一定会赶到彰德府，在那里等鹿抚台的车骑。"

十二日，杨锐带着张之洞的信离开武昌北上。十五日，王之春也带着两个随从，离开武昌南下。李瀚章到广州任两广总督时，王之春还在广东做藩司，彼此很熟悉。王之春到广州的第二天，便轻易走进督署大门，得到李瀚章的接见。

李瀚章今年六十九岁，但并不太见老，他的五官脸型都与二弟颇为相像，个头却矮了两三寸。李瀚章书读得并不好，功名只是一个拔贡。他的父亲李文安是曾国藩的同年，二弟又是曾国藩的唯一入室弟子，因为有这些背景，他获得了曾国藩的信任。曾国藩创办湘军伊始，正是用人之际。曾氏用人，最看重血缘、师生、同乡这些关系。曾国藩亲自向朝廷请求，将他分发湖南。咸丰四年李瀚章来到湖南署理永州县令，曾国藩要他在东征局办粮饷。李瀚章办事勤勉，为湘军东征部队供应粮饷出力甚大，得到曾国藩的器重，很快便升为江西赣南道，再迁广东督粮道。李瀚章官运极好，一路亨通，由道员升按察使，再升布政使。同治四年，入仕十一年的李瀚章便擢升为湖南巡抚，到了同治七年便升为湖广总督。从那以后直到光绪八年，李瀚章在湖督任上前后呆了十五年。其间有四次暂时离开武昌任职别地，而代替他总督两湖的则是他的二弟李鸿章。那时，二李的母亲还健在。十五年之间，她稳居武昌督署不必离开，因为无论是前任还是继任，都是她的儿子。李老太太享受的这种殊荣，普天下父母找不出第二个。在那种母以子贵的时代，一个女人做到这种份上，也可谓风光至极，无以复加了。

论功名，李瀚章连个乙科都未中，论军功，他连战场都没上过，但他则在短短的十三四年里，完成了从七品小县令到正二品大总督的仕途。在承平年代，这是很多进士翰林一辈子都做不到的事，在那个战争年代，也是没有军功的文人所终生望尘莫及的。但李瀚章做到了。曾国藩的提携，李鸿章的赫赫功勋，固然都是他飞黄腾达的重要原因，而李瀚章本人的能耐也是决不可忽视的。

李瀚章的能耐，只是四个字：精心做官。他一辈子的心思都不在如何做事上，而是用在如何做官上。官场的那一套已被他琢磨得精熟烂透，运作得炉火纯青。他的一生几乎无任何骄人的德政可言，然而一生却顺利亨通，节节高升，差不多没有遇到任何挫折坎坷。说他是官场中的福人也可，说他是官场中的庸人也可，他的的确确是中国封建官场中的出色代表。

十天前，李瀚章就接到了与刘坤一几乎完全一样的内阁来函：一道上谕、一份徐致祥参折的抄件。上谕中的话略微不同的是“就地查访”，而不是“去武昌密查”。

出于对清流的厌恶和对张之洞的嫉妒，李瀚章接到这份内阁来函后暗自欢喜。他立刻派人去奉旨查办。有几个受过张之洞训斥的道府官员闻讯后，主动来督署控诉张之洞对他们的无礼，更有不少多次乡试未中的老秀才提起开禁闱赌来便义愤填膺，痛骂张之洞是此事的罪魁祸首。查访的结果对王之春也不利。他在彭玉麟手下做湘军营务总管时期，以及做雷琼道时期，都有人怀疑他在账目上不清白。还有人揭发他在清泉老家置良田五百亩，在衡州府里有店铺七八家，他的这些家财来路都经不得过细盘查。至于赵茂昌，则有住澳门的王姓闱赌老板揭发他私受二万两银子，又有新会商人梁某揭发他敲诈其家祖传的琥珀念珠一串，价值八千两银子。李瀚章准备将这些写成扎扎实实的奏折，将张之洞狠狠地治一下，出出他们兄弟多年来压在胸口的一腔闷气。

当王之春在他的面前，出示一份同治七年至光绪八年湖北盐务往来账目细表时，他的那一股与不法之徒抗争的凛然正气立即消失殆尽。在湖广总督张之洞的眼中，他自己正是一个不折不扣的不法之徒。擦干额头上的虚汗，定定心后，李瀚章也将上谕、徐致祥的参折以及他奉旨查办的实录，全部拿出来交给王之春。王之春不能不从心里佩服张之洞、桑治平的高明。他面不改色地对李瀚章说，这都是小人的诬陷。并感叹，替朝廷办事太不容易，宽则玩忽职守，重则招致怨恨，张大人和他本人都深知这一苦处，故在查盐务账目发现这些疑点时，并不急着上报户部，而是特为来广州咨询李大人。李瀚章表示，深谢张大人的好意，天下官场一个道理，小人也是处处都有。于是，两人心照不宣，彼此的裂缝都相互弥补了。最后，李瀚章说，奉旨查办，没有查出一点事来也不好交代，且赵茂昌的劣迹证据确凿，不便推卸。王之春也同意抛出赵茂昌，接受这个丢卒保车的决定。

一个月后，两江总督刘坤一、两广总督李瀚章先后给朝廷作了禀报，两个折子几乎由一个模子里出来的：张之洞为官勤谨，王之春办事有方，徐致祥所说皆影响不实之词，经访查均无实据。督署总文案赵茂昌不洽舆情，物议颇多，受贿情事严重，应予革职查办。

与此同时，鹿传霖也到了北京。陛见之后，受慈禧太后召见于颐和园。慈禧知道鹿传霖与张之洞的郎舅关系，谈话之间不免问到张之洞。趁着这个时候，鹿传霖将徐致祥奏参之事向慈禧作了禀报。慈禧笑了笑对鹿传霖说，言官多喜风闻奏事，张之洞做过多年言官，应该懂得，不必放在心里。过些日子，光绪进园子请安，慈禧随意对他说了一句听说徐致祥参劾张之洞，此事不要看得太重。光绪听了一怔，他没有想到深居颐和园的太后居然已知道此事，而且态度很明确地偏在张之洞一方。他回宫后告诉翁同龢。翁同龢本想借这个机会狠狠地杀一杀张之洞锋芒毕露的骄矜自得之气，看到刘坤一、李瀚章的奏报，特别是探知太后的意思后，便只得打消这个念头，吩咐内阁拟一道上谕下发：武昌湖广总督衙门总文案赵茂昌，违法渎职，现已查明敲诈受贿，即行革职永不叙用。

被史家称为“徐致祥大参案”的这一事件，就这样虎头蛇尾地收了场。这是张之洞仕宦生涯中一场有惊无险的风波，更是近代中国官场史上一个极具典型意味的案例。

第五章 / 外宾访鄂

一　马鞍山乡民把洋矿师打得伤筋断骨

受贿勒索这种事，张之洞一向十分痛恨，赵茂昌的这些不法行为，倘若在平时由他来办理，撤职固然不可免，很可能还要籍没家产，投入监狱。但想到赵茂昌此次被劾，是因为他张之洞的缘故，且这些事也没有一一去查实，故对赵茂昌心存悯恻。虽遵旨革了赵茂昌的职务，但又专门为赵置了一桌饯行酒，叮嘱赵回原籍后务必息影乡居，等两三年后再来。赵茂昌感激总督的这番好意，表示今生将死心塌地为张之洞奔走效力。

张之洞是个情绪易受波动的人。徐致祥大参案，弄得他几乎半年不得安神，最为委屈愤慨的时候，他甚至想挂冠而去。张之洞的这种心绪，大大影响了龟山脚下铁厂的兴建速度。只是因为有蔡锡勇、陈念礽这些铁政局的督办、会办们在顶着，包括煤矿、铁矿在内的整个铁厂兴建工程才没有停工。但有不少必须尽快办的事因此而拖延，造成工程近五十万两银子的损失。这笔巨大的损失该由谁来负责呢？能由徐致祥负吗？维护朝纲，纠弹渎职，是大理寺卿的本职，徐致祥没有责任。是光绪皇帝和翁同龢的责任吗？查访实情，整肃吏风，是在上者的治国正务。光绪和翁同龢也没有责任。是张之洞的责任吗？墨守成规者最不易出差错，勇闯新路者总难免要遭挫折，几成人世定规。一心为国的人反遭攻讦，庸碌无为者仕途顺畅，这叫人如何想得通！他张之洞不是圣人，情绪波动似难深责，他又能承担多少责任呢？

半年后，张之洞才从阴影中慢慢走出来，重又投身于以铁厂为主的洋务事业中去。

不料，没有多久，马鞍山煤矿一场矿局与乡民的斗殴案，又将张之洞推入了是非漩涡。

马鞍山北距武昌城八十里，属于江夏县地面。江夏县没有县城，县衙门就设在武昌府城里。马鞍山乃秃岭，树木不多，野兽也不多，自古以来便是一座无主的荒山。二十多年前，李鸿章做湖广总督时，曾聘请三位英国矿师在湖北境内踏勘矿务。英国矿师在马鞍山的仙女岭脚下发现了煤矿，并组织人员开采。半年后，李鸿章离开武昌，他的哥哥李瀚章入主湖广衙门。李瀚章对洋务不感兴趣，英国矿师因此离开马鞍山，刚刚开始的湖北采煤业半途而废。英国矿师临走前，指着井边剩下的几座煤堆，对前来看热闹的乡民说，你们把这东西拿回家去，它可以当木柴用。

这堆东西，散状的像黑黑的泥沙，块状的又像烧焦的锅巴，它能当木柴用？能煮饭炒菜、烧水取暖吗？乡民们半信半疑地挑回家去，按照洋人教的办法去做，果然炉子里生出熊熊的火焰来。这黑家伙真好，它既有木柴的功能，又比木柴经烧，且没有烟，也好搬运贮藏。在事实面前，乡民们信了洋人的话，都来搬取，井边的煤堆很快便被挑尽烧光。于是有聪明胆大的，便自己下到煤井里去挖，居然也挖到了煤。煤挖多了，除自己用外，还可以卖给别人，住在仙女岭附近的十几家农户便这样最早地发了一点洋财。消息传出去，引来不少前来淘黑金的人。马鞍山的山前山后，岭脚坡腰，便布满了用锄头铁锹打井挖煤的庄稼汉。原本被视为一无可取的寂寞荒山，顿时变成可以发家致富的热闹宝库。到后来，那些本钱大能力强的人便将煤井越开越大，越开越多。本钱少能力弱的，便来投靠他们。前几年，马鞍山一带便形成周、张、沈三大集团。三家分割地盘，各自发展，俨然成了马鞍山的主人似的。江夏县衙门见马鞍山挖煤有利可图，便在此地设了一个税卡，一百斤煤炭收十文钱。三个老板本不情愿，但一想到既向官府纳了税，也便取得了官府的认可，今后则可以名正言顺地占据这块地盘，子子孙孙传下去，于是接受了官府的征收。江夏是个穷县，有了煤税这笔收入后，这几年从县令到衙吏，个个都从中得到厚薄不等的好处，故而都希望马鞍山这个现状能长久维持下去。不料张之洞要办汉阳铁厂，城门失火殃及池鱼，马鞍山的好梦被搅了。

徐建寅带领的包括两个洋匠在内的一批人马来到马鞍山，映入他眼帘的是一大群忙碌而杂乱的挖煤运煤的乡民，从小在严格的科学技术氛围中长大的徐会办，不由得双眉紧皱。他内心为这个场面而痛苦：这哪是在采煤，这是在掠夺大自然，是犯罪的行为！必须立即制止这种纷乱的状态。这不仅是为了日后的矿务局，作为一个科学家，徐建寅更本能的反应是：要保护大自然赐给人类的充裕财富，让它更好地为人类服务，更长久地为人类造福。

徐建寅代表煤矿局，与周、张、沈三家商量，要他们立即停止一切采煤行为，以便对马鞍山作全面的探测、评估和机器采挖井点的选定。周、张、沈三家的代表不作丝毫考虑便断然拒绝。徐建寅见直接找挖煤者行不通，便去找江夏县衙门。县令吕文魁明知道理上说不过煤矿局，但马鞍山煤窑是县衙门的一个金库，他实在不愿意就这样被夺去。吕县令采取了中国官场上一个惯用而有效的措施：拖延不办。他嘴上应付着答应调解，实际上没有任何行动。马鞍山无序采煤照常进行，县衙门的税卡也照常收税。两三个月过去了，一点动静都没有。这段时间里，煤矿局只得在仙女岭以外山岭上勘查，但勘查的结果是蕴藏量不大，从煤层的走向分析，大量的煤埋在仙女岭地下。徐建寅无法，只得具函禀报张之洞，请总督出面。因为牵涉到江夏县的民事纠纷，按理当由省巡抚衙门出面敦促武昌府衙门去处理，于是张之洞叫文案所拟文咨湖北省巡抚衙门。

赵茂昌被撤后，总文案便由梁鼎芬兼任。他将书院事委托给总教习，自己长住衙门。湖北巡抚谭继洵接到由梁鼎芬起草的咨文，匆匆看了一眼后，便将它置于往来函件柜里。咨文在柜子里冷冷地躺了半个月后，谭抚台才将它重新拿出来，又看了一遍。

之所以一搁便是半个月，主要还不是抚台公事多的缘故，而是因为他对张之洞的这一套主张和作为不感兴趣，内心深处抱着一股抵触情绪。他一不相信洋人的那一套能在中国扎根结果，二不相信张之洞这种劳民伤财的事能办得长久，但张之洞是总督，又得到朝廷的支持，谭抚台奈何他不得。藩司王之春、臬司陈宝箴也都附和着张之洞，于是谭继洵在三大宪台中便显得较为孤立。不过，府县中却不乏支持他的人，他因此相信自己的看法不是错误的。

谭继洵虽不公开反对张之洞，也不得罪王之春和陈宝箴，但他一再叮嘱他的两个助手：张制台所办的事，并不是职分内应办的事，也不是我们湖北应办的事，他要办，我们不阻挡，但我们要守定一个原则，即湖北不能为他的事拿银子。当然，湖北应当上交的银子若户部公文明言转给他，我们还是照给，只是湖北不能再为他筹银。张之洞也不苛求谭继洵，只要他不阻挡王之春将户部明文规定的银子转过来就行了。两三年来，因为有王之春、陈宝箴从中斡旋，张之洞与谭继洵虽然主张不合，却也相安无事。

毕竟是总督衙门来的公函，毕竟是他巡抚应办的公事，谭继洵打发巡捕将武昌知府召进衙门里来商议。武昌府的衙门也设在武昌城里，位于巡抚衙门三里远的西南角，与三里外东南角的江夏衙门一起，和巡抚衙门组成了一个等边三角形。

尽管把江夏县令召来谈话更为直接，但不是特殊情况，巡抚不直接找知县谈。江夏归武昌府管，巡抚跟武昌知府谈，武昌知府再去和江夏知县谈，这是官场的规矩，不能乱了套。

举人出身的知府涂炳昌也是个六十出头的老头子，此人三次会试不中，以大挑身份放的知县，做了二十多年的知县、同知，终于在须发皆白的时候熬到一个四品衔的知府。他十分珍惜这顶闪着宝蓝色光泽顶子的大盖帽，生怕它哪一天无意间被风吹了下来。涂炳昌没有才干，也不想做出什么政绩，如果不是做官，不管在哪一个行当里混饭吃，他都绝对是一个平庸得毫不起眼的小角色。他做官只有一个诀窍，那就是毕恭毕敬地听上司的话，不折不扣地奉行上司的旨意，至于上司的话是对还是不对，他从不去考虑。

涂知府坐着蓝呢大轿来到巡抚衙门，巡捕马上引导他进了会客厅，一会儿谭继洵就过来了。谭继洵是个和气的人，一向不对下属摆架子。两个老头子彼此客气一番后，涂知府挺直腰板问："大人唤卑职过来有何事吩咐？"

谭继洵将总督衙门的公函递给涂炳昌说："你先看看这个。"

马鞍山煤窑的事，涂炳昌听江夏知县说起过，那是一件很小的事情，他听过也就过去了。现在竟然与总督办的铁厂联系起来，那就成大事了，得格外慎重。对于牵涉上司的事情，不管事情本身如何，在涂知府看来都是大事要事，都得认真对待。他的"认真"，就是遵循上司的意旨去办。

"大人，这桩事如何处理，您下个命令，卑职照办就是了。"涂炳昌边说边双手将公函递回给谭继洵。

谭继洵接过公函，随手将它放到书案上，右手指在瘦瘦的下巴上摸了好长一会，才慢慢说道："这是件棘手的事情，吕县令也有禀帖给我，说煤窑已由乡民开采二十多年，养活了近三百户人家，不让开采，断了他们的生计，情理上说不过去。张大人要办铁厂，铁厂要烧煤，煤得由马鞍山出。张大人的这个计划，朝廷同意了，户部还专门为此拨了银子。如果不让煤矿局来包揽，张大人那里也不好交代。这事难着哩！”

“是的。大人说得对，这是件难事。”涂炳昌满脸同情地望着瘦弱的上司。这情景，酷似两个老妇人在聊家常：一个诉说家里的烦恼事，另一个无力帮忙，只能时不时地说些同情话来安慰。

“涂太守呀，我们两个都是过花甲的人了，说几句老头子的心里话吧！”谭继洵将摸下巴的手放下来，搁在大腿上，两眼昏昏花花地望着武昌府的当家人。“其实呀，这世上有许多事或者不需做，或者不必做，或者不急着做，辛辛苦苦、忙忙碌碌地苦干着，到头来成者少，不成者多。即使成了怎么样？时过境迁，转眼就变了味。还有呀许多事，也谈不上什么成不成的，做和不做是一回事，多做和少做也是一回事。我们都是上了年纪的人了，过后一想，都是瞎忙一通。年轻人血气盛，总以为拼命去做就一定好，殊不知世事大多不是这样的。回过头来看看走过的路，你说说是不是这个话？”

谭继洵的这段感慨，道出了人生的部分真谛。除开那些过去成就辉煌现在仍然雄心勃勃的个别人外，大多数的老头子都会程度不等地有此同感。涂炳昌本就是一个不干事的平庸人，对这番话的认同更为深切更为真挚。他几乎认为巡抚的话就是为他平庸的过去在作注脚，或者说更加证明了他其实就是一个有着大聪明的先知先觉。涂炳昌发自内心地说：“大人，您这是真正的参悟大道之言。人生百年，许多烦恼、许多痛苦其实都是自己找来的。古人早就说过，世上本无事，庸人自扰之。明明是无事生事的庸人，还硬要说自己是大有作为的英雄。”

谭继洵又找到了一个知己，兴致立时高涨：“涂太守，你说得好，如果是一个老百姓，倒还罢了，无事生事，累的苦的还只是自己一人，至多是连累妻儿亲友；若是做了官，尤其是做了大官，乃至一国之主，跟着他受苦受累的就多了。比如说秦始皇吧，他好大喜功，好端端的日子不让大家过，他要修什么长城，从东到西一万多里，死的人不知几十万，后人说长城不是砖砌的，那是老百姓的白骨砌的。涂太守，你是个读书明理的人，你想想，那长城真的能挡住什么入侵的敌人吗？千军万马要过来，几块砖头能挡得住吗，无非是要为他秦始皇留下一个政绩罢了。”

“大人说得对，要说挡住关外敌人，长城那是一点用都没有的。秦始皇之后，不是朝朝代代都有夷狄入侵华夏吗？”涂炳昌赶紧顺着抚台竖起的竿子往上爬。

“再说王安石吧，本是一个极幸运的人，天分高，仕途顺利，操守也好，文章诗词更是出色，好端端的做个太平宰相，岂不是让天下后世景仰不已！却偏无事生事，想出什么青苗均输等等新法，最后弄得自己罢相谪居，被人视为奸蠹不说，还害得老百姓受尽折腾。回过头来看看，王安石的什么新法，什么改制，又何必要去做？”

“是的，大人说得对极了。王安石若安分守己做官的话，凭他的聪明才干，一定是历史上少有的名宦。”涂知府又顺竿爬着。

“哎，”谭继洵叹了一口气，“还是张养浩说得好：‘兴，百姓苦；亡，百姓苦。’说到底，还是老百姓在受苦哇！”

“是，是。”涂炳昌连连点头。抚台大人这一番谈古的话，已让为官多年的知府老爷摸到了头绪：原来谈古的目的在于论今，他很可能是说张之洞办铁厂办煤矿局是无事生事，其结果是苦了老百姓。

“不扯远了。涂太守，今天把你请来，就是为的马鞍山煤窑的事。我对你说句心里话，张大人要在湖北办洋务，我是不大赞成的。我说句不中听的话：劳民伤财，最终无济于事。这话虽不中听，日后必会证明的。老百姓生活苦，寻点活路不容易，何必要和他们作对哩。但这话现在不能对张大人说，他正在兴头上，朝廷中又有人撑腰，这话他哪里听得进？我请你来，是要请你这知府来出个两全之策，既不拂张大人的意，又不伤着江夏老百姓利益，你有什么好主意吗？”

果然给猜中了，涂知府心里暗喜，但是抚台出的显然是个难题：有什么好的两全之策，能两边都不得罪呢？出点子、想主意，对于这个年迈的武昌知府来说可不容易，做了二十多年官老爷的他，从来是很少自己出主意的。他搔了搔大盖帽下稀疏的白发，想了好长一会儿，也拿不出一个自个儿满意的主意来，不能老这样干瞪眼瞧着，总得开口呀！

“大人，卑职想最好的办法是让煤矿局到另一个地方去采煤，马鞍山这个地方维持老样子不变，如此两方都不得罪了。”

“这算什么主意！”谭继洵不觉干笑了一声。“你以为两方都不得罪，这不明摆着得罪了张大人吗？”

“哦，不错，得罪了张大人。这个主意不好。”涂炳昌的眼珠子转了几圈后说：“要么这样，把乡民已挖的煤全由煤矿局买下，然后乡民撤除，马鞍山交给煤矿局来经营。”

“这可能也不行，煤窑老板们会不同意；再说，拿钱的是老板，几百名乡民从此以后丢了饭碗！”

抚台又一次否决后，涂知府的肚子里便再也没有点子了。“大人，卑职一时想不出好办法，容卑职回去后再细细想想。”

“慢点。”涂炳昌的两个点子都不理想，但给了谭继洵以启发，何不将他们捏合起来，一道来做这桩事呢？“涂太守，我倒有个想法。”

“大人，还是您的办法多，您说出来，卑职照办就是了。”他多么希望抚台再不要兜圈子了，早点发话，他再把这话传给江夏县，让吕县令办不就得了！

“我看是这样，马鞍山煤窑还是交给煤矿局，不过，现在的这个摊子得全由煤矿局管起来，沈、周、张三个老板给煤矿局当小头目，所有在煤窑上做事的乡民通通都留下给煤矿局做事。至于具体事宜，由他们两家去深谈，我这个巡抚不管，你这个知府也不要管，就连江夏县衙门也可不管，让他们自己去办。”

“好，大人这个办法最高明。”谭继洵的话刚落，涂知府就迫不及待地叫好。“煤矿局办起来，总要人做事，让现在的这批人去做，轻车熟路，再好不过了。即便人多点开支大点也不要紧，反正他们有的是户部的银子。娘的奶子人人有份，朝廷的银子，大家都用得。”

“涂太守既然同意，这事就麻烦你去办。”

“大人放心，卑职会办得熨熨帖帖的。”

涂炳昌回到知府衙门里，将这一套程序不走一丝样的重新操持一遍。他派人召来江夏县令吕文魁。吕县令坐一顶黑呢轿子，穿一身乍看起来与知府没有多大区别的官服，摆起全套排场来到知府衙门，涂知府把谭巡抚的话传达了一遍。吕知县听后，心里不大情愿：若照巡抚的意思，马鞍山煤窑乡民的财路虽未断，但县衙门的财路却断了，只是这话他又不能说，因为这笔税收他是瞒了上面的：知府不知，巡抚更不知。吕县令说不出反对的理由，只得答应照办。

吕县令由于心里不乐意，回到县衙门后就有意把这事压着，直到半个月后才把煤窑三家老板召来衙门，传达从知府口里听来的巡抚命令。谁知，三家老板都不同意这个处理办法，因为他们压根儿就不想让总督派来的煤矿局在马鞍山落脚。他们是马鞍山的山大王，要做土法挖窑的大老板，不愿做洋法采煤的小工头。

吕文魁正要借他们的不愿合并而从中牟利，但他又不能怂恿他们公然抗拒巡抚的命令，于是说了句你们看着办吧，便把他们打发出了衙门。

煤窑三家老板从吕县令的口中，揣摸出省府县的态度并非是要他们让出，他们有了底。仗着背后有硬后台撑腰，三家老板决定遵循抚台的旨意，同意与煤矿局合伙，但把价码抬高：三家老板都做煤矿局的协办，所有在煤窑上做过事的乡民一个不能裁，全部进煤矿局，他们的最低收入不得少于二两银子一个月。这个方案煤矿局显然不能接受，那么责任就在煤矿局一边。谈判不成，马鞍山一切照旧。这正是他们所要达到的目的。

徐建寅原以为官府会全力支持煤矿局，不料三家煤窑老板竟然神气十足地前来谈判，说是奉巡抚之令，合伙开发马鞍山，并将他们的方案抢先公布。

徐建寅面对着有恃无恐的三个煤窑老板，气得一句话都说不出来。

徐建寅得其父徐寿真传，为人处世、治学办事完全和父亲一个样。他相信科学技术才是致人类于幸福的唯一途径，中国不如西洋，关键是在科技上不如，中国的出路，也唯有在发展科技上。因此他和父亲一样，不愿当官，厌恶官场上的人事应酬和相互倾轧，只求在一个安稳单纯的环境中从事科技操作或西洋图书的翻译。徐寿在安庆内军械所和江南机器局翻译馆里度过其一生的重要岁月，他的成就也就是在这种环境里完成的。徐建寅从小跟随父亲在江南机器局的翻译馆读书翻译，后来在李鸿章办的金陵机器局做事，虽有候补道的空名，但那是空衔，他实际没有做过一天官。不入官场，徐建寅得以保住心灵的宁静，但因此也不懂社会上的复杂人事关系。

在徐建寅看来，这是件很简单的事：山是国家的山，煤矿是国家的煤矿，马鞍山小煤窑的乱挖乱掘完全是一种无政府的行为。二十多年已非法获利不少，不处罚已经是很宽容了，现在煤矿局代表国家来此作机械化挖掘，完全是行使国家应有的权利，乡民的小煤窑，理应无条件地立即停止撤离。哪有什么合伙的道理？何况还要提出如此苛刻的条件，岂不是荒唐至极，无理取闹！

徐建寅一口拒绝，谈判破裂。徐建寅一面向总督衙门禀报情况，一面决定对仙女岭下的煤层分布情况作采样调查。

这天午后，煤矿局的两个英国矿师亨利、斯维克在与陈念礽一道从美国回国的梁普时的带领下，背着机器、标杆、记录板来到一个无人工作的小煤井旁，他们想利用这个废弃的煤井来做采样调查。三个人开始竖标杆、安机器，一边作现场记录。

金发碧眼高鼻子的洋人，叽哩哇啦的洋话以及闪闪发亮的洋玩意儿，立时招来了许多正在挑煤的乡民的围观。这些远离都市一辈子不出山沟的乡民面对着这一风景，比看耍猴戏还要来劲、有趣。这时沈家煤窑的账房郑烟鬼过来，他突然发现这是一个很好利用的机会。

“你们看，就是这几个家伙要来霸占仙女岭，把我们赶走，他们若是得逞，兄弟们的饭碗就要敲砸了！”

“他妈的，他们若是敲砸了老子的饭碗，老子就敲碎他们的狗头！”

说话的汉子姓鲁，他上有多年卧病在床的八十老母，下有四个嗷嗷待哺的幼小儿女。鲁家无一分田，全凭卖苦力度日，这几年靠着煤窑一家人才能半饥半饱；若没有煤窑，他就陷入绝境。煤窑对他来说简直是性命攸关。

“洋人有什么资格在我们中国的山岭上动土。哼，瞎了他们的狗眼！他们想把老子赶走，老子先要赶走他们！”说话的是个姓胡的年轻人，他也是全仗煤窑来养家糊口的人。

“你们知道他们是些什么人吗？”郑烟鬼胡乱编造，“这两个洋人我在汉口见过，他们都是洋教堂里的，专干些挖小孩心肝眼珠、奸淫女人的事，这会子又到我们这里来装神弄鬼骗人。”

这些乡民虽没有见过洋人，但是洋教堂欺侮中国人，诱骗中国人进教堂，女人进去被奸淫，小孩进去后则被挖掉心肝做药丸，挖出眼睛化水银，这些话他们倒是听说过几十年了。洋教堂在他们的心目中就是座魔鬼窟，洋教士就是吃人害人的魔鬼。现在居然就有这样的两个魔鬼在眼前，而他们又的确在做着伤害自己的事，乡民的胸膛里开始燃起仇恨的怒火。

“打死这两个洋鬼子！”姓鲁的突然发出一声怒吼。

“还有那个汉奸，也不能放过！”姓胡的连忙响应。

说话间，姓鲁的、姓胡的两个人同时冲出人群，向洋匠们奔去，郑烟鬼忙对身边的人说：“你们都上去帮忙呀，洋鬼子身上没带洋枪，不要怕！”

于是众人都一窝蜂似的跟了上去，正在工作的矿师们吓懵了，从乡民愤怒的面孔和大声的吼叫声中，他们知道来者不善。

梁普时对两个洋同事说："他们是来打我们的。他们人多，我们打不过，只有快快跑回去！"

三个人背起探测器，拿着标杆跑步下山。在姓鲁的和姓胡的率领下，十几个乡民跟着后面直追，一边高叫："打死这几个狗日的！"

三个人一边跑着，一边回头看，只见他们越来越近，接着便有小石头从身边呼呼飞过。突然，一块石头砸中了背机器的亨利的大腿，他随即倒在地上。姓鲁的冲上前来，便是一脚，踢在他的背上。亨利痛得在地上打滚，肩上的机器掉在地上，几个乡民用石头将探测器砸得粉碎。姓鲁的正要再用拳头打亨利的头时，亨利已从地上爬了起来，两人立时扭成一团。梁普时见状，便对斯维克说："你赶快跑回去叫徐会办派人来，我来救亨利！"

斯维克扔下记录板，蹽起长腿，飞快地跑下山。梁普时刚回头跑几步，便被姓胡的追上了。姓胡的夺过他手中的标杆，"咔嚓"一声就把它断成两截，然后挥舞起手中两截断标杆劈头盖脸地向梁普时打来。梁普时未及帮亨利的忙，自己早已被打得鼻青眼肿，满脸是血。幸而斯维克跑得快，这时已跑到煤矿局驻地，见门边两个持洋枪的卫兵，便用极生硬的中国话高喊："鸣枪，鸣枪！"

两个卫兵顺着斯维克跑来的方向看时，只见半山腰上一片混乱，便知道出事了。两个卫兵立时拔出洋枪来，对空放了几枪。

枪声惊动徐建寅，忙带着煤矿局的所有员工向闹事的地方跑去。枪声也吓坏了闹事的乡民，郑烟鬼大叫一声："洋枪队来了，兄弟们回去吧！"

乡民们扔下亨利和梁普时，四处逃散了。

徐建寅率领众人跑上来，见躺在地上的亨利和梁普时血肉模糊，伤势沉重，痛心已极。两人被抬回煤矿局后，立即上了担架，由徐建寅亲自护送回汉口治疗。第二天傍晚两人被送进英国人在汉口办的一所小医院，由于抢救及时，亨利和梁普时虽伤筋断骨，但无生命危险。

徐建寅这时才松了一口气，过江来到总督衙门，向张之洞禀报这件事的前前后后。

张之洞听完禀报后，气得发抖，手掌在茶几上狠狠地击了一下，骂道："这些个目无王法的刁民，全部给我抓起来，严惩不贷！"

徐建寅说："煤窑老板口口声声说合伙办矿，是巡抚的命令。若真的是巡抚下了这样的命令，这命令本身就是错的，助长了他们的威风。"

张之洞气道："把谭敬甫喊过来，我倒要问问他，说过这样的混账话没有！"

徐建寅听到这句话，吓了一跳：不管谭继洵这事办得多么不好，他到底是一省之主，怎么可以叫他过来当面责问呢？倘若总督和巡抚争吵起来，自己不就成了是非的挑起者吗？徐建寅知道常有督抚不和的事，他生怕因此而造成武昌城内的督抚不和。徐建寅的顾虑不是多余的，督抚不和的事，不但时常有，近几十年来简直成了普遍现象。造成这种现象的出现，首先要归咎于朝廷。当初，这种制度的设立，便含有相互牵制的一层内容在内。总督正二品，巡抚从二品，品衔虽有差别，但巡抚并不是总督的僚属，相见时行的是平礼。总督主管军事，巡抚主管民政。但军、政常会纠缠在一起，且共处一城，面对着同一省，于是纠葛就产生了。有清一代同城的督抚，如两广总督与广东巡抚，云贵总督与云南巡抚，陕甘总督与甘肃巡抚，闽浙总督与福建巡抚及湖广总督与湖北巡抚之间便常有麻烦事出现，不和谐的居多。到了太平天国时期，军事压倒一切，督、抚都管同一桩事，于是用兵省份的督、抚之间闹意见的就更多。

当下徐建寅想到这里，忙说："大人请息怒，暂时不要谭抚台过来，我先去他那里，向他禀报这件事，顺便问问煤窑老板所说是否属实。"

张之洞想了想说："也好，你去向他禀报也是应该的，不过，此事我得有个态度，铁厂煤矿局毕竟是我在办理。"说完，他抽出一张信笺来，提笔写道：

> 敬甫中丞台鉴：马鞍山乡民殴打煤矿局矿师，几至出人命大案。据煤矿局会办徐建寅言，煤窑老板坚持要与煤矿局合伙经办。马鞍山乃国家山岭，非某姓之私产，煤窑老板在马鞍山无任何办矿权利，岂能合伙经办？合办云云，非痴人说梦，即无理取闹。盼速查清此事，严令煤窑限日撤除，并惩办肇事者。

张之洞将这封信递给徐建寅说："本想给谭抚台一个面子，让他来办理。不料此公糊涂，酿成大事。现在再不给他余地了，就叫他这样办。"

徐建寅虽觉张之洞以一总督对巡抚写措辞如此严厉的信，略有点过分，但一想到谭继洵的无能，又觉得不过分了。他接过信，向张之洞投过敬佩的目光，心想：办大事还得真要张制台这样的气魄才行！

二　思想不羁而又心绪愁苦的贵公子

看了张之洞的信，听了徐建寅的禀报后，谭继洵大吃一惊，心绪十分复杂。他既痛恨马鞍山乡民的野蛮无礼：殴打矿师，砸烂机器，无论如何都是说不过去的。又埋怨武昌知府和江夏县令办事不力：他们一定是没有把他的意思原原本本地传达，不知在哪一个环节上走了样，才激起乡民的愤恨。同时又对张之洞信函中的不客气很是不快：论年龄、论科名都在你张之洞之上，你张之洞怎么可以就凭着品衔高一级，对我说这等亢厉不恭的话呢？

送走徐建寅后，谭继洵为着这件事恼恨至极，一个整夜没有睡好觉，第二天上午便觉得有点头重脚轻。他强打起精神，把武昌知府再次唤进巡抚衙门。谭继洵阴沉着脸，以少有的峻厉口气对涂炳昌说：“你看看张大人这封信吧！”

涂炳昌看完信后，才知马鞍山闹出大事，张之洞为此发了大火。他与谭抚台打了三年多交道，一向都是和颜悦色的，今日第一次见他这个模样，知道抚台大人心里也大为生气了。他颤抖着双手将信函还给抚台：“马鞍山刁民竟然殴打矿师，卑职实在是不知道。江夏县出了这等事，卑职有责。大人看此事如何处理，卑职一定照办。”

“唉！”谭继洵跺了跺脚，重重地叹了一口气。“都怪你们无能，辜负了我的一番好意！”

“是，是，卑职无能，卑职无能！”涂知府检讨不迭。

“我原想把他们捏合在一起，双方都得利，没想到煤窑上的人竟然动起武来，打伤人，尤其是打伤洋人，这事就麻烦了。张制台信函上的话虽然难听，道理上还是他的对。事情到了这般地步，再没有合办的余地了。你去告诉吕文魁，叫他亲到汉口去看望两个被打伤的矿师。吕文魁切莫以为这是代人受过，拒绝去汉口。涂知府，你要他心里放明白点，除开作为县令责无旁贷这点不说外，要知道打伤的是英国洋人，倘若惹怒英国大使馆，告到朝廷那里就不得了啦。他吕文魁的县令做不成是当然的，只怕你我也不得安宁。”

涂知府心里猛然生出一股恐惧感来。这几十年里，与洋人冲突的事还少了吗？本来是一件芝麻大的小事，一下子就闹成大事。本来是洋人理亏，到头来都是中国人的不是。朝廷不管三七二十一，先办了自己的官员和百姓再说。洋人可是惹不起的呀，何况这事明摆着是马鞍山的乡民不对。涂知府忙说：“大人指教的是，卑职不但叫吕文魁去，而且卑职也陪同前往，一道去慰问受伤的洋矿师。”

“你就不要去了，事情出在江夏，江夏县令去赔礼就行了。”谭继洵继续说，“还有，要吕文魁尽快通知马鞍山煤窑撤除，再不要说别的话了，那块地方只有全部交给煤矿局，才可以大事化小，小事化了。”

“是，是，卑职一切照办！”

江夏县令吕文魁本不愿意过江去看望被殴打的煤矿局矿师，认为这是降了他堂堂县太爷的格，但当涂炳昌指出此事将可能导致一个新的洋案后，吕文魁也害怕了，连忙答应。第二天亲自过江到汉口，寻到那家英国人办的医院，看望亨利、梁普时，代表江夏县衙门说了许多赔不是的话。又对守候一旁的徐建寅表示，三天之内一定将马鞍山煤窑撤除，并查办肇事者。

这时，江夏县丞钱乃昌向总督衙门上了一封密函，将吕文魁收取马鞍山煤窑税银作小金库一事禀报张之洞。钱乃昌揭发吕文魁并非为了公义，纯粹是出于平日相处不合的私怨。他知道马鞍山的事一定使张之洞对吕文魁极为不满，于是趁此机会落井下石，既泄了私愤，又讨好总督，最好是促成张之洞罢掉吕文魁，由自己来坐正堂，那就更是求之不得了。

果然，张之洞接到这封密函后十分恼怒，立即派衙役去江夏县传令，命吕文魁明天一早来督署听候训话。

吕文魁接到命令后心里很是惶恐。他知道，殴打洋匠一事能大能小。若以渎职失责酿成地方洋案而论，只需一道奏本，头上的七品顶戴便立时丢掉；若不上告朝廷，则一点事都没有。而这告与不告，全操在总督张之洞一人手里。现在没有别的法子，只有求张制台宽恕这一条路了。第二天一早，吕县令诚惶诚恐来到总督衙门。门房认识他，忙客气地将他带到候见厅，坐定后门房告辞。宽大的候见厅只坐着吕文魁一人，他的心像鼓槌似的上下急跳：张制台会说些什么呢？我又该如何回答呢？

不知不觉，枯坐了个把钟头，却不见值班的衙役过来召唤，吕县令有点急了。他眼睛盯着门口，希望能逮住一个人替他传传话。又过了半个钟点，好容易看见一个衙役，立刻走上前去，对衙役说：“我是江夏县吕县令，奉张制台之命来衙门，已等一个半钟头了，烦你转告一声。”

那衙役虽不认识吕文魁，见他穿着正七品官服，知不是假冒，于是脸上堆着笑容说：“吕太爷您坐好，我这就去转告。”

一会儿工夫，衙役出来了，说：“吕太爷，张制台现在正跟襄阳镇的总兵说着话，请您等一等。”

吕县令心里不快，却不敢发作，只得重新坐下耐心地等着。这一坐又是一个多小时，仍不见任何动静。可怜一个平时在江夏县境内耀武扬威的县太爷，一个人冷冷清清地在总督衙门候见厅枯坐了三个小时，没有人搭理，也没有一口水喝。正窝着一肚子火的时候，只见一个气宇轩昂的武官在几个戈什哈的簇拥下，热热闹闹地从候见厅门口走过。吕文魁心想，这武官大概就是襄阳镇总兵了，看来，张制台与他的谈话已结束，这下该轮到我了。他正了正衣冠，挺直腰板坐着，等待衙役前来导引。又过了一会，刚才那个衙役来了，手里提着一个竹篮子。

“吕太爷，张制台已回后院吃午饭去了，您将就在这里吃一点吧！”

像是得到提醒似的，一听到“吃”字，吕文魁的肚子立马便咕噜噜地响了起来，一股强烈的饥饿感冲口而出。竹篮打开，一大碗米饭，一小碟豆腐，一小碟萝卜，一小碗青菜汤。显然，这不是款待客人的酒菜，而是衙门工役的便饭。吕县令又是不快，但肚子饿得厉害，只得受了。悄悄地问衙役：“张制台吃完午饭后一般做什么？”

衙役答：“没有定准。有时他会在后院散散步，有时他会躺下来睡一睡，有时他会见客，有时碗一丢就进签押房办公事。”

吕文魁心想，说不定张制台吃完午饭后就会召见。他匆匆吃了饭，也不敢到候见厅外走动，压下性子又坐着等。

坐了许久，依然不见动静。他弄不清此时张之洞在做什么，想想也可能午睡了，便干脆背靠着墙壁闭目养起神来。眼睛虽闭紧，心神却安宁不下，于是掏出小怀表来，睁眼一看，已指向二点一刻。他想，即便午睡，也应起床了，为何没有动静呢？往日候见厅里客人不断，偏偏今天再不见第二人，偌大的候见厅，只有这个吕县令一人孤孤单单。想到这里，吕文魁心里不免生起满腔怨恨来。正在这时，候见厅外响起一阵响亮的皮鞋声，吕县令定睛一看，三个粗壮的洋人趾高气扬地从门口走过。他下意识地一惊，莫不是外国领事馆的人来会见张制台？若是使馆的人，多半与马鞍山一事有关？这么说，真的酿成了洋案，洋公使们到总督衙门交涉来了！看来事情严重了！吕县令如此一想，心马上怦怦乱跳，背上冒出虚汗，刚才的怨恨早已飞到爪哇国外，全身已被恐惧包围得严严实实。

吕文魁在恐惧中淡忘了时间，反倒没有枯等的难受了，直到衙役再次来到候见厅时，他才知道已是傍晚。衙役说："吕太爷，晚上张制台要请洋人在花厅吃饭，就不能见您了。张制台发下话：他明天一早要出衙门到铁厂视察，只是在临出门前有半个钟头的空隙，吕县令要么回县衙去，明天一早再来候着，要么就在客房里睡一晚，明早见。回还是不回，由太爷您自己定。"

回自家住，当然舒舒服服，但不知张制台明天什么时候出衙门，来早了，怕衙门未开，来迟了，有可能见不到。住这里，苦是苦一点，但明天早上决不会误事。在候见厅冷坐了一整天的吕县令，此时仿佛突然开了窍：张制台今天是有意惩罚我，也在考验我，他是在看我的态度。

"请你转告张制台，为了明天能顺利得到召见，卑职今晚就睡在总督衙门客房。"

"好，那我就带吕太爷去客房吧！"

第二天一早，天还没亮，吕文魁就起床盥洗，然后一人坐在候见厅等候。刚到七点钟，衙役就将他带到张之洞的面前。

张之洞冷冷地盯着吕文魁，好长时间不说话，盯得吕文魁的两只腿直打哆嗦。"吕县令，有人说你是马鞍山事件的幕后支持者。"

吕文魁吓了一大跳，忙分辩："卑职不是支持者，卑职是办事不力。"

“你不要急于辩解。”张之洞打断吕文魁的话。“我问你，马鞍山三家煤窑每年交县衙门三千两税银，是不是真的？”

吕文魁犹豫了一下，答道：“有这回事。”

“这笔银子用到哪里去了？”

“大多数用在修路补桥、赈灾恤贫等事情上。”吕文魁回答得麻利，像是真这样做似的。

“哼！”张之洞冷笑一声。“既然是在做好事，为何不见你禀告知府和巡抚。”

吕文魁不做声。

张之洞厉声道：“据本部堂所知，这笔税金并非用在百姓上，而是用在官场上了。正因为有这个好处，你才庇护三大家煤窑，阻挠煤矿局。本部堂本想参掉你这个县令，看在你态度尚好，暂不罢你的官。你回江夏后将历年来所得马鞍山税金报一个明细账单来，听候核查。另外，罚三大煤窑一万五千银子，一家五千两，限十天内交齐。这一万五千两银子，本部堂一两不要，完全交给煤矿局，用于开发马鞍山煤井。若十天内办不了这件事，你摘下翎顶来见我！你去吧！”

吕文魁木然听完这段训话后，垂头丧气地走出总督衙门。

傍晚，张之洞回到衙门，徐建寅已在这里等候好一会子了。他告诉总督，他上午去巡抚衙门，表示对谭抚台处理马鞍山一事的谢忱，得知谭抚台因此事已气得生病卧床。张之洞本对谭继洵很是不满，一听说老头子为此而生病，心里顿时对他宽谅了许多。沉吟片刻，他把儿子仁梃唤了进来。

二十二岁的张仁梃长得比父亲略为清秀点，在师傅桑治平多年教导下，他不仅学问根基打得扎实，而且器局开阔，眼光远大。张之洞对这个二儿子很满意，认为他比大哥仁权要强得多。

张之洞对儿子说：“你去准备几样瓜果糕点，明天一早去巡抚衙门，代我去看望谭抚台。谭抚台年纪大了，又生着病，你不要在那里坐得太久了。看一看，转达我的问候，说几句安慰的话就回来。让大根陪你去。”

张之洞还是第一次派儿子代他出门看望人，怕他年轻不懂事，遂仔仔细细地吩咐着。

仁梃感觉到父亲对自己的信任，突然间有一种已长大成人的感觉，兴奋地领下了这道父命。

第二天一早，大根陪着仁梃来到巡抚衙门。门房见是总督的二少爷来问候抚台，十分殷勤。抚署总文案出来接待，又亲自陪着来到谭继洵的卧房。谭继洵得知后，硬是挣扎着起床亲自接见。他见仁梃长得一表人才，举止也很得体，甚是高兴，对张之洞的这番举动也颇为心暖。

为了答谢总督的心意，待仁梃走后，他把自己的小儿子叫过来，吩咐儿子明日到督署去代他谢谢张制台。谭继洵的这个小儿子不是别人，正是日后感天动地泣鬼神的一代人杰谭嗣同。

谭嗣同虽贵为巡抚公子，年纪轻轻却经历过许多不幸。若说起人生幸福来，他远不及一个普通人家的孩子。

谭嗣同同治四年出生在北京，那时他的父亲正在户部做山西司员外郎。谭嗣同有两个哥哥，两个姐姐，母亲徐氏为父亲的发妻。他出生的那年，父亲纳妾卢氏，卢氏比丈夫小二十三岁。在谭继洵的眼里，十八岁的小妾远比四十出头的发妻漂亮动人，他的爱心几乎全部转到卢氏的身上，而卢氏又是一个心胸狭窄的自私女人。从此，原本和谐的家庭埋下了多事种子。

嗣同七岁那年，大哥回浏阳完婚，因为嫡庶不和，徐氏有意借儿子完婚之机离开北京。嗣同与二哥留在父亲身边读书。徐氏走后，卢氏便把平日积压在心里的怨恨向嗣同兄弟发泄。嗣同年幼，更成了卢氏经常打骂的对象，卢氏又在谭继洵面前大说他的坏话，使得他失去了父爱，小小的年纪，便开始懂得以少言寡语、含恨忍痛来应对世事。一年后，徐氏从浏阳回来，见到小儿子骨瘦如柴、木讷呆滞，伤心痛哭。七八岁年纪，正是一个人性格形成的重要时期，这一年的精神创伤为谭嗣同特立独行的性格奠下了基础。

光绪二年春天，北京流行白喉。出嫁不久的二姐染上此病，随后，母亲徐氏和长兄也染上了，五天之内，三人先后去世。十二岁的谭嗣同也感染上了。他在床上昏死三天三夜，竟然苏醒过来，留下一条命，父亲因而又给他取了个“复生”的名。这段家庭惨故给谭嗣同打击极大，多少年后，每一提及此事，便欷歔流泪。不久，二哥护送母亲及大哥的灵柩回浏阳安葬，并留在家乡主持家务。嗣同仍住京师读书。从那以后，后母卢氏便将谭嗣同视为眼中之钉，想方设法虐待他。谭继洵公务繁忙，不理家事，在卢氏的挑唆下，也不喜欢这个死里逃生的儿子。

谭嗣同痛失母亲，又缺少父爱，只有书籍伴随着他孤单寂寞、伤感多愁的心灵。如此环境，促使谭嗣同逐渐形成桀骜不驯，愤世嫉俗，厌恶旧秩序，渴望冲决罗网的叛逆性格。

他在父亲送他诵读的《闱墨大全》上愤怒地批道“岂有此理”四个大字，却以大量的精力阅读各种不上台面的杂书。就在这个时候，他结识了北京镖局的镖师大刀王五。大刀王五是个回教徒，从小与父母失散，在浪迹江湖中长大。他武艺精熟，尤以善使大刀出名。谭嗣同与他交往，不仅从他那儿学到武功和江湖义气，也由此获知生活的艰辛及社会的复杂。

不久，谭继洵外放甘肃巩秦阶道。谭继洵在甘肃十二年，这期间谭嗣同不断往返浏阳与甘肃之间。他从名师读书，深究天人之际，又喜与边塞将士往来，纵马狩猎。在多次南来北往的过程中，他深深地体会到国家的贫弱、政治的腐败和百姓的艰苦，强烈的济世救民愿望，就在这跋涉奔波餐风宿露的日子里萌生了。

张之洞听说谭继洵派儿子谭嗣同过来答谢，满心欢喜，他早就想见见这位不寻常的后生辈了。张之洞知道谭嗣同，是听杨锐说起的。杨锐听他的那班年轻朋友说，当今天下有四大名公子。战国时期的四大名公子：孟尝君、信陵君、平原君、春申君，在历史上一直是美名传颂。当今也有这等公子？杨锐怀着极大的兴趣问这四大公子分别是谁，于是朋友告诉他，这四公子即丁日昌的儿子丁惠康，吴长庆的儿子吴保初，陈宝箴的儿子陈三立，另一个便是谭继洵的儿子谭嗣同。陈宝箴虽在武昌，但陈三立却在京师，而谭嗣同却近在咫尺，怎能失之交臂？喜交朋友的杨锐务必要结识。托人介绍，杨锐认识了谭嗣同，果然一见倾心。谭嗣同也喜欢杨锐，彼此成了知心之交。有一次闲聊天时，杨锐对老师说起了谭嗣同，说谭抚台的这个公子书读得如何好，诗文做得如何好，尤其可贵的是豪侠仗义，武艺出色，堪称文武双全。张之洞听了心里一动，读书做诗文不奇怪，难得的是以一抚台公子而有武功。武功这码子事，本是八旗子弟的特长，时至今日，连八旗子弟都不习骑射了，一个汉家高官的公子居然好此道，实为罕见。想不到平庸懦弱的谭继洵，竟然会有如此卓荦不凡的儿子！张之洞真想见见，但总没有机会，不料今日他自己来了。

张之洞吩咐安排在小书房接见。张之洞与人相见通常安排在客厅或茶厅，倘若为他所喜欢，或愿与之深谈的人，则安排在小书房，至于与他关系特别密切的人，如桑治平、杨锐、辜鸿铭等人，他有时也会在签押房里直接交谈。

当下张之洞离开签押房来到小书房里。只见一个人早已在此等候着，见他来，立即起身，垂手肃立。张之洞注目看这人年纪约莫二十七八，中等略偏矮的单薄身材，清癯的面容上镶着两只微觉凹下的双眼，那双眼睛中流露出的是忧郁思虑的目光。张之洞知道这便是谭嗣同，他丢掉素日的倨傲，主动打着招呼："是谭公子吧，请坐，请坐。"

"张大人，晚辈向您请安。"谭嗣同操着一口纯正的京腔说着，同时向张之洞深深一鞠躬，然后落落大方地坐下。

"哦，你的官话说得真好，在北京住过几年？"张之洞从小在贵州长大，父亲说的又是一口南皮话，他的官话其实说得并不好。常与他打交道的人官话都说得不好，尤其是衡阳人王之春、义宁人陈宝箴，那一口带着浓厚家乡腔的官话，既难听又难懂，乍然在武昌听到这样纯正的官话，犹如久喝浑浊水，突然饮到清泉似的舒畅。

“我出生在北京，一直长到十三岁，才第一次回浏阳老家。”

“哦，怪不得。”张之洞点点头，用父辈的慈爱望着这个名气不小的年轻人。“你是老几，今年多大了，成家了吗？”

“我有两个亲哥哥，还有一个嫡堂哥哥，故家人都呼我老四。今年二十八了，早已娶妻，岳父名叫李寿蓉，署理过汉黄德道，前些年奉调去了安徽。”

“哦，你还是李道台的女婿。”张之洞随口问，“令堂身体健朗吗？”

“先母已去世十多年了。”谭嗣同一提起母亲，就想起当年家里同时摆着三口棺木的惨景，语声不由得哽咽起来。

这孩子天性纯良！张之洞心里想着，便不再问他的家事了。“令尊的病好些了吗？”

“好多了！”谭嗣同诚挚地说，“家父深谢大人遣公子问候的一片好意，特意叫我一来答谢，二来告诉大人，他今日好多了，明天便可以起床办公务了。”

“不要那么急，令尊高龄，应当多休息几天，待痊愈后再办公不迟。”

“家父说，昨日公子送的厚礼，他却之不恭，受之有愧。特命我给大人回赠一架鹿角。这是家父做甘肃藩司时一位朋友送的。西北梅花鹿角养精提神，更要胜过他处产的鹿角。”谭嗣同说罢，从椅背后提起一个大布包来。他打开布包，露出一架二尺长的黑褐色长满绒毛的梅花鹿角，他起身双手奉上。

张之洞面对这份贵重的礼物，颇觉为难。他平生不喜欢别人送礼，尤怕送重礼，绝大部分礼品他都婉拒不接。但处于眼下情势，这份重礼，他真的不便推辞，推辞则意味着拒绝巡抚的好意，今后督抚共事便更难了。想到这里，他微笑着说：“好吧！令尊的这番厚礼我也不能拂逆，我收下了，你回去后代我多多致谢。”

“谢谢大人赏脸！”

“杨锐多次在我面前提起你，说你文武双全，豪侠仗义，我为谭抚台有你这样的佳儿感到高兴。”张之洞充满爱抚的目光和蔼地望着谭嗣同，他这话完全出自内心。本想再说一句“可惜我没有这个福气”，话到嘴边又噎下去了。

“大人夸奖了。杨叔峤是个实诚君子，前两天我还收到他从京师寄来的信，说是在内阁做中书感觉沉闷，还不如在武昌。武昌虽忙碌，但有生气，日子充实得多。在内阁做事，心情烦，连读书的情绪都没有了。”

提到读书，张之洞听杨锐说过，谭嗣同在名儒欧阳中鹄的指导下，已经研读完毕《船山遗书》，便问：“听说你用整整一年的时间，通读了王夫之的书，有什么特别的体会吗？”

“船山先生的书体大思精，晚生自以为尚未能入其门槛，不过也有点体会。晚生以为，船山先生隐居著述四十年，无非是要向世人阐述他的一个信念，即人当与时共进。”

张之洞读书，除经史外，偏重于诗文，对子书不很喜爱。曾氏兄弟在江宁刻印的《船山遗书》，他当时作为湖北学政，也蒙金陵书局赠送一部，但他只读过其中一小部分。常听人说船山书最精彩的部分在于“气”、“理”、“道”、“器”、“知”、“行”方面的辨析，而船山隐于山中著书立说，最隐秘的目的乃在于伸张民族大义；甚至还有人私下里说，曾氏兄弟打下南京后，急于刻印船山的著作，实际上是想借此洗刷自己助满压汉的罪过。当然，张之洞对此类私下臆测决不相信。

至于说船山学说的宗旨是阐述人应与时代同行这个说法，倒还是第一次听到。这是船山的本意，还是这位超脱凡俗的公子的自我见解？船山有副名联：六经责我开生面，七尺从天乞活埋。船山可以在六经中别开生面，年轻人也可以从船山学说中别开生面，且听他的解释吧。张之洞微笑着说："你的领悟力真是过人。船山数百万言殚精竭思的著述，让你一句话就钩玄提要了。"

谭嗣同不好意思地笑了一下说："晚生读书是奉行五柳先生的榜样，好读书而不求甚解，很可能钩提的不是船山的玄要，不过我以为当如此去理解船山的学说。"

张之洞想：研究船山的这种方法或许不可取，若论经世致用，则未尝不是通者之识。张之洞读书，历来最重这个"通"字，而千千万万的读书人恰好不懂这点，变成迂腐不通；倘若迂腐不通，读书再多也无用。这就是孟夫子所说的，尽信书，不如无书。

"四少爷，你给老夫说说你对与时同行的认识吧！"

"张大人，晚生以为，与时同行不仅仅是船山学说的宗旨，而且是古往今来一切英雄豪杰成就事业的根本之途。一个人，不管你有多大的本事，倘若与天作对，与时作对，则必然碰得头破血流，一事无成。衡之前朝前代，此种人不胜枚举，只是他们没有看到这一点罢了。"

张之洞为官几十年，敢于在他面前如此大言荦荦的年轻人很少。是身为巡抚公子，一向自大惯了？还是初生牛犊不怕虎，不识深浅反而易于放言高论？抑或是真正不同流俗，惊异的只是别人，在他自己却是自然而然的流露？张之洞边听边默默地想着。

"就拿眼下来说吧，我们正面临着一个巨大的变化。合肥相国虽然有些事做得不惬人意，但他的头脑还是清醒的。他有一句话说得最妙不过。他说中国正处在三千年一大变局之中。一个'变'字最是深刻地概括今日国家的局势。既然局势变了，一切也应随之而变。有句本不是晚辈应该说的话，但久蓄于胸，平素无机会一吐，今日在大人面前，尽管有可能受狂妄之讥，我还是忍不住要说出来。"

"什么话，你说吧。"张之洞和蔼地鼓励。

"大人，以晚辈所见，当今中国最大的问题便是因循守旧，而不知变革维新。"

“变革维新”！“变革”与“维新”本是两个古老的旧词，现在由年轻的谭嗣同加以组合吐出，让五十五岁锐意进取的湖广总督为之一震。他开始对眼前这个名公子另眼相看了。

“这一点在官场最为突出，湖北官场尤为典型。不瞒大人说，家父便是一个因循守旧的人。这句话，晚辈也曾当面对家父说过，家父也承认这一点，说像他这样经历和年岁的人，还是因循守旧最为保险。”

张之洞不由得笑了起来，说：“足下父子能这样倾心交谈，实不容易。”

“这种交谈太难得了，只有在他心情极为舒畅时才可偶尔言之。家父一生很少舒畅，他总在忙碌忧虑中度过。不是晚辈袒护，像家父这样的人，当今官场还不太多见，最多见的是武昌知府和江夏县令一类人。他们真的是曾文正公五十年前所说的推诿、颟顸式的官员。大人要在湖北办洋务大事，依晚辈愚见，最主要的还不是缺资金，最主要的是要如何对待一大批这样昏瞀的官吏。”

这番话使张之洞又是一震。他先是对谭嗣同这种狂放的姿态颇为不满。最主要的不是什么而是什么这一类的话，只有子青老哥、阎丹老那样的人才可以说的，作为二十多岁的子侄辈，岂可当我之面说这种话？拘谨重礼的谭敬甫，怎么生出这样一个不知天高地厚的儿子来。真是咄咄怪事！然而转念一想，这个年轻人说的也有道理。近来令他气闷、愤慨，甚至沮丧的两件事，又的确都是因为官吏的昏聩而造成，并不是因为银钱的缺短。张之洞不得不佩服谭嗣同目光的犀利。从心底里来说，张之洞是喜欢这种人的：玫瑰虽有刺，但有好看的花朵，蔓藤尽管柔顺可亲，却一点用处也没有！

他放下架子，以一种近乎平等的姿态问：“你说的有道理。依你看，老夫来湖北办铁厂、办矿务局，湖北官场和民间究竟是支持的人多，还是不支持的人多？”

谭嗣同没有立即回答，他思索半晌后说：“大人若要听我讲实话的话，湖北省无论官场和民间对大人办的事，理解和支持的都是少数，大部分人都在观望。当然，黄鹤楼上看翻船的人也不多。”

张之洞凝神抚须，望着谭嗣同没有吱声，心里却在仔细掂量这几句话。

“不过，大人不必因此而有所顾虑，从古以来雄图伟业都是由少数几个先知先觉做起，然后再得到多数人的襄助，最后才有普天之下的响应，蔚成大举。比如孔夫子创立儒家学派，又比如天竺国的释迦牟尼创立佛教，都是这样的。晚辈是完全赞同大人的这番事业的，只是因为家父一再要晚辈参加今年秋天的恩科乡试，不然，晚辈早就回到原籍浏阳去，仿效大人办两件大事。”

张之洞很感兴趣地问：“回浏阳办两件什么大事？”

“仿效大人在两湖书院设置西洋学问的做法，回浏阳办一西学馆，以算学、天文、测量等为主，招收几十个聪颖子弟加以培植。”

“好。”张之洞立即答道，“你这个想法太好了，我先向你预定，你培养多少我接收多少，我这里正需要这样的人才。”

谭嗣同高兴地说：“有大人支持，我办西学馆的兴头更足了，也不愁没有人来就读了。”

“第二件呢？”

“我的老家浏阳是个山区，田少山多，老百姓生活艰难，世世代代浏阳人都认为贫苦是命，改变不了。自从大人决定在江夏开煤，在大冶采铁后，我就想起十年前看到浏阳县志上记载，普迹寺僧人从明代嘉靖年间起，便在后山下挖一种黑石块当木柴用来烧水煮饭，一直到康熙末年，黑石块用完了，才烧柴。现在我想，那里的石块不就是煤吗？”

“不错，那一定是煤。”张之洞大为高兴起来，“铁政局的洋矿师说：有的煤就在表层，叫露天煤，普迹寺的黑石块很可能就是露天煤；露天煤烧完了，他们不知道往深里挖。你的想法很好，看来你们浏阳会有大量的煤。”

“我就是这样想的。”谭嗣同脸上泛起真情的光彩，“所以，我想请行家去我们浏阳查勘，说不定除煤外，可能还有铁、铜等矿石。我们把这些地下的宝藏挖出来，不就给浏阳百姓带来财富了吗？”

“好好，我支持你。你什么时候去，我叫铁政局派两个英国矿师陪你去，帮你查勘。若有的话，今后就在浏阳再建一个煤矿局，由湖南巡抚衙门来负责办。若他们不热心的话，你再找我，我来办。挖出的煤就运到武昌来炼铁，无非就是远一点，多点运费而已。”

这番话顿时把两代人的心拴到一块。谭嗣同心里涌现出一股多年来少有的痛快，他敞开胸怀对张之洞说：“大人，晚辈跟你说句心里话，这办算学馆、开矿，我以为尚是第二位的事，要使老百姓富裕，国家强大起来，第一位的是要变革维新。变革维新的榜样便是西洋各国，开矿炼铁造机器制枪炮等等是具体本事，当然要学习，更要学习的是他们的政令法律，也即是说我们要来一次新的变法，变革祖宗成法。如此，中国或许有希望。否则，任何好的技艺到了中国来都会变味，犹如橘变成了枳。”

“变法”，一听到这个词，张之洞立即想起了车裂的商鞅、放逐的王安石、鞭尸的张居正，这可不是随便谈论的话题！谭嗣同布衣青年，他可以童言无忌，身为封疆大吏对这等大事是不能随便说的，他决定转一个话题：“橘过淮北则为枳，这是一个很有趣的故事，我们以后再说。老夫听杨锐说，你文思敏捷，为文下笔千言，吟诗七步成篇。”

“叔峤夸奖了。”谭嗣同笑了笑说，“不过，若是不以太高的标准来要求，随便吟一两首还是可以的。”

“好。老夫就试试你如何？”张之洞指了指对面书架上的西洋座钟，“你就当着我的面，用一刻钟的时间吟一首七律。”

“请大人赐题。”谭嗣同毫不含糊地说。

张之洞略思片刻：“就以眼前之景为题，吟一首《登黄鹤楼览武汉形势》吧！”

“晚辈领题了。”谭嗣同说完这句话后便不再吭声，呆坐在木靠椅上，面无表情，两只略为下陷的眼睛死死地盯着那座鎏金发亮的洋钟。张之洞望着瘦小的谭公子，觉得他眼下这个神态决不像达官贵公子的模样，那木讷的面容，像是内心愁苦的入定僧；瘦小的身材，像是终年饥饿的放牛娃；那微凹的双眼，像是荒山坡上的两只小洞穴。张之洞越看心里越不好受：这孩子要么是心灵上蒙有常人所没有的极大创痛，要么是体内藏有未察觉的暗疾隐病，或许难保永年……

“大人，晚辈借你的纸笔用用。”正在张之洞胡思乱想的时候，谭嗣同已起身了。

“好，好。”张之洞也跟着起身，指着书桌上的文房四宝说，“你写吧！”

谭嗣同来到书案边，提起笔来，蘸了墨后，在一张空白信笺上龙飞凤舞地写起来。张之洞跟在他的身后看，一边轻轻地念着：

黄沙卷日堕荒荒，一鸟随云度莽苍。
山入空城盘地起，江横旷野竟天长。
东南形胜雄吴楚，今古人才感栋梁。
远略未因愁病减，角声吹彻满林霜。

谭嗣同放下笔，拿起诗笺，双手递给张之洞：“大人是诗界巨眼，晚辈献丑了。”

“不错，不错。”张之洞接过诗笺说，“这首七律通篇都不错，尤其首联两句最好。前人说陈思王最攻起调，看来你写诗学的是曹植一路。接下三联略嫌伤感了点。年轻人嘛，虽有点坎坷挫折，毕竟年富力盛，前途远大，宜乐观激扬为好。这种忧思重重的风格，大概也是受曹植的影响吧！”

谭嗣同说：“大人所论极是。我在吟诗的时候，仿佛觉得自己就是一只孤单失群孤立无援的小鸟，随着浮云在莽苍苍的天际上吃力地飞呀飞呀，不知何处是归宿。”

“喔！”张之洞敛容望着谭嗣同，一时无语。他做学政多年，学生数以千计，像这等身处富贵之家而忧心忡忡的年轻人还是第一次遇到。他原本想叫仁梃与嗣同交个朋友，以便仁梃有一个文武兼资的同龄榜样，但此刻打消了这个念头。他怕这个思想不羁而心绪愁苦的抚台公子给儿子带来不利的影响。

这时，梁敦彦急匆匆地走进来，附着张之洞的耳边悄悄说了几句话。只见张之洞脸色陡然阴沉下来，对谭嗣同说：“四少爷，老夫有急事要办，对不起了。回去后转达对令尊大人的谢意，请他多休息几天，待病完全好后再办公事不迟。”又对大根说，“你送送谭公子。”

三　古老的苏格兰情歌，勾走了辜鸿铭的魂魄

送走谭嗣同后，梁敦彦又回到小书房，关起门来将刚才说的事对张之洞说了个详细。原来，他说的这件事发生在辜鸿铭的身上。

自从谅山大捷前夕，辜鸿铭从香港来到广州，进入两广总督幕府以来，已经在张之洞身边八九年了。从两广到湖广这八九年间，他的身份是翻译科主办。主要做的事情，一为充当总督衙门与广州、汉口的英、美等国领事馆的联络与翻译，二是检索每天送到衙门里的各国洋文书报，将重要内容摘录出来交给张之洞。张之洞对此事很重视，每天清晨起来的第一件事，便是阅读辜鸿铭昨天为他准备的洋文报刊摘录。辜鸿铭的本职事情做得很好，无可挑剔，但他的缺点很多，常常成为幕友们议论的对象。

要说辜鸿铭这人，也可真说得上总督衙门一道独特的风景。首先是他的那副中西结合的古怪模样引人注目，这点自不必提了，单就他那一身打扮那一副神态，也格外地招人议论。

他一年到头穿长袍马褂戴瓜皮帽，他说他走遍全世界，唯有这种

服装最高雅最舒服。这一高论博得周围人的一致赞同。但大家看不顺眼的是他脚下穿的不是人们通常穿的厚底布鞋，而是地地道道的洋人穿的皮鞋。

另一特色便是一根西洋拐杖不离手。中国人非老者不策杖，辜鸿铭初进督署不过二十几岁，便一天到晚提着一根拐杖，很令人看不惯。同寅问他，他回答说拐杖不是为帮助走路，是一防歹人，二防恶狗。久而久之大家也看出了，他其实也不是防歹人恶狗，而是故意做出一种异于别人的做派。

每天早晚两次，人们可以看到一个身材瘦高，两肩后仰，右手拿一根不停晃动的手杖，脚底下不停地发出“踏踏”响声，一副趾高气扬眼中无物的怪人，不用问，此人即辜鸿铭。他那高视阔步、不加检束的神态，与幕友房里所有其他人的谦卑收敛、彬彬有礼形成鲜明的对照。辜鸿铭刚来的那一段时期里，大家都不喜欢他，很少有人跟他交谈。

但后来，幕友们慢慢发现他的许多可爱之处来。首先是他特别的勤勉敬业。他每天都是最早来，最晚走。他一天做的事比谁都多，却从无一句怨言。再则是他特别的坦诚直爽，表里一致。他有话当面说，从不背后说人的不是；说起话来是清水观鱼、竹筒倒豆，既不掩饰，也不留几分。凡事说了就过去了，不藏心里，不记仇恨。尤其令人佩服的是，他的中国学问的进展之快，使得幕友房的许多耆宿惊叹而自愧不如。

刚进督署那阵子的辜鸿铭，不要说中国学问了，就连中国话也讲不地道，写出的中国字来，不是少腿，就是缺胳膊，要边看边猜才能认全。幕友们在一起闲聊时，常常会说起前代旧事，本朝掌故，辜鸿铭听了很有趣，但他插不上嘴，因为他几乎不懂中国历史。大家也会津津乐道唐贤的诗宋人的词，辜鸿铭常会为那些美丽的诗词而入迷，但他也不能置喙，因为他知道的前人诗词很有限，至于同僚们的诗词唱和酬答，他更是沾不上边。

他终于认识到，离一个真正的中国人，他还差得太远，尤其在这人文荟萃的总督衙门，更有一种自惭形秽之感。辜鸿铭是个极为好强的人，既然回到中国，既在督署做事，就要做一个名副其实的中国士人。他不能容忍自己这种被人讥嘲落在人后的状态。十多年的西洋求学史，使他对自己的天赋和才华有充分的信任，他决心在很短的时间内迎头赶上。他更坚信只要有个三五年的攻读，他就可以在中国学问上，超过周围这一批自认为才学满腹的书生们。

有人告诉他，求中国学问，不用找别人，身边的总督便是中国学问的泰斗，无论经史子集，无论文章诗词，他都是当今海内少有的大家。于是进督署半年后的一天，他走进签押房，问张之洞，欲探中国学问之宝，路在何处。张之洞送他一套自著的《輶轩语》，说你先读读这本书，一个月后再来找我。

辜鸿铭将《輶轩语》捧回，每天傍晚从督署回家后便挑灯夜读。全书不到三万字，他反反复复读了十遍，大部分都能背下来。这部为四川学子撰写的书浅近平易，语言流畅，很好诵读。每天晚上，仿佛张之洞手执教鞭，就站在他的面前，对他讲士人的德行、人品、志向，讲读书作文，讲经史，讲诸子百家，一步步地将他领到中国学问的门槛边。他想象里面一定是一片花香鸟语、祥云景星的极乐世界，他急盼张之洞带他早日跨过门槛去领略其间的万千风物。

一个月后，他将《輶轩语》送还给张之洞，请求总督再予赐教。于是张之洞又送给他自己的另一部著作《书目答问》，对他说，两个月后再来见我。

一连六十个不眠之夜，辜鸿铭沉浸在《书目答问》之中。他敬佩总督的博览群书，好学深思，他又惊叹自己的祖先原来为他准备了如此多的文字财产。他愧疚自己的浅薄无知，却同时又在这一望无际的汪洋大海面前困顿迷惘：这么多的书如何读，莫说一辈子，就是十辈子也读不完呀！至于穷究深研，更是无从下手。茫茫书海，舟楫何在，航线何在，彼岸何在？绝顶聪明的中西混血儿被自家的学问所震慑了，从一向狂傲自信的心中生出几分恐惧感来！

张之洞听完他的这一番感慨后，对他这种渴求上进的心甚是满意。他看出这是一个罕见的值得培植的人物：此类人不是通常意义上的英才，颇为类似古代的王勃、李贺，是异才鬼才，不常出，不易见，乃可遇而不可求。张之洞在《书目答问》列举的二千二百余种书中圈出五十个书目来，其中包括十三经、二十四史、老、庄、韩、荀、楚辞、文选及李、杜、苏、韩等人的诗文。笑着对他说，这是你五年的功课，把这五十种书读懂读熟，你的中国学问的基础就打下了，但这还不等于你就是一个有见识有本领能办大事的人。在中国，读熟读懂这五十种书的数以万计，但其中真正能做大事的却微乎其微，这中间有一个关键的环节，就是读通了还是没有读通。能不能通，通到什么程度，这不仅在勤于阅读，更在于有没有天赋。古人说运用之妙，存乎一心。这存乎一心之妙，不关乎后天的学习，而在于先天的秉赋。你先不去管这些，先去读吧。每一个月可到我这儿来一次，我抽出半天来为你传道授业解惑。

从那以后，辜鸿铭就一头扎进中国文化的经典。每隔一个月，他便带着平时所积累的各种问题，向张之洞请教。张之洞每问必详尽作答，毫无倦意。每次都让辜鸿铭满脑袋疑惑而来，一肚子欢喜而去。冬去春来，星移斗转，辜鸿铭在中国学问的海洋里扬帆猛进，破浪前行。

或许是因为从小漂泊海外，亲身感受过异域的冷漠，因而爱国情感比国人更强烈；或许是熟谙西方文化，深知其炫人光芒下的阴暗面；也或许是一种天生的本性，促使他易于认同、乐于皈依东方精神，总之，辜鸿铭一旦进入中国经典后，就完全被她博大的胸襟玄妙的智慧迷人的魅力所折服。就像多年浪迹江湖、饱受辛酸的游子回到母亲温暖的怀抱，憩息于宁馨的家园，辜鸿铭在这里得到了无穷无尽的乐趣。他不仅认为华夏文化是世界伟大的文化，甚至认为是西方不能望其项背的文化。他毫不掩饰自己的这种认识，到处都说，逢人便讲，以至于到了偏执极端的地步。

那正是洋学问仗着坚船利炮，以它磅礴不可阻挡的气势向东方涌来的时候；是朝野上下竭力巴结讨好西方列强的时候；那也是崇洋媚外情结在年轻一代的心里悄然滋长的时候。辜鸿铭以在海外二十多年，通晓十国洋话的身份而表现出的这种态度，令人惊讶，使人不可理喻。但张之洞对之特别欣赏。他常常当着众幕僚的面夸奖辜鸿铭，不仅夸他敬业勤学，更夸他这种崇尚中国学问的态度。张之洞对幕僚们说，不要看我张某人天天在办铁厂、买洋人机器，看我口口声声在说向洋人学习，其实我学习的只是洋人的技艺，是拿来为我所用，要说真正的学问，西方岂能比得上我泱泱中华。我们的学问好比长江大河，他们顶多只是湘江汉水，我们好比是汪洋东海，他们顶多只是云梦洞庭；我们好比参天大树的主干，他们顶多只是一些枝枝叶叶而已。

有了总督大人的支持，辜鸿铭的这种态度更为坚定了。也由于辜鸿铭以亲身经历在总督面前揭露西方的薄弱短处，同时也更使张之洞认为自己对中西文化的这种比较是正确的。

现在辜鸿铭已把中国的学问拿下来了。幕府的师爷，无论是谈经史还是谈诗文，他辜鸿铭都可以与他们谈得融洽而深入。由于他的过人聪明和机警，他常常会冷不防地出些怪点子来卡住那些侃侃高谈的师爷们，让他们突然噎住以至于翻白眼，于是他和周围的人便会捧腹大笑，其乐无穷。人们早已不敢小视这个辜洋务了，他不仅是个中西杂交的混血儿，他更是一个中西会通的学者。

除了满腹中西学问外，人们发现他还有一个独特的性格：风趣幽默。在中国的士人中，不乏学富五车的耆宿，不乏博古知今的通人，不乏七步成诗的捷才，更不乏刚正严谨、矜持稳重的君子，但少见风趣幽默的快乐人。这或许是中国文化的特征，然而，这的确是一个缺陷。

公务闲暇，辜鸿铭常常会将他自己所编造，或从外文书报上看到的有趣故事说给大家听，又时常会发表一些惊世骇俗的怪论，成为众人饭后茶余叙说不休的谈资。

有一天午饭后，众师爷在院子里晒太阳，一边喝浓茶抽水烟，一边天南地北瞎聊天。辜鸿铭对众人说，我在洋人的报纸上看到了一则趣谈，诸位要不要听。师爷们见辜洋务要说外国人的故事，立刻来了兴致。大家围在他的身边，敦促他快讲。

他说有个英国人叫濮兰德，曾在总税务司赫德手下做过几年录事司，平时爱给英国报纸上写点中国风土人情，但大多是皮相之见，无甚看头，只有近日写的一篇议论中国官员衣服上的黼黻小文颇值一读。濮兰德说，西洋跟中国打了几十年的交道，为了打通中国市场，西洋费了很大的力气，耗费数不尽的军饷。在战场上西洋每战每胜，中国不是对手，但是到后来与中国官员办交涉，却又每一次都处于下风，反而是中国获胜了。这是什么缘故呢？西洋人纳闷不解。要说中国官员的才智胜过西洋人吗？他们一个个都木木讷讷笨头笨脑的，即使叫这些人去给西洋人看门都胜任不了。要说中国官员品行胜过西洋人吗？他们一个个都虚伪贪婪，见钱眼开，人品实在卑污。但就是这种无才缺德的人，为何西洋的钦差领事一和他们相遇，便心里恐惧，惶惶不安，最后在中国人步步进逼中不由自主地步步后退，使本来该得到的好处大大减少呢？西洋许多专家研究来研究去，都不得其解。最后让这个濮兰德给解开了。原来，这是中国官员衣服上的黼黻在作怪。他说中国官员衣服上的那些奇奇怪怪的花纹，其实都是人所不识的咒语。这些咒语包围着一个个不同的动物图案，一旦与外国人谈判，这些咒语便会自动驱使动物图案发出磨牙般的尖刻声音。这种声音使得谈判的西洋人头脑发胀、神态昏乱、恐惧发抖，宁愿吃点亏早点结束谈判，摆脱痛苦。濮兰德说，他问了许多有过和中国官员谈判的西洋领事钦差，都说听到过这种令人恐惧的磨牙声。所以，他向西洋各国政府建议，今后，若与中国官员们谈判，不准中国官员穿他们的官服，要他们改穿我们的窄袖短衣，耸领高帽，他们的鬼魅伎俩就无法施展，我们在谈判桌上就不会吃亏。

众师爷听后都开怀大笑。他们明知这是对洋人的调侃，却乐意用来暂抚被洋人伤害的心灵，求得一时虚幻的自慰。

又有一天，一位年轻的师爷在做事的时候，突然放了一个响亮的炸屁，安静的文案房经此干扰，立时不安静了。隔壁房间的辜鸿铭也听到了，他端起一杆紫铜小烟壶慢慢地踱过来，对众人说，我说个故事给你们听——

有个西洋人名叫轨放得苟史，是个研究格致学的专家。因为听说近年来中国南方各省常患瘟疫，死了许多人，他心里怜悯，想把瘟疫病源找到，对症下药，抢救得此病的无辜中国人。他游历瘟疫盛行的几个省份，详细调查研究，最后终于弄清楚了。轨放得苟史说，中国的疫症来源于狗屁。狗之所以放屁，是因为狗得了病。而狗之所以得病，是因为狗吃了不该吃的东西。这些东西在狗的肚子肠子里发热作烂，狗性本凉，凉热相杂，则成结滞之病。狗一得此病，五脏六腑中的污秽之气便不能下通，积久为毒，郁而成气，毒气从狗的肛门里排出，则成了狗屁。狗屁蔓延，瘟疫发作。

众师爷听了这个故事，笑得前俯后仰。那位年轻师爷笑后说：“辜洋务，你是骂人不着痕迹，骂我放的是有毒气的狗屁。”

辜鸿铭却正色道：“年轻人，你理解错了，这位轨放得苟史先生的故事，不是骂放屁的，而是讽刺今日中国做官的人。他的本意是说今日中国百病丛生，皆由管理者不当，而这些管理者都是些狗屁不通的人。”

幕府师爷们大多有点真才学，只是官运不济，不能自己掌印把子，嫉妒之心由此而生。想得到而又得不到，所以对于官场，他们比普通百姓更为反感，故而他们听了辜鸿铭这个“狗屁不通”的故事十分开心，广为传播。没有多久，武汉三镇的官场里都知道西洋有个研究狗屁的轨放得苟史的人。

辜鸿铭便这样常常给周围那些拘谨有余、放松不够的师爷带来乐趣，慢慢地大家也就不把他的古怪高傲太当成一回事，而愿意与他往来。

后来，幕友们又发现辜鸿铭的另一大缺点：贪女色。他已经有了妻子，并且为他生了一个女儿。两夫妻感情很好，但这并不影响他在外面拈花惹草。好女色，这是男人的常见病，本不奇怪，奇怪的是辜鸿铭喜欢的不是在容貌上，而是在脚上。兴许是在西方时间久了，从小长到大，他没有看见过缠足的女人。一踏上故国的土地，看到的都是裹成三寸金莲的女人，走起路来，一步三摇，颤颤巍巍。在辜鸿铭的眼里，这简直是人世间最美妙最不可言状的形态，相比起来，西方女人那种大步流星的动作，就显得非常的粗野，缺乏美感。他的太太的脚比一般女人的脚都要小，故他特别喜欢。他在外面寻的那些花花草草，也都是些长相一般而脚特小的女人。辜鸿铭并不隐瞒他这种独特的嗜好，也不在乎别人对他的讥笑，我行我素，任性所为。关于男女之间的结合，辜鸿铭还有一个奇怪的观点：一个男人娶几个女人是天经地义的。男人好比茶壶，女人好比茶杯。一把茶壶必须配几个茶杯才合适。反过来，一个茶杯配好几把茶壶就不合适了。辜鸿铭的这个比喻貌似有理，其实荒诞，但它新鲜有趣。一经出口，立时传遍三镇，很快又传到海外，成为当时中国的一句名言。这次梁敦彦告诉张之洞的事，就是因为女人而引起的。

三个月前的一个假日，辜鸿铭过江到汉口去玩，信步闲逛到江汉关旁边，被一栋乳白色的小洋楼吸引住了。这小洋楼上下两层，外形酷似苏格兰的民居风格，辜鸿铭猜想它的主人一定是位英国人。

洋楼用一铁栏杆围着，沿栏杆的是一排三尺来高修剪整齐的油绿女贞树。女贞树旁种着十多株郁金香。时正初夏，郁金香枝上绽开一朵朵美丽的花儿。鲜花翠叶围绕着乳白色的墙壁，组成了一幅色彩谐调的图画。这曾经是眼中再熟悉不过的风景了，不料今日在汉口的长江边见到。辜鸿铭久久地伫立在铁栏杆外，望着这一切，昔日苏格兰群岛的风光顿时在脑海里复活：小小的山包上长满了柔软的青草，草中点缀着各种黄白红紫小野花；一阵轻风吹过，青草低伏，野花摇晃几下后又挺直起来，让人觉得那不是小花，更像上下飞舞的彩蝶。远处是无边无际的蔚蓝大海，雪白的飞絮飘浮在与海水一色的天幕上，亮丽得如同刚从田里摘下的棉花。几只小鸟欢快地穿过头顶，落在一幢造型怪诞的小楼顶上，发出啾啾的叫声。一阵悠扬的歌声从远远的海滩边飘了过来，辜鸿铭仔细地聆听：

夏日的和风吹动着我的丝裙，
我来到河边放一只纸船，
船上载着我写给他的信。
远行的河水啊，
请你将信送到福思湾，
让他知道我有一颗火热的心。

秋天的果园到处是一片亮晶晶，
我摘了一只苹果亲了又亲。
远飞的大雁啊，
托你将一片苹果送到福思湾。
那红红的果皮是我的唇印，
那香甜的果汁，
是我们成熟的爱情。

又是露莎在唱歌。露莎是一个牧羊少女，她每天早上迎着朝霞，唱着牧歌，将一群绵羊赶到山坡下吃草。每天傍晚她追着夕阳，唱着牧歌将羊群赶回家。露莎的活泼可爱，引起了正在爱丁堡大学求学的辜鸿铭的注意。十九岁的辜鸿铭风度翩翩情窦初开，他终于爱上了这个牧羊女，牧羊女也喜欢这位炽热似火的外国学子。每天一早，辜鸿铭走出学校大门，在路边迎接前来牧羊的露莎。傍晚他又特为送露莎走一段很长的路程，直到看见露莎的家门才返回。他们唱情歌小调，谈爱情诗篇，说庄稼收成，讲校园生活。他还对她谈那遥远而亲切的槟榔屿，谈自己从没去过却神往已久的东方古国。在异国他乡枯索的求学岁月里，温柔多情的露莎给辜鸿铭带来多大的慰藉和欢乐啊！他暗地下定决心，毕业后，寻找一个工作赚了钱后就来娶露莎。岂料两个多月后，露莎流着眼泪告诉辜鸿铭，她的父亲说他是个中国人，中国贫困野蛮，男人头上拖着猪尾巴，女人脚裹得小小的，不能嫁到那里去，逼她嫁给一个小厂主的儿子。露莎不能违背父亲的意志，明天就要离家出嫁了。露莎动情地说，她将永远记住这段珍贵的感情，永远不会忘记他。辜鸿铭怔怔地听着，不知说什么是好。露莎父亲的态度强烈地挫伤了这位混血儿的自尊心，在他的潜意识中，或许那时便种下了厌恶西洋渴望回到自己家乡的心思。从那天以后，辜鸿铭再也没有见到过露莎了，但露莎给他的爱情和分别时的深吻，却永远留在他的心中，铭心刻骨，永志不忘！

突然，江面上飘过来几滴雨点，将辜鸿铭从往事的追忆中苏醒，他奇怪地发现，那首露莎喜欢唱的情歌，还在被人唱着。他明白过来，原来是身边的歌声把他带回了爱丁堡大学时期的那段浪漫岁月。他定定神，发现这首苏格兰情歌是从小洋楼里传出来的。这就对了，这楼上一定住的是苏格兰人。你看这房子风格，这周边的环境，都在告诉你主人的国籍。是的，这里应是汉口的英租界。

“外面的先生，你听了好久的歌了，你能听得懂吗？”阳台上出现一个年轻的女子，她挥着手与楼下的辜鸿铭打招呼。

“听得懂，听得懂！”辜鸿铭快乐地回答。“你唱的是苏格兰古老的情歌《牧羊歌》。”

“你是英国人？”女人定睛看了一眼辜鸿铭，突然改用英语问道。

辜鸿铭觉得稀奇，那女子明明是一个地地道道的中国人，怎么可以说出英语来？难道她在英国留过学，或许她根本上就是英籍华人？

“不，不是，我是中国人，我在苏格兰爱丁堡大学读过四年书。”

“哦，太好了。”那女子显然也很兴奋。“天下雨了，先生，你要不要到我这里来躲躲雨，我们一起聊聊。”

辜鸿铭是个见了可爱的女人便情绪亢奋的男人。一个中国女子能唱英国歌，说英国话，素昧平生却如此大方地邀请他进屋，这有多可爱！辜鸿铭浑身血液奔腾起来。他高兴地说：“谢谢您，谢谢您，您开门吧，我就进来。”

一会儿，一个女仆出来，把铁门打开，辜鸿铭进了洋房一楼的客厅。客厅宽敞明亮，厅内的摆设完全是英国式，墙壁上挂的是鎏金雕花宽框大油画。正打量间，刚才在阳台上说话的年轻女人下楼来了。那女人显然给脸上补了妆，又换上一件合体的黑底金花丝绒旗袍，虽不很漂亮，却生动光亮。尤其令辜鸿铭兴奋的是，那女子有一双特小的缠足，走起路来袅袅婷婷，摇摇晃晃。辜鸿铭立时被她彻底俘虏了。

“欢迎您来做客，请问先生尊姓大名。”在女仆端上咖啡的时候，女主人有礼貌地问着。

“见到您，我很高兴。我姓辜，名鸿铭，字汤生。”辜鸿铭不知这女子结婚与否，在“太太”和“小姐”之间拿不定主意，干脆用“您”来称呼。

那女子笑笑：“我看您的模样，以为是英国人，却原来是地道的中国人。”

“不道地。”辜鸿铭笑着说，“我父亲是中国人，我母亲是英国人，我是个混血儿，用中国话来说，是个杂种。”

那女人大笑起来，露出一口洁白的牙齿，连声说：“先生是个很有趣的人，很有趣的人。请喝咖啡。”

“我应该怎么称呼您？”放下咖啡杯后，辜鸿铭问。

“我叫苏巧巧，是一个完完全全的中国人。我的丈夫是个英国人，他叫费格泰。你叫我费太太吧！”

“费太太。”辜鸿铭赶紧恭维，“您的苏格兰民歌唱得很好。调子唱得准，歌词也唱得很清楚。您的英文很好，您一定在英国住过多年。”

费太太莞尔一笑：“我一天英国也没去过。这歌是我丈夫教我的，除了这首《牧羊歌》外，我还可以唱几首英国小调，但我的英国话说得不好，只能说几句简单的。”

“费太太真聪明，没有去过英国，能唱这么好的英国歌，太不容易了。请问费先生是在领事馆做事吗？”

“不，他是做生意的，上个月回英国去了，要两三个月后才回来。”

辜鸿铭心里怦然一动，想着：这两三个月里如果我能天天伴着她就好了。

“费太太，您刚才唱的《牧羊歌》我也会唱，我唱给你听吧！”

“好，好！”辜鸿铭正要唱的时候，她又突然说：“等一等！”

费太太转身走进房里，出来时手里抱了一把三尺来高的琵琶：“我来给你伴奏。”

这太有趣了。中国的琵琶为苏格兰的情歌伴奏，辜鸿铭还是第一次遇到。费太太信手弹了两句，果然从琵琶弦上听来的西洋曲子又别有一番味道。辜鸿铭按捺不住满腔的激情，在费太太的客厅里引吭高歌起来。那纯正道地的苏格兰语言，那深厚雄壮的男中音，伴随着清脆激越的古老的中国琴韵，真是动听极了。

辜鸿铭在这栋小洋楼里足足呆了两个小时，出来时兴犹未尽。回到家里，费太太的小脚、琵琶弦上流出的《牧羊歌》时时在他的脑中浮现，如同一把火在心中燃着，烧得他心神不宁，浑身燥热。苦苦地熬过三天，他实在熬不住了，便去找协理总文案梁敦彦请假。梁敦彦那年和陈念礽等人入督署时，被安置在电报房。梁为人朴实不爱出风头，在电报房一呆两三年，并不受重视。有一天傍晚，京师总署突然来了一份紧急电报，电报房里所有的人都已不在了，唯独梁敦彦一人在房里读书。张之洞便叫他翻译，梁很快便译出来了。张之洞很高兴，跟他多聊了几句，这才发现原来梁是一个十分勤奋敬业的人，第二天便撤换原电报房的头目，让梁敦彦代替。不久又提拔他做了协理总文案，协助总文案梁鼎芬主管洋务、翻译两科。梁准了假，辜鸿铭匆匆过江来到汉口。他先去珠宝行里花一百多两银子买了一根珍珠项链，项链的中部还悬着一块翠绿暹罗宝玉。他把它藏在衣袋里，然后敲开费家的铁门。费太太见到他，也同样很高兴，说了一阵话以后，辜鸿铭邀请费太太到英租界一家英国人开的餐馆里吃晚餐。在跳跃的烛光下，在亮闪闪的刀叉间，他们边吃边聊，谈得十分愉快。

辜鸿铭趁兴拿出项链来，恳切地请求费太太收下。费太太并没有讲客气就收下了，并当着辜鸿铭的面把它戴在颈脖上。辜鸿铭很高兴。夜很深了，过江的轮渡也早已停开，费太太邀请他今夜住在她家，辜鸿铭大喜过望。这夜，他和费太太恩爱缠绵了大半夜。第二天，他坐在首班过江渡船上，想起昨夜的事来，心里又喜悦又有点害怕。这女人不是别人，她是英国商人的太太，倘若被那英商知道，他决不肯罢休，就此收场罢。但是到了傍晚，辜鸿铭又心猿意马起来，神差鬼使般地再次渡过长江来到英租界，费太太早已精心妆扮在家苦等了。辜鸿铭知道后，暗暗责备自己的胆怯。从那以后，辜鸿铭隔不了两三天就要过江与费太太幽会，原先的怯意早已丢到九霄云外。辜太太知道丈夫有了新的外遇，却奈何他不得。辜鸿铭为女人舍得花钱，辛苦挣来的银子源源不断地流入费家。

四　偷情的辜鸿铭被英国商人扭送到领事馆

相处时间久了，费太太说了实话，原来她并不是费格泰的太太，只是他的情人。她原是苏州窑子里的妓女，被费格泰看中赎出来的。至于费格泰，也不是个正经商人。二十多年前，他以一个无业游民的身份从英国来到中国投靠戈登，编在戈登的洋枪队里。后来戈登回国，洋枪队解散，费格泰便留在中国。那时中国官场的几个大人物急于借洋务自强，费格泰抓住这个机遇，利用自己能讲中国话、熟悉中国官场的有利条件，往返英美与中国之间，做起军火生意来。他从中牟取暴利，很快发了横财。费格泰在英国有个太太，在上海、广州两处各置一个家，包一个女人，这栋小洋楼连同苏巧巧在内是他在中国的第三个家。苏巧巧说她其实并不爱费格泰，他又老又丑一点不可爱。苏巧巧还告诉辜鸿铭，这一两年来，费格泰都在与湖北铁政局做生意，铁厂所需要的各种重要机器，都由他经手，到英国去订货。此时的辜洋务已对铁厂机器都不感兴趣了，他的兴趣只在苏巧巧一人身上，他唯一的愿望就是费格泰晚一点从英国回来，最好是永不复返，让他长享与苏巧巧的偷情之乐。

正所谓乐极生悲，离苏巧巧告诉他费格泰返回中国的日期还有半个月的一个深夜，正当辜鸿铭和苏巧巧两人在床上翻云覆雨的时候，费格泰突然回来了。辜鸿铭赤条条地被当场抓住，他羞愧得无地自容。苏巧巧被费格泰狠狠地揍了一顿，嘤嘤哭泣。费格泰将辜鸿铭捆绑起来，第二天一早送到英国驻汉口领事馆。辜鸿铭操一口熟练的英语和领事馆的领事谈话，承认自己对不起费格泰先生，愿意受惩罚，并说自己曾在英国留学，又在湖广总督衙门洋务处做事，今后可以帮费格泰先生的忙。

英国领事和费格泰听后颇为吃惊。他们本能地意识到这是个奇货可居的人物，便马上招来一个摄影师，给辜鸿铭拍了不少照片，以便留下不可否认的真凭实据，然后解开捆在他身上的绳索，对他以礼相待。英国领事和费格泰在另一个房里商量好半天后，对辜鸿铭说：“我们准备释放你，但要总督衙门派个有身份的人前来领取，你看叫谁来？”辜鸿铭想了想，觉得叫梁敦彦来最合适。一来他是协理总文案，翻译科归他管辖且又懂英文，二来他为人宽容厚道，好说话。

就这样，一封发给湖广总督衙门协理总文案的短函到了梁敦彦的手里。他觉得这是件很棘手的事情，便过来请示张之洞。

当得知辜鸿铭是与人偷情被逮到英国领事馆，而那女子的丈夫又是英国人的时候，张之洞很是恼火，狠狠地骂了一句："混账东西！"

"香帅，英国领事馆很可能会在辜鸿铭身上做点文章，要我们答应些什么，他们才会放人。"梁敦彦一副愁眉苦脸的模样。

"噢，很有可能。"张之洞思忖一会说，"辜鸿铭做了缺理的事，后果应由他一人承担，与我们无关。念及辜鸿铭人才难得，如果对方要他赔偿一笔款子，他又拿不出的话，一万两之内，我们可以替他付，以后从他的俸金中扣还；若超过一万两，则不能答应。"

梁敦彦领了张之洞的钧旨，匆匆过江来到汉口英国领事馆，副领事莱姆出面接待。梁敦彦请求先看看辜鸿铭。莱姆领他走到另一间房子，只见辜鸿铭一手端着咖啡杯，一手拿着一本英文杂志，正在悠闲自得地看着。梁敦彦又好气又好笑，斥道："汤生，你倒没事儿似的，香帅为此事很生气哩！"

辜鸿铭若无其事地对协理总文案说："费格泰的女人苏巧巧自愿跟我好，按英国法律，治不了我的罪。我不会去坐班房，大不了要我出点钱，出就是了，我自认倒霉；何况苏巧巧并不是他的太太，只是情人而已。之所以请你来，可能是他们不相信我是督署的，要你来验证下，麻烦你证明一下我的身份。钱我自个儿出，我想我不会给香帅添太多麻烦！"

"好吧，你看你的杂志吧，我去跟他们谈判。"见辜鸿铭没有受到虐待，心情也好，梁敦彦放心了一大半，既然他自己愿承担一切责任，这事就好办多了。

莱姆见梁敦彦仪表轩昂，操一口流利的英语，对他颇为客气，请他坐下，侍者又给他端上咖啡。梁敦彦说："这是一件遗憾的事。辜鸿铭先生是湖广总督衙门的一位洋务幕僚，他平日生活失于检点，以至于有这次对不起费格泰先生的事情出现。我奉张制台之命协理幕友房，辜先生是我的下属，我负有管教不严之责。我今天以他的上司身份向费格泰先生赔礼道歉，请贵副领事代为转达。”

莱姆笑了笑说：“梁先生这种态度很好，我很欣赏，我会将你的话转告给费格泰先生。但费格泰对此很气愤，领事馆也认为我们大英帝国的子民在贵国受到侮辱，我们有责任为他做主。”

莱姆虽然面带笑容，但从话里看出他的态度强硬，不好打交道。梁敦彦在美国学的是工程建筑，既不懂法律，又没有外交经历，办这种事还是第一次；只是因为他毕竟在美国留学多年，见过世面，一般的常识性的知识还是懂得的，湖广总督衙门这块牌子也给了他一些胆气。他努力让自己镇定下来，从容地说：“费格泰先生的心情我们可以理解。我刚才见到辜先生，他对我说的两点很重要，请贵副领事注意到：一，那位女人是自愿与辜先生相好的；二，那女人并不是费格泰的太太，只是他的情人。”

“不。”莱姆脸上的笑容没有了。“费格泰先生坚持说苏巧巧就是他的夫人，他这次回国另一目的就是办理与他原先太太离婚的事宜，一旦办妥，就会与苏巧巧女士正式登记结婚。照此情况，苏女士应视为费格泰先生的太太。另外，我也要告诉梁先生，据苏女士亲口所说，你们的辜先生多次对她进行勾引，她并不情愿，也就是说她不爱你们的辜先生，苏女士是被强迫的。”

莱姆的这番话显然是不能成立的。苏巧巧既未与费格泰有婚约，就不能视作太太。她是一个成年人，有独立处理事情的能力，勾引、强迫之类的话不能自圆其说。但是梁敦彦从一开始便抱着理亏的心态踏进英国领事馆，又听莱姆这样说，自思将苏巧巧视作费格泰的太太也有道理，只是对“强迫”一说作了反驳。

莱姆说：“强迫一说虽有点勉强，但苏女士对她丈夫痛哭流涕表示悔恨这是事实，至少说明她不爱辜先生。正因为此，大英帝国领事馆将不把辜先生带上法庭，为了两国的友好关系，愿意慎重处理此事。”

老实的梁敦彦听到这话，立时感到松了一口气，忙说：“贵国领事馆的好意我们心领了，不知你们将打算怎样来处理此事。”

“也不知是谁已把辜先生的事透露出去了，今天上午已有几家西方和日本报纸的记者要到领事馆采访，并想为辜先生拍几张照片。因为辜先生在欧洲留学多年，现在又是张制台所器重的洋务幕友，也算是贵国一个有头脸的人。出了这种风流案子，最是记者求之不得的新闻，发表出去，记者出了名，报纸也出了名。”莱姆一边说着，一边从桌上的雪茄盒里抽出一支雪茄来递给梁敦彦。

“谢谢！”梁敦彦摇了摇手，说，“副领事先生，事情没有处理好之前，请你们不要接待那些招惹是非的记者。”

莱姆划一根火柴，将雪茄点燃，自己吸了起来。“辜先生在敝国爱丁堡大学读过四年书，也可以算是我们大英帝国培养出来的人才。再说，张制台对我们也很友好。为了辜先生的脸面，也为了两国的友谊，我们没有接待那些记者，不想把这桩事扩散出去。”

梁敦彦又忙着道谢。

“我们与张制台合作了两三年，我们很想与张制台继续友好合作下去。张制台办铁厂，办枪炮厂，办煤矿，我们都很支持。这两年，费格泰先生和其他几个英国商人，都为湖北从英国买回不少机器。我们想请湖广总督衙门保证今后所有的大型机器都从英国购买，而不从别的国家购买；当然，我们会确保质量和提供优惠的价格。”

梁敦彦想：这两年来铁政局都在与英国做生意，也没听说出什么大问题，只要机器好，向美国买、德国买和向英国买是一回事，他们无非是想和我们把生意做下去，这条件也不算苛刻。于是点头说：“我想是可以的。”

“这一条是我们英国领事馆的想法，还有一条是费格泰先生本人提出的。”莱姆弹了弹雪茄灰，不紧不慢地说，“费格泰这次带了二十万两银票回伦敦买轧钢机，但发现厂家生产出的机器质量不合要求，厂方重新制造，需要半年时间才能出厂。如此，有违与铁政局签的合约。费格泰希望铁政局看在他的面子上，不以违约处罚厂方，同意半年后再将机器买定运回，这二十万两银子他已预先交给了厂方。”

梁敦彦想：这事也怪不得费格泰，费格泰能坚持机器须达到设计要求，这也是他对铁政局负责的表现；现在辜鸿铭做了对不起他的事，给他一个面子不追究英国厂家，也是可以说得过去的。于是说：“这事我看也可以。”

“好。”莱姆高兴起来。“我们已草拟了一个文件，请你带回去，让张制台在这上面签个字，我们即刻放辜先生。”

莱姆从抽屉里抽出一张纸递给梁敦彦。梁敦彦接过，看上面有中英两段文字，说的是同一个意思，至于辜鸿铭偷情被逮一事则没有写。梁敦彦觉得毕竟是英国领事馆拟的东西，还算得体面。便没有再说什么，将它带回督署。

下午，梁敦彦把这个文件送给张之洞。张之洞看后，两条粗短的浓眉立时紧皱起来。

“这两条都很厉害。第一条是要把我们捆死在英国人身上，今后别的国家就是机器比他的好，价格比他的便宜，也不能买，所有买机器的钱都由他们赚。”

“香帅说的是，但现在为了赎辜鸿铭出来，只得签字了。且卑职想，这两年我们大部分机器都是从英国买的，英国货也还行。再说，英国在长江沿线经营几十年了，我们今后做事免不了要跟他们打交道，保持友好是很重要的。何况，今后真有别国的机器比英国好，我们变通一下也还是可以从那个国家去买的。就凭这一张纸把我们锁住也不可能。”

“唔，这条就依了他吧！”张之洞指着中文部分的第二段说，“你知道费格泰在这中间耍的花招吗，他估计汤生拿不出多少钱，所以不叫汤生赔钱了，将这笔钱转移到铁政局的头上。”

梁敦彦说：“这点我没细想，请香帅说明白。”

“当初合约上说，若延期三个月，厂方赔偿损失百分之五，延期半年，赔偿损失百分之十，百分之十即二万。这二万银子费格泰是要叫厂方出，只是放到他的腰包里去了，这是一。第二，这二十万银子他或许是存入银行，或许私自去放高利贷，或许自己拿了去做短期买卖。总之，这二十万便由他使用半年。他多则可凭此赚一二万，少也可赚七八千。为了赎回辜鸿铭，我们损失了二三万银子。哎，这个不争气的辜汤生呀！”

梁敦彦很佩服张之洞的精明，但他已在莱姆面前表了态，生怕张之洞不同意，便说：“汤生是不争气，但事已至此，也没有别的办法可想了。若不同意，他们会把这事通过洋人的报纸捅出去的。对湖广总督衙门，对铁政局也没有好处。再说，汤生这人也确实是个少见的人才，经此番风波，他会更感激香帅的。今后罚他加倍做事，将功补过。”

张之洞板着脸孔，好半天才开口：“我不在这样的文件上签名！”

梁敦彦急了：“香帅就宽恕他这一次吧，我为他求您了。”

“我不签名，不是说我不宽恕他。”张之洞面孔依然紧绷。“你在这上面盖个湖广总督衙门的官印吧。你去对英国领事馆说，说不定哪一天张大人奉旨调到别的地方去，不做湖广总督了，签名有什么用呢？盖官印更好，以后不管谁来做湖广总督，谁来办铁厂、办洋务，都照此办事，买他英国的机器，不更好吗？”

梁敦彦不敢和张之洞争辩，只得盖上湖广总督衙门的紫花大印，又过江到了英国领事馆。好在莱姆不计较这个，收下盖了印的文件后，便叫他把辜鸿铭带回去。一路上，梁敦彦将这个经过告诉辜鸿铭。辜鸿铭既为自己闯下这个祸而愧疚，又深为感谢张之洞对他的宽恕。

一回到督署，辜鸿铭便来到签押房，向张之洞坦陈自己的过失，并表示对他的谢忱。

张之洞冷冷的目光端详辜鸿铭半天，一直不做声，直看得辜鸿铭心里发凉，浑身不安。

“不必谢我，要谢你就去谢梁崧生吧！”

这一句话犹如一瓢凉水浇到辜鸿铭的头上。他知道总督大人已十分恼火他，再呆下去，彼此都会不舒服。

“那我就告辞了。”

辜鸿铭说完这句话，转身便走。

“你慢点走。”

辜鸿铭转过身，重新来到张之洞身边，垂手侍立。

“早几年我就听说你有狭邪行之癖好，你的太太因为此受了很多委屈。这次不仅你本人脸面丢光，也使我们湖广督署蒙受羞耻。这些你都清楚，我也不再多指责你了。”张之洞觉得有点疲倦，他拿起鼻烟壶，在鼻孔下来来回回地移动几次，感觉精神比方才好多了。

“汤生，你是个天分极高聪明绝顶的人，但自古以来，天分极高的人往往干不成大事业，聪明反被聪明误。这中间有着许许多多的缘由，一时给你讲不清。你曾经问我，汗牛充栋的中国书籍中，是否也有一本书能让人读后一通百通。我过去没有告诉你，是怕你今后只读一书而废除其他书。高高的塔尖，要靠宽阔的塔座作为基础，参天大树只能生长在丰厚的土地上，一通百通境界的到来，不是只靠一本书，它要立在博览群籍吃透百家的基础上。今天，我要告诉你这一本书了。这一是你已打下中国学问的基础，二是你的确尚未通，在立身处世这桩大事上，你远不是一个通人，所以才沉湎于这种鸩酒之乐中。”

听说果然有一本能使人一通百通的宝书，而且此刻就得知，辜鸿铭大喜至极。昨天的羞辱仿佛已过去了几十年，他以一种往常少有的恭顺态度说：“大人请赐教吧！卑职永世记得大人的教诲之恩。”

张之洞冷笑一声，说：“这本书并非秘书，而是人人皆知，个个尽晓的六经之首《周易》。”

“《周易》！”辜鸿铭不由自主地复述一遍。

“是的，《周易》。”张之洞严肃地说，“《周易》想必你读过多遍，你读没读通，通到何种地步，这我就不知道了。我今天告诉你，这是中国群书之首，经典之最。你以这个认识再去读它十年八年，或许大有进步。孔子五十读《易》，以至于韦编三绝，又说假我数年，于《易》可彬彬矣。以圣人之资，五十岁读此书，还说要读几年之后才能明了其中的奥妙，你天资再高也高不过孔子，故读十年八年不为多。”

辜鸿铭静静地听着。

“以我读《周易》的经验，当先读《系辞》。《系辞》文不长，但字字千钧，每一句都够你细细咀嚼，好好体会。比如说开篇几句：‘天尊地卑，乾坤定矣；卑高以陈，贵贱位矣；动静有常，刚柔断矣；方以类聚，物以群分，吉凶生矣。在天成像，在地成形，变化见矣。’这短短的几句说尽万象万物最本质的东西，乾坤、贵贱、刚柔、吉凶、变化，你过细想想，天地之间，有哪一事哪一物能离开这些范围，弄清了这些，世事不就通了吗？”

辜鸿铭听得入神了。

“光《系辞》就是一座取之不尽、用之不竭的宝藏。随便再说几句吧。你在西方很多年，应当知道西方教民天天讲喜乐，讲博爱，但如何能做到内心喜乐至诚博爱？我看他们的《圣经》没有说清楚，我们的《系辞》却说清楚了。乐天知命故不忧，安土敦仁故能爱。八个字：乐天知命，安土敦仁。就能做到喜乐、博爱。”

辜鸿铭早已将《圣经》读得滚瓜烂熟，《系辞》他也读过，但他就没有这样比较过。真的如总督所说的，《圣经》拉拉扯扯地讲了许多故事，也没有让人弄懂如何做到喜乐博爱，而《系辞》这两句话一锹便挖出了泉水！辜鸿铭仿佛被一根魔杖点化似的，心里明亮了许多。这《周易》的确是中国学问之巅峰，一定要认真攻读不可。

“书你自己以后慢慢地读，细细地领悟，我就不多说了。我只提醒你注意《系辞》中的一句话：‘作《易》者，其有忧患乎？’许许多多读《易》的人都忽视了这句话，其实这一句最为关键。为什么有这部《周易》出来，这部《周易》为何引起圣人的高度重视，为什么《周易》说尽了人世间一切至微至隐的道理，全部奥妙都在这‘忧患’二字上。汤生，愿你读通《周易》后，从此能有一个新境界，不要沾沾自喜于才子，要做一个通人。”

张之洞的这番话使辜鸿铭甚为感动。他体会到张之洞玉成他的一片苦心，从而心里更感到愧疚。带着赎罪的心情，辜鸿铭决定将一件久藏的秘密说出来。

“张大人，我告诉您一件事。”

“什么事，坐下说吧！”张之洞想这种时候要说出的事一定非同一般。

“那个苏巧巧曾给我说过这样一桩事。她说费格泰有一次曾经很得意地跟她说，汉阳铁厂财务处的那批官员都是混账东西，既贪婪又无知。这两年跟他们打交道的过程，光招待他吃饭的银子就不少于千把两，他其实吃得很少，每次都借他的名，全处十几个人都来吃，一顿饭就二三十两，全部由账房处报销了。而且一个个都索贿，见到洋货就眉开眼笑，办事就一路顺利。费格泰常常从英国买一些便宜的小礼品送他们，他说这是鱼饵。一个鱼饵可以钓一百倍的大鱼。最坏的是收支股的主办蒙索。这两年做的百万两银子的生意，他至少吃了十万两银子的回扣。不过费格泰所得更多。费格泰往往在财务处面前抬高价格，在厂方面前压低价格，他起码从中赚了三四十万两银子。按这样的计算，一百万两银子，用来买机器的其实不过五十万两左右。而在英国，完全不是这样，一百万两银子，至少有九十万两用在机器上。费格泰有次冷笑道，中国的洋务是绝对办不成的。中国的官员不是在办洋务，而是在发洋财。”

“不是在办洋务而是在发洋财”，这话让张之洞的心怔了一下。对铁政局和铁厂的微词，张之洞已听到不止一次了。微词较多地集中在银钱方面，比如回扣、受贿、索礼、浪费等等方面，收支股蒙索的闲话最多。有人说他是栗殿先的拜把兄弟。还有人说他与革职的赵茂昌关系密切。赵茂昌为他牵线，在上海的钱庄里替他开户头。铁厂的公款都存在那个钱庄里，利息则归他们两人私有。前不久，有一件事也让张之洞记忆犹新。

一天，郑观应忽然来到总督衙门门房，说是刚从下江来，请求能让他见一见总督大人。门房报告后，张之洞请他进来，郑观应还带来一位三十多岁的年轻人。他向张之洞介绍，此人名叫张謇字季直，是江苏南通人，曾在直隶提督吴长庆手下做过多年西席，仰慕香帅，尤其敬服汉阳铁厂的筹办，特不远千里从上海来到武昌，想去铁厂看看，今后拟在原籍也做点洋务事业。张之洞早就听说吴长庆家里有个博学的西席，见张謇儒雅轩昂，气度不凡，果然与传闻相符，张之洞很高兴与他相见。交谈一番后，得知他真的见识不俗，便要梁敦彦陪郑观应和张謇去看看铁政局和铁厂。晚上，又在督署宴请他们二人，请他们谈谈参观的体会，尤其希望他们能直率地指出些不足。

郑观应和张謇说了许多恭维话，张之洞听了很高兴。张謇还提出一个建议，说湖北的棉花和苎麻海内闻名，应该利用这个有利条件，在武汉建纱厂、纺织厂和制麻厂。纱织业工艺简单，耗资较少，但赢利很快，正可以用此赢利来弥补铁厂的亏损。张謇的建议给张之洞很大的启发：是的，应从速将纺织业发展起来。在张之洞的再三要求下，两位没有进过官场染缸的明白人给铁政局和铁厂各自提了一条意见。郑观应说，铁政局和铁厂人浮于事的现象严重，过于讲排场。参观者只有二人，陪同的人将近四十，且品级都不低，光候补道就有十来个，都有随从、跟包，侍候在旁，完全是衙门做派。郑观应建议，铁政局和铁厂非技术性的管理人员，可以三成裁掉二成，这样不仅撙节开支，且办事减少纠葛。他去过西洋不少国家，看过他们的工厂、矿区，他们管理人少效率高。张謇说在参观的过程中，他随便问了问身边的人，便发现铁政局和铁厂存在一个不容忽视的问题，即裙带风严重。所问的人，都是因亲属关系而进来的，有的一家堂亲表亲六七个都在这里做事。可见此地有任人唯亲之弊。任人当唯贤而不唯亲，这是历来办事取得成效的根本一条，请总督大人力刹这股风气。

张之洞听了郑观应、张謇两个人的意见心里也动了一下：看来铁政局和铁厂需要整肃整肃。但过后一忙，此事便又忘记了。现在，辜鸿铭说的英国商人的这些话，同样暴露出铁政局所存在的严重隐患，是非得要动手解决不可了。但眼下铁厂的建设正在紧张时期，江夏煤矿在顺利开工中，大冶铁矿的矿石也已在大量开采，急切希望铁厂早日竣工投产。尤其是另有一件大事，更使得铁厂务必不能受丝毫的干扰。想到这里，张之洞对辜鸿铭说："你说的这事我知道了，你就再也不要跟别人说起。我会腾出手来处理的。你这几天冷静地回想一下这件事，检讨检讨，但愿能接受此次教训，痛改前非。过几天，我要跟你谈一桩大事，茶馆说书人有句话，说是淘尽三江五湖水，难洗今日满面羞。你今日也是满面之羞了，这桩大事里面有三江五湖水，就看你能不能淘尽它，为你洗刷羞惭。"

聪明过人的辜鸿铭却被总督这番话浇得满头雾水：何来的三江五湖水，又怎地洗去我的满面羞？

五　俄国皇太子将要参观汉阳铁厂，这可是一桩扬国威振民气的大事

张之洞说的这桩事，就是去年辜鸿铭从英国《泰晤士报》上看到的俄皇太子访华的事。总署已正式来文通知，今年十月俄国皇太子尼古拉将要来武汉参观汉阳铁厂。十天前杨锐从北京发来一封密信。杨锐信上说：俄国皇太子访华一事，朝廷看得很重。这不仅因为俄皇年事已高，太子不久即将即位，还因为这位皇太子对中国较为友好。俄国是个军事强国，又是一个野心勃勃的贪婪之国，他一直觊觎我国东

北和西北与之接壤的广阔领土，千方百计地欲将它占为己有，对中国威胁最大。难得有这样一位对中国友好的太子，倘若跟他建立友谊的话，无疑要减轻来自东北和西北的领土威胁。因此朝廷准备趁俄皇太子访华之机，予以倾心结纳。俄皇太子早已知道武汉正在兴办铁厂，他要亲自来看看。杨锐说，这无论是对恩师本人，还是对湖北的洋务，都是一个千载难逢的好机会，比如可以借此向户部多要点银子，确保铁厂到时完工等等，好处多得很。

张之洞接信后立即给杨锐回了信，告诉他，有关俄皇太子访华的事，今后凡有所知，尽量详细报告；武汉这边，会做好充分准备，将这位皇太子接待好。

俄国皇太子将来武汉参观汉阳铁厂，这对张之洞来说，不啻是一个难逢难遇的福音。无论于国于己，都要牢牢抓住这个机遇，把这篇文章做得珠圆玉润，花团锦簇。

对俄国这个国家，张之洞早在京师做洗马小官时，便因为伊犁谈判而对它有过深入的研究，越研究越服膺林则徐当年流放新疆时所说过的一句话：俄国是中国的心腹之患。林则徐这话说得最为深刻中肯。防俄，是应该传之于子孙后世的长久国策。固然日本也对我国，尤其是关东一带有领土野心，但毕竟国小力不强，还加之隔着海洋，不像俄国，千里边界线上，任它铁骑长驱直入，真是可怕。至于英、美、德、法这些国家，张之洞心里清楚，它们对中国的伤害，主要体现在生意场上的不公平交换，并没有领土要求，早两年英法联军打进京没多久便撤退的事实是最好的说明。从那时起，防患俄国而利用英、美、德、法的外交策略，便在张之洞的脑子里形成。这实际上是“远交近攻”的中国传统外交策略，在新形势下的运用。张之洞认为这是一个很简单明白的事理，但当轴者往往看不清楚。海防、塞防之争便暴露出这个问题。李鸿章主海防，重在防日本，左宗棠主塞防，重在防俄国。在张之洞看来，根本无须争论，海防也好，塞防也好，都很重要，要同时并举，这是因为不管是俄国，还是日本，都是对中国领土垂涎三尺的强国，都需要认真对待，只是在什么时候应该特别强调哪一点罢了。

如果说十多年前，张之洞虽看事明了却没有权位，不足以影响国家外交方略的话，那么今日，身为湖广总督的洋务后起之秀，则要积极参与这场事关重大的中国外交活动，决心以自己的实力对中俄关系以影响。

与杨锐的想法不同，对俄皇太子参观铁厂这件事，张之洞第一个反应便是要借铁厂来扬我国威。俄国也好，其他西方强国也好，这几十年来在我们面前耀武扬威，无非是因为他们国力强大，武器精良，倘若我们能在这方面显示出自己的实力的话，必然可以杀一杀他们的威风。钢铁业是西方工业界的龙头，也是他们强大国力的重要基础，而中国恰恰于此一片空白。汉阳铁厂的兴建不仅填补了这个空白，而且它是以世界第一流的规模为目标，是一个巨型钢铁厂。它将在显示中国发展的潜力同时，也以这种巨大的存在明确告诉外国人：中国已经为自己的工业奠定了雄厚的基础，要不了多久，就可以迎头赶上西方列强。

张之洞还想到，光有铁厂还不够，正在筹建的枪炮厂也要加快速度，赶在俄皇太子来汉之前建成投产，让这位未来俄国皇帝亲眼看一看咱们大清帝国自己制造出来的枪炮子弹，从此以后，不要在边界线上再生是非，老老实实地和平相处。

在西方，俄国是个疆域宽阔的大帝国，一向处于很重要的地位，俄皇太子眼中所看到的铁厂和枪炮厂，必定会通过他本人及他的随从人员，以各种途径传播给西方各国。他们去说比我们自己说要好得多，更能增加分量。如此，汉阳铁厂和枪炮厂就成了威慑洋人的重要武器，就成了捍卫大清的护国神祇。作为铁厂和枪炮厂创办者，我张某人就成了洋人关注的大人物，成了大清国的英雄，今后外交内政，什么事都好办了。

想到这里，张之洞兴奋万分。傍晚，他特为邀请桑治平到家里来小酌一杯，向好友谈及这件事和自己的想法。桑治平也同样欣喜不已，他似乎从中看到自己半生为之奋斗的理想，就要通过这位好友的手予以实现。想起贤良寺与张之洞的初识，想起古北口的应允出山，想起这十余年来谋划计议、南北驱驰，表面是报知遇之恩，其实从骨子里来说，是在为自己年轻时失落的抱负而奋斗。啊！这是多么令人欣慰的事：辛苦十多年，终于看到结出硕果的一天了。

桑治平建议张之洞动员一切力量，确保在俄皇太子来汉之前做到铁厂出铁、枪炮厂出枪炮，拿出铁家伙摆在他们的面前，要胜过千百万言的外交辞令！同时接受杨锐的建议，立即给总署上道条陈，请他们大力支持，拨款一百万两银子。张之洞欣然接受桑治平的这两个建议。

第三天，由铁政局出面，召开铁厂、枪炮厂、煤矿局、铁矿局的高层会议，张之洞在会上发表重要的讲话。他以总督兼湖北洋务督办的身份要求所有高级管理者与全体匠师、工人一道，努力拼搏，务必确保在俄皇太子来汉前出铁出枪。犹如三军统帅向将士们发出征伐号令似的，张之洞从宣扬国威、振作民气、展我才华等方面，谈到这次提前出铁出枪的重要意义，纵有天大的困难也要克服，沉舟砸锅，背水一战。张之洞的讲话铿锵有力，慷慨激昂，说到动情之处，他声泪俱下。总督有声有色的动员令，把全体与会者都给感染了。

他的话刚一结束，大会堂里立时响起雷鸣般的掌声。

最先站起来，以极为热烈的情绪表示完全拥护坚决照办，提前出铁出枪一定能实现的，就是铁政局协办兼铁厂后勤部门主办栗殿先。他情绪似乎比总督还要激动，爱国之心似乎比总督还要强烈，他代表后勤部门全体人员向督署保证，从明天起开始加班加点，昼夜苦干，拼死拼活为国争光，为张大人争气。张之洞对栗殿先甚为满意，频频向他投去赞许的目光，心里想：栗殿先真是一个好官员，平时虽有失检点之处，关键时刻却能挺身而出顾全大局，难能可贵。栗殿先讲完后，张之洞带头为他鼓掌！

栗殿先受此殊荣，脸上红光满面，喜气洋洋。紧接下来的便是收支股主办蒙索。他的高调表态，也赢得了张之洞的带头掌声。于是其他股处头目见此情景，都纷纷站起来，一个接一个地表示完全拥护，坚决照办。张之洞都一律带头为他们鼓掌。但是，提前投产的关键部门——技术股处的头目却没有哪个站起来响应。此外，还有一个最为重要的人物——铁政局、铁厂的真正灵魂蔡锡勇，却一直紧闭嘴唇。他表情严肃，对每个人的发言都认真倾听，脸上却没有一丝兴奋的表现，心里也没有一点想发言的冲动。协理总文案梁敦彦看着这情景有点着急，他不敢去惊动蔡锡勇，径直走到铁政局协办兼铁厂技术部门主办陈念礽面前，悄悄地对他说："你站起来说几句吧，张大人很想听听你们技术部门的看法。"

陈念礽一直处在矛盾状态中。从一开始听张之洞的演讲，他便有心跳血涌的感觉。后来见各股处的头目一个个起身发言，赢来了一阵接一阵掌声，二十八岁的青年陈念礽心里躁动不安。他很想也站起来说一席话。他有很多话要说，说他在美国求学时如何亲身感受到美国人对中国的歧视，如何因此而立下学好本领报效国家的壮志，后来又如何突然中断学业，被朝廷强行召回国，回国后赋闲乡居，所学的知识一无展布之时，那种报国无门的苦闷是如何的沉重；自从遇到张大人，参与张大人的洋务大业后，这些年来如何努力奋发，尤其是铁厂开办以来更为他施展才干铺设一个宏大的舞台，无论是为国尽力还是酬答张大人的知遇之恩，都应该倾注全力，促使提前投产的目标顺利实施。他相信他的这些肺腑之言，会比其他发言者更为动情更为精彩，更会赢得张大人的鼓励，赢得满堂热烈的掌声。真情实感与年轻人的激情相互激荡，使得陈念礽满脸通红，浑身燥热不安，几次想站起，侧过脸去看一眼蔡锡勇，他又失去了这个勇气。一来他觉得自己虽是技术部门的主办，但技术部门掌舵人是蔡先生，他是老前辈，他不发言，一个年轻轻的后生辈怎能僭越？二来作为一个受过严格科学训练的工程技术人员，陈念礽也觉得提前投产这种事，不是说大话就可以做到的。许许多多具体的困难，都得脚踏实地去解决，能不能提前投产，他没有把握。

现在，协理总文案来催促，又说张大人很想听一听技术部门的看法，一种受宠信的荣耀感在激励着陈念礽，他突然来了勇气，刷地从座位上站起，激动地说："刚才张大人说我们办铁厂，办枪炮厂，办铁矿煤矿，以及今后办织布、纺纱各种厂子，富民是我们的重要目的，而强国却显得更为重大。我完全拥护张大人的这个讲话，他说到我陈念礽心坎里去了。我在美国留学八年，对国弱受欺负、国强才有尊严的感受，可以说比在座各位都要强烈。我想俄国皇太子要来武汉看铁厂枪炮厂，参观是个幌子，他的真实目的是来查看。一看我们是不是真的有这样的厂子，是否谣传。洋人瞧不起中国，他心里对我们有没有能力办钢铁和兵工是持怀疑态度的。二看厂子的规模到底如何，够不够对他们形成威胁。我对洋人很清楚，他们历来是欺弱怕强，重实力不讲情义。厂子现在已在建，我们不怕他看，问题是要把规模弄大，并要实际出产品，这才能镇服他们。所以我们一定要遵照张大人的旨意，不管有多大的困难，也要抢在俄国皇太子来之前，把规模建起来，把产品生产出来。这不只是一个投产的事，这更是一个扬我国威长我志气的壮举！"

"说得好！"陈念礽的话刚一讲完，张之洞便忍不住大声喊了一句。总督大人的这一反常举动，把大家都弄得惊讶了。其实，这才是张之洞的本色。十多年前做清流时，他与他的朋友们便常常这样使情任性，高声喊叫，毫不掩饰地表示自己的态度，只是后来出任封疆，他才努力压抑自己，力求做出一副矜持稳重的大员神态来。今天他见这位年轻人是如此理解他的心情，如此真心实意地与他配合，不禁喜从中来，情不能已。

当大家回过神来后，会堂里立即响起了暴风骤雨般的掌声。陈念礽激动万分，脸上神采飞扬。他在坐下的时候，特意瞥了一眼蔡锡勇，却看见蔡督办仍然是刚才的面无表情，两只手硬硬地下垂，一个巴掌也未拍。陈念礽心里陡然凉了一下。

散会之后，他便被蔡锡勇叫到一旁。蔡锡勇轻轻地却是语气严厉地训道："你瞎起哄什么？张大人是总督，自然要说些威风呀、志气呀一类的话。后勤、财务那些人不学无术，他们邀宠固荣的手法，便是讨好上司。至于办不办得成，他们根本就不会去想；他们不懂技术，真的办不成与他们也毫无关系。你是受过严谨科学训练的人，怎么这样无头脑！从现在算起到俄皇太子来汉，只有三个月时间。三个月建成投产，这不是烧得说昏话吗？你是技术部门主办，别人没有责任，你可是千斤重担挑在身上，到时没有兑现，看你如何交代？千夫所指，不疾而亡！念礽呀念礽，你太不晓事了！"

蔡锡勇说完这番话后，气呼呼地甩手走了。这边陈念礽呆呆地站着半天回不过气来！

铁政局、铁厂好比前方战场，前方战场的取胜不能缺少后方仓库的支援，这后方仓库的锁钥便握在巡抚谭继洵、藩司王之春、臬司陈宝箴等人的手里。

第二天，张之洞又在湖广衙门议事厅里，举行隆重的大会，邀请的便是谭继洵、王之春、陈宝箴，再加上盐法道、粮道、兵备道、汉黄德道、汉阳知府、武昌知府等人。昨天的演讲，他今天又重讲了一遍，因为听众都是颇有从政之道的高中级官员，张之洞的神情没有昨日的激动，议事厅里的反响也远不如昨日会堂里的热烈。张之洞演讲的主要内容是两个字：筹款。户部的银子半个月二十天到不了，投产在即，一天也不能延误，湖北省务必要紧缩各项开支，在十天内筹出一百万银子来，户部来银后再归还。除开王之春、陈宝箴表示努力想办法、积极筹措外，与会者再没有第三人发言。众道府大眼瞪小眼，大小眼睛又一齐望着巡抚大人。自从马鞍山煤矿事件之后，七十岁的谭继洵对洋务一事在原先的"冷淡"之上更增加一层恐惧感。他现在对洋务是避之唯恐不及，听到儿子称赞铁厂时，他也会想到自己是不是老了，跟不上潮流了？他有时甚至还萌生致仕回籍的念头，只是因为卢氏、王氏、魏氏三个小妾坚决反对，他才不敢说解甲归田一类的话。他近来身体不大好，神志懒散，对于张之洞的那一套一点兴趣都没有，俄皇太子来汉也罢，铁厂、枪炮厂竣工投产也罢，似乎都与他无关。至于银子，他有一条规定，不能随便拿出来给张之洞。洋人的那些黑机器，在他的眼里就好比无底黑洞，任你多少银子也都填不满，而且一点回音都听不到。来督署后得知总督的用意，他便抱定一个宗旨：不说硬话，不表硬态。

大家都不再说话了，场面颇为尴尬。张之洞便勉强挤出一丝笑容来对谭继洵说："谭大人，你看有什么法子可想，能凑出百把万两银子来吗？"

隔了好长一会，谭继洵才开口说："湖北银钱一向匮乏，这点张大人您是很清楚的。这十天半月，莫说筹集百万两银子，就是二三十万也很难呀！"

张之洞的脸刷地沉了下来，极不高兴地说："谭大人，你是湖北之主，铁厂也好，枪炮厂也好，都设在湖北。早日竣工投产，不只是我张某人一人的事，也是为湖北为您谭大人脸上贴金的事。您莫推辞了，无论如何要筹集百万银子出来，待户部银子一到，即刻如数归还。"

谭继洵心里冷笑道：户部的银子还是天上飞的一只鸟，你就把它当作桌上的一碗菜了！到时没有银子下来，我湖北还不是白白地赔了一百万？但望着张之洞那张峻厉的面孔，听他带刺的话，他知道这话决不能说，否则真要把这个任性的名士制台惹得恼羞成怒不可。他压下心中的不快，使出他惯常的圆滑做派。

"大人的厂办在湖北，的确是给湖北的脸面上贴了金子，谭某人理应支持，只是一时要拿一百万，这实在是强人所难。湖北的钱粮，都在爵堂方伯的手里握着，他又是一腔热血愿尽力设法，此事大人你就交给爵堂方伯好了。只要他拿得出，谭某人决不半点为难，尽数借过大人便是了。不过，爵堂方伯也要替湖北负责，请铁政局出示一张借条，此张借条便存入藩台衙门吧！”

谭继洵要了个缩头术，把挑子撂给了王之春。王之春当然也知道，湖北要在短期内筹集百万银子，是件根本做不到的事，但是他刚才说得坚决，毫无保留地支持督署的决策，此时又怎能改口呢？王之春是个聪明人，他早已看出洋务在中国很快就会是一桩最时髦的事，中国只有全盘学习洋人的技艺，才会有出路。

从私人感情来说，他与张之洞也渊源极深。无论于公于私，他都要坚定不移地站在张之洞的一边，即使筹不到百万，也要硬着头皮，竭尽全力去筹措四十五十万的。当下王之春笑着说：“既然谭大人这样相信我，我就尽力去办吧！也希望各位道府予以支持。”

在座的各道府见谭继洵发了话，王之春又接过了挑子，便一个个开口“好说好说”，但心里都在想：我们的那点银子金贵得很，怎么能给你铁厂去糟蹋？肉骨头打狗，有去无回的事，要做你王爵堂去做吧！

尽管铁政局的督办蔡锡勇对这一宏伟决策没有把握，但铁厂和枪炮厂上上下下已经掀起了声势浩大的建设高潮，一座座厂房在日夜修建，一座座烟囱在天天加高，一架架机器在快速安装，一船船煤铁在不断地运来，两个紧挨的工厂工地上，一派热火朝天、人声鼎沸的景象。

尽管湖北省的最高长官谭继洵以及大部分道府态度消极，但王之春、陈宝箴支持有力。王之春掌管银钱藩库，陈宝箴控制江湖黑道，生财都有路子，半个月便筹集到五十五万银子，保证了施工不致中断。然而，户部却一点响动都没有。

原来，户部的态度正如谭继洵预料的：根本不把张之洞的设想当一回事。户部现在是翁同龢的一统天下，满尚书熙敬不过挂个虚名而已。撇开翁同龢对张之洞的成见不说，户部多年来便是在捉襟见肘的狼狈处境中过日子，国库收入年年减少，除救荒赈灾等常务外，铁路、电线、购买洋枪洋炮这些新的开支年年增加。慈禧虽然住进颐和园三四年了，但园工并未停止一天，浩繁的开支常使书生气颇浓的状元公心疼。他翁同龢即便有点铁成金之术，也应付不了每天雪片似飞来的索银奏报和四面八方的巨大开销！

看到由外奏事处转来上面批有“户部阅”朱批的湖广奏折，翁同龢只是淡淡一笑，对着身边的司官说，一个俄国皇太子来顺便看一看铁厂，就值得这样小题大做兴师动众吗？张香涛做了十多年的督抚了，还不改当年好出风头的旧习，真是拿他没法子！说完，将它存入柜子中，再没有下文了。

一个月了，还不见户部的批文下来，张之洞急得不得了，发四百里快函给杨锐，叫他打听下户部的消息。杨锐通过在户部做员外郎的一个朋友得知：奏折在户部给淹了。接到杨锐的回信后，张之洞气得大骂：“翁同龢是个误国的权臣！”

户部这条路给堵了，总还得再设法弄些银子来呀。借！万般无奈之下，只有这一个办法了。向谁去借呢？姐夫鹿传霖那里已借过一次，不好意思再开口了。

桑治平告诉他，当年他提拔的太原知府马丕瑶已擢升广西巡抚了，可以请马帮帮忙。张之洞想想也是，但广西是个穷省，比山西好不了多少，不能叫别人太为难。便写封信给马丕瑶，请他酌情腾借十五万。即使马丕瑶答应借，缺口还很大。放眼海内各省，再没有哪个巡抚过去于自己有特别交情了。

王之春说：“官银借不到，干脆借私银算了。”

张之洞说：“你是说到票号去借？总督衙门向票号去借钱，传开去会成为百姓的谈资，不合适。”

“不向票号借，向私人借。”

“商人的银子都在周转中，叫他马上拿出几十万来怕不可能。”

王之春笑道：“也不向那些商人去借，他们都胸无大志，鼠目寸光，即使一次拿得出，他也不会借给你，他怕你不还他。到时你是总督，他又不敢跟你打官司，与其将来吃亏，不如现在不借。”

张之洞摇了摇头说：“爵堂，这我就弄不清楚了，不是票号又不是商人，还有什么人家里藏着几十万两银子等着你去借？”

王之春依旧笑笑地说：“有一个人，中西结合，亦官亦商，海内一大能人奇人。我想香帅如果向他去借，定然不会碰壁。”

“这人是谁？”张之洞一边摸着胡须一边想着。“你是不是说的盛宣怀？”

“正是他。”王之春哈哈笑起来，“香帅不是说过，那年您从广州来武昌，船过上海时，他专门从天津赶来，跟您谈起湖北的煤铁矿藏的事吗？现在湖北煤铁遇到困难，我看他不会袖手旁观的，您不妨试试。”

“叫他借三十万，他拿得出吗？”

“我想他拿得出。”

“好吧，试试看吧。”张之洞说，“现在只剩下这条路了。”

“还有一条路可走。”王之春颇有成竹地说，“官银私银之外，尚有洋银可借。”

“啊，是的，你提醒了我。”张之洞的心情开朗起来。“马丕瑶、盛宣怀那里若借不到的话，我们就向香港汇丰银行去借。只是湖北的关税收入不如广东，担保的条件不硬。”

“我们握有一个很硬的条件呀！”

张之洞一喜：“你说的是什么？”

“香帅，”王之春的双眼里闪着亮光，“我们可以拿今后炼出的钢铁来担保哇！”

“爵堂，你真有办法。”

张之洞拍了拍王之春的肩膀快乐地笑了起来，心想：这人心眼儿真是活络得很，可惜，两湖这样能办事的官员太少了！

没有多久，马丕瑶回了亲笔函：“十五万借款单理应遵命照办，只是广西实在贫困不堪，千方百计，才只凑出九万两，剩下六万两当再过两个月筹措。敬希宽谅。”

张之洞知马丕瑶是个实诚君子，便回函说有九万已很感激了，广西穷困，剩下的六万不必费神了。

至于王之春推荐的借主，其为人则远比马丕瑶要复杂得多。住在天津的盛宣怀，此时已升任天津海关道兼津海关监督和中国电报总局督办，轮船招商局督办，集中国最肥的官缺和最赚钱的洋务企业头目于一身。他上得李鸿章的宠信，下靠包括郑观应在内一批人才的襄助，精明强干，长袖善舞，把个亦官亦商的事业做得轰轰烈烈红红火火。若论个人资财而言，说他富甲天下并不过分。早在二十多年前他便看中了湖北的煤铁，知道那都是能发大财的好东西。那年专程去上海拜访赴任途中的张之洞，便是冲着那些黑金子的，若张之洞同意，让他来办更好，即使不同意也给张之洞备一个案。所以当后来张之洞谢绝了他的要求后，他并不后悔此行。这几年来，他一直以极大的兴趣关注着龟山脚下的那座铁厂，不止一次地感叹张之洞的见识和魄力不仅远在一般平庸督抚之上，而且骎骎然直追李鸿章。张之洞比李鸿章年轻二十多岁，如此看来，执明日督抚牛耳，领将来政坛风骚的，岂不正是这颗冉冉而升的新星么？盛宣怀多么想和张之洞拉近关系，可张之洞不像李鸿章，清高而自负，难以靠拢。

去年郑观应陪同张謇从武汉回到上海后，又到天津去了一次，向盛宣怀谈起了铁厂的状况。这位《盛世危言》的作者眼光比世人尖利高远，如同他能从常人眼里的盛世背后看出潜在的巨大危机一样，他也看出了表面风光的铁厂背后存在的许多弊端：衙门做派，无人真正负责，人浮于事，铺张浪费严重，技术工匠缺乏，管理涣散，整个铁厂好比一只蒙着虎皮而没有血肉的假老虎。郑观应预料这个铁厂很难办得成功，今后不是负债累累，便是中途夭折，难有别的好出路。盛宣怀尽管没有亲自去看，但他相信郑观应的分析不错。这正中了他的预见。盛宣怀办了二十多年的洋务，也与许多外国企业家有深交，积自己的经验和别人的研究，他清醒地认识到，洋务这个从洋人那里传过来的玩意儿，只能按洋人那套办法去做；若只知从洋人那里移来机器和技术，而不把洋人成功的管理措施移过来，所谓的洋务便徒有外壳而没有内质，徒有皮毛而没有灵魂。张之洞把铁厂办成今日这个样子，恰恰是因为他不懂这个道理而沿用官场一套的缘故。

当然，铁厂尚未建成投产，存在的这些弊病目前还不至于形成大的障碍，也只有郑观应这样的人才看得出。正在兴头上的张之洞可能根本发现不了，即使看出些，估计他也不会太重视。有一次他跟李鸿章略微说了说。李鸿章冷笑道，张香涛那人一贯大言欺世，他办铁厂，炼不炼得出钢铁是次要的，他图的是虚名。

盛宣怀知道李、张二人成见甚深，李鸿章说的是挖苦话。铁厂即便今后办不成功，但张之洞本人的气魄还是可嘉的。盛宣怀对张之洞在湖北办的洋务局厂仍投入很大的关注。

现在这位号称理财能手的湖广总督因银钱的困窘，来向他借钱了。通常人面对借钱的事都头痛，盛宣怀对张之洞的借钱却是高兴得很。这主要还不是因为张之洞日后会取代李鸿章而预为张本，而是因为他看准汉阳铁厂不管是成是败，都会是一个巨大的存在。他乐意插手其间。

接到张之洞的借款信函，他的第一个反应是干脆送他三十万两，不要还了。但转念又想，是不是太巴结了，李鸿章知道后又会怎样看待自己呢？如此赠送好比捐款，自己不成了慈善家吗？四海之内，盼望捐款的人千千万万，你今后如何应付？要不，不要张之洞的利息？想想也觉得不妥，无息贷款在国外是用来扶助贫穷，建铁厂并不属于此类。最后盛宣怀决定按票号利息的一半借三十万银子给湖北。这是属于低息贷款的范畴，彼此之间既显示友好又不至于伤自尊心。

张之洞接到盛宣怀的信后，果然大为高兴。

经过两个多月的突击抢建，两个主要厂：炼生铁厂与炼熟铁厂都已初步建好，炼生铁厂已安装好购自比利时的高炉两座，炼熟铁厂也已装好购自英国的搅炼炉一组四座。其他如机器厂、鱼片钩钉厂、造铁货厂、轧钢轨厂已经基本建成，烟囱已高高地竖起八座，大冶的铁矿石、马鞍山的煤也在工厂空坪上堆起了六座小山。又配备大小斗车四十五辆，各种料车大平板车四十辆，还有载重吊车四辆。张之洞每隔八九天要亲自来铁厂视察一次，对工厂的进度很满意。每次来他都要赞扬蔡锡勇一番，鼓励他再接再厉。蔡锡勇虽有一肚皮不合时宜的话，面对着热情似火的总督，只得把它藏在肚里不说出来。看看离预定日期只有一个月了，蔡锡勇实在忍不住要说话了，因为面临的许多难题非得要总督本人才能解决。

又一次视察完毕后，蔡锡勇将张之洞请到督办办公室里，焦急地说：

“香帅，有几件大事，非得请示您定夺不可。”

“什么事，你说吧！”张之洞一边摇扇子，一边说。

“这都是刻不容缓的事情。”蔡锡勇拿手巾擦了擦额头上的汗，说，“最大的是炼钢厂的两座高炉。因风的缘故，已停在香港半个月了，就是明天启航，也要二十天的时间才能到汉阳，这两座高炉是装不好了。没有高炉，所有其他附属机器都装好，也不能称之为炼钢厂；当然，也就更遑论炼钢了。”

其实，炼钢厂才是整个铁厂的真正核心。停在香港的两座高炉，是利物浦机器厂专为汉阳铁厂设计建造的贝塞麦转炉。为造这两个炉子，该厂花了一年的时间，得知俄皇太子将来汉阳的消息，铁政局即刻发电报给驻英公使馆，由驻英使馆再电告利物浦必须在九月中旬运至武汉。工厂日夜加班，按期将这两座高炉运上船，驶出了爱尔兰海，预计两个月后可抵达龟山，却不料受阻于风。

老天爷不合作，张之洞真是一点办法都没有。他沉吟良久后说：“炼钢厂的事先搁着，其他的事呢？”

“炼铁用的是焦炭，不能直接烧煤。前天我们将马鞍山煤炼出的焦炭进行化验，结果证明不合格，马鞍山的煤不能用。”

这可真是桩大事。辛辛苦苦开采出来的马鞍山煤却不能用，而且直到这个时候才发觉，张之洞恼火起来：“当初大家都说可以，为何现在又用不得了？”

望着张之洞峻厉的目光，作为一个技术上的最高决策人，蔡锡勇觉得自己有不可推卸的责任。他语气沉重地说：“这事卑职有责任。当初化验时用的煤是早些年英国矿师提的存煤，几项大的指标勉强合格。这一年来大量的煤是从另外的煤井出的，外表看来没有区别，以为可以用，没有提前再化验，这是我的失职。”

这个问题可就大了。马鞍山的煤不能用，今后怎么办呢，又用哪里的煤呢？张之洞的心也立刻沉重起来。总结教训，寻找出路是以后的事，当务之急是要应付俄太子。

“有补救的办法吗？”

“有。”蔡锡勇肯定地回答。“我已访到上海码头上存有五千吨德国威斯伐利亚焦炭。这是世界上顶好的焦炭，开平煤矿的上等好煤都炼不出这样的焦炭来。”

“那就赶快去将它全部买来！”张之洞断然拍板。

“只是价格贵了点。”蔡锡勇嘴里有点嗫嚅。

“怎么个贵法？”

“一吨焦炭，要二十两银子，与买一吨生铁的价一样。”

张之洞吃了一惊，如此说来，我还开什么铁厂炼什么铁，不如拿银子直接去买铁好了，今后若长期用二十两银子一吨的德国焦炭来炼铁，岂不是白白地将朝廷银子化为水，给天下人一个大笑话！这种事决不能长期做，但眼下救燃眉之急也只得这样了。“那就先买一千吨吧，对付过这一次，以后再说。”

燃料的事算是解决了，蔡锡勇略微松一口气。

“还有一件事，炼生铁厂的高炉昨天检查时，发现有一座炉子的炉底风口至炉身中部有一道半寸宽的裂缝。这道裂缝若不堵死，则不能使用。”

“有办法可以堵死吗？”

“有是有，但我们这里不行，一是没有这个技术，二是缺堵缝的材料。用电报与停泊在香港的利物浦厂运炉子的船联系，船上说他们有办法。技师和材料都有，但至少要二十天后才能到达，不知来不来得及。”

张之洞说：“这不要紧，若来得及更好，来不及我就用一个炉子。有一个炉子出铁，我也是竣工投产了。”

到底是总督，魄力宏阔，不像自己这样拘泥，蔡锡勇放心了。

“香帅，这两个月来卑职全副精力都用在铁厂上，昨天陈念礽才告诉我，枪炮厂无论如何不能投产。”

“为什么？”张之洞又是一惊。

“江南制造局不愿卖机器给我们，说多余的机器一个都没有。”

“这一定是李少荃在刁难！”张之洞愤愤地说。

枪炮厂本是订的德国克虏伯厂的机器，但要明年春天才能交货，赶不上迎接俄皇太子，于是张之洞临时决定就近去上海，从江南制造局里转买。江南制造局是李鸿章在同治四年署理两江总督时，在上海创办的一家机器厂，后来逐步发展成为中国最大、设备最为齐全的军工厂，专造枪炮子弹，厂里的所有设备都是从英、美、德等国家买来的。张之洞估计匀一点出来给湖北没问题。谁知他想得简单了，机器是可以匀得出的，但他们不愿意匀，因为他们不希望看到今后有一个强大的对手出来，与他们竞争，这正好比同市之贾一样的心态。江南厂虽然一直与李鸿章关系密切，但这事他们并没有请示李鸿章，由督办本人做的决定。张之洞因为跟李鸿章不和，便怀疑他在作梗，其实错怪了李鸿章。

“怎么办呢？”不管是谁在刁难，反正机器落空了，铁政局的督办很为此事心焦。

张之洞一时也没办法，说：“炼钢厂的事，枪炮厂的事，这两件事你就别操心了，我来处理。你现在赶紧买一千吨德国焦炭回来，再精选几千吨好铁矿，先在生铁厂试炼两次，只要生铁厂能流出铁水来。就算大成绩了。”

“您说得对，是得先试验试验，这是顶重要的。”

“还有，”张之洞想起了一件事，“你安排栗殿先他们去做一件事，把铁厂和枪炮厂的环境好好布置一下，路要拓宽铺平，买一些花草树木来栽上。几个主要的工厂厂房都要用石灰粉刷好，尤其是你们督办、主办那座楼更要装饰好。此外还要布置好一间宽大的接待室，以供客人休息谈话，这间房子要豪华气派些。”

“好。”蔡锡勇说着，正要起身，张之洞又想起一件事，说：“给铁厂枪炮厂的所有员工每人做一件新褂子，到那一天都穿上。”

“需要这样吗？”蔡锡勇神色迟疑。“这要花一笔额外开支的。”

“多花点钱不要紧，显示我们湖北铁政局的气概是最重要的。”张之洞拍了拍蔡锡勇的肩膀，得意地笑起来。

六　在爱国之情的鼓动下，铁厂枪炮厂以高昂的热情造假

金秋十月，是中国大地的收获季节，也是一年中最为美好的时期。从南到北，到处一片果熟香飘，天碧水澄，尤其是地处荆楚要塞的武汉三镇，告别了为期三四个月的难耐暑气、滚滚热流，人们如同从蒸笼热锅中挣脱出来似的，有一种喜获新生的感觉。仿佛只有这个时候，才能有点心情来享受造化和历史给这座名城的慷慨赐予。

武汉三镇其实是有它的独特魅力的，仅仅一条滔滔长江就给了它无限的蓬勃生机。在秋日碧净如洗的天际下，江面显得格外的宽阔壮观。那是华夏之母博大丰厚的胸襟。江水东去，波光叠映，那流的是她的香甜乳汁。你看那龟蛇二山隔江相望，犹如两个护江之神，兢兢业业，恪尽职守，历千秋万代而不老。再看那禹王矶、黄鹤矶，更是两座镇江之宝，将河妖水怪压在流沙之下，不让它们兴风作浪，保佑

这一段河道良田受惠，舟旅无惊。

今天，三镇江面上将要迎接来自欧洲的远方贵宾。一大早，特使桑治平和总督衙门的代表梁敦彦率领着一批人马，登上装饰一新的购自英国的神女号舰艇，开出江汉关下游三十里处的白沙湾等候。

十时整，张之洞率领着湖北省抚藩臬三宪、各道府官员以及驻守湖北两镇的总兵副将等一批高级文武，蟒袍鲜明、翎顶辉煌地来到汉阳门码头。文武官员们个个形容整肃，如临祭祀一般，一改往日聚会时高声大语夸夸其谈的混乱，偶尔的交谈也只是附着耳朵的窃窃私语。倒是张之洞神态自若，一副举重若轻的大将风度。一切他都准备好了，该弥缝的也已弥缝了，正如技艺高超的伶人渴望在高规格场合中献艺一样，张之洞盼望的也正是在高规格人物的面前展示他的洋务政绩。今日的中国是土不如洋。地方上的堂堂道府，不如一个传教士；京师威风凛凛的军机大臣，可以被西洋公使的一句胁迫之辞听得两腿发抖。毫无疑问，不久便要加冕的俄皇太子，正是眼下中国境内规格最高的洋人。铁厂、枪炮厂让此人来参观，其影响程度甚至高过太后、皇上的驾临。自认为湖广地窄不足以供其回旋的张之洞，是多么希望能借这次朝野瞩目中外关心的机会，大展一下他的雄图远略。他笑着和坐在一旁的辜鸿铭聊天：“汤生，你没有在俄国住过，俄国话是怎么学来的？”

“我在爱丁堡大学读书的时候，学校要求除英语外，还要修三门外国语，我就选修了拉丁语、希腊古语和俄语。有人说，你是中国人，汉语本身就是一种外语了，何必还要多修三门欧洲语。我说我喜欢语言，班上有几个俄国同学用俄语交谈，我听起来挺有味的。”

这几个月来，辜鸿铭为了做好这次接待的翻译事宜，除了阅读大量有关俄罗斯的文献及俄国皇室资料外，还特别注意加强口语的温习，尽可能做到流畅准确，完美无憾。

“我们中国有很多方言，都不好懂，我做了五年粤督，还是听不懂广东话，外国也有方言吗？假若这个皇太子说方言呢，你听得懂吗？”

辜鸿铭笑了起来，说：“这点外国跟我们中国也差不多。同一个国家，同一个民族，因地域不同，语音也会有区别，比如说美国南部的语言跟北部就有明显的不同，但是不像我们国家方言之间的差距大。另外，他们也像我们中国一样，有官场通语，有上流社会交际语言。就拿俄国来说吧，首都圣彼得堡的上流社会里，便有一种他们习惯的言语声调，你要进入上流社会圈，先得把那套言语声调学好，不然你一开口，就露了马脚。别人会讥笑你是土包子，瞧不起你。至于在俄国宫廷，则以讲法语为时髦。俄国皇室成员，法语都很好，这位俄国皇太子曾在巴黎求学五年，能说一口流利的正宗法语。”

张之洞感到奇怪：“他们为什么这样抬高法语？”

“法语被公认为是世界上最严谨的语言，它的一个词一个字就只能有一种解释，没有歧义。所以世界上两个国家订合约，除他们各自的文字外，还要有一份法文本作为共同的依据，万一今后遇到分歧，则以法文本为准。”

“噢。”张之洞点点头说，“订合约用这种文字很好，但若用这种语言写诗，则会变得单调。诗无达诂，一个字一句诗，包含的内容越多越好，若一百个读诗的人，能得出一百种不同的感受来，那这一首诗就是最好的诗了。”

从外国的语言文字谈到自己擅长的诗文，张之洞的兴致大为高涨，对着旁边一群洗耳恭听的高级官员，侃侃高谈起来：“汤生，你读过李商隐的无题诗吗？那些诗真写得好，浓艳绮丽，扑朔迷离。沧海月明珠有泪，蓝田日暖玉生烟。汤生，你知道玉溪生这两句诗要说的是什么吗？”

“不太清楚。”在这样一种场合下，张之洞居然还有如此闲心吟起李商隐的情诗来，辜鸿铭既为总督好整以暇的气度所钦服，又深感诗文在其心中的分量之重。他心里暗暗想：或许，舞文弄墨才是这位大帅的本色。

“所以，后人有‘诗家总爱西昆好，独恨无人作郑笺’的叹息。过几年我致仕回籍，不做别的事，专门来做玉溪生的笺释。”

“大人做义山诗的笺释，那将是诗坛上功德无量的事。卑职也最爱读义山诗，到时我来给大人做助手。”王之春兴致勃勃地插话，半是实话，半是讨好。

张之洞听了这话很高兴，指着王之春对辜鸿铭说：“王藩台的诗写得不错，你今后可拜他为师学写诗词。”

当着众人的面夸奖自己的诗才，王之春很为总督给他面子而感激，忙说：“论诗，自然是香帅独步天下，无人可及的。汤生要学诗，还是拜香帅为师为好。”

辜鸿铭说：“我早想学诗了，只是没有遇到好老师。藩台称香帅独步天下，香帅称藩台诗写得不错，看来，二位大人都是诗坛射雕手。我今天当着众位面，就拜二位大人为老师学诗词，你们可不要推辞。”

说罢，起身，先向张之洞作了一个揖，又向王之春鞠了一躬。张之洞和王之春都快乐地大笑起来。因辜鸿铭这个举动，原先拘束的气氛一下子变得活跃起来，于是三三两两谈诗谈文谈洋人。有一个见多识广的巡抚衙门幕友便谈起俄国皇室秘闻来，悄悄地告诉大家：百年前俄国有个女皇名叫叶卡捷琳娜，统治俄国三十多年，开疆拓土，功劳最大，她的面首成百上千，数都数不清，武则天跟她比起来，那是小巫见大巫。这些官员大都昧于外事，对海外一向孤陋寡闻。这俄国皇室的风流故事让他们听得津津有味，如同吃了西洋大餐似的一快朵颐，纷纷催促这个幕友再多讲一些西洋宫廷艳史。正在这时，有人指着远处江面说：“俄国皇太子来了！”汉阳门码头接官厅顿时安静下来。

三艘军舰从下游溯江而上，慢慢地越驶越近。人们看清楚了，在前面领航的是湖北的神女号，后面两艘的船头分别写着保民、测海，那是南洋水师舰艇。前后两舰的桅杆上高高飘扬着杏黄色的大清三角龙旗，中间保民号的桅杆上并列飘着两面旗帜，除龙旗外，还有一面白蓝红三色旗，那是俄国的国旗。于是人们知道，俄皇太子是在这艘舰艇上。

长长的汽笛鸣叫声中，神女号引导保民号、测海号缓缓地靠近汉阳门码头，张之洞站起身来，谭继洵、王之春、陈宝箴也跟着起身。张之洞在前，其他三人在后，都迈着蹒跚的外八字步伐，踏过临时铺上红地毯的跳板，走上保民号，辜鸿铭跟在张之洞的身旁。梁敦彦忙用英语对客人们说了几句话，客人们立时起身，走出豪华气派的特等舱。

张之洞这一举动，是他的一时兴起。原来的安排是：俄国皇太子在桑治平、梁敦彦的陪同下，由舰艇上下来，张之洞等人在码头上等候；当客人的脚一踏上码头时，主人立时迎上前去。不料，张之洞一时高兴，竟然忘记了事先的约定，亲自走上船来。

刚一登上保民号，张之洞便发现两旁分别站着八个身着戎装的高大洋人。他想到这很可能是俄国皇太子的卫士，一时间他不知道如何与这些卫士打招呼，再看这些卫士，也都面面相觑，神色紧张，一个个木桩似的立着。显然，他们也不知上来的是什么人，该如何对待。

辜鸿铭见状，忙向领头的那位胸佩两排勋章的人走去。他估计这是卫士长，用熟练的法语对此人说："这是我们的最高统帅，你们应以迎接贵国元帅之礼对待。"

卫士长点头，对着两旁的卫士叽哩咕噜高声说了几句。卫士长的话音刚落，全体卫士立时双脚紧靠，发出一声干脆利落又整齐响亮的皮靴相碰声，然后十六只右手同时举到右脸太阳穴上。卫士长转向张之洞，又叽哩呱啦地说了几句话。辜鸿铭小声对张之洞说："俄皇太子的卫士向大人行军礼致敬，刚才说话的是卫士长。他说皇太子殿下卫士长四品武官伊万诺夫向最高统帅报告，一切准备完毕，请最高统帅检阅。大人您可以挥动右手对他们微笑致意！"

张之洞正在为局面的尴尬而犯难，不料辜鸿铭一句洋话便马上解决了。他轻轻举起右手，面带微笑地挥动着，两旁的俄国卫士笔立着纹丝不动，右手像被钉死在太阳穴上似的，目送张之洞一行缓缓走过。张之洞虽说做了七八年的制军，多次检阅过绿营兵士，但外国洋兵在他面前毕恭毕敬地举手行礼，有生以来还是第一次。一种极大的自豪感满足感油然而生，心里不免对辜鸿铭涌出感激之情来：若不是他的临机应变，何来这种荣耀！

此时，梁敦彦陪着客人已走了过来，双方在相距一步距离的地方停下来。梁敦彦对身边的一个洋人说了句英语，那洋人走出半步；张之洞估计此人是太子了，便也走出半步。梁敦彦介绍："张大人，这人便是俄国皇太子尼古拉殿下。"

张之洞微笑着说："欢迎皇太子殿下光临，武汉三镇蓬荜生辉。"

说话的同时，将客人仔细看了一眼。这位俄国皇太子大约二十五六岁年纪，身材足比张之洞高出一个头，淡金色鬈发在阳光下闪闪发亮，皮肤白净得比扑上粉的中国女人还要好看，高高的鼻梁上是一对灰亮的眼睛，合体的黑色西服中最为显眼的是领下那根红底黑条领带，浑身上下透露出一股逼人的高贵之气。中国制军心里暗暗喝起彩来。张之洞亲眼见过成年的同治皇帝，若拿同治帝与眼前的俄国皇太子相比的话，除开那一身价值数万两银子的龙袍要比他的西服华贵外，论长相，论气概，不知要输到哪般田地去了。一刹那间，张之洞有一丝自卑的悲哀，但很快便过去了。

皇太子指着旁边那个比他矮半个头的人说了一句洋话，梁敦彦一愣，他听不懂。梁敦彦只懂英语，刚才在船上彼此都是用英语交谈，没有障碍，现在见到张之洞，皇太子认为这是正式的外交活动开始了，遂改用俄国宫廷所视为高雅而正规的法语。见梁敦彦在一旁发呆，辜鸿铭轻轻地对张之洞说："皇太子在介绍他的表弟。他表弟是希腊维德森公爵的儿子，名叫凡纳。希腊公爵，相当于我国亲王，您可叫他凡纳世子。"

张之洞微笑着打招呼："一路辛苦了，凡纳世子，欢迎你！"

说话间也用心看了下这位希腊世子：年纪约为十六七岁，一头火红色的头发，一对蓝色的眼睛，一脸尚未脱尽的稚气，笑容中略带腼腆。

当辜鸿铭用流利的法语翻译的时候，尼古拉太子和凡纳世子都用一种惊讶的眼神看着他。他们倒不是惊讶辜鸿铭的法语娴熟，而是惊讶眼前的这个怪人：乍一看是个中国人，瓜皮小帽，长袍马褂；细看又不像，眼睛灰蓝，眼窝深陷，鼻梁高耸，皮肤雪白。两个洋兄弟口里不说，心里都在嘀咕：这到底是个中国人，还是个西方人，张总督的身边怎么会有一个这样的怪人？

"张制台，一向好吗？"这时，从尼古拉太子后面突然走出一个人来，大大咧咧地对张之洞笑着打招呼。

张之洞看时，这人二十多岁年纪，五短身材，身穿一袭石青色单龙江水海牙亲王服饰。他心里一惊：这多半是滚单上所写的肃亲王，刚才一时怎么忘记了他，没有先打招呼，真是不应该！

桑治平忙介绍说："这位是代表朝廷陪同俄皇太子的肃亲王。"

张之洞忙向肃亲王行大礼："下官失礼了，请王爷海谅。"

肃亲王哈哈笑道："贵客远道而来，自然应该先见客人。我一向于礼仪疏略，不必介意。"

这位年轻的肃亲王名叫善耆。光绪七年张之洞离开京师时，他才十二三岁，是个终日不出王府门的读书郎。张之洞不认识他，自是情理中事。肃王是满人入关之时封的八大铁帽子王之一，第一代肃王是太宗皇太极的长子豪格。传到善耆这一代，已经是第八代了。善耆这个人官做得并不大，但在中国近现代史上还是一个颇有名气的满人，使他成名的是两件事。一是二十年后，他在做民政部尚书时宽待谋杀摄政王的汪精卫，颇得革命党的好感。二是他生了一个汉奸女儿川岛芳子。此人以格格身份国色之姿而甘心认贼作父，充当日本间谍，干尽了损害中华民族的坏事。据说抗战胜利后，判川岛芳子死刑，执刑者因她的绝顶美貌而心乱目眩，以至于忘记开枪。

此时的善耆虽贵为亲王，但在王室中并无地位。他似乎也无从政野心，热衷的是吃喝玩乐，尤其对皮黄戏感兴趣。不仅喜欢听，而且自己也能唱。他常邀一批名伶进王府唱戏，自己也粉墨登场，和伶人同台演出，称兄道弟，并不摆王爷架子。俄国来的是太子，理应皇阿哥陪同，但大内至今尚无一个皇阿哥，只得从王府中遴选，二十六岁的善耆既是亲王又爱玩又无实际职守，自是最佳人选。

张之洞见过善耆后又将谭继洵、王之春、陈宝箴介绍给客人，三人分别和客人打过招呼后又都拜见善耆，主客之间寒暄几句后，张之洞便陪他们下船。在精心收拾好的驿馆里休息用过餐后，便按预定计划参观铁厂和枪炮厂。

午后，神女号载着俄皇太子、希腊世子和肃王等人，由张之洞率领的湖北高级文武陪同，浩浩荡荡地横渡长江，向着江北汉阳的龟山脚下驶去。刚刚靠近码头边，一阵阵震耳欲聋的鞭炮声，便从龟山脚下接连不断地响起。随即，一股股青灰色的硝烟向四面八方扩散，直冲山顶，很快，草丛树木之间便弥漫着雾似的烟气。俄太子和希腊世子还是第一次看到如此壮观的燃放鞭炮的场面，他们仿佛亲临炮声隆隆的战场似的，涌出一股强烈的新鲜感和刺激感。鞭炮声刚过，锣声、鼓声、铙钹声又接着响了起来，咚咚声、哐锵声有节奏地交错着，彼伏此起，热闹欢快。俄皇太子望着这些顷刻之间便能把喜庆气氛造得这等浓烈的中国乐器，极感兴趣。就在这一片闹腾中，张之洞陪着贵客们走下神女号，来到欢迎的人群面前。铁政局督办蔡锡勇走上前来，用流畅的英语致欢迎词，随后按照西方的礼节，两名可爱的小女孩向俄皇太子和希腊世子献上鲜花。两位洋王子十分高兴，手捧鲜花向众人挥舞。通往厂部的临时用黄沙铺平的大道旁，站立着二百名手持洋枪的大清士兵，他们正是张彪统率的督署亲兵营。看着二百杆在阳光下闪着幽幽蓝光的新式步枪，俄皇太子刚才的满脸笑容顿时失去，不由自主地整了整领带，小心翼翼地一步步迈着，直到走出兵戎队后，才觉得一颗心平静下来，又恢复先前的笑脸。

“尼古拉殿下，我们已经到了铁厂的厂部。”张之洞不无自得地指了指前方。

当听完辜鸿铭的法语翻译后，俄皇太子开始扫射这一片他还在圣彼得堡皇宫里便得知的闻名世界的汉阳铁厂。啊，真是个闻名不如亲见，从小起便以贫困落后孱弱受欺的形象留在他脑海里的古老中国，竟然会有这等气势雄伟的钢铁厂！

此时，十几个巨大烟囱的顶部正黑烟冲天，一座座小山似的矿石边，各种斗车正在忙忙碌碌地装货奔跑，大大小小高高低低的厂房里不时传来机器轰鸣声。厂区内，一条条平整的马路纵横交错，来来往往的员工人人身着统一的工装，并不在乎外国的皇储在身边走过，不露声色地做着自己的事情。尼古拉太子四处扫射了一下，估计铁厂的占地面积不会小于二百公顷。他也曾在本国及欧洲其他国家看过不少工厂，从铁厂的规模来说，在俄国可算是大工厂，在英法德等国中，也排得上中等偏大的位置。一边走着，督办蔡锡勇一边给俄太子介绍：这是钩钉厂，这是轧钢厂，这是化验室，这是抽水房，这是钢轨厂，这是修理房，这是绘图房，这是机器房。俄太子不停地点头，开始还能记得几个，到了后来，各种厂呀房呀在他脑子里打混，最后连一个名词也没记下。至于希腊世子，他跟着表兄来中国，只是想看看风景，吃吃中国饭菜，对厂房机器，他一点兴趣都没有，一路上东张西望，根本就没有听蔡锡勇在说些什么。蔡锡勇带着客人和主人一大帮子人马，从这个厂房里进，从那一个厂房里出，但见座座厂房都在紧张地工作，机器隆隆，马达声声，一派生产繁忙的模样。蔡锡勇兴致勃勃地一一介绍，张之洞是满腔热情地要向客人展示自己的政绩，他们并不觉得太累，首先疲劳不堪的是谭继洵。走了一半便发觉今天来铁厂十分失策，几次想不走了，找个地方歇歇，但他又是个拘于礼仪的人，这种场合下，那种举动他又做不出，于是只好咬紧牙关，拖着两只如同灌了铅块的老腿，勉强跟着队伍。再一个深觉劳累的是肃亲王善耆。从小养尊处优长大的善耆，出生以来没有走过这么多的路，更何况他的兴趣只在演戏听曲的玩乐上，做日常正经事，一点劲都提不起。这个机器那个厂房在他眼中，枯燥乏味至极，若按他的性子，早就要躺倒不走了，但作为朝廷的代表，他到底不好意思如此失礼，也只得硬着头皮挺着。

穿过十几间厂房车间后，来到了最主要的工厂——炼生铁厂了。一走进厂房，两个丈把高的炼铁炉便矗立在众人眼前，好像两座乌黑的铁塔，又好像两个大肚子黑金刚，顿时把客人和主人都吸引住了。一个年轻人走过来，问蔡锡勇身边的陈念礽："可以出了吗？"

"出。"陈念礽点了点头。

那年轻人走过去，对着围在两个铁炉旁边的工人们一挥手，只听见"哐啷"一声，两个铁炉的肚子突然开了，露出两个脸盆大的圆孔来。就在同时，两股沸腾铁水从铁炉的肚子里冲出来，直向炉子底座旁边的两个大铁桶里倾泻。溅起无数火花，犹如点燃了冲天花炮，又像夏夜的繁星坠落人间。这两股铁水火红火红的，就像火焰山逃出的两条赤龙，又如同老君八卦炉里流出的两道丹液，带着巨大的热量、灼人的光焰，直向周围的人群冲来，七八尺远外的参观者都受不了它们的强大迫力，情不自禁地向后倒退。

俄皇太子为这两条源源不断的熔化铁水鼓起掌来。本已疲惫不堪的谭继洵和善耆见到奔流的铁水后，也因高兴而振作起来了。张之洞见两个铁炉首次展现在外人面前，便能有这种壮丽非凡的表演，心中十分得意。他自豪地告诉客人："高炉一天一夜可出铁水八次，日产生铁五十吨，现在还在试产阶段，再过段时期，日产量可达一百吨。"

"好，好！"俄皇太子频频点头。"了不起，了不起！这样的炼铁厂有几座？"

蔡锡勇说："炼生铁厂目前只有一座，设计有三座。每一座两个高炉，第二座明年开工。第三座后年开工，全部建成后，日产生铁五百吨。还有一个炼熟铁厂，设计安装搅炼炉二十座，分为五组，已安装好的一组，今天也在炼铁，我们过去看看。”

“炼钢厂呢？”希腊世子突然插了一句话。在冶金领域里，这位十七岁的世子要比他的表兄知识多些。他知道，生铁、熟铁与钢是不同的，铁厂的关键在于炼钢厂。

真是哪壶不开提哪壶。对于这次参观，铁厂的心腹忧虑就在于炼钢厂。铁厂里真正见成果，让人看了喜悦的就是生铁、熟铁、炼钢三个厂，因为它们都是滚滚红流，可以造成一股夺目的气势。本来，铁厂因另一个炉子出现裂缝，只有一个炉子可出铁水，幸而从英国来的工匠在五天前赶到，将裂缝补上，于是有了今天的两个炉子出铁。熟铁厂有一组搅炼炉可以工作，勉强能对付过去，但炼钢厂是无论如何都不能投产，怎么办呢？万一客人提出来要看，如何回答？若说炼钢炉尚未装好，作为一个以炼钢为主要目标的铁厂，这不等于说铁厂尚未建成吗？不以实相告，又如何糊弄过去呢？

在铁厂这个有着三千员工的特大号工厂里，如果说有本事能炼出钢的人没有几个的话，那么，玩花招变戏法弄虚作假的人却多得很，并没有费多大的力气，办法就出来了。

蔡锡勇指着相距三十多丈远的一个厂房说：“钢厂就在那儿，我们去看看吧！”

王之春不知内情，心想：不是说从英国买来的炼钢炉还没有安装吗，带客人去看什么呢？

蔡锡勇带路，善耆和张之洞等人簇拥着尼古拉太子和凡纳世子来到钢厂。一进厂房，众人都觉得奇热无比。原来，环绕着一个高大的显得有点灰蒙蒙的炼钢炉旁边砌着十几个洋砖炉子，每个炉子里都燃烧着熊熊的焦炭火，炉口边的焦炭都已烧得红艳欲滴。那情景，仿佛当年后羿射下的红日全都落到这些炉子里来了似的。顷刻间，所有的人都汗如雨下，燠燥难耐。善耆是个虚胖子，此时里衣全部汗湿透了，心里在咒骂：这是个什么鬼地方，就像下了油锅似的！谭继洵已热得口焦唇燥两眼昏花，真恨不得立时走出这个炼狱。尼古拉和凡纳也有点纳闷：为何此处要摆这么多火炉子，它们作什么用？思忖间，两人身上早已大汗淋漓了。他们都穿着紧身的衬衣，系着紧紧的领带，外面的黑呢西服也都扣得整整齐齐。尽管热得浑身极为难受，但身份和教养都不允许他们有丝毫解衣扇风状，心里却巴望早点结束这个活受罪。

蔡锡勇微笑着对大家说：“很抱歉，这一炉钢还要半个小时后才能出炉，请诸位稍稍等候。”

善耆、谭继洵等人听了这话，心里叫苦不迭，参观的人群中已有好几个人忍不住这酷热，走出厂房门。辜鸿铭把这句话翻译给俄皇太子听，太子的眉头皱了起来，看了看他的表弟，那神态更为不安。他抬头看了看火门，然后轻声对辜鸿铭说：“这里太热，就不要等它出炉了吧！”

辜鸿铭一样地热得难耐，便借此机会说：“那我们就出去吧！”

希腊世子巴不得这句话，忙说：“不看了，到外面去透透风。”

辜鸿铭走到张之洞的身边，转达两位客人的意见。张之洞立刻满脸笑容，高声说：“应客人要求，我们现在出去透透风，半个小时后再来看钢水出炉。”

众人如同领得大赦令，从死亡线上获得新生似的，纷纷走出钢厂。一股秋风从汉水上刮过，穿过龟山的花木草丛，来到铁厂，轻轻地抚摸着这群中外参观者。大家仿佛有生以来第一次享受这样的快乐，第一次觉得凉风的可爱。

蔡锡勇趁热打铁，对两位贵客说：“枪炮厂就在铁厂的旁边，我们去看看吧！”

从心里来说，尼古拉、凡纳不想再去看枪炮厂了，此刻他们最大的希望是洗澡换掉湿衣服，躺下休息休息。但这一内容是早就由他们自己提出的，又不好意思拒绝，便只得遵照安排，穿过铁厂的右侧门来到枪炮厂。

枪炮厂的占地面积虽只有铁厂的一半，但仍然是一个很大的工厂。这里也有五六个高大的烟囱和十来个厂房，蔡锡勇依旧精神抖擞地一一向客人介绍：零件厂、子弹厂、运输处、修理部……但包括两位客人在内，所有的参观者都已没有刚才的兴致了。

当蔡锡勇提出一一看时，尼古拉太子说："只看看组装成枪的那个厂吧！"

蔡锡勇说："好，那我们去看看装配厂。"

众人于是径直来到枪炮厂里的最大厂房。一进厂房，便看到一排排崭新的步枪摆在工作台上。蔡督办指着枪支介绍，这些枪都是我们厂造的：这是仿造的英国毛瑟枪，这是仿造的德国克虏伯枪，这是仿造的英国波利枪。太子和世子既不是带兵的将领，又不是做枪炮买卖的军火商人，根本就不懂这个枪、那个枪的，只得胡乱点头叫好。陈念礽在一旁用英语补充："铁厂大门两旁卫士手中的枪，也全都是我们这个枪炮厂自己造的。"

尼古拉太子的眼睛睁得亮亮的，刚进门时那种肃杀的气氛给他留下了很深的印象，凭直感，他觉得那些枪的杀伤力不小。他抬起头来将车间前后左右看了一眼，车间里摆了几十座工作台，每座工作台上都摆满各种枪上的零部件。穿着一色工装的工人都在忙碌着，熟练地装配枪支，"咔嚓、咔嚓"的清脆响声从各个角落里传来，把一个装配车间弄得像演兵场样的杀气腾腾，随时都会有刀出鞘、弹出膛的厮杀局面出现。

尼古拉太子心里想：用不着再看了，这里正在生产仿欧美各国的最新枪支，估计仅这个车间一天装配一千支枪不成问题，若照此推算，年产量将有三十万支以上，三年下来便足可以装备一个国家的军队了。如此一想，年轻的俄国储君不禁生出几分敬畏之心来。

其实，这个洋太子完全被中国人给蒙了。

枪炮厂虽然建成了厂房、烟囱，安装了不少机器，还有近一千号员工和十来个洋匠，但正经制造枪炮子弹的机器，从英、美定购的还没有运来，向江南制造局买又没有买到，这些枪支子弹怎么能生产得出来？尽管若干年后汉阳枪炮厂红得发紫，曾经在一段相当长的时间里成为中国第一号兵工厂，它所制造出的数以百万计的汉阳造，二十年后成为反清革命志士手中的精良武器，四十年后又为抗日战争立下汗马功劳，然而，在当时，它确实还只是有其名无其实。

今天展现在洋太子面前的这一切，全是湖北绿营的表演，这幕戏由已升为参将衔亲兵营头目张彪一手导演。他将亲兵营三百五十名兵士全部派到枪炮厂。其中二百名士兵荷枪列队迎接客人后，便分散在厂部各处巡逻站岗，一方面防备意外，确保安全，一方面也制造出一种凛然不可侵犯的气氛，给俄皇太子一点精神上的压力。另外一百五十名便全派到装配车间。在驻防武汉三镇的绿营处，张彪收集了二千杆新式步枪，一大半摆在厂门进口处做样子，一小半被换上工装的士兵拆开散在工作台，然后在客人来的时候，再一支支地装上。这些士兵为此训练了半个月，明知这是在弄虚作假，但在一种“灭敌人威风，长自己志气”的宣传鼓动下，一个个心中充满着爱国的激情，仿佛大家所做的正是一桩捍卫国家尊严、打击洋人嚣张气焰的庄严神圣的大事，与平日的虚假蒙骗有本质上的不同。

从枪炮厂出来后，尼古拉太子怀着很大的敬意，一本正经地对张之洞说：“总督先生，您所创办的钢铁厂是亚洲的第一大钢铁企业，整个亚洲，再也找不出第二个这样的工厂了，就是我们俄罗斯，甚至包括欧洲大陆，也很少有几个在规模上能与此处相比的钢铁厂。一年多的时间里能造成这样大的钢铁厂，您毫无疑问创造了东方的奇迹。您是当之无愧的中国英雄，我佩服您，我要向世界宣扬您的成就。您的枪炮厂也很了不起，一年造出的武器可以装备一个集团军，三五年后贵国所有的军人手里拿的都将是您造出来的枪炮，您对中国的贡献太大了！”

辜鸿铭把这些话一字不漏地翻译出来。张之洞听后无比兴奋激动，一种扬眉吐气、宏图已绘的豪情勃然兴起，嘴里却有节制地说道："太子殿下夸奖了，无论铁厂，还是枪炮厂，都还在刚刚起步的阶段。太子殿下下次再来的时候，我们的事业将会更宏大，更兴旺。"

第二天上午，由肃王善耆和藩司王之春及协理总文案梁敦彦等人陪同，客人游览了武汉三镇的名胜风景。下午四时，以湖广总督衙门名义所举办的盛大宴会在晴川阁举行。

离铁厂大约五里处的龟山东端，巨石突兀嶙峋，直劈长江波浪，这便是禹功矶。它上面的禹王祠、禹柏、岣嵝碑等，都是武汉三镇有名的前人遗迹，尤其令人流连的是，此处占尽山川之胜。风和日丽之时，登禹功矶，眺望对岸高耸的黄鹤楼、雄踞的黄鹤矶，眼中长江之水滔滔东去，一泻千里，随风起伏的波涛上白帆片片，江鸥点点，真令人心旷神怡，豪情满怀。远在明代，范仲淹的十一代孙范子箴出任汉阳太守时，便在禹功矶上建了一座二层楼房，四面皆空，设茶坊酒店于上层，刻唐贤宋人诗词于楹柱，以利客人坐在桌上便可感受猎猎江风，极目楚天形胜。范太守极喜崔灏《登黄鹤楼》中的"晴川历历汉阳树，芳草萋萋鹦鹉洲"句中的"晴川"二字，将此楼命名为晴川阁。得知俄皇太子要来武汉后，晴川阁便定为设宴之地，予以重新修缮。

此时，武汉三镇罕见的盛宴已经摆开。首席上一张大圆桌，第一号客位坐的便是两年后登上沙皇宝座的尼古拉太子，左手边坐的是肃亲王善耆。肃王既是接待尼古拉的主人，又是光临武汉的贵宾。挨着善耆坐的是谭继洵，以下王之春、陈宝箴、桑治平。第二号客位坐的是希腊世子凡纳，凡纳之下依次坐的是梁敦彦、蔡锡勇。与尼古拉对面相坐的是今日宴席的主人湖广总督张之洞。为便于翻译，辜鸿铭坐在太子和世子之间。团团圆圆的席上，可谓客人尊贵，主人高雅，满桌陪伴者尽皆三楚精英，华夏俊才。

今天上席的全是地道的鄂菜。这鄂菜虽不列中国的八大菜系，算不上名菜，却也自有它的味道。突出的特色是味重色香，讲究的是火候工夫，尤以煨汤名闻海内。湖北的煨汤用的是不上釉彩的黑土瓦罐，将要煨的新鲜食物洗净，连冷水一道装进瓦罐，水平罐口。先用猛火煮三滚，这时瓦罐的水溢出三成。再上各种调料平罐口，将罐口盖好用石头压紧，然后再用温火慢慢熬，一直熬到汤只有三成为止。此时，打开罐口，浓香扑鼻，倒出的汤鲜美可口，喝下肚去，浑身舒泰，留在嘴里的余香，三日不散。而且这种汤什么都可以煨，贵到山珍海味，贱到萝卜红薯，一样地都可以煨出超过原味三分的汤来。

今天，主人为客人精心选择了四个煨汤：长江喜头鱼（即鲫鱼。鲫与吉谐音，吉字乃喜字之头，故称喜头鱼），汉水甲鱼，洪湖莲藕，郧阳木耳猴头菌。尼古拉贵为俄皇太子，自小吃的是西餐大菜，奶酪面包。莫斯科冻牛肉，巴黎烧蜗牛，伦敦烤乳猪，罗马大羊排，一直被他认为是世界上最好吃的名菜。今日喝了武汉的这四道煨汤，一口口香鲜美味直沁心脾，把他心中的四道名菜统统压了下去，嘴里不断吐出他今天上午刚学会的中国话：“好，好！”惹得众人一齐开怀大笑。

凡纳世子也将这些中国菜吃得津津有味。

莘鸿铭拿起桌上的酒壶，给两位贵客斟上，然后对尼古拉说：“酒怎么样？好喝吗？”

“好喝，好喝极了！”与所有的俄国男人一样，尼古拉太子也十分爱喝酒，今天的酒和煨汤都令他觉得异常新鲜有味。

“比贵国的伏特加如何？”

“比伏特加要香醇，进口时的感觉也比伏特加要好。”尼古拉以行家的口吻答。

“俄国的伏特加不好喝。”希腊世子直爽地插话。“伏特加除酒性烈外，没有别的味道。”

他朝着太子说：“我怀疑你们的伏特加就是白水兑酒精。”

尼古拉并不以凡纳贬低伏特加为意，笑着说：“比起中国的酒来，伏特加是要差些，我这一路上喝的中国酒都比伏特加好。不过，我们俄国人喜欢喝伏特加，就是看中它的酒性烈，一瓶伏特加喝下肚，勇气一下子就来了，什么事都敢做，死都不怕。”

辜鸿铭笑着说：“这就是酒的作用，我们中国自古就有烈酒壮起英雄胆的说法。”

尼古拉指着酒壶问：“这酒叫什么名字？”

“东坡万寿春。”辜鸿铭答。“东坡就是中国古代的大诗人苏东坡，他曾被贬在湖北黄州。他喜欢喝酒，也精通酿酒的技术，他把他的酿酒术传给黄州百姓，世世代代黄州百姓都酿这种酒，为纪念他，取名为东坡万寿春。”

尼古拉点点头。他不懂中国文学史，也不知道苏东坡是谁。

这时，一个妆扮俏丽的年轻女艺人，抱着一把琵琶走了上来。这是宴席上安排的一个内容，既请俄皇太子欣赏中国的艺术，也为酒宴助兴。女艺人是湖北汉剧的名伶。湖北汉剧虽不是一个很大的剧种，却是与眼下走红京师的皮黄戏有着血缘联系。它是皮黄戏的源头之一，腔调优美，很受江汉一带百姓的喜欢。

女艺人向客人优雅地行了一个礼，然后坐下，轻轻地拨弄丝弦。清脆的过门调奏响后，晴川阁里的所有杂言细语都停了下来。两位欧洲贵宾还是第一次听这种乐声，觉得十分美妙动听。女艺人开口唱了起来。歌喉甜润柔美，歌曲婉转多变，两位客人都为之深深吸引，只可惜，他们听不懂唱的是什么。女艺人退场后，尼古拉请辜鸿铭翻译出来。

辜鸿铭说：“她唱的是用汉剧腔调谱的一首很有名的诗。诗的作者是一位神童，他在十三岁的时候写出一篇很受人喜欢的文章。这首诗写在这篇文章结尾处，这位神童在中国家喻户晓，他的名字叫王勃。”

“王勃。”尼古拉用生硬的腔调模仿辜鸿铭的话。

从这两个字里，张之洞听出刚才辜鸿铭是在给客人讲叙王勃的事，他笑着说：“王勃的《滕王阁序》是靠一位神仙的帮助才得以问世的。滕王阁开宴席的前一天，王勃还在距南昌府七百里的江面上，根本无法赶到。夜里马当神吹来一股风，将他的船一夜之间送到南昌府。第二天上午，他如期到滕王阁，于是有了这篇美文和这首好诗。”

辜鸿铭忙把总督的这段话翻译给尼古拉听。尼古拉睁大着眼睛问：“真有这样的事吗？总督先生说的神仙真的有吗？”

听了辜鸿铭的翻译，大家都哈哈笑起来。

善耆插话：“这个人太聪明，可惜，寿命不长。二十七岁那年坐船不小心，落水死了。”

辜鸿铭又把善耆的话翻译给俄皇太子。

皇太子感慨地说：“我们俄国也有这样一个诗歌写得好的神童，他活得也不长，只有三十多岁。他不是落水而死的，他是因为夫人爱上了别人，他跟那人决斗，被那人用子弹射死的。他的名字叫普希金。”

这回轮到在座的中国官员睁大了眼睛，一个个在心里嘀咕：这是怎么回事？自己的老婆偷了野汉子，反而还要跟野汉子决斗，被他打死？这俄国怎么就是这样的怪风俗！这位神童普希金真是冤里冤枉丢掉了一条命。把野汉子扭送官府法办呀！或干脆，休了她再娶一个呀！在咱们中国，这是再简单不过的事了，决不会要把自己的命搭上。夷狄真是夷狄，一点礼仪都没有！善耆、张之洞、谭继洵等人都在心里冷笑着。

“他在十四岁的时候写出一首轰动俄国上层社会的名诗。”尼古拉太子怀着对俄罗斯诗歌的太阳无限崇敬的心情，情不自禁地用俄语背诵起《皇村怀古》中名句来：

瀑布好似明珠串成的小河，
从乱石堆成的山包上泻落，
水中的仙女在平静的湖面溅起缓缓荡漾开来的水波。

一座座宏伟的宫殿安静肃穆，
一个个圆形的拱顶直耸云霄。
地上神仙在此把逍遥岁月度过，
这里是俄国雅典娜的神庙。

座上的中国人，包括精通英文的梁敦彦也听不懂俄皇太子嘴里念的是什么，但从他专注虔诚的神态中可看出普希金及其诗歌在他心目中的地位。待辜鸿铭将它用中文翻译出来之后，张之洞、王之春这两位中国官场中的大诗人都很失望：这哪是诗，只不过一段有韵脚的话而已！

“太子殿下。”辜鸿铭用法语对尼古拉说，“这首诗是普希金的少年之作，此时的他尚不太懂世事，故而对叶卡捷林娜女皇倍加崇敬，赞扬她为俄国的雅典娜。据我所知，成年以后的普希金，对叶卡捷林娜的丰功伟绩却不以为然，十年后，他再写皇村的时候就只写风景，不谈历史了。”

俄皇太子没有想到，这位翻译竟然对普希金有如此多的了解。他以三分惊奇七分挑战的神态对辜鸿铭说：“看来，辜先生对普希金很有研究，不知你刚才说的十年后的皇村诗能记得一两句吗？”

“我可以全部背诵给你听。”辜鸿铭得意地笑了笑，然后用纯正的俄语背道：

美好的盛情与往日的欢乐的守护者啊，
哦，你啊，
槲树林的歌者早就熟悉的保护神，
记忆啊，
请你在我的面前描绘出那些我用心灵生活的迷人的地方，
还有那些我曾经热爱过，我的感情在那儿发展成长的树林，
在那儿，我们童年和最初的青春融合在一起，

在那儿，由于受到大自然和幻想的抚养，
我认识了诗歌、欢乐与宁静……

“辜先生，请不要背下去了。你的俄语和你的记忆力都令我惊讶不已，佩服不已。你对普希金诗歌的热爱，更让我感激。普希金是我们俄罗斯的骄傲，我没有料到在中国，能遇到一个普希金的热爱者。你爱普希金，就是爱我们俄罗斯，我太谢谢您了。”

俄皇太子激动起来，话说得恳切而真挚，他的态度也让辜鸿铭激动：一个懂得珍惜自己文化的民族，才是真正强大的民族！

太子用俄语说完这番话后，又伸出大拇指，用中国话说：“好，辜，好！”

张之洞等人从俄太子的神情和这三个中国字里已听出辜鸿铭和客人谈得十分融洽，并且赢得了客人的赞扬，这正是宴会所需要的气氛。于是，他乘机举起酒杯来，对客人说：“为了中国和贵国的友好，请太子殿下干了这一杯。”

“好！”听了辜鸿铭的翻译，尼古拉一口把杯中的酒喝干。

“吃菜，吃菜！”善耆拿起匙子给太子和世子各舀了一勺汤。

凡纳悄悄地用希腊语对尼古拉说：“辜先生的法语和俄语都说得很好，不知他会不会说希腊话。”

谁知，这两表兄弟的悄悄话让正在斟酒的辜鸿铭听到了，他立即改用希腊语笑着对凡纳说：“我当年在爱丁堡大学读书时，主修的是希腊文，法文和俄文还在其次。”

凡纳大吃一惊，对辜鸿铭准确的希腊语很感意外。他不好意思地说：“辜先生，你真是语言奇才，一个中国人，能说这么多欧洲语言，举世少见。”

辜鸿铭继续用希腊语说：“古希腊是欧洲文化的发源地，我研究欧洲文化，不能不懂希腊语，古希腊神话和荷马史诗一直令我景仰。我虽说离开欧洲十年了，但荷马史诗，我还能背诵一些。”

“真的？”希腊世子兴奋地说，“那你背两句《伊利亚特》给我听听。”

“行。”《伊利亚特》是荷马史诗中的最重要的一部，辜鸿铭略微想了想，背道：

赫克托耳回答说：
保卫特洛亚是我的职责，
有关战争的一切，
都是我分内的事，
如果我赫克托耳像懦夫一样逃离战场，
岂不要被特洛亚的英勇的儿子们
和穿着长袍的妇女所耻笑。

“背得好，背得好！”凡纳到底年纪小，快乐得竟然鼓起掌来。

众人虽听不懂希腊话，见辜鸿铭的一通洋话博得世子的掌声，猜想他一定用卓越的表现获得了客人的欢喜。希腊虽是小国，但他既是俄国的亲戚，也就不能轻视，也不能排斥眼前的这个十多岁的贵族子弟，有执掌希腊王权的可能性。想到这里，善耆带头，大家也轻轻地鼓了两下掌。

尼古拉来中国一个月了，从北京到天津到上海，沿途与不少翻译打过交道，像辜鸿铭这样的语言天才和记忆大师，他还是第一次遇到。这个怪模怪样的中西混血儿赢得了他发自内心的敬重，他从西服上衣口袋里掏出一只怀表来，对辜鸿铭说：“很高兴在中国遇到你这样了不起的人才，我愿与你交个朋友。这块怀表，是父皇所赐，送给你聊表我的诚意。”

说完双手递了过来。

这是一块小酥饼大的镶着名贵钻石的瑞士怀表，是瑞士国王送给尼古拉的父亲亚历山大三世的国礼。尼古拉二十岁生日时，亚历山大三世将它送给了儿子。在夕阳的照耀下，这块瑞士名表闪烁着五彩宝石光，将在座所有人的目光都吸引过去了。

面对着这份价值昂贵的礼物，辜鸿铭犹豫了一下。回国近十年来，他深深感觉到中国的等级观念远过于西方，尤其是官场上。“官大一级压死人”，这话是一点都不错的。今天的这个官方宴席，论地位则肃王善耆最高，论实权则总督张之洞最大，这块怀表，送给他们两人中任何一个都可以，却不能送给他这个没有品级的幕友翻译。如果接下，便立即有失礼之过。但是，人家皇太子的一番诚意，又怎能不接受呢？辜鸿铭毕竟聪明，稍一犹豫，便接过来用法语说了声“谢谢”，然后捧着怀表来到张之洞的身边，利用双方都听不懂的有利条件，对他说：“香帅，俄皇太子在上海时就听说您是很有名的诗人，他又仰慕中国书法，现在他特为送这块他父皇送给他的怀表给您，希望您送给他一首亲笔写的诗。”

张之洞听了辜鸿铭的这番话后，心里为俄皇太子看重他的诗和书法而高兴，便说：“我可以送他一首诗，但不必拿这么高的代价来换。”

辜鸿铭正想再说两句，善耆一把从他的手里拿过怀表说：“张大人，你不必客气了，这块怀表是真正的皇家珍宝，多少银子都换不来。他既然愿意，你何不乐得收下。”说着，仔仔细细地把玩起来。

和当时京中所有的王公贵族一样，善耆也是个西洋钟表迷，家中英国的、法国的、德国的、瑞士的钟表堆了两屋子，坐的、立的、挂的、大的、小的、圆的、方的，各种形式的都有，但这种正经八百的外国宫廷珍品却没有。他对这块怀表喜爱至极，只是碍于身份和客人的面子，不好意思问张之洞要。

张之洞已看出了善耆的心思。善耆既然喜欢，不如收下转送给他，这种人跟他贴近亲乎总是有用的，说不定哪天他就成了御前当差王大臣，也说不定哪天就成了军机处领班，于是笑着说：“好，你跟跑堂的说一下，叫他们摆出一张桌子来，弄好笔墨纸砚，我今天就在晴川阁赋诗一首。”

辜鸿铭马上把这个话翻译给俄皇太子，又说总督先生的诗如何如何好，书法如何如何精妙，说得俄皇太子满心欢喜。

一会儿，一切都准备停当。

听说张大人要赋诗了，主席、陪席上的吃喝全部停下来，大家满怀兴致地要一睹这难得的盛况。

张之洞的确是个出色的诗人。他喜爱吟咏，也勤于吟咏，十二三岁时便能写出很好的诗来，直到外放晋抚前三十年间，他写过上千首诗。他景仰苏东坡，诗文写作也走的苏氏路子。豪放洒脱，不过于斟字酌句，而注重整篇的气势雄健。他推重唐风宋骨的诗风，自己素日的创作则偏重于宋人风格，用字质实，造语浑重，用典精切，立意独创。京师诗坛，从翁方纲开始，一直流行学人之诗，重肌理格调。张之洞的诗以厚重宽博的特色甚合学人胃口，故最为官场士林看重，所作诗歌广为传诵。自出任山西巡抚后，政务繁忙，诗兴索然，十多年间他一首诗都未写过。有时，清夜扪心自问：一首诗文不作，哪里是翰林出身者所为，岂不与军功捐班同流了！一早醒来，盈尺簿书、烦杂钱谷又等着他去处理，中宵萌生的一点诗意立刻荡然无存了。

此时，面对着雄阔壮美的三楚风光，想起洋务事业的粗具规模，多年消失的诗情突然在张之洞胸中涌冒出来。吟一首吧，让这位俄国的皇太子将它带回俄国，带到沙皇的宫廷中去，让他们知道中国有一个张之洞，有一个正在做富国强兵实事的湖广总督，从今以后，不能对中国有非分之想。是的，这诗非写不可，这还不只是我张之洞个人的诗，这关系到中俄两国之间的大事。想到此，他认为也应该为那位希腊世子写一首，其意义也一样的重大。他对王之春说：“爵堂，我多年未作诗了，诗路枯窘，我会勉强凑出一首来，还有一位希腊贵客，不能冷落他，你就代我做一首送给他。我们一道来应付这个差事。”

王之春正要借这个大场合展现一下他的诗才，遂满口答应。

在大家殷殷期待的目光中，张之洞终于走到桌子边，提起笔来。尼古拉太子、凡纳世子忙过来观看，善耆、谭继洵、辜鸿铭等也围了过来，只有王之春正在遥望长江西头的那一轮血色落日，搜肠刮肚地构思着。

善耆很高兴，不顾王爷之尊，一边抚摸着手中的怀表，一边大声念着出现在宣纸上的诗句。

海西飞轪历重瀛，储贰祥钟比德城。
日丽晴川开绮席，花明汉水迓霓旌。
壮游雄览三洲胜，嘉会欢联两国情，
从此敦槃传盛事，江天万里喜澄清。

张之洞刚收笔，王之春便得意地走过来说："香帅，我的诗也出来了，也是一首七律，与香帅不谋而合。"

"好极了，你念我写。"

张之洞拿过另一张宣纸，随着王之春抑扬顿挫的吟诵声，纸上又现出张之洞一行行遒劲的书法来。

乘兴来搴楚畹芳，海天旌旆远飞扬。
偶吟鹦鹉临春水，同泛蒲桃对夜光。
玉树两邦连肺腑，瑶华十部富缣缃。

停了一下，王之春接着念："汉南司马展雄图，多感停车问七襄。"

张之洞手中的笔停住，说："八句诗句句都好，就是这'展雄图'三字改一改，我都快花甲之年了，还展什么雄图，雄图让你们后生辈来展吧。"

王之春说："大人不老，正是大展雄图的时候。"

张之洞摇了摇左手，右手下又现出两行诗来。将王之春所吟的诗句作了小小的改动：

汉南司马惭衰老，多感停车问七襄。

写完后，又分别在两首七律的左侧写上“赠俄国皇太子尼古拉殿下。”“赠希腊公爵世子凡纳帐下。”

张之洞对两位贵客说：“诗虽写好了，但要裱糊才能悬挂。”

善耆忙说：“这事就交给我吧，我叫人裱好送给他们。”

张之洞借机笑道：“那就有劳王爷大驾了，俄皇太子所赠的这块怀表，就请王爷笑纳，算是我的借花献佛。”

“好，这是你张制台的盛情，却之不恭，我收了。”

善耆边说边将手中的表放进衣袋里。晴川阁内外，响起一片笑声，中外贵客皆大欢喜。

七　江湖郎中从武当山带来九截罕见的焦桐琴材

俄国皇储尼古拉太子与希腊公爵凡纳世子离开武汉不久，英国人办的中文版《字林西报》，便以重要位置连续两天报道俄皇太子一行在武汉三镇参观的情况，着重介绍了汉阳铁厂和枪炮厂，称赞汉阳铁厂是亚洲第一大钢铁企业，又说汉阳兵工厂年产新式步枪三十万支，而这些赞誉用的都是俄皇太子的原话。并随文刊载了好几幅工厂正在生产的实况照片，又详细报道了晴川阁的盛宴，而且刊登了张之洞赠送给两位贵宾的诗。

《字林西报》是一家很有权威的报纸，西方各国公使对于中国的事情，一般不相信从北京发出的京报，认为那纯是朝廷的御用工具，反而相信设在上海的《字林西报》，说它公正，不存政治偏见。因为洋人看得起，朝廷便跟着看得起。于是，这家外人办的报纸，反而比中国人自己办的报纸更有分量，说的话更算数，真令中国人尴尬难堪。不幸的是，这种现象竟然延续多年，成为近代中国诸多悲哀中的一个。

《字林西报》的这篇报道，特别是它对汉阳铁厂、枪炮厂以及湖广总督张之洞的赞扬，立即在海内海外朝野上下引起轰动。朝廷中过去有些人经常指摘张之洞好大喜功、挥霍靡费，现在也缄口不言了。支持他的人，遂借机赞扬张之洞办的是强国富民的实事，为国家争了脸面，应当大力支持。这些人明显占了上风，户部下文，允许张之洞从上交盐课中截取八十万两银子，用于铁厂和枪炮厂的兴建。英国、法国、德国驻汉口领事馆都派人前来总督衙门，商谈如何将本国的机器卖给湖北。英国领事馆仗着辜鸿铭的那段往事明显地占了优势。他们又主动提出低息借二百万港元，以江汉关关税作抵押，这无疑是雪中送炭的得力之着。

有了八十万盐课和二百万洋款，张之洞真个是如虎添翼，借长袖而起舞了。第一步，便是将筹措多年的织布局厂房兴建起来。

早在两广总督任上，张之洞在筹办铁厂的同时就酝酿建广东织布局，并拟以向闱赌商派捐的办法来筹款，先一年派捐四十万两，第二年派捐五十六万两。银子还没有收上来，张之洞便奉调武昌。李瀚章不愿办铁厂，也不想办织布局，于是张之洞连铁厂一起将织布局迁到武昌。

因为湖北经费紧张，必须仰仗广东的银子，张之洞遂与李瀚章商议，粤鄂共办织布局，广东省以九十六万两银子捐款作为股份入局。但李瀚章对织布局能否赢利无信心，反复磋商后同意拿出五十万两银子入股。张之洞不得已在湖北东挪西借，又凑了三十万，才将英国机器的订购款付清，去年机器已运到武昌来了。但一则缺经费，二则忙于铁厂、枪炮厂分不过心，于是这些机器便只好锁进仓库。这下好了，张之洞从中拿出五十万两银子来，立即在武昌城文昌门外兴建厂房。

接下来，张之洞便着手创建纺纱厂。湖北天门、潜江一带历来便是有名的产棉区，所产棉花量多质优。民间纺纱工艺粗糙费时，好棉花却得不到好的使用。那年张謇、郑观应向张之洞建议，棉花是湖北一大财富，不利用太可惜了。现在织布局办起了，棉纱便有了固定的销路。用湖北的棉花纺湖北的纱，用湖北的纱织湖北的布，再将这些布匹向各省销售。纺纱、织布两局都赢了利，又可以补贴铁厂和枪炮厂，还可以办别的事，这是一条正经八百的生财致富之道。于是挨着织布局的旁边，一座规模宏大的厂房又动工兴建了。

这时，上海有个丝业巨商黄佐卿，看中了张之洞是个有气魄办实事的官员，他极想将已在江南开创并收效甚好的蚕丝事业，借张之洞的权力在湖北发展，于是从上海来到武昌，提议与湖北合办缫丝局：湖北官方出银八万两，他出银二万两，所得利润同样八二分成。张之洞欣然赞同。于是湖北缫丝局的厂房便在武昌水果湖旁边也热气腾腾地兴工了。黄佐卿又向张之洞建议，湖北苎麻种植面广，将这项资源开辟出来，也是一件利国利民的好事。张之洞也采纳了他的建议，委托他派人去日本购买制麻机器，物色技师，一待缫丝局建成投产后，便来全力筹建湖北制麻局。

张之洞雄心勃勃，希望通过布、纱、丝、麻四局的建立，在湖北形成一套用洋机器生产的纺织工业体系，既直接造福于湖北农人，方便全国百姓，又将开中国新式纺织风气之先，使沿袭几千年的手工织布，从农人家中走出来，变为大量生产的社会商品。

随着洋务事业的蓬勃发展，张之洞越来越感到洋务人才的短缺。他和蔡锡勇等人商量，在铁政局旁边兴建一所洋务学堂，取名自强学堂。聘请蔡锡勇兼任学堂总办，以陈念礽为提调、梁敦彦为总教习，聘请所有从美国回归的留学生为教习。自强学堂设方言、格致、算学、商务四科。以方言为基础科，方言科以西文为主，分英文、法文、俄文、德文四门。

因为布、纱、丝、麻四局的原料均来自乡村，农学已成为一门必须研究的大学问，又因为铁厂枪炮厂急需一批操作工，张之洞又相继办起湖北农务学堂和湖北工艺学堂。

这期间，炼钢炉已安装好，枪炮厂的机器也全部从美国、德国等国家运来，铁厂和枪炮厂名副其实地投产运行了。

短短的一年多时间里，湖北的重工业、轻工业从无到有勃然兴起，新式学堂由少到多全面兴办，以汉阳铁厂为代表的湖北洋务事业如一股大潮，冲击着一向保守闭塞的荆楚官场士林、城镇乡村，引起各界震动，从而使得两湖风气大变。它又如一道虹霓，闪耀着七彩光亮，高悬在江汉天穹，备受朝野内外、东西南北的瞩目，成为时论舆情的热点、府衙廛市的谈资，或誉或毁，或慕或嫉。总之，都不能轻觑小看，更不能无视它的存在。

看着这一切，身任十余年艰巨的张之洞心中泛起一股自得自慰之感，也就在这时，他突然有了一种疲倦感。

佩玉对丈夫说："早该歇歇了，即便是一尊罗汉，这样没命的辛苦，也要闹出病来的。趁着休闲的这些日子，把孩子们的大事给办了。我看你，都把这事丢到脑背后去了吧！"

这怎么可能呢？仁梃、准儿的母亲都不在了，娶妇嫁女的大事，理应由他这个做父亲的一手操持。早在徐致祥参劾案之前，他和佩玉就商量过小儿女的婚事。参劾风波平息后，张之洞正儿八经地将此事提出来，分头与桑治平夫妇、准儿和念礽谈起，令他欣慰的是大家都没意见。

桑家夫妇喜欢仁梃是意料中事，连准儿都相中念礽的人品才学，不嫌他大自己十二岁，张之洞对女儿的择人眼力甚是满意。

于是张之洞和桑治平商量，决定先订婚，两年后再结婚，一则是四个年轻人中三个都尚小，过两年正好，二则因为张之洞曾托付吴秋衣办的事，还得过两年才有消息。

原来，小儿女们订婚的先一年，在吴秋衣离开武汉准备继续漫游天下的前夕，张之洞托老友为他寻觅几块好琴材。吴秋衣问他做什么用。他说准备几张琴，今后儿子娶妇、女儿嫁人，不送银钱，每人送一张琴。吴秋衣拍手笑道：“好个高雅的总督，这礼物再好不过了。”两人约好，三年后的中秋节前再在武汉相会，吴秋衣一定设法带几块好琴材来。

现在离三年约期只有两个多月了，那个浪迹江湖的郎中还记得这件事吗？无论吴秋衣返不返武汉，琴材有没有觅到，今年秋季是一定要将小儿女们的大事办了的。

就在中秋节的前几天，归元寺的小沙弥给总督衙门的大门送来了一封总督亲启的信。张之洞拆开信一看，原来是吴秋衣的亲笔，说是三天前已重返武汉，现仍住在归元寺里，已觅到上等琴材，欲送上衙门，请定一个时间。

张之洞想，让一个江湖郎中进衙门来找他总不太合适，便随手写了两句话：定于明天傍晚在归元寺会面，纯是朋友晤谈，万不可惊动寺院僧众。封好后交归元寺的小沙弥带回。

次日傍晚，身着便装的张之洞与桑治平、大根三人悄悄地来到归元寺。此时，山门已关，香客和游人都已散去，喧嚣浮躁也随之被安宁清静所代替。薄暮之中，鼓声在沉沉地响着，依稀可见香炉中的余烟尚在袅袅升腾。佛祖和众菩萨罗汉的金身塑像，在暮色苍茫和霭霭香烟中，比起白日来更为神圣庄严。

闹市中的归元寺，大概只有这个时候，才真正像一座丛林禅院。四年前，监院上告方丈与知客僧合谋私卖龟山寺产的事，后来因为将赵茂昌与张之洞搅和在一起了，湖广衙门也无人来追查，方丈听到风声后，便赶紧破土动工兴建罗汉堂。

罗汉堂一动工，一则说明钱是用在正路上，二则众僧的兴趣便都转到工程上去了，三则工程一开工，一天好几百人吃饭，好酒好菜跟着进来，厨房热气腾腾的，全体僧人也都沾了油水。这样一来，方丈和知客僧得到拥护，监院反倒孤立了。没多久他便灰溜溜地一个人外出云游，至今未归。三年后罗汉堂建成，但再无钱给五百罗汉塑像，只好将堂空着，以后有了钱再说。僧众们看着这间空殿堂，也不再有什么意见，有人建议将殿堂收拾好，下雨下雪天，大家干脆到这里来活动活动，聚在一起聊聊天练练拳脚也好，于是众皆拥护。罗汉堂就变成了和尚堂，泥菩萨暂时让给活菩萨快活快活。

张之洞一行从西侧门进寺院，经过空空的罗汉堂，来到云水堂东边的一间宽大禅房里，吴秋衣早已打扫干净，烧好热茶在等着他们。

“秋衣兄，你黑瘦多了，三年来走了不少的地方吧！”大家坐定后，张之洞笑着问。

“我是跋山涉水餐风宿露，面孔自然黑瘦。你做官当老爷，怎么这几年也黑瘦多了！”吴秋衣望着张之洞，爽朗地笑起来。

张之洞说：“我这个官老爷做得决不比你这个郎中轻松，又要烦心费神，又要视察各个局厂，怎么不黑瘦？”

桑治平说：“做官比做云游客难多了，秋衣兄虽然肤体黑瘦，但头发却没有白。你看张大人，都已经须发如银了。”

“哎！”吴秋衣叹了一口气。“像他这样的官自然难做。不过话说回来，普天之下，又有几个张香涛？你看官场上的那些大小角色们，哪个不养得白白胖胖的，五六十岁的人，乌纱帽下的辫儿一根根油光水滑的，香涛你也是自找苦吃呀！”

“不说这些了。”张之洞是个倔强人，不高兴听这种泄气话。“秋衣兄，说说你这几年的经历吧。你的上等琴材是哪里寻到的。”

“我把琴材先拿给你看吧！”

“过会儿吧！”张之洞不想让吴秋衣觉得他到归元寺，就是冲着琴材而来的，他来这里主要是看老朋友，听老朋友说话的。“我们好好聊聊，过会儿再看。”

“好吧！”

静寂的归元寺云水堂禅房里，昏暗闪烁的豆油灯下，吴秋衣对老朋友叙说这三年来的经历。他略去了许多寻山问道的细节，着重讲访古拓碑寻觅琴材的过程。

吴秋衣那年离开武汉后，顺着长江东下，沿途的名山胜水、文物古迹耗去了他半年的光景。次年早春，他从江宁登岸，一路北上，辗转来到京师。在广安门内白云观住了四五个月，然后离开京师南下。今年初，他从南阳卧龙岗走出，穿过邓州境内的豫鄂交界口孟家楼，返回湖北境内，来到他向往已久的著名道教圣地武当山。

武当山方圆八百里，是华夏名山之一。它以七十二峰、二十四涧、十一洞、十池、九井、三潭闻名海内，尤其令道人们神往的是，此地有历代道教名人活动的遗迹和众多建筑宏大的道观。相传汉代的阳长生、唐代的吕洞宾、五代的陈抟、宋代的寂然子、明代的张三丰都曾在这里修炼过。

特别有趣的是此处还有闻名天下的武当派拳术。修炼者以静坐为主，然久坐血脉必不畅通，对身体不利，必须辅之以拳脚活动，又因为身居深山荒野，防盗防兽都要靠自己，于是以强身健骨、护卫僧寺为主要目的的武术操练便在各大佛寺道观里开展起来。出家人心里宁静，且无家室之累，做事比世俗易于专精，故此中常出高手。积数百年之功，佛道两家在拳术上各自冒出一个尖峰，这就是佛家的少林派和道家的武当派。

少林拳以阳刚劲健为风格，代表北人的豪气，武当拳以柔韧绵致为特色，体现了南人的灵气，各有所长，难分轩轾。少林、武当不仅在方外领了风骚，更在俗世武林中压倒各路豪杰，成为习武者的圣地。

但吴秋衣不习拳，他来武当山不是为了学武当拳，而是来感受这块道教圣地的神圣氛围。当年他在青城山建福宫坐观的时候，武当山有一个中年道人名叫幻化子来到四川，在建福宫住了两个月，与吴秋衣很是投缘，吴秋衣还陪他一道游了峨眉山，据说现在已经做了紫霄宫的道长了。看望幻化子，叙叙别情，也是吴秋衣武当山之行的重要目的。

紫霄宫在天柱峰东北展旗峰下，是武当山诸宫观中规模最为宏大的一座。它依山而建，层层崇台上修筑大小殿堂楼宇二三十处。中心建筑紫霄殿面阔五间，重檐九脊，翠瓦丹墙，梁柱之上，遍绘彩画。殿顶藻井，赫然浮雕二龙戏珠。殿前平台宽阔，楹柱高大。殿内供奉玉皇大帝及真武、灵官诸神。整个宫殿气势宏伟，富丽堂皇。吴秋衣没有想到此等大山深沟之中竟有如此殿堂，把它比之如人间仙境，实不为过。

主掌紫霄宫的幻化子见故人千里迢迢来看他，喜出望外，异常热情地接待他。二人各自讲叙这十多年来的情况，议论人世种种烦恼，畅谈方外无尽玄妙，心中都非常喜悦。幻化子陪同老友踏遍武当的峰峦洞涧，领略造化赋予此地的鬼斧神工，不知不觉两个月便一溜烟过去了。

吴秋衣想起张之洞的所托，两年多的南北云游，直到现在还并没有发现一块好琴材。再过三个月便是中秋约期了，如何向故人交代呢？吴秋衣心里不免有点焦急。

他想武当山乃是神山，这里一定长有上等好材，倘若此处都寻不到，天下还有哪个更好的地方呢？于是，从第二天开始，吴秋衣游武当，就不再以欣赏山水道观为主，而是以寻找良材好木为目的。

武当山的树木，尽管多得无数，但二十多天过去了，吴秋衣并没有发现特别奇特的适于做古琴的树木。吴秋衣只得求助于老友。紫霄宫主听了他的话，面色顿时凝重起来，他指责老朋友不应该插手政事，尤其不应该与这种达官贵人深交。官民之间有一道不可逾越的鸿沟，达官与布衣绝不可能有真正的友谊。他不会把你当作真朋友，你也决不可视他为知己。至于江湖，则更是自成一个世界，与官场其实是水火不相容的。吴秋衣明白幻化子的心思，只说了一句张之洞与通常的庸俗官吏不同后即不作更多的解释。他说重然诺讲信义，乃我辈立身之本，话既已说出口，不能不努力去办。

幻化子赞同他这一句话，想了想对他说，天柱峰北麓，在金锁峰与磨针涧之间有一块平坡地。唐代贞观年间，均州太守姚简祈雨于武当山。祈祷完毕，五条墨龙从天而降，霎时大雨倾盆，足足下了一个时辰，均州方圆百里内旱情顿消，这一年五谷丰登人欢马叫。姚太守感激龙王爷恩德，在平坡地上建一祠堂，取名五龙祠，并在祠堂后院种下十几株梧桐树。

到了宋真宗大中祥符年间，此地又遭遇百年一遇的大旱。掌祠的上乙真人应四方乡民之请，焚表哀告上天，求五龙再显，为民造福。黄表刚焚完，五条黑龙再次降临此地，兴风作雨化除旱象，万众欢呼之余，惊讶天神的灵验。然更为令人惊讶的是，第二天清晨，正当旭日东升之时，有五只彩凤从天际飞来，落在后院梧桐树上，约停了半个时辰后才飞走。上乙真人感激龙凤呈祥，遂将五龙祠改名五龙灵应观。

元至正十年，又见彩凤降落梧林。掌观三清道长奏报朝廷，惠宗皇帝加封此观为大五龙灵应万寿宫。明代永乐十一年，彩凤第三次降落，成祖亲自为此观赐兴圣五龙宫。自那以后到现在四百多年过去了，再没有见过五龙下降、彩凤栖梧的奇观。吴秋衣甚为惊诧，真有这样的事吗？幻化子拿出一册陈旧的《武当山志》来，果然上面都记载得清清楚楚。吴秋衣相信了。梧桐为制琴良木，但梧桐树到处都有，若不是格外的奇异，则未见得可造超凡绝伦的美琴。五龙宫的梧桐曾引来过凤凰，想必不是凡种。

次日一早，幻化子陪同吴秋衣来到天柱峰北麓，在五龙宫后果见一片梧桐。时值仲夏，但见梧桐树棵棵干挺枝秀，叶片硕大碧绿，高大的三丈有余直插青天，稚嫩矮小的幼树也不少，枝叶之间，时闻各种鸟雀的欢快叫声，给静寂的武当山增添许多生命的机趣。但偌大一片梧桐林，何木曾栖彩凤凰？前代凤凰落脚处，至今安在哉？面对着满眼有过不凡传闻的良木，吴秋衣又不知所措起来。

幻化子说，再住个把月，静待祖师爷的旨意吧！吴秋衣瞪大眼睛望着老友，迷惑不解，但他还是安心住下来。这一天半夜，天柱峰一带突然电闪雷鸣，狂风大作。幻化子和吴秋衣均被惊醒，他们走出房间，站在屋檐下观看天色。一会儿，他们看见北麓五龙宫附近火光冲天，借助偶尔的闪电，还可见团团升起的浓烟。幻化子说，一定是雷劈了老树，说不定这场雷火烧在梧桐林上，你的琴材可以定了。吴秋衣虽觉得有点玄乎，却实在喜欢这种与夜半惊雷联系在一起的选材经历。

天亮时，雨停了，吴秋衣和幻化子便急急跑到五龙宫梧桐树林边。果然，昨夜的天火烧在这里，几株特别高大出众的梧桐遭此惨祸，被烧得浑身乌黑，令人心痛。幻化子绕着树林四处寻找。一会儿，他拉着吴秋衣的手说，你跟我来。吴秋衣跟着他走了几十步，眼前出现一棵特别粗壮劲挺的梧桐。吴秋衣这时才发现，满坡桐林，似乎就数这棵最为伟岸。幻化子指着树梢头说，你看那上面。吴秋衣抬头望时，只见这株梧桐的梢顶往下，约有三分之一的树干被烧焦，眼下正冒着丝丝青烟，而下部三分之二的树干却完好无损。幻化子兴奋地说，要找的琴材就是这棵，这真是绝妙好树，可遇而不可求，这就是祖师的旨意。

吴秋衣望着这棵树梢被烧的梧桐，忽然间大悟过来，惊奇地说，这不就是焦桐吗？真正是老祖的恩赐！吴秋衣说的焦桐，源于《后汉书》上一则有趣的典故。当年，妙识琴理的东汉名臣蔡邕在吴地游览，夜宿一农人家，见他家的灶火特别旺烈，木柴的炸裂声又非常动听。蔡邕赶紧将灶中的木柴抽出来，原来是一根老桐木，忙将另一头正燃着的火熄灭，请人将此桐干制成一张古琴，果然音色出奇的美妙。而这张琴的尾部尚有焦纹，蔡邕将此琴命名为焦尾琴。

幻化子说，此木生在武当山上，得历代祖师之灵气，曾栖凤凰，现又被天火烧焦一部分，真是天底下难遇难求的绝好琴材。幻化子叫来几个火工道人，将此木从根部锯下扛到紫霄殿。幻化子谛视良久说，此木高大，可裁成九截，制琴九张。我本想留下几把，但看来这是上天专为张之洞安排的，我不能冒领。整木不好搬移，就在这里裁好。我打发个徒儿，背着送到谷城。到谷城后，再雇一只船沿着汉水南下，半个月可到汉阳。

“哎呀，秋衣兄，你竟然给我带来了如此焦桐木，快拿出来让我们开开眼界。”张之洞听到这里，实在按捺不住满腹的好奇心，打断了江湖郎中的长篇叙说。

“好，好。”吴秋衣笑吟吟地答应着，从里屋搬出九块长约四尺，宽约八寸，厚约三寸的木板来。

张之洞和桑治平、大根都围过来，一人拿起一块细细地看了起来。桐木块略带褐黄色，木质细密，纹路清晰。桑治平虽不是操琴高手，却也喜欢琴瑟管弦，他用手指头叩了叩木板，立时发出一种幽深绵渺的声音来。他又闻了闻，除开一股淡淡的桐香外，果真有一丝儿焦味，看来这位吴郎中没有说假话。他对张之洞说：“这确实是制琴的极品桐木，寻常不易得到。”

张之洞对这几块木材也非常满意，笑着对吴秋衣说：“你的这位道友也知道蔡邕焦尾琴的典故，可见他读过《后汉书》。一个方外人能喜读史书，确乎难得。”

吴秋衣说：“幻化子虽是道长，却酷爱读书，除道家典籍外，史书、诗文杂集他都爱读。每隔三年则外出云游半年，虽不插手俗世，但天下大事、民生疾苦都了如指掌。”

桑治平感叹地说：“这才是真正的得道者。老聃、庄周，表面上看都是韬光养晦，遁迹山林，其实心里一刻也没有忘记人世间的生老病死、忧愁疾苦。老聃说民之饥，以其上食税之多也。这话说得有多中肯綮！紫霄宫主得道家真谛。”

吴秋衣笑道：“桑先生真是幻化子的知音。实不相瞒，他虽在武当修道，但也是香涛兄的治下，他对香涛兄这几年总督湖广的情况也很清楚。他这次除送香涛兄九截异桐外，还为你未来的九张琴命了名。”

“有这事？”张之洞显然很高兴。“你将这些名字都告诉我。”

吴秋衣说：“幻化子依次将九张琴命名为：澄怀观道、山水清音、兰馨蕙畅、窈窕深渺、仙露明珠、惠风和畅、鹤鸣九皋、淡泊明志、天下和平。”

吴秋衣每念一个名字，张之洞便点点头，心里已将名字记下来了。九张琴名念完，桑治平微笑着说：“有意思，紫霄宫主学问不浅！”

吴秋衣说：“幻化子对我讲，张制台是大学问家，为他的琴取名，有班门弄斧之嫌。幻化子也不过是玩玩而已，并不是要香涛兄就采纳。”

“我全都采纳。”张之洞说，“这名字取得有多好，既深得乐理之妙，又一派仙家风味，我哪里想得出！只是我得把它的次序调换一下。”

“怎么个调换法？”吴秋衣问。

“你的朋友是道家中人，他把澄怀观道当作第一要务可以理解。但第一号琴我将自己留下，并传之张氏长房。我张氏世受国恩，当和国家休戚与共，和百姓命运相连，所以我得将原排第九的天下和平与澄怀观道对调。你有机会的话，可将我的这番意思转给你的老友，望他谅解。”

“幻化子本是戏言！你却如此认真，我想他不但会谅解，而且会感激。”

桑治平也说：“这样调换一下最好。其实，无论是道家还是佛家和儒家，最终的目的都是为了天下苍生百姓，天下太平是老百姓的最大愿望。以牧民为职责的一方疆吏，更是应该时刻把这一点放在心上。香涛兄这一调换，正体现社稷之臣的本色。”

张之洞笑说：“你的这位武当山长也不是一个庸常的出家人，他既对世事人生一切了然，也跟你说了些什么心腹话吗？拣几条可以对我们俗人说说的，说出来听听，也好得点启示。”

桑治平想起过去作为一个局外人常有许多看法，这十年来置身事内，反而显得迟钝了，便说：“当局者迷，旁观者清，秋衣兄，你和紫霄宫主都是局外人，一定会有不少真知灼见，说说吧！”

吴秋衣想了想说：“世俗间认可的正事谈得少，我和幻化子谈道典、谈山水较多，偶尔也闲扯过几句。给我印象深的，是他说过这样一些话。”

张之洞和桑治平都认真地听着。

“他有次说这几十年来，国家的元气亏损很大。一亏于洋人的入侵，二亏于长毛和捻子的作乱。这还不是主要的，主要的是亏于吏治的腐败。朝野内外的大小官员十之八九为自己的私利，为社稷苍生着想的不到十分之一，国家的各级权柄都在这些人的手里，这个国家的元气还不亏吗？”

张之洞不由自主地点了点头。这话虽不中听，但说的是实情。他不得不佩服这个方外人眼光的冷峻尖利。

“还说了一些，但那些话我估计你不能听，所以我也不说了。”

什么话不能听？这句话反而刺激了这个一向好强的总督大人，他偏要听听：“你说吧，没有我不能听的话。”

“好，那我就说了。我有言在先，你可不能怪我。”吴秋衣略停片刻后说，“幻化子说，大清的朝廷可能保不久了。”

张之洞下意识地打了一个冷颤，这可真是大逆不道的话，怪不得他不肯说，但既已开了口，还是让他说明白。

张之洞不露声色地说：“他有什么根据呢？是观天象吗？”

“不是天象是人事。”吴秋衣平静地说，“胡骑凭陵，内乱频仍，官吏腐败，民不聊生，这些都不说了，他只说两件事。”

深夜的归元寺云水堂禅房，死一般的寂静。

“第一件，辛酉年英法军队打进北京，咸丰帝离京出逃，结果死在热河行宫。自古君王离京师出逃，乃国之大不祥，何况还死在外边。这不是亡国之兆是什么？”

张之洞和桑治平彼此对望了一眼，都不能说什么。是的，他们又能说什么呢？这是三尺童子都知道的事，只是谁都没有将它与“亡国”连在一起来思考罢了。

“第二件，同治帝未及弱冠而崩，没有留下一男半女。今上大婚四五年了，也没见生下一男半女。从开国以来直到道光帝，哪一朝的主子不是在这个时候已子女成群了？皇嗣式微，正是国家式微的象征。”

这也是明摆着的事情，只是人们都不从这方面去想罢了。

其实，世界上许多事理，稍微往深层去多想一想，就会大不一样。珠宝很可能只是被一层浅浅的土灰所掩盖，稍稍动下手，或许就能得到；但人们习惯于常规常情，就是不愿意去拨开这层土灰。真的是天不佑大清吗？张之洞突然感到一丝恐惧。

桑治平问：“他还说了些什么？”

吴秋衣望着张之洞说：“他也说到了你。对这些年在湖北办的大事业也颇有微辞，你想听吗？”

“怎么不想听？”张之洞打起精神来说，“兼听则明，顺耳逆耳的话都要听。”

“幻化子说，张制台这几年在湖北确实辛苦，又是办局厂、又是办学堂，从洋人那里引来了许多新名堂。张制台用心当然好，想让中国跟洋人一样地富强起来，只不过恐怕是竹篮打水一场空。”

吴秋衣看了一眼张之洞，见他眉头皱得紧紧的，知他心里不高兴，但吴秋衣还是觉得应该叫他清醒清醒，不要让脑子热得发了昏。

“幻化子说，张制台可能认为引来的是洋药，能让中国祛病补神，但在我看来，或许不是洋药，只是洋服而已。穿起这套洋服，粗看起来跟洋人一样的体面了，风光了，但经不得细看；细细一看，洋服里面原来是个病入膏肓、骨瘦如柴的人。若是痼疾不根治，再好看的洋服穿在身上也精神不起来。所以幻化子说，中国寄希望于张制台的，最关键之处不在辛苦办局厂办学堂，而是在想办法根除中国积淀已久的沉疴。幻化子以为除中国之病的良药当在变法。若张制台借助自己崇高的声望和地位，能辅佐皇上来一番大变法的话，中国或许能有一线希望。如此，张制台于中国的贡献，则要远过于办洋务。”

幻化子把局厂学堂比作洋服，很令张之洞不舒服，但听下去，也觉得那位武当山道长的话不无道理。铁厂也好，自强学堂也好，毕竟是一枝一叶的事，律令法规才是国家的根本。根本不变，枝叶再好，也不足以改变全局，但变法是何等重大的事情，岂可轻易言之！在中国的史册上，变法总是与杀头流血、放逐充军、身败名裂等等苦难悲惨联系在一起。紫霄宫的道士可以高谈疗疾、放言变法，武昌城里的疆吏哪能随便言及此等事情？

但是，幻化子的这几句话也开启了张之洞的心扉：中国积弊已久，元气伤尽，欲图富强，的确不能只靠洋务一途，是得从根本大计上去考虑。然一动根本，又谈何容易啊！

他起身对吴秋衣说：“夜深了，我得回去了。谢谢你和幻化子给我寻到这样好的焦木，还得谢谢幻化子的这一番旁观之言。你这次在归元寺多住段时期，下个月小儿女婚嫁，若不嫌弃的话，我请你过去喝杯淡酒。”

吴秋衣忙说：“这是府上的大事，我自当前去祝贺。”

第六章／署理两江

一　亘古未有的中西合璧婚礼，在湖广总督衙门里举行

九九重阳节这一天，是张之洞和桑治平商定好为两对小儿女：仁梃和桑燕、念礽和准儿的大喜日子。张之洞不想因儿女的婚庆惊动武汉三镇的官场，更不想看到官场上常见的情形，即借办喜丧大量收取别人的贺礼的事出现。他一向以廉洁自律，如今身为湖广之主，更要为官场立一榜样。他和桑治平都主张一切从简，不邀请三镇任何官吏，就连总督衙门里面的官吏们也不请，为了表示对幕友的尊重和感谢，决定破例为督署全体幕友摆三桌，其中两桌是洋务幕友，但有一条规定，不得送一文钱的礼物。幕友们领下总督的情，但又觉如此太过分，便委托铁政局督办蔡锡勇前去转述他们的意见。

蔡锡勇对张之洞说："二公子成亲，大小姐出阁，两台喜事一起做，这真是总督衙门难逢难遇的大事。各位幕友能躬逢盛典，又蒙特

为赏脸宴请，众人都备觉荣光。大人不收贺礼，以身作则，杜绝官场时下流行的不正之风，幕友们都很能理解且极为赞赏。只是幕友们既吃喜酒，却一文钱礼物都不出，于情理太相悖。大家说，总督这样规定，我们都不好意思去吃喜宴了。”

张之洞说：“虽说是喜宴，我其实是借这个机会表示对大家的谢意。各位幕友多年跟随我，不嫌我的粗疏不周，也不嫌衙门薪少事烦，实在难得。”

蔡锡勇说：“梁崧生有个主意，他说念礽在美国多年，对美国人结婚仪式的庄重简朴很称赞，尤其称赞他们在婚典上互赠戒指、彼此祝福这一节。崧生说，二公子和大小姐的婚典上不如加上一个洋程序：互换戒指，当着父母和众位亲友的面说一句表白的话。这两对戒指便由我们全体幕友出。四个戒指，二十多个幕友，摊下去，一人摊不上一两。这实在不能算礼物，只是借此表示个意思，造出个气氛而已。香帅看如何？”

张之洞说：“西洋人这个仪式好，又简单，又意义深远，我很欣赏。接受各位幕友的建议，加上这个洋程序，四个戒指的礼物我也接了。我们都没有见过洋人的婚礼，送戒指时要讲些什么话，你得先拟好。”

张之洞欣然接受大家的主意，这种从善如流的气度令蔡锡勇喜慰。他笑道：“外国人在互赠戒指时，彼此说，亲爱的，我一辈子都爱你。”

张之洞也笑道：“这话有点肉麻，除念礽外，其他几个孩子都说不出口，改一句吧！”

蔡锡勇想了想，说：“洋人的婚礼上还有一个程序，是男女双方向着证婚人盟誓。誓言通常是这样一句话：无论是贫贱还是富贵，无论是健康还是患病，我都终生爱你，决不改变。”

“这句话好！”张之洞打断铁政局督办的话。“男女结合，携手相伴，开始漫长的人生。生活中最大的考验，往往在贫病贵贱四字上。有贫穷患病而被抛弃的，也有因富贵而变心的。洋人这句话概括得好，比‘一辈子都爱你’这几个字更要实在些。”

“那我们就将它移植过来，作点改变，把这句话作为他们互换戒指时的盟誓。”

“行，就这样定了。”张之洞快乐地说，“这就叫做中西合璧，华洋会通！”

九月九日傍晚，总督衙门松竹厅成了两对新人的婚礼庆典场所。松竹厅跟平时一样，并没有多加修饰，只是在朝南的正面墙上贴了两个大大的红纸剪的“囍”字，外加四根一人高的龙凤花烛。张之洞和桑治平作为家长出席了婚礼，今晚的婚礼仪式的家长中，还有一位地位低微的人物，那就是念礽的母亲秋菱。

一个月前，与小儿子一起住在香山城里的秋菱，接到大儿子的来信，信上告诉妈妈，婚期已确定在重阳节，请妈妈早点到武昌来。秋菱接到信后，喜得成天合不上嘴。她没有做多少准备，在小儿子的陪同下，立即动身，一路颠簸辛劳地来到了武昌城。

这些年来，儿子跟着总督张之洞，在桑治平的悉心照顾下，从广州到武昌，做了不少大事情。每当读到儿子那些充满着欢快的信件时，秋菱总是止不住热泪流淌：儿子终于出息了，他辛辛苦苦在美国学的洋学问终于在中国派上了用场。秋菱不去过问铁厂、枪炮厂究竟对中国有多大的作用，儿子学以致用，心情舒畅，她就万分满足了。儿子很孝顺母亲，每年总要寄回不少银票，但秋菱除拿小部分给小儿子外，大部分都存了起来，好将来给儿子成亲时用。快三十的大小伙子了，还没有成个家，做母亲的能不替他着急吗？她有意要为儿子在广东老家寻一个，儿子每次都说，不着急，男儿三十年方少，还早呢。侄儿都快要发蒙念书了，他还说早。秋菱想：兴许是在美国受的影响，听说洋人都是立业在先成家在后。儿子要学洋人的样，母亲也拿他没办法。后来，儿子来信说：张大人看上了他，要把大小姐许配给他，已订了婚。

秋菱得到这个喜讯后，心里又喜又忧。

喜的是儿子终于定了亲，而且定的是总督的大小姐。女子有了婆家，这一生就有了归宿；男子娶了媳妇，一颗心就有了拴系。母亲多年来心中最挂牵的事终于放下了。被张大人看中，招为乘龙快婿，这说明儿子的确很优秀。在乡里乡邻之间，为母亲争了大脸面。

忧的是媳妇是个千金小姐，她会不会在丈夫面前居高拿大，不尽妇道？她看不看得起这个婆母，尤其是当她知道婆母是丫鬟出身的小妾后，会是怎么看待的？

秋菱想到这里，心里很不是滋味。其实，娶媳妇还是娶小户人家的好：实在。男子汉大丈夫靠自己的本事立身处世，能到哪个地步就到哪个地步，不需要依仗岳家的势力。当然，她知道儿子的人品，儿子不是那种存心攀高枝的人。总督看上了他，把自己的大小姐许配给他，他也没有理由坚持不答应呀。

哎，秋菱叹了一口气，这真是命里注定她今后那段情缘要遭遇太多的磨难。

原先，秋菱是想在念礽成亲后与他住在一起的。与大儿子一家共享天伦之乐，固然是她作出这个决定的原因之一，但最主要的是因此而能常常见到桑治平，与他说说话，聚一聚，聊慰几十年来的相思之苦。那年香山城的巧遇，给秋菱带来的喜悦决不是言语和文字所能表达得出的。八九年来，对重逢的回忆，成了她心中一口时常涌冒甜水的泉眼。但现在，媳妇是个这种身份的人，今后怎好和谐相处？看来，武昌是不能长住了！

结婚典礼开始前，大根代表四叔邀请秋菱堂前就座，与张之洞并列接受新人跪拜。秋菱一时惶急，推辞着不肯上去。她觉得自己无论如何不能与总督大人并排相坐，她也不能面对着督府中那众多饱学师爷，接受他们的祝福。正在为难之时，桑治平走了过来，秋菱临时有了主意。

“表哥，我不上去了，你代替我吧！”

“那哪儿行？”桑治平感到意外。

“怎么不行！”秋菱说，“你是念礽的表舅，完全可以代替我！”

“表舅”，秋菱说出这两个字时脸红了起来，桑治平也一时间心跳血涌，定了定神后，他笑道：“秋菱，如果你今天没来，我以母舅的身份接受他们小两口的跪拜，也可以说得过去。但你来了，而且是张大人亲自邀请来的，怎么可以不出面而由我代替呢？”

见秋菱还有点紧张，桑治平恳切地说：“秋菱，张大人是个通达平易的人，他既然挑中了你的儿子，他当然会看重你这个亲家母。你今天上去跟他并坐，接受儿子媳妇的跪拜是天经地义的，张大人心里会很高兴；你不去，他反而心里不高兴。他已经来了，正望着我们，你不要再推辞了，快去吧！”

秋菱抬眼望去，果然见张之洞已经坐在大堂正上方右边的椅子上。照习俗，婚典上，男方的家长坐左边的上位，女方的家长坐右边的下位。秋菱见张之洞并不因自己是总督而特殊，将左边的上位虚席以待，心里颇为感动。她不再犹豫了，整了整衣襟，在大根的导引下，向大堂上方走去。

见秋菱上来，张之洞忙起身，指着身边的太师椅，微笑着说：“亲家母，请这边坐！”

秋菱红着脸说：“张大人，你是湖广总督，我是一个平民百姓，不好和你并坐！”

张之洞正色道：“亲家母，你这话见外了，念礽和准儿成了亲，今后我们便是一家了，哪有什么总督和百姓的区别，彼此都是亲家，一样的身份。”

“张大人言重了。”秋菱嘴里这样说，心里还是很高兴的。毕竟做过京师相府的丫鬟，见过大人物和大世面，秋菱一旦就座后，心里也便安宁下来。趁着婚典尚未开始，张之洞主动和亲家母拉起了家常。

“准儿七岁便没了娘，虽有个做官的父亲，其实是个苦命的孩子。”张之洞满含深情地说着，话语中带有几分对自己未尽好父责的内疚，对出嫁女儿的不舍。“今后做了亲家母的媳妇，我想你会像待女儿一样待她的。”

在秋菱的心目中，堂堂湖广制台，一定是个威严峻厉、缺少情意的刚硬男人，却不料他对女儿也有这样深的慈爱之情，与普通老百姓并没有什么两样。顿时，她觉得自己的心与制台大人的心一下子拉近了许多。她本是一副多情的柔软心肠，听了这话，不禁对即将过门的儿媳妇添了几分怜悯，说：“自小失去娘亲的孩子，最是可怜的，女孩比男孩又尤为可怜。小姐这些年来内心一定很孤寂，我只有两个儿子，没有女儿，对小姐，我会看得比儿子更加金贵。”

“拜堂后，准儿就是你陈家的媳妇了，你要直呼她的名字，不要再叫小姐了。”张之洞的脸上并没有多少喜色，倒是抑郁重重的模样。“因为从小没了娘，我不免娇惯了她，身边的仆人自然更是捧着哄着，准儿身上少不了富贵人家子弟的娇骄之气。过门之后，倘若有对婆母不孝，对丈夫不顺之处，亲家母还要多多管教才是，切不可因为她的父亲是总督的缘故，而有所顾忌。”

这几句话说得秋菱心里十分熨帖，看来张大人的确如桑治平所说的，是个通情达理的人。她心中的顾虑大大地减少了，忙说：“小姐在大人的教导下，自然是知书达理、聪慧贤淑的，陈家也不知哪一辈子积下了阴德，能迎进这样高贵的媳妇。”

张之洞浅浅地笑了一下，正要再和亲家母好好聊一聊，担任今晚司仪的梁鼎芬走了过来，对张之洞说：“桑先生到哪里去了？”

张之洞左右看了一眼，说：“他刚才还在这里，怎么一会儿就不见了。你叫大根去找找他！”

“来了，来了。”

正说着，桑治平大步地走进厅堂来。原来，就在秋菱和总督聊天的时候，桑治平趁着这个短暂的空闲，急忙去幕友堂换了一套新衣服。再次出现在秋菱面前的桑治平令她眼睛猛地一亮，只见他身穿一袭银灰色的上等苏绸夹里长袍，套一件黑色苏格兰绒呢马褂，头上戴着与马褂同料制的瓜皮帽，帽子的前额上嵌了一块拇指大的深红鸡血玉。最令秋菱注目的是脚底下那双黑布厚底新鞋。秋菱一眼就看出来了，这鞋是她给他纳的。那年他们重逢于香山，他从她二十四双布鞋中拿去的那一双。他一直珍藏着，直到今天，在如此特别的场合中当着她的面第一次穿上。只是，这是一双棉鞋呀，重阳节穿棉鞋，岂不太招人瞩目？

秋菱的心猛地剧跳起来，周身的血在奔腾着。

她满怀深情地打量着眼前这个与自己并坐的督署首席幕友：已过半百的他依旧挺拔而潇洒，似乎与三十年前的肃府西席没有多大的变化，只是两鬓时隐时现的白发，记录了这段漫长的岁月沧桑。她心里偷偷地想着：倘若三十年前，她与他能拜堂成亲，让他今天名正言顺地做新郎官的父亲，那这人世间该有多么的美满。想到这里，一股兴奋而羞涩的笑容飞上她的脸庞，不觉微微地低下头来。就在这个时候，桑治平也在看着她。在桑治平的眼里，今夜的龙凤烛光下，身穿吉服的她依然身段匀称，面容姣好，尤其是那双含情脉脉的杏眼，仍是当年的温柔明亮，与肃府时期的那个小妹妹没有任何不同！

"节庵，开始吧！"

当桑治平在张之洞的右手边的空椅上坐下后，张之洞对梁鼎芬说。

武昌知府近日出缺，正眼巴巴盯着这个位子的两湖书院山长兼总文案，今晚荣膺这个重要的职务，心里格外兴奋，这意味着总督没有把他当外人，也将意味着有补武昌府缺的希望。他今天也把自己装扮一新，十分卖力，临时从书院调遣十来个能干的学子，把婚庆典礼所应该办的事办得有条有理、熨熨帖帖。

参加今晚婚礼的除开二十多个幕友以外，就是衙门里较有点头脸的衙役和仆役。遵照张之洞的指示，武昌官场上的人一个没请，因为张、桑、陈三家都不是本地人，除开念礽的弟弟和佩玉的父母，也几乎没有别的亲戚。四五十位客人将松竹厅的里外坐得满满的，人人都怀着喜悦亢奋的心情参加这难得的庆典。

在一阵鞭炮唢呐声中，大家所翘盼的今夜主人公们终于从后院走到前厅来了。

首先走出的是张府二公子仁梃和桑家的小姐燕儿。

仁梃穿着玄色长袍天青马褂，头上戴一顶宽檐烟色呢帽。他原本瘦小单薄，今天这套新衣服一穿，平时不大起眼的二公子突然变得抖抖擞擞、神采飞扬起来。仁梃右手拉着一条三尺多长中间扎成一朵大牡丹的红绸带，绸带的那一端便是新娘子桑燕。桑燕身穿大红衣裙，头上罩着一方鲜红头巾。她个子高挑，看起来似乎比仁梃要高出小半个头。现在她静静地站在夫君的身旁，宛如给松竹厅再增加一根火红的大蜡烛：鲜红明亮，光艳照人。客人们在心里想着，一旦头巾掀开，眼前必定是位倾城倾国的绝代佳人，这张公子真是百世修来的福气。有年轻好胜的幕友不免有点嫉妒：看仁梃这副嘴脸模样，若不是生在总督家，他能娶得到这样的美人吗？哎，这真是人强强不过命！秋菱也一直在盯着桑燕看，默默出神：好一个漂亮的小姐，真个是有其父必有其女，不知道自己的媳妇比不比得上？正在遐想之际，又一对新人走上前厅。这一对新人的出现，立即使满座嘉宾沸腾起来，几十双眼睛一齐聚焦在这对新人身上。

原来，这对新人的装束一反祖祖辈辈中国新婚的传统打扮。

只见新郎念礽身穿一套铁灰色毛哔叽洋服，里面雪白的衬衣领口上结着一条流光溢彩的红缎领带，头戴一顶黑色高筒绅士帽，脑后那条粗大的发辫不见了，脚上着一双雪亮的黑色牛皮鞋。再看新娘，却更令人骇然：穿在身上的是一袭雪白洋裙，又长又宽的裙脚足足在地上拖了三四尺。白皙的脖子上挂着一串粉色珍珠项链，在烛光中熠熠闪烁，尤其令人惊异的是：新娘没有罩头巾，那经过精心装扮的更加美丽的面孔、那盘成高髻满是首饰的乌黑头发，一览无余地展露在众人面前。幕友们一阵阵高声喝彩，衙役、仆役们满脸诧异，两只眼睛紧紧地盯着两个新人。若不是平日见惯了的熟人，他们真怀疑前面站立的是两个洋人。

秋菱也惊呆了：儿子穿洋服，她倒不陌生，过去在美国留学时，寄回来的照片上通常穿的都是这种服装，而媳妇的这等美貌亮丽，使她大为欣慰，至于如此大方庄重、敢于不罩头巾而拜堂成亲，则又令她大为意外。她转过脸去看了看亲家公，只见张之洞微笑地看着女儿女婿，似乎对这样的穿着非常满意。

“一拜天地！”松竹厅里响起梁鼎芬高亢的带着厚重广东腔的官话。

两对新人对着皓月在上的夜空深深地拜了一拜。

“二拜父母！”

仁梃、燕儿小两口走了过来，向着张之洞和桑治平双双跪下，叩了一个头。张之洞笑着说：“亲家，仁梃做了你十二年学生，从今日起，是学生又兼女婿了，你可要替他多尽一份心哦！”

桑治平望着眼前的新郎官，心里自是欢喜不尽。十二年来，朝夕相处，小窗课读，十岁少年郎今日成了真正的男子汉，桑治平对仁梃的感情，早已超过通常的师生情谊。张之洞的话提醒了他：如今家已成了，业如何立呢？总不能老做读书郎吧！张家的二公子今后该以什么作为自己的事业？

桑治平也笑着说：“是呀，仁梃该自立了，过些日子我要和他谈谈立身建功名的事。你做父亲的应该先替他谋划谋划。”

接下来，念礽和准儿也在秋菱和张之洞的面前跪了下来，恭恭敬敬地磕头。张之洞端坐不动，秋菱见准儿向她行这样的大礼，心中颇觉不安，身不由己地站起来，一边说着“不敢当，不敢当”，一边忙扶着准儿，让她起来。张之洞也赶紧站起来，扶着秋菱的肩头说：“亲家母，你坐着。她是你的媳妇，向你磕头，是理所当然的，怎么能说不敢当？你不要扶她，她年纪轻轻的，自己能起来。”

说得秋菱又高兴又有点不好意思，只得又回到椅子上坐好。看着儿子和媳妇双双站起，弯腰侍立一旁，她心里甜蜜蜜的。二十多年来的含辛茹苦，仿佛由小两口的这一拜而全部补偿了。

念礽没有向桑治平跪拜行大礼。他至今也不知道，这个平日以表舅相称的人，竟然就是自己的亲生父亲。

桑治平以无限深情看着眼前光彩夺目的儿子，心里有着一股从未有过的快乐与欣慰之感。这些年来，面对着日渐成为湖北洋务栋梁的念礽，桑治平多少次想亲口对他说一句：孩子，我就是你的亲父亲，你是我的亲骨肉。但他牢记秋菱的叮嘱，话到嘴边又强咽下去了，并且决定一辈子都不对儿子说出这个真相。

儿子做了张之洞的女婿，无疑为他今后西学长才的施展提供了更为宽广的舞台。这是儿子的造化，也是他的安慰。对照儿子看看自己，桑治平有一种深切的落伍感。岁月在推移，时代在前进，导中国于富强的学说看来不应再是管仲与桑弘羊之学了，而应该是西洋之学。在这方面，自己一窍不通，如今的弄潮儿应是儿子一辈了。“且把艰巨付儿曹”，桑治平的脑子里突然冒出曾国藩的父亲的这句名言来。是的，自己该歇息了，富民强国的理想，也只有念礽他们才可以去实现。

“夫妻同拜！”

梁鼎芬有意把声音拖得长长的，以示他的尽职尽责。在悠长的拖音中，两对新人面对面地互相弯了弯腰。

对于中国人来说，所谓拜堂成亲，便是通过这样的三次礼拜后，从此就将命运结合在一起，人们都祝福一对新人同甘共苦，生儿育女，白头偕老，携手走完未来漫长的人生之途。

松竹厅里的半数宾客都以为婚典就要结束了，有的正准备离席，过一会儿再去闹洞房。这时，只见梁鼎芬突然又高声叫起来：“请梁崧生先生上来，为新人赠送婚戒。”

这是什么礼节？正要离席的宾客们赶紧又坐下，满是兴趣地等待着新的花样出现。

一向注重仪表的梁敦彦经过剃发修须整齐装束后，今夜益发显得精神干练。他一手托着一个五彩织锦方盒快步走到前厅，对着满厅宾客说：“衙门众幕友为祝贺二公子与桑小姐、念礽和大小姐的大喜，凑了点钱，打了两对纯金戒指，委托我出面，赠送给他们。洋人结婚的时候，有一个双方互赠戒指的仪式，我今夜受众人之托，禀请张大人的同意，为两对新人主持这个洋仪式。”

总督大人的娶妇嫁女，居然要插进一段洋人仪式，这可是从来没有过的稀奇事儿，顿时，满厅的男宾女客们个个兴致沸腾开来。

两对新人事先已知道了这个额外加的程序，他们同样也满怀着新奇之感来参与。

现在，梁敦彦走到新人们的面前，对着四张充满喜悦和羞涩的笑脸说：“我来为你们主持互赠婚戒的仪式。”

说着走到仁梃两夫妻面前，从一个织锦方盒中拿出一对金戒指来，将其中那个小巧点的戒指交给仁梃，再将另一只较粗大的戒指交给桑燕。然后大声说：“仁梃，不论今后是富贵还是贫贱，是健康还是患病，你将始终如一地爱着燕儿吗？”

仁梃的脸涨得红通通的，憋了好半天，才吐出两个字来：“是的。”

仁梃这个尴尬的表演，招来满厅快乐的笑声。

“好！”梁敦彦点点头。“那么，你把手中的戒指给燕儿戴上。”

司仪的话说了好长一会儿，两个人还是一动不动的，底下的人在起哄了：“二公子，给新娘子戴上呀！”

仁梃越发不好意思了。

梁敦彦只得走拢去，轻轻地对仁梃说：“二公子，快戴吧！燕儿在等着你呢！”

又对蒙上头巾的燕儿说：“把右手伸出来吧！二公子要给你戴戒

指了！”

燕儿什么也看不见，还以为仁梃真的已伸出了手，于是把右手慢慢地抬了起来。仁梃见新娘子已抬起了手，遂鼓足勇气，握住燕儿的手，战战兢兢地将手中的戒指给她戴上。

“好！”满厅一片喝彩声，热闹的婚礼场面出现了一个新的高潮。

接下来，梁敦彦又对桑燕说：“燕儿，不论是富贵还是贫贱，不论是健康还是患病，你将忠贞不贰地爱着仁梃吗？”

桑燕不做声，只是重重地点了两下头。

松竹厅又是一片笑声。

“点头就是答应了！”梁敦彦姿态宽容地对待新娘子。“那么，你就把手中的戒指给仁梃戴上吧！”

过了第一关后，仁梃就不再像刚才那样拘谨了，只稍停一会，就把左手伸了出来。桑燕磨蹭着，已戴上戒指的右手再次伸了出来，两个手指捏着一只戒指。梁敦彦见状，忙拉起仁梃的手，有意碰了一下桑燕的手，头巾下的桑燕脸一红，匆匆地将戒指塞在仁梃的手心里，自己的手急忙又缩了回来。

梁敦彦笑道：“新娘子看不见新郎的手指，可以原谅。我来替她给戴上吧！”

于是从仁梃手中拿过戒指，给仁梃戴上，欢快声嬉笑声响彻厅内外。

这时，梁敦彦又走到念礽小两口面前。

念礽面带微笑，坦然迎接着梁敦彦。准儿事先有着几分紧张，怕临场不能适应，刚才亲眼看着仁梃和桑燕的示范，心里也便有了底，不太慌了。

梁敦彦从另一个织锦方盒里取出两只同样的戒指，以同样的方式分给了这两位新人。他先对念礽重复一遍说过的话，念礽早有了准备，一等司仪的话刚落便挺直腰板，朗声答道：“矢志不渝，永远相爱。”

说完，立刻朝新娘伸出双手来，那神态颇像邀请她共襄盛举似的。准儿抿着嘴笑着，也大大方方地伸出一只手来，念礽稳稳当当地将戒指戴在新娘的无名指上。

秋菱看在眼里，甚为儿子这种大丈夫的豪迈之举而自豪。

轮到准儿了，她也比燕儿来得爽气，声音虽不大，却痛痛快快地用上一句惯用的吉祥之语：“一生相伴不分离。”接着，利利索索地将手中的戒指戴到新郎的手指上。

这对小夫妻的表演赢得众人的赞扬，有人在小声地说：到底是穿着洋装的人，都通了洋人的气，行起洋礼来也大大方方的。

梁敦彦还未下来，梁鼎芬又出现在前厅，扯开嗓门喊道：“现在是婚典的最后一道仪式，恭请张大人作为新人父母的代表，训话致辞。”

张之洞一向不注重穿戴，平时在衙门里办事，都是穿着宽大松软的绸布袍服，非郑重官场交往及跪接圣旨等场合，他一律不穿官服。今天场面虽隆重，但因为是儿女辈的婚庆，所以他依然如往常一样穿一套半新半旧的川绸长袍。他缓缓地站起来，以素日难得见到的浅浅的笑容说：“我先代表念礽的母亲和桑燕的父亲，谢谢各位幕友、各位宾朋前来参加今夜小儿女的婚典，给了他们很大的脸面。诸位心里或许都在笑话老夫，怎么能为小儿女举办这样不伦不类的婚典，张某人是不是糊涂了？”

宾客位上传出轻轻的笑声。

“早两天，听说崧生谈起洋人婚礼上有一个互相起盟及互赠戒指的仪式，我认为很好，采纳了他的建议，同意加进今夜的传统婚仪中去。男女婚嫁，这是人生的第一桩大事，无论是我们中国，还是东洋西洋，大家都看得很重，都会对新人献上美好的贺辞。我们中国人有许多祝福之辞，都很好，但依我之见有两个不足之处。”

众人都聚精会神地聆听下文，看这位学问渊博、识见过人的总督，会对世代相传的美好祝辞挑出什么毛病来。

“一是都说好话，比如多福多寿啦，儿孙满堂啦。二是空话，比如说吉祥美满啦，福寿绵绵啦。其实呀，一旦组成一个家庭，今后面对的，决不仅只美好的一面，艰难一面是避免不了的，也常常会有苦难和不幸伴随着。”

说到这里，张之洞想起自己三次丧妻的往事，心头骤然沉重下来，不少客人已在默默点头：总督说的是实话！

“当毅若跟我谈起西洋人的不论富贵还是贫贱，不论健康还是患病，都始终如一的誓辞时，我一听就觉得他们说得实在，既不偏颇，又不空泛，比我们那些祝辞强。结婚成家后，百年人生中，会有许多事情来考验两个人之间的情谊，其中最为重要的便是这贫贱疾病的考验，经受了这种考验，其他的都好说，所以我同意将洋人的这个仪式引进来。这正像我们办铁厂、办枪炮厂、办布纱麻丝四局一样，洋人真正好的东西，我们要敢于学习，敢于引进，不要怕人指摘，怕人笑话。”

真正是个洋务总督，三句话不离本行，才说到婚礼，又联系到办局厂的事了。幕友席上的蔡锡勇连连颔首，对着一旁的辜鸿铭说：“张大人说得对，家事、国事其实是一个道理！”

辜鸿铭神气活现地说：“治大国如烹小鲜。朝廷是大厨房，督署抚署是中厨房，府县是小厨房。”

“不过，话得说回来，这里面还是有个本末主次的问题。”张之洞语气一转，继续说道，“正如我们引进洋人的机器技术，建铁厂、枪炮厂，目的还是为了我们大清国的富强，至于我们自己的立国之本，即华夏的纲纪伦常则不能受洋人的冲击。今夜小儿女的婚典上，虽然加了互赠婚戒及起誓的程序，甚至于念礽和准儿都穿上了洋服，但几千年来的三纲五常、夫责妇道决不应该改变。”

张之洞转过脸，望了一眼女儿，然后回过头来继续说下去：“比如说准儿，可以穿洋人的衣裙，也可以不戴大红罩巾，这些西洋的装扮都很好，但是她还是得谨守我们中国女人的原则，三从四德，孝敬婆婆，相夫教子，主持中馈。不能像洋女人那样抛头露面，干预政事，甚至置丈夫和儿女不顾去自己出风头！若那样，就是颠倒了本末，混乱了主次，我是万万不会同意的。”

梁鼎芬带头鼓起掌来，松竹厅内也跟着响起一片热烈的掌声。无论是满腹学问的幕友，还是不识之无的仆役，全都对总督的这一番话表示认同，也对今天这个别开生面的婚典表示认同。

夜晚，在众人闹腾洞房的欢乐时刻，张之洞带着佩玉将山水清音琴赠给仁梃夫妇，将兰馨蕙畅琴赠给念礽夫妇，勉励他们继承祖母遗志，莫坠家风，琴瑟和谐。两对小夫妻从父亲手里接过这别致而寓意深远的珍贵礼物，心里甜美无已。

没有几天，总督衙门里这场中西合璧的结婚典礼和总督本人区分中西主次本末的讲话便传遍了武汉三镇，有人赞赏，也有人摇头，还有的人则从中感悟到一种新的启发。

二　赵茂昌给张之洞送上一个经过专业调教的年轻女人

儿女的婚事办得圆满而富有新意，尤其是借联姻加深了与桑治平的友谊，又笼络了一个对自己对国家都极有用的洋务人才，张之洞的心里甚是喜悦。

文昌门外的织布局开工半年多了，有工人二千五百名，纱机三千台，布机一千台，机器都是从英国进口的，又特为从英国高薪聘请十名技师，负责传授织布技能和机器的维修。半年间，张之洞到织布局去过七八次，见运转的机器一次次增多，织出的布也越来越好，心里满是喜悦。上个月，送来的样布细密光亮，一点也不亚于进口的洋布。他高兴地对总办候补知府莫运良说：“湖北省有一千七百万人口，平均一个人一年扯一尺布，就是一百七十万丈。如果按二钱银子一丈的价格算，织布局一年就可得三十四万两银子，除去成本和一切其他费用，至少可得三成利润。这样算来，光是湖北一年，织布局可获纯利十万两，再加上湖南省，人口和湖北差不多，都在湖广衙门的管辖下，我张某人鞭虽短也可及。照湖北省一个样，再加上十万，就是二十万。目前，中国有织布局的仅只上海，它不可能把其他各省的生意都抢过去，我们要跟它争夺，不说多了，每年销四五百万丈布没有问题，至少又可获利三十万两。这样一来，织布局一年可获利五十万。莫知府，你想过没有，你的财产真正大得很，要不了几年，织布局就会富可敌国了！”

听了张之洞这一盘算，莫运良也大大地开了窍，咧开嘴笑道：“织布局赚的这些银子，还不都是张大人您的吗？卑职不过为您走脚跑腿罢了。”

张之洞说：“当然，这银子不是你的，但也决不是我的，除开织布局本身的发展外，剩下的都要通通交总督衙门。我张某人私人不会挪用一钱银子，这笔银子都要用到湖北的洋务上去。眼下，缫丝局也已开了工，急需大量银钱，这银钱暂时向外国银行去借，今后还指望织布局去还哩。莫知府，你得加把劲，好好努力呀！”

莫运良忙说：“卑职决不会辜负大人的期望，一定要把织布局办好，多织布，多赚钱。但湖北的棉花不够好，洋技师们说，这对织出的布匹大有影响。”

张之洞不解地问：“湖北天门、潜江一带的棉花是出了名的，洋技师都说不好，中国哪里还有好棉花？”

“是的，卑职也是这样回答洋技师的。他们说，不错，整个中国的棉花都不是最好的，最好的棉花出在美国。美国的棉花产量既高，纤维又长，织出来的布又好看又耐用。卑职说美国的棉花再好，我们总不能从美国去买棉花吧，那要多大成本。他们说，可以从美国买棉种呀，有了美国的种子，一样也可以在中国长出好棉花来。”

“买美国的棉种！这倒是个好主意。”张之洞眼睛一亮。“引进好棉种，这不只是为我们织布局好，也可以为普天下的中国棉农造福。”

“好是好，但实行起来并不容易。”莫运良胸有成竹地说，“湖北的棉农，世代种自己的棉种，都习惯了，要他们改种洋人的棉种，他们一下子不会接受，担心收成不好。不过话又说回来，棉农的顾虑也是有道理的，万一种不好怎么办？棉农一家老小一年的生计就押在棉花上，因此不能采纳。”

“橘过淮河而成枳。”张之洞像是自言自语地念着，沉吟片刻说，“这样好了，先试验一下，从美国买进一批种子来，不收钱，送给棉农，让他们去种。到了秋天，织布局负责全部买过来。若一亩收的棉花比往年少，也按往年一样地给足钱，若多，则酌量多给一点；若真好的话，我们下次就多买，棉农也会乐意种，你看呢？”

莫运良说：“大人这个主意好，但织布局眼下未赚分文，这银子从哪里出？”

张之洞说：“银子由我想办法，你先去张罗。”

莫运良满意地离开督署去筹办此事。

接连几天，张之洞又去看建在北门口的纺纱厂。纱厂的厂房眼看就要建好了，但是在英国订购的纺十支纱至十六支纱的一千台纱机，则无钱去买回。郑观应来信说，上海有个商人愿意先期投资八万银子，条件是今后优惠卖给他纱布。张之洞接受这个条件，一千台纱机很快就买回了。

织布局、纱厂、缫丝局这些事办得都很顺利，张之洞这些日子来心情颇好。这天晚饭后，他对佩玉说：“准儿出嫁了，听不到她的琴声了，你也好久不弹琴，这衙门后院都快跟前面的大堂差不多，听不到一点欢快声了。弹一曲吧，大家也轻松轻松。”

佩玉也快四十了，她在广州生的仁侃七岁多，天天跟着一位塾师在西厢房读书，来武昌生下的仁实也有四岁，有一个奶妈在专门照看。佩玉这两年来身体不太好，有点虚胖，琴的确很少弹，特别是准儿出嫁后，她常有一种空落落的感觉，抑郁之情常会无端冒出，近来有件事在困扰她，她不知该不该向张之洞提出，见张之洞今日心情很好，她决定试试看。

佩玉略略打扮了一下，端坐在琴前，敛气凝神片刻后，一曲悠远绵长的琴声，从她的十指与琴弦间流泻出来。这是一首张之洞很喜欢听的曲子。还是在两广总督任上时，有一天，时任雷琼道员的王之春说，琼州府有一个双眼失明的老人，善吹芦笙，吹出的曲子极为动听。他听过好几次，自认平生所知善奏乐者没有超过此人的。说得张之洞动了心，叫他下次来广州时将这个老人带来。不久，王之春果然将这个老人带来了。原来是个又黑又瘦又矮的瞎老头，且不会讲汉话，是个土著黎族人。瞎老头给张之洞吹了三首芦笙曲，果然好听极了。待瞎老头走后，佩玉对丈夫说，她也在房间里悄悄听了，有一种空渺幽冷的感觉，如果将它略作点改动，会是一首很好的琴曲。她要张之洞明天再把这个老头请进府里来，再听听。张之洞赞成她的意见。第二天，瞎老头在后院，对着佩玉吹了一天的芦笙，傍晚离开时，佩玉已将他的曲谱全部记录下来。佩玉花了一个多月的时间，将老头所吹的七八首曲子融合起来，编成一支琴曲。她弹给张之洞听，张之洞击节称赞，又给它取了一个名字，叫做《月照琼岛》。过些天，准儿也学会了，也弹得很好。眼下，一曲弹毕，张之洞叹道："这首《月照琼岛》真是让你越弹越精了。"

佩玉说："有三个多月没有弹了，手指都有点不灵便。这首曲子，准儿比我弹得更好。"

"准儿也弹得不错！"张之洞有一个多月没有见到女儿了，真有点想念。"过两天，叫准儿回来一次，你们娘儿俩合奏一曲《月照琼岛》。"

"好啊！"佩玉欢喜地说，"这些日子我还真惦念她呢！"

"那个黎族老艺人，是一个天才的乐师。我想，他很可能就是传说中的钟子期一类的人。"张之洞呆呆地陷于一种情感中，一个人自言自语地絮叨着，"人世间有不少逸才隐士，他们有着人所没有的才艺技能，由于各种原因，又往往被埋没，被遗弃，不为世所知所用。我常常想：一个督抚，一个府县，若能将自己辖境内那些被埋没遗弃的人才发掘出来，置于适当的位置上，这个督抚府县也就做好了。那个黎族老艺人，我很想把他叫到广州来，可惜第二年他就死了，我一直为此事遗憾。”

佩玉笑了笑说：“四爷这番心意，当然是仁者之心。野无遗贤，能者在职，这是从古以来负有责任心的执政者所企盼的德政。不过，我倒有些不同的看法，并不是一切逸才都要为世所用，还要看是哪方面的才。”

“噢，你这话倒有意思。”张之洞很有兴趣地看着佩玉那双眼角虽有皱纹、眸子却依然光亮的眼睛。

“有些逸才他本就志在人世济世，只是时运不好，无人赏识，流落在江湖山野，在位者若能发现他们，给予重用，那是他们的福气，比如前代的姜子牙、诸葛亮等人就是这类。有些人，他的才艺是天赋灵性的产物，虽然可以娱人，但更多的是自娱，他们的过人之处，也只是因为在长期孤独寂寞的环境中，自己全心全意地体悟探求而得来。庄子说：用志不纷，乃凝于神，承蜩驼背人的绝技是这样得来的。倘若一旦把他置于以追求名利功用为目标的热闹场合中，他的心就浮了，神也分了，技艺也就再不会上进的。比如那个老艺人，多亏在琼岛那种荒凉的地方，若是年轻时就到了广州、京师的话，就决不会有那样高的芦笙技艺。我想这大概就是王冕不愿意做官、文徵明不愿意应聘的缘故。”

“你说得有道理！”张之洞点点头。“还可以为你补充一个例子，我的布衣之交吴秋衣，他也是乐意漂泊而不愿住官衙的人。”

见张之洞的心情这样闲适，佩玉鼓起勇气，将那件心事说了出来。

“四爷，有一桩事，我犹豫了很久，一直不敢说，我今天想对你说说。”

“什么事，你说嘛！”

“假若不当的话，你就当我没说一样。”

“行，究竟什么事，这等郑重？”佩玉这种吞吞吐吐的神情，倒使得张之洞自己先郑重起来。

“一件这样的事。”佩玉慢慢地说，“四爷知道，我的父母没有儿子，只有我一个女儿，父亲为没有儿子而视为终生的遗憾。两年前，父亲在武昌城里偶尔遇到山西老家的一个人，彼此认作乡亲，关系不错。年前，这个老乡要回汾州去，父亲托老乡到他的家乡去看看，打听一下家里还有些什么人。上个月，这个老乡回来，还给我带来一个堂弟。这个堂弟是我父亲的嫡堂弟弟的儿子。父亲见到这个侄子很亲热，把他当自己的儿子看待，很想留他在武昌。父亲跟我说过几次了，要我跟大人说说，给他在武昌城里谋个差事。父亲说，张制台办了很多局厂，随便在哪个局厂给他寻一个吃饭的差事都行，只图在他身边呆下来，日后死了，也有个儿子做捧灵牌的孝子。我知道你的脾气，是决不为自己的亲属谋差事的。当年南皮老家两个侄孙远路赶来谋事，硬是打发他们回去了。张家的亲属都不能安置，何况咱李家的人呢？所以我一直压着没给你提。前天，父亲又说起这事。看着父亲那副苍然神态，我实在又不忍，只得冒昧地说出来，四爷如果以为不妥，就当我没说一样。”

佩玉低下头，不再说下去了。

原来是件这样的事！张之洞在心里舒了一口气。

这在别人看来简直是微不足道的小事，佩玉却这等郑重其事地对待，张之洞的心中不免生出一丝怜悯之情来。他知道，这是源于他近于苛刻的治家规矩。

清流出身的张之洞一向痛恨官场的贪污受贿，过去做言官时，遇到有官吏贪污受贿的情事落入他的手中，他疾恶如仇，非得纠劾不可。外放督抚后，他考察手下的官吏也以贪与不贪作为一条分界线，贪污者即使能干，他也要处罚直至罢黜；不贪者，即使平庸，他也心存曲全。为此他以身作则，并严厉告诫家人，凡身外之钱财货物，一分一毫不能收受。自从到武昌大办洋务局厂以来，他又发现了湖北官场的另一种不正之风：一方面是不少官员们背后攻讦他办洋务是崇洋媚外、靡费银钱，将国家的银子像水一样地花，毫不心痛，另一方面他们又看到局厂有利可图，纷纷将自己的三亲六戚介绍到局厂来任职或做工役。张之洞对此大为恼火。他三令五申，严命把守进入局厂的关口，无奈把关的人便是犯禁的人，把一张张盖有湖广总督衙门紫花大印的禁令看做与扔在垃圾堆的废纸并没有多大的区别，最后只是苦了他自家。那些从贵州山区、从南皮老家千里迢迢赶来武昌欲谋一席之地的亲友们，无一不乘兴而来，败兴而归。有时，看着那些失望的脸色，他心里也曾动摇过，但想起自己这里若开一个口子，到了办事的官吏那里，就是溃决一道长堤，风气的败坏便将不可收拾了。

但是今天，面对着佩玉这种诚惶诚恐的神态，张之洞却有些犹豫了。

不说佩玉这些年来对他照顾体贴，为他生了两个儿子，就看在两个老人的分上，他也有点不忍心拒绝。佩玉的父母都是七十左右的人，这些年虽随着女儿由北向南，又由南向北，但二老谨守本分，不以督署至戚自居，从不招惹是非。因为没有儿子，过继侄儿为子；因为要留住嗣子，希望能在武汉三镇谋一差事，这实在是不过分的要求。南皮老家的侄孙可以打发他们回去，而这个从山西远程来依的李家嗣子，无论从哪方面来说，若是让他失望回去的话，都近于残忍。

何况，近来还有一件事，张之洞在心里盘算着，还要求得佩玉的支持才好。这事是赵茂昌引起的。

在那年徐致祥参案中，赵茂昌失掉了督署总文案的职务，他的其他兼职也相应一并给丢了，他不得不怏怏回到江苏武进老家。

在张之洞的眼里，赵茂昌是个能干人，替他办成不少事，虽然时常会有些闲言碎语传入他的耳中，但他不以为然，哪个人没有缺点？办事越多的漏洞就会越多，得罪的人也会越多。那次查出的一些诸如受贿用私人的事，有的不能确凿坐实，有的虽是事实，但赵茂昌立即痛快承认，受贿的银子也即刻照赔。张之洞对官员受贿向来痛恨，所以他并不为赵茂昌讲情，将他开缺回籍。但他心里是隐隐有一股对赵茂昌的同情：因为此事完全出于别人的报复，赵茂昌其实是因为自己而中箭落马的。

离鄂前，他对赵茂昌说：“你是能干会办事的，这点我知道，你安心回武进去住住，好好反省反省。你还年轻，今后大有前途，回家后常给我来来信，过几年后说不定我还要起用你。”

赵茂昌向张之洞深深地鞠了一躬，感激不尽地离开了武昌。

经过多年煞费苦心的经营，赵茂昌已在家里买下了良田上百亩，置起红砖青瓦大房几十间，是当地方圆几十里数一数二的大财主。倘若安心家居，赵茂昌的日子是可以过得又舒服又安静的。但是，赵茂昌不是安于乡间的人。他渴求权势，追求风光，时刻企盼东山再起。他记住张之洞的话，常常写信给老主子，问候起居。他绞尽脑汁，思索着用什么办法来讨得张之洞的欢心，早日回到湖广总督衙门里去。有一天，家人对他说，东庄的穷秀才秦老三过世后，老婆秦穆氏带着三个女儿一个儿子，家里穷得经常揭不开锅。秦穆氏四处托人，为大女儿寻一个殷实人家，若是富贵之家，即便做个小妾也可以。赵茂昌心里一动，叫秦家的大女儿来看看。第二天，秦穆氏带着大女环儿上了赵家。赵茂昌见环儿长得端端正正，年纪只有十八岁，又认得几个字，颇为满意。他对秦穆氏说，一时尚无好人家，环儿暂且在我家做做事，慢慢等待机会。

说罢，拿出四吊钱来送给秦穆氏。秦穆氏千恩万谢地收下，直把赵茂昌当恩人看待。

环儿在赵家做起女仆来。赵茂昌细心观察，见环儿聪明伶俐，手脚勤快，心里欢喜。他要把环儿当一件奇货来经营。他左思右想，该给她寻个什么人家呢？突然一天，他脑子开了窍：还要四处去寻找吗，现在不是有一个极好的人家摆在那里！赵茂昌想的这户人家就是武昌张府。

张之洞身边只有一个女人，且这个女人以妾的身份而居夫人之位，赵茂昌对此甚为不解。以张之洞的地位，完全可以娶一位门第不差的未婚小姐过来，做执掌内政的正室夫人，也可以三房四房一个一个地把姨太太买进府门，别人也不会有闲话：哪一个做大官的不是妻妾成群？张之洞这种与常人不同的做法，反倒使大家觉得奇怪。赵茂昌自然不敢去过问总督的家事，不过有一点他深信不疑：没有哪个男人不爱女人，越是英雄越爱美人，俗话说英雄难过美人关；不是难过，而是压根儿就不想迈过！张之洞尚不到六十岁，还是男子汉的英雄时期，他就难道不爱美人？多半是因为他太热衷于事业，没有心思去想这档子事罢了。倘若有人为他寻到绝色佳人，又热心为他张罗筹办，他难道就会拒之门外？赵茂昌相信张之洞决不是坐怀不乱的柳下惠。

但是，毕竟张之洞多年来身边只有一个女人，他显然不是那种酷好女色之徒，办这事得小心谨慎，切不可鲁莽。长期跟随张之洞的赵茂昌，深知这位制台大人好比一匹烈马，倘若马屁没有拍到点子上，说不定会招致铁蹄踢掉自己的门牙。

七月底，在张之洞五十七岁生日前两天，赵茂昌特地坐洋轮来到武昌，给老主子祝寿。张之洞对生日一向淡然处置，不过家人团聚一起吃餐饭而已，从不对外声张。赵茂昌作为总文案，当然知道总督的生日，但先前他也不便送礼祝寿。这次身份不同，他给张之洞送了礼，礼品是一支经过特殊处理的高丽山参。一个老郎中曾教他一个秘方：寻十只五寸长的雄性海马，焙干碾成灰，再将半斤罂粟壳也晒干碾成灰，拌和这两种灰，将其溶解于清水中，置人参于此溶液中浸泡三个月，晾干后长期保存。这种人参，在补元益神壮阳增精上远胜一般人参，对中老年男人有奇效。赵茂昌服过几支，果然不谬。

赵茂昌神秘兮兮地说：“这支人参非比一般，于身体的好处妙不可言，您不妨试试。”

张之洞年来常感精力不支，极想通过补品来提神培气。赵茂昌这个马屁可真是拍到点子上了。他痛快地收下。于是，两人的话题便从调补精力延年益寿开始了。赵茂昌将精心编造的故事，绘声绘色地说给张之洞听。

“武进太平桥有个老头子，今年一百零二岁了，依然耳聪目明，身体硬朗，平时生活起居，不要人照顾。今年春上，我特为拜访过他，真是名不虚传。”

“你问过他的长寿之道吗？”张之洞果然对此极有兴趣。

“问过，我去的目的也就是想从那里学学长寿之道。”赵茂昌正正经经地说，“老头子说，许多人都问这个，其实我并没有长寿之道，与大家一样地过日子。说来你们还不相信，我中年之前身体并不好，四十来岁头发就白了不少，一年到头，小病小痛也很多，不像是个能享高寿的人。六十岁以后，反倒一天天强壮起来。不怕你老弟笑话，我六十二、六十四、六十六连添三个儿子，今年最小的儿子都已三十六岁了。”

张之洞听到这里也笑了起来，问：“他六十岁以后接连生三个儿子，那他的老婆多大年纪？”

“我也这样问过老头子。”赵茂昌见张之洞兴致如此浓厚，说话的劲头更足了，“老头子说，五十八岁那年死了婆娘，原本不再娶了，独自过了两年后，实在耐不住孤寂。这时恰好有两个苏北逃荒母女来到太平桥，母亲得急病，无钱医治，女儿宁愿卖身救母，做仆做妾都行。别人都怂恿我，我的儿孙也没意见。这样，我就将那个十七岁的女孩子买来续了弦。从那以后，身子骨倒是越来越好。不然的话，我怎么会在以后八年里连得三个儿子？兴许是我积了什么阴德，老天爷要让我老头子人丁兴旺。说到这里，老头子哈哈大笑起来。”

张之洞说：“六十多岁老翁生儿子的事也是有的，只要女人年轻，这不是怪事。只是身体越来越好，又居然活过百岁，倒是稀罕事。”

“香帅，卑职想这或许就是采补的作用了。”赵茂昌望着张之洞，眼神里似乎看不出半点淫邪的味道。

博览群书的张之洞自然知道，古代房中术中的采补一说，即年老男子与年轻的女子交合，则可以强阴补弱阳；反之，年老的女子与年轻的男子交合，则可以强阳补弱阴。据说武则天晚年面首极多，其实是想以阳之强补阴之弱，企求长寿。张之洞对这套采补之学将信将疑，听赵茂昌这么说来，采补真的可起作用了。

他说：“采补一说由来已久，老年男子讨小妾的也不少，也并不见得人人有效果，这老头子怕是命好吧！”

“香帅说的有道理。卑职后来请教太湖边一个老郎中。他说这要看女子的血气如何，若女子血气特为旺盛的话，就可以收强阴补弱阳之效。老郎中说得不错，那个老头子的续弦如今也年过花甲了，身体仍然强壮，看来那女人属于强阴一类。”

张之洞笑道：“是你亲眼所见的事实，也不由我不信了。”

赵茂昌以一种半开玩笑半当真的语气说：“香帅，假若能遇到一个合适的女子，我来为你张罗此事如何？”

武进老头的实例的确有很大的说服力，张之洞巴望强健，也希望长寿。他满口应道：“好哇，你能找到这样强阴的年轻女子吗？”

赵茂昌收起笑语，一脸诚挚：“香帅，我赵茂昌受您多年的大恩大德，现在是开缺回籍之身，您仍不嫌弃，我即便肝脑涂地也无以为报。我要竭尽全力为您办好这事，就算是对您的一点孝敬。”

赵茂昌是如此感恩戴德，张之洞倒有几分感动了。

他是一个恩怨分明的性情中人。想起身边这么多僚属幕友，都受他恩惠甚多，就没有一个人这样真心真意知暖知痛地为他着想；还只有赵茂昌，不忘旧恩，不忘故主，实实在在地替他办事。他也想到赵茂昌可能是要因此图起复或是求什么别的。即便如此，也不是使坏心。人家真的对你好，你也应该回报回报，过两年风声平静后，是可以再用的。张之洞由衷地说：“竹君，难为你一番孝敬之心，我知道了。”

赵茂昌大喜，立即离开武昌，顺流放舟，赶回武进。他不急着把环儿送去，他要再好好调教一番。

离武进不远的扬州，是由来已久全国闻名的调教女人的地方。此处并不教女人读女四书、列女传之类的典册，也不教女人三从四德、妇道女规的圣贤之教，它教的是女人应该如何服侍男人，如何博得男人的欢心。卖弄风骚、吹拉弹唱、梳妆打扮、挑逗撩拨等等，凡此种种能打动男人的心，撩起男人的性的本事，都得教授。扬州有专门调教这种女人的场所。这种女人有一个古怪名称，叫做“瘦马”。有学者研究，“瘦马”源于唐代著名诗人白居易的一首诗：“莫养瘦马驹，莫教小妓女。后事至目前，不信君看取。马肥快行走，妓长能歌舞。三年五岁间，已闻换一主。”“瘦马”出门后或进妓院，或进歌楼，或做小妾，都比别的歌女妓妾要强得多。

大约在唐代时，扬州瘦马便开始出名；到了清代，由于盐商的麇集，扬州瘦马达到了鼎盛时期。赵茂昌将环儿带到扬州城，选了城里最负盛名的严媒婆家，交下一百两银子，限三个月把环儿调教成一个人见人喜的瘦马。三个月达到这个标准，本来是做不到的事，但严媒婆贪这一百两银子的厚利，便一口答应下来。

三个月后，赵茂昌去扬州城再见环儿时，果然见环儿变得丰腴白嫩，在一身光鲜合身的衣裙衬托下，显得更加妩媚，尤其是她的眉目神态、举止言行，样样比先前大不一样，让人看了舒心畅意。除开吹箫奏琴一时不能见效外，她还能唱得十几支好听的曲子。又会跳舞，舞动起来，彩袖飘舞，很有几分寺院壁上画的飞天模样，直看得赵茂昌着了迷，真有点后悔，不该答应了给张之洞。先知道环儿能变得这样可爱，早该自己收了做第四房姨太太的。想起今后的官宦前途，赵茂昌硬了硬心，带着环儿上了船。

赵茂昌在黄鹤楼客栈住下。第二天便去拜见张之洞，当天晚上，张之洞在客栈里见到了环儿，顿时吃了一惊。张之洞并不是一个贪恋女色的人，也不是见异思迁的轻薄汉，但作为一个充满活力的男人，容貌美丽姿态曼妙的女人，却不能不令他欢喜爱慕。他想起自己的三任妻子和现在身边的佩玉，在令人一眼便心迷意乱这点上，还不能与这个女人相比。他是个从不逛妓院吃花酒闹狭邪游的人，他不知道，这种让人心迷意乱的本事，正是卖笑女的特长，而从扬州教坊里走出来的瘦马，更比别处技高一筹。

张之洞十分满意。赵茂昌请他连夜将环儿用一顶青布小轿抬进总督衙门。张之洞想了想说，过两天吧！“过两天”的原因便是得先跟佩玉打个招呼。

与佩玉有十年的夫妻情意了，今天再置一房姨太太，居然连个招呼也不打，张之洞心有不忍。他正琢磨着拿一桩什么事来补偿佩玉，不想佩玉倒自己求上来了。想到这里，张之洞说：“老人家的心意我很理解，有一个嗣子在他们身边，也可以为你省许多心。明天，你叫你的弟弟到我这里来一下。我看看，给他个什么差使合适。”

张之洞如此爽快地答应，令佩玉颇感意外，她立即高兴地把这事告诉了父母和堂弟。

第二天，佩玉的堂弟李满库怯生生地来到督署签押房。

“坐下吧！”张之洞放下正在写批文的墨笔，招呼着站在一旁的李满库。

“小人是来听大人吩咐的，不敢坐。”

上身僵硬、两腿微微打颤的李满库巴不得早点坐下，但他嘴上仍不由自主地说出这句话来。李满库是个乡下人，到武昌来以前，从来没有见过官。现在一下子见到总督大人，他如何不胆怯！尽管知道，总督是堂姐的丈夫，但堂姐是妾，而不是夫人。按礼制，妾的娘家人是不能算作丈夫的戚属的，庶子的外婆家只能是嫡母的娘家，而不是生母的娘家。老实本分的李老头也一再告诫嗣子：不能将自己当作总督的小舅子看待。正因为此，李满库对张之洞一口一声“大人”，而称自己是“小人”，同时也不敢坐。

“坐下吧。”张之洞很能理解李满库的心态，脸色和气地说，“你是佩玉的堂弟，现在又做了李家的嗣子，与别人不同。你不要拘束，坐下好好说话。”

李满库见张之洞这样和和气气地跟他说话，大为感激，犹豫一下，也便在身旁的一方小木凳上坐了下来。

张之洞仔细地看了一眼李满库，见他也还长得清秀顺眼，便说：“你读过书吗？”

“小时候，跟着塾师念过三年书，后来地里收成差，就下地干活，没读书了。”李满库说的虽是山西腔，但鼻音不太浓重，也较之一般山西乡下人的话易懂。张之洞估计他不大像个死守老家的乡巴佬。山西人有经商的习惯，不少男孩子读了几年书，初识字，会打算盘以后，便不再读书了。待到十五六岁，便跟着亲戚朋友学做生意，天南地北跑码头，极少数幸运的，就这样跑出一个大商人来，绝大多数不过是借此养家糊口而已。

“也做过买卖吗？”

“十七岁那年，跟着村里的一个远房大伯跑了三四年码头，后来，大伯折了本，我也就回家了。”

果然不出张之洞所料。他知道这三四年跑码头是一段很重要的经历，可以长眼界，学知识，比起那些从未出过家门的乡下人来说，李满库肯定要强得多。

“后来又做些什么事？”

“在家种了两年地，又到外村一家票号老板的账房里做了四年的小跑腿。”

“好，好。”李满库虽有点紧张，但话说得流畅清楚，张之洞对李满库的经历颇为满意，心里已有了主意。“今年二十几了，娶了媳妇吗？”

“二十六岁了，前年娶的媳妇。”

张之洞点点头说：“好，明天大根带你到织布局去做事。”

“谢谢大人的恩典！”李满库大喜，忙离开凳子，连连鞠躬。

“织布局是个大有出息的场所，好好干，会有前途的。但先得从最苦最累的事干起，不可投机取巧。”

“是，是。”李满库连连点头哈腰。

“满库。”张之洞站起身，以亲切的语气说，“你要知道，本督办了这多洋务局厂，还从没有招一个三亲六戚的，要说因裙带关系进局厂的，你是第一个。这完全是看在你的嗣父李老先生的分上。佩玉不能常在二老的身边，你这个做嗣子的不要辜负了二老的期望，要尽人子之责。”

“大人请放心。”李满库说，“大人的恩德和教导我都记住了，从今往后，我对嗣父嗣母，会比对我的亲生父母更亲。”

“你去吧！”

张之洞目送着李满库走出签押房，心里想，虽然因李满库而破了自己的规定，但此举却谢了佩玉的父母，而且也为环儿的进府铺平了道路，还是值得的。此时的张之洞没有想到：缺口既然打开了，日后就会越来越大，南皮的远亲、贵州的近属，以后一个接一个地前来武昌投靠，就再也不可能像先前那样理直气壮地辞谢了，只好陆陆续续地予以安排。上行下效。总督如此做，司道府县更明目张胆地走私，滥进乱进之风本已成灾，到后来，更坏得不可收拾。一个个、一群群、一批批莫名其妙的人，皆因沾亲带故的关系涌进各个局厂。局厂仿佛成了一口永远舀不完的粥锅，只要挨得上边，尽可放心大胆、肆无忌惮地拼命舀。张之洞更没想到，就是这个老实巴交的李满库到织布局后，被旁人以总督小舅子的身份看待，后来居然和别的一批蛀虫一道，硬是把个好端端的织布局给彻底弄垮。

第二天，李家二老亲自来向张之洞表示谢意，佩玉也因了却老父的一桩大心事而格外高兴，趁着这个极好的气氛，张之洞将环儿的事告诉了佩玉。佩玉先是一愣，很快也便想开了：他身为总督，三妻四妾本可听他的便，莫说自己身为妾，就是八抬大轿抬进来的正室夫人，总督丈夫要纳妾，她能阻止得了吗？与其无谓地吵闹，不如欢欢喜喜地接纳，为自己日后留一条退路。

佩玉平静地说：“我年龄大了，身体不好，照顾不周，你身边早就该添个人手了。什么时候进府，这个事交给我来办，我要把它办得热热闹闹、风风光光的。”

“千万不要热闹风光！”佩玉这个态度，反而让张之洞心中有些歉意。他急切说，“纳进一个小妾哪能热闹风光，越平淡越好。”

“房子总得布置一下吧，床呀，梳妆台呀，这些也得置办吧！”佩玉似乎比他本人还要热心。“三天吧，给我三天的时间，我会和大根夫妇把这事操办得熨熨帖帖的。”

张之洞感动得拉起佩玉的手，涨红着脸说：“佩玉，你这样的贤惠，真不知叫我如何感激你为好。她年轻不懂事，进府后凡事还要靠你指点关照。至于家事，还是像过去一样，一切由你为主，决不会让她插手的。”

佩玉不吱声。张之洞发现自己滚烫的双手所握的，竟是一只从冰窟里取出的玉如意，炽热的心立即凉了多半！

三　正当朝廷内外忙于为慈禧祝寿时，北洋水师全军覆没

环儿进府后，果然给年近花甲的张之洞注入一股强大的生命力，仿佛真的年轻了许多似的。特制的人参，也让他恢复了消逝多年的青春活力。他叫赵茂昌如法炮制，再多送一些来。不久，环儿怀孕了。这消息让张之洞惊喜万分，他因此而对自己充满了更大的自信，并将这种自信倾注于洋务事业中。

铁厂每天炉火熊熊，铁水奔流，以日产量一百吨的速度生产着，给总督衙门带来极大的喜悦。枪炮厂也全面投产。所有的机器设备全

都是委托驻德公使许景澄在柏林买的，尽管货款高达一百七十余万两，比原定的价格高出一倍多，但张之洞还是狠下心，从各处腾挪借补，按时如数汇去。现在，用这些设备生产出的七九式步枪、口径六至十二厘米的各种陆路快炮及过山快炮都已成批出厂了。抚摸着那些冷冰冰黑幽幽的枪炮，听着随从们“与德国人造的毫无区别”的恭维话，张之洞心里甚是得意：“可惜子药和铜料还得从德国进口，哪一天这些东西我们自己也能制造，本督就十分满意了。”随从们立即说：“这有何难，马都有了，还怕没有鞍子！有张大人掌门，过两年，我们再在旁边建一个子药厂、一个铜厂，所有材料就不再从德国买了！”

说得张之洞哈哈大笑起来。

织布局里生产的布匹已开始在湖北省行销，张之洞耳朵里听到的也是销路畅通的好消息。纱厂已经出纱了。缫丝厂的厂房不久也可以竣工。制麻局也在规划中。武昌城里的洋务局厂，可谓蒸蒸日上，前景远大。

相继办起的四所实业学堂：自强学堂、算学学堂、工艺学堂、矿业学堂，也开始招生了。每所学堂收的学生并不多，在三十至五十人之内，但录取严格，待遇优厚。每所学堂开学那天，张之洞必定前去训话，殷殷告诫学子们珍惜青春年华，学会实际本事。尽管世家子弟都不屑于进这种实业学堂，但清贫的农家学子却为读书期间的丰厚待遇和结业进局厂的高薪前程所吸引，对实业学堂趋之若鹜。湖北的通都大邑穷乡僻壤，很快便都在谈论这些亘古未有的洋学堂，贫寒人家子弟在这里发现了另一种晋身之途。从此以后，随着这种新式学堂的大量开办，“学而优则仕”的独木桥，被多种多样前景美好的宽广道路所取代。人们不必都挤在入仕做官的唯一通道上，科学技术、工业商贸，众多的领域都可以让人充分展示其聪明才智。做得好，一样的出类拔萃，一样的财富滚滚，一样的获得地位，一样的显亲扬名。士人的观念一旦改变，整个社会的观念也便随之改变。一个新的时代，随着洋务局厂和实业学堂的兴办，便这样不可阻挡地来到了古老的神州大地。

下午，张之洞正在签押房里审阅嘉鱼县的禀帖。

三个月前，蔡锡勇向张之洞建议要各县将该县的物产一一查明禀告总督衙门，以便摸清家底，为湖北进一步发展洋务实业做准备。蔡锡勇特为对总督说：在西洋发达国家，这都是各省各县所必备的资料，许多国家是由政府出面派专人逐处查核的。鉴于铁政局目前人手不够，先由各县自查自报，然后再由铁政局派出专人有针对性地去核实。张之洞欣然采纳，立即以督署名义下发公函，要各县照办。

嘉鱼县令姚希文接到这份公函后，将刑名师爷、他的远房兄弟招来商议。

“老八，你看这事咋办？”

姚县令将公函递给了师爷。师爷看了看，嘴角边露出一丝冷笑，说：“这张制台真是个爱热闹的人，无事生事，这事咋办？老爷，你就召集一批人到各乡各都去访查呗！”

姚县令说：“你说得轻巧，我到哪里去找一批这样的人？还要各乡各都去访查，这开销要多大？我嘉鱼县哪有这些冤枉银子！”

“张制台把省衙门折腾个人仰马翻，现在又来折腾各县衙门了。”师爷摸了摸肥得流油的腮帮，慢慢地说，“这事有两种办法：一是实办，一是虚办。”

姚县令问：“实办是怎么办法，虚办又怎么办法？”

师爷说：“实办，就是派人下去实实在在地查访。人手、银钱缺乏，就少派人，派两三个；也不全部去，到几个重点乡镇，虽不是全部查清，但也是实在地做，这就叫实办。”

姚县令说：“就这，我也不想做。莫说这也得花二三百银子；再说，查出了又有什么用？这洋务时髦，我姚某人不想赶。”

“那就虚办。”师爷语气肯定了。“那就一个人都不派，过两个月，老爷请几个老嘉鱼人来聊聊天，问问情况，然后我再写个禀帖交人送到武昌去就行了。”

姚县令高兴地说：“就照你说的虚办，虚办。”

过一会儿，他又兴奋地说：“老八，其实也不要再找人去查访了，我早就听人说过，嘉鱼就是《三国志》中的火烧赤壁之处。为何叫赤壁，是因为山崖是红的，为何山崖是红的，是因为有铜铁等矿石。咱们嘉鱼有的是矿藏，先把这一条报上去。”

“老爷，千万莫报这一条！”师爷忙摆手打断姚县令的兴致。

“为何？”

“老爷，你想想看，那张制台的兴趣正在炼铁炼铜上。一听到嘉鱼有铜铁矿，立刻就会关注嘉鱼。这以后，候补道府会一批批来嘉鱼考查，矿师洋匠会一队队来嘉鱼踏勘。你老爷是今天送人，明天又要迎客，驿馆的酒席会像流水似的开。你要劳多少神，伤多少财？倘若折腾几个月，要是说这里没有铜铁矿，那张制台的脾气，是要把老爷你骂个狗血喷头，你再也莫想在他手里升官；若是有，那今后在这里安营扎寨，无穷的烦恼你等着吧！”

姚县令摸摸脑袋苦笑说：“你说得也对，那我们报些什么呢？”

师爷想想说：“你就报：咱们嘉鱼的特产是池塘里的王八，山丘里的野鸡，江河里的大肥虾……”

“哈哈哈！”姚县令不禁开怀大笑起来。“老八，真有你的！”

张之洞审看着嘉鱼县的这份禀帖，心中颇为不悦。三个月的期限已到了，十之五六的县并没有按要求上报，少数几个像嘉鱼这样有禀帖的县，说的物产也都是些瓜果、鱼虾之类，只有一两个县提到煤铁等有用矿藏。张之洞哪里知道，几乎所有的府县，对督署公函抱的都是嘉鱼县的心态，或敷衍塞责，或干脆不理睬。

正在这时，门吱的一声推开了，环儿端了一碗刚熬出的人参汤进来。张之洞随口问：“怎么今天你自个儿送来，桃红呢？”

往日一天上午下午各一次的人参汤，都是由小丫鬟桃红送的。

“桃红到街上买针线去了，不能再等她了。”

环儿边说，边将人参汤送到张之洞的手边："快趁热喝了吧！"

随着环儿的靠近，一片鲜亮、一股异香一齐向着张之洞扑来，他禁不住抬起头将环儿看了一眼。是不是环儿难得有一次到签押房来，她今天怎么这样格外用心妆饰打扮：本来乌黑的发髻更黑亮，本来白皙的皮肤更细腻，本来姣好的身段更妩媚。喝了一大口人参汤的张之洞胸腔里顿时燥热起来，他眯着眼睛对环儿说："你坐到我的腿上来。"

在扬州瘦马馆里专门培训了三个月的环儿，有着一身风骚技艺，面对着又老又忙的湖广总督，她常有英雄无用武之地的叹息。今天怎么啦，日头打西边出来？环儿又惊又喜。张之洞一把将她抱了过来，放在自己的腿上。他一边摸着环儿的手，接着满口花白胡须便向环儿粉脸上凑了过来。环儿心里乐滋滋的，甜蜜蜜的。张之洞身上的血越来越燥热，一股火在五脏六腑里猛烈地烧着，将他的头烧得昏昏的晕晕的。他已忘记了这是办理公务的签押房，他也忘记了窗外正是红日高照的朗朗青天，他不能按捺自己浑身骚动的欲火，急急忙忙地伸手解开环儿上衣的纽扣。女性的本能让环儿一下子清醒过来，悄悄地说："大人，这是签押房哩，我们回上房去吧！"

"不要紧！不要紧！"张之洞边说边不停地解，犹如一个十天半月没吃饭的饿汉似的。

环儿羞得满脸通红，浑身上下早已没有一丝力气，任凭张之洞胡乱地动着。眼看上衣的纽扣已全部打开，正要脱去时，却突然门被推开，冒冒失失闯进来的辜鸿铭被眼前这一幕给惊呆了。

张之洞满腔烈火遭遇这一瓢冷水，又恨又怒，扭过脸吼道："什么人，给老子滚出去！"

环儿慌忙离开张之洞，双手死劲地将松开的上衣抱住，低着头与辜鸿铭擦身而过，奔出门外。

辜鸿铭已回过神来，快乐地拍掌大笑："张大人，你太可爱了，太了不起了，我今天算是看到了一个真正的男子汉！"

张之洞又好气又好笑，恶狠狠地骂着："你还不滚，再在这里多嘴，我要割掉你的舌头！"

辜鸿铭乐呵呵地说："好，好，我走，我走，让你定定神。"

不料，辜鸿铭刚出门，张之洞又喝道："回来！"

辜鸿铭又转过身站在门边。

"你找我有什么事，说吧！"

"也没有别的大事。"辜鸿铭笑嘻嘻地说，"我是来告诉你，我和吉田贞和好了。我心里真高兴，想和你分享我的喜悦。"

吉田贞是辜鸿铭一年前纳的日本小妾，他很宠爱她。三天前，吉田贞为了一件小事和辜鸿铭怄气，这几天里把自己的房门关得紧紧的，既不让辜鸿铭进门，也不和他说一句话，弄得辜鸿铭蔫头耷脑，没精打采，成天愁眉苦脸的，做什么事都提不起神来。前天，张之洞要他译一份公文给英国驻汉领事馆。他哭丧着脸说："香帅，我这两天无心思做事，译不好。"张之洞问他为什么没心思，他将此事说给张之洞听，末了说："香帅，你帮帮我的忙，让吉田贞与我和好，我加班加点酬谢你。"

张之洞心里笑道，这个混血儿真没出息！让个小妾整得这样惨兮兮的，说出来也不怕别人笑话。说了句"我帮不了你的忙"后走了。

今天居然和好了，还要来与我分享喜悦，这小子也够有趣的。想到这里，张之洞的恼怒消去了多半："你拿什么去讨好她的？说给我听听。"

"不是讨好，我是用我的妙法。"辜鸿铭得意地说，"昨天傍晚，我从衙门里回到家后，吉田贞的房门还是紧闭着。我在屋外徘徊好久，真是无计可施。我走到窗户边，踮起脚来，想从窗口看看她。结果人没看到，却看见桌上那个金鱼缸，顿时来了灵感。"

张之洞被他唾沫横飞的叙述给吸引了，认真地听着。

"金鱼缸里养着三条金鱼。这三条金鱼是她从日本带来的宝贝，爱得不得了。就从这里下手。我忙去后院找来一根细竹竿，又从太太房里寻了一根针和一根细线，很快做成一副钓鱼竿，挖了一条小蚯蚓挂在钓钩上。然后人站在窗外，将钓竿从窗口里伸进去，直伸到金鱼缸上。钓丝垂进鱼缸，小蚯蚓在水里乱动，引得三条金鱼一阵嘴馋，一条鼓眼黑金鱼一口吞下蚯蚓。我心里高兴极了，忙将钓竿一抬，黑金鱼被我钓到了半空，禁不住哈哈大笑起来。就在这时，门打开了，吉田贞气呼呼地冲了出来，嚷道：死鬼，死鬼，你快放下！我趁这个机会，溜进她的房里，整整一夜再不出来了。就这样，和好了。”

说罢，自己捂着肚子笑个不停。张之洞看着辜鸿铭这副乐不可支的天真相，也被感染着心情舒畅起来。他心里想着：天底下不乏聪明人，但聪明人往往机心多，难以相处；天底下也多无机心的人，但此辈又往往愚昧无知。像辜鸿铭这种绝顶聪明而又无机心、闯荡四海而又天真单纯的人真是少之又少。幕府有个这样的人物，繁杂枯燥的簿书日子该增添多少生趣啊！从此，张之洞对这个有趣的混血儿更多了几分亲近感。

生命力陡增和洋务的兴旺，让张之洞处在欣欣然中，对蔡锡勇、陈念礽等人禀报的实际困难，总是以三军统帅般的果决魄力和宏阔气概予以断然处置。

蔡锡勇说，马鞍山的煤含硫磺过多，炼出的焦煤成色不高。张之洞便问，哪里有合适的煤？蔡锡勇说，直隶开平的煤较好。张之洞立即说，那就从开平去买煤。蔡锡勇说：运费太多。张之洞说，不必考虑这些。于是，铁厂便以高出马鞍山七八倍的价从开平买煤。成本开支一时骤增。

陈念礽遂禀报丈人，眼下厂里经营甚是困难，每日化铁炉出生铁一百吨，则亏本二千两银子，一月下来，化铁炉就亏损六万两。湖北官场上不少人都说早知如此，不如买洋人的钢铁，还要不了这多银子。张之洞开导女婿，万事开头难。眼下铁厂未走入正道，产量低，自然成本高，以后日产量增大，铁的质量提高，能够与洋人的铁一样好卖了，成本自然就降低了。这尚在其次，最重要的在于我们中国人自己能用洋法造出铁来了，这个意义就非比寻常，这将大大激发我们中国人的自强信心。我们不能永远靠买洋人的成品过日子，万一哪天与洋人交恶了，他不卖给我们怎么办？再者，我们办铁厂，重在开风气之先，要借此影响全国十八省；倘若我们遇到困难就退缩，那别人就再也不敢跟上来了，洋务实业何年何月才能进入中国？

陈念礽觉得丈人的话说得对，的确应该想得多看得远，于是再也不提亏本的事了。

有一天，辜鸿铭气呼呼地走进签押房，对着张之洞大声说：“香帅，这铁厂办事越来越不像话了。”

“什么事得罪了你？”

张之洞知道辜鸿铭办事一向使气任性，很难与人共处，不待他开口，心里早已多半认为，又是这位怪脾气的混血儿在自个儿招是惹非了。

“香帅，你看看，有这个理没有？”辜鸿铭从头上抓下瓜皮帽，青色的头皮、后脑勺的大辫子，与镜片后面那两只灰蓝色的大眼睛配在一起，显得极不和谐。

“我六天前跟铁厂的协办刘候补道说，过江到英国驻汉口领事馆会见新来的领事詹姆士先生，顺便向詹姆士打听目前英国的钢铁行情，请他派一个人与我一道去。这本是一次礼貌性的见面，只需铁厂派一位主管行销的科员同去就行了。不料刘道说，拜访英国的新领事，可是一桩大事，我们得好好计议计议。他们一议便议了五天，昨天上午派人接我到铁厂。刘道认真地对我说，朝廷派往英国的公使是侍郎级的官员，那么英国派驻我国的公使的级别也应如此看，侍郎在京师为正二品，外放则为巡抚级。驻汉口的领事比公使低一级，也应相当于我们湖北的两司。按礼仪，新领事来后，我们铁厂第一次正式拜访，应请藩台大人和臬台大人一道去，才显得郑重。但他们忙，请不动，铁厂应去最高官，即请蔡督办。但蔡督办这些天有病，也不能去，就得由本道代行。但本道只是协办，官阶也只是四品，不能相敌。与各位商议后，决定再加派两位知府级处办、四位知县级科办，七个人的品级累积起来，大致应与英国领事的级别差不多了。负责行销的吴科员只是一个从九品，他只能作为随员跟从。本道一再叮嘱吴科员，你虽是随员，但实际事是你办，你一定要好好听，回来好好写一份帖子留下备蔡督办和各位会办、协办、监督、襄理老爷们传阅。就这样，刘道带了一行十余人浩浩荡荡、排场十足地陪我过江去了汉口领事馆，把人家詹姆士吓了一大跳，还以为我们是上门找麻烦来的，忙叫卫士荷枪实弹以待。香帅，你看看，一件极小的小事，却被他们办得这样复杂而烦琐，您看铁厂还像不像话！”

不料，张之洞哈哈大笑起来，连说了几句“有趣有趣”后，对辜鸿铭说：“一个道员，两个知府，四个知县，加起来敌一个两司，刘道这个算法，确实新鲜少见。是不是相敌，谁也说不准。但是，汤生，你也不要太气愤，这也说明刘道办事的认真。中国是礼仪之邦，在外人面前更要体现礼仪之邦的风范来。对此，我还是欣赏的。我对他们说过，铁厂也好，枪炮厂也好，就是织布局、纱厂也好，虽是洋务局厂，也要比照我们衙门的规格办。铁厂的督办是蔡道，协办是刘道，在我们的心目中，它就相当于我们的道员级衙门。织布局的总办是莫候补知府，我就是有意将织布局比铁厂低一个级别，相当于我们的知府衙门。纱厂的总办廖候补知县又低一级，它就是知县衙门。要这样，才有个上下等级的区别。别尊卑，明贵贱，这是圣人为我们制定的治国大纲，也是我们中华民族礼仪的精华之所在。我们办洋务，也要用这个办法，否则就会乱了套。汤生，你要理解刘道的用意，不必生气。”

辜鸿铭听了张之洞这番话，倒也不知再说什么是好。这些年来，他在张之洞的具体指导下，用心攻读全套儒家经典，对中国文化有了较深的理解，知道总督的话没有错，整个儒家学说，就是建筑在亲疏尊卑、上下等级的基础之上。用圣人的话来说，便是“正名”。名不正，则言不顺，言不顺则事不成。但会见一个领事，要如此烦琐，他却不能赞同。此事至少影响了办事的效率，耗费了许多不相干人的精力时间。不办事的人堂堂正正地坐在台面上，真正办事的人则只能一旁侍立，这算什么？在西方，是绝对不会出现这种场面的。

他退出签押房，将总督关于洋务局厂也要按朝廷设的衙门规矩办的这一番训示，告诉幕友堂的众人后，那些读“四书”“五经”、办刑名钱谷的幕友们，则一致赞扬总督的治理洋务有方。他们说，无规矩则无方圆，在中国办洋务局厂不遵中国的礼制，那怎么行？还是香帅有办法！那些读洋文西书的洋务幕友则纷纷表示难以接受。他们认为，局厂好比是大作坊，作坊是要出产品的，怎能以衙门视之？英美德法这些国家在办局厂方面已有一整套行之有效的管理办法，应该连同机器技术一道引进来。若机器技术是西洋的，管理则是中国衙门式的土办法，这洋务实业能办得好吗？但这是他们私下议论时的忧虑，谁也不敢去向总督提出。用中华礼仪、圣人之教来办洋务，这是何等堂堂正正冠冕堂皇！你一个中国人，还能不遵中国的礼教？

张之洞如此劲头十足地在湖北大力兴办洋务，雄心勃勃地立志要在三五年时间里把湖北变成海内第一洋务强省，不料，一场大仗突然爆发。这场意外的战争给中国带来巨大的影响，成为改变近世中国命运的一个转捩点。这场战争，便是有名的甲午海战。

这年十月，是慈禧太后的六十大寿。早在去年开始，朝廷便已大张旗鼓地筹办万寿大典，并增加恩科乡试和恩科会试。又指令各省必须为老佛爷的万寿捐银送礼，用于颐和园的扫尾工程和大典的开支。当时，这道廷命下到湖广衙门时，辜鸿铭正在张之洞的旁边，他看到后笑了笑说：“香帅，西方有一支人人都会唱的生日歌，一人过生日，大家都唱这首歌向他祝贺。太后过生日，我来为她献一首生日歌，烦你替我奏报给她如何？”

张之洞说：“你先把歌词念给我听听。”

辜鸿铭眨了眨灰蓝眼睛，摇头晃脑地念道：“天子万年，百姓捐钱。万寿无疆，百姓遭殃。”

一旁的梁鼎芬、梁敦彦等人都掩口笑了起来，心里说：这个混血儿好大的胆子，竟敢当着张大人的面咒骂太后，岂不要被他训个半死！

想不到，张之洞不仅未骂，反而也跟着笑了起来，笑后拍拍辜鸿铭的肩膀，说：“你这个生日歌，只在此处唱一遍算了，到外面去瞎唱，我可保不了你。”

各省都从藩库里挤出银子来应付着，有的省趁机将此摊派到各府县去，弄得怨声载道。又有几个哗众邀宠的官员，居然提出全国所有食朝廷俸禄者，捐一月薪金出来为太后祝寿以尽孝心。朝廷抓住这个典型大加赞扬，而朝野官吏们却恨不得将这几个马屁精食肉寝皮。

光绪皇帝也全副身心地扑在万寿大典上。亲政不久的小皇帝既要借此酬谢慈禧的大恩大德，博取以孝治天下的美名，同时也要以此讨得老佛爷的欢心，换取在她手中握了三十多年的至高无上的权力。没有想到，辽东半岛之外朝鲜国的内乱已演变为内战，国家正处在危急之中。

史传商末箕子子孙所开创的朝鲜国，自古以来便是中国的藩属国。到了清末，国力衰弱，自身都难保，哪有精力来顾及朝鲜？而隔海相望的日本，通过明治维新之后，国力日益强盛，苦于国土逼仄，急欲向外扩张，朝鲜和中国的东北便成为他们垂涎三尺的地方。那时年幼的朝鲜国王李熙乃由旁支入继大统，他的生父大院君李罡应摄政。李罡应素来仇恨外人，主张闭关自守。朝鲜政界中有一部分人亲近日本，与李罡应积怨日深。王妃闵氏娘家乃朝鲜累世勋旧，其父兄想通过国王来执掌大权，于是借李罡应政敌的力量来攻击他，李罡应被迫交出权力。不久，李罡应又借军方之力发动兵变，打垮闵氏家族的势力，重新执政。变兵焚烧了日本驻朝鲜公使馆，公使仓皇出逃回国。朝鲜举国大乱。中国驻日公使黎庶昌急电天津，请北洋军队抢在日本兵入朝之前先行赶到，以免朝鲜落入日本人的手中。时李鸿章正丁母忧，张树声署直督，遂遣吴长庆带淮军旧部入朝平乱，设计诱捕这次内乱的大头目李罡应，并将李罡应押到中国予以囚禁，恢复了国王的权力，朝鲜内乱迅速平定下来。在这次平定过程中，有一个人凭借着过人的识见和勇敢，为诱捕李罡应立下头功，此人就是时年二十五岁的袁世凯。

袁世凯的叔祖袁甲三当年在安徽与太平军作战时，吴长庆的父亲吴廷襄正在家乡庐江办团练。一次，吴廷襄被太平军所围，情形危急，打发人向袁甲三求救。袁甲三的儿子袁保恒不同意救援，侄子袁保庆则主张发兵。袁甲三一时拿不定主意。三天后庐江被太平军攻下，吴廷襄战死。吴长庆接统庐江团练，他恨死了袁保恒，却与袁保庆结成金兰之交。袁保庆是袁世凯的嗣父。袁世凯不好读书，向往走父祖辈的军功之路。光绪七年，他投靠以提督身份驻军山东登州的吴长庆。吴长庆念旧情，收留了他。吴见袁年纪尚轻，安排他与自己的儿子们一道读书，那时吴家请的塾师即张謇。十多年后的张謇得中状元，名扬天下，但那时还只是一个默默无闻的穷秀才。张謇慧眼识人，他看出袁世凯书虽读得不好，但办事极有主意，是一个练达能干之才。第二年朝鲜事起，吴长庆奉命东渡，亟需办事的人，张謇力荐袁世凯。吴长庆破格委任袁帮办前敌军务。于是，袁世凯利用这个机会，充分施展了自己的才能，很快便崭露头角。

光绪十年，吴长庆离开朝鲜回国，留下三个营分别由提督吴兆有、总兵张光前及前敌营务处袁世凯统领。三个人中独袁世凯看出朝鲜国内亲日派日渐坐大的趋势，对朝鲜政局的前途甚是担忧，多次将这种忧虑密报李鸿章。李鸿章一向重视日本，故对藩属国中的朝鲜的关心胜过越南，命令袁世凯密切关注局势的发展。

不久，果然爆发邮局谋杀案。亲日派挟持国王李熙，矫诏杀害亲华的辅国大臣，掌握朝鲜大权，并议废立。这时，支持李熙一派的发动勤王之师，并恳请中国驻防营援助。袁世凯等人率清兵冒死救出李熙一家。此事虽很快平息，但中国与日本结怨更深。不久，中国驻朝鲜商务委员陈树棠内召回国，受李鸿章器重的袁世凯接替其职。此后，袁世凯成了实际上中国驻朝鲜公使。年轻气盛的袁世凯主张对朝鲜采取强硬态度，不行则废除李熙，置监国，或干脆将朝鲜改为中国的一个行省。但李鸿章不同意，依然维持着惯常的对朝政策。到了光绪二十年，朝鲜爆发了东学党之乱，乱兵达五六万之多，朝鲜局势再次面临危急。李熙请求袁世凯帮助平乱。此时日本也借口保护使馆，调兵入朝。

袁世凯将此变故急报李鸿章。李鸿章派直隶提督叶志超及太原镇总兵聂士成选淮军劲旅一千五百人，由海军提督丁汝昌派军舰护送入朝参战。与此同时，日本已陆续派兵五千余人，由陆军少将大岛率领先行进入朝鲜，朝鲜的各重要海口均有日本军舰、炮舰停泊。由于中国军队的参战，东学党之乱很快平息。清廷吁请中日同时撤兵，但日本借口改革朝鲜内政，拒绝撤兵。其用意十分明显，那就是借此使朝鲜脱离中国而成为日本的属国。日本一再威逼李熙驱逐中国军队，并屡屡向中国驻军和使馆挑衅。此时，袁世凯已离朝回国，当面向李鸿章报告朝鲜危在旦夕的险恶局面。李鸿章一直希望依靠英国、俄国的干涉调停，避免与日本交火开战，到这时才醒悟过来，战争不可避免，然则为时已晚了。六月下旬，他派总兵卫汝贵统率六千余人进平壤，提督马玉昆统率二千余人进义州，以便援助孤悬牙山的叶志超部。日本军舰集结牙山口外，企图拦阻中国军队登岸。二十三日，中国兵舰济远、广乙为迎护高升号运兵船，驶近牙山口外之广岛，日本军舰吉野、浪速、秋津横海袭击，首先开炮，中国兵舰被迫还击。甲午中日战争便这样揭开了序幕。

广乙、济远不是吉野等舰的敌手，开战不久，便重创而逃。随后而来的高升号遭吉野炮击沉没，船上九百五十名清兵全部被抛向海中，七百多人殉难。接下来，叶志超与日兵在成欢交战，叶部大败；却以大胜欺骗李鸿章。李据以入奏，叶志超反获嘉奖。八月一日，中日两国正式宣战。中日两军在平壤再次交战，清军又败，总兵左宝贵壮烈殉国。八月十八日，中日两国兵船在黄海大东沟海面上激战。

这是中国海军自成立以来所遭遇的第一次，也是最后一次大战役。这一仗打下来，北洋舰队致远、经远、扬威、超勇等舰被击沉，广甲号自毁，来远号重伤，以邓世昌为首的海军官兵死伤达千余人。

日方吉野号等五艘战舰受重伤，死亡人员也有六百之多，两相比较，中国损失更为惨重。

九月下旬，日军开始从陆路进攻中国辽东。清军在日军的凌厉攻击下节节败退，九连城、安东、海城、盖平等城相继落入敌手。

与此同时，另一路日军在联合舰队护送下，从花园口登陆，很快攻陷大连、旅顺。日本在旅顺进行灭绝人性的大屠杀，全城人几乎杀绝。最后有意留下三十六人，作掩埋尸体的劳力用。

中国海陆两军的惨败，日本军事力量的强大及其对中国百姓的残暴，引起中国朝野的巨大震惊和愤恨，许多人都把责任归咎于北洋海军和淮军的最高统帅李鸿章，翰林院三十五人的联名参折，代表了当时全国人民的这种愤怒心情。参折痛骂李鸿章“昏庸骄蹇，丧心误国”，指出李鸿章有“迁延坐误”、“任用私人”、“奸欺蒙蔽”、“卵翼小人”、“媚日贪利”五大罪状，吁请朝廷严惩李鸿章，勒令其离开天津。认为“李鸿章一日不去北洋，则三军之气一日不能振作，溃败之局一日不能挽回”。

与此同时，一股请求恭王复职的呼声弥漫朝廷。先是户部侍郎长麟上疏请起用恭王，但折子被留中不发。接着，工部侍郎李文田与京师一批官员又联合上折，再次请求恭王复出。此折经军机处上奏时，礼王世铎带领全班军机大臣合词启奏慈禧请恭王出山。但是，这道大折与长麟、李文田等的奏折一样如石沉大海，没有回音。十天后，协办大学士李鸿藻、翁同龢在召对时，又恳切请求恭王出山。同样，此事亦遭慈禧的一口拒绝。

正在阖朝为之失望的时候，突然传出老佛爷同意恭王复出的喜讯。

文武大臣们既感到欣慰，又颇觉纳闷：是谁有如此大的本事让老佛爷天心回转？不久，从内务府传出消息：老佛爷的回心转意，是因为皇上三番五次跪求的结果，而皇上之所以如此态度坚决，是因为他最为宠爱的妃子珍妃的竭力怂恿。

珍妃，这个中国两千年封建帝制中最后一位因干预政事致使命运悲惨的皇贵妃，她的名字便这样从后宫中最初走了出来。

于是，外官也渐渐对皇上的后宫私生活有了较多的了解。

光绪不喜欢太后强加给他的皇后小那拉氏，皇后仗着姑妈的权势，也不把光绪看在眼里。被封为珍妃的长叙次女美丽单纯，得到光绪的宠爱。珍妃姊妹在娘家时，家中请的塾师是有名的才子文廷式。比起汉家闺女来说，旗人家的姑娘在家里的地位较高，可以和兄弟们一起读书。因此，珍妃和她的姐姐瑾妃从小便受到良好的教育。又因跟着父辈去过不少城市口岸，眼光较之一般女孩子也大为宽阔。这也是珍妃能得到光绪喜爱的原因。

也有从敬事房太监那里悄悄传出的消息，说皇上乃天阉，皇后与瑾妃因而不爱皇上，并成天为自己的苦命而忧心忡忡，没有笑脸，惹得皇上见了她们也快乐不起来。但珍妃不这样，她对皇上的天阉浑然不觉，一天到晚无忧无虑，脸上总是挂着天真的笑容。皇上怎能不喜欢她？太监、宫女们也个个乐意跟珍主子相处。敬事房的人说，这才是珍妃得皇上欢心的真正原因。

外臣对此虽不能辨底细，但有一点证明敬事房的话有道理。皇上大婚五年了，正式册封的妃嫔有七位，一天到晚围绕在他身边的宫女二三十个。二十多岁的年轻人，身上也看不出别的毛病来，就是没让身边的任何一个女人怀上孕，不是天阉是什么？

慈禧十年来一直对恭王疏远冷淡，全班军机大臣的合词上奏，元老重臣的恳求都不起作用，还有谁敢再说话？普天之下，除开光绪一人外，再无第二个了。现在太后的态度改变了，是不是珍妃的怂恿且不去管它，光绪本人顺应舆情，希望老伯父出山力挽败局振作朝纲，却是不争的事实。

四　复出的恭王感叹：即便贵为皇伯，也不能没有权力

说是老伯父，奕䜣其实也并不是太老，今年不过六十二岁。当光绪十六年十一月醇王去世后，在皇帝的嫡亲父辈中，他又的确是硕果仅存且唯一寿过花甲的老前辈了。他得到皇帝的尊重和依赖是理所当然的。然而，皇帝没有想到，他的这位伯父已经难以承受这份尊重和依赖了。

恭王府西院书房里，恭王半躺在从德国进口的俯仰自如的牛皮沙发上，身上盖了一件黄缎绣花薄棉被。初冬的阳光透过宽敞的玻璃窗，照在他干瘪的脸上，一双略显小的眼睛微微闭着。王府的太监宫女们以为他睡着了，不敢再走进书房来，只在窗外蹑手蹑脚地来回走动，以备王爷的不时召唤。

其实，恭王没有睡。自从领了出山的懿旨后，他连夜晚睡觉都不安稳了，何况这一天中最好的上午辰光！

恭王奕䜣退出权力中心已经整整十年了。刚退政时他深感委屈、失意和愤懑，甚至觉得这二十多年来的秉国当政的经历如同做了一场梦似的，他给昔日的心腹同僚写诗坦陈心曲："吟寄短篇追往事，一场春梦不分明。"在夜阑更深的时候，他有时会突然浮出奇怪的念头：假若当年不站在太后一边，而站在肃顺一边，那情形又是如何呢？凭着肃顺对曾国藩的一贯信任和曾对肃的感知遇之恩，江南局面的快速厘清应该也是没有疑义的。肃顺固然跋扈嚣张，但他的才干也的确是朝中少有的。办事轻重缓急，他还是能分得清的。他至少不会在库帑紧缩的时候，提出修复颐和园的计划。尤其是当恭王想到继统续位的大事时，他更加痛心。倘若他与肃顺联手的话，同治死后，这九五之尊绝对会落到恭王府，而不会流失到老七家。唉，天命固然不可预测，这人事又哪里是可算计得到的？

思前想后地过了几年，日趋老境的恭王渐渐地心思平和了。国家大事，他索性一概不管了，安下心来在豪华舒适的王府中读书写字、

赏花听曲，以艺术之美来充塞心灵；山珍海味，歌舞宴乐，以醇酒与妇人来最大限度地获得感官的愉悦。欢乐只在今宵，王府即是天堂。当年一心追求权势欲建赫赫功业的恭王，再也不存任何雄心壮志，决定充分地利用宣宗爷皇六子的天赐福分，在短暂的生命中尽享人世间种种欢快乐趣！

他以乐道堂主人的署名写下了不少诗篇，结集于《萃锦吟》前后篇中。随意从前后篇各挑一首来加以对比，都可以看出他十年赋闲期间的心态变化。如前篇中的一首七律：“纸窗灯焰照残更，半砚冷云吟未成。往事岂堪容易想，光阴催老苦无情。风含远思翛翛晚，月挂虚弓霭霭明。千古是非输蝶梦，到头难与运相争。”诗中流露的是前议政王对世事无情的幽怨心曲。再看后篇中的一首五律：“超然尘事外，已得六年闲。欲契真如义，情生造化间。澄心坐清境，深户掩花关。味道能忘病，不知忧与患。”这里则是今日乐道堂老人对人生真谛的初步领悟。

此刻，初冬的太阳已升得很高了。京师第一王府在冬阳的照耀下，暖意融融。斜躺在西院书房沙发上的恭王，微觉身上有一丝燠热。他掀开黄缎被，离开牛皮沙发，走到窗边的书案前。窗外，夏日里那些茂盛繁荣红绿相间的丁香花海棠叶早已凋零脱落，只剩下褐黄色的瘦弱枝干，给人以衰飒老残之感，而甬道两旁的雪松，却依旧苍茂劲挺，颇具豪杰气概。恭王凝神注视着这往日天天相见的冬景，此时却让他有种异样的感觉。值班太监见王爷已起身，忙端了一杯新泡的江南龙井进来放在书案上，然后悄没声息地掩门退出。

恭王端起茶碗来啜了一口，就势在书案边的高背软椅上坐下。四天前，养心殿东暖阁里与太后叙话的情景又浮现在眼前。

自从在醇王葬礼上，与慈禧和光绪帝说了几句话外，整整四年了，彼此没有再见过面。当值大太监掀开厚重的棉帘，恭王一眼见暖阁正面的大炕上，太后、皇上分坐在短几的两旁。他弯腰走上前去，正要在炕前正中铺着的软垫上跪下时，光绪忙说：“六伯免跪。”

慈禧也说：“六爷，今儿个不是叫起，这是一家子人叙话。按照家人的礼节，皇帝还要向您行礼哩！我看，都免了，彼此都去掉这个客套。请六爷就在对面的椅子上坐下吧！”

慈禧这种温婉贴心的话，恭王已经好多年没有听到了。他记得同治初年江南尚未底定时，慈禧常常用这种语气跟自己说话。但到后来，温婉渐渐变成威严，贴心渐渐变成隔阂，再不是叔嫂间亲热融洽，而是君臣间的上下尊卑了。恭王在心里品味了一番后，便在对面雕龙刻凤的檀木大靠椅上坐下，立时便有太监送来一碗香气四溢的热茶。

“好几年不见了，六爷身子骨还好吗？”慈禧的声音依然如旧清脆动听。

“托太后、皇上的福，老臣这两年还没生过大病。”恭王答着，就势将对面的嫂子仔细地瞧了一眼，心里微微一惊：也是六十岁的老太太了，怎么还依然是面色红润，发髻乌黑，她是如何保养得这般好的？想起自己，只比她大得两岁，就如此多病多痛、血亏气衰的，上天太眷顾这个逞强任性的女人了。

“一向瞎忙，这些年也没去瞧瞧你。”慈禧也端起矮几上的茶碗来，轻轻地移动盖子，右手小指上的三寸纯金护指高高地翘起，浅浅地抿了一口后，又几乎没有一点声音地将茶盖盖好，放回矮几上，然后拿起膝边的素底绣着一支兰花的绢巾，轻轻在唇边上印了一下。整个动作在从容、优雅中又透出几分高贵气。“光绪十五年皇帝大婚后，我对他说，你已经娶媳妇了，是个大人了，老百姓家的儿子娶了媳妇都要当家理事了，何况一国之主的皇帝！我为你操了十多年的心，现在累了老了，也该歇息歇息，园子里也修好了两个宅院，我就搬到那里去住。军国大事，你一切自个儿做主吧！”

恭王静静地听着。他知道慈禧的这些话的确都曾经说过，他更知道，慈禧这些话是言不由衷的。

“不料，七爷不肯，说皇帝虽然大婚，但还是年轻，肩膀嫩，担不了这副重担，要我再训政两年。我说，两年前，我就要皇帝亲政，是你说再训政两年待皇帝大婚后再亲政，你自己说的话，你忘记了，你就不怕累坏了我？七爷说，看在祖宗的面上，你无论如何要再帮他两年。我说好吧，就看在祖宗面上，再帮一下。今后国家的重大事情及二品以上官员的任命，我过问一下，其他事我不管了。夏秋两季我住园子，冬春两季住宫里。住宫里，也不要有事没事都来麻烦我，得自个儿历练，早早担起这副重担来。”

恭王仍然默默地听着，间或微微点头，他知道慈禧为什么要说这番话。她是在皇伯面前表明自己的苦心：这几年皇帝亲政的名不副实，不是因为她想揽权，而是皇帝亲生父亲的一再拜托。恭王心里冷笑着。

“今年春上，朝鲜出了乱子，害得我们不得安宁。我原本在城里过完春天后，仍回园子过夏天，皇帝和王公大臣都一再要我留在养心殿。我想也是，打仗这码子事皇帝从来没经历过，怪不得他心虚。七爷也不在了，我不忍心眼看着他受这个苦，就留下了。”

恭王心里想：皇帝怎么啦，一句话都不说，任凭着太后一个人在絮絮叨叨。十年前，他当国时，常常这样三人对坐商讨国家大事，皇帝也总是难得讲一两句。那时恭王总把他当小孩子对待，也希望他多看多听少说，但现在已经是二十四岁的人了，怎么能还是像小孩子样，只听不说呢？即便是他平庸无能的父亲，那年半夜带兵在密云抓肃顺，也还没有二十四哩！看来，皇帝连平庸的父亲都不如，他难道是个樗驽下材吗？

恭王瞟了一眼坐在矮几另一边的侄儿。四年不见了，却跟四年前的模样没有多大差别，仍然苍白瘦削，神色不旺。通常的男人，婚后都会日渐向成熟粗壮的方向发展，可他结婚五年了，依旧还是一个没有长成人的孩子相，想起五年来后宫没有传出一星半点喜讯，恭王陡然心惊：莫非他天生不是一个真正的男人！唉，祖宗百战沙场，九死一生，靠千千万万尸骨换下来的这座汉人江山，怎么就会落在这样一个孱弱不全的人的手中？不要说圣祖高宗的强壮后裔数以百计，就连恭王府、惇王府里都有上十个精精神神的汉子，偏偏就让他来坐江山，这难道是天意吗？一股闷气堵住胸口，恭王顿时全身不舒服。

“中国和日本开仗以来的情形，六爷自然是知道的。李鸿章的海军不中用，世铎领的这班军机也没了主意，我对皇帝说，你六伯的病应该早已痊愈，请六伯出来帮帮忙吧！”

恭王听了这话很不舒服。十年前他本没有病，生病云云，纯粹是为了遮掩世人耳目。他终于开口了：“老臣病体实未痊愈，不能再当重任，以免误了大事。”

一直没有吱声的光绪急了：“六伯，阖朝王公大臣都盼望您出来挽救危局，您就出来帮帮侄儿吧！”

慈禧两道精心描画的柳叶眉略微皱了一下，她对儿皇帝的这副神态甚不满意。恭王推辞一下，就急成这个样子？明明说的是我叫你请他出来，为何又说成阖朝王公大臣的请求？也不能说“挽救危局”的话，真个是情急失态。载湉呀载湉，你真是太令我失望了。

“六爷，”慈禧平和地说，“皇帝没临过大事，一有风吹草动，就心慌意乱，咱们不帮衬帮衬他，行吗？”

恭王见侄儿那副发自内心的企盼神态，本已心动，想起慈禧三番五次不理睬王公大臣的请求，心里又有气。他冷冷地说：“有太后在坐镇，有礼王和军机处诸大臣在运筹应对，老臣实无必要再来插手，且一衰弱老翁，亦于事无补。”

光绪生怕就此散了场，心里又急了：“李师傅、翁师傅都说，国家正在危急存亡之秋，非六伯出来，不能安定国本。六伯，您无论如何都要出山呀！”

真正一个大孩子！恭王为侄儿的纯真而欣慰，也为他的忧国之心而感动，对他的孱弱和不成熟生出几分怜悯和宽恕来，再推辞不就，似乎有点不忍。

“六爷，莫说我在此坐镇的话，我也是万不得已。”慈禧望着奕䜣，语气显然比刚才要硬了些。“国家遇到这样的大事，你侄儿年轻又从没经历过，怪不得他这样心急。我自然有责任帮他渡过难关。六爷，你身为宣宗爷的嫡子，文宗爷的亲弟，皇帝的亲伯父，你能眼看着祖宗江山受到危害而不动心吗？你能眼看着你侄儿遇到难事而袖手不顾吗？这江山眼下固然是皇帝他在坐，难道与你六爷就无关了吗？你可是皇帝父辈中健在的唯一之人啊，他不求你求谁？倘若国家有什么闪失，六爷，你今后如何对得起列祖列宗的在天之灵？”

慈禧的话虽然直硬了点，但的确句句在理，掷地有声。这个时候，还去跟她计较十年前的恩怨，不是显得自己太狭窄了吗？若坚不出山，不仅难以面对这位不失赤子之心的侄儿皇帝，也会使李鸿藻、翁同龢等一班大臣寒心，实在地说，也有愧于列祖列宗。想到这里，恭王决定摈弃前嫌，临危受命。

“太后，皇上。”奕䜣以诚恳的语气说，“不是老臣有意推辞，委实是年老气弱，只能在王府养老以终天年，不宜出入廊庙担当重任，且当年越南之事十年来一直未曾忘记，深恐再误国事。既然太后皇上不嫌老臣衰迈无能，老臣只能豁出老命，再作冯妇了。”

望着光绪脸上露出灿烂的笑容，慈禧心中冒出一丝酸意，她转过脸对他说：“朝政是你在管，你跟你六伯说说，请他做些什么？”

光绪挺挺腰板，轻轻地假咳一声，郑重其事地说：“朕请六伯重领军机处，兼管总理各国事务衙门，并添派总理海军事务衙门，会同办理军务。”

不仅恢复原来的军机处领班大臣的旧差使，连醇王生前所领海军、总署衙门也一并交付，可谓将政事外交军事全盘委托了。恭王感觉到了侄儿的诚恳，也暗暗惊异嫂子的大方：难道她真的自认无法应付眼前的局面吗？

他站起身，弯下腰说：“老臣领旨。”

“六伯请坐。”光绪伸出一只手来向下压了压说，“六伯年老，有病在身，就不要入朝当值了，一切事都在王府办，军机处、总署、海军衙门的人上王府来向您请示。”

慈禧笑了笑说：“六爷，大清的事，都托付给你一人了。”

“谢太后、皇上。”恭王严肃地说，“老臣只是尽忠效力而已，大清的事，还是由太后、皇上做主。”

领了旨的恭王，与嫂子、侄儿细细地商讨起眼下的战事来。

直到正午时分，奕䜣才离开养心殿。杏黄大轿刚在恭王府大门口停下，王府长史宽龄便走了过来，轻声说：“礼王已在小客厅等候多时，军机处、总署、海军衙门各位大人都有名刺递来，请求王爷安排时间接见他们。”

恭王“唔”了声，没有说话，便走出轿门，踏上光洁如玉的大理石台阶。

奕䜣来到上房，大福晋带着一批侧福晋早已恭候着。大福晋把奕䜣迎入室内，急着问：“太后怎么说的？”

奕䜣面色如常地答：“领军机、总署和海军衙门。”

大福晋一听，满面喜色，乐滋滋地说：“恭喜王爷！”随即向后面传话：“给王爷端来热水，上银耳羹！”

一会儿，一个丫鬟端着一盆热水，后面跟着个小丫鬟，双手捧着一条雪白的西洋毛巾。大福晋亲自将毛巾浸在热水里，拧干后递给丈夫。恭王接过，擦了擦脸和双手。又进来一个丫鬟，双手捧着一个掐丝珐琅银碗，碗里搁着一把精巧小银勺。大福晋从丫鬟手里接过银碗，走到丈夫面前百般温柔地说：“累了大半天，趁热把这碗银耳羹喝了吧！”

恭王喝了两口后，随手交给身边的丫鬟。平日最得恭王宠爱的五侧福晋走了过来，对着紧随身边的贴身丫鬟说：“去房里把王爷的宽袍拿过来，给王爷更衣，让王爷躺会儿。”

恭王摆了摆手：“不要更衣，我还要见礼王。”

大福晋劝道：“王爷辛苦了，歇会儿吧，别把自己给累坏了！”

恭王说：“礼王已在府里等候很久了，不好叫他再等下去。”

说完对宽龄说：“你请礼王到东院议事厅等我，我一会儿去那里与他会面。”

又对大福晋说：“你叫大伙儿都出去，让我安静片刻。”

大福晋对众人挥了挥手，大家都退出门外，只有她和五侧福晋留在房里，以便伺候。

奕䜣的确很累了，原本什么人都不见，回府后便躺下休息，但现在坐等的是接他手之后领了十年军机处的礼亲王世铎，他不能不见。

奕䜣闭着眼睛，默默地坐了一刻钟后，起身离开上房，向东院议事厅走去。

“王爷！”从窗口看到恭王的身影时，世铎便忙着起身，来到议事厅门边等候。

“礼王，劳你久等了。”恭王一边打躬，一边对世铎说，“请上坐。”

“王爷，您就叫我世铎吧！”世铎虽比奕䜣年长三岁，但按辈分却是孙辈。

“哪能那样，坐吧！”

二人在议事厅花窗下的梨木镶贝太师椅上坐下，宽龄亲自为礼王上茶。

“王爷端坐，世铎恭喜王爷，贺喜王爷。”

世铎起身，整了整衣冠，矮矮胖胖的身躯眼看就要跪下去，奕䜣忙起身拦住：“礼王，你这是做什么，快请坐！”

世铎坚持要拜，奕䜣高低不肯，二人推推搡搡地客气了半天，世铎没有拜成，重新坐定。

“王爷，您这一出山，是慰天下臣民渴望云霓之心呀！世铎我盼星星盼月亮终于盼到了这一天。”世铎端端正正地坐着，两手放在膝盖上。“不是在王爷面前表功，世铎为请王爷复出，单独跟太后说过两次，又率领全班军机给太后上过奏章一次，也是太后怜恤世铎等的苦心，终于准了奏。”

世铎说是不表功，其实是明显地在表功，但他也没说假话，的确多次奏请过，奕䜣对这些也清楚，说：“礼王和众军机的心意我领受了，但我乃是罢黜之人，这些年来一直在王府养病，外间的事情也不清楚，实在是于国事无补，辜负了礼王和众位军机的厚望。”

“王爷，您太谦退了，普天之下，谁不知王爷的经纬大才。”世铎白白胖胖的脸上现出万分诚恳的神色。“甲申年，越南的事，责任实不在王爷，都是徐延旭、唐炯等人不中用。至于世铎我，更无半点想领军机的心。我自知无能，向无大志，只求这一辈子不出差池，保住祖宗传下来的这顶铁帽子，死的时候，能安安稳稳地传给儿子，我就心满意足了。是七爷三番五次地劝说，也是不得已领了这个差使，这十年间实在是没有什么作为。现在王爷再来领班，我是谢天谢地谢祖宗，这个担子算是平顺地放下了，明天起我就可以安心乐意在家养鸟听曲逗孙子了。”说罢，咧开嘴笑了起来。

奕䜣面露微笑，极有兴致地听着世铎的话。对于这位排行孙辈的老礼王，奕䜣是清楚的。在高层次的黄带子中，世铎的确是个庸才。他不爱读书，不爱骑射，也不甚关心军国大事，他喜欢的是养鸟喂狗，打牌听戏，伶人美女，吃喝玩乐。只是世铎有个好处，他的所有这些作为，都只在他的王府里进行，他和他的几位公子都没在市井上留下劣迹。而且世铎爱交朋友，也愿意给人帮忙，故而在红黄两带子中间，他有好的口碑。身为一个铁帽子王爷，世铎如此行事，也算是王公中的大好人了。所以甲申年，慈禧和奕譞请他出来领军机处，大家都没有反对的意见。奕䜣知道世铎这番话是真诚和虚假各兼其半。他无政治野心，对交出军机处大权的失落感不大；他平庸无才，应付不了眼下的局面，急于摆脱，这都是实情。但他做了十年的军机处领班，尝了十年握国家实权的味，从中获取了无数的甜头，真的让他立即就回家去抱孙子，他能甘心？再说，十年间的军国大事，他几无不插手的，一时就完全摆开他，也不合适。还在从紫禁城回王府的路上，恭王坐在轿子里就开始思索着他所面临的第一桩大事：如何处置世铎和那几位军机大臣。一种是学十年前慈禧那样，将现在的军机处连领班全行罢黜，以报当年的仇恨，出出胸中这口闷气。刚一想到这层，奕䜣便下意识地摇了摇头。这样做不明摆着是报复吗？朝野中外，不会都说你心肠狭小、肚量偏窄吗？尤其是太后，她第一个会不舒服。当年那样做，是她的主意，今日你以牙还牙，矛头不是指向她吗？往后还得和她同事，得罪她并不是好事。全班罢黜，行不得！但对现在这个军机处，奕䜣实在是不能接受。世铎不说了，排在第二位的大军机张之万八十好几了，已在病床上躺了两三年，军机处的大小事都不过问，这种随时都会过去的衰翁，为什么还要让他占住位子不放？

还有一个额勒和布，也是甲申年大变中上来的，也是望八的人了。四年前中过风，虽留住一条命，但时常神志不清。这种人还留在军机处做什么？军机处乃朝廷最高办事机构，日理万机，需要的是最精明最能干的人才行。世铎真是糊涂得可以，把个军机处当成了崇老院、怡养所，荒唐不荒唐！这两个人无论如何得让他们退出来。但他们都是元老级的人物，又没有大错失，只能用体面的方式退出。可以给他们一个特殊的荣誉，如授紫缰、准予紫禁城骑马等。只是不能马上实行，得过几个月再说。排名第四的孙毓汶与第五的徐用仪，这次被清流骂得厉害，声称要撵出军机处。奕䜣也对他们无好感。特别是孙毓汶，不仅擅权专横，更兼人品卑下，纯粹是靠走老七的门路才进的军机处，世人骂他是醇王府里的一条狗，奕䜣对他更是厌恶。孙、徐是得赶出军机处，而且是越快越好，为了慎重起见，暂且隐忍一下，过两个月再说。世铎为何急着要跟我会晤，其实也就是想探一探关于他本人及军机处其他人的处置，刚才这番话，不是说得很明白吗？

奕䜣想到这里，笑着说：“我十年不问国事了，这乍一当差，还真不知从哪着手哩。你还得帮帮我！”

正是奕䜣所猜的，世铎之所以在恭王被召见的当天上午便急忙赶来恭王府，并耐着性子在小客厅里坐等了一个多小时，完全为了探一探恭王对他带领的军机处如何处置的口风。昨夜，当确知太后今上午召见恭王的消息后，孙毓汶、徐用仪悄悄来到礼王府。孙、徐二人知道舆情对他们不利，希望能通过世铎来保持在军机处的位置。二人凑了四十万银子给世铎，请他出面在恭王面前说说情。世铎说："假如我还留下，就为你们说说；假若我都留不下，你们也只好卷铺盖了。"今天来恭王府，世铎带上了这四十万银票，但他不想轻易出手，若没有一点希望，这四十万不白白掷了，如何向他们二位交代？

世铎一时还弄不清楚这"帮"字的含义，但至少没有立即赶他下台的意思，还有一线希望在。他想再进一步探探。

"王爷言重了！"世铎将前身向恭王那边倾过去，一副虔诚谦卑的模样。"世铎世受国恩，又蒙太后、皇上和王爷的眷顾，在此危急之时，为国家出力，为王爷效命，是我的本分，岂敢当一'帮'字！"

世铎说到这里，有意停下，看看奕䜣的表情，见他带着笑意在倾听，遂将昨夜挖空心思想好的"引饵"抛了出来。

"这次和日本的战事，军机处和李少荃都认为处理的关键在于以夷制夷，俄国和英国都不情愿让日本一国独吞朝鲜，所以他们有可能会站在我大清这边。俄国公使巴鲁诺夫和英国公使莫顿与我的私交都很好，他们对我是无话不谈，我为他们在中国办过不少好事。俄国的皇后曾私下委托巴鲁诺夫为她寻觅一颗大珍珠。巴公使寻觅不到，请我帮忙，结果我在福州为他找了一颗，当作礼品送给了他，巴公使感激不已。要解决与日本的战事，必须仰仗俄英两国公使。王爷和他们会谈的时候，若用得着我，我一定乐意效劳。"

世铎这个"引饵"太诱人了。"以夷制夷"，原本就是过去奕䜣办外交的绝招。自从得知有复出的可能后，他就在考虑如何来解决与日本海战事，想来想去，还只有重新拿起"以夷制夷"的法宝。世铎既然有这样的好关系，何不就让他来办理此事？看来世铎至少这段时期不能离开军机处。

“礼王，你不要急着歇肩撂挑子，许多事都还要你一起来办。英俄两国公使，这些天我就会约见他们，还要烦你先去疏通疏通。这样吧，”奕䜣轻拍了一下茶几，作出一个决定：“明后天我亲奏太后、皇上，让你留下，和我一起来领军机处吧！”

果然上了钩！世铎心中一喜，口里却说：“战争失利，我负有很大责任，军机处领班这个差使，我干不好，王爷才是世所瞩望，我退出，也好让王爷重建军机处。”

奕䜣已听出世铎的话中之话了，立即说：“军机处，我不会重建的，还得依靠各位大人共渡艰难。”

这句话让世铎一惊，看来孙毓汶、徐用仪都有救了，忙笑着说：“军机处的各位同寅都托我先向王爷恭喜道贺，他们都递来了名刺，随时等待王爷的召见。”

奕䜣说：“不必一一来了。过些日子，待我与总署、海军衙门打过交道后，再请各位放驾到王府来，我们一起见个面。”

“好。我这就把王爷的意思告诉他们。”世铎说到这里，随即又特意补充一句：“军机处各位盼着王爷出来，可是望穿双眼呀！”

说罢，自个儿先笑了起来。

奕䜣也笑着说：“谢谢各位大人的厚爱。国家多事，太后、皇上心里焦虑，全靠各位军机为国排难，为太后、皇上分忧。”

“主忧臣劳，主辱臣死，自古皆然。各位军机蒙太后、皇上圣恩，虽肝脑涂地，不足为报。”说着，世铎从左手袖袋里取出两张银票来，恳挚万分地说：“王爷复出，宫里宫外的打点，骤然剧增。这些年，恭王府也没有别的收益，这四十万两银票，请王爷笑纳，以备眼下急需。”

奕䜣没有想到，刚一复出，就有世铎这样身份的人一次便送上如此重的礼银，说是巴结也可，说是贿赂也可，说是雪中送炭也可，奕䜣心里顿然有一种舒帖的感觉。皇阿哥出身的奕䜣也与其弟奕譞一样，并不是一个贪财爱货的人，从小到大他不缺财货，也体会不到财货的重要。因此，恭王府并不专事聚敛。然而，到了同治初年，他刚领军机处后不久，便发现议政王大臣的双俸亲王银子都不够使用，他奇怪地问王府长史。宽龄告诉他，每次进宫见太后，王府得准备五百两银子，用来打点宫内各处太监，光李莲英一人至少得二百两。奕䜣怒道：我进宫见太后，办的是国家大事，为什么要打点宫里的太监？长史苦笑道，王爷有所不知，宫里的太监并不明里问你要银子，但你若不给好处，他就想方设法给你设置障碍，弄得你处处不痛快，有时还得误事。奕䜣道，这成什么话！我非得禀告太后，革掉这个陋习不可。长史说，这个陋习由来已久，也不是本朝才有的，太后自己也知道。那年左侯从西北回来，要进宫见太后，不知这个规矩，在朝房里干坐了一个时辰。左侯脾气大，在朝房里嚷起来。一个同在朝房的侍郎将陪同左爷上朝的杨昌濬叫到一边，悄悄地告诉他：塞三百两银票给当值太监就行了。果然，银票刚塞，便叫起，杨昌濬偷偷告诉左爷：这是三百两银票的作用。左侯老大不高兴，气鼓鼓地，见到太后不说别的，先说这事。不料太后却笑着说，宫里太监穷，只得向外官打点秋风，只是不能要这么多。也是你们这些做外官的给惯坏了，一个比一个多，把他们的胃口撑大了，现在连我都禁不住了。左侯听了，张开嘴巴说不出话来。王爷您说这个陋习破除得了吗？奕䜣摇摇头，无话可说。长史又说，还有宫里来传话报信的，也必得打发他们，看地位高低和传话的内容：地位高的、传的话重要的要给一百两，地位低的、传个一般话的至少也得二三十两。除宫里外，还有与各国公使馆。那些洋人，也都是要钱要物的，这项开支，也不比打点宫里的少。

奕䜣开始懂得钱财的重要了。

俸薪不够开销怎么办呢？去贪污吗？去卖官吗？如此做，奕䜣又觉得不合适。带着这个疑问，他去请教做过直隶总督、大学士的岳丈桂良。桂良告诉他，外官的俸银低应酬多，银子一般都不够用，故不少官员贪污受贿；但大部分官员是用另一种办法来增加收入的，那就是收门包。登门求见，先递银子来。到家门来求见，多是为了私事，故愿意出。现在各省督抚两司，一直到府县州厅都收门包，这已是人人皆知的私密。只是你先前不任事，没有多少人上恭王府来求你罢了。现在，恭王府是京师中握有实权的第一大衙门，每天来登门求见的人多得很，完全可以定出一个门包制度来：多大的官得给多少银子，有急事加倍。奕䜣总觉得这门包收得不体面，这不是公开索贿吗？桂良正色道，既然太后都允许宫里的太监收打点费，为什么你恭王府收点门包就不行呢？况且你是拿这笔钱去应付宫中的敲诈，这不算你恭王的受贿。只是要派可靠的人管好这笔钱，不能让门房私吞了。

奕䜣采纳岳丈的主意，公然在王府里收起门包来。这后来自然成了众人指摘的口实。不过，恭王也的确是靠了这笔收益才能应付宫中和洋人的。他一时还没有想到这点，经世铎一提，立即意识到此刻确需大批银两，但奕䜣还是下意识地谢绝。

世铎做出一副推心置腹的神色：“不瞒王爷说，这笔银子也不是我的俸禄和养廉费，这也是这十年来门包的积蓄。今后王爷来领军机处，许多开销就不用我出而是由王爷出，这笔银子理应转给王爷。”

见奕䜣还在犹豫，世铎爽快地说：“若王爷还觉得不合适的话，这笔银子就归我借给王府用，以后王府再还给我好了。”

世铎有意不说出孙、徐二人来，一则是要自己独得这份功劳，二则孙、徐目前口碑不好，怕说出来恭王更加不敢接。

见世铎这样说，奕䜣只得收下，一边说：“我叫宽龄写个借条给你。”

“改日吧，改日吧！”世铎忙起身。“王爷累了大半天，我又打扰了这么久，实在不应该，我这就先告辞了。王爷有什么事要召我，我随传随到。”

奕䜣目送着矮胖臃肿的世铎摇摇晃晃地走出王府，想起赋闲十年来门庭冷落，今日一旦复出，登门送钱的、递名刺求见的便络绎不绝，从今往后，这门前便天天轩车如流水，驷马如游龙，送银子送财货的，将会在门房口排成长队。他在心里长长地叹息一声：权力呀，你是一个多么重要的东西，哪怕是贵为皇伯，也不能没有你！

正在窗前遐想着，宽龄进来禀道："王爷，李中堂李鸿章已在候客室里等候。"

"哦，李中堂来了！"李鸿章是他今天约的第一个客人，他转过脸对宽龄说，"你带他到西院大客厅里去吧，我换上衣服就过去。"

五　恭王府里，败军之将一吐苦水

恭王府里无论是客厅、议事厅还是书房，都有中式西式两种，视客人的身份与爱好分别安置接待。外国客人来访，都安排在西式客厅，但也有例外。比如海关总税务司赫德，是一个标准的英国人，但此人二十岁来中国，已在中国谋事四十年，自称爱中国胜过爱英国，对中国古老文化酷爱不已。赫德每次来恭王府，奕䜣都安排在中式客厅里相见，而且事先还得特别布置一番，把中国气味营造得足足的。同样的，本国客人来访，则安排在中式客厅，对于那些爱好洋玩意儿的，则安排在西式客厅。恭王知道李鸿章是一个仰慕西洋的人，常将他请到西式客厅或西式书房相见。李鸿章在充满异国情调的客厅里刚刚落座，奕䜣便进来了。

"李鸿章向王爷殿下跪安。"李鸿章弯腰作揖，左手端着一顶镶着大红珊瑚顶子的大盖帽。

奕䜣忙扶住李鸿章的手臂，说："中堂免礼。"

说罢，注目望着眼前这个正遭受各方指责身处困境的四朝元老。与春天见面的那一次相比，李鸿章明显地瘦了、憔悴了，头发胡须上又多铺了一层霜。七十一岁的前淮军首领，原本腰板挺拔硬朗，如今已现出几分佝偻之态了。

“中堂也老喽！”

奕䜣从心里深深冒出这句话来，然后拉着李鸿章的手，一起在松软的绒沙发上坐下，关切地问：“近来都还好吗？”

“唉，再不济也得挺过来呀！”李鸿章仿佛百感交集，一时不知从何说起似的。“现在王爷复出，一切都有指望了。”

奕䜣感受到一种与世铎不同的真正的情谊。事实上，他和李鸿章的关系的确非同一般。

这种不一般的关系，不但因为他们二人相交年代的久远，更因为他们彼此之间对国事看法的投缘。当咸丰皇帝还在世的时候，年纪轻轻的奕䜣便以器局开张而获誉于朝，与著名的能干大学士、军机大臣文祥相契合，在对汉人领兵和与洋人打交道这两件大事上，总是持开明的态度，与那些顽固守旧的满蒙亲贵们截然不同。他早期信任湘军，后来又倚重淮军，这使李鸿章对他感激。尤其在洋务事上，奕䜣与李鸿章的观点几乎完全一致，即尽力维持和局，以便徐图自强。从这个观点出发，他们主张在国内大办洋务，与洋人宜友好合作，信守合约，尽量不挑起事端，一旦有事也先立足于调和，尽量利用各列强之间的利益关系来求得平衡。因此他们常常遭到守旧势力和清流人士的指摘，但他们一直坚信自己的这一套才是真正有效的治国方略，而反对者的论调不是有意唱高调哗众取宠，便是未亲历艰难不知深浅。在李鸿章眼里，奕䜣是他在朝中的强大奥援和靠山。在奕䜣眼里，李鸿章是朝廷的干城和柱石。共同的观念和相互的依赖，使得他们成为少有的官场上的知心朋友，他们可以在自家的小房子里推心置腹地谈论国事和人事。

十年前奕䜣被罢黜后，李鸿章顿感失去了一个强大的支持。毕竟有着几十年不同于一般的关系，退居于王府的奕䜣和依旧显赫的李鸿章并未中断联系，逢年过节，彼此常有书信问候，李鸿章间或也会去王府看望奕䜣。

今年四月，李鸿章在渤海海面检阅北洋海军。那是他一生中最为出风头的几天。他坐在从德国进口的快艇里，在万顷碧波的海面上乘风破浪，检阅那一艘艘气派庞大装饰一新的铁甲战舰。这是一支多么威武的海上雄师啊！

李鸿章的巡视快艇每经过一艘战舰边，该舰管带带领全体水手列队站在甲板上，一齐对空鸣枪。此时汽笛长鸣，声震四周，管带手挥两色小旗，向北洋海军的最高统帅打出问候、请安的祝语。然后进行放炮打靶、快速前进、急速转弯等各种实战演习。这时的李鸿章，激动的心情，就如眼前的波涛一样起伏不定。二十年的含辛茹苦、惨淡经营，今天终于有了这样一支强有力的海军。我李鸿章对大清的贡献前无古人，不但在朝野内外是第一大功臣，就是在洋人面前也有头有脸，今后可以和他们直起腰杆说话了。

回京师向慈禧禀报后，李鸿章特为去了一趟恭王府，一是去看看老朋友，二是对他说说这次海上阅兵的盛况，也让他高兴高兴。他告诉前军机领班，北洋海军吨位目前排名世界第八，我们所防备的对手日本只排名十四，若说北洋海军对付英法等国尚有困难，但对付蕞尔小国日本来说是绰绰有余的。奕䜣固然高兴，但也提醒李鸿章，北洋海军毕竟没有经历过实战，真正的战斗力如何，要在实战中才能看得出来。带兵多年的李鸿章自然知道这一点。回到天津后，李鸿章命令北洋海军官兵努力加强实战训练，但大多数官兵并不把这道命令放在心上。北洋舰队的绝大部分管带，是由福州船政学堂毕业又留学过英国的高材生，聘的教官，均为欧洲人，水手是从陆师中十里挑一选出来的精壮汉子。这支洋味十足的舰队，从官员到士兵，从来就有一种很强的优越感，习惯于高待遇高享受，没有吃苦耐劳的传统。作为军人，他们也很少有为国赴难马革裹尸的心理准备。因阅兵有功而得到朝廷赏赐的北洋舰队的官兵们，并没有意识到不久以后，就与一衣带水的近邻有一番毁灭性的海上恶斗。

但李鸿章身边的外籍军事参谋们有所预感。他们告诉这位北洋大臣，日本举国上下在发愤图强积极扩军备战，目标对准朝鲜和中国的东北。日本海军的吨位虽不及中国，但战舰上的武器装备精良、训练有素，必须切实防范。他们并告诉李鸿章，英国船厂最近造出一艘时速二十三海里为目前世界第一的四千吨巡洋舰，如果将它买下来，可以大大加强北洋舰队的力量。李鸿章很想把这条巡洋舰买下来，但此前他为买舰的事多次碰壁，心里仍有余悸。犹豫很久，他想起这次检阅太后高兴，或许趁着这个时候容易获准，便鼓起勇气再次上奏，请朝廷为北洋舰队拨银一百四十万两，其中八十万两用于购买巡洋舰和培训驾驶人员及水手，另外六十万两用于加强和更新各舰艇上的大炮。不料没有多久，户部便将这纸奏议驳回，说是太后万寿大典在即，所费浩繁，一切其他开支都得停止，北洋舰队买船添炮事着庸勿议。李鸿章看到批文后，叹息不已。很快这艘巡洋舰便给日本买去，取名吉野，成为日本舰队的主力。就是这个吉野号，在大东沟海面上的战役中耀武扬威、凶猛狠恶，终于使得北洋海军败下阵来。李鸿章满脸愁怨，无处诉说，满腹苦水只得往肚子里咽。今天，在奉旨复出的多年上司兼老友面前，北洋海军的最高统帅真想好好地说说，要把含在喉咙里多年的那块骨头一吐为快。

李鸿章虽然对洋家伙感兴趣，但与盛宣怀不同。盛宣怀是尽可能地洋化。屋子里的摆设，使用的东西，服用的药物都是洋式的，只要与外国人在一起，他就一定穿西装戴礼帽拿文明棍。平时的饮食，他也喜欢吃西餐喝咖啡，唯一的遗憾是他不会说洋话。李鸿章却不这样。他喜欢洋人的家具用具，如钢丝床，如沙发，如手表，他也喜欢服西洋进口的药丸。但他在任何场合下决不穿洋服，也决不以不会说洋话而遗憾。至于饮食方面，他更是顽固地保持家乡的老传统，抽水烟袋，喝黄山茶，吃油腻味重的皖菜。奕䜣知道他的习惯，特为吩咐家人给他上府里常备的祁门红茶。

喝了两口茶后，奕䜣将谈话切入正题。

“李中堂，今天请你过来，是想请你说说北洋海军的实际情况。初夏阅兵时，你对北洋海军抱有很大的期望，为何世界吨位排行第八的反不及排行十四的？是偶尔的失误，还是实力不敌？还有，这次打了败仗，北洋海军有多大的损失，目前在威海港修整的舰艇还具有多大的力量，能不能跟日本再决一战，胜负的结果将会是如何？李中堂，我们相交近四十年了，你应当相信我，请你务必对我说实话，这是我们与日本的决策的基础。”

奕䜣敛容正色说的这番话，虽然含有责备的意思，但李鸿章并不感到难堪，因为他们是多年的相知，更因为奕䜣的话诚恳、实在。李鸿章是个做实事的人。他深知，诚实的话即使不顺耳，也比那些顺耳的虚假话要强过千百倍。在这一点上，醇王奕譞与他的六哥便有很大的区别。奕譞的致命弱点便是不务实，喜欢说过头话，办过头事。李鸿章遇着奕譞这种顶头上司，有苦说不出，还不得不违心顺着他。奕䜣的平实态度，让李鸿章心里有一种踏实的感觉。他正好借这个话题向奕䜣说一说这些年来的实情。

“王爷，您这个话问得很好。多年来，我就想对您说说，只是您既已退隐王府，我也不便以这些俗事来烦恼您。现在王爷既领军机，又领总署和海军部，我有这个责任要将这些年的事情如实禀告王爷。只是请王爷耐着性子听下去，莫嫌我人老话啰唆。”

奕䜣笑道：“你说什么，说多少，我都愿意听，中午就在这儿吃饭，我还要陪你喝两杯哩！”

“谢谢王爷的美意。”李鸿章喝了一口祁门红茶，脸色端凝地说了起来。“要说我们大清的海军，不是我当面在王爷面前说好话，实实在在地是在王爷的手里草创的，又经王爷的特别照顾而粗具规模的。”

奕䜣轻轻地点点头。为了取得奕䜣的更大同情，李鸿章有意回顾起往事来：“早在咸丰十一年，曾国藩提出购外洋船炮的建议时，王爷便奏请以关税款来购买外洋小兵轮，命广东、江苏等省督抚募内地人学习驾驶，又命已租的美国轮船两艘配上炮械，驶赴安庆，交曾国藩调遣。中国人指挥外国炮船，应从这里开始。”

奕䜣插话说："还是你的老师曾国藩有远见，早在咸丰十年便奏请学习洋人造炮制船的技艺。我还记得他的折子里说得很清楚：目前资夷力以助剿，得纾一时之忧；将来师夷智以造炮制船，尤可期永远之利。曾国藩真正是见高识远，老成谋国。"

奕䜣如此称赞他一生所敬重的恩师，这让李鸿章心里甚是舒帖，忙说："曾国藩的这个想法还得靠王爷您的玉成，若不是您紧接着奏请皇上设立总署及添加南北口岸关税，哪有日后洋务之事的出现！"

"你说的也是实话。"奕䜣若有所思地说，"若将后来的各项洋务举措比作一台大戏的话，曾国藩的动议，我与文祥及我的岳父大人的会衔奏折算是拉开了这台戏的帷幕。"

"王爷比喻得真好！"李鸿章不失时机地赞扬一句，继续说下去。"同治元年曾国藩在安庆试造小轮船，同治四年在上海建制造局，五年朝廷任命沈葆桢为船政大臣，七年，江南制造局造出恬吉号兵船，这是我们大清第一艘战船。"

"这恬吉还是你的老师亲自取的名字。我记得他对我说过，恬吉二字寓含的是四海波恬、厂务安吉之意，他还亲自坐着恬吉号从江宁到采石矶。"

"是的，王爷好记性。其实曾国藩那时身体已很衰弱，他之所以那样高兴，像年轻人一样兴致勃勃地登船试航，是因为他从恬吉号的身上看到大清徐图自强的希望。"

"不错！"奕䜣的心里充满了对辞世二十多年的那位社稷之臣的无尽缅怀。

"这一年，瑞麟向英国订购六只船，又向德国订购一只。八年，船厂又造出一只取名万年青的兵舰。到了光绪四年，便有沈葆桢奏定各省每年协款四百万两，南北二洋各分二百万，专用来发展海军，用十年的时间建成北洋南洋和粤洋三支海军。这时多亏王爷出面说服沈葆桢，不要将有限的银子平分，应先集中精力建好北洋，然后再建南洋、粤洋，这样才保证北洋有较多的银子办事。"

奕䜣笑了笑说："沈葆桢那个倔老头，把他的那个南洋看得很重，非要平分不可。不是我去劝说他，只怕别人是说服不了的。"

"正是王爷所说的，沈葆桢倔得很，那一年也是为了银子，硬是跟曾国藩对着干，最后还是曾国藩让了步才罢休。"李鸿章继续他的大清海军史的简要回顾。"北洋海军就凭着这笔银子，在七八年时间里陆续在英国和德国定购铁甲船两艘、巡洋舰五艘、鱼雷艇六艘，再加上上海福建两船厂所造战船十五艘，于是有了像模像样的北洋舰队。我又在天津办了一所水师学堂，请闽省候官人严复主持教务，培养海军各种技术人员。"

"严复这个人我见过。听人说，他的英文书写能力比英国人还强，有这事吗？"奕䜣对严复表现出少见的兴趣。

"有很多人这样说。"李鸿章答，"这是一个绝顶聪明的人。他是福建船政学堂的第一届学生，以第一名的成绩毕业，曾在军舰上实习五年，后又到英国海军大学留学五年。他与别人的不同之处，是在海军大学里留学时，不仅研习海战的战术，还研习欧洲各国的政治、经济等学问。有一次，他跟我谈了一个晚上的话，他说我们不仅要学洋人的技术，还要学洋人的国家管理办法，而且这比技术还重要。我看这人是个很有头脑的人。过几天，我把他从总教习提升为总办。"

"严复多大年纪了？"

"今年刚满四十。"

"喔。年纪还不大，今后说不定有无量前途。"已过花甲的皇伯近年越来越感觉到"年富"才是真正的财富，纵有金山银山，一旦人死身亡，便全都化为乌有。他停了一会，说，"光绪十年前的北洋、南洋的旧事我还记得。十年后我不当政了，第二年海军衙门建立。照理说，应该发展得更快，为什么不像大家所期望的那样呢？"

"唉！"李鸿章从胸膛里重重地吐出一口气来。"王爷，您有所不知，我难呀！"

奕䜣两只略为浑浊的眼睛盯着这位谤谳四聚的北洋大臣，认真地听着他的下文。

“光绪十二年，朝廷设立海军衙门，太后命醇王爷总理其事，命庆郡王和我为协理，又命善庆为帮办。我当时看到这道上谕，因设立海军衙门的喜悦一下子减了许多。”

“为什么？”奕䜣颇有兴致地问。“你跟我都说过好几次要由朝廷出面办个海军衙门。有人还说，张佩纶积极倡议此事，是受到你的指使。”

十年前，张佩纶因马尾之役被革职充军，在西北荒原一住四年才获赦回籍。李鸿章赏识他的才华，家里刚好有一个寡居的女儿，便将四十岁的鳏夫张佩纶招为女婿，并留在身边做幕僚。一个当年视李鸿章为浊流的清流骨干，如今却成了依靠李鸿章栖身的上门女婿，不要说昔日友朋耻笑，想必张佩纶自己心里也决不会好受。真可谓此一时也，彼一时也。然则张氏的违心曲己，也正好说明一种世情：对于大多数士人来说，“清高”只能建筑在舒适的生存基础上，失去了这个基础，要再保持“清高”则十分不易。张佩纶的命真的不好。甲午海战后，李鸿章大受攻击，张佩纶也因此受到牵连，不少人指斥他应负“参谋失误”之责。张佩纶成天如缩头乌龟般地躲在家里，忍气吞声地接受各方谴责而不敢做声。

“没有，这是有人存心挑唆，张佩纶那样爱管闲事的聪明人，还要我来指使吗？合北洋、南洋、闽洋、粤洋为一洋的事，他是可以想得到的。”李鸿章喝了一口祁门红茶，继续说，“朝廷同意设立海军衙门，这是我企盼多年的事，我当然欢喜，但委了这一大堆人来办，令我为难了。由醇王爷来牵头，这是出于太后的重视。海军是要与洋人打交道的，醇王爷对洋人的态度，王爷您是知道的，我真怕有些事与他讲不清楚。”

对于自己的七弟，奕䜣是再了解不过了。他轻轻地摇了摇头，嘴角边露出一丝苦笑。

“醇王爷倒也罢了，中间还夹一个庆郡王，后面又跟着一个善庆，这事可不更难办了？”

李鸿章说到这里，有意停了一下。对于庆王奕劻和善庆，他有着满肚子的牢骚要发。这两个人都是看中海军衙门的时髦和银子，不知费了多少心机才弄到这个肥缺，哪里是办事的人！可是，现在他们都还与他共着衙门办事，还是不说为好。

“我打听到曾纪泽英国公使任期已满，请求朝廷让曾纪泽进海军衙门。醇王说，曾纪泽是个最合适的人，张之万也推荐了他。于是我给他写信，请他赶快回国。”

“曾纪泽有乃父之风，可惜天不假寿。”奕䜣叹息。

曾纪泽回国后，出任海军衙门帮办，不久又兼任兵部侍郎、总理各国事务衙门大臣，眼看将要为国家担当更大的责任，却不料四年前以五十二岁的英年早逝，朝野均为之惋惜。

“是呀，那几年的海军衙门多亏了他在支撑。唉，为他的去世，我难过了好些日子，我为国家哭，也为自己哭，我一直把曾纪泽当亲兄弟看待。”

以曾国藩待李鸿章的恩德，奕䜣相信李鸿章说的不是假话。

“海军衙门有曾纪泽在支撑着，我也极想利用它为大清的海军做点实事，但事实上，我和曾纪泽的想法都是一厢情愿，我们根本没有力量按自己的意愿办事。现在看来，不办海军衙门还好，有海军衙门，反而成了海军扩建的最大阻力。”

“这话从何说起？”奕䜣微微睁大眼睛问。

“光绪十二年未建海军衙门前，北洋、南洋每年都还购船添炮。自从光绪十二年海军衙门建立后至今，八九年间，北洋、南洋再未购买一只外国兵舰，连炮台都没有增加几座。今年初夏海上阅兵后，王爷谆谆告诫我，要加强实力。这真正是金玉良言。回天津后，我即与洋技师商量购买英国刚下水的全世界时速最快的巡洋舰，结果户部未批，这艘舰让日本买去，这次海上作战成了我军的克星。现在想起来，真正追悔莫及！”

奕䜣惊道："从甲申年解甲归田后，我就不再过问国事。李中堂，你刚才说海军衙门设立以来八九年，海军没有添购一艘兵船。这桩事，我还是第一次听到。海军衙门没建之前，每年尚有各省协助建海军的四百万两银子。建了衙门后，不要说再增拨银子，就原先的四百万，总得照常协解。八九年里有三千多万两银子，这是一笔巨款，不买军舰火炮，拿它做什么去了？李中堂，你可要好好跟我说说。"

李鸿章望着脸色憔悴的军机处领班，心里想：恭王呀恭王，您是真不明白，还是想从我的口里套话？这件事不但朝中百官晓得，连京师百姓都晓得。您不做军机大臣，到底还是皇上的亲伯父呀，何况还有一个女儿荣寿公主天天在太后的身边，您怎么可能一点都不晓得？

李鸿章犹豫着，不知怎样开口，心里将措辞仔细掂量一番后，重重地叹了一口气，试探性地说："王爷有所不知，海军衙门设立的前一年，颐和园的园工便已开始了。"

不料奕䜣冷笑了一声后，说了一句令李鸿章颇感意外的话："他们之所以要挤掉我，就是为了好放开手脚做这桩事。"

李鸿章虽说是领三殿三阁之首的文华殿大学士，但他未入军机，一直往返于保定和天津之间，做他的直隶总督兼北洋大臣，他实质上只是一个外官。京师里的事，他当然也是知道的，但毕竟不太明就里。他也听说过慈禧与恭王失和的主要原因是因为园工而起的：慈禧要修建，恭王反对，冲突便产生了。恭王并不因慈禧的不悦而让步，故慈禧对恭王积怨愈来愈深，遂借越南的战事而罢黜恭王。恭王的这句话，证实了过去的传闻，而且从话外之音里还可以感觉到并不因如今的东山再起而冰释前嫌。这样看来，下面的话便好说了。因为恭王不是不知道，而是要从我这个海军衙门会办的口里掏出对园工的不满，使他得到满足感，获得一种"让历史来证明"的回报感觉。李鸿章本就有一肚子怨气，正因无处发泄而郁闷，眼下，正可以对这位多年的知交一吐衷肠。

“王爷这话使我明白了，为什么太后当初要让醇王爷和庆郡王、善庆来管海军衙门，他们是要让海军衙门变成颐和园的金库。海军衙门开办不久，醇王爷便对我说，没有太后，就没有大清的今日，没有太后，也没有皇帝和李中堂你的今日。我们都要知恩图报。再过四年，皇帝要大婚，大婚后太后就要归政。归政后太后想到园子里去住，园子现在哪里能住得人？为此，皇帝和我都很着急。太后这一点小小的要求，我们都不能满足，良心上也说不过去。我问醇王爷，要我李鸿章拿多少银子出来给太后修园子，我决不含糊。醇王说，不是叫你个人拿银子，我是跟你商量下，听听你的意见。海军每年有协款四百万，眼下我们的船炮都大致齐备了，用不了这么多钱。我想从四百万里腾出二百万来给园工用，剩下二百万足够海军开支了；再说，还有不少人愿意报效海军，海军衙门还可以从那里得到一大笔银子。”

李鸿章端起杯子来喝了一口茶。

杨宗濂开海军报效先例，正是他一手操持的。这事，他当然不想对奕䜣说，故有意借喝茶的机会停停，调整一下心绪。

李鸿章放下茶碗，继续说：“我心里想，醇王爷是皇上的生身之父，皇上的江山，还不就是他的江山？办海军，说到底也是为了他父子的江山。他既然把太后的颐和园和皇上的江山摆在一个位置上，我们做臣工的也无可奈何了。我说，王爷要这样，就这样吧。谁知，后来曾纪泽告诉我，不止挪用二百万，而是将各省协款几乎都拿到园子里去了。曾纪泽气得不行，我也没料到。转念我想，园工最迟到十四年底要完工，就算全部挪过去吧，也只有两年了，就算这八百万孝敬给太后吧，咱们今后还是有银子办事的。我反倒劝曾纪泽说，别跟善庆这班人怄气了，统统地让他们挪吧，到了光绪十五年，太后归政，住到园子去后，他们就没有借口了。谁知，事情不是我所想的这样简单。”

李鸿章看了一眼奕䜣，只见他铁青着脸，紧闭着嘴唇不做声。李鸿章知道奕䜣心里既愤恨又痛苦，他很可能在恨恨地默骂自己的七弟是在拿天下的银子讨好太后，以保障他醇王府里的天子龙椅能坐得安稳无忧。

“没想到，归了政太后住到园子里后，园工不但没有结束，反而更红火了。善庆给醇王、庆王出主意，说外面有传言海军衙门的银子都用到园子里去了，不如干脆将两桩事合为一桩事办，倒可以堵好事者之口。庆王问如何合法。善庆说，园子里有一个现成的湖，我们将它再拓宽挖深，湖面辽阔，太后必定欢喜。这是园工的事。然后利用这个大湖来做海军的演习场所，在湖边建一所海军操练学堂，将天津的水师学堂移一部分到这里来。善庆的话还未说完，庆王便拍起手掌来，笑道，这个主意好极了，我们干脆将操练学堂的牌子挂在园子大门口去，对外就说扩湖是为了操练海军，这样就可以名正言顺了。湖上再架座桥，好让太后散心；山上再建个喇嘛庙，好让太后参拜。醇王对这个设想也很满意。当时老臣正在天津，未参加这个会议。事后，曾纪泽写信告诉我，他对善庆这个馊主意极为反感：园子里挖个池塘出来能练海军吗？这不存心让外国人笑话我们太无知了？善庆正因得到醇王、庆王的夸奖而飘飘欲仙，哪里听得进曾纪泽的话，反倒讥讽他，说有意见为什么不在会议上提，你有胆就直接跟醇王、庆王去说。曾纪泽为人胆小谨慎，他心里不愿意又不敢说，怕醇王庆王不喜欢，更怕恼了太后。受善庆这一抢白，于是内火上来，一忧成病。据曾家的人说，曾纪泽后来早逝，就因为怄了善庆的气。”

奕䜣冷冷地插话：“难怪善庆这人不得好报，外放福州将军，第二年便掉到闽江里淹死了。”

李鸿章“嘿嘿”干笑了两声后，接着说：“这个主意一采纳，园子里的工程就更热火朝天地兴建起来，规模更宏阔，新的建筑更多，一直到现在都还没完工。每年海军的协款大半部分调去园工都还不够。那年醇王又对我说，园子的银子不够了，总不能半途而废吧。太后六十万寿日也快到了，再怎么说，也要在庆典前把园子弄得基本上像个样子。你身为天下督抚之首，还得请你出个面，给各省督抚写封密函，干脆跟他们讲明白：要他们尽快向海军衙门捐款，多多益善，正款办海军，息银给园工，算是他们对太后的孝敬。我也不便反对，只好照办。半年期间，又捞得七八百万两银子。结果，连息带正款，全部都花在园子里了。我原先总以为挪海军银子去办园工，纯是因为醇王为感激太后的缘故，虽不妥当，但毕竟用心正大。后来我才知道，内务府在这里面起了很大的作用，他们要借此捞银子。有这股力量在后面，我李鸿章是决无能力抗拒的，便只有睁一只眼闭一只眼，顺其自然了。”

奕䜣自嘲地说：“算是被你看出来了。这也是有人竭力倡议修园子的重要原因。我一再阻拦，断了他们的财路，所以才有甲申年的天怨人怒。”

内务府职掌内廷事务。宫中一切事，举凡吃饭、穿衣、营造修缮、婚丧喜庆以及执事人员的赏罚升降等等，全部由内务府管理。晚清的内务府，是全国最大的腐败衙门，卖官鬻爵，贪污中饱，敲诈勒索，瞒上欺下，什么龌龊无耻的事都敢作敢为。他们仗着老佛爷这把大红伞的遮盖，外官纵有冲天怨气，也拿他们无可奈何。内务府敛取钱财的门路尽管很多，但最保险、获利最多的一条路则是营造修缮。宫中办工程三七开由来已久，大家见怪不怪，没有人会出来举报其间的中饱情事。内务府乐意兴建土木，其源盖出于此。

“就这样，八九年间，海军衙门三千多万两银子，至少有两千万两流失了，这流失的银子，多半进了内务府上下里外人的腰包，少半用在园工上，买船买炮的钱就再也没有了。翁同龢接替阎敬铭掌户部后更是明文宣布，北洋舰队十五年内不能增加一艘兵船。翁老三处处与我作对，他是公报私仇。害我李鸿章是小事，害了国家才是大事，翁老三真是罪不容诛！”

李鸿章向奕䜣叙说这些年来的海军衙门的事，有对善庆的谴责，对奕劻的不满，甚至连对醇王、太后也颇有微辞。但都没有情绪化，唯独说起翁同龢来，便气愤愤的，仿佛要把海战失败的责任都推在翁同龢一人身上似的。这是因为翁家与李鸿章有一段很深的陈年过节。

那还是同治元年的时候，翁同龢的大哥同书还在安徽做巡抚。安徽那时正是所谓的四战之地，湘军与太平军、捻军在这里展开激烈的角逐。翁同书不谙军事，先是丢掉了临时省垣定远，后又因处理苗沛霖一事不当酿成大乱，丢失寿州。两江总督曾国藩对翁同书极为愤恨，遂不顾翁家的显赫地位，予以参劾，吩咐幕府文案起草奏稿。文案拟了几稿，曾国藩都不满意，最后让李鸿章拟。李拟的奏稿甚得曾的满意，其中“臣职分所在，例应纠参，不敢因翁同书之门第鼎盛，瞻顾迁就”这句最得曾的赏识，称李深得做文章的“辣”字诀。果然，两宫太后得了曾国藩的参奏后，不能因翁心存身为大学士、三朝元老而宽恕他的儿子，翁同书被定为“斩监候”。翁家因此而大乱，古稀之年的翁心存又急又恨，终于一病不起，当年冬天去世。翁同龢与他的二兄翁同爵为营救大哥上下奔走，好容易才保住翁同书一条命，却又被充军新疆。这件事让翁同龢一生死死牢记，并因此对曾国藩和李鸿章存下永远不可化除的深仇。

翁、李之间这段过节，奕䜣知道，但说翁对李是公报私仇却有失偏颇，遂有意淡化。“翁同龢掌户部，虽不如阎敬铭那样会理财，但他也有一个长处，会省俭。他不仅压北洋舰队的银子，各省各部向户部要银子，他的态度是一样的，能免就免，能省就省，实在不能免省的，他也要削减一半甚至到六成，要人家节俭着去办。为此得罪了不少人，这些人都骂他铁公鸡。对于园工，我知道他也是不同意的，只是拗不过老七罢了。”

奕䜣说的也是事实，李鸿章不再在这点上纠缠。“翁同龢既然不给北洋舰队买船，他就应该知道我们海战的实力并不强大，但他又一个劲地鼓吹打仗。据说皇上这次下的宣战令，就是受翁同龢的鼓动缘故，太后其实还是主张持重的。虚骄浮躁，哗众取宠，身为帝师而走清流一路，我最是讨厌。”

李鸿章的这番话引起了奕䜣的同感：是的，海战的失败，翁同龢同样负有不可推卸的责任。他估计李鸿章还会将翁同龢骂下去，遂将话题扭正：“李中堂，还是回到我一开始的话题上。你说说，北洋舰队目前还有多大的实力，我们与日本这场战争的前景到底会如何？”

李鸿章沉默片刻后说：“大东沟一战，北洋舰队损失惨重，致远、经远、扬威、超勇、广甲沉没海底，这五只铁舰，已不复存在。来远、靖远、定远受伤严重，另有镇远、济远、平远、广丙、镇南、镇中六艘各受伤程度不等，现已经修复，全部开回威海卫港，加上大东沟未出战之威远、康济，共尚有兵舰十一艘，另有蚊炮艇六艘，合起来十七艘战船，再加上鱼雷艇十二艘，若舰炮得力，士气高昂，尚可一战，只是……”

李鸿章稍停一会，才接着说：“大部分铁舰虽经修复，但威力大减，经此挫折，从将官到士兵情绪低落，估计短期内难以出海作战。”

“喔——”奕䜣拖着声音，下意识地点点头，两只不大的眼睛盯着李鸿章问：“依你的看法，跟日本这场仗是继续打下去呢，还是尽早坐下来谈和呢？”

这是一个绝大的难题！要说继续打下去，北洋舰队的情况刚才已经说了，短期内简直无战斗力。有情报说，日本的陆军大将山县有朋正在调兵遣将，麇集朝鲜，拟过鸭绿江，进犯中国辽东。从平壤失守的情况来看，驻守在辽东的中国陆军也绝不是日军的对手。打下去，中国只会失败得更惨，损失更大。然则能言“和谈”吗？李鸿章想起这两个字，胸膛里便仿佛有一股冷气灌进似的。

从北宋末年以降，中国的士大夫在对外交战中就十分忌讳“和谈”二字。七百余年来，有一种观念在士人之间约定俗成：谁主和，谁就是懦夫、胆小鬼，甚至是卖国贼；谁主战，谁就是勇士、英雄、爱国者。所以，一旦国遇外患，总是主战呼声一浪盖过一浪，调子一个比一个唱得高，尤其是那些清流们，他们既不知己，也不知彼，自己既没有办事的实际经历，又知道真的打起仗来，也不会上前线亲冒矢石，倘若出了什么事，他们也不负任何责任。于是，他们主战的喊声比谁都响亮，以此博得国人的赞赏，同时也借以打击那些真正做实事但又与他们有冲突的人。作为多年来众矢之的的李鸿章，早已看透了清流的这一套伎俩，对之深恶痛绝，但他又无可奈何。七百余年来积习而成的国情，你一人能改变得了吗？百无办法的时候，他也只能绕着躲着。而今，他苦心经营二十多年、耗费国家数以千万计银两的北洋舰队惨败于敌手，他的声望已降到了一生的最低点，他再提出“和谈”一事，岂不招致更大的举国唾骂吗？何况，宣战谕旨是皇上经太后同意颁发的，他李鸿章能唱反调吗？即便在恭王这样相交四十年的上司面前，李鸿章也不敢冒这个天下之大不韪，只得硬着心说：“战与和，这是国家的头等大事，老臣已疲惫昏聩，这事得由王爷与太后、皇上来决定。”

恭王知道李鸿章的难处，不过，他已从李的神色中探到几分底细，遂不勉强。看看已到中午，便中止谈话，请李鸿章吃午饭。饭后李鸿章告辞回贤良寺，奕䜣也不挽留。他必须好好午睡一下，下午四点钟还有一个重要的约会。

六　东山再起的恭王，欲以战和两手应付危局

三点三刻，奕䜣被叫醒，来到王府二进院子南面的中式客厅。这是自和珅时代起，中经庆王时代，直到恭王手里都一直是王府最重要的会客场所。整个客厅的布置，是纯粹的中国风味。

檀木雕花高背椅，镶着黑纹大理石的木茶几，博古架上摆着价值昂贵的各色古董。这一切都显示着浓郁的中国式的审美情趣。尤其是墙上所悬挂的三代帝王墨宝，更凸现了客厅主人的高贵地位。

东面墙上挂的是嘉庆帝送给其兄庆王永璘的字，上面是四个楷书：棠棣之花。取的是《诗经·棠棣》篇的首句。笔势于端庄中微显

锋芒，流露出那位越过众兄而取得帝位的颙琰的得意之态。西面墙上挂的是道光帝赐给奕䜣的一句话：节俭为天下至美之德。字体规矩而略显笨拙，极像那位龙袍上打补丁、又瘦又黑又精力充沛的“老土”皇帝。北面正墙上，悬挂的是一幅画，画的是三支飘逸的兰草花。上款题了八个字：花中仙子，草中极品。下款题为：皇六弟鉴园主人清赏。字迹清秀俊逸，正是那位文采风流的文宗爷的手迹。这幅字画原本挂在东面，北面挂的是奕䜣的祖父嘉庆的那幅字。那年奕䜣四十大寿，正是慈禧与奕䜣关系最为密切的时候，慈禧带着小皇上同治亲临恭王府祝寿，在客厅闲聊家常。慈禧一时兴起，指着东边的字画说：那是我跟文宗爷合作的，我画的兰花，文宗爷题的款。满座人忙站起仔细欣赏这幅字画，一个劲地恭维这几笔兰花画得神极妙极，慈禧很高兴。第二天，奕䜣就叫人将这幅字画与祖父的字换了个位置。第三天，慈禧与奕䜣谈完国事后，若无其事地说，正面墙还是应该挂老祖宗的字，我与文宗爷的字画依然挂回原处。奕䜣听了，忙说，就这样最好，就这样最好！一边说一边背上直冒冷汗：我府上昨天的事她怎么今天就知道了，而且如此在乎！从此，这幅画挂在正中的位置再不能移动了。自那以后，也再没听慈禧说起挪回原地的话。

奕䜣刚落座，他所约会的两个客人便被宽龄导引了进来。走在前面的那位白发苍苍、颤颤巍巍，人未进门先就干嚎：“王爷呀！想不到老朽还有见到您复出的一天！”一边说一边摇摇晃晃地跨过门槛，刚进门，便又急着要下跪，奕䜣忙快走前一步，双手扶起说：“李师傅，担当不起，担当不起！”跟在李师傅后面的是一个虚胖臃肿的老头子，也跟着喊着：“王爷呀！可盼着这一天了！”说罢抬起手直抹眼泪，趁着奕䜣扶李师傅的时候，忙双膝跪在地上，对着奕䜣的脚磕了三个响头，慌得奕䜣忙说：“翁师傅，请起，请起！”忙着走了过来，双手将他扶起。

这两个老头子对奕䜣的感情显然非礼王和李鸿章可比，看起来，奕䜣此次的复出与他们似有着切身相关的利益，不然不至于如此动情。他们是什么人呢?

原来，被称作李师傅的就是京中大老七十五高龄的李鸿藻，被称作翁师傅的便是与李鸿章嫌隙甚深的翁同龢。李鸿藻做过同治帝的师傅，翁同龢做过同治、光绪两朝帝师。清代皇室对帝师特别优渥。从皇上到文武百官，对做过帝师的人均以师傅相称，以示尊崇。对于军机处，奕䜣采取暂时只增补不罢黜的策略，他首先想到要增补的，便是十年前因自己的原因而退出的那几位军机大臣。当时共进退的有四位，其中大学士宝鋆，工部尚书景廉都已去世，在世的只有李鸿藻、翁同龢了。李、翁二人虽仍分别为礼部尚书和户部尚书，但在不在军机却有很大差别。自己既已复位，当然也要让他们复位，何况这次他们二人也为此出力甚多。所以，在堆成小山般请求接见的文武大臣名刺中，恭王将李、翁的名刺挑出来，排在仅次于李鸿章的第二位，并特为安排在中式传统客厅里予以会见。

三人坐定后，李鸿藻还在用手抹着他那两只昏花的老眼，嘴里喃喃地说：“我可活到这一天了，终于看到王爷您再领军机处了。我就明天死，也瞑目了。”

李鸿藻这句伤感的话自有他的真情在内。这十年来，他不仅丢了军机大臣，也因清流凋零、盛况不再而丢了清流领袖的地位，心中常有苍凉之情，年愈老而此情愈炽。

奕䜣忙说：“李师傅，您可不能说这样的话，我还要多多借重您哩！”

“我不行啦，我老啦！”李鸿藻摇了摇白花花的大脑袋，摸着银似的长须说，“平壤失守的消息传到京师，我心里急了。国家到了这种地步，礼王爷看来是无能为力了，扭转乾坤只能靠王爷您。我当天晚上便坐轿去叔平府上，请他和我会衔奏请恭王复出。我这副老脸没有面子了，要借重叔平在皇上面前说话的分量。”

“老中堂言重了！”翁同龢忙插话，“我跟老中堂是不谋而合，正准备第二天上他的府上商议这事，不料老中堂夤夜来了。这天夜晚，我和老中堂一起就拟好了折子，一直忙了大半夜。我不能让老中堂连夜回去，就请他在我家里委屈睡一睡，第二天中午才让他回府。”

李鸿藻说：“这是我四五十年来第一次在别人家里过夜。”

奕䜣知道这两个自己过去的老搭档，互相之间一唱一和地说这番话的真实用意，遂不再转弯子，直接亮出了底牌：“甲申年因我的无能而使两位师傅受牵连，十年来我每想起此事，便于心戚然。这次二位力荐，我心中甚是感激。年纪老了，身体又衰弱，本不应出山，但二位师傅的好意我不能拂。再说，我不出山，二位的军机，谁来恢复？二位都官佚崇隆，不在乎一个军机，但这不是兼不兼差的事，这是恢复名誉的大事。”

“王爷这话说到点子上了。”一向视名节胜过生命的前清流领袖忙插话。

奕䜣会心一笑：“所以，领下谕旨后，我第一个想法便是请二位师傅进军机，还像十年前那样，咱们一道办事。”

“谢谢王爷的美意，只是我已老迈了，不能胜任军机要任。”李鸿藻心里非常兴奋，表面上却依然谦逊着。

“我看李师傅就莫推辞了，国家正处多难之时，只能当仁不让。”相较李鸿藻来说，身为光绪第一号参谋的翁同龢就爽快得多了。“王爷未出山之前，我和李中堂早已参与了礼王的军机处会议，但有没有这个名位还是大不相同的，名不正则言不顺。有了这个名位，我们今后也可以打叠精神来，名正言顺地办事了。”

“翁师傅说得好。我一面奏请太后、皇上，你们就一面办事吧！”奕䜣脸上露出一丝难得的笑容。“今日请二位来，除告知二位恢复军机的事外，就是请大家商量两件大事。”

两个老头子肃然听着。奕䜣脸上的笑容早已没有了。

“我打算设一个督办军务处，负责调遣全国各路军队，以应付眼下的危局。两位师傅以为如何？”

这显然是要将全国兵权集于自己的手里，两个在宦海浮沉了一辈子的老官僚岂能不知？

李鸿藻忙说：“军务事权不一，难收指臂之效。目前形势紧迫，的确急需设立一个号令全国的督办军务处。王爷所想极是。”

“设立督办军务处很有必要。”翁同龢也赶紧表态，并干脆点明要害，“而且督办大臣非王爷您莫属。”

奕䜣说：“这个事，自然不能推给别人代劳。我来做督办，请庆郡王做个帮办，两位师傅和荣禄、长麟一起来做会办。”

荣禄是步军统领，进督办军务处说得过去，而长麟是户部侍郎，与此挨不上边，这显然是奕䜣对他的酬劳，奖励他在“复出”一事中的卖力。按照通常情况，这半年来战事的实际统帅李鸿章应该进这个军务处，但却没有。翁同龢不觉心中一快，默默地说了一句：做得好！

李鸿章夸耀世人的殊荣——汉大臣独一无二的三眼花翎，正是翁同龢在平壤失守后竭力坚持下而拔掉的。他知道，李鸿章恼火他，到处对人说他是公报私仇，几十年过去了，还没有忘记那道参折。翁同龢自认不是李鸿章所说的那样，在对外事务上，翁同龢和清流首领李鸿藻一样态度强硬，与李鸿章的务求和局针锋相对。在处世上，翁同龢恪守士人的传统道德，以道义相交，淡若清水，而李鸿章则不择手段，拉帮结派，隐然在国中形成一个“北洋派系”。这都让翁同龢反感。耗费上千万两银子经营的舰队却不堪一击，不处置他这个统帅，何以平民愤？翁同龢自觉他对李鸿章的纠弹无愧于公理，决不是公报私仇。他当即对奕䜣说：“王爷考虑得周到，翁某自当听候差遣！”

李鸿藻摸了摸胡须说：“不知王爷对礼王的军机处如何安置？”

奕䜣立即答道：“全班不动，照常办事！”

李鸿藻一愣。翁同龢说：“孙毓汶、徐用仪二人的弹章不少。战事失误，他们二人要负大责任，不宜再在军机处。”

奕䜣笑了笑：“眼下是非常时期，应同舟共济，战事之后再说。”

李鸿藻明白了奕䜣的用心，说：“张中堂、额中堂都已老病在家休养多年了，我也老迈，翁师傅事多，孙、徐二位又不惬人口，军机处得有一个年富力强、干练有为的人来顶着日常事务。”

奕䜣问：“李师傅的话极对，不知夹袋里现有合适人选吗？”

“叔平，你有人吗？”李鸿藻转脸问翁同龢。

“一时还没有。”翁同龢知道李鸿藻一定是早有一个人在，才会提出这个动议的，别说一时真的没有，就是有也不能抢了他的生意。

“叔平那里没有，我这里倒是有一个，现正做礼部侍郎的刚毅。”

奕䜣问：“就是当年平反葛毕氏冤案的那个刚毅吗？”

“正是。”李鸿藻点了点头。

葛毕氏案件，许多人可能不知道，若换一种叫法：杨乃武小白菜案件，那便是家喻户晓的晚清一桩大冤案了。

当时，刚毅身为刑部郎中，案子正落在他的手里。这桩冤案的受审、平反过程中，刚毅出力甚多。他也因此而获得慈禧的赏识，从那以后官运亨通。刚毅现年五十七岁，在卿贰大员中算是年轻的了。

“刚毅办事精明干练。这一点，在老朽看来，朝廷中少有可及的。让他进来，做个走脚跑腿、拟旨传命的打帘子军机，是最合适不过的了。再说，他这次为王爷的复出出力不少，可以信赖。”

刚毅是满人，一向在六部做实缺官，不曾听说他与清流有过什么往来，这些年里是不是与李鸿藻建立了特殊关系？不过，对刚毅办理葛毕氏案件，奕䜣还是清楚的。他那时正在执政，和慈禧一样，也很称赞刚毅的能干。军机处除开自己和额勒和布是满人外，其余全是汉人，出于制衡，也免得满蒙亲贵说闲话，再起用一个满人也有必要。想到这里，他说：“刚毅确为能干，过两天召见时，待我禀报太后、皇上后再定。”

见窗外的天空已渐趋暮色，两位老头显然不会在府中过夜，有一桩大事必须抓紧时间商量。奕䜣望了李、翁二人一眼，神色严峻，声音低沉："二位师傅处于海内人望的地位，有桩事我不得不先听听你们的看法。"

见奕䜣如此庄重严肃的神态，李、翁二人突然有一种石头压胸的沉闷感，心里在琢磨：他会说出件什么事来呢？

"对于倭寇这次悍然进犯朝鲜和我国，我们当然应该与之战斗，所以皇上对日宣战是对的。不过，我们也得做两手准备，若再打败仗，失地丧土，那怎么办？我们总得想个主意才是。辽东距北京并不太远，万一倭寇打到北京，难道我们能叫太后和皇上再来一次庚申年的热河秋狝不成？今天对着两位师傅说腹心话，我们既要做力战的准备，也要做最坏的估计。到了临近最坏的时候，我以为我们还是不要忌讳和谈。"

奕䜣说到这里，双目注视两位白发老头。见他们都面色端凝，嘴巴紧闭，知他们对"和谈"二字仍固守偏激，遂把口气变得缓婉一些："当然，我们不是那种兵临城下的和谈，更不是让我大清去向倭寇求和，我的意思是先要做准备，还是以往我的老法子，以夷制夷，俄国和美国都愿意充当调停的使者。"

"王爷快不要提俄国了，这俄国老毛子太令人气愤了。"翁同龢忍不住插嘴。

"什么事，翁师傅你说说。"奕䜣问。

"一个月前，我曾奉太后之命悄悄地去了一趟天津。"翁同龢将脸向奕䜣、李鸿藻面前凑过去，小声说，"这是一桩极绝密的事，回京后我只跟太后一人禀报过，此外没有对第二个人说，今天我就对王爷和李中堂说说吧！"

什么绝密事？奕䜣、李鸿藻凝神端听。

翁同龢轻轻地将上个月发生的事说了出来。

原来，就在平壤失守、黄海海面上北洋舰队失利的严峻时刻，慈禧想再过二十天便是自己的六十大庆典礼，她希望自己的万寿节在和平的日子里度过，故盼望与日本的战争能早日结束。由外国公使出面来调停，是最能保全脸面的事，她想到了俄国。

早在光绪十二年，英国侵占巨文岛的时候，李鸿章曾与当时俄国公使拉德仁在天津谈及中俄双方对朝鲜半岛安全的保护一事。李鸿章表示，中国不会变更朝鲜政体。拉德仁表示，俄国不会侵占朝鲜土地。当时，双方都只这样说说，并未签约。后来，英国退出巨文岛，李鸿章、拉德仁就不再提这个话了。中日战争爆发后，俄国眼见日本犯占朝鲜，大为不甘心，于是俄国公使喀希尼与李鸿章旧事重提，表示俄国依然承认光绪十二年的口头承诺，协助中国保护朝鲜。慈禧听说回国休假的俄国公使喀希尼已假满回任，来到天津，便要翁同龢亲自到天津走一趟，见一见这个俄国公使，就说朝廷请俄国出面调停中日战事。

但翁同龢死守南宋以来中国士人的原则：不言和谈，何况自己是天子近臣，一向主战，亦不愿此事披露后遭士林的唾骂。慈禧一定要他去，对外严格保密，对天津官场，则以向李鸿章口传谕旨为借口。翁同龢无奈，只得衔命出发。

他装扮成一个普通百姓，带着三个仆从，趁天未亮离开北京城，坐一条小舢板船取道通州，再沿北运河南行。第二天夜里抵达天津城外，再乘小轿进了北洋通商大臣衙门，向李鸿章传达太后的谕旨。李鸿章第二天便到俄国驻天津领事馆打听。原来，公使喀希尼并未回任，从俄国回来的是参赞巴维福。巴维福和李鸿章照面后，明确表示喀希尼在国内无权，他说的话不能算数，俄国不便为此关说。李鸿章大为失望。翁同龢急忙赶回北京，向慈禧禀报。他因此对俄国人十分厌恶。默默听完翁同龢的这段长篇陈述后，奕䜣问：“俄国人为何这等出尔反尔？”

翁同龢说：“这个嘛，一时也说不清。洋人贪利，不讲信义，也可能他们认为日本强悍，自己敌不过；也可能是本国有麻烦事牵累，无力应付外事；也可能如巴维福所说，喀希尼公使对李鸿章说的话，只是他个人的意愿，而他本人在国内已无权，说话不算数。总之，我们以俄国的态度来看，不能指望洋人，洋人是不会真心帮我们的。”

“翁师傅说得有道理。”奕䜣点点头说，“不过，洋人既然贪利，我们便可以利嗜之。他们的目标是利，间接也帮了我们的忙。俄国既不可信，李鸿章说美国公使田贝愿意来调停。以我过去与洋人们打交道的经验，还是美国人比较实一点。你们看，美国那里是不是可以试一试？”

翁同龢不做声。李鸿藻看出奕䜣还是没有放弃他一贯的以夷制夷的外交路数，他现在领军机、领总署，大权在握，要怎么做自然可以怎么做，提出来商量，这是给我们两个老头子的脸面，要知趣才是。想到这里，前清流派首领摸了摸胡须，摆出一副国之大佬的架势，缓缓地说：“我中华谋国之道，原本秉承文武遗绪，一张一弛。故战、和两端都应执于手中，张以促战，弛以言和，如此方可厝国家于磐石之上，处暴风骤雨中而不动摇。王爷今日执掌中枢，国运时局，都在王爷的把握中。王爷在努力备战的同时，又在思量外国调停一路，真正是计出万全，允执两端。有王爷掌大清之舵，这是国家之幸，百姓之幸。老夫以为俄国既然不行，可与美国公使事先联系，早作安排。”

翁同龢睁大着眼睛望着李鸿藻：老头子不是一贯强硬，主战不主和吗？不是一向对洋人深具戒备吗？为何改变了主张，是年老气衰，没有气概呢？还是打定主意尾随恭王，以求死后饰终隆重呢？他在心里摇了摇头，嘴巴仍闭着。

奕䜣笑了笑说：“就按李师傅的话办，先得跟美国公使联络联络，早作准备。时候不早了，还有一件事，我也想听听二老的意见。”

奕䜣喝了一口茶说：“督办军务处设立后，第一件事便是调遣人马出山海关对付倭寇，你们看调哪部分兵力为好？”

翁同龢说：“近几十年来，湘淮两军支撑着大清的天下，这几个月来参战的人马，都是淮军班底，足见淮军已不可用。各省督抚中也有请调出关作战的，唯湖南巡抚吴大澂最为激昂。他所依仗的无非是湘人之斗志，可见湘军余威未尽。眼下六十六镇中，南方尚有十余镇的将官是湘军出身的。我看可调湘军出关，取代淮军。”

李鸿藻说：“叔平所说极是，舍湘军外无能战者。”

奕䜣若有所思地说：“调湘军出关，就这样定了。谁来做出关湘军的总统领呢？吴大澂总不行吧，他没有打过仗，别省将官大概也不会服他。可惜曾国荃去世了，不然由他来领军最合适。”

“有刘坤一呀！他也是湘军中一员宿将。论资格，健在的湘军将官中数他最老了。他是两江总督，论官衔也最高，由他领军最合适。”翁同龢忙插话。

奕䜣说：“翁师傅和我想到一起了。环顾各省军营，领湘军的还非刘坤一莫属。只是他也快七十了，精力还济吗？”

翁同龢说：“精力听说还行。当然，骑马冲锋是不行了，要的是他的资望地位。他只需坐镇关外，出谋划策就得了。”

“那就这样定了，由刘坤一统领各路湘军，出征山海关。”奕䜣停一下说：“两江总督是要职，不可空缺，刘坤一这一走，由谁接任？”

“由张之洞来接任吧！”李鸿藻立即说，“我常听人说，今日十八省督抚，论声望，数直隶总督李鸿章第一；论资格，数两江总督刘坤一第一；论才干，数湖广总督张之洞第一。李、刘、张如今是鼎足海内的三督。两江要地，依老夫愚见，还只有调张之洞才压得住。”

翁同龢心里又嘀咕了：这老头子竟如此顾念他的旧日同党，把张之洞抬得这样高。“海内三鼎足”，这个说法我怎么没听说过？将张之洞排在第三位，人家两广总督李瀚章排第几？翁同龢虽不喜欢张之洞，但当着李鸿藻的面，他也不好直接反对，只得转一个弯子：“王爷，刘坤一带兵出关，只是暂时的，不宜开缺他的江督一职。他在江宁十多年了，人地两宜，仗打完了还得让他回江督原任。张之洞去江宁，只能是署理，不能说是接任。”

“对，署理，叫张之洞以湖督身份署理江督。”

奕䜣见窗外已暮色苍茫，遂起身说：“今日劳累二位师傅大半天，受教良多。天色已晚了，我也不留二位在府里吃饭了。我这里有两匣南海燕窝，分送给两位师傅，就抵这餐饭吧！”

李鸿藻、翁同龢高高兴兴地从长史宽龄手里接过燕窝，奕䜣亲自送他们出客厅门外。

上午还是阳光灿烂，下午却突然变天了。望着密云不开的灰黑色天空，刚刚复出的恭王心中怅惘起来。他不知道与日本这场战争的结局到底会怎样，也不知道十年来已被老七、世铎等人搅乱的朝政将如何厘清。他更不知道三十年前，与曾国藩、文祥相期的“徐图自强”能不能有实现的一天。“受任于败军之际，奉命于危难之间”，他嘴上喃喃念着，心里想：今日的我与当年的诸葛亮不是同一处境吗？可惜我早已没有诸葛亮当时的青春年华了，朝中也缺乏刘玄德那样贤能诚恳的君主。唉，奕䜣深深地叹了一口气，望着昏暗的夜空出神，好半天才无端地冒出一句话来：这天怕是要下雪了。

唐浩明作品典藏系列

張之洞

（上）

唐浩明 著

SPM
南方出版传媒
广东人民出版社
·广州·

图书在版编目（CIP）数据

张之洞（全三册）/ 唐浩明著. —广州：广东人民出版社，2016.8（2017.6重印）
（唐浩明作品典藏系列）
ISBN 978-7-218-10901-5

Ⅰ. ①张… Ⅱ. ①唐… Ⅲ. ①长篇历史小说—中国—当代 Ⅳ. ①I247.5

中国版本图书馆 CIP 数据核字（2016）第 130326 号

ZHANG ZHI DONG
张之洞（全三册）
唐浩明 著

出 版 人：肖风华

策 划：肖风华 向继东
责任编辑：段太彬 古海阳
特约编辑：季 东
装帧设计：王 媚［广大迅风艺术］
责任技编：周 杰 黎碧霞

出版发行：广东人民出版社
地 址：广州市大沙头四马路10号（邮政编码：510102）
电 话：（020）83798714（总编室）
传 真：（020）83780199
网 址：http：//www.gdpph.com
印 刷：珠海市鹏腾宇印务有限公司
开 本：787毫米×1092毫米 1/16
印 张：100.5 字 数：1400千
版 次：2016年8月第1版 2017年6月第2次印刷
定 价：145.00元（全三册）

总　序

上个世纪八十年代中期，我开始动笔创作历史小说。从那以后，写作便成为我生活中一个极为重要的内容，几乎占据业余时间的全部。不知不觉间，三十年就这么过去了，真有点杜甫所说的“丹青不知老将至”的味道。偶尔回头一望，过去的岁月，如同逝水飘烟，一片迷离，幸而有这些文字，仿佛能告诉自己这一路是如何走过来的。

三十年来，我的写作主要在两个领域：一是长篇历史小说，一是“评点曾国藩”系列。

三部历史长篇《曾国藩》《杨度》《张之洞》花费了整整十五年的时间。为什么要写历史小说？若要找源头，可以追溯到酷爱读书的少年时代，先是在书摊边租看《三国演义》连环画，后来是去图书馆借阅原著。在一段很长的时间里，我认为那是天底下最好的书。若干年后，当我无意间走进晚清，走进那个三千年一大变局中，内心里有许多冲动，有许多话要说。当思考采用何种方式来表达时，便自然而然地想到《三国演义》，三部历史小说就这样产生了。要说宿命，这就是宿命。历史有许多种表述方式，用文学方式来述说历史，依旧为今天的中国人所喜爱。这三部历史长篇多年来不断重印，说明的正是这个事实。

时光到了二十一世纪。伴随着新世纪的到来，中国文化界有一个很突出的亮点，那就是勃兴于民间的国学热。曾国藩被公认为中国传统文化的最后一位代表，他在新世纪被重视，应该是国学热中的必然现象。小说《曾国藩》得到持续的关注，曾氏这个人物，也引起全社会的浓厚兴趣。国内书店书摊上充斥着各色各样的关于曾氏的书籍。这些书鱼龙混杂良莠不齐。书越多，历史上的那个曾国藩反而变得越模糊。作为当代重提曾氏的“始作俑者”，我有一种正本清源的义务感。我决定放下历史小说的创作，一心研究曾国藩。值得庆幸的是，曾氏给后人留下一千多万文字，为今人深入研究他提供了丰富的第一手资料。我熟悉这些资料，想借助对这些资料的研究，让世人了解一个真实的曾国藩，也希望借助对这个传统文化标本的解剖，来帮助寻常百姓形象地感知我们的国学，于是就有了“评点曾国藩”系列。这件事情做下来，便又耗去十五年光阴。

从去年下半年起，我开始修订我的历史小说。现在交给广东人民出版社的《曾国藩》，便是这个修订本。这是该书问世二十多年来的第一次修订。这次修订主要在三个方面。一是在评点的过程中，我对这个历史人物有了更深刻的认识。基于这种认识，我对小说某些章节做了相应修改。二是增加了一些能生动体现曾氏性格的真实故事。三是文字上的提炼、加工与修缮等。受时间的限制，另外两部长篇这次来不及修订，仍以原貌再版。

在写历史小说与评点的空隙中，我也写过一些散文随笔，一部分是应报刊之约而写，一部分则是关于我的小说主人公的专题演讲稿。这次结集为《冷月孤灯·静远楼读史》，也是这些文章第一次结集出版。

感谢广东人民出版社，感谢老朋友向继东兄，没有他们的盛情，就不会有这套作品集，也不会有散篇文章的汇编成书。

是为序。

唐浩明

二〇一六年七月

于长沙静远楼

题记

这是一个成功的人生：少年解元，青年探花，中年督抚，晚年宰辅。这也是一个备受奚落的人物：起居无时，号令无节，行为乖张，巧于仕宦。

这是一系列耀眼的业绩：打败法人的入侵，策划并督建京汉大铁路，创办亚洲最大的钢铁厂。这也是百年来屡招责骂——好大喜功，糜费挥霍，崇洋媚外，沽名钓誉——的把柄。

为谋求中国的富强，此人呕心沥血大刀阔斧地干了大半生，但直到瞑目的一天，他也没有看到国家富强的影子。

为调和东西方文化的严重冲突，并试图建立一种新型的文化架构，作为官方大员，此人第一个大力倡导“中体西用”。但他的这个设想，无论其生前还是其身后，都遭到人们的批判和嘲讽。

此人是谁？他就是毛泽东所说过的中国人不应忘记的近代人物张之洞。

张之洞的人生是成功还是失败？

张之洞的事业是辉煌还是虚幻？

“中体西用”是导中国于现代化的正路，还是引中国于陷阱的歧途？

张之洞的强国之梦为何不能圆，时代的限制和他本人的失误又在何处？

这些，或许是正在努力与世界接轨的当代中国人有兴趣的历史话题。

翻开这一页离我们并不太远的史册吧，说不定它能给我们某些启迪。

目 录

第一章 清流砥柱

第二章 燕山聘贤

第三章　投石问路

第四章　晋祠知音

第五章　清查库款

第六章　观摩洋技

第七章　和耶战耶

第八章　谅山大捷

第一章／清流砥柱

一　张之洞拍案而起，愤怒骂道：崇厚该杀

深秋的太阳就要落山了，它的最后一缕残照仍留在人间，给大清帝国灰暗的京师罩上一圈淡黄色的光晕。从西山那边刮过来的霜风一阵紧过一阵。它将沿途高大的白杨树吹得飒飒作响，又将御道上的黄土漫天掀起，灰尘裹着败叶毫无目的地在空中飘飘荡荡。凄凉的霜风也将沿途的塔寺和宫殿上的铁马，吹得左右晃动，发出清脆悠长的金属撞击声；又将各大城门上高高竖起的大清杏黄龙旗，吹得猎猎作响。这情景酷似这座八百年古都此时的境遇：既陈腐不堪，又带有几分神秘性；既处在衰败破落之际，又似乎有一种厚重的底蕴在顽强地支撑着，决不甘心就此沉沦下去！

随着夕阳的余晖渐渐褪去，淡黄色的光晕慢慢地变为灰蒙蒙的暮霭，京师寂寞而寒冷的秋夜来临了。

张之洞斜靠在病榻上，默默地注视着宇宙间亘古以来便这样无声无息周而复始的变化。他已病了七八天，今天下午才开始略觉好点，或许是病体虚弱的缘故吧，面对着天地间时序的推移，他的胸腔里无端涌出一股惆怅伤感的意绪来。

他已经四十三岁，通籍十六七年了，却还只是一个洗马。在数以百计的官名中，洗马，应该算是最粗俗的一个名称。不要说普通老百姓，就是许多与官场打交道的人，也不知朝廷中有此种官职。嘉庆朝便有这样一个故事。

某洗马出京赴西北办事，一天傍晚在甘肃一个驿站落宿。驿吏拿出簿册来登记，请问他官居何职，那人答：“洗马。”驿吏想，这一定是替皇宫洗刷马匹的夫役。又问：“你一天洗多少匹马？”那人知驿吏误会了，便和他开玩笑：“没有定数，忙时多洗，闲时少洗，心情好时多洗，心情不好时少洗。”驿吏确信他是马夫了，说：“皇上待下人真是宽厚！”便将他安排在最下等的房间里，不再理睬了，那人也不做声。过一会，县令乘大轿来拜访此人，并把他接到县衙门里去住。那人大模大样地坐在轿里，县令则步行跟随，一面弯着腰恭恭敬敬地与他说话。

驿吏大惊，问县令的跟班：“他不是一个马夫吗，县太爷怎么对他这样客气？”跟班斥道：“什么马夫！他是县太爷的恩师。十年前，县太爷就是在他手里中的举，五年前会试时，他又是县太爷的房师。”驿吏明白了，“洗马”不是马夫，但他始终不知道“洗马”究竟是个多大的官儿。

原来，洗马是司经局的主管官员。司经局的职责是掌管书籍典册，隶属詹事府。詹事府原是太子的属官。康熙晚年决定不立太子，并作为定制传下来，詹事府因此一度废弃，后来又恢复，以备翰林院的官员迁升之用。洗马的品级为从五品，来到地方上，品级既比正七品的县令要高，又加之有师恩这一层在内，故那位县令对洗马优礼有加；然而在京师，洗马实在是一个无权无势的闲散小官。

若说无才无德倒也罢了，偏偏是无论做史官，还是做学使，张之洞都比别人做得有声有色，可就是官升不上去，真叫人沮丧。他是个志大才大自视甚高的人，从小起就盼望着今后能经天纬地出将入相，给青史留下几页辉煌的记载。然而时至今日还只是一个从五品，年过不惑，精力日衰，这一生的宏大抱负能有实现的一天吗？

张之洞为自己愁虑，更为国事愁虑，他觉得他好像天生就是一个忧国忧民的命似的。国家发生的事情，无论是对外还是对内，无论是任人行政还是用兵打仗，也无论他本人是身处京师还是远在边鄙，只要让他知道了，他就非得过问不可。他常常难以理解的是，朝廷办出的事为何总是那样不尽如人意，许多原本易于处置的事情，为何总是办得那样乖谬？唉，真个是朝中无人！倘若自己握秉朝纲，国家决不是眼下这等一团乱麻似的不可收拾。张之洞常常这样想着想着，便免不了在心里发起牢骚来。

近日就有一件事令他忧虑。

十多年前，趁西北内乱时，浩罕王国的阿古柏带兵侵占了新疆，并与英国和沙俄勾结，企图长期统治这块广阔的土地。沙俄也对新疆怀有野心，借口保护侨民，出兵占领重镇伊犁。光绪二年，左宗棠率部出关，很快便打败阿古柏，收复新疆，但沙俄却拒不归还伊犁，朝廷决定派崇厚去俄国会商此事。

崇厚是个洋务派，跟外国人关系密切。同治九年，天津教案发生，时任三口通商大臣的崇厚，就极力主张严办天津地方官以取悦法国。后来奉旨到巴黎道歉，又在法国人面前竭尽讨好之能事。官场和士林中许多人都讨厌这个油嘴滑舌八面玲珑的软骨头，张之洞尤其痛恨，他认为不能委派崇厚办这样的大事。

朝廷谕旨已下达，当然不可更改。张之洞于是上疏，请太后命令崇厚走西北陆路进俄国，以便在途中实地考察新疆特别是伊犁一带的地理人情，从而做到心里有数，以免上俄国人的当。但崇厚怕吃苦，不肯走陆路，坚持要坐海船；又声称已对新疆了如指掌，此行决不会让国家吃亏。慈禧终于答应了崇厚。为此，张之洞又添一重顾虑。

于是，他决定自己来研究整个新疆的舆地，随时准备为朝廷提供行之有效的方略。就是因为过度劳累于此，一向不太强健的张之洞病倒了。

这时，他又想起这件事来，伊犁城四周的山川地貌顿时出现在脑子里。“伊犁城南边的那条河，叫个什么名字来着？”张之洞拍打着脑门，想了很久想不起来。他掀开被子下床，擎起窗台上的油灯，想到隔壁书房里去查一查地图。

“四爷！”听到房间里有响动，正在厨房和女仆春兰一起收拾东西的夫人王氏忙推门进来。王夫人的年纪比丈夫小得多，不便直呼其名。张之洞在兄弟辈中排行第四，她便以这种尊称来叫丈夫。“你要到哪里去？”

“我想到书房里去查看一下地图。”

“外面风大，刚好一点，不要再受凉了。”王夫人接过丈夫手中的油灯，扶着他回到床边，说，“你依旧坐到床上去，我去给你把图拿过来。”

王夫人从隔壁房间里把那张标着《皇朝舆地图》的图纸拿了过来，摊开在桌面上。地图很大，把一张桌面全部遮住了。张之洞将油灯移到地图的西北角。

“特克斯！”他抬起头来，一边折地图，一边重复着，“特克斯。是的，就是特克斯！”

王夫人帮他把地图收好，问：“特克斯是什么？”

“伊犁城南边的一条河。”张之洞自己掀开被子，重新坐到床上，自嘲地说，“我怕真的是老了，很熟的一个名字，一下子就想不起来。”

王夫人安慰道：“这不能怪你，只能怪它名字没取好。什么特克斯、特克斯的，多难记，若是取一个像淮河、汉水一样的名字，不一下子就记住了吗？”

张之洞哈哈大笑起来。夫人这句话把他逗乐了，连声说：“是的，是的，夫人说得对，不能怪我记性不好，而是它的名字没取好！”

王夫人也笑了起来，她给丈夫把四周的被角压好，说：“不要再想这些事了，这几天都是让什么伊犁呀、特克斯呀把你累病的，安安稳稳地静静心吧，等康复了再说。二哥说明天上午还会来号号脉，开张单子。”

“廉生的医道是越来越精了。大前年我在成都也是得的这种病，川中名医龙运甫给我开的药方，见效也没有这样快。我看要不了几年，他的医术会比太医院里那几个只会开平安单方的老太医还要高明。”

张之洞说的廉生，就是王夫人的胞兄王懿荣，懂得点文字学史的人都不会对这个名字陌生。十多年后，就是这个王懿荣，凭着他对医药学的兴趣和深厚的文字学根底，因一个偶然机会，发现了商朝时期我们的祖先刻在龟板和牛胛骨上用以记事的文字，为中华民族文明史的研究作出了不可估量的贡献，从而被尊称为甲骨文之父。但现在他只是翰林院的检讨，一个七品小京官。

“二哥反复说了，要静心休养，不要劳神。”

“我一直在养病，没有劳神。”

“没有劳神？”王夫人嗔道，“没有劳神，怎么又会想起特克斯了呢？”

“唉！”张之洞叹了一口气，眼睛盯着对面的墙壁，好长一会儿没有做声。

墙壁上只挂着一幅画。这画是王夫人娘家祖上传下来的，题为《林泉归隐图》，乃明代大画家文徵明的真迹，是王夫人的陪嫁之物。王夫人顺着丈夫的目光，看了一眼《林泉归隐图》，想起了去年丈夫对她说过的一句话：“咱们也学文徵明，去归隐林泉吧！”她马上接言：“好哇，到哪里去归隐呢？是去你的老家南皮，还是去我的老家福山呢？”见丈夫不再吱声，王夫人笑着说：“归隐好是好，可你的那番志向呢？”张之洞沉吟半晌，说：“看来，还不到归隐的时候。”从那以后，再不提归隐的事了。眼下莫不是又动了这个念头？王夫人的目光从《林泉归隐图》上转回，深情地望着凝神不语的丈夫。

在通常人的眼里，张之洞的长相算不上一个英俊的男子汉。他是自古多豪杰的燕赵人的后裔，却没有燕赵豪杰高大雄壮的身躯。他的个头甚至不及中人，肩窄腰细，手无缚鸡之力。他的脸形五官也长得不好。脸是长长的，下巴尖尖的，眉毛粗短，两只眼睛略呈长形，鼻子却又大得出奇，粗看起来，犹如泰山镇鲁似的压在长眼与阔嘴之间。只有与他朝夕相处的夫人，才真正知道其貌不扬的丈夫的魅力所在。她知道丈夫矮小身躯里滚动的是真正燕赵豪杰的血液，不起眼的眉宇之间，蕴藏了许多人所不及的学问见识。

她试探着问：“你想什么呢，是不是又想学文徵明去归隐？”

“你说到哪里去了！我是放心不下啊，不知崇厚与俄国人谈到什么程度了。崇厚那家伙一向怕洋人，又不熟悉新疆的情况，我担心他会栽在俄国人的手里。”

“四爷。”王夫人笑着说，“依我看，这国家大事你还是少操点心为好。上有皇太后、恭王、醇王各位王爷，下有军机、六部、九卿各位大员，现在还轮不上你这个小小的洗马费心，安安稳稳养好身体，日后做了侍郎、尚书再说吧！”

“不能这样说！”张之洞跟夫人认起真来，“古人云天下兴亡匹夫有责，洗马虽然官职低，比起匹夫来不知高了多少；何况崇厚这次跟俄国人谈的是收复国家领土的大事，我怎能不关心！”

“好了，好了，我不跟你争辩了！”宦门出身的王夫人既深知朝廷命官与公务之间的关系，又深知丈夫素以国事为身家性命的脾性，便主动退了下来。“至少这几天不要去想这码子事，完全康复了再说。天已黑下来了，我去把药端过来，喝了药，躺下睡觉吧！”

王夫人正要起身，春兰走进门来说："老爷，宝老爷、张老爷和陈老爷来了。"

"噢，是他们来了，快请！"张之洞一边说，一边掀开棉被。王夫人赶紧将一件玄色缎面羊毛长袍给丈夫披上。

刚迈出卧房门，内阁学士宝廷、翰林院侍讲张佩纶、翰林院编修陈宝琛便走进了庭院。

未待主人开口，精明灵活风度翩翩的张佩纶便先打起招呼："香涛兄，听春兰说，你近来身体不适，好些了吗？"

张之洞答："在床上躺了几天，今下午开始好多了。"

"什么病？"矮矮胖胖长着一张娃娃脸的陈宝琛端详着主人说，"才几天，就瘦多了。"

张佩纶、宝廷和陈宝琛是这里的常客，且为人和张之洞一样的通脱平易不拘礼节，故王夫人不回避他们，这时走出卧房，笑着说："黑夜来访，必有要事，快进客厅坐吧。只是有一点，他的伤风病还没好，不要谈久了。"

"好厉害的嫂子，还没说话哩，就先下逐客令了。"张佩纶笑嘻嘻地说。

这个出生于河北丰润的三十一岁青年，确实不同庸常。他博闻强识，文笔犀利，尤为难得的是，他疾恶如仇，敢作敢为。朝中的重臣，各省的督抚，凡有人做了他认为不该做的事，他都敢上折参劾，并不畏惧会遭到打击报复。很多人怕他恨他，更多人则喜欢他敬重他。他这样无所顾忌，居然官运亨通，通籍不过七八年，便已经是从四品的翰林院侍讲了。

光绪三年，朝廷为穆宗神主升祔的事颇为棘手。因为太庙只有九室，而这九室分别由太祖、太宗、世祖、圣祖、世宗、高宗、仁宗、宣宗、文宗的神主给占满了，慈禧的亲生儿子、十九岁去世的同治皇帝庙号穆宗的神主摆不进去，廷臣们为此事议论纷纷：有的建议再建一个太庙，有的建议在原太庙的左右再扩建几室。张佩纶上书提出一个办法。他说可仿效周朝为文王、武王建世室的成法，为太宗文皇帝建一世室。大清一统江山，实际上是太宗打下来的，他理应享受这种特殊的礼遇，今后可将前代神主依次递迁太宗世室。

这个主意，既通过建世室崇隆太宗的做法，来颂扬皇太极入关进中原的历史功绩，又解决了眼下穆宗神主升祔的实际问题，同时也一劳永逸地解除了后顾之忧，得到两宫太后的嘉许，予以采纳。张之洞也想到了这一层，也给朝廷上了两道内容相近的奏折，他后来读到张佩纶的折子后，深觉自己讲得没有张佩纶的透彻。他感叹说，不图郑小同、杜子春复生于今日！于是亲自登门拜访，与这个比自己小十来岁的年轻人订交。

陈宝琛拉着张之洞的手对王夫人说："香涛兄的手还是冷的，确实未复原，按理我们看看就该走了，但今晚有一件特别重大的事，我们要在这里多赖一会，请嫂子原谅。"

矮矮胖胖的陈宝琛祖籍福建，和张佩纶同年，也是个爱管闲事的人。他模样生得敦敦厚厚，写出的文章却尖利苛刻，读起来有一种痛快感。

宝廷笑嘻嘻地望着王夫人说："请嫂子法外施恩，这件事的确重大得不得了！"

宝廷是清初八大铁帽子王郑亲王哈尔朗济的九代孙，真正的黄带子。满人入关二百多年了，努尔哈赤的后裔们久享荣华富贵，既不屑于以学问诗文博取功名，连老祖宗的刀枪骑射也弃之不顾，他们可以通过各种途径轻轻巧巧地进入官场。但宝廷不这样，他走的是一条汉族读书人的艰难科举之路。他由举人而进士，由进士而翰林，是黄带子中极为少见的正途出身的官员。

王夫人无可奈何地说："我知道，你们谈的都是国家大事，哪一次谈的事都很重要，只是这国家又不是你们几个人的，用得着你们这般苦苦操心吗？我不管你们了，外面冷，快进客厅吧！"

张之洞摆摆手，请客人进他的客厅。客厅设在坐北朝南的正房里。正房共有四间。东边的一间是藏书室，四壁立着顶天接地的木架，木架上陈放着一函函书籍卷册。房间里摆着两张大木桌，桌上也堆满了书，有的正摊开着，看来这些都是主人近来正在使用的书籍。藏书室过来，便是主人夫妇的卧室。再过来一间，面积最大，这是主人平时读书治事之处。一张极大的书案摆在窗户边，上面放着读书人惯常使用的文房四宝和几册《皇朝经世文编》。另有两个博古架很引人注目。架子上摆满了破破烂烂的陶罐、泥碗，锈迹斑斑的箭镞、刀柄，残缺不全的瓷瓶、铜盆，乍然来到面前，如同走进了出土文物陈列室。另一壁墙上挂着一幅字，是一首七律："心忧三户为秦虏，身放江潭作楚囚。处处芳兰开涕泪，年年寒橘落沙洲。婵媛兴叹终无济，婞直危身亦有由。宋玉景差无学术，仅传词赋丽千秋。"字迹笔酣墨饱，劲拔洒脱。熟悉书法的人一眼便可看出，这字学的是苏体：结体虽不及苏字的匀称，而其中的舒张意气，或有过之。这是主人的墨迹，录的也是他自己凭吊屈原的诗作。

东边的小间即客厅。客厅布置得简朴庄重。当中放一张大理石桌面的深红色梨木长方桌，四周摆着六张明式雕花高背红木椅。靠墙边摆着两对带茶几的半旧楠木太师椅。最显眼的是客厅中高悬的一画一字。画面上一男子长发长须伫立茅屋中，两眼怒视窗外，双手后背，其中一只手上紧握一管羊毫，胸前的书案上残灯如豆，一纸平摊。画上首题着三个字：锄奸图。显然，画上的男子是明朝以弹劾严嵩出名的兵部员外郎杨继盛。这画出自主人的好友翰林院编修吴大澂的手笔。字录的是孟子的一句话："居天下之广居，立天下之正位，行天下之大道，得志与民由之，不得志独行其道。"左下角有一行小字：与香涛贤弟共勉高阳李鸿藻书于三省斋。

进了客厅刚坐下，张佩纶便说："香涛兄，你看了今天的邸抄吗？"

"没有。"张之洞摇摇头说，"我有几天没看邸抄了。今天的邸抄上有什么大事吗？"

“哎呀，大得不得了！”张佩纶边说边从袖口里取出一份邸抄来，甩在桌子上，说，“崇厚那家伙把伊犁附近一大片土地都送给俄国了！”

“有这等事？”张之洞忙拿起邸抄。“我看看！”

陈宝琛走到张之洞的身边，指着邸抄左上角说：“就在这里，就在这里！”

张之洞的眼光移到左上角，一道粗黑的文字赫然跳进眼帘：崇厚在里瓦几亚签署还付伊犁条约。

“条约有十八条之多，不必全看了，我给你指几条主要的。”张佩纶迈着大步，从桌子对面急忙走过来，情绪激烈地指点着邸抄上的文章，大声念道，“伊犁归还中国。其南境特克斯河、西境霍尔果斯河以西地区划归俄国。”

“岂有此理，岂有此理！”张之洞气愤地说，拿邸抄的手因生病乏力和心情激动而发起抖来。

“岂有此理的事还多着哩！”张佩纶指着一条念道，“俄国在嘉峪关、科布多、乌里雅苏台、哈密、乌鲁木齐、吐鲁番、古城增设领事馆。”

“为何要给俄国开放这多领事馆？”张之洞望着站在一旁的陈宝琛责问。那情形，好像陈宝琛就是崇厚似的。

陈宝琛板着脸孔没有做声。

张佩纶继续念：“俄商可在蒙古、新疆免税贸易，增辟中俄陆路通商新线两条。西北路由嘉峪关经汉中、西安至汉口，北路由科布多经归化、张家口、通州至天津，开放沿松花江至吉林伯都纳之水路。”

“这是引狼入室！”张之洞气得将手中的邸抄扔在桌上。

“还有一条厉害的！”张佩纶不看报纸，背道，“赔偿俄国兵费和恤款五百万卢布，折合银二百八十万两。”

“啪！”

张之洞一巴掌打在大理石桌面上，刷地起身，吼道："崇厚该杀！"

张佩纶和陈宝琛、宝廷都吓了一跳。他们知道张之洞是条热血汉子，但这些年还未见过他发这么大的脾气。

正在卧房灯下读诗的王夫人也大吃一惊，不知发生了什么事，忙不迭地朝客厅跑来。还未进门，又听见丈夫激愤的声音："中国的土地一寸都不能割让出去！他崇厚算个什么东西，有什么权力可以这样出卖国家的领土！"

王夫人进门来，只见张之洞正靠在桌子边站着，敞开羊皮袍，双手叉在腰上，脸色煞白，额头上冒着虚汗。她吓得心里发颤，忙过来扶着丈夫："什么事气得这样？"

又转过脸问张佩纶等人："刚才为的什么事？"见他们都不吱声，又问："你们吵架了？"

陈宝琛把绷紧的脸竭力和缓下来，勉强露出一丝笑容，对王夫人说："崇厚在俄国签了卖国条约，香涛兄正在为此事生气哩！"

王夫人放下心来，将丈夫敞开的皮袍扣上，对着门外喊："春兰，给老爷打盆热水来！"

一会儿，春兰端着一盆热水走进客厅。王夫人亲自从脸盆里拿出面巾拧干，给丈夫擦去额头上的汗，一面轻声地说："你的病还没好哩，怎么能动这么大的气！"

宝廷起身走过来说："嫂子说得对，不要冒火，我们平心静气地谈。"

张佩纶说："刚才怪我，我也太激动了，心里气不过。"

热毛巾擦过脸后，张之洞的心绪平静多了。他坐下，喝了一口热茶，说："伊犁本是我们自己的土地，当年俄国是趁火打劫，强占去的，归还我们理所当然，我们为何还要拿土地和银子去跟他们换呢？这不太欺负人了吗？"

"正是这话！"张佩纶也坐下来，刚才激愤的心绪也慢慢平缓了。“二百八十万两银子已是毫无道理的勒索了，还要特克斯河、霍尔果斯河一带的土地。你们知道，这片土地有多大吗？”

不待别人开口，张佩纶自己作了回答：“我量了一下地图，这片土地宽有二百来里，长有四百来里，共八万多平方里的面积。”

陈宝琛说：“这比一座伊犁城不知大过多少倍了，与其这样，还不如不收回。”

“这能叫谈判吗？”宝廷冷笑道，“这整个一割地投降！”

张之洞又气愤起来，高声骂道：“崇厚这个卖国贼，比石敬瑭、秦桧还坏！”

王夫人见丈夫又动气了，心疼地说：“四爷，你要自己爱惜自己。二哥一再叮嘱不要劳神，不要生气，你不听劝告，刚好的病又会犯的。”

不料，张之洞竟哈哈笑了起来，说：“夫人，我要感激刚才发的脾气，多亏出了这身汗，我现在竟然大好了，一点病都没有了。”

说罢站起来，在客厅里来回走了几步。他真的觉得自己神志清爽，脚步有力，七八天来的病痛一扫而光了。

他快活地对春兰说：“你去准备夜宵，今夜我和几位老爷有大事商量。”

深知丈夫脾性的王夫人无奈地对着张、陈等人苦笑着说：“真是拿他没办法，只要有件大事在他面前，他立刻就会精神陡长；事情一完，也就瘫倒在床了。”

说罢带着春兰出门张罗去了。

张府客厅里，四个地位不高却对国事异常关心的官员继续谈论着。四人一致认为，崇厚所签订的这个条约决不能答应，同时决定办两件事。一是约集一批志同道合者在城南龙树寺开一个会，声讨崇厚的卖国罪行，联合上一个折子给太后、皇上，恳请否定这个丧权辱国的条约。二是四人每人各自再上一个折子，详细地申述对此事的看法。

直到子初时分，张之洞才用自家的马车将张佩纶、陈宝琛和宝廷送出府门。

二　京师清流党集会龙树寺

城南宣武门外龙树寺，一个声讨崇厚卖国罪行的小型集会就要在这里召开。出席这个集会的，除张之洞、张佩纶、陈宝琛、宝廷外，还有近年来在京师官场颇为活跃的几个人物，他们是总理各国事务衙门大臣李鸿藻、刑部尚书潘祖荫、翰林院侍读黄体芳、江南道监察御史邓承修、翰林院编修吴大澂，还有张之洞的内兄王懿荣。这是京师官场上一个松散的团体，除邓承修一人外，其余的全是翰林出身。他们身份最为清华，关心国事，议论朝政，崇尚气节道义，憎恶贪官污吏；在对外交涉中主强硬态度，反对妥协。这些共同的志趣把他们结合起来了。他们常常在一起讨论国家大事，也常常采取联合上折的手段来表述自己的观点，在官场上形成了一股不可忽视的力量，朝野内外将他们比之于前代那些负时望的清高士大夫，称之为清流党。“流”与“牛”谐音，于是人们又戏称之为青牛党。青牛之角是张佩纶、张之洞，青牛之尾是陈宝琛，青牛之肚是王懿荣，青牛之鞭是宝廷，其余者是青牛之皮毛，而牛头则是给张之洞题字的高阳李鸿藻。

历史上有个有名的高阳酒徒郦食其，但他的籍贯高阳却不在直隶。这位直隶高阳李鸿藻既不饮酒，又不张狂，是一位粹然纯正的理学门徒。李鸿藻二十二岁中进士入翰苑，三十岁充任时为皇子载淳的师傅。载淳登位后，慈禧命他值班弘德殿，依旧每天为小皇帝授书，不久入值军机处，升礼部右侍郎。这时，他的母亲病逝了。

依当时的规定，朝廷官员的父母去世，本人应开缺回籍守丧，三年期满后再申报朝廷，等待补缺。丧期不但无官职，且无俸银，又影响以后的升迁，这是官员们都不愿意遇到的事情，故而甚至有匿丧不报的事情发生。倘若这个官员正肩负着特殊的使命，不能离开，朝廷便会命他移孝作忠，不离职守。这是朝廷对个别臣工的一种极其特别的礼遇，通常的情况下是绝对得不到的。皇帝正在求学阶段，功课不能耽搁，两宫太后援雍正、乾隆年间大臣孙嘉淦的故事，命李鸿藻只守百日丧，百日后仍授读弘德殿，并参军机。但李鸿藻不领皇太后这份情，坚持请求开缺回籍守丧。太后不允，他请大学士倭仁替他代为奏请。太后还是不允，命恭王亲自到他府上慰勉。这样大的一个面子，李鸿藻仍不领，再次上折，声称自己方寸已乱，身心俱碎，不能授读，只能回籍。两宫太后拿他这个书呆子真没办法，只得同意。

过几年，慈禧母亲去世，方家园承恩公府大办丧礼。这正是文武官员们向大权独揽的西太后讨好巴结的良机，所有官员都去吊唁，竞相送上厚礼，独独身为协办大学士兵部尚书的李鸿藻不去。慈禧心里虽不悦，但也不好说他什么。

李鸿藻便这样以他的迂直正派年高德劭而受到崇尚义理的官员和士大夫们的敬重，自然而然地处于清流党的领袖地位。今天，他以六十岁的高龄早早地来到龙树寺，方丈通渡法师欢天喜地接待着这位须发皆白的活菩萨。

京师清流党的骨干们常常聚会议事，但一般都在达智桥胡同里的杨忠愍祠，这是因为他们都崇仰以文字来跟严嵩作斗争的杨继盛，那位明代前贤是他们心中的偶像。这段时期杨祠正在修缮，于是他们想起了龙树寺。

龙树寺在京师众多古刹中并无多高的地位。它一无年代久远或用材名贵的佛身宝像，二未藏有唐代写经或宋代木椠佛经，三缺天竺西域传来的贝叶经文。它之所以引起张之洞、张佩纶等人的兴趣，是因为后院有一片半亩地大小的牡丹园。今年暮春他们来此观赏牡丹，正是牡丹盛开的时候。但见姚黄魏紫，争奇斗艳，果然大饱眼福；又见寺院清幽，方丈通渡待客殷勤，于是对龙树寺很有好感。

昨天上午，张之洞便来到龙树寺，一则要早点通知寺里，让和尚们做好准备；二则要借这块清静之地修改已拟就的奏章初稿。下午，张佩纶、陈宝琛、宝廷、吴大澂、王懿荣等人也先期到了。

通渡对这次集会表现出极大的喜悦，从昨天上午闻讯开始，全体寺僧便忙忙碌碌地准备了。通渡的热情，并非因为集会的内容是爱国，而是因为来宾身份的显赫高贵。尤其是李鸿藻，前朝的帝师，本朝的协揆，若不是冲着龙树寺，冲着龙树寺的牡丹园，一个普普通通的老和尚，这一辈子能见到如此大人物吗？何况还可以面对面地与他说话，亲手端茶递水招待他哩！

除开一个潘祖荫外，其他人都已到了。听说李鸿藻来到，大家都走出寺门，簇拥着老中堂进了龙树寺众僧布置一新的云水堂。众人坐定后，小沙弥给嘉宾摆上枣糕、饽饽、棒糖等糕点，又给每人冲了一碗茉莉花茶。

通渡笑眯眯地对大家说：“诸位大人请尝一尝龙树寺的糕点，看看它与市面上卖的有些不同没有。”

爱吃零食的黄体芳忙拿了一小块枣糕来吃。他边嚼边说：“是不错，比别的枣糕香些。”

通渡十分满意地说：“这位大人真的是品糕点的高手。龙树寺的糕点与众不同，每种糕点里都掺有牡丹花瓣粉。”

众人听到这句话后都来了兴趣，遂一齐凝神望着通渡。通渡兴致高涨，不无自得地说：“每年四月间，龙树寺的牡丹相继开放了。红的，黄的，白的，紫的，光彩闪亮，就像佛祖把身边的祥云送给了我们。但过不了多久，花瓣就一片片地枯萎掉落，大家都很惋惜，眼看着这些美丽无比的花瓣化为泥土而无法挽救。第十代方丈浩光法师是个最灵慧的高僧，他从丹皮入药的常识中得到启示。心想，丹皮既然可以做药吃，那么丹花也可以入膳。于是他号召众僧把掉下来的牡丹花瓣拾起来，洗净晒干碾成粉末和进馍馍里。果然，蒸出的馍馍芳香扑鼻，味道好极了。再把牡丹粉末加进其他糕点中试试，也一样地又香又好吃。后来，浩光法师又将几棵年代久远，不能再开花的牡丹皮剥下来晒干，自制丹皮，每天和着茉莉花茶一块儿喝。浩光法师就这样越活越精神，越活越爽朗，直到高寿一百零三岁才无疾圆寂。今天给各位大人端的糕点里便都加了牡丹粉，茉莉花茶里也有丹皮。各位大人不妨尝尝。”

通渡这番富有文采和感情的话，激起各位清流们的雅兴，于是都拾起一块枣糕或是饽饽、糖块品尝起来，果然清香芬芳，味道的确与平日吃的不大相同。又啜一口丹皮花茶，虽然刚入口时有一种淡淡的苦味，但喝下去后便觉得口腔里回味无穷。大家都叫好。

张佩纶笑着说：“龙树寺有这么好的东西，我们给你宣传宣传，你们也可以借此赚点钱，为众僧谋点福祉。”

这正是通渡所巴望的事！他就是希望这些显贵们替龙树寺宣扬宣扬，好提高龙树寺的名气，把牡丹茶点推出去，那么龙树寺的日子就好过了，众僧也会活得体面些。

通渡忙合十道谢：“阿弥陀佛，多谢大人们抬举，若蒙大人们替敝寺说话，那真是敝寺的福分！”

年已花甲的李鸿藻对浩光活到一百零三岁一事特别在意。他问通渡：“宝刹的丹皮对外卖不卖？”

通渡答：“全力保护牡丹园，这是龙树寺代代相传的寺规，不是老迈不开花的牡丹，决不能挖来取皮，故而寺里所存丹皮很少，不外卖。”

“噢——”李鸿藻遗憾地拖长着声调。停了片刻，他又问，“用药店里卖的丹皮泡茶，有没有这种效果？”

通渡明白过来，原来这位老中堂想学浩光，喝丹皮茶求长寿。他的脑子很快转了一下，说：“龙树寺的丹皮有一种不同的制作方式，寺里规定不能外传，请老中堂宽恕。老中堂今后可派人收购未经制作的丹皮，送到龙树寺来，贫僧亲手为老中堂炮制。这样制出的丹皮，与龙树寺土生土长的丹皮也不会相差太大。”

“行。”李鸿藻高兴起来，立即说，“明天我就打发人送丹皮来，烦法师为我如法炮制，我一定重金酬谢！”

通渡忙弯腰合十，答：“如法炮制应该，重金酬谢不敢。”

天不怕，地不怕，专参大员的广东人邓承修插话：“请问法师，宝刹的牡丹园有多长的历史了？”

通渡摸摸光秃秃的头皮，想了一会儿说：“有两百多年了。龙树寺的开山祖师弘远法师是河南洛阳人，酷爱牡丹，托人从家乡捎来花籽，开辟了这个牡丹园。第四代方丈浮波法师是山东菏泽人，也是个从牡丹之乡里出来的，他在牡丹园里撒下菏泽牡丹的花籽。从那以后，这片牡丹园里既开着洛阳牡丹，又开着菏泽牡丹，天长日久，洛阳牡丹中夹杂着菏泽牡丹，菏泽牡丹中夹杂着洛阳牡丹，渐渐地，洛阳菏泽便融为一体了。”

说到这里，通渡哈哈大笑起来，各位清流也都大笑起来。

李鸿藻说：“过会儿我们都去观赏观赏你这融洛阳与菏泽为一体的牡丹园。”

“谢老中堂赏光！”通渡兴奋不已，“明年牡丹花开的时候，敝寺一定恭迎老中堂和各位大人前来赏花喝丹皮茶。”

大家众口一词：“一定来，一定来！”

正在兴高采烈的时候，潘祖荫坐着华贵的绿呢大轿进来了。

这位温文尔雅衣着考究的五十岁尚书，可不是一个寻常人物。他有一位身为状元、帝师、大学士的祖父，自己又是探花出身，官运亨通。一般文人所拥有的长处，如琴棋书画、鉴别古董等技艺，他样样比别人出色，更兼勇于言事敢于参人，自然而然地受到京师士大夫的景仰，隐然坐了清流党的第二把交椅。不过，这位事事得意的大官却有一个深深的隐痛，那就是他年已半百却膝下空虚。无儿无女怪不得别人，毛病出在他自己的身上，原来他是一个天阉——先天性的功能不行。好在他性格开朗，并不在意，也不忌讳。清流党中流传一个笑话。

有一天，他家里几个清客和他聊天。有人说：“潘大人，你这么大年纪还无儿女，我们都替你着急，多拿点银子出来，买两个妾吧，也好早为你接续香火！”

潘祖荫斜了一眼这个清客：“你们着什么急？明明晓得我是天阉，还劝我买妾。买得妾来还不是便宜了你们这班龟孙子？我才不那么蠢哩！”

清客们哈哈大笑，他自己也忍不住笑了起来。

这位吴县才子虽没有子孙替他传香火，但他自信他的文章能为他传名后世。

他的文笔的确好。京师官场上谁都知道他有一件值得骄傲的往事。

二十年前，正是江南一带朝廷的军队和太平军激战的时候，现在威名赫赫的左宗棠，那时还只是湖南巡抚骆秉章身边的一个师爷。这位左师爷心高气傲，瞧不起平庸的文武官吏。永州镇总兵樊燮来巡抚衙门办事，左宗棠不仅用言语嘲讽他，还用脚去踢他。樊燮不能受这个窝囊气，一状告到朝廷。咸丰帝也很气愤，下令要湖广总督官文处理此事，若属实则将左宗棠就地正法。左宗棠的朋友时为翰林院编修的郭嵩焘急坏了，他请翰林院侍读潘祖荫上疏救援。潘祖荫久闻左宗棠大名，遂很用心地写了一道为之辩护的奏章，其中两句最为精彩：中国不可一日无湖南，湖南不可一日无左宗棠。后来咸丰帝赦免了左宗棠，再后来左宗棠不断建立功勋，这两句话便不胫而走，传遍全国，潘祖荫的名声也便跟着传遍天下。

今天会议的主持人张佩纶一边笑着迎接潘祖荫，一边说：“你迟到了半个时辰，按照老规矩，应受罚。或罚酒，或罚诗，你自己挑！”

李鸿藻也笑着说：“伯寅呀，你今天是怎么回事，害得我这个老头子都要等你！”

潘祖荫对着众人拱拱手说：“李中堂，各位同寅，潘某今天迟到了，按规矩是该罚，但我若说出原因来，想必中堂和各位都不会再罚我。”

“再大的事，还能与今天讨伐崇厚卖国罪行的事相比吗？我看是罚定了！”说话的是宝廷。

“竹坡不要先说死了。”潘祖荫望了一眼干瘦的宝学士后对大家说，“诸位今天不是要讨伐崇厚吗，我给你们带来了崇厚一条新的大罪。”

潘祖荫的一句话把大家的精神全都提上来了，一齐瞪着大眼听他的下文。

“昨天翁师傅对我说，崇厚未经朝廷允可，擅自离开俄国，已坐上洋人的轮船，正在回国的途中了。”

潘祖荫说的翁师傅，就是现充任光绪帝师傅的翁同龢。

“有这等事？”张之洞瞪大眼睛望着潘祖荫。

“我也和香涛一样感到奇怪：一个出使大臣，没有朝廷的旨令，怎么能擅自离开职守？”潘祖荫接过通渡亲手递过来的丹皮茉莉花茶，慢慢地吮了一口后，接着说，“为证实这件事，我今天绕道去了总署，当面问了王夔石。他对我说确有其事。王夔石还说，崇厚之所以急着赶回来，是因为他的四姨太下个月初五三十大寿，他要赶回来给姨太太做寿。”

“无耻之尤！”张之洞情不自禁地又是一巴掌打在桌面上，震得丹皮茶水从碗里溅了出来。

通常情况下，一个下级官员是绝不可能在上级官员的面前拍桌打椅发脾气的，何况身旁还坐着一位德高望重的协办大学士。但一来龙树寺的集会不是正规的官场议事，二来这些清流都是热血之士，易于激动，情绪上来的时候，常常有越轨的言行出现，大家司空见惯，并不在意。

“崇厚这家伙太可恶了，简直目无朝廷，目无王法，大家看该怎么办吧！”张佩纶气得两腮筋鼓鼓的。用不着他这个主持人再作开场白再行鼓动了，潘祖荫的这个消息一下子就把会议的情绪煽到高潮。

“我看这事再没有二话可说的了。第一，立即由总署具函，表示不承认崇厚所签署的条约。第二，通知上海海关，崇厚一登岸即予拘捕。”矮矮瘦瘦的邓承修首先发言，他的粤语官话铿锵有力，就像平日参劾折中的用语一样。

短短几年里，邓承修一连参劾总督李瀚章、左副都御史崇勋无品无行，参劾侍郎长叙违背朝制，参劾学政吴宝恕、叶大焯，布政使方大澂、龚易图，盐运使周星鉴疏于职守，甚至参劾军机大臣宝鋆、王文韶老迈昏聩，请太后罢斥不用。更令人惊骇的是，他竟敢弹劾左宗棠，说左言辞夸诞，举措轻率。邓承修这一连串的参劾，激起官场极大的反响。那些做了亏心事心中有鬼的官员们，提起这个被称之为“铁汉”的广东御史来，个个心里又恨又怕。

“铁香兄说得对！”精于文字音韵学、擅长绘画的吴大澂立即接上邓承修的话。“现在要紧的是办第一件事，吁请太后绝对不要批准这个丧权辱国的条约。”

“你说是丧权辱国，有人还说是大节不亏哩！”潘祖荫边说边从袖筒里摸出一个精致的琥珀鼻烟壶来，在鼻孔边不停地来回移动。

“谁说的？真是丧心病狂！”一直没有开腔的陈宝琛也忍不住了。

见潘祖荫欲言又止的神态，李鸿藻催道：“伯寅，是谁说的这个话，你快讲呀！”

潘祖荫放下琥珀鼻烟壶，略停片刻后说：“翁师傅说，昨天下午，合肥相国在军机处休憩间里聊天时说，崇地山与俄国人订的条约，吃亏是吃亏了，但他也是没有办法，谁要我们当时同意让俄国人进驻伊犁城，答应今后重谢哩，要说俄国人于保护伊犁城全然无功，也说不过去。”

“酬谢顶多只能送银子，不能割土地。”资格最浅官阶最低的王懿荣插话。

“人家俄国人看中的正是土地。”潘祖荫望了王懿荣一眼，接着说下去，“合肥相国说，一则我们国力弱，打不过人家；二来伊犁城附近那些土地也不值几个钱，让一部分出去损失不大，待我们把海防建起来，国力强大了，再向俄国人索回来。”

“李少荃这个人成天就是海防海防的。”李鸿藻摸了摸下巴上稀疏的花白长须，不紧不慢地回顾历史，“光绪元年，左侯平定关陇，将要出嘉峪关进军新疆时，李少荃就率领一班子人大呼塞防可松，海防要紧。说什么自高宗定新疆以来，岁靡数百万白银，这是朝廷度支的一大漏卮，现今竭天下之力供养西军，大不合算，应将军费用来购买洋人制造的海轮。左侯坚决反对李少荃这种无视西北边地的荒谬言论，上书太后说，如果不趁着平定关陇之军威恢复国家对新疆的治理，那么日后新疆不为英国所侵占，即为俄国所吞并，我左宗棠决不能眼看着国家的土地沦为异域。太后壮左侯之言，又加之文中堂全力支持，李少荃的保海防丢塞防的主张才未得逞。现在又旧调重弹了，他眼里从来就没有国家西北领土的位子。”

“李鸿章打着海防的名义，实际上是扩大淮军和他自己的实力。”

邓承修一针见血的插话，博得了众清流的一致喝彩。

潘祖荫说：“李少荃还说过这样的话：崇地山身为钦差大臣，可以便宜行事，他有权在条约上签字。既然签了字，就应该照条约办，不然，外国人就会说我们说话不算数，今后再也没有人和我们签约了。”

“荒谬透顶！”邓承修气得虎虎地站起来，“这简直就是秦桧讲的话！”

张佩纶立即接言：“看来，崇厚的后台就是李鸿章，二人是一丘之貉，得一道参！”

“好！”众人鼓掌欢呼。

龙树寺的和尚们见城里来的这些大官员，在云水堂里又是拍桌打椅，又是鼓掌喝彩，集会半天了，兴趣也不减，不知他们究竟在议论什么事，一个个怀着满肚子好奇心，在门边窗口前探头探脑的。通渡生怕这些没见过世面的和尚得罪众位大老爷，便下了一道命令，不准寺内的僧人靠近云水堂；又命厨房赶紧准备午饭，要把这桌斋饭办得格外丰盛，好借他们的口为龙树寺的膳堂传名，以便明年牡丹花事期间引来更多的游客，为寺里多赚些香火银子，年终每人也好多分几个零花钱。和尚们听后，忙得更起劲了。

李鸿藻端起丹皮茶碗喝了一口，一本正经地对大家说："我炎黄子孙世世代代休养生息在这块土地上，三王之治开创了百姓安居乐业的太平世道，周公孔孟诸圣贤将三王之治搜罗整理，损益增删，载于简册，代代遵循，遂成为我华夏民族百世不刊之经典。汉代的文景之治，唐代的贞观之治，乃至国朝的康乾之治，莫不是依循周公孔孟之道而成就的。"

见盟主在讲演安邦治国的大道理，众清流都正襟危坐，肃然谛听。

"这些年国家多事，内患频仍，外敌侵凌，之所以造成如此局面，追根溯源，皆因朝野上下背离了周公孔孟之道。眼下正需要我君臣一心，上下一致，正纲纪，整吏治，务农桑，薄赋税，振兴大清之时，孰料一些人惑于洋人之奇技淫巧，屈服于泰西之坚船利炮，以为我大清若要强盛，只有学洋人效西法，十余年来大肆鼓吹所谓洋务，所谓夷政，这决不是导我国家民族中兴的正道，最终必将灭我华夏之文明，毁我大清之家园。早在同治初年，倭艮峰中堂就指出过：立国之道，尚礼义不尚权谋；根本之图，在人心不在技艺。可惜当年被人肆意曲解，无端指摘。其实，这才是真正的深谋远虑，老成谋国！诸位现在看清了，正是那班子崇洋媚外之徒在卖国丧权，践踏我堂堂中华之尊严。所以，老朽今天要提醒大家一句：我们要守定一条宗旨，那就是闭口不谈洋务，而且要告诫子孙后代也决不能谈洋务！"

宝廷忙拥护："李中堂这番话是真正的金玉良言，我们就是要守定祖宗的成法，决不能让洋务派坑害了国家！"

陈宝琛说："我看李中堂闭口不谈洋务这句话，应成为我们的一条准则，今后要以此作为正与邪的试金石，谁若谈洋务，我们则与之割席分道！”

黄体芳说：“我将弢庵的话点明白：谁谈洋务，谁就是祸国殃民的奸邪小人；谁不谈洋务，谁就是尊圣敬祖的正人君子。”

“对！”

“说得好！”

众清流一致赞赏这句话。

吴大澂激动地站起身说：“我们不但不谈洋务，而且还要不用洋人的东西。凡洋人所造的一切，我们都不用：洋布不穿，穿我们自织的土布；洋伞不撑，撑我们自制的油纸伞；洋油灯不点，点我们自己的桐油灯；洋枪洋炮不打，打我们自造的鸟枪土炮！”

“好！”

“好！”

吴大澂充满着激情的一番话，又赢得了大家的掌声。

王懿荣猛然想起自己身上戴了一只怀表，马上从上衣口袋里取出，对大家说：“上个月，我给杨儒星使看病，病好后他送我这块洋人造的怀表。我今天带来，原是为便于限时作诗。现在就按清卿兄所说的，从今以后不用洋人的东西，当众把这块怀表交出来。”

说着往桌上一扔，一块银光闪闪的怀表滑溜溜地滚到桌子中央。慢慢停稳后，张之洞看清怀表壳上刻着一只双头鹰。这些日子来他对俄国的事情十分关注，一看便知道这是俄国的国徽，于是说：“这块表是俄国的。”

今天众人的仇恨，说到底就是冲着俄国而来的，现在看到这只刻有双头鹰的俄国表，就如同看到了可恶的俄国人一样，恨不得将他抽筋剥皮。吴大澂一把抓过，愤怒地说：“要它计什么时？我们作诗，还是按老办法：点香计时。砸掉它！”

说罢，并不征求王懿荣的意见，便死劲将表往地下一摔。表砸在青砖地上，发出清脆的响声，然后不停地滚动着，但并没有破碎。

站在门边的通渡对洋人造的钟表一向佩服得很。前年，一个英国人来龙树寺看牡丹，也有这么一块怀表，通渡对之垂涎欲滴。他做梦都想有一块这样的怀表。当王懿荣将表扔到桌面上时，他的两只眼睛便死死地盯着那个圆家伙。吴大澂将表摔到地上时，他心疼得就像把他的私房银子丢到河里去一样。表没有摔破，他暗暗庆幸。当表慢慢滚到他的脚边时，他终于忍不住将表拾起，双手合十，对着众人弯腰鞠躬："这块表，各位大人老爷不要，就发发慈悲，赏给龙树寺吧！"

吴大澂说："那不行！龙树寺用俄国的表，龙树寺不成了卖国寺吗？"

说罢，从通渡手里抢过怀表，又狠狠地向地上一砸，玻璃表面被砸得粉碎，两根指针也不知飞到哪里去了。通渡看着这一惨相，口里不停地默念："阿弥陀佛，阿弥陀佛！"

张之洞心里也觉得吴大澂此举过分了一点。俄国人固然不好，但俄国人造的表毕竟比燃香滴漏的计时要准确。官员士人表示爱国，可以不用，出家人用用也未尝不可；砸烂，总是可惜了。但大家在激情之中，他也不便一人独唱反调出来制止，想想表修理后还可再用，便对通渡说："法师把这块烂表捡起来，扔到废物堆里去吧！"

通渡是个聪明人，立即明白了张之洞的意思，忙弯腰把表捡起，又四处找那两根小针。他趴在地上，东寻西寻，终于把两根小针都寻到了，便像揣着宝贝似的出了门。

主持人张佩纶见大家的情绪已到了最高潮，遂抓住时机将聚会的主题深入下去。他站起来说："诸位，张香涛抱病拟了一个关于伊犁条约的折子，现请他向各位宣读。"

张之洞说："看了邸抄上登载的伊犁条约后，我恨不得立刻将崇厚千刀万剐。这两天，我草拟了一个题为《熟权俄约利害折》。考虑得还不成熟，请诸位帮我修改修改。折子比较长，我择其要点念一念。"

张之洞说罢，从袖筒里摸出一沓纸来，念着："窃臣近阅邸抄，因俄国定约，使臣辱命，不胜愤懑，谨将此约从违利害缕析，为我皇太后、皇上陈之。"

龙树寺云水堂从刚才的喧闹声中安静下来，只有张之洞那带有南方语音的京腔在殿堂内回荡。

"下面，我从十个方面向皇太后、皇上剖析不能依从和约的道理。"张之洞放下折子，目光炯炯地望了望众人，辞气亢厉地说，"一不可许者，陆路通商。若让俄人据我秦陇要害、荆楚上游，则边圉虽防，然堂奥已失。二不可许者，开放东三省。陪京所在，关系重大。三不可许者，俄人贸易概免纳税。俄人不纳税，则各国效尤，遗患无穷。四不可许者，蒙古台站供俄人使用。内外蒙古，沙漠万里，此天之所以限俄人也。五不可许者，允准俄人建三十六卡伦。延袤太广，无事商往则防不胜防，有事而兵来则御不胜御。"

随着张之洞斩钉截铁的"一不可许""二不可许"的声音从云水堂里传出，整个龙树寺的气氛仿佛变得肃穆凝重起来，从窗外走过的僧人不自觉地放轻脚步，膳堂里的和尚们自然而然地将嬉笑声放低。通渡提着一壶滚开水走到门边，但见李鸿藻满脸正气端坐不动，潘祖荫敛容谛听腰杆笔挺，其他各位清流或注视演讲者，或低头沉思，尽皆寂然无声，神态肃然。龙树寺的方丈仿佛误入了朝廷的议事厅，提着铜壶，靠在门槛边，不敢贸然闯进去。

"六不可许者，商贾可带军械。若千百之群负枪入境，是商是兵，谁能辨之？七不可许者，俄人关税取巧之处。八不可许者，同治三年已议定之边界内侵。九不可许者，伊犁、喀什、乌鲁木齐、乌里雅苏台、古城、吐鲁番、哈密、嘉峪关准设领事馆。若准此条，是西域全境尽归俄人控制。有洋官则有洋商，有洋商则有洋兵，初则夺我事权，继则反客为主。第十，"说到这里，张之洞有意停了一下，他目光威严地扫了一眼会场后，提高着嗓门说，"此乃最不可许者，割特克斯河、霍尔果斯河一带八万里土地给俄人。中华之国土，祖宗之江山，一寸都不能割让给别人！”

“好！”李鸿藻禁不住打断张之洞的话，“香涛这话说得好极了！中华之国土，祖宗之江山，一寸都不能割。”

“谁割让谁就是卖国贼，就是秦桧、石敬瑭！”潘祖荫紧接着补充。

众清流一致点头，表示赞同。

张之洞的奏稿本拟到这里为止，刚才听到潘祖荫讲到李鸿章说的既已签订便不能更改的话，临时又想起了另一层内容，他已在心里打好腹稿，遂气势凌厉地说：“朝中有人言不可改议，以为改议则启衅端。臣以为此不足惧也。必改此议，不能无事；不改此议，不可为国。”

张之洞说到这里停了片刻，他看到李鸿藻在频频颔首，心中感受到一种鼓舞的力量。

“臣谓改议之道有四：一曰计决，二曰气盛，三曰理长，四曰谋定。何谓计决？无理之约，使臣许之，朝廷未尝许之。崇厚误国媚敌，国人皆曰可杀。伏望拿交刑部明正典刑，以治使臣之罪，以杜俄人之口。”

“痛快！”吴大澂禁不住击节赞扬。

“何谓气盛？俄人欺负我使臣软弱，逼胁画押，此乃天下万国皆不会赞同其所为。我国可将俄人无理之举公之于世，让各国评其曲直。”

“有道理！”陈宝琛边点头边插话。

“何谓理长？按条约所签，我得伊犁之空名，而失新疆八万里之实际。如此，则不如不得。条约未奉御批，未钤御宝，岂足为凭！”

“正是这回事！”宝廷气呼呼地说。

“何谓谋定？废约之同时，我必备兵新疆、吉林、天津，以防俄国从陆路和海洋两路来犯。左宗棠、刘锦堂皆陆路健将，足可抵御。海路则责之李鸿章，战而胜则酬以公侯之赏，不胜则加以不测之威。”

直到张之洞良久不再说下去，大家才知他的奏稿已宣讲完了。张佩纶动情地说：“我说句决不是媚俗的话，香涛兄之折，真乃光绪朝五年来第一折也！”

“此话不为过。”潘祖荫又从口袋里摸出鼻烟壶来，在鼻孔边死劲地嗅着。为聚精会神地听张之洞的宣讲，他已经很长时间没有嗅鼻烟，此时仿佛全身散了架一般，再没有这些粉末，他简直就活不下去了。嗅了几下后，精神复振，他摇头晃脑地说，“‘必改此议，不能无事；不改此议，不可为国’，这样的警策之句，已是多年的奏折里所没有了。”

张之洞听了很高兴，说：“究竟还是不可和伯寅部堂的‘天下不可一日无湖南，湖南不可一日无左宗棠’相比啊！”

众皆大笑起来。

潘祖荫不无自得地说：“那是咸丰朝的警句，不用再提了，现在要的是光绪朝的警句。”

陈宝琛说：“我也拟了一个奏稿，但还未成文，听了香涛兄的折子，我深觉惭愧，回去后再好好地思索一番，要做大的改动。”

宝廷也说：“我和弢庵一样，开了一个头，也还未成文。”

李鸿藻摸着花白胡须，带着总结性的口气说：“刚才香涛这个折子，把不可同意伊犁条约的十条道理剖析得很深透，又将废约的理由也说得有力量，尤其是明白地提出杀崇厚以杜俄人之口、强边防以备俄人入侵，更是义正辞严，虑深谋远。此折上去，必定会得到皇太后的重视，但仅此一折还是单薄了。刚才弢庵、竹坡说了，他们也正在草拟，依老夫所见，这次我们不再联合上折了，散会后每人都拟一个或几个折子，各自从不同的方面申述条约之所以不能同意的理由，并为皇太后多出点主意，多想点办法。这样，几十道折子递上去，必然形成一股很大的力量，促使朝廷作出废条约杀崇厚的决定。这是桩既关系国家利益的大事，又是让各位才子名扬史册的好事，务必要把折子写好！”

既利国，又利己，清流党首领的这句话，把大家的情绪再次调动起来，云水堂的气氛又活跃了。趁着这个机会，通渡忙进来对大家说：“膳堂里的斋席早已备好，请各位大人老爷赏光！”

三　慈禧看到一个社稷之材

慈禧太后近来为伊犁条约这桩事在苦恼地思索着。

自从辛酉年开始亲秉国政，到现在将近二十年了。这二十年的历程，真可谓艰苦备尝。好容易将国内战乱渐次平定下去，外患却日甚一日地压头而来。积二十年的经验，慈禧深知外国人最不好对付，外事最不容易办。她是一个秉性强悍的女人。辛酉年事变的发生，溯其原因，恰恰就是因为外国人的原因。倘若没有先一年的英法联军入侵京师，哪有文宗爷仓皇秋狝木兰？倘若不是受了那种罕有的耻辱和惊吓，三十岁正当英年的皇上又何至于丢下她母子龙驭上宾？倘若儿子不是那么小就即位，又何须什么顾命大臣？倘若没有顾命大臣，又怎能有肃顺等人的跋扈欺侮？幸而祖宗保佑，君臣同心，诛杀了肃顺、载垣、端华，不然的话，还不知今日的局面会是什么模样！二十年来每每想起当年那些充满着惊涛骇浪的日日夜夜，慈禧心里不免有点余悸。这一切的缘由，归根结底都是因为洋人造成的。一提起洋人，慈禧便恼怒万分，恨不得将那些蓝眼睛高鼻子的番夷们千刀万剐。

但是，剐洋人谈何容易！庚申年的和谈，连年不断的教案，明明都是洋人无理，但到头来，又都是中国吃亏。就说这次伊犁之事吧。当初俄国派兵进驻伊犁城，并非循中国之请，而是趁火打劫，意欲长期占领。现在新疆收复，俄国理应从伊犁退兵，将它归还中国，至于这些年来俄国在伊犁所耗的兵费，中国只能酌情出一部分，怎么能以此为要挟呢？对于这些不公平的中外交涉，作为一个执政者，慈禧心里当然清楚，这是因为中国弱洋人强的缘故。派遣崇厚出使俄国签约的时候，慈禧心里已存着必定吃亏的准备，但俄国的贪心这样大，中国为收回伊犁城而付出的代价这样高，她却没有料到。

现在崇厚已在俄国签约了。他是钦差大臣，专为办理此事而去，自然可以签字。邸抄将条约内容公布这几天来，廷臣中反对者甚多，慈禧自己也不情愿，有一种被人欺负的感觉。也有一部分人同意按条约办，李鸿章是这一派的代表。他们的理由也不能忽视：签而又废，是出尔反尔，俄国人固然恼火，但各国对此也会有看法。俄人国力强大，一向横暴，若以此为借口挑起战争，中国不是对手，其损失必将更大。国家的军事要务在东南海防，新疆乃荒瘠之地，于大局关系不大，眼下看的确是吃了亏，也只宜隐忍图强，才是唯一出路。

对慈禧来说，这又是一道非常棘手的难题。皇帝尚只有九岁，当然不能让他过问此事；慈安太后一向对军国大事拿不出主意，商量也是白费工夫，参与军国大事的王公贵族主要是两个人：军机处领班大臣六爷恭王奕䜣和皇帝的父亲七爷醇王奕譞。两人于此事的看法截然对立：奕䜣主张承认崇厚所签的条约，奕譞坚决反对。

慈禧知道，在外事上，两个王爷的态度历来是针锋相对的。奕䜣主柔，意在羁縻；奕譞主硬，对洋人全面排斥。八年前，在天津教案的处理上，两兄弟这种对立的态度表现得最为明显。奕䜣认为，天津教案曲在愚民不明事理，行动过火，中国应予以赔款、道歉、杀凶手、严办地方官。奕譞则认为，津案完全是洋人引起的，津民是义民，不仅放火烧教堂做得对，而且要借此良机，将洋人在北京的使馆全部捣毁，将中国领土上所有洋人尽行赶走，永远与洋人断绝往来。权衡再三，慈禧还是接受了奕䜣的意见，命令曾国藩按“柔”的原则尽快平息天津教案。结果，津案虽然较为平静地处置了，但全国言论界一片哗然，直接办事人曾国藩得了个汉奸卖国贼的称号，慈禧和奕䜣的脸面上也很觉不光彩。相反地，奕譞则受到士人们的普遍赞誉，夸他是个爱国的贤王。

作为国家的最高主宰，伊犁条约使慈禧又一次被推到一个尴尬的两难境地。

她心里仇恨洋人，巴望中国永远不跟洋人打交道，从而免掉无穷无尽的烦恼。因此她颇为欣赏奕谖的态度，打算拒不承认崇厚所签的丧权辱国的条约。

她心里也同样害怕洋人，明白中国决不是洋人的对手，洋人也决不会放弃在中国所获得的利益，那么只有给洋人以好处，采取息事宁人的态度来换得洋人的欢心。因此，她也想采取过去那种以退让求安宁的态度，承认崇厚所签的条约。

当年只因处罚几个地方官，曾国藩就被骂为汉奸卖国贼，现在将八万平方里的土地割让出去，这卖国贼的罪名不要千秋万代传下去吗？慈禧想到这一层上，心里又不安起来。她决定把此事交给王公勋戚、六部九卿、翰詹科道等全体廷臣公议。

廷臣们对此事反响强烈，折子一道道地由内奏事处送到慈禧的手里，除很少的几道奏折赞同崇厚外，绝大多数的奏折都是持反对态度，其中尤以李鸿藻、潘祖荫、宝廷、张佩纶、陈宝琛、吴大澂等人的言辞更为激烈。他们的态度很是一致：除开不赞成条约各款外，还要严惩崇厚。对于这些人的共同态度，乃至相近的用语，慈禧不感到奇怪。“清流党”这个名目，她早已耳闻。

慈禧并不喜欢清流党。那班子人仗着自己学问文章好，出身清华，高自标榜，傲视同僚。他们常常对朝廷作出的重大决策表示不满，引来几百年上千年前那些早已化为腐泥的死人的几句话，和从发黄发黑的故纸堆里搜寻前代旧事作为根据，批评朝廷这也不对，那也不对，以表示自己的高明；有时本来并不是什么大事，他们偏偏要上升到国家民族的大义上去，又常常抬出列祖列宗来为自己的言论撑腰打气。慈禧对这些清流们的折子讨厌得很，经常看到一半便气得摔到地下，心里狠狠地说：“风凉话谁不会说，给件实事让你们办办，看你们有几多能耐，八成不如人家！”

清流党的为人处世，慈禧也看不惯。他们高谈什么存天理灭人欲等等，在慈禧看来，这完全是虚伪，世上的人有谁能真正做到？就冲着他们的首领李鸿藻不去吊唁她母亲这件事，慈禧心里就窝着一肚子气。但是，慈禧又不能得罪他们。他们是按孔孟程朱之理在说话，在按列祖列宗之教在办事。孔孟程朱、列祖列宗是不能唐突的。更重要的是，作为一个富有权术的统治者，慈禧深知这班子人在政坛上的必要性，她需要他们作力量上的平衡，更需要利用他们去达到自己不便公开表明的目的。

长毛平定后这十多年来，慈禧已隐隐地感到带兵的将帅和地方的大吏有渐渐坐大的趋势。曾国藩在世的时候，因为他本人对朝廷很恭顺，使得别的立功将帅和督抚尚不敢放肆。自从曾国藩去世后，这种趋势便日甚一日地明显了，他们的总代表便是文华殿大学士、直隶总督李鸿章。李鸿章的功太大了，权也太大了，而且只有五十多岁，就像当年对待曾国藩一样，慈禧对李鸿章，也是既重用又防范。李鸿章这些年来办洋务，与洋人打交道，贻人口实很多，攻击他最力的便是那班子清流党。一读到指责李鸿章的折子，慈禧便来了兴趣。她仔细阅读，并记下李鸿章的缺失之处，然后，或在接见李鸿章时，略微点出一两桩来，或干脆将折子发给他自己看，以此来打一打李鸿章翘起的尾巴，杀一杀他自以为是的气焰。对李鸿章来说，这一招往往很起作用。

有些大员，或者触犯了慈禧，或者慈禧对他圣眷已衰，于是慈禧便将所掌握的有关他们私德不佳的材料，通过各种渠道向清流党透露一些，清流们得知后便立即上章弹劾。这些弹劾奏章正中慈禧下怀，一道谕旨下来，或降或革，障碍扫除了，又得到一个善待言路明察秋毫的美名。

还有些实在恶劣的大官显宦，那是败坏朝政的蠹虫，慈禧当然也痛恨，清流党弥补都察院的失职，起来纠劾，查明后革职严办，也是肃清朝政赢得民心的一桩好事。

就这样，慈禧一面利用实权在手的官吏们为她办事行政，一面又利用御史和清流党为她监督防范。十多年来，她靠玩弄这两手来平衡政局，巩固自己的地位。

现在，她决定采纳大多数人的意见，并利用这班清流党的激情来发泄自己对俄国人的恼怒。李鸿藻这批人不愧为饱学之士，又加之情感充沛，写出来的奏章的确比别人的要精彩得多，慈禧读起来也觉得有点兴致，不像读往日那些不对胃口的折子那样令她吃力。就连张之洞的长篇大论，她也从头至尾地仔细看了，又特为将其中的要点再浏览一下。慈禧的记性很好，如此一阅一览，张之洞这道折子，便差不多完整地留在她的脑子里了。

一连读了几道折子，实在是累了，慈禧朝门外叫了一声："小李子！"

"嗻！"李莲英应声掀帘而入，弯下腰，以一种半男半女的特殊嗓音答着，"奴才在这儿哩。"

"咱们出外儿遛遛圈子吧！"

"嗻！"

如同练过轻功似的，李莲英快步疾趋，一瞬间便来到慈禧的面前，没有发出半点脚步声。他双手搀扶起慈禧，轻柔而有气力，使慈禧觉得很舒服。来到门边时，李莲英对着一个守候在旁的小太监说："告诉大伙儿，太后要出外遛圈子了。"

慈禧喜欢随意散步，她管这种散步叫遛圈子。早晚饭后，她是必定要遛圈子的，平时坐久了，她也会走出暖阁外遛圈子。慈禧遛圈子时，只有李莲英一个人陪着，而离她十来步外，则有一大班子太监跟着。这些太监有的端椅，有的拿伞，有的捧茶，有的背药囊，最后一个小太监，则提着一只漆得金黄发亮的马桶。不管太后走远走近，这班子太监都照例远远地跟着，尽管慈禧通常不用他们手里的东西，但他们都绝对忠于职守，不敢有丝毫懈怠。

慈禧在养心殿后院慢悠悠地随意走着，有时也将两只手轻轻地上下甩动。李莲英紧跟在后，与她保持着一步的间隔。慈禧不召唤，他便一直这样跟着，不远不近，始终只有一步的距离，这是李莲英多年练就的功夫。跟在太后的后面，看着她的走路姿态，这是李莲英永远也不会厌倦的最美好的享受。

西太后真美！李莲英常常发自内心地这样赞叹着。然而，太后毕竟也是四十多岁的人了，再怎样精心打扮，眼角眉梢间的皱纹也无法抹平，与宫内许多年轻的妃子、宫女相比，太后无可奈何地要显得略逊一筹。但如果从背面看，则不是这样。太后至今没有发福，她的匀称的身段依然如妙龄少女样的胖瘦得宜，她乌黑发亮的头发令许多如花似玉的宫眷自叹不如，尤其是她那花盆底下的步履，不偏不倚，不紧不慢，那一闪一扭的细腰，活像一条柳枝在摆动，真有说不尽的轻盈、优雅、婀娜多姿；若专比背影的话，西太后毫无疑问地要压倒群芳，独占魁首。

“小李子，上前来。”正当李莲英陶醉于太后美丽背影的欣赏中时，慈禧召唤了。

他忙大跨一步，走到慈禧的身旁：“奴才在这里听吩咐哩！”

“有什么好听的事儿吗？说一段给我听听。”

慈禧长年闭在深宫，成天看的无非是黄封奏本、历代御批，以及大内的几座宫殿和头顶上那片窄窄的天空，成天听的都是千篇一律的唯唯诺诺、没有丝毫情感成分在内的请安问候，成天打交道的都是几个身居高位的大员，以及身边这一群呆头呆脑动作笨拙的太监和愁眉苦脸怀春不遇的宫女，于是在闲着的时候，她便叫李莲英讲点宫外的趣闻、市井的俗事和百姓的笑话听听，解解闷。

李莲英知道慈禧的这个脾性，便时常打发宫内的太监到外面去搜集这些材料，贮藏在肚子里，随时应付垂询，故而常常能使慈禧得到满足；有些好听的笑话，她听后也会开怀大笑。笑话带给慈禧的乐趣，要胜过大臣们送上的珍珠玛瑙。这也是李莲英能得到慈禧宠信的原因之一。

“奴才说个有趣的事儿给太后解解乏。”李莲英紧挨着慈禧，用跟慈禧一样长短的步伐一边走，一边口齿伶俐地说着，“前两天，奴才奉命去军机朝房办事，恰逢军机处各位大人在闲聊天。沈大人端着水烟壶咕噜噜地吸了两口后，半眯着眼睛对大伙儿说，我讲个笑话给你们听听。于是其他几位大人都不闲聊了，围过来听沈大人的。沈大人说，那年林文忠公在家宴请客人。宴席正要开始的时候，林文忠公忽接急报，出府办公事去了。客人们等了半个时辰尚不见主人回来，饿极了，便不顾礼节，大吃大喝起来。林文忠公的一个幕僚看到这群食客的狼狈吃相很是可笑，便想了一个主意来挖苦他们。幕僚说，大家边吃，我给你们说个故事。”

李莲英说到这里，停了一下，他见慈禧在专心地听，便继续说下去：“前明洪武年代，有个大富翁，名字叫沈万三……”

“沈万三这个人我知道。”慈禧插话，“他的钱比朝廷的还多，结果被朱洪武给杀了。”

“正是，正是。太后真是什么都知道！”李莲英忙恭维。他知道慈禧今天的兴致极好，便有滋有味地说下去，“沈万三之所以有钱，是因为他家里有个聚宝盆。放一锭金子进盆里，便立即有一盆子金子；放一颗珍珠进盆里，便立即有一盆子珍珠。于是，沈万三的钱财堆积如山，比朝廷的还要多。而他的邻居却是一个穷光蛋，常常愁吃愁穿。有一天又揭不开锅了，他想起了沈家的聚宝盆，便与沈万三商量，要借来用一用。沈万三不肯，邻居说尽了好话。沈万三烦了，说，好吧，看在乡邻的分上，借你用一次，用完后立即归还。邻居欢天喜地把盆子拿回去。到家后他犯难了：家里一样值钱的东西都没有，拿什么放到盆子里去呢？他妻子抱着儿子站在一旁也帮着他想。儿子饿得大哭大闹，很不安分，一不小心，掉进了聚宝盆。妻子忙把儿子抱出。儿子刚一离盆，盆里又是一个饿得大哭的儿子；再抱起，盆里还是有一个；一连抱起四五个，盆子里还有一个大哭大闹的儿子。邻居气道，先想弄出几个钱来用用，却不料拱出一群饿痨鬼来！

刚说到这里，正在大吃大喝的客人们都哄堂大笑起来。”

“不错！不错！”慈禧也“哧哧”地笑出声来，她用一条粉红色的手绢掩住半边嘴。“林则徐身边竟有这等机灵的幕僚，难得。”

“奴才听说，有些个督抚府里的幕僚，比朝廷的命官还机灵，还能办事。”李莲英突然觉得这话似乎有点出格了，忙闭住嘴，一边偷看太后的反应。

“是这样的。据说当年曾国藩手下就有一大批会办事的幕僚。”

见慈禧没在意，李莲英悬起的一颗心落了下来，忙恭维道：“奴才远远地见过曾国藩一面，满朝都说他对太后忠心耿耿。”

“曾国藩是一个真正的社稷之臣，可惜死早了。”慈禧自言自语。她停住脚步，将目光停留在宫门前那棵千年古柏上良久，似乎在思索什么。“不说这个了，我要进去躺会儿。”

说罢，转过身子，向养心殿后门走去。刚走到东暖阁帘子边，只见内奏事处的佟太监正捧着黄缎包裹的奏章匣子肃立一旁。李莲英因为听到刚才慈禧说了句“躺会儿”的话，估计她此时不想看，便对佟太监说：“太后要休息，过会子再送来。”

“谁的折子？”慈禧一只脚已跨进门，顺便问了一句。

“外奏事处的赵老爷说，是司经局洗马张之洞的。”佟太监恭顺地回答。

“噢，张之洞又有折子。”慈禧将另一只脚停住，想了一下说，“递上来吧！”

“嗻！”佟太监答应一声，跟在李莲英的后面，随着慈禧进了东暖阁。

李莲英轻轻地问：“太后，您不休息了？”

“我在床上躺着，你念给我听。”

两个宫女上来，将慈禧扶上床，脱掉鞋子，又去掉外褂，然后给她盖上一件薄薄的赭黄色丝被。慈禧半躺在凤床上，微微地闭上眼睛，对李莲英说：“念吧！”

李莲英接过佟太监递上的奏章匣，打开黄缎，从匣子里取出张之洞的奏章来，一字一句地念着："详筹边计折。窃臣于本月初五日曾上一疏，备论俄约从违利害。臣前疏之意，以急修武备为主。窃揆朝廷之意，亦未尝不以修武备为是，而似不免以修武备为难。"

慈禧的双眼睁开了一点。张之洞这几句开头语正说中她的心思。武备是要修，但不容易修，且听这个洗马如何说。

"二十年来边备一无可恃，遂觉中国大势断不足以御强邻，不得已而讲和。臣愚以为无备则不能言战，无备则不能讲和。"

"是的，无论战与和，都得有备。"慈禧在心里点了点头，赞同这两句话。

"臣愚以为，今而言备，当有可备之兵，可备之人，可备之饷。"

慈禧听到这里，坐了起来，说："'兵'和'人'的话不必念了，你把'饷'这段念给我听听。"

"嗻！"李莲英的目光在奏章上迅速地浏览着，然后盯在筹饷这段上："筹饷若何，北洋所需，本有海防经费，新疆所需，本有西征专饷，东三省饷项可于南洋海防经费，或于各关提存二成内酌拨。"

海防经费，西征专饷，关税提成，这些还用你张之洞来说吗？慈禧的眼睛重新微闭起来，且耐着性子听下去。

"边防各重镇增兵之饷从何而来？各省营勇现存不下数百营，臣以为节腹地之虚縻，即可供边军之腾饱。拟请敕下各省督抚酌量裁撤，大约汰四存六，而边饷出矣。"

各省营勇裁去四成！这是个主意。内地战事早已平定，但各省仍保留着大量兵勇，不仅耗去大批钱粮，且惹是生非，又无形中助长疆臣坐大的气焰。慈禧早已对此很不满，但苦于难以处置，现在正可借防俄之题目来做这篇文章。慈禧的双眼重新睁开了。

"此外，若倍征洋药税，岁可得三四百万。"

加倍征收洋药关税，榨一下洋人。慈禧在心里想了一下，不觉高兴得说出了口："这是个办法！"

"第三，酌提江广漕折运脚，亦可得二三十万。第四，整顿淮纲，杜绝私商，所得亦不下四五十万。"

"不要念了，我自己来看！"慈禧一挺身从床上坐起来，慌得宫女们忙上前给她披衣服，李莲英赶紧把折子递过去。

慈禧接过折子，将下面未念部分飞快看下去："筹饷事理，尤在度支得人，侍郎阎敬铭长于综核，理财有效，朝野咸知，今虽养疴山居，并非笃老，阎敬铭之心何尝一日忘天下哉！若蒙温旨宣召，动以时艰，喻以大义，该侍郎岂忍坚辞？得阎敬铭以理度支，朝廷当不忧匮饷矣！"

慈禧心里猛地一震，放下折子，叹道："不料张之洞一个清流，竟有经济之才！"

原来，这些年来慈禧鉴于洋人的欺凌，很想把大清的军队训练得强大起来，无论是东南的海防军，还是西北、东北的塞防军都应强大。中国不缺兵：百万兵丁，招之即来；也不缺统兵之将：李鸿章是海防的好首领，左宗棠是塞防的强统帅。要想加强军事，眼下最缺的是饷项，是银子。各省不是报灾，便是哭穷，应该向朝廷上缴的赋税一拖再拖，一减再减，每年能上交五成，就算好督抚了。户部面对这种局面束手无策，又想不出生财之道。许多强兵的好设想，皆因户部无钱而告吹。

张之洞提出的筹饷之策，不仅为当前防备俄国提供了饷银的保证，而且也为今后的强兵强国开辟了多条财路。尤其重要的是，他提醒了慈禧，应该尽快起用阎敬铭。阎敬铭是一个理财能手，这点慈禧早就知道，但此人性格古怪，几年前便因与同僚合不来，辞去工部侍郎的职务，回籍养病去了。这些年来，慈禧的脑子里也渐渐地将阎敬铭给忘记了。是的，应该尽早起用！

清流党中的张之洞，居然能够关注经济，注重实务，诚为难得。慈禧仿佛从张之洞的身上看到当年曾国藩的影子。朝廷需要能办事的良吏，也需要讲风骨的贤臣，若有人能像曾国藩一样，兼良吏与贤臣于一身，那就是真正社稷之才。张之洞是这样的人才吗？慈禧头靠在精美绝伦的凤床花格上，开始思索起来。

清朝的规矩，皇帝不召见四品以下的官员。因此，从五品的司经局洗马张之洞尽管为官近二十年了，却没有得见天颜之机。若是一个寻常的五品小官，慈禧自然不可能有印象，但张之洞不同寻常。他为官之初，便得到过慈禧的格外圣眷。近二十年来，慈禧的目光也时常在关注着他。

这中间的缘由，要说起来，话就长了。

四　慈禧钦点张之洞为癸亥科探花

道光十七年，张之洞出生于父亲张瑛的任所——贵州兴义府的知府衙门里。

张瑛的祖上在明永乐年间，由山西洪洞县迁到直隶，后定居南皮县。明清两朝，南皮张家都出过不少官员。张瑛的曾祖、祖父均做过县令。张瑛本人二十岁中举，但接连三科会试未第。清代定制，三科未第的举人可以得到一种优待，即这类人再进行一次考试，其中成绩一等者享受进士待遇，外放知县。这种选拔方式，叫做举人大挑。张瑛即因大挑而放到西南边隅贵州安化县，后迁古州同知，积劳擢升兴义知府。

张之洞天资聪颖，在父亲、塾师的严格督促下发愤读书，十三岁便一举考取秀才。十六岁那年他来到原籍参加顺天乡试，高中第一名。乡试的第一名又称解元，十六岁的少年解元，在科举史上极为罕见。有多少读书人年届不惑，还在为取得生员的资格焚膏继晷；又有多少读书人，两鬓斑白还在为举人的功名伏案苦读。而张之洞，只用了十六年的光阴，便顺利地迈过许许多多人一辈子还走不完的科场苦旅！一时间，这个出生在知府衙门里的小少爷成了全国瞩目的神童。

不料此后的十年，神童张之洞在通往会试的途中却连遭不利。

先是太平军的北伐部队进逼直隶，京师震动，寄居亲戚家的张之洞无法在京师安心读书，便离京回到父亲任职的兴义府。接着，兴义府被受太平军影响而起事的乡民所包围，失去了读书的安静环境。不久父亲病故，他必须守丧三年。丧期满后，正遇上己未科会试，张之洞正拟参加，孰料他的堂兄张之万被派为会试同考官，他不得不循例回避。他的这位堂兄张之万可不是一个简单人物，是道光丁未科的状元。丁未科在近代史上被称为名科，因为这一科里考中李鸿章、郭嵩焘、沈桂芬等人，张之万的试卷压倒这些名流，可见他必有过人之处。第二年，朝廷为咸丰帝三十岁举行万寿恩科，张之万又被派为同考官，张之洞无可奈何地再次回避。

待到同治元年，好不容易进京参加会试时，距中举已是九个年头了。因为少年科场的顺利，因为九年的意外折腾，也因为有这位状元堂兄的榜样在前，从小抱负甚大、自视甚高的张之洞，决心要在这次会试中大魁天下。他极用心地做好八股文、试帖诗，文章花团锦簇，诗句珠圆玉润。他对高中怀着必胜的信心。他的试卷落到一个名叫范鹤生的房师手里。范鹤生见到这份试卷激赏不已，认为文笔有《史》《汉》之风，极力向主考官推荐。却不料主考官并不赏识，张之洞落第了。范鹤生为之惋惜，亲到张之洞下榻的客栈看望。范师是个性情中人。他一面安慰门生不要灰心，明年恩科再来，一面又为科场误人的历史和现状愤愤不平，说到动情处，泪流满面。张之洞心中十分感激。

那时，张之万正署理河南巡抚，便邀请堂弟来开封居住，一来好温习经史，二来也可帮衙门拟点文稿，借以历练。张之洞代堂兄起草了几份奏折都很得体，其中尤以一道关于漕务的奏疏写得更好，受到慈禧的嘉许。她在奏疏上亲自批了八个字：直陈漕弊，不避嫌怨。张之万一直因自己两度做同考官，使得张之洞失去两次会试机会而不安，见到朱批后心想：不可埋没堂弟的功劳，应该告诉太后，使太后对堂弟有个好印象，这对于下科会试的录取和今后的仕途都有好处。于是，张之万在不久后的另一道折子里，顺便提到了漕务之折乃堂弟张之洞所拟。就这样，身居深宫的慈禧太后第一次知道世上有个见识和文笔都不错的张之洞。

第二年，踌躇满志的张之洞再次会试，诗文比上年更加光彩耀目。人世间也真有巧事。范鹤生这年再度出任阅卷官，而张之洞的试卷则又一次落到他的手里。尽管名字被糊去，但精于辨文的范鹤生一读便知这是场屋中最好的文章。他给予很高的评价，又四处揄扬，极力荐举。发榜时，张之洞被取中一百四十一名贡士。当张之洞的名字被高声唱读时，范鹤生又惊又喜，欣慰无比。复试时张之洞心情极好，临场才思泉涌，竟然榜列一等一名。

几天后殿试对策。策论的题目是：制科之设与国家拔取人才论。这是一场决定进士等级的重要考试。少年得志的张之洞发舒胸臆，不袭故常，恨不得将平生才学和满肚子要说的话一股脑儿倒出来。他指出当今人才缺乏，是因为太拘资格，科目太隆，又加之捐纳杂驳，鱼目混珠，故朝廷下诏天下推举将才时，应者寥寥。又直言当今天下大患在贫，吏贫则黩，民贫则为盗，军贫则无以为战，请求皇上亲倡节俭，除积习，培根本，厚风俗，养民生，致富裕。

张之洞只图直抒心声之痛快，却不料作为一篇场中之文，已大大出了“四平八稳”的常格，大多数阅卷官不喜欢这道策论，主张将其列为三甲之末。然而主考官、大学士宝鋆却很欣赏。他力排众议，将张之洞列为二甲之首，即第四名。按惯例，主考官将前十名进呈皇帝，由皇帝亲自圈定名次。通常皇帝都不作改动，按主考官所呈上的名次圈定。但刚刚垂帘听政的二十八岁的慈禧太后，却不是一般的执政者，她颇思有所作为，并有自己的一套主张。

青年时代的慈禧头脑明白，办事认真。和清朝历代当国者一样，她对科举也十分看重，不仅仅是为了笼络读书人的心，也的确希望从中选拔出真正的人才来，使之经过一段时期的历练后，成为国家的干才。她仔细阅读了张之洞的应试策论，并不觉得文章有什么出格之处，至于直指时弊，则更为难能可贵。慈禧记起几个月前他代河南巡抚所拟的关于漕务的奏疏，联系到他十三岁进学、十六岁领解的经历和父死任上、堂兄状元的家风，隐隐地觉得这道策论的主人，正是一个可堪造就的人才，便提起朱笔，将张之洞的名字由第四名勾到第三名。不要轻看了这一个名次之差的改动，它的意义真可谓非比寻常。

原来，殿试录取的进士分为一甲二甲三甲三等。一甲三名，俗称状元、榜眼、探花，又称该科鼎甲，琼林宴上，单独坐席位，用的是银碗玉箸。其他的进士则八人一桌，用的是瓷碗竹箸。出午门游金街后，众进士要送他们三人先回寓所，才各自回到下榻处。不仅风光不同，出身有别，更重要的是实惠相差甚大。

所有进士都想进入翰林院。翰林清华，迁升又快，最为士人所羡慕。一甲三名可免试直接进入翰林院，授修撰或编修之职，而二甲、三甲则要通过朝考后择优录取，三年后散馆再授编修或检讨之职，在年资上低了三年。这样，一甲三名所占的好处就大为超过二甲和三甲。

金榜张贴之后，欣喜万分的张之洞按惯例去主考宝鋆府上谢恩，宝鋆遂把慈禧改动名次一事告诉了他。张之洞受慈禧如此重的恩眷，真有肝脑涂地无以为报之感。就是从那一刻起，年轻的癸亥科探花心里涌出一股强烈的情感：今生今世永远忠于太后，忠于朝廷，鞠躬尽瘁，报效国家！

拜谢了主考宝鋆后，张之洞又来到房师范鹤生的家里，感谢他的两度知遇之恩。白发苍苍的范鹤生见到这位英气勃勃的新门生哈哈大笑，说："不谢，不谢！若真要言谢的话，我倒是要感谢你。是你的才华和造化，给我这个老头子在科场上留下一段佳话。我范鹤生平生一无所成，不因为有了你这个门生，后人哪里会知道我。香涛呀，那天揭开糊名后，众人见又是你，满闱欢呼。纷纷向我恭贺，都说这是本朝从没有过的异事。王少鹤太常说，人生有此之乐，胜过得仙！我听了这话，愈加高兴，写了几首小诗，给你看看。”

老头子从屉子里拿出一纸信笺出来，递给张之洞。张之洞双手接过，看那上面写了四首七律：

十年旧学久荒芜，两度春官愧滥竽。
正恐当场迷赝鼎，谁知合浦有遗珠。
奇文共说袁子才，完璧终归蔺大夫。
记得题名初唱处，满堂人语杂欢呼！

苦向闲阶泣落英，东风回首不胜情。
亦知剑气难终悴，未必巢痕定旧营。
佳话竟拼成一错，前因遮莫订三生。
大罗天上春如海，意外云龙喜合并。

一谪蓬莱迹已陈，龙门何处认迷津。
适来已自惊非分，再到居然为此人。
歧路剧愁前度误，好花翻放隔年春。
群公浪说怜才甚，铁石相投故有神。

此乐何应只得仙，太常笺语最缠绵。
早看桃李森佳殖，翻为门墙庆夙缘。
名士爱才如共命，清时济治正需贤。
知君别有拳拳意，不独文章艳少年。

张之洞捧着这一页载着满腔爱才之情的沉甸甸的信笺，激动得两眼闪动着泪花。回到寓所后，他彻夜难眠，写了三首五律，答谢范师的如山之恩、如海之情。

十八瀛洲选，惟公荐士诚。
不才晚闻道，因困转成名。
已赋从军去，重偕上计行。
天知陶铸苦，更遣作门生。

沧海横流世，何人惜散才。
嵚奇为众笑，湔祓有余哀。
叠中凭摸索，孤生仗挽回。
朝门多彻喜，应恨不同来。

十载栖蓬累，轮囷气不磨。
殿中今负扆，江介尚称戈。
一介虽微末，平生耻婞婐。
心衔甄拔意，不唱感恩多。

范鹤生读了张之洞的这三首诗后恳挚地说：“写得好，写得好！我知道你有大丈夫之志，不是寻常之才，‘知君别有拳拳意，不独文章艳少年’，说的就是这个意思。你今后若能成为国家的栋梁柱石，那就是对我的最大的报答了。”

张之洞说：“门生一定会把恩师的训示刻在心上，一辈子谨记不忘！”

不久，这段佳话传到慈禧耳里。慈禧也很高兴，特赏范鹤生楠木如意一柄，以示对他一片公心为国抡才的奖励。

四年后，张之洞出任浙江乡试副主考。他以范师为榜样，尽职尽心地为国家选拔人才。浙江乡试结束后，张之洞奉旨放湖北学政。三年学政生涯，他本着“不仅在衡校一日之长短，而在培养平日之根柢；不仅以提倡文学为事，而当以砥砺名节为先”的宗旨，整顿湖北学风，创立了经心书院，引导士人研习经学、史论、诗赋、杂著，提倡经世致用之实学。湖北学政任期满后，张之洞回到翰林院。又过了三年，他外放四川乡试副主考。考试结束后，留在四川任学政。督学四川期间，他一本湖北学政时的宗旨，倡导朴素实用的学风，并创办了尊经书院。就是这座尊经书院，日后造就了巴蜀之学，对中国近代的学术风气影响甚大。

光绪二年，张之洞结束四川学政之任，重返翰苑。在浙江巡抚和四川总督的奏疏中，慈禧太后知道张之洞在勤勉供职，实心办学。张之洞回到京师后，关心时务，勇于言事，他的名字常常与李鸿藻、张佩纶等人的名字一道播于人口，慈禧自然知道他。而给慈禧印象最深的，还是今年五月间在那桩轰动朝野的尸谏案中，张之洞的卓越表现。

五年前，年仅十九岁亲政刚刚一年的同治皇帝载淳忽染重病，慈禧为此心急如焚。十多年来，慈禧一心指望把儿子培养成为一个刚强决断、敢作敢为的帝王，就像开基创业的列祖列宗那样，干出一番轰轰烈烈的大事，一洗道咸以来的疲惫懦弱，重振大清王朝的雄风。儿子亲政以后，颇有几分母亲的英豪之气，慈禧心中宽慰，她决定还帮衬儿子几年，直到他完全成熟，能独立无误地处理国事为止。谁知儿子病入膏肓，一卧不起，当御医悄悄把实情告诉她的时候，一个重大的不容展缓的现实问题迫使她压下心中的巨大悲痛，冷静下来思索着谁来接替帝位的头等大事。

同治皇帝没有儿子，按照子以传子的家法，应当在他的侄儿辈里挑选一个人出来，但他没有亲兄弟，也就没有亲侄子，挑选的目光不得不扩大到道光皇帝的曾孙辈，即咸丰皇帝亲兄弟的孙辈上。咸丰帝孙辈为溥字辈，溥字辈至今只有咸丰帝长兄奕纬的孙子溥伦一人，但溥伦又不是奕纬的亲孙。奕纬无子，继承他爵位的乃是乾隆皇帝十一子永瑆的曾孙奕纪，溥伦是奕纪的孙子，血统已经很远了。显然，溥伦不是合适的人选。

慈禧排除溥伦之后，目光便只有放在道光帝的孙辈即咸丰帝的亲侄辈——载字辈。载字辈眼下只有三人，即十八岁的载澂、十一岁的载滢和四岁的载湉。载澂是恭亲王奕䜣的长子。提起载澂，慈禧不由得满腔怒火。认真地说起来，她的宝贝儿子就是被这个载澂给害死的。

载淳登位后仍在上书房读书，时为议政王的奕䜣把儿子载澂也安排在上书房读书，名义上是为载淳做伴读，实际上是为儿子创造一个从小便与皇上关系亲密的环境，为儿子今后在政坛上打下坚实的基础。载淳、载澂这对堂兄弟由于年龄相仿，性格相投，一天到晚形影不离，亲密异常。几年后，兄弟俩都长大了。奕䜣的目的正在顺利地实现过程中。

载澂不是皇帝，他不受宫中的约束，常常可以回恭王府去，也常常让王府的下人陪他到市井上游玩，所以他知道皇宫外好吃好玩的东西多得很。他偶尔也会把这些说给堂兄听，惹得终日困在紫禁城中的少年天子艳羡不已，央求堂弟带自己去外面看看。载澂买通了载淳身边的宫女和宫里管锁钥的太监，两兄弟换上青衣布帽，由小门出了宫。

十七八岁的皇帝第一次看到了市井的繁华、店铺的热闹和人们发自真情的欢声笑语，吃了不少远胜御膳的民间小吃。他仿佛觉得，此刻自己才算得上一个真正意义上的人，而宫中的那些刻板的程序，则好像在表演做戏，宫中的一切人物，又好像没有生气没有灵魂的陶俑木偶。多出了几次宫后，载淳的胆子大了，知道的也更多了。他居然听说了有专供男人玩乐的妓院，要载澂带他去领略领略。载澂先是不敢，后来经不起他的软磨硬逼，自己也动了心，便带着当今的九五之尊去逛窑子。高等的不敢去，怕在那里遇到认得他们的王公贵族，只好专拣小民去的下等妓院。不想只逛了两三次，载淳便染上恶疾。后来载淳出了天花，御医私下告诉慈禧：皇上是天花和恶疾并发，无法治愈。慈禧大出意外，后来审出原来是出自载澂的勾引，慈禧真恨不得剥去载澂的皮。只是碍于皇家的体面，才不得不免惩载澂。这样的人还能立吗？即使将害死儿子的深仇大恨丢在一边，单就行为放荡这一点便不能为人君了！

载滢是奕䜣的次子，但慈禧很不喜欢这个小侄儿。人长得尖嘴猴腮，长年累月药不离口。十一岁的小子了，个子不及一个八九岁的丫头片子。何况他的生母他他拉氏懦弱无能，慈禧瞧不起她。这样一个人，绝对不是执掌大清朝政的人才。

那么只剩下一个载湉了。载湉是七爷奕譞的儿子，长得清秀活泼，惹人喜爱。他只有四岁，是一棵刚出土的小苗，完全可以按照自己的意愿来培育。除此之外，载湉还有一个任何人所缺乏的先天优势：他是慈禧的胞妹所生。因为此，慈禧决定不惜冒违背祖制的风险，也要把载湉抱进宫来。想起十多年来垂帘听政亲握朝纲，王公贵族、文武大臣莫不匍匐听命，国家大计、皇族事务尽皆圣心独裁，慈禧心里得意不已。这个自小便有着强烈权力欲望的女人，把这种风光视为生命的真正价值所在。继位的皇帝还得有十四年的读书学习时间，在未来的十四年里，她可以凭借进一步熟练的政治手腕和愈加巩固的心腹集团，把昔日的风光展现得更加耀眼夺目。

东太后慈安缺乏从政的能力，从辛酉年起一切大小国事无不听从慈禧。当慈禧将自己对立嗣一事前前后后的思考告诉她时，对违背祖制这一点，她虽觉为难，但也提不出反对的理由：因为慈禧的考虑是对的。将丈夫传下来的皇位送给一个血统疏远的侄孙，她也不乐意；要说违背祖制，辛酉年的两宫垂帘听政就是违背祖制的事，作为正宫皇后，她是此举的带头人，时至今日，还只有不提祖制为好。何况，稳固大清江山，这才是第一位的大事，慈安深知慈禧的政治才能和自私本性，让她的亲外甥来坐天下，她必定会如同辅佐自己的亲儿子一样地辅佐他，这对大清王朝来说只有好处没有坏处。载湉进宫继位，事情就这样定了。实行了两百余年、十代一脉相传的子以传子的爱新觉罗家法，便由这个出自叶赫那拉氏的女人给中断了。

下一步的第一件要事，便是召醇王奕譞进宫，告诉他这个决定。

自己的儿子就要做皇帝了，奕譞怎会不高兴！但如同他的两个兄长咸丰帝和恭王一样，醇王的秉赋也是脆弱的。他一怕皇族指责他违背祖制，二怕奕䜣嫉妒，三怕日后作为皇帝本生父与两宫太后特别是与慈禧的关系不好处理，历史上因为此而生发出的皇家悲剧的前例不少。慈禧仔细考虑奕譞的顾虑后授给他一个锦囊妙计。于是，史册上便有这样的记载：事先一点不知内情的奕譞，和几个近支亲王及军机大臣一道进宫，跪听两宫太后宣布嗣君的慈谕。当得知自己的儿子入选后，奕譞叩头痛哭，顿时昏厥在地，被人抬回王府。苏醒后一再请求两宫太后收回成命。未获允后第二天上疏：请开缺一切差使，为天地留一虚糜爵位之废王，为宣宗成皇帝留一顽钝无才之子。第三天再上疏：只保留醇王一个空爵位，今后永远不再增添任何衔头，为防止将来有小人幸进，请存此疏，以为凭证。

载湉继位的挂碍之处都疏通了，就只有一件大事难以疏通，这便是同治皇帝的后嗣问题。一个普通的老百姓若无儿子，尚可以过继他人之子为子，何况一个坐了十多年天下的皇帝，难道死了就死了，连个继承香火的人都没有吗？作为亲生母亲，慈禧也不愿看到儿子死后如此凄冷，于是匆忙之中作出一个决定：日后载湉生有儿子，即为载淳的嗣子。在载淳去世的当天，以两宫太后的名义颁布了一道懿旨：“载湉承继文宗显皇帝为子，入承大统为嗣，俟嗣皇帝生有皇子，即承继大行皇帝为嗣。”紧接着便在太和殿为载湉举行登基大典。

奕䜣对选载湉而不选他的儿子为帝，心中很是不快。一则两宫太后已定，作为臣子他不能反对；二则奕譞以后的一系列表演，也堵住了他的嘴，不好再出怨言。奕䜣不反对，咸丰帝的另外三个无权势的弟弟自然也不能反对了。几个支系较近的王公虽然对慈禧立载字辈不立溥字辈大为不满，但既成事实，他们反对也无用，况且他们也知道慈禧的手段，得罪了她，也不是件好事。于是这五年来，皇室内部倒也相安无事。

其实，相安无事只是表象，内里并不平静。载湉登基后不久，皇室里便在私下议论一件事了。他们说，懿旨上讲俟嗣皇帝生子即承继大行皇帝为嗣，这里的意思很含糊。若仅仅只是继嗣的话，则如同普通老百姓，只继香火，不继大统；但大行皇帝的神主今后是要入太庙的，进太庙祭祖只是天子才有的权利，别人没有，如此说来，大行皇帝的神主今后依然没有属于自己的儿孙祭拜，继嗣变为一句空话。若继嗣即继统的话，今后皇上的长子即大行皇帝的嗣子，也即太子，这就犯了大忌。

原来，清朝的建储制度与历朝不同。清朝开国之初，原本和历朝一样，先立太子。康熙皇帝早年时先立下了太子，后来引起许多政治纠纷，以至于太子立而又废，废而又立，诸皇子之间为着皇位争斗不已。鉴于此，康熙晚年立下一条规矩：不预立太子。皇帝认准那个皇子后，写上他的名字秘藏乾清宫正大光明匾后。皇帝死后，将他身上藏的传位密诏，与从正大光明匾后所取下的名字相对照，由皇室近支亲王和朝廷大臣共同验明无误后再行公布。

康熙这个决定的确非常英明，不仅杜绝了皇子内部的争夺，也让皇帝有一段很长的时间对诸子进行考察，以便择贤而传。无论是对皇室内部，还是对国家而言，这都是有利的。故从康熙之后历代都坚决奉行，不能改变。

因此，预立太子，是绝对不能做的事。

那么，懿旨到底说的是什么意思呢？

这桩事，大家也只是这样议论而已，谁也没有提出来，因为一旦提出来，也难以妥善解决。

因立载湉而带来的这个两难之处，慈禧后来也很快意识到了，她也觉得难以处置，只好采取一种姑且这样摆着以后再相机行事的态度。

不料，这个两难之题却让一个皇室之外的人给捅出来了。

五月初，庙号穆宗的同治帝的陵墓已建好，朝廷举行了隆重的穆宗梓宫永远奉安大典。吏部有个主事名叫吴可读，是个年过花甲的老头子。主事是个六品衔的小官，本够不上奉安资格，但吴可读苦苦哀求，只好让他参加。典礼完毕，在回京的半途，吴可读忽然上吊身亡，大家从他的身上搜出一份遗折来。遗折讲的正是皇室内部所议论的事。折子上说，当时穆宗大行时，太后的懿旨只讲继嗣而没有讲是继统，历史上曾有继嗣而不继统的先例，甚至有为争夺皇位继承权而杀害先帝嗣子的事，为不让大统旁落，请太后立即为穆宗立下嗣子，并说明嗣子即嗣君，日后皇上即使有一百个皇子，也不能再觊觎皇位。

吴可读自知披了龙鳞，将来日子不好过，便干脆一死了之，来了个大清朝绝无仅有的尸谏。

面对着吴可读这份遗折，悲悯、恼怒、委屈、为难，种种况味，一齐涌上慈禧的心头。

这个死老头子倒也是真心真意为她的儿子着想的，希望穆宗有子息，希望穆宗的子息世世代代继承皇位。若是一个通常的皇太后，对这样忠心耿耿的臣子真是要感激不已，悲悯不已。慈禧当然有这种通常皇太后的心情。但是，立载湉是她决定的，眼下的朝政是她在掌握，东南大乱才刚刚平定，西北战事还在进行，外患日甚一日，迫切需要的是政局稳定，上下一心，这个鬼老头子的遗折岂不是无事生事，挑起皇室的矛盾，引起内外臣工的不安吗？慈禧心里委屈地想着：当初立载湉，难道就完全是私心吗？这几年的相安无事来得容易吗？择统一事有几多麻烦，你一个小小的主事哪里能知道皇室内部复杂的情况。既然不知，就不必多言；即使有话要说，也可以托人上道密折。现在来个尸谏，逼得我非得公开答复不可，而这事又如何答复呢？你说给穆宗立即立嗣，立谁呢？

一想到这里，慈禧心头猛地一亮：眼下近支王公里溥字辈只有载澂的两岁儿子溥倬，吴可读的意思是要立溥倬为嗣。如此说来，他是在为老六说话？老六没有为儿子争到帝位，现在借吴可读的老命来为孙子谋帝位？

“哼，别想得太好了！”慈禧咬了咬牙关，断然作出一个决定：将吴可读的遗折公之于众，让王公大臣、六部九卿、翰詹科道都来议论议论，她要借此看一看恭王府的反应，也要借此考查一下朝廷中有没有实心替她排难解纷、有识有谋的能干人。

但出乎慈禧意料，恭王府一点反响都没有，近支其他王府也不见明显动静。廷臣们则认为，无论是立嗣也好，还是立统也好，都是皇室的家事，外人如何能多嘴？过了好几天后，才有协办大学士徐桐、刑部尚书潘祖荫、工部尚书翁同龢等人上了几道折子，都说吴可读此举不合时宜，为穆宗立嗣一事早有明谕，不应再挑起事端。这些话自然是慈禧所愿意听的，但她总觉得没有说到点子上。直到看到张之洞的奏折后，她才满心欣慰。张之洞逐条回答了吴可读的挑衅。

首先，张之洞明确阐发五年前两宫太后的懿旨：立嗣即立统。如此，吴可读所言穆宗大统旁落一说便不能成立。其次，今后穆宗的后嗣即今上的亲儿子，既是自己的亲儿子，那就决无加害的道理。吴可读的顾虑是多余的。第三，不能按吴可读所言，预先指定一人既继嗣又继统，因为这违背了家法。最后，张之洞归结为一点：今上日后“皇子众多，不必遽指定何人承继，将来缵承大统者即承继穆宗为嗣。此则本乎圣意合乎家法，而皇上处此亦不至于碍难”。

慈禧读完张之洞这篇奏疏后不禁长叹：用这样简洁而明晰的语言，把吴可读遗折中提出的立嗣立统的复杂难题，剖析得如此清楚，既深知自己心中的难处，又把当初匆匆发下的懿旨的隙漏弥补得天衣无缝；自己想说而又说不透的道理，竟被此人讲得这等圆满无缺，真可谓难得。满朝臣工中，这样的人才实在太少，应该提拔！

慈禧正寻思着找一个合适的官位提拔张之洞，却不料伊犁事件接踵而来，而张之洞在此中又一次显露出众的忠心和才干。看来，提拔一事，不能再延缓了。

慈禧想到这里，毅然决然地掀开被子，走下床来，慌得众宫女忙给她穿衣系带。她在房间里慢慢地移动着脚步，脑子里又浮出辞世七八年的曾国藩来。她知道，当年道光爷曾破格将年仅三十七岁的曾国藩由从四品连升四级，使得曾国藩对皇家感恩不尽，才有日后耗尽心血死而后已的三朝忠臣。是的，应该像道光爷那样，破格提拔张之洞，让他感受到朝廷的特别隆遇，日后像曾国藩那样加倍回报自己。

不过，慈禧至今未见过张之洞，没有听他说过话。他长得如何呢？他的气概好吗？他的应对敏捷吗？他是不是像曾国藩那样有着朝廷大臣的风度，具备安抚百姓震慑群僚的威仪？

召见张之洞！慈禧在脑子里迅速作出这个决定。尽管祖制规定当国者不召见四品以下的官员，但连执政立统这样的大事，都敢于突破祖制，这个小小的规矩在慈禧的眼里又算得什么！

五 原来张之洞短身寝貌，慈禧打消破格提拔的念头

午后是养心殿白天最为安静的时候，殿内殿外几乎听不见一丁点声音，只有清新的水果香味四处弥漫着，在这安静的午后，显得益发浓郁，直沁入人的心脾。慈禧最爱天然的水果香，养心殿为此安置的好些个装水果的大盆，一年四季每两三天便换一次时鲜水果。当张之洞跟在李莲英的后面，跨过遵义门的门槛，一眼看到前庭正中那座古老黝黑的铁钟塔时，心里立时充塞着一种神圣整肃之感。他稍停片刻，正了正头上的晶顶圆帽，抚了抚身上佩有白鹇补子的八蟒五爪长袍，长长地吐了一口气，用力定了定神，然后迈着如常的步伐，穿过前庭，进入正殿，在东暖阁黄缎门帘前微微弯腰站定。

李莲英掀帘进去了。一会儿，他又来到门边，掀开大半边帘子，对着张之洞轻声地说：“进去吧！”

张之洞的心猛地急跳起来，热血迅速涌向脑门。马上就要亲眼瞻仰威镇天下的西太后了，他怎能不又兴奋又激动又紧张呢？

这种亢奋情绪，从昨天中午奉旨以来便一直浸透着他的全身。自从同治二年进翰苑，至今已整整十六年了，除外放学政六年外，几

乎天天与这个女人在打交道，向她奏报各种大大小小的事情，奉行她发下的数不清的懿旨，听见过他的同寅们有声有色地描绘她非凡的美丽、过人的机敏，耳旁也时常传递着有关她的形形色色的逸闻韵事，但张之洞就是没有亲眼见过她！这没别的原因，只怪他的品级不够。四十二三岁了，多少人这个年龄早已是朝中的侍郎尚书，行省的巡抚总督，而自己却还屈居于区区洗马。常为自己官运不亨而苦恼的张之洞，每一念及此便更加沮丧。突然一道纶音传来：明日召见。这真是异数！西太后为何要召见我呢？她会问我些什么呢？几个时辰来，张之洞总在思索这些问题。这是一个千载难逢的机遇，一定要好好把住！张之洞想到这里，把万千情绪强压下去，弯着腰迈进东暖阁。就在刚踏进阁子里的那一瞬间，他抬起头来向前方飞快地扫了一眼。

大约离门槛十步远的地方张挂着一层薄薄的黄色幔帐，隐隐约约可见背后端坐着一位盛装打扮的女人。无疑，这就是西太后了。张之洞不敢多看，忙弯下腰来，响亮地报道："司经局洗马臣张之洞跪见太后。"

说完走前几步，双膝跪在幔帐前的棉垫上，脱下晶顶圆帽，将头触在青色地砖上。据说，东暖阁里有一块地砖下是空的，头碰在这块地砖上，只需轻轻地用力，便会发出很响的声音，给太后以很忠诚的感觉。但这须买通东暖阁里的太监，他们到时才会将棉垫放在这块地砖旁边。张之洞不知这个奥妙，没有事先拿出银子来，太监也便不把这个好处送给他。张之洞重重地在地砖上磕了三个头，而地砖只发出"卜卜"的声音，并不响。

"卜卜"声消失后，东暖阁里便再也没有别的声音了。张之洞心里纳闷：太后怎么不发话？

原来，慈禧正隔着幔帐在仔细审看这个从五品的小京官。皇太后隔着一道幔帐与外臣对话，这就是中国近代史上著名的垂帘听政。幔帐是特制的，太后坐在里面可以很清楚地看见跪在外面的臣工，而臣工却看不清太后。

从张之洞走进帘子的那一刻，慈禧就以她特有的政治家的精明和女性的细腻，在打量着眼前这个颇著声名的中年男子。

然而，慈禧颇觉失望。她眼中的张之洞竟然身长不及中人，且两肩单薄，两腿极短，上下甚不协调。等到张之洞走近些后，她又看到一副瘦削的长长的马脸，马脸上长着一个扁平的大鼻子，鼻子下又是一张阔大的嘴巴。唯独让慈禧感兴趣的，是鼻子上头的那两只眼睛格外的精光四射。慈禧立时想起野史上常有“双目如电”的话，她觉得倘若将这四个字移到张之洞的身上，倒也并不过分。

二十六岁起便守寡的慈禧太后，对俯首于她面前的那些须眉大臣们，有着一种奇特的微妙情感。那些或长得雄壮挺拔，或长得清秀端正的英年男子，常常会得到她的格外垂青，有时甚至会得到意外的好处。这些年来随着年岁的增加，这种情感已减弱了很多，但并没有完全消除。

“张之洞，你今年四十几了？”幔帐后面终于传出慈禧清脆动听的声音。

“臣今年四十三岁。”张之洞没想到太后的召见竟从这样一句极普通的家常话开始，紧张的心情松弛了大半。

慈禧见张之洞两鬓已有不少白发，估计他大约有四十七八了，却不料比自己还要小两岁。

“你是同治二年的探花？”

“是的。”十多年来，慈禧的格外圣眷一直铭记在张之洞的心中，只是他从来没有一个表达的机会。这一刻终于来到了。他怀着满腔真情说，“那年太后赏赐给臣的山海般的恩德，臣生生世世永远不忘。臣对太后，虽肝脑涂地，无以为报！”

说罢，又重重地在青砖地上磕了三个响头。抬起头来时，慈禧隔着幔帐看到张之洞的脸上挂着几滴泪珠。

作为女人身的中国封建社会最后一个强权独裁者，慈禧太后是一个容易被感情驱使的人。张之洞如此真诚地感激她，使她颇为感动。

她立刻意识到：这个富有才识的洗马，是一个知恩报恩的实心汉子，因其貌不扬而引起的不快顿时消除了多半。

“听说你在外办事用心，湖北、四川这几年出了不少人才。”

一股暖流激荡着张之洞的全身，他挺直腰板回奏：“臣家世受国恩，臣本人又蒙太后破格隆遇，为国家尽心办事，是臣的本分。”

慈禧微微颔首，开始进入正题：“崇厚办事不当，有损国家体面，朝廷对此已有严旨。”

“太后英明！”张之洞听了很是兴奋，气势雄壮地说，“崇厚一贯媚外谀敌，那年办天津教案，曾文正就吃了他的亏，后来悔恨不迭。这次他又在俄国人面前奴颜婢膝，竟然擅自割让祖宗土地以讨洋人欢喜。臣以为崇厚非杀不可，不杀不足以平民愤！”

厚沉硬直、夹杂南音的京腔在东暖阁里回荡，四壁似在嗡嗡作响，端坐在龙椅上的慈禧不觉为之动容。多年来她已没有听到这种中气旺盛、语调斩决的奏对了。素日里她听到的都是大臣们唯唯诺诺的低声附和，全没有一种男人的阳刚之气。有的大臣，尤其是第一次被召见的大臣，常常嗫嗫嚅嚅，说不清爽，甚至紧张得说不出话来。初次进东暖阁的张之洞如此气定神闲，应对如仪，足见此人胆量不凡。

“张之洞，你说说，朝廷若是不同意崇厚在俄国私自签订的条约，俄国会出兵侵犯我大清吗？”

慈禧提的这个问题，是这段时期来，张之洞与张佩纶、陈宝琛等人反复研讨的第一个大问题，张之洞早已思之烂熟。他本可以就此侃侃而谈一两个时辰，但这里是养心殿的召见，不是龙树寺的清议，只能择其要点简略奏对。“回奏太后，臣以为第一是俄国不可能因改约而侵犯，第二为应付意外，必修武备，第三俄国乃我大清之大患，不可轻视。此次俄国之所以不敢侵犯，其理由在三个方面。一是理亏。臣建议将俄国此条约的不公不平之处布告中外，行文各国，让举世来议一议是非曲直。二是内虚。俄国虽号称大国，但自与土耳其开战以来，师老财殚，亲离民怨。近岁其国君屡有防人行刺之举，若再犯我，将有萧墙之祸。三是朝廷之兵威。这几年左宗棠在西北尤其是在新疆的用兵，威慑四夷，俄国必有畏惧。这正是此次俄国不敢侵犯的最主要的原因。当然，俄国乃虎狼之国，长期来对我有觊觎之心，我不能不防。故臣建议，新疆、吉林、天津三处应加强防备力量，以防意外。另外，臣一贯以为，与我邻近的强大敌国有两个，一是日本，一是俄国。日本国小，且未接壤；俄国大，与我有几千里疆土相接。故俄国对我的危害比日本更大，我必须对俄国实行长年戒备。”

幔帐那边，慈禧频频点头。张之洞的分析直截简明，每一句她都听到了心里。

“张之洞，不少人都主张征调曾纪泽去俄国改约，你以为如何？”

“臣以为可。”张之洞立即回答，“曾纪泽系名臣之后，许多见过他们父子的人都说，曾纪泽有乃父之风。且这些年来他又充任过英法等国公使，熟悉夷情，通晓西洋法律，必可据理力争，折冲樽俎。臣以为，朝廷当谕曾纪泽决不能在俄人面前示弱，万不可割让祖宗土地，实在不行的话，可以酌情多给点银子，以换取伊犁全境收回。”

慈禧沉思着：这是个好主意。多给点银子不要紧，大不了多收点赋税，户部开支再紧缩一点，至于后宫的供应，与多出少出几百万两银子无丝毫关系。土地的确不能割。割一寸土地出去，都是祖宗的罪人，千秋万代史册上都会当作卖国贼来书写。

关于伊犁事件的处置，慈禧通过对张之洞的垂询，已在心里大致打定主意了。她听到不少人都称赞张之洞熟读经史，遍览群书，博闻强识，学问渊懿，五月中旬甘肃地震，六月以来金星昼见，都说这是天象示异，读书不多的慈禧太后弄不清楚其间的深奥道理。何不叫张之洞来说说呢，他的学问究竟如何，也可借此测试一下呀！

“张之洞，近来地震在西北出现，金星白天可以见到，这到底是怎么回事？”

慈禧突然间提出的这个问题，是张之洞所没有估计到的。张之洞通晓典籍，对经史书上所记载的诸如山崩地震、星象反常的现象，也曾给予极大的注意。他是一个严谨的儒家信徒，对孔子不语怪力乱神的做法深为服膺。他不大相信那些谶纬家、占卜者神秘玄虚的推断，认为那多为附会之说。但经书史书为什么又都将它们记载呢？经过长期的钻研，结合十多年来的从政阅历，他确信那是先贤的一种神道说教，即借天象来劝诫君王迁恶从善，宽政恤民。他很钦佩先贤的这种智慧，现在是轮到自己来向君王履行这个神圣的职责了。

张之洞凛然奏道：“甘肃地震，金星昼现，此种地理天象在康熙十年也曾同时出现过，圣祖爷当即下诏修省，令臣工指陈阙失。上苍示儆，修身省己，此正圣祖爷仁心之所在。今两宫太后、皇上敬天爱民，忧勤图治，为天下臣民所共知，然天象地理如此，亦不能不慎之。臣以为宜效法圣祖爷，从以下数事来修省弭灾。”

张之洞略停片刻，定一定神，平素常常思考的大事，一件件迅速地浮出脑海：“一曰采纳直言。修德之实在修政，而修政必自纳言始。《洪范·五行传》谓居圣位者宜宽大包容，古语说君明则臣直，俗话说良药苦口利于病，忠言逆耳利于行，故采纳直言乃修政之始。二曰整肃臣职。地震乃地道不修，地道者，臣工之道也。《春秋》于地震必书，意在责臣下不尽职。以臣看来，比年来臣职不修的事例极多，跪安之后，臣当向太后一一奏明。”

“你要照实禀报。”慈禧打断张之洞的话。

“是，臣一定如实禀报。”张之洞继续奏下去，“一曰厚恤民生。《周易·大象》曰，山附于地，剥上以厚下安宅。程子注曰：山而附着于地，圮剥之象，居人上者观剥之象，则安养民人以厚其本，所以安其居也。西北地震，正是上天启示下界有不安之民，故请厚恤民生。一曰谨视河防。史传所载，金星为变，抑或主水，故请朝廷加意提防黄河、淮河及京畿永定河等多灾河道，加固险工，防患于未然。臣以为地震及金星昼见虽不是好事，若见上苍之示儆，而修身省达，自可以消灾弭祸，国泰民安。”

慈禧见张之洞引经据典如随手拈物，不觉暗自佩服，心里想着：如此饱学而不迂腐的人才却屈居于司经局洗马，真是可惜了，应该破格提拔。转念又一想，张之洞是清流党的重要成员，朝廷口碑不一，宜慎重对待。她想听听张之洞本人对清流党的看法，遂问："张之洞，都说京师有个清流党，专门弹劾中外大员，你以为如何？"

张之洞没有料到慈禧会提出这般尖锐的问题，他一时不知从何答起。他本能地意识到，太后对"清流党"三个字是不喜欢的，从来帝王都不喜欢臣工拉帮结派，即使是文人雅士的集会结社，一旦被目为结党的话，也会为之不安。张之洞想到这里，头上冒出丝丝热汗，并一直热到颈根。他凝神片刻，调整下心绪，然后坦然奏道："启奏太后，臣以为清流党一说不合事实。臣自从光绪二年从四川回京后，与李鸿藻、潘祖荫、张佩纶、陈宝琛等人交往颇多。一则臣仰慕他们持身谨严的人品和忠于太后皇上关心国事的血性，二则臣与他们有喜爱学问诗文、金石考辨等癖好。尽管从来便有君子之党与小人之党的分别，但臣仍凛于'结党营私'之儆戒，不敢与人结社组盟，以贻口实。据臣所知，李鸿藻等人与臣此心相同。且臣以为专门弹劾大员一说亦不全合事实。就拿臣来说吧，这几年除代黄体芳起草过弹劾户部尚书董恂外，其余不论是为人代拟，还是自己署名的三十多道折子，全是言事陈策，并不以纠弹大员为主。比如这次伊犁事件，臣主张严惩崇厚，但亦非专门冲着崇厚而言。臣为此事草拟了七八道折子，还有几道未及上奏，所有这些奏章，都重在如何妥善处理伊犁归还一事，而不重在如何惩处崇厚一人。臣幼读先儒之书，粗明大义，既不敢结党以营私，又不愿以劾人而利己，侧身于翰詹之际，留心国事，乃臣之本分。臣一向认为，当以剖析事理寻求善策为重，而不应以严峻惩罚罢官削职为目的。"

慈禧默默地听着张之洞这番长篇陈述，心想：被人目为"清流党"的头面人物中，张佩纶、陈宝琛等人招怨最多，而张之洞确乎遭人攻讦不多，这或许正如他自己所说的，他这个"清流党"重在言事而少言人？张佩纶、陈宝琛今天弹这个，明天纠那个，日后将积怨甚多，恐于己不利。隔着薄薄的黄丝幔帐，慈禧盯着张之洞良久，似乎看到这个司经局洗马的另一面。是明哲，抑或是乖巧？是练达，抑或是圆滑？

出于对清流党本能的不喜欢，再加上那张不能令人悦目的长脸和上下不协调的短小身材，另一种想法渐渐地在慈禧的脑子里占了上风：他是一个诚恪务实、老成持重的干才吗？是一个能当大任、震慑群僚的社稷之臣吗？还得再看一看，等一等！暂缓破格，循例晋级吧。慈禧作出这个决定后，对着幔帐外跪着的张之洞挥挥手："你跪安吧！"

走出养心殿，一阵凉风吹来，张之洞不由自主地打了个冷战。此时，他才发现，贴身的内衣早已湿透了。

六　杨锐向老师诉说东乡冤案

回到家里，张之洞关起书房门，独自默默地坐了大半天。就像孩童时代回味好看的戏一样，养心殿召见的每一道程序、每一个细节，都在他的脑子里慢慢地重新出现一遍，尤其是将太后的每一句垂询和自己的每一句对话，再细细地咀嚼着，仔细体会太后每句问话的意思和有可能蕴含的其他内涵，以及自己的应对是否得体，是否达意。他揣摸着慈禧太后对伊犁事件的心态：恼怒崇厚所签署的这个条约，使她和大清朝廷在洋人面前失了脸面。倘若有足够的力量的话，这个强硬的中年妇人决不会谈判，她会下令左宗棠带兵赶走伊犁城里的俄国人，将这座本是自己的城池强行收回来。只是现在国力衰弱，她有所顾虑。张之洞相信自己废约杀崇厚、积极备战迎敌的主张，与慈禧的心思是吻合的。在整个召对的半个时辰里，自己的各种表现也没有失仪之处。

张之洞想到这里，心情兴奋起来。他将已经草拟的几份奏稿再一字一句地仔细斟酌着，力求考虑得更周到，更全面，更细致，更易于被采纳。司经局洗马不仅要为太后和朝廷在处理伊犁事件中提供一份完整的方略，同时，也要为国史馆保留一份完备的文书，以供后人阅览，日后遇到棘手的国事，张某人所上的这一系列奏章便是一个极好的借鉴。

他还想到，久困下僚、屈抑不伸的年月就要从此过去了。通籍快二十年，还只是一个从五品的小京官，张之洞为此不知多少次的苦恼过、困惑过、愤怒过。论出身，论才学，论政绩，论操守，哪样都比别人强，偏偏就升不上去。是缺少溜须拍马的钻营功夫呢，还是时运未到？想起父、祖两辈都官不过守令的家世，他有时会无可奈何地摇头叹息：难道是张家的祖坟没葬好，压根儿就发不出大官来？

看来，时至运转，这一切都要改变了！

然而，现实并没有这个富于幻想的从五品小京官所设想的那么美妙。

首先，是恭亲王奕䜣和文华殿大学士直隶总督李鸿章多次向慈禧郑重指出，作为与俄国谈判的特使，崇厚是不能杀的，杀崇厚无异于侮辱俄国。俄国是侵略成性的军事强国，与之开战，中国必定损失更大。用武力收复伊犁之议，貌似爱国，实乃误国。这是不负责任的轻举妄动。自古以来清议皆误国，今日张之洞、张佩纶等人正是这样的人。

接着，各方推举认同的崇厚替代者驻英法公使曾纪泽从伦敦上疏，说筹办伊犁一案不外三种方式：战、守、和。曾纪泽详细分析敌我双方形势：伊犁地势险要，俄人坚甲利兵，战未必能操胜券；且伊犁乃中国领土，开战后俄人无损，受害者实为中国，何况俄人对中国觊觎已久，此次不过借伊犁以启衅端，开战正合其意。中国大难初平，疮痍未复，不宜再启战事。故战不可取。言守者，谓伊犁乃边隅之地，不如弃之，以专守内地。持此论者不知伊犁乃新疆一大炮台，若弃伊犁则弃新疆；新疆一弃，西部失去屏障，故守亦不可取。当此之时，只可与俄国言和，修改条约，能允者允之，不允者坚决不允，领土及边界事决不迁就，其余不妨略作通融。至于崇厚，可以严惩，但以不杀为好。

曾纪泽这个处理伊犁一案的方略，得到朝野的一致拥护，慈禧本人也同意。既然按照曾纪泽的稳健方案来办事，过于强硬的张之洞便不宜破格提拔。慈禧又为循例晋级找到一层理由。于是，张之洞便由从五品升为正五品，官职则升为詹事府右春坊右庶子。

仅升一级，张之洞虽然感到失望，但毕竟官位提升了，也是好事。尤其令他欣慰的是，朝廷没有接受崇厚所签署的丧权卖国条约，将崇厚拘捕，定为斩监候，并改派曾纪泽为全权特使与俄国继续谈判。张之洞认为朝廷还是接受了他处理此案的大计方针，这足以值得快慰。相对于国家主权来说，没有破格超擢，毕竟还是小事。他仍然以极大的兴趣密切关注着事态的进展，凡关于此案的一些新想法，他总是不断地缮折递上去，供太后参考，以尽自己对国家应尽的职责。

这一天，他在书房阅读邸抄，得知曾纪泽已抵达俄国，正在与驻俄国的英国大使德佛楞及法国大使商西接触，探询英、法两国对伊犁一案的看法。张之洞对曾纪泽办事的稳重很满意。这时，王夫人进来说："尊经书院的学子杨锐来看你了。"

"杨锐来了？"张之洞放下手中的邸报，惊喜地说，"快叫他进来！"

"学生已经进来了。"

说话间从王夫人身后走出一个二十岁出头、五官清秀的青年，他就是杨锐。"香师，三年多没有见到您了，这几年来都好吗？"

"好，好！"张之洞一边回答，一边指了指身边的椅子说，"坐，坐下说话。"

杨锐在张之洞的对面坐下来，张之洞将他上下打量了一番，笑着说："三年不见，你长大许多了，有一点男子汉的气概了。"

说得杨锐不好意思起来，咧开嘴笑着。王夫人亲自端一碟盖碗茶上来，对杨锐说：“这还是那年在成都，你陪着老师在黄瓦街买的青花茶杯，用了几年，还跟新的一样。”

师母这般亲热，这般慈祥，使杨锐备感温暖。他起身接过茶碗，如同小孩在长辈面前表功似的说：“黄瓦街是满城。我那年对香师说，满城里卖的瓷器是宫廷用瓷的余货，看来我这话没说错吧！”

“三年为期太早了。”张之洞笑着插话。“五十年后还这样光亮如新，我就相信你的话了。”

“五十年？”王夫人望着丈夫说，“五十年后你要他跟谁去论辩？”

张之洞哈哈大笑起来，说：“跟我的女儿呀，跟我的准儿去论辩呀！”

准儿是王夫人生的，张之洞很是疼爱，视若掌上之珠。见丈夫这样时刻把女儿放在心头，王夫人心里很是欣慰。她略作娇嗔地瞪了丈夫一眼后对杨锐说：“你看，老师见了你有多高兴！”

眼看着老师这种发自内心的快乐心绪，杨锐如同沐浴着春风的温情，他笑着说：“那时学生还是要跟香师面论，硬要香师当面承认这是真正的宫廷备选品。”

“好，好，到那时若还这样，我又没死的话，再承认不晚。”张之洞笑得更起劲了。

杨锐端详着老师怡然自得的神态，心里想：香涛师与在四川时没有多大的变化，只是显得瘦了点，两鬓增添了几根白发。他将随身所带的一个小布包送过去，说：“我知道您从不受人礼物，但这不是礼物。当年您要我们在书斋后面种楠竹，这几年来，楠竹长得很茂盛，春天还有竹笋可挖。知道我要到北京来，书院的几个同窗说，带点干竹笋给香师尝尝吧，京城没有笋子吃。”

“好，好，我收下。”张之洞很高兴地接过小布包，随后放在书案上，说：“当年我要你们在书院里种点竹子，是想以竹之气节风骨激励大家，想不到今天还可以在京师吃到尊经书院的竹笋。”

说罢又欢畅地笑起来。

督学巴蜀的三年，是张之洞难以忘怀的岁月。

同治十二年，三十六岁的张之洞被任命为四川学政。一向崇尚实干的新学台，决心在三年任期内为巴蜀学界做几件实事。

那时四川士林风气不正，科场作弊之风十分严重。张之洞通过深入考察后，制定了诸如“禁鬻贩，禁讹诈，防顶替”等整理科场的八大措施，督促各州府严格执行，科场作弊之风顿时根绝。张之洞又针对不少士子参与当地士绅们举办的局所，与局所办事之人勾结为奸民怨沸腾的情况，下令不准士子参与局所，凡有违背者，一律惩办，直到革去功名。张之洞说到办到，雷厉风行，在革去几个秀才的功名之后，此风已几近绝迹。

为更多更好地培养人才，造就四川的新学风，张之洞接受丁忧回籍的前工部侍郎薛焕等十五名官绅的建议，创建了尊经书院。光绪元年春天，尊经书院在成都南门外落成，延请薛焕为山长。薛焕也是一位名宦。咸丰十一年，薛焕在江苏巡抚任上，与时任两江总督的曾国藩一道奉旨购买洋枪洋炮及雇法国工匠传授制造经验，揭开“徐图自强”的序幕。张之洞聘请这位广孚众望的能干大员出任书院的第一任山长，正是他对书院的重视和期望。开学那天，他和四川总督吴棠亲自前去祝贺。

张之洞为尊经书院制定的目标是培养通博之士致用之才，在四川造成经世致用的务实学风。在川期间，他经常去书院给士子们讲课。为了指导书院的学子和川省士人，他撰写了两部重要的学术著作：《輶轩语》和《书目答问》。

在《輶轩语》这本书里，张之洞以学政的身份发表许多有价值的教诫之语和经验之谈，希望士人们成为德行谨厚、人品高峻、志向远大、习尚俭朴的道德君子，并提出读书期于明理、明理归于致用的求学原则。在《书目答问》一书里，张之洞则以广博精审的目录学家的身份，为士人开出二千二百余种包括经史子集在内的书目，为初学者打开走进学术殿堂的大门。

在尊经书院的授课过程中，张之洞发现五个资质特别聪颖、读书特别发奋的少年。他大力表彰他们，树立五少年为全省士子的榜样。其中一个不仅书读得好，而且品行更为卓异，志向更为高远，张之洞将他列为尊经五少年之首，此人即十七岁中秀才、十八岁进书院的绵竹人杨锐，表字叔峤。

“你几时到的北京？”张之洞端起茶杯，满是慈祥目光的双眼，望着这个深得他喜爱的青年。

“前天下午到的。本想昨天就来看望香师，想起一路风尘，样子太难看了，于是昨天去街市上买了一身衣服，剃了头，将通身上上下下打扫了一遍，今天才敢登门拜谒。”杨锐端坐叙说，两只机灵的大眼睛闪动着耀人的光彩。

真是一块无瑕美玉！张之洞在心里赞叹着。前天进的京，今天就来看望了，他为弟子的重情重义而高兴。“这两天住在哪儿？”

“南横街客栈。”

“不要住客栈了，明天就搬到我这儿来住。”张之洞放下茶杯，似乎表明他这句话就是一个决定似的，无须商讨。

“住在这里打扰香师和师母，我心里不安，还是住客栈方便些。”杨锐推辞着。

“什么打扰不打扰的，我的客房正空着，你住下就是了。住家里，我们师生说起话来也方便。三四年不见面了，我有许多话要对你说哩！”

说罢不待杨锐开口，便对门外喊：“大根，你过来下！”

一个长得五大三粗的二十多岁的汉子迈着大步走了进来：“什么事，四叔！”

“你去把客房收拾下，这位从四川来的远客明晚就睡在家里，有一段时间住。”

“嗯，知道了。”大根一边回答四叔的话，一边很热情地与杨锐打着招呼。

杨锐见大根叫张之洞为“四叔”，知不是一般的仆人，便问：“香师，我应该怎样称呼他？”

“他是我的远房侄子，你们年龄差不多，兄弟辈分，都以名字相称吧！你叫他大根，他叫你叔峤。”

杨锐忙起身，对大根说：“大根兄弟，给你添麻烦了。”

大根友善地说：“不要谢，这是我分内的事。”

说罢离开了书房。

大根来到张之洞的身边已经十年了。八岁那年，大根的母亲去世，做江湖郎中的父亲便带着他走南闯北。父亲略识几个字，有些武功，早早晚晚没得事时，便教儿子习拳练武，也把自己所认得的字教给儿子。十二三岁开始，父亲便教他识辨各种草药，背汤头歌诀，以便让他长大后能有个养家糊口的技能。大根聪明勤奋，父亲所教的，他都学会了；加之长年跟着父亲走村串户，小小年纪，也有不少阅历。可惜，十五岁那年，父亲不幸病故，大根成了无依无靠的孤儿，只得回南皮老家，一个人孤苦伶仃地耕种两三亩薄地。张之洞那年回籍祭祖，见到这个已与他出了五服的孤儿，看出这是一棵难得的好苗，只要稍加培养，就可能成才。张之洞是一个胸怀大志的人，并不安于做一个文学侍从，他要经世济民。做镇抚一方的疆臣，做管理天下的宰相，才是他的志向。他相信迟早会有这一天的。因此他需要在身边聚集人才，大才小才都要，尤其要有几个贴心人。他们或帮自己出谋划策，排难解忧；或鞍前马后照顾保卫，防患歹徒的侵袭，戒备仇家的暗害。再过几年，大根就是一个很好的贴身侍卫。就这样，张之洞把大根带出了南皮。

张之洞既对大根予以重视，便对大根格外看待，视他为亲侄，规定他早上一个时辰识字读书，以补过去之不足；晚上一个时辰练习武功，使先前的功夫不荒废。去年，王夫人收了一个十八岁的女孩春兰做女仆。春兰有爹无娘，命也不好，张之洞夫妇见她勤快善良，便做了主，将春兰嫁给大根。大根和春兰感谢张之洞夫妇的恩情，遂死心塌地为张府做事。

喝了几口茶后，张之洞对杨锐说："说了这多闲话，正话还没说上。叔峤，你这次跋涉几千里来京师，究竟是为了什么事？"

"我正要跟您禀报哩。"杨锐脸上娃娃似的笑容瞬时不见了，代替的是一脸的凝重神色。"学生受父老乡亲的委托，特为东乡惨案一事进京，替冤死的东乡农人鸣冤叫屈。"

"东乡的案子还没有处理好？"张之洞颇为惊讶地问。

"还是维持过去的老样子。不但东乡屈死的冤魂不能安妥，凡有良心的川中士绅也都不能心服，故而委托学生几个人再次进京申诉。"杨锐说得激动起来，两只眼中的泪花在闪动。

"都四五年了，还没有处理好，天理良心何在！"张之洞是个易于动感情的人，看到杨锐眼噙泪水，他自己也不禁双眼模糊了。

东乡案子出来的时候，张之洞正在四川做学政，这个案子的前前后后他都知道。

四川农民赋税沉重，除地丁银外，还有各种捐输和杂税。爱新觉罗氏入关之初，为笼络人心，公开向全国保证：子子孙孙永不加赋。但这句话并没有承诺多久，就以各种名目变相加赋加税来自我否定了。太平天国起事后，军饷浩大，朝廷为筹饷银，横征暴敛。东乡是一个穷县，这些年来各种赋税加起来要超过战争之前的十倍。而且负责征收钱粮的局绅和官吏相互勾结，百般勒索，手段恶劣。东乡农人忍无可忍，终于在光绪元年集体抗粮不交，聚众请愿，要官府清算历年粮账。

东乡知县孙定扬以"刁民聚众谋反"为辞报告川督文格。文格得报后，立即派出提督李有恒率官兵急赴东乡镇压。李有恒穷凶极恶地命令官兵，将东乡抗粮村寨不分男女老幼全部杀掉，造成四百余人冤死的特大惨案。

东乡惨案发生后，巴山蜀水一片震惊。在成都的张之洞闻讯，愤慨地对学政衙门的属员们说："乡民请愿，只能劝解，即使真的是聚众谋反，也只能拘捕首犯，驱散众人，怎么能杀这多人？这里该有多少冤死鬼！"

他是学政，不便干涉地方政务，得知东乡推举士绅进京告状，他心里是赞同的。东乡一案得到川籍御史吴镇的同情，他联络几个京官联名上疏，参劾川督文格。后来，朝廷将挑起这桩案子的直接当事人知县孙定扬、提督李有恒革职，将川督文格调离四川，擢升山东巡抚丁宝桢为四川总督，令丁宝桢视情节轻重处置此案有关人员。这时，张之洞刚好三年学政期满，离川回京。一路上，听到的都是不服朝廷如此办理的民怨，他自己也认为此案处置不当。

丁宝桢到了四川之后，采取息事宁人的态度，将大事化小，小事化了，与东乡冤案一事负有直接责任的人员几乎无人遭到惩罚。东乡县民愤愤不平。

去年，张佩纶得知此事后上了一道奏章，弹劾丁宝桢，请复审东乡一案。朝廷接受张佩纶的意见，委派致仕在京的前两江总督李宗羲前往四川复查。李宗羲查实后上报朝廷。朝廷再派礼部尚书恩承、吏部侍郎童华为钦差大臣，前往四川复审。朝廷这些举措，张之洞都知道，至于两个钦差大臣入川后的具体情况，他就不清楚了。

杨锐气愤地告诉老师："恩承、童华一进成都，就被丁宝桢接去住了总督衙门，天天山珍海味招待，又从各戏园子里招来长得漂亮的妹子，给他们唱川戏消遣。成都住厌了，又去峨眉山住了一个月。两个钦差在四川享尽了清福。他们只派了三个随从在臬司方濬颐陪伴下，装模作样地到东乡逛了几天。据说丁宝桢对两个钦差讲，东乡的案子不能翻，翻了，四川今后就收不到钱粮了。还说他这个总督当不了是小事，朝廷缺了四川的钱粮可不得了。两个钦差听了，认为丁宝桢的顾虑是对的，于是维持原判，不准翻案。"

"岂有此理！"张之洞愤慨起来，"丁宝桢怎么变得这样糊涂了。"

丁宝桢原本不是一个糊涂官员，几年前他干了一件震惊天下的大事，使得他名播九域，广受赞扬。

同治八年秋天，慈禧太后打发身边的太监安得海南下江宁、苏州，为大婚在即的同治帝置办衣料。清朝祖制规定太监不得出京城。慈禧一向不把祖制放在眼里，安得海是她的宠奴，她叫安得海出京，表面上是置办大婚衣料，背地里让他摸一摸各省官员对她的忠诚程度。安得海仗着慈禧的宠信，肆无忌惮。他乘坐特制黄龙船，打着金乌赤兔旗，顺着运河招摇南下。沿途官员又惊又怕，纷纷登船拜谒，送上厚礼，安得海一一照收。

丁宝桢时任山东巡抚，山东为安得海必经之省。他得知这一消息后，一面飞章报告朝廷，一面派员在泰安等候，设计软禁安得海一行。安得海不知内里，软禁时仍作威作福，并威胁说如不放他出去，贻误了采办衣料的大事，这责任要山东省全部承担。丁宝桢不理会他，静等朝廷的旨令。

说来也是安得海合该命绝。平时各省督抚的急奏都是直接送慈禧，恰好那天奏章到时，慈禧正在看戏。内奏事处的太监怕触犯了她的兴头，便把奏章送给了同治小皇帝。小皇帝看后大怒，连忙报告嫡母慈安太后。慈安性格较为懦弱，处理国事的才能又远不如慈禧，她通常不过问政事，听任慈禧一人说了算，也因此助长慈禧的骄悍。慈安对慈禧不甚满意，却也无可奈何，只得听之任之。只有一件事，令身为女人的慈安极端不安，那就是关于慈禧私生活不检点的流言蜚语。

在慈安看来，用错了一个大臣，办错了一桩国事，都还只是小事一件，若是慈禧与男人弄出个什么把柄出来，那可就是大清朝廷的第一大丑事了。这些流言中，涉及到安得海的最多。安得海与慈禧亲密的程度超过常情。他不但与慈禧并肩说话，甚至有时还跟慈禧并头睡觉。宫女和太监们私下议论：安得海极有可能身子净得不彻底，不然的话，西太后怎么会这样喜欢他？这些闲话传到慈安耳里，真让她如坐针毡，惶恐不安，但又不好与慈禧明说。她终于想出了一个法子：命令太医院对宫中所有的太监重新检查一遍，以便从中看出个究竟来。不料，轮到检查安得海时，慈禧一早就把他打发出宫外，直到天黑才回来。一连三天，天天如此，弄得太医们束手无策，不好再查安得海了。这样一来，慈安更焦急了。

没想到安得海在山东给扣住了，正好借此根除后患！慈安心里这样想好了，但还是有点惧怕慈禧，又悄悄把奕䜣叫来商议。关于慈禧与安得海的流言，奕䜣早就听说。作为皇室中的重要成员，奕䜣和慈安一样，也怕慈禧坏了皇室的体面。何况前几年慈禧又借故撤掉了奕䜣的“议政王”头衔，奕䜣一直怀恨在心，现在正好报此一箭之仇。奕䜣毫不犹豫地对慈安说：“祖宗之法在这里，谁都不能违背。立即传旨山东：安得海就地正法。”

说完亲自拟了一道谕旨，火速递往济南。

丁宝桢奉到圣旨后欢喜无尽，他生怕再有后命，便传令第二天即在泰安城里斩首，并暴尸三日。

斩杀当今天下第一人身边的宠阉，这是一桩令百无聊赖的人世间何等新奇何等刺激何等快慰的大事！一时间，泰安全城骚动，男女老幼倾巢而出，蜂拥十字街头，一睹这个千载难逢的场面。三天之内，从附近各府县来泰安城的观者不下百万。其间最令人感兴趣的是，这个安得海的下部究竟有那个家伙没有。千百人用棍子、竹竿在撬动，千万双眼睛在死死地盯看，结果众口一词：安得海的那个家伙确实被阉掉了，他是一个货真价实的太监！

得知安得海在山东被斩的消息后，慈禧真是又恼怒又伤心。她知道这是慈安和奕䜣在暗算她，但她发作不得。然而暴尸三日，让世人都看清了安得海，这无疑又是帮她洗刷冤枉的最好办法。安得海究竟是不是真太监，慈禧心里最清楚。于是，慈禧转而又庆幸有这样一桩事情出来。她是一个最善于把握机会打击别人抬高自己的人，不但不指责丁宝桢，反而发布明谕嘉奖他不畏权势耿直忠贞，有古大臣之风。过了几年，东乡案发，文格离川，慈禧又提拔丁宝桢为川督。丁宝桢赴川之前，慈禧命他进京陛见，又当面表扬他。这丁宝桢冒着丢官的危险干了这桩事情，结果不仅出尽风头，还升了官，真是大大出乎意外。丁宝桢感激慈禧的英明大度，遂铁心为朝廷办事。

东乡发生的冤案，为官几十年的丁宝桢不是不明白其中的曲直，但他不想翻这个案。一来他怕牵累许多当事人，于自己于他们都不利；二是他顾虑东乡翻了案，以后乡民都会效尤，四川的钱粮就不好收了，他这个总督也就不好当了。为自己着想，为朝廷着想，明摆着是冤案，也以不翻为好。这便是此案复审后不能翻过来的关键原因。然而张之洞不能容忍这种草菅人命的做法，书斋里泡大的清流党骨干笃守孟子“民为本”的古训，把四百多条人命看得比一省的钱粮重要得多。

“叔峤，你刚才说与你一同进京的还有几个人，他们是谁，进京后住在哪里？”

“这次进京来的，除我外，还有两个。”杨锐答，“他们都是东乡人，家里都有亲人被冤杀。一个名叫何燃，是锦江书院的。一个名叫黄奇祥，也是尊经书院的。何燃有个远房亲戚做内阁中书，他和黄奇祥一同住在这个亲戚家里。”

张之洞点了点头，又问：“你们也一起商量过了吗，进京后怎么办呢？”

“商议过，商议过。”杨锐情绪顿时高涨起来，说，“一是找几个说得起话的川籍大官吏，如工部侍郎郭心斋、太常寺少卿李岫云等人，请他们代转东乡县的状子。二是找都察院，恳请吴镇联络几个人再次上疏。另外，我们三个人还打算在前门外、天桥、琉璃厂等热闹地带散发东乡冤案的状子，以求过路君子帮忙。”

“你们这是苏三的法子。”张之洞浅浅地笑道。

杨锐不好意思地笑了一下，说：“这是没有法子的法子，或许有张状子能落到一个好心的大员手里，也未可料定。”

“最好不要用这个法子。”张之洞沉吟片刻说，“万一有人说你们扰乱市井秩序，向步军衙门告你一状的话，东乡的事情没有办成，自己倒先落了难。”

“是，是。这个法子不用。”杨锐忙点头。“临走前一天，王壬秋山长特为把我们召去。”

“王闿运这几年的山长当得如何？”张之洞打断学生的话。他显然对这位王山长有很大的兴趣。

“壬秋先生这个山长真是当得妙极了！”尊经书院的学子突然间变得眉飞色舞起来，兴致盎然地演说着他的山长，“他的学问文章之好是不待说了，这是天下的共评。他的为人之倜傥，授课之风趣，言谈之机锋，若不是受过他的亲炙，是决然想象不出来的。听他讲学，简直好比赴太牢之宴，听韶乐之音，是人生最大的享受！”

“尊经五少年”之首满面红光，双目流彩，似乎已陶醉在王闿运所营造的美轮美奂的学术境界中。张之洞看到不脱稚气的杨锐的这番表情，不禁发自内心地羡慕起来：这就是少年情怀！多么纯洁，多么真诚啊！当年自己也曾这么崇拜过心中的偶像，而现在再也没有这种单一的心境了。再崇高的人物，哪怕就是周公孔孟出现在眼前，也不会这般倾心。这是人生的成熟，这也是人生的悲哀！

“特别令人折服的是，”杨锐仍没有从陶醉中醒过来，继续说，“每月朔日，总督丁宝桢带着一批司道大员、成都将军魁玉带领一批提镇大员，亲来尊经书院听壬秋山长的课。他们和学子们一样，上课前向山长鞠躬，然后一个个端坐听课，不说话，不抽烟。山长坐在讲堂上，天南地北，随意发挥，就像天女散花似的，落英缤纷，美不胜收。一个多时辰过后，山长讲完了，又一个个向他鞠躬告别。每月朔日这天，尊经书院翎顶辉煌，绿呢大轿堆满校园。大家都说，除开尊经，天下还有这样的书院吗？除开壬秋先生，天下还有这样的山长吗？我们这些做弟子的，真是觉得荣耀极了。”

张之洞默默地听着杨锐有声有色的叙述，心里想：尊经书院由王闿运来掌院，可真正是选对人了！十年前，张之洞和王闿运就有过亲密的交往。

同治九年，张之洞从湖北学政任上卸职回京。那时，王闿运正在京师盘桓，以一阕《圆明园词》饮誉京师诗坛。文人雅士集会，都争相邀请王闿运。王闿运则每请必去，每去必赋。他的捷才赢得众人的叹服。就是在这种宴饮场合中，同样也是诗文满腹的张之洞，与王闿运结成了互相钦佩的好朋友。尊经书院落成后，学政张之洞心中的山长人选，第一个便是在湖南设帐授徒的王闿运。但薛焕是创建尊经书院的发起人，又是在籍侍郎，第一任山长由薛焕来做，又似乎更适宜。于是张之洞致函聘请王闿运做书院的主讲。王闿运自恃才高名大，不愿做屈居山长之下的主讲，遂不入川。丁宝桢早年在长沙做知府时，便礼聘王闿运做西席，后来做鲁抚，又聘请王闿运在济南做了两年幕僚，关系非比一般。丁宝桢一到四川，即下聘书请王闿运做尊经书院的山长。王闿运一接到聘书也便来到四川，并把尊经书院当作自己的事业所在，大有士为知己者死的味道。

想到这一层后，张之洞不仅庆幸尊经书院得人，也为丁宝桢礼贤下士的品格所感动，不知不觉间对他的愤怒也减去了三分。

“叔峤，说段王壬秋的掌故给你听！”张之洞突然间来了雅兴，杨锐兴奋得忙正襟危坐洗耳恭听。

“咸丰十年的春闱，本来我是要去参加的，不料堂兄奉旨充任同考官，于是只好回避，眼睁睁地失去了一次机会。王壬秋那年去考了。他是咸丰五年中的举，连考两科会试都未中，这是第三次了。头场考四书文，他兴之所至，乱发议论。卷子交上后，细思又出格了，此科必罢无疑。他是个最任性子最爱出风头的人，心想一不做二不休，横竖是落第，不如出它一个大格，留一段佳话在科场史上也好。第二场考五经义。他丢开五经不议不论，却洋洋洒洒地写下一篇大赋，还给它标个题，叫做《萍始生赋》。阅卷官看到这份卷子后大为惊骇，都说这是有科举考试以来破天荒的第一次。”

“有这样的事！”杨锐瞪大着双眼，随即由衷地赞叹，“这样的事，只有大英雄才做得出，壬秋先生真是大英雄！”

张之洞笑了笑说：“王闿运此举惊世骇俗，的确不是常人所能为的。这篇赋因为是写在试卷上，故很快便流传开来，甚至比《圆明园词》还要传得广。”

“香师，这篇赋你还记得吗？背给学生听听。”杨锐急着问，恨不得立即把这篇奇特的赋全文铭记。

“赋很长，我背不全，只记得开头几句。你回四川后再去问你的山长吧！”

杨锐仍不死心，央求道：“您就把开头那几句背给学生听听吧！”

张之洞碍不过学生的恳求，略为想了想后背道：

有一佳人之当春兮，蕴遥心于曾澜。澹融融不自恃兮，又东风之无端。何浮萍之娟娟兮，写明漪而带寒。隐文藻与冰落兮，若揽秀之可餐。苟余情其信芳兮，岂犹媚之香荪。览生意之菲菲兮，盖漾影而未安。退静理夫化始兮，怅结带以盘桓。

张之洞一边背诵，杨锐一边摇头晃脑地在心里附和。直到张之洞停住好长一刻后，杨锐知道他背不下去了，才叹道：“这浮萍之形态，直让山长给写活了。如此好赋，学生竟未读过，真是惭愧。回川后一定求山长写给我，一天吟它几回。”

“我们扯得太远了，还是言归正传吧！”张之洞把撒得漫无边际的网收了回来，说，“刚才你说王壬秋把你们召去，传授什么锦囊妙计了？”

“不是锦囊妙计。”杨锐说，“山长说，东乡案子定了这多年了，复审也没翻过来，找别人都没用，只有一个人可以回天。”

张之洞似乎已意识到，王闿运说的这个有回天之力的人，很可能就是指的自己。

“我们问王壬秋山长，这个人是谁。他说，此人就是你们的前任学台张大人呀！”

果然不错！张之洞对老友的信任颇感欣慰。

杨锐盯着张之洞，见前任学台大人在微微点头，心中甚是喜悦，忙接着说下去：“壬秋山长说，张学台虽不是四川人，但他在四川做过三年学政，对四川是有感情的。东乡案件出来，他正在四川，前前后后都清楚。尤其难得的是，张学台忠直耿介，敢于仗义执言，而且他的奏章写得好，有力量，最能切中要害。你们看他关于伊犁一事的那些奏章，哪一道不是掷地作金石声，朝廷不按他的办行吗？你们去北京找他，就说我王壬秋拜托他啦，东乡四百多冤魂要靠他来超度哩！”

老友如此信任的这番情感，使得张之洞热血沸腾起来，大声说：“壬秋知我，就凭他这几句话，我张某人也非为东乡冤魂上疏不可！”

“谢谢，谢谢香师！”杨锐很感动。稍停一会，他又补充一句，“壬秋山长说，东乡一案不关丁制台的事，请张学台在涉及到丁制台时笔下留情。”

张之洞哈哈大笑起来：“这个王壬秋，又要讨东乡人的好，又要讨丁宝桢的好，也够圆滑的了。”

说罢起身。又说：“叔峤，你今天设法找到你那两个同伴，明天一起到我家来，把这几年东乡案子的情况详详细细地向我禀报，不能有半点虚假，我来为你们上疏请圣命。”

杨锐忙起身，打躬作揖，然后急急忙忙地离开张府。

七　前四川学政为蜀中父老请命

为了谈话方便，张之洞把何燃、黄奇祥也接到自己家里住，夜晚和杨锐一道挤在小客房里。张之洞和他们一连谈了三天话。三个川中学子对他们心目中德高望重的前学台大人，详详细细地述说东乡一案的冤情，述说朝廷对此案的不当处理后东乡农人的愤恨和省垣士绅的不平。又说，若此次再得不到公平处理，四川的人心将难以安定，其后果当不可预测。何燃、黄奇祥都有亲人在此案中罹难，切肤之痛使得他们更加情绪激昂，说到伤心时甚至嚎啕大哭，涕泗滂沱。张之洞的心情十分沉重。王夫人间或也坐在一旁听听，民间的疾苦常常令她黯然泪下。

前些天，何燃、黄奇祥搬出了张府，仍住到原借居的地方，他们和杨锐一起在京师四处活动，将东乡的冤案遍告官场，以便取得更多人的同情和支持。张之洞则在书房里苦苦地思索着，如何来写这道奏章。

这是道棘手的奏章，棘手之处很多。

首先，它要推翻已经定了五年之久的旧案。案子翻了，便意味着原判错了，这便要牵涉到很多人：既有朝廷方面的，也有四川方面的。朝廷方面，处理此案的吏部、都察院的那些官员都还在原来的位子上，他们会认错吗？四川方面，当时的总督文格虽免了职，没过两年又调到甘肃做藩司。据说此人人缘最好，关系最多。弄到他的头上去，今后好收场吗？

其次，棘手之处还在于要否定去年恩承、童华的复审。无疑，这既要得罪两位朝中大员，又要得罪丁宝桢。恩承、童华都是资格老、羽翼广的前辈。尤其是恩承，正经八百的黄带子，据说辛酉年的变局中，此老还是有功之臣，连慈禧都从不对他发脾气。这样的人开罪了，日后随便扔双小鞋给你穿，你受得了吗？还有那个丁宝桢，也的确不是一个平庸人物，张之洞对他怀有三分敬重，也有三分畏惧。他连安得海都敢拘捕斩杀，若与他结成对头，他会和你善罢甘休吗？

第三，这又是一个抗粮的案子。完粮交赋，自古以来，就是做老百姓的天职。没有百姓的粮赋，朝廷吃什么？官府吃什么？八旗绿营吃什么？国家缺了粮赋，还能维持得下去吗？盘古开天地以来，哪朝哪代不是把向百姓征粮征赋当作头等大事来做！同样，也把百姓的抗粮抗赋当作头等大案来镇压。抗粮，这是个多么可怕的罪名！聚众抗粮闹事，简直如同反叛，镇压讨伐，理所当然。杀一儆百，镇压东乡的目的，就是要稳住整个四川，甚至全国。这个道理是明摆着的，丁宝桢的话并没有错，身为朝廷命官的张之洞也知道此中的关系。

那么，东乡这个案子就不要去翻了？抑或是自己不去插手，让别人去做？

张之洞背着手在书房里缓缓地踱来踱去。夫人亲手端来的银耳羹摆在书案上很久了，他也没有心思去喝一口。他焦急着，心里烦躁不安，脑子里思绪纷杂，一团乱麻似的难以理清。

“不，不能！”张之洞突然发狂一样的在心里喊叫。儒家信徒的“民本”思想，言官史家的职守使命，前任学政的道义责任，热血男儿的天理良心，所有这些都告诫他，敦促他，决不能袖手旁观，决不能冷漠淡然，决不能因个人得失而放弃人间公道！

张之洞停止踱步，毅然坐到书案前，将已冷了的银耳羹一口吞下，决心义无反顾地为东乡冤民上疏请命。

他托腮凝思。

东乡一案的关键是属性。若属聚众抗粮闹事，则派兵镇压并无大错，失误只在杀人过多。显然，光绪元年的定案之所以对当事人处理过轻，光绪四年的复审之所以维持原判不变，都是基于这种认识。

但事情原本不是这样。

案发的第二年春天，张之洞到绥定府考试生童，东乡县属绥定府管辖。考试中，有十多份试卷不是按题作答，而是向学台诉说东乡的冤情。张之洞确信此案一定冤情甚重，否则生童不会做出此种违规之举。出于同情，张之洞没有斥责这些生童；限于身份，他也没有将此事告诉抚台和两司。他只希望朝廷能秉公办理，早安人心。这些天，听了杨锐、何燃等人的叙说，他心里更有底了，此案不是抗粮闹事，而是对苛政的不满。

做过三年四川学政的张之洞，对蜀中官吏的苛征勒索深有了解。是的，现在就借为东乡民人申冤叫屈的机会，向太后和皇上奏报四川赋税的实情。他提起笔，将自己所知的一切写了出来——

四川的赋税与他省不同。咸丰中叶，军饷紧缺，朝中大臣议定四川于钱粮之外再加津贴。所谓津贴，即按粮摊派，正赋一两，则额外再征收一两。咸丰末年，则又议于津贴之外加收捐输。所谓捐输，也是按粮摊派。四川全省一百六十州县，除最为贫苦的二十多个州县外，其他各州各县皆派及，或一年一派，或两年三派，全是藩司决定。每县地丁五六千金的，捐输则派到万金之上，这笔银子都摊到各人头上，不能少出。而所有这些，才只是报部完饷的正款，至于州县府各级的耗羡、运费还不算在内。不仅仅这些，四川省还有许多杂派，其中杂派最多的是各种名目繁多的局，如伕马局、三费局等等，此等局员的开支皆取之于民。各种杂费加起来，农人上缴的多于正款的钱粮，多则十倍，少的也到了五六倍。更可恨者，川省官吏还规定，农人必须先完杂费再完正款，一切完清后官府才发串票。若不缴杂费，即使完清正款的也不发串票。无串票，官府可视为未完钱粮而拘捕。川省官吏的这种手段，可谓狠毒。

他省捐输，不过偶一为之，即有勒派，也只加累富室而已，而川省捐输之数，一向由藩司派定，照文征收。从前历次奏报中所说的东乡农人于正赋外每两加钱五百文，并非向富室勒捐，而是向每个人头加派；也并非为国家增收财富，而是州县府各级官府用来肥私利己。东乡乡民的愤怒正是冲着这一点而来的。

此外，东乡从同治八年以来，六七年间向乡民征收数万银子，而县衙门从未有一纸清账向乡民公布。乡民要求公布账目清单，这也是合理的举动，不为过分。东乡乡民愤恨加赋，请求清账，这两件事合起来，被县令孙定扬诬告为聚众抗粮闹事，派兵镇压，造成了大血案。

张之洞写完这段话后，放下笔来，长长地嘘了一口气。这口气已经憋了很多年了。

在四川做学政期间，眼看川民为官府的敲诈勒索而怨声载道时，他就憋了一肚子气，回京师几年来这口气也一直没有机会吐出。现在借东乡之案上此奏章，既为东乡的翻案找到了依据，又为川民说了话，出了这股多年闷气。自己的俸禄，名为朝廷发给，而朝廷并不种田织布，还不都是百姓的血汗？因此当官要为民做主，乃天经地义。身为言官，为民请命，正是本职所在。今天的这份奏章，才是名副其实的言官之折。想到这里，张之洞颇为兴奋起来。

“懿娴！”他突然高声叫起夫人的芳名来。

王夫人正在东厢房里与春兰逗女儿玩，猛听得丈夫呼她的闺名，甚是惊奇，春兰也感到意外。通常，张之洞都不叫夫人的名字，当着夫人的面说话时从不称呼，对下人说话则用“夫人”二字代替。出了什么事儿？王夫人忙不迭地跑出东厢房，春兰牵着小姐跟在后面。

“怎么啦，四爷！”

还未踏进门槛，王夫人便气喘吁吁地问。踏进门后，却见丈夫满脸得色地站在书案边。

“你吩咐春兰，今天中午包饺子吃！”

“有什么喜事了？”见丈夫高兴，王夫人也高兴地笑起来。

这几天，张之洞为东乡的事愁眉苦脸，茶饭不思。王夫人看在眼里，疼在心头，但他知道丈夫的脾性，不敢多问。张之洞虽然生长在贵州，但家里一直保持着北方人的生活习惯，经常吃面食，逢年过节，或来了北方籍的客人，则包饺子以示郑重。张之洞继承这个家风，遇到喜庆，则安排家里包饺子。王夫人和大根、春兰都是北方人，一听包饺子，更是满心欢喜。

张之洞对夫人说：“我张某人做了三年四川学政，总觉得欠了蜀中父老一笔很大的情，今天总算还了一点，故先来个自我庆贺。”

看着丈夫脸上绽开发自内心的笑容，王夫人甚是快慰。她忙叫大根上街去割肉买韭菜，然后带着春兰亲自下厨张罗。

张之洞继续构思他的奏章。

东乡乡民不是无理取闹，而遭到如此惨毒的杀害，这就是冤案。冤案不雪，民心不服。民心、民心，张之洞想到这里，心情陡然沉重起来。

童年和少年时代在兴义府长大的张之洞，经常亲眼看到贫病交加的贵州老乡流落街头、逃荒讨饭的情景。一年到头，光倒毙在知府衙门外的饿殍就数以百计。兴义府所属各县的苗民常常闹事，身为知府的父亲一面弹压，一面也同情，在饭桌边对家人说："苗民没饭吃，没衣穿，受苦受罪，闹事也是逼出来的。"父亲的这些叹息，深深地印在张之洞幼小的心灵中。

青年时代回直隶老家参加乡试，后又去河南巡抚衙门做幕僚，再后来又去浙江、湖北、四川，从西南到京畿，从江南到荆楚，张之洞所到之处，民不聊生的多，富裕小康的少；人心浮动的多，安居乐业的少；怨声载道的多，歌功颂德的少。真的是国本松动，民心可虑呀！

身为大清詹事府官员，理所当然应当借东乡一案的典型事例，将"民心"二字的重要向太后、皇上指出，这实在是关系到大清长治久安的头等大事，也是身沐皇恩的大清臣子对朝廷的最大忠诚。张之洞想到这里，凛然提起笔来继续写下去。丰厚的学养，过人的记诵能力，使得他在引经据典这方面，一向得心应手，左右逢源——

我朝深仁厚泽，美不胜书，然大要则有二事：一曰赋敛轻，一曰刑罚平。赋轻不至竭民财，刑平则不肯残民命。顺治元年，世祖告诫群臣，凡官吏蒙混倍征者杀无赦。十三年又下令严禁加派。康熙五十二年，圣祖特颁"永不加赋"之谕。此为古今数千年所无之善政。至于好生恶杀，慎重刑辟，乃列圣相传之心。顺治十年，圣谕告诫：死者不可复生，误者不可复改，务必平心守法，使人不冤。康熙十二年敕刑部，所押罪犯，凡情罪稍可矜疑者概行省释。康熙二十四年又规定，凡官吏犯有贪污之罪，概不宽免。

接下来，张之洞又列举康熙、雍正、乾隆、道光等朝对几个大案件的慎重处理事例。因为惩治了贪官污吏，故而赢得民心，在史册上留下美誉。这些先例应是这次处理东乡冤案的借鉴。最后，张之洞倾注满腔之情，为这道奏章收了尾：

臣来自蜀中，实有见闻，若不发言，上无以对朝廷，下无以对四川通省之士民。愿皇太后、皇上深惟祖训至严，人命至重，民心可畏，天鉴难欺，关系至大，不独一蜀。应如何核议之处，恭候圣裁！

搁下笔，张之洞这才发觉肚子已饿了，对着窗外大叫“开饭”。王夫人笑吟吟地走过来告诉丈夫，全家人为等他吃饺子，中饭已足足推迟一个时辰了。

吃完饭后，张之洞在小庭院里散着步，思维仍没有从东乡案件中解脱出来。东乡发生的这一起四百多条人命的重大惨案，完全是人为的，县令孙定扬、提督李有恒负有主要责任，不杀这两个人不足以平民愤，也不能达到为这起冤案平反昭雪的目的。上午的奏章还没有来得及讲这一点，而这个体现四川通省士民的要求必须上达天听，请求圣旨批准。因此，很有必要再附一片。

张之洞匆匆结束散步，走进书房，又拿起笔来。正要动笔时，关于东乡之案的另一方面的情况突然浮出脑海。而这，又恰恰是这几年来无论定案，还是复审时都被各方忽视了。张之洞在四川时就听说过，前两天杨锐、何燃、黄奇祥也说到了。原来，此案发生前还有这样一个过程。

光绪元年春天，一股对苛政不满的情绪，开始在东乡县四乡农人中蔓延，大有酿成事端的可能。绥定府知府易荫芝得知这一情况后，立即指示县令孙定扬下乡查访实情，并主张减轻勒索，缓解民怨。孙定扬拒不执行，反而向川北镇请求派兵镇压。易荫芝派人飞驰川北镇，止其发兵。又派署太平县令祝士棻前往东乡。祝士棻与四乡农人和谈，并签字画押，遵守共同订下的条款。东乡民情有所缓和。不料，孙定扬向省垣告易、祝二人的状。于是总督文格派出总兵谢思友带兵前往东乡。谢思友到了东乡后知道农人并非叛逆，遂施行安抚之策。后来，易、祝、谢三人均遭弹劾，由提督李有恒、县令孙定扬一手造成了那场惨祸。

张之洞认为，这个惨痛的教训应该给人们以重大的启示，即负有地方之责的官员，必须时刻关注民情，应制止事件于刚萌芽的时候。如此，则不易出现难以收拾的大变。东乡之事，若按易荫芝的办法去做，早减捐勒，则不会恶化。另外，同一件事情，处理方式不同，也会引出完全不同的结果。若遵照祝士棻的方式去做，与乡民相约画押，各自信守，则将会平静地解决纷争。若按谢思友之法，安抚闹事之人，则能消去怨气，也不会使事端激发。可惜的是，三个有识的官员，却被无知的庸吏给排挤了。

张之洞想，一定要把这个过程向朝廷报告，一定要表彰在东乡事件中那三个见识卓越而遭到不公平弹劾的好官。这对各省各级官吏都是极好的教育，从提高办事才能、整顿吏治这个角度来看，或许比平反一个东乡冤案更显得重要。

张之洞提起笔来，为附片拟了一个“陈明重案初起办理各员情形片”的题目，然后笔走龙蛇，把自己的这段认识急速地草拟出来。

掌灯时光，杨锐风尘仆仆地回到张府，向老师禀报了两天来外出活动的情况。

这两天，杨锐拜访了一位川籍御史、两位川籍内阁中书，又在一个中书的引导下，拜访了一位川籍户部侍郎。这些官员对东乡冤案都予以同情，但鉴于复审仍维持原判，又都认为要翻过来是件棘手的事，不能急，只能慢慢寻找机会。

“香师，我们怎么能不急呢，我们不能在北京久住呀！若此案无一点进展，如何回川见父老乡亲呢？”杨锐满是稚气的圆胖脸上流露出几分忧愁。

“你们的心情可以理解，不过他们说的也有道理。”张之洞说，心里在想着“机会”二字。是的，若是遇着一个好机会的话，的确事情会要好办些。但是，机会，机会在哪里呢？

“叔峤，我已草拟了一折一片。你先看看，有什么想法，也可以说说，这是草稿，还要修改。”

张之洞走到书案边，拿起寸把厚的一叠纸来交给杨锐。

“哎呀，您写了这么多！”杨锐又惊又喜，忙双手郑重接过，仿佛捧起了东乡士民的希望。

奏章，在年轻的士子杨锐的心目中，有着无比神圣的地位。这是写给太后、皇上看的呀，若一旦被他们认可，墨写的文字就会变成铁的现实。杨锐写过不少文章。他的文章被公认为写得好，但那些文章有什么用呢？他心里想，再好的想法，再有益于国计民生的建议，对不法情事的再严厉的抨击，统统不过是纸上的文字而已，无丝毫实际意义，因为你不可能将它广为散发，你的锦绣文章有几个人读呢？只有奏章这种文章才有作用，这才是真正的经世济民的文字。回川后一定要更加发愤苦读，科场一定要顺利，要由举人而进士，由进士而翰林，早一天取得香师今天的地位，早一天为国为民上疏进言！

杨锐怀着这种心情，一字一句地仔细读着。张之洞的奏议，章法严谨而不呆板，遣词准确而不干涩，论据广博而不芜杂，建议周详而不浮泛，素来享有很高的声望。这一折一片也同样充分体现出“张奏”的特色。杨锐完全被它的魅力所吸引了。

就在杨锐阅读的时候，张之洞的脑子里又萌生了一个想法：在四川三年期间，亲眼看到蜀民的苦痛不知有多少，但回京这些年来，却并没有看到川督川藩上过关于百姓困苦的奏疏，连川籍京官也不言及。地方官向来是报喜不报忧，掩藏危机，粉饰太平，以此来换取自己的升官晋级，至于百姓的生与死，则从不往心头上记挂。京官每年要接受来自家乡的地方官送来的冰敬和炭敬，以及其他各种名目的礼品。拿人家的手短，当然就只有靠说好话来回报。如此内外一致，太后、皇上就被蒙在鼓里了。在朝廷的眼中，巴山蜀水，仍然还是千年前史册上的那句老话：天府之国，富甲天下，殊不知如今已大不然了。应该趁此机会，把蜀民的苦困向太后、皇上奏报，既可以让朝廷了解四川的实情，又有利于东乡案子的再次审查。正要提起笔来时，他忽然觉得自己浑身都已疲倦了。

张之洞一向体质不强，三十多岁时两鬓便有了白发。四十岁过后，他常常有一种日趋衰老的感觉，心中不免有些恐惧：一生真正的事业尚未开始，这样下去怎么行呢？今日一天之间连拟了两份奏疏，精力花费太多，更觉得比往日劳累。明天再写吧！这个念头刚一出来，便被他立即压下去了。

张之洞是个性格倔强、意志坚毅的人，想办的事就非要办成不可。一天之内连上三道奏折，这在他的过去是没有过的事，满朝文武中也罕有人做过这等事。然惟其如此，才能引起朝廷的重视，才能体现一个前四川学政的关爱蜀民之心。

“香师，正折和附片我都拜读过了。东乡冤案，有您这样的奏章递上去，一定会很快昭雪的。”

杨锐一颗热切的心被张之洞的奏稿所深深打动，并由此而更增添了对老师的敬意。

“但愿如此！”张之洞说。他斜倚在靠背椅上，让全身最大限度地放松。

“香师，您的这两份奏稿，可不可以让我来替你誊正？”

杨锐的眼睛里射出热烈的目光。对于一个肩负父老乡亲重托的尊经学子来说，对于一个巴望仕途顺利早日成为国家栋梁的年轻秀才来说，这是一件太富有意义的事情了。

见张之洞没有做声，他又赶紧补充一句："让我誊抄一遍吧，如果不能上奏，留下做个底子也好呀！"

若是在平时，张之洞是决不会同意杨锐这个要求的。一来亲自誊正奏稿，也是臣子对君上的一种忠诚的表示；二来毕竟还不是繁剧在身，有时间自己誊抄。但今夜还要草拟一个附片，分不出时间来，而瞬间冒出的另一个想法，更促使他很快作出了决定。

他想起了二十年前，他第一次会试落第，到河南开封堂兄张之万那里去做客。张之万很器重这个堂弟，除密折外，通常的奏折，从草拟到拜发的过程，他都让时年二十五岁的堂弟参与，或让他起草，或要他誊抄，或给他看幕府中师爷们的稿本。就在这个过程中，张之洞得到很多见识。张之万有时笑着对他说："我这是在培养未来的疆吏。"张之洞终生记得堂兄的这份情谊。眼下这个刚过弱冠的尊经士子，其资质、品性、学识、才情都不在当年自己之下，将来的前途不可限量，正好让他参与这几道折片的形成过程，借此历练，也好使他终生对老师有一个美好的印象。

得到老师的明确答复后，杨锐热血高涨，一种神圣感顿时充满他的全身。张之洞找出几份自己留下的奏章副本，详细地把格式和写法给学生讲了一遍，然后走出书房。他抬头看了看天空，月牙弯弯，繁星密布，深黑的天穹奇妙莫测，它给人以强烈的诱惑，又易使人生发出无穷的喟叹。一股夜风吹来，张之洞觉得有几分寒意，已是二更时分了。

洗过一个热水澡后，张之洞又恢复了白日的旺盛精力，回到书房时，杨锐正在灯下一笔一画地认真誊抄。他从背后看了一下：书法端庄秀丽，格式也符合要求，心里甚是满意。一坐在书案边，四川百姓生计困苦的景况，又浮现在他的脑子里。

据杨锐说，上次恩承和童华从四川回京奏报朝廷，说一两正款之外所加收的钱只有四千二百文，其实远不止这个数。四川乡民老实听话，若仅只此数，大家再苦，也会咬紧牙关交出来。事实上，最贫瘠的县，一两正款之外也要加收六两左右的银子，许多县高达十两。这笔银钱百姓实在负担不起。至于东乡县，则更为严重。这是张之洞还在四川时就已经知道的。东乡县令孙定扬为填满他本人及衙门里那一伙贪婪之徒的腰包，巧立名目，横征暴敛，竟然在一两正款之外收取高达十三四千文的苛捐杂税。知府易荫芝核减为七千文，已经不低了，但孙定扬不听，我行我素，依然征收十多倍于正款的钱。孙定扬正是逼迫百姓反对朝廷的那种贪官污吏！

张之洞想到这里，顿时怒火满腔。他铺纸研墨，奋笔疾书：

> 古人云：天心在民心，民安即国泰，民定则国宁。减捐轻赋以苏蜀民，此今日治蜀之第一计也。孙定扬逼民于绝路，李有恒滥杀至无辜，彼辈不独为蜀民之罪人，实为朝廷之罪人。从来坏圣君之英名，毁大业之根基者，皆孙、李等乱政残民之蛀虫也。此辈不诛，民心何能得安宁，国家何能至大治，朝廷何能树威仪，上天何能降平安？

“好，就这样定稿！”

张之洞为自己拟的这几句文字兴奋起来，将笔一扔，霍然站起。杨锐正在屏息静气地誊抄，被张之洞这一声高叫所惊动，知道老师又得绝妙之句，忙过来先睹为快。

“香师，有您这几句，孙定扬、李有恒不上断头台，怕连太后都不会答应了。”

杨锐说完，捧起这份奏稿，又大声朗诵一遍，由衷佩服不已。

“不仅要借他们头来为蜀中父老出一口气，还要借他们的头来整一整天下的吏治！”望着夜色深沉的窗外，张之洞坚定地说。

“香师，快四更天了，您去歇息吧，我来抄，天亮之前可以抄好。如果您满意的话，上午即可拜发。”

到底是二十刚出头的小伙子，杨锐一丝倦意都没有，反倒被为民请命的崇高情感所激励，情绪越发高昂了。

“叔峤，你以为这三道奏章上去，东乡冤案就一定会昭雪，孙定扬、李有恒就一定会被砍头吗？”

张之洞目光凝重地望着面色红润的年轻士子。

“有您这三道奏章上去，再有几个人配合吁恳，事情一定会办成的。”杨锐很有把握地点点头。

“可能不会有这么便当。”张之洞转眼望着书案上那簇橘黄色的灯焰，慢慢地说，“先前的定案和去年的复审，都是有谕旨肯定的，现在要再请谕旨来推翻前定，谈何容易啊！”

如同一盆冷水浇来，尊经书院的小秀才一时没有主意了，他呆呆地看着背手踱步的老师，口里喃喃地念着：“那怎么办呢，那怎么办呢？”

是的，怎么办呢？张之洞也在苦苦地思索这个问题。远处，似乎隐隐约约地传来晨鸡的打鸣声，天快破晓了！他毫无睡意，正陷于沉思中。

突然，他想起一件事情来，顿时心里燃起一股希望，忙对杨锐说：“不抄了，你也快去睡觉，这几份奏章暂不拜发，过几天再说。”

为什么要过几天再说呢？杨锐满腹疑虑地望着颇有点情绪化的前学台，他不能理解老师为何陡然之间又发生了变化。

八　张之万对堂弟说：做官是有诀窍的

十天前，张之洞接到乡居多年的堂兄张之万的一封信。信上说，醇邸邀请他进京小住几天，叙叙别情，谈谈诗文。他很荣耀地接受了这一邀请，即日进京，将下榻贤良寺。

看信的时候，张之洞只是为兄弟即将见面而高兴，并未作深思。

今天凌晨，为上折子的事，他突然想起了这封信，心中似有一个亮点在闪烁。现在，张之洞睡了两个时辰后醒来，独自坐在书房里，把堂兄的信找出来又重新读了一遍，开始深入地研究这件事。

张之万真正是个天下少有的幸运儿。

道光二十七年，张之万高中状元，金榜张挂后，即刻名动四海，全国士人莫不艳羡敬仰。三年后，他督学河南，期满后回京，充任道光帝第八子钟郡王奕詥的师傅。同治元年被擢升为礼部侍郎，遵两宫太后之命，辑前代有所作为的帝王和垂帘听政的皇太后的事迹，以供执政参考。慈禧很看重这部书，亲自赐名为《治平宝鉴》。年底出任河南巡抚。同治五年调任漕运总督，与曾国藩、李鸿章一道，受命防剿捻军。同治九年调江苏巡抚，十年升闽浙总督。这一年，张之万年已花甲，母亲八十二岁。

张之万虽然官运亨通，但他书生气浓厚，读书为文给他带来的愉悦，更要胜过权力加给他的煊赫。他尤喜绘事，每天退下公堂后都要画上几笔，自我欣赏，其乐陶陶。况且他性情较为冲和疏散，不太能耐繁剧。于是，在六十二岁那年，便以母老乞养为由，抛开权高势大的闽浙总督不当，致仕回南皮老家，过着悠闲自得的书画生涯。

然而，张之万此举却给他在官场士林赢得极高的声誉，众口一词赞扬他志趣高洁，事母至孝。以清廉自励的张之洞对这位堂兄更是钦仰不已。

去年年底，九十岁的老母去世，年近古稀的张之万恪尽孝子的职责，在母亲墓旁筑庐守制，谢绝一切应酬。为何醇亲王却在这个时候突然召他进京，难道仅仅只是叙叙别情、谈谈诗文吗？

张之洞知道，醇王和钟王均为庄顺皇贵妃所生，关系从来就十分亲密。张之万在做钟王师傅的时候，醇王也常常向他讨教。张之万亦对这位聪颖的皇七子殷勤至极。彼此之间的交往非比一般。现在，醇王的儿子做了皇帝，他在朝中的分量自然远重昔日。同样，他对国事的关心，也自然会远过昔日。那么，他此时召张之万进京，一定有国事相商。然则，他们商讨的又会是什么国事呢？

张之洞决定派大根去贤良寺打听一下，看看张之万来了没有；如果还未来，将会在什么时候到。既然是奉醇邸之邀，贤良寺一定会早作安排的。

下午，大根兴冲冲地回来向四叔禀告：子青老伯已在三天前住进贤良寺，昨天拜会了醇邸，今天拜会钟邸，要深夜才会回贤良寺。

子青是张之万的字。张之万比张之洞大二十八岁。第一次见面时，张之万已是五十多岁了，张之洞不知如何称呼为好。张之万笑着说："我已做了爷爷，开始进入老年了，你就叫我老哥吧！"张之洞称张之万为子青老哥，大根便只好叫他子青老伯了。

张之洞喜道："你今夜守在贤良寺，务必要见到子青老伯，问他哪天有空，我去拜会他。"

第二天清早，大根回家说："子青老伯说，中午请四叔过去，一起在贤良寺吃午饭。"

老哥如此热情，张之洞兴奋不已，忙吩咐大根去后院喂饱骡子，洗刷轿车。巳正时刻，张之洞怀揣着杨锐誊抄的三道奏折，坐上由大根驾驶的蓝呢骡拉轿车出了门。

贤良寺在皇城附近的金鱼胡同里，它并不是一座佛寺，原本是雍正朝怡贤亲王的府第，现为朝廷的驿馆。各省督抚提镇等文武大员进京陛见，大都住在这里，为的是便于觐见太后、皇上。

刚到大门口，一个身着长袍马褂干练机警的中年男子冲着大根问："是四爷来了吗？"

"是的。"大根边答边掉头对轿车里的张之洞说，"这位是子青老伯过去的幕友，我昨天见到他与老伯在一起。他可能是专门在此等候您。"

说话间骡车停住，张之洞从轿车里走出来，中年男子迎上去，微笑着说："给四爷请安！我是制台大人派来接四爷的。我姓桑，桑叶的桑。"

张之洞从来没有见过此人，听大根刚才说是堂兄先前的幕友，便客气地说：“桑先生，劳你久等了。”

“哪里，哪里。请进吧！”

桑先生陪着张之洞穿过一条两旁花木扶疏，中间用黑白两色鹅卵石铺就的甬道，来到贤良寺的后院。这里并排建有三座互不相连的四合院，院子结构小巧精细，四周环绕着古柏翠竹。比起前院来，此处更显得清幽雅洁。张之洞来过贤良寺前院多次，却没有到过后院，不知尚有这样三座颇为神秘的特殊建筑。在左边一座小院的门前，桑先生停止脚步，伸出右手，略微弯了弯腰说：“四爷请进，制台大人正在里面等着。”

张之洞也不谦让，大步迈进了院子。

“是香涛来了吗？”

随着一声洪亮的问话，一位精神矍铄的老者走了出来。

“老哥！”张之洞热烈地喊了一声，快步走上前去，恭恭敬敬地向堂兄鞠了一躬。

“不要行礼，不要行礼！”张之万扶着堂弟，满是笑容的眼睛将他上下打量了一番。“十多年没有见面，你也是中年人了，身子骨还好吧！”

“托老哥的福，身子骨好着哩！”

张之洞注视着睽违良久的堂兄：老是比先前老多了，但七十岁的人了，能这般精神爽朗，身板健旺，也真的不容易。他笑着说：“老哥，从你说话的声音听来，底气比我还足哩！”

“哈哈哈！”张之万大声笑起来，说，“进来坐吧！”

张之洞随着堂兄进了客厅。这里摆着一色新制的梨木家具，黑红色的油漆闪闪发亮，茶几上放着太湖石盆景，墙壁上悬挂着郑板桥、刘镛等人的字画。整个客厅显得高雅脱俗。刚落座，便有衣着鲜丽的小厮进来沏茶上糕点，安排好后，再悄悄地退出。

“我是大前天下午进的京，”张之万端起雪白细胎起青花的宫廷用瓷碗，浅浅地吮了一口茶，说，“醇王府里便派人在此等候了，故而前天便去拜谒醇王。深夜回贤良寺时，才知道钟王府里的人已在此等候两个时辰了，于是昨天又去拜谒钟王。正在为没有空去通知贤弟而发愁，恰好昨夜大根来了。我于是今天谢绝别的邀请，特请贤弟来此叙谈叙谈。家里都还好吗？”

张之万的这份亲热，令张之洞感激，忙答：“都好，都好！能在醇王、钟王之后我们兄弟就见面，也真是老哥的特别安排了。”

说话间，张之洞见堂兄一身布袍布履，知他拜会二王时都未脱守制之服，更对这位严守礼仪的堂兄倍添敬意，说：“大伯母仙逝，我也未能回南皮磕头祭奠，心中实未能安。”

张之万戚然说：“你远在京师，自然不能回去。古稀孝子送九秩老母，无论生者还是逝者，都已无遗憾了。”

张之洞点头说：“大伯母福大寿大，不仅是我们张氏家族的母仪，且足以表率乡邦，垂范后昆。”

张之万说：“老母临终时，格外挂牵在外边做官的你和滋轩。说为国家办事不容易，要你们两郎舅自己多多保重。滋轩近来如何？他很长时间没有给我来信了。”

滋轩是张之洞三姐夫鹿传霖的表字。张之洞有六兄弟八姐妹，鹿传霖是他的三姐夫。

鹿传霖是直隶定兴人。父亲鹿丕宗在贵州都匀府做知府时，张之洞的父亲正在兴义府做知府，二人既是同乡，又同为一郡之守，故成为好友，进而结为儿女亲家。那一年苗民闹事，攻破都匀，鹿丕宗夫妇同时被杀。二十岁的举人鹿传霖冲出城外，搬来官兵，收复都匀，由此声名大震。后来，鹿传霖投奔正在安徽与捻军作战的钦差大臣胜保。同治元年考中进士，选为庶吉士，散馆后没有留翰林院，而是改放广西知县。这种资历有个名称，叫做老虎班。

原来，通常的进士放知县，需要等候一段时期，待有缺出之后，才能补缺成为正式的县令。庶吉士散馆改放地方，不须等候，立马上任。这就叫“老虎班”。虎为百兽之王，兽类都怕它让它，庶吉士下来的县令，候补的进士们都得让它，就像百兽让虎一样。这可能就是“老虎班”一词的来历。

鹿传霖有着一般书生所没有的胆气，又有军旅生涯的经历，故而在平息地方骚乱，维持社会秩序方面，便远不是通常的县令所可比拟的。这些年来战乱频仍，各地均不太平，正是鹿传霖施展才干的好时机。于是，他便因此步步高升，官运亨通，由县令而知府而道员，去年又升为福建按察使，已做到负责一省刑名治安的高级官员了。比起这个能干的姐夫来，只小两岁晚一年通籍的舅子，便要显得迁升慢了。在仕途上，功成名就的堂兄和干练通达的姐夫，常常是张之洞的鞭策。

“上个月收到滋轩的一封信。他在福建过得很好，家眷也都平安，年底第二个媳妇将过门。”

张之洞正想问一问几个住在南皮的远亲的近况，桑先生走了进来，对张之万说：“青帅，酒菜已在清风轩里摆好了。”

“好。”张之万起身，对堂弟说，“香涛，我们过去吃饭。”

走进清风轩，只见古雅的八仙桌上只摆着两双筷子。张之万指着仅有的两张靠背椅说：“今天这顿饭只有我们兄弟俩，我们慢慢地边吃边聊。”

张之洞正要将东乡的事情好好跟堂兄说一说，又要细细地打听一下堂兄和醇王的这次不寻常的会晤，如此安排真是太好了。

兄弟俩坐定，喝了一口酒后，张之洞问：“老哥，这位桑先生是个什么人？是跟你从南皮进京的，还是本就住在京师？”

张之万摇摇头：“既不是从南皮跟我来的，也不是住在京师的，他是应我的邀请，昨天从隐居地燕山脚下古北口来贤良寺与我相见的。”

隐居、燕山、古北口，与机警、干练、洒脱交织在一起，立即在张之洞的脑子里组成了一幅奇异的图景。他对这位桑先生有着一股少有的浓厚兴趣。

“这是个什么人，您一进京，便把他从隐居地召来相见？”

“说来话长了。”张之万微微一笑。“同治九年，我在江苏做巡抚。有次在苏州织造春熙府上做客，见他的客厅里悬挂着一幅中堂，画的是嵩山绝顶图。莽莽苍苍，气象万千，甚得山水之奥妙。我自认为画山水四十多年了，尚画不出此画的气概来。便问春熙，此画是谁人所作。春熙说，这画是朋友送的，据说画画的人就寄居在虎丘。大人若是喜欢，明天就派人去虎丘，叫他画一幅更好的送给大人。我走到画前，再仔细端详着这幅嵩山绝顶图，愈看愈觉得手笔不凡，便对春熙说，此人不能召唤，不要你派人去叫，得用轿子把他接到巡抚衙门里来。春熙说，一个穷卖画的，也值得中丞用轿子去接吗？他哪里受得起这个礼遇，多给他几两银子好啦。香涛，你听听，这就是旗人的口气！”

“又是一个焚琴煮鹤的俗吏！”张之洞冷笑道。

张之洞这句话有一个典故。明代苏州有个大画家沈周，名重一时。有次苏州知府要找一个画画的人，左右推荐沈周。知府发朱票传唤沈周，并命他立即在走廊上作画。沈周对知府的无礼甚是恼火，便挥笔画了一张《焚琴煮鹤图》。知府不知沈周在讥讽他不懂艺术，居然把画挂了出来，引来苏州文士们一片讪笑。

“香涛，大家都说你做诗用典确切，你这顺手牵来的典故真是切得太准了。”

同是发生在苏州的故事，同是官家对民间艺人的恶劣态度，相似之处，如同翻版。张之万对堂弟的腹笥功夫由衷佩服。

张之洞笑了笑，没有答话。

“第二天，我把自用的绿呢大轿派出去，从虎丘接来这位画师，他就是这个桑先生桑治平，表字仲子。那年他三十出头，长得一表人才。”张之万满脸喜悦地说下去，“我和他谈了一个多时辰的话，发觉他不仅精于绘事，而且有着满腹经济之学，心中诧异：这样一个难得的人才，怎么会寄居虎丘古寺，靠卖画谋生？我问他，他只简单地说了两句：十年前遭遇一场大变故，事业毁灭了，从此便四海为家，以鬻画谋食。我问他收入丰厚不丰厚。他苦笑着说，看画者多，买画者少，收入菲薄，聊以度日而已。我便对他说，我爱画画，极愿与你交个朋友，你间或也可帮我做点衙门里的事；若不嫌弃的话，你就留在我这儿，我给你月支一份薪水如何？桑治平说，中丞大人对我如此器重，不容我不答应，只是做不了什么事，很觉惭愧。我笑着说，即使什么事都不做，一个月画一幅画送给衙门也好呀！就这样，桑治平留下了。后来我到福州，他也跟着去了。他果然每个月送幅画给我，说是顶薪水。其实，他帮过我很多忙，出过不少好主意。同治十二年，我辞官回南皮。桑治平说，我又要闯荡江湖了，但我会永远与您保持联系。第二年他来信告诉我，已在古北口成家落户。香涛，我对你说了这么多，是想介绍他与你认识。据我的观察，此人不是一般的人，你今后可以和他做个朋友。”

张之洞是个喜好奇特的人，自谓喜读天下奇书，喜识天下奇器，喜交天下奇才，喜做天下奇事。刚才在大门口一见面，桑治平便给他留下极深的印象，现在听堂兄这番介绍后，他立即意识到此人是个与众不同的奇人，遂点头说：“这个桑治平的确不是凡庸，古北口离京师不过三百来里路，过些日子，我亲自到他家里去拜访他，以示订交的诚意。”

“好！”张之万举起酒杯来，“喝酒！”

张之洞将酒杯举起，互相碰了一下，喝了一口酒，吃了点菜后，张之万笑着说：“这几年贤弟回京师来，连上了几十道很有力量的奏章，朝野震动，太后召见，真正是名播海内。前天醇王爷还在我面前称赞你哩。”

这是个重要的信息。张之洞忙问：“醇王爷说了些什么？”

“醇王爷说，你的堂弟张之洞是条硬汉子，不怕洋人，太后赏识他，我也喜欢他，他是个有骨气的人。又说，太后和我都同意他的意见，杀掉崇厚，给点颜色让俄国人看看。只是想到崇厚的祖上为打江山出了大力，故改为斩监候。太后和我都希望他今后多上好奏章。”张之万顺手捋了捋稀疏的花白胡须，笑眯眯地望着堂弟说，“有你这样的贤弟，老哥我的脸上都光彩不少。”

听了这话，张之洞的心里十分高兴，一个重大的设想突然跳进脑子：何不趁此机会，请老哥引见引见，到醇邸去走一趟呢？如果东乡这个案子得到醇王的同情，那就好办多了。尤其是，如果与醇王建立起交往，则于今后的仕途，简直有不可估量的好处。

张之洞做了十多年的京官，虽然见过醇王几面，却没有受到过醇王的接见，对于这位贵为皇上本生父的王爷，他也只是从道听途说中得到的印象。醇王眼下除开一个亲王的封爵外，不兼任何差。张之洞弄不清楚，这个仅只四十岁的皇上本生父，究竟是对政事本就缺乏兴趣呢，还是惮于西太后的威权，不愿插手其间，以免遭不测？抑或是暂作韬晦，待皇上亲政后再图作为呢？对这位王爷的脾性打小起就了解，这几天又频繁出入王府的堂兄，于此必有自己的明识。

“老哥，请恕我冒昧，我直言问您一句话，您能答就答，不能答就算了。”张之洞放下酒杯，目光逼视着瘦瘦精精的堂兄。

“你要问句什么话，这般郑重其事？”张之万不自觉地也放下杯筷，神情肃然起来。

张之洞将身子向前推移几寸，直截了当地问：“醇邸这次召您进京，除叙别情谈诗文外，还有别的事情吗？”

张之万望着堂弟那双比常人略显长大的双眼，停了片刻，反问：“你说呢？”

“要我说，肯定还有别的事。”张之洞摸着酒杯，神情似乎比刚才松弛了许多。“要不然，他不会将您这个古稀老者从偏远的南皮突然召进京来。”

“让你给说对了。”张之万重新端起酒杯，浅浅地喝了一口，说，“其实你不问，我也会告诉你的，只不过这是我们兄弟俩的私房话，你绝不能对外说起半个字。”

张之万一直觉得自己对堂弟有所亏欠，故而特别照顾。这些年来，他常在书信中对堂弟谈自己的宦海感受，以便堂弟多一些借鉴。张之洞对堂兄的这种关怀一向很感激。自然，与醇邸会晤这等大事，若不是出于兄弟情谊，张之万是决不会说出其中的内容的；毫无疑问，这也是决不能对外泄露的。张之洞重重地点了一下头。

“醇王要我出山。”

“噢——”张之洞长长地应了一声，这颇为出乎他的意料。“现在怕不行，还正在守制期间里。”

“是呀！”张之万轻轻地说，“醇王爷因为不知道，听我这样说，他没有强求，只好说一等服阕就进京吧！”

堂兄能东山再起，进京担任要职，对张之洞来说无疑是一件求之不得的大好事。他忙说：“您没有推辞吧！”

张之万笑着说：“我对醇王爷说，我山居六七年了，过两年愈加老了，再出山也不能为朝廷做什么事。”

“醇王怎么说？”张之洞急着问。

“醇王爷说，镇抚国家，还得靠老成。皇帝一年年长大，再过几年就要亲政了，我要为他预备几个靠得住的人。你不要推辞，服阕即进京，一言为定！我原是因为亲老而辞官的，现在老母已归道山，醇王爷既然不嫌我老，我也就再没有别的理由不出山了。”张之万乐呵呵地一边说，一边喝了一大口酒。

张之洞知道，当年若就是现在的局面，即醇王的儿子已登位的话，张之万是决不会辞官归里的。人之常情是久动思静、久静思动，说不定这些年他天天在南皮盼望着朝廷的征召。想到这里，张之洞很是兴奋，他举起酒杯，高声说：“恭喜您，老哥，到时我回南皮接您！”

“哪里敢劳贤弟的大驾！”张之万自己更是满心欢喜。

“老哥，我再冒昧问你一句话，醇王眼下不兼一差，也不过问国事，他究竟是怕妨碍两宫太后，还是本于此无兴趣？”

张之洞瞪着两只发亮的大眼睛，静静地听着堂兄将要发表的意见，这可是关系朝局的大事！

“哼！”张之万冷笑一声，说，“香涛，你是个史册烂熟于心的人，你想想看，历朝历代有哪个近支王公对国事没有兴趣？老说没兴趣，恰恰就是最有兴趣。何况自己的儿子现正做着皇帝，他醇王爷就真的能心如古井吗？你听我慢慢地跟你说。”

张之万将杯中的剩酒喝完，张之洞忙提起酒壶给他倒满。清风轩的侍役进来，送上一碗热汤，又递给每人一条热毛巾。擦过脸和手后，张之万对侍役说不要再添汤菜了。贤良寺的侍役懂规矩，知道住这里的人都有些不能让别人晓得的机密。侍役点点头，接过毛巾，轻轻地出去，然后将房门拉紧。张之万继续他的话题：

“咸丰四年，我从河南学政任上内召回京，为钟郡王授读。那时，钟王爷十三岁，醇王爷十四岁，兄弟俩因为是同母所生，关系亲密，互相往来频繁，因此我也得以与醇王爷亲近。我在两位王爷身边整整七年，真可谓亲眼看着两位王爷长大。不怕贤弟见笑，我与两位王爷，名义上虽是君臣之义，其实已近于骨肉之情。”

说到这里，张之万的脸上流露出十分欣慰的神色。张之洞很能理解堂兄的这种欣慰，有如此经历，真正是人生之幸。

清朝皇子的师傅，多出于殿试中的一甲三名，有幸被选作为皇子的师傅，乃是极大的荣耀。若是福大命好，所教的皇子登基做了皇帝，做师傅的则会有天大的荣光和崇隆的地位。即使所教的皇子没有做上皇帝，因为尊师重道的缘故，做过师傅的人也会受到皇家的尊敬，而享受到许多别人享受不到的优待；至于皇子，通常都会终身对师傅礼遇。张之洞探花出身，却没有被选为皇子的师傅，他为此而遗憾过很多年。

“师傅做得久了，我对于两位王爷的脾性也摸透了。总的来说，两位王爷都不属于强悍一类。不仅仅是醇王爷、钟王爷，包括文宗爷、恭王爷、孚王爷在内，都没有太祖太宗那种豪迈剽悍的气息，这可能是宣宗爷敦厚仁慈的遗风所致，他们几兄弟都秉性温良仁懦，其中尤以钟王爷为甚，其次便是孚王。比起三位皇兄来，他们的政事兴趣要淡些，而醇王爷不是这样。”

说到这里，张之万禁不住提高了嗓音。张之洞挺起身来正襟危坐，在脑子里展开一张吸墨纸，要把当年皇子师傅的每一字每一句都吸收进来。

“醇王爷在政事上，有一种天潢贵胄所特有的责任心。在他看来，江山是祖宗打下来的，自己不管谁管？就凭这种责任心，文宗爷龙驭上宾时，他不能容忍肃顺等人仗着顾命大臣的身份欺负两宫太后，于是和两宫太后、恭王里应外合，办成了辛酉年那桩大事。二十二岁的醇王爷带兵半夜驰奔密云抓肃顺那一节，今后搬上书场戏台，也是够惊险英勇的。香涛，我还对你说件事。”

张之万停了一会，似在回忆当年那段历史风云。

“因为醇王福晋是西太后的胞妹，故而醇王夫妇与两宫太后的关系格外亲密。文宗爷病重时，恭王爷请求去热河，文宗爷不同意，但醇王爷夫妇却一直随侍在侧。肃顺等人把持朝政，别人都难以进内宫，唯有醇王福晋，肃顺不便阻挡。那段日子里，就多亏了醇王福晋的进进出出，才维持了两宫太后与京师恭王爷的联系。两宫太后由热河回銮京师之前，即命醇王爷草拟罢黜肃顺等人的诏书。西太后将诏书密藏于贴身小衣内，人皆不知。回到京师，恭王爷率留京大臣迎谒，西太后于小衣中将醇王爷草拟的诏书取出，交付恭王爷宣布肃顺等人罪状，即日拿交刑部治罪。香涛，你看醇王爷是个怕事的人吗？”

张之万不再说下去了。他拿起银勺舀了一勺已经变冷的汤，低下头，慢慢地喝着。

醇王带兵捉肃顺的事，张之洞早就听说过，至于抓肃顺的密诏也为醇王所拟，他却一点都不知道。如此说来，醇王为大清朝今日局面的形成，是立下大功勋的，怪不得慈禧太后要将皇位交给他的儿子，其中还有一份酬谢之意在内！

“老哥，恭王、醇王在辛酉年都立了大功，穆宗宾天后，两宫太后将皇位交给醇王之子而不给恭王之子，恭王府是如何想的呢？”

张之万抬起头来望着堂弟，缓缓地说：“贤弟，这就是我今天特意叫你来贤良寺，兄弟俩在清风轩单独吃饭谈话的原因。老哥我有重要的话对你说。”

张之洞的神情不觉为之一振，敛容屏息，倾听堂兄的下文。

“恭王爷比醇王爷大七岁，无论是阅历，还是才干都在醇王爷之上，故两宫太后多倚重恭王。因为恭王处事有己见，到后来便与西太后有过几次争执，彼此渐生不睦。穆宗宾天后，不传位于恭王之子而传位于醇王之子，这中间原因很多，而恭王圣眷减退，是一个重要原因。对此，恭王府当然不会平静。从这几天与醇王爷和钟王爷的谈话中，我有个感觉，西太后迟早会下这个决心，将恭王的权柄移交给醇王。醇王之所以要我出山，是在为自己准备靠得住的帮手。贤弟，”张之万举起酒杯来，说，“喝下这口酒吧，老哥有几句腹心话要对你说。”张之洞忙举起杯子，与堂兄重重地碰了一下，一饮而尽，肃然聆听。

“老哥我自道光二十七年通籍，到同治十一年辞官回里，在官场上混了二十五年，从翰林院修撰做到闽浙总督，仕途还算顺遂。以我本人的为官经历和冷眼对旁人的观察，我以为做官是有诀窍的，这诀窍就在于要寻找一个有力的牢固的靠山。若这个靠山在他尚未成为十分有力和牢固的时候，你便与他有着非一般的关系，一旦他的地位稳固确定之后，你在仕途上便会一帆风顺，左右逢源。官做到这个地步，便可谓做到家了。”

如同佛手摩顶一般，张之万这几句话给张之洞以巨大的启迪：以探花之出身，入仕近二十年了，无论是政绩还是著述，都要超过一般人，然而至今尚只是一个正五品衔的右庶子，迁升缓慢的原因，或许正是没有一个有力而牢固的靠山。

“有的靠山的得来是天缘凑泊。譬如说大家都做皇子的师傅，偏杜受田命好，他的学生文宗爷登基继了位，他马上就晋升协揆。这就是天缘凑泊。那年我辞官时，没有想到有醇王爷的儿子做皇上的一天。现在我已归田六七年了，醇王爷还记得我，看来老哥我也无意之中得到天缘凑泊。有的靠山则要自己去靠上。贤弟，种种迹象表明，醇王爷不久就是一座真正可以依靠的大靠山，你要看到这一点。”

张之洞的情绪激动起来。堂兄的这句话，给他今后的仕途指出一条充满阳光的大道。他起身，双手举着酒杯，说：“之洞深谢老哥的指拨。只是至今与醇邸缘悭一面，还请老哥相机引见才好。”

“行，你坐下吧，我们一起喝了这口酒。”

待张之洞坐下后，张之万恳切地说：“我已是日薄西山的人了，即使再次出山也做不了多大的事业，张氏家族未来的希望是在贤弟你的身上，我有责任为你引见，只是，”张之万捻须沉思着，“借一个什么名义来引见呢？”

“老哥，我前两天为四川东乡县的冤案拟了三道奏折，是否可以先送给醇王看看，借此为引见？”

张之洞说罢，将随身带来的青布包打开，取出一叠厚厚的奏章来，平平整整地放到酒桌上，然后把东乡的案子对堂兄简要地叙说了一遍。

“好，好。”张之万连连点头。“这三道奏折的确是个很好的引见物。你放到这儿，我今夜细细地看一遍。后天三庆班会到醇王府唱堂会，醇王爷要我去凑凑热闹。我会把这叠奏折带上呈给王爷，请他先过目，然后再相机提出你的意愿来。”

“就这样吧，一切拜托老哥啦！”

张之万随手将摆在桌上的奏折翻了一下，心里想起一桩事。

“香涛，这几年你上的几十道折子，老哥我都仔细地看了，确实道道都不同凡响。但有一句话，老哥我不能不对你说，望你长记心中。”

张之洞挺直腰杆，一副凛然受教的模样：“之洞不敏，正要请老哥多多指教。”

“贤弟自幼熟读史册，当知‘为政不得罪巨室’这句话。此话看来颇似乡愿，实乃真正的要言妙道。近年来你虽厕身清流，但颇为谨慎，不像张佩纶、邓承修等人专与大吏作难，今后切望保持下去，奏折中总以多议国计民生，少劾豪门巨室为宜。贤弟生性忠直，又身为言官，老哥怕你今后在声名隆盛之时忘乎所以，以至于未获大用而被宵小中伤，造成终生遗憾。若到那时再悔，则悔之晚矣。正因为期之甚高，爱之甚切，故言之亦甚直率，望贤弟能体谅老哥的一番苦心。”

这是真正的手足情谊的良药忠言，张之洞哪会不能体谅？他重重地点了一下头，说：“老哥金石之教，之洞将终生铭记，切实遵循。”

吃完饭后，张之万躺下午睡，张之洞则邀请桑治平在贤良寺后院散步。二人虽初次见面，却彼此都有故友相逢之感。他们毫无拘束地闲聊着。学问文章，政事民情，无所不谈，很是投缘。张之洞看出桑治平世事洞明，人情练达，是个隐逸于江湖中的俊才。桑治平感觉到张之洞热血奔涌，心地坦诚，是一个官场中少见的棱角鲜明实心做事的能吏。

张之洞握着桑治平的手，诚恳地说：“京师官场士林之中，难觅先生这等人才，若不嫌弃，忙过东乡案子后，我去古北口看你，再次向你请教。”

桑治平颇受感动：“桑某乃一布衣，浪迹江湖，落拓半生，前蒙青帅垂悯，今又受庶子错爱，真是三生有幸。庶子若肯光临寒舍，当洒扫花径，恭迎大驾。”

晚上，张氏兄弟和桑治平一起，痛痛快快地吃了一餐晚饭。夜里，张之万读奏折，张之洞又和桑治平说了半宿的话。到第二天上午分手时，张之洞已把桑治平看成很契合的老朋友了。

九　为借东乡之案做文章，醇王在清漪园召见张之洞

张之万送来的关于东乡冤案的三道奏折，醇王已经仔仔细细地看过一遍了。现在，他又将这三道书法秀劲内容沉甸的奏折在手里随意抚弄着。这位四十岁的王爷，长得与其英年早逝的四兄和执掌国柄的六兄很相像：一样的小脸尖下巴，一样的单薄身材。这些都来自道光帝的遗传。与方面大耳、膀阔腰圆的乾隆、嘉庆相比，道光和他的这几个儿子似乎不是真龙天子的后代。

醇王是个复杂的人物。

作为道光帝的七皇子，父皇去世的时候，他只有十岁，上面有三个已成年的兄长，当然不可能有继位之想。随着年岁的增大，眼看着四兄独尊天下，六兄权势显赫，同是先皇血脉的他，怎会不眼热？工于心计的懿贵妃在生了皇子之后，获得咸丰帝的特别宠爱，为了增加自己在皇族中的力量，她把亲妹妹嫁给了醇王。从此醇王成了她的心腹。在辛酉年那场政变中，醇王夫妇立下特殊的功劳，醇王也由郡王晋升为亲王。但处理国家日常事务的权柄，则落在比他大七岁的恭王手里。

恭王奕䜣器局开朗，聪明能干，且能重用汉人，受到朝野中外的拥护。醇王对这位兄长既佩服又嫉妒。他的这种心态，与对恭王既利用又防范的慈禧很是接近，叔嫂两人基于同一情绪，又结成了新的联盟。因为要对恭王别树一帜，醇王在对外事务中，便采取一种虚骄强硬的态度。在同治九年天津教案的处理过程中，恭王和醇王两人的态度便截然不同。

同治帝死后，新皇帝不出于恭王府而出于醇王府，恭王当然不服气。但是面对着醇王晕厥在地，力辞不受，过后又坚辞开缺所有差使

的一连串动作，恭王也不好意思再争，只得把气咽进肚子里，打叠精神，继续做他的军机处领班大臣。

哪怕是一职不兼，而今的醇王已不再是同治年间的醇王了，满朝文武视“潜邸”为神明，“潜邸”之主自然也深知自己的神圣身份。对于恭王，他不再像先前那样谦恭了，他要尽早把大权从恭王手里夺过来。

然而，事实上醇王只是一个性格脆弱才具平庸的人，既没有安邦治国领袖群伦的真才实学，又缺少玩弄大阴谋大诡计杀伐专断敢作敢为的奸雄胆魄。他清楚地知道，在通往最高权力的道路上，恭王固然是一个大障碍，但真正不能掀倒的大山却是慈禧太后。无论是地位、实力，还是机巧手腕，他都远不是那个女人的对手。那个女人，既是奸雄，又是英雄，即使现在身为皇帝本生父，在她的面前，须眉丈夫醇王也永远只有臣服的份。

因此，在攀登权位顶峰的过程中，醇王同时并举地采取两个措施：一是巴结讨好慈禧，二是伺机攻击恭王。

醇王对他这个嫂子兼姨姐的太后是非常了解的：她既有强烈的权力欲望，又贪图享受，是一个要把人生的乐趣用尽用绝的女人。

早在同治十二年，小皇帝刚刚亲政的时候，慈禧就授意儿子发布上谕，重建被英法联军烧毁的圆明园，以供还政后颐养天年。由于耗银将在三千万两之上，大乱甫定的朝廷实在无力支付这笔浩大的开支，当家的恭王对侄儿皇帝的这道上谕加以谏阻。年少贪玩又刚愎自用的同治帝正要借个名义大兴园工，为自己建造一个娱乐之地，遭到恭王的反对后大为恼怒，竟然下旨革去恭王的军机处领班之职，并降为郡王。儿子做得太过分了，慈禧不得不出来干涉。恭王虽保持了原来的职位，但圆明园不能重建，却成了慈禧的一块心病。前些日子，醇王福晋告诉丈夫：太后说，清漪园景致好，稍稍修整下，花不了多少银子，恭王等人大概不会反对，今后归了政，就可以住那里去养老。

这其实就是当年那道懿旨的再次颁布，醇王决定把这道懿旨领下来，以自己的亲自操办来与当年恭王的极力劝阻，形成鲜明的对比。谁忠谁不忠，岂不一目了然！

府里的小吏张翼带着几个人，已将清漪园查勘过多次了，重新修整的大体方案也已经拿出来，为郑重起见，醇王自己还要亲自去一下。

这几天与张之万会晤后，醇王对执掌权柄的未来更增强了信心。当张之万将堂弟近来为东乡冤案昭雪所做的事情禀报之后，他马上意识到，这又是恭王的一个失误，要抓住这个难得的好机会将对手打压一番。他决定在清漪园接见张之洞，这比在王府里召见要好得多。

北京的仲夏，到处是青枝绿叶，花草繁茂，一派生机勃勃的景象。春天的风沙早已停止，风和日丽，不冷不热，是一年中的好季节。因为修复清漪园一事尚在计议之中，不便张扬，故醇王一清早便离开王府，轻车简从，尽量做到不引起人们的注意。

清漪园在京城的西北郊，明代时即辟为皇家园林，名叫好山园。乾隆十五年在好山园的基础上大加扩建，改名清漪园。咸丰十年英法联军进入北京，一把大火烧了圆明园，清漪园在劫难逃，也遭到严重的毁坏。辰末巳初时分，醇王一行来到这里。明媚的阳光下，出现在他面前的，却是一座残缺破败的建筑群。

清漪园全盛时，以昆明湖、万寿山为主体，方圆四千多亩土地上，错落有致地分布着勤政殿、玉澜堂、怡春堂、长廊、养云轩、谐趣园、大报恩延寿寺、放生舫、佛香阁、昙花阁、宝云阁、听鹂馆等建筑物，眼下除万寿山顶的佛香阁，以及全部用铜浇筑的宝云阁外，其余的殿阁堂廊，或全被烧毁，或部分毁坏，均不堪入目。先前碧波荡漾的昆明湖因年久失浚，早已是杂草丛生，青萍漂浮，成了野鸭子栖息的场所，连衔接南湖岛与东岸的那座四十多丈长的十七孔桥，也已斑斑驳驳、漏洞百出，只有那个为镇水兽而铸造的铜牛，至今仍然安详地卧在湖边，回首翘望人寰，似有无限依恋之情，给醇王一行带来些许安慰。

醇王一边查勘，一边在心里寻思着：要把清漪园恢复成乾隆时期的全盛之貌，其所费银子并不会比重建圆明园少许多，眼下户部是拨不出这笔巨款的，只能分期来做。张翼提出先整治昆明湖和万寿山，规复勤政殿、谐趣园的方案是可行的，但就只做好这几件事，所费已经够大了。即使花费再多，也还有两处工程是非建不可的。

第一处是长廊。太后喜欢遛圈子，两顿正餐后遛半个时辰的圈子，已经遛了十多年，这是雷打不动的老习惯。绵延二三里的长廊遮阳避雨，正好遛圈子，所以非重建不可，最好再延长一倍，太后必定更加满意。

第二是要给太后修造一个戏台。太后爱看戏，尤其爱看皮黄。名伶谭鑫培、梅巧玲等人常被她召进宫去，她可以一看一两个时辰，毫不疲倦。有时看得兴起，她甚至会留他们在宫里过夜，第二天一早再唱。皮黄确实好听，做工也好看，宫里的人都喜欢，巴不得谭鑫培、梅巧玲天天在宫中唱戏。宫里的戏台，受礼制所限，不能建得过大过高，太后多次流露出不满足的神态。醇王想，清漪园不受这个限制，伶人们来来去去也要随便些，应该选定一处好地方，给太后建一座又高又大的戏台，将京城里那些当红角色轮番召来给她唱戏。这不但会博得太后的欢心，更可以让她沉湎于戏文中，不再干预政事。如此，国家大事便可听命于自己，皇帝本生父便是真正的太上皇了。

想到这里，醇王快乐得不自觉地哼起几句皮黄来，巡视的脚步也跟着加快了。一会儿，怡春堂出现在他的眼前。

怡春堂是当年乾隆与他所宠爱的臣子们诗酒文会的地方，素以清幽高雅出名。在咸丰十年那次灾祸中，它也受害不浅。

醇王踏进怡春堂的门槛时，映入他的眼帘的是一片衰落式微的景象：四周的泥筑围墙粉彩剥落，随处可见洞穴，庭院砖坪上的缝隙里杂生着各种野草；主体建筑怡春堂虽未倒塌，但檐断瓦裂之处很多，堂前的几座铜香炉、铜仙鹤也被敲得瘪肚弯腰，不成个样子；东头宽阔的土坪上原本种植着各种奇花异草香卉灵芝，而今因为没有圣驾的驻跸、名士的光临，那些珍贵的花木早已枯萎腐烂，代之而起的是丛生的蔓藤芜枝野荆荒条，成了鼠蛇狐兔出没之地了。真正是“秦宫汉阙，都做了衰草牛羊野”。醇王心里顿时浮起一丝末世的悲凉之感来。

极善察言观色的张翼见主子久久地站着观望，遂建议：“王爷，您不是要给太后建一座戏台吗？我看就建在这里好了，把这片草丛除掉，地方宽敞得很。”

这个建议不错！怡春堂本就是饮酒宴豫之地，在此处建一座戏台正相适宜。醇王点点头说：“这倒是一个好地方，可以考虑。”

见建议被采纳，张翼很得意，又说：“王爷，这半天您也走得够多了，不如在这里歇会儿，过会子再细细地查勘，看戏台摆在哪儿最合适。”

一向养尊处优的醇王，一年到头难得有一两次这样地劳动脚步，今天也的确是累了，便说：“你去安排吧！”

“嗻！”

张翼领着王命，急忙去张罗。

清漪园虽然已成废园，但长年来仍有几十名看守人员住在这里，这些人大多数是宫中年老力衰的太监。太监因为少年时被阉割，男不男女不女的，自觉低人一等，无颜回故乡见父老乡亲，通常都是在年老后便离宫住进寺院道观里去，与和尚道士为伴，打发残生。此外，一些废而不用的行宫也是老太监们的栖身之所。当然，一些老宫女也因离家日久，无亲无友，无依无靠，便和老太监们一起住进寺观行宫里，那也是常有的事。唐人的诗：“寥落古行宫，宫花寂寞红。白头宫女在，闲坐说玄宗。”写的就是这个现象。

怡春堂的房屋保存得较为完好，清漪园的看守人员中有一半人住在这里，经张翼一吆喝，老太监们很快便腾出两间正房来，赶紧收拾清爽，恭迎醇王爷大驾。

待醇王落座，服侍主子惯了的老太监便鱼贯而入，端茶递烟，擦汗按摩，把个醇王侍弄得舒服惬意。他闭目养了一会儿神后，猛然想起张之洞应该久在园子里等候了。就在怡春堂召见吧！他吩咐张翼去把张之洞寻来。

两天前，张之洞接到醇王府的口谕，要他在清漪园里等候王爷的召见。两天来，他一直在为此事兴奋着。他知道，这是老哥的推荐起了作用。醇王在朝廷上的地位，眼下虽不能与太后和恭王相比，但日后的作用却是不可估量的，且老哥已摸到了他的底。这次召见岂可等闲视之！

但召见之地为何不定在王府，却要选在已经废而不用的清漪园呢？难道说，清漪园将会有大的举动？联想到几年前盛传的修复圆明园的事，张之洞对醇王这次郊外之行的目的已猜到八九分。明知醇王的召见会在辰末之后，为慎重起见，张之洞在昨天下午便抵达清漪园，今天一早便按王府的命令，在勤政殿内一间小偏房里等候着。

在张翼的导引下，张之洞走进了怡春堂正殿，一眼看见醇王正坐在一张陈旧的镶嵌着大理石的雕花大木椅上，便快步走上前，跪在石砖地上，一边叩首，一边禀报："詹事府右春坊右庶子张之洞叩见王爷。"

"起来吧。"醇王将张之洞注视片刻后说。他也是第一次见到张之洞，或许同为男人的缘故，张之洞的短身寝貌，并没有给他带来如同慈禧初见时那种不悦之感。

张之洞起身，垂手侍立着。

醇王命令张翼："给张之洞备一条凳子。"

张翼端来一张黑漆嵌螺钿梨木鼓形凳子，虽然漆面有些剥蚀，但从造型的精美和螺钿的细巧来看，当年亦是一件价值不菲的宫中用物。

张之洞忙说："不敢，不敢！王爷的面前，哪有微臣的座位。"

醇王微微笑了一下，说："此地不是内廷，也不是王府，你就坐下不妨。我之所以选在清漪园与你见面，就是要你不拘礼节，咱们随便闲谈闲谈。”

张之洞从来没有直接与醇王打过交道，过去常听人说醇王为人比较随和，不像恭王那样威棱，看来传说不误。张之洞是个心高胆大的人，心里深处并不对权贵人物包括天潢贵胄在内，有什么特别的敬畏。科场上的辉煌成就，使得他从来就自视甚高。尽管职位不高，在大人物的面前，他向来没有自卑之感，今天在这位皇上本生父的面前也一样。他道了一声谢，便大大方方地坐在奕譞的旁边。

奕譞对张之洞这种不卑不亢的神态颇为满意。虽是初次见面，对于张之洞其人，奕譞还是颇为了解的。这不仅由于张之洞作为清流党中的骨干，早已名播朝野的缘故，更因为在去年吴可读尸谏事件中，张之洞挺身而出，维护了醇王府的利益。在奕譞看来，吴可读遗折的要害在于立即为穆宗立嗣；而此时立嗣，只有立恭王的孙子溥倬，皇位最终将落到恭王府。多亏了张之洞的两道奏疏，既合经典，又顺情理；既循家法，又宜将来，真正是深思熟虑，精详严谨，无懈可击，一锤定音，将一场无端而起的轩然大波治得风平浪静。醇王怎能不感激张之洞？

出于这种心情，奕譞的话语极为客气：“张之洞，把你从城里请到郊外来相见，你不会觉得辛苦吧？”

今上的父亲召见一个臣子，莫说只是从城里走到郊外，即使是从京师奔到天涯海角，作臣子的也是理所当然，不能有丝毫的怨意呀！醇王竟然以这种口气作开场白，真让张之洞既感意外，又受宠若惊。他忙恭敬地答道：“王爷太客气了，王爷可以亲临清漪园巡视，微臣何敢言辛苦二字！”

奕譞随意地笑了一下，问：“什么时候来的，等久了吧！”

“昨天下午到的。微臣做了十多年的京官，却没有来过清漪园。这次正好借此机会瞻仰瞻仰，亲身感受一下当年高宗、仁宗的雄风伟迹。”

奕谖心里想：果然不愧为探花出身的名流，说起话来就是不一样。他点点头说："这一座名园，当年是何等的壮丽非凡。可恨那些洋鬼子，把它和圆明园一道给毁了。你说说，这清漪园该不该修复下？"

果然不出所料，醇王此行的目的，正是为了修复清漪园！关于修复园林这桩事，张之洞对它的前前后后是十分清楚的。

作为一个儒臣，作为一个清流党，张之洞向来不赞成朝廷大兴土木，何况当此内忧外患国帑窘迫之际，修复大型园林以供一二人之游乐，更为他所反对。故而对于过去阻止重修圆明园的一切言论，他都是赞赏的，然而今日面对着醇王的垂询，张之洞却犹豫了片刻。

慈禧太后把皇位送给了醇王府，醇王府自然要回报这份恩德。拿什么来回报呢？世俗间的一切，对于贵为太后的中年妇人而言，似乎都算不了什么。不如修复一座花园行宫，让她在这里怡情养性，安度天年。从这个角度来看，醇王要重蹈园工旧路，也并不是没有道理的。远期的目标是希望醇王能秉掌国政，以便年迈的老哥东山再起，进入权力中枢；近期的目标是要利用醇王和恭王之间的矛盾，为东乡之事翻案平冤。这些都需要与醇王建立起一种过去所欠缺的密切关系。

想到此，张之洞毫不含糊地回答："清漪园山水环抱，清静幽雅，的确是个休憩的好处所，洋人纵火烧毁，真是丧尽天良。祖先亲手创建的名园，后人自当修复。只是目前国库不裕，不能全盘动工，宜选择耗费较少的几处工程先期施工，以后再慢慢地一处一处地复原。比如这座怡春堂，就大致完好，想来恢复旧貌所费不多，可以先动手。"

奕谖正是要借此探测一下张之洞，估计这个清流党骨干多半会加以委婉的劝阻，却不料他爽快地予以赞同，心里想：看来张之洞的确不是书呆子，是个明白人。便说："张之洞，你说的跟我所想的一个样，清漪园是要规复，但要慢慢来。你这些年来给太后和皇帝上的折子我都看过。你的折子篇篇都写得有理有据，是真正的奏章，不像有的人，做了几十年的官，还不得奏议要领，尽说些不着边际的话，朝廷拿了这样的折子也不能办事。去年关于崇厚误国的折子，满朝文武上的不少，最有力量的当数你的那几篇，我看后激赏不已，建议太后召见你，当面听听你的想法。”

张之洞听了这话很觉舒服。作为一个品级不高的官员，张之洞不太清楚内廷看折子的程序。他一直以为现在也是过去传下来的老套子，由外奏事处转内奏事处，再送给太后裁夺，却不知还有醇王插进来这个过程。他感激醇王一直在读他的折子：“蒙王爷错爱，微臣今后唯有加倍努力才可报答。”

奕譞含笑点头说：“南皮张府祖上积德殷厚，连出子青先生的状元和你这个探花。听说你小时在贵州长大，贵州偏远贫瘠，良师难得，你的学问文章得之于谁的传授？”

张之洞答：“微臣四岁由先父开蒙，家兄之渊因比微臣年长十岁，也是微臣的老师。八岁读完‘四书’‘五经’，九岁开笔。十二岁前受业于曾搢之、张蔚斋诸师。十二岁后受业于韩超、丁诵孙诸师，并从吕贤基治经学，从刘仙石习小学，从朱伯韩习古文。吕、刘、朱等人均一代名师一代贤臣，微臣从他们处得益匪浅。”

奕譞说：“你的诗文广被传诵，我的记性不好，背诵不多，有两句诗我记得最牢，道是‘文澜不取归熙甫，兵略时同魏默深’。读你的折子，气势充沛，铿锵有力，可知你的文章的确不是走的归有光的路子。关于边防方面的策略，计虑深远，设防周到，有魏源之风。你如此注重用兵之略，是否与你父亲在贵州征讨苗民叛乱有关？”

醇王居然知道自己的父亲在任上讨平过苗乱，这令张之洞感动。他想，这多半是子青老哥在王爷面前说起的缘故。

“回禀王爷，微臣幼时，先父任所常有莠民武装闹事。先父总是对微臣兄弟说，世道不宁，当文武并重。正是王爷所说的，微臣注重兵略，实受先父的影响。不过，还有一位业师，为微臣终生敬服，是他的辉煌军功，激励微臣研习兵略。此人即益阳胡文忠公。”

“噢，胡林翼是你的业师？他什么时候教过你的书？”

奕谖对胡林翼很敬重，这不仅因为胡林翼是湘军的重要统领，战功卓著，更由于胡林翼在防范戒备洋人这一点上，与他深为默契。奕谖一直不满于曾国藩对天津教案的处置，他认为曾国藩在洋人面前太软弱了，有损大清的国威。因为此，在奕谖的心目中，湘军的首领人物左宗棠、胡林翼的形象要比曾国藩高大些。

“道光二十八年，胡文忠公出任贵州安顺府知府，先父时任贵州兴义府知府，彼此结为至交好友。先父慕胡文忠公道德学问，把微臣送到安顺府署住了半年，和胡氏子弟一道早晚接受胡文忠公的教诲。后来微臣在顺天乡试获隽，那时胡文忠公正在黎平府招募黔勇援助湘鄂，得知消息后致书先父，说得令郎领解之讯，与南溪开口而笑者累日。南溪即微臣业师韩超，十年前已从贵州巡抚任上致仕。”

“原来你还受过胡林翼的亲自教诲，怪不得高徒本自名师出。胡林翼可惜死早了，未及封侯拜相，得以大用。他后来在前线带兵打仗，与你还有联系吗？”

“有。”张之洞见奕谖如此敬慕胡林翼，似觉彼此间的距离拉近了许多，说话时也显得随便了些。“文忠公很忙，我不能多去信打扰他，但每年必有两封信，一是贺岁，一是为他祝寿。文忠公不管多忙，总是亲笔回我的信，指导我读书作文，为人处世，细致恳挚，情意殷殷。每有覆信，我都反复诵读，铭记于心。咸丰三年离京回贵州，咸丰六年入京赴试，两次我都绕道去武昌看望他。文忠公总是留我在帐下住几天，纵谈古今治军牧民之事。谆谆告诫我，读圣贤书，千万不可沉溺其中而跳不出来，光只会记忆古义、背诵笺释、寻章摘句、吟诗作赋的学究，不能算是读通圣贤了。圣贤大义，乃在于淳厚民心，治理天下，即经世致用。又说身处乱世，当首在拯民，拯民先要除暴，除暴须仗强兵，故兵略不可不研习。微臣牢记先师的教导，并深以先师武功之盛而自豪，遂留意兵略，十多年来虽为史官学政，亦不偏废。日诵文章，夜读兵书，已成习惯。”

“好！”听了张之洞这番介绍后，努尔哈赤的后裔开始对这个词臣刮目相看了：这或许是个文武兼资的能吏干才，应是自己今后柄国所必须罗致的人员。他不再闲聊而切入正题。“张之洞，子青老先生把你的关于四川东乡之案的三道折子给我看了。照你折子上说的，东乡百姓的确是受了冤屈，朝廷过去的处理有失误之处，太后可能受了他人的欺蒙。本王一向最恨贪官污吏，最喜为民做主，愿意将这三道折子亲自交给太后，把东乡的案子翻过来。但是，本王要郑重问你一句话。”

说话之间，奕譞一直用严肃的目光盯着张之洞。张之洞见醇王的态度陡然变得如此峻厉，神情不觉肃然起来，背上冒出一丝热汗。他挺直着腰杆说：“请王爷赐问！”

“张之洞，你身为胡林翼的受业弟子，理应秉承胡林翼对朝廷的忠诚，你在四川做过三年的学政，自然对四川官场民情有所了解。你现在能否以一个胡林翼的弟子和熟悉真情的学政的身份向本王保证：东乡之案的内情你已完全掌握，三道折子上所说的全是实话，而不是为了打击别人，不是为自己沽名钓誉。”

一股为民请命甘受斧钺的壮烈情怀，顿时涌动在张之洞的胸间。他对醇王尚不十分相信自己虽有憾意，却更对醇王如此郑重地把它当作一桩大事而欣喜，为了坚定这位性格脆弱的王爷的心志，张之洞霍然站起，然后双膝跪下，斩钉截铁地说：“微臣以先师为楷模，忠于朝廷之心可贯日月，身在蜀中三年，其官场民情了如指掌，东乡冤案的前前后后，微臣均已一清二楚。王爷愿为东乡平民做主，鸣冤昭雪，真乃蜀民再生父母，微臣代东乡冤民感激王爷如天恩德。皇天在上，后土在下，微臣折子里所写的，句句是实，字字是真，倘有半点不实不真之处，请王爷斩微臣之头，戮微臣之尸，以谢天下而惩来者！”

见张之洞起下这等大誓，奕譞也颇为感动。他敛容说：“张之洞，本王相信你，请起身，随本王再到长廊、佛香阁去查看查看。”

十　慈禧送给妹妹的礼物居然被人踢翻在地

张之洞从清漪园回来的第二天，张之万便离开了京师，回南皮老家继续守制去了。桑治平则应邀在张之洞家住了三天。张之洞陪同桑治平逛海王邨，游国子监，赏玩古董，品藻人物，所谈极为融洽，二人均有相见恨晚之慨。杨锐一直侍奉左右，从老师与桑先生的交谈中得益甚多。三天后，桑治平与张之洞依依不舍地分手，相约明春张之洞去古北口造访，然后再一道登长城，攀燕山，欣赏造化和历史赋予人类的精华。杨锐也暂时搬出张府，与何燃、黄奇祥一起拜会京中时贤，以便广开眼界，拓展胸襟。张之洞很赞赏年轻人的这个决定。

在奕谖的干预下，四川东乡县的冤案终于得到平反。朝廷颁布明谕：东乡县民并非聚众谋反，不应派兵弹压，原东乡县令孙定扬，原四川提督李有恒立即拘捕问斩，其他负有重大责任的文武官员也重新审判定罪。

张之洞为民请命的这一义举，不仅使他在清流党中再次获得极高的声誉，也得到京师官场的一致称赞。杨锐等人回到四川，将事情进展的前前后后公之于众，川中父老莫不愈加怀念那位督学三年建树甚多的前学台大人，东乡被昭雪的乡民中甚至有人供奉张之洞的长生牌，早晚一炷香，晨昏三鞠躬。

清流党人都于此中得到很大的鼓励。恰好圣彼得堡又传来佳讯，曾纪泽与俄国人的谈判有所进展，迫于多种压力，俄国有可能放弃伊犁城外的领土要求。这无异于将已吞入虎口的肥肉挖了出来，朝廷欢喜，清流党人更是欣喜若狂，都认为是自己的巨大功劳，张佩纶、陈宝琛、邓承修等人更是热血奔涌，愈加放肆指谪时弊，纠弹权贵。他们纷纷上疏，弹劾工部侍郎贺寿慈、礼部尚书万青藜、户部尚书董恂、左副都御史宗勋、湖广总督李瀚章，或劾他们贪污受贿，或劾他们昏眊误政。张佩纶甚至将矛头对准慈禧的娘家方家园承恩公府第，说公府新近建房仿照王府规模，有违礼制，请朝廷派员核查，即速制止。

张佩纶等人的这些弹劾，有的收到了效用，但大部分留中淹没，只博得一批对朝政不满者的喝彩，反而招致了许多经不起核查的权贵们暗中嫉恨。

张之洞牢记堂兄“为政不得罪巨室”的恳切告诫，没有参与这场大举纠弹权贵的热潮。他虽然十分痛恨官场上的腐败之风，但也深知不能轻举妄动，正如堂兄所说的，在自己的声名日渐隆盛之际，要更加谨慎持重。就在这个时候，宫中又爆出一桩少见的热闹事，一时间弄得沸沸扬扬，给一向压抑沉闷、枯燥无味的内宫生活带来一个富有刺激性的新鲜话题。

十一月下旬是醇王福晋的四十大寿。从十月中旬开始，四面八方的珍贵礼品，便络绎不绝地被送进醇王府。

清流党的首领李鸿藻是从不对王公贵族示以特别亲近的。当年连慈禧的母亲去世他都不去吊唁，何况醇王福晋的寿庆？张佩纶、陈宝琛、邓承修十分钦佩李鸿藻这种硬骨头气，便一致决定不向醇王府送礼。但被公认为第二号人物的潘祖荫却不这样，他早早地便把祖传的一颗鸡蛋大的价值连城的夜明珠送进醇王府。醇王福晋对这颗夜明珠喜欢得不得了。宝廷、吴大澂等人也都悄悄地向醇王府敬献了重礼。

张之洞为此事思考了很久：送，还是不送？想起醇王对这次东乡之事的翻案所起的关键作用，觉得不送点礼物表示祝贺，似乎于情理太不通了。但送个什么礼物呢？张之洞犯难起来。

张之洞父亲官职不高，家里人口众多。父亲的俸禄刚好够全家度日，没有积蓄，更谈不上有什么祖传珍宝了。他自己为官之初便立下志向，要做一个不贪财货的清官。京官俸禄薄，如果不用手段获取外来之财，则几乎个个清贫；张之洞只是一个中下级史官，那就更不用说了。他两放试差和学政，本来这都是可以生财的美差事。因为试差有程仪，学政有额外的收益，其数量都很可观。尤其是四川学政，生童人数甲于天下，若额外收益全部揽于怀里的话，三年学政下来，少说也有三万银子的收入。但张之洞恪守清廉为本的做官准则，一毫不取，三年前一担行李两袖清风入川，三年后依然一担行李两袖清风出蜀。如此做官，自然永远富不起来。张之洞即使想送重礼也无钱购置，何况他向来不把情意之深浅与礼物之轻重联系在一起。

如此思来想去，他终于想出了一个好主意。

第二天，他打发大根骑一匹快马，星夜奔到南皮老家，请子青老哥画一幅五谷丰登、仙童献寿的彩色图画。听说是为醇王福晋祝寿用，张之万兴致极高。他戴起老花眼镜，辛苦一整天，精心制作一幅丹青。大根带回京后，张之洞又在上面亲笔题了一首诗。然后再送到大栅栏裱铺，出了五两银子的高价，用最上等的黄绫装裱好。一切就绪后，张之洞大大方方地亲自送到太平湖醇王府。

奇珍异宝太多了，醇王夫妇反而看腻了，见了这幅状元探花兄弟的联袂之作，夫妇俩都觉得清新悦目，遂高兴地收下。张之洞肩上的一副重担终于放下了。

十岁的小皇帝也给母亲送来一对极品玉如意，一座尺余高的十九层纯金佛塔。皇上的重礼把醇王府的喜庆气氛推到了高潮。

慈禧对胞妹的生日自然是记得的，但这些日子里她正闹着病，精神不好。她素来肠胃消化不良，近来腹胀，不思饮食，但还是挣扎着处理国事，只是一回到后宫便浑身无力倒在床上。慈安太后见她这样带病勤政，又是钦佩又是心疼。醇王福晋暖寿的前一天，慈安特为提醒慈禧要给妹妹送点礼物。慈禧感谢慈安的关心，亲自到御膳房挑了几样食品糕点，满满地装了八大盒，命人赶紧给醇王府送去。

养心殿的太监小头领李三顺领了这个差使，唤来两个小太监小勾子和二愣子做挑夫，自己空着手跟在一旁。正是太阳当顶的午正时刻，除了值班的太监宫女外，大家都午休了。空旷得一株树一棵草都没有的紫禁城里静悄悄的，颇有点死气沉沉的味道。

走到太和殿旁边的时候，小勾子想起了一件事，对李三顺说：“还没有照门哩！”

清廷内宫制度，太监宫女出宫，无论公私，均须经敬事房开出放行单，上面详细写明所带物品，请午门关照放行。这种手续叫做“照门”。清朝中叶以后宫廷管理混乱，太监宫女要私拿点东西收藏起来很容易，但要运出宫外则较难，这就是因为午门把守严格的缘故。太监宫女得到的东西，若不出宫，则无实际价值。要运出去，通常有两条途径可采取。一是买通敬事房开单的执事太监，将私物公开写在门单上，护军照单放行，私物便出宫了。一是买通护军，检查时开只眼闭只眼，私物也可出宫。

刚才出养心殿时走得匆忙，一时疏忽了，现在要去补办照门，本来是可以的，但李三顺却不想去补。一则是他懒，不想走回头路。二来估计敬事房的执事太监也休息了。那些家伙仗着权力在手，架子和脾气都大得很，要他们在午休时办公事，给你的脸色决不会好看。三是李三顺存心要跟护军斗斗法。

上个月，李三顺在养心殿的一个砖缝里拾了一枚胭脂痕玉扳指，这枚扳指的玉质极好，很可能是某位大员在朝见太后时遗失的。李三顺在宫中久了，颇能辨识玉器，他估计这枚扳指若到王府井玉器店里去变卖，至少可以卖得三四十两银子。李三顺是直隶人，有个远房亲戚在京城一家饭庄里做伙计，通过这个亲戚可以把这笔银子带回老家去。有次他奉命出宫办事，便将玉扳指戴在手上，企图混过午门。谁知护军眼尖，硬是看见他手上戴的这枚玉扳指。因为门单上没有写明，他好说歹说都不管用。李三顺因此恨死了午门护军。这次要借机跟他们闹一闹，出一出胸中的那口怨气。

二愣子挑着食品担，李三顺在前，小勾子在后，三人来到了午门。

此刻在午门值班的护军小头目名叫玉林。玉林乃镶黄旗出身，父亲正做着步军统领衙门三品衔巡捕营参将。另外有两个兵丁。一个名叫祥福，正白旗出身，父亲正在安徽绿营做都司。另一个名叫忠和，是个觉罗红带子。三个人都出身高贵，又都是二十岁左右，正在血气方刚的年龄，眼睛角里都没有阉竖的位子。

李三顺带着小勾子、二愣子，大摇大摆地向午门走去。刚到门边，玉林便厉声喝道："站住！出宫干什么？"

李三顺不自觉地收起脚步，神态却依然傲慢，眼睛并不看着玉林，也不望着另外两个护军，拖长着不男不女的声调："干什么？奉慈禧太后之命，送礼物到醇王府，为皇上的额娘祝寿！"

"奉太后之命"、"为皇上的额娘祝寿"，如此使命，是何等的重大崇高！倘若是通常的门卫，礼让尚恐不及，还敢再盘查吗？但此处是午门禁卫，太后也好，皇上也好，他们耳朵里听得多了，也并不觉得就神圣得不得了，何况李三顺这种不可一世的神气，他们也讨厌得很。

狗仗人势！玉林在心里恶狠狠地骂了一句后，冷冷地说："把门单拿出来看看！"

"没有。"李三顺给一口顶了回去。

"没有门单就不能出宫！"玉林也毫不客气。

"好大的胆子，慈禧太后的东西你们都敢不放行，想造反吗？"李三顺双手叉着腰，声色俱厉地恐吓。

"你不要吓唬人！"玉林不吃他这一套。"没有门单，如何能证明你奉的是慈禧太后的命令？"

"我李三爷在养心殿服侍太后多年了，你们难道不认识？"李三顺指着自己的鼻子尖，趾高气扬地尖声叫着。

觉罗忠和禁不住冷笑道："卵子都没有，你也配称爷们？"

太监最忌讳的就是这个"没卵子"。这句话大大激怒了李三顺，他气势汹汹地冲到忠和面前，鼓起两只吓人的眼睛说："混账东西，你敢骂爷们？"

小勾子、二愣子也同样受到了刺激，都捋起袖子来，紧跟在李三顺的后面，随时准备出手。

局面很僵了。

护军祥福脾气稍好一点，李三顺的身份他也知道，便走上前去圆场：“好了，好了，就算你们是奉太后之命办公事，放你出宫吧！”

“慢着！”玉林也觉得忠和刚才那句话说得过头了点，传出去会得罪满宫太监的，也想圆通一下算了，但“检查”这道手续还得例行。这些太监们个个都是贼，万一他们把宫中什么重要的物品私运出宫了，今后追查起来，责任都在他这个小头目的身上。他冲着李三顺，以命令的口气说：“把盒盖打开，让我们检查检查！”

二愣子素来老实一点，听了这话后便去揭开盒盖。八只点红寿桃饽饽露了出来。

“打开第二盒！”玉林又命令。

二愣子将寿桃饽饽盒端起，下面是八只拇指大的金黄耀眼的窝窝头。

就在此刻，一肚子恨意未消的李三顺脑子里猛然冒出一个恶毒的点子来，他趁着忠和上前验看窝窝头的时候，暗地里伸出右腿来，将忠和的左腿一勾，忠和冷不防一个趔趄，碰着了二愣子的手。二愣子手里端着的八个点红寿桃饽饽全部掉到地上，沾满黑灰。二愣子和忠和同时被这突然的一幕吓得脸都白了。

“你这狗日的王八羔子！”李三顺边骂边扑上前去，扭住忠和的衣领。“你把太后的礼物弄坏了，看你如何赔？”

忠和愣了一下后明白过来，原来刚才就是这个没卵子的太监小头目使的坏，有意绊他一跤。他毕竟是个红带子出身，又在肝火正旺的年龄，便愤怒地飞起一脚，踢在李三顺的小腹上，痛得李三顺松开手在地上打滚。他干脆乱打乱踢，把一担食品全部踢翻在地，然后爬起来，凶巴巴地指着三个护军说：“你们阻挡太后的食品出宫，又毒打太后身边的人，罪恶滔天。你们等着瞧吧！”

又转过脸来对着小勾子和二愣子发命令：“食品担子不要了，咱们回去向太后禀报！”

三个太监转过身向着养心殿跑去。玉林、忠和、祥福望着他们的后影，心里骤然涌出一股恐怖感：事情闹得如此之大，怎么得了？

李三顺回到养心殿，病中的慈禧尚在午睡中，他不敢打扰，便找到当班首领刘玉祥。他跪在刘玉祥的面前，边哭边诉说午门发生的这桩事，表白自己是如何的忍让克制，控诉护军是如何的跋扈嚣张。李三顺向刘玉祥着重说了三点：一、玉林公然说，慈禧太后的礼物也要检查，眼睛里根本没有太后。二、忠和有意踢翻食品盒。三、骂太监没有卵子，不配做人。

前两桩都是冲着太后的，与刘玉祥无干，后面这句话则深深地刺痛了他。刘玉祥快五十岁了，在宫中当了四十年的太监，最怕的也是别人说起卵子，最恨的也是骂他不配做人。过去，别人笑他骂他，他只记恨在心里，想算计也算计不到。这次好了，天大的把柄落在他的手里，他要借慈禧太后的无上权威来名正言顺地惩罚他的敌人。

午后，趁着宫女进药的机会，刘玉祥蹑手蹑脚地来到慈禧的身边，待慈禧喝完药后，他弯下半个身子向慈禧请安。

"食品送到醇王府了吗？"慈禧的声调比平日低了点，但依然清脆动听。

"奴才正要禀告此事。"刘玉祥走前一步，靠近慈禧的床沿。"太后，食品没有送出宫，给护军踢翻了。"

"什么？"这可是宫中从来没有过的怪事！慈禧的脸色突然变得铁青，两只手开始痉挛。她根本不问缘由，而是直接追查责任。"是谁踢翻的？好大的胆子，我的礼物他都敢这样！"

"午门护军忠和踢的。"刘玉祥心情愤怒地将李三顺编派的事件经过叙述着，"三顺带着小勾子和二愣子，奉着太后的命令，挑着食品出宫。午门护军小头目玉林要三顺拿出门单来。三顺客气地对他们说，敬事房的人睡午觉了，这是太后送给醇王福晋的，您就劳驾免了吧！玉林板起面孔说，太后的也不能免。三顺说，那请先放我们出宫，下午再补一张送给您。玉林说，打开盒子让我们检查。三顺说，都是太后御膳房做的吃食，不要检查了吧。玉林又说，太后送的也要检查！三顺不同意，怕灰尘弄脏了食品。护军忠和走上前来抓着三顺的手，要他揭盖子。三顺不肯，两人扭打起来，忠和飞起一脚，先踢翻了食品担，再踢翻了三顺。”

“反了，反了！”慈禧气得牙齿咬得直响，腮帮鼓鼓地。她一把掀开被角，就要从床上起来，慌得刘玉祥和两个宫女忙上前搀扶。

“太后息怒。”刘玉祥见几句话就把慈禧激怒了，心中十分得意，讨好地劝说，“太后，您在生着病哩，保重自个儿的玉体重要，犯不着跟那几个浑小子护军计较。”

慈禧虽然天性褊急，容不得物，但平时还不至于这样容易激怒，这次很快便生这样大的气，原因有两点：一则她是给自己的胞妹当今皇帝的生母送一点生日礼物，居然因缺一张门单便遭这等侮辱，午门护军简直跋扈得天理难容。这不只是侮辱了她，也侮辱了她的娘家，还侮辱了当今的皇帝。这口气，你叫她如何咽得下！二来她正在病中。她素来好强，疾病害得她不能好好地处理政事，心里烦躁，无名怒火正烧着，无事都想发泄一下，何况几个卑贱的护军欺侮到她的头上来了，她怎么忍受得了！

“快，传我的旨意，把那几个午门护军统统抓起来，立即斩首示众！”

她气得双眼呆望着帘子，也不知是在对谁下这道懿旨。

“把谁斩首示众呀？”随着门帘掀开，一个音色甜润的女人声音传了进来，接着一摇一摆地走进了慈安太后。她是特地来探望生病的慈禧的。“妹妹，什么事惹得你生这么大的气？”

慈安其实要比慈禧小两岁，按理她要叫慈禧为姐姐才对，但她是咸丰帝的皇后，而慈禧只是贵妃，在名位上要高出慈禧。慈禧只得委屈自己，叫她姐姐，自称妹妹。

“姐姐，你帮我做主！”

一向刚强的慈禧，兴许是在病中，也兴许是受到了莫大的委屈，见到慈安后，竟突然变得脆弱起来，一句话刚说出口，便刷刷流下眼泪来。

在慈安的记忆里，只有辛酉年在热河行宫，咸丰帝驾崩不久，肃顺等八大顾命大臣不把两个太后放在眼中，自行执政的那些日子里，慈禧才十分伤心地流过泪，才有时深更半夜抱着慈安的肩头痛哭，说过“你要替我们娘儿俩做主”的话，那以后近二十年的岁月里，包括同治帝去世的悲痛时刻，慈禧都没有这么痛哭过。慈安大为惊愕。

“妹妹，什么事，说出来，姐姐替你做主！”慈安心软，见慈禧哭，她自己也边说边流起泪来。

“咱们刚才给老七府上送的一担食品，午门护军竟然不让出宫，还踢翻了。姐姐您看，这午门护军竟然欺侮到咱们的头上来了，这还了得吗？”慈禧边说边用手绢擦眼泪鼻涕，那模样真的十分伤心。

“有这样的事！”慈安也大为愤怒起来：护军竟敢欺侮太后，日头从西边出来了？她严厉地问：“谁是今天当值的？”

“奴才在这儿。”刘玉祥忙弯下腰回答。

“把三顺儿找来！”慈安命令。

“嗻！”

一会儿，李三顺跟在刘玉祥的后面进来了。

“三顺，你把午门的事情对两宫太后说一说。”刘玉祥吩咐李三顺。

李三顺忙在两宫太后的面前跪下。他见慈禧泪痕未干，慈安怒容满面，知两位太后已被大大激怒，心里很是得意，便绘声绘色地把对刘玉祥说的话，又添油加醋地演说了一遍。

“真正是无法无天了！”

慈安气得站起来，她也的确被震怒了。慈禧的礼物是在她的提醒下送的，这件礼物也可以看成是她们两人共同的礼物。不给慈禧以面子，也就是不给她以面子。慈安一向懦弱，又无儿女，故对慈禧倚仗甚多。慈禧的儿子虽死，但现在的皇帝又是她的亲外甥，今后当然会跟姨妈亲，慈安还是处于弱势。同治年代，慈安总是依着慈禧，让着慈禧；光绪年代，这个做姐姐的依然得如此。以重惩几个微不足道的护军，来作为对慈禧的讨好，应该说所费代价最低，何况这几个护军也的确情理难容！

“刘玉祥！”

“奴才在。”

慈安一字一顿地下达懿旨：“你到内阁去传达我的旨意，要他们以皇帝的名义拟旨，命刑部立即拘捕午门护军玉林、忠和、祥福，从严审讯惩办，并将护军统领交部严加议处。”

“嗻！”

刘玉祥和李三顺兴高采烈地退了出去，立即奔向内阁传达两宫太后的圣命。

十一　附子一片，请勿入药

第二天下午，刑部尚书潘祖荫奉到圣旨，他展开恭读：

> 昨日午门值班官兵殴打太监以致遗失赍送物件情事。本日据岳林奏，太监不服拦阻，与兵丁互相口角，请将兵丁交部审办，并自请议处一折，所奏情节不符。禁门重地，原应严密盘查，若太监赍送物件，并不详细问明，辄行殴打，应属不成事体。着总管内务府大臣会同刑部，提集护军玉林等严刑审讯，护军统领岳林等着一并先行交部议处。

潘祖荫细细地研读上谕，体味旨意。圣旨上讲的是值班护军殴打太监，否定太监兵丁互相口角一说，口气严厉，要重办护军及其统领。太监属内务府管，午门护军属步军统领衙门管，按理应是刑部会同内务府和步军统领衙门一道审办，但圣旨既否定护军统领岳林的上奏，排除护军统领衙门的参与，且已申明严惩护军。显然，圣意非常明确，此事责任在护军，太监无过，刑部应当遵照这个意思去办理。倘若是一个普通的只会奉旨办事的刑部尚书，按此去办就行了，保证能得到符合圣意的嘉奖。但清流党的第二号首领不是一个这样的人。

中国历史上曾有过不少太监把持朝政，干预国事，造成祸乱的现象，鉴于此，历朝正直的大臣都主张对太监要从严管束，自己也从不与太监交往，明智的君主也知道整肃内宫的重要。满人入关之初，是一个兴旺发达的时期，顺治帝曾为此专门铸造了一个十三衙门铁牌。

十三衙门即清初管理太监的机构。这个铁牌上明文规定："但有犯法干政，窃权纳贿，嘱托内外衙门，交往满汉官员，越分擅奏外事，上言官吏贤劣者，即行凌迟处死，定不姑贷。"这条规定后来便成为整个清代禁止宦官干政的家法。相对于前代而言，清代在抑制宦官干政这一点上做得还是比较好的。首先破坏这条家法的，便是那位敢于藐视祖制的叶赫那拉氏慈禧太后，安得海出宫被斩后，她并没有吸取教训，改过自新，而是继续重用太监。梳头太监李莲英这几年就甚得她的宠信，去年已升为五品大总管了。

慈禧为何重用太监呢？野史上说，作为女人，慈禧喜欢那些阉割不干净的太监，因为他们身上还残存着男人味。这种说法是想当然的。慈禧重用身边的太监，其实也和历代男性皇帝一样，是因为她相信太监是自己的私人，可靠，尤其是利用他们来办一些不能公之于众的事情，最为稳当。

对于慈禧的这种行径，朝廷中正派的官员们私下都有些议论，特别是那些激进的清流党，更是对此痛恶不已。

凭直感，潘祖荫觉得这桩斗殴案，必定是太监失理在先，而慈禧又听信了太监的一面之词，借圣旨来发泄自己的满腔怒火，同时也要借处理此事来树立自己至高无上不可侵犯的权威。为了证实自己的分析，他亲自提讯已被拘捕的玉林、忠和和祥福。提讯的结果，他的分析得到证实。

但内务府大臣恩良则要坚决按旨办事。审讯不审讯都无所谓，玉林等人的陈述他根本就听不进。作为内宫主管，恩良的这种态度是不难理解的。这是因为他不但要维护属于自己管辖的太监们的利益，他更要借此讨好巴结他的顶头主子——两宫皇太后。在这种职务的官员眼中，向来是没有什么原则和国家的概念的。面对着这种棘手的案子和尴尬的局面，才华过人的潘祖荫颇感为难。思索再三，他决定采取投石探路的方式。

第一步先上一折，将提讯玉林等人的情况上报。折子上详细记录玉林等人的口供，试图让两宫太后了解事情的另一面，希望她们在兼听之后能变得明白起来。潘祖荫请恩良会衔，恩良拒绝，他只得单衔上奏。几天后，他奉到朱批：不可偏听一面之词，应从严从速审结此案。太后们接过潘祖荫投过的“偏听”之矛，反过来又投向潘祖荫本人，弄得这位刑部尚书哭笑不得。

无奈，潘尚书只得采取各打五十大板的和稀泥的办法，拟了一个惩处方案：护军这边，其头目玉林责任较大，杖五百，罚去月俸三个月，祥福、忠和各杖五百；太监这边，其头目李三顺责任较大，交内务府慎刑司责打五百，罚去月俸三个月，二愣子、小勾子各责打五百。

疏上，朱批责备刑部偏袒护军，对玉林等人惩罚过轻。

潘祖荫气愤了。他在刑部衙门里发牢骚：“既然刑部处置不当，皇上自己圣心独裁好了，何必要借我们的口来说话！”

满尚书文煜生怕因此得罪太后而丢掉头上的红顶子，他劝潘祖荫：“伯寅兄，何苦为几个护军惹太后生气。太后说轻了，咱们再加重点。”

文煜自做主张重新判决：玉林从重发往吉林充当苦差，祥福从重发往驻防当差，觉罗忠和从重圈禁三年。他也不给潘祖荫过目，便以刑部的名义第三次上奏。

三天后，上谕下达：

午门值班护军殴打太监一案，曾谕令刑部、内务府详细审办，现据讯明定拟具奏。该衙门拟以玉林等发往边地当差，自系照例办理。惟此次李三顺赍送赏件，于该护军等盘查拦阻，业经告知奉有懿旨，仍敢抗违不遵，藐玩已极。若非格外严办，不足以惩儆。玉林、祥福均着革去护军，销除本身旗档，发往黑龙江充当苦差，遇赦不赦。忠和革去护军，圈禁五年。均着枷号加责。护军统领岳林，着再交部严加议处。禁门理宜严肃，嗣后仍着实力稽查，不得因玉林等抗违获罪情形，稍形懈弛。懔之！

对护军处罚之重，对太监偏爱之深，不仅令潘祖荫愤慨，令文煜意外，也令阖朝大臣不满。连日来，六部九卿的官员们纷纷私下议论：明明是太监亏理在先，为何只指摘护军一方？明明是太监、护军相互殴打，为何单说护军殴打太监？护军盘查，乃职守所在，即使出现殴打之事，也不可处以如此重的惩罚。革去护军，已属不轻，消除旗档，听之可骇，还要加上充当苦差，遇赦不赦，这一辈子永无出头之日了。这种处罚，比打劫行凶还要重！尤其是忠和更惨，一个红带子居然被圈禁五年，而所犯之罪仅仅只是打了太监。这叫人如何能服气！至于这背后的原因却是再明白不过了：因为李三顺是奉慈禧太后之命出宫的，打狗得看主人面，玉林等人可惜年少不知此中关系！

奉行职守的遭到严惩，违反宫禁的反倒无事，今后谁来遵制，谁来守责？官员们哀叹：门禁必将渐成虚文。

国家法纪不受重视，主子身边的太监可以仗势藐法，于是官员们又哀叹：如此下去，前朝宦官干政的故事再将重演，大清朝的朝政从此将多事了！

状元出身时任工部尚书的翁同龢很想为此事上个折子，提醒太后要杜防貂珰之弊。一天深夜，翁同龢来到好友协办大学士军机大臣沈桂芬的府上，探探他的口风。翁同龢想，如果他和自己一样的看法的话，便和他会衔上奏。

朝中官员的担忧，也是沈桂芬的担忧，但他却不愿上折。

沈桂芬对翁同龢说："递折子给太后，这不明摆着是披龙鳞、捋虎须吗？我六十多岁了，又多病，还能活得几年。寿终正寝，得个好谥号，便是此生最后的希望了，犯不着为几个护军去触怒太后。老弟，我也劝你多一事不如少一事，国家也不是你我二人的。她皇太后心中都只有自己个人，不把国家当一回事，我们多操这份心做什么！"

这话也说得有理。翁同龢的折子也便不上了。

满朝文武大臣大多数采取的也正是翁同龢、沈桂芬的态度，只在嘴巴上说说而已，对于这场皇家与部曹的斗法，谁都不想参与。但翰林院有几个书呆子与众不同，他们却敢于顶风逆浪，要为公理和正义去争斗一番。

这天午后，应陈宝琛之约，张之洞来到陈府。此时正是隆冬季节，天寒地冻，京师犹如置于一个大冰窟之中。陈宝琛夫妇都是福建人，十分畏寒，初冬开始便天天把火炉烧得旺旺的，一到陈家，张之洞仿佛有踏入春天之感。特别是客厅桌子上摆着的那几盆福建特产——水仙，更是为房间装点着浓郁的春意。

张之洞端视着这几盆可爱的植物，只见那密密丛生的蒜条叶，一根根笔挺笔挺地向上奋进，黄绿色的叶片里饱含着蓬勃生机。许多叶片的顶部都结着花蕾，有几个花蕾提前绽开了，淡黄晶亮的花瓣笑融融地面对着窗外的枯枝败叶、寒山瘦水。在眼下百花凋谢的残冬，这几盆南国水仙给冷寂的寰宇带来多少温馨，多少生气啊！

正在张之洞凝思遐想的时候，张佩纶也应约走进陈家的客厅。

"香涛，你先我一步了！"张佩纶对在水仙花面前出神的张之洞大声打着招呼。

"你看这花开得有多好！"张之洞抬起头来对张佩纶说。正在这时，陈宝琛出来了。他又笑着对陈宝琛说："你们福建怎么有这么好的冬花？"

“这是我们福建地气好的缘故。不只水仙，还有福橘、龙眼，都比别省的要好。”陈宝琛颇为自豪地说，“你这么喜欢水仙，我送你一盆吧！”

“也要送我一盆！”张佩纶直接索求。

“好，一人一盆。”陈宝琛爽快地答应。

三人坐下，喝着陈府的福建特产乌龙茶。

急性子张佩纶先开口：“弢庵，你把我和香涛召来，是不是为了午门斗殴事？”

“正是，正是！”陈宝琛说，“前些日子，一个名叫刘振生的疯子冒称太监，从神武门进了内宫，险些造成大祸，神武门护军也只是革职而已。这次太后为了自己的面子，可以不顾家法，不顾国纪，给午门护军这么重的惩处。这样的大事，满朝文武没有一人递个折子主持公道，大清岂不要亡了吗？”

“看来弢庵要上折子了，有意把事情说得这等严重，好像大清就他一个人在支撑似的。”张佩纶打断陈宝琛的话，笑着对张之洞说。

张之洞也笑了起来：“且听他说完，看他是如何砥柱中流，力挽狂澜的。”

“看来这大清是要靠我一人支撑了！”陈宝琛故意这么说，他是想借此刺激一下这两位一向勇于言事的清流好友，希望他们也帮衬帮衬。“我关在家里整整想了三天，拟了一道折子，特为请你们来，帮我参谋参谋。”

张佩纶说：“不瞒你说，我也正想上个折子。这种时刻，岂能没有我张佩纶的声音，想不到让你着了先鞭。快拿出来念念吧，我和香涛帮你润色润色。”

张之洞说：“满朝都是不平之声，我辈岂能不上疏！”

“正是这句话，我还记得香涛兄的诗：白日有覆盆，刳肝诉九阍。虎豹当关卧，不能遏我言。没有什么东西可以阻挡我们的声音。我先递，你们接着上。要让天下人都知道，朝廷里还是有敢于说话的人的。”陈宝琛气势豪壮地说着，一面从茶几上拿出一沓纸来。“我就不从头至尾念了，挑几个重要的段落读给你们听听。”

二张一同说：“我们洗耳恭听。”

陈宝琛大声念起来：“臣维护军以稽查门禁为职，关防内使出入，律有专条。此次殴打之衅，起于稽查。神武门兵丁失察擅入疯狂，罪止于斥革。午门兵丁因稽查出入之太监，以致犯宫内忿争之律，冒抗违懿旨之愆，除名戍边，罪且不赦。兵丁势必惩夫前失，此后凡遇太监出入，但据口称奉有中旨，概予放行，再不敢详细盘查以别真伪，是有护军与无护军同，有门禁与无门禁同。”

“好！”张之洞拍手赞道，“有护军与无护军同，有门禁与无门禁同。这两句话说得有力量。”

“本朝宫府肃清，从无如前代太监犯罪而从严者，断无因与太监争执而反得重谴者。”陈宝琛继续中气十足地朗诵着，“臣愚以为此案在皇上之仁孝，不得不格外严办，以尊懿旨，而在皇太后之宽大，必且格外施恩，以抑宦官。若照目前处置，则此后气焰浸长，往来禁闼，莫敢谁何？履霜坚冰，宜防其渐。”

陈府温暖的书房里，主人的福建官话抑扬顿挫铿锵有力，仿佛是对着那与严冬气候一样的冷漠舆论所作的宣战。

张之洞一手端着茶杯，一只手摸着下巴，两只眼睛凝视桌上那盆散发着清香的水仙花。他一言未发，脑子里却想得很多。上个月午门事件发生以来，张之洞就以他一贯关心时务的热情，在注视着事态的发展和演变。

他曾当面问过潘祖荫，也问过刑部其他官员，掌握了玉林等人的供词。他还特地找过养心殿几个较为熟悉的太监，打听过李三顺其人，事件的真相已明白无误。至于对护军的惩罚将会带来怎样的后果，他也看得清楚。他几次想上疏说说自己的意见，但又几次作罢。事情真难呀！难就难在规谏的是知遇之恩甚厚而喜怒又捉摸不定的慈禧太后，何况素来仁弱的慈安太后也持同样态度！

张之洞先是殷切期盼两宫太后能在怒火消除后，自己慢慢醒悟过来，不露痕迹地弥补过失。在这种企盼落空之后，他又恳切地盼望有地位崇高的人出来上奏，用忠诚来感化，用事理来点拨两宫太后，使她们能悟以往之不谏，自己出面来作转圜。他本人不卷入这场难堪的纠纷中去，而最后的结局又不至于给国家带来不良影响。这便是张之洞所最为希望的。但几天过去了，上这种奏章的人却没有，他心里开始焦虑起来。

他认真地听完陈宝琛的奏稿后，心里很是舒坦：弢庵真不愧一个无私无畏的清流，敢于直陈太后的过失。先前，赵烈文赞扬曾国藩的廉洁，说大清二百年不可无此总督，今天移给陈宝琛最合适了：大清二百年不可无此言官。

但张之洞还是有所顾虑：慈禧太后正在对护军恼火透顶，开头一段便是为护军辩护，会不会给她火上加油！他在心里琢磨着：这样一道针对太监护军斗殴事件的奏章，陈宝琛使用的是标准的布局：护军稽查无大错，太监仗势该训斥，谨防由此而滋生的弊端。但这样的布局对于从谏如流的明君来说或许相宜，而对师心自用的慈禧来说未必合适。

“香涛兄，你发表意见呀，这样写可不可以？”张之洞还在反复斟酌，陈宝琛已经逼将了。

“唔，行，行。”张之洞尚未考虑成熟，只得敷衍着，“我看可以。”

“我以为尚有所欠缺。”张佩纶背起手在客厅里一边踱步一边说，“弢庵可能还有顾虑，话说得不够明白透彻。依我看，干脆挑明：护军之处罚，罚不当罪。”

张佩纶走到茶几边，端起杯子，喝口水润润喉咙，然后提高声调，义愤填膺似的说：“旗人销档，乃犯奸盗诈伪之事，至于遇赦不赦，必为犯十恶强盗、谋故杀人之罪。就算护军完全无理，打了太监一顿，也不能这样处罚。大清朝还有没有王法呀？刑部还有没有律令呀？眼下播之四方，今后传之万世，众口将会如何议论呀？”

陈宝琛说：“幼樵说得对。我是有点担心，怕话说得过重，两宫太后接受不了。”

“弢庵这个担心，可能不是多余的。”张之洞斟酌良久，已有主意了。

张佩纶坚定地说：“语气重一点，会有些刺眼，但有好处。我最反对用钝刀子割肉，半天出不了血。弢庵你一向痛快，为何这次瞻前顾后不痛不痒的。”

陈宝琛笑着说：“那好吧，就依你的，把这篇稿子改一改。”

“这篇可以用，不要再改了。”张之洞急忙制止。

“我看也不要再改了，就把它照原样誊正，作正疏上。”张佩纶果断地作出决定。“再来一道附片，不妨就按刚才所说的，补一剂苦一点的药。”

“行！”

陈宝琛欣然采纳张佩纶这个建议，立即挥笔拟写。张之洞的心里却总有一些不太踏实的感觉。

很快，陈宝琛的附片又出来了。他兴奋地对张佩纶说：“前面几句，我就用你的原话。先告诉你，免得犯剽窃之罪。”

张佩纶笑着说：“我不怕你剽窃。窃得越多，我越高兴。”

陈宝琛大声念道：

再，臣细思此案护军罪名，自系皇上为遵懿旨起见，格外从严，然一时读诏书者无不惶骇。盖旗人销档，必其犯奸盗诈伪之事者也；遇赦不赦，必其犯十恶强盗、谋故杀人之事者也。今揪人成伤，情罪本轻，即违制之罪，亦非常赦所不属，且圈禁五年，在觉罗亦为极重。此案本缘稽查拦打太监而起，臣恐播之四方传之万世，不知此事始末，益滋疑议。臣职司记注，有补阙拾遗之责，理应抗疏力陈，而徘徊数日，欲言复止，则以为时事方艰，我慈安皇太后旰食不遑，我慈禧皇太后圣躬未豫，不愿以迂戆激烈之词干冒宸严，以激成君父之过。然再四思维，臣幸遇圣明，若竟旷职辜恩，取容缄默，坐听天下后世执此细故以疑圣德，不独无以对我皇太后、皇上，问心亦无以自安，不得已附片密陈。伏乞皇太后深念此案罪名有无过当，如蒙特降懿旨，格外施恩，使天下臣民知至愚至贱荒谬藐抗之兵丁，皇上因遵懿旨而严惩之于前，皇太后因绳家法防流弊而曲宥之于后，则如天之仁，愈足以快人心而光圣德。

“好极了，附片更要胜过正疏！”不待照例的程式话念完，张佩纶已为之鼓掌喝彩。

“香涛兄，你看呢？”陈宝琛转而问张之洞。

张之洞思忖了一会，说：“我还是刚才的顾虑，是不是话说得过重了点。”

“不重，不重！”张佩纶大大咧咧地拍着年长他十岁的张之洞的肩膀说，“老兄一向敢作敢为，这次为何这等躲躲闪闪的。”

说罢又对陈宝琛嚷道：“我们帮你当了半天参谋，你怎么一点表示都没有？”

陈宝琛笑着说：“我这就叫厨房上菜，我们边吃边说。”

吃完饭后天色已晚，二张告别主人各自回家。

回到家里，张之洞还在回味着陈宝琛补写的那道附片。“一时读诏书者无不惶骇”，“臣恐播之四方传之万世”，“不知此事始末益滋疑议”，“激成君父之过”，“伏乞皇太后深念此案罪名有无过当”，这些话一直不停地在他的脑子里回旋着。认真地说，这些话都无不当之处，事情明摆着也是这样，但听起来却不大顺耳。目的是要让太后收回成命，从轻处罚护军，并给参与斗殴的太监以惩处，不让太监有得势滋生非分之念。只要这个目的达到也就行了，至于手段是可以从权的。

太后死要面子，决不能有半点指摘她的意思，这是首要的。其次，太后眼下最恼火的是护军。若是一个劲地为护军辩护，则反而会更令太后生气，一旦恼羞成怒，坚持要按她说的办，那就毫无办法了，总不能为几个护军而喋喋不休地死缠着太后不放吧！

陈宝琛的附片，以“惶骇”“传播”等字眼来暗里指摘太后，又一个劲地为护军辩护，恰恰在这两点上犯了大忌。

“附片不能上！”想到这里，张之洞坚定了这个认识，必须马上制止。他提起笔来，写了八个字：“附子一片，请勿入药。”叫大根连夜送去陈府。

太后不能指摘，护军不能辩护，剩下的唯有从“太监”着手了。再次提醒太后，注意前朝宦寺干政的危害，重申家法，杜绝乱萌，让太后自己醒悟；并将前向刘振生一案并提，正可以看出管束太监之重要。对！就这样写，或许能带来转机。张之洞觉得为午门斗殴事件再上一疏的责任，已义不容辞地落到自己的头上来了。

为纠正太后的过失，为鸣申护军的冤屈，为抑制太监的得势，也为陈宝琛正疏的有欠稳妥，张之洞施展平生文字功力，以极大的忠悃诚挚，以极度的委婉曲折，来表达自己一目了然的用心：

> 窃闻近日护军玉林等殴太监一案，刘振生混入禁地一案，均禀中旨处断。查玉林因系殴太监之人，而刘振生实因以与太监素识，以致冒干禁御。是两案皆由太监而起也。
>
> 伏维阉臣恣横，为祸最烈，我朝列圣驭之者亦最严。我皇太后、皇上遵家法，不稍宽假，历有成案，纪纲肃然。即以两案言之，玉林因藐抗懿旨而加重，并非以太监被殴也；刘振生一案，道路传闻，谓内监因此事而获罪发遣者数人，是圣意均见弊根，并非严于门军而宽于近侍也。仰见大中至正，宫府一体，遏尝有偏纵近侍之心哉！

护军明明是因打太监而致罪，张之洞却改为因抗懿旨而获咎，贬太监而抬高太后，可谓煞费苦心。但两次谕旨，均未有“惩办太监”之类的一句话，这又作何解释呢？张之洞含毫良久，终于想出了几句估计能为太后接受的话来：

惟是两次谕旨俱无戒责太监之文，窃恐皇太后、皇上裁抑太监之心，臣能喻之，而太监等未必喻之，各门护军等未必喻之，天下臣民未必喻之。太监不喻圣心，恐将有借口此案恫吓朝列妄作威福之患；护军等不喻圣心，恐将有揣摩近习谄事貂珰之事。

接下来，张之洞说，嘉庆年间林清之变，实因太监为内应，本年秋天在内廷天棚里搜出火药一事，也起因太监的失职。因此，他建议：

相应请旨，严饬内务府大臣将太监等认真约束稽查，申明铁牌禁令，如有借端滋事者，奏明重加惩处。

最后，张之洞以经典上的两句名言：“履霜坚冰，防其渐也”，“城狐社鼠，恶其托也”，来暗示太后：一须防止太监仗势骄纵，二则防止成为狐鼠之辈的凭借。

写完后，他从头至尾又细细地看过一遍。通篇文字，既没有一句为护军辩护之意，也没有半字触犯太后至高无上的威严，而是紧紧扣住抑制貂珰得势的祖训家法。张之洞想，这样的奏章，倘若太后都不能接受的话，大清的朝政，大概也就没有多少指望了。

过了几天，张之洞在翰林院门口遇到陈宝琛，问他附片上了没有。

陈宝琛答：“上了。”

“你怎么不听我的劝告？”张之洞颇为失望。

陈宝琛说：“接到你的字条后，我第二天去征求幼樵的看法。幼樵说，附片比正疏还要好，如此精义，不用可惜。我自己也和幼樵持同一看法，若附子不入，此药或将于病无效。”

张之洞跌足叹道：“弢庵呀弢庵，你口口声声要太后从谏如流，自己先就做不到这一点。你比我小十岁，品级资望都不及我，我之规劝你尚且不能听从。太后居九五之尊，多少人捧她求她，让她惧她，她如何能轻易听进逆耳之言？可见要从谏如流，对君王来说是多么之难；而历史上那些能采纳人言的君王，又是多么的难能可贵啊！”

陈宝琛哑然望着张之洞，对他这番感慨无言可驳。

在名医薛福辰的精心治疗下，慈禧肠胃不适的痼疾近来已大为好转。随着身体的康复，她的心情也日渐舒畅起来。醇王福晋这天进宫来，照例先向两位皇太后请安。见姐姐一扫病态，容光焕发，欢快地拉着姐姐的手恭贺：“好姐姐，你是越活越年轻，越来越漂亮。妹妹我简直不敢和你坐在一起，怕别人说你是妹妹，我是姐姐。”

说得慈禧满心欢喜，对着菱花镜子一照，昔日的照人光彩果然重又出现，眼前的妹妹的确不如自己的美丽。醇王福晋的话和菱花镜里的形象，给四十多岁的慈禧带来的喜悦，远不是中外大臣的颂词和藩属国的贡品所能比拟的。

两姐妹手拉手叙起家常话来。

醇王福晋说：“上次我过生日，姐姐送的礼物虽没收到，但心意我深领了。姐姐为此事严惩了午门护军，我和王爷都感到不安。”

慈禧安慰妹妹：“护军打了我的太监，理应惩处，这与你们无干。”

慈禧只这么一个胞妹。当年父亲过世，家道中落。就是这个妹妹和她一起，陪伴着母亲度过了那段冷清的岁月。妹妹和她，虽是一母所生，性格却完全两样。妹妹宽容随和，没有权力欲望，儿子虽贵为天子，她却并没有骄矜之态。慈禧特赏她在紫禁城里坐黄龙大轿的殊荣，但她一次也不坐。慈禧对此甚为赞赏。与所有独裁者一样，慈禧自己是权欲狂，却又希望别人都没权欲。

“话虽这么说，但毕竟是因为我的生日礼物而引起的。”醇王福晋心里怀着诚恳的歉意。“外间的人说，午门这事儿，太监争了面子，只怕他们今后会翘尾巴。我知道姐姐向来管束太监甚严，但外人不知道，以为姐姐向着太监。姐姐为这事儿受累了。”

妹妹这几句轻柔恳挚的体己话，在慈禧心里骤然引起了震动：各省官吏，市井百姓，还不知为这件事嚼些什么烂舌头哩！

说了一会子家常话后，醇王福晋告辞姐姐，去看她的宝贝儿子。李莲英送来了几份奏章。

特命全权与俄国洽谈伊犁事件的驻英法公使曾纪泽的奏疏说，与俄国谈判已近尾声，被崇厚割让的伊犁南部八万里的领土，已从俄人手中夺回，只是给俄国的兵费银将会增加二百万两。这项改订条约，即将签字。

慈禧看了这份奏疏很是宽慰。八万里土地争回，这是给她的脸上增了大光，她将会以保守祖宗江山有功的英雄，赢得天下臣民的尊敬，至于多二百万两银子，这与她毫不相干，自有四万万百姓去出。

四川总督丁宝桢也有一份奏章，说东乡冤案平反昭雪后，川中父老同声颂扬朝廷英明，东乡冤民的亲属家家供上太后、皇上的牌位，祝福太后圣躬康泰，寿比南山。

慈禧看完这道折子后舒心畅意地笑了。久病新愈迈向老境的皇太后，从来没有像现在这样珍惜健康，盼望长寿的了。

看了这两道奏折，慈禧的心情特别好，她离开暖床，在阁子里随意走动，又喝了一杯吉林将军铭安新呈的长白山人参汤，重又坐到床上。她拿起另一份折子来。这折子正是陈宝琛为午门事件所上的正疏和附片。

若是在前些日子，慈禧看了这两道折片，定然会怒火中烧。她可能不会看完，就会将它扔在一边，说不定还会提起朱笔写几句话，对上疏者严加申饬。但她今天没有这样，而是沉下气来耐心读完了。

这一来是病愈身体好了，二则是曾纪泽和丁宝桢的奏折给她带来了喜悦，三是妹妹的那几句话也引起了她的反思。

在两千年帝制的最后一段岁月里，执掌中国朝政达四十八年之久的这个女人，毕竟不是等闲之辈，当她心态平和的时候，也是知道权衡利弊的。

陈宝琛的话说得是难听，什么“播之四方”“传之万世”之类的话，她压根儿就反感。但平心而论，几个护军的处罚也是重了点，为了这件小事，让天下后世去议论纷纷也是不值。

慈禧对自己前些日子的意气用事颇有悔意。正在这时，李莲英又送来一个折子，这正是张之洞担心陈宝琛的言辞过激而补上的《阉宦宜加裁抑折》。

慈禧读完这个折子后，心里甚是宽慰。张奏和陈奏有明显的不同。张奏没有说她有任何不当之处，也没有为护军辩护，这两点最让慈禧舒服。慈禧最讨厌别人指摘她的过失。她的过失，只有在她省悟之后，自己来纠正。她也最恨别人替她所讨厌的人说好话，她所讨厌的人，只有被处罚后仍不改对她的忠诚，才能换取她的回心转意。

至于张之洞指出谨防阉宦得势这一点，慈禧在听了妹妹的那几句话后，便开始省悟了。两者相斗，抑此必定导致扬彼。作为一个老练的政治家，慈禧是深知此中三昧的。

她思考一下，将内奏事处秉笔太监唤进来，口述一道新的上谕：

> 午门值班兵丁殴打太监一案，护军玉林等因藐抗获咎，原属罪有应得。唯念门禁至为紧要，嗣后官兵等倘误会此意，稍行顾瞻，关系非轻。着格外加恩：玉林改为杖一百，流二千里，照例折枷，枷满鞭责发落；祥福改为杖一百，鞭责发落；忠和改为杖一百，仍圈禁两年，圈满后加责三十板；护军统领岳林免其交部严议。太监李三顺，着交慎刑司责打三十板，仍着内务府大臣恪遵定制，将各太监严行约束。禁门重地，若值班人等稍加疏懈，

定当从严惩办，决不宽贷。

第二天，当这道新的上谕由内阁传达出去后，一个多月来密切注视着事态发展的官场士林，终于有一种压抑已被解除之感。尽管从律令来看，护军还是处理过重，但太监毕竟受到了惩罚。熟悉内廷情况的官员们，已经从这两年来李莲英格外受宠中看出一些苗头，这次惩处李三顺，无疑对这一有可能乘势增长的苗头是一个遏制。人们盼望早已为历史所唾弃的貂珰干政的故事不要在本朝重演，同时也对敢于顶风浪披逆鳞的骨鲠之臣表示最大的敬意。

这天傍晚，张佩纶在自己的家里，设宴款待两位为午门事件转圜起了关键作用的朋友。醉意朦胧中，陈宝琛深以自己将随着这个事件传名青史而自得。杯盘相碰声里，张之洞则深为自己所爱戴的慈禧太后，不失为肚量宽宏的明主而兴奋。此刻，他还不可能想到，就是这一道目的与陈奏相同，措辞比陈奏婉转的折子，改变了他的命运。一段多姿多彩、光芒四射的人生岁月，即将在张之洞的面前揭开序幕。

第二章／燕山聘贤

一　赴任前夕，张之洞深夜造访醇王府

自从那次破格召见之后，张之洞的一举一动，便都在慈禧太后的注视之中。议论东乡翻案事时，醇王又在慈禧面前称赞张之洞关心民瘼、仗义执言，是社稷之才。张之洞在慈禧的心目中又加重了分量。醇王还特为告诉慈禧，张之洞赞成修复清漪园。身为清流而不反对园工，慈禧对此很喜欢。她由此看出张之洞对她的忠心。吏部揣摸太后的旨意，将张之洞的品衔提高一级，由正五品升为从四品。不久，又正式授职为正四品的翰林院侍讲学士。

午门事件中，张之洞的奏疏只言谨防阉寺之患，而不言及她处置之失当。作为一个老练的政治家，这中间的良苦用心，慈禧在事后也是能感受得到的。“委婉曲折，忠心可悯”，这是慈禧后来在与慈安的闲聊中对张之洞的知心评价。于此可见，她确实看出了张之洞的稳

健和成熟。

在慈禧看来，这些都是清流中他人所缺而张之洞独具的长处。清流人物饱学善辩，喜谈国事，攻讦在位者不留情面又往往能击中要害，但几乎个个锋芒毕露，咄咄逼人，只求文章做得痛快，却并不去考虑事实上办不办得通。慈禧一向认为，清流人物可以做言官，也可以做学官，但不能做实事，更不能担当重任，因为他们不懂得现实世界与圣贤经典之间的差距有多么大，也不知道“闭门造车易，出门合辙难”的道理。严格地说，他们都不是稳重成熟的务实干员。然而这个张之洞，却有清流之长而无清流之短，确乎是一个难得的人才，她决定破格越级简拔。

张之洞现居正四品衔的侍讲学士之位，越级提拔，可以擢升为正三品衔的詹事府詹事，也可以擢升为从二品衔的内阁学士，兼礼部侍郎衔。朝廷提拔官员向来慎重，越级简拔的事并不多见。慈禧记得，近几十年来内外传为美谈的一次越级简拔，是三十多年前道光爷提拔曾国藩的事。

道光二十七年，六十七岁的道光爷在一次例行的翰詹考试后，将曾国藩升授内阁学士兼礼部侍郎衔。曾国藩为从四品衔的侍读学士，猛然间升为从二品衔的内阁学士，连升四级，一时朝廷内外议论纷纷。

曾国藩的考试成绩名列二等第四，并不优异，考试之前也没有十分引人注目的表现，大家都不明白道光爷凭什么对曾国藩如此恩宠。后来，曾国藩组建湘军，百战沙场，为朝廷收复江南，在手握重兵功高天下的时候，并不造反，而且益发对朝廷忠心耿耿。直到这时，历史才证明道光爷是多么的富有远见，其识人之眼光、用人之魄力是多么的不同凡响！

慈禧则更从深处思考：曾国藩后来之所以如此，或许正是对当年连升四级的回报。眼下又是多事之秋。皇帝年少孱弱，国家比道光时期更需要栋梁之材。向祖宗学习，演曾国藩故事，将张之洞连升三级，直接升授内阁学士兼礼部侍郎衔？

然则，张之洞真的是第二个曾国藩吗？连升三级，可是非同寻常的异数，他张之洞能受得起吗？

正当慈禧犹豫不决的时候，朝廷内突然发生一场大变故。

光绪七年三月初七，慈安太后驾崩钟粹宫。消息传出，朝野惊愕！

慈安才四十五岁，素来身体康健，不像慈禧时常闹病。当“太后升天”的话传到宫外时，不少大臣还以为是慈禧死了。这意外的变故，导致当时及后世的许多传闻。有一则流传最广、常被野史及说书人所乐道的说法是：当年咸丰帝病重时，颇为身后之事而忧虑。咸丰帝只有一个儿子，这位六岁的皇子乃懿贵妃那拉氏所生。皇后纽祜禄氏为人柔懦谦退，而懿贵妃性格刚强好出风头。咸丰帝担心今后懿贵妃母以子贵，干预朝政，出现牝鸡司晨的局面。咸丰帝的宠臣协办大学士肃顺建议：当年汉武帝立弗陵为太子而杀其母钩弋夫人，此事可以效法。咸丰帝心肠软，不忍心这样做，便给皇后留下一纸遗墨，上面写着：若今后懿贵妃干预朝政的话，皇后可凭此执行家法。皇后将这道圣旨藏着。二十年过去了，已升为慈禧太后的那拉氏虽然一直在执掌朝政，但对已升为慈安太后的纽祜禄氏执礼甚恭。慈安认为再保留这道圣旨已没有必要。为了表明自己的这番心意，慈安对慈禧说出这桩事，并当面将咸丰帝的遗墨烧掉了。不料，这反而成了慈禧的一块心病，她总怀疑慈安还会有别的办法可以制约她，于是先下了手。她亲手给慈安送来一盒糕点，糕点里放着毒药。慈安吃了这盒糕点后即刻暴死。

这事是真是假，已很难确凿考订。依常理而论，这种可能性不大，因为慈禧无此必要。二十多年后，光绪帝、慈禧太后两天内相继死去。传说慈禧自知不起，不愿光绪帝在她死后报复她，便先毒死光绪帝。这两个传闻如出一辙，意在揭露慈禧的心狠手辣。但现存的清宫档案完整地保存了光绪帝病情的记录，证明他确实病入膏肓，不可医治。这种传闻的产生，或许是由于慈禧晚年劣迹太多，人们恨她的缘故吧！不过，自古以来宫闱秘事，其间的曲曲折折，当时的局外人尚不可能清楚，何况百年后的今天！我们就姑且不论吧。

但慈安的去世，的确为慈禧更顺畅地推行她的意图扫清了障碍。这是因为名义上慈安在慈禧之上，且慈安为人随和，王公亲贵中许多人有事都愿意找慈安，而慈安也乐意为他们说话。恭王便是其中一个。自从同治四年他与慈禧发生第一次冲突后，其感情上更趋向于慈安，遂有后来瞒着慈禧，与慈安一道降旨斩安得海的事。

现在，横在慈禧前面的这道障碍既已扫除，她可以放开手脚来自我安排了。确切地说，清末的慈禧时代，是从这个时候才真正开始的。

就在慈安去世后不久，一连十多天，彗星天天夜晚出现在参宿和井宿之间。朝臣私下纷纷议论，都认为这是上天示儆，主政者当省愆修德。慈禧也为此异常天象而不安，下诏求言。应诏上书的不少，但无非都是勤政爱民、宽刑薄赋等一套老生常谈，慈禧对这些迂儒之言无多大兴趣。这一天，她被一道折子所吸引。这道奏章里所说的话与众不同。

奏章上说，彗星频现，当思弭灾防患，而当今防患之道，其大者莫过于西北之边防及东南之海防。西北边防，责任在陕甘总督。其总督曾国荃拜命半年来，以养病为名，安卧湘乡不赴任。东南边防，责任在两江总督。其总督刘坤一暮气深重，且有吸食鸦片之嗜好。建议朝廷开去曾国荃陕甘总督之职，另委贤能。刘坤一现蒙内召，正可借此令彭玉麟署理。彭玉麟既为中兴宿将，又无骄惰之气，深孚众望，足资起衰振疲。

慈禧看上疏者姓名，正是张之洞。她合上张之洞的折子，认真地思索起来。

二十年前，当她废去顾命大臣执掌朝政时，正是江南战火弥漫之际，她一改咸丰帝左右瞻晌的态度，把东南大局全权托付给曾国藩，同时又悄悄地培植李鸿章的淮军势力，让这支军队成为牵制曾国藩湘军的力量。不久，湘淮军合作，平定了江南。继而又以淮军为主力，扑灭了捻军。到了同治七年，内地烽火基本熄灭。

就在朝野欢呼“同治中兴”的时候，慈禧发现，十八省督抚，已经有多半落到湘淮将帅的手里。她十分担心这些人将居功坐大，弄出一个尾大不掉的局面来。这些年来，她小心翼翼地对付着这批湘淮宿将，采取笼络、制裁、频繁调动、相互掣肘等多种政治手腕，终于保持了政局的大致稳定。然而，时刻防范这批军功显赫的大臣，仍是令慈禧头痛的一件大事。发布曾国荃陕甘总督的上谕已半年了，他仍在湘乡老家悠闲地住着，托辞不上任。陕甘地当西北，乃军务要冲，曾国荃如此无视朝廷，怎不令慈禧恼火。但曾国荃身为攻打江宁的头号功臣，慈禧也不便公开申饬他。刘坤一是湖南新宁人，二十五岁率团练加入湘军，转战湘桂，战功卓著，三十五岁便身居巡抚高位，四十三岁便做了总督，今年才五十二岁，年纪并不大，但大官做久了，不免有些倚老卖老的味道，近来颇为纵情声色。慈禧对他也很不满意。

曾、刘身上所体现的“骄”“暮”之气，正是那些因军功而至高位的督抚普遍存在的毛病。它既是对朝廷权威的削减，也败坏了官场的风气。敲一敲这两根翘起的尾巴，对那些头脑昏昏的大员也是个震动。慈禧接受张之洞的建议，革去曾国荃的陕甘总督之职，任命彭玉麟署理两江总督。也因这个建议，使慈禧不再犹豫，决定援道光帝的先例，破格越级简拔张之洞！

光绪七年七月，一道煌煌谕旨下达：张之洞补授内阁学士，兼礼部侍郎衔。这道圣命，使张之洞转眼之间连升三级，由一个中级官员跃为从二品的卿贰大臣。这是咸丰、同治、光绪三朝中少有的一次破格简拔。

张之洞奉到这道谕旨，真有喜从天降之感。清流朋友的祝贺，同僚的羡慕，故旧门生的恭喜，家人的欢欣，这一切为他织成了一张大喜大庆之网。

这天午后，他收到张之万从南皮老家派人专程送来的一封信函。守制在家的前总督除向堂弟表示祝贺外，并郑重其事地告诉堂弟，应该尽快去醇王府走一趟，在醇王面前表达对圣恩的感激之情。

照惯例，获得迁升的官员在奉旨之后要给朝廷上一道谢恩折，然也仅此而已，不需再向别的推荐者表示谢意。张之洞也正是这样办的，他的脑子里还没有想到要去感谢别的什么人。堂兄的这封信给他一个很重要的提醒：是的，别的王公大臣那里都可以不去，醇王府是非去不可的。

他想起去年堂兄应醇王之邀悄无声息的北京之行，想起那几天堂兄频繁地与醇王会晤，又想起堂兄为他安排的在清漪园与醇王的见面。就因为有这些活动，才有东乡冤案的昭雪；说不定也就因为有这些活动，才有今日的越级超擢。太后—皇上—醇王—堂兄，他似乎突然看到了一个既明显又隐约的网络，悟出了一个既简单又深邃的道理。一条前途无量又不无风险的道路，已在自己的面前铺开了。

张之洞不愿意让人知道他与醇王府有什么特殊的关系，遂在一个夜色深沉的晚上，独自一人踏进醇王府。

“王爷富贵尊荣，应有尽有，微臣虽然做了二十年京官，但仍两袖清风。微臣知道王爷为微臣的这次迁升很费了神，却无法给王爷送上一件像样的礼物。微臣今夜什么都没带，只带上一颗对朝廷的忠心：今生将为太后，为皇上，为国家竭尽全力，鞠躬尽瘁。”

张之洞这番庄重诚恳的话，使醇王为之动容。从本性上来说，醇王也不是一个贪财好货的人，他并不很希望别人给他送礼。他的儿子现正做着皇帝，为他的儿子尽忠，岂不是给他的最好礼物？

醇王莞尔一笑，说：“为国荐贤是我的本职，只要足下今后尽忠太后辅佐皇帝，我也就满意了。”

张之洞忙说：“王爷的话，微臣将一辈子铭记在心，对太后、皇上忠心耿耿，为国家办事实心实意。”

“这就好，这就好。”醇王顺手从茶几上拿起一只淡黄色的玛瑙鼻烟壶来，在鼻孔下面来回地移动了两下。

醇王不爱礼物，但这个鼻烟壶就是一件礼物，它是潘祖荫送的。潘祖荫是个有名的古玩鉴赏家收藏家，尤爱鉴赏收藏鼻烟壶，家里藏的各种鼻烟壶不下千数，遇有同类型的，他便会拿出多余的来送人。潘祖荫常说他送鼻烟壶给人没有功利目的，其实这中间也很复杂，要细细追究起来，还是有功利的居多。就拿这个烟壶来说吧。行家们都说，这个烟壶的用材最为名贵，这块玛瑙也不知在地底下埋了多少年，整个北京城找不出第二个。李鸿藻曾问他要，他舍不得，光绪皇帝登基不到一个月，他就带了这个鼻烟壶进了醇王府，送给了喜闻鼻烟的皇上本生父。这种不露形迹的文雅礼物，倒也正合了开去一切差使的醇王的心意。

吸了一阵鼻烟后，醇王的精神大为振作。眼前这个即将担当大任的名士，毕竟还是要向他透点底才是，免得他日后认不清主子。

“去年子青老先生来京晤谈，盛赞足下道德文章有古人之风，我于是约请足下来清漪园一见。又读到足下为四川东乡民人鸣冤的三道折子，对子青老先生的赞许深信不疑，多次在太后面前荐举足下。午门事件过后，太后亦与我谈起过足下的折子。我对太后说，如此忠诚而稳重的人，释褐二十年了，至今尚屈居下僚，若不超擢，不仅使他本人心冷，只怕朝廷也会眼睁睁地失去一个大才。太后当即颔首，果然便有此罕见之举。我为足下贺喜。”

张之洞明白醇王这番话的用意，忙离座拱手：“王爷大恩大德，微臣没齿不忘！”

“坐下，坐下！”醇王对此甚是满意，在张之洞重新坐下后，面带微笑地说，“昨日上午，太后召我进宫，向我垂询两件事：一是工部右侍郎王鹤年出缺十多天了，以何人补授为宜。一是山西近年来麻烦事不少，曾国荃并未治理好，卫荣光接手后更是混乱，晋抚一职拟换个人，问我心中有合适的人没有。足下今天来得正好，我想问问，假若太后现在就要足下去干一番实事，足下是愿意留在京师做侍郎呢，还是愿到外省去做巡抚？”

就在醇王说这番话的时候，张之洞的脑子里已想了很多。他首先想到的是，醇王决不是他自己所标榜的不问国事的那种人，正如老哥所说的，他对国事关心得很。接着张之洞又想到，看来醇王在太后的决策过程中，对太后有不可低估的影响。同时他又想，那么恭王呢？恭王又处在一个什么位置上呢？或许，关于工部右侍郎的补缺和山西巡抚易人这两件事，太后也与恭王商议过。无疑，太后正在将醇王倚为臂膀；当然，恭王至今仍是太后最重要的帮手。

张之洞毫不犹豫地说：“微臣深谢王爷的厚爱，倘若太后真的愿意交给微臣一桩实事的话，微臣愿选择巡抚一职。不要说山西尚非十分贫瘠之地，即便是云、贵、甘肃等省，既贫困又偏远，微臣也愿意前去。微臣不是不知侍郎一职尊贵舒适，为的是有一方实权，有一省土地，可由自己充分展布。”

“好，志气可嘉，我当向太后禀明足下这番志向。倘若太后予以成全，足下自应实心实意去做，为太后为朝廷分劳；若留在京师做侍郎，也是好事，料理本职事务之余，还可以时常为朝廷拾遗补阙。”

“谢谢王爷！”张之洞起身向醇王深深一鞠躬，“微臣这就告辞了。”

“好，我送足下两步。”醇王也起身。

“不敢。王爷如此，则微臣担当不起。”张之洞忙又一鞠躬。

醇王笑了笑说：“我也要走动一下，活动身子骨。另外，我还要问一句话。”

“王爷要问什么话？”张之洞刚挪动的脚步又停了下来。

“咱们边走边说吧！”

张之洞只得跟着醇王走出小客厅。

醇王说：“上次子青老先生来京时，他身边有一个人，我见他器宇甚是不俗。问子青老先生，说是他的一个老朋友，住在古北口，特为来京城与他相见。又说此人精于绘画，画技比他还高。不知足下与此人有往来否？”

显然，醇王说的这个人就是桑治平。张之洞答道：“今年春天我本拟去拜访他，他恰好有奉天之行。故那次分手之后，我与他还没再见过面。”

醇王说：“听子青老先生说，此人很有些经济之才，若荒废在山野江湖也实在可惜，你可以劝劝他，出来为国家做点事。我想要他给我画一幅画，就画古北口那段长城，不知他愿不愿意。”

张之洞说：“王爷如此看得起他，他必定感激万分。为王爷画画，他自然是非常乐意的。”

说话间，二人来到王府庭院，张之洞再次请王爷止步。醇王说：“好吧，我就不送了，足下静候佳音吧！”

十天后，张之洞奉到上谕：着补山西巡抚。真的就有一方土地来由自己亲手经营管理了，二十多年来的人生抱负，眼看就有实施的时候了，张之洞心中欢喜无尽。他忙着交代公事，接待各方朋友，安排内务，打点行装，以便尽快启程赴任。

不料，就在张府上下喜气融融的时候，一桩大不幸的事突然发生了。

二　王夫人突然难产去世

原来，王夫人近几日里因过于劳累，引发早产，又加之难产，在床上痛苦地挣扎一日一夜之后，终于怀着无穷无尽的眷恋离开了人世，孩子也没有保住。张之洞紧握着夫人渐渐冷下去的双手，放声痛哭，久久不愿松开。

张之洞原本为此事做了很周密的安排。他知道夫人产期将近，为怕发生意外，他决定自己一人单独赴任，而将夫人留在京师，由大根夫妇在家里料理一切，待百日产期满后，再由大根夫妇护送去太原。

王夫人对这个安排很满意。对丈夫这次出任山西巡抚，她心中的喜悦一点也不亚于丈夫。丈夫远行，做妻子的怎能不过问？尽管张之洞一再关照她不要多费心，王夫人还是不顾产期在即，亲自操办着各种家事。又是清理衣服，又是置办被褥，又是打发人上街为丈夫买各色各样好吃的食品。她一再对身边的男女仆人唠叨着：山西苦寒，四爷又不会照顾自己，要多为他准备些吃的用的。

她终于累倒了。接下来便是腹痛流血不止，慌得府中女仆们赶忙扶她上床，又四处去请接生婆，待到张之洞深夜回家时，王夫人已不能开口和丈夫说话了。

真好比晴天一个炸雷，给吉星高照的张府以措手不及的猛烈打击。人们叹惜王夫人命薄，已经到手的抚台夫人都无福消受；人们也怜恤张之洞，在就要身膺重寄的时候，失去了一位难得的贤内助。

连日来，张之洞更是以泪洗面。他日夜呆呆地坐在夫人的灵柩旁，素日里的灵气和才华仿佛统统离他而去，就像一个低能儿似的，不知如何来打发今后的岁月。

许多人都不知道，张之洞的情感世界里，有着常人所少有的深深的缺憾。这种缺憾，又无形地影响着他一生的性格和情绪。

张之洞四岁时，他的母亲朱氏便去世了。小小的心灵里，永远不能淡忘母亲最后的那一刻：母亲紧闭着双眼，父亲坐在母亲的病床边。父亲的妾魏氏一手抱着他，一手牵着六岁的胞姐。大家都在流泪。他不明白眼前发生的是什么事情，只是一个劲地在魏氏的怀里嚷着扭动着，要到母亲的身边去。好长一会儿，母亲睁开了眼睛，向各人都望了一眼，然后吃力地抬起手来，指了指魏氏怀中的儿子。魏氏走过来，将张之洞放在朱氏的身边。朱氏用手摸着儿子的头，眼眶里的泪水不停地涌出。张之洞大声喊着："娘，娘！"朱氏声气微薄地对站在床边的魏氏说："我的这两个儿女就托付给你了。"

魏氏边哭边说："夫人放心，我会对他们好的。"

朱氏又对丈夫说："我的首饰和金戒指，你都替我保管好，日后凤儿出嫁，就当我送给她的嫁妆。”

“我记住了。”张瑛点点头，将凤儿拉过来。

凤儿的脸挨着母亲的脸。母亲的泪水与女儿的泪水流在一起。

过一会儿，朱氏又对丈夫轻声说：“我的那张琴，在洞儿成婚的时候，你要洞儿将它送给媳妇，就算是我这个做婆婆的送给她的礼物。”

张瑛说：“好，再过几年之后，我就把琴交给洞儿，由洞儿日后交给他的媳妇。”

朱氏交待完后，又睁大眼睛死死地看着自己的一双儿女，强拼着力气抚摸着儿子的脸蛋。突然，母亲的手从张之洞的脸上掉了下来，接着便是阖府上下一片哭声。

就这样，四岁的张之洞永远失去了无限疼爱他的母亲。

朱氏去世后不久，张瑛郑重其事地领着儿子走进母亲的琴房。他亲手揭开罩在琴上的布套，让儿子好好地看看。这是一张古琴，琴面有四尺多长，八寸来宽，黑黄黑黄的，上面绷着七根粗细不等的丝弦。

张瑛对儿子说：“这是你母亲娘家陪嫁之物。你母亲常常以此自娱，她的琴弹得很好。”

张之洞似懂非懂地听着。第二天，张瑛便将这张琴收藏起来了。

魏氏从此担负起抚育张之洞姐弟的责任。朱氏生前对魏氏不错，加之魏氏自己又没生育，故而对小姐弟两人很好。再好也比不上亲娘的贴心，小姐弟俩常常想起自己的生母，暗自流泪。然而，不幸的事再次降临到张之洞的头上。与他一天到晚形影不离的胞姐，三年后又因伤寒病去世。七岁的张之洞眼看着活泼可亲的姐姐离他而去，哭得死去活来。

张之洞其实兄弟姐妹不少，但一母同胞，又真正亲密无间的只有这个姐姐，谁料她又过早夭折了。

从那以后，张之洞似乎与欢乐笑容绝了缘，他一门心思钻进“四书”“五经”之中。圣人的教诲，昔贤的睿智，陪伴他孤寂的童年，启沃他苦涩的心灵。十六岁那年他高中顺天乡试第一名。十六岁的解元是古往今来科举史上少见的奇迹，足以令所有读书人艳羡，张瑛和张家的西席们莫不开怀大笑。哪怕就是在这样的喜庆日子里，张之洞也没有一种发自心灵深处的舒心畅气之感。

在张之洞的记忆里，他生命中的第一件舒畅事，是发妻石氏的来归。

十八岁那年，张之洞与石夫人结了婚。石夫人那年也十八岁，她的父亲石煦在贵州都匀府做知府，与张瑛是同级官员，又是直隶同乡，关系密切。在两位父亲的撮合下，一对小儿女在兴义举行了隆重的婚礼。

书香门第出身的石夫人，不仅漂亮贤淑，更兼知书达理，对丈夫温存体贴，关心备至。遵循母亲的遗嘱，张之洞将古琴亲手交给石夫人。石夫人本不会奏琴，听说是婆母心爱的遗物，又是临终前的郑重嘱托，她含着眼泪接过这件不平常的礼物，决心学会操琴。

心灵手巧的石夫人，不到半年就能奏出动听的乐曲。魏氏常说，少奶奶奏琴，就像当年夫人一样：一样的姿态，一样的神情，一样的好听。每听到这种话，张之洞便欣慰不已。其实，母亲当年奏琴的情形，他的脑子里一点印象都没有了。或许是因为魏氏常念叨的缘故，或许是在他多年来对母亲绵绵不绝的追思中无端形成的幻觉的缘故，张之洞仿佛觉得母亲当年就是这样的，在琴房里一边抚琴，一边低吟，倾诉着她对丈夫，对儿女，对生命的无穷无尽的热爱……

渐渐地，石氏在张之洞的心目中替代了逝去多年的母亲，他那一颗渴望得到人间真爱的干涸的心田，终于注入了清冽的泉水，无声无息，清凉滋润。张之洞从心底深处真正感受到了人生的欢悦。

第二年，石夫人生了一个女儿，取名仁檀。二十四岁那年，石夫人又生下了长子仁权。儿子的降生，使张之洞有一种生命延续的快乐感。再过两年，张之洞点探花入翰苑，步入了仕途，石夫人带着一双儿女也来到北京。小家庭里有着说不尽的美满幸福，其乐融融。谁知乐极生悲，石夫人突然撒手人寰。张之洞千呼万唤，也不能喊回爱妻的一缕芳魂。年幼的姐弟在母亲遗体边伏地痛哭，也无法使慈母再睁开眼睛。

张之洞想起夫人的种种美德：善良、宽厚、勤劳、俭朴。有一件事，令张之洞永生不能忘记。

张之洞嗜酒，经常喝得酩酊大醉，石夫人多次规劝，他都不听。有一天他又喝醉了，深夜才回家。石夫人在家苦等苦盼，见他这样晚才回来，不免说了他几句。张之洞听得烦了，拿起书桌上的大石砚便向夫人头上掷去。石砚掷在石夫人的头上，顿时血流如注，晕倒过去。张之洞吓得忙给夫人包扎，对自己刚才的鲁莽悔恨不已。第二天夫人醒过来了，他怀着深深的歉疚向夫人赔不是，并发誓今后再不喝醉了。夫人没有责备他，反而安慰他说，若从此改掉了这个坏毛病，她心甘情愿受此一难。夫人的贤德令张之洞大为感动，从此以后他果然不再酗酒。清苦的日子已经过去，而今事业有成，家境日渐好转，她却独自一个走了。

张之洞想起这些往事，悲从中来，和泪写下三首悼亡诗：

酒失常遭挚友嗔，韬精岂效闭关人。
今朝又共荆高醉，枕上何人谏伯伦。

龙具凄凄惯忍寒，筐中敝布剩衣单。
留教儿女知家训，莫作遗簪故镜看。

空房冷落乐羊机，忤世年年悟昨非。
卿道房谋输杜断，佩腰何用觅弦韦。

自从石夫人去世之后，童年时代那种落寞孤寂之感，又常常偷袭着张之洞的心灵。看着一双稚气正浓的儿女没有慈母的照顾，他在寂寞中更添一重悲伤。孰料不幸接踵而来。三年后，十三岁的仁檀又得急病死去。仁檀酷肖其母，禀性善良温和，小小年纪便知道关心父亲，疼爱弟弟，是张之洞的掌上明珠。爱女的夭折，简直摘去了他的心肝。很长一段时间里，他心里一直有一种厌世之感。

五年后，张之洞在湖北学政任上续娶唐氏夫人。唐夫人乃湖北按察使唐树义之女。两年前丈夫病逝，便带着女儿回到娘家，住在父亲的官衙内。一年前女儿又不幸死了，唐氏内心悲苦。唐树义见学政亦是中年丧妇，与中年丧夫的女儿恰好匹配，便亲自为女儿作伐。张之洞怜自己，也怜唐氏，遂答应了这门亲事。唐氏夫人人品不错，但因是再醮，心里总忘不了前夫夭女，情绪抑郁，对仁权缺乏疼爱之情，小公子总是对继母怯生生的。再加上唐夫人自小娇生惯养，懒而任性，张之洞劝她学习奏琴，她一口拒绝，张之洞心中大为不快。这个续弦夫人并没有给张家带来多大的欢乐。过了两年，唐夫人也因病长辞人世，留下半岁的儿子仁梃。

再次遭到丧妻之痛的张之洞，哀叹自己的命运多舛，他不想第二次续弦了。不久，他奉命典试四川，便将二子留在京师，托人照料，自己孤身一人前往巴蜀赴命。

乡试刚揭榜，张之洞便遵旨留在成都任四川学政。四川号称天府之国，物产丰阜，人物俊秀，扬雄、李白、三苏为雄奇的巴山蜀水增添迷人的魅力。张之洞喜欢这块土地，决心为培养今世的四川人才全力以赴。

这一年，张之洞来到龙安府主持府试。知府王祖源与他是老熟人。那年他从武昌回到北京时，与王祖源同住羊圈胡同达半年之久，因为同在翰苑供职，彼此走动较勤。去年，王祖源以编修资格外放龙安府。王祖源科场不顺，五十岁才中进士，做了个老翰林。翰林院是青年才子的发祥之地，老名士在此处则前途不大，外放郡守，乃是最好的归宿了。

老友见面，十分快乐。王祖源将学政请到家中，二人坐在书房里，一杯清茶，海阔天空地叙旧话今，谈兴甚浓。张之洞指着墙壁上一幅题作《国色天香》的彩绘，笑着对主人说："这画定是出自闺阁之手。"

"何以见得？"

张之洞极有兴致地说："牡丹乃群芳之首，甚为闺阁所喜爱。此其一。花朵丰满而艳丽，叶片肥大而鲜嫩，旭日红亮而明媚，这是人世间极具圆满之美景，向为闺阁所追求。此其二。'国色天香'四字，虽端正大方，但因力度不够显得有些纤弱，显然出自闺阁手笔。此其三。有此三点，我敢断言这幅牡丹图是位女丹青手的杰作。"

王祖源哈哈大笑起来："香涛好眼力，这画正是小女懿娴之作。"

懿娴，张之洞的脑中立即浮出一位姑娘的形象。四年前的一天，张之洞正在王家，与王祖源的儿子王懿荣聊天。王懿荣那时是国子监的一名监生，勤勉博学，尤好古董鉴赏，与张之洞很谈得来。正说话间，书房门口走过一个女子，王懿荣随口说了句"懿娴回来了"。张之洞抬起眼来望过去，见懿娴面孔清秀，身材匀称，有一种大家小姐的风范。再仔细一看，他发现王家小姐走路不太平稳，有点向左边倾斜，像是左腿有点毛病。张之洞心想：难怪来到王家多次，都没有见过懿娴小姐，原来是脚有点残疾，不愿见生客。他心里微微叹息：多好的一个小姐，不该有这点毛病！

"懿娴能画这么好的画，过去从没有听说过。"张之洞离开座椅，走到《国色天香》图面前，细细地欣赏起来。

王祖源也站立一旁，拈须微笑，陪着客人欣赏。

"懿娴出嫁几年了？丈夫在哪里做官？"张之洞随口问老友。

"还没有出嫁。"

张之洞颇为吃惊。四年前见到时，估计也有二十好几了，现在不快三十了吗？遂脱口问："她多大了？"

王祖源脸上的笑容不见了："不瞒你说，今年二十九，是个老姑娘了。懿娴什么都好，模样儿周正，性子也温顺，就是小时候得了场大病，病好后，左脚便不怎么灵便了，请了不少医生，都治不好。懿娴心性高，等闲人她看不上，家境好本人好的，又嫌她的脚，就这样高不成低不就地耽搁了。"

张之洞又一次在心里叹惜："如此才华出众的丹青高手，倘若一辈子困于闺门，心里不知有多大的忧愁！"

因为张之洞十分赞赏懿娴的画艺，知音难得，又因为旧时的邻居在偏远的四川重逢，是件令人兴奋的巧事，在衙门晚宴上，王祖源破例将女儿唤了出来，同在一个席上吃饭。张之洞又当面称赞了一番。懿娴大大方方地听着，脸上荡漾着甜美的笑容。这笑容，似乎顿时化开了张之洞心中两年多来的郁积，心情变得格外轻松起来。那天晚上，他喝了很多酒，说了很多话。他发现，王家的小姐一直在静静地听。那样的安详，那样的宁静，就如同《国色天香》图上那朵带露低垂的白牡丹。

过了几天，王懿荣从外地转道来龙安看望老父老母。王祖源告诉儿子，张香涛这些日子正在龙安府，又说他很喜欢懿娴的画。

王懿荣忙去文庙拜访老友，又在闲聊中得知唐氏夫人已在两年多以前过世了。王懿荣听了这话，心中怦然一动。他回到家里，向父母建议把妹子许配给张香涛。人品、地位，自不必说，从年龄上看，张香涛今年才四十岁，正好相当。唯一不足的是，张香涛有过两次婚姻，且有两个儿子。但妹子年近三十，又有残疾，要想再寻一个超过张香涛的人也很不容易。王祖源夫妇对儿子的建议完全赞同，但懿娴是个有主见的人，大主意还得她自己拿。

那天见面之后，懿娴对张学台印象极好。其实，懿娴多年前便从父兄嘴里知道了张香涛，来四川后也常听人说起这位学政大人的名士风度和实干作风。那天的晚宴上，一切传闻都得到证实，尤其是他由衷地赞叹《国色天香》图，更给这个独居闺中的老姑娘以极大的心灵满足。他居然是个鳏夫，且一人孤身在任，莫不是天赐良缘？懿娴没有犹豫，一口答应了。

得到全家同意之后，王懿荣才对张之洞提起这事。这样一个处子才女肯屈己下嫁，何况彼此之间有过一段前缘，张之洞还有什么可讲的！他一点也不嫌懿娴的跛脚，不要说有娟秀的五官可以弥补，即便相貌平平，有此等精彩的绘艺，也足以让这位富有艺术才情的学台大人倾慕不已了。

为了表示对王家老姑娘的尊重，张之洞请尊经书院山长名宦薛焕作媒人，又请四川总督吴棠做主婚人。婚礼那天，成都各大衙门的官员、各大商号的老板、锦江书院及尊经书院的士子代表，都来学台衙门祝贺，一时间轰动了整个锦官城。

婚后，王氏夫人里里外外照应周全，成了张之洞的得力助手。公余，丈夫吟诗，妻子作画，诗情画意融为一体，成都士林官场津津乐道，传为美谈。王夫人灵慧，样样都行，唯独不会奏琴。鉴于唐氏的前车之辙，张之洞不愿因奏琴一事引发心中的不快；又想到王氏年近三十，再学艺也难，不忍心看她勉为其难，遂不提古琴一事。学政期满后，张之洞携夫人离川回京。

四川人多事繁，学政收入较他省要丰厚，张之洞将自己的大半积蓄都捐给尊经书院购置书籍。离川前夕，按惯例，藩库将张之洞三年期间应得的各项杂费及程仪二万两银子取出送给他，他坚辞不受，要藩库将此项银两用于周济贫寒士子，及补充家境困苦的举人进京应试的途费。对于丈夫这种不近常情的清廉之举，王夫人完全理解，全力支持。

然而临到成行时，张之洞却发现自己竟然回京的旅费都窘迫了，不得已将珍藏多年的书籍卖出。回到京师，亲友们前来祝贺，张之洞一时连治酒席的钱都没有。王夫人将母亲送给她的狐皮马甲拿出典当，才使得张之洞没有在亲友面前丢脸面。

王夫人胸次宽阔，视仁权兄弟如同己出，待下人也宽厚和气，这些都令张之洞欣慰。眼看着那些才学平庸的同僚一个个迁升腾达，而自己总在中允、洗马这类中低官职上徘徊不前，张之洞常有怀才不遇之感，有时也会无端地烦躁愤怒。这时，王夫人总会以女性的恬淡冲和来缓解他的火气，安慰他，劝说他，让他慢慢地化去心中的块垒。

京官清贫，翰林院尤其是冷衙门，张府人多开支大，收入不丰，王夫人总是量入为出，精打细算，把个家政安排得井然有序。前年，十九岁的仁权结婚，王夫人将自己从娘家带来的金手镯偷偷变卖，为仁权筹集聘金。张之洞得知后感动不已，愈添敬重。

如此贤惠识大体的夫人，在即将身膺封疆重寄的时候，张之洞是多么的希望她成为自己日后繁剧政务的内助，一起分担忧愁，一起分享快乐，可是如今……

张之洞环顾素花白幔装点的灵堂，凝望着沉重黑暗的棺木，不禁凄然泪下，从心底深处涌出永恒的悲叹：

重我风期谅我刚，即论私我亦堂堂。
高车蜀使归来日，尚借王家斗面香。

妄言处处触危机，侍从忧时自计非。
解释篝火悲愤意，终羞揽袂道牛衣。

门第崔卢又盛年，馌耕负戴总欢然。
天生此子宜栖隐，偏夺高柔室内贤。

他想起自己四十五年的生涯中，四岁丧母，七岁失姐，二十岁无父，三房妻室及长女均先自弃他而去，人世间最难以接受的痛苦接连不断地降临，难道真的就要如孟子所说的那样，天将降大任于斯人也，必先苦其心志……

张之洞怀着深深的悲伤，对着王夫人的遗像喃喃自语：“懿娴，你走了，今生今世我再也遇不到你这样的好女子了。看来，我这一辈子，只有为国操劳的义务，没有享受天伦之乐的福分。我就要去山西赴任了，这是太后、皇上对我的器重。懿婀，你放心去吧！准儿我会好好照看，她会顺利长大成人的。”

办完王夫人的后事，张之洞开始张罗赴晋事宜。他巴望早点到山西去，这不仅是他急欲借一方土地施展自己的平生抱负，同时也想离开这个令他时刻触发旧情的庭院，尽快让繁剧的政务来冲淡锥心的悲痛。

这一天午后，张之洞正在书房里清理书籍，准备挑一些随身带去。正在这时，一位不速之客突然闯了进来。

“老弟，还认得我吗？”来人拍了一下张之洞的肩膀，爽朗的川音中充满笑意。

张之洞回过头来一看，不觉大吃一惊：“秋衣，原来是你，好多年不见了！”

“是呀，自你离开成都后，五年了，再也没有见过面。”秋衣在书桌边的椅子上坐下后又问：“弟妹呢？都还好吧！”

“好什么？”张之洞沉重地低下头来，轻轻地说，“她已故去一个月零三天了！”

“什么！”秋衣刷地站起来，惊讶得睁大了眼睛。“这是怎么回事？她还只有三十几岁吧！”

“唉！”张之洞悲伤地叹了一口气，把王夫人去世的事简单地说了几句。

“多好的一位弟妹！年纪轻轻的，怎么就这样走了呢？”秋衣一个劲地摇头叹息，“怪不得你又黑又瘦，气色很不好。弟妹的灵位摆在哪里？我去瞧一瞧，鞠个躬，也算尽个心意吧！”

王夫人的灵牌，暂时还安放在张之洞的卧房里。张之洞将秋衣领进卧房，对着王夫人的灵牌，秋衣整衣肃容，默默地三鞠躬。望着眼圈已现湿润的老朋友，当年在成都学政衙门里，秋衣与他们夫妇饮茶谈笑的情景又浮现在张之洞的眼前。

秋衣是张之洞一个特殊的朋友。

光绪元年夏天，四川学政张之洞在杨锐等几个学生的陪同下，到德阳去看望一个病危的学子。回成都的那天中午天气极热，半途上张之洞突然中暑晕倒。

杨锐等人心里着急，四处并无人家，一碗茶水都找不到，更遑论医治！

杨锐说："我爬到树上望一望，看哪个方向最近处有房屋，就把四叔往哪里背。"

杨锐爬上一株高大的枫树，一会儿便下来了，对大家说："左手边山坳处好像有几间房屋，我们到那边去。"

说罢，背起张之洞就走，众人紧跟在两旁，约莫走了三四里路，果然见前面出现一座题为"上清观"的小道观。进了门后，见屋子里有一个人正在聚精会神拓印一截残碑。杨锐走上前去，客气地叫了一声："道长，打扰了！"

那人抬起头来，原来是一个四十多岁的清瘦汉子。那人说："我不是道长。你们要做什么？"

杨锐说："我的老师赶路中了暑，要借这里休息一下，如能帮我们寻个郎中就更好了。"

那人一听，忙将手中的活放下说："把病人背到里屋，放在床上。"

杨锐背着张之洞进了隔壁的另一间房。房里有一张床，床上铺着篾席，虽简陋，倒也还干净。杨锐将张之洞平放在篾席上，那人掐张之洞的人中，又在四肢几个关节部位上用力按摩着，然后搬出一只尺余见方的旧木箱来，打开木箱，里面有七八个大大小小的干葫芦。那人从一个小葫芦里取一些黑黄色细粉，倒进张之洞的嘴里，又从陶罐里倒出一小碗水来，将张之洞嘴里的细粉灌下去。

"没有事，很快就会好的。我们都出去，人一多，热气大，病人不舒服。”

中年汉子带着杨锐等人回到原来那间屋，他仍旧拓他的残碑，不再说话。

没有多久，杨锐突然发现张之洞从隔壁屋里走了出来，他惊喜地迎上前去：“老师，您都好了！”

“好了，好了！”张之洞笑着说，“刚才拖累了你们。”

杨锐等人忙过去扶着，又指着中年汉子对张之洞说：“刚才就是这位师傅喂药给你吃的。”

“谢谢你了。”张之洞感激地说，“你的药真是灵丹妙药，一灌进肚子里就好了。叫我怎么谢你哩！”

那汉子高兴地说：“哪里是什么灵丹妙药，土方子罢了，不要谢。请坐，请坐！”

张之洞见那汉子虽身着布衣旧履，然眉宇之间却有一股清奇磊落的气象，心中甚有好感。他在汉子的对面坐下来，亲热地问：“师傅是叫什么名字？本地人吗？”

汉子说：“我住在青城，这几天来上清观做客。我叫吴秋衣。”

“秋衣？”张之洞笑了笑，他觉得这个名字颇为少见。

“秋衣这两个字，取自李白的一首诗。”吴秋衣随口念道，“洞庭湖西秋月辉，潇湘江北早鸿飞。醉客满船歌《白苎》，不知霜露湿秋衣。我喜欢这首诗，尤其喜欢不知霜露湿秋衣这句，便把秋衣借来做了名字。”说罢笑了起来。

“这是李白游洞庭湖五首诗中的一首，的确写得好，我也很喜欢。”张之洞边说边看吴秋衣手下的残碑，心中猛地一惊。

原来，那截黑灰色石碑上清晰地刻着“法正之墓”四字。法正是蜀先主刘备手下的一位大谋士。传说刘备惨败于东吴，退兵白帝城时，诸葛亮在成都跌足叹道：“假若法正在主公身边，决不至于有此失利。”可见法正的才略之高。可惜法正英年早逝，诸葛亮很伤心，亲自为他题写墓碑。熟悉史册的张之洞知道，“法正之墓”这四个字当是按照诸葛亮的手迹摹刻的。诸葛亮传世的手迹甚少，这四个字即便是摹刻也显得十分珍贵，可惜这块碑只有下半截，上半截应当刻着法正生前的官职。

张之洞问：“这块残碑是哪里找来的？”

秋衣说：“上清观打算再建一间房子，信徒们向观里捐献砖瓦石块。有个信徒捐了三牛车石块，这是其中的一块。那个信徒说，他家有一座几百年的祖宅，这些石块都是那座祖宅的基石。墓碑究竟出自何处，已无人知道了。”

张之洞最是喜欢古器碑帖之类的文物，无意之间在此地看到了如此珍贵之物，如何不高兴！他从秋衣手里拿过已完工的拓片来，仔细欣赏着：拓片墨色深浅适度，点划勾捺清清楚楚，丹书的笔势，镌刻的刀法，都完好地体现了出来，拓者无疑是个技艺娴熟的高手。张之洞喜欢碑刻，却不能自己动手拓印。这样的巧工能匠，居然弃于荒山野岭之中而不为世知，真正可惜！

“这字真的拓得好！”张之洞赞道，“你这手艺哪里来的？”

“四处漂学的。”秋衣浅浅地笑了一下说，“我一生最爱碑文篆刻，三十年来，只要有空，我就挑一担空箩筐在穷乡僻壤、古岭老山四处转悠，遇着年代久远的断石残片，我便拾起来放进箩筐里，遇见好的碑刻，就将它拓下来。遇上拓工，我便细心地一旁观摩，把他们的技术偷学过来。就这样，三十年来，我也搜罗了几十块珍稀古石，拓下几百件上等碑刻，无形之间，拓技也精了。”

这是少见的有趣人：爱好如此高雅，行为如此独特，且好诗词懂医道，值得与之交往！

张之洞站起来，诚恳地说：“我和你志趣相投，我想与你交个朋友。你方才给我解了暑，我也感激你。我邀请你到我家小住两天，我们多谈谈话，我也借此表示点谢意！”

秋衣问：“你家住在哪里？”

“就住在城里。”

“好吧！”

吴秋衣也起身洗洗手，拍了拍身上的旧布衫，什么也没带，便和张之洞等人一道离开了上清观。从一路上的谈话中，张之洞知道吴秋衣今年四十五岁，从小在药铺里做抓药的小伙计，天长日久，也便成了半个医生，一般的常见病，他都可以治得好。工余则好读诗词古文，尤爱书法篆刻，此兴趣几十年来不衰。八年前，妻子去世，即未再娶，两年前独生女出嫁。从那以后，他也便辞了药铺的事，靠着积蓄和替人治病的收入，专门去寻找和拓印古碑古刻。

进城到了九眼桥闹市区，张之洞指着一边一个蹲着大石狮的衙门说：“我就住在这里，我是这里的主人。”

杨锐对吴秋衣说：“这是学政衙门，我的老师是学台张大人。”

“哦，你就是学台大人，怪不得对古碑帖知道得这么多！”言谈中，吴秋衣得知张之洞的金石学问甚多，心里一直在猜想，此人很可能是尊经书院里的一位教书先生，或者也可能是城里裱画铺、古董店里的一个行家，却不料，竟是学台大人。“我叫张之洞，字香涛，我们是朋友，你不要叫我大人，叫名叫字都行。”

“好，好，我是个没受过正规教习的散淡人，也不懂士林和官场的礼仪，我不习惯叫什么老爷、大人。你贵为学台，我贱为药工，但你若真正愿意与我做朋友的话，那我们就应该是平等的。今后你直呼我的名，我也直呼你的字。”

“最好，最好！你这种性格我最喜欢！”

张之洞边说边拉着吴秋衣进了衙门。

杨锐等人都还从没有见过这样的平头百姓。他们想象中，吴秋衣一旦得知与他说了半天话的人竟是四川的学台，必然会惊骇莫名，诚惶诚恐，因为所有的小民见了官家都是这样的，吴秋衣却不这样。众人把他看做怪人，杨锐称他为奇人。

吴秋衣在衙门里住了两天，张之洞将他平生所藏的字画碑帖都拿出来让吴秋衣看。吴秋衣边看边评，爽直尖刻，许多评议都很有见地，张之洞为得到一个好朋友而快乐。

临走的时候，张之洞说："我们俩都是鳏夫，你可常来我这里坐坐说说话。"

从那以后，吴秋衣真的常来做客。一袭布袍，满身尘土地出入学政衙门，引来不少世俗人的好奇眼光：学台与药工成了好朋友，真个是难得！

后来张之洞与王夫人结婚，居然也把这个布衣朋友请来坐在贵宾席上，吴秋衣磊磊落落的，也不以地位卑下而自惭。他还是照常来张府，于是与好绘画书法的王夫人也成了朋友。

离开成都回家前夕，张之洞送他二百两银子，资助他的脱俗事业。吴秋衣也不推脱，坦然收下。就从那以后，张之洞再也没见过吴秋衣了，但常常会想起这位与众不同的布衣之交，不料他今天竟突然出现在眼前！

吴秋衣告诉老友，去年夏天他沿着汉唐时代的剑阁大道，离开四川到了关中平原，然后再从陕西到河南，从河南到直隶。这次远游的目的，一是行万里路以广见闻，二是到京师来看看老朋友。进城后才听说老友已升山西巡抚，多方打听才找到家来，幸而尚未离京；但这未离京的缘故却是因为夫人的不幸故去，真让人悲哀。吴秋衣劝老友节哀，即便不能接受，也要强迫自己接受这个事实，对这种生老病死之事要达观看待。张之洞感激老朋友的一番真心，亲人弃他而去的事，已经历好多次了，虽痛苦，但还不至于颓丧，何况眼下正有大任等着，必须打点精神迎接繁剧。张之洞邀请老友和他一起到山西去，帮他做点事情。

吴秋衣想了想说："官场上的事我实在不能为你帮一点忙，我这次就不随你去了，我要在京师住几个月，若有机会，再去太原看你。不过，我这次无意之间发现了一个真正可以帮助你的人，你若能请得他和你一道去山西，必可有大用场。"

张之洞的精神立时振作起来，问："这是个什么人？你何以这样看重他？”

吴秋衣慢慢地说：“早就听说古北口是个险要的关口，这次在城外恰遇两个家住古北口的商人，正从江南做生意回来，于是暂不进城，和他们一道去了古北口。这两个商人走南闯北，见识既广，为人又大方，我和他们很是投缘，一路上说话很多。”

吴秋衣喝了口茶后，继续说着：“我对那两个商人说，听说古北口一带百姓生活穷苦，从你们身上看来，倒不像是这回事。两个商人告诉我，古北口本是一个穷地方，在几年前都还苦，这四五年间因为出了一个好庄主，带领众人发家致了富。”

自从奉旨以来，张之洞常想到今后该如何治理山西。行政牧民之事，他可真的没有经验。古北口这个庄主，引发了他的兴趣：“这个庄主是如何让他的庄民过上好日子的？”

“我也这样问过这两个商人。他们说庄主有几个好招数。一是把全庄都组织起来，就像当年的太祖爷在关外管理八旗一样，把分开的五个手指握成一个拳头。这样，做什么事都有力量。二是从山东引来好的庄稼种，种子好，产量提高了，大家都有饭吃。三是做买卖。古北口历来产一种名叫沙枣的枣子，味道不大好，虽产得多，但卖不了钱。庄主让大家晒干制成果脯。他自己琢磨出一种好调料，加上这个调料后，沙枣果脯又甜又脆。庄主又告诉大家，江浙一带人喜吃甜食，运到那里可卖大价钱。果然这一招很灵，这几年古北口靠这个买卖，家家都发了。这两个商人就是刚从上海回来做沙枣果脯生意的。”

张之洞点点头：“这个庄主的确有头脑。”

“到了古北口，我特为拜访了这位庄主，果然名不虚传，有真才实学。香涛，你去山西做巡抚，若有一个这样的人在身旁，一定会是你的左右手。”

张之洞边听边想，古北口的能干人，会不会是桑治平？但他不是本地人，又怎么可能做庄主呢？

“这位庄主叫什么名字？”

“桑治平。”

果然是他！张之洞两眼发亮，兴奋地对吴秋衣说：“他是我的老朋友，过两天我去古北口看他！”

“你的老朋友？”听了张之洞的介绍后，吴秋衣为自己的慧眼识才而高兴。

张之洞赶忙修书一封发往古北口，与桑治平约定十八号在他们家里相见。

三　一位报国心强烈的热血之士，偏偏年轻时又错投了主子

河北平原上，有一座由西至东逶迤连绵的群山。它西起潮白河河谷，一直向东延伸，直至消失在山海关旁的渤海湾。它就是中国的名山之一燕山。自古以来，燕赵多慷慨悲歌之士，无数悲壮的故事在这里发生，无数英雄豪杰在这里创造生命的辉煌。燕山，这位中华民族五千年文明史的无声见证者，它与中华儿女同忧患，共欢乐。

古老的长城在燕山身上蜿蜒穿过，将中原和塞外划开成两个世界。就在潮白河附近，有一道天然峡谷。峡谷两边山势陡峭，巨石嶙峋，乃周围百余里南北必经之路，真可谓一夫当关，万夫莫开。这就是万里长城上著名的关隘古北口。

两汉时期，中央政府便开始在古北口设立县衙。唐代曾在此处设东军、北口二守护。宋代时为使臣出辽必经之地。金代在此建铁门关。明洪武十一年重建古北口城，设东、北、南三道城门。清初在此处建造行宫，为皇家消夏避暑之所。康熙晚年在热河兴建避暑山庄，又扩建木兰围场，每年暑季皇室便迁往热河，此处遂渐渐衰落下来。

当年，桑治平在漫游天下浪迹江湖之后，看中了这个地方。他喜

爱古北口的雄伟险奇。莽莽苍苍的群山，高深幽冷的峡谷，朴拙厚实的长城，仿佛正是中华民族的形象写照。住在这里，似乎时时刻刻都能够感受到一种苍老而凝重的脉搏在不停地跳动。桑治平还喜欢这里的人烟不多，民风淳朴，没有尘世中的喧闹争斗。或许是有过行宫的缘故吧，关注国事的流风遗韵依然存在，只要你用心搜寻，京师的大动向都可以通过不同渠道传到这里。况且离京城不远，倘若要打听个究竟，快马加鞭，朝发关口，夕至天街，也方便得很。

桑治平竟然是这等具用世之心的人，他又为何不到长安城里去闯荡闯荡，到潢池中去游戏一番呢？原来，这中间有一个非同寻常的变故在内。

二十年前，桑治平还是一个名叫颜载礽的英俊后生，从河南洛阳老家来到京师参加会试。颜载礽学问博洽，诗文俱佳，是一个前途看好的年轻举人。他自认为可以一举高中，却不料放榜之日，金榜上并没有他的名字。颜载礽殊为失望。他怏怏不乐地在京城晃荡几天后，决定回家苦读，下科再试。

这天，他正在会馆里收拾行装，一个穿戴阔绰的中年男子推门进了他的房间，极有礼貌地问：“请问，你就是颜孝廉吗？”

“是的，我就是颜载礽。”颜载礽完全不认识此人。“先生找我有何事？”

“哦，终于找到你了。”中年男子面带笑容地说，“我是肃相府里的，肃相请你过去坐一坐，不知你现在有没有空？”

肃相，不就是协办大学士肃顺吗？颜载礽心里吃了一惊：我与他无一点瓜葛，他身居相位，是皇上最为信任的大人物，怎么会知道我这个二十来岁的落第举子呢，而且还邀我去他的府上坐一坐？颜载礽大惑不解。他初次到京师，与京师官场无一丝联系，关于肃顺，也只是二十多天前，一个偶然的机会才得知一些。

那是京师春天里少见的一个风和日丽的上午，中州会馆里的应试举子们都在伏案攻读，再过几天，会试就要进场了。同为洛阳籍的孟生对颜载礽说：“听说京师南郊的龙树寺有个牡丹园，眼下正是牡丹花开的时候，今天天气这样好，我们何不到龙树寺去看看，说不定那里的牡丹花已开了。”

来自牡丹之乡的颜载礽，听孟生这么一说，忙起身：“我们现在就去！”

两人结伴来到龙树寺。寺里冷冷清清的，游人很少，原来牡丹还没有开。孟生说：“没有牡丹看，我们去看看佛殿，会会法师吧！”

颜载礽对菩萨与和尚无兴趣。造化诞育的山水花木，才真正充满着生趣灵气。牡丹花虽未开，但它碧绿鲜亮的叶片、含苞待放的花蕾，也足以使人赏心悦目。颜载礽一人留在牡丹园里，饶有兴致地东看看西望望，胸中涌动着一股生命的机趣。

这时，牡丹园里又来了一个人，也是二十多岁的年纪，儒雅英迈，风度翩翩。那人甚是豪爽，与颜载礽一见如故，兴致勃勃地聊起天来。两人天南海北、上下古今地神聊，从历史到现实，从学问到时局，彼此的看法多有相同之处。到了中午时分，二人谈兴犹浓，那人又请颜载礽和孟生的客，在龙树寺附近的小酒店里，三人又畅谈了个把时辰。酒席上，那人将当今的协办大学士肃顺大大地赞扬了一番，说扭转乾坤振兴大清的希望全寄托在此人身上。临分手时，那人告诉颜载礽，他乃湖南湘潭人王闿运，在京师朋友家做客，过几天就要回湖南老家去。颜载礽也把自己的姓名身份告诉了他。

这位肃顺，在王闿运的眼里，就是管仲、乐毅一类人物。不管他有什么事，冲着这一点，去见识见识也好。颜载礽答应了。来到肃府，肃顺立即走出书房迎接。

颜载礽见肃顺方面大耳，器宇轩昂，步履快捷而稳重，立时对这位权倾朝野的协揆有极好的印象，心里想：怪不得王闿运将他敬重得如同天神一般。

颜载礽跟着肃顺进了小客厅。坐下后，肃顺面色和气地说：“我家的西席王闿运前几天离家回湖南去了，临走时向我举荐了你，说你的才学不在他之下。”

哦！原来王闿运是肃府的塾师，是他说起了我。颜载礽心中的疑团顿时解开了。他认真地倾听着。

“听说你这次会试未第，我想你不必急着回家，就在京师住下，我聘你接替王闿运。只有两个学生跟你读书，他们也还听话，不会给你添很多麻烦。学生不用功或做错了事，你尽可教训他们，不要有顾忌。早早晚晚，你可以用来自己读书作文。至于薪水，也和王闿运一样，每月十二两，是京师通常人家的两倍，你看如何？”

没有寒暄，也不绕圈子，清楚明白，简洁干净，这正是王闿运所赞赏的肃顺的一贯作风。是一个做事的人。颜载礽在心里想。他寻思着：在肃府做几年西席，是可以学到许多书册上没有的学问的，况且报酬如此丰厚，也足见东家对西席的重视。他答道：“中堂如此看得起我，我自然感激不尽。只是我年轻学问浅，怕耽误了两位公子的学业。”

肃顺哈哈一笑：“你不必谦虚了，王闿运既然推荐了你，你必然可以胜任得了。要说年轻，王闿运也比你大不了几岁，他的学问才华要远胜过那些翰苑老夫子。好了，就这样定了，明天就叫人把你的行李搬进来吧！”

就这样，颜载礽成了肃府的西席。一晃半年过去了，颜载礽和东家的关系越来越密切。他佩服肃顺办事的果断刚强，大刀阔斧，不讲情面，不留后路。肃顺也喜欢年轻西席的人品才情，更欣赏他的胸有大志，不同流俗。

肃顺空闲的时候，常常会把颜载礽召到书房去谈话，跟他谈自己的治国方案，谈大清的未来。肃顺对颜载礽说，他平生最敬慕两个人：一个是辅佐齐桓公的管仲，一个是帮助汉武帝的桑弘羊。管仲的学问在《管子》一书中，至于桑弘羊，为国家谋财富而不惜得罪巨室，以至冤死，则更令人又敬又悯。颜载礽也说些对国事的看法，及对历史上治乱兴衰的研究体会。到后来，肃顺便像信任王闿运那样的信任颜载礽，要颜载礽代他起草奏疏。颜载礽也便由西席变成了肃顺的心腹幕僚。

这时，政局突然发生了巨变。英法联军打进北京，咸丰皇帝逃奔热河行宫，肃顺奉命随驾，颜载礽仍留在府中教书。后来肃顺感到颜载礽不在身边有许多不便，遂将他召到热河，两个公子的塾师则另聘他人。

颜载礽在热河行宫住了将近一年，参与不少高层机密，亲自感受了咸丰皇帝去世前后，热河行宫无形的刀光剑影。他当时不可能料到，这段岁月是如此的不平凡，以至于影响了中国近代历史的进程，而被后世的野史、小说渲染得神乎其神，蒙上一层又一层扑朔迷离、永具魅力的色彩。他只是感觉到，权力的争斗原来是这样的勾心斗角你死我活，而权柄的执掌者又都是这样的口是心非表里不一。这一切，都令年轻的洛阳举人为之倾注了极大的兴趣，又常常百思不解。

大行皇帝的梓宫就要回京了。在那些日子里，颜载礽见东家几乎天天食不知味，夜夜睡不合眼，没日没夜地与其他几个顾命大臣在紧张忙碌，神色肃然地磋商各种事宜。颜载礽凭直觉感到要出大事了。

颜载礽跟着东家伴随梓宫一道启程了。这天午后，大队人马抵达密云县城。六百来里的路程已走了四百里，一路上安安静静。颜载礽松了一口气：再有三天，就可以进京，总算平安过来了。

吃过晚饭后刚刚睡下，肃顺便打发人将他叫起。颜载礽赶紧来到肃顺的房间。

肃顺说："马上就要进京城了，我想起两道重要的上谕要拟。"

颜载礽面色庄重地望着东家，聆听他的下文。

"第一道上谕：着兵部侍郎胜保火速带所部南下，赴安庆两江总督衙门，听候曾国藩调遣。第二道上谕：着两江总督曾国藩转福建按察使张运兰，火速带所部来京听候调遣。"

颜载礽明白东家这两道连夜赶急草拟的上谕的重要性。一年前，胜保在通州败于洋人时，肃顺曾力主杀胜保以肃军纪，恭王奕䜣则出面保他。显然，胜保恨肃顺而亲奕䜣。胜保所部现今处于拱卫京师的地位，若他被奕䜣所用而与肃顺作对，那事情就麻烦了。相反，曾国藩在江南打仗，一直得到肃顺的大力支持。肃顺于曾国藩有知遇之恩，曾国藩的部下来京师取代胜保，将可确保京畿的安全。

这的确是一个事关重大的决定！

颜载礽十分佩服东家的头脑清晰。不过，他又想，是不是晚了点呢？大行皇帝宾天不久，胜保即向皇太后具折请安，已遭斥责。胜保违背祖制，直接给皇太后上折，这一点当时就应该引起警惕。现在距大行皇帝宾天已两个多月了，若京师有新的部署，不早就安排稳当了吗？再过两三天就要进城了，这时才调兵换将，还来得及吗？颜载礽一边草拟上谕，一边这样想着。

突然，从窗外传来一阵阵马蹄声，似乎是从远处向这边奔来。渐渐地，马蹄声越来越大，并伴随着嘈杂的人声和时明时灭的火把。肃顺刷地起身："出事了！"

就在这时，一阵急剧的打门声传来，有人在高喊："肃顺开门！肃顺开门！"

果然晚了！颜载礽脸色突变。"肃顺"，谁敢这样直呼肃相的大名？一定是出大变故了。肃顺走到窗边，跌足叹道："老七在里面，他们叔嫂勾结一起来抓我了！"

恭王奕䜣排行六，醇王奕譞排行七，肃顺向来以"老六""老七"这种不恭的称呼来叫咸丰皇帝的这两个亲弟。

说完这句话，肃顺来到桌边，面色峻厉地对颜载礽说："我要完蛋了，你没有必要跟我一起完蛋。你赶快从后门逃走，老七的人不认识你，不会抓你的。"

说话间，又是一阵剧烈的打门声。肃顺亲手打开后门，将颜载礽推出门外。颜载礽含着眼泪，对着东家鞠了一躬："中堂保重，我走了，你还有什么话要对我说吗？"

肃顺铁青着脸："没有什么话可说了，你日后若有机会做大事的话，要吸取我的教训。”

说完“砰”的一声把后门关了。

颜载礽躲在门后的一棵老树边，亲眼看见肃顺被醇王的队伍捆绑着走了。

三天后，颜载礽赶到京城，他径直向肃府奔去。只见肃府前后左右都布满了全副武装的兵丁。街头上看热闹的行人悄悄地告诉他：“肃中堂出大事了，家被抄，家眷被看管起来了，所有亲友都不准进去。”

颜载礽挂念肃府的两位小公子，不知这两个弟子的情况如何，问看热闹的人，都说不清楚。有的说若犯了谋逆大罪，按律令儿子也要处以极刑。有的说，肃府是黄带子，大概有优待，儿子不至于死。听了这些话后，他心里更是焦急。

除开肃顺的两个儿子外，颜载礽心中还惦记着一个人，这个人叫秋菱。

秋菱是肃府的丫鬟。颜载礽进府后，肃顺亲自安排她照顾塾师的衣食起居和书房打扫。秋菱十七岁，人长得清秀，性情文静，手脚又勤快，颜载礽喜欢她。

秋菱无父无母，只有一个哥哥在河南老家种地。家里实在苦得很，日子过不下去，不得已被卖到肃府，从此与家乡断了联系。她只知道自己所住的村子名，这个村子属于河南哪个县她都不清楚。秋菱时常想家乡，想哥哥，却无法回家见哥哥。她那天一眼看到颜载礽，又听他说一口河南话，就仿佛有一种见到自己哥哥一样的感觉，从心底里涌出一股对颜载礽的亲热之情，因而对颜载礽照顾得格外周到。

秋菱聪明好学，但家贫不能读书。颜载礽有空便教她认字。秋菱学得很快，几个月下来便能认得千把字了，教者和学者都欢欣不已。渐渐地，两人心中便你有了我，我有了你，彼此之间益发亲近了。

秋菱身为丫鬟，自认配不上举人颜载礽。她把爱慕之情深藏心底，不敢表露出来，只是以加倍的关心体贴来隐隐透示一点痕迹。颜载礽是个庄重而有大志的人，平素想的总是金榜题名和建功立业等大事，何况作为相府的西席，对相府的下人更应待之以礼，持之以节，所以他心里明明爱着秋菱，亦知秋菱爱着他，却也不肯把这种情感流露出来。于是，两人都互相暗恋着，不挑明。

这对青年男女纯洁的初恋，便这样在朦朦胧胧似有似无之中进行着。

颜载礽要去热河了，秋菱柔肠千结，依依不舍。她熬了几个通宵，给他做了一双厚底鞋，悄悄地塞进他的行囊。在行宫的日子里，颜载礽常常想起秋菱，想得热切的时候，便把那双鞋子拿出来，轻轻地抚摸着。他舍不得穿在脚上，而是将它放在枕头下，似乎觉得秋菱在夜夜陪伴着自己。过去在相府，天天见面，颜载礽还不觉得什么，一旦分离，才觉察到秋菱已在他的心中有了极重的分量。他盼望着皇上早日回京，肃相也便可早日伴驾同行，自己也便早日可见到心上人。

这一天，肃顺悄悄地对颜载礽说："皇上病势很重，我心里焦急。你赶紧回京里一趟。我有一包祖上传下来的还魂散，保存在福晋手里，你拿来给皇上服用。快去快回！"

说着将一封写给福晋的信递给颜载礽。颜载礽不敢怠慢，从御马房里借了一匹千里快马，立即出发。第二天傍晚就赶到了肃府。他从肃顺福晋手里取到还魂散后，便回到自己的房间，正想躺下来歇息一会儿时，门轻轻地推开了！

"秋菱！"颜载礽兴奋异常地喊了一声后，便快步向秋菱奔了过去。或许是思念之情累积得太多太多再也无法抑制，或许是一时热血奔涌，根本没有想到要抑制，颜载礽一反离京前的稳重自持，一把将秋菱抱在怀里，秋菱涨得红通通的脸紧贴在颜载礽的胸口上。望着秋菱又羞又喜的神态，颜载礽觉得世界上再也没有哪个女人能比得上她。他们不再讲话，两颗心却早已融为一颗。他不顾一切地吻着，终于，他把她抱上了床……

“秋菱，回京后我就娶你，我和你一辈子相亲相爱！”

在送秋菱出门的时候，颜载礽反复地这样说着。

“我相信你的话。”秋菱温柔地点着头，“我盼你尽快回家！”

肃府祖传的还魂散并没有挽回咸丰的生命，三十一岁的年轻天子驾崩热河，行宫里的政局突然变得异常的错综复杂。颜载礽似乎觉得每一天都是在充满着杀机的气氛里度过，銮舆回京的日子被一天天地推迟。终于启程了，终于可以见到秋菱了，却万万没有料到，竟然会如此风云突变，世事全非。京城是回到了，肃府也近在眼前，秋菱却再也见不到了。瞬刻之间，他有一种颓然心死之感。

颜载礽不情愿就这样离开肃府，他一连四五天守在肃府的旁边，注视着肃府的内外动态。每日里只见肃府里的家具摆设、大柜小箱一件一件地被兵丁们搬上马车，不知拉到什么地方去了，而肃府里的大小主子奴仆则一个也见不到，当然，也见不到两个公子和秋菱。到最后，大门小门甚至连窗户在内都贴满了封条。大部分兵丁都撤走了，只留下几个兵丁在府门外游弋。看热闹的人也没有了。仅仅几天前，还是高车轩马门庭若市的肃府，顿时死一般的寂静下来。在万般无奈之际，心绪凄凉的颜载礽只得远离肃府。

他决定在京师住一段时期，一来看看事态的发展，二来也想在偶尔之间遇上肃府的旧人，打听打听两位公子和秋菱的下落。

不久，肃顺被指摘为奸佞之首，公开杀头示众。他的两个儿子则免于追究，被一家远亲收留，藏之于深宅，与世隔绝。至于肃府的旧人，颜载礽一个也没遇上，秋菱的情况也打探不出半点。按着国家的律令，被杀头抄家的大员，其府中的奴仆一律籍没归官。颜载礽心想，秋菱或被卖给某个官府做女仆，也或许被遣送到边远之地，发配给戍边的罪员做妻妾了。

可怜的肃中堂，可怜的公子，可怜的秋菱！一切都完了，一切都改变了。颜载礽长长地叹了一口气，满腹凄怆地走出城门。

他也不敢回家，便在昌平租了一间茅屋，过起隐居生活来。

陡然而起的政变很快便过去了。无论从国家大局来看，还是从市井民间来看，这场政变似乎没给社会带来什么变化。朝局稳定，江南的战事继续进行，京师老百姓一如既往地过着平淡的日子。刚开始还可以听到一些关于政变的议论，三五个月后连百姓的街谈巷议也听不到了。再过一段时期，人们似乎已经把这桩惊天动地的大事，给彻底遗忘了。

颜载礽觉得悲哀。是人类天性只顾眼前，易于淡忘往事，还是那桩往事本不值得留在记忆里呢？是今天的大清国民已变得愚昧麻木，还是史册上那些慷慨激昂、可歌可泣的文字，原本就是几个文人的想当然笔墨，与当时的社会其实并没有多大的关联呢？

这番陡然而起的大变局给颜载礽强烈的刺激，作为朝廷最恨的肃党成员，考进士做官这条路自然给堵死了。他于是干脆断绝这份心思，跳出“四书”“五经”、八股试帖，一心一意去研读史书、兵书、舆地、农学、荒政等书籍，像青年时代的左宗棠那样，储备着真才实学，静待天时。

他记住肃顺对他说的敬佩管仲、桑弘羊的话，倾注极大的心血潜心于《管子》《盐铁论》中。他最终在这里看到了人世间的真学问，由衷佩服管仲、桑弘羊，也由此而佩服肃顺的眼光。他心里深深地为肃顺叹息，也为大清国叹息。肃顺丢了脑袋，大清国丢失了一个有真本事的治国大才。肃顺就是今天的桑弘羊。他和桑弘羊一样的才干性情，一样的不顾一切推行自己的强硬主张，终于也一样的招来杀身之祸。

为了避免牵连引来不必要的麻烦，颜载礽决定改名换姓。

桑弘羊是他的同乡，说不定桑颜两家在历史上有过亲戚瓜葛，于是颜载礽借桑为姓，取名治平，字仲子。这里既有追慕管仲、桑弘羊之意，也有一份怀念老东家的情感隐藏其中。

桑治平小时便酷爱画画。摆脱了功名桎梏后，他有了较多时间，于是重操画笔。他细心揣摩古人笔意，又注意观察身边的山水虫鱼。

他是个天赋极高的人，在“外师造化，中得心源”的过程中，绘画技艺迅速提高。这不仅使他在读书思考的同时，可以获得丹青之娱，同时又为他解决了生计的大问题。他靠卖画维持着衣食无忧的生活。

在昌平隐居五年后，桑治平开始云游天下的壮举。他先到东北，在白山黑水间考察满洲部落发祥的历程。从东北返回后他又漫步三晋，遥想那段无年无战的春秋岁月。然后他南下中原，登嵩山，游河洛，迈过潼关来到长安、咸阳，感受汉唐盛世的遗风余韵。从长安折转向南，越秦岭，穿剑阁，来到巴山蜀水之间，凭吊武侯祠、白帝城，咀嚼一代名相辅佐两朝的艰辛。继而飞渡三峡，于两岸猿声之中舟抵荆楚大地。在江陵旧国，在黄鹤楼头，缅怀当年楚庄王的霸业、三闾大夫的忠愤。再从芳草萋萋的鹦鹉洲起锚升帆，顺江东下，登上收复不久的古都城垣。在一片废墟之中，游秦淮，览钟山，泛舟莫愁湖，伫步胜棋楼。想起刚刚熄灭的遍地烽火，追思六朝走马灯似的改朝换代，这座龙盘虎踞的石头城，浮沉了几多帝王英豪，积淀了几多历史沧桑！从江宁北上，与丰沛子弟聊高祖轶事，听淮阴侯后裔诉千古奇冤，瞻仰至圣、亚圣之祀庙，观泰山日出黄河入海之雄奇。

经过这段历时三载，纵横数万里的徒步旅游，桑治平似乎感受到五千年中华古老文明的真谛所在，触摸到华夏民族生生不息的律动脉搏，脑子里常常有电光石火般的智慧闪烁，心境时常觉得如瑶池之水洗过后的清晰明净，而立之年的举人桑治平，经过读万卷书行万里路的锻造锤炼，已经成熟了，真正地立了起来，他觉得自己可以担当大任，为国效力了。但朝廷对肃党仍追查得很紧，他这个为肃顺草拟了不少重要文书的西席，又怎能出头露面，去保和殿参加会试，以科场胜利来走上仕途呢？不入仕途，又哪能获取官位为国效力呢？

虽然仕途无望，但桑治平并不气馁，一则他可以耐心等待机遇，二则即使一辈子遇不到机遇，读书作画，寄情山水，安贫乐道，淡泊宁静，也是充实的人生。

在踏进京门的前夕，桑治平在古北口结识了一个比他大二十多岁的忘年好友。此人姓柴名广，乃周世宗柴荣的四十六代孙，也是一个喜欢读书思考的人。柴广家道殷实，膝下只有一女，见桑治平非凡夫俗子，有意招他为婿。这些年来，桑治平惦记着秋菱，从未想过婚娶之事。漫游天下的壮举中，也包含着寻觅秋菱的一份深厚情意在内。八年过去了，秋菱杳无音讯。看来此生不能续那段情缘了，桑治平接受了柴广的美意。柴氏贤惠，婚后生下一女，小日子过得甚是甜美。

桑治平久静思动，总不甘心平生所学一无展布，于是告别岳父母和妻儿，外出寻找机遇。同治九年，他在姑苏城内遭窃落难，被迫卖画筹集回家的旅费，就这样遇到了张之万。桑治平见张之万虽贵为状元巡抚，却并不摆官场架子，对他平等相待，又同好丹青，谈话投机之处甚多，遂答应留在巡抚衙门。

住在衙门一段时期后，桑治平冷眼观察张之万，见这位抚台虽不是擎天大材，却也勤政爱民，禀性纯良，不是那种欺诈贪婪、两面三刀的俗吏，遂有心帮他做一点事。不久，张之万升闽浙总督，桑治平跟随他来到福州。闽浙两省，自古乃东南要域，若从春秋时期的眼光来看，也是一个大国了。随着彼此友谊日深，桑治平定下心来，欲竭尽平生本领辅佐这位制台大人，为国为民做出一番实事来。不料，张之万却要告老还乡，桑治平只得遗憾地离开福州，回到古北口，继续过他与诗书画册、山水林木为伴的淡泊生涯。

古北口住的多是柴姓人家，柴广做了多年的庄主，人望很好。柴广晚年多病，庄主事多委托桑治平办。桑治平将二百多户的柴家庄当做一个小国来看待，借此试试牛刀。他以管子治国之策，采桑弘羊为政之术，果然把柴家庄整治得面目一新，深孚柴家庄人的信任。前年，柴广去世，全庄一致推举他这个外乡外姓人做新庄主。桑治平于此也获得事业小成的满足感。

前些日子，他收到张之万从南皮寄来的信。信上说：舍弟擢内阁学士兼礼部侍郎衔，要不多久，或实授侍郎，或外放巡抚。若内授侍郎则罢了，若外放巡抚，乃一方诸侯，正可以借此做一番事业。彼时开府立幕，必将广纳人才，望贤契前去就他。对舍弟而言，得一大材相助，如同增一臂膀；对贤契而言，平生才学可得施展，此亦为极好之机遇，切望留意。

桑治平接到这封信后，很为张之洞的超常擢升而高兴。张之洞的确是官场中的人才，他的翰林做得与众不同，可知他今后的巡抚也会做得与众不同，为这种有才的朋友佐幕是可为的，何况自己多年来所积累的治世实学，也总得有所施展才是。不过，转念他又想，已是过了四十岁的人，精力早不如从前的充沛，对世事也看清看淡了许多，办起事来大概也不会有太高的热情；再说，毕竟是为别人佐幕，不是自己做巡抚，古北口住得好好的，柴家庄也有一番虽小却有意义的事业可做，有必要出去吗?

正在桑治平如此思来想去的时候，他收到了张之洞的来信。

四　出山前夕，桑治平与张之洞约法三章

张之洞坐在大根驾驶的骡车上，沿着京师通往塞外的千年古道，经过两天的摇晃颠簸，于午后到达古北口。张之洞在北京住了十多年，还从没有到过这里来。他环顾一眼四周，果然地势险要。

绵延四百余里的燕山山脉，从这里发源。它在发源处便奇峰陡起，偏又在此处生就一道大峡谷。峡谷两边山坡峻峭，仿佛造化为方便下界芸芸众生，让他们有个南北通道，而用神工鬼斧劈开似的。两边山坡都是坚硬的岩石。石缝里顽强地生长着各种树木，有低矮密集的灌木丛，也有高耸云霄的樟楠松柏。传说为秦始皇时代建筑，明代重修的古长城基本上保存完好。它像一条不见首尾的巨蟒，在古老的燕山山岭上缓慢地爬行，一会儿腾空跃起，一会儿俯首低徊，给这处千年古隘压上了沉重的历史重荷，也给它增添了动态的生机和情趣。古老的关楼依然雄峙着，显得威严劲挺。

由于山高路窄，行人稀少，这里显得格外的安静幽深。刚过午

后不久，太阳便看不见了，一切都罩上一层灰黑的色彩。岩石是灰黑的，树木是灰黑的，古长城是灰黑的，附近星星点点的民居是灰黑的，连废置多年的行宫也是灰黑的。关内关外，充塞着一股浓厚的肃穆气氛。古北口真是一座禁卫京师的神奥难测的险要关隘。

张之洞正在驻足神思的时候，有一个人已走到他的身旁，笑着向他打招呼："香涛兄，说来就来了！"

张之洞回头一望，站在旁边的正是桑治平。他高兴地说："正要向人打听你的家，不想你就来了。你怎么这样巧就遇到了我！"

桑治平说："你道古北口是京城？这里不过巴掌大的一块地方，芝麻大点的事立即全古北口就都知道了。听邻居说，有一个官员模样的人，从京师坐骡车来，在关口停下，四处观看。我想十有八九是你。"

"那你接到我的信了？"

"前天就接到了。"

桑治平说着，一边又与正在照料大青骡的大根亲热打着招呼，转过脸来对张之洞说："到家里去吧，就在前面。"

张之洞主仆跟着桑治平，来到一座宅院门前。一道泥筑的围墙，围出一个宽敞干净的四合院来。桑治平指着大门说："请进吧，这就是寒舍。"

张之洞迈进门槛。正面四间是坐北朝南大瓦房，两厢六间侧房均为高粱秸盖顶，庭院里有一大块种着萝卜、大白菜的菜地，一群鸡鹅在菜地边嬉戏。四合院里洋溢着浓郁的农家气息。

桑治平将张之洞带至正房边，指着右侧的一间房说："这是我的书房，我们就在这里说话吧！"

坐下后，张之洞见书房左边墙壁边摆着一长条书架，上面整齐地放着百余册书籍。比起张之洞的书房来，桑治平的书大概不及十分之一。书架旁边悬挂着一张条幅，上面写着：

夫大丈夫能左右天下者，必先能左右自己。曰：大其心究天下之物，虚其心受天下之善，平其心论天下之事，潜其心观天下之势，定其心应天下之变。

左下角有一行小字：柴广恭录明诚意伯刘伯温先生语。

张之洞面对这张条幅沉吟良久，心里想：宇宙间从大的范围来看是天下，从小的方面着眼即吾心，这二者其实是一回事。想左右天下，必先得左右自心。刘伯温是个大智者。他回过头来问桑治平："听说柴广是你的岳丈，柴家是柴荣的后人，是这样的吗？"

桑治平说："你怎么知道柴广是我的岳丈？"

张之洞说："我的一个布衣朋友前几天特地来古北口拜访过你。他叫吴秋衣，还记得吗？"

"记得，记得，那是个很有趣的人。"

"他在我的面前竭力推举你。"

"他怎么推荐我的？"

"他说你有管仲、乐毅之才。"

桑治平笑了起来："我怎么可以跟管、乐相比，一个江湖流浪者而已！倒是柴家的确为柴世宗的后裔。可惜也早已没有铁券丹书，沦为平民百姓了。"

说话间，侧面墙壁上一幅水墨画又引起了张之洞的注意：莽莽苍苍的燕山上，起伏着蜿蜒曲折的万里长城，古北口高耸于画面的左下角，雄伟的关楼凌空矗立，俯视着一望无际的关东大平原。

看到这幅画，张之洞猛然想起醇王的嘱托来。

"醇王爷听家兄说过，兄台长于绘事，想请你为王府画一幅古北口中堂。我看这一幅就很好，请你照这个样子再画一幅如何？"

提起醇王，二十年前密云县深夜拘捕肃顺的那一幕，又浮现在桑治平的脑子里。他本想断然拒绝，但又怕张之洞难堪，便说："这幅画是好几年前画的，近年来我一直未拿过画笔，技艺生疏了。过两年吧，待我活活手后再画吧！”

桑治平的那一段历史，张之洞并不知道。他想这大概是出于文人的清高吧，他不愿随便给王府送画，以避巴结之嫌，这也是可以理解的，遂笑着说：“好吧，这事以后再说。”

柴氏进来，向张之洞问好后，请他到厅堂吃饭。桑治平的独生女燕儿也同桌吃。虽是山村野外，无京师的豪华阔绰，却比京师的菜蔬新鲜爽口，尤其是几碗燕山野味，则更是城里所吃不到的。一顿晚饭吃得大家兴致极高，张之洞与桑治平的家人也显得亲切随便了。

吃过晚饭后，桑治平陪着张之洞游览了古老的关楼和前朝的行宫，又细细地看了看这段长城的建筑。掌灯时分，二人重回书房，开始谈及正题。

桑治平说：“接到你的信，知你蒙特别圣恩，擢升山西巡抚，先要向你贺喜。”

张之洞说：“不瞒老朋友，久屈翰苑，突然得到外放一方的圣命，我自然是兴奋而深怀感恩之情。只是巡抚地位虽尊，却也担子沉重，不比在京师做言官史官，到底只是写写说说，不负实际责任。因此，奉命至今，心里一直未曾安妥过。早就想来拜访你了，只是因故延迟了时日。”

桑治平用心倾听着张之洞的话，听得出说的都是实话。他说：“诚如你所说的，一省巡抚的确担子沉重，它直接关系到百姓的切身利害，要办的都是有关国计民生的实事，不是能言善辩、引经据典就可以解决得了的。”

张之洞点点头说：“你说得对，我所缺的正是办实事的经历。过去虽做过湖北、四川两省的学政，那也还只是与书籍和士人打交道，钱粮刑名这些经济大事并未着边。你曾在家兄身边做过多年幕友，富有经验，我很想能随时得到你的点拨。我也不绕圈子了，开门见山说吧，我这次到古北口，就是来敦请兄台出山，随我去太原，帮帮我的忙如何？”

桑治平端起茶杯，慢慢地喝了一口，绕开张之洞的所问，说：“前些日子我收到青帅从南皮发来的一封信。信上说你已蒙擢升，或将实授侍郎，或将外放巡抚。”

“噢！家兄这么快就把我的事告诉你了。”张之洞颇为惊讶，“家兄信上还说了些什么？”

“青帅信上说，”桑治平放下茶杯，“若实授侍郎则罢了，若外放巡抚，则希望我能为你佐幕。”

“你看，我们兄弟俩想到一起了。”张之洞恳切地说，“仲子兄，请你务必帮帮我的忙。”

“我能帮你做些什么呢？”桑治平面色凝重地思索着。

“你可以做我的幕府总文案。当然，这个职位事情多，烦杂，不一定会适合你。要么，就不负任何实际责任，就作为我的朋友在衙门里住着，帮我出出主意，当当参谋。不管你选择哪种身份，我都按山西巡抚衙门前一任总文案的薪银发你双俸，保证你一家老小无衣食之虞。”

桑治平笑了笑后说：“我并没有和你一起办过一件实事，平时所说的，都只是嘴上功夫。常言说得好，说的容易做的难，你凭什么就这样相信我？”

张之洞认真地说：“凭我们交往时我对你的了解，凭家兄对你的信任，也凭这次与你素昧平生的吴秋衣的举荐。”

桑治平听了这句话后，心中颇为感动。士为知己者死，就凭着这番真诚的相知，就值得出去帮帮他。

桑治平端起茶碗来不做声，慢慢地喝了几口茶，放下茶碗后，从从容容地开了口：“大清国曾有过康、雍、乾三朝的兴旺时期，祖孙三代加起来有一百三十多年之久，可比汉唐的文景、贞观、开元、天宝，而为期之长，又要过之，实为难得。但自从嘉庆初年白莲教闹事以来，朝野就再也没安定过，国势颓败的趋势，从那以后，再也不能遏止。特别是道光二十年鸦片之战以来，战火不息，国无宁日。先是太平军在广西起事，一直打到江宁，十三四年间朝廷和太平军打来杀去，把个锦绣江南毁得如同废墟一般，这中间还夹杂着天地会、三合会、捻子等一起哄闹，直到同治七年捻子全部平息之后，才算透过一口气来。但西北一带回民的骚乱却并没停止，等到前几年左宗棠的大军从关外班师回朝，西北的乱事才可谓勉强止住。看起来西北一隅之乱不关中原大局，其实，源源不绝的粮饷都是从中原运过去的，在西北打仗，与在中原相差不多。这中间还夹杂着一个英法联军打进北京，都城沦陷，皇上北逃。如果用内忧外患民不聊生纲纪混乱人心浮动这些老话，来套这四十年来的现况，的确一点不过分。香涛兄，这就是你这个山西巡抚所处的大的时势背景。”

张之洞点点头说：“你说的都对。我们是生在乱世，我做的是乱世官，乱世中的老百姓都不好做，想要做有所作为的官就更难了。”

“这是从国势的大处而言，若从小处山西一省而言，情况大体差不多。”桑治平继续说下去，“山西那块地方，十多年前我去过，我由娘子关入的境，一路东看西问地进了太原府。在城里住了半个月，再南下，由榆次到太谷，再到祁县、平遥，经洪洞到临汾，最后过中条山进入河南，去访孟津古渡，渑池旧盟。我在山西省足足盘桓了一个半月。”

听说桑治平有这段经历，张之洞兴奋起来，越发感到此去山西非要将他请去不可。

“山西贫苦，但更复杂。”桑治平继续说下去，“那时是赵长龄在做巡抚，我沿途所见莫不是吏治腐败，民生凋敝，沿途所闻莫不是呻吟哭泣怨声载道，到处听说有绿林响马在打家劫舍。过中条山时，我亲眼见到几处啸聚山林的强人，每一处都有两三百人之多，一个个衣衫褴褛而又面色凶恶，真使人又悯又恨。当时，江南还未完全平静，安徽、河南又闹捻子，山西号称完富之省。其实，既不完更不富，内部都朽烂了。只是那些做官的要保住自己的顶子，报喜不报忧，太后、皇上坐在紫禁城里，哪里知道他的三晋子民正在饥寒交迫之中哩。前几年山西大旱灾，据说王粲笔下的‘出门无所见，白骨蔽平原’的惨象又出现了。这两年可能有所好转，但估计也好不了多少。香涛兄，你这差使领的不是地方呀！”

张之洞在桑家的书房里来回踱步。桑治平说的山西省的情形固然是事实，但其他各省又比山西强得多少呢？湖北虽称粮仓，自古有“湖广熟，天下足”的民谣，但做过三年湖北学政的张之洞非常清楚，经过前些年湘军和太平军的混战，湖北元气大伤，不但年年不熟，即使偶尔有一年熟了，连湖北本省民众都不能满足，何况天下！四川也比湖北好不了多少。天府之国的钱粮，因江南战事淘空得差不多了。至于吏治的腐败，官民之间对立的情绪，东乡之案便是一个突出的例子。要想做一个轻松太平的巡抚，眼下十八省怕是找不出一个省来。

张之洞苦笑着说：“朝廷所差，身不由己呀！山西再贫瘠，我也只得去赴任了。”

“我帮你出个主意，可以让你躲开这个差使，另谋优缺。”桑治平眨了眨眼睛，狡黠地笑着。

“你有什么好主意呀？”

“你可借生病为由，请假三个月，礼部侍郎王世民已病入膏肓，大概在这一两月内便会出缺。那时你再请醇王帮帮忙，调一调，不去太原，而补王世民的缺。如此，则可免去一项苦差而获得一优缺。你数任学使学政，一向以词臣言官闻名于世，补礼部的缺，正可谓人地两宜，今后仍可以一边做官，一边吟诗作文，不失文人本色。”

“仲子兄此言差矣！”张之洞正色道，“古人云，士大夫于进退之处，当谨慎自重。我张之洞一生清白狷介，于自身进退之处光明磊落，不愿也不屑于玩弄此等小伎俩。上个月醇王召见我，问我若有巡抚与侍郎两者可选的话选何缺。我毫不犹豫地回答，愿选巡抚。不是不知道巡抚苦累而侍郎优裕，乃是愿为国为民做几件实事。早在进翰苑之初，我就对子青老哥说过：平生志趣，雅不以文人自命。文人清高，自娱有余，若幸而有几篇诗文做得好的话，不仅可享誉当时，还有可能传名后世，但究竟于国于民实效不大。倘是命运不济，不得实职，也只得如此了。我今日幸而得到太后、皇上器重，外放一方巡抚，且正当年富力强之时，岂可因所赴之地贫瘠艰难而止步？仲子兄，实话对你说，只要能为山西百姓办成几桩实事，给山西百姓带来实惠，我日后就是累死于三晋，也心甘情愿，决不后悔！”

“好，志气可嘉！”桑治平击掌赞道，“香涛兄之志与桑某不谋而合，刚才的话，不过戏言耳，请万勿记在心上。关于履任后的打算，你有没有好好想过？”

“实话告诉你吧，我奉旨才几天，内人便因难产而去世。遭此不幸，方寸迷乱，故这一个多月来根本无心思考履任后的打算，我很想听听你的高见。”

听到这话后，桑治平心头一沉：人生祸福真是捉摸不定。他知道遇上这等不幸之事几句安慰话并无补益，不如不说，只以沉默来表示心中的同情。

过了好长时间，桑治平才开口：“陶渊明说得好：纵浪大化中，不喜亦不惧。应尽便须尽，无复独多虑。嫂夫人该去就让她去吧！生者活在世上，该做的事也还得要去做！”

“也只能这样想了。”张之洞无可奈何地应了一句。

“你请我出来为你佐幕，这是你相信我，我很感激，惟其如此，才更须坦诚相待。我要对你说句老实话，我这二十年来差不多已抛开了儒学，我习的乃是杂学，兵家、阴阳、墨、道一并看重，尤重管学即管子之学，爱读《盐铁论》，奉管子、桑弘羊为宗师。从名教角度来看，我乃野狐禅一类，不为正统士人所齿。你是清流名士，或许难于接受，与其日后不欢而散，不如今日先挑个明白，行则共事，不行则各不相干。”

以儒家信徒自居、以圣人名教为性命的张之洞，乍一听到这番话，颇出意外。不过，他到底不是倭仁、徐桐那样的迂腐理学家，稍停一会儿，他说："管仲九合诸侯一匡天下，桑弘羊创平准均输良法，都是一时之大才，奉管、桑为师，也并非不好。你不妨详细说说你的看法。"

"自汉武帝罢黜百家独尊儒术以来，战国时期的百家争鸣变近两千年来的一家独霸，这对巩固皇权统一人心或许有利，但却扼杀学术压制人才。尤其不好的是，儒家发展到后来成了一门空疏之学，虚伪之学，与孔子当年的学说相差甚远，与国计民生更是毫无联系。依我看，中国沦落到今天国弱民贫的境地，寻根溯源，便要追寻到汉武帝所推行的这种霸道国策上去。"

张之洞用心听着这位隐逸者的独特议论，注意到他并没有攻击孔子的学说，只是指责西汉以后的儒家学派，这与全盘否定周公孔孟还是有区别的。

"天底下国与民的事，《管子》一书开宗明义就讲清楚了。凡有地牧民者，务在四时，守在仓廪。仓廪实则知礼节，衣食足则知荣辱。又说政之所兴在顺民心，政之所废在逆民心。又说天下顺治在民富，天下和静在民乐。一部《管子》反复陈述的就是这几层意义，而这几层意义则揭开治国治民全部奥秘。也就是说，为政者的所有作为，最终的结果都要落实到百姓的头上，即使百姓快乐。快乐在于富有，富有在于有吃有穿，有吃有穿才知礼节荣辱。而两千年来的所谓儒学只讲礼节荣辱，不讲衣食财富，完全颠倒了本末。香涛兄，在我看来，中国之误，误在从政者只重虚不重实，只重末不重本。这如何能得到百姓的拥护，又如何能把国家治理得好？"

张之洞心想：他的话虽然偏颇了些，但不能说完全没有道理，士人的兴趣确实重在礼义廉耻上，对农工商不屑于过问，特别是宋明以来，更大谈心性命理等等，越谈越玄，越谈越空，故后人批评宋明亡国就亡在空谈上。诚如管子所说的，礼节荣辱建立在仓廪衣食上，尤其是乡间农夫市井小贩，他们不懂诗书胸无大志，吃饱穿暖才是他们的追求。过去做学政，做翰林，打交道的是士人官吏，他们都衣食无忧，自然有心思谈礼节谈荣辱。现在去做巡抚，钱粮赋税肃匪办案，桩桩件件都是与小民打交道。小民求的是温饱，巡抚又怎能不去关心他们的温饱？

想到这里，张之洞说：“管子说仓廪实则知礼节，衣食足则知荣辱，这话极有道理。做牧民之官，应时时记取这两句话，让百姓足衣足食。其实，圣人之教也很注重这方面，孟子说黎民不饥不寒，不王者未之有也。也就是讲为政者当顺民心，使百姓有吃有穿。”

桑治平面露欣色说：“香涛兄果然是明理达事的人，如此说来，我们有共同的语言。依我看，你此去山西应重在为百姓谋实利，也就是说为百姓的丰衣足食而努力，要用三五年的时间，使三晋百姓富足起来，如此你张香涛才是一个好巡抚；至于具体如何富民裕民，到达山西后再从容计议！”

张之洞高兴地说：“让山西百姓过上好日子，这是作一个晋抚的本职，在这点上我与你完全一致。当然，我信仰圣人名教，我不会改变，你奉管仲、桑弘羊为师，你也不必改变。你做我的幕宾，我看重你的为学。你治的是致富之学，正好帮我出主意想办法，让三晋早日富裕起来，以你之长补我之不足，这不是合则双美的大好事吗，你还犹豫什么呢？就委屈你做我的山西巡抚衙门的总文案吧！”

“慢点。”桑治平说，“你的长子已成家，自然留在京师，次公子今年多大了，是留在京师还是随你去太原？”

“我想，待我安定下来后，还是接他到太原去读书为好。”

“这样吧，我还是以公子师傅的身份住在衙门里，帮助你做点事。”

“好，就这样！”张之洞兴奋地说，“薪水不变，还是总文案的样。我们就这样讲定了。”

“不过，我们得约法三章。你若依，过几天我就随你启程；若依不了，则你去你的太原府，我守我的古北口。若日后你违背这三章，我会中途拂袖而归，你也不要怨我。”

张之洞赶紧说：“这样最好，你约的是哪三章，说出来，依得了就依，依不了明天我就一人回京师。”

桑治平说：“这第一章是，你张香涛不能做贪官。对中国的官场，老百姓第一恨的是贪官污吏，我桑某人也第一恨的是这种人。岳武穆说，文官不爱钱，武官不怕死，天下就太平无事。这话最是说到点子上了。曾文正公为官之初，就立下不存发财之宗旨，所以他赢得人们的尊敬。他故去多年了，人们还在怀念他。这首要的是因为他是一个清官。曾文正公说得好，既然选择做官一路，就不要存发财之念。若想发财，你去经商好了。经商得来的金银，哪怕堆积如山，老百姓不但不会咒骂，还会佩服，因为这凭的是自己的一种本事。利用朝廷给予的权利，去巧取豪夺百姓血汗换来的钱财，那就是黑心肠，烂肝肺，不但本身挨骂是应该的，就是殃及子孙也是罪有应得。”

桑治平借这一章大发议论。他并非要训诫张之洞，而是随处可见的贪官污吏，使他胸中憋了一肚子气，只要一触及到这个话题，他就会满腔愤怒。

见他还要一个劲地说下去，张之洞不得不打断：“仲子兄，不要说下去了，我理解你的心情。对于贪官污吏，我和你，和千千万万老百姓一样的痛恨。从小起，身为知府的父亲便谆谆告诫我们兄弟：为官之道，首在清廉。这句话，几十年来我一直铭记在心。兄台请放心，‘不贪污’这一条，对别人且不论，对我张之洞来说，决不是难事。湖北学政任上三年，于例可得的一万五千两银子，四川学政任上三年，于例可得的二万两银子，我分文未受，全部捐献给经心书院和尊经书院。有这段资历在前，你应该相信我。”

“我相信你。你在湖北、四川的义举，的确令人钦佩。不过，”桑治平强调，“学政到底不能跟巡抚相比。与学政打交道的是学官与学子，学官多清寒自守之人，学子乃在山之泉水，均知自爱。而巡抚握一省之大权，打交道者遍及士农工商。士农工好说，这商者之中真是鱼龙混杂，以鱼居多。为获取暴利，任何手段都使得出来。他们能以最为巧妙之手段让你受贿而不自知，受贿而心安理得。到时候，若让我知道你有受贿情事，又规谏不悟的话，我会即刻拂袖而去。”

“假若我日后真的有受贿之事的话，不待你拂袖而去，我自己会先向太后、皇上请求处分，开缺回籍。好了，这第一章就说到这里吧，你的第二章呢？”

“这第二章嘛，”桑治平摸了摸未留胡须的下巴说，“刚才说过，到山西去是为的做实事。所以我这第二章是，你不能以做官当老爷为目的，而是要为三晋百姓办实事，每年至少要办两三件实事，切切实实地给老百姓带来福祉。”

张之洞忙点头：“这是自然的。做地方官，与做言官史官最大的区别，一在务实，一在立言。不要看我张之洞这些年来都在做立言的事，其实我最看重的还是实实在在的业绩。言官难免有空泛清高之失，而造福于百姓的实绩，却是功德无量。这第二章我会做到的。假若一年下来，我没为三晋父老做几件大实事，你尽管弃我而去好了。请问第三章。”

“香涛兄，”桑治平想了一下说，“此番我随你去山西，纯是朋友之间的私人帮忙。所以这第三章，是我的几点要求：第一点，不管今后我为你出了多大的力，你也不要在给朝廷的奏章中提到我的名字，更不要保举我。”

“仲子兄，”张之洞打断桑治平的话，“这我就不理解了。子青老哥说你有举人的功名，乙榜入仕，也是正途出身，你为何就不想得个一官半职，既可以光耀门第，日后又可以自己亲手宰理一府一郡？”

桑治平说：“若在二十年前，我不但想积功保举，做县令知府，还想中进士点翰林，进军机入相府哩！可是现在我已没有这个念头了，只想为国为民做点实事。”

张之洞大惑不解，身领官职和做实事，二者并不矛盾呀！为何要把它们如此对立起来呢？他知道隐逸者大多有一些怪癖，也便不再追问，且听桑治平说下去。

“第二点，你也不要在官场士林中言及我。这样，我还可以常常代你去市井乡下私访，为你提供更多的实情。”

张之洞觉得这一点最是重要。处上位者，极容易壅于下情。如此，或师心自用，或偏听偏信，许多有才干又有心办好事的官员，最后没有办成好事，其原因多半在此。假若身边有几个正直又贴心的人，充当自己通达下情的耳目，这个官就好做多了。难为桑治平这样屈己利人。他禁不住对着桑治平一拱手：“仲子兄，你能这样代我着想，真令我感激不尽。只是你如此委屈自己，让我过意不去。”

“我这样做，丝毫不觉得自己受了委屈，你不要过意不去。”桑治平淡淡地笑着。

“行，就这样说定了。”张之洞激动地握着桑治平的手说，“我不仅为仁梃请了一位师傅，也为我自己请了一位师傅。日后，请你随时为我纠误正谬，以匡不逮。”

“言重了，香涛兄！”桑治平动情地说。

两双滚烫的大手紧紧地握着。好长一会儿，张之洞松开手，对桑治平说：“刚才你的约法三章，我都依了，现在我向你提一点小小的请求。”

“什么事？”

“你不愿为醇王府画画，也罢了，我不为难你。”张之洞眼望着墙壁上的古北口图说，“你这幅画，我太喜欢了。连绵的群山，古老的长城，正是我们华夏雄伟山川和辉煌历史的一个缩影。至于这座高高耸立厚实坚固的古北口关楼，我想正可以作为受太后、皇上之命，出巡一方的大吏的象征。我此番受命抚晋，就要像古北口关楼守住山川长城一样，为朝廷把守三晋要地，外防洋人从西北侵入，内镇奸佞从腹心作乱，让百姓安居乐业，使山西成为真正的完富之省。仲子兄，你把这幅画送给我吧，我要把它悬挂在巡抚衙门的签押房里，让它天天激励我，鞭策我。”

“说得好极了！”

桑治平兴奋地从墙上取下古北口图，卷好，双手递给张之洞：“这画就送给你了，愿你一诺千金，说到做到。”

张之洞郑重地接过画卷，凝重的目光遥望着窗外。初冬的子夜，一轮满月正高高地挂在半空。溶溶月色之中，悬崖峭壁显得更加幽远瑰奇，深不可测；千年古长城宛如一条盘旋前行的苍龙，欲腾空飞跃；巍巍的重檐关楼，就像一位威武森猛的大将军，怒目按剑，岿然屹立。古北口冷清的冬夜，是多么强烈地震撼着未来晋抚的心弦啊！

张之洞将画贴在胸口上，像是回答桑治平的话，又像是喃喃自语：“一诺千金，说到做到。燕山为证，长城为证，古北口关楼为证！”

五　来到山西的第一天，张之洞看到的是大片大片的罂粟苗

第二天，张之洞与桑治平约定，半个月后在京城相会。

回到京师，张之洞立即被烦杂的应酬所包围：清流党人的宴请，张佩纶、陈宝琛、宝廷等关系最为密切的老友的恳谈，翰苑同寅的相邀，山西籍京官的戏酒，弄得他天天神志纷杂，疲惫不堪。他极不情愿应付这种场面，但出任巡抚乃天大的好事，请宴的这些人又都是多年的老朋友，怎么能推辞呢?

山西在北京城里的几家大票号的老板，联合在前门外大街最有名的一家羊肉馆、乾隆皇帝当年驾临过的南恒顺摆下十桌酒席，三天前便给张府送来了尺余长的烫金大红请柬，并邀集一批巨贾名流作陪。张之洞接到这份请柬后十分为难。前些日子那些宴请，虽说也包含着明显的功利目的，但毕竟还有一份温情脉脉的旧时友谊在内。这些票号老板，过去与他没有丝毫往来，说得上“情”和“谊”吗？倘若不

是外放山西巡抚，他们会献出这份浓烈的殷勤吗？这不是露骨的讨好巴结，能说是什么呢？刚刚戴上珊瑚红顶的清流名士，厌恶地将这张大红请柬甩在地上。

这时，从古北口赶来的桑治平刚好踏进张之洞的家门，笑着说：“发谁的脾气哩，把这好的烫金帖子扔到地上。”

“仲子兄，你来了！”见桑治平提前两天来到京师，张之洞很高兴，忙亲自接过他的行李包，说，“是山西一批票号老板联合请我的客，我才不要他们巴结哩！”

桑治平弯腰拾起帖子，将上面的名单扫了一眼，说：“这都是一批财神菩萨呀，你去山西做巡抚，没有他们的支持可不行。”

一句话提醒了张之洞：是的，此去山西，天天要和钱粮打交道，怎么可以再像过去那样清高，不理世俗呢？但张之洞心里实在是不愿和这些唯利是图、奸猾成性的钱庄老板打交道。他望着桑治平说：“这餐饭我实在不愿意去吃，你说怎么办？”

桑治平说：“饭不去吃可以，但不能扫他们的面子，你日后用得上他们的时候多啦！”

他思忖一会儿说：“泰裕票号是实力最强的钱庄，它的老板孔繁岗经商有道，是山西票号老板们的领袖。他的名字排在第一位，显然这次宴请是他发起的。他的面子你一定要买。你不妨给他写一封措辞委婉的信，就说深谢诸位的好意，只因日内要入朝向太后、皇上陛辞，不能分心外骛。此次承乏贵乡，尚望多多惠顾，明年我们在太原再共饮一杯吧！”

张之洞笑着说：“还是你这个办法好，饭没有去吃，人也没有得罪。”

第二天，泰裕钱庄的大掌柜亲自来到张府，送上一张万两银票，还有孔繁岗一封“权当程仪，万望笑纳”的极尽谦卑客气的亲笔信。

还没离开北京，贿赂就已经开始了，张之洞不得不佩服桑治平的先见之明。按照他的脾性，真想当面撕毁银票，把来人轰出去。不过，桑治平昨天说的话十分有道理，的确不能那样对待这些财神菩萨，看来桑治平有这种内方外圆的处事才能。张之洞把这事交给他，要他代自己全权办理。

约半个钟点后，桑治平笑眯眯地走进书房，对张之洞说："事情办好了。"

"你是怎么打发他们的？"

桑治平说："我对泰裕大掌柜说，孔老板的盛意心领了，但程仪不能接。因为朝廷已经发下，再收别人送的程仪，便是嫌朝廷的程仪发少了，对朝廷不恭。这一万两银票请璧还给孔老板，说不定今后会遇到意外的短缺，那时再来向孔老板讨。泰裕的大掌柜听我这样说，很满意地收回银票，并说，今后若有用得上泰裕票号的地方，张抚台尽管吩咐。"

张之洞说："这样最好。你想得周到，今后是会有不少公益事，要那些财神爷出钱的。"

桑治平说："这些事太烦神了，我给你挂个免战牌吧！"

桑治平拿起纸笔来写了几个字：打点行装要紧，一切应酬谢绝。他问张之洞："把它贴到大门口去如何？"

张之洞说："行。有关启程的许多事宜，我们得安安静静地考虑了。"

按照通常的规矩，新任巡抚踏入本省境内的第一天，要举行一个隆重的欢迎场面，一位道员级的官员受现任巡抚的委托前来迎接，然后坐上八抬大轿慢慢行走，沿途宿在官方设立的驿站里。每路过一个县境，该县的知县必到交界处恭迎。沿途一切，皆由前来迎接的官员安排，新任巡抚不用操半点心，坐在大轿里闭目养神，或沿途看风景，优哉游哉。有的接待官员为讨欢心，甚至在半途上，还会悄悄地让一个年轻漂亮的女人进轿来，陪着巡抚大人说话解闷。几乎所有的新巡抚，都是这样一路舒舒服服地来到省城，然后在巡抚衙门里接过前任交上的大印、王旗，开始正式视事。

桑治平建议张之洞不这样做，而是来个微服私访。这是个好主意！张之洞在童年时代就听说过不少微服私访的故事。在老百姓的心目中，能够微服私访的官员都是好官。现在轮到自己来做一方大吏了，正好亲身尝尝微服私访的味道，尤其是未到任之前更好。整个山西省，眼下无一人认识你，正好借此良机多访访下情。上任之后再要微服访查，多少有些障碍。

他将北京的家和仁梃、准儿，都交给长子仁权夫妇和女仆春兰等人照管，待山西那边一切安顿妥帖后再接过去。冒着暮冬的寒风大雪，张之洞带着桑治平和大根离京上路了。

张之洞和桑治平都着青布棉长袍，外罩一件厚羊皮马褂，看起来就像两个年关将近回家度岁的塾师先生。大根则短衣绑裤，一副下人打扮。为防意外，他在腰间扎了一根链条。这根链条是他父亲留下的，精钢打就，细细的有八尺长，刚好在腰上围三圈。危急时，它是极好的防身武器，挥舞起来，三五条汉子近不得身。平素，又可当绳子使用。出远门时，大根总是带着它，围在腰间，外褂一罩，谁都不知道。

三个人雇了一辆骡车，顺着直隶官马大道南下。一路上或谈诗书掌故，或谈眼中所见的民风，说说笑笑，晓行夜宿，倒也不觉劳累。大约走了半个月，这天傍晚，三人来到直隶和山西的交界处娘子关。

娘子关属山西平定县。这一带地势高峻，山岭连绵，唯有此处低洼，形成一条较为平坦的大道，可供车马通行，如同咽喉一般，扼控着山西与直隶两省的往来。自古以来，此处便筑关设卡，成为兵家必争之地。唐高祖李渊在太原府起兵反隋，委派女儿平阳公主带一支女兵驻扎于此。娘子关一名，便由此得来。

张之洞久闻娘子关大名，然从未来过。他对桑治平说："上次在古北口，你说你十多年前也是由此处进的山西。"

桑治平说："是的，由京师到太原，只有这一条大路。我当时也是由此进山西的。”

“那你是旧地重游了，明天给我们当个向导吧！”

第二天一早，三人穿过娘子关，进入平定县。桑治平笑着对张之洞说：“从此刻起，我们就进入了你的领地，变为你的子民了。”

张之洞也笑着说：“还没有接过大印、王旗哩，我还管不了这块土地。”

大根说：“趁着这几天还未接印，四叔你多走些地方，一接过印，就没有自在工夫了。”

张之洞感叹：“大根这话说得对，一入官衙，则身不由己。”

桑治平说：“所以我一生不做官，没有管束，倒也自由自在，痛痛快快的。”

三人一边说，一边来到内城下。

桑治平说：“登娘子关都是从内城门上，外城门不能上。”

大根笑道：“山西人自私，修了个关楼，只能让本省人上。”

张之洞说：“大根这话错了。自古设关，都是为着防备别人的，当然外面不能上，只能从里面上。”

娘子关楼不高，大家很快便登上了楼台。楼台上有几个守关的兵丁。通常时候，关楼任游人上下走动，兵丁并不过问。

张之洞在楼台上信步走着，遥望娘子关内外形势。这里果然是晋冀两省的天然分界处。关楼南北均是一眼望不到边的蜿蜒山岭，犹如一道屏障般地把华北大地分成两处。关楼北侧的桃河，水流湍急，气势奔放，给娘子关增添无限风光。

张之洞对站在一旁眺望远方的桑治平说：“此地形势，真是险要无比，一夫当关，万夫莫开，说得一点都不错。”

“是的。”桑治平说，“所以当年李渊造反，派一队娘子兵把守此地，关外的数万隋兵就是进不来。”

“战国时代，韩、赵、魏三家都是强国。我今天登上娘子关，看关西山河，的确有一股雄奇之气。但为何这几十年来，山西却贫瘠不堪呢？”张之洞望着桑治平问道。

“这就是要你抚台大人前来解答的问题哟！”因张之洞提到了韩、赵、魏三国，桑治平突然想起一个比娘子关更有意思的去处。“香涛兄，当年赵氏孤儿，你知道被藏在哪里吗？”

那还是三晋未曾分离的时候，晋国大夫赵朔被晋景公杀害。赵朔死前将遗腹子托付给门客程婴，程婴以自己儿子的一条性命换来赵氏孤儿赵武的性命。后人把这段故事搬上舞台，便是有名的《搜孤救孤》。

张之洞说：“听说程婴带着赵武，在一座大山里隐居下来。不过，我不知道是在山西哪座山里。”

“就在附近的山里呀！”桑治平得意地说。

“真的？”张之洞兴奋地问，“这座山叫什么山？”

“原叫盂山，就因为躲藏了赵氏孤儿，就改名藏山了，离此地只有三四十里路。”

“山上有什么东西可看吗？”张之洞最喜名山胜水，尤其是那些与历史典故相联系的山水，若在不远处路过，他是非得绕道去看看不可的。

“有哇，我那年去看过。”桑治平兴致盎然地说，“那里有亭阁庙宇，有龙凤二松，还有祭祀程婴、公孙杵臼等人的报恩祠，还有藏孤洞，还有傅山的题诗。”

“傅青主的题诗，你记得几句吗？”张之洞欣喜地问。

傅山字青主，是明末清初山西籍的大学者、大书画家、大医学家，他拒绝接受康熙皇帝给他的高官，一直在家乡过着清贫的布衣生活，在山西民间享有极高的声誉。

“我还大致背得。”桑治平定定神，背了起来，“藏山藏在九原东，神路双松谡谡风。雾嶂几层宫霍鲜，霜台三色绿黄红。当年难易人徒说，满壁丹青画不空。忠在晋家山亦敬，南峰一笏面楼中。”

“那我们去看看！”张之洞思古之幽情立即被傅山的诗激发出

来。“仲子兄，你带路吧！”

三人顺着桃河河谷向西偏北方向走去。一阵阵西北风迎面吹来，风干冷而劲厉，给三晋大地带来的是一片萧瑟肃杀之气。百姓都躲在泥棚子里猫冬去了，荒原上的泥土和生物都冻得硬硬的，整个世界仿佛只有他们三个人在野外行走。但新上任的山西巡抚的心中却并没有寒意，他在热情充沛地构思整治这块土地的宏图大计。

张之洞冒着刺骨的冷风，边走边对桑治平说：“山西在古代也是富庶之地，现在变得如此贫苦。我看一是官吏没有治理好，二是百姓不勤劳。你们看眼下天气虽冷，但户外还是有很多事可做，可大家都缩在家里，一个都不出来。这种习惯今后要改过来。”

大根笑着说：“这么冷的天，土都冻得跟石头一样，您要他们出来做什么呢？”

张之洞说：“怎么没有事做？事在人为嘛！可以上山打猎挖药材呀，可以外出跑单帮呀，还可以放牧呀，可做的事多啦。”

桑治平说：“我漫游过许多地方，发现一个地方有一个地方的风尚。风尚不同，气象也就不同。比如海边的人特别信运气，所以敢于冒险的人多。淮北一带强梁人受推重，故那里多盐枭马贼。山西这地方的乡民的确比较懒散，怕是贫苦的一个主要原因。”

张之洞指着桃河两岸说：“这一带土地平坦，又有河水可以浇灌，应是良田沃土，可惜也没有耕种好。”

大根突然有所发现。他指着前方对张之洞说：“四叔您看，那边长满了庄稼，看来这地方还真是好田土哩！”

顺着大根的手势，张之洞看见前边平整的土地上，果然生长着许多小树苗样的植物。再一看，远远近近都长着这种东西；放眼看桃河两岸，也尽是这种小树苗。张之洞奇怪地说：“这是些什么东西，好像从没见过，咱们走近去看看。”

大家快步走上前去。

这都是些一两尺高、拇指头粗细黑褐色的秆秆，有的主干上还长着更细的枝条，无论是主干还是枝条，都没有一片叶子，哪怕是凋敝后挂在上面的残叶也没有，一律在寒风中瑟瑟索索地抖动着。若不是成片成片地栽种，这种东西无论长在哪里，都不会引起人们的注意。

“这是什么庄稼？”张之洞弯下腰去，仔细盯着这些光秃秃的秆秆，疑惑地问着身边的桑治平和大根。张之洞生长在官宦人家，从小在书斋里读书习字，这些年做的也是学官和京官，对于乡村里的农作物不太熟悉。

大根瞪着眼睛看了半天，摇摇头说：“我也没见过。山西和直隶差不多，吃的也都是麦子、高粱、包谷、红薯等等，没听说他们还吃别的什么粮食呀！桑先生见多识广，您看呢？”

桑治平已将一根细秆从泥土里拔了出来，从头到根部细细地验看着。他想起十多年前也是从这条路上去藏山的。那时是夏天，一眼望去，桃河两岸简直是鲜花的世界。远远近近，密密匝匝地开放着红的、紫的、白的、浅黄的各种颜色的花朵，流光溢彩，香气袭人，一群群蜂蝶在花丛中忙忙碌碌地穿梭飞行，更给鲜花世界增添一派蓬勃生气。桑治平游历大半个中国，还没有见到过这等绚烂至极的美景。他怀疑自己走错了路，如同武陵人误入桃花源似的，踏进了人间仙境。登上藏山后，他眺望四野，竟然发现藏山脚下广袤的土地上，一望无际地全是这种令人眼花缭乱的鲜花。他以羡慕不已的心情问当地人，答曰：“这是罂粟花，鸦片就是从这里出来的。”

桑治平一听“鸦片”二字，刚才满腔的愉悦顿时烟消云散，心绪一下子变得悲凉起来：这种害人的毒品，怎么会如此光天化日之下大量种植？官府为何不禁止？后来，桑治平在山西许多地方都看到这种大片大片明亮绚丽的鲜花世界，他的心情再也高兴不起来了。

他从种花人那儿知道，罂粟是两年生的植物。先年九月播种，秋天发芽，越冬生长，第二年夏天开花，秋天结果。现在正当秋天发芽的那些罂粟苗拔秆生长的时节。如此看来，这必是罂粟无疑了。他脸色凝重地将这个判断告诉张之洞。

张之洞听后大吃一惊：“这么好的河谷之地怎能种鸦片，这不是从老百姓的口中夺食吗？”

他用愤怒的目光重新将四周打量了一遭，心情变得沉甸甸的。他突然觉得，压在他肩上的“山西巡抚”这副担子，将会是异常的沉重！攀登名山、凭吊古迹的文人雅兴，立时被当家人的责任感驱赶得一干二净。他断然扭过身子：“不去藏山了，咱们去找几个乡民问一问！”

在重返通往太原府的官马大道两旁，张之洞又发现许多连片的罂粟苗，却没有看到多少越冬的麦苗。他不停地发出感叹：“不种庄稼种毒卉，这是怎么回事嘛！”

前面人烟房屋渐渐多起来，马道左侧有一个石柱，上面刻着“荫营镇”三个大字。

张之洞对大根说：“你先走一步，到镇上找家干净的小酒店。我们到那里去吃午饭，顺便跟店家聊一聊。”

一会儿，大根返回来说：“荫营镇上只有一家小酒店，又小又不干净，怎么办？”

张之洞说：“入乡随俗，干净不干净，不去管它了，只要有人聊一聊就行。”

三人来到酒家门口。没有招牌，也没有店名，唯一的标志是门前插一根丈余高的木杆，上面悬挂一块写着斗大“酒”字的布帘子。一个披着一身破旧羊皮袍的中年人在门口招呼。

张之洞对桑治平说：“这可应着陆放翁的一句诗了。”

“衣冠简朴古风存。”桑治平笑着答。

“正是，正是。”

三人走进酒店，里面摆着四张破旧发黑的白木桌子，旁边有的有凳子，有的没凳子。中年男子掏出一块脏兮兮的抹布，放在一张较为完整的桌面上，一边抹一边满脸堆笑地招呼：“客官请坐这里。”同时顺手将邻桌的一条长凳子拉过来，给这张桌子凑上三条凳。

张之洞一行来到这张桌子边。

大根问："你这里有什么东西好吃？"

"我的店虽小，但什么东西都有。"中年男子笑着说，"有牛肉、羊肉、鸡肉，有馍，有饼，还有好酒：杏花村、汾河春、娘子酒都有。"

"娘子酒是什么酒？"大根好奇地问。

"这娘子酒是唐代传下来的。据说是当年守娘子关的平阳公主酿造的。酒不烈，最适宜女人和不大会喝酒的人喝。客官要不要来两斤尝尝？"

中年男子操一口浓厚的鼻音叙说着。张之洞见他口齿尚伶俐，心里想：此人心里看来尚明白，查访，就得找这样的人。便微笑着说："你是店家吗？"

"店是我开的。"

"贵姓？"

"小姓薛。"

张之洞笑道："薛仁贵的后代了。"

"不敢当。薛元帅虽是我们山西的大英雄，但我家世代贫穷，可能不是薛元帅的后代，不敢高攀。"

薛老板笑着说，虽否认是薛仁贵的后代，但看得出他还是喜欢听张之洞这句话的。

张之洞说："打两斤娘子酒，再炒四个菜，烙一斤半饼。"

薛老板答应一声后走进厨房。没有多久，酒、菜、饼都上了桌。

张之洞说："薛老板，你跟我们坐坐，说说话，我请你喝酒。"

薛老板忙推辞。

桑治平说："这位张先生去太原城一家票号做事，第一次来山西，对这里的事很感兴趣。他请你喝酒，没别的意思，只是想听听你说点当地的风俗习惯，随便聊聊，不要客气。"

薛老板听说是去票号做事的先生，暗想：这或许是个赚大钱的人，跟这种人聊天，说给乡亲们听，也是件脸上光彩的事。他不再讲客气，又从一旁桌子边拉过来一条凳。四方桌，刚好一人坐一方。

大根给大家斟好酒。张之洞尝了尝菜。四道菜，道道菜都是酸酸的，除开酸味外，几乎辨不出别的味道。他想，山西人爱醋，真正不假。

张之洞和薛老板漫无边际地聊着天，作为一省的最高官员，他对山西的一切都有极大的兴趣。

“你们荫营镇属哪个县？”

“属平定县。”

“县太爷你们见过吗？”

“您取笑了，我们怎么可能见得到县太爷？县太爷在平定做了六年的县令了，只到过我们荫营镇一次。”薛老板回忆着，“那一天午后，我正在店里收拾桌面，突听得一阵‘哐、哐’的锣声传来，有人说，县太爷来了。我赶紧出去看热闹。只见一队握着明晃晃刀枪的兵丁走在前面，后面是八个敲铜锣的衙役。再后面是四个举牌子的大汉，大汉后面一顶大轿子，轿帘遮得严严实实的，别人说县太爷就坐在里面。轿子后面又是一队兵丁。这一队人马直朝镇上大财主韩家走去。说是韩家为接县太爷，已做了五天五夜的准备。”

张之洞听了这段演叙，心里暗暗吃惊：一个七品衔的官，在京师真可谓芝麻绿豆一点儿大，想不到在地方做了个县令，便如此铺张排场，真是可怕，何况山西是这样一个贫瘠之地！

张之洞又问：“老百姓的日子过得下去吗？”

“唉！”未及答话，薛老板长长地叹了一口气，“张老爷您不知道，我们这里的老百姓苦哇！”

薛老板端起酒杯，慢慢地喝了一口娘子酒，手边的筷子却没动。放下酒杯，他又叹了一口气。

“光绪三年大旱，我们这里方圆几十里颗粒无收。四年，老天爷帮了点忙。五年、六年，连续两年又旱，至今尚未恢复元气。冬天没有衣服穿，出不了门的，十家有五六家。春荒期间，出外讨吃度日的，十家有两三家。勉勉强强，可以用杂粮野菜度日的，十家只有一二家。至于吃好穿好的，百家难有一家。我们荫营镇，也只有韩家富足。他家祖上有人做官，留下两三百亩好地，现在又有人在太原衙门里做事，有些头脸，只有他家的日子好过。”

桑治平和大根听后，心里闷着气。

张之洞面色凝重地问：“百姓生活苦，除天旱外，还有别的原因吗？”

“除天旱外，官府的勒索也是一个大原因。差徭啦，摊派啦，一年到头不断，老百姓简直没有伸腰的时候。比如小店里这些肉和饼等食物，附近老百姓是一年到头都吃不上的。不瞒老爷说，我们自家人也吃不起，这都是为过往客官准备的。我就是靠这个小店，一家五口人才勉强过日子。”

“薛老板，我们在荫营镇四处看到一大片一大片的黑色苗秆，请问那是什么庄稼？”张之洞没有说出罂粟的名字，他希望从店家的嘴里得到证实。

“张老爷，那哪是庄稼，那是罂粟苗。”薛老板不用思索，便一口回答了，心里想：这位老爷大概是从不出门的人，连罂粟苗都不认识！想到这里，他觉得实在有必要再补充两句，“这罂粟，就是用来熬鸦片膏的。您是有钱人，鸦片烟一定是吸过的。”

“我没有吸过鸦片烟。”张之洞冷冷地说。

薛老板见这位张老爷顿时沉下脸来，心里有点不安，他不知自己刚才的话错在哪里，正思离开饭桌，一眼瞥见门外有两个人正在朝酒店走来，便悄悄地说：“门外两个人是我店里的常客。那个矮胖子是专做鸦片生意的，另一个瘦长子是阳曲县的师爷。他们俩今天结伴一起了，等下我招呼他们与您坐一桌，您正好和他们聊聊天。”

说话间，矮胖子和瘦长子进了门。薛老板满脸堆笑地迎上前去，把他们二人领到张之洞的桌子边，异常热情地介绍：“这是太原府票号里的张老爷。”

矮胖子和瘦长子一齐抱拳：“久仰，久仰！”

张之洞对鸦片深恶痛绝，若在平时，他是决不会理睬这个做鸦片生意的矮胖子的，但现在为访实情，不得不改变态度。于是站起来，伸出一只手，做出一副江湖豪爽的气概来，笑着说：“我们能在此处见面，也是缘分。我做东，请二位赏脸，在我这里喝几杯。”

转过脸对薛老板说：“你再打一斤汾河春，添两盘牛羊肉来。”

矮胖子、瘦长子忙说：“张老爷太客气了，这如何使得！”

大根坐到桑治平的身边，把自己那一方座位让出来。客套一番后，鸦片贩子和师爷都坐了下来。薛老板也将酒和肉端了上来。

鸦片贩子自我介绍：“敝人姓陈，是个生意人，只要有钱赚，什么生意都做。”

师爷也自我介绍：“敝人姓杜，在阳曲县衙门混碗饭吃。请问张老爷在太原府哪家票号坐庄，敝人日后去太原，也好前去拜访拜访。”

杜师爷这句话把张之洞给噎了。他从没去过太原，如何知道太原城里有哪几家票号？桑治平想起了那张烫金请柬，忙代为回答：“张老爷在泰裕票号帮忙。杜师爷到太原时，还请赏脸光临。”

“哦！泰裕票号，那可是太原城里的最大票号呀！”杜师爷笑得满脸泛起数不清的皱纹。“我有几年没去太原城了。泰裕的孔老板和我很熟，我们是老朋友。”

其实，这个杜师爷与泰裕票号的老板孔繁岗连面都没见过，只是闻其名而已，顺手把这个大阔佬拉来做朋友，无非是在陌生人面前抬高自己的身份而已。

“鄙人一向在京师做事，这次受朋友之托去泰裕票号，连山西都还是第一次来哩。”张之洞怕杜师爷再来问他孔老板及泰裕票号的事，遂先把情况说明白。

听说张之洞还没有去过太原，杜师爷放心大胆地吹嘘了：“孔老板是个仗义疏财的好汉子，和我最是投缘了。我每次到太原，他都要亲自来客栈看我，请我上城里最好的酒楼。你今后在孔老板手下做事，他不会亏待你的。”

杜师爷满满地喝了一口汾河春，又夹了一大块牛肉在嘴里死劲地嚼着。大根看在眼里，心里想：这怕不是一个师爷，说不定是哪个师爷家混白食吃的饿鬼。

张之洞问陈贩子：“听酒家说，你这几年在山西做鸦片膏生意。请问你，这山西种植鸦片的情况如何？”

鸦片自明代输入中国后，两三百年来在中国经历了一段曲折的过程。最初，鸦片是作为一种功能神奇的镇痛药进口的。稍后，一种鸦片与烟草混合吸食的方法传了进来。这种混合品吸了后，远比单独吸烟草过瘾。它能使人精神亢奋，情绪激发，一旦上瘾后，则非吸不可，然长久吸食，人就慢慢变得干枯黑瘦，神志颓靡。到后来，吸食鸦片烟泡的方法，在广东被人无意间发明。这种鸦片烟泡比混合品效力更大，它使人吸后感觉更舒服，更容易上瘾，毒害人也更厉害。吸鸦片者一个个骨瘦如柴，精神昏堕。英国商人见鸦片有大利可获，便通过海船把鸦片大量运进中国。

中国的白银源源不断地外流，国人则一天天的虚弱颓废，这个局面引起了有识之士的注意。他们预见到，长此下去，中国必定会亡国灭种。从嘉庆朝开始，朝廷屡有禁烟的上谕下达，但地方上不予理睬，禁烟令成为一纸空文。

真正认真执行禁烟命令，雷厉风行开展禁烟运动的，是著名的林则徐。他以钦差大臣的身份南下广州，坐镇禁烟第一线，与英国商人坚决斗争，并在虎门销毁了英国烟商二百多万斤鸦片。

虎门销烟，大长中华民族的志气，大灭英国奸商的威风，是一次中国人民自尊自重自强自立的伟大爱国壮举。然而，此举招来了英国的疯狂报复。他们用铁舰大炮逼得道光皇帝屈服，不仅严厉处分禁烟的英雄林则徐，还签下屈辱的《南京条约》。从此，英国的鸦片又大量地向中国倾销。

外国的鸦片不能禁止，便有人提出干脆弛禁，对进口的鸦片索取高税，并允许中国民间种植罂粟。一来以此抵制外国鸦片的大量倾销，阻止白银外流，二来国家课以重税，增加国库收入。那时，朝廷正与太平军在江南激战，军饷极缺，只要能变出银子来，什么事都可以做。这个建议立即被采纳。朝廷公开向“洋药”（外国进口的鸦片）和“土药”（国内自产的鸦片）一齐收税。于是，鸦片交易成为一种合法的买卖。国内开始大量种植罂粟，公开生产鸦片，其中尤以云南、贵州、四川、山西、陕西等省为甚。

到了同治末年，太平军和捻军相继扑灭，内地大规模的战争逐渐结束，军饷的紧张程度略有缓解。于是，鸦片烟带给社会的严重祸害，又引起朝野有识之士的忧虑，要求禁烟的奏疏纷纷递进大内。朝廷再次禁烟。

世界上不管什么事情，倘若反复折腾几次，此事必定办不好；也不管多么大的人物，倘若他一而再地朝令夕改，此人必定没有威信。

禁烟，这样一场包含错综复杂的利害关系在内的全国性的大事，如此禁而弛、弛而禁，它如何会办得好！身为九五之尊，出尔反尔，言而无信，他如何能树立威信！因而，各地种罂粟的、熬制鸦片膏的，以及吸烟贩烟的人，全然不把禁烟的命令放在眼里，如同废纸般地看待那些皇皇上谕。

陈贩子便是对抗者之一。他并无半点顾忌地告诉张之洞：“山西全省各地都有种罂粟的。盂县、平定一带还不算最多，种植面积最大的在晋南曲沃、垣曲、运城那些地方。”

桑治平问：“据你看来，山西种植罂粟的土地有多少？”

陈贩子摸了摸瓜皮帽说：“具体有多少亩地我也说不上，依我看，山西的好田好土总有一半种上罂粟苗了。”

这句话令张之洞大为吃惊，沉重的心绪又加重一分。他疑惑地问：“种这东西究竟有多大的获利？”

“获利大着哩！”一触及到“获利”二字，鸦片贩子顿时来了神。“我这几年在山西收购鸦片膏，按成色分上中下三等。上等一两二钱银子一斤，中等一两，下等七钱。收成好，一亩地可收鸦片膏五十斤到六十斤，最不好的也有三十斤左右，通常可收四十多斤，也就是说可卖到四十多两银子。若不种罂粟而种庄稼的话，即使种麦子，又收成好，一年下来，也只能得到三四两银子。若种包谷、高粱等杂粮，则只有一二两银子的收入。罂粟苗是先年秋天下种，第二年秋天收获，就按两年计，一年也可收入二十多两银子，是种庄稼的六七倍。”

“怪不得都种这号东西，不种庄稼了。”大根恍然大悟。他举起酒壶，一边给陈贩子斟酒，一边问，“这东西怎么变成了鸦片膏的？”

“这很简单。”陈贩子笑着说，“每年七八月间，罂粟花凋谢半个月后，就有一个个小青包出来。这就是罂粟果。每天晌午过后，用大铁针将罂粟果刺三五个小孔，立即便有羊奶一样的东西从果内流出来，凝结在果皮外。过一夜，到第二天早晨，用竹刀刮下来，放进陶盆里，再阴干，变成一块块的。成色好的是黄黑黄黑的，不好的是乌黑乌黑的。这主要与气候土地有关。这就是鸦片了，但是生的。”

“有生的，就有熟的了。”大根好奇地问，“熟的鸦片又是怎么制出来的呢？”

“有几种办法。”鸦片贩子以一种行家的口气说，“一种是煎熬。将生鸦片用木炭文火轻轻地煎，慢慢地熬。一种是发酵，像发面一样的，加一点酵母进去，让生鸦片发开，再放到风口上风干。第三种是将生鸦片放进陶罐子里，加进上好的山泉水，用火来煮。煮干后，再加水接着煮，一连煮干三次，就行了。这三种办法，手法不同，目的一个，都是用来去掉生鸦片中的杂质和那一股不大好闻的生气。熟鸦片是棕色的，顶好的熟鸦片有一种亮光光的感觉。熟鸦片烧成烟泡，吸起来，又醇又香，效力又大。”

大根从来没有尝过鸦片烟的味道，听鸦片贩子这么说，禁不住问：“鸦片烟吸起来是个什么味道？”

“我来说给你听。”杜师爷在一旁，如同闻到鸦片烟香，早就喉咙痒痒的了，眼下没有鸦片吸，说一说也可以解解渴，过过瘾。“小兄弟，你听我说。先点起小小的亮亮的烟灯，罩上透明的没顶的灯罩，再将一小块熟鸦片往瓷盆上一放，把一根长长的细细的烟匙往瓷盆上一搁，然后再懒懒地松松地往烟床上一躺，斜斜地弯弯地用烟匙挑起一粒黄豆大的鸦片膏，慢慢地耐烦地在灯罩边烤。等鸦片膏渐渐地膨胀扩大，成了一个小泡的时候，再抱过一杆两尺多长的烟筒来，将烟泡往烟锅里一放，再对着没顶的灯罩上点燃，这就可以抽吸了。”

杜师爷的唾沫满嘴涌出，他喝了一口酒，狠狠地将这些馋水压进肚里，继续侃道：“吸一口，满嘴喷香，浑身来劲。吸两口，通体舒服，神清气爽。吸三口，胸怀畅适，心境豁然。吸四口，眼前一片光明灿烂，景星庆云。吸五口，灵魂出窍，升入天堂。那时天地间光彩辉煌，心臆间祥云奔涌，一切烦恼都飞到爪哇国外，顷刻间便有飘飘然羽化登仙之感。世上一切乐趣，此时都不算乐趣了，唯有这吸食鸦片之乐，才是人间至乐。”

杜师爷嘴停了，但眼并没有睁开。他这一番对人世间至乐的描绘，已让他自己先出神入化，不能自拔了。

大根也听得有点入迷了。他想：此刻若有可能的话，他一定会照着杜师爷所讲的程序一步步去做，连续吸它五大口，亲身领略飘飘然羽化登仙的乐趣。

张之洞鄙夷地望着黑瘦干枯的阳曲县师爷，心里骂道：你们这批上瘾入魔的鸦片鬼，看本抚台如何来收拾你们！

他强压心中的恼怒，问：“杜师爷，鸦片烟如此之好，那你一定是常常吸了。阳曲县衙门里别的人吸吗？听说鸦片烟是夜晚吸，影响白天的公事吗？”

杜师爷嘿嘿笑道："不瞒张老爷说，鄙人只要手头有点钱，便会送给那个烟灯去烧掉。阳曲县从县令到衙役，无人不吸。咱们的徐太爷，更是天天都要过过这个瘾。他老人家舒服，吸烟的银子自有人送上门来，不像我们这些人还要为此发愁。徐太爷每天上半夜喝酒打牌，下半夜吸烟听曲，天亮时才上床睡觉，日上三竿还在梦中。午饭时才醒过来，每天也只有午后两个时辰才办点公事。也不知哪辈子积的德，不到四十岁的人便享福如此。我杜某人这一生，哪怕能过上一年这样的日子，死了也心甘。"

阳曲县师爷这几句发自肺腑的赞叹，令张之洞的心冷到冰点。全省一半的好田土不种庄稼而种毒卉，已令他心痛气闷，但那是愚民为了谋生而走的邪道，虽令人伤心，却尚情有可原，而堂堂的阳曲县官府，竟是让这样一批贪吸鸦片、贻误公事、挥霍民脂、纵情享受的昏官混吏把持着，这怎么不令人心摧胆裂、悲愤填膺！阳曲乃太原府首县，在全省百余个州县中处于领袖地位。阳曲如此，偏远之县必更甚之。这样一个破烂不堪的山西省，张之洞呀，看你这个巡抚如何当下去？你筹谋的宏图大愿能实现吗？

张之洞这样思来想去，眼前的酒肉再也无心吃了。杜师爷、陈贩子还在兴致十足地与大根、桑治平高声谈笑着，他却一句也没听进去。

"我倒要去会一会这位徐太爷！"张之洞在心里寻思着。

六　遭遇的第一个县令便是鸦片鬼

离开荫营镇的第三天上午，张之洞一行来到阳曲县城。

阳曲是座古老的县城，位于山西省垣太原之北不到百里地，向为太原府首县。张之洞见到的阳曲县城，房屋老旧，街巷坎坷，市面萧条，偶尔几家半开半闭的店铺里坐着一两个伙计，形容猥琐，目光呆滞。货架上物品稀少，灰尘满布，那情景，就像是从来没有人上门买过东西似的。时时可见低矮的屋檐下蜷卧着几个衣衫破烂奄奄待毙的老人或小孩。干冷刺骨的西北风迎面吹来，张之洞情不自禁地缩起脖子，从身上到心里，他都有一种冰冷冰冷的感觉。

在一个比叫化子强不了多少的行人指点下，张之洞一行来到县衙门。

县衙门前有一棵年代久远的大槐树，树根有一部分裸露在干裂的地面上。张之洞突然想起两句唐诗：“县老槐根古，官清马骨高。”前一句恰好与阳曲县合辙，可惜官不清廉，马骨大概也不会高了。这正应了“风物依旧，人不如昔”的老话。

已是巳正时分了，县衙大堂的门仍然关得紧紧的，看来那个杜师爷没说假话。一个身穿黑布棉袄的中年男人，正板起脸孔训着身边的白发苍苍的老太婆：“给你说过几遍了，你就在这里候着，徐太爷有要事，还没坐衙门哩！”

老太婆一脸的愁苦：“大哥，徐太爷还要多久才坐衙门？”

中年男人不耐烦地说：“我怎么知道还要多久！或许一个时辰，或许两个时辰，也或许今天就不坐衙门了。”

老太婆哀求道：“大哥，你行行好，请徐太爷出来坐衙门吧，我今天还要赶回去哩！”

“哼，哼，好大的口气！”中年男人冷笑道，“你叫徐太爷出来，徐太爷就出来了？你今天赶不赶回去，与他老人家有什么关系。少啰唆，还是老老实实在这儿候着吧！”

张之洞看在眼里，心里一股怒火早已憋不住了。他走过去，也不看那个吃衙门饭的人一眼，径直问老太婆：“老人家，您为何要见徐太爷？”

老太婆见张之洞一行人都穿戴得整整齐齐，心里寻思着一定是与衙门有关的人，便忙回答：“老爷，我是来向徐太爷告状的呀！我一个孤老婆子，无儿无女，一年到头，就靠喂几只鸡、养几头羊换点粮食糊口。前些日子，乡里办公事的人到我家，要我交六百文钱。我问交这钱做什么？那人说，这是上头派的，按人头出钱，收了钱去修路呀，架桥呀，还要办饭款待省里来的大人、府里来的老爷呀。我说我一个孤老婆子，哪有这多钱出，上半年才出了四百文，这会子又要出六百文，我哪出得起？那人说，上头要每人出八百文，看你是个孤老婆子，只出六百文。出不出？不出，牵头羊去抵。我说我没钱，他们就真把我的一头母羊牵走了。老爷，你来帮我评评，世上有这个道理吗？”

张之洞气得鼓鼓的，心里想：这帮子办公事的人，怎么这样不通人性，把个孤老婆子的羊牵走，这不是要人家的命吗？

他压下火气，和悦地问：“老人家，你说的都是实话吗？”

老太婆马上赌咒：“我说的都是实话，若有半句假话，明天出门就被马踏死，车轧死！”

张之洞这才转过脸来，冷冷地问那个中年男人：“你是县衙里什么人？”

这个中年男人在听张之洞与老太婆的对话时，心里就在想：这几个人是做什么的？听口音不是山西人，是过路客，还是来阳曲做买卖的商人？从他们三人是步行来看，必定不是做官或做大买卖的，何况衙门也没有接到过有贵客往来要好好打点的滚单。中年男人断定张之洞一行是几个爱管闲事的过路客，又见他面孔冷淡，更觉得受到侮辱似的，遂狠狠地盯了张之洞一眼，说：“老子在衙门里做什么，关你什么事？”

张之洞本是一个肝火旺烈又对个人尊严看得极重的人，往日里，凭着才学和地位，人人都在他的面前客客气气的，今日身为三晋巡抚，山西省的各级官吏，近千万百姓都在他的管辖之下，竟然有一个小小的县衙役敢对他不恭，他不由得怒火中烧。

他一时忘记了自己的巡抚身份并未公开，拿出抚台大人的架子吼道：“你好大的胆子，敢在本部院面前这样说话！快去，把徐时霖叫出来，我要教训教训他！”

原来这中年男子乃县衙门里的一个小班头。县衙门里有三班：缉拿罪犯的叫快班，在衙门值班保卫的叫壮班，给犯人行刑的称皂班。这男子是县令徐时霖的一个远房亲戚，现在充任壮班头目。

这壮班头在衙门里也混了几年，见张之洞的口气这样大，直呼县太爷的名字，又自称本部院，心里便生出几分怯意来。他知道部院就是都察院，各省巡抚通常都挂个都察院左副都察使的空衔，所以巡抚也可以自称本部院。照这样说来，眼前的这人要么是京师来的都察使，要么是现任的巡抚。但他再盯着张之洞看了一眼后，立即便否定了刚才的想法：此人其貌不扬，棉帽布袍，没有半点大官的气派。他又看了桑治平和大根一眼，也看不出丝毫阔仆恶奴的模样。他是什么人？是不是喝多了酒的醉汉？

壮班头将适才的神态略为收敛一点，偏着头说："徐太爷现在有要事不能出来，我是衙门里的班头，你有什么事跟我说吧！"

一旁的大根早已不耐烦了："不要啰唆，把你们的太爷叫出来！"

大根的一双大眼睛鼓得圆圆的，颇有几分凶相，壮班头情不自禁地退了半步。

桑治平悄悄地对张之洞说："到了太原后再说吧！"

桑治平的建议是有道理的。巡抚身份既未公开，受到冷遇可以理解；若办公事，又显然有许多不便之处，不如先到太原履行正式手续后再说。若是别人也许会这样做，但张之洞疾恶如仇，又急躁如火，明知此行只是实地调查，要办事是要等到接过大印、王旗之后，但他不能容忍一个县令废弛公务，尤其不能容忍这种废弛又是因吸食鸦片而引起的。手无寸权的时候，尚且要弹劾不法之徒，何况现在是实权在握？

他盯着壮班头，以不容反驳的命令口气说："你去把徐时霖叫出来，我要和他当面说话！"

壮班头见张之洞执意要见徐时霖，知道不是酒喝多了的醉客，而是来头不小不好惹的硬角色。他不得不收起刚才的不恭，挤出几丝笑容：“那你们就跟我来吧！”

张之洞回过头想与老太婆打个招呼，却不料老太婆早已吓得溜走了。张之洞三人跟在壮班头的后面，绕过大堂，来到二堂侧边的一间内客厅。壮班头叫他们在这里等候，自己一人走进了后院。

徐时霖天亮时才撤了烟灯睡觉，此时好梦正甜，壮班头的打扰，他极不情愿。本不想起来，听壮班头详细叙说一通后，他的脑子才开始转起来。

比起衙役来，徐时霖毕竟要聪明得多。他知道巡抚卫荣光已奉命外调，关于张之洞出任晋抚的谕旨，下达到太原也近一个月了。山西官场都在议论这个声望满天下的清流名士，传说他的种种不同流俗的性情脾气。身为太原府首县县令的徐时霖，当然也很关心谁来做巡抚。对于山西的各级官员来说，此事的重要性，甚至要超过谁在北京登基做皇帝。这正是那句俗话说的：“天高皇帝远，不怕现官怕现管。”难道真的是张之洞来到阳曲？以他的名士习气，轻车简从赴任不是不可能的，但至少太原府里会有这方面的传闻呀，早两天才从太原回来，为何就没有听到一点消息呢？

徐时霖满腹狐疑地起床洗漱，懒懒地整顿衣冠鞋袜，足足磨蹭了两刻来钟，才蹒跚地来到会客室。见张之洞怒容满面地端坐在那里，他心里忽然冒出一股畏惧感来，立即端正态度，走前一步，客客气气地对着张之洞三人作了一个揖，自我介绍：“鄙人乃阳曲县县令徐时霖，有失远迎。”

见徐时霖的态度尚好，张之洞的怒气减去了许多。他指了指旁边的一把椅子，以主人的身份说：“你坐下吧！”

徐时霖愣了一下，心里嘀咕：这是我的衙门，凭什么由你来指挥？但身子已不由自主地坐了下来。

“你既是这里的县令，我来问问你：大白天的，你为什么不坐堂理事？你吃着喝着民脂民膏，老百姓要找你诉苦求助，你为何躲着不见？朝廷将百里之地交给你，你为何如此漫不经心？”

一连串的追问，如同审讯犯官一样的，将阳曲县令弄得心虚气喘，背上发毛。他竭力掩饰自己的不安，答道：“鄙人刚才与一个乡绅在商讨要事，未能坐堂。”

张之洞以威严凌厉的目光盯着徐时霖，见他睡眼惺忪，眼圈发黑，神态倦怠，大怒道：“胡说！你分明是昨夜饮酒作乐，吸食鸦片，光天化日之时，仍在床上酣睡不起。你不好好认错，还在本部院面前撒谎，是何居心？”

壮班头说过来人自称“本部院”，此时又是一句“本部院”，徐县令不免一惊，他顾不得当堂受责骂的羞辱，怯怯地问：“请问，您是……”

大根在一旁以洪亮的嗓音，无比自豪地代为回答：“新任巡抚张大人已来到阳曲县两个时辰了，你还不跪下迎接！”

果然是张之洞来了！怎么一点儿消息都没有？徐时霖不敢叫张之洞出示身份证明。倘若没有错，就凭这点便得罪了新来的巡抚，何况今日的处境本已狼狈。他急急离开椅子，走到张之洞面前，双膝跪下：“卑职不知大人驾到，有眼不识泰山，请大人海涵！”

桑治平见徐时霖这副模样，心里冷笑不止。

“徐时霖，你身为县令，吸食鸦片，犯了朝廷的禁令，你知不知道？”张之洞审视着跪在面前的阳曲县正堂，也不叫他起来。

对吸食鸦片一事，徐时霖不敢承认，也不能否认，他只得连连叩头。

张之洞又问：“阳曲县有多少土地种鸦片，你知道吗？”

徐时霖停止叩头，答道：“阳曲县有一百二十万亩土地，约有半数好地种了鸦片。”

张之洞倒抽一口冷气，又问道：“你近来是否下令叫老百姓按人头交八百文钱？”

徐时霖急忙分辩：“大人，没有八百文。太原府有令，按人头每人交两百文钱，以弥补办公事的亏空。阳曲县今年也亏空很多，卑职于是照太原府例，每人上交四百文钱，两百文送府，两百文存县。大人明鉴，卑职并没有叫百姓上交八百文呀！”

徐时霖似有满腹委屈。这明摆着是下边的人也在学上司的办法，加倍办理。上梁不正下梁歪。阳曲县令便是这滥征民税的源头！

“你是哪年到的山西，什么出身？”

“回禀大人，卑职八年前放的山西候补知县，足足等了六年，前年才补的阳曲县。卑职乃监生出身。”

监生得候补知县，自然是大堆银子起的作用。探花出身的张之洞，一向看不起非正途出身的官员。在他看来，真正有本事的人，自可通过考取举人、进士来取得官职；若举人、进士都考不取，便不是做官的料子，只能寻点别的小事去养家糊口。没有做官的真本事，又偏要拿大堆银子来买官做，这种人无非是想借朝廷所给的权势来盘剥百姓，牟取私利。此乃最为可耻。他知道这是当年与长毛作战军饷匮乏，朝廷不得已而采取的下策。此途一开，不知有多少贪劣之人借以挤进官场。本已弊病丛生的官场，经此辈一扰，更不知又添多少弊病！即使长毛平定后就停止捐纳一途，也已造成了无穷的祸害，何况十多年来并未停止，那些以高利借来大批银子，拟补缺后掘地三尺还钱肥己之徒，还在源源不断奔竞于此途上，国家的吏治何能不坏？

张之洞早就想上一个大折子，建议停止捐纳，并全部清退捐纳出身的县令知府。只是此事牵涉面太广，而朝廷也一定不会采纳。朋友们都劝他不要挑起事端，他只得隐忍作罢。现在好了，山西的事可以由自己说了算。整饬吏治，就先从这批政绩恶劣又是捐纳出身的府县开始！

见张之洞长久沉吟不语，徐时霖献媚：“大人一路辛苦，请在阳曲休息两天，容卑职再把详情禀报。卑职立即去安排酒饭，为大人一行洗尘接风。”

徐时霖边说边站起，正要转身出门，张之洞喝道：“你给我站住！”

徐时霖忙站住，两只腿禁不住轻轻摇晃起来。张之洞走到他的身边，瞪起两只大眼严厉地训道：“你在这里老实呆着，本部院立即奏明朝廷，参掉你这个庸劣误事的阳曲县正堂！”

说罢，带着桑治平、大根迈过门槛，扬长而去。客厅里，徐时霖的两条腿不停地抖动着，头一阵发晕，几乎要瘫倒在地。

第三章 / 投石问路

一　得知周武王酒爵是徐时霖的礼品，张之洞顿生反感

张之洞接过大印、王旗，做起山西巡抚已经快一个月了。刚到太原那几天的时候，他几乎都在酒宴上打发了。先是即将离开山西去江南任江苏巡抚的卫荣光请客。卫荣光是前任，关于山西的一切，张之洞都想向他请教，他请客自然非去不可。席上，卫荣光说的全是不着边际的应酬话。饭后茶室里两人聊天，他也是东一句西一句，不得要领，张之洞很为失望。接着便是藩司葆庚请客。巡抚之下就是藩司了，今后天天要和此人打交道，他请客，能不去吗？

圆头圆脑的葆庚，殷勤得几乎令张之洞难受。中午在赵氏酒楼设盛宴款待，他一个劲地夹菜斟酒，介绍山西的名酒名菜。葆庚是个美食家，说起这些来滔滔不绝，根本无张之洞插话的余地。赵氏酒楼上的宴席刚刚结束，杏花坞的夜宴又开始了。酒酣耳热之际汾河园的戏

子又唱起了堂会。

葆庚拿起戏单硬要张之洞点戏，张之洞于此道不通，也无兴趣，推托不掉，忽然想起京师皮黄有一出戏叫《玉堂春》，说的就是山西的事。他随手翻开戏单，果然上面有一折《苏三起解》，便用手点了点：“就唱这个吧！”

“好，大人真是行家！”葆庚摸了摸油光水滑的下巴，笑眯眯地说，“到了山西，非听这个戏不可！”转脸吩咐身边的跟差传令立即准备。

一会儿，一个满身红色囚服却娇滴滴的青年女子，被一个化妆成三花脸的矮胖老头，用绳索牵着走了上来。那女子唱的是山西梆子调，虽然歌喉凄楚婉转，张之洞却听不明白她在唱些什么。身旁的藩司则眼睛一动不动地盯着那个女囚犯，手掌轻轻地拍打着椅子，听得入迷了。猛然间，藩司意识到，决不能只顾自己听而冷淡了抚台大人，忙侧过身笑着对张之洞说：“苏三刚才这句‘洪洞县里无好人’真是唱得好。洪洞县里的好人的确不多，那里的民风至今还要比别的县刁滑些。”

张之洞听了这句话，觉得好笑，便说：“戏文里的这句话，真的是事实吗？”

“真的！”葆庚一脸正色地说，“洪洞县里的刁民，在山西省是出了名的。过段时期空闲了，我陪大人到洪洞县去走走，大人自然就相信了。”

张之洞笑着说：“不怕葆翁见笑，我的祖上就是洪洞县人！”

葆庚先是吃了一惊，随后马上满脸堆笑地说：“大人这是指责我，讲我这句话说得不对。”

“不是。”张之洞脸上没有丝毫笑意，“我的祖上的确是洪洞县人。先祖张本，永乐十五年，从洪洞县迁到直隶。先住瀰县，两代后才迁居南皮。”

没想到无意中的一句话竟然伤了抚台大人，葆庚吓得头上直冒冷汗，慌忙起身，双手抱拳，对着张之洞直打躬："冒犯了大人，罪过！罪过！我实在是不知道，还请大人宽恕才是。"

"坐下，坐下！"张之洞哈哈大笑，"葆大人不要在意。戏里的事发生在明代嘉靖年间，那时我的祖上早已是南皮人了。洪洞县的民风刁滑是那时开始的，与我张氏祖先无关。"

葆庚这才放下心来，一边坐下，一边大笑着，趁机冲淡刚才的窘迫。他实在舍不得眼前这个美丽的苏三，两只小眼睛又重新将她盯得死死的。正在兴味盎然时，葆庚突然听到轻微的鼾声。他转眼一看，原来是张之洞已经睡着了。他不做声，又去看苏三。直到这折戏唱完，苏三下去了，藩司才轻轻地拍了拍张之洞的肩膀。

张之洞睁开眼睛，说："唱完了？"

"唱完了。"藩司说，"大人再点一曲吧。"

张之洞说："不听了，我要回去睡觉了。"

"好，不听了，回家去吧。"葆庚传令下去之后，又对张之洞说，"大人是喝多了点。我家有上百年的陈醋，我叫厨子为大人调一碗鱼羹汤。今晚就委屈在寒舍里歇息如何？"

张之洞忙说："那不行，那不行！"

葆庚十分关切地说："大人，如果宝眷一道来了，我自然不敢请大人这么晚了还去寒舍。只因宝眷未同来，大人今夜伤了点酒，倘若夜里不舒服，我如何担当得起！所以请大人权且到寒舍住一晚，明天一早再回衙门，决不会耽误公事。"

张之洞听了这话，对葆庚的关怀备至颇为感动。他自己在这些方面很粗心，难得为别人想得这样周到，但毕竟这么晚去吵烦人家是不妥当的。

见张之洞尚在犹豫，葆庚轻轻地对他说："大人，我请你去，还想请你帮我鉴定一样古董。我对这门道不通，幕友说那是商纣王用过的酒器，我不太相信。大人是有名的鉴赏家，去帮我辨识一下如何？"

张之洞有好古的癖好，世间之物，凡沾上一个古字，他便有兴趣。古字、古画自不必说，即使是一块年代久远的破瓦片碎砖头，他也视为珍宝。那年，他和潘祖荫聊天，说起炎炎夏日，以何物消遣为妙的话题。两人你一言、我一语：拓古铭，读古碑，谈古泉，论古印，用古砚，检古书，样样离不开一个古字。听说是商纣王用过的酒器，张之洞眼睛一亮，倦意立消："好！到府上去看看。"

葆庚欢喜无尽，立刻传令备轿。两顶绿呢大轿被前呼后拥地抬进了藩司衙门。一进大门，张之洞便迫不及待地要葆庚把古董拿出来。

葆庚说："大人稍坐一会儿，喝点鱼醋羹吧！"

张之洞说："不必太麻烦，我的酒已消了。"

"尝尝味吧！"葆庚说，"寒舍的鱼醋羹不仅醒酒，而且味道奇佳。"

一会儿，仆人送来两小碗汤。葆庚亲自端了一碗递给张之洞，然后自己也端了一碗。张之洞喝了一口，又鲜又酸，味道真正美极了。他连喝三口，只觉得满肚子酒气全部消去，精神顿时振作起来，犹如睡了一顿安稳觉刚刚醒来似的。他连连夸道："好汤！好汤！"

葆庚说："只要大人喜欢，我今后常常给大人送点去。"

张之洞忙说："那太劳神了。今后我叫厨子到府上来学，只要你的厨子能把这手绝活传给他就行了。"

葆庚说："要是别人来学，我的厨子是绝不传的，大人的厨子当然例外。"

喝过了汤，葆庚这才把古董拿出来，又特地吩咐多加几根蜡烛，把客厅照得亮如白昼。张之洞接过古董细细地鉴赏。这古董大约有五六寸高，三只脚托起一个鱼肚式的容器，容器的一端高高翘起，如同雀儿的尾巴。另一端是一个斜斜的槽子，中间的一段肚子较大。在肚子与尾巴之间有两根寸把高的小柱子。熟悉古代器物的人一看就知道这是古代一种名叫爵的酒器。

"这是爵。"张之洞指着古董对葆庚说，"是商代很流行的一种酒器，酒装在中间的肚腹中，手提着这两根小柱子，手一偏，酒就顺着斜槽流入口中。”

葆庚兴致十足地托起爵，照张之洞说的在嘴边试了一下，说：“这样喝酒真有意思，这爵肚腹大，怕可以装下四两酒。”

张之洞说：“这一种算比较小的。大的爵，武将喝的，可以装得下一斤多酒。”

葆庚说：“一爵酒还没喝完，先就醉了。”

“不会醉。”张之洞以一种行家的口气说，“那时候的酒都是果子酿造的，没有现在的酒烈。王侯们一天到晚在酒池肉林中过日子，如果酒像现在的烈，那能喝得多少？”

“还是大人学问大。”葆庚笑着说，“我看戏时，常见台上古人喝酒，从晚上喝到第二日天亮，心里纳闷：怎么有这大的酒量？听大人这么说，我心里明白了，原来那时的酒是果子酿的。果子酒我也可以从早喝到晚，又从晚上喝到天亮的。”

张之洞再次从葆庚手里接过爵，细细地研究起来。

葆庚说：“幕友说，这是商纣王用过的，大人看是不是？”

张之洞将爵上下左右仔细地看了几遍，然后以坚定的口气说：“这不是商代的，这是西周初期的。”

“大人从哪里看得出不是商朝而是周朝的？”葆庚凑过去，一边看爵一边问。

“商周的差别在这里。”张之洞用手指着爵表面上的纹饰说，“你看，这是条双头龙。从现代出土的商代爵上，还没有见过这种纹饰。商代爵上的纹饰多为鱼、龟、鸟、马、夔、饕餮、虬、凤等等。也有龙纹饰，但都是一个头，没有两个头的。只有周朝初期的爵，才开始出现双头龙纹饰。所以，这只爵应是西周初期制造的。”

“大人的学问了不起！”葆庚从心底里发出赞叹，稍后一会，他又说，“周在商之后，如此说来，这只爵的价值就要低一些了。”

“不！恰恰相反，这只爵的价值要比商爵高得多。”

“为何？”葆庚又喜又疑地问。

“商朝末期，风气奢靡，从宫廷到各级官衙，都终日沉浸在酒色之中，终于害得商朝灭亡了。周武王鉴于此，在立国之初便大力禁酒，并禁止酒器的制造。故商代的酒器极多，而西周初期的酒器极少。物以稀为贵，故这只爵的价值要比普通的商爵高得多。你这是哪里来的？”

“这是去年阳曲县令徐时霖送的。”葆庚诚恳地对张之洞说，“常言道，宝剑赠壮士。我不懂古董，徐时霖送给我，真是委屈了它，大人真正是个行家，这只爵到大人手里，可算是物归其主了。大人，我送给您吧！”

徐时霖？张之洞听了这个名字后，立即警觉起来。他想，徐时霖那样一个极端渎职的县令，居然没有受到一点处罚，是否就是靠送礼来讨好上司呢？如此看来，这只爵已不是一个普通的古董了，而是一个行贿受贿的物品。葆庚今夜把它送给我，说不定其背后的用心，与当时徐时霖送给他是一样的。想到这里，张之洞不觉心里颤抖了一下。尽管他十分喜欢这只极为罕见的周武王时期的酒爵，也深知这只酒爵的价值，却仍然毫不犹豫地做出决定：“葆方伯，谢谢你的好意，这只爵你自己好好珍藏，我要回衙门去了。”

见张之洞陡然变了态度，葆庚大为惊奇，满脸尴尬地说：“大人，夜深了，明早再回衙门吧！”

“起轿！”张之洞无视葆庚的尴尬，头也不回地向大门走去。

回到衙门，张之洞心里很久不能平静。他由徐时霖想起阳曲县，想起阳曲县市面的萧条，想起衙门前那个白发苍苍、形同乞丐的老太婆。他又想起荫营镇的贫困，想起沿途的罂粟苗。山西的百姓这样贫苦，山西的民生如此凋敝，作为一省之父母官，怎能一天到晚在酒肉歌舞中消磨呢？这能对得起太后、皇上的圣眷，对得起自己平生的抱负吗？

第二天一早，张之洞传下话来：不管是谁，不管他的面子有多大，所有的宴请一概不出席。话刚传出去，臬司方濬益便气喘吁吁地来到巡抚衙门，几乎用哀求的口气请抚台大人赏脸，因为酒席已定好，陪客的帖子已发出，戏园子里的戏也早已点好。张之洞板起面孔，不松半句口。过会儿，山西陆路提督又急急忙忙地赶来。提督还没坐稳，冀宁道道员王定安又来了。紧跟在他后面的是太原首富、泰裕钱庄的孔老板也进来了。几个人七嘴八舌，苦苦相求，无非一个内容：赏光吃饭、看戏。张之洞越听越烦，越听越气。他刷地起身，铁青着脸对着众人说："我张之洞来山西，是来吃饭看戏的，还是来效力办事的？你们这样喋喋不休，究竟是看得起鄙人，还是看不起鄙人？鄙人为人，从来是说一不二，绝不更改。诸位今后若是愿意跟鄙人合作共事，现在就请打道回府，各自勤于国事；若是再留在这里，鄙人就不客气了。"

说罢，拂袖离开大堂，弄得这些极有脸面的大人物个个脸上无光，心头沮丧，灰溜溜地退出巡抚衙门。

二　卫荣光向后任道出山西的弊端

张之洞每日天未明即起，半夜方睡，中午也不上床休息，实在累得不行了，则闭着眼睛靠在椅背上养一会儿神。他轮流在衙门里召见山西各级官员，从两司到道府，基本上都见到了。有的详谈一天不够，则留在衙门过夜，第二天再谈。有的谈不到半个时辰，他便挥手打发走了。山西有八十多个县，他不能在短时期里召见所有的县令，准备今后在巡视中再一一晤谈。他没日没夜地查阅近几年来的文书档案。钱粮刑名，过去他一直生疏，现在不得不硬着头皮钻研，不放过每一个细节。他抽空到晋阳书院去拜访山长石立人老先生，与他恳谈了一个下午。又看望了在书院里的莘莘学子。他还专程到太原城外去视察军营，在军营里住了两个晚上，看士兵们操练演习，与他们在一个大锅子里吃饭。他常常打扮成一个普通人的模样，带着大根在太原城里的大街小巷溜达。饿了则随便找一处小饭铺吃饭，渴了则就近到小户人家讨口水喝。趁着吃饭喝水的机会，他询问百姓的日常生活，听取他们对官府的议论。这期间他又打发桑治平到晋北一带去实地查访。近日，桑治平回到太原，将查访所得一五一十地作了汇报。就这样，二十余天下来，张之洞对山西省的官场士林、民情世风有了一个大致的了解。

前任巡抚卫荣光本来在交卸印信之后，便应离开山西赴任，但因感染风寒，暂留太原治疗。张之洞家眷未来，巡抚衙门后院依然让卫荣光一家居住，只在前院东厢房拨出几间来供他和桑治平、大根起居。一有空闲，张之洞便去后院走走，看看卫荣光，问一问病情，也随便聊一聊琐事。

这段时间里，卫荣光眼见张之洞天天如此辛劳，而几乎丝毫不顾及自身，心里感慨良多。他是个在官场上混了几十年的人，由知府做到巡抚，官场里的一切，他都烂熟于心。越到晚年，官做得越大，他的行事越谨慎，胆子越小。年初，山西巡抚曾国荃升任陕甘总督，他也由山东藩司升为山西巡抚。巡抚乃封疆大吏，地方官做到这一步，也算到顶了。苦熬三十年，终于熬到今天，也不辜负此生了。初来太原赴任的卫荣光，有一种心满意足的感觉。他自思年纪已近花甲，并无特殊的才干，朝中又没有过硬的靠山，今生的最大愿望便是保住头上这颗珊瑚起花红顶子，再过几年平安致仕，这一生就顺顺利利风风光光了，上可告慰列祖列宗，下可表率后世子孙。就这样，卫荣光在山西十个月，面对着百病丛生的现状，他既不思革故除旧，也不想创建布新，他的治晋方略最高目标是保持平稳，不出乱子。对于以名士身份来到山西的张之洞，卫荣光并不抱信任的态度。三十年来，无论是京师中的名士，还是地方上的名士，卫荣光接触的太多了，其中固然不乏名不虚传者，但大多名不副实，有的甚至徒有虚名，百无一用。

冷眼观察张之洞二十多天后，他发现张之洞与通常的名士还是大有不同。至少，他不赴宴席，不受礼品，天天起早摸黑勤于政事，便难能可贵。翰林出身的卫荣光，从小接受诗书礼义的熏陶，毕竟在内心深处还有一股道义感和责任感。他决定在离太原之前，要把自己所知的山西情况跟张之洞详详细细地谈一谈。近几天来，卫荣光已经基本痊愈，后天就要启程南下了。这天晚上，他来到前院张之洞的房间，向这位比自己年轻十多岁的后任告别。卫荣光主动来拜访，这还是第一次，张之洞十分欣喜地接待。寒暄客套一番后，卫荣光开始切入正题。

“张大人，二十多天来鄙人因生病未能协助你，眼见你天天一早忙到晚，无片刻休息，内心既佩服又深觉不安。”

张之洞听了这话，心里略觉惊讶。这些天里生病是事实，但刚到太原那几天，他身体好好的，也并没有配合交卸之事。好几次见面，张之洞刚一涉及山西的政务大事，他便含含糊糊的，语焉不详，显然是心存芥蒂。身为前任巡抚，卫荣光的这种态度，颇为难以理解。好在他任晋抚时间不长，插手的事也不多，具体事宜，张之洞尽可从衙门吏目那里获知。有些非要问卫荣光的事，他也不自己去问，而是打发有关人员去请示。两任之间就这样交接，虽有诸多不便，却也没误大事。今夜，卫荣光主动来访，并主动谈起政事，莫非他的态度有些改变？作为前任，即使任期再短，再不管事，他的地位使得他必定比旁人要多掌握一些情况。张之洞是多么迫切地盼望前任跟他坦诚交谈啊！

张之洞双手端起茶杯递给卫荣光：“卫大人，请喝一口茶，权当我敬的一杯酒！”

卫荣光忙双手接过，连说：“不敢当，不敢当。”说罢抿了一口。

“卫大人，您叫我张大人，我的确承受不起，您还是叫我香涛吧！”张之洞诚恳地说，“咸丰癸丑年，您进翰苑时，我张之洞不过是一刚中举的少年，您名副其实是我的老前辈。”

张之洞此话不是客套。翰林是讲究辈分的。这辈分不以年岁分，而以进翰林院的科别为区分。后一科的翰林例称前一科的为前辈，对早两科以上的人，则要称老前辈。张之洞是同治癸亥科的翰林，比起卫荣光来，足足后了五科，叫卫荣光老前辈是理所当然的。

卫荣光听了这话心里高兴，嘴上却说："你现在正是如日中天，我已成老朽，眼看就要日落西山了。"

"家赖长者，国仗老成，何况卫大人不过五十多岁，朝廷依畀之日还长哩！"探花出身的张之洞不仅奏章诗文做得好，口才也极佳，随随便便的几句话，都可以说得既得体又动听。

"这些天里，我总想请您多多赐教，见您身体违和，又不敢多打扰，每次都抱憾而返。现在您身体已痊愈，后天就要启程离开太原，我真是依恋不舍。卫大人，您是知道的，我一来年轻，二来又初放外任，没有一点从政经验。我深恐有负太后、皇上重托，又怕不能为三晋百姓办好事，对不起近千万父老乡亲。我每天都有临深履薄之感。卫大人，"张之洞说到这儿，双手捧起卫荣光两只冰冷的手，以极为诚恳的态度说，"无论是有关山西的具体情况，还是如何做一个好的方面之员，在您的面前，我都不过是一个学子而已，请千万不吝赐教！"

张之洞的态度令卫荣光颇为感动，他用自己的手将张之洞的双手握了一下，表示领了这个后任的情。然后松开手，端起茶杯，慢慢地喝了一口。放下茶杯后，他缓缓地说："你的这种心情我是能理解的，我也有这个责任将山西的有关情况对你说说，只是这段时期贱体一直不适，未能如愿，今夜我们好好聊聊吧！"

"我洗耳恭听。"张之洞把座椅向卫荣光的身边移动了一下，以示自己的诚意。

"山西这个地方，十多年前，在长毛、捻子作乱的时候，号称完富之地，其实根本不是这么回事。我先后在湖北、山东做过司道，对这些省比较了解，山西比起湖北等省来，真是糟糕得很。"卫荣光操着带有豫中口音的官腔叙述着。

张之洞点点头说："我来到此地尽管时间很短，也已感到压力甚大，正如面对一团乱丝，不知从何理起才好。"

"香涛贤弟，"张之洞说得那样诚恳，卫荣光不再以"张大人"相称，称呼的改变使张之洞觉得彼此的关系拉近了许多。"你来的时间不久，才看到一团乱丝。时间一久，你就会知道，此地不是一团乱丝，而是一摊烂泥，易于陷进而难于拔出，至于整治，则几乎无望。"

"几乎无望"这四个字，令张之洞心头一颤。

"卫大人，您说说山西的问题主要有哪些？"

"山西的弊病第一在穷困。"卫荣光慢慢地说，"历史上，山西原本是富强之地。战国七雄，有三个国家是从晋国分出去的。直到隋末，太原仍是全国重镇，故有李渊父子起兵反隋，造就了大唐王国。唐朝诗文繁荣，山西文人独领风骚，便是明证。到宋代之后，国家重心南移，明代以后都城定在北京，三晋便逐渐冷落下来。除开外部原因之外，山西的被冷落是因为自己的贫困，而贫困首先又是因为山多地少、土地瘠薄的缘故。百姓贫苦，各级衙门税收则少，税收一少，则捐摊就多。这捐摊便成了山西的第二个问题。"

阳曲县那个老太婆所诉的就是捐摊苦水，桑治平从晋北回来，也说老百姓最恨的就是官府的捐摊。张之洞皱着双眉说："第一是贫困，第二是捐摊。贫困多半是老天爷造成的，这捐摊则完全是官府所定。我们为何不可以免去捐摊，以苏黎民？"

"贤弟啊，你有所不知。有的捐摊可免，有的捐摊则是难以免去的呀！"卫荣光叹了一口气，端起茶杯。张之洞忙从火炉上提起瓦壶，亲手给卫荣光斟满。卫荣光喝了一口，接着说下去。

"山西有几个大的捐摊，就没有办法免去，因为这是朝廷造成的。比如说，朝廷每年要山西解平铁八万余斤、好铁二十万斤，这二十八万斤铁，包括脚费在内，朝廷只给一万一千余两银子，短缺费用三万九千余两。这一万一千余两银子是乾隆初期定的价，到现在已百年出头了。百年里，哪样东西不是几倍的涨价，可朝廷给山西的铁银却一文未增。山西是穷省，藩库拿不出这么多银子，不摊到各州县又怎么办呢？”

张之洞在心里沉吟着：看来这的确是一件大事。每年三万九千两银子，对于山西来说，实在是一笔不小的数目。这些年来都是转嫁到老百姓身上去了，让老百姓来承受这笔沉重的负担。户部怎么这样不明事理呢？

体质仍然虚弱的卫荣光觉得身上有点冷，他将椅子向炉边靠拢。张之洞猛然想起，随身带来的简单行囊中有吴秋衣所送的四株灵芝，便从行囊里拿出来送给卫荣光。

卫荣光仔细欣赏这四株碗口大闪着黑红色光泽的灵芝，知道的确不是凡品。张之洞执意要把四株都送给他，他再三推托不成，最后只得接受两株。

“卫大人，您刚才说的铁捐，确实是一项大的捐摊。听说还有一项绢捐，也是民愤极大的。”有这两株灵芝草的效用，张之洞和卫荣光之间的谈话气氛变得更为融洽。

“是的。嘉庆时期开始，朝廷便每年向山西索贡绸绢一千二百匹。近十多年来，因为百姓生活苦，绸绢卖不起价，织造绸绢的作坊基本上都改了行，山西交不出这多绸绢，户部则规定少交一匹绢，用十两银子来抵，于是每年又多出这项费用。这一万多两银子，也只得向各州县摊去，这便是绢摊。”

卫荣光的精神比刚进门时强多了，他喝了一口茶后又说了起来：“还有一笔大费用，即每隔三年一次的文武乡试，乡试照例由阳曲县承办。办一届乡试至少要三万两银子，阳曲县如何负担得起，只得由巡抚衙门出面，向全省各州县摊派，平均每年要一万两以上。这是几项大的无法豁免的捐摊，还有其他形形色色、各州县自定的捐摊，加起来有二三十项之多，这些银钱往往都加在百姓头上，百姓怎能负担不重？又怎会不怨声载道呢？”

“地里收成这样差，老百姓的银钱从哪里来呢？”张之洞面色忧郁地发问。

“老百姓有什么办法呢？他们只好不种庄稼而种罂粟。废掉粮食而种毒卉，他们不是不知道如此不好，但种罂粟获利是种庄稼的十倍，这叫做逼良为娼。”卫荣光气愤地把手中的茶杯往茶几上狠狠地一放。

张之洞似乎突然明白了许多事理。那一天，踏进娘子关后所见到的罂粟苗，曾引起他极大的愤恨。他恨山西的农人，怎么如此昧良心，不道德；他恨山西的州县官吏，怎能如此公然容许小民犯禁违法！原来，“嗜利忘义”的背后有它一言难尽的苦衷！

接印还没有几天，他就准备下一道命令给各州县：限令三天内全部铲除罂粟苗。桑治平建议他暂缓下令，待把全省的情况摸清楚后再说。他接受了这个建议。现在看来，要铲除罂粟，不是一纸命令就可以办得到的事，若官府的捐摊不大加削减的话，强行铲除罂粟也并非就是一件很好的事。

张之洞非常感激卫荣光的剖析：“卫大人，看来这废庄稼而种毒卉，就是山西的第三大弊病了。”

“可以这样说。”卫荣光点点头，继续他的话题，“此弊病所造成的后果极为严重。一是种罂粟虽可赚较大的利益，但毕竟不能果腹充饥，平常年景可以用银钱去买粮食，到了饥荒年，都没有了粮食，拿着钱也是空的，这就是前两年山西干旱而饿殍遍野的原因。二是山西大量种罂粟，造成土药价大大低于洋药价，遂使得吸食鸦片在山西泛滥成灾。”

“我到太原这些日子以来，所接触的人大都脸色青黑，身体干瘦，可能都是吸多了鸦片烟的缘故。”

“香涛老弟啊，你还不知道，山西吸鸦片已到了令人惊恐的地步。我的一个幕友这样估计过：乡间十人约有四人吸，城市十人约有七人吸，至于吏、役、兵三种人，几乎十人有十人吸。这个估计虽然有点夸大，但大致也差不多。鸦片烟一定要根除，不然的话，整个山西，从城市到乡村，从官场到民间，很快都会烂掉。老弟，这个事要靠你来办了。”

瞬时间，张之洞真有点颓然气沮之感：早知道山西是这样一个污浊之地，真不该来，在京师做个侍郎，不仅事情少多了，而且还可以免去与这多鸦片鬼打交道，眼不见心不烦呀！但很快，他便从沮丧中挣脱出来。他是个禀赋刚烈、好强好胜的人，转念又想：当我张之洞把山西这个烂摊子整顿好后，太后、皇上、京师的友朋、天下官员们就可以看到我的本事了。想到这里，他斩钉截铁地说：“卫大人，您放心南下，我非要把鸦片在山西彻底根除不可！”

“好。到底是年轻有为，我已近老朽，这种话就说不出来。”

“卫大人，据说山西的藩库有三十年没有清查了。许多人都说那是一笔糊涂账。我想在我手里办一下这件事，您给我指教指教吧！”

听了张之洞这句话，卫荣光晦涩的目光一下子明亮起来。他不是一个糊涂人，当了十个月的晋抚，已看出山西一切弊病中的最大弊病，就出在这个财政混乱上。一个省的藩库居然三十年不清，岂非咄咄怪事！账目糊涂，岂不人为地造成给管理账目人以贪污挪用的机会？刚上任时，卫荣光也想有所作为，也曾动过清理藩库的念头。但此念一出，便招致不少人的劝阻，第一个出来劝阻的人便是藩司葆庚。卫荣光心里明白，葆庚做了多年藩司，亲管藩库。一旦清理起来，第一个便要碰着他，也会牵连到许多现任的官吏。说不定，还会牵涉到曾国荃的身上。那个功勋盖世而又刚愎自用的曾老九，可不是一个好惹的人。以明哲保身为最高原则的卫荣光只在想过几天后，便脑子冷静下来，迅速打消了这个念头。但卫荣光自身不是一个贪墨的人，眼见得一批国库蠹虫不得惩罚，他心里也不甘，只要不伤害自己，他还是希望这些蠹虫被抓出来。无论从律法道义上来说，还是从个人心志上来说，清除侵吞公款的贪官污吏，他总觉得快慰。那么，就鼓励眼前这位素以名节自律，不怕担风险，敢于任事的后任者来干吧！

“老弟，清理藩库这件事，你是不是真的做？”卫荣光两眼盯着张之洞。

“我真的要做！”张之洞的口气坚决，没有丝毫的犹豫。

卫荣光颇为满意地点点头：“若真的要做，就要一做到底。我比你痴长十多岁，在地方上混的时间也比你久，阅历教给我一个书上没有的知识。”

卫荣光说到这儿稍停了一下。张之洞趁机又把椅子向前移了一步，他知道这种阅历得到的知识远比书斋里读来的学问要可贵得多，一个字都不能漏掉！

“对于一个从政的官员来说，面对一件大事，在动手做之前，先要将各种可能出现的情况都考虑到。能做的话，则一做到底，不达目的，决不罢休；不能做的话，则干脆不做。半途而废，比起不做来，后果要更严重得多！”

这的确是经验之言。张之洞虽然没有这方面的经验教训，但冷眼旁观政坛，他也见过有人就栽倒在这点上。今夜，由这个浮沉官场三十年的老前辈口中说出，其分量自然更重。

张之洞十分诚恳地说：“卫大人，您这话真正是金玉良言，我将终生铭记于心。”

“山西藩库的账目，三十年未清，我刚来太原时也很觉奇怪，也有过清一清的想法，但后来终于未动手，就是鉴于刚才讲的这个原因。不怕老弟见笑，我身体不强健，耐不了繁剧，年岁大了，胆气也越来越薄弱，深恐引起更大的麻烦，故敷敷衍衍地这样过来了。老弟愿意来做这件事，我是非常赞同的，只是我再次提醒你，此事一旦动手，就一定要硬着头皮顶下去，今后会有很多预料不到的啰唆事出来，你都先要有个准备。”

“卫大人，你放心。”张之洞离开椅子站起来，挺直在卫荣光的面前。“我张之洞才干或许不大，但从来胆量大，骨头硬，不怕妖风鬼火。为朝廷办事，为百姓办事，哪怕革职丢官也不在乎，即便把命垫在这里，我也在所不惜。”

这番话，使得禀赋懦弱的卫荣光大为激动，过去他多次读过张之洞那些风骨凛凛的奏疏，总想那不过是些豪言壮语而已，离实实在在的行动还差得远哩！现在他仿佛看到了一个表里如一、言行一致的真名士，一个一身正气、大义凛然的国家干臣。他不由得从心里生发出敬佩之情来，也跟着站起，拍着张之洞的肩膀说：“贤弟，你有这样的准备，那就什么都不用害怕了。站在你的面前，我自觉惭愧，我没有为山西做点有益的事，我后天就要离开这里了，今夜我愿意为贤弟竭诚帮一点忙。”

张之洞忙握着卫荣光的手说：“卫大人，请坐下，坐下说。”

两人一同坐下后，卫荣光颇为动情地说：“贤弟被擢升为晋抚，真正是太后、皇上的英明。自古说一道篱笆三个桩，一个好汉三个帮，贤弟欲干此大事业，没有人帮衬是不行的。山西官场尽管庸员多，能员少，但以我的十个月经历，也发现几个可以信赖的人。我以至诚公心给你推荐几个，算是我这个前任对你所作的唯一帮助。”

张之洞听了这句话，心里太高兴了。山西弊病如此多，固然是他忧愁的事，而更忧愁的是初来乍到，他对山西官吏的贤庸智愚不清楚，县令以下的人几乎还没有见过面，且不去说，就是见过面的府道两司，也还谈不上有个什么评价。有的人面善心却不一定善，有的人能言并不一定能干，有的人又恰好相反。从来识人辨人是最棘手的事，也是最高深的学问。常言道“路遥知马力，日久见人心”，说的是识人辨人要有一段长时间，但各种事情都需要立即着手办，不允许有一个长时间让你去从容做一番识辨功夫。这时若有人将自己长时间所积累的人才袋抖给你，这是一个多么及时的馈赠！张之洞这段时间来，已从多处知道卫荣光大体上还算一个正派人，没有结党营私等方面的传闻。今夜的长谈，也使张之洞对他有一个较好的印象。应该说，他推荐的人是可以信任的。

张之洞满脸笑容地说：“卫大人，你给我的这个帮助真正是雪中之炭。你慢慢说，我记一下。”

张之洞说罢，坐到案桌边，握笔铺纸，准备记录。

卫荣光沉思良久，然后慢慢地说：“臬司方濬益，才能平平，但品行尚可。学政王可庄，人正直，学问好，山西士子多有赞誉者，但他从不愿过问地方事情。关于山西兴文办学等事，可以放心让他去做。地方上的事情，王可庄也可备咨询。大同府同知马丕瑶，此人廉惠刚明，办事能干。去年在永济县令任上，革除差钱数万缗，早两年在临晋县任上，办理灾情最为妥善。汾阳县令方龙光，仁厚爱民，为政有方。朔州知州姚宽澄操守廉洁，政事勤明。交城县知县锡良，为官廉洁。万泉县知县朱光绶廉洁慈祥。太原县知县薛元钊廉朴诚实。这六位都是可以相信的人。”

张之洞手不停笔地把卫荣光的话全部记录下来。心里想：过段时间亲自到这几个县去走走看看。如果真是这样的话，应尽早奏明朝廷，将他们破格提拔上来，委以重任。眼下清理藩库，正需要人手，也可以从中调两三个到太原来经办此事。张之洞正在默想时，只见卫荣光重重拍了一下脑门，大声地说：“我真是糊涂了，有一个极重要的人物忘记说了！”

“哪一个？”张之洞放下手中的笔，起身朝卫荣光走过来。

“阎丹初阎敬铭老先生！”卫荣光不自觉地提高了嗓门。

“是的，阎丹老！”张之洞兴奋地说，“我们山西还真的隐居着一位国之瑰宝哩！”

“阎老先生寓居山西十多年，光绪三年又奉旨视察山西赈务，对山西情况十分明了。过段时间有空了，你可以去晋南拜访拜访他。”

“他还在解州书院主讲吗？”

“还在那里。”

“身体怎么样？”

“上个月，解州知府来太原，闲聊中说起过他。据知府说虽有点小毛病，但不碍事，身体还算健朗。”卫荣光说到这里，起身说，“天不早了，我要回去睡觉了，你也早早安歇！”

张之洞紧握卫荣光的手说：“卫大人，谢谢您今夜的来访。后天，我亲自送您出城。”

送走卫荣光后，张之洞独自面对着灯火，长久地思索着。

三　张之洞决定做出一两件醒目的大事来

接连几天，张之洞在处理完日常政务后，就和桑治平一起商谈如何治理山西的问题。有时半夜醒来，他也会为此而再也不能安眠。他深深地体会到，比起当年做洗马、学政来，巡抚身上的担子要重十倍百倍以上。

经过近一个月的查访、询问，尤其在与卫荣光的恳谈后，山西的情况，张之洞已是胸中有数了。卫荣光那夜归纳的贫困、捐摊、罂粟、藩库的几大弊病确实很严重。还有一个大问题，卫荣光没有说到，张之洞是强烈感受到了，那就是山西官场的腐败：贪污普遍、受贿成风、公事懈怠、惟务钻营。好的官吏，除开卫荣光所开列的外，张之洞也听说还有几个，但在整个官场中，这些人只占少数。正如卫荣光所说的，山西已是一个烂泥坑。究竟怎么办呢？张之洞苦恼着，焦虑着。

他想，首先应该把这些情况如实向太后、皇上禀报，要取得朝廷的谅解和支持。

罂粟要铲除，这是毫无疑义的。但是几十年来，对鸦片的禁弛，朝廷反反复复的，一会儿禁，一会儿弛，现在又居然公开征税。既已征税，岂不意味着合法！若是有人据此抗拒铲除罂粟呢？这是一场牵涉着许多人利益的大事，必须要请得圣旨，才能名正言顺、大张旗鼓地在全省各地全面铺开。

捐摊这件事更应该详细奏明。因为这实际上是户部的失职而强加给山西的额外负担。岂有百年前核的价，一直沿用，不做丝毫调整的？山西几乎不产绢绸了，为什么还要山西出这份贡品？山西是贫省，岂能以十两银子的高价来代替一匹绢绸，这不是勒索吗？张之洞真不明白，这是户部的那些老爷糊涂、不负责任，还是朝廷无钱，有意将负担转嫁各省？十两银子代一匹绢绸，究竟是户部作出的决定，还是负责绢贡的官员想出的主意，以贪污中饱？三十多年前，曾国藩曾说过京官颟顸、外官贪劣的话。张之洞想，现在的情形应该合起来概括：京官颟顸又贪劣，外官贪劣又颟顸。今后无论是加补铁捐的报销，还是免去绢绸的进贡，都必须得到户部的同意。此折必须尽快拟。

清理库款，此事尤其要上报。张之洞曾多次从久任地方大员的堂兄和姐夫那儿得到过做官的真传：为官一任，必须要做一两件醒目的大事。琐琐碎碎的小事，做得再多，付出的辛劳再大，到头来似乎都不值得一提，年终朝廷考绩时，那些鸡毛蒜皮的事，自己都不好意思上报，而值得报的事又没有，结果朝廷的考核只能是平平而已，擢升无望。只有集中力量做它一两件大事出来，把它做得有声有色，做得熠熠生辉，什么时候说起来都脸上有光，甚至在你离任多少年后，当地的百姓还记得起、数得出。这种政绩最为重要，是擢升的最好凭据。张之洞将这种为官真传牢记于心，深信这是十分有用的秘诀。张之万和鹿传霖仕途顺遂、官运亨通，无疑得力于这个真传的巧妙运用。年过不惑有着十多年仕途经历的新巡抚知道，在禁罂粟和罢捐摊这两件大事上，要做出满意的成效来，将是十分不容易的。当年以道光爷那样的英明和威势，以林则徐那样的刚强和睿智，鸦片都没有禁得下来，到后来引起了土药的全国泛滥，可见这种东西对世俗人的吸引之大。现在山西少说也有数十万人在种，有上百万人在吸，要想根除，谈何容易，只不过尽其力而为之罢了。至于罢捐摊，朝廷支不支持还不知道。唯一可办的大事，看来便只有这个清理库款了。一个省的藩库，三十年未清查，说起来骇人听闻，查之于典册，怕可能也无先例。自己动手来做这件事，已是引人瞩目了，清理到最后，总会有一个结果出来，这个结果到底与实际情况吻合多少，谁会来核查呢？只要出以公心，不挟私欲，督促属下认真去办，就上可告慰朝廷，下可安抚百姓了。

真是山西历届前任留给我的一笔最好的仕宦资产，就看我来如何接收了！张之洞不觉兴奋起来，多少日子来的焦虑不安为之一扫。

他安排原在卫荣光手下办文案的三个幕僚，一人草拟一个题目。至于阎敬铭，他决定由自己来给太后亲拟一道密折。张之洞有一种预感，他觉得阎敬铭很快便会在中国政坛上飞黄腾达起来。离开京师那天上午陛辞的情景，又浮现在眼前——

慈禧以清脆好听的声音跟张之洞像聊天似的说话，张之洞则以诚惶诚恐的心情、紧张却又得体的语言回答着。慈禧说了一堆诸如“时事艰难，留心政务，若有所见，随时奏明”等套话后，突然问：“阎敬铭这个人，你去年在折子里荐举过他，你平时跟他有联系吗？”

张之洞答：“臣没有见过阎敬铭，也跟他从未有过联系，只是听许多人说阎敬铭善于理财。”

慈禧又说：“阎敬铭这些年据说一直在山西解州书院，你去山西后，要仔细打听一下此人。朝廷连下过几次诏书，命他进京办事，他都以年老多病为由推辞了。你细细去问问，看他究竟身体如何。”

“是。”张之洞答道，“臣到山西后一定去查访此人。”

“阎敬铭能干，先帝在日就称赞过。同治初期那几年，他在山东巡抚和工部侍郎任上也做得很好，为何突然就辞官不做了呢？你见到阎敬铭，问问他，若过去有些什么不痛快的事，十多年了，丢掉算了，朝廷还等他共度艰难哩！”

“是。”张之洞恭恭敬敬地说，“我一定将太后这番心意转告给他。”

“张之洞，你现在是山西巡抚，阎敬铭在山西，能不能劝说他回到朝廷来，就看你的本事了。”

张之洞忙叩头：“臣一定尽力劝说阎敬铭回朝廷为国家办事。”

回到家里，张之洞仔细琢磨着慈禧太后的话，深感慈禧对阎敬铭的眷顾之深、期望之切，这些年来似乎没有人能比得上。阎敬铭过去以侍郎致仕，今年已六十五岁了，若复出，官衔应在侍郎之上。官宦世家出身的张之洞深知结纳朝中大员的重要性。这次若由自己出面来说服阎敬铭复出，自然就与阎敬铭结下一层非一般的关系。何况张之洞和阎敬铭之间还有一层渊源，那就是他们有一个共同的恩人胡林翼。

张之洞隐隐记得，胡林翼在去世前曾有一封信给他，要他到武昌抚署来历练一下，信中盛赞阎敬铭。张之洞忙把过去的旧信札找来，果然寻到了这封信，遂有意将这封信带来山西。于是他亲笔写了一封信，连同这封信一起交给桑治平，请桑到解州去一趟，代他先去看望一下阎敬铭，转达殷勤问候之意。

桑治平离开太原后，三个幕僚将奏稿送上来。张之洞一一细看，越看眉头皱得越紧：三份奏稿都没有将他的意图说清楚，其中一份连文句都不通顺。他气得掷回去，命他们重新拟稿。第二天，三份稿子又送上来了。张之洞看后，还是没有一份满意的。他声色俱厉地将三个自以为是的幕僚教训了一顿，叫他们统统卷起铺盖走路。他叹了一口气，心里说道：这卫荣光怎么用的这样一批草包！必须聘几个心地明白又文笔流畅的人来办文案。张之洞第一个想起杨锐。他提起笔来，给杨锐写了一封信。眼下这三个重要的折子，只好自己动手了。

就在张之洞亲自草拟这几份关系山西千家万户利益的奏折的日子里，太原城藩司衙门后院，有几个人也在心神不安地忙碌着。

四　王定安贡献三条锦囊妙计

卫荣光离太原前一天，特为到藩司衙门与葆庚话别。谈话之间，卫荣光说起张之洞有清理藩库的念头。葆庚听了心里暗吃一惊，送走卫荣光后，他将自己关在书房里，呆呆地坐了一个多时辰。

正白旗出身的葆庚，是清初八大铁帽子王之一豫亲王多铎的后裔。显赫的家世，使得他在朝中有广泛的奥援。正是凭着这种奥援，这些年来，才具平平的葆庚在官场上左右逢源。他不屑于从七品县令做起，拿着一大堆白花花的银子，一出手便捐了个候补道员。分发到省后，又是银子帮他很快得实缺。葆庚毫无从政的经验，也不耐烦案牍簿书，但他却迁升顺利。待到曾国荃到山西做巡抚的第二年，葆庚便从陕西按察使调升山西做布政使，成为一省方伯。葆庚凭的什么升官？他的本事就在于京师活动的能力。省里有大事办不了，需要朝廷出面解决的，派葆庚进京便十拿九稳。比如要户部增拨银子啦，减免税收啦，要吏部在对本省道府一级官员的考绩上客气点啦，走王府的门子为某大员谋求调升啦等等，这些事葆庚都可以办得顺溜。葆庚抱着七分敬畏三分谄媚的心态，来到太原给曾国荃当藩司。他知道这个从战火中打出来的曾老九脾气暴躁，性格乖戾，且仗着战功，什么人也不放在眼里。葆庚像侍候老爷子一样地侍候着曾国荃。曾国荃对满人官员有一种偏见。在他看来，几乎所有的满人都是酒囊饭袋。带兵做官，不是他们有本事，而是命好。对葆庚，他自然也是瞧不起的，但葆庚对他事事恭顺殷勤，曾国荃找不出他的岔子，倒也相处得太平。

那时山西正是大旱，赤地千里，饿殍遍野，景况惨不忍睹，赈灾之事繁重艰难。曾国荃面对这个局面，甚是焦虑。这时葆庚的能力发挥了作用。他到京师四处游说，居然给山西带来六十万两银子的赈灾款。此举，令曾国荃对他刮目相看，从那以后便对葆庚十分信任。十多年的征战，让曾国荃落下一身的病痛。来山西之前，他在湘乡老家足足养了六年的病。六年乡居，使他变得疏懒。病痛加上疏懒，又使得他对政事产生厌倦，于是干脆把山西的事都交给了葆庚，另派一个心腹代表他和葆庚共事。

这个心腹名叫王定安，字鼎丞，湖北东湖人氏。他以秀才身份投曾国藩幕。后来曾国荃组建吉字营，曾国藩将王定安派到吉字营，协助曾国荃办文书。王定安聪明能干，文章写得好，为曾国荃所器重。每打完一场大战后，曾国荃照例都要保举一大批人，许多与此毫无关系的人也有一份。这是曾国荃笼络军心人心的一个重要手段。所以，尽管他没有乃兄的人格力量，却有一大批哥们儿铁着心跟他干，其原因便在这里。王定安也是其中沾光者之一。到了同治五年，曾国荃做湖北巡抚的时候，他的帽子上也有了一颗候补道员的蓝色玻璃顶子。不久，曾国荃辞职回家养病，王定安也回到老家，二人常保持书信不断。曾国荃复出任晋抚时，召王定安来山西。王定安接信即赴太原。曾国荃对这位跟随十多年的老部下甚是眷顾。王定安来到山西不到半年，曾国荃便向朝廷保荐他补授冀宁道道员。王定安对曾国荃忠心耿耿，曾国荃也将他视为自己的贴心人。王定安文才好，办事有方，但品行却不好，贪财好货。那时还有一个候补县令，此人就是徐时霖。徐时霖候补好几年没捞到一个实缺，正是倒霉的时候。恰好他出嫁两年的妹子新寡回娘家，徐时霖灵机一动，从妹子身上打起主意来。他知道葆庚好女色，家里已有一妻一妾，还不满足。于是将妹子打扮得妖妖艳艳的，作为待字闺女送给葆庚做了第三房姨太太，葆庚自然欢喜不已。很快，徐时霖便因此补了实缺，并以小舅子的身份成了葆庚的死党。

朝廷救济和各省协济山西旱灾的银子共三百万两，曾国荃让葆庚和王定安来经理。葆庚又把徐时霖拉了进来。这三个人抱成一团，利用这个好时机，大肆贪污挪用。对于他们的行径，曾国荃时有所闻。这个曾老九自己便是一个不拘小节的人。当年打安庆打江宁时，他明里暗里不知运了多少船金银财宝回湘乡。对于湘军部属的不法行为，他也基本不过问。而今葆庚、王定安从救济款里弄点银子，他同样不计较。葆庚、王定安身为司道，如此贪污中饱而不受惩处，那些见钱眼开的官吏们便一个个都无所顾忌了。本已腐败的山西官场，如今更加腐败，更加黑暗。卫荣光胆小怕事，在山西呆的时间又短，葆庚、王定安所经营的事情，他不想也不敢去触动，彼此倒也相安无事。现在张之洞扬言要来清理藩库的账目，该怎么对付？

掌灯时分，应葆庚所招，王定安和徐时霖来到藩司衙门的小客厅。仆人送上茶点后，葆庚把门关紧，三人开始了密谈。

“张之洞这个人，不知究竟是个什么角色？”浙江人徐时霖来北方多年了，但说起话来依然有很浓厚的南方口音。自从那天在阳曲县突然遭遇之后，他对这个微服私访的新巡抚是既恨又怕。张之洞临走时扔下的那句话，这些日子来，时常在他的脑子里浮现。他心里一直忐忑不安，不知张之洞究竟奏明朝廷没有。徐时霖知道，七品县令这样的芝麻小官，其好与坏，太后、皇上是不知道的，全凭巡抚一句话。若张之洞真的要参他，当然是件很容易的事。他也曾问过葆庚。葆庚见张之洞来太原个把月了，并没有什么动作，以他在官场上混了几十年的经验，估计张之洞只不过是一时恼火说说而已，不会真的就上奏。徐时霖见后来果然一点响动也没有，觉得葆庚的分析不错，张之洞原来也是一个雷声大雨点小的人。可是，现在他竟要清理库款了！他究竟是个只说不干，还是个又说又干的人呢？徐时霖心里没有准了。

“鼎丞，你是个才子，张之洞也是个才子。依你看，他这个才子究竟是个什么角色？”葆庚用肩膀撞了撞坐在一旁的王定安。

沉溺烟榻的王定安被鸦片熏得又黑又干，加上个子矮小，整个儿就像一只风干的青蛙。他很怕冷，浑身上下让名贵毛皮裹得紧紧的。进了葆庚暖和的小客厅后，他脱去外面的银灰色狐皮大氅，身上还穿着两件皮衣：里面一件深红色的火狐皮袄，外罩一件亮黑色貂皮坎肩。就这样，他的两只鸡爪似的手还是冷冷的。

他沉思一会儿，然后用尖尖细细的湖北腔轻轻地说：“张之洞这个人，我在同治八年见过一面，那时他在敝省做学政。有一次，我到经心书院去看一位老朋友，恰逢他来书院视察，并亲自给书院学生讲了一堂课。他讲的是如何读经。书院里所有的教师都去听讲，我的那个朋友也把我拉去了。也好，听听吧，看看这位学台大人究竟有多大的学问。一个时辰听下来，所有的教师都佩服，我也很佩服：这个学政名副其实。我后来给文正公写信，还专门写了这件事。文正公给别人的信里说，近年张香涛在湖北做学政，舆情颇洽。文正公这话就是依据我的信说的。”

王定安说到这里，有意停了下来，端起茶杯抿了一口，脸上露出自得的笑容。徐时霖恭维道：“此事足见王观察在曾文正公心中的地位之高！”

“张香涛后来又到四川做学政。在那里刻了两部书：《辅轩语》和《书目答问》。这两本书我都看过，的确写得不错。尤其是《书目答问》，我可以断言，必定是一部传世之作。”王定安以坚定的口气下出这个判断，与其说是赞扬张之洞的学问，不如说是在炫耀自己的鉴别力。“这几年在京师，他参与了清流派，对上下内外大大小小的事都爱发表自己的意见，名声自然很大。海内读书人，几乎无人不知张香涛。但雨生兄要问他究竟是个什么角色，也很难说。依我看，张香涛这个人，是一个学问文章都很好的文人。如果将他一直放在翰林院做学士，讲经筵、衡诗文，他或许会是今日的纪河间阮仪征。但现在放他出来做方面大员，怕不是合适的人选。”

“何以见得？”葆庚、徐时霖几乎同时说出这句话。

“我当然有充分的根据。”王定安将一粒西洋进口的药丸塞进嘴里，鼓了两下腮帮，将它吞了下去。

葆庚笑了笑说：“鼎丞又弄什么灵丹妙药来了？”

王定安将刚放进皮坎肩口袋里的一个小玻璃瓶拿出来，递给葆庚，一边说：“英国出的药，名字古里古怪的，我记不住，治头脑眩晕最有效了。我方才觉得头又有一点晕了，现在吞下一粒，过会儿就不晕了。”

“真的，有这样的奇效？”徐时霖好奇地从葆庚手里拿过去，打开瓶盖，细细地看着里面那些白色小药丸说，“我太太也有这个毛病，发起来天旋地转，吃了好多药都不见效。你这药是从哪里来的？”

王定安说：“有个英国传教士前几天到太原来，既传教又治病，随身带了很多洋药丸子，吃了他药的人都说管用。经一个朋友介绍，我去见了他。他给我看了病，并给了一小包药丸，说吃了有用再来看。我要给他钱，他不要。我吃了三天他的药，果然后来头再也没晕过。我于是去找他，谢谢他，向他要了三瓶。问他多少钱，他又不要。说这药不能算价，你有钱就给一点，没有钱就不给。我拿出一锭十两银子来问他够不，他哈哈笑起来说：‘足够了，足够了！’”

徐时霖疑惑地问：“你怎么可以跟他对话，他会讲中国话？”

“他到中国十多年了，中国话说得很流利，还可以捏着鼻子学山西土话，我都讲不出。”王定安嘿嘿干笑了两下，露出一口黑黄色的牙齿，“你先从我这里拿几粒去。若有用，我陪你再去找他买。”

王定安从徐时霖手里拿过小玻璃瓶来。徐时霖忙伸出双手，王定安在他右手掌心倒出五六粒来，徐时霖赶紧从袖袋里掏出一块绸手巾来包好，连声说：“谢谢，谢谢！”一边把它放进左手袖袋里。

葆庚说：“那个英国传教士叫什么名字，多大年纪了？”

“叫李提摩太。”王定安说，“洋人的年纪我拿不准，大概不会超过四十岁吧！”

“你头现在不晕了吧？”徐时霖急于验证这药的效力。

“不晕了！”

“这洋人的东西就是好！”徐时霖说时，又用右手摸了摸左手袖袋，生怕刚才没放稳妥。

葆庚说：“还是言归正传，说说你的根据吧。”

“自古以来的名士，从东汉的太学生到前明的东林、复社，没有几个能办成大事的。”兴许是洋药丸子的作用，王定安的中气明显比刚才足了，说话的声音也大了许多。“这些人，多半志大才疏、眼高手低，发起议论来则海阔天空、头头是道，真正让他们做起实事来却又束手无策，一点办法也没有了。讲起别人来求全责备、刻薄挖苦，但自己立身处世，更加卑鄙。当年文正公和九帅就最讨厌这样的人。你们听说过李元度吗？”

徐时霖摇摇头说：“没听说过。”

“我听说过。”葆庚摘去头上的黑呢瓜皮帽，抓了抓光秃秃的头顶。“好像也是中兴时期的一个有点名气的将领。”

“什么名气？打败仗的名气罢了。”王定安有过多年跟随曾国藩、曾国荃兄弟的经历，这是一段他引以自傲和傲人的历史。过去曾国荃做巡抚时，太原城里除开一个九帅外，他并不把包括两司在内的其他人放在眼里。待到卫荣光来做巡抚时，他是连一人之下的感觉都没有了。葆庚虽是藩司，王定安一向对他不大尊重，反驳他的话是常事。“这李元度就是一个典型的名士派，说大话，写文章，是再没有人能超过他了。真正打起仗来，一点本事都没有。他在文正公面前许下重诺，要守住徽州府。但没几天，把座徽州府给丢了，还临阵脱逃，二十多天后才到祁门去见文正公。文正公气得要杀掉他，李少荃他们拼命担保，才没丢脑袋。后来他想投奔我们九帅，九帅硬是不要。”

王定安讲起这段掌故来，精神焕发。其实，说张之洞是完全用不着把李元度拉来做靶子的，王定安之所以要扯得这么远，无非在葆庚、徐时霖面前炫耀一下他的那段光荣历史罢了。果然，三十多岁的县令徐时霖立即被镇住了，五十多岁的布政使葆庚也感到在他面前突然矮了一截似的。

徐时霖以请教的口吻问：“照您刚才的意思，张之洞就是李元度那样的人了？”

“我看差不多。”王定安端起茶杯来，喝了一口茶说，“甚至还会比李元度不如。”

葆庚问：“这话怎讲？”

"李元度从没有上奏章弹劾过人。他人缘好，出事后，祁门两江总督幕府的人几乎都出来保他。像李少荃那样的人，是通常不大说别人好话的，居然宁愿辞职也不肯起草罢免李元度的奏稿。张香涛过去做清流派，得罪的人很多，大家都盯着他，巴不得他倒霉。一旦出事，除了他的清流朋友外，哪个有实力的人肯替他说话？"

葆庚摸着油光光的下巴说："鼎丞说得有道理。依我看，说不定放他到山西来做巡抚，便是有人设好的一个圈套。恨他的人，在京师拿不到他的把柄，就放他到山西来，知道他这个人好大喜功，必定会争出风头，到他栽跟头时，就好降服他了。"

葆庚说到这里，停了一下，拿起他放在桌上的瓜皮帽，仔细看了看，轻轻地对着它吹了一口气，然后伸了一下懒腰，慢悠悠地说："可惜呀，张香涛还蒙在鼓里，做他的好梦哩！"

听了葆庚这句话，又加之个把月过去了，并未见张之洞对他采取什么举措，徐时霖大大地松了一口气。小客厅里的炭火烧得很旺，他将身上棉长袍解开，轻松地笑着说："看来我是过虑了，我们过去做的事还是可以继续做下去！"

王定安打了一个呵欠，以一种老谋深算的口气说："据说张香涛脾气倔、胆子大，太后对他圣眷颇隆，还是防着点好。"

葆庚点点头说："怎么防着？你出点主意。"

王定安又长长地打了一个呵欠，说："葆翁，我实在熬不住了。你这里有福寿膏吗？"

福寿膏是烟客对鸦片的昵称。说了个把时辰的话了，王定安这个大烟鬼支撑不住了。葆庚的烟瘾也发作了。他站起来说："我这里有刚买来的真正的公班土，跟我到烟室里去吧。"

清廷对鸦片烟时禁时弛，但明文上对官吏吸鸦片还是一贯禁止的。葆庚的烟室造得很隐秘。他将徐姨太宽大的卧室隔成两个部分。前部分放一张终年挂着蚊帐的深红色雕花大床，以及徐氏的梳妆台、衣柜等物件，后部分则是他的烟室。里面有一张宽大的烟床，床上垫着厚厚的棉被，上面铺着一床特制的新疆毛毯，豪华气派，松软舒坦。烟床上摆着一个矮矮的梨木镶贝烟儿，上面放着精致的烟枪、烟灯等一应用品。这前后两部分中间用一道薄砖墙隔开，雕花大床放在墙边，将大半个墙给遮住了。剩下的小半边墙只开一道门，门前放着一座西洋进口的大玻璃穿衣镜，刚好把门严严实实地挡住。姨太太的卧房，除开两个贴身丫鬟外，谁也不能进去。即使偶尔闯进去了，也看不出半点破绽。葆庚便在这个烟室里，每天由徐氏或徐氏的丫鬟服侍着，抽它一两次大烟，过一个钟头如仙如佛的瘾。这段时期徐氏回家坐月子去了，卧房里空着，葆庚便带着王定安、徐时霖穿过徐氏的卧室，绕过穿衣镜，来到神仙窟。

“葆翁，你真会享福。”王定安看着布置得奢侈耀眼的烟室，情不自已地发出感慨，“与你相比，我那抽烟的地方简直就是农家的灶房了。”

听了这句赞美的话，葆庚心里很高兴，说：“你没见过京师王府里的烟室哩，若跟他们比起来，我这又是灶房了。”

徐时霖更是对他这个妹婿的福分垂涎三尺，心里盘算着：回家后一定要跟还在娘家做客的妹子商量下，要她悄悄地把葆庚的烟具带几件回来才好。

“鼎丞，你和我躺在床上抽。雨生，你是自己人，我就不客气了，叫丫鬟给你安排一个躺椅，把烟具放在茶儿上，你就躺在椅子上抽吧！”葆庚一边调摆，一边吩咐丫鬟们做准备。

一切安排妥当，王定安烟瘾大发，已经不可按捺了。他赶紧脱鞋，躺在烟儿的左侧，一个丫鬟忙过来给他烧烟泡。烟儿的右侧，葆庚慢慢吞吞宽衣解带，也有一个丫鬟在服侍着。徐时霖则不忙着抽，他一件一件地把玩着那些精巧昂贵的烟具。随着烟灯的小火苗闪烁跳跃，时明时暗，一阵阵醉人的奇香从烟枪里飘出。小小的藩台衙门烟室，顿时成了西方极乐世界。王定安一连猛吸几口，贪婪地将飘出的香气吞进喉管，布施于五脏六腑，再将它压下丹田，周身上下疲倦顿失，活力复苏。

“葆翁！”王定安心中有一种飘飘欲仙的感觉，说起话来变得亲切多了。“你这是真正的公班土，而且是上等的。哪里弄来的，价格如何？”

“是不错吧！”葆庚徐徐地说，“泰裕庄的孔老板送的，他死也不肯收钱。”

“那还不是羊毛出在羊身上！”今天若不是跟着王定安来，徐时霖是享受不到这种洋药之味的。他对妹婿有点不满，抛出了这句颇为刻薄但极中要害的话。

“你的鬼点子多，出个主意吧！”葆庚头枕在小棉垫上，斜起眼睛望了一眼对面躺着的王定安。

王定安眯着双眼，全身心地都在享受上等公班土给他带来的乐趣。好半天，待这口烟完全在他的胸膛肚腹里消解之后，他才睁开两只小眼睛，慢吞吞地说：“我送你三条锦囊妙计。”

“不是只送我，”葆庚打断王定安的话，“你要知道，真的查起来，你的麻烦事比我还多。”

王定安不服气地说：“我的银子，都是干干净净的，不怕查。”

“真的吗？”葆庚冷笑道，“鼎丞，真人面前不说假话。你就不要在我面前说这种漂亮话了，这种漂亮话留着日后在张之洞面前去说吧！”

“好啦，好啦！”徐时霖打圆场，“王观察，把你的三条锦囊妙计亮出来吧！”

王定安毕竟心虚，见葆庚认起真来，便嘿嘿干笑两声说：“葆翁，我这句话没有别的意思。因为是要你出面去办，你是藩司，他第一个要和你商量，我和雨生还差了一截。”

徐时霖忙说：“那我就差得更远了！”

葆庚一向都要仰仗王定安，何况现在他们共坐一条船，当然要和衷共济，于是也笑着说：“刚才说说玩的，你可别计较。”

王定安又重重地吸了一口大烟泡后，不慌不忙地亮出他的锦囊妙计来："首先，你还是用对待卫荣光的老法子对付他。告诉他这藩库清不得，三十年没清了，巡抚也不知换了多少个，历届巡抚都当得好好的，该升官的照升官，该调肥缺的照旧调，从没有哪一任巡抚因此有什么挂碍。一旦清理，则会挑起许多事端来，反而不美。说得他打消这个念头，不再惹是生非，那就一切都没事了。此乃上上之策。"

"这当然最好。"葆庚坐起来，摸了摸颈脖子说，"听说张之洞这个人倔强得很，他想干什么就干什么，只怕不能像卫荣光那样，几句话就对付了。"

徐时霖也坐起来，说："有人说张之洞凶狠得很，怕不是卫荣光那种人。"

王定安仍躺着不动，他上上下下地摩挲那杆雕龙描凤的大烟枪，慢条斯理地说："若说服不了，则用第二计。你就对他说，藩库是藩司管的事，不劳你张大人直接操心。这事就交给我吧，我保证把藩库账目清理得熨熨帖帖。"

"对！"徐时霖拍了拍自己的大腿，兴奋地说，"这是一条妙计。我们自己来办，那还不什么都好说！"

"这主意好是好，不过，"葆庚穿起鞋子，下了烟榻，在房间里走了几步，"只是前天张之洞对我说，铲除罂粟，播种庄稼，是件迫不及待的事，必须督促各州县尽快做好这件事。他要我来督促。"

"你答应了？"王定安问。

"我能不答应吗？"葆庚显出一种无可奈何的神态来。

徐时霖说："张之洞叫你去禁烟，是不是他已知道了这个秘密。"说罢，用手指了指茶几上的烟灯。

"知道这个不碍事，太原城里有几家衙门没有这个？"王定安也坐起来，伸出一只黑瘦干枯的手，慢慢地摸捻着下巴上那几根鼠须。"怕就怕在他知道了那个。"

"哪个？"葆庚的心猛地跳了一下，他已猜中八九分了。

“救灾款的事。”王定安阴暗的脸上露出一丝隐约可见的冷笑。“张之洞这是调虎离山，有意不让你插手清理藩库的事。说不定他已从别的什么地方听到了风声。若这样，事情就麻烦了。”

王定安所说的正是葆庚所猜的，他的心里一下子凉了半截。

光绪三年，布政使葆庚主持山西的赈灾事宜。除开朝廷的救济款和各省的协济款外，还有大量个人拿出的款项，这笔款子，美其名曰捐款，其实是买功牌款，卖顶子款。这正是当年曾国藩用于筹饷的一个行之有效的方法。

那时，太平军打进湖南，围攻长沙八十余天，朝廷吓坏了，赶忙下令要正在家守制的曾国藩组建乡勇，与太平军对抗。但朝廷拿不出钱来，令地方自筹解决。湖南藩库也拿不出钱来，要曾国藩自行解决。曾国藩知道一些富裕的商人士绅手里有钱，但他们不会白白地拿出来，他们要跟朝廷做交易，即用钱来买功名、买官衔。于是向朝廷讨了几百张空白功牌，依捐款的多少，发给不同军功品级的牌子。有的捐款很多，便给他一个候补知县、候补知府的官衔。乡勇招募之初，就靠这个办法解决了军饷。后来，曾国荃招募吉字营，也用这个办法。来到山西做巡抚，面对急需银子救灾的局面，曾国荃又启用这个法宝。向朝廷申请了两百张空白功牌，全部交给葆庚来处理。朝廷的救济款和各省的协济款，都是用公文交代的，蒙混不得，只有这笔为数不小的捐款容易浑水摸鱼。葆庚、王定安都在里面做了手脚。若把这笔款子清理明白，他们做的事就会露馅。身为藩司的葆庚就将承担主要的责任。葆庚如何不慌?

“八成是张之洞听到有人讲救济款的坏话了。他叫我去督促铲除罂粟，是想支开我。听卫静澜说，张之洞他是要亲自办这件事。”

徐时霖插话：“他这是要急于立功。”

“鼎丞，你不是有三条妙计吗，这条看来也不行了，把第三条拿出来吧！”葆庚像遇难者求救似的向王定安呼喊着。

王定安离开烟榻，背着双手在屋子里走动着，好半天才开口：

“第二条计策是中策，虽比不得上策，但也不失为一条良策。这一条也不行，那就只有出下策了。”

“下策就下策吧，你倒是说出来给我们听听呀！”葆庚的语气里夹有三分惶恐。

“这下策乃是一条古老的计谋。如果办得好，成效也不可估量。”王定安停了下来，两只小眼睛盯着葆庚说，“学汉元帝的办法，和亲！”

“和亲？”葆庚一时还没有弄明白。

“我知道王观察的意思了。”徐时霖的悟性比葆庚来得快些，“咱们好比汉元帝，张之洞好比单于，将一个王昭君来亲善彼此之间的关系。”

徐时霖话刚一出口，立刻想到自己送妹子给葆庚，不正是一条和亲之计吗？

“你是说用美人计来笼络张之洞喔！”葆庚终于弄明白了。他突然高兴地说，“听说张之洞来山西前，刚死了老婆，给他一个美人，那真是雪中送炭！”

王定安不理睬他们郎舅的阐释，独自一人迈着方步，嘴里喃喃地背诵着王安石的《明妃曲》：“明妃初出汉宫时，泪湿春风鬓脚垂。低徊顾影无颜色，尚得君王不自持。归来却怪丹青手，入眼平生几曾有。意态由来画不成，当时枉杀毛延寿……这诗写得太好了，千古咏明妃之作无出半山之右者。”

望着王定安这一副雅兴十足的神态，葆翁又犯难起来。他皱着眉头，自言自语：“这计策好是好，只是上哪儿去找一个王昭君呢？”

“这我就不管了。葆翁，这出主意是我，办事就靠你跟雨生了。叫雨生去找吧！他有的是经验。”王定安诡谲地望了一眼徐时霖，徐时霖的脸色顿时十分不自在起来。“你们两郎舅好好合计合计。天色不早了，我要回家了。”

王定安拿起银狐披风，走出藩司衙门的绝密烟室。

五　解州书院里藏卧着一位四朝大老

位于山西最南部的解州，是一座年代久远的小城。它处在山西、河南、陕西三省交界之地。出解州城南门走七八十里，便来到黄河边。

传说这一段的黄河中有一个小小的岛屿，当年为人类补天的女娲，便葬在此岛上。到了唐玄宗天宝年间，在一个大雨晦暝的日子里，此岛连同岛上女娲墓突然失踪了。八年后的一个夜晚，黄河上出现了难得一见的风雨雷电。第二天早上，人们惊讶地发现，女娲墓冒了出来。墓上长着两棵丈余高的大柳树，墓下是一块巨大的石头，当地百姓叫此石为风陵堆。女娲娘娘本是受人敬仰的女神，再加上沉而复出的传奇，更提高了她在人们心目中的地位。黄河上往来的船夫艄公，路过此处，都要到风陵堆上去叩拜女娲墓，请求这位黄河不能淹没的神灵保佑平安。风陵堆的南岸便是自古以来有名的险关——潼关。从潼关往西南约走六十里，便到了西岳华山。而潼关的对面渡口，就是风陵渡。三国时期，曹操西征韩遂，由潼关渡河，由风陵渡上岸。至今当地百姓还可以指着岸边石头上的痕迹，告诉你这是当年那位叱咤风云的魏武皇帝所留下的马蹄印。顺着这段黄河向东走约一百五十里，就到了灵宝。安史之乱时，唐肃宗不顾老子玄宗的尊严，擅自即位于此。若再回到风陵渡口，往北走大约五十里地，有一处古老的寺院，叫做普救寺。这普救寺不以诵经念佛出名，它的名声得益于一段旖旎艳丽的风流故事。

寓居普救寺的穷秀才张生，爱上了路过蒲州借住此寺的宰相之女崔莺莺。张生和崔莺莺破除门第观念，彼此爱慕，却不料老夫人不同意。后来张生靠朋友的力量，打退了围寺的强盗，才使得老夫人勉强同意。这一爱情故事总算有了个令人欢喜的结局。后来董解元、王实甫将这段传奇搬上舞台，数百年来在民间流传不衰，使得普救寺声名远播。一座原本以斩断情缘为修行目的的寺院，却仗着一段情缘而传名于世，也真是有趣的事情。

这便是解州城四周的人文地理。悠久灿烂的文明史，酿造这一带浓郁的黄河文化气氛。因此，小小的解州城历来文风较盛。这里有一座兴建于前明嘉靖年间的书院，聚集着附近三省的优秀学子，向来以学风淳厚而享誉远近。解州书院这十来年，更是为士人们所仰慕。因为这段时期它的主讲不是平凡之辈，乃赫赫有名的大人物阎敬铭。

阎敬铭不是山西人，他是陕西朝邑人。朝邑位于晋陕两省的交接之处，离解州城不过百五六十里远。阎敬铭中式之前，曾在解州书院苦读过五年。这五年为阎敬铭打下了学问根基，也使得阎敬铭对解州书院终生怀有感恩之情。

道光二十五年，三十岁的阎敬铭熬过二十多年的寒窗，终于中进士入翰苑，释褐而踏上仕途。翰林院散馆时，阎敬铭因试卷上错了一个字，没有留馆而改分户部。翰林院清高又空闲，易于迁升，几乎是所有读书人向往之地。大家都为阎敬铭惋惜，但他本人却不感到怎么遗憾。出身耕读之家的阎敬铭是个刻苦务实的人。户部主管全国财政，直接关系到国计民生，比起翰苑的吟诗作赋来，对国家的贡献更为实在，也更能历练人。阎敬铭进入户部后，全副身心投入部务之中。他精细练达，又抱负高远，很快便在户部崭露头角，成为部里干员。但阎敬铭性格刚直耿介，朝中又无靠山，尽管才干出众，品格脱俗，却在积资升为主事之后，便再也上不去了。直到咸丰九年，眼看着一个个无德无才的后来者越他而过，四十三岁的阎敬铭仍然只是一个六品主事，心中甚是愤郁不平。这时，他遇到了一个知己，此人便是胡林翼。

当时，胡林翼身为湖北巡抚，正和曾国藩密切配合，统率湘军，经营长江两岸的战事。半年前，湘军惨遭三河之役的失败，军队元气至今并未恢复。曾国藩以兵部侍郎空衔客寄江西，军事蹇滞，湘军正在艰难时期。东征湘军的粮饷，只能靠胡林翼所管辖的湖北，设在武昌的湘军后路粮台任务繁难，责任重大，却缺乏一个能干的人来管理。胡林翼在与户部打交道的过程中，得知阎敬铭的精明能干，便上奏请求调阎敬铭来武昌管理湘军粮台事。在户部郁郁不得志的阎敬铭一直关注着南方的兵事，私心早已对曾国藩、胡林翼仰慕不已。他渴望着能结识这两位大人物，从他们那里学到治国办事的真才实学。他也知道，此时从军固然充满着危险，但也同样充满着机遇，与其在户部久抑不伸，不如到军营中去闯一闯。军营正当用人之际，自己的能力可以得到充分的展布。倘若机遇好，说不定很快便可以出人头地。

就这样，阎敬铭毫不犹豫地舍弃舒适悠闲的京师生活，只身来到兵凶战危之地的武昌城。正六品衔的主事与从二品衔的巡抚之间相差得太远了，何况这位巡抚还是一个战功卓著的军事统帅。阎敬铭怀着局促的心情，第一次拜见胡林翼，孰知大出意料之外。这位身子瘦弱的湘人，一点没有封疆大吏的架子，其谦和平易，完全出于一片天性。阎敬铭想起户部以及京师其他衙门里的那些大人老爷来。他们胸无半点实学，却架子大得很。同一个衙门里，则是官大一级压死人。那种沉闷刻板、暮气深重的衙门作风，与眼下这里的锐意进取、奋发有为的景象简直有十万八千里之差。阎敬铭在这里看到了自己的事业所在，也看到了真正的人生价值所在。

在湘军的后路粮台做了三个月的协理之后，胡林翼便将总理一职交给了他。不久，又趁着前线一次胜仗的机会，在奏章里大为表彰阎敬铭调度粮饷的功劳，将他保举为员外郎。有如此投缘相契、知人善任的上司，有如此足以让自己施展才干的空间，真是人生的幸运！阎敬铭庆幸自己遭逢了难得的好机遇。他竭尽才智，调遣各路粮饷，尽量保障前方源源不断的供给。他忠于职守、廉洁奉公，手头日过千万两银子，却两袖清风，一尘不染。胡林翼敬重阎敬铭的德才兼备，与他推心置腹，两人成为肝胆相照的挚友。随着胡林翼的不断保举，阎敬铭从员外郎升为道员。

咸丰十年底，曾国荃围攻安庆。到了紧急关头，胡林翼亲率部队移营太湖协助。太平军趁着武昌空虚之际，欲解安庆之危，施行围魏救赵之计。李秀成、陈玉成率领二十万人马，沿长江南北兵分两路向西进军。北岸陈玉成兵行迅速，由英山进湖北，长驱直入，夺取孝感、黄陂，兵锋直指武汉三镇。武昌城里既无主帅，又无兵马，一时间惊惶失措，乱成一团。各大衙门大门紧闭，官员纷纷外逃，湘军后路粮台的人员，也几乎逃亡一空。唯有阎敬铭临危不乱，坚守粮台，将一根麻绳置于案头，心里做好准备：若太平军攻入粮台，则悬梁自尽。后来，因为种种原因，南岸李秀成的部队并没有按原计划进行，陈玉成也便放弃了进入武汉的打算。武昌城的各大衙门虚惊一场。当那些逃走的粮台官员又重新回来办事的时候，面对着阎敬铭，真是又敬服又羞惭。胡林翼为此特地上疏朝廷，称赞阎敬铭理财既为湖北第一，操守血性更是并世难得，宜堪大用，请擢升为湖北按察使。那时胡林翼乃朝廷南天柱石，咸丰帝依畀甚深，于是谕旨下达：阎敬铭补授湖北臬司。

来到湖北不到两年，便从一个微不足道的小京官，升到负责一省的司法大吏，并让皇上和各省都知道自己是一个济世干才，阎敬铭怎能不欣慰万分！而之所以有这一切，完全是因为胡林翼的赏识、重用和提拔。他心里对胡林翼有说不尽的感激和崇敬。他要倾尽全力襄助胡林翼，完成底定江南、中兴天下的大业。

不料，胡林翼因劳累过度，肺病大作，终于不起，年未五十而撒手人寰。阎敬铭伤痛不已。他既为自己顿折良师益友而伤心，更为国家顿失擎天梁柱而痛心。继任的巡抚严树森萧规曹随，一本胡林翼的成法治理湖北，支援东征湘军，并更为仰仗阎敬铭。不久，阎敬铭署理湖北布政使。

第二年，阎敬铭署理山东巡抚。同治三年，实授鲁抚。那时，山东正是朝廷与捻军交战的重要战场，阎敬铭名为巡抚，实为带兵的将领。他昼夜在军营操劳，早年的风湿病复发。同治六年，年仅四十八岁的阎敬铭便辞去巡抚，回原籍朝邑养病。同治八年复出，只做了两个月的工部侍郎，便又辞职回乡。之后，朝廷多次命他出山，他均以病未痊愈为托辞不应诏。

光绪三年，山西大旱，朝廷命他协助曾国荃在山西赈灾。赈灾是救民水火的大事，何况曾国荃为多年的战友，阎敬铭不便再推辞。办了半年的赈务，民心初定之后，他便又离开官场。这几年，朝廷又两次要他进京，他两次都推辞了。阎敬铭年未及知命而位居方面，也可以算是官场中的得志者，为何一再不奉诏，甘居山野老于林泉呢，难道真的是疾病的原因吗？当然不是！

病痛这东西是人人都不想有的，但有时，它又能给人带来某些用途，尤其是政坛上的人物，常常要借用它来玩点把戏，使点障眼法。古往今来，凡政界人物所谓的因病不能任职的话，绝大部分是另有原因不便明说，于是，或自己用来做托辞，或别人用来遮掩视听。这也可算是人类文明史上的一大创造吧！

那么，阎敬铭不便明说的原因究竟是什么呢？一言以蔽之，即失望。最先使他失望的是江宁城攻下后，湘军将士和他们最高领导集团的表现。

同治三年，曾国荃率领的吉字营在围攻三年之后，终于把太平天国的都城打下来了，随之而来的便是发疯一般的烧杀、抢掠。一座锦绣般的古都被焚烧殆尽，太平天国集聚的无数金银财宝被洗劫一空。阎敬铭面对着这极不情愿看到的现实，心里痛苦不堪。多少年来，湘军不是高喊着勤王室、卫孔孟的口号，声称自己是正义之师吗，为何这时野兽般发泄心里的仇恨，强盗般打家劫舍？这只能使他想到，他们原本便是冲着江宁城里的财富而来的，所有动听的宣言都是欺世盗名的谎话。而自己，身为粮台总理，多年来苦心经营，为他们提供充分的粮饷，实际上只是为他们能有今日提供保障罢了。

接着使他失望的，是山东的剿捻战场。过去阎敬铭在湖北做的是军需后勤之事，到山东后才亲自执掌兵权，了解到前线的真相。捻军是乌合之众，如果朝廷的军队精诚合作，共同对敌，捻军原本很快可以扑灭。但朝廷部署在山东省的四支部队：当地绿营、淮军、湘军和蒙古马队，却彼此牵制，互不买账。只是争功争饷，保存实力，并不冲锋陷阵。使得一支人数并不多的捻军，在山东境内东窜西突，所向无敌。阎敬铭身为山东巡抚，却不能协调这四支各有主帅的人马，他有时气得吐血也无济于事。直到他引疾归里，山东军事仍无进展。他不明白，拿着高俸的将领和吃着饷粮的兵勇，为何对朝廷如此不忠不诚？

第三个令他失望的是工部的状况。十多年前在户部，阎敬铭只是一个小小的主事，部里的机密要务他无权涉及。做了工部右侍郎后，他才知道工部糟糕透顶。汉尚书其实对部务一窍不通，他的兴趣只在研究三礼。一月之中有半月不来部视事，窝在家中著书立说。他不明白，朝廷为什么调这样的人来掌工部。既然热衷于学术，何不成全他，让他在翰林院做个内阁学士呢？满尚书是个宗室，不学无术，头上顶子靠的是祖宗的福荫染红的。此人是个美食家，提到京师各大餐馆的菜肴特色来两眼发亮，听到部属谈起正事来则双目无神。阎敬铭也不明白，朝廷为何安排这样一个人来掌工部。他家里有的是几代人花不完的银子，何不让他在家吃吃喝喝，做一个清闲自在的公子王孙，要他在工部衙门当差，受这份罪做什么？工部的权力实际上掌握在其他三个侍郎手里。他们每兴建一项工程，则向朝廷多报三到五成的费用。发到各省，则又减去三至五成的银子，然后还要勒令承办工程的商家给他们送回扣、打红包。他们就这样贪污中饱，富得流油。阎敬铭看不惯这一套，既不收红包，又不接回扣。这样一来，阎敬铭便成为他们的障碍。三个侍郎联名上章，说阎敬铭疾病缠身，神智昏倦，工部事繁，不能胜任，不如调到礼部去，清闲舒服，人地相宜。阎敬铭知道他们的用心，便干脆顺水推舟，借病辞职。他已深为厌恶这个龌龊卑污的官场了，决心布衣终世，再不为官。

阎敬铭以侍郎之身回到朝邑，立刻惊动方圆数百里的官府士绅。陕西、山西、河南三省仰慕的、巴结的、借重的，纷纷前来拜访，并邀请他出来为地方做点事。阎敬铭一概拒绝。只有当解州书院八十岁的老山长谷实穗先生亲来看望，请他主讲书院时，他却不能推辞了。一来，谷老先生当年在解州书院，曾亲自教过阎敬铭五年的书。阎敬铭之所以能中进士、点翰林，谷老先生悉心培育之功不可没。老先生的面子，岂能不给？二来，解州书院乃阎敬铭的发祥之地，恩情深重，不容他不回报。三来，阎敬铭也想从解州书院里挑选几个可资造就的学子，着意栽培，将来为国家培养几个人才出来，也是晚年所作的一桩大好事。就这样，从阎敬铭回来的第二年，便出任解州书院的主讲，直到今天。

流年如水，十五六个春秋就这么过去了。阎敬铭以山水风光自娱，教书育人为乐，日子过得无拘无束、潇洒自如。同治七年，以曾国荃、郑敦谨为首编辑的胡文忠公遗集雕板告藏，胡家特为送给阎敬铭一套。他读故人遗墨，如与故人对话。十多年间，手中这部胡文忠公遗集他不知读了多少遍，愈读愈对胡林翼钦佩不已，愈读愈对胡林翼的事业后继无人遗憾不已。他有心在解州书院寻求一个英才来传递胡氏薪火，但至今也没有看出一棵苗子来。这天他刚从书院下课回家，喝了一口茶，正想拿起胡文忠公遗集中的《读史兵略》再浏览浏览，忽听得外面传来一句洪亮的异乡口音："请问，阎老先生是住在这里吗？"

阎敬铭忙放下手中的书，大步向门外走去。

六　敢参葆庚、王定安，看来张香涛不是书呆子

阎敬铭走出门外，看到眼前站着一位四十开外的中年人。此人穿着一身黑色紧身衣裤，背上背着一个黑色行囊，与行囊并列的是一把黑柄长剑，面孔黧黑，五官端正，左手牵着一匹鬃毛黑亮的战马，那马正悠闲地低头吃着墙边的野草。阎敬铭心里夸道：十多年没见到如此英武挺拔的人物了，这是哪来的脱下战袍的将军？他脸上露出赞许的笑容，说："我就是阎敬铭。请问足下尊姓大名？从哪里来？"

那人一听，忙丢开缰绳，双手抱拳深深一揖说：“您就是阎丹老，刚才多有冒犯。敝人从太原府来，名叫桑治平，奉张抚台之命，特来拜谒您。”

桑治平说罢，抬起头来将阎敬铭认真地看了一眼。如果不是本人自报家门，他简直不能相信，面前站立的这位，就是曾经做过山东巡抚、工部侍郎的大官员，就是那个受胡林翼器重、被慈禧太后简记于心，朝廷多次征召的中兴名臣。桑治平不觉又细细地看了一下：满脸粗糙的皮肤，上面有许多条刀刻剑剁般的皱纹，头发快白完了，胡须杂乱，好像从未修整过似的。背微微有点驼，已是仲春时光了，身上还穿着厚厚的粗布黑棉袍，显得臃肿。浑身上下，纯是一个北方老农的神态，找不到半点卿贰大臣的气概。

“桑先生，请进屋里说话吧！”阎敬铭操着浓厚的陕西口音招呼着，这声音如同从水缸里发出的一样，瓮声瓮气的。

这是一座极为普通的晋南农舍，就坐落在解州书院的旁边。进了大门后，阎敬铭将桑治平请进了他的书房。这书房也很简陋：一个白木板做成的书架，零零散散地摆着几十本书，桌椅板凳也都没有上漆，唯一显眼的是正中墙壁上挂着一副装裱精致的对联：万顷烟波鸥世界，九天风露鹤精神。上联右上角写着一行小字：书涤丈旧联以赠丹初兄。下联左下角也有一行小字：益阳胡林翼于武昌节署。

刚坐下，一个六十余岁、布衣布履满头白发的老太太，双手端了一个粗泥大碗走了出来。阎敬铭说：“这是贱内。请桑先生喝茶。”

桑治平心里一惊，忙站起身来。他怀着一股复杂的心情，恭恭敬敬地接下这碗茶，双手捧着，似觉有千斤之重。阎敬铭坐在一旁说：“坐吧，坐吧。解州偏穷，没有好茶叶，请将就喝点。”

桑治平望着碗中粗大的叶片和黑黄黑黄的茶水，举起碗来喝了一大口。茶水苦涩，而他心里则充满甘甜。桑治平足迹遍南北，结交半天下，第一次遇上这样一位奇人。胸中藏着经天纬地的大才，外表却如木讷无文的耕夫；虽出入玉堂金马之门，久坐虎皮交椅，如今却恰然自得于竹篱茅舍之中；曾执掌生死大印，调度银钱千千万万，如今却四壁萧然、家无长物；曾前呼后拥、八面威风，指挥过千军万马，如今却心如古井，寂然与一个白发老妪共度晚年。是青少年时期的长期艰苦，养成了这种见苦不苦的脾性，还是历经富贵繁华后的返璞归真？是天性如此，还是大智大慧？不管是出自于何种缘由，十多年这样过来，岁月岂不将他的生命与这一切融为一体了，他还能抛得开、离得了吗？他还愿意重返官场、再肩大任吗？

望着桑治平这样大口地喝茶，阎敬铭想他一定是饿了：“老妻正在为你煮饭，是不是先吃两个冷山药蛋充充饥？”说着就要起身去拿。

“不用，不用！”桑治平忙说，“肚子不饿，我是喜欢这种泥碗泡出的粗茶水，本色本味，最是宜人。”

“桑先生从太原府来，却不嫌老朽这里的简陋，真是难得！”

仿佛他从来没有出过解州城，一辈子未见过世面；仿佛他从来就是一个种田人，一辈子没享过福。这句话说得如此自然，如此顺口，令桑治平心里感慨不已！他放下行囊，从里面取出一个大信封来，双手递了过去：“丹老，这是张抚台给您的信。”

“老朽与张抚台向无交往，他怎会想起给我送信来呢？”阎敬铭边说边接过信封，从中抽出一封信来，他眯着两只眼睛看着：

丹老前辈大人阁下：

二十年前，之洞正欲束装就道，遵恩师之命赴武昌，拜在老前辈帐下，求治国真学问，讵料凶耗传来，恩师仙逝，万般无奈，只好止步。从此关山暌违，不得亲炙。至今思之，尚痛悔万分。

老前辈建不世功业，孚海内人望，而急流勇退，隐身晋南。对老前辈而言，慕前贤之风，志节可嘉；对国家而言，老成闲置，大匠歇手，诚为绝大憾事也！

两年前，之洞应诏荐举天下人才，即以老前辈为当今第一英杰上奏。客岁冬，奉命承乏三晋，临行陛辞时，太后殷殷垂询，数次问起老前辈，命之洞打听消息，若身体尚可，务望来京辅助朝政。纶音亲切，令下臣感慨万分。今特嘱友人桑治平前来拜谒，敬问起居。之洞初到山西，杂事丛集，待稍清眉目后，便南下解州，立雪程门，请教治晋方略。托桑君顺带二十年前恩师给之洞亲笔信函一封。恩师当年对老前辈之赞美，皆已获验证，而“入阁拜相”之期望，也即在眼前。老前辈定不会长与渔樵为伴，而令友人九泉之下于不安。

晚之洞叩首

阎敬铭看完信后，嘴角边微微露出笑容。他抬起头来，正与桑治平凝视他的目光打了个照面。桑治平的目光明净而深邃，友善而坚毅，使阎敬铭心头一亮：此人不是凡俗之辈！

“张抚台信上说，有胡文忠公二十年前给他的信一封，托桑先生带来，可否给老朽一看。”

“这封信是特为给您带来的。”桑治平又从行囊中拿出一块长约八寸宽约五寸的小木板来。他用手一压，一块木板分为两片，里面平平整整地压着几张信笺。桑治平将信笺取下，恭送给阎敬铭。

阎敬铭的双手在黑布棉袍上擦了两下，脸色端凝地接过信笺，说：“你稍坐一下，我去拿副眼镜来。”一会儿，阎敬铭从隔壁房里拿了一副眼镜出来。桑治平看那眼镜十分陈旧，一只脚已不见，代之以一根麻绳。阎敬铭将老花眼镜戴上。再次捧起信笺时，桑治平见他的双手微微颤抖，两片干瘦的嘴唇似在抽动。此情此景，与刚才看张之洞的信迥然不同。桑治平哪里能够体会得到，这位厚貌深颜的老者此时的心情啊！

阎敬铭面对这封胡林翼的亲笔信，就如同见到了去世多年的老朋友。他在心里默诵着胡林翼信上的文字，就如同听到老朋友在说话。

二十年前武昌城，在巡抚衙门里，在粮台衙门里，他们就这样面对面坐着，商量军国大事，部署东征战略，谈论诗词文章，也叙说家庭琐事人情世故。那轻轻的、娓娓动听的益阳官话里，充满了多少智者的思索，仁者的友情啊！

正如张之洞所说的，这封信是胡林翼写给正在南皮原籍温习功课，准备明年春闱的张之洞的。胡林翼在信上对他昔日的弟子说，趁着现在有空，不如南下到武昌住段时间。书固然要读，但不能钻在书堆里不问世事，博取功名不是读书的最终目的，最终目的是经世济民。以你现在的学问，明年的会试高中如探囊取物，倒是治国办事的真才实学，是要考虑的大事。明年中式之后，或进翰林院，或任百里侯，则再没有历练的时间了，此时是你一生中最为难得的时光。

阎敬铭边读边点头，深知胡林翼这番告诫弟子的话，是真正的阅历之言。阎敬铭自己三十中进士，比起那些二十几岁便金榜题名的人来说，他的功名不能算早达。然而正是发皇较迟，才有充分的时间让他做幕僚，做账房先生，从而练就实际的治事能力。后来一到户部，就能独当一面。对于各省报上来的账目，哪些是诚实的，哪些是掺了假的，他一眼就可看出七八分来。阎敬铭将信再看下去，接下来胡林翼就说到了他。

老友信上说：粮台总理阎丹初先生乃当今贤能之士，理财本领湖北第一，天下少有。东征湘军能足饷足粮，全靠此人大才筹运，这是真正的济世大学问。林翼自是远不能及，环顾今日宇内大吏名宦，亦鲜有及者。此等学问非书斋可求得，须从历练中来。贤弟日后要做社稷之才，不可无此学问。丹初先生才华出众而笃实谨恪，前途不可限量。今日在武昌做臬司，明日或调他省做藩司，后日再升为巡抚，都是意料中事。过几年拜相入阁，也必是题中应有之义。此时来武昌，凭林翼薄面，尚可勉收你为入室弟子。再过些日子，或外擢或内升，那时林翼鞭长莫及矣。常言道：机不可失，时不再来，贤契接信后即可整装南下，林翼在黄鹤楼畔翘首盼望也！

“藩司”“巡抚”“人阁拜相”这些话，胡林翼当年从来没有当面说起过。信上写的，是他对千里以外的弟子的预言。二十年过去了，藩司、巡抚，这些预见已成事实，如此说来，“入阁拜相”也将会成为现实？一时间，年过花甲的阎敬铭心里热了起来。哪一个读书人不巴望自己有入阁拜相的一天，何况做过大员、胸负奇才的阎敬铭！他之所以盛年归田，是因为出于对世事的失望，也因此而使得对自己的前途失望。胡林翼二十年前的这封信，唤回阎敬铭消逝已久的热情。其实，这些年来，解州书院主讲的心灵深处，何尝就真的淡漠了一切，就真的对宦海官场心如死灰？平生大志未得充分展布的隐隐之憾，常常在一觉早醒、中宵月夜之时，在一人独酌、醺醺微醉之际，像一只嘴角尖利的小虫钻在他的胸腔，撕咬着他那颗清高而孤独的心。但是，一旦晨曦初现，或醉意清除的时候，他便很快释然了。朝廷虽说数度征召，但也没言明授予何职。阎敬铭知道自己性格耿介，只身孤影，朝中向无奥援，授职也不过巡抚、侍郎而已。与其再失望，不如不出山。阎敬铭的内心深处，就这样反反复复地波动着。而外表则一如黄河岸边之老农，日观浊浪排空，夜听惊涛裂岸，于世事人生似乎浑然两忘。人们都说，胡林翼识人有过人之处，如此看来，入阁拜相，或许不是空泛之谈，今生还可能有一番非常作为？

正在阎敬铭这样思来想去的时候，他的老妻已把晚饭做好了。于是，他把胡林翼这封信郑重交还给桑治平。然后，陪着桑治平喝了几杯红薯酿成的甜酒，欢欢畅畅地吃了一顿晋南农家饭菜。饭后，他又陪着桑治平在解州书院前前后后走了一圈，兴致浓厚地讲述书院的掌故人物。直到太阳西沉，山风渐冷时，他们才又回到那间简陋的书房喝茶叙话。

在太原时，张之洞和桑治平就阎敬铭的事商量了好久。桑治平认为，从种种迹象看来，阎敬铭此番若愿意入京，朝廷必加重用，职位将在侍郎之上。张之洞同意他的这种分析，说若能促成阎敬铭出山，则功莫大焉！桑治平说，是的，此举可一石三鸟！对太后来说，可谓不负圣命。朝廷多次征召而不能成的事，这次能办成，可获太后嘉许。此为一鸟。对你来说，经此番接触，阎敬铭心中将存感激，今后可望成为朝中的得力内助。此为二鸟。对阎敬铭本人来说，平生大才可望得到充分展布，不至于老死于解州书院而抱恨终天。此为三鸟。张之洞笑着说，这话说得好。你这次去解州，相机行事，务必要请动他。就这样，桑治平衔命来到解州书院。

“我原以为桑先生是抚台衙门里的人员，读了香涛的信后，方知足下乃他的朋友。请问足下，是原本就住在太原，还是这次与香涛一道从北京来晋的呢？”

胡林翼的信拉近了阎敬铭和张之洞之间的距离。在他的意识中，似乎有一种把张之洞视为自己弟子的感觉，他不再用“张抚台”这样严肃而疏远的官衔，而改用“香涛”这样较为随便亲切的字号来称呼张之洞。桑治平听了后，也觉得他与眼前这位古怪老人的距离拉近了许多。

“丹老，”桑治平以一种晚辈兼学子的态度答道，“我原是香涛的堂兄子青制台的画友。这些年来子青制台致仕回南皮，我一直飘零江湖，承蒙香涛看得起，去年随他来山西，做点小事。”

“喔！足下原来是张子青先生的画友，失敬，失敬！”阎敬铭两眼射出喜悦的亮光来，与刚才昏花的眼神大不一样。桑治平暗暗吃惊，心想：这样的眼光大概才是前粮台总理的本色。“我那年在山东做巡抚时，他在清江浦做漕运总督，我们时常有联络。他公余常爱绘画，画得也很好。不想一晃就是二十年过去了，他比我大几岁，快七十岁了吧，身体还好吗？”

“今年整七十。年已古稀，身上有点毛病是自然的，不过还算硬朗。”桑治平心想，正好借张之万做文章，烧热阎敬铭冷却已久的心。“去年春上，子青制台蒙醇王之召来到京师，我特为由古北口赶到城里，与老制台见面。我们之间有多年没见面了，这次老制台跟我说了很多心里话。”

“是啊，故人相见，总是有很多话要说的，都说了些什么呢？”阎敬铭边说着，边将身子挪过去了点，脸上显出安详的笑容，仿佛一个老农正在闲散地与邻里说年景、话桑麻。桑治平也将身子倾斜过去，做出一副随便谈心的神态。

“老制台说，醇王想请他出山再做点事。他说，归田六七年了，且年纪一大把，还能做什么事。醇王说，国家还靠老成掌舵。近来与太后谈起这桩事，太后也深有同感，正寻思着起用一批文宗爷拔擢的中兴勋宿哩。老制台亲口对我说，醇王讲，太后在提到中兴勋宿时，掰着指头一个个地数，其中就数到了他，还有在衡阳老家养病的彭玉麟。彭玉麟之后，太后就数到您。太后说，在老家养病的还有一个阎敬铭，当年湘军东征，多亏了他办军需。”

其实，张之万根本就没有说过这番话，这纯粹是桑治平的临时编造。这几句编造，让阎敬铭听得心里热乎乎的。

“太后如此眷顾，老臣感恩不尽。只是年迈体弱，加之这些年来闲云野鹤似的懒散惯了，也不能为太后做点什么了。子青先生呢？他愿意出山吗？”

这话正问到点子上来了，桑治平忙说：“老制台说，从个人来讲，我实在是不想再出来做事了。说做官吧，我已做到总督，也不负平生志向，不辱祖宗了。要说做事吧，我这大把年纪，还能做得了什么呢？这些年来自由自在，舒服得很。何况官场经历得久了，内中的黑暗污浊太多，实在令我失望。何必还要再混进去背黑锅、受委屈呢？”

“子青先生是个明理人，他说的是这么回事。”阎敬铭忍不住插了一句话。

“不过，老制台又说，若从朝廷方面来说，既然太后和醇王还看得起我这一匹老马，希望我再为国家负一点重，我也没有理由推辞。我能优游林泉，安度晚年，还不是朝廷的赏赐？从小读圣贤书，明的就是为君王分忧、为国家效力的大道理，到老来怎么能背弃呢？”

阎敬铭默默地听着，头不自觉地点了两下。

桑治平继续说："我笑着对老制台说，太后、醇王请您出山，即使从个人来说也有必要。做官做到总督，当然是巍巍然高哉，但并没有到顶。自古说，入阁拜相才是人臣之极，现摆着可以做极品之官，为何不做？老制台也笑了，说，你凭什么说'极品'的话。我说，老制台年过七十，又是从总督任上致仕的，若不是入阁拜相，您如何肯再出山呢？这一点，太后、醇王会想到的。老制台说，你说得也是。真让我入阁拜相，我当然是会出山的。不说为个人，也不说为国家，就是为了祖宗也要拼一下老命呀。我南皮张家真的出了一个宰相，这可是上光祖宗之德，下励子孙之志的大好事呀！说罢，我们都哈哈大笑起来。"

阎敬铭也禁不住笑起来。他觉得面前这个桑治平是个颇有情趣的人，初见面时的陌生感，随着他这一番富有感染力的谈话，已经消失殆尽，彼此之间仿佛是老相识似的。

"南皮张家的祖坟很好，出了个状元总督张子青，又出了个探花巡抚张香涛。今后再出一个宰相，那可真正不得了啦！拼一下老命，值！"

桑治平听出阎敬铭话里的弦外之音，忙笑着说："是呀，我是没这个命。若有这个命，哪怕是一百岁，也要去做，做一天宰相也是宰相呀！"

"对！对！你这话说得很有意思。"阎敬铭乐呵呵地，又问，"张香涛来山西三个多月了吧，他在忙些什么哩？"

桑治平注意到，阎敬铭眼神中关注的色彩明显地增强了。这句话，显然不是泛泛之问。他敛容答道："张抚台久蓄大志，但一直徘徊在翰苑学官之间，不得展布，他一直引以为憾。这次圣恩眷顾，得以外放山西巡抚，平生志向能有施展之地，他极为感激太后、皇上，立志要把山西治理好，报朝廷知遇之恩，伸自己久抑之怀。"

阎敬铭插话说："张香涛志向很大，他是把山西作为初试牛刀之地，我读过他到山西后的谢恩折，内中两句话我还记得，道是：身为疆吏，固犹是瞻念九重之心；职限方隅，不敢忘经营八表之略。历来出任疆吏的人都不敢说这种话，只有他张香涛才说得出，今后怕要作为名言传下去了。”

桑治平听了这话，心里想：这老先生一直都在看邸报，看来不是那种彻底洗手不干的人，再次出山应是可能的事情。只是，他的邸报从哪里得来？桑治平说：“您真是巨眼识人。我愿意跟他从京师到太原，就是看中他这种胸怀海内的气概。张抚台来晋后，做了许多公私查访，目前把三晋情况基本摸清楚了。”

“山西复杂，是得多听听舆情。”阎敬铭望着桑治平问，“新官上任三把火。张香涛的三把火准备烧哪里呀？”

“张抚台第一要铲除罂粟。他说，这种毒卉与民争利，最是可恨。”

“他算是把山西这个弊病看到了。”阎敬铭插话，“愚民图眼前之利，没有长远打算。鸦片只能提一时之神，不能养生活命。前几年大旱，灾情虽说很严重，但也不至于到那种地步，饿死两百多万人，一个主要原因是没有粮食。农民不种田，拿着卖鸦片的钱去买粮食吃。天一旱，远近都无粮，你有钱上哪买去？许多地方一家家的饿死，柜子里却存着不少钱，这就是种鸦片的下场。不彻底铲除罂粟，三晋无治理之望。”

阎敬铭的这几句话干净利落，说到了实处。桑治平频频点头，心里想，当年做粮台总理的时候，说起话来一定是这种气势。

“张抚台说第二要整饬吏治。山西官场风气很坏，懒散不负责，正气不伸。这尚在其次，最坏的就是差徭繁重、盘剥百姓、贪污受贿、中饱渔利，整个官场就是一个寡廉鲜耻、人欲横流的渊薮，必须把这个风气扭转过来。”

“唉！”阎敬铭重重地叹了一口气，桑治平忙把话停住，瞪着双眼聆听他的下文。“我常对人说，山西官场迟早会烂掉。冰冻三尺，非一日之寒。此种腐败，由来已久，在山西做巡抚不是在京师做清流派，一道奏疏上去，或是几个名人集会发表一道宣言就可以起作用，此中盘根错节，牵一发而动全身。要整饬，不是一件容易的事。”

“您说得很对！”桑治平说，“张抚台也知道此中的复杂。他说官场的疲沓不振，可以说自古皆然，各省皆然，只是眼前山西更严重罢了。丹老，您或许对张抚台的为人尚不十分清楚。他虽然手无缚鸡之力，胆气却大得很，不怕得罪人，不怕担风险，他说山西官场非来个天崩地裂不足以震动。而眼下正有一件大事，只要敢碰，且一碰到底，就能天崩地裂。这件事就是清理积压三十年的库款。”

“三十年了，这要牵涉到多少个山西巡抚和藩司，他张香涛就不怕惹这个麻烦吗？”

“不怕！”桑治平坚定地回答，“张抚台说，决不是这三十年内所有的巡抚和藩司都有问题，牵涉到哪个人的头上就是哪个人，决不含糊。”

阎敬铭望着桑治平那种不容置疑的神态，头轻轻地点了两下。山西的情况他是很清楚的，这几年吏治腐败的根源之所在，他早就心里有数。作为一个正派廉洁的前大吏，阎敬铭对山西官场这种卑污贪婪的局面，是恨之入骨的。无奈这些年来历届巡抚，都不是除贪拒贿的人：鲍源深本人就是见钱眼开，曾国荃居功卖老不管事，卫荣光胆小畏缩又体弱。现在来了个张之洞，年富力强，又新擢巡抚，应该有一股英锐之气。但张之洞长年为词臣学官，不谙政事，其名声靠的是清议文章。从来清流都是书呆子气十足，或眼高手低，或闭门造车，或只唱高调而不懂转圜，大都不是办事的料子。他要测试一下张之洞的深浅，也要看这位桑先生——张之洞的高参的办事能力。

“听桑先生刚才所说，的确可见张香涛的勇气志量，这两把火都烧到要害了。不过，我倒要请教一下，不知张香涛和足下谈过没有。”阎敬铭稍停一下，说，“晋人废庄稼种罂粟已久，骤然铲除，一则损害他们眼前之利，二则补种庄稼的种子从何来？”

桑治平立即答道："张抚台已经虑及到了。先对农人晓以大义，劝其自行铲除。若再三劝告不听，则采取强硬手段，务必铲除而后止。这是硬的一面。另外，凡改种庄稼的农户，州县发给种子和部分农具。秋收只收半税，以弥补亏损。"

"喔！"阎敬铭摸着干瘪的下巴，沉吟片刻又问，"官场贪污受贿，固然是官吏利欲之心重的缘故，不知香涛想过没有，官吏们尤其是府州县中的吏员，俸禄低薄，且多年来形成了许多陋规。如过年过节，下属必须向上司贡献年礼节礼，平素也有各种名目的礼要送，这些也都是促使他们贪污受贿的原因。此弊不除，官风何以正？"

犹如审问似的，阎敬铭以严厉的口气说完这一段话后，便两眼紧紧地盯着桑治平。

这一问，问得很尖锐，而且张之洞还没有具体来筹办这件大事，并没有和桑治平商讨过。但官场这个弊病，桑治平以自己的阅历也看到了。不但地方上，京师官场这个毛病也很严重，各个部衙门的小官吏们，如果单靠衙门的俸禄过日子，那日子其实是相当清苦的。不要说在百姓面前抖不起威风，就连比一间杂货店的小老板都不如。现在别人叫你办事，只要你开口，银子就到了手里。这样的口，为何不开？还有许多人情愿送钱送礼到家里。这样的财货，为何要拒绝？即使自己想清廉，家人也不答应呀！桑治平常常想，要根绝官场的贪污受贿，光靠道德约束和律令儆戒是不够的。提高薪俸，让小官小吏们的日子过得比老百姓优裕，对大部分人的贪心是可以起着消弭作用的。其实，"厚俸养廉"这句老话，古已行之。可惜，当今庙堂之士们都忘记了这条古训。桑治平年轻时就想过，有朝一日自己有了一番实权的话，一定要在所辖之地将"厚俸养廉"这一古法恢复。眼见得今生无望手握实权了，不如劝说张之洞，假他之手来恢复。这其实也是对他整饬山西吏治的一个很好的赞画。

想到这里，桑治平以很高兴的口气答道："张抚台也想到这一层了，并已定了新的规矩。新规矩一方面全面禁止官场各种馈送上司水礼之风，他自己带头持身节俭，拒收一切名目的礼物。新规矩的另外一面，酌情提高各级官吏衙门的养廉费，让他们能凭自己的俸禄过上体面日子。”

“免一半的税收，发放种子，提高养廉费，收入减少而支出增加。张香涛想没想过，山西是穷省，这笔银子从哪里出？”

桑治平毫不迟疑地回答：“正因为如此，张抚台要清理库款。另外，他还风闻前两年，有一笔为数不小的赈灾银子被人侵吞挪用，要借此机会追回来。”

“主持赈灾的是藩司葆庚和冀宁道王定安，他们都是山西的大员，碰到他们的头上是会出大麻烦的。”阎敬铭半眯着眼睛，端起桌上的粗泥茶碗。

“张抚台说，不管是两司还是道府，都照查不回避，该赔的赔，该参的参！”

阎敬铭一边吹着碗中的茶叶片，一边慢条斯理地说：“葆庚可是黄带子，朝中之人多着哩！王定安是曾九帅的红人，曾九帅那人的脾气最是不好。”

桑治平不假思索地说：“张抚台已做好了准备，一清到底。只要葆庚、王定安真的侵吞挪用善后局的赈灾款，不怕他们的后台有多硬，照参不误，大不了丢掉一顶乌纱帽而已！”

“好！有风骨！”阎敬铭刷地站起身来，将粗泥茶碗往茶几上重重一放，目光直射桑治平。“对这些贪官污吏就要这样，要使出强硬的手段来。我对你说句实话，在山西只要参倒了葆庚、王定安，整饬吏治就算做到了实处。张香涛敢参葆庚、王定安，就不是书呆子。文忠公有眼力，收了这样一个好弟子。当年文忠公在武昌节署签押房里悬挂着一副他手拟并亲笔书写的对联，湖北官吏们人见人赞。我今天把它写出来，转交给张香涛吧！”

桑治平见阎敬铭的情绪这样好，甚是高兴：“那太好了，我代张抚台谢谢您！”

阎敬铭走到书桌边，拿起两长条现成的宣纸来，桑治平忙着给他磨墨。阎敬铭饱蘸浓墨，挺直腰杆，悬起右臂，端神运气。然后，一挥而就写出两行字来：以霹雳手段，显菩萨心肠。

“好！”桑治平不觉大声叫起来。

阎敬铭没有停笔，在上联右上角写了一行小字：胡文忠公旧联，录之以赠香涛贤契。又在下联左下角写着：阎敬铭壬午仲春书于解州书院。

桑治平说：“丹老，您这份礼物太重了。张抚台必定会将它悬挂于抚署签押房，激励自己并告诫各衙门的官吏们。”

“你回去告诉张香涛，胡文忠公是个有真正大学问大本事的人，要他好好研读乃师留下的文字。同治年间，曾国荃、郑敦谨主持编辑胡文忠公遗集，胡家刷印了三百部分发给亲朋好友，不知香涛手里有没有这部书。若没有，我这里有一部，送给他。”

桑治平说：“丹老的忠告，我一定会告诉张抚台的。张抚台说您是理财高手，山西贫瘠，银两匮乏，如何开发财源，他想请您为他赞画赞画。”

“山西这个地方，说穷它穷，说富它也富，就看当家的有没有本事造福。我没有理由不支持他。你回去告诉他，天气暖和时，我到太原去住段日子，帮他谋划谋划。”

“那就这样说定了。”桑治平望着这位已绝迹政坛多年的中兴之臣，心中充满着喜悦。既然愿意去太原帮助张之洞，那么在张之洞的劝说下接受朝廷的征召，也将是有可能的。此次解州之行的目的算是达到了。“丹老，初夏时分，我专程来解州书院接您。”

“行！行！”

晤谈了大半天，桑治平这才看到阎敬铭的脸上流露出欢愉的笑容来。

第四章／晋祠知音

一　为了五万两银子，张之洞不得不违心替票号老板办事

桑治平回到太原后，将此次解州之行的详情向张之洞作了禀告。阎敬铭用世之心既未消亡，复出的可能性就存在着。这些年来之所以诏命数下而不应，除开先前的过节没有化除之外，关键之处乃在于他不知道太后将会如何安置他，会给他一个什么职位。张之洞觉得自己有责任向太后挑明这一点，告诉太后：阎敬铭是个咸丰朝就做过藩司，同治朝就做过巡抚、侍郎的有功老臣，此番既然再次请他出山，宜拜协办大学士，至少应给一个尚书；否则，就不能表明朝廷敬老尊贤的诚意。

但如此重大的人事建议，是不能随便向太后提出来的，张之洞深知此中干系。今日朝中可以向太后进这种言的，只有恭王、醇王等几

个很亲近的王公大臣。是否可以通过醇王来向太后转达这个意思呢？冷静地掂量掂量自己与醇王的关系，张之洞只得放弃了这个想法。要么，将此意思告诉子青老哥，再请老哥寄信给醇王呢？绕一个这大的圈子，也似乎过分了点。

反复斟酌后，张之洞决定不提这个敏感的事，而是以山西巡抚的身份，重提光绪三年阎敬铭在山西的业绩，以至于三晋父老至今仍不忘朝廷的恩德。又细细地说明阎敬铭前些年之所以未应诏复出，实因右臂麻痹、左腿痛风之故，并非出于别的原因。此次派人前去解州，亲眼看到阎敬铭腿臂风痹之疾已近痊愈，精力弥满，足可为国再担大任，且本人亦愿意为朝廷效力。

他将亲拟的这份奏折交人誊正后，郑重其事地放炮拜发，然后开始部署必须立即着手的几桩大事。

首先要做的是铲除罂粟，恢复庄稼。张之洞将它列为治理山西的头等大事。他把藩司葆庚请来，要葆庚主持这件事。

葆庚装了一肚子劝张之洞不要清查库款的理由，但张之洞就是不提清库这桩事。葆庚也就不便说。他以一副极为诚恳的态度对巡抚说，铲除罂粟，复种豆麦是件很好的事，但这里面困难很大，农人也不是不知道豆麦的重要，但罂粟的收入要强过豆麦十倍，利益驱使他们弃道义于不顾，现在要他们丢掉这桩大宗收入，他们会有抵触。何况山西农人已多年不种庄稼了，许多农家的耕牛卖了宰了，种子也没有了，现在一时半刻叫他们从哪里去找耕牛种子？

张之洞说，罂粟获利再多，也不能种下去。农人愚昧，只图眼前，不图将来，只顾自己，不顾国家。这就需要我们来强行拨乱反正。本部院将向朝廷禀报此事，请来圣命，不管有多大的阻力，都不能动摇；至于缺少耕牛种子，可以向邻省去买。葆庚忙说，买耕牛种子要大批银子，现在藩库紧绌，哪来这笔银子！

此事张之洞早已思虑良久。的确，眼下藩库的账簿上是拿不出这笔银子来，那银子又从何处出？山西积贫，简直找不到筹措这笔开支的任何法子。思来想去，还只有把希望寄托在清理库款上。凭着多年官场的经验，张之洞知道藩库里必有油水可捞。不仅仅是为着整饬吏治的长久目标，即便为解决眼前的燃眉之急，也必须清查藩库，而且还必须从中清出一笔银子来。否则，这个山西巡抚怎么做得下去！

为清库这事，葆庚已费尽心机。他比谁都明白，此事真正非同小可，一旦查出自己的问题来，必被革职查办，说不定还会抄家坐班房，自己的一生毁了不说，还要累及妻妾子女。一定要制止这个爱出风头的名士巡抚的沽名钓誉之举。王定安的计策不妨拿来试试。

“中丞，听说您要清查藩库账目？”犹豫片刻，葆庚还是提出了清库的话题。

“是的。”张之洞坦诚地回答。“山西藩库三十年来未清理过，真是咄咄怪事。普天之下，怕找不出第二个来了。我身为山西巡抚，怎么能容忍这种怪事继续存在？”

张之洞的答复如此斩钉截铁，葆庚一时语塞，迟疑片刻后说：“三十年来没有清查过，账目混乱，许多旧账已无从查起，如何着手？何况一旦认起真来，便要牵涉到好些个前任巡抚，岂不更麻烦？”

“葆翁放心。”张之洞胸有成竹地说，“清查起来困难很多，这是一定的，但事在人为，只要下定决心去做，没有办不成的事。至于对历届前任的牵涉，我想自然免不了，将来要具体对待。凡不是存心贪污中饱，我看都可以不再追究，把账目理清楚就行了。如果有人在里面浑水摸鱼，把朝廷的银子和山西父老的血汗据为己有的话，张某人将对他不客气。”

说到这里，张之洞想起了曾国荃。他知道葆庚与曾国荃的关系非同寻常。为了让这位布政使明了自己的坚定态度，他特意强调：“不管他是谁，也不管他过去有多大功劳，如今有多高地位，我张某人都不会畏惧。只要真凭实据在手，我都敢参劾。”

葆庚的心震动了一下。张之洞的这番话，与他先前的那些奏折上的文字如出一辙，果然是一个名不虚传的强硬汉子。看来要制止他不清库款是做不到的了，只有拿出王定安的中策来，若能接受，至少这把火不会烧到自己头上来。

葆庚立即换了一副完全赞同完全拥护的态度，笑着说："中丞，您的胆识和正派令我钦佩不已。我在山西做了五年藩司，藩库不清，我是负有责任的。五年前我从甘肃来到山西时，就看出这个问题，也想向沅甫宫保提出。但中丞知道，那时山西旱灾严重，赈灾之事尚且办不赢，哪有空闲来忙这搭子事。后来沅甫宫保调赴前线，静澜中丞来太原。我又想跟他提出此事。中丞，不是我背后说静澜中丞的坏话，他是个多一事不如少一事的人。相处一段时期后，我就看出他这个性格，这事也便不能提了。现在中丞有这个决心，我就有了靠山。这本是我的分内事。干脆，您就把它交给我吧，我一定会把三十年旧账料理得一清二楚。至于铲罂粟发种子那些事，不如交给方臬台去办。"

由藩司来清理藩库，本是件顺理成章的事，何况他又主动请缨。通常情况下，此事是可以交给此人来办的。但张之洞这段时期来已风闻葆庚为官不廉。阎敬铭更是明白地指出葆庚该参劾。这种主动请缨不能接受。

张之洞微微一笑，说："葆翁愿意来清查库款，当然很好。但此事既然是藩司的事，你还是以不插手为宜，可使办事人顾虑少些。从山西的长治久安来说，铲除罂粟复种庄稼，是关系到千秋万代的大事，更显得重要，你去督办此事最好。"

张之洞这人，居然一点面子都不给，葆庚心里又气又怕，脸上涩涩的，很不是味道，好半天才皮笑肉不笑地说："也好，也好，还是中丞考虑得周到。"

他生怕张之洞打发他到远离太原的边鄙之地去受苦，忙又说："阳曲一带罂粟种植面广，我先到那里去查访查访，离太原近，衙门里的事也好照应。"

张之洞并没有想到要把葆庚支出太原，听他这样说，想想目前让他离开一阵子也好，于是说：“实地查访，的确是应该的。不过，你也年岁不轻，就在阳曲附近看看吧，不要太辛苦了。呆个十天半月就回来，我还有许多事要向你请教哩！”

“不敢，不敢！”葆庚赶紧起身。“请教二字不敢当。都是为朝廷办事，辛苦一点也是应该的。”

送走葆庚后，张之洞开始细细地思索着：清理库款一事，究竟应该如何来办理？

首先得成立一个办事之处，给它取个什么名字呢？张之洞想了想，给它取名为清查局。清查局由谁来负责呢？让桑治平来领头固然好，但他毕竟不是朝廷命官，做这种出头露脸的事不太适宜。卫荣光推荐的人才中第一个是大同府同知马丕瑶。张之洞与马丕瑶谈过两次话。马丕瑶三十八岁，五官周正，举止稳重，从言辞畅达的谈话中可见其人思维清楚。张之洞对他印象不错。马丕瑶进士出身，在山西做过五年知县，又做过同知，为政经验较为丰富。据说大同府这几年还算安宁，相对其他府州而言，大同府的罂粟算是最少的了。张之洞对这一点特别欣赏。清查局的督办就由此人来做吧！

接着，张之洞又将卫荣光所荐举的，自己也见过面谈过话印象好的太原知县薛元钊、汾阳知县方龙光调到清查局来任协办和会办。

张之洞熟悉当年湘军发达的历史，很佩服曾国藩设局建所用书生而不用官吏的做法。世道混乱，纲纪不张，官场中人大多不正，倒是那些书院中的学子，日诵孔孟之书，夜讲性理之学，未受世俗污染，还保留着几分古道热肠忠义血性，起用他们来办事，较之那些在污泥浊水中浸泡已久的圆滑吏目来要放心得多。

张之洞请晋阳书院老山长石立人推荐三五个操守好精于账目的学子。过几天，晋阳书院来了五个英气勃发的年轻人。张之洞跟他们分别谈了几句话后，立即任命他们为清查局的委员。

就这样，由一名督办、一名协办、一名会办、五名委员组成的清查局，便在太原城里挂牌办事了。

马丕瑶不愧为经验丰富的干员。他上任的第一天，便封查了藩库里的所有账本和一切单据，盖上清查局的大印。并宣布：没有他的同意，任何人不得借阅开启，更不容许转移。同时又作出一条硬性规定：所有局员一律住在局子里，有关清查内容，无论大小，一律不得外泄，清查局也不接待任何非请之人。

张之洞对马丕瑶这种实心办事的态度十分赞赏，遂放下心来，将清查库款这件事全权交给他。这时，杨锐已应召来到太原，在衙门文案房做事。张之洞叫杨锐就此事拟一道折子上奏朝廷。

这期间，关于禁种罂粟的奏章已奉朱批返回。奏章尾部添上了皇皇圣谕："民间栽种罂粟有妨嘉谷，屡经严谕申禁，仍着该抚随时查察，有犯必惩，以挽颓俗。"

张之洞奉到这道朱批后如获至宝，命工匠雕板刷印五千份，发往各府州县厅，贴遍各地大街小巷集市码头，务必让人人知晓，个个明白，凡种植罂粟的农户均应恪遵圣旨，在两个月内铲平罂粟，种上庄稼，若有违抗，严惩不贷。

这时，恰好娘子关送上洋药入关税银四万两。张之洞正为购买耕牛种子无钱而犯愁，这笔银子来得恰是时候。但四万两毕竟少了些。他将太原府知府李同新召进府来商议，请李知府从太原城的税收中暂借四万两银子来，他以私人名义出具借据，保证在一年内归还。

五十岁的李同新做了二十多年的官了，还从来没有遇到以个人名义借钱办公事的上司。他既钦佩新巡抚赤心为公的血性，又为这种不脱书生气的名士做派而好笑。官场中哪有此等办事的方式！太原城商贾贸易并不繁荣，一年到头，李同新还收不到四万银子，除去开支，年终结算后剩不了几千两。当然，李同新可以从别处腾挪一些来借给巡抚，但太原府自己还要不要办点事？

李同新苦笑着对张之洞说："买耕牛种子的确是件积功德的大好事，张大人您亲自写借据来借，卑职我哪有不借的道理，只是我实在拿不出这么多呀！”

太原府里究竟存着多少可以活动的银子，张之洞心里其实并没有底，看着知府这副为难的样子，他也不好硬逼，只得缓下口气问：“你能拿出多少？”

李同新一边搔头，一边说：“卑职顶多只能拿出一万，就这还要四处挤压凑合。”

“一万。”张之洞颇为失望地站起身来，慢慢地来回踱步，自言自语，“一万太少了，还能从哪里再弄出点银子吗？”

“大人罢去卑职的官吧，卑职实在是想不出办法了！”李同新哭丧着脸，无可奈何地说。

张之洞摆了摆手说：“谁要罢你的官啦，你回你的衙门去吧！”

李同新刚走，桑治平进来了，笑着对张之洞说：“有一万两银子摆在那里等你去拿，你为什么不把它拿过来用？”

张之洞一愣：“你是在开玩笑吧，一万两银子摆在哪里？”

“我说的是正经话。”桑治平走近张之洞。“你还记得泰裕票号的孔老板吗？去年离京前夕，他要送你一万两程仪，你要他先留着，到太原后再说。”

张之洞拍着脑门笑了笑：“我真的记不得了，幸亏你提醒，不过，这一万两是算不得数的。孔老板原是想贿赂我本人，然后从我这里得好处，现在要他捐出来，他会同意吗？”

“我去找他说，试试看。”桑治平颇有信心地说，“商人重利，能以小利换大利的事他兴许会干，看他怎么换法。还有一些大商人，银子已够多了，他不再看重实利，而看重名和位，愿意以银子换名位。孔老板可算是后一种人，我也可以和他商量下，拿名位来换银子。”

张之洞严肃地说：“惟名与器，不可假人，拿名位与他换银子合适吗？”

桑治平心里笑道：做了地方官还说这等迂腐话，真是个清流名士！口里说："也不是什么都不合适，看他要换什么名器。"

张之洞还是不放心，再次叮嘱："你去找他谈谈可以，千万不要随便松口答应。"

晚上，桑治平一脚踏进衙门后院，张之洞便急着问："与孔老板谈得怎样？"

桑治平笑着说："谈得很好，他愿捐五万。"

"五万？"张之洞有点吃惊。"他的条件呢？"

桑治平坐下来慢慢说："他有两个条件，一是请你为他题几个字，他要做块匾挂在大门口。"

"这个容易。"张之洞马上接言，"我给他写几个字好了。"

"他要你写这样几个字：天下第一诚信票号。"

"这几个字我不能写。"张之洞立即否定，"连泰裕票号诚信不诚信我都不知，我还能说它是天下第一诚信吗？"

桑治平心想：书生气又来了。脸上依然笑着说："你不写可以，五万银子他就不捐了。"

没有这五万银子，就没有五六千户人家的种子耕牛，他们地上长的罂粟就不会被铲除，禁烟在这些地方就成了空话。唉，银子呀，银子，你是多么实实在在的东西！

银子对于张之洞，似乎有生以来从没有这样重要过，他狠了狠心说："我给他题上朱熹的'不诚无物'四个字吧，也算是对他票号的褒奖了。"

桑治平说："我看你不如就按孔老板说的题，仅去掉票号两个字：天下第一诚信。这六个字意味天下第一等重要的是在诚信二字，并不是说他们泰裕票号就是天下第一的诚信，其实与'不诚无物'是一个意思，但这样写，我则好和孔老板商议，相信他也会接受的。"

"行，行，你的主意好！"张之洞高兴地说，"就题'天下第一诚信'六个字，两层意思都说得过去！他的第二个要求呢？"

"他要请你为他弄个候补道台的官衔！"

张之洞一听这个要求，又不高兴了，脸刷地沉下来。他向来讨厌捐班，认为捐班是一桩扰乱吏治的大坏事，自己厌恶的事，自己怎么能做！这个孔老板也太过分了，仗着有几个钱居然伸手要做道台！人家千千万万读书郎，二十年寒窗，三十年簿书，到死说不定还得不到正四品的顶子哩！

桑治平说："依我看，这也算不了什么。一来，捐班行之已久，毫不奇怪，二来他依旧做他的票号，又不等着去补缺，抢别人的位置，三来按朝廷规定，捐四万便可得候补道，他捐五万，已经超过，我看还是答应他算了，要不，他五万银子怎么肯出手！"

唉，自己不愿做的事，却又必须去做，这真正是无可奈何！张之洞突然想到：做负有牧民守土之责的地方官，其实是有许多难处的，怪不得李鸿章老是抱怨指责他的人是"看人挑担不费力"，看来，过去做清流时说的不少话是苛刻了些！

"好吧，答应他吧！"张之洞无奈地点了点头。"我明天为他题字拜折，他明天也要给我开出五万银票来！"

二　圣母殿里的灵签

一场铲除罂粟播种麦黍的壮举，在古老的三晋大地上大张旗鼓热火朝天地进行着。张之洞坐在抚台衙门里，天天都能看到从十八府州送上来的帖子。他从这些帖子中看到他的设想正在顺利实施中，心里很满意。这一天，张之洞收到汾州知府王纬报送来的禀帖。禀帖上说孝义县有一个村寨在寨主的操纵下，全寨抱成一团，死活不拔罂粟苗。县令请求知府向驻防当地的绿营求助。知府立即请绿营都司帮忙。第二天，这位都司亲自带了一百号兵丁下到孝义。不到三天，全县的罂粟苗拔得一根不留，全部点上麦黍种。

张之洞看到这份禀帖后非常高兴。原来汾州府知府是他来山西后亲自提拔的第一位官员。张之洞来山西半年间，先斩后奏做了两桩有关官吏异动的事。

有一次，张之洞和学政王可庄聊天，说来太原这么久了，找不到几个谈学问的人，要王可庄推荐推荐。王可庄想到祁县县令吴子显，出身进士，是袁枚外甥的孙子，又是状元宰相潘世恩的女婿。这样的背景，一定才学满腹，足可以和巡抚谈学问。恰好吴子显这段时期在太原办事，便亲自陪着来到巡抚衙门。

张之洞很客气地接待吴子显。也不知这位吴县令是惧怕张抚台的名大位高，还是真的腹内空空，张之洞和他说了一个下午的话，说金石他不懂，说诗词他答不上几句。实在无法对话了，张之洞便和他说志怪，他也说不出个完整的故事来。张之洞终于忍耐不住了，当着王可庄的面训斥起来："令岳丈把十万卷书赠送别人而不留给你，足见你不可造就。听说你还做过乡试同考官，你这种人怎么可以做同考官，岂不误了人家的前程？"又转过脸来对王可庄说："王学台，明年乡闱决不能让他混了进来！"

当着学政的面受到如此奚落，吴子显如何不气，他愤怒地顶道："我堂堂进士出身的县令，如何做不得同考官？"张之洞被他顶得光起火来，一时语塞，只得冷笑道："好好，就让你做吧！"

等王可庄、吴子显走了后，张之洞越想越恨：一个腹中草莽的小县令居然敢跟抚台大人吵嘴，不惩罚他一下怎么行？他想起广灵县县丞长期出缺，县令年老久病已提出致仕的请求，于是提起笔来，亲自写了一道命令：准予广灵县县令谢宗琪开缺回家养病，迁原祁县县令吴子显任广灵县县丞。

广灵偏远贫瘠，谢宗琪任上积欠藩库四万两银子。想到这点，张之洞又狠狠地在命令上添了一句：广灵历年所欠藩库银两，着吴子显三个月内还清。

这道命令传出，不仅降级的吴子显大喊冤枉，连王可庄及不少官吏们也为吴抱不平，但谁都不敢向张之洞进言。

事隔不久，张之洞到汾阳书院视学，正遇上汾州府教授杨湄带着几个老学究住在书院，为《山西通志》作最后的修改润色。杨湄最喜欢收集碑帖，恰与张之洞同好。午饭时，张之洞特地叫杨湄同坐一条凳子，二人边吃饭边谈碑帖，兴致都很高。杨湄说他家里藏着唐代大书法家欧阳询的两本碑帖，两本帖子内容一样，所有的字也都相同，唯有一个字不同，一本作“公”，一本作“勾”。杨湄认为这两个字可能通假，但没有根据，便请教张之洞。张之洞放下筷子，想了半天，也想不出一个根据来。坐在对面的书院山长说：洪洞县丞王纬博学，我写封信给他，请他找出证据来。过些日子，王纬亲自来衙门拜见抚台。他告诉张之洞，《仪礼》郑玄的笺注上有“勾亦作公”这句话，这是两字通假的有力证据。张之洞翻开《仪礼》郑笺上一看，果然有这句话。他拍打着王纬的肩膀，亲热地说：“兄台大才，以兄台之才做洪洞县丞，真是委屈了。汾州知府出缺，你明天就到汾州去做知府吧！”

王纬喜从天降，转眼之间便由七品的县令升到五品的知府，莫不是抚台在拿我开玩笑？“张大人，你真的要我去汾州做知府？”

“真的！”张之洞边说边写命令，又亲自盖上山西巡抚的紫花大印。

张之洞将命令交给王纬：“你先去上任，我再奏请太后、皇上批准！”

王纬乐滋滋地双手捧着这道命令，果真做起汾州知府来。

这便是张之洞来山西不久的两项人事升降。在他看来，山西官场大多贤愚倒置良莠不分，身为巡抚不但要慧眼识才，还要奖罚分明，看准的事就要立即办理，先斩后奏，如此方能迅速扭转风气。但是官场对此议论纷纷，大多认为张之洞不是在考核府县而是在考核翰林。府县要的是实际的办事能力，怎么能凭学问的多少来决定升降？这样下去，山西官场都去读书做学问好了，谁来办钱粮，谁来办案子？有的人甚至摇头叹息：太后真是糊涂，派个这样的书呆子来山西，定会把三晋弄得乱七八糟。这些话传到张之洞的耳里，他却不以为然。

现在看到王纬这道禀帖，张之洞怎能不高兴：谁说我以学问识人不对？谁说王纬只是一个学究不能独当一面？这动用绿营力量的主意有多好！办事的魄力有多大！宜嘉奖王纬并推广汾州的做法。张之洞立即下了一道札子：拔除罂粟乃当务之急，决不可手软拖延，若遇有抗拒不执行者，可仿效汾州府，请当地绿营协助办理。此令！

并与山西提督会衔，也向驻防三晋的各镇各营发出内容相同的函札。

这道札子下达以后，各地绿营武官纷纷到府县主动请缨，不少府县也鉴于拔罂粟苗的阻力大不好办，现在既有抚台命令，又见绿营热情高，便乐得个自己清闲，把这桩头痛事交给了那些兵丁们。一时间，山西如同爆发了战争似的，到处都可见着戎装持刀枪的绿营官兵们在乡间田地奔来跑去。一两个月下来，罂粟苗是拔除了许多，但更多的麻烦事却接踵而至，一封封告状帖雪片似的飞进巡抚衙门，弄得张之洞寝食不安，焦头烂额。

这些麻烦事都是兵丁们惹起的。有句俗话叫做好铁不打钉，好男不当兵。又说秀才遇了个兵，有理讲不清。原来，这些入营吃粮的丘八，十之七八是那种无赖野蛮、好吃懒做又无一技在身的流氓地痞。打仗是件玩命的事，也是一件极易得利的事，最适宜这种人去做。有头脑的将官都知道，战时兵丁反而好管，因为自有大利在驱使他卖命，不好管的是和平时期。这些人好比烈马恶犬，只宜套不能松，也就是说只能关在营区内严格管制训练，不能放到营区外，放出去就会坏事。

可惜，这种有头脑的将官眼下山西极少，或者说他们明知不行却要迎合部属的欲望。于是一群群烈马恶犬从军营中走出，打着官府的牌子，借铲除罂粟苗的名义，大肆践踏良田，鱼肉乡里。他们勒索钱财，大吃大喝，稍有反对便捆绑吊打，更有私入民宅强奸妇女者。致使凡有绿营兵丁下去的乡寨，几乎都有命案出现，或是被吊死打死，或是不堪侮辱自杀而死。乡民们惶惶不安，如同大祸临头。还有两封匿名信状告王纬，说孝义县那个村寨因兵丁下乡，被烧二十余间房屋，死了三个人，毁坏田地百多亩，而王纬只在家做学问并不下去了解实情，都司欺蒙他，他又欺蒙抚台。

看到这些状子，尤其在看到这两封匿名信后，张之洞才知派兵丁下乡铲除罂粟乃大为失策，而王纬的确有负重托，是个不能办实事的书生！

张之洞招来山西绿营提督商量，立即撤回下乡铲除罂粟的绿营兵丁，责令各营对于借机犯事的兵丁予以严惩，并对受害者做好善后处理！

经过这样一反一复之后，铲除罂粟一事几乎停顿下来。正当张之洞进退两难的时候，幸而朝廷又颁下一道谕旨，肯定山西禁烟的举措，决不可中途而废，务必彻底拔除毒卉，种上庄稼。上谕好比一道救命符，让精神萎靡的山西巡抚重新振作起来。他借着这道上谕严厉打击反对者，再次掀起轰轰烈烈的拔毒卉种庄稼的热潮，同时，又在山西官场军营中雷厉风行地展开一场禁食鸦片的大动作。

太原城里办起了禁烟局，大批制造戒烟药丸，免费散发到各级官府各地军营，帮助已成瘾的吸食者戒烟。张之洞严行命令：若有违抗胆敢再吸者，不管是文武官员还是普通兵丁，一律严惩不贷。太原城里，官场中多年来所形成的阴惨败落有如鬼国的气象，正在逐步改变中。

在大举禁烟的同时，清理藩库账目也在紧张地进行，只不过没有禁烟的那种雷霆气势，它在悄没声息地然而又是有条不紊地进展着。局外人似乎没有任何感觉，但葆庚、王定安等人一天到晚却如处热锅之上，忐忑不安，焦急万分。一个对付之策也在暗中实施着。

太原的春天尽管来得迟些，但北国朔风毕竟挡不住春姑娘的步履，暮春三月时分，它也是春城无处不飞花了。

一天下午，葆庚对张之洞说：“明天是休沐日，天气这样好，我想请大人一道到城外一处好地方去玩玩如何？”

几个月来，张之洞一直对葆庚存着三分戒备之心。关于葆庚的闲话，他时常听到官场民间有人在说。但葆庚对张之洞特别热乎殷勤，又使张之洞不得不对他客气礼貌。马丕瑶已两次向抚台禀告，说最近这几年的赈灾账目里有明显大漏洞，葆庚肯定从中做了不少手脚，但苦于没有过硬的证据。这段时期，葆庚又的的确确对铲罂粟禁鸦片十分卖力，成效也显著。张之洞一时还认不准身边的这个满洲大员究竟是个什么人物。在事情揭晓之前，作为山西的第二号大吏，张之洞没有理由也不应该疏远他。何况，春光明媚，熏风宜人，休沐之日到城外去踏踏青，实在是很有情趣。他于是带着兴致问："到一个什么好地方去玩呀？"

"晋祠。"葆庚笑眯眯地回答。

"晋祠！"张之洞不自觉地提高了嗓音应道，"那真是一处名胜，只是年代久远，还有得看头吗？"

"好看的地方多着哩！"葆庚见张之洞兴致这样高，心里甚是得意。"晋祠太有名了，往来太原府的官绅士商，大都要到晋祠去看看，故下官来山西不久，便拨了一笔专款予以修缮，又安排几个人在那里长年看守。大人来太原快半年了，天天没日没夜地忙于公务，下官多次想请大人到晋祠去看看，也不便开口。现在罂粟都拔光了，庄稼也下种了，大人也该歇两天了。明天，下官和鼎丞一道陪您到晋祠去走走瞧瞧！"

"好吧，明天就一心一意地休息一天！"张之洞似乎下了很大决心似的。

"大人，"葆庚说，"晋祠离城远，一天回不来，我们明天晚上得在那里住一夜，后天回城。"

"要去两天？"张之洞迟疑起来。

"您到山西来还没有歇过一天，这次就玩两天也是应该的。"葆庚笑着说，"何况沿途还可以看看庄稼长得怎样，这不也是在查访民情吗？大人博古通今，还可以为晋祠修复多加指点，这不也在办公事吗？说是休沐，其实不是休沐。”

是呀，身为山西之主，自己所做的哪件事情不是与山西政务有关呢？葆庚说的并不错嘛！张之洞断然作出决定：“好，两天就两天吧！”

第二天一清早，葆庚、王定安陪着张之洞出发了。按照张之洞说的，大家都穿便服，骑马而不坐轿。张之洞仅带上大根一人，葆庚、王定安也只是各带一个仆人，跟在马后。三个人都是文人，平素都很少骑马。王定安特为找来三匹健壮又驯服的良马，又配上厚厚松软的鞍子，虽说一路上有些颠簸，但也还不觉得太累。

路边的树枝已绽开嫩绿的新芽，两旁一块块平整的土地上，长着大片大片青翠的麦苗，农夫们在忙忙碌碌地锄草施肥，时见牛羊在远处出没。张之洞看着这一切，心里舒畅。尤其是二三十里路过去了，还没有见到一块罂粟地，更令他欣慰。他确信，山西省的罂粟，因他的政令强硬措施得力，已经全部被铲除了。他为自己半年时光便有如此政绩而得意。

他知道身旁的冀宁道是个有名的才子，便侧过脸去说：“王观察，我刚才想起唐贤的一首诗，颇为类似我现在的感觉。”

“请问大人想起的是哪首诗？”见张之洞跟他谈诗，王定安的精神立即大为振奋起来。

“贾岛的《旅次朔方》。”张之洞拖长着声调，在马背上念了起来，“客舍并州已十霜，归心日夜忆咸阳。无端更渡桑乾水，却望并州是故乡。”

“并州是太原的古称。”王定安右手拉着缰绳，左手摸着尖下巴上的几根稀疏的胡须，一副行家的神态。“这是一首咏太原的脍炙人口的好诗。”

“可是，前代许多人都把这首诗的意思给弄错了。”张之洞这句话引起葆庚和王定安的注意，遂倾耳听他的下文。“他们都说，贾岛客居并州时日夜思念咸阳，当渡过桑乾河西去朔方时，回头所望，眼中只有并州城，而心中所思念的咸阳则更遥远了。贾岛作这首诗时，心中满是羁旅岁月的凄凉。其实，这完全弄错了。贾岛客居并州，思念咸阳，不错。但是，他没有想到，自己在并州住久了，不知不觉间已经把并州当作故乡了。这种感觉平时不明显，一旦渡过桑乾河，回望并州时，便清晰地显现出来。贾岛在这首诗里体现的是对并州的留恋。我此刻正有贾岛的这种心情。来太原不到半年，今天初出城外，回头一望，也有太原即故乡的感觉。”

“大人说得对极了！”王定安立即接言，“职道完全赞同您的高论。这首诗正是说的诗人对并州的留恋，而不是羁旅的悲凉。前代不少好诗，都给不懂诗的后人曲解了。这首《旅次朔方》便是一例。”

葆庚也恭维：“下官不懂诗，但为大人这一片以太原为故乡的心意所感动。山西有大人这样的抚台，这是一千万父老的福气。”

“葆翁言重了！”张之洞口里谦逊着，心里倒是挺喜欢这句话的。

王定安说：“职道想斗胆说句话，不知当与不当？”

葆庚生怕王定安说出一句不知高低的话来，扫了张之洞的兴头，破坏这难得的融和气氛，忙说：“鼎丞，今天是陪大人出来踏青赏心的，有什么话，回城再说吧！”

张之洞向来不惯含容，王定安不说“斗胆”“当与不当”尚好，一说起这些话来，倒撩拨得他非听不可了，便催道：“王观察，有什么话你只管说，今天我们是郊游，就没有上下尊卑之分了。现在谈诗，我们就是诗友。过会儿喝酒，我们就是酒朋了。”

“大人雅量！”王定安开始抖起他的书袋来，“历来都说这首《旅次朔方》是贾岛所作，只有令狐楚所选的《御览集》把这首诗列在刘皂的名下。”

“刘皂？”张之洞反问。

“是的，刘皂。”王定安肯定地说，“刘皂是德宗时人，名气远不如贾岛，诗传下来的也少，《全唐诗》只录了他五首。”

见张之洞在会神地听，王定安继续说下去。

“我相信令狐楚，因为他是贾岛的前辈，又与贾岛有交往，对贾岛的诗才也欣赏，他决不会把贾岛的诗列在刘皂的名下去送给唐德宗看。何况贾岛是范阳人，在并州住的时间很短暂，也没到过朔方，他也不可能写出这样的诗来。”

“有道理，有道理！”张之洞连连点头，大声夸奖，“王观察，人人都说你是大才子，果然名不虚传！”

张之洞的态度，使王定安既感激又感动，他以少有的真诚语气说：“大人的度量真常人所不及。”

张之洞说：“学问的事，一是一，二是二，谁有道理就服谁。”

王定安的唐诗功力的确让张之洞佩服，一时间也获得了张之洞的欢心，谈兴更浓了。于是两人谈起贾岛，谈论他的“推敲”掌故。由贾岛又谈起孟郊，比较郊寒与岛瘦的独特诗风。又由贾孟谈到他们的赏识者韩愈。

王定安说：“贾岛、孟郊当年若没有韩愈的赏识和揄扬，就不可能有日后的成就和诗名。历来贫贱士人都要靠处高位有力量者提携，才能出头露脸。大人位列封疆，名播天下，三晋有多少清秀子弟都在仰望大人的雨露之泽啊！”

王定安的这段即兴恭维，说到张之洞的心坎上。早年，作为一个清贫书生，张之洞曾无数次地梦想能碰到有力的知遇者，让自己的才名传扬公卿，上达九重。中年以后，作为一个词臣学政，张之洞又曾无数次地企盼自己能握有实权，奖掖提拔那些沉沦下层的真才实学之辈，让千里马脱颖而出。可惜，四十多年过去了，做士子的时候，他没有遇到韩文公，做官的时候，又没有韩荆州的权位。一桩长久不能释怀的往事又浮上心头。在暖风拂面的并州郊外古道上，在畅谈唐诗的融洽气氛里，张之洞不觉把王定安当作朋友，诚挚地跟他叙起这桩往事来。

“直隶河间有个能诗善画的人，名叫崔次龙。他在京师寓居十多年，总想遇到一个能赏识他的人，帮他一把，让他出人头地，不至于辜负了几十年的勤学苦练。但冠盖满京华，就没有一个看上崔次龙的人。一个偶然的机会，我认识了他，两人长谈了半天。他拿出他的诗文画册给我看，的确造诣很高。我们成了朋友。以后，他常常到我家来，我也知道他希望我帮衬帮衬一下。但那时我只是一个穷翰林，无权无势无衙门，不能安置他。别人的衙门，我又无力关说，只好常常周济他一点银两。崔次龙终于在京师住不下去，卷起铺盖回老家了。临走前夕，到我家来辞行。我很惋惜，对他说，再等等看，或许能有机会。他说，我等了十多年也没有遇到机会，我失望了，今生只能老死山野了。我不能马上给他一个机会，当然也不便再挽留，便写了一首诗送给他，以志我们的友谊。"

"可怜！"崔次龙的遭遇牵动了王定安的文人真情。"大人的诗，可否念给职道听听。"

"可以。"张之洞拖长着声调吟了起来，"浩然去国裹双縢，惜别城南剪夜灯。短剑长辞碣石馆，疲驴独拜献王陵。半梳白发随年短，盈尺新设计日增。我愧退之无气力，不教东野共飞腾。"

"我愧退之无气力，不教东野共飞腾。"王定安将张之洞诗的最后两句复诵了一遍，充满着感情地说，"大人这番情谊，不独崔次龙感动，职道也为之感动了。"

葆庚说："大人现在有这个气力了，把那个崔次龙召到山西来吧！"

张之洞沉痛地说："崔次龙回到老家后，不到半年便亡故了。"

"可惜了！"跟在马后的藩台府中的仆人，不经意地发出了叹息。

大家都不再说话了，默默地向西南方向继续走着。在路边的一家酒店吃过午饭后，又接着赶路。

"大人，晋祠到了。"葆庚勒住缰绳，指了指前方。

张之洞抬头看时，前面果然现出了一个有着百余间房屋的建筑群落。三人下了马，葆庚、王定安一左一右护着张之洞向前面走去。大根和另外两个仆人各自牵马跟随。

张之洞说："过去读《水经注》，知道晋水发源处有唐叔虞祠，是北魏为纪念周武王之子叔虞而建。以后历朝历代围绕着唐叔虞祠都兴建了不少殿堂，从而形成现在的晋祠局面。葆翁你给我说说，这晋祠有哪些主要的殿堂楼阁？"

葆庚说："这个我说不来，鼎丞于此素有研究，让他说给大人听吧！"

"我也说不全，先说几处，过会儿我们慢慢看。"王定安摸了摸尖下巴，说，"武王原本封叔虞于唐，故而郦道元称之为唐叔虞祠。后来叔虞之子因晋水流唐国而改国名为晋，唐叔虞祠也便称作晋祠。晋祠之名便这样传下来了。两千多年来，晋祠不断扩大，后世兴建的主要建筑有：唐碑、钟楼、鼓楼、献殿、鱼沼飞梁、圣母殿、苗裔堂、晋溪书院等等。"

"这么多的殿庙楼堂，我们如何看法？"张之洞笑了笑说。

王定安答："大多数殿楼，只要望一望就行了，非看不可的是晋祠三绝。"

"三绝！"张之洞问，"哪三绝？"

王定安掰着指头说："一绝是晋水之源难老泉、善利泉、鱼沼泉。"

"泉水到处都有，晋祠的泉水绝在何处？"张之洞打断王定安的话。

"晋祠之泉绝在水温上。"王定安答，"这三道泉水都是温泉，一年到头水都是暖暖的，像是柴火烧热了一样。一年四季水沟里都有青翠碧绿的大叶草，即便寒冬腊月，所有的树叶都凋零了，这水沟里的大叶草依旧绿得可爱。温水碧叶，这是晋祠的第一绝。"

"如此说来，真是一绝了。"张之洞面露喜色道，"过会儿我倒要亲手试试，亲眼看看。"

葆庚指了指前方说："前面就是温泉了。"

"好，我们去看看。"

张之洞说着，不由地加快了脚步。走过几十丈后，迎面是一座并不很大的古老殿堂。王定安告诉张之洞，这就是献殿。这是摆设祭祀供品的场所，建于金代。穿过献殿，迎面而来是一条两丈余宽的沟渠。王定安兴奋地说："大人，这就是晋水源头三泉之一的鱼沼泉了。"

葆庚也快乐地说："这是晋祠三绝的第一绝。"

张之洞见这沟渠里的流水果然晶莹透明，一尘不染。定睛看时，渠底的确长着不少阔叶草。这些草叶绿得油亮油亮的，如同一片片薄薄的翡翠沉浸在水中，可爱极了。他记起李白咏晋祠的诗句来："晋祠流水如碧玉，傲波龙鳞沙草绿。"一点不假，写的是实景。他把手伸进水中，果然暖暖的，高兴地说："不错，的确是温泉。"

"大人，我们过桥到对岸去看看圣母殿。"葆庚满面笑容地建议。看着抚台刚才以手试水的孩子式的举动，他对今日的这个安排甚是满意。

葆庚、王定安等人簇拥着张之洞向横在鱼沼泉上的石桥走去。

"大人，您细细地看看，这桥与通常的桥有不同之处没有。"

刚踏上桥面，王定安便饶有兴致地提醒张之洞。

张之洞将脚底下的桥仔仔细细地看过一遍后，发现真有好些与众不同的地方。

这座建于北宋年代的石桥，由三十四根石柱支撑，石柱则是竖在莲花形的石础之上。石柱之间用石枋相连，石柱之上安置斗拱，斗拱上铺着桥面。桥的东西连接着献殿和圣母殿，南北两翼下斜至渠岸。从上面俯瞰，此桥则呈一个十字形。这在中国数不清的大小桥梁中极为罕见。

张之洞拍打着光洁润滑的白玉栏杆，抚摸着桥头神态勇猛造型逼真的一对铁狮，感慨地说："这等巧思豪举，千余年来竟然无人敢仿造，更无人能超过，真正地不容易。"

说话间，三人踏过飞梁，来到晋祠的中心建筑圣母殿。

北宋天圣年间，仁宗皇帝追封唐叔虞为汾东王，又为其母邑姜修建一座规模宏大的宫殿，取名圣母殿。此殿前临鱼沼，后傍险峰，气象壮观。宋徽宗崇宁年间首度整修，从那以后元明两代虽多次修葺，但仍保留宋代的形制和结构。此殿面阔七间，进深六间，重檐歇山顶，绿色琉璃瓦剪边，正脊垂脊上奔走着多种走兽。

来到殿前，面对的是八根雕着飞龙的大木柱。张之洞正凝神欣赏那些矫健伸腾的飞龙雄姿，王定安却指着大殿左侧一株古树，对张之洞说："大人您看，那就是晋祠三绝中的第二绝周柏，传说是周宣王时代留下的，距今有二千六百多年的历史了。"

张之洞怀着极大的兴趣向这棵柏树走去。这棵柏树几乎与屋檐相齐，顶部依然枝柯交错，鳞叶低垂，充满生机。主干有一人合抱之粗，树皮干裂，褐中泛青，犹如一根铁柱似的挺拔笔立。根部虽空了一个碗口大的洞，然树根仍深深地扎进坚硬的黑土中。这确为一株年代久远的古柏！它亲身经历过多少朝代的隆替、世事的盛衰，与它曾经共处一个天地之间的英雄豪杰，叱咤过，风流过，然后又一个个地被黄土湮没，化为腐朽；而它，依旧傲立宇宙，将春夏秋冬送去又迎来，在阳光雨露、风霜冰雪之中延续着生生不息的潜力。这是一个多么顽强的生命啊！人的一生在它的面前，该是何等的短暂而微不足道！一向胆气雄豪自命不凡的山西巡抚，伫立于这棵千年古柏前，不觉肃然自卑起来。

王定安说："据本地人讲，这棵周柏至今尚年年生芽，岁岁结籽。"

张之洞仰起头来，望着古柏那昂首天外的苍迈雄姿，心中生发出无限的敬意来。

葆庚问王定安："我记得你说过还有一棵古树，怎么没见到？"

王定安答："那是隋开皇年间的一棵槐树，也有一千多年的岁月了，与周柏合为晋祠一绝，它在关帝庙，过会儿我们再去看。现在我们进圣母殿，这里有三绝中的第三绝宋代塑像。”

说罢，领着张之洞和葆庚走进圣母殿。

殿内正中有一个特大的木制神龛，神龛里供奉的就是这座殿堂的主神圣母邑姜。邑姜端坐在一把大椅上，凤冠蟒袍，神态端庄。两只长长的丹凤眼里含着微微笑意，迎接络绎不绝的朝拜者。在圣母的左右两旁，还站着一群宦官、女官和侍女。一个个姿态多异神采焕发，且都色彩鲜艳，宛如一群盛装侍从，正陪着圣母娘娘闲话家常。

王定安像个导游似的介绍：“连同圣母在内，这里共有四十三座塑像，全是宋代天圣年间建殿时塑造的。当年专门从东京调集一批手艺高超的技师来太原，领班的匠人就是重修大相国寺的鲁连，据说是鲁班的五十一代孙。这些塑像当时都以各种油彩涂饰，以后每隔三四十年重上一次油漆。我们现在看的这道油漆，恐怕还只上过三五年。”

张之洞慢慢地在一尊尊宋代彩塑前踱步。他对古代的雕刻艺术有极大的兴趣，也有很高的鉴赏力。凭着深厚的素养，他看出眼前的这批塑像群的确不是凡物，实为宋代塑像的精品。

细细地欣赏很久后，他在主神身边一左一右的两尊小像面前停下步来。这两尊小像塑的是一男一女两个小孩，人们习惯叫他们为金童玉女。张之洞发觉这两个小人的塑像与其他的有些不同，体形的比例似有点不太协调，略有臃肿之感。眼中神采也不够，稍显呆滞。

他对身旁的冀宁道说：“这两尊小像恐不是宋代之物，说不定是后代补的。”

王定安正审视着，不料神龛后面传出一串爽朗的笑声。笑声中走出一个颇有点仙风道骨之味的老者来，对着张之洞说：“这位客官好眼力。金童玉女的确不是宋代之物，是元代大德年间补塑的。它是依照蒙古人的长相塑的，故与宋塑不一样。老朽在圣母殿四十余年了，还从没见到一个未经指点自己识别出来的游客。这位客官，你真正的好眼力！”

说恭维话的老者是如此的一表非俗，立刻赢得张之洞的好感。他笑着说：“老人家过奖了。您说您在圣母殿四十年了，在这里做什么？”

老者答：“老朽是平阳府人，从小就痴爱古代器物，家贫无力购买古董，便只身来到晋祠，宁愿替圣母殿的香火道人扫地挑水干粗活，只求让我住在晋祠，与这些古代器物长年做伴，我就心满意足了。圣母殿的香火道人见我心诚，便留下了我。我天天帮他干活，他也赏我三餐素饭。后来香火道人过世，我便代替他管理圣母殿，一晃几十年就过去了。”

张之洞自己有恋古之癖好，但要他为了古董而舍弃功名家小，他却做不到。对眼前的这位又一个吴秋衣，他不由得肃然起敬。

游了个把时辰，葆庚已又累又渴，他对老者说：“你给我们烧点茶水吧，再拿两条凳子来给我们坐坐！”

“行，行！”老者热情地说，“若不嫌弃，请到后殿我的陋室里去坐，我有烧开的茶水就热在火上。”

“好哇！”葆庚忙说，“那你就领路吧！”

三个人随着老者来到后殿的一间小房子里。小房间陈设简单，收拾得倒还干净。刚落座，老者便端来三碗热茶。干渴了半天，骤然喝上温泉水烧出的香茶，仿佛饮琼浆玉液一般，疲劳顿时减去多半。

王定安对老者说：“久闻晋祠圣母殿里的签文很灵。老头子，是不是你在做这事？”

老头子笑了，说：“外面的人都这么说，其实玩玩而已，当不得真的。老朽已多年不摇签了。”

葆庚忙说：“把签筒拿出来，让我们摇摇吧，玩玩也好！”

老头子笑而不动。

王定安说：“老头子，我们也不白摇，给你钱。”

说罢，从袖袋里摸出三钱银子来递了过去。老头子喜笑颜开，伸出手来接着。

王定安又说：“你这个死老头子，摇几个签就要收三钱银子，也太贪心了。这样吧，银子还是给你，你得给我们办一桌晚饭。”

老头子乐呵呵地说：“好，好，我会给你们办一桌最好的晚宴。”

老头子转过脸去对着窗户喊道：“小栓子，你去大门口李矮子家说一声，过一会给我们送一桌好饭好菜来，钱不会少他一文！”

“知道了！”外面传来一个略带稚气的声音。

“我去拿签筒和签簿。”

老头子起身走到床后，从一只旧木箱里拿出一个黑黄色的半尺来高的竹筒，竹筒里插着几十支细长竹签；接着又拿出一本有些破损的簿册来。老头子双手捧着竹筒和簿册来到三个客人的面前，笑笑说：“请摇签吧，只是莫太当真了。摇了好签，大家一同快乐快乐；若签不好，千万莫在意。”

王定安接过竹筒，讨好地对张之洞说：“您请先摇。”

张之洞说：“我要看这签灵不灵，你和葆翁先摇，灵的话我再摇。”

“也好，我就先摇吧！”

王定安半眯着眼，将手中的竹筒上下晃动起来，嘴巴也跟着在动，好像在念什么祷文似的。一会儿，从竹筒里蹦出一支细竹签来，老头子弯腰拾起，递给王定安。众人看那签上写着“第八十九号”几个字。

老头子打开簿册，在第八十九号下出现两句诗：“山川云雾里，游子几时回？”

张之洞说：“这不是王勃的诗吗？”

王定安看了这两句诗后，大为激动起来：“死老头子，你这两句签文真是灵极了。”

说完，又转脸对葆庚说：“葆翁你说说看，这圣母殿的签怎么就这样灵验？”

葆庚笑着对张之洞说：“他昨天刚收到湖北来的家信，他哥哥劝他不要久在外做事，早点回家为好。”

张之洞的兴致也被吊了起来，说：“看来这签是灵的了！”

老头子咧开嘴大笑。

王定安说：“我也是累了，早有退隐林泉之志。等忙过这阵子后，我就回家，一辈子再不出来了。”

“我也来试试！”

葆庚从王定安手里拿过竹筒，摇了几摇，也摇出根竹签来，看那上面写着“第十五号”。众人看签簿上“第十五号”下也写着两句诗：“洛阳亲友如相问，一片冰心在玉壶。”

“唉，圣母娘娘，你真是知我心的大慈大悲活菩萨！”葆庚把竹筒放到桌子上，无限感慨地说，“我虽然不大读诗，但王昌龄的这首诗我还是读过的，这两句诗真是说到我的心坎里了。我葆某拼死拼活为山西做事，偏就有人烂嘴烂舌说我的坏话。今天你们二位都在这里，日后要替我作证，我的清白，圣母娘娘都看到了。”

王定安忙说：“葆翁，神明在上，您是清白无辜的，放宽心好了！”

张之洞心里想：这签真有意思，是值得信还是不值得信呢？若说不信，王定安的已作了应验；若说信，难道葆庚就真的清白无辜？

正在这样想时，老头子已把竹筒递了过来：“您这位老爷也摇一支，凑凑兴吧！”

张之洞想：摇摇也好，看看我会摇出个什么签文出来。

张之洞学他们的样也摇出一支来，那上面写着“第一百二十七号”。老头子翻开簿册，“第一百二十七号”下写了这样几句词：“云中谁寄锦书来，雁字回时，月满西楼。”

张之洞笑着说：“李清照的这几句词对我来说就不灵验了。我连眷属都没有，哪来的云中锦书！”

老头子笑眯眯地说：“客官有所不知，这签文有多层含意。对有眷属的人来说，指的自然是情书；对未成家或没有眷属的人来说，这指的便是近期内当有大喜讯来。”

葆庚赶紧接话：“这签文是灵的。早两天，我有一个朋友正托我为他的女儿找婆家。这女孩仗着人长得漂亮，心高得不得了，媒人踏破门槛，她一个也不同意。现在二十二三岁了，还没个人家，父母急得不行，要我帮他留意。”

“你说的是谁家？”还没等张之洞说话，王定安便关心地问。

“是祁老二的四闺女。”葆庚答。

“噢，祁家的女儿？”王定安的两只小眼睛里顿时明亮起来，他对着张之洞说，“您可能没听说过，太原城里有句话，叫做祁家四朵花，压倒百万家。已出嫁的三个女儿我都见过，果真是一个个貌若天仙，据说四闺女又比三个姐姐更漂亮。这可是天大的喜讯，签上的这几句词好比圣母娘娘在做媒，切莫错过了这个机会。”

或许是“压倒百万家”这句话撩起了兴致，也或许是圣母殿签文带来了情趣，丧妻半年的张之洞突然想到，是应该找一个女人了。他快乐地答道：“行啊，我倒要看看祁家的四闺女到底怎么个美法！”

“好，好！”葆庚击掌欢笑。“这事包到我身上，明天回城后我就来安排。”

正说着，李矮子家送来一桌丰盛的酒饭。老头子点燃蜡烛，大家围坐一桌，在圣母娘娘的身旁，兴致勃勃地喝酒吃饭。

三　夜阑更深，远处飘来了琴声

吃完饭后，老者将他们带到另一幢宅院。这宅院位于松水亭边，善利泉在此处绕了一个半圆形，将院子三面环绕。另一面是一道屏障似的石壁。院墙里花木茂盛，还有一个小小的鱼池。鱼池里流动着活水，这活水引的是墙外的善利泉水。院子里错落着大大小小十余间房子，都布置得精美舒适。张之洞被安置在其中最大最好的房间里。

他很奇怪：这么偏僻的晋祠，为何有这等好的宅院，这是什么人的家产？

葆庚笑着告诉他："张大人，您来山西还不久，下官还没来得及告诉您。您在山西做巡抚期间，这幢宅院的主人就是您，今夜我们都沾您的光。"

"这话怎么讲？"张之洞颇为惊讶。

"是这样的。"葆庚解释，"当年鲍源深做山西巡抚时，因为有头痛病，听不得城里的喧闹声，于是藩司就从藩库里拿出一笔银子，给他在晋祠里修了这幢宅院，让他住在这里办事。那时，从太原城到晋祠之间，每天车马奔驰，都是因为鲍源深在晋祠的缘故。不久，鲍源深调走了，曾九帅来到山西。九帅长年在战场，风痹严重，常常需要卧床休息，于是这幢宅院便成了九帅的休憩之所。他做晋抚的那几年夏天，便都在这里度过。九帅喜欢泉水、花木，现在院子里的鱼池、树木，都是在他手里种植的。九帅打下江宁后开缺回籍，曾侯送他一副对联……"

"这副对联我知道。"张之洞插话，"千秋邈矣独留我，百战归来再读书。"

"正是，正是。"葆庚击掌赞道，"大人真是博闻强识。九帅很喜欢这副联，因而将这院子命名再读斋。"

"再读斋！"张之洞说，"这个名字取得好，想不到曾沅甫还有这份风雅气。"

"九帅书读得好，他是拔贡出身。"葆庚对曾国荃很有感情，"九帅离开山西后，卫静澜来代替。他在山西呆的不久，在再读斋里只小住过几天，也认为此地是个读书休憩的好处所。这半年里，再读斋一直空着。因为要请大人来晋祠踏青，才临时打扫了一下。下官拟在此多安排几个人，把它再修缮修缮。太原城里夏天不好过，大人可到这里来避暑，平时也可常来休息休息。"

真个是初任地方要员，张之洞压根儿没有想到，一个巡抚居然还有这种特权，这与山西百姓普遍的饥寒贫困，与许多人的流离失所相比较，是一个多么大的差距！过去在湖北、四川做学政时没有留意过，说不定那些巡抚们也都有几处别墅在郊外的名山胜水处。怪不得百姓与官府之间有一种本能的对抗情绪。面对着千百万啼饥号寒的父老乡亲，作为一省之主，竟然能安得下心来享受这等美宅华居，百姓怎能不讨厌唾骂乃至仇恨呢?

若是在平时，张之洞会立即拂袖而去，也不会顾及到别人的难堪与尴尬，但今天他的心情格外好，何况这个宅院并不是为他而修建的。他对葆庚只淡淡地说了句“不必再修缮”后，便将葆庚等人打发走了。

夜里，张之洞躺在舒适的床上，想起白天所看到的名殿古树，精神仍在兴奋状态中。他毫无睡意，遂披衣而起，伫立木格纱窗下，欣赏晋祠的夜景。

大根早已沉睡，四周安静极了，只有善利泉流淌时发出的汩汩响声，这响声益发衬托出晋祠的静谧。皓月的清辉透过树叶花瓣，在地面上织就一幅黑白相间斑斑驳驳的图画。远处，黝黑的群山，像剪纸似的贴在碧净如洗的夜空底部，给古老的三晋大地增添几分神秘诱人的气氛。

似有花香传来，淡淡的，幽幽的，着力去嗅着，好像又什么味道都没有。才一眨眼间工夫，仿佛另一股香气又从远处飘来。张之洞想起韩愈的名句：“天街小雨润如酥，草色遥看近却无。”这暮春之夜的远方香气，似乎也跟早春的草色一样，在有与无之间：不经意，则香气袭人；若着意寻找，它又无影无踪。

张之洞做了半年的山西巡抚，说实在话，山西并没有给他一个好印象。今夜，他好像发现了山西的另一面：秀美、温馨、神奇、迷人。

山西，你原来也这样的可爱！

忽然，从宁静的夜色中传来了琴声。这琴声飘柔轻曼，时断时续，它立即把张之洞的心给吸引住了。他全神贯注地听着。

这古琴弹拨得真好：它像是门前善利泉的流水，轻轻的，淙淙的；它也像兴义府外绕山的雾岚，绵绵的，悠悠的；它又像薄暮时光川西坝子农舍上升起的炊烟，婷婷的，袅袅的；它还像初夏季节京郊田畴上吹过的和风，暖暖的，熏熏的。这琴声，使张之洞想起了结发之妻石氏。

石氏当年弹出的琴声就是这样的轻曼悦耳，温柔润心。她有时也会伴着琴声独自低吟。那歌声婉转甜嫩，绕室盘旋。石氏的琴声和歌声，给孩子们带来欢乐，给清贫的日子带来充实，给小家庭带来温情，更给青年张之洞带来说不尽的幸福感。

石氏的琴声，是张之洞永恒的怀念！

“十年生死两茫茫，不思量，自难忘。千里孤坟，无处话凄凉……料得年年断肠处，明月夜，短松冈。”苏东坡的悼亡词，今夜又在他的脑中浮起。这远处传来的古琴之声，莫不就是石氏所弹奏？是她在思念往日甜蜜的岁月，在眷恋人世间的丈夫儿女？

难道是幻觉？万籁俱寂的荒郊野外，哪来的琴声？张之洞屏息一切思念，侧耳倾听。不，这不是幻觉，千真万确是有人在弹琴，只是琴声已变了。

此时传来的琴声与刚才的不同，它迂缓游移，凄清幽冷，如怨如慕，如泣如诉，余音袅袅，不绝如缕。

张之洞猛然想起来，这不是石氏在弹琴，这是母亲在弹琴。

四十多年来，在张之洞的记忆中，确切地说，是在他的想象中，母亲的琴声多半都是这样的：它充满着哀怨，充满着遗恨，它似有无穷无尽的话要述说，似有无穷无尽的爱要施予。张之洞脑海中母亲的形象既圣洁高贵，又愁肠百结。这些，都化为不绝如缕的琴声，长久地回旋在他的胸臆间。现在，这远远传来的断断续续的琴声，勾起了他对母亲的深深思念。

再读斋纱窗前的张之洞，久久地沉溺于对往事的寻索追忆之中。

这琴弹得如此动人心扉，扣人心弦，弹琴者必定心灵手巧精于音律。此人是聪慧的雅士，还是纤丽的婵娟？明天得问问。

第二天一早，张之洞向圣母殿的看守老头说起昨夜有人弹琴的事。老者说："这是李老头的女儿弹的。晋祠里有一个旧书院，名叫晋溪书院，是乾隆年间办的，到同治初年停办了，以后做了当地百姓子弟的蒙馆。两年前，李老头被聘为蒙馆的塾师。李老头一家三口：老伴和一个守寡在娘家的女儿。"

老者望着张之洞，以一种很怜恤的口吻说："有一天，李老头到圣母殿来和我聊天，说起他女儿的事。她的女儿名叫佩玉，十八岁出嫁，夫家是个殷实的家庭。嫁后第二年便生了一子。日子本过得甜美。不料，夫婿陡染急病，一下子便死去了。二十一岁的佩玉顿时成了寡妇，她心中已是悲痛万分了，又加之各种风言风语更令她难过，不少人指着她的背影，说她克夫，是扫把星。好在还有个儿子，佩玉含着眼泪忍着痛苦，把一切希望都寄托在儿子身上。谁知，儿子三岁时出天花死了。这一下，佩玉的全部指望都落了空，夫家也不把她当人看。万般无奈，佩玉只得回到父母身旁。她从小好弹琴，这两年来因为心中郁结过多，便常常借琴来作解脱。客官，佩玉昨夜的琴声打扰了您吧！"

"不，她的琴弹得太好了，我想去见见她。"

葆庚忙说："一个住娘家的寡妇，怎好叫您亲自去看，把她叫过来好了。"

张之洞将葆庚拉到一旁，轻声说："昨天我就说了，我们到晋祠来就成了踏青的游客，不再是抚台、藩台，去看看有什么不可以？何况这个女子琴弹得这样好，也可算个才女，我即使以抚台的身份去看她，也是应该的，并不辱没二品大员的职衔。"

葆庚笑着改口道："大人说得对，我们都去看看她。"

老者说："既然各位客官硬要去，那我先走一步，叫李老头收拾一下。"

过一会儿，张之洞在葆庚、王定安的陪同下来到晋溪书院。这座书院的确已废弃多年，冷冷清清的，杂草丛生，但宅院宽敞，文星坊、泮池等也都还完好，可以想见旺盛时，这里也是书声琅琅弦歌不绝的。学政出身的张之洞对此大为感慨：山西的前任巡抚们可以拿出大笔银子去修再读斋，却没有想到要复兴这所书院，真是枉读了圣贤之书；待诸事办理稍有头绪后，一定要把晋溪书院恢复过来。

正想着，老者将李老头带上来了。老塾师在客人面前显得有些拘谨。他连连招呼客人坐，又亲自递上茶碗，并一再声称没有准备，无糕点瓜果招待，很是过意不去。

张之洞见塾师穿着虽陈旧，却也还整齐，面容虽瘦削，五官也还端正。张之洞对塾师很熟悉。他知道不少塾师都是饱学之士，就学问来说，他们并不比举人、进士差多少，只是命运不济、科场不顺罢了。就品性来说，他们因终日诵读圣贤教诲，没有受官场黑缸的污染，故而持身多清白，缺德害人的事他们通常不会做。前学台对塾师有一种本能上的好感。眼前的这个塾师，从举止神态来看，是一个本分人，再加上他有一个会弹琴的女儿，张之洞对他更是和气。

“请问老先生尊姓大名？”

“不敢。”塾师恭谨回答，“免贵姓李，贱名治国。其实，老朽六十岁了，从没治过一天国，这是名不副实。”

张之洞笑了起来，说：“李先生不必遗憾，肩负治国担子也不见得是好事，像您这样，以舌耕养家糊口，一分一文来得堂堂正正，花起来心安理得，与世无争，天君泰然，岂不甚好！”

李治国听了这话，心中欣然：“客官说得好极了。老朽这几十年来，也总是这样想的，不怨不忮，坦然度日。只不过毕竟家计清寒，许多事做起来力不从心呀！”

这是大实话。蒙馆塾师清贫，除极少教出的学生做了大官又有所回报者外，绝大多数是没有多大脸面和身份的，要想做点什么，真的是难。张之洞点点头，表示对这话的理解。

过一会，他又问：“你的蒙馆有多少学童？”

“十五个。这两天放春假，在家帮父母忙春耕。”

“收的学费能养得起家吗？”

“哪里可养家？”李治国苦笑着说，“客官有所不知，晋祠四周的乡民大都贫困，交不起多的学费。有几个娃家里穷，父母早就想他们辍学了。我看他们也还好学，便挽留下来，免去了他们的学费。”

这是一个真正的人师！对于贫寒子弟读书的艰难，张之洞是深知的。他在湖北、四川做学政的时候，特别关照各州县学校膏火费的发放。遇有机会，总是劝那些有钱的商贾多捐点钱给学校。在省学台衙门直接管的经心书院、尊经书院，每次去视察讲学，他都要问问学子的学业衣食情况，对那些品学兼优而家境贫困的子弟，他总要想法子去资助他们，他不图这些学子个人的丝毫报效。这一则出于爱才惜才的本性，他不能眼睁睁地看着一个人才因得不到教育而毁掉；一则也出于作为学官的责任心。为国家造就人才，乃是学官的神圣使命。这个李治国，不是朝廷任命的学官，却有这等仁心，应是出于爱才的本性。前学台对这个老塾师油然生出敬意。

“那您的日子怎么过？”

“勉勉强强也可维持。”李治国平平淡淡地说，“每年所收的几千文学费，用来买麦面和油盐。老伴种菜喂鸡，也能补贴些家用。这两年女儿回娘家来住，也可以帮帮忙。”

说到女儿了，圣母殿的看守人忙插话：“李老头，昨夜佩玉弹琴，这位客官听到了，他很是称赞，硬要来看看佩玉。你去叫佩玉出来和客人见见面吧！”

李治国摆手笑道：“小女琴艺荒疏，客官谬奖了。”

张之洞说：“您女儿的琴弹得妙极了。我昨夜一直站在窗边听到底，直到她不再弹了才上床睡觉，躺在床上很久都觉余音绕梁，不绝于耳。”

“哪里，哪里！客官如此美言，小女担当不起。”李治国开心地笑着，“小女乃贫寒家女子，举止粗俗，如何见得贵客？”

“老先生不必谦虚。”张之洞恳切地说，“自古以来便有高山流水的佳话，令爱琴艺高明，她也是希望能有人真心欣赏她的琴艺。您不要代她做主，我想她会愿意见见我这个晋祠的游览者的。”

见张之洞这样说，李治国起身说：“我进里屋去问问佩玉，看她意下如何？”

“好！”王定安轻轻地拍打着巴掌说，“你说我们在等着她。”

很快，李治国便出来了，身后跟着一个年轻的少妇，显然是他的女儿佩玉。

李治国指着张之洞对女儿说：“佩玉，这位客官昨夜听了你的琴，说你弹得好，今早特为来看你。他是你的知音，你要当面谢他才是。”

佩玉走过来，大大方方地向张之洞行了一个礼，轻轻地说：“谢谢客官。”

张之洞见佩玉大约二十五六岁年纪，匀匀称称的中等身材，穿一件家织蓝底白花粗布夹衣，蛋形的脸上长着一对细长的眼睛和纤小的鼻嘴，头上没有首饰，脸上也不见粉黛。浑身上下，透着一股自然纯朴清秀灵慧之气。

久在官场的张之洞平素见的女人，多为浓妆艳抹的太太夫人，自己过去的三位夫人，倘若见外客，也必定着意打扮一番。打扮出来的女人，固然漂亮好看，但总不能与这种天然本质相比。一个好比戏台上的曲折情节，一个好比真实的人世生活。素来率真任性的张之洞，更喜欢这种本质本色的清纯。

他满脸笑意地对女琴师说：“昨夜我听了你半夜的琴。你的琴声，把我带进了你的音乐世界。我跟你说几句听你琴的感受，看我算不算得你的知音。”

佩玉微微笑道：“小女子琴艺粗劣，有辱客官听了半夜，实在惭愧。客官要谈听琴的感受，倒是我愿意听的，请客官指教吧！”

听佩玉这么说，张之洞高兴地说：“你昨夜弹的琴，上半截的曲子如春溪之流水，如向阳之山花，欢快欣然，像是回忆少年的无忧岁月和成年后的幸福时光。下半截曲子，则有如浔阳江头长安女的心境，听起来满眼是茫茫江月瑟瑟秋荻的情景。我想，你弹到后来，很可能是心中涌起了世事的诸多辛酸悲苦，琴声便不知不觉地变了调。你看，我说的对还是不对？”

张之洞的这番分析正说中了佩玉的心思。昨夜，她拿起琴来时，本是心情舒畅的。明月清风，红花绿叶，带给她以生命的机趣。她操起琴来，心似白鹤，手如流泉，曲调畅达和乐。慢慢地，丧夫殇子的深重悲痛，不期而然地又从她的心灵深处涌冒出来。她忧愁重重，叹息自己的命运为何这般苦痛。眼下可以和父母一起生活，往后父母故去，何处将是归宿？心里这样想着，弹出的调子愈加哀婉凄怨了。

佩玉点点头说：“客官说得不错。”

张之洞很觉欣慰：“古人云，凡音之起，由心之所生也。又说情动于中故形于声，声之文谓之音，故音乐乃人心情之外露。我听你的琴声而知你的心情，可不可以算是你的知音？”

佩玉颇为羞涩地说：“这样说来，客官可算得上是我的知音。”

张之洞哈哈大笑。葆庚、王定安连同李治国都笑了起来。张之洞对李治国说：“老先生，我有个不情之请，想叫令爱当着我们众人之面再弹一曲如何？”

不等父亲问她，佩玉立即说：“客官既然这样明辨音乐，我愿意为你再操一曲。”

说罢，转身回里屋。

过了好一阵子，还不见人出来。众人正在奇怪时，忽然从里屋传出了琴声。李治国带着歉意说：“琴架大而笨，不便搬动，且小女从未当着生人面前奏过琴。她现在是在里屋为各位客官弹奏。”

“也好，也好！”张之洞忙说，“隔壁听琴，更宜凝神倾听。”

琴声清清脆脆地从里屋传出来。先是悠扬亮丽，婉约轻柔，如一匹彩练当空飘舞，时上时下，时左时右，舞出许多绚丽的姿态来；又如满园春花，姹紫嫣红，千娇百媚，春色烂漫，引来蜂蝶成群。继而节奏加快，声调激昂，如一江春水浩浩荡荡向东流去，波叠涛涌，浪花飞溅；又如百兽奔走山林，朝拜虎王，蹄声急促，气象壮观。接下来急管繁弦，号角啸厉，如春雷乍响，如山洪暴发，如战马嘶鸣，如刀枪撞击……就在众人被琴声牢牢吸住的时候，突然什么声音都没有了，霎时间，整个晋溪书院一片寂静。

佩玉神采焕发地走了出来，颇似一位得胜归来的杨门女将。

张之洞夸道："这首曲子比昨夜的更好。想不到一个弱女子还能奏得出这等雄健的乐曲。请问，这是一首什么曲子？"

佩玉笑吟吟地答："这是一首唐代古曲。当年唐高祖在太原起事，派他的女儿平阳公主驻扎在扼控河北山西之间的关口，这关口就是今天的娘子关。平阳公主成功地守住了。唐高祖命乐师谱了这首曲子送给平阳公主，曲谱名叫《平阳公主凯旋曲》。"

张之洞太喜欢这个女琴师了，一个念头突地在他的脑中萌生：准儿八岁了，却不会弹琴，何不把佩玉聘到家里来，请她教准儿呢？日后让她继承奶奶的琴艺，也是一桩好事呀！

张之洞站起来，走到李氏父女身边，诚恳地说："实不相瞒，鄙人就是山西巡抚张之洞。"

听说眼前站的竟是堂堂抚台大人，李氏父女一时惊呆了，不知所措。圣母殿的看守老头也惊诧莫名。王定安在一旁说："这位真正是抚台张大人。"又指着葆庚介绍："这位是藩台葆大人。"

荒废的晋溪书院、贫寒的蒙馆塾师家，突然间冒出几个小民只能耳闻不能目睹的大人物，仿佛喜从天降似的，李治国忙跪下磕头："不知大人们光临，罪过罪过！"

张之洞忙扶起老塾师："快起来，不必如此！"

待李治国起身，张之洞说："鄙人有一事请老人家成全。"

"大人有何指示，请吩咐。"

“鄙人先母最喜弹琴，只可惜鄙人四岁时，先母便过世了，她只留下一张古琴而没有把琴艺传下。鄙人有一个女儿，年方八岁，鄙人盼她能像祖母样会操琴奏曲，故冒昧向老先生请求，让您的女公子到鄙人家中去，一来教小女弹琴，二来也可教小女识字读书。一句话，请您的女公子做小女的师傅。不知你们肯给我这个面子否？”

这真是一个莫大的好事，李治国正要满口答应，佩玉却扯了一下父亲的衣角，老塾师只得改口：“大人这样看得起小女，这是小女的荣耀，只是小女乃贫寒人家出身，不懂礼数，且从小读书不多，如何能做得了小姐的师傅？”

张之洞爽朗地笑道：“你们不必担心，鄙人既然请您的女公子去，自然就信得过她。鄙人女儿要下个月初才到太原，这十多天里，你们父女还可从容商量。或者，女公子也可以先到鄙人家里暂住一两个月，看看能否适应，能留则留，不能留随时都可回晋祠。至于薪水，我会比通常衙门请的西席还要略高一些。请贤父女务必体谅鄙人这一片爱才之心。”

李治国见巡抚说得诚恳，便看了女儿一眼。见女儿没有完全拒绝的意思，便说：“深谢抚台大人的错爱，容我们父女再商量一下。”

“行。”张之洞高兴地说，“半个月后，我派人来接女师傅。”

说罢，对葆庚、王定安说：“我们回城吧！”

第五章 / 清查库款

一　为获取赈灾款被贪污的真凭实据，阎敬铭出了一个好主意

回到太原城的第二天，马丕瑶便向张之洞禀报，初步清查光绪三年、四年、五年的赈灾款项，三年间便有三十余万两银子对不上数，怀疑是当年主持赈灾的藩司葆庚和主要经办者王定安贪污中饱了，但苦无确凿的证据。下一步的清查如何进行，请抚台拿个主意。

下午，葆庚也特为过来，说已与祁家说好了，祁家父女都同意，是不是就叫他们父女到抚台衙门来见见面。马丕瑶的禀报让张之洞对葆庚、王定安很是反感。他甚至后悔不该与他们同游晋祠。张之洞冷冷地说了一句“此事不要再提了”后，便不再理睬葆庚，将葆庚弄得十分没趣。

张之洞为清理库款事苦苦地思索着。

夏天到来时，春兰带着唐夫人生的次子仁梃、王夫人生的小姐准儿，以及柴氏带着燕儿都来到太原。桑治平在紧靠巡抚衙门的一条小街上，赁了几间房子安置家小。大根夫妇则带着仁梃和准儿，与张之洞同住衙门后院。从此，早晚冷清的第一衙门，开始有了勃勃生气。

桑治平做了张家的真正西席。仁梃聪明好学，并不要老师多操心，他仍可以分出不少心力来替张之洞办公事。

为张之洞的诚意所感，佩玉也来到太原做准儿的琴师。张之洞甚是高兴。准儿活泼伶俐，佩玉喜欢她。佩玉和善亲热，准儿也爱她。两人很快便相处融洽。

近年来，因王夫人的陡然去世，悲寂常常袭击着张之洞的心，空闲时他思念得最多的便是远在北京的儿女。长子仁权已成家自立，他较为放心。次子仁梃毕竟是个已有十岁的男孩，学业是其生活中的全部内容，有良师在教导，他也可以放得下心。最让他牵肠挂肚的便是这个小准儿。娇弱的女孩，这么小就失去了母亲，这是她人生的最大痛苦，虽有春兰在生活上予以照顾，但谁去抚慰她那颗受伤的幼小心灵？谁去充当她闺房中的教师呢？张之洞为此而深深地忧虑。现在好了，佩玉来了！她俩似前生有缘似的，彼此亲密无间。听到后院里不时传出的佩玉和准儿的欢悦笑声，张之洞的心里十分宽慰。

这时，一道上谕递到太原巡抚衙门：户部尚书着阎敬铭补授。又命张之洞将此谕火速递到解州书院，督促阎敬铭毋再固辞，速来京履任。张之洞看到这道上谕，心里欢喜无尽。

他首先感到欣喜的是太后毕竟有见识，不像以往只让阎敬铭恢复侍郎原职。倘若依旧是从二品待遇，说不定那个倔犟的老头子仍然会坚辞不受。如此，将令他这个传旨者十分难堪，两边都不好交代。张之洞感激太后给了他很大的面子。

最使张之洞欣慰的是，阎敬铭授的是户部尚书。山西穷困，银钱拮据，凡办大事，都要得到户部的关照才能行得通。自己过去曾力主阎敬铭出山，这次又倾心接纳。这些，老头子岂能不知？今后又岂能无视？子青老哥所说的靠山，这真是一个天缘凑泊的好靠山！

张之洞想到这些，心里兴奋不已。而眼下阎敬铭对清库一事，也正好能帮得上忙。光绪三年，阎敬铭以工部侍郎的身份，来太原协助巡抚曾国荃赈灾。以他的精明老练，必定对当时赈灾款的集散，心中有一个大致的脉络，应该向他请教！说不定藩库清查之事，靠的正是此老的鼎力相助。

他将去解州的重任再次交给桑治平，要他说服阎敬铭取道太原进京，并一路好好陪伴护送前来，他要亲自把盏为久蛰荒野的大司农饯行。

经过二十余天的长途跋涉鞍马劳顿，桑治平一路护送阎敬铭，来到了离太原城只有七十里路的榆次县。除他们二人及阎敬铭的一个远房侄孙外，同行来到榆次的还有一个人。此人名叫杨深秀，字漪邨，本省闻喜人，今年三十三岁。十年前杨深秀即考中举人，第二年会试告罢。杨家乃闻喜大户，家资饶富。杨父遂出钱为儿子捐了一个刑部员外郎。这是个空衔，杨深秀依旧在家中读书。他向往的是两榜正途出身。

光绪三年，眼见乡亲们受苦受难，杨深秀心中不忍，遂广开粥厂救济灾民，又拿出巨款来购买药材，施舍给贫困的病人。杨深秀因此而善名远播。此时阎敬铭正奉旨赈灾，便聘请杨深秀来太原与他共襄大事。

杨深秀为人正直又精细。灾情严重，百姓身处水火之中，山西官场却有不少人利用权势，侵吞钱物。杨深秀对此愤恨不已。他和阎敬铭谈起此事，阎敬铭也同样愤恨。得到阎的支持后，杨深秀暗中记下一份详细账目，以备他日所需。赈灾完毕，阎敬铭离开太原来到解州书院。不久，杨深秀也回原籍继续读书。闻喜与解州相邻，杨深秀时常到解州书院，向阎请教学问。谈起官场的腐败，谈起国家的积贫积弱，谈起人心的不古，这两个年纪相差三十余岁的师生，有许多共同的感慨。

桑治平向阎敬铭谈起清查局所面临的困难，阎敬铭想起了杨深秀，遂邀之一道去太原。杨深秀素慕张之洞大名，欣然同意。

傍晚时分，阎敬铭一行刚进城门，便见一个低级官员装束的人走上前来。桑治平笑道："郭巡捕，你几时来的？"

郭巡捕说："前天接到桑先生的信，抚台大人昨天便到了榆次。卑职今天在城门边恭候一天，终于把你们盼来了。现在就请阎大人和桑先生等一起去县衙门。"

阎敬铭听说张之洞亲来榆次迎接，颇出意外，对桑治平说："张大人公务繁忙，还这样客气，令老朽不安。"

桑治平说："张大人对丹老十分钦佩，若不是公务繁忙，他是要亲去解州的。他早就跟我说定了，要我到太谷时给他一封信，不管多忙，他都要亲来榆次迎接，以表示他的仰慕之情。"

阎敬铭连声说："不敢当，不敢当！"

说话间，不知不觉到了榆次县衙门口，张之洞带着罗县令、何主簿等一班官吏迎上前来。桑治平从中作了介绍。

张之洞向阎敬铭作揖道："久仰丹老声威，不胜倾慕。"

阎敬铭回礼道："张大人亲来榆次相见，愧不敢当。"

张之洞说："丹老四朝元老，中兴功臣，之洞未去解州相迎，已是不恭，尚望丹老鉴谅。"

说着，又向阎敬铭介绍了榆次县的一班官员。阎敬铭指着杨深秀说："这位是闻喜县杨深秀漪邨孝廉，光绪三年协助我在山西办赈务，是一个仗义疏财极有血性的汉子。"

张之洞一听杨深秀办过赈务，眼睛一亮，忙问："杨孝廉是陪同丹老一道进京的吗？"

阎敬铭说："不是，我特地带他到太原来见你的。"

张之洞转脸对杨深秀说："杨孝廉请在太原城多住几天，鄙人有要事请教。"

杨深秀说："治下久闻大人盛名。大人巡抚三晋，此乃三晋父老之幸，治下愿为大人驱驰。"

罗县令笑着招呼："请丹老、张大人及各位一道入席吧，大家酒席上再畅谈。"

巡抚驾到县城，这正是县令献殷勤的最好时候。阎敬铭进京去做户部尚书，下榻此地，也是东道主一个巴结攀援的好机遇。两件事凑到一起，岂不是天大的好事！罗县令动员一切力量，清扫道路，打扫驿馆，搜集佳肴，准备美酒，足足忙乎了两天。今晚县衙门的接风酒席办得隆重丰盛：一桌主席，三桌陪席，举凡山西省的好食品全都上了桌，加之满堂大红蜡烛，给宴会厅更增添许多热闹的气氛。

可是，六十五岁的主客生性俭朴，不习惯山珍海味，再加上旅途劳累，更没有胃口，他只抿了两口酒，动了几下筷子，便闭口再不吃了。第一陪客也不是个大吃大喝的人。张之洞四十岁以前嗜酒好饮，常常喝醉。四十岁后因身体欠佳，也便节制不再多饮。于是，这场名为招待阎敬铭和张之洞的酒席，便成了榆次县衙门大小官员们的聚餐。他们在陪席上频频举杯，相互劝饮，大咬大嚼，狼吞虎咽。

张之洞看着这个场面，禁不住双眉紧锁。他对罗县令说，明天要留丹老在榆次住一天，有要事商量，一切应酬全部罢掉，只需备点粗茶淡饭即可。罗县令不好违背，只得答应。

第二天上午，张之洞只身来到阎敬铭下榻的驿馆。他要与这位两度复出的前朝大员，作一次推心置腹的长谈。

张之洞说："二十年前，胡文忠公誉您为湖北经济第一人，要我到武昌去拜您为师，求经世济民的真才实学。怎奈天不假寿于文忠公，此行未果。讵料二十年后，我才得以拜识您，真正是又憾又幸！此番太后将大司农重任交给您，正是众望所归，人地两宜。您一定将再展补天之手，为朝廷广开财源，造福社稷。明天启程去太原，我自然当留您在太原多住几天。只是省垣人多眼杂，难有这等清静的环境，故而选择榆次先与您相见。一则表示远迎的诚意，二则也想借此地与您促膝恳谈。我有许多事要向您请教，请千万莫嫌鲁钝，看在三晋父老乡亲的面上，为我开启茅塞。”

阎敬铭面色凝重地听完张之洞这番开场白，沉吟良久后说：“文忠公生前曾对老朽说起过抚台，夸奖抚台是他遇到的最聪颖的年轻人，日后前途不可限量。文忠公的确是巨眼识人，抚台今天也做到了他当年的官位了。”

“我哪能跟文忠公相比。”张之洞忙说，“文忠公虽说官位只是湖北巡抚，其实是朝廷的江南柱石。今日的晋抚哪能跟当年的鄂抚相比。”

阎敬铭笑着说：“以抚台的天资才望，好好做下去，日后也会是朝廷柱石的。”

张之洞说：“谢谢丹老的奖掖。我当尽力而为，但愿不负朝廷的信任、丹老的厚望。”

阎敬铭原以为清流出身的张之洞，会是满身的名士气，却不料这样恳切诚挚，于是点了点头问：“抚台准备跟老朽说点什么？”

张之洞略微停顿一下，说：“朝廷命我承乏三晋，很想为三晋父老做点实事，但却常有力不从心之感。山西弊病很多，依我看来，主要在三个方面。一是乡间广植罂粟，与庄稼争地，官吏军营，多食鸦片，风气颓废。二是从省到州县，吏治腐败，各级官场，疲沓懒散成风，贪官污吏，亦为数不少。三是山西土地贫瘠，所产甚少，百姓生计窘困，难以自救，官府收入枯竭，几乎不能有所兴作。”

阎敬铭说：“老朽寓居山西多年，对山西弊端多少有所耳闻目睹。抚台方才所说的，均是山西积弊。在解州时常听士林说，抚台来晋后力图铲除弊端，整肃民风。士林都称赞抚台气魄宏大。”

张之洞说：“不瞒丹老，自到山西以来，我也曾采取过强硬手段，欲求有所作为。比如说在铲除毒卉禁止吸食鸦片一事上，是不惜动用兵丁，不怕得罪乡绅的。现在看来是收到了些成效。至于整饬吏治方面，也想以清查藩库为缺口，狠狠地煞一下贪污中饱之风。想必丹老也知道，山西藩库竟然有三十年未清账目，这岂不是咄咄怪事！”

“我知道。”阎敬铭沉重地说，“藩库多年不清之事，据我所知，尚不止山西一省。当然，山西三十年不清，确居全国之首位。其他十年八年不清的还有好几个省份。太后要老朽去做户部尚书，但老朽即便要去摸清各省目前的库存银钱状况，都很困难，这个户部尚书如何去做。哎！”

阎敬铭说罢，重重地叹了一口气。

张之洞听了阎敬铭的感叹后，突然灵机一动，说：“我在京师做闲官时，也曾听部院堂官们说，这几十年来六部数户部最难掌。军饷开支大，各省上交又少，不但该交的不交，连别省的过路钱都拦截。难怪户部官员甚至说，各省这种行径类似绿林。”

阎敬铭笑着插话：“翰林变绿林，这句话原本是骂李少荃的，后来竟成了名言，广为流传套用。”

张之洞本想说一句“这是因为像李鸿章那样变绿林的翰林越来越多的缘故”，想一想阎敬铭和李鸿章是同一经历的人，这种清流激愤语言不能在他面前说，于是话到嘴边又咽下去了，改口道：“各省都叫苦，都说亏空多，户部也拿他们没办法。刚才丹老您说的，摸清各省目前库款情况，的确是户部一件大事。我想，丹老这次进京后，第一把火就烧到这事上，山西将为丹老提供一个范例。”

阎敬铭想，这不失为一个好点子。接到进京任户部尚书的圣旨后，阎敬铭便一直在寻思着：身负贤能之名，数度谢旨不应，如今以六十五岁的高龄履任，天下多少双眼睛在看着自己呀，倘若尸位素餐，毫无建树的话，不但辜负了圣恩，也有损自己的清名；倘若要有所建树，这建树要立在哪一点上呢？张之洞不愧是个聪明人，他这个点子可谓一箭双雕：首先是要换取我和户部的支持，同时也的确是给户部的一个启示。好，这样一件既有利于他，又有利于我，既有利于山西，又有利于朝廷的事，为什么不支持？

阎敬铭舒心一笑说："张抚台，老朽全力支持你把山西三十年的藩库账目料理一清，然后再奏请太后、皇上，要各省都效法山西。抚台需要老朽做点什么，就明说吧！"

张之洞高兴地说："丹老真是个实心做事的人，有您的支持，山西的事情就会好办得多。不瞒丹老说，一般性的清查库款，也并不是很难的事。莫说三十年，就是四十年、五十年也不难。我只需找到一个账目清楚的年份，从这一年开始，把现存的所有单据都汇集起来，然后一年一年地去做账。只要有一批细心有经验的账房师爷，花个半年时间就可以重新建立一套账目来。"

张之洞端起茶杯来喝了一口。阎敬铭从这几句话中，感觉到眼前的这位清流巡抚，有一种举重若轻的气概。他心里想：此人有宰辅之才，若遇天时的话，今后的功业或许不在乃师之下。一个念头瞬时间在他的脑子里浮起。

"我不只在于清理藩库的账目，更重要的是要借此机会整顿山西官场。"张之洞放下茶杯，神色庄严地说，"刚才我说过，山西官场从省到州县，贪官污吏不少，而且风闻这个根子就在省城，因为上行下效，才使得三晋吏风更坏。"

张之洞说到这里，压低了嗓音："我通过明察暗访，已知道这个根子便是现任藩司葆庚，葆庚的同伙有冀宁道王定安和阳曲县令徐时霖。他们在光绪三年赈灾时，合伙弄虚作假，贪污了一笔不小的银子。我想通过查库款来查赈灾款，通过清查赈灾款来查出葆庚的贪污案，再通过罢葆庚等人来整饬三晋吏风。"

阎敬铭敛容说："抚台刚才说，通过明察暗访，已知根子是葆庚，还有王定安和徐时霖，是否可以再详细点告诉老朽此中的嫌疑。"

张之洞说："大同府同知马丕瑶，是静澜中丞临走时向我推荐的诚实可靠人。我成立清查局，用的就是马丕瑶。马丕瑶查了几个月的库款，发现葆庚和王定安的不少疑点。另外，衙门里也接到过无名帖子，帖子上说葆庚、王定安、徐时霖沆瀣一气，合伙贪污。我与葆庚相处了一段时期，也觉得他不像个正派人。但现在没有得到真凭实据，下不了手。何况葆庚是藩台大员，王定安背景不小，更需谨慎从事。”

“抚台考虑的是。”阎敬铭慢慢地说，“光绪三年赈灾的事，老朽可以详细地对抚台说说。光绪三年九月，老朽奉旨与曾九帅一起办理赈灾事宜。九帅打仗日久，积劳成疾，江宁克复后即回籍养病。同治四年就有巡抚山西之命，但九帅因病辞谢。第二年正月，因捻寇犯湖北，军情紧急，九帅不得已奉命任湖北巡抚。但湖北军务不顺，九帅于同治六年十月卸湖北抚篆，再次回籍疗疴。这一疗便是七年。一直到光绪元年二月，才接任河东道总督。到次年八月，改授山西巡抚。九帅又请假回籍。直到光绪三年二月，才从长沙启程，四月底到太原接篆视事。”

阎敬铭拿起他从解州带出的老葵扇，随手扇了两下。张之洞边听边想，阎敬铭为何要费这大的口舌叙述曾国荃打下江宁后直到再度出任晋抚的这大段过程？是想告诉我曾国荃这十多年来一直多病，精力不济，故而造成山西吏治的疲沓？是的，阎敬铭毕竟和曾氏兄弟有一番共同战斗的经历，他是借此来摆脱曾国荃的责任。

张之洞说：“曾九帅戎马倥偬十多年，为朝廷立了大功，自己却落了一身病。丹老当年也为平长毛、捻寇吃了不少苦头。”

“王命在身，不得不带病驱驰。自古良将，有几个安逸的。”阎敬铭边说边摇着葵扇。

张之洞明白了，大叙曾国荃的经历，不但有为老九开脱之意，也有为自己表功的一层意思暗寓其间。

阎敬铭停止摇扇，继续说：“光绪三年，山西大旱，在这之前已干旱了一年，连续两年旱灾，把山西闹苦了。怎么个苦法，我不多说，只背两句当年老朽和九帅会衔上奏的话给你听听。”

阎敬铭微闭着眼睛，回忆着。一会儿他睁开两只略显昏花的老眼，背道："古称易子而食，析骸而爨。今日晋省灾荒，或父子而相食，或骨肉以析骸，所在皆有，莫之能禁，岂非人伦之变哉！"

张之洞的心像被利刃刺进似的惨痛着。"易子而食，析骸而爨"这样的字眼，少年时常在书上见过，但总不大相信，怀疑是文人夸大了。没有想到，就在自己的治下，就在五年前的这块土地上，就活生生地出现过。那是怎样的惨绝人寰啊！

二人相对无言，驿馆里的气氛仿佛凝固了似的。

过了好久，阎敬铭才开口："要说大旱两年便惨象如此，原本也不至于。这一则是山西太穷，即便丰年，老百姓也只能半饥半饱，何况灾荒。更主要的是罂粟苗害的。山西农人贪图眼前利益，废庄稼而种罂粟，家中多年来已不贮存粮食了，州县仓库也无粮可贮。山西山多路陡，运载不便。旱灾来时，拿着铜板却买不到豆麦，只有活活等死。"

"所以罂粟苗非铲除不可！"张之洞愤愤地说。

"是的，抚台此举功德无量。"阎敬铭赞许一句后，继续说下去，"当时我对九帅说，发钱尚在其次，首务是去外省办粮，并奏请朝廷命江南各省以粮代银，速运山西救急。一年下来，共赈灾民三百四十万，用银一千三百万两，用粮一百六十万石。"

张之洞插话："山西一千一百万人口，受赈人三成以上。全省地丁银一年才不过三百万两，用银达千万之多。丹老于三晋父老的功德，真山高海深！"

"抚台这话，老朽担当不起。"阎敬铭笑道。这话显然令老头子发自内心的高兴。他神态怡然地说，"这首先是朝廷的恩德，再是各省的捐助，三是山西多数官绅的合力共济。若老朽一人，纵有天大的本事，也无计可施呀！"

"丹老。"张之洞问，"据说当年山西绅商两界捐款不少，您还记得这笔款子的大致数目吗？"

"这就是我要对抚台细说的一件重要的事情。当年九帅定下的救急之策，功莫大焉，弊也莫大焉。”

阎敬铭习惯性地拿起老葵扇，轻轻地慢慢地摇着，好半天才开口：“湘军初起时，筹饷是第一桩头痛的事，曾文正公效法前朝旧事，请求朝廷发空白虚衔执照和空白功牌，用以奖励捐款的士绅。早期湘军的粮饷，主要靠的就是这条来路。”

张之洞知道，这种方法自古以来便有过。虚衔执照，即视捐款数量大小，相应地授一个品衔，赠一套官服翎领，遇到喜庆典礼宴会时，可以穿这套官服摆摆脸面，但没有实职实权。这种交换可以满足许多有钱人的做官虚荣心。通常情况，这个权限在朝廷，执照上的名字由朝廷填写颁下。曾国藩请求朝廷颁空白执照，名字由他填写，则是把朝廷的这个权力揽到了自己的手里。

相对于虚衔执照来说，功牌则低一等。它是立功的记录牌。兵士打仗立了功，视功劳大小发一枚相应的功牌，积到一定时候便可升官。没有上前线打仗的人，用捐钱的方式也可得功牌。有了功牌便有了荣誉，在地方上有许多好处。这种广开名路的做法，的确在历史上曾为应急起过不少作用。

“九帅把它移到山西来。他向朝廷请来空白虚衔执照和空白功牌各两千张，又将这四千张牌照的填写权完全交给藩司葆庚，自己全不过问，而弊病也就出在这里。”

开始说到关键处了，张之洞双目炯炯地注视着这位经历不凡的老头子，要把他的一字一句都记在心里。

“不论是执照和功牌，都有正本副本各一份。正本发给捐款人，副本留在官府存档，以备查询。若秉公办事，则正本副本完全一致，即捐银数量、授衔品级或军功品级两份上所填相吻合。心存贪污的话，则两份所填的就不会吻合。捐款人手里的正本填的银两是实数，存档的副本上填的则少些，这中间的差数便为填写者贪污了。另外，还有的人捐钱少，不足以发执照或功牌，或有的人虽捐了钱但不要牌照，这些银钱也可以被执事人中饱而不露痕迹。这些手腕，即使在当时也难以盘查，事过多年，再查就更困难了。”

张之洞听到这里，心里冷了一下：是的，如何去找呢？这不还是没有真凭实据吗？

“有句古话说，要想人不知，除非己莫为。真要下决心去查，也不是毫无办法的，只是不知抚台真的下了这个决心没有？”

阎敬铭两眼逼视着张之洞。

“请丹老放心，这个决心，我半年前就下了。”

“张抚台，官场上的事都是互相牵连着的，查一件事就会牵连到多件事，查一个人就会牵连到一批人，今后会有许多意想不到的麻烦事出来，甚至会带来极不利的后果。这些你都想过没有？”

张之洞坚定地说：“丹老，您不要为我顾虑太多。我为人向来不存畏惮之心，也从不会向邪恶低头。牵出多少事就办多少事，牵连多少人就查多少人。”

阎敬铭淡淡地笑了两下，说：“张抚台，你这种气概，老朽很是佩服。但老朽不能不实话告诉你，你这种气概用之于京师做言官可以，用之于山西做巡抚则不行。”

“为何？”张之洞望着阎敬铭，恳切地说，“请丹老教我。”

“张抚台，你初为封疆大吏，尚不知地方官员的究竟。若是拿圣人的教诲、朝廷的律令来严格度量这些知府、知县，可谓没有一个合格的。故看一个官员的贤否，只能视其大节而遗其小过。所以，做巡抚的切不可存牵连多少人就办多少人的心思。抓住为头的，惩办几个罪大的帮凶就行了。若全都处罚，谁来为你办事？若他们抱成一团与你作对，你又如何在这个省里呆得下去？故而我劝你，你清藩库，就清赈灾这件事好了；你要参劾，就只参劾葆庚、王定安等几个民愤极大的人好了。”

阎敬铭这番话，说得张之洞直点头，连忙说：“丹老说得有理。古人云水至清无鱼，人至察无徒，这话过去也读过，道理也懂，真正办起事来又不记得了。”

“抚台是明白人，老朽只要稍微点一下就行了。”阎敬铭笑道，“葆庚这人贪财好货，我在光绪三年时便有所觉察。王定安贪婪阴骘，在山西官场士林中口碑极不好。抚台要借他们二人来整肃山西吏治，这点老朽是完全赞同的。二人皆司道大员，官位高，影响大。端出他们来，不只是震惊山西一省，也可儆戒十八省贪官污吏。”

“我想的正是如此。不瞒丹老，我来到山西后给朝廷的谢恩折上就写着‘不忘经营八表’，有人攻讦我，说我有野心，不安于做一个巡抚，觊觎宰相之位。他们不知我的苦心，我是想借山西这块地方为全国立一个榜样。”

“张抚台，这就是俗话所说的，燕雀安知鸿鹄之志呀！”

说罢哈哈一笑。

张之洞也哈哈大笑：“丹老说得好，说得好！燕雀安知鸿鹄之志！”

“张抚台，老朽帮你出一个主意，说不定可以弄出一点真凭实据。”

开始接触到要害了，张之洞忙止住笑，将头倾向前去恭听。

“你立即将所有光绪三年发出的执照和功牌副本调出来，选出其中捐款数量较大的二三十张，然后再派人逐个登门，请他们拿出正本来，两相对照，证据就出来了。”

这真是个好主意！张之洞不由得从心里佩服阎敬铭的老辣。他兴奋地拿过葵扇，一边帮阎敬铭扇风，一边说：“谢谢丹老的指点。”

“还有，我给你带来的杨深秀，他当年曾协助我办了一段时期的赈务，后来被徐时霖要去。杨深秀怀疑徐时霖手脚不干净，曾悄悄地记下了一笔账目。这笔账目也可供你参考。”

“太谢谢了！”

张之洞高兴地起身，对阎敬铭说：“您刚才说的这两点，对山西藩库的清理大有裨益。说了一个上午的话，我陪您到庭院里走走。吃过午饭后，我再向您请教。”

"张抚台，你饶饶我这个老头子吧！"

张之洞愕然望着眼前这个满身土气的大司农，不知此话中的意思。

"你才四十多岁，年富力强，老朽今年六十有五了，如何能奉陪得起！吃过午饭后你让我好好歇息歇息。晚上，我还有重要话对你说哩！"

张之洞这才明白过来，他怀着歉意地说："只怪我求治心切，把丹老当成金刚罗汉看了。好，下午请好好休息，晚上我再来竭诚讨教。"

二　胡林翼被洋人气死的往事，震撼张之洞的心

吃过午饭后，阎敬铭在侄孙的服侍下，躺下睡午觉。张之洞则和桑治平一道，与杨深秀聊天。关于当年赈灾和账目的事，张之洞拟回太原后再深谈，初次见面，则先谈些轻松随意的话题。他们谈学问，谈诗文，谈晋南的民情世风，谈国家的现状和出路，三人谈得很是投机。张之洞发现杨深秀是个人才，无论从功名资望，还是从年岁阅历来看，都具备目前即可重用今后前途远大的条件。晋阳书院缺个总教习，这杨深秀不就是一个极好的人选吗？古人说十步之内，必有芳草，此话真的不假，只要留心辨识，人才到处都有！

吃过晚饭后，张之洞再次走进阎敬铭的房间，二人剪灯夜话。

张之洞诚挚地说："上午与丹老一席话，所获良多。如何获取赈灾款被贪污的真凭实据，我冥思苦想多时不得进展，丹老几句话便解决了这个难题。"

阎敬铭笑道："香要烧给真佛受，话要说给真人听。不是真人，说得再多也无用。"

说罢收起笑容，将张之洞注目良久，严肃地说："老朽这几十年来历尽沧桑，饱经世变，所更之事可谓多矣，所阅之人可谓众矣，

虽天资鲁钝，性近愚顽，不能登圣贤之堂奥，然三十余年来的打磨锤炼，也多少积累点识人办事之能力。上午，老朽与抚台良晤半日，听谈吐，察志量，似觉抚台之气魄风采颇肖乃师胡文忠公，一生事业可与文忠比美，而富贵寿考却又要胜之。惟望多加珍爱，好自为之。”

阎敬铭的这几句话，说得张之洞热血奔涌起来。自通籍以来，张之洞便立下志向，这一生一定要以恩师胡林翼为榜样，像他那样做出一番轰轰烈烈的事业出来。然而，近二十年的久抑不伸，常使他心怀郁郁，有时甚至心灰意冷。出任山西巡抚之后，他自觉为大志的实现迈出了重大一步，但离恩师的事业名望毕竟相差太远。现在，这个恩师的挚友竟然说自己一生的事业，可以与恩师比美，甚至富贵寿考还要超过，这如何不让他兴奋！

张之洞忙说：“丹老此话，对我是一个极大的激励。我一向崇仰胡文忠公，私下里已把他作为自己今生的榜样。只是当年追随左右时尚在稚龄，其时间不长。后来恩师在湖北打仗，我在贵州求学，虽有些书信往来，但终究所知不多。丹老与恩师共事多年，相知甚深，我极愿能多听丹老说点恩师往事，以启愚昧。不知丹老可否赐告。”

阎敬铭微微笑道：“老朽今夜约你来，正是要与你说点文忠公的往事。咸丰十一年十月文忠公去世，到今天已是二十一年了。文忠嗣子尚年轻，将来能否传其事业还不可知。这些年来，每念及此事，老朽常以文忠后嗣不旺而遗憾。文忠入室弟子而又大有出息者，眼下实只抚台你一人。为酬答文忠当年知遇之恩，让他后继有人，也为了酬答太后、皇上的圣眷隆厚，造就大清国未来的柱石，老朽我义不容辞要将文忠一生学问事业的真谛传授给你。”

阎敬铭拿起随身不离的老葵扇，轻轻地摇动起来。几案上的烛光随着葵扇的晃动而跳跃着，时明时暗。张之洞凝视着阎敬铭古铜色的方正面孔，脑子里慢慢地浮出胡林翼的形象来：那是一张长长的因久病而显得灰白的面孔。两张面孔上的五官尽管不同，但有一个极大的相似处，那就是面皮都粗厚而多皱纹，倘若他们穿戴普通人的衣帽混进市井之中，绝无半点异人之处。从里到外，就是一个老农，一个老儒，一个老实巴交的平民百姓。常听人说，中兴时期的名臣名将，如曾国藩、罗泽南、彭玉麟等人，都是这一类型的人。而现在的位高权重者，几乎见不到这类人的踪迹。张之洞似乎突然有所颖悟。他没有细细思索的空暇，他需要全神倾听这位长者的腹心话。

“那年我在工部做侍郎的时候，与部里同寅谈起文忠旧事，有个刚中进士分来户部的主事，居然问胡林翼是什么人。现在又五年过去了，像那个主事样不知文忠是谁的年轻辈越来越多了。就是许多经历过那段时期的人，其实大多也不清楚胡文忠公。说起他来，不外是夸奖他打了几场大仗，仿佛文忠公只是一个平乱的武将而已，他们真正把胡文忠公看低了！”

张之洞插话：“平乱的武将只是塔齐布、鲍超之流，恩师满腹经纶，非一般武将可比。”

“攻城略地，是极为明显的战果，而其他的则不易看到。世间俗人大抵只能看到可触摸的有形之器，至于无形之道，那只能存于高人的眼光中，这也怪不得他们。”

张之洞点点头，表示赞同这句退一步的判词。

“其实，文忠最可宝贵之处，首在拯世济民。他曾对老朽说过，他的一生受两个人的影响最大。一是其父达源公。他粗为识字，达源公便授他先儒性理之书，故他从小便有为天下苍生谋福祉之宏伟抱负。二是其岳父陶澍。他尚未成年时，陶文毅公便赏识他，将爱女许配于他。他终生崇敬这位誉满朝野的岳丈。岳丈给他最大的启示，是要为国为民办实事。”

张之洞插话：“张幼樵平生最为景仰陶澍，称他为近世官吏中的莽莽昆仑，曾、左都远不能与他相比。”

“陶澍整顿盐政，革新漕运，功在当世，利在千秋，的确是近世罕有的良吏。”阎敬铭端起茶杯来喝了一口茶，继续说，“文忠既然以古圣昔贤为榜样，以拯世济民为立身居官之目标，这便使得他远非一般战将可比。他是真正的国家柱石，社稷之臣，比之为古时的谢安、裴度等人并不为过。这些尚属空洞。我想你最想听的，莫过于以文忠旧雨的身份，谈一些他的成功之道。元好问说，鸳鸯绣取从头看，莫将金针度与人。世间好看的鸳鸯绣品多得很，如何绣出来的，则难以窥视，绣女亦决不会轻易授人。文忠已不在了，就老朽我这个当年的旁观者，冷眼所见的金针出没之法，现在来代他传授给你。”

张之洞说：“我所要的，正是恩师的金针。”

“依老朽看来，文忠的成功之道，主要有这样几条。”阎敬铭似在思索，边想边说，“以湖北为地盘，与朝廷分权。”

见张之洞面露惊讶之色，阎敬铭凄然说：“这也是没有法子的事，是当时内外之势迫使的。若不如此，文忠固然不可成大业，朝廷能否得保住也难以逆料。文忠向朝廷分权，分哪些权呢？一分财权。他撤销原设的南北随营粮台，建武昌省城粮台总局，湖北一切进款和开支，均由粮台总局料理。老朽在武昌，便做了好几年的粮台总局总理。湖北一切进款，包括地丁、漕粮、厘金、盐课，一切开支，包括军饷、俸禄、救济、兴建等，都由粮台总局料理，只听文忠一人的，户部不能插手。二分军权。文忠手下的人马，攻克武汉三镇时不过六千人，到他去世前夕，湖北湘鄂军营已达七万余人。这支人马均由他一人筹饷供应，不用朝廷一分钱，因而朝廷也不能调遣，就连湖广总督官文也不过问。”

“关于恩师与官文之间的关系，世间有不少传闻，都说恩师这层关系处理得最为老到深远。”张之洞忍不住插话。

“传闻不少，微辞也不少，只有老朽最能理解文忠的苦心。”阎敬铭叹了一口气说，“文忠认官文的三姨太为干妹，让她拜太夫人为干妈。有人说文忠出此策颇为低下。殊不知，没有此策，何能与官文结成水乳交融的关系？没有这种水乳交融的关系，官文又何能于文忠的一切军事调遣仅画诺而已，不置一喙？还不只这一点。”

阎敬铭压低嗓音，轻轻地说：“文忠手握数万强兵悍将，朝廷能放心吗？满蒙亲贵能放心吗？谁能说，官文不是代表朝廷，代表满蒙亲贵在盯着文忠呢？”

张之洞感到自己浑身冷了一下。二十年来，他的脑子里好像没有满汉之间的畛域，也没有特别费心思去想着这件事。经阎敬铭这一提醒，他突然省悟过来。是的，过去自己不过一芝麻绿豆大的小官，满洲大员们根本就没有把你放在眼里。现在虽说身为巡抚，但说声撤，一纸上谕就够了，何况你如今的情势，也没有构成对他们的威胁之处。但二十多年前的局面不是这样的，恩师手里握的是一支能征惯战声誉卓著的湘军。这支湘军乃自招自养的子弟兵，它可以为朝廷收复失地，也可以从朝廷手中夺走城池，正可谓能载舟也能覆舟。当年恩师办事有多难啊，亏得他如此计虑深远！一时间，张之洞觉得自己增长了许多见识，许多经典上不可记载的学问。今后一旦自己沾上兵权二字，此事真是一面明亮的镜子。

“文忠分的第三个权，乃是朝廷的吏权。”阎敬铭继续慢慢地说，“抚台知道，我朝两司的品级虽比巡抚低，但不是隶属关系。藩司隶属于吏、户两部，臬司隶属于刑部，都有独立的职权，巡抚不能随便干预。文忠因当年战事特殊，不能不集两司之权于一身。又因为湖北最初之藩、臬两司皆平庸文官，不能应付军事之变，故抗疏请求朝廷撤掉庸吏，起用能员。朝廷不得不听文忠的。就这样，湖北两司便成了巡抚的属官，道府州县的升黜，更由文忠一人说了算。朝野不少人指摘他，说他包揽把持。张抚台，老朽今天就这包揽把持四字要好好说一说。”

阎敬铭端起茶杯，挺直腰板，似乎越说越上劲。张之洞起身，拿起剪刀来剪下烧焦的烛心，火苗顿时旺起来，跳跳跃跃的，照在张之洞的脸上。明暗之间，他的那颗硕大的鼻子似乎显得更大了。

“这包揽把持四字，说起来都含贬斥之意。朝廷不愿意看到包揽把持的督抚，同样的，督抚也不愿看到包揽把持的府县。但是，”阎敬铭的语气显然加重了，“没有包揽把持，就没有文忠的事业。事实上，今日中国，一个督抚如果没有包揽把持的魄力，莫说打仗，就是办别的大事也是不可能的。我今夜只点到这里，至于为什么，老朽就不说了，抚台以后慢慢地自会明白。”

张之洞知道，阎敬铭想要说的是，当今中枢决策者不是真正的治国之才，要办出一番事业，只能靠自己去独立奋斗，而独立奋斗的基础就建立在包揽把持四字上。是的，这的确是今天强者为政之奥诀。

张之洞带着笑意说：“丹老，您今夜将恩师包揽把持这根金针度给了我。哪一天我在山西拿起这根金针，若对您有所触犯，您可要对我网开一面啊！”

阎敬铭哈哈笑起来：“只要你包揽得好，把持得对，户部不为难你。”

“好，一言为定！”张之洞端起阎敬铭的茶杯说，“我为您沏一壶新茶。”

“好吧，老朽还要给你说点胡文忠公的故事。”

张之洞端上新沏好的茶，看看蜡烛不长了，又拿出两支新的大红蜡烛来点上。瞬时间，榆次县老旧的驿馆里充满了淡淡的红光。窗外，夜色早已深沉。习惯早睡的山西人都已进入梦乡，连桑治平、杨深秀房间的灯火也已熄灭。古老的榆次县城，仿佛只亮着这一对红蜡烛。烛光下，大清王朝末期的两代能吏，还在兴致勃勃地谈论着既深奥又浅白、既有迹可循又难以套用的中国仕宦之术。

“胡文忠公是个文武兼资的大才。曾文正公曾在一份奏章里说过‘胡林翼之才胜臣十倍’的话，世人都以为这是曾国藩的谦抑。作为他身边的共事者，我知道这句话的分量。这句话固然是曾文正公的谦抑，但也不完全是，文忠之才确有不少方面超过了文正。文正为人过于拘谨，文忠器局开阔，敢于为天下先，凭湖北一省之地，建国中之国。这是需要极大的胆量和气魄的。”

“凭湖北一省之地，建国中之国”。这句话给张之洞很大的震动。他重重地点了点头，仿佛要将这句话深深地镌刻在自己的心扉。

“实在地说，不是文忠打开这个局面，也没有后来曾氏兄弟成就大功大业的基础。文忠就是在寿考上欠缺了，哪怕是中寿，即多活十年，他的事业、勋望和地位，都不会在文正之下。”

夜深了，窗外吹进的风已带着凉意。阎敬铭拿起床头上的一件旧夹衣披上。张之洞看到夹衣的袖口上缝着两块大补丁，他在心里又一次发出感慨。

“丹老，恩师去世时，世上有不少传闻。有说恩师是因文宗爷宾天悲痛而死的，有说恩师是给长毛累死的，也有说恩师是因家事怄气死的。您当时在他身边，您应当最清楚了。”

阎敬铭摸着下巴上未加修剪的花白胡须，想了一会儿后说：“文忠正当勋名隆盛的时候突然辞世，那年刚好五十。英年早逝，不仅他身边的僚属，可说是普天下的忠臣义士都因此而同声悲悼，扼腕叹息。一时间有关他的死因，传说纷纷。你刚才说的几个原因都有。文忠受咸丰爷特达之恩，惋惜咸丰爷去世太早，心中悲痛万分。武昌为咸丰爷设灵祭奠，他每天早晚两次都要痛哭，悲从中来，并不像许多人那样只是做做样子。他本来就有病，悲伤过度更加重了他的病。与长毛作战八九年，无时无刻不在忧虑交加中度过，心力交瘁，是他致病之因。所传的家事烦恼，也不是空穴来风。”

“是不是为嗣子之事？”张之洞试探着问。

胡林翼出身显宦家庭，生母溺爱，早年颇为放荡，不知检束，因此得了花柳病。到了二十三岁大彻大悟痛自改悔的时候，已为时过晚，尽管他有一妻数妾，却没有得到一男半女。这是胡林翼终生最大的憾事，也因此而为他的家庭带来了最大的烦恼。临去世的前两年，他开始考虑过继儿子的事。

胡林翼倘若有亲兄弟的话，这事便不成难事。按习俗，亲侄子过继是理所当然的，哪怕只有一个亲侄子，这个侄子也可以一身兼祧，甚至可以名正言顺地娶两个正妻，两个正妻所生的儿子分别继承两房的香火。倘若胡林翼是个普通人也好办，从他的后一辈中任挑一个出来就行了，不会有过多的麻烦事出现。

然而，胡林翼既无亲兄亲弟，又身为湖北巡抚，还加之有太子少保这样令人目眩的崇高头衔，事情就异常麻烦了。胡林翼同父的兄弟没有，同祖的堂兄弟却很多，谁不希望将自己的儿子过继给他为嗣子？一旦做了胡林翼的嗣子，则将继承胡林翼多年浴血奋战所换来的除官位和权力外的一切，比如万贯家财良田美宅，皇上所赏赐的各种民间看不到的金玉宝物，及象征贵重身份的狐皮黄马褂和骑都尉世职。此外，还有一项特殊的荣耀和实用兼顾的好处。

清代制度，为朝廷立了大功的高级官员死后，其子孙可以得到余荫。这些余荫包括：直接进入中央各部任职，或赐以举人功名，一体会试。如曾国藩去世后，其长子曾纪泽承袭侯爵，次子曾纪鸿、长孙曾广钧均赏举人，准一体会试，次孙着赏员外郎、三孙赏给主事，待成年后即分部学习行走。真个是封妻荫子，荣耀至极。

不要看轻了“赏举人”的好处。秀才成举人，中间要通过一个关口，即乡试。乡试每三年举行一次，全省一次录取约七八十个人，许多人一辈子就被卡在这里，过不去。如曾国藩的九弟曾国荃，不可谓不聪明，但他一生的功名亦不过秀才而已，并未过举人这一关。而曾广钧便仗着“钦赐举人”这一便利，直接参加会试，二十三岁便中进士入翰林，完成了他的伯父和父亲终其一生没有走完的科场之旅。

有这样大的好处，胡林翼的同祖兄弟们，谁不想把它捞在自己的手里？于是，人性中卑劣的一面，便因利益的争夺而全部暴露出来。送礼的，走门子的，互相攻讦揭短的事情都来了。眼看着一个孩子可以入选，却又突然冒出其母不守妇道，此子不是胡家血统的浮言，弄得那家主妇哭哭啼啼扬言要上吊投水。本来好端端的人人羡慕的益阳胡氏大家，因为嗣子一事，闹得彼此之间脸红脖子粗，甚至成了生死对头。胡林翼好几次苦恼地对阎敬铭说，年近五十而无子，本已是人生之悲哀了，又因立嗣引起家族不睦，真是悲上加悲、哀上加哀。

阎敬铭把这一段往事说出后，特为强调：“这事虽然加重了文忠的病情，但还不是致死之由，真正把文忠送上绝路的是洋人。”

“洋人？”张之洞颇为惊讶地说，“恩师并没有跟洋人直接打过交道，此话从何说起？”

“是的，文忠并没有直接与洋人打过交道，但那时的武昌城里已有洋人在活动。”阎敬铭的脸色顿时变得阴沉起来。“那是咸丰十一年八月份，文忠去安庆看望曾文正公，恰好咸丰爷晏驾哀诏下达安庆，文忠悲伤，急着要回武昌主持祭奠事。文正送文忠到长江码头。二人说起咸丰爷盛年驾崩，说起长毛猖獗时局严重，都为国家的前景忧愁不已。正在这时，文忠停止了说话，两眼直瞪瞪地望着江面。”

张之洞发觉阎敬铭两眼死盯着漆黑的窗外，仿佛窗外便是安庆城下那条奔涌不息的大江。

“文正顺着文忠的眼光向江面望去。原来，大江中流，正有一条高扬着米字旗的英国轮船，由东向西，迎着滚滚波涛逆江而上。在英国轮船的前面，有两艘湘军水师的长龙在划行。长龙是湘军水师的大船，上面可坐百十来个人，气势宏大，甚是威武，长毛水军见到长龙便胆怯。二人都注目看着。一瞬间工夫，英国的海轮便追上长龙。它所激起的巨大水波，冲击着那两艘长龙左右晃荡，扬起的水花，纷纷落在长龙的甲板上。甲板上的水手在抱头逃窜，有的人已在卸风帆了。长龙上出现一片手忙脚乱惊慌失措的场面。这时，水师统领彭玉麟也来到他们二人的身边。见此情景，彭玉麟气得骂了一句：这些洋鬼子可恶！他瞥了一眼文忠，只见他双眼发直，脸色铁青。一种不祥之兆在彭玉麟的心里冒了出来。”

张之洞也感受到了一股气氛上的冷酷，下意识地说：“彭公当时要是劝恩师回去就好了。”

“这是不可能的。”阎敬铭立即说，“作为湘军水师统领，彭玉麟与他的水师将士是血肉相连的，见到英国船在我们的大江上如此横行霸道，目中无人，他早就气得咬牙切齿了。他是一定要看个究竟的，怎么会劝文忠回去呢？”

说的也是。张之洞想，假设换上自己，也是会要看个究竟的。

“就在彭玉麟再将目光投向江面时，一桩意外的事情发生了。在两艘长龙的前方，有一条舢板也正在江面上操练，来不及躲避，被后面劈波斩浪气势汹汹的英国轮船所激起的浪涛打翻了，舢板上的十几个湘军全部掉到江里。英轮甲板上的水手拍手跳跃，幸灾乐祸。转眼间，这只轮船便开出一两里之外，将湘军水师的长龙和舢板远远地甩在后面。彭玉麟气得正要再骂的时候，猛听得‘哇’地一声，文忠口吐鲜血，晕厥在地。急得文正和彭玉麟忙叫士兵们把他抬进附近民房。文忠醒来后，一手握着文正，一手握着彭玉麟，气势微弱地说：洋鬼子欺人太甚，我大清今后真正的敌人，不是长毛而是洋人。长毛成不了气候，要不了几年便可削平。洋人有坚船利炮，我们现在还不是敌手。洋人可恶，但洋人的船炮可爱。不学洋人造船炮的技艺，大清难以强大。他转脸对着彭玉麟说，雪芹，湘军水师的强大，要靠涤丈和你了。文忠说完这句话后又昏迷过去了，没过几天便溘然长逝。文忠是的的确确被洋人气得呕血而死的。”

深夜的榆次驿馆，一片沉寂，张之洞感到浑身凉飕飕的。胡林翼临终前的这段话，久久地在他的脑中盘旋。龙树寺吴大澂砸俄国怀表，众清流发誓不与洋货沾边的悲愤情景，又在眼前浮现着。一时间，他仿佛觉得自己在这件事上突然有了新的领悟。他喃喃自语似的说着：“恩师在世上所留下的最后几句话，是金玉良言，值得我们深思。”

“老朽今夜之所以要郑重其事地把这事告诉你，也就是希望能引起你的深思。”阎敬铭把夹衣上的布扣扣上。“老朽后来做湖北藩司、山东巡抚，接触过不少洋人，又有幸和郭嵩焘星使长谈过，听他说起英、法等国许多我们见所未见、闻所未闻、想所未想的事。看来，泰西之所以国强民富，自有他们的长处，值得我们效法。文忠可惜死早了，不然的话，他在这方面应会有一番大的兴作。老朽现在虽蒙太后特达之恩，但已是桑榆暮年，做不了多少事。抚台年富力强，国家的事情要靠你这样的人来做。”

张之洞被阎敬铭这最后一句话所打动，隐隐约约感觉到，中国是有一番新的事业在等待有识之士去做。这番事业就是所谓的夷务吗？这可是要受官场士林众多攻讦的事！见新添的蜡烛又将燃尽，知夜已经很深了。明天都还得有一番旅途劳累，便起身对阎敬铭说：“丹老，您今夜所讲的恩师如何处世为政，对我的启益很大；尤其恩师呕血而死的这桩事，对我更是一个震动。您也很累了，应该休息了。到了太原后，我再向您请教。”

阎敬铭也起身说：“今夜就说到这里吧，到太原后我们还可以再详谈。同治六年，陶夫人将文忠生前文稿付梓，刷印了三百部。承蒙陶夫人看得起，送了我一部。这些年来，我每年都要通读一遍，并随时写点感受在上面。原想为小儿存一份资政借鉴，怎奈他们不成器，老朽也不想明珠弃暗，将它从解州带了出来。以抚台与胡家之关系，陶夫人自然会寄赠的，想必你对老师的遗集也会认真去读。但老朽的那一套，上面写了十来万字的札记，都是有感而发，或许多少能对抚台有点启示。”

阎敬铭从随身的樟木箱子里取出一个蓝色粗布包，打开蓝布，露出整整齐齐的十余册书来。阎敬铭双手托起这套书，神色庄重地对张之洞说：“老朽感激抚台多次荐举之情，无物酬谢，现将乃师的遗著转送给你。这是乃师一生心血的结晶，不识者只把它当成一部普通书看待，识者便知此乃一座取之不尽用之不竭的宝藏。愿抚台公务之暇随时披览，莫辜负乃师生前对你的恩惠和老朽对你的期望。”

张之洞郑重地接过这叠厚重的书册，突然有一种佛教徒接受衣钵似的感觉。他轻轻地翻开封面，赫然见扉页上写着一段话：

润芝兄多次说过“得人者昌，失人者亡”的话，这或许是他一生事业成功的根本所在，亦或许是此遗集的精髓所在。阎敬铭光绪八年第十五次通读后记。

他再翻开后面几页，只见每页的天头地脚上都有密密麻麻的字迹。张之洞合上书，激动地说："这部书不仅是恩师一生心血的结晶，也是您一生心血的结晶。您没有将它传给自己的儿子，而是送给了我。此情此谊，我会终生铭刻在心。恩师的遗集虽多遍诵读过，但先前不负实责，读来总有隔靴搔痒之感。今后再读，心将会与恩师贴得更近。何况这上面有丹老您的许多认津识渡的指教，将更会使我获事半功倍的收益。我初为疆吏，虽有满腔为三晋父老办事之心，却苦无良方，今后尚望丹老时常赐教。山西穷苦，银钱极匮。丹老寓居解州十余年，对山西之困苦，会比我知道更多，同情更烈。此番进京执掌户部，还望老前辈今后在下拨银钱、周济贫困、减免赋税等方面，对山西略存悯恻之念。我今夜以山西巡抚的身份，代三晋一千万父老乡亲向丹老恳求了。"

说罢，双手抱拳，深深地一鞠躬。阎敬铭双手抚着张之洞的肩头："抚台免礼，老朽自会尽力而为。"

三　终于找到了藩司一伙贪污救灾款的铁证

阎敬铭在太原城住了五天后，在侄孙和山西巡抚衙门专门派出的一名武巡捕的陪同下，离开太原径赴北京履任。张之洞指示清查局按照阎敬铭所教方法办事。

马丕瑶将光绪三年赈灾时期的虚衔执照全部调出来。两千张执照发出了一千五百余张，其中捐六品至四品中级品衔的有三百余张，占全部捐款的一半，约二百五十万两。这中间捐四品和从四品两种品衔的有四十二人，共一百三十八万两。这四十二人全是票号的老板。

票号亦称票庄，又称汇兑庄，是银行业在中国出现之前，中国近代社会中的一种信用机构，经营汇兑、存款、放款等业务。据说此种机构明末清初时首创于山西，又说是乾隆嘉庆年间，由山西平遥籍商人在天津所设的日升昌颜料号改组而成。总之，票号多为山西人经营，故有“山西票号”之称。在咸丰、同治年代，山西票号业务十分兴隆。光绪年间又有新的发展，其分号遍布全国各地，有几家大的票号正准备在东京、莫斯科开办海外分号。山西穷苦，山西的金融业却这样发达，这真是一件令人深味的趣事。

“信任”二字是票号的生命。雄厚的资本、经营者守信义重诺言等等，都是票号获取信任的极为重要的条件。然而，在中国，一切行业，都必须和官府拉上亲密的关系，有官府做后台，官府给脸面，才能在百姓的眼中有地位。依傍官府，则是票号换取信任的重要手段。故而，票号老板都加强与官府的联络。不但要与抚、藩、臬这三个实权在握的衙门保持密切的联系，还得支持官府所提倡的事情。所以，山西票号的老板们，对于官府号召的捐款赈灾不敢怠慢。这是其一。

其二，票号老板尽管有金山银垛，日食山珍海味，夜宿豪华宅院，出则前呼后拥，入则妻妾成群，但他们终究是民而不是官。在翎顶辉煌的会议酒宴中，没有他们的一席之地；在衣冠衮衮的公众场合，主持者也不知把票号老板摆在哪个座位上。这些腰缠万贯的阔佬，常常会因此而尴尬而沮丧而脸上无光。所以，他们要用银子来买顶子，银子多的票号老板，则希望买一个品级高的顶子。只是因为朝廷有规定，用钱买官的，最高不能超过四品，若没有这个限制的话，他们中也有人宁愿出几十万，上百万两去买个一、二品的红顶冠在自己的头上。他们为的不是权，而是争个社会地位，取得社会的认可，好让芸芸众生知道：读书从政是一条通向成功之路，经营票号也同样是一条通向成功之路，同样也可以达到人生的高峰，赢得荣耀和风光。这也是所有发达的票号老板乐于用银子来换取虚衔执照的重要原因。当然，同时也因此为票号争得了更大的信任。可以设想下，一个票号的老板是四品衔的官员，一个票号的老板是无品无级的布衣，有钱人对哪家票号更信任？他的银子更愿意存入哪家票号？在中国，这是个答案很简单的问题。

这些票号的老板，尽管本人在全国各大分号来回巡视，但他们的根子都还扎在原籍。通常在原籍都有大庄院和大片的田土，或由父亲，或由兄弟，或由嫡妻掌管家政，虚衔执照这种朝廷颁发的重要文书，照例都保存于原籍的老家。因此，查核正本并不是一件难事。

清查局派出六名委员，分头到这四十二家票号老板的原籍去查核。两个月后，这些委员都相继回到太原。果然如阎敬铭所料的，此行收获巨大。四十二个老板家中所保留的正本，上面所书写的捐银数量，除七人与副本相符外，其余三十五名的正本均与副本不符，正本的银数一律多于副本，相差大的达三千两，相差小的也有八百两，总共有七万余两，约占四十二名老板所捐款的二十分之一。一千五百余张虚衔执照共换来五百余万两银子，照此推算，当有二十五万两左右的出入。

杨深秀所提供的原始记录也起了很大的作用。他只记录了两个半月的捐款细目，将这张细目与保存在藩库里的，由徐时霖签名的一千二百余张军功牌副本上的银数相比，有二万两银子的出入。

现在情况大致明白了。在光绪三年赈灾期间，由藩司葆庚主持、冀宁道员王定安为副手，以阳曲县令徐时霖为主要办事人的善后局，在接受捐款一项中，有确凿证据的贪污银子为九万两，怀疑贪污银子三十万两左右。

张之洞看到清查局送上来的这份禀帖，不由得怒火中烧。这可不是寻常的贪污，它贪污的是救灾的银子。在那大灾大荒的年月，一两银子就是一条人命呀！身为朝廷命官，手握朝廷授予的权力，处于百姓父母官的地位，掌管着百姓的生死命运，却利用权力去中饱私囊，置百姓的生死于不顾，真正是良心丧尽，天理不容！张之洞恨不得即刻就将葆庚、王定安等人抓起来，绑赴街市，杀头示众，以平民愤而大快民心。但他们身为司道大员，不能如此简单从事。他和桑治平商量着。

桑治平说："阎丹初先生明知山西赈灾款里出了事，也明知葆庚、王定安等人有贪污嫌疑，但他就是不出声。既不向朝廷奏报，也不向曾国荃、卫荣光揭发，假若这次若不是去京师任户部尚书，他可能还会缄默不语。这是为什么？”

张之洞说：“你这个疑问提得好。依我看，不外乎两个原因。一是身处客位，虽有怀疑，不便去一一查实，手中没有真凭实据，则不便挑明。二是明哲保身，多一事不如少一事。”

桑治平两只手来回地搓了很久，说：“这两个原因是不错，不妨还可深入思考一下：阎老先生以赈灾钦差大臣的身份，来告发山西的司道大员贪污赈灾款，他自己觉得可能不合适。要说顾虑，他最大的顾虑可能是那个曾九帅。前几年，曾九帅在山西，葆庚为其所信任，王定安又是其一手提拔的心腹。曾九帅不愿意伤害这两个人，况且身为一省之主，赈灾款中出了这样的大问题，巡抚也难逃其咎。阎老先生是深知曾九帅的为人的，若触及此事，他会来个一手遮天，全盘否定。卫静澜胆小怕事，既怕麻烦，更怕得罪曾九帅。故而归根结底，山西的事情都在曾九帅身上。香涛兄，你要先有这个准备，得想想如何对付那个恃功自傲，又得到太后信任的威毅伯。”

“我不怕那个威毅伯！”张之洞毫不犹豫地说，“去年二月，授他陕甘总督重任，朝廷倚重他，他却在老家养病，居然一养半年不赴任。八月，我上疏太后，说陕甘重地，不可久无总督，曾国荃既然病情严重，不如开缺，让他安心在家养病。结果朝廷真的将他开缺了。要说得罪，我早已得罪了他。”

桑治平笑道：“这两者之间有所不同。去年那道奏疏，固然是对曾九帅不客气，但没有伤他的面子。他可以说自己的确是重病缠身，说不定他是不愿意去兰州那个苦地方，巴不得你上这道折。你看他今年放两广总督，接旨就起程了，前后判若两人。同是总督，他愿意去广州，不愿意去兰州。若去年放的就是两广，他决不会在湘乡呆半年。”

张之洞也笑道：“正是的哩，你说到他的心窝里去了，我倒真的是小骂大帮忙了。”

桑治平说：“这次不一样。葆庚、王定安都与他关系密切，他至少有失察之误。曾九帅是个极霸道的人，给他脸上抹黑，他不会善罢甘休。”

“他不善罢甘休又怎样？”张之洞有点气愤起来，“大不了他反咬一口，告我一个诬陷之罪，要朝廷撤掉我这个巡抚之职，我也不怕。何况，只要证据确凿，他也反咬不成。”

“你有这个准备就好。”桑治平沉吟片刻后说，“阎老先生不愿以共事人的身份揭发对方，他的这种谨慎的处事方式也不是不可效法的。我看，这事是不是可以这样办。”

“你说怎么办？”张之洞两眼盯着桑治平，急切地等着他的下文。

“我们把证据办得扎扎实实的，然后再把这些证据弄到京师去，请你过去的那批朋友张佩纶、陈宝琛他们上一道参劾折。这样做，或许更妥当些。”

张之洞想了想，说：“也好，把这个功劳送给幼樵、弢庵。我叫叔峤去协助马丕瑶，把文字理得顺畅些。”

就在巡抚衙门商量如何惩处贪官污吏的时候，藩司衙门也在紧张地计议如何对付这位办事认真的名士抚台。

还是葆庚三姨太卧房后面的绝密烟室，过足了公班土瘾的徐时霖，带着揶揄的口吻对王定安说：“鼎翁，你的三条妙计：劝阻、包揽、美人，现在看来一条都没有起到作用。你还有什么别的法子可想吗？该不是到黔驴技穷的时候吧！”

王定安焦黑干瘦的脸上一副阴冷的神色，他瞥了徐时霖一眼说：“徐县令，你别幸灾乐祸。张之洞若真的把什么都抖出来的话，我王定安过不了关，你徐时霖的七品乌纱帽也保不住。”

本来躺着的葆庚一屁股坐起来，面色沮丧地指责小舅子：“你还有心思说风凉话，大家都坐上一条漏水的船了，要得救大家都得救，要沉大家都沉！”

徐时霖顿时感受到一种灭顶之灾的威胁，心里一紧，闭着眼不再说话了。

烟室里一片沉寂。尽管未燃尽的烟泡仍在散发着诱人的余香，但三个烟客已再无吸食的心情了。

“大家还是得同舟共济，商量出一个法子来渡过这一关才是。”葆庚离开烟榻，在屋子里迈着方步，一向肥胖的他，这两个月来因焦急害怕已明显地消瘦了，素日转动灵活的两只小眼睛也变得呆滞了。他朝着王定安说，“鼎翁，你多年来跟着曾文正公和九帅，见过大世面，踏过大风浪，你难道就再拿不出个主意了吗？”

王定安仍旧斜躺在烟榻上，手捻着老鼠般的稀疏黄须，一言不发，两只眼睛盯着烟灯出神。

“你们都不做声，我倒有一个办法。”葆庚停止迈步，斜躺的王定安、盘坐的徐时霖都注视着他。“我们都敌不过张之洞，我看干脆主动向他自首算了。一共亏空多少银子，我们垫上。我知道鼎翁在太原城几家大票号里都入了股份，这几年生了不少息，你的那一份拿出来不成问题。我的银子，兄弟捐官，儿子娶亲，都用空了，一时拿不出，鼎翁你就先借我几万吧！”

徐时霖立时叫起来：“我的银子也空了，一时也拿不出，鼎翁也借我几万吧！”

“嘿嘿！”王定安未开言先冷笑了几声，“葆翁，你这话是在逗我呢，还是真向张之洞投降？”

说罢也坐起来，两眼直勾勾地望着葆庚。葆庚觉得那两道目光，犹如两把尖刀似的直插进他的心窝，刺得他发痛。

“不瞒二位说，银子我拿得出，十万二十万，那些票号的老板都是讲义气的汉子，可以借给我，但这算是主意吗？葆翁呀葆翁，亏你做了这多年的方伯，你以为把挪用的银子垫补上，你就可以安然过关了吗？一个吏目或许可以免去坐班房，一个正三品的布政使还能保得住头上的蓝宝石顶子吗？辛辛苦苦混到这个地步，你就甘心到头来竹篮打水一场空？”

“那你说怎么办呢？”葆庚也知道这个法子并不好，他是想先赔出贪污款，以此来赎免更重的处分。革职是免不了的，只要不充军不囚禁，他在京师闲住两年，凭着家世背景和人脉关系，再加上大把的黄金白银，不愁开复不了。一旦开复，他确信过不了几年，这顶正三品官帽又会稳稳当当地重新戴上。当年琦善因丢失香港，先是被革职抄家，没几天又奉严旨在广州就地处决。结果，既未就地处决，也未秋后处决，发往军台效力不到一年，便赏四等侍卫，充叶尔羌帮办大臣。第二年又赏三品顶戴，升热河都统。再过三年，授四川总督，恢复头品顶戴协办大学士。五年时间，一切复原。琦善那大的罪，那重的惩罚，他靠的什么来转圜，还不是一靠家世，二靠人脉，三靠金钱。相对于琦善来说，贪污几万两银子算得了什么？作为豫亲王的后裔，葆庚深知朝廷的法典，像他这种人，只要不杀头，就一切都好办。大难到头，先设法免去皮肉之苦，才是当务之急。

“我说怎么办？让他张之洞办不成！”王定安猛地从烟榻上坐起来，一副跟张之洞干到底的气势。

“怎么个让他办不成法？”葆庚似乎从中看出一线生机。

兴许是刚才坐起太急，王定安有点气喘喘地说：“我们赶紧拟个折子，搜罗张之洞来山西一年来各种不当之事，坐他个渎职之罪，建议朝廷罢去他的山西巡抚的职务，他就什么事都干不成了。”

“张之洞有渎职的罪行吗？”徐时霖提出疑问。

“怎么没有？”王定安冷笑道，“私自动用兵丁下乡铲除罂粟苗，就是一条大渎职罪。你们都知道，方濬益说的，全省因此事造成的人命案就有七八起，烧去房子不下二三百间，这个罪还不重吗？”

“对啦！”徐时霖拍起手来，“这一条就够他受了。”

葆庚想起当时自己也很卖力地执行这个命令，倘若要认真清查起来，自己也逃不了责任，何况这事还要牵连提督葛勒尔，于是摇摇头说：“这事是张之洞和葛勒尔共同办的。葛勒尔是个翻脸不认人的魔头。他若知道是你我告发了他，说不定会拿刀子捅了我们！”

葛勒尔的性格王定安也是知道的，葆庚说得不错，惹恼了他，弄不好半夜被人劈了，还找不到对头。

王定安心里一阵发毛后，也不敢坚持了。

见王定安不开口，葆庚说：“我们请九帅帮忙吧，若九帅出面讲话，一切都没事了。九帅一个小指头，就把张之洞扳倒了。”

“你也说得太容易了！”王定安抬起头来，面上带有几分忧郁的神情。“张之洞这个人也不是好惹的，去年他就戳了九帅一下。”

葆庚说：“九帅正好要找个借口出气呀！”

“九帅离开了山西，他又怎么好再来过问山西的事呢，得为他找个理由才是。”

“我看也不要麻烦九帅了，干脆，来它这么一下！”徐时霖咬紧牙关，伸直右手掌，用力晃了晃。

葆庚一见，顿时脸黑了，王定安也呆住了。

徐时霖走到二人的身边，三颗脑袋靠得紧紧的。

徐时霖低声说：“过几天就下手，到时朝廷查的就是命案了，谁还会再管五年前赈灾的事！”

葆庚唬得直盯着王定安。王定安木头似的立了半天后，轻轻地点了两下头。

三颗脑袋靠得更紧，说话的声音也更轻微了。

四　巡抚衙门深夜来了刺客

前几天，护送阎敬铭到京师的郭巡捕回到太原，带来阎尚书给张之洞的一封信。信上说，在拜见太后时，他已将寓居山西多年来亲眼所见的弊端，择其大者跪奏太后，还着重谈了清查藩库的事。太后用心听了奏对，说张之洞办事实在，山西大灾后尚未复原，户部要照顾山西。

张之洞读到这里，心情很激动。“办事实在”这四个字，无疑是对自己到山西一年来所作所为的嘉奖。这对参劾葆庚、王定安，以及彻底清除山西官场三十年来的这桩大积弊，是一个莫大的支持。他十分喜悦地读下去。

接下来，阎敬铭告诉张之洞，要充分利用太后“户部照顾”这道口谕做文章，将山西几桩积年未决的大弊端，如晋铁贡输一百年来脚费一直未提高等迅速奏报，我这个户部尚书将尽力来办。

这真是一件大好事！类似贡输晋铁这样的事，在山西真是太多了。山西本是贫瘠之省，银钱一向十分短缺，还要无端地增加这些负担，从而招致百姓更大的怨恨，也使得百姓更为贫困。现在，阎敬铭以户部尚书的身份，愿意出面来解决山西这些积欠的大问题，岂不是天赐良机！张之洞再次领悟到“朝廷有人好做官”这条古训，自思这几个月来对阎敬铭所下的工夫没有白费。

张之洞安排桑治平和杨锐办理此事。经过他们二人多方查寻访问梳理归纳，一共列出了十七项因公家经费不足，不得不向百姓摊派的弊政。这十七项分别为：铁、潞绸、农桑绢、生素绢、呈文纸、毛头纸、京饷津贴、科场经费、岁科考棚费、兵部科饭食、印红饭食、秋审繁费、臬书饭食、臬府县三监繁费、土盐公用、各府州岁科考经费、交代繁费，共需银三十万两左右。

张之洞看过单子后大吃一惊。一来山西，便听说各种摊派严重，却没有想到摊派的项目这样多，为数这样大，而且大多毫无道理。十七项摊派一项一项地摊下去，无异于在百姓已经疲劳不堪的脖子上，再套上一根根要命的绳索。弊政单的最后面引了灵丘一个老农的话：“俺们老百姓好比一棵白菜，官府的一次摊派好比剥去一片菜叶，一年下来，叶子都被剥得精光，只有等死。”张之洞读了这句话，心里沉痛极了。

自古以来，朝廷设官置衙，为的是什么？还不是为了能让老百姓安居乐业、平平安安地活下去吗！可是由于机构繁多、人员冗杂，而且还要贪污中饱，老百姓的血汗膏脂几乎被榨干。官衙不但不给百姓造福，反而给百姓添祸。如此看来，这些官衙岂非不要更好！而更令人忧虑的是，朝廷首先带了这个坏头，把负担转嫁给各省。上行下效，又岂能过多地指责州县保甲？

张之洞细细地审查这些项目，其中京饷津贴引起了他的特别注意，这是一项给京师低级官员的津贴费。

张之洞做过多年的小京官，深知小京官的俸禄太低。地方官吏的正俸尽管也很低，但年终的养廉费颇高，足以填补平日的亏损，而各部院小京官的养廉费却很少。握有实权的六部尚有人进贡，而号称清水衙门的翰林院、国子监则几乎无分文额外收入，这些衙门里的小官吏若不寻点歪路子，简直连一家老小的正常开支都不够。张之洞实在不明白，开国之初是如何制定这一套薪俸制度的。小京官中许多人也有权，小京官也要讲体面，当体面都维持不下去的时候，他们自然会要利用手中的权力，去谋求一己的私利，从而坏了国家的法规。朝廷订这样的薪俸制度，岂不有意将官吏逼上梁山？

朝廷直到近年来才开始给小京官发津贴。发津贴是对的，但要从国库开支，不能由各省分摊，将这笔负担转嫁各省。

张之洞虽然对朝廷这种做法不满意，但知道“撤京饷津贴”这条不能提，一提就会得罪京师所有小京官。小京官若群起而攻之，则很有可能这件事就办不成了。其结果只能是一项摊派都免去不了。不能因小失大。有的是山西省内的事，如岁科考棚费，也不应上转给朝廷。张之洞为此剔除了一些项目。剩下的如铁、绸、绢、纸等几个大项，加起来也有二十余万两银子。若能免去这些摊派，也就解决大问题了。

张之洞拿起笔来，在桑治平、杨锐报上来的禀帖上写了几句话，要他们分别就铁、绸、绢、纸几项单独拟折，属于省内的摊派，容日后逐一解决。

写完这段批语后，夜已经很深了。他离开书案，慢慢地走动几步，借以活动筋骨。这时，杨深秀推门而入。

“已二更天了，您还没睡？”

“你不也没睡吗？”张之洞案牍倦烦，正想找个人来聊聊天。“坐一会吧，我刚收到一篓我姐夫从福建寄来的铁观音，想喝吗？”

杨深秀生性豪爽，又喜欢喝茶，忙说：“福建的铁观音是天下名茶，既是鹿藩台寄来的，必定是铁观音中的极品。大人有这等好茶，我怎能不喝？”

张之洞的姐夫鹿传霖三个月前奉调四川藩司，离开福建时，特为给内弟寄了一篓新茶。两年前，张之洞还只是一个侍读学士时，鹿传霖便已是福建臬司了。这两年张之洞吉星高照，官运亨通，一连几个大跃步，而今官位已超过姐夫。鹿传霖干练稳重，一向官运好，现在才四十七岁，便已做到藩司，也算是有福之人。郎舅俩关系亲密，常有书信往来。

杨深秀刚坐定，大根便提着一壶开水进来。不管多晚，只要张之洞没有就寝，大根就不睡觉，这是十多年来的习惯。来到太原后，大根知道四叔身为一省之主，身边又无夫人照顾，便更加自觉地承担起照料四叔的一切事宜。春兰来后，也和丈夫一样，每晚都要等张之洞睡下后再安歇，为的是好随时照应。

大根泡好了两杯茶。一杯递给四叔，一杯递给杨深秀，然后又提着茶壶出去了。

杨深秀笑着说：“福建人喝铁观音，专门有一套程序，不是这样用大碗泡。”

张之洞说：“这我知道。但那程序太麻烦，那是无事做的人想出的一套消磨时间的法子，我耐不了那个烦。”

杨深秀喝了一口后说：“这茶味是不错，真不愧为天下名茶。若是福建人泡出来的，或许会更好。”

“你这人是得寸进尺。”张之洞笑道，也喝了一口，“就这样喝，我已经很知足了。”

杨深秀说：“我刚才在杨叔峤那里闲聊，出门时见您这儿还亮着烛光，想起了一件事，要跟您禀报，不知您今夜有没有工夫？”

“什么事，你说吧！”张之洞重新坐到书案边，顺手将摊满一桌子的禀帖收拾着。

“那一年，我帮县衙门誊抄全县地亩钱谷账目时，发现一个问题。”

“什么问题？”张之洞双目炯炯地望着杨深秀。

“闻喜县的地亩数与实际情况不符。”杨深秀一边喝茶，一边慢慢说，“首先，我看到我们青石堡的田亩数为六万八千亩，这个数目便不对，我们青石堡实有田地七万四千亩。这是家父做保长时亲自督人丈量出来的。后来我问了几个朋友，他们所在地的田亩数也比县衙门所载的要多。”

“为什么会有这种事出现？”张之洞放下手中的禀帖，皱起眉头问。

“我也想过这事，为何会有六千亩的出入呢？”杨深秀略停片刻说，“后来想通了。原来，闻喜县的田亩还是道光二十二年时丈量的，距今已整整四十年。这四十年间新开了不少荒地，这些新开的荒地都没有算上。这是其一。其二，当年丈量时就不准确。许多大户人家为了少交田亩税，买通丈量人员，隐匿了田亩。这原是历朝历代都有的事，本不为怪。闻喜一县如此，其他县也差不多，全省加起来，这笔数字就不小，大为影响藩库的收入。”

“嗯。”张之洞轻轻地点头，“你说得对，看来要重新来一次丈量田亩。”

“大人这个想法太好了。”杨深秀大为兴奋起来，“四十年没有丈量了，很有重新丈量的必要。这首先是为了摸清我们山西的家底子，看看究竟有多少土地。我想，大人身为三晋的抚台，这个数字是一定要准确的。其次，山西贫困，税收主要靠的是田亩税，把多出田亩的税收上来，是一笔可观的收入。”

“好！”张之洞高兴起来，“漪邨，你说的是一条增加税收的光明正道。”

“谢谢大人的嘉奖。”

“你有什么好的丈量土地的方法吗？”初为地方官的张之洞毫无这方面的经验。

“有！”杨深秀胸有成竹地说，“每每看到鱼身上长的鳞片时，我就想，难怪鱼能保护自己，原来是一片紧挨着一片，没有一丝地方裸露着，严严实实地，别的动物要伤害它，都无从着手。”

张之洞饶有兴致地端详着眼前这位刚过而立之年的举人，心里想：鱼身上的鳞片谁都见过，但谁也没有从鱼鳞上得到过什么启发，这个年轻人会有什么启发呢？

“我时常想，哪天我若做上百里侯的话，一定要模仿鱼鳞片，把全县的土地一一弄清楚。”

“如何模仿法？”张之洞觉得这话说得很有趣。

“是这样的。”杨深秀不慌不忙地说，“我把我所管辖的县的地图放大，放到在它的上面可以标出每一个村庄的名字来。然后再以村庄为单位，画出它的前后左右的界线出来。这就好比一片鱼鳞。一个村庄挨一个村庄，这就是一片鱼鳞挨着一片鱼鳞的道理，不让中间有一点空隙。丈量的人员由县衙门统一派出，与所丈量的村庄的人一个都不认识。若谁与本村的人有亲戚朋友关系，则避开，好比考场上的回避一样。如此，任你哪个大户人家要隐匿土地都做不到。”

“你这是个办法！”张之洞赞道。

“每个县都重新造出一个以村庄为单位的田亩册来上报给省。”

“这个册子便叫做鱼鳞册。发明者，闻喜杨漪邨也。”张之洞说着，忍不住大笑起来。

“杨某荣幸之至！”杨深秀也大笑起来。

杨深秀离开好一会儿了，张之洞还处在兴奋之中：罂粟苗已全部拔除，鸦片烟已全面禁止，库款清查已初见成效，山西几个大积弊的革除也已得到朝廷的重视，杨深秀的鱼鳞册点子也出得好，完全可以照此办理。来到山西一年多了，虽然不尽如人意之处还很多，但所办的几件大事看来进展都还顺利。首任疆臣，便能有如此政绩，也可聊慰平生。张之洞想，做个地方大员也没有多大的难处，朝廷有人撑腰，身边有人扶脚，这是两大关键。有了这两条，地方大员就可以做得堂堂皇皇风风光光。远处传来一声鸡鸣，估计将到三更天了，他赶紧吹灭蜡烛，上床睡觉。

张之洞身体素来不太强壮，但精力却特别旺盛。来到山西后，更觉各种政务千头万绪，一天到晚十二个时辰不吃不睡不休息，都有处理不完的公事。山西官场疲沓懒散，他更需以本身的勤于王事来作表率，于是给自己立下规矩：每天丑正二刻起床，寅初阅公牍，辰初开始见客，中午不休息，下午继续办公，亥初就寝。一天睡觉不到三个时辰，好在食眠很好，一天的繁杂能应付得游刃有余。张之洞这种过人的精力，令他身旁的僚属个个佩服而自叹不如。

不知什么时候，他突然被窗外的金属碰撞声惊醒。他慌忙下床，推开窗门看时，只见两个黑影正在灰蒙蒙的月色下拼死格斗。手无缚鸡之力的张之洞给惊呆了。

略为定定神后，他看清了，那个挥舞着铁链子的正是大根，然则大根是在跟谁厮打呢？是窃贼，还是刺客？大根武艺好，一根铁链，上下左右挥舞着，犹如一条蟒蛇缠身，使得对方攻不进来。对手也是个强者，一把刀前后砍杀，寒光闪闪，犹如魔鬼的长大獠牙凶恶可怖，步步向大根进逼。眼看着大根不能一时取胜，张之洞顾不得巡抚的尊严，对着窗外大声呼喊：“来人呀，有贼！”

拿刀的汉子猛听得这一声喊叫，心一分神，手便乱了阵势，趁着这个当儿，大根挥起铁链打过去，正打在那人的右手上。“哐啷”一声，刀子掉在青砖地上，那汉子拔腿就向院墙奔去，企图跳墙逃走。

这时，住在前面签押房隔壁的杨锐、杨深秀等人，正拿着棍棒走出。大根大叫："拦住贼，莫让他翻墙！"汉子见又来了几个人，心有点慌，正想换一个方向逃命时，大根已赶上来，铁链一甩，打在那人的大腿上，那人随即仆倒在地。杨锐等人追上来，一起把那人抓住了。

此时，整个巡抚衙门都闹腾起来，平时接待客人的花厅灯烛辉煌。张之洞端坐在居中的太师椅上，怒目注视被五花大绑押上来的贼犯。那人浑身着黑色夜行服，年纪在四十岁左右，一脸横肉上长满络腮胡子，尽管竭力装出一副镇定的神态，却掩盖不住两只眼睛里流露出来的惊恐之色。大根使劲将贼犯的两肩一压，那人"扑通"一声跪了下来。

张之洞瞪起两只长大的眼睛，粗短的眉毛锁成两个黑团，硕大的鼻子挡住了从右边照过来的烛光，使得左边的脸黑沉沉的。杨锐偷眼看张之洞，一向蔼然可亲的恩师，今夜居然这般森猛威严，心里不免冒出几分畏惧来。张之洞用力拍打着太师椅扶手，大声吼道："你是什么人，深夜拔刀到巡抚衙门来做什么？"

那人望了一眼张之洞，低下头来，紧咬着嘴唇不开口。

张之洞气得又大声问："你叫什么名字，做什么事的？"

那人还是不开口。

大根气道："打他一百棍子，看他说不说话！"

说罢，抄起杨锐手中的棍棒就要打下去，张之洞制止了他。张之洞强压住满腔怒火，声音略为放低了些："你知不知道，深夜拔刀闯巡抚衙门，犯的是杀头示众的死罪？"

那人抬起头来，两眼放出一丝悲怆之色来，嘴皮动了两下，似乎有话要说，但最终还是没有做声，又把头低了下去。

闻讯急速赶来的桑治平，将这一切都看在眼里，他对张之洞说："此人看来不是一般的窃贼，不如暂时不审，先关押起来，明天再说。"

张之洞也看出事情颇为蹊跷，同意桑治平的意见，将贼犯交给杨锐看管，又命令所有人不得将今夜发生的事向外泄漏半点，然后吩咐熄灭灯烛，各自照常安歇。

次日清晨，张之洞来到签押房里批阅公文。一尺余高的公文堆上打头的是一份信函，上面写着：巡抚张大人亲启。张之洞顺手拆开，抽出信纸来。“潞安府教民宁道安谨禀张抚台”，刚看了这一句，张之洞便气得看不下去了，心里想：一个小小的百姓，只因信了洋教，便仗着教堂的势力，眼睛里就没有府县父母官了，动辄径向巡抚上书，岂有此理！此风决不可长。他提起笔来，在上面批道：“原信掷回。该教民既住潞安府，有事则向长治县衙门禀报可也。”

正在气头上，杨锐神色慌乱地走了进来，双腿跪下，带着哭腔说：“昨夜的贼犯突然死了。学生看管不严，请老师惩处。”

“什么！”张之洞霍然站起，大为光火。“贼犯死了，怎么死的？”

杨锐被张之洞的神情吓住了，愣了好一会儿，才颤颤抖抖地说：“昨夜奉老师之命，我将贼犯押到一间堆放碎煤的杂屋里，看着他。不一会，那贼犯便闭着眼睡觉了。学生困乏得很，看他睡觉了，以为无事，便回房上床睡了。一早醒来赶到杂屋，发现他已死了，便赶来报告。”

这个贼犯深夜来巡抚衙门究竟要做什么也没弄清，说不定这后面有着很复杂的背景，正要审讯清楚，怎么能让他就这样不明不白地死了？这个杨叔峤，真是年轻不晓事！他狠狠地盯了一眼杨锐，气呼呼地擦身而过，手臂将学生撞倒在地上。他头都不回一下，直奔杂屋而去。杨锐爬起来，顾不得头被地砖碰得生疼，一路小跑地跟在老师后面。

杂屋里外已围满着人，见巡抚来了，忙让开一条路。张之洞来到贼犯尸体边，桑治平正在过细地验看着。死去的汉子手脚蜷缩，脸色青黑，嘴唇乌紫，鼻孔和嘴角边有凝固的血痕。桑治平扯了下张之洞的衣袖说：“我们到签押房里去说话吧！”

张之洞点点头。二人来到签押房，桑治平将门窗关紧，悄悄地说："这是件怪事。"

张之洞脸色绷得紧紧地说："杂屋的门窗都是关得紧紧的，看来这人不是被别人害死的，是自寻短见。"

"从现场看，此人是吃随身所带的砒霜死的。"

"这样说来，此人是预先就为自己准备了死路。"张之洞摸着瘦瘦的下巴，苦苦地思索着，"他到衙门里来，究竟是为了什么呢？"

"我想这不是一个偷东西的贼，而是别有目的。"桑治平慢慢地分析，"说不定他是来窃取某一件重要的公文，或是想打探某一件秘事，甚至也可能是刺客。若是刺客，他不会冲着别人，很可能就是冲着你。"

张之洞凝视着桑治平说："不是通常的贼，这点看来可以肯定。倘若是盗贼，是决不会预先把毒药藏在身上，也绝不会未经审讯就自己去寻死。要说是窃取公文，我这里有什么公文值得别人冒死来窃取呢？要说是杀我的刺客，那我又结怨于谁呢？"

"你结怨的人还少了吗？"桑治平笑道，"你毁掉罂粟，断了多少人的财路？你禁食鸦片，使多少人翻滚在地，难熬烟瘾？你清查藩库，又会发掘多少人的隐私？"

桑治平这番话，说得张之洞背上凉凉的："如此说来，此人是来杀我的刺客。"

"十之七八有可能。"从昨夜到今晨所发生的事情，经过这番思辨后，在桑治平的脑子里已渐趋明朗了。"据大根说，此人武功不错，刀法有路数，是武林中人物。看来他本人不一定与你结怨，而是受人重金所聘，并有约在先，不成功则一死了之，决不留下活口。我在江湖上混过。江湖上讲的是义气，重的是诺言，这种人不少。"

张之洞点点头说："你分析得有道理，但总要寻点蛛丝马迹出来，破了这个案才好。你有什么法子吗？"

桑治平思考半晌，说出一个办法来。张之洞颔首认可。

五 刺客原来是藩司的朋友

半个时辰后，巡抚衙门左侧搭起了一个草棚，那个死去的汉子被抬进草棚里，旁边有两个持刀的士兵看守着。草棚边贴着一张告示：昨夜一男子猝死于此，其亲友可来认领，知情者可提供线索。在草棚对面一家临街小酒店里，桑治平、杨锐、大根等人在酒桌喝酒，眼睛则死死地盯着草棚这边的动静。

草棚边看告示看死人的很多，但没有一个人表示认得此人，更无人出面认领。桑治平等颇为失望。午后，大根突然指着一个人对大家说：“那人我好像见过面。”

顺着大根的手势望过去，桑治平和杨锐看见一个三十几岁的男子，在告示边足足站了一袋烟工夫，然后又走进草棚，对着躺在凉床上的死者，从头到脚看了个仔细。

桑治平问大根：“这个人是哪里的，你想得起来吗？”

“好像是藩台衙门里的人。”大根一边盯着那人，一边在死劲回忆。“是的，我想起来了。有一次，四叔和葆大人在臬台衙门议事，我在门房里和守门的郝二爷聊天时见到此人。他手里提着一个包袱，进门时对郝二爷打了声招呼，说是给葆大人送衣的。这人进去后，我问郝二爷此人是谁，他说是葆大人府里的仆人。过一会儿，那人空着手走出来，我又看了一眼。不会错，正是那天给葆大人送衣服的人。”

正说着，那人从草棚里出来，走了。

一个念头冒出桑治平的脑海：死者莫不与藩台衙门有关？隔一会又想：说不定这个仆人路过此地，顺便看看热闹。

第二天，桑治平等人又都早早地来到小酒店，暗中观察街对面的情况。辰初时分，忽然急急忙忙地走来一个年轻女子。那女子分开众人，一见死者，便大声哭喊起来。哭了几声后，她离开草棚，从附近纸马店里买来一些纸钱和蜡烛线香，在死者的身旁点起香烛，将纸钱一张张地焚化着，阴着脸，既不哭，也不说话。那女子一气烧了两大沓纸后，还在烧。杨锐说：“这个女子与死者关系不一般，可以从她身上找到线索。”

桑治平说：“你们坐在这里继续盯着，我过去看看。”

桑治平过街来到草棚里，对那女子说：“我是巡抚衙门里当差的，你跟我到衙门门房里来一下。”

那女子也不说话，跟着桑治平走。

来到衙门门房里，桑治平对年轻女子说：“死的人是谁？你是他的什么人？你要对我说实话！”

那女子沉默半天后才开口：“老爷，那人我虽然认得，但这半年来我和他没有交往了。我只知道他叫华山虎，干什么谋生，哪里人，家里情况如何，我一概不知。”

桑治平仔细看了女子一眼。这女子二十多岁年纪，长得颇有几分姿色。心里想：大概是死者姘头，这是一条线索，可以追下去。

“那你是怎么认识他的？”

女人低着头，沉默片刻后说：“我是暗香楼的妓女，他是到暗香楼来时认识的。”

噢！原来是妓女吊嫖客，这倒少见。通常说婊子无情戏子无义，眼前这个婊子，看来还是有情的。桑治平下意识地又看了她一眼。

“他既是个嫖客，你为何要来给他烧香焚纸？”

“他虽是个嫖客，我敬佩他武功好有本事，又大方讲义气。有次我跟他说我母亲生病，家里穷无钱医治。他一听说，立刻就把身上的二十两银子全给了我。我感激他，所以昨天听一个姐妹说，巡抚衙门口死的人像是华山虎，我今早就来了。”

桑治平是一个立身严谨的人。他瞧不起妓女，也瞧不起嫖客，尽管浪迹江湖多年，却从不眠花宿柳，保持着清白之身，听了这番话后，多少改变些对妓女嫖客的歧视态度。

“你对华山虎的情况，真的一无所知？”

“是的，老爷。我和华山虎半年前只有过四五次接触。他都是傍晚来，天一亮就走了。他不喜多说话，我也不好多问他。”

“那你怎么知道他武功好？”桑治平追问。

“一天夜里，有几个无赖在暗香楼闹事，他出去了，只三拳两脚就把那群无赖给撵走了。第二天院主说，那汉子好武艺，他若是肯替我们暗香楼当保镖就好了。”

桑治平见这妓女说话还实在，便松下脸来，换了一种口气说：“华山虎与你有旧情，现在他突然不明不白地死了，你心里也难过。我们为他陈尸巡抚衙门外，也是想招来他的亲人和朋友，以便将尸体领走。你能不能回忆下，华山虎说起过他在太原府有些什么交往吗？”

妓女又低下头来，抿着嘴回忆，好半天才说：“他很少说话，所以我不知道他有没有朋友在太原府。只有一次夜深了，他敲开暗香楼。我对他说，哪有半夜来妓院的，假若今夜我床上睡了一个客人，那你不白来了？他说，在藩台衙门喝酒喝晚了，想看看你，你若有客人，我走就是了。我听了这话，心里暖和。不瞒老爷说，那时心里想，若华山虎不嫌我，我真的有心跟着他。可惜，从那以后，他就再没来暗香楼了。”

“在藩台衙门喝酒”，这句话引起了桑治平的注意，联系到大根所看到的葆庚家的仆人，桑治平的脑子里有了一个猜测。

他严厉地盯着妓女：“你讲的都是实话？”

那妓女忙磕头：“老爷，您是官府里的人，我怎么敢在您的面前说谎话。不信的话，您可以到暗香楼去问。”

“好吧，你去吧！”

妓女刚走，大根便进来说：“桑先生，我刚才又看到葆大人家那个仆人了。”

“又是昨天那个人？”

“正是昨天那个人。他在草棚内外看了一下，没有呆多久就走了。”

看来，葆庚在关心着这个华山虎！刚才脑子里的猜想得到初步的证实。

桑治平决定再将华山虎的尸体摆一天。第三天，看的人明显减少了，很多人都是向草棚瞟一眼后，便匆匆离开不再停留。桑治平、大根仍在对面小酒家注视着，没有看出别的什么异常的情况。将近傍晚，他们第三次看到葆庚家的仆人和别的过路人一样，从草棚旁匆匆走过。晚饭时，杨锐从暗香楼回来告诉桑治平，鸨母所说与妓女说的没有多大的出入。桑治平于是吩咐将华山虎装入棺材埋掉。

夜里，他来到张之洞的卧房里，禀报三天的观察和调查，并说出自己的推测：被妓女称为华山虎的死者，很可能是一个流落江湖的武林中人，被葆庚用重金收买来巡抚衙门行刺。葆庚应深知华山虎有武功又有江湖人的侠义，才敢于用他。行刺前，双方必定立下了重誓：不成功则自杀，以此换取葆庚对其家人的酬金，其家人也保证永不公开此事。

精通典章满腹诗书而对江湖黑幕一无所知的清流巡抚，听完桑治平这番分析后惊住了，心里想：葆庚身为朝廷方伯大员，怎么可以与江湖浪人勾结起来，做出这等伤天害理之事，真是匪夷所思！

桑治平继续分析："华山虎三字，应不是此人的真姓名而是绰号，或许他的籍贯为陕西华州、华阴一带，或许曾在华山落过草，很可能不是山西人，而是陕西人。"

"葆庚来山西之前是陕西的臬司。"张之洞插话。

"这就对了。"桑治平点点头说，"说不定正是葆庚在陕西臬司任上与华山虎结识的。臬司负有保护地方安宁之责，故不少臬司都与省内的黑道巨头有暗中联系。黑道巨头保证不给臬司添乱子，臬司则保证给黑道巨头以官府庇护。这就是老百姓所说的官匪一家。看来葆庚是深悉此道的人。"

张之洞听了这话后又是一惊。他很佩服桑治平对世道的深切了解，把这位正邪两道都通的人物请来山西做助手，的确是做对了。

“你刚才说的对我有很大的启发。”张之洞笑着说，“我对江湖黑道是一点都不懂，多亏你阅历丰富。你看，我们要不要派人到华州一带去查访查访呢？”

“依我看不要去了。”桑治平沉吟片刻说，“一是查访不出个名堂来，二是也没有这个必要。华山虎已死，常言道死无对证，人一死，什么话都说不清了。这就是灭口的作用。这一招是十分毒辣的，没有几千两银子做不到这一步。我相信我的分析是对的，这种分析只能存入你我之心，对任何人，包括杨锐、大根都不能说。葆庚之所以派人行刺，无非是冲着清理库款而来的。他的贪污因此而进一步证实。他用重金雇刺客，出此下策，成则将转移朝廷的视线，又给继任者一个颜色看，使他们不敢再清查下去。十多年前江宁校场上的那场命案，香涛兄你大概还记得。”

“你说的是张文祥刺杀马新贻的案子？”

“是的，就是那场刺马案。”桑治平神色平和地说，“张文祥后来是被活活地剐了，当时围观看热闹的不下万人。那时我正在苏州子青抚台衙门里，他要我去江宁看看。刺客张文祥真是一条汉子，一刀刀下去，一块块血淋淋的肉提起，他硬是一声都没有吭，直到血肉模糊气绝身亡为止。张文祥虽剐了，但案子并没有审出个结果来。有说张文祥是捻寇的，有说是长毛的，也有的说是洋教堂收买的刺客，传说纷纷，使得继任江督曾国藩对漏网的长毛捻寇不敢再搜捕，对教堂更是客客气气的。曾国藩是什么人？他都因马案而战战栗栗，何况别的继任者！所以自古以来刺客不绝，其原因就在于此。即使不成，也会给当事者一个很大的打击，有的人便会因此而及时勒马，改弦易辙。”

张之洞气愤地说：“葆庚想以此来吓唬我，他看错人了。我张某人虽没有武功，胆气却是有的，大不了一死嘛！人孰无死，为朝廷惩贪官，为百姓伸正气而死，正是死得其所。”

“壮哉！”桑治平禁不住击节称赞，“你有这种气概，世上什么事都能办了！”

张之洞说：“昨日马丕瑶对我说，又查出葆庚和王定安的两桩大事。”

“什么事？”

“前年，曾沅甫已离山西而卫静澜未来接任期间，葆庚曾代理巡抚之职，先后放银六十余万两，其中大部分不应该放。如提塘赵嘉年的二万五千两欠款、参将王同文的一万八千两欠饷，以及总兵罗承勋的二万七千两欠饷，都是别有缘故而不当放的。葆庚利用手中的职权，不分青红皂白，一律发放。有人揭发，葆庚之所以这样做，是因为赵嘉年等人许给他至少一成的回扣。若按此计算，葆庚在这三人身上可得七千两银子的回扣。国家的银子通过这番手脚，就转变为他私人的财产了。王定安也学样。他在署理藩司期间，放银三十万两，其中至少有十万两是不该放的。王定安从中获得不少好处。马丕瑶还说，他们已暗中查访到，省城各局，王定安是无局不列衔，无局不主稿。这个人是贪得无厌，贪得卑鄙，士林骂他是山西第一条大蛀虫，一日不清出王定安，三晋便一日不得安宁。”

桑治平说：“过些日子，京师参劾折出来后，朝廷一定会派员来山西查访，这些都是很好的佐证材料。”

张之洞说：“我对马丕瑶说了，要把事情做得扎扎实实的，让葆庚、王定安在铁证面前不得不低头认罪。天大的事有我张某人一身担当，你们只管放心去做。”

“有你这个态度，马丕瑶他们做起事来便没有顾虑了。”

“仲子兄，”张之洞站起身来，将一只手搭在桑治平的肩膀上，动情地说，“我张之洞做了多年的清流，素来与贪赃枉法者势不两立。往日在京师每具这种参劾折时，心里就想到，哪一天我不再凭这一张纸，而是凭一方实权在握，亲手为国为民清除蠹虫就好了。今日我蒙太后、皇上之恩，为朝廷巡抚三晋，正是手握一方实权之时，眼见得在我的眼皮底下，有这样几个食皇家俸禄而干犯律法的属吏，我倘若因他们身处高位而畏缩，因他们收买刺客行凶而胆怯的话，我不但对不起圣贤的教诲和太后皇上的恩情，辜负了三晋一千万百姓的厚望，即使想起当年的一己之愿，也会羞惭满面，问心有愧。仲子兄，去年在古北口，你与我约法三章，其中第二章就是每年要为百姓办几件实事。这清除贪官污吏，便是为百姓办的最大实事。不管有多大的困难，我都要把这桩大事办好办彻底。”

桑治平激动地握着张之洞的手说：“跟着你这样的巡抚办事，我桑某即便累死也会含笑九泉。”

六　借朝廷惩办贪官之机，张之洞大举清查库款整饬吏治

这些日子，张佩纶、陈宝琛参劾山西藩司葆庚、冀宁道王定安的折子，成了朝廷上下议论的热点。地方官员荒废政务、吸食鸦片、结党营私、贪污中饱等等，几十年来已成司空见惯之事，大家见怪不怪，已提不起谈论的兴趣了。但贪污救灾款，且为数如此之大，贪污者官职如此之高，却极为少见。持身清廉的官员对此愤慨自然不消说了，连那些不拘小节、宦囊不洁的官员也感到气愤：别的钱腾挪几个尚可原谅，这是救命的钱呀，怎能昧着天理良心，如此胡来？一时间，葆庚、王定安成了官吏们的众矢之的。慈禧、恭王也很恼怒，连十二岁的光绪小皇帝也气得说出“不杀不足以平民愤”的话来。

慈禧和恭王商量后作出两个决定：一是命令山西巡抚张之洞火速查明葆庚等人的实情，二是就近垂询寓居山西十多年来京不久的户部尚书阎敬铭。

阎敬铭心中早已有数，召对之时，不仅证实张佩纶、陈宝琛的参劾有据，而且还向太后禀奏在晋期间的亲见亲闻，为前几年山西腐败的吏治提供不少新证据。

接到查核葆庚一案的上谕后，张之洞立即命令马丕瑶、杨锐等人，将半年来明察暗访所积累的一切，详详细细地条贯清厘，写成一份厚达百余页的佐证，派人护送进京。

这份佐证一到军机处朝房，葆庚、王定安等人狼狈为奸贪赃枉法的罪行便铁证如山了，秉政的恭王下令革去葆庚、王定安的职务，锁拿来京，交刑部审讯严办。

这时，又有一个名叫李肇锡的御史，因素来看不惯曾国荃倚老卖老的做派，便借着这个机会参了一折，说曾国荃滥保匪人误国害民，应一并严惩，以为大臣荐人之戒。吏部堂官中也有讨厌曾国荃恃功骄慢的人，便作了一个“降二级调用”的处分，呈请慈禧裁决。此时，因越南与法国发生冲突，广西边事紧急，粤督一职顿时显得更加重要。尽管慈禧一向不满曾国荃的骄纵疏懒，极想借机杀一杀他的威风，但考虑到一旦战火燃起，还得倚仗这位能打硬仗的曾老九，便加恩改为革职留任，仍在粤督位置上不动。

连功勋显赫的曾国荃都受到了处分，可见慈禧对山西贪污救灾款一案的恼怒，以及惩办的决心。葆庚想以打击张之洞来自救的路子，显然已成死胡同。受王定安收买原拟弹劾张之洞渎职的几个御史，也悄悄地把已拟未发的奏稿烧掉了。

刑部审讯后定案：葆庚革职，充军新疆，永不回京；王定安革职，监禁十年。按理说，刑部的量刑太轻了，但如此处置，已是对张之洞抚晋的极大支持。张之洞借着朝廷的这股春风大张旗鼓地做了两桩大事：一是彻底清查藩库，并扩大到全省十八府州及六十余县的库房账目，严惩所有犯有贪污挪用罪情的官吏。桑治平提醒他，自古以来，法不责众。山西全省官吏，程度不等地犯有贪污挪用情事的在半数以上，此令若下，这些人都会在惩处之列，整个山西官场则将瘫痪；甚或他们背地里勾结联盟，清库一事则成敷衍过场。两者都对大局不利。不如总大纲而宽小过。凡牵涉到葆庚、王定安贪污救灾款的，限三个月内主动坦白，将所贪污的银子如数缴还，并加三成罚金，照办者一概免于处分。各府州县库房在半年内清查期间，凡将所欠公款如数归还的，都不算贪污挪用。山西眼前最缺的就是银子，如此网开一面，数月之内将会有二三百万两银子入库，省内各项兴作办起来就容易多了。

桑治平这个主意虽有以罚代法之嫌，但于实际有补。权衡利弊，张之洞还是采纳了。

第二桩大事，便是借此整饬吏治。对于少数几个与葆庚、王定安关系密切，贪污救灾款数目较大民愤也大的徐时霖一类的官员，张之洞不待他们主动交代，便先行传讯，停职审查，报请朝廷。又劝告一批年老体弱糊涂昏庸的州县官员主动提交辞呈，以保全他们的体面。然后，又将一批确实清廉自守为官有方的各级官员，上奏太后、皇上，请予嘉奖升迁。

如此一罢一升，果然对山西全省官场震动巨大，几十年来所形成的贪污腐败、疲沓懒散的积习，顿时为之一扫，暮气沉沉的三晋官场，开始吹进一股新鲜气息。

来到山西不到两年，便有这样的政绩，张之洞更相信自己具有人所不及的治国大才。他不满足山西一隅之地，他的眼光从来都在关注着整个中国的政局。他记得阎敬铭曾经说过，胡林翼事业的成功，一是风云际会，一是众人相帮。风云际会是天时凑泊，天时不是自己所能创造的，关键在善于把握，至于如何才能得到众人之助，则完全是属于自己的学问了。

一年来，张之洞把阎敬铭赠送的两百万言的《胡文忠公遗集》，细心地通读了一遍，揣摸出这得人的学问主要在识人、荐人、用人几个环节上。曾国藩曾经这样概括胡林翼这方面的长处：识才于微末，荐贤满天下，用人以诚心。亲手宰理一省政务，实实在在办理几件大事后，张之洞从心里佩服曾、胡这种过人的贤者器宇。现在自己身为封疆大吏，具备了荐贤的资格，张之洞决定向太后、皇上上一个荐贤表，一来为朝廷举荐美才，为国尽责，二来也替自己广为联络贤俊，以通声气，且市恩于先，今后一旦担负更大的职务时，可得到他们的真心支持。

他将自己多年来所熟知，以及虽未见面但对其人品学识才干有所闻者列了出来，这些人物包括张佩纶、陈宝琛、于荫霖、马丕瑶等，一共五十九人。张之洞认为，这张人才表已将天底下才未尽用的人物都囊括殆尽。太后若能将这些人一一擢升，摆在最能发挥其才干的位置上，则大清朝将可指日大治。

拜发了这道荐疏后，张之洞心里有一种贡献和布施之感，情绪上很是惬意。这些天来，由于吏治得法，公务多暇，作词臣学官所养成的吟诗作文的雅兴又渐袭心头。

正是天高气爽的仲秋，夜幕刚合，天上便早早地挂起一轮明净如洗的银盆，将融融清辉无私地洒向人间，并州古城笼罩在一片温柔飘逸的气氛中，显得端庄安详。

灯下，张之洞正在磨墨凝思。突然，他觉得心灵中若有几点光亮在跳动，如同电之光石之火似的。过去，在夜阑更深之时，他每每有这种灵感冒出，便常常效法陆机，以一种演连珠体裁记下来。他的连珠诗或骈或散，或押韵或不押韵，不刻意追求遣辞，重在达意。这种连珠诗已积累达三十余首了。今夜的灵感是由荐贤疏而引起的，对人之才干见识，蓦然间有一种新的体认，遂铺开纸，将这稍纵即逝的心灵火花记录下来：

滕蛇无足飞，鼯鼠五技穷。
士贵知道要，不在夸多通。
赵武言语讷，曹参清静宗。
周勃少文采，汲黯号愚忠。
诸葛尚淡泊，魏徵称田翁。
晁桓两智囊，均不保其躬。
曼倩最多能，屈身滑稽中。

刘郛饶百计，夹河终无功。
惟静识乃远，惟朴力乃充。
吾闻柱下史，无名道犹龙。

写完后，他将自己即兴创作的这首连珠诗又吟诵了两遍，自我感觉颇为得意。是的，才有大小之分，才亦有花哨与实在之别。治国之具要的是大才实才远见之才，赵武、曹参、周勃、汲黯、诸葛、魏徵，都是历史上有实在建树的治国大才。而其才之修炼，一在于心境上，不汲汲于一时之功名利禄而淡泊宁静，因此能识大识远；二在处事上，不求一时之哗众取宠，而求实实在在为社稷苍生谋求福祉，不求头顶上的五彩光环，而求脚底下的坚实基础。此即惟朴素乃长久之道理。

张之洞想，这首连珠诗明天让杨锐他们多抄几份，分送给衙门里的幕友们。还可以赠给晋阳书院的学子们，让他们在求学期间便明白这个道理，今后不入邪径，少走弯路。

正在浮想联翩之时，一阵清幽绵远的琴声，被夜风轻轻地从窗外送了进来。张之洞知道，这是佩玉在弹琴。这一年多来，佩玉给张之洞帮了很大的忙。她关心疼爱准儿。准儿仿佛有先天的灵感，对七弦琴有着浓烈的兴趣。这让张之洞欣慰不已。

佩玉间或也会屏息静气地弹上一曲，借以抒发胸臆，倾吐情愫，这常常是在夜色阑珊之时。为了不影响张之洞和署中的执事人员，佩玉总是把门窗关得紧紧的，把声音尽量地压低，低得只有她一人听到。此时的琴音，仿佛不是从她手指下拨出，而是从她的心灵中迸出。她的整个心境，乃至窗外的溶溶夜色茫茫寰宇，都与这心中的乐声汇合在一起。这样的时刻，她总有一种生命与造化合为一体的静谧宁馨之感。其妙处只在自我体会之中，实在难以言传笔述。有一次，她把这种感觉说给父亲听。父亲说这种感觉古人早已有之，陶渊明的诗："此中有真意，欲辨已忘言。"说的就是这个意思。佩玉听了父亲的话很欣慰，于是更自觉地多创造出这种意境。渐渐地，她发现自己的心境在净化，在升华。音乐，给她坎坷的年轻生命带来极大的慰藉。

偶尔，在夜色深沉的时候，张之洞也会听到这种琴声，它渺渺袅袅飘飘摇摇，似有似无，若断若续，仿佛是从天庭传下来的神仙之曲，又像是遥远的山谷里传出的流泉之声。他知道那是佩玉在弹琴，但政务太杂太纷太乱了，以至于他几乎没有心思来欣赏这曾给他以奇妙享受的琴曲。

今夜，或许是琴声比往日响亮，或许是清秋之夜更易激起独居人的情思，或许是政务初见头绪，使得执政者的心情轻松闲逸。张之洞禀赋中的文人气质，被这琴声重重地撩拨起来。他终于不能自已，离开书案，向佩玉的房间走去。

七　秋夜，女琴师的乐理启发了三晋执政者

“你的琴是越弹越好了。”张之洞推开佩玉的房门，微笑着跟女琴师打招呼。

佩玉正陶醉在自我营造的艺术世界里，突然被耳旁的这句话所惊醒。她带着三分惶恐起身弯腰：“佩玉不慎，惊动了抚台。”

她抬起头来，果然见有一扇窗户被风吹开。她暗暗责备自己粗心，脸上不觉飞上一片红云。就这一瞬间，四十六岁的抚台蓦然觉得素衣布履的女琴师其实也妩媚动人，一股强烈的与之交谈的愿望在心里油然而生。

“佩玉，这一年来，准儿多亏了你的呵护，我很感激你。我平日太忙，很少关照你，还望你能体谅。”

这样一个雷厉风行铲罂禁烟、铁面无情惩办贪官污吏的抚台大人，竟也有细腻的儿女之心，能说出暖人心窝的话，佩玉一时甚是感动。

“大人客气了，小姐清纯可爱，天资聪颖，我能有幸与她为伴，这是上天赐给我的缘分。”

佩玉说的完全是心里话。六年前，她丧夫失子，这惨烈的打击，时时刻刻如沉重的乌云罩住她的心，她很少有欢快的情绪，几乎夜夜梦中与丈夫和姣儿在一起，望着儿子如朝日般的面孔，她心里甜得如注满了蜜糖，然而一觉醒来，屋内空空，床头空空，她不免又悲从中来，清泪一滴一滴地落在枕上，直到天明。

这一年来，她天天看着准儿，越看越觉得像自己的儿子，模样儿像，笑声像，连脾气性情也像。她自己也觉得奇怪：我的儿子怎么会跟这个小姐一个样？莫非这准儿就是我夭折的儿子的投胎？莫非老天爷有意如此安排，让儿子换作女儿身回到我的身边？佩玉成天这样痴痴地想着，日子一久，准儿就变成了她的亲生似的，她把自己山高海深般的母爱全部浇注在准儿的身上。这几个月来，她居然很少再梦见自己的儿子了。她更加确信，准儿就是儿子的转世。

听佩玉夸女儿聪颖，张之洞很高兴，问：“准儿能认多少字了？”

佩玉答：“近半年来，我每天教她认三个字，三天一温习，十天一复习，一月一考试。一个月下来，小姐把所教的字都记住了，半年里小姐已学会三百字了。”

前学台对女儿的认字成绩很满意，又问：“我常听准儿哼着儿歌，这也是你教给她的吧？”

“是。”佩玉答，“小姐天性于诗词悟性高，一首五言绝句，也只读两三遍，便能朗朗上口，读四五遍就记下来了。佩玉向大人恭喜，要不了十年，小姐准是压倒曹大姑、谢道韫的女才子。”

张之洞哈哈大笑起来，笑过一阵后说：“曹大姑、谢道韫古今能有几个？我也不指望她成为才女，只是长大了能读点诗文，怡情养性罢了。”

稍停一会，又问：“准儿的琴学得怎样？”

佩玉说：“她在琴弦音乐方面似有天赋。我还只教她个把月，便已能上手了，弹出几个音调来，还很像个样子。”

张之洞点头说：“我原来想让她再大些才学琴，她既有兴趣，早点学也好。对准儿的弹琴，我倒是寄予大的希望，盼望她今后能像你一样弹出动听的乐章。”

佩玉忙说：“我天性鲁钝，不能成器。这几年勉力为小姐打点基础，日后望大人再访求名师指教。小姐今后的琴艺，定会十倍百倍高出我。”

“哦，哦。”张之洞边听边点头，说，“其实，我也不指望准儿今后的琴艺如何出色。自古以来，色艺俱绝的女子，大多坎坷磨难，反而不佳，也不过是愿她今后能借琴曲和谐家庭陶冶心境罢了。”

张之洞这几句话触动了佩玉的心思。她突然想到，自己仿佛就是古来那些色艺俱佳而命运不好的女子，一时情绪骤然冷落下来。

“爹！”

准儿一觉醒来，见爹爹坐在房里，有点奇怪，她擦着眼睛，转过脸对佩玉说：“师傅，我刚才做了一个梦。梦见你穿着花花绿绿的袄子，头上戴着珠花，真好看！”

准儿这句稚气十足的话，说得佩玉笑了起来。她走过去，俯着身子问：“是不是口渴了？我给你端点水来。”

“我想喝点水。”准儿说着从被窝里爬起，佩玉忙给她披上衣服。准儿对父亲说，“爹，师傅说过年后就教我弹大曲子，还说大曲子如果弹得好，天上的凤凰都会飞下来听。爹，凤凰真的会飞下来听我弹琴吗？”

张之洞听了女儿的话，心里十分欢喜，说：“会的。只要你把琴弹得非常非常好，凤凰就会来听。”

佩玉端过一杯温水来，准儿喝了一口，不再喝了。她瞪起乌黑的大眼睛问佩玉：“师傅，你的琴弹得好，凤凰飞下来听过吗？下次凤凰飞下来时，你喊我看，好吗？”

佩玉笑着说："师傅的琴弹得还不好，凤凰还从来没有飞下听过。以后准儿的琴弹得会更好，那时就会有凤凰来听了。"

"真的吗？"准儿将信将疑。

"真的。"佩玉坚定地回答。

"睡吧！"张之洞过来摸着女儿的头，充满慈爱地说，"睡吧，明天早早醒来，跟着师傅好好地学，说不定哪天凤凰就飞下来听你弹琴了。"

准儿脱衣重新睡下，一会儿便进入梦乡。

红袄珠花，凤凰来仪。准儿天真无邪的童稚心愿驱散了佩玉心头瞬时飘过的阴影，心情又恢复了抚琴时的平静。

"佩玉，你几岁学的琴，谁教的？"准儿对琴所表现出来的热情，进一步激发张之洞今夜与女塾师谈话的情绪。

"我也是小姐这么大年纪开始学琴的，师傅就是我的父亲。"

"哦，你这是家学了。"张之洞微微地笑了一下。

"听我母亲说，父亲年轻时不仅书读得好，琴更弹得好。父亲家清贫。母亲家较为殷实，外祖父为母亲寻了一个富贵婆家，但母亲不愿意，为父亲的琴声所迷恋，一定要嫁给父亲。外祖父坚决不同意，母亲便在家绝食。外祖母疼爱女儿，说服外祖父勉强同意了。但外祖父心里始终不愉快，母亲出嫁时，嫁妆很少，以后也不让我的父亲登门。父母亲一气之下，便离开老家商州府，从陕西来到山西。从那以后，他们便漂泊异乡。尽管几十年来生活贫苦，但母亲至今不悔她当年的选择。"

"你的母亲是个有志气的女子！"张之洞脱口赞道。

"我原有一个哥哥一个弟弟，但他们都在很小时就夭折了，父母亲便把全部疼爱之心都放在我的身上。我从小和母亲一样，喜欢听父亲的琴声。夏夜的麦场上，冬日的炉火旁，我们母女俩紧挨着听父亲弹琴。在琴声中，我们忘记了贫困，忘记了忧伤，也忘记了人世间对我们的许多不公平……"

秋夜的巡抚衙门，在一片如水月色的笼罩下，白日里那些令人或畏或恨的种种，都已淡去消逝，出现在人们眼中的，是与百姓宅院一样的柔和恬静。女琴师的心里浮起往日甜美的记忆，那是永远留恋的在娘家做闺女时的岁月，那是永远存在心灵深处的未受尘世沾染的神仙画卷。

女琴师继续叙说："那时，父亲总是对我说，佩玉，好好弹琴吧，穷人家没有锦衣玉食，也没有强权重势，但有自己的慧心巧手，凭着聪明才智和与世无争的心境，也同样可以获得人生的快乐幸福。以后你长大了，还会慢慢体会到，钱财权势，尽管可以使人风光体面，但它不能给人真正的快乐，真正的快乐永远只存于人的灵府中。灵府安宁，人才舒坦。而使灵府得以安宁的最好东西，便是音乐。音乐使人泯去机心，化除争斗，不机不诈，不争不斗，灵府便平静如镜，人就无忧无虑，快快乐乐。所以古人说'乐者，德之华也'，讲的便是这个道理。"

"乐者，德之华也。"张之洞被这句话惊动了一下。这不是《礼记》中句子吗？从小起便读"四书""五经"，这句话至少读过二三十遍。读它的时候，天天被科场连捷光宗耀祖的念头冲击着，从来没有从化除机心争斗这个方面，去理解音乐的功用，更没有想到道德的升华，便是建筑在灵府平静的基础上。今夜，经女琴师转述其父这番话后，探花出身有着六年学台经历的山西巡抚，仿佛对"乐者，德之华也"这句古老的名言，有了一个崭新的理解。

他情不自禁地说："你父亲这几句话说得好极了！《礼记》中《乐记》这篇文章，我能倒背如流，自认为句句都读懂了。听了你说的这些后，才知道我原来并没有读懂，你父亲才是真正读懂了。"

"大人言重了，我父亲是个终生潦倒的书呆子，我母亲常笑他迂腐不中用。大人才真正是读通了典籍的国家栋梁之才。"佩玉虽然这样谦虚地说着，心里对抚台的赞辞还是欢喜的。

"不能这样说。"张之洞正色道，"这人生的穷通逆顺，原是很难说得清楚的事。功名蹭蹬仕途艰涩的人，未必就是没有真学问；一帆风顺官运亨通的人，也并非就一定学问很好。就拿我本人来说吧，我四十三岁以前，将近二十年功夫一直迁升缓慢，总在中下级官员间浮沉。四十三岁后，突然官运好起来，一年多时间，便由五品升到二品。难道说，这一年多里我猛然开窍了？其实我心里清楚，我还是我，并不比先前高明。你的父亲只是时运不好罢了。若时运好的话，有如此聪明灵慧之心的人，说不定早做到尚书大学士了。”

佩玉望着眼前的巡抚大人，眼睛不由得越睁越大，越睁越亮起来。这是怎么回事？这话似乎不是平日里那个铁板着面孔，威严凛冽不易接近的三晋之主所能说出的。这话说得有多实在，让人听了有多舒心！是他的真心话，还是在有意安慰我那功名不遂的老父？即便是后者，这也是处高位者的仁厚之心：不看重自己的成功，以免失意者难堪。当今的官场，遍是骄人凌人趾高气扬之辈，这种恤人容人的仁厚是多么的难能可贵！佩玉对相处一年之久的抚台，骤然间有了新的认识，彼此间的距离一下子靠近了许多。

对东家的这番话，女琴师不好说什么，她只是抿着嘴唇笑了一笑。不料，却让这位丧妻已久的中年巡抚心里怦然动了一下。他觉得这无声的微笑里，充满着魅力无穷的成熟女人的美！

“我喜欢听人弹琴，但对乐理则知之甚少，所以，听琴也只知道好听不好听而已，其间的深浅却品味不出来。”张之洞望着佩玉恢复常态的面孔，心里似乎增加了几分异样的情感。“读古人书，对钟子期评俞伯牙鼓琴，所谓‘峨峨兮若泰山’‘洋洋兮若江河’之语，真是神往至极，巴不得自己也有这种知音的本事。你们父女善于奏琴，大概也善于辨音吧，能否传授一点给我？”

佩玉想了想，说：“我和我父亲其实算不上善于弹琴，即使很精于弹奏，要准确地辨出其音来也是一件很难的事。《列子·汤问》篇里说的高山流水的话，是称赞钟子期的琴艺远过俞伯牙，故而才有俞伯牙摔琴谢知音的故事。正因为知音难得，这个故事才会千百年传诵不衰，常令人感叹不已。”

“知音难得”这几句话激起了张之洞的满腔同情，他点点头说：“你说得很对。”

“不过，乐声也大致是可以辨得出来的。”佩玉的回答有了转折，“所以，古书上才有郑卫之音濮上之乐的说法。它的诀窍不在别的，只在多听而已。前人说操千曲而后知音，就是说的这种日积月累的功夫。”

张之洞听了这话，心里暗暗生出几分惭愧来。佩玉说得对，知音辨曲的本事是由长年积累而来的，这同读书做学问一个样，靠的是三更灯火十年寒窗的苦读苦诵，世人因怕吃苦而求诀窍走捷径，这样的诀窍捷径其实是没有的。自己过去常常这样告诫士子，为何现在又来向别人问诀窍呢？是看不起琴艺，认为它是小道，不能跟读书做学问相比么？

为了弥补刚才无意间的过失，张之洞郑重地说：“自古来音乐在教化中便有很重要的位置。孔子教学生六艺，其一便为乐，所以洙泗河畔，才有弦歌不绝。可惜，今日士子们一心想的就是科第功名，以进学中举中进士做官为终生奋斗目标，天天就是模仿着代圣人立言，装腔作势，干瘪乏味，不但经济之学不通，连《史》《汉》李杜都不懂，唐宋八大家都不读，更不要说琴艺弦歌了。这真是国家的大憾事！”

张之洞的这番感慨，使佩玉想起从小就听惯了的父亲的牢骚之语。她没有想到，堂堂的巡抚大人竟然跟潦倒一生的父亲有如此共同的语言。她突然想到，父亲在他五十岁生日的晚上，因心情高兴，曾经郑重其事地跟她谈起音乐中的大学问。这次谈话，佩玉牢记于心，她甚至为父亲的这些卓识不能付之于现实而深感遗憾。这位名士出身的巡抚既同情不走运的读书人，又如此看重音乐，不妨把父亲的那番见识转述一二。一则让他知道时运不济的老父并非寻常之辈，二来若对他的执政有所帮助，从而造福于百姓，也是一件好事。

想到这里，佩玉正正身板，敛容说：“大人忧虑的是国家培养人才的大事，佩玉身为弱女子，家父是一个无权无势的穷塾师，都不值得来忧虑这等大事。只是有一次，家父曾对我说过他对音乐的深刻体会，使我想到，有志做大事的士子倒是的确要在诵读‘四书’‘五经’之余，花点时间于音乐的研习上，或许对于日后的治理国家会有所帮助。”

晋祠里那位清瘦的老塾师的形象，又出现在张之洞的眼前。老塾师有何高论？张之洞不觉肃然说：“老先生对你说了些什么，也让我这个喜爱音乐而又不懂音乐的人长长见识。”

佩玉望着窗外的明月，凝神良久，然后缓缓地说：“那也是一个明月之夜，父亲在听我弹完一曲《岐山凤鸣》的古乐后，兴致极高地对我发了一篇长论。他说圣人极为重视乐，把乐和礼视为治国安民的两个最重要的手段，故《乐记》篇里反复将乐和礼并在一起说。如：乐者，天地之和也；礼者，天地之节也。又说：乐也者，动于内者也；礼也者，动于外者也。家父说，圣人认为，礼是从外部来有等级有秩序地节制邦国；乐则是从内里来熏陶化育百姓的心境。圣人一向最为看重人心的教化，故乐的地位实在礼上。而乐的功能，圣人以一‘和’字来概括。这‘和’字，真正地体现了我们华夏之邦的最高智慧。”

佩玉说到这里略为停了一下，张之洞心里一震。“乐者，天地之和”这样的话，《乐记》一篇里的确反复出现过，但自己并没有深究，更没有对“和”字有这样高的认识。他恳切地对佩玉说：“想必令尊对圣人标出的这个‘和’字，有一番人所不及的探讨，我愿洗耳恭听。”

佩玉淡淡一笑，说：“家父说，古代许多典籍中都提到了‘和’字。早在春秋时，周太史便说过‘和实生物，同则不继’，《论语》上说‘礼之用，和为贵’，孟子说‘天时不如地利，地利不如人和’，《中庸》里说‘和也者，天下之达道也’，董仲舒说‘德莫大于和，和者，天地之正也’。可见古来圣人贤士都注重‘和’，把‘和’视为天地间的唯一正道。”

张之洞突然悟到，为什么宫中三大殿：保和、中和、太和，都以“和”为名，其由原来在此。作为国家权力的最高代表，三大殿均以“和”为名，充分表达先贤对“和”的重视程度，也说明“和”的境界，正是他们所努力追求的最高境界。

“家父说，这‘和’字的产生，乃是受音乐的启发。”

佩玉这句话，立即引起张之洞的注意，他认真地听下去。

“各种不同的乐器，如琴瑟笙竽笛箫等等，单独吹奏，则是各种不同的声音，若将它们合起来一起吹奏，则有两种情况出现：一是听起来驳乱无序，糟糟混混，这种声音称之为杂；一是听起来高低得宜，众音协调，让人悦耳舒心，这种声音则为和。”

“不错，解释得好！”张之洞连连点头。

“家父说，圣人视这种众音相宜而产生的协调之美为天地间最大的美，这种美的产生，其基础在调和。若笙之音高了，则吹低点，箫之声缓了，则加快点，通过相互间的调节控制，寻出一个大家都能接受的声音来。于是，和声便产生了，天地间的大美也就出现了。圣人之所以超过凡人之处，就在于将此推衍到人世间，由此而感悟出治理邦民之道。世事纷杂，众生芸芸，正好比琴瑟笙竽各发各的音，若将他们都调理得各自得宜，互相协谐，则可以奏出人世间的和声。如此，邦民就治理好了。所以古往今来，贤哲们都苦苦追求一种中庸、中道、中行、中节，试图找到这样的和谐之音，以达到万邦咸宁万众一心的目的。这就叫做致中和。”

圣人的治国之道，由听乐而产生。这个道理居然让老塾师说得如此顺理成章，张之洞心里暗自佩服。

“家父说，这是圣人由音乐推及到治国一路。同时，圣人又将它推及到治心一路。人的心声与天地间万籁之声，也好比琴瑟笙竽之间的关系。若人的心声能调到与天地间万籁之声取得协宜一致的地步，那么，人的心声与天地间的万籁之声组成了和声。这种和声又超过了治理邦民的中和，乃最高之和，名曰太和。这种太和，王夫之有解释。他说阴与阳和，神与气和，是谓太和。这太和，便是典籍中常说的天人合一。”

张之洞完全被女琴师这几句话给吸引住了。“天人合一”，是他读书明理以来所全身心追求的目标。他苦于不知如何才能达到，即不知津渡在何方。今夜听佩玉转述其父所说的这篇长论，他似乎隐隐约约地看到了一处渡口，通过这道渡口，便可引航到“天人合一”的彼岸。

“三星已斜，夜已很深了，佩玉不知高低轻重，胡诌乱言，说得太多了。还请大人早点回屋去休息。错谬之处，还望看在佩玉乃一无知无识的小女子分上，予以海谅。”

张之洞忙起身说：“今夜我受教很多。你下次回晋祠看望父母时，请一定代我转达对你父亲的谢意。哪天得暇，或是我去晋祠，或是请老先生来抚署，我们再好好深谈。”

佩玉深谢抚台的厚意。

回到卧房，望着窗外月色辉映下的三晋古原，张之洞久久不能入睡。今夜，他领悟了许多。中庸和谐，他过去看到的是圣贤治国的手段，却原来更是圣贤心目中所追求的人生最高美境。这种美境应该是一种均衡、稳定、平和、典雅的气象，像玉一样的温润透明，外柔内劲，有如蓝田日暖，柳陌生烟，充塞着一种冲淡绵缈、微茫默远的和谐气氛。而自己禀赋过于刚厉，办事易于任性，今后于这些方面要多加检束。作为一个执政者，应该是一个高明的乐师，将百姓万民的众籁之声，协调为一个和谐动听的乐音，这才是最为成功的治理。过去读史，看到先哲将宰相的职责定为“调和阴阳”，总觉得过于空泛，难以理解。今夜，他顿悟了。他仿佛察觉到自己已具备宰相之才，一时心中万分兴奋。

他又想到：作为音乐来说，和声其实也就是一种新的声音。这种声音是要产生在不同声音的综合之中。倘若众声都发出一个音来，就只有大声而没有和声了。作为一个方面之主，要让部属都说出自己的话来，然后再协调众议，形成一个新的论说。这不就是博采众长、酿花成蜜的道理吗？

万籁俱寂的秋夜，太原城最高衙门里，张之洞静静地思索着……

第六章 / 观摩洋技

一　英国传教士给山西巡抚上第一堂科技启蒙课

这天上午，上任不久的新藩司易佩坤拿着一份工部寄来的咨文来到抚署。咨文上说的是要山西按惯例，在两个月内筹集十万五千斤好铁运往上海，交江南制造局，经费亦按惯例，每斤铁连买价带脚费，以四分银子计算，共用银四千二百两，从当年地丁银中扣除。

易佩坤哭丧着脸对张之洞说："司里接了工部这道咨文，几天来甚是为难。这个差使太难办了。"

"有哪些为难之处？"张之洞问。

易佩坤说："为难之处有二。一是十万五千斤好铁筹集不起来。据衙门里人说，山西这几年几乎不炼铁了，全省炼的好铁加起来，顶多只有五万多斤，要在两个月内筹集十万五千斤好铁是不可能的。二是铁价加脚费每斤四分银子，这是一百年前的老皇历了，现在连脚费都不够，这差使如何办？”

易佩坤虽是叫苦，但叫得有道理。张之洞的双眉皱了起来。他来山西做巡抚已经两年多了，还没有办过铁差，便问：“这事先前是如何办的？”

易佩坤答：“山西的铁差，这两年没办，上次是光绪六年办的。衙门里的人说，当年葆庚办此事，采取的是瞒、贿、压三种手段过的关。”

“什么是瞒、贿、压，你说详细点。”张之洞又皱了下眉头，打断了易佩坤的话。

易佩坤说：“瞒，就是瞒朝廷。一切照旧进行，不慌不忙，到了两个月限期满时，给朝廷上一道折子，说山西的好铁十万五千斤都已筹备停当，即日起将妥运上海交江南制造局，让朝廷知道山西藩署在恪勤办差。贿，就是贿赂江南制造局，塞一张大大的银票给局里的办事人员，请他们到时通过江苏巡抚上折给朝廷，说山西解来的十万五千斤好铁已如数收到。其实，这铁里好铁大约只有一半，另一半全是不合要求的平铁和做不得用的废铁。江南制造局的办事人员只图自己得利，将那些平铁、废铁全当好铁去用。压，就是压府县。山西出铁的地方主要在潞安府、辽州、平定州一带，就向这些府县一压铁的斤数，二压银钱，要他们如数如期运到上海，藩库并不多拿一分银子补给他们，任凭他们去摊派盘剥，置若罔闻。”

“岂有此理！”张之洞的手掌在案桌上重重地拍了一下，震得易佩坤心里一跳。“瞒上压下已是不可饶恕，这贿赂江南制造局，更是罪不容诛！易方伯，你知道江南局拿这些铁做什么吗？那是造枪炮子弹的呀！难怪中国和洋人打仗总是输，用这样的铁造出来的枪炮子弹，怎么能打得过洋人？真是混账！”

“葆庚这种做法固然不对，但工部的要求实在办不到。司里正是不愿像葆庚那样做，才来请示大人您给一个主意。”易佩坤拉长着脸，一副左右为难的可怜相。

是呀，瞒、贿、压不行，按工部说的去做也不行，这差怎么当呢？张之洞心里也没了主意。他寻思良久，也没想出一个好办法来，只得起身对易佩坤说："你先回府里去，过几天我们再商议。"

易佩坤无奈，只得离开抚署。张之洞一连几天都为这事困扰着，始终无一良策。他请桑治平帮他出出主意。桑治平一时也想不出好点子来。他对张之洞说："有些事看起来很难，那是因为还没有钻进去；真正钻进去了，总还是有办法可想的。"

张之洞笑着说："这件事就拜托你了，你就钻进去吧！怎么个钻法呢？"

桑治平想了想说："给我十天半个月的时间，我到出铁的地方去走走看看。"

"好，你就下去查看查看吧！"张之洞说，"半个月后回来，我等着听你的消息。"

十多天后，桑治平风尘仆仆地回到太原。他没有回家，径直去了抚署。

"这些天里实地查看得如何？"张之洞亲自为桑治平泡了一碗好茶递过来，急急地问。

桑治平接过茶碗，喝了一口说："这些天我马不停蹄跑了潞安府的几个县。就这几个县看来，十万五千斤好铁可以筹集得到。"

"这就好！"听了桑治平这句话，张之洞大大地舒了口气。只要好铁的数量够了，剩下的就只是银钱的事，虽然也是难事，但毕竟要好办些。"为什么易佩坤说，山西好铁顶多只五万多斤呢？"

"是这样的。"桑治平又连喝了两口茶。他抹了抹嘴巴说，"好铁是有，但官府收购时不肯出好价，所以炼铁的老板不肯把好铁拿出来，说好铁没有这么多，要买就买平铁好了，这平铁里面其实很多是废铁。至于好铁，他们则偷偷运到直隶去卖。"

"喔，是的。这原因经你这一说，其实又很简单。工部出的价低，到了出铁的县，县衙门出的价也就低，卖铁的就拿低价钱的铁来应付。这样，到了太原，大家就只有看到好铁少这一层了。”张之洞用简洁明晰的语言描出了山西筹铁的这个过程。他感慨地说，“葆庚是住在太原享福不肯下去，易佩坤也不愿意吃苦去实地查看。你这一去，就把事情摸明白了。先贤告诫：为官要体察民情。这‘体察’二字，真是太重要了。”

“正是。”桑治平对巡抚的这番感慨深表赞同，“体察，就是亲身去查看，不是只听禀报看公牍，那毕竟隔了一层，许多真情实况就被蒙蔽了。”

“仲子兄，你有没有打听一下买好铁的价钱？按铁老板开的价，收购十万五千斤好铁，要多少银子？”张之洞说着，自己也端起一碗茶，抿了一口。

“我问了，一斤好铁大约要八九分银子。若平均按八分五算的话，十万五千斤好铁需银八千九百两，即使不算脚费，工部所给的银子也还短缺近五千两。”

“是呀！”张之洞捧着茶碗，慢慢地说，“我问了下先前的铁差押运官，从山西运到上海，光绪六年那一次，每斤铁耗银五分五，光脚钱就耗费一万五千两，现在开销可能还要大些。加上买铁的钱共差一万余两，这笔庞大的开支从何处来呢？”

“我这次在长治遇到一个人，他说如果这差使包给他，十万五千斤铁，他只要三千二百两银子，就可以按期全数运到上海。”

看着桑治平脸上洋溢着兴奋的神采，张之洞也兴奋起来：“此人是谁？他能有这大的本事，每斤铁只需三分的脚费！”

“此人是个洋人。”

听说是个洋人，张之洞脸上的喜色顿时消除了。他冷冷地说：“洋人都是骗子，不要相信。”

桑治平脸上的喜色却依旧：“我和这个人说过一晚上的话，我看他不是骗子，他比我们许多中国人都诚实。”

“你跟他说了一个晚上的话？”

张之洞睁大了眼睛。他虽然多年来就开始注意外国的事情，也读过几本江南制造局译书馆译的外国人写的书，并且上过不少关于夷务的折子，但和他的京师清流党朋友一样，始终没有近距离地见到一个外国人，更谈不上与他们交谈了。当然，最主要的是他不懂洋话；另一方面，他也不屑于跟那些黄头发、蓝眼睛的夷番对话：他们都居心险恶，且无学问，一个堂堂天朝礼仪之邦的官员，岂能与他们交谈！

“是的。”桑治平笑了起来，说，“我们是用中国话交谈。香涛兄，你可能根本没有想到，他的中国话说得比我还中听。我的话里常有河南土音，而他说的竟是差不多标准的京腔。”

“真有这样的洋人？”张之洞知道桑治平是个诚实君子，不会说假话，但他还是不能不怀疑，因为这太不可思议了。

桑治平完全能理解张之洞的诧异，于是详细地说：“我到长治后，郝县令告诉我，有一个很能干的洋人住在驿馆里，问我要不要见他。我说洋人我愿见，但彼此不能交谈，见也是白见。郝县令笑着说，这个洋人可以讲一口流利的中国话。我一听马上说，那就好，我这就去见他。郝县令陪着我去驿馆。那洋人一见我，便用很娴熟的京腔跟我说话。我一高兴，就和他聊上了一个晚上。”

“都说了些什么？”

张之洞也来了兴致。他是一个好奇心很强的人，凡他不知道的东西，他都有一股子要弄明白的强烈愿望。

“这个洋人告诉我，他的名字叫李提摩太，是英国人，同治八年二十五岁时就来到了中国，已在中国居住十五六年了。”

“哦，这么久了，怪不得会说中国话。他是做什么事的？”

“他是个传教士。”

听说是个传教士，张之洞的心中立即冒出一股反感来。他厌恶洋人，尤其厌恶洋人中的传教士。他曾远远地看过传教士：穿着黑色的宽大长袍，胸前挂着一个十字架。这种穿着打扮，他怎么看都不顺眼。而最令他不能接受的，则是传教士的那一套学说和教规。什么上帝、基督耶稣、圣母玛丽亚，什么凡男人皆兄弟、凡女人皆姊妹，什么死后灵魂升天堂，还有洗礼、做礼拜、祈祷唱圣歌等等，张之洞都视之为歪门邪道，荒诞不经。尤其令他深恶痛绝的，是那些洋教士在中国的横行霸道、仗势欺人。他们在中国到处建教堂，强行传教，收中国人做教民。他们藐视官府，目无中国法纪，挑起事端。许多事情明明是他们无理，打起官司来，却又都是中国人败诉。几十年来教案不断，无不以中国人认错赔款、拘杀自己的百姓来平息。到山西这两年来，他也遇到过几件头痛的教案，至今尚未了结。

张之洞紧锁着眉头说："此人既是个传教士，你不应该与他交往，他即便可以省几千两银子的脚费，我们也不要找他。那些传教士都很阴险，不知他们背地里包藏着什么祸心。"

桑治平哈哈大笑起来："你怎么变得这样胆小怕事了！你是一个堂堂的巡抚，他是一个小小的传教士，你难道还怕他吃了你不成？"

张之洞不好意思地笑了笑，说："不是我怕他，他们都不是好人，犯不着跟他们打交道。"

"我知道，你是清流出身，恨洋人。对于洋人，我和京师清流君子们有些不同的看法。"桑治平收起笑容，正色道，"洋人欺负我们，是应该恨，但我除开恨之外，还有一种佩服心。你看他们的铁船造得那样大，走得那样快，大海大洋中如履平地，这要多大的本事？他们把枪炮造得杀伤力那样大，把钟表、机器造得那样精巧。他们造出电报来，一封信函，万里之遥，顷刻可到。这些，要有多大的能耐才做得到？我是不得不佩服呀！"提起钟表，三年前龙树寺摔表的那一段往事，又浮起在张之洞的脑子里。他当时虽觉得那种做法过头了点，但他理解与会者的心情。钟表与燃香计时，孰优孰劣，这是不待智者而知的事；同样，铁舰与木船、洋炮与土炮、电报与马递，孰优孰劣，这也是不待智者而知的事。桑治平说得有道理，张之洞不得不认同。他静静地听着，没有做声。

"说起洋教来，也是有很多使人气愤的地方。说实话，他们那一套教义，我是决不会接受的，但是我也看到了另一面。”桑治平不疾不徐地继续说下去，“比如说，洋教的宗旨是劝人为善，反对作恶，这点与我们的儒学求仁成仁是一致的，更与老百姓的佛祖、菩萨一个样。洋教的传教士在中国办了不少育婴堂，收容流浪街头的孤儿，又大量散发药丸，免费为人治病，这些都是事实。尤其使我赞许的是，传教士都坚决反对吸食鸦片，他们与贩卖鸦片的洋人在这件事情上也是势不两立的。”

“此话当真？”传教士反对吸食鸦片这一点，张之洞过去不知道。

“是真的，先前我就听说过。这次我在李提摩太那里看到他们的教规，明文规定教徒万不可吸食鸦片，且有劝导别人不吸食鸦片的责任。”

听说传教士自己不吸鸦片，并劝告别人也不吸鸦片，正在大力禁止鸦片烟的山西巡抚，对传教士突然生发出一丝好感来。

“洋教士中确有不少作恶之徒，但我也听说过其中有不少慈善家，李提摩太就是一个慈善家。郝县令告诉我，李提摩太是光绪三年到山西来的，那时山西正遭旱灾，李提摩太在潞安府一带以教会的名义，捐献过一万两银子。他还面见过曾九帅，提出以工代赈的主张。曾九帅嘉奖他，并拟上报朝廷，赏他一顶四品衔的顶戴，他谢绝了。潞安府一带的百姓都说他是洋善人。”

张之洞一声不响地听着。这个从未谋面的属于可恶的洋教士一分子的李提摩太，在他的心中赢得了一分好感。

“李提摩太随我一起来到太原，我送他在驿馆住了下来。他想见见你，你是否愿意见他一面？”

“且慢！”

张之洞在心里犹豫着。尽管李提摩太反对吸食鸦片，又捐款救赈山西的旱灾，不属于洋人中的恶劣之辈，但自己身为山西之主，接见他，就是给他一个很大的脸面，这个脸面值得给他吗？当年清流党的中流砥柱，基于多年的宿怨，仍不愿意降尊纡贵与夷番打交道。

桑治平深知张之洞的疑虑，他从随身带着的布包里拿出一本小册子，递给张之洞说：“这是李提摩太写的一本小书，你不见他可以，我劝你不妨读读他的书。我先回家去了。”

说完离开了抚署。

李提摩太的这本小书名曰《富晋新规》。张之洞对“富晋”极感兴趣。作为一个山西巡抚，在完成禁烟、清库、整饬吏治等几桩大事之后，当务之急便是要设法让山西的百姓富裕起来。这一点，在张之洞的脑子里从来是明白的。在做言官的时候，他便清醒地认识到，一切举措，最终的目的只是为了国家的强大和百姓的富裕，若这两个目标没有达到，其举措则没有落到实处。山西贫困，如何使百姓致富，就显得更为重要而实在。张之洞倒要认真地看看，一个外国传教士是如何借箸代筹的。

他打开《富晋新规》，打头一句话便引起了他的注意：“为政有四大端，一曰教民，二曰养民，三曰安民，四曰新民，教之以五常之德，推行于万国。”

“五常之德”是华夏的圣训贤德，乃张之洞信守笃行了一生的准绳，这个洋教士并没有以他的上帝耶稣的教义，而是以中国的道德伦常来教化中国百姓，此人看来真的不可恶。

“养民者，与万国通其利。斯利大，则民易养。安民者，息兵弭战，使民有安乐之居也。新民者，变通求新也。穷则变，变则通，变通乃求新之唯一法则也。”

“穷则变，变则通”，张之洞读到这句《易传》上的话时，感到很亲切。心里想：这个洋教士的确读过中国的书，也懂得中国的学问，看来是不简单。

再往下读，李提摩太具体提出四条富晋新规来：开矿产，兴实业，通贸易，办学堂。这四条新规讲得也还有些道理，山西巡抚感觉到自己也从中得到一些启发。他很快就把这本只有三万字的小册子浏览完毕，立即派人告诉桑治平，明天上午在抚署召见李提摩太。

第二天上午，桑治平将李提摩太带了进来。当李提摩太说了一句“拜见巡抚大人”的话，抬起头来时，张之洞用他又大又长的双眼，将这个洋人注视良久。他生平还是第一次如此近的观看一个洋人，而这第一个洋人便让他惊异不已。

这个洋教士不但没有穿黑长袍戴银十字架，就连通常的洋装也没穿，而是穿一套中国普通绅士的服装：酱色土布长袍，黑底起金色团花的缎面马褂，戴一顶黑呢瓜皮帽，尤其令张之洞诧异的是，瓜皮帽底下分明晃动着一根长长的辫子。

这身打扮立时给张之洞一种舒服的感觉。流畅的中国京腔，典型的袍褂发辫，大为消除张之洞心中根深蒂固的排外情绪。当然，李提摩太毕竟是洋人，他深陷下去的蓝色眼睛，高高隆起的鼻梁，以及架在高鼻上罩着蓝眼的那一副金边玳瑁眼镜，都在表明他来自异邦。

张之洞脸上勉强挤出一丝笑容，将他以远客对待，先奉承了一句：“先生的中国话说得真好。”

李提摩太说：“我从英国来到贵国，将近十六年了。我刚来那几年，专门请了一位生长在北京的朋友教我说中国话。我现在不但能说北京话，还能说山东话、山西话，也可以说几句上海话。”

桑治平插话：“李先生在潞安府一带，与当地百姓说话都说山西话，连鼻音都学得很像。”

这句话引来张之洞发自内心的笑容，说：“我当了两年多的山西巡抚，都还不会说山西话，先生是语言天才。”

李提摩太说：“久闻抚台大人道德文章满天下，我非常钦佩。”

说完，他右手按在胸口，微微弯了一下腰，做出一个极恭敬的姿态来。

“也不过徒有虚名罢了。”张之洞淡淡一笑，摆摆手，“请坐吧！”

待李提摩太和桑治平都坐下后，张之洞问：“听说先生可以帮忙将山西之铁运到上海，且脚费低廉，不知有何良法？”

李提摩太答：“山西之铁运往各省，大多走陆路。陆路耗费很大。运到南方去的，遇有江河，也用船运，耗费跟全走陆路的相比，要省一些。我想请敝国的轮船公司帮忙，走海运一路，在天津塘沽港上船，直达上海，这样可以省去三分之一的脚费。”

海运！张之洞眼睛一亮：这倒是一个好主意！他知道十多年前，南方的漕粮便有由外国轮船从海道运到北京的，既然可以运粮米，当然也可以运铁块。

“你跟轮船公司熟？”

“敝国怡和轮船公司，在贵国长江上经营航运业已经有二十多年了，一向信誉很好。”李提摩太带着几分自傲的神态说，“公司的总经理是我的同乡，我们小时候在一起长大，有很深的友谊。山西产铁和煤，要运出省外卖掉才能获取大利。我可以跟我的同乡说好，今后山西的煤铁到沿海一带的运输，都由怡和公司包起来，双方签订契约：怡和公司以八折优待山西省，山西则不将这笔生意再给别人。先签两年试试。如果行，就继续签，不行则到期自行废止。这样，不论对山西，还是对怡和公司都有利。”

张之洞觉得很好：改用海运，已经节省不少脚费，再打八折，又省了一部分，山西的煤铁总得要人运输，何不就找怡和公司一家！

“你的这个建议很好，我们就先试一试这次运铁吧！一切顺利的话，我就同怡和公司签两年的契约。”

“抚台大人是个爽快人！”李提摩太满脸笑容地说，“我去对怡和公司说，这次就以八折优待！”

李提摩太心里很高兴。他为怡和公司揽到一笔大生意，山西的煤和铁都很好，以后再去游说别处，让他们来买。如此，怡和公司与山西的生意便可源源不断地做下去，获取巨额利润。自然，他从中也可以得到极为可观的佣金。这真是一举数得的大好事。

张之洞说：“我读了先生的《富晋新规》。先生为山西的致富，用了许多心思，作为山西省的巡抚，我对此很感谢。先生的书里提出了不少好的建议，这些还需要我们再从容商议。今天暂不谈这个。先生是英国人，英国在世界上号称头号强国。我想请先生谈谈，贵国主要靠的什么来富强的。”

李提摩太答：“敝国走上富强之路，靠的多方面的原因。大人若有兴趣，我今后详详细细地给大人禀报。我先给大人说一个最重要的原因，那就是敝国的科学技术要比贵国发达一些。”

“什么叫科学技术？”

童年时代便已把《说文解字》背诵如流，自认为凡中国文字都懂的张之洞，对“科学技术”一词却茫然不知所解。

见李提摩太的手在头上的瓜皮帽侧摸来摸去，桑治平知道洋教士被这一问给难住了。的确，这个英国小学生都懂的词，现在要用中国话来诠释，李提摩太一时真的还不知道如何去组织词汇。前些年便开始留心西方学问的桑治平只得代他解答。

“这是最近几年才出现的新词。”桑治平思索片刻后说，“这‘科学’二字，指的是每一科每一门的学问。好比说我们中国有经学，就是专门研究五经的学问。经学里又有易学，就是专门研究《易》的学问。外国人则认为每样东西里都有学问。如专门研究一二三四这些数字的叫做数学，专门研究猪狗牛羊的叫做动物学，专门研究刮风下雨的叫做气象学。这些统称为科学。至于技术，就是实际操作时的技能。如建房屋的技能，就叫做建筑技术。外国人的钟表很精工，就是说他们制造微小机器的技术很高明。李先生，我这样解释，不知对不对？”

“很对，很对！”李提摩太高兴地说，“就是这个意思。贵国人很聪明，但聪明才智都用在对人的研究上。如一个士人应该如何如何，才能被别人承认为君子。一个官员应该如何如何，才可以得到上司的信任，做到迁升快、官运好。又喜欢把精力用在对过去事情的记诵上。我与许多中国官员谈话，发现他们对贵国几百年几千年前的事说得清清楚楚，但对眼前发生的事却讲不清楚，更拿不出一个好的处理办法来。”

真可谓旁观者清！这个洋教士的几句话说得张之洞不得不在心里表示赞同。中国官场不正是这样的吗？许许多多的人成天算计的，就是如何去博得上司的好感，求得早日升官换顶子。要说起本事来，就是背诵“四书”“五经”、复述前朝掌故的记忆力，至于经世致用，则一点能耐都没有。

李提摩太继续说：“我们英国人则更喜欢对天地间一切事物都用心研究，从中发现许许多多对我们人类有用的东西。我们英国之所以富强，就得力于这种对天地万物的研究，也就是说得力于科学。又得力于将研究成果变为人类所用的转化，也就是技术。这就是我刚才所说的英国的富强，得力于科学技术。”

张之洞似有所悟，沉吟不语。这时，巡捕送进来一个大包封。桑治平知道张之洞有紧急公务要办，便起身对李提摩太说：“张抚台有公事要办，今天就谈到这里吧！”

李提摩太忙起身告辞。

张之洞说：“明天下午你再来吧，我们接着谈。”

二　巡抚衙门里的科学小实验

这个大包封里的文牍非比寻常，它是军机处奉上谕向各省督抚发出的关于越南战事的通报，并附有最近几个月越事进展的各种资料。

四夷之事一直是以天下为己任的清流党人，视为不可推卸的分内的事情。东南西北边境的风吹草动，清流党人尽管远在京师，却可以通过各种渠道了解得清清楚楚，尤其是朝鲜、琉球、越南等中国的属国，他们更是特别地关注。张之洞就是在这样的环境中积蓄他的四夷之学的。尽管已来到山西做巡抚，他的志向仍在经营八表，晋省以外的大事他都关心着。这等重要的军国大事，他张之洞怎能不管？他当即停办手头上所有的事情，一头扎进包封中。

越南之事由来已久。

早在同治元年，法国便与越南阮氏王朝在西贡签订了一个不平等的条约。这个条约规定越南割让边和、嘉定、定详三省和康道尔岛予法国；并向法国赔款四百万元，允许天主教在越南自由传教；开放土伦、广安等港口，法国船只可以在湄公河自由航行和经商。

有了这个条约，法国便不把越南政府放在眼里，在越南境内为所欲为。法国驻西贡总督派遣一支以安邺为头领的军队，攻陷北部大都市河内，试图控制整个越南北部，以便经红河直接进入中国，扩大其海外贸易。

在中越交界处有一支独特的军队。这支军队的军旗为镶着七颗星星的黑色旗帜，人们叫它黑旗军。黑旗军的首领名叫刘永福。刘永福是中国人，籍隶广西，原是广西天地会头领吴元清的部下。吴元清起兵反清，自号延龄国主。吴失败后，刘永福率部队二千余人进入越南，驻扎在保胜一带。刘永福精明强干，黑旗军颇有战斗力。此时，刘永福接受越南政府的请求，率部进攻由法国人占领的河内，斩首数百，法军头领安邺也在被杀者之列。法国政府见越战失利，乃拘捕在巴黎的越南三个使臣，以甘言诱引越南国王与之签订第二个西贡条约。条约规定法国赞同越南为独立国，但外交须接受法国监督；越南则承认法国在越南南部享有主权，并向法国开放海防、河内等港口及红河航道。这是同治十三年的事。

以后几年，驻英法公使曾纪泽，以及两江总督刘坤一、两广总督张树声、云贵总督刘长佑等人都多次提醒朝廷，要加强广西、云南的边防，警惕法人的入侵，但这些话并未引起慈禧和恭王的足够重视。

光绪八年，法国派兵攻陷东京。第二年，法国海军大佐李威利率兵至河内，扬言攻打首都顺化。越南国王害怕，再次请刘永福出兵。刘率黑旗军在河内城外大败法兵，斩李威利及兵士二百余人。越南国王因此授刘永福为“三宣正提督”。

法国政府不甘失利，又派遣少将波欧率陆军攻打顺化。正在这个时候，越南国王病死，政局混乱，新国王向法国乞和，缔结保护条约。此条约规定越南为法国的保护国，中国不得干涉越事。越南因此而不再是中国的藩属国了。

接着，法国政府派遣一支由一万五千人组成的远征军，攻取红河三角洲的山西、北宁等地，驱逐驻扎在那里的黑旗军和清军，以便完全控制越南北部。

法国与中国终于爆发了军事冲突。

面对着法国咄咄逼人的军事进攻，中国政坛上关于战与和争论激烈，朝廷举棋不定。

在对外交往中，张之洞一贯主张强硬，不愿示人以弱。越南本是中国的藩属国，法国仗势将其纳入自己的管辖之下，已是欺我太甚，现在又派重兵驱我驻扎在越南的军队，这更是公然挑起了战争。法国理亏在先，我们应该捍卫自己的尊严，奋起迎战！

早在去年海军攻陷东京时，张之洞便在太原向朝廷拜发了一道《越南日蹙宜筹兵遣使先予预防折》，重申中国古代“守四境不如守四夷”的边防策略。看完这一大堆文牍后，他更认识到非战不能遏制法人的贪欲，非战不能保卫云南、广西边境的安宁。他决定立即向朝廷申明自己的态度，并为太后、皇上贡献自己的越事谋略。

他召来桑治平、杨锐、杨深秀等人，要他们在抚署连夜阅读朝廷寄来的所有资料，明天上午和他们一起探讨越战方略。

这天夜里，张之洞的卧房里灯火亮了大半夜，他在苦苦地思索着对付法国侵略者的办法。

次日上午，巡抚衙门宽大的花厅变成了激烈热闹的议事厅。杨锐少年气盛，对老师主战的态度全盘拥护。三十刚出头的杨深秀热血热肠，对朝廷的萎靡不振深为不满。他亟望通过这次对越用兵，能使朝廷洗去暮惰，振作声威。老成稳健的桑治平则为之提供了不少计虑深远的良谟。最后，张之洞决定同日给朝廷上两个折子。

一个折子定名为《法衅已成敬陈战守事宜折》。从出兵越南、封赠刘永福、备战两广、防卫天津四个方面提出策敌情、择战地、用越民、务持久、筹饷需、备军火等十七条具体措施。这个折子，他叫杨锐先起草。

另一个折子定名为《法患未已不可罢兵折》。这个折子详述尽管前方暂处不利，但我终究会取胜，务须立足坚持，不可轻言罢兵。宜增兵越南，备守海疆，激励士气。张之洞将此折交杨深秀起草，并特别指出，这道折子是针对主和一派而上的。

大家在一起吃中饭时，张之洞的脑子里又浮起一个想法。他对桑治平说：“你去告诉那个洋教士，就说我今天下午有事，不能和他继续谈话了，改日再说吧！”

桑治平没做声。过一会儿，他说：“洋人办事很讲信用，约定的事情，不在万不得已的情况下不作改动。你这是第一次与洋人约会，最好不要改约。不知你有什么事，是否可由我来替你代劳？”

张之洞说：“我一直在想越战这件事。太后很听李少荃的话，恭王更是事事照他的意思办，一遇到与洋人发生冲突，李少荃不是让，就是和，这次他又是这个态度。太后有血性，不愿在洋人面前示弱，但经不起李少荃的巧辩和恭王的劝说，最后还是会听他们的，以和让完事。我想再上个附片，劝太后圣心独断，不要听旁人的无识之见。”

桑治平说：“你这个担心是有道理的。我说句不恭的话，太后毕竟是女流之辈，气魄不足，想起每一次与洋人打仗最后都是输的往事，很可能就没有信心了。你上这个附片是很有必要的。这样吧，今天下午你还是按原计划去见李提摩太，附片由我来先起个草。你看如何？”

“也好。”张之洞想了一下说，“我想好了几句话，你在附片中用上。”

“行，你说吧！”

张之洞仰起头，半眯着眼睛，慢慢地一字一顿地说："太后断之于上，召见恭王、醇王赞助于下，圣意主之，中外诸大臣行之。朝廷于枢臣，但责其谋划尽心不尽心，而不必计敌之强与弱；于督抚将帅，但责其战之力与不力，而不必责其战之胜与败。不论一事之利钝，但论全面之得失，然后上下内外文武军民同秉一心。"

"心定则气壮，气壮则力果。"桑治平禁不住接了下来。

"对，接得好！"张之洞高兴起来，又加了一句，"心定则神闲，神闲则智出。"

桑治平笑道："这两句将会成为警句，广播人口。"

张之洞劲头更足了，又想起了一句："主饷主兵，任谋任战，各竭其能，各效其力，十八省合为一身，南北洋联为一气，人谋既和，天道佑之，正义之师，终将获胜！"

"就用这句话结尾。"桑治平起身说，"你放心，刚才这些话我会全用上，太后会被你的这番信心感动的。"

李提摩太很守时，约好的未初二刻，他一分不差地就来到了巡抚衙门。与上次不同的是，他这次提来一个小铁皮箱子。

张之洞指着铁皮箱问："你这里装的是什么？"

"装了几件小玩意儿。"李提摩太笑了笑说，"昨天大人问我英国是如何富强的，我说主要靠的科学技术。今天我想就科学技术上的两个最大成就，用小实验来具体说明下它的原理，想必大人会因此对英国的科学技术有更深刻的印象。"

这个洋教士要实地演习，真是太有趣的事了，常言说耳听为虚眼见为实，对于泰西各国发达的科学技术，太原城各大衙门的官员和自己一样，也都是听得多见得少，至于原理，则绝对都是一窍不通的。这是一个难得的机会，何不多叫几个人一起来看看！

"先生，你准备演习些什么？"

"我准备给大人做两个实验，一个是蒸汽机，一个是电。我们英国就是靠的这两样东西创造了无穷无尽的财富。"

“好。”张之洞说，“你暂时到小客厅里休息休息，喝喝茶，我打发人立即把太原城几个大衙门的官员都请来，一起来看你的实验如何？”

这是李提摩太求之不得的事，他正好借此结识山西省的各大官员们，提高自己在他们眼中的身价，这对于今后在山西传教办实业做生意，都是极为有利的。他忙说：“谢谢大人的美好安排，我可以在小客厅先做些准备，让各位大人老爷看得更好些，请大人给我派一个帮手。”

张之洞叫来一个衙役去协助李提摩太，然后吩咐巡捕立即派人分头通知藩司衙门、臬司衙门、粮台衙门及太原知府衙门，叫他们火速来此，有要事相商。

巡捕遵命出去后，他放心不下上午所议的大事，便离开大堂去花厅，看看正在那里拟稿的杨锐、杨深秀。

听说是因为一个洋教士进了抚署，才有了抚台大人的急召，各大衙门的正堂心里想，多半是哪里出了大教案。这些年来官员们最怕的一是出教案，二是与洋人打交道，一旦与这两件事沾上了边，总有受不完的窝囊气。洋人在你面前趾高气扬不可一世，你得在他面前低声下气；老百姓见你昧着良心袒护洋人，骂你是汉奸、二毛子，你也得受；上司更怕洋人，见你给他添了乱子，骂你混账无用，你也只能敢怒不敢言。世上还有比这更窝囊的事吗？

这些靠乌纱帽过日子的官员急急忙忙坐上轿子，向抚台衙门奔去。不一会，藩司易佩坤、臬司方濬益、粮道薄德文和刚擢升为太原知府的马丕瑶便都到齐了。

等众人坐定后，张之洞将李提摩太唤了出来。众官员见这个碧眼隆准的高大洋人，却穿长袍马褂，脑后还悬了一条乌黑长辫，都先自三分诧异。

张之洞笑着对各位介绍：“这位是从英国来的李提摩太先生，在中国住了十五六年，在我们山西也住了好几年。他的中国话说得好，还会说山西土话。”

众官员你看看我，我看看你，对洋传教士能讲山西土话一说甚是惊奇。

“我请诸位来，是想要诸位和我一起，观看李先生给我们表演他的实验。李先生，请吧！”

李提摩太彬彬有礼地向众官员鞠了一躬后说：“昨天，张大人问我英国富强的原因，我说英国富强主要靠的科学技术，这其中又有两个最出色的项目，一是蒸汽机，一是电。为了具体说明这两项科学技术成就，我今天当众给各位大人演示两个小实验。”

包括张之洞在内，这些主宰山西一千万百姓命运的父母官，还从来没有见过演示科学技术的实验。他们只是在进入官场前，作为一个普通人在街头巷尾看过魔术师的变戏法。此刻，他们全都瞪大着眼睛，将李提摩太当作一个变戏法的洋魔术师看待，且看他变出什么“科学技术”来！

两个衙役从小客房里抬出一张条形长桌来，长桌上面摆着一个机器，细细看时，又发现机器是放在两根小小的铁棒上。

李提摩太指着机器说：“这是一个火车头的模型，我们英国运货物，主要靠的是火车。火车靠火车头，一个火车头后面挂十个八个车厢，一个车厢可装五六万斤货物，十个车厢就可装五六十万斤。”

官员们的座位上发出了哇哇的叫声。有的人在心里盘算着：一个强壮汉子不过挑一百斤担子，这一列火车就抵得上五六千个男子汉了。真不可思议，一个火车头怎么会有这么大的威力！

“一个火车头怎么会有这大的力量呢？”像看出官员们的心思似的，李提摩太指着机器模型说，“关键在于火车头里有一个蒸汽机。”

李提摩太将火车头模型的一半外壳拆开，里面的蒸汽机裸露出来。张之洞等人定睛看着。

“蒸汽机由许多部件组成。这些部件大致可以分为三个部分：一是水箱，二是汽缸，三是传动系统。用煤做原料，点燃加温，水箱的水变成蒸汽，蒸汽被送进汽缸，在汽缸里膨胀后，就形成一股力量，然后这股力量又传递给传动系统。传动系统一动，就将车厢带动起来了。为着减少摩擦，加强承受力，轮子下面便安装了两根铁轨。”李提摩太用手指敲了敲小铁棒说，“这就是铁轨。”

张之洞用心听着，仔细地欣赏那些曲曲折折的小铁杆，如同几千年前的陶罐上那些弯曲的纹饰一样，这些曲折小铁杆引起他丰富的联想。但那些司道大员却没有抚台的这种兴致，他们急切盼望的是戏法快点登场，至于那些如何变化的过节，他们并不想知道，因为他们压根儿就不想做魔术师，不管是中国的旱地钓鱼，还是外国的“科学技术”，在他们的眼里都是下九流的勾当，不是朝廷命官的正业。

“我现在就来演示给各位看。”

李提摩太拿出一个小瓶子来，把瓶子里的液体倒进铜皮锅里，说：“这里原本是装煤的地方，但煤一下子不易燃烧，我用这种酒精作代替，它和煤的功能一样，只是为了提高温度，把水烧沸。”

说完，李提摩太又拿出一包洋火来，擦燃一根洋火棒，将酒精点燃。

戏法开始了，众官员紧张地盯着。

酒精火力很大，不一会，铜锅上的铁罐里的水便滚开了，发出“噗噗”的声音。再过一会儿，曲曲折折的小铁杆竟然奇迹般地扭动起来。随着曲铁杆的扭动，两个小轮子开始转动了，整个火车头也便跟着在小铁棒上滑动。同时，汽缸边的小圆筒里一面冒出雪白的蒸汽，一面不停地发出“噗哧、噗哧”的叫声。火车头在铁棒上不停地行走，很快便走到尽头。李提摩太把火车头提起，放到铁棒的始端。于是，它又重新在这两根铁棒上继续转动起来。

“各位大人看清楚了吗？这就是利用蒸汽机做成的火车头。将这个蒸汽机装在船上，船就不要人划，装上几万几十万斤货物，能在大江大海上自由行驶。若将它装在挖煤机上，煤就不要人挖，几十几百斤重的煤块就会自动被挖出来。”

张之洞猛然想起阎敬铭榆次驿馆的长谈。那年气死恩师的英国轮船，不就是因为装上这样的蒸汽机吗？恩师临终嘱托彭玉麟的话又浮起在他的脑海里。蒸汽机这种东西就是好，不应该睁着眼睛不看它。既然好，为何不学过来呢？一时学不上，把别人现成的买过来也是对的。李鸿章买轮船办洋务，不也是在实现恩师的遗愿吗？看来，京师清流朋友们一味指责洋务，并不是明智之举。

张之洞正在沉思遐想之际，衙役已将火车头模型搬走，只见桌上换了另外一些物品。

“各位大人，我们大英帝国女王向各级官员下达圣旨，不像贵国那样用马匹传递，十天半个月才能到达，而是用另一种东西输送。不管这个官员在何等偏僻的地方，女王的圣旨寅时下达，他卯时便可收到。女王要和哪个官员说话，也不需要像贵国那样召他进京，而是通过一种东西和他谈话。在伦敦王宫里说话，官员在那边当时就听到了，清清楚楚丝毫不走样，如同面对面说话似的。”李提摩太神采飞扬地说到这里，提高了嗓门，“这种东西是什么，它就是电。电是什么，我今天当场演示给诸位看。”

李提摩太将桌上的一张白纸撕成碎片，然后拿起一根拇指粗的玻璃棒在碎纸片上滚动着，再将玻璃棒拿起，对大家说：“诸位方才都看清楚了吧，这是一根普通的玻璃棒，它对纸片没有一点吸引力。”

说完，他另一只手从桌上拿起一块毛皮。将毛皮用力地在玻璃棒上来回摩擦几下后，他再将玻璃棒对着碎纸片。这时，一件怪事出现了：玻璃棒离碎纸片还有寸把远的距离时，那些碎纸片便一片片地向棒端飞去，就像妖魔鬼怪突然遇到观音菩萨的净瓶似的，身不由己地奔进去。大清国的官员们被这个奇怪的事儿弄得莫名其妙。

“各位，纸片现在为什么被玻璃棒吸上去了呢？这是因为玻璃棒经过毛皮摩擦后带了电。两样物品经过摩擦后，各自都会带上电，这个现象叫做摩擦起电。”

接着，李提摩太又从他所带来的铁箱子里取出一件物品来。这是一个木头架子，架子上插了一根半尺长的细铁针，铁针的上端是粒枣子大的圆铁球，下端是两片薄薄的发亮的金属片。

李提摩太指着薄片说：“诸位请看，这两片薄叶是紧贴在一起的，等一下，注意看它有什么变化没有。”

说完，他一手拿起毛皮，一手拿起玻璃棒，用劲地互相摩擦了几下，然后将玻璃棒的一端碰着铁针上端的圆球。瞬息间，铁针下端的那两页薄片便分开了，就像有一阵风从底下吹起，将它们吹开了似的。

众人正在疑惑的时候，李提摩太说：“刚才说过，经过毛皮摩擦的玻璃棒上起了电，这个起了电的棒碰上圆球后，棒上的电便传到圆球上，再经过圆球传到铁针上，通过铁针又传到两页薄片上。两页薄片上因为带的是同一种电，便会互相排斥，因而张开了。如果是两种不同的电，便会互相吸引，挨得更紧。电有正负两种，诸位若有兴趣，我下次再详细讲。这个实验，已让你们亲眼看到电的存在了。我们英国有一个伟大的人物，他的名字叫法拉第。就是他在五十年前，借助机械大量造出电来，再通过电线将电传送出去。电报、电话就这样产生了。”

电的印象，在众司道大员的心目中仍然是不可触摸的玄虚怪物，他们中大多对此已无兴趣了。

相对蒸汽机来说，电在张之洞的脑子里也依然是空空洞洞的，洋教士的这个实验，也并没有让电像蒸汽机一样，使他感受到明明白白的存在。但他相信洋教士没有在骗他，因为他知道电报这个东西确确实实是真的，它一定也是靠什么来传递，否则怎么可以从此地到彼地呢？

见他的同寅们都有疲倦之色，他意识到实验应该结束了，便对客人说：“李先生，你的这两个实验使我们开了眼界，但是我想，无论是蒸汽机还是电，制造出来很难，使用起来大概也不是一件易事，中国目前要使用蒸汽机和电，或许还有许多困难。”

“是的，大人说得很对。”李提摩太说，“蒸汽机和发电机都可以从我们英国买进来，但使用它们的人，必须有很高的技能。目前不要说山西省，就是北京、上海、广州这些大都市也没有使用蒸汽机和发电机的人才。不过，这不要紧，可以培养。如果张大人相信我，我可以为此尽自己的力量。”

尽管张之洞亟盼望能有许多蒸汽机在山西使用，从而挖出更多的煤和铁矿，尽管他也亟盼望山西能发出电来，他的许多文牍能借助于电线朝发太原，夕至各县，使得三晋各级官吏如同他的指臂一般，按他的指挥行动，但他还不太相信这个着中装讲汉话的英国传教士，不知他的殷勤背后是否有着其他用心。更何况眼下山西尚不是使用这些洋机器的时候，哪有那么多闲钱从英国去购买？又哪有那么多的技师去管理？即使李提摩太愿意来充当教师，目前山西也找不出几个能学洋技能的人才呀！

不过，李提摩太这番举动，也给张之洞以重大的启示：洋人不是铁板一块的。洋人中有人凭借坚船利炮来欺负中国，洋人中也有人愿意与中国做生意，愿意为中国购买机器、传授技能；不管他出自何种目的，我至少可以从他那里取来为我所用之物。且将这个洋教士羁縻着，待时机成熟后再说。

张之洞起身，笑着对李提摩太说：“谢谢你的这番美意，来日方长，我们再从容计议。”

三　唐风宋骨话诗歌

就在张之洞同日拜发三折，就越南战事发表己见后不久，法国政府便向其派往越南的远征军增饷添兵，由法军总司令孤拔亲率一支六千人的军队，向驻扎在越南山西的清军和黑旗军进攻。中国和法国之间的战争正式爆发。

战争一开始，局势便对中国不利。云南巡抚唐炯竟然擅自撤退，留下黑旗军独自作战。刘永福率领部属苦战五天五夜，终于不敌，山西落入法军手中。法军随即进攻北宁。北宁中国驻军统帅、广西巡抚徐延旭此刻正在外地休假，前线将士不战而溃。北宁又被法军占领。法军乘胜追击，清军和黑旗军节节败退至谅山、镇南关一带，越南北部的红河三角洲全部被法军控制。

越战的失败，在中国国内引起巨大的反响，其结果是导致清末政治史上一件大事的发生。

光绪十年三月北宁失守后，詹事府左庶子宗室盛昱上了一本，锋芒直指军机处，说“疆事败坏，责有攸归，请将军机处交部严加议处，责令戴罪立功，以振纲纪”。参劾折辞气亢厉：“恭亲王等参赞枢机，我皇太后、皇上付之以用人行政之柄，言听计从，远者二十余年，近亦十几年，乃饷源何以日绌，兵力何以日单，人才何以日乏？既无越南之事，且应重处，况已败坏于前，而更蒙蔽于后乎？有臣如此，皇太后、皇上不加显责，何以对祖宗，何以答天下？”

这道折子递上去没有几天，内阁便奉到慈禧太后懿旨：以恭王为首，包括大学士宝鋆、李鸿藻，尚书景廉、翁同龢在内的军机处大臣全班撤职，改换以礼王世铎为首，包括额勒和布、阎敬铭、张之万、孙毓汶、许庚身在内的另班人马。懿旨并特为强调，遇有重大事件，须会商醇亲王办理。

军机处全班换人，为有清一代所罕见。最近一次大换班，乃是咸丰十一年的废顾命制而行垂帘制。那是一次宫廷政变，非常例。故而此次全班换人，便成为一桩震动朝野影响政局甚大的事件。这一年岁在甲申，历史学家们称之为甲申易枢。晚清逢甲之年多有大事发生。这之前的甲年为甲戌，十九岁的同治皇帝去世。这之后的甲年为甲午，与日本的海战爆发，北洋水师全军覆没。再过十年轮到甲辰，实行千余年被视为天经地义的科举考试走到末日，甲辰科会试完毕，中国就从此永远废除了科举。大清朝的最后几个甲年，全是多事之秋。

史学家对这次甲申易枢多有贬词，有的甚至将它与唐开元二十四年罢张九龄起用李林甫之事相比。然而，这次易枢对于张之洞而言，则是他仕途生涯中的一个福音。

早在前年正月，七十二岁孝服刚除的张之万，便奉旨进京任兵部尚书。接过堂兄的亲笔函后，张之洞知道，当年贤良寺清风阁兄弟密谈的大事，其序幕已经拉开。一年后，张之万改任工部尚书，这次便以工尚身份进入军机。进京三年来，阎敬铭的仕途也十分得意。他的户部尚书做得有声有色，经他的调理，国库这两年间增加了八百万两银子。慈禧很满意。她寻思多年的清漪园工程，应当开工了。这次和满尚书额勒和布一起进军机，正是慈禧对户部的格外嘉奖。这些年来，阎敬铭没有忘记张之洞在他出山前的多次推举，以及在山西时的特别礼遇，常和张之洞有书信往来。山西库款的清理，得到户部的大力支持，清理完毕，又被户部当作成功的例子向各省推介，为张之洞在官场广延声誉。

这班军机名义上是礼亲王世铎领衔，但明眼人都知道，真正的首领是醇王而不是他。这位努尔哈赤第二子礼王代善的后裔，其为人别无所长，唯有谦恭之道，人皆不及。就连李莲英向他行礼，他也以平等之礼回答。以亲王之尊，向太监行平礼，为从来所没有。他做了军机处的领班大臣后，大家才明白，他正是以笼络李莲英而讨得慈禧的欢心，也正是以谦恭之道而赢得醇王的信任。

稍懂背景的人都知道，工部左侍郎孙毓汶曾做过醇王府的西席，刑部右侍郎许庚身则是醇王府棋枰上的常客。这个由慈禧和醇王密商圈定的，名义上由礼王牵头的军机处，其实完全是太平湖潜邸的班底。中国晚清新一轮叔嫂联手掌权的时代开始了。

当京师上下为这次大换班议论纷纷，甚至肇事者盛昱也深为震骇急忙上疏收回原折的时候，太原城的主人却对此并不大感意外，只是他没有料到，醇王的事情竟然进展得如此顺利快速。他更没有料到新军机处作出的第一号决定，就是罢免张树声的两广总督，将眼下众目睽睽的粤督一职交给他!

当新军机处的名单公布之初，张之洞兴奋难耐，额手称庆。他既为子青老哥白发重用而欣慰，更为在朝廷中枢中有自己的兄长和关系亲密者在而欢喜。那年清漪园晋谒醇王的情景又浮现在眼前。这些年来，醇王对自己的恩德深厚无比。他清楚地意识到，一轮红日正面对着自己冉冉升起，眼前的仕途将会因此而更加明亮光辉。然而，迁升来得如此之快，朝廷所托是如此之重，却为他始料所不及。

总督一职仅只八个，分别为管辖直隶省的直隶总督，管辖江苏、安徽、江西三省的两江总督，管辖广东、广西两省的两广总督，管辖湖北、湖南两省的湖广总督，管辖福建、浙江的闽浙总督，管辖四川省的四川总督，管辖陕西、甘肃两省的陕甘总督，管辖云南、贵州两省的云贵总督。

直隶总督由于所辖地处京畿，形势重要，向为总督之首。两江总督所辖面积广大物产富饶，其地位仅次于直督。陕甘、云南因地方偏远且贫瘠，在总督中列为末等。过去两广、两湖、四川三地的总督地位大致相当，近年来因洋人的关系，两广总督的地位明显超过湖广和四川。张之洞以一个资历浅薄的晋抚一跃而为粤督，此中机奥，他心里甚是明白。他不能辜负太后和醇王的重托，也不能辜负堂兄和丹老的期待。

但是，此番南下粤海，却非比一般。前线丧师败绩，战火越烧越烈，纵观中国与洋人交战史，从来没有过取胜的记载。此时的粤督，不是太平疆吏，而是督师将帅，往日的那些用兵计略，说到底不过是纸上谈兵而已，现在即将由自己来调兵遣将，与洋人决战于血肉横飞的沙场，从未厕身行伍的一介书生能办得了吗？面对着这次迁升，张之洞不免涌出几分临深履薄之感来。然而，这种畏怯之态很快便过去了。

他从来自信极强自许甚高，敢于任事，不惮风险。此时的粤督固然难做，但此时的粤督做好了，它的光彩却也不是前任所能比的。

擢升来到太快，他得把山西的事情料理好，为三晋父老留下去后之思。

眼下的第一件大事，是要将李提摩太主动承担的海路运铁之事落实。因李提摩太，张之洞又想起山西教案。是的，必须尽早设置一个教案局，以便有专人负责处理民教纠纷。日后凡遇民教冲突，即令教堂致函教案局，由该局全权处理。

还有两桩关系到山西长治久安的大事，已议论多时了，也应在离晋前作出规定来。一是实行保甲制度，在原有村社组织的基础上，将此制度完善，以此来对付强盗匪徒，协助官府保境安民。二是晋北的七厅改制。山西北部历来设置有管理蒙民交涉事务的七个厅，这七厅分别隶属于雁平道和归绥道。这一带，蒙回杂处，情况较为复杂，近年来又因洋人的插手，更为难治。这七厅原先都是满蒙官员治理，诸务混乱。张之洞已向朝廷建议，七厅官员应满汉通用，并拟施行编立户籍，清理田赋，设立学校，变通驿路，添设公费，募练捕兵，使之与内地各州县无异。此事应再上一道折子，请求朝廷作出明示，以便接任者奉旨实行。

许多事都在他的考虑之中。猛然，他想起了一件大事。此事是在离开山西前非办不可的。

来到太原不久，张之洞便去视察三晋的最大书院晋阳书院。他跟士子们约定每半年来书院一次，或给士子们授课释疑，或与士子们共商省情。前年，他守约春秋各去了一次。去年清明时分，他也抽空去了一次。但从那以后到现在将近一年了，因为忙于庶务，一直未去。即将离晋南下了，学台出身的张之洞深以失信于士子而不安，他要再去一次晋阳书院，借以弥补自己的失约。

晋阳书院的师生都知道张之洞已擢升两广总督，不日将离开山西，山长石立人和新任总教习杨深秀与士子首领们早就谈论过，应该到巡抚衙门去一趟，为抚台大人送行。石老先生在晋阳书院做了二十多年的山长，经历过七八位巡抚。巡抚们到书院走走看看，大多是做做样子而已，从来没有哪个巡抚正经八百地给士子们上过课。一辈子精研学问的老山长也知道，像曾国荃那样的巡抚，要他上课也是件挺为难的事。他自己连个举人都没考上，又怎么好意思给这些大多已有举人功名的士子上课呢？其他几位巡抚，也不乏有进士出身的，但他们原本就是把“四书”“五经”当作敲门砖，功名之门一旦打开，那块砖便弃之不顾了；何况中进士到做巡抚之间，还有一段很长的道路要走，这条道路上的获胜者靠的不是学问，而是另一番工夫。待到爬上巡抚高位时，过去的子曰诗云之类早已忘记得差不多了，何能再面对这些饱学士子大谈学问呢？

只有张之洞不同，他来书院虽只讲过三个半天的课，却让所有听课的士子佩服得五体投地，就连博学而清高的石山长也自愧不如。对于这样的抚台，年过古稀再无欲求的老学究的尊敬是发自内心的。

当下，石山长和杨总教习，将张之洞一行迎进书院。在山长的学思斋里坐下后，张之洞也不多寒暄，开门见山地说：“这一年来忙于杂务，一直未来书院，向士子们许下的诺言没有兑现，心里总不安。再过几天就要去广东了，今天到书院来，一是看看各位，二是再跟士子们讲一课，算是弥补去年的所欠。”

石山长激动地说：“大人荣升，本应老朽带领书院教习和士子们去衙门祝贺。不想大人如此繁忙之际，还惦记着书院和去年下半年缺的那堂课，亲来书院。老朽和书院全体师生深谢大人这番情谊。”

张之洞说：“就请老先生传令下去，叫所有的士子都来吧！”

石山长转过脸对杨深秀说：“漪邨，把大家叫到风雨轩去，都和张大人道一声别吧！”

风雨轩是一个开敞的集会之处，书院逢有大事，则全体聚集于此。听说张抚台要给大家上最后一课，所有的人都来了，一百多个教习和士子济济一堂。

张之洞坐在平素石山长坐的太师椅上，将全体师生扫了一眼，见大家都全神贯注地望着他，等他开口。他清了清喉咙说：“鄙人承乏晋省近三年，给诸位授了三堂课：一次讲德行的修炼，一次讲学问的积累，一次讲文章的写作，也不知对诸位的求学有所裨益否。近日奉旨，将总督两广，不日就要离开晋省，今天特地来书院看望各位，想再给诸位授一次课。今日这堂课，想听听诸位的意见，要鄙人讲点什么，大家说吧！”

在座的士子你望着我，我望着你，都不知道要抚台大人说点什么好，有的在互相小声商量着，风雨轩里开始热闹起来。杨深秀见此情景，估计一时难得有统一的意见，不如自做主张算了。他素来喜诗，也读过不少张之洞的诗篇，便在一旁说：“晋阳书院里的士子，大多读过大人的诗，很喜欢大人的诗作。我看今天就请大人给我们谈谈诗吧。不知大人意下如何？”

张之洞喜欢写诗，也自负于诗。过去做翰林，做学官，都有充裕的时间吟诗，来山西这几年，政务太繁，冲淡了吟诗的雅兴。今日能给士子们谈点诗，倒也是一个轻松而有趣的课题。他自己的诗作，至今并未刻集刷印，先前在京师清流同人中，每有所作，大家互相传抄，张之洞的诗才常被称赞，传出圈外的诗作不少，故京师士人亦多有能诵读其诗的，至于太原士子也在读他的诗，他却没料到。张之洞饶有兴致地对着大家说：“刚才杨总教习说晋阳书院也有人读过我的诗。我现在问你们，有谁能当着我的面背诵我的诗吗？”

众士子都很兴奋。许多人都读过抚台的诗，有的人怕背不全，有背得全的又没这个勇气。正在互相怂恿的时候，有一个士子勇敢地站了起来，说：“张大人，我背一首。若背错了，请您宽谅我。”

张之洞含笑说：“好，你背吧！”

那士子定了定神，高声背起来：

一岭如龙九曲回，江东霸主起高台。
羞从洛下单车去，亲见樊山广宴开。
水陆上游成割据，君臣投分少疑猜。

张昭乞食无长策，豚犬悠悠等可哀。

这是大人咏怀湖北古迹九首中的第四首《吴王台》。不知背错了没有？”

这首诗，张之洞自认写得不错，这个士子背得如此流畅，可见此诗在书院里广泛流传，看来晋阳士子们赏诗的眼力不差。他很高兴，说：“背得好，谁还能再背一首，我就答应杨总教习的请求，今天专谈诗。”

士子们天天读“四书”“五经”，日日伏案代圣人立言，真个是神昏气坠，味同嚼蜡，平时也只有靠读点唐诗宋词来调节下。今天抚台不讲那些枯燥无味的经典，专讲可作下酒菜的诗歌，岂不太惬人心怀！众士子很快推出一位素日记诵能力强的人。他擦了擦额头上冒出的丝丝汗津，略有点胆怯地说：“大人，晚生也背一首，若有背错的地方，大人尽管责备晚生一人好了，千万莫因晚生的背错而不讲诗歌。”

张之洞觉得此生憨实得有趣，便说：“你背吧，背错了不要紧，我给你纠正。”

那士子又擦了一把汗，揉了揉太阳穴，努力让自己安定下来。风雨轩里鸦雀无声，一会儿，大家听到了诵诗声：

啸台低，吹台高，
台上瓦砾生黄蒿。
登台吊古逢吾曹，
故人谁欤今边韶。
大梁本是霸王地，
至今白沙三丈没城壕。
五季如风青城虏，
唯有信陵死不腐。

中原荡荡不自立，
金戈蹂践徒辛苦。
当年汴水入泗流，
清明上河尚可游。
南下朱仙四十里，
大车辚辚，小车辘辘，
彻夜何时休？
一自河决汴流断，
中州贫索来寇乱。
锦衣甘食皆河兵，
哪有健儿习征战？
君来蔡州营，
我去宋州城。
宋蔡相望列三帅，
千群边马仍横行。
尔我少年容易老，
王粲从军欢情少。
饮我酒，为君歌，
金梁水月吹酒波。
试看战骨白，
岂惜朱颜酡。
报关侠士不可见，
只有宪王乐府堪吟哦。

很长一会不见再有诵诗声发出，众士子知道背完了。当着这位显赫诗人的面，一口气背下这首长篇歌行，不错不漏，不停不顿，大家为这位士子的记忆力和胆气所倾倒，风雨轩里响起一阵鼓掌声。

张之洞也不由得击节赞叹：“好，这样长的一首诗，难得你一气背完。这首诗作于同治元年。我当时春闱未捷，来到河南堂兄幕中。那时幕中有一个叫边韶的人和我意气相投，我于是写了这首诗送给他。尔我少年容易老。不知不觉间二十多年过去了，现在真的老了。当时和你们差不多大，正是目空一切好说大话的年岁。这位朋友能背得这么流利，看来是喜欢这首诗。李贺说‘少年心事当拏云’，年轻人有点目空一切好说大话，也不是太坏的毛病。诸位是我的知己，我今天就非得说点诗不可了！”

抚台原来是这样的热血热肠可亲可爱，在杨深秀的带动下，风雨轩内外响起了经久不息的掌声。

“论中国的诗，自然首推唐诗。唐诗之后，宋诗别是一路，也是高峰。国朝初期，有个诗坛泰斗，乃大名鼎鼎的王渔洋，他论诗高标神韵。这神韵之说，便是为唐诗定的调子。乾隆时期，又出了个诗坛泰斗，乃长寿老人翁方纲，他论诗标出一个肌理。这肌理主要来源于他对宋诗的领悟。近世作诗崇尚宋人，便是受翁氏的影响。”

众人都被带进了诗的天国。此刻晋阳书院的风雨轩，如同九天玄宫海外洞府，只见珠玉飞溅花香飘溢，没有半点尘世的嚣杂，凡俗的琐屑。

“鄙人论唐诗不同于王渔洋，独标一个风字；论宋诗有别于翁方纲，特重一个骨字。”

年轻士子最不喜欢的就是因旧袭故，最有兴趣的就是标新立异，尤其是学问上的新奇之说，更是对他们吸引力最大。抚台自家独得之学说，立即振奋了他们的精神。

“若把风字说得具体点，便是风流。诸位，这风流二字，可不是时下所谓的吟风弄月，拈花惹草，秦楼楚馆，作狎邪游等意思。”

抚台这几句风趣的话，引起了年轻士子们的会心之笑。

“唐人眼中的风流，包含的内容异常丰富，囊括人品人性、德行才华方面诸多美好资质。比如张九龄的‘雄图不足问，唯想更风流’。这里的风流，便是指的才华纵横，文采斐然，不拘常礼，通脱旷达。再如李白的《赠孟浩然》：‘吾爱孟夫子，风流天下闻。’这里的风流，就是指的超凡脱俗的风度人品和卓尔不群的文采才情。这种风流，不但使李白倾心，也让当时普天下的唐人艳羡。所以杜甫咏宋玉，就说‘摇落深知宋玉悲，风流儒雅亦吾师’。宋玉的风流，就连诗圣杜老夫子都想师事于他。”

风雨轩里又是一片欢快的笑声。

“至于司空表圣所说的‘不着一字，尽得风流’，这风流便象征着一种诗文的最高气象。这种气象含蓄蕴藉，韵味无穷，而又不可以迹寻之，正是羚羊挂角，浑然无迹。可谓风流二字的最大内涵了。所以鄙人认为，论唐诗，切不可忽视唐诗的风流。”

抚台对唐诗研究的真学问，使士子们由衷叹服，他们不停地点头，报之以完全的赞同。

“若说宋诗，则突出表现在一个骨字上，具体地说，这骨便是筋骨。筋骨是个比喻，说得明白点便是义理。宋诗最重的便是这二字。我们读宋诗，切记不可忽视了这一点。”

众士子个个听得全神贯注。

“宋诗在这方面取得的成就最高，所以有的诗便成了格言哲理传了下来。比如大家所熟知的《读书有感》：‘半亩方塘一鉴开，天光云影共徘徊。问渠那得清如许，为有源头活水来。’朱夫子的这首诗是宋诗的代表。有源源不断的活水灌注，小小的池塘才得以清亮如镜。这是一个极为恰当的比喻。士人们要勤奋学习，要博览群书，才能不断地有新知涌进胸臆，才能如同这一池清水般的令人可爱。”

如同当时大多数读书人一样，石立人山长也是一个写宋诗的学究，他对巡抚的这番话很能听得进。

“至于王安石说‘不为浮云遮望眼，只缘身在最高层’，苏东坡说‘不识庐山真面目，只缘身在此山中’，这些蕴含在诗中的义理，则千百年来无数次地被人们所引用，去说明许多长篇大论未必能说清的道理。这就是宋诗的成就。历代都说唐诗高于宋诗，其实也不尽然，宋诗中的义理深度便不是唐诗所能达到的。应当说，唐诗宋诗是双峰并峙，都是无可替代的瑰宝。”

杨深秀情不自禁地鼓起掌来，随即，全体士子都热烈鼓掌。晋阳书院再次响起雷鸣般的掌声。

掌声刚刚平息，一个出身官宦家庭的胆大士子站起来说：“请问张抚台，您的诗是属于唐风一类，还是属于宋骨一类？”

这个问题提得近于唐突，老山长颇为不悦地瞟了那士子一眼，心里说，怎么能这样问抚台？大多数士子却很赞赏发问者的胆量，他们也想听听抚台对自己诗风的评论。

张之洞不以为意，莞尔一笑，说：“明代和国朝初期，士子都学唐诗。国朝乾嘉之后，士人都学宋诗。学唐诗，若不得风流之精髓，则易入轻浮浅薄一路。学宋诗，若不得筋骨之要领，则易入生硬说教一路。故而无论学唐学宋，都要取法乎上。这是第一义。还有第二义，即我刚才说的，唐宋既然是双峰并峙，故不应偏于一方，应该都学，而且要尽取其长，力避其短。鄙人便有志于此，作诗尽可能有唐人之风，亦有宋人之骨。唐风宋骨才是鄙人所追求的最高目标。因此，鄙人的诗，说得好听点，就是既有唐风，又有宋骨；说得难听一点，便是既无唐风，又无宋骨。”

说着，自己先哈哈大笑起来，大家也都跟着笑了。

抚台不摆架子，愿意坦率地回答普通士子的提问，鼓舞了大家的胆气。这时，又有一个士子站起来问：“请问大人，您最喜爱的前代诗人是哪一个？”

“苏东坡。”

提问者话音刚落，张之洞便脱口回答，颇令士子们感到意外。

“我喜欢他的诗词中兼备唐人之风流和宋人之筋骨。他为惠崇画的春江晚景所题的诗，堪称集唐风宋骨于一炉的典型。四句诗，三句写景，风光绮丽，风物活脱，得唐风之精髓。一句‘春江水暖鸭先知’，说出了天地间一个深刻的道理，然而又是如此的天衣无缝，不着痕迹，决没有半点说教味，令人不能不佩服。”

众士子中有人已在咀嚼“春江水暖鸭先知”这句名诗了，越咀嚼越觉得其中回味无穷。

“苏东坡令我喜爱之处，还有他旷达的人生情怀。”张之洞继续他的苏轼论，“他才华盖世，人品正直，却一生坎坷，命运多舛，但他却从来都以旷达通脱的态度对待那些挫折，始终挚爱生命，热爱人世。‘盖将自其变者而观之，则天地曾不能以一瞬；自其不变者而观之，则物与我皆无尽也。’诸位，你们看东坡先生这种胸襟是多么的旷达乐观！诸位现在还年轻，尚未涉世事，今后走出晋阳书院，步入天地江湖之间，或顺利，或乖逆，都难以预料。然而凭什么来面对世事之逆顺呢？就要凭东坡先生这种旷达之胸襟，顺也喜乐，逆也喜乐，此为处世之道，亦为养生之方。这就是鄙人今天送给诸位最重要的一句话，愿长记不忘。”

这次是石山长带头鼓掌。三晋大地上的最高学府，又一次响起回荡四壁的掌声！

四　人生难得最是情

先前三次讲课，张之洞从不在书院吃饭。一来是鉴于山西官场吃喝风气太甚，他多次下令各级官员出巡必须从俭，不得铺排张扬，他自己应带头执行。二来他知道书院不比衙门，特别清贫，倘若在这里吃饭，会给他们增加负担。这次不同，以晋抚身份给士子授课，应该说是最后一次了，石山长很想抚台今天能赏光，与大家共进一顿午餐。他悄悄把杨锐叫到一边，将这个意思说明，请杨锐问问巡抚。当杨锐把山长的话转告张之洞后，他竟然爽快地答应了：“今天破个例，就在这里吃午饭，但只能三个菜一个汤，多一个都不行。”说完后，又特为补充一句：“请山长叫几个士子来与我们同桌吃。”

石立人得知抚台同意在这里吃午饭，很是高兴，便一面吩咐厨房赶紧张罗，又打发一个教习去士子中挑几个人作陪。

没有多久，一切都已就绪，石立人领着张之洞走进学思斋。这里已将两张方桌并成一条长桌。石立人陪着张之洞坐在正前方两个主位上，张之洞的下首坐着杨深秀，石立人的下首坐着杨锐，剩下的八个座位，坐的是士子中临时推选出来的代表。他们或是士子中的首领，或是公认的品学兼优的才子，或是有权有钱人家的子弟，总之，都是晋阳书院士子堆里的头面人物。今天，他们能有幸跟荣升粤督的抚台同桌共餐，既兴奋又很觉光彩。

桌上摆的不多不少，恰是三菜一汤，只是因为是两张桌子并成，菜是一式两份，分开摆。书院清贫，又是临时的动议，故三菜一汤甚是普通：一碗油焖牛肉，一碗爆炒羊肉，一碗小葱豆腐，一碗粉条青菜汤。怕不够吃，都用头号大碗装着。

石立人以主人的身份举起杯子来，对张之洞说："今天，张大人肯赏脸在书院用餐，又邀请士子代表共席，这是我晋阳书院的荣耀。仓促之间没有佳肴，且大人又严格规定只能三菜一汤，今天这顿饭菜实在简陋之至。现在老朽请各位一同举杯，为张大人三年来为山西的操劳，为张大人的荣升，也为张大人此去广东的一路平安，干杯！"

说罢起身，杨深秀和众士子都一齐站起，张之洞也忙站起，举着杯子说："谢谢老山长和诸位的美意，我和大家一起干了这一杯。"

说完一饮而尽。待大家都喝完酒后，老山长恭请抚台坐下，众士子也重新坐好。

杨深秀笑着对张之洞说："刚才山长只说到菜，没有说到酒。今天这几道菜确实平常，但这酒可不平常。"

张之洞说："这酒有何不平常之处，还请漪邨说明。"

"这坛酒是一个士子的父亲送给老山长的。"杨深秀指了指放在旁边的深褐色的大肚酒坛，说，"五年前，这个士子中了进士。士子的父亲是个票号老板。这个士子，起先贪玩不好读书，父亲很担忧。老山长说，到晋阳书院来吧，我可以将他造就成个人才。就这样，这个士子来到了书院，一年后即进学，三年后中举，再过三年就中了进士。他父亲感激不已，给老山长送了一块题有‘晋学春晖’四字的金匾，又特地在杏花村酒铺花了一百两银子，买了这坛百年老酒相赠。”

张之洞吃了一惊，说：“刚才喝的竟然是百年老酒，我一口干了，还没有品出个味来。”

杨深秀忙起身，给张之洞的空酒杯再斟满，说：“我怕大人您没在意，故特意提起。现在我们慢慢喝，细细品品它的味。”

张之洞端起酒杯，浅浅地抿了一口，半眯着眼睛认真地品着。他青年时代耽于酒，中年后才有意少饮。品酒，他也可算得一个内行。这口酒，气色香馥，味道醇厚，的确是一坛年代久远的老窖。张之洞笑道：“好酒，好酒，今天我要开怀畅饮几杯！”

大家听抚台这么说，都快乐地笑了起来。

石山长微笑着说：“老朽年轻时也极爱这杯中物。花甲之年后遵医嘱，少饮酒，多喝茶，故而酒喝得很少了。老朽平生不爱热闹，不喜交往，既无特别尊贵的客人，也无特别举办的宴席，这坛酒便一直摆了五年未动。今天用来招待为山西百姓操劳三年的张大人，也算是物尽其用，给这坛酒添了极大的脸面。”

老山长的话引起众位士子的会心一笑。

张之洞说：“刚才漪邨说那个士子还送了一块金匾给您，为何不张挂出来，也好给书院增添光彩。”

山长浅浅一笑：“这金匾上的字题得太重了。‘晋学春晖’，老朽如何担当得起！若不自量而张挂，定会招致鬼怒神怨，折了老朽的草料。老朽一生虽然平平淡淡，其实对人生还是眷恋极深的，生怕过早离开这花花世界。”

众士子又都笑起来。张之洞也笑了，心想：这个满腹诗书，见生人颇有三分腼腆的山长，却原来还是个很有风趣的老头子。他是个富有真性情的人，很自然地对有趣味者感到亲切，于是说：“你主持晋阳书院数十年，桃李满天下，‘晋学春晖’四字，我看是担当得起的。这是您的一块招牌，有了它，神鬼不会认错。万一哪天阎王爷遣小鬼勾别人的魂，走错了，误进您家的门，反倒不好。”

山长摸着满口白胡子，乐呵呵的，众士子也很快活。抚台的平易和他对山长的尊崇，更使士子们对这位名士出身的显宦增添了敬意。

张之洞起身，举起酒杯说：“今天，我借花献佛，请各位和我一起，祝我们的晋学春晖健康长寿，为我们三晋造就出更多的人才！”

“不敢，不敢！”老山长慌忙起身，对着张之洞连连摆手，“这杯酒老朽不敢喝！”

“我先喝为敬。”张之洞把杯中的酒一饮而尽，满桌人都一饮而尽。老山长无奈，只得把杯中的酒喝了。

重新坐下后，老山长亲自为张之洞夹了一块牛肉，杨深秀也向杨锐劝菜。

酒好，菜好，气氛也好，张之洞心里很是高兴，他笑着对众人说：“我在山西做了将近三年的巡抚，可能大家都不知道，我是回到了故乡。三晋百姓是我真正的父老乡亲。”

除了刚到太原时与葆庚说起过“洪洞人”的话外，张之洞再也没有对别人提过自己的祖籍在山西，官场士林都只知道抚台是生长在贵州的直隶南皮人。

见众人满脸疑惑，张之洞开心地说：“大家都不知道吧，我们南皮张家是明永乐年间迁到直隶的。‘要问故乡在何处，洪洞县外大槐树’这句童谣，在我们张家也世世代代流传着，传到我这一代已经是第十四代了。”

“这么说来，张大人真的是我们山西人了！”士子们兴奋地交头接耳。

石山长摸着胡须慢慢地说：“明洪武、永乐两朝，山西频遭旱灾，逼得百姓背井离乡，外出谋生。洪洞县土地少，人口稠密，加上灾情更重，故外出的人更多。当年县城东门外有一棵老槐树，树干粗得四五个人不能合抱，夏日里树荫足有一亩多地大。这棵槐树是洪洞县的标志。于是，离开洪洞县的人，都在城门外这棵老槐树下举行一个告别仪式，对着它叩头洒泪，就算是向祖宗世代居住之地告别了。刚才张大人说的这句童谣，我在洪洞县志里见过。”

张之洞对山长说：“去年我去洪洞县，还特地去看了这株老槐树，它仍然枝繁叶茂，不知这株老槐树是不是明代的那株。”

老山长说：“洪洞县志上说洪武、永乐年间的那棵老槐树在正统八年老死了。过了几年，从根部又长出一棵小槐树来。这是老槐树的第二代。这棵槐树也长得很大，活了两百来年，顺治二年被雷劈死。第二年，根部同样又长出一棵槐树来。大人看到的就是这一棵，它已是第三代了。从顺治三年算起，到现在有二百四十年，也算得上一棵高龄老树了，据说只是比不上当年那棵老槐树的粗大。”

“唔，唔。”张之洞连连点头。

一直没有开口的杨锐插言：“看来，山西是从明朝时才开始变穷的。过去读唐诗，山西在我的印象中是一个很美好的地方。比如斗酒学士王绩的诗：‘树树皆秋色，山山惟落晖。牧人驱犊返，猎马带禽归。’一幅多好的田园风光图。”

张之洞感慨地说：“叔峤说得不错。《全唐诗》中我们山西籍的诗人很多，诗也写得极有气魄，应该说山西这方水土是很能养育人的。大家都知道旗亭画壁的故事。故事中三个诗人：王之涣，王昌龄，高适，其中两个便是我们山西人。王之涣的‘欲穷千里目，更上一层楼’，王昌龄的‘秦时明月汉时关，万里长征人未还’，真是千古绝唱，后世很少有人把诗做得这样雄健豪迈的！”

听了这段话后，杨深秀突然来了灵感：“刚才张大人说到我们山西人的诗，我有了一个主意。今天在座的除叔峤外，包括张大人在内，都是我们山西的才俊。今天为张大人荣升饯行，大家在一起饮酒谈诗，是一件难得的事。我提议，我们每一个在座的，除老山长外，都依刚才张大人所说的掌故，讲一个山西诗人的故事，然后再背一首这个诗人的代表作。讲得好，我们为他鼓掌，大家同饮一杯酒；讲不出的，罚他三杯冷水。”

杨锐不在其间，自然高兴，忙附和：“总教习这个主意极好，山长这么好的百年老酒，是要有这样的诗情才能和谐的，这比酒令要强多了。”

众士子既兴致甚高，又有点担心怕说不出来，脸上都红扑扑的，眼中闪烁着光彩。

张之洞懂得年轻士子的心态，知道他们都有好表现的欲望，便说：“大家都说一个，最后我来评论，取第一的我有奖赏。”

见抚台兴致如此高，山长和总教习都格外高兴。杨深秀说：“议是我提的，我理应第一个说。”

大家都专心致志听他的。

“我讲一个宋之问遇骆宾王的故事。”

骆宾王就是那个为李敬业起草讨武则天檄的人。这篇文章把武则天骂得狗血淋头，却又让武则天称赞不已。其文之好，其才之高，可想而知。传说讨武之举失败后，骆宾王便不知去向了。宋之问怎么会遇到他呢？这事可真的奇了！

“宋之问是初唐的名诗人，他是我们山西汾州人，因触犯权贵而贬官江南。有一天，他游杭州灵隐寺，夜晚就宿在寺里。当夜月明如昼，四周山色极佳，引发了他的诗兴，脱口而出两句诗：‘鹫岭郁岧峣，龙宫隐寂寥。’吟完这两句，下面便接不上来了。他在灵隐寺庭院里独自徘徊，苦苦思索，就是得不到更好的续诗。这时，有个老和尚提着一盏油灯过来，准备进大殿点长明灯。见宋之问老是吟着那两句诗，知道他是做不下去了，便走到他身边说，我帮你接下去吧！宋之问目光怀疑地盯着老和尚：你也会作诗？老和尚说，试试看吧！他对着油灯凝思片刻，说，你看这两句如何：‘楼观沧海日，门对浙江潮。’宋之问听了大惊：这两句诗既切合灵隐寺的实景，又气势开阔宏大，比自己的那两句强多了。经老和尚的提示，宋之问很顺利地做成一首咏灵隐寺的好诗。第二天，他再去找点长明灯的老和尚，却找不到了。住持告诉他，昨夜的那个老和尚就是骆宾王，他一早就离开灵隐寺了。宋之问惊讶不已，心里默默感激骆宾王的慷慨相赠。”

士子们平日读的都是八股文，作的诗也只是闱场所用的试帖诗，其他的书读得很少。这则载于孟棨《本事诗》中的故事，他们没见过，于是都鼓掌叫好。

张之洞自然是知道这个掌故的。但今天这个场合，由杨深秀说出来，也是一个有趣的故事，遂也跟着鼓掌。

杨锐说：“这个故事好听。按你自己说的，还得朗诵一首宋之问的诗。”

“行。”杨深秀想了一会儿，背道：“岭外音书断，经冬复历春。近乡情更怯，不敢问来人。”

张之洞点头说：“这是宋之问最好的一首诗。他道出人在某种特殊情况下所特有的一种复杂心情。我们大家为漪邨的好故事同饮一杯酒！”

十几只杯子都高高举起，然后均一饮而尽。

“下面该你们了，谁先说？”杨深秀望着那几个士子们的代表说。

小伙子们互相推让一番后，一个素日喜欢抛头露面的士子头领，被推为第一个讲。此人名叫吕临，胸有大志，能说会道。

他站起身来，大大方方地说：“我给张大人、石山长和各位讲个故事，说的是唐代我们太原的一位名人王播的往事。王播小时随父迁居江苏扬州。不久父亲去世，家道中落，生活日渐贫困，只得寄居在扬州惠照寺苦读诗书。每天早晚钟声响时，他随寺里的和尚一道赶斋饭。日子一久，和尚们都讨厌他，于是改为先吃饭后鸣钟，待王播听到钟声去赶饭时，和尚们都已把饭吃光了。王播知和尚们嫌他，但他没有地方去，也没有钱去买饭吃，只得忍受这个屈辱，每天到吃饭的时候，他不待钟声响便先去斋堂。”

这时有位士子忍不住发出小声窃笑。坐在他身边的同伴见抚台正敛容凝神听着，便用手臂推了一下窃笑者，那士子赶紧闭了嘴巴。

“王播就这样硬着头皮在惠照寺住了一年半，果然高中了。二十年后，王播以检校尚书右仆射的身份出任淮南节度使，驻节扬州。想起当年落魄惠照寺，他起了旧地重游的念头。寺里有健在的老僧人，听说节度使就是先前那位赶斋饭的穷书生，甚是惭愧，便赶忙把王播原先题在寺院墙壁上的诗，用碧纱罩起来，以示尊重。王播来到惠照寺，见到墙上的题诗。今昔对比，引起他的无限感慨，便拿起笔来，又在墙壁上题了两首诗。一首是：‘二十年前此院游，木兰花发院新修。如今再到经行处，树老无花僧白头。’另一首是：‘上堂已了各西东，惭愧阇黎饭后钟。二十年来尘扑面，如今始得碧纱笼。’陪同王播的官员们知道节度使有这样一段潦倒经历，都感慨不已。”

张之洞说：“王播少时穷不坠志、发愤苦读的经历，的确很感动人，家境贫苦的士子都应以王播为榜样。只是王播发迹后，为官不大清廉，对老百姓搜括过多。这一点，诸位今后切记不能学他。”

石山长立即强调：“刚才张大人这几句话说得好极了。我们要学习王播少时忍辱负重，又要力戒他做大官后的不知恤民。过几天，我还要专门将张大人这几句话对全院士子说说。”

杨锐又充当起监令人的角色来：“按规矩，你还得背诵王播的一首诗。”

吕临说：“我刚才已背了两首王播的诗了，还不算数吗？”

“不算，不算！”杨锐一个劲地摇头。

吕临摸着头皮想了很久，终于想出一首，遂大声背道：“昔年献赋去江湄，今日行春到却悲。三径仅存新竹树，四邻唯见旧孙儿。壁间潜认偷光处，川上宁忘结网时。更见桥边记名姓，始知题柱免人嗤。”

杨锐冷笑道：“又是一首‘如今始得碧纱笼’，可见王播是念念不忘少年时的穷苦，也未免胸襟窄了一点。”

众士子都附和着笑了起来。

张之洞举杯说："故事说得好，诗也背得流畅，我们与他共饮一杯。"

笑声又起，满桌欢快。

杨深秀说："吕临说的这个故事，我们今后还要多讲。谁再讲一个，争取超过他！"

这时，一个名叫段畅年的士子被推了出来。段家是太原城里的富商，他书念得不太出色，为人却仗义疏财，人缘好。他凭着这点而有幸被推为代表，与抚台共餐。

他站起来说："我为张大人说一段韩滉归妓的故事。"

"归妓"二字引发了年轻士子们的极大兴趣，便都放下筷子，洗耳恭听这个与妓女相连的风流故事。

段畅年摸了摸圆滚滚的下巴，不紧不慢地说："从前韩滉镇守浙西的时候，名诗人戎昱是他辖区内的虔州刺史。虔州有个色艺俱佳的酒妓，戎昱与她情谊敦密。浙江的乐营将官闻这位酒妓的名，报告韩滉。韩滉遂下令将她召到乐营来。戎昱舍不得酒妓走，但又留不住，便设宴为她饯行。酒席上，戎昱写了一首歌词给酒妓。歌词是这样写的：'好去春风湖上亭，柳条藤蔓系离情。黄莺久住浑相识，欲别频啼四五声。'又对酒妓说，你到韩大人那里后，就唱这支曲子。到了韩滉处，在一次酒宴上，酒妓果然唱了这支曲子。韩滉问她：戎使君爱恋你？她说是的。又问你想念他吗？她又答了声是的，说着便流下了眼泪。韩滉一听脸色沉下来了，对酒妓说：你下去换衣服，等着我处置你。席上陪酒的人见韩大人生气，都为酒妓捏一把汗。韩滉将乐营将官唤来，严厉地对他说：戎使君乃浙西名士，他对这个酒妓有情意，你为什么不查明便将她调来乐营，这不成了我的过失吗。乐营将官吓得忙叩头请罪。韩滉命打二十军棍，又命送酒妓一百匹细绢，派人护送她回虔州。"

杨锐乐道："过去只知韩滉是唐代的大画家，他画的《五牛图》，把牛的形态画绝了，却不知他还是个知情知趣成人之美的君子。这个戎昱真正是交了好运，遇到一个好上司。”

杨深秀皱着眉头问段畅年：“韩滉是山西人吗？我记得他好像是长安人。”

段畅年笑着说：“他的祖籍在哪里我不知道，但他封晋国公这是确实的。做了我们山西的国公爷，说他是个山西人也不算太离谱。张大人，您说呢？”

张之洞笑道：“封了晋国公就算山西人，那颜真卿封了鲁国公，不就成了山东人啦？”

众士子皆大笑起来。有人喊：“韩滉不是山西人，犯了规，要罚冷水三杯！”

张之洞笑着说：“罚是要罚，但他这个故事说得好。诸位日后做了高官，都要像韩滉那样体恤下情，千万不要仗势欺人。若仗势欺人，人家恨你，一时报复不了，遇有机会便会发泄。所以，自古以来不少罢了官的人，被人唾骂，处境可悲，大多是在位没做好事的缘故。假若这个韩滉，一旦失势去投靠戎昱，戎昱会把他当老子供养的。你们说是吗？”

众士子都齐声答：“是！”

张之洞笑道：“看在他故事讲得好的分上，不罚三杯冷水了，向大家鞠个躬吧！”

“好，我向抚台、山长和各位鞠一个躬。”

段畅年向大家恭敬地弯了一下腰。

一个名叫刘森的士子不待总教习催促，便自告奋勇地说：“刚才段畅年说了酒妓的故事，使我想起唐代一个有情有义的妓女来。她不是冒牌的山西人，是一个真正的太原府女诗人。我给张大人和各位说说。”

唐代太原府的妓女诗人。此人是谁？连博通山西历史的石老山长一时都想不起来。大家都兴致盎然，张之洞也是兴味顿生。大家都瞪着眼睛望着刘森。

“话说唐德宗贞元年间，有个名叫欧阳詹的读书人，与韩愈、李观等人同年中进士，是个事父母孝顺，与朋友交往守信义的才子诗人。他那年游太原府，与城里一名妓女相好，约定回长安一个月后，即派车来迎娶她。回到长安后，欧阳詹接到家里的信，信上说母病重速回。他一时心绪凌乱，遂匆匆离长安回老家。欧阳詹是福建泉州人，从长安到泉州要走两个多月。待母亲病好，他再回长安时，已超过与妓女相约的日期半年了。这个妓女以为欧阳詹变心了，忧虑成疾，终于不起。临终前，她用剪刀铰下自己的头发，连同一首绝命词，打发妓院的一个小姐妹送到长安。绝命词是这样写的：‘自从别后减容光，半是思郎半恨郎。欲识旧时云髻样，为奴开取镂金箱。’欧阳詹回到长安看到这缕头发和这首绝命词后，伤心过度，竟然跟着这个妓女一道离开了人世。”

张之洞静静地听着这个哀艳动人的故事，一时竟百感交集，思绪万千。他由这个太原妓女的痴心，想到女人的恋情。由女人的恋情想到妻子石氏、王氏的温馨。往昔她们在世的时候，曾给了自己多少体贴恩爱啊！王夫人去世这两年多来，他再也没有得到过女人的温情了。一种对妻子的追思感，重重地压在张之洞的心头。瞬时间，他从内心深处涌出一股渴望再得女人的浓烈愿望。

段畅年很想拉一个受罚的陪陪自己，心想这样的痴情女或许有，但这样的痴情郎却从来没听说过，便高声嚷道：“这个故事是你编的吧！我这个太原人都不知道太原有个这样的妓女诗人。瞎编的故事不能算，要罚，要罚！”

杨锐、吕临等人也一起助兴起哄：“罚，罚！”

张之洞挥挥手，制止众人的喧闹，语气颇为沉重地说：“他说的故事不是自己编的，《太平广记》中有记载。太原妓为情而逝，欧阳詹见诗而死的事都是真的。欧阳詹的诗，《全唐诗》里也收了。”又转过脸来问刘森：“欧阳詹送太原妓的那首诗，你还记得吗？”

刘森说："诗较长，我记性不好，记不全，只记得首尾四句。"

张之洞说："那你就把首尾四句背给大家听听吧！"

刘森背道："开头两句是：'驱马渐觉远，回头长路尘。'末尾两句是：'流蘋与系瓠，早晚期相亲。'"

往昔夫妻间的患难之情一直盘旋在张之洞的脑中，他叹了一口气，说："太原妓年轻貌美又有才，却坠入烟花，命不好。欧阳詹少年时便以诗文出名，却功名不遂，直到不惑之年才中进士，一辈子也没做过大官。他的命比太原妓的命好不了多少。一个是流蘋，一个是系瓠，二人是同病相怜，惺惺相惜。他们的爱是真诚的，故而有这样感天动地的殉情之事出现。你们现在还年轻，还不懂得人世间什么是真情，什么最值得珍惜。人到中年后，就慢慢明白了。只是到了中年明白的时候，许多真情又都被平平淡淡地打发走了，追悔也来不及。石老山长，时间不早了，今天的饭就吃到这里吧！士子们的故事都讲得好，依我看，最好的还是这个太原妓与欧阳詹的故事。刘森，我给你颁赏！"

刘森忙站起，又兴奋又紧张。众士子也都在想：抚台大人会给他一个什么奖赏呢？

"漪邨，你拿纸笔来！"

杨深秀从书架上拿来笔墨纸砚。大家知道抚台要写字了，忙将碗筷收拾好。

杨深秀把纸铺开。张之洞拿起笔来，沉吟片刻，在纸上写下七个劲爽飘逸的大字：

人生难得最是情

大家正在心里默念时，纸上又出现了一段小字：

甲申暮春，余在晋阳书院听刘森讲唐太原妓与欧阳詹故事，

感慨系之，特书此以赠刘君。南皮张之洞亲笔

一生以圣哲为榜样的石老山长，怎么也没有想到张之洞会写出这样一句话，来赠送给一个青年学子。他满是疑惑的双眼，望着张之洞那并无丝毫轻佻浅薄的神态，茫然不解。杨深秀和众位士子，以此看到素日刚正峻厉的抚台的另一面，他们感觉在心灵上似乎与他更显得亲近了。

五　离开山西的前夕，张之洞才知道三晋依旧在大种罂粟

下午，张之洞回到抚署。准儿一见到父亲便说："爹，师傅今天说我们要随你到广东去了，师傅和我们就要分别了。爹，这是真的吗？要去广东的话，把师傅也带去吧，我不跟师傅分别。"说着，小脸上流下几滴泪珠儿。

张之洞忙给爱女擦去眼泪，说："小孩子家，不要管这些事，你只跟着师傅好好认字弹琴就是了。"

准儿出去了。然而，她没有料到，她的这几句童稚之言，却使父亲陷入了沉思。

其实，接到圣旨的第二天，张之洞就想到了李佩玉的事。就要离开太原了，佩玉怎么办？让她随着准儿去广州吗？佩玉有老父老母牵连着。这一年多来，每个月佩玉都回到晋祠父母身边住两三天。有一次，她母亲跌一跤，扭伤了腰。她父亲打发人来抚署接她回去照料母亲，佩玉为此很犯难：不回去，无论如何也说不过去；若回去，又不是两三天就能了结的，小姐的学业就耽搁了。正在两难时，张之洞知道了，对她说，你干脆把准儿带到晋祠去吧，住上十天半月，待你妈好些后再带她回来。佩玉感激抚台的体贴，带着准儿回到晋祠，一

边照料母亲，一边教准儿识字弹琴。半个月后回到衙门，准儿高兴极了，说晋祠好玩，又缠着爹同意她今后每次都跟师傅到晋祠去住几天。从那以后，果然佩玉每次回家都带上准儿。佩玉并无兄弟姐妹，她又怎能离父母远去呢？若不随同前往，那真的就从此分别了。一说到分别，不但准儿难舍难分，就连张之洞自己也突然觉得有点惆怅。

张之洞很喜欢听佩玉弹琴。每天，佩玉在教准儿弹琴之前，自己都会完整地弹奏一支曲子。在佩玉那里，这样做，首先是为了将准儿带进一个优美的艺术境界，培养准儿对琴艺的兴趣。其次，这也是她的自娱自乐：琴艺是她生命的一个重要组成部分，有了它，生活才充实，生命才有意义。每天完整地弹一曲，正是为不让琴艺生疏。而对张之洞来说，只要有可能，他都会在这个时候，放下手中的公文来到后院，一个人坐在小书房里静静地听着，直到曲终才回到签押房。

每到这个时候，他的灵府深处总有一种宁馨之感。有时候，他的脑子里还会出现一些幻觉：总以为那美妙的乐曲，是他幼时便已永诀的母亲弹出来的，是那与他分手十多年的发妻弹出的。这琴声，将他带回他永远怀念的在母亲怀抱中的岁月，带到与石氏相濡以沫的岁月。那是他一生中最宁静最温馨的日子啊！

这种时候，他每每会叩问自己：将佩玉招来抚署，究竟是为了给女儿寻一个师傅，还是为自己寻一种慰藉？他回答不了自己所提出的这个问题，仿佛也就在这样的时候，他觉得佩玉已是他生活中不可缺少的一个人了。

那一夜，佩玉无意间与他谈起了“和”，从奏琴的角度谈到她自己对“和”的领悟。这个被经师们说得神乎其神的“和”，却被一个普通女琴师解释得那样具体平实，听得见，摸得着。众音和谐方成乐，众民和谐方成邦，众邦和谐方成国。大道理皆从小道理而来，小道理又往往能启发大道理的产生。山西巡抚从一个女琴师的无意谈话中，领悟了安邦治国的深刻大道理。

从那一天以后，张之洞对佩玉开始另眼相看了。

张之洞并不清心寡欲，四十六七岁的他仍需要女人的温情，正是身边多年来缺乏贴心知情的女人，才使得他有“人生难得最是情”的感慨。这两年多来，他不是没有想过要续娶的事，但每一想到此事，伤心之情便会油然而生。得知新巡抚原来是丧妻的鳏夫后，太原城不少人出于各种不同的目的，都想为巡抚撮合一桩亲事，但张之洞自己的心中却总热不起来。他心头上有一块结始终没有解开。

他不明白，为何自己先后娶的三个妻子都不能与他白头偕老，连比他小十多岁的王夫人都不能幸免，是命中注定要克妻吗？半年前，桑治平跟他聊天，说太原城里有个袁半仙，是袁天罡的后人，看相算命准得很，找他的人很多。他因而抬高身价，看一次收二两银子，即便收费如此昂贵，仍有许多人从远处慕名而来。张之洞的心为之一动：何不找他去问个原因？

这天下午，他青衣小帽，由桑治平陪同来到袁半仙的家里，先递上二两银子。年近八十的袁半仙用两只深陷的小眼睛，将张之洞上上下下地打量一番后说：“先生的命好极了，还来找老朽做什么？”

张之洞吃了一惊，便有意考考：“您这话怎么说？鄙人不过一清寒塾师，命不好得很。”

袁半仙把小眼睛尽量睁大，狠狠地盯着张之洞，又用黑瘦得如同鹰爪子似的手，在张之洞的下巴上用力地捏了几下，冷笑道：“先生不要瞒我这个老头子。你的面相虽极平常，但骨相却比一般人要贵重得多。常人看相，看的是面相，只把先生当塾师、账房一类人看了。老朽看的是骨相。听先生的口音不像是山西人，依老朽猜测，先生或者是京师放到太原来私访暗查的御史台，或是过路的外省贵人。”

张之洞见他说得这样肯定，心里也不得不佩服，便不再和他斗嘴皮玩，微笑着说：“您说我命好，当然是我求之不得的事了。我想请问您，我的命中也还缺些什么吗？”

袁半仙又将张之洞审视良久，慢慢地说：“先生一生福、禄、寿都不缺，要说缺的话，缺的是伴。这‘伴’字对你悭吝。老朽斗胆问一句，先生是否有过丧妻之痛？”

张之洞点了点头。

“而且不只丧过一房妻？”袁半仙又追问一句，两道尖利的眼光，像两把钩子似的要把张之洞的心钩出来。

张之洞不由自主地打了一个寒战，又点了点头。

“哦！”袁半仙松了一口气，说，“先生的骨相太重了，夫人若不是骨相也重的人就经受不起，而要找一个骨相相匹配的女子，却是不易得到。”

“照您这样说来，鄙人今生就只好做一辈子鳏夫了？”

“不用，不用。”袁半仙直摇头。

桑治平在一旁说：“请老仙人点化！”

袁半仙干瘦的手在自己尖细的下巴上摸了一摸，然后似笑非笑地说：“找一个女人来，不给他夫人的名分，也就不必要有与先生相匹配的骨相了。这女人便可以与你长相伴，不分离。”

“您是说买一个女子做妾，而不是做夫人？”

“是的。”袁半仙点头，“买妾而不娶妻，于两人都有利。”

张之洞脸上现出欣喜之色，起身告辞。桑治平又从衣袋里取出一两银子，谢谢袁半仙的点化。

桑治平知道张之洞有再找一个女人的想法，便劝他：“你身边是得有一个女人照顾才行，就按这老头子说的，买一个妾吧！”

张之洞没有做声。桑治平知道他动了心。

抚台要置侧室，自然会有许多人来热心参与。领人上衙门的络绎不绝，张之洞都看不上。此刻，他才发现，原来自己的心里深处已早有了一个人，此人便是佩玉。

佩玉不是一个寻常女子，要她委屈做妾，她会愿意吗？他托桑治平的夫人柴氏先去试探试探。果然，女琴师拒绝了巡抚的美意。张之洞的心头顿生一股凄凉之感。晋阳书院酒席上，刘森所说的太原妓的故事又冒出他的脑中。半生潦倒的欧阳詹，可以赢得绝色女子的生死相许，身为堂堂巡抚的我居然就得不到一个女琴师的爱情，这是什么原因呢？

人生难得最是情。是的，情难得！他找出李昉编的《太平广记》来，重新读读欧阳詹送给太原妓女的那首诗：

驱马渐觉远，回头长路尘。
高城已不见，况复城中人。
去意既未甘，居情谅多辛。
五原东北晋，千里西南秦。
一屦不出门，一车无停轮。
流萍与系瓠，早晚期相亲。

怪不得太原妓可以为他而死，这位八闽才子对沦为烟花女的恋人，其情其意是何等的深切啊！情难得，难得的是两心相印，两情相许。佩玉不同意，应是她不知我的情。张之洞决定放下抚台的架子，以普通人的身份去向恋人倾吐心中的一腔真情。

佩玉正在为拒绝巡抚大人而心中不安的时候，没想到抚台亲自来到她的房间。她心里慌乱，表面上依然镇静如常："大人将升两广总督，佩玉祝贺大人荣升。"

"谢谢。"张之洞在佩玉的对面坐下，一副心事沉重的模样。"做总督，说起来是升了，但两广眼下正是多事之秋。从我心里来说，是忧多于喜。人在官场，身不由己。不瞒你说，要是由我自己来选择的话，此时我倒并不想升官去做粤督，宁愿在太原做我的山西巡抚。"

佩玉住在衙门，常听人说起云南广西一带中国军队与法国开仗的事。在佩玉看来，此刻去广东，也未必是件好差事。她知道张之洞对她说的是实话。但她绝没有想到，未来的总督大人会对她这样一位地位低下的弱女子，说出自己的心里话。她随口说："太后、皇上信任大人，大人的本事也大，两广的事情会办得好的。”

“但愿如此。”

如同喃喃自语似的，张之洞信口说了这句话。他望了望佩玉。佩玉的神态不是过去的那种坦然大方，她一接触张之洞的眼光，便马上羞得低下头来，满脸涨得红红的。双颊飞红的时刻，佩玉顿增无限春色。

二十七八岁的佩玉，本来长得五官清秀身材匀称，但她一来家境清贫，酷爱琴艺又使得她养成了朴素淡雅的习性；二来她作为一个寡妇，世俗的眼光和自己的心情，都使得她不能搽脂抹粉披红戴绿。平日在张之洞的眼中，佩玉什么都好，就是暗淡了一点。此刻，这桃花似的红晕一下子使得她光彩夺目起来。张之洞在心里暗暗地叫了一声：原来佩玉竟是一个比石氏、王氏还要漂亮的美人，过去居然没有发现！一股热流猛然贯注他的全身。他觉得自己竟然如同一个二三十岁的年轻人那样，热血沸腾，激情澎湃。难道说，是佩玉让我岁月倒流，韶华重来？张之洞惊异于自己的痴想，他兴奋至极，一股一定要娶佩玉的情绪勃然涌起，再也不能抑制下去了！他真想对这位女琴师高喊一句“我喜欢你”，但话到嘴边，嗓音却是压得低低的，而且吐出的是另一句话：“我希望你嫁给我，却没料到你竟然不同意。”

佩玉听到张之洞直截了当地说出这句话来，脸涨得更红了，头深深地埋下去，嘴抿得紧紧的，很久不开口。

张之洞穷追不舍：“你为什么不肯嫁给我呢？是嫌我老，还是嫌我丑呢？”

佩玉两只眼睛死死地盯着自己的一双青布鞋，胸臆间正如同波涛汹涌的大海、乱云飞渡的天空，她自己也无法把握住。

“你倒是开口说话呀！”

张之洞是个刚烈性急的人，若不是对这位女琴师有着深情的爱，如此长的沉默不语，早已使得他的自尊心大受刺激，甚至会拂袖而去。

佩玉努力压住胸中的波涛和乱云，终于说话了："小女子不配与大人谈这桩事。"

"为什么？"见佩玉开口了，张之洞刚刚萌生的急躁心绪立刻平静下来。"我知道，你是嫌我老了。你别看我双鬓都白了，我其实还不满四十八岁。我是道光丁酉年生的，属鸡，你帮我算算，看是不是四十八岁？两三年前我还只有几根白头发，来山西后，不知不觉间两鬓头发都白了。我自己也没有想到会白得这样快。"

虽然佩玉不是嫌他老，不过也没有料到他只有四十八岁。看他的模样，佩玉总以为有五十四五岁了。女琴师轻轻地摇了摇头。

不是嫌我老。张之洞心里这样想着，信心立时增加几分。

"我知道了，只是嫌我长得丑。"张之洞坦诚地说，"我是长得丑了点，个子不大高，五官也不太整齐，我有自知之明。但自古以来，选女婿看才不看貌，男子汉不在长得好不好，而在有无才干。太后不嫌我丑，放我做山西巡抚，现在又要我去做两广总督，与洋人打交道。太后不担心让长得丑的张某人去跟洋人打交道，会丢大清国的脸，她知道没有才干的总督才会丢大清国的脸。"

说实在话，佩玉也不是因为张之洞长得丑才不嫁给他，但她听了这番表白后，倒看出抚台原来是个风趣的人，也是一个坦荡的人。做过人妇的女琴师懂得，坦荡而貌丑的男人远比狭隘而英俊的男人要好。"太后都不嫌我丑"的话，使得佩玉直想笑，她努力地克制住了。虽没笑出声，心情却已比刚才要轻松些了。

不嫌老，不嫌丑，那就再没有别的原因了，只有唯一的一点，那就是她不愿意为妾。张之洞理解佩玉的心情，他要诚诚恳恳细细致致地跟她说清这件事。

"佩玉，我知道了，你是说我不该收你为妾，而不是娶你为夫人。你嫌名分不正，又担心日后进来一个正夫人，你会受气，是吗？"

话说到这里，方才说到点子上。佩玉的家庭虽说是清贫，却也是书香之家，她虽守寡在娘家，却也是清清白白的良家女子，给人做妾，是她从来想都没想过的事。哪怕那人家里堆着金山银山，哪怕一辈子住在娘家冷清贫寒，心灵手巧琴艺高超的佩玉也不愿意去给别人做妾。

她抬起头来，迅速地望了望张之洞那双充满热切目光的眼睛，立即又低了下来。就在这个时候，她下意识地点了点头，表示同意张之洞的猜测。

“佩玉，你听我慢慢地跟你说明白。”张之洞心情沉重地说，“你来衙门里，教准儿认字奏琴已有两年了，你天天看到的是一个有权有势威风凛凛的抚台，你或许不知道，这个抚台其实是个苦命的孤独的人。”

佩玉的女人心，立即给张之洞这几句带有浓厚伤感情绪的话给吸引过去了。是的，她的确不知道巡抚大人还是个苦命的孤独的人。她的头慢慢地抬起来，眼神中的羞怯和畏惧减去了许多。

“在我四岁的时候，我的母亲便去世了。抚养我长大成人的是我父亲的侧室魏老太太。几十年来，我一直将魏老太太当作亲生母亲看待。我在湖北、四川做学政的时候，都将她老人家接到官衙奉养。她病逝后，我亲自送她归葬南皮祖茔。”

在佩玉的心目中，妾是没有地位的，她没有想到巡抚大人竟然是父亲的妾带大的，而且他对父妾执礼甚恭。她不由得对眼前的抚台生出几分怜敬交加的心情来。

“魏老太太告诉我，我的母亲在世时最爱的便是弹琴，又将母亲留下的古琴拿出来给我看。魏老太太自己不会弹琴，却能学着母亲弹琴的姿势，讲述母亲弹出的琴声是如何如何的好听。就因为这个原因，从小起，琴便在我的心目中有着神圣的地位。后来，我的发妻石氏过门，我就将母亲留下的古琴送给她，要她学会弹琴。石氏聪慧，很快也便能弹出一手好琴来。”佩玉静静地听着。琴，将她和高高在上的抚台大人之间的距离拉近了。

“那一夜，我在晋祠听你弹琴。你猜我是怎么想的？我以为那就是我的母亲在弹琴，又以为是我的发妻石氏在弹琴。所以，第二天我一定要见你，并执意要请你进府来教我的女儿弹琴。”

佩玉的心颤动了一下。这位平日严肃到颇近威厉的抚台，居然有如此纯厚的孝心和深渺的情怀！她不由自主地抬起眼来，静静地看着张之洞，那眼光再也不是羞怯和畏惧，而是荡漾着似水柔情。

“在府中，我常常一个人在小书房里听你弹琴。你的琴曲给了我很好的享受。那时候我就这样奢望着：下半辈子能天天有如此享受就好了。”

佩玉周身热活起来。从来知音难觅，更何况这等知音，普天之下有一人足矣。艺人渴求赏识的心情，与女人渴求爱慕的心情交织在一起，女琴师的心动了。

她轻轻地说：“谢谢大人的厚爱。若早知道大人这样喜欢听我的琴，我可以每天专门为你弹奏几曲。”

“好哇！以后我就天天请你为我弹几曲。”张之洞接过佩玉的话，把它特为强调一下。

佩玉意识到机灵的抚台已经钻了她刚才话中的漏洞，脸上不由得又浮起一片红晕。这片红晕，再一次将她打扮得俏丽动人。

“那一夜，你从一个琴师的角度说起‘和’字的道理，使我对自小起就读过的《乐记》有了更为深刻的认识，受到许多启发。我想到，如果你能始终在我身边的话，不但能让我天天听到美妙的琴曲，你还能成为我的内助，可以补我之失，纠我之误，半为良师，半为益友。”

佩玉觉得自己承受不起这份器重：“大人言重了。小女子那夜一时兴起，信口胡诌的话，原是当不得真的。”

“不，你那夜说得很好。”张之洞郑重地说，“和，是音乐产生的基础；和，也是治理邦国的最佳途径。圣人治理天下的大道，很可能就是从乐师弹奏琴曲启发而来的。老子说治大国如烹小鲜，大道理和小道理其实是相通的。好了，这些就不多说了。但你要相信我，我的确由你的话得到了许多启迪。我于此看出你的治事之才，你今后是可以成为我的帮手的。”

张之洞的这番话使佩玉颇受感动。她已觉察到话中的重量：知音，帮手。这分明不是寻常大官员买小妾，将买来的女人当玩物，当侍婢，当任意处置的奴隶，而是将她放在与自己平等相待的位置上。若真的这样，作为一个平民家里出身的女人，一个丧夫夭子的寡妇，她还有什么话可说的？但，既然如此，又为什么不用八抬轿从大门将我娶进来，立为正室呢？佩玉甚是疑惑不解。

“现在让我说说，为何不将你作为续弦夫人娶进门的道理。”

张之洞感到这话有点难于说出口，他在心里作出一个决定：如果佩玉坚持不同意做妾的话，他就改变主意，宁愿再冒一次风险，也要把佩玉娶过来。佩玉对他太重要了。

迟疑良久后，张之洞说：“你可能还不知道，我先前有过三个妻子。结发妻子石氏去世时还不到三十岁。续妻唐氏去世时三十四岁，第三个妻子王氏去世时三十五岁。她们都是年纪轻轻的便离我而去，使我很痛苦，也使我奇怪。太原城里的袁半仙告诉我，我的命太硬，若要女人长久保住，只有不居夫人的名分才可。”

略停片刻，他又以十分恳切的态度说：“我很喜欢你，非娶你不可，但我又不想你走石氏、唐氏、王氏的老路。为了你，也为了我，所以才作出这种安排。你能体谅我的苦衷吗？”

佩玉只知道准儿的母亲三十多岁就过世了，却不知道在此之前还有两位，也是青春年华便过早弃世。因为自己的不幸遭遇，佩玉也相信命运。她相信是因为自己的命不好，才克夫克子，才寡居孀处。一个三丧妻子，一个两丧亲人，从痛失亲情这点上来说，两人同是情感世界中的天涯沦落人。是啊，与其顶个夫人的名分而短命，不如做个偏房而长相厮守。佩玉望了一眼张之洞，没有说话，而张之洞却从她的眼神中看到了谅解的目光，他心里一阵欣喜。

男子汉的激情，发自内心深处的爱的驱使，使他一时忘记巡抚的尊严和中年男子的持重，他的两只强劲的大手，抓住佩玉的两只纤纤素手，动情地说："佩玉，嫁给我吧，我会始终对你好的。你名义上虽居侧室，其实家里并没有夫人，你就是夫人，内政全部交给你，由你一人掌管。今后，我也不会再买妾讨小了，也没有人再来与你争个高下。准儿这两年来和你相处亲热，她昨天听说你就要回晋祠去都哭了，她舍不得你走。看在准儿的分上，你留下吧！"

说到童年就没娘的女儿时，张之洞那颗刚烈的男人心已化为慈母情，声音不觉抖动起来。

名为妾实为夫人的许诺，准儿的心意和她的眼泪，最终把佩玉给说动了。事事都好，就不该这个名分上差了。佩玉虽灵慧过人，但终究是一个贫穷而命苦的弱女子。她相信命，相信天意，她不再执意拒绝了。张之洞一把抱过佩玉，紧紧地将她搂在怀里。佩玉没有推脱，也没有将脸贴在张之洞的胸前。她并没有多少喜悦和幸福的感觉。她从来没有想过高攀官家，她最大的愿望只是能遇到一个实心实意知寒知暖的男人，与他同甘共苦地过日子，创家业。她知道，走进官家，有许多外人看得见的风光，而同时也有许多外人看不见的烦恼。她不知道今后的日子到底会怎样过。想起英年早逝的丈夫和两岁夭折的姣儿，想起从此以后将琵琶别抱，再为人妇，佩玉心在剧痛，泪如雨下！

好长一会，她从张之洞的手中挣脱出来，轻轻地说："我还要回家去告诉父母，听从他们的意见。"

"是的，是的。"张之洞急忙说，"那是应当的。我明天就派人送你去晋祠，好好地跟两位老人说清楚，请他们同意。"

"还有。"佩玉细声细气地说，"我的父母只有我一个女儿，他们一天天地衰老了，身边要人照顾，我想请大人答应，让他们随我一道走。"

"好，好。"张之洞忙不迭地答应。"侍奉父母，是做儿女的本分。你父母就你一个女儿，他们自然是应该跟随你到广东去的。他们愿住衙门也行，愿自己赁屋住外面也行，一切听他们的。”

佩玉不再说什么了，心也慢慢地平静下来。

正是春末夏初时分，三晋大地麦青花黄，万物欣欣，张之洞结束在山西两年半的巡抚任期，肩负着以醇王为后台的新军机处的重任，怀抱着兼济天下、经营八表的素志，离开太原，前赴眼下朝野内外、欧亚东西所关注的争斗之地，他将要以一身作南天柱石，撑起这座风雨飘摇的帝国大厦的一隅。四十八岁的中年总督不免忧喜参半：大展宏图之心与责任重大之感同时并存。

然而，与当年孤身赴晋不同，此时，他的身边多了一位有才有识的终身伴侣。这些天的共同生活，佩玉给张之洞带来的温馨，在他的身上发生了神奇的作用，仿佛青春重返，韶华再来，张之洞觉得浑身上下都充满了像二十年前似的用之不竭的生命力。他回顾两年多来所办的一桩桩大事：铲除罂粟，奖励农桑，戒烟禁烟，清查库款，查办贪官，整饬吏治，免除摊派，苏缓民困。尽管这些政绩是用两鬓全白的辛苦所换来的，却是十分值得。望着古道两旁一派庄稼茂盛耕作繁忙的景象，张之洞的脸上泛起欣慰之色。

车到荫营镇时，他想起了那年途中打尖的小饭铺，便把大根叫来说：“你再去跟那位薛老板聊聊，问问他罂粟根绝了没有，老百姓的日子过得好些没有？”

半个时辰后，大根赶上了车队。

“见到那个薛老板了吗？这里的情况如何？”张之洞希望从这个小小的点上的变化，显示出他治晋两年多来的巨大政绩。

“见到了。”大根的情绪并不高昂，“薛老板说，他们这里的罂粟还在种，只是大路边没有而已，离开大路两旁不到十里地，那里的罂粟照旧和过去一个样。”

“他们为何还要这样做？”张之洞生气起来。

“我也问过。薛老板说，大路两边不种，只是为了应付官府。老百姓还是要种，他们要靠它养家糊口过日子。”

“苛捐杂税减少了一些吗？”停了一会，张之洞又问。

“薛老板说，也没有减少什么。原来的名目没有了，又增加了一些新名目。一年下来，老百姓出的钱，与过去差不了多少。老百姓若不种鸦片的话，这些捐税根本就无法交。薛老板还说，官府也有它的难处。有次平定县的主簿在他的饭铺吃饭，说省藩库一年支给县衙门的钱还不够大伙儿吃饭，更不要说有钱办公益事了。县衙门不问老百姓要问谁要？所以官府后来知道罂粟还在大量种，也就开只眼闭只眼，明禁暗不禁了。”

张之洞不再问下去了。荫营镇是这样，看来其他地方也差不多，刚才的欣慰之色，早已在他的脸上消失得无影无踪。一个认识猛然清晰地出现在他的脑海中：中国的根本症结在于百姓的贫困，若这个症结不化解，任何德政都将无法施行。然则，如何才能使得百姓富裕起来呢？这真是一个重大而棘手的难题。他想：将法国之事了结后，一定要用全副精力来致力于富民之事。

然而，清流出身的新任两广总督没有料到，法国之事，其实是很难了结的，这里面有太多太复杂的缘故。就在张之洞千里南下旅途中，京师政坛幕前幕后的活动正在紧张地进行着。

第七章 / 和耶战耶

一　恭王府里的密谋

古老的天津卫近几十年来涌现了许多新鲜事儿，这些新鲜事差不多都与“洋”字有关：街道上常常可见一些金发碧眼，戴高筒帽，拿黑手杖，趾高气扬的男人，那是洋人；也能见到穿黑大长袍，蒙白头巾，低着头面无表情，用急匆匆的步伐赶路却又没有一点脚步声的女人，那是修女，老百姓都叫她们洋尼姑；在低矮破旧的民宅边突然会有一栋奇怪的建筑出现，大块大块的石头垒成，尖尖的屋顶直插云天，屋顶上还矗立着一个十字架，那是洋教堂；在城中心的繁华地段，或是海边幽静之处，常常可见到一栋栋新奇鲜亮的房屋，那是洋人们住的洋楼。

天津卫大小衙门的官员们，对这些带“洋”字的玩意，大都采取敬而远之的态度。此时，在一顶豪华耀眼的蓝呢大轿里，却坐着一个与众人心态不同的官员。此人以冷冷的甚至带有几分鄙视的目光，看着轿边晃过的长袍马褂和陈旧不堪的店铺，而一旦他的眼前出现洋人或洋房的时候，他便会立即掀开轿窗帘子，睁大眼睛，极有兴致地欣赏着，那神情，满是羡慕、渴望、追求……

此人并不是洋人，也从没有在国外喝过半天洋水，他是一个地地道道的中国人，有标准的中国长相，有纯粹的中国血脉，也有一个规范的中国名字：盛宣怀，字杏荪。然而，他对洋人和洋人所办的一切事业，却是五体投地地叹服、敬仰。

盛宣怀出身于一个官僚世家，父亲做过湖北盐法道，与先后做过湖北巡抚及湖广总督的胡林翼、李瀚章李鸿章兄弟很要好。因为这层关系，他在二十岁时便以秀才身份进入李鸿章幕府，以精明能干而得到李的信任。不久，官居直隶总督兼北洋大臣的李鸿章创办轮船招商局，他委派盛宣怀为该局会办。

盛宣怀把中国人破天荒办起的这个内河航运公司，经营得兴旺发达，居然将美国人办的，称霸长江十五年的旗昌航运公司全部买下，轮船招商局的实力一时间无人可以抗衡。与此同时，盛宣怀也为自己捞取大量银子，遭人弹劾，终于丢掉了会办的职务。

这时，中俄伊犁纠纷出来了，朝廷深为远在西北边陲的伊犁城的文报不通而忧虑。相反地，俄国人却可以通过电报，天天与圣彼得堡联系。在事实面前，即使是最顽固的守旧派，也承认洋人的电报要胜过中国的四百里专递。于是，朝廷决定仿照洋人之法建立电报局，将此事交给李鸿章。李鸿章相信盛宣怀的能力。因为此，赋闲家居的盛宣怀，便成了设在天津的中国电报总局的督办。才四年光景，盛宣怀又把另一个时髦的洋务弄得红红火火。

现在，他的袖口袋里正装着一份重要的电报。他带着它直奔北洋通商大臣衙门，去拜谒他的主子。

蓝呢大轿在越过几栋洋楼洋教堂，送走几个洋男人洋尼姑之后，来到了气势宏大的北洋大臣衙门。盛家衣着鲜丽的仆人持着名片，踏上麻石铺就的九级阶梯，弯着腰双手将名片递给一个架子不小的中年门房。

门房见了名片，知道来访的是电报局的盛督办。盛督办是北洋衙门的常客，门房是熟悉的，但时当正午，来的不是时候。门房操着一口合肥土话，对盛家的仆人说："爵相刚散完步后躺下，要过半个时辰才起来办公，请盛老爷等一等。"

爵相便是李鸿章，这是对他最尊敬的称呼。李鸿章官居总督，通常的总督，可尊称为制台或督宪；他身为大学士，通常的大学士，可尊称为中堂或相国。但李鸿章不是一般的总督，也不是一般的大学士，他乃是一个有着二等肃毅侯爵位的大学士总督，故人们都特别尊称他为"爵相"。

盛家的仆人早已得到主人的指示，忙说："我家老爷说，劳您驾，他有一份洋人打来的重要电报，要立即禀告爵相。"

听说是洋人打来的重要电报，门房不敢怠慢，赶快进去了。一会儿工夫，便传出话来："请盛老爷进去。"

盛宣怀这才从蓝呢轿子里踱出来，气宇轩昂地跨过北洋大臣衙门那道又宽又厚的铁门槛。刚在小客房坐定，门外便传来一句洪亮的安徽官腔："杏荪，有什么急事，这个时候来吵烦我？"

随即走进一个身材颀长穿着白绸睡衣睡裤的人来，此人即威名赫赫的李鸿章。

李鸿章二十二岁时从合肥老家来到北京，拜父亲的同年曾国藩为师，成为曾氏一生唯一的及门弟子。二十四岁高中进士入翰苑，三十岁时回原籍协助吕贤基办团练，因军功而升至按察使衔。三十六岁那年他投奔曾国藩，得到业师的赏识，不久便命他回家乡招募子弟，组建淮军，救援上海。又向朝廷保举他为江苏巡抚。从此，李鸿章凭着淮军这支战斗力极强的军队，和他自己的过人才干，收复苏南，平定捻军，又在西北有效地镇住回乱，得以一步步走向事业的高峰。到了同治末年，无论官位，还是权力，他都与乃师并驾齐驱了。

李鸿章很受慈禧的器重。自从同治九年以来，他稳坐直隶总督这把天下第一疆吏的交椅已经十五年了，不论朝廷内外，凡国家大事，慈禧都非常重视李鸿章的意见。尽管军国大事十分繁忙，但李鸿章深得业师的养生真谛，每天坚持饭后走三千步，临睡时用热水泡脚一刻钟，加之他禀赋刚强，遇事想得开，故而身体健朗，面色红润，六十二岁的老者，看起来如同五十开外的人一样。

“爵相，打扰了您的午睡，实在对不起。”

盛宣怀跟随李鸿章十多年了，深谙李的通脱简易的脾性，他站起来说完这句话后，不待李鸿章吩咐便立即坐下，既不寒暄客套，也不咬文嚼字，开门见山地说：“赫德从上海打来电报，是关于眼下与法国人闹纠纷的事。事情重大，不能迟缓，所以立即送过来，请爵相过目。”

赫德是英国人，二十一岁时来到中国，已在中国住了整整三十年，是个真正的中国通。他身居中国海关总税务司要职已达二十年之久，以洋人之身而执掌大清帝国海关税的大权，与李鸿章的关系很是亲密。

听说是赫德的电报，又是说的与法国人的事，李鸿章的精神立刻振作起来。他将手中那两只不停转动着的曾国藩所送的玉球放在茶几上，说：“快拿出来给我看！”

盛宣怀从左手衣袖里抽出一沓电报纸来，双手递过去。李鸿章接过后，顺手将茶几上的一副西洋进口老花眼镜戴上，仔细地看起来。

赫德的电文较长。他告诉当今中国的第一号外交家，法国最近派遣一个名叫福禄诺的海军中校为特使，赍带一封重要密函来到中国，在广州会见粤海关税务司德璀林，请德璀林陪他一道北上，设法将这封密函交给朝廷。德璀林和福禄诺带着这封信已来到上海，将要赴天津拜谒爵相。据福禄诺说，密函中有开放云南，不得损害和限制法国在越南的权利，赔偿法国军费，调离主张对法作战的驻法公使曾纪泽等主要内容。此事如何答复，请爵相作出决定。

看完电报后，李鸿章摘下老花镜，默不做声。

“福禄诺和德璀林很快就要到天津来了，这事如何办？”盛宣怀见李鸿章老是不开口说话，忍不住问了一句。

李鸿章重新拿起那两只浅绿色的玉球，在手上慢慢地滚动着，仍然没有开口。

这是一件很大的事情，李鸿章自然要深思之后才能作出决定，盛宣怀不再多嘴了。他自己也开始认真思索起来。一来他对眼下国家的这件大事也很关心，二来他需要作点准备，若万一爵相问起来，也好有一个像样的回答。

“杏荪，你看这个法国人如何接待为好？”

果然被盛宣怀料中了，李鸿章转了好多圈玉球后，突然侧过脸来问他。盛宣怀知道李鸿章是当今唯一能圆熟应付洋人的大员，但因为慈禧太后的态度不好把握，在与洋人打交道时，他也不免存几分疑虑之心。

盛宣怀胸有成竹地回答：“爵相，依职道的想法是，叫德璀林一人带着法国政府的密函来天津，让那个法国特使在烟台候着。德璀林虽然是德国人，但到底现在是咱们的官员，得听朝廷和爵相您的，彼此之间有些话也好挑明说。那个法国特使我们向来没见过面，不知这人怎么样，倘若是个蛮横不讲道理的家伙，反而会把事情给搅了。”

李鸿章注意听着盛宣怀的话，心里不停地在想：这小子是越来越成熟老练了。可惜，这种头脑清楚又会办事的人太少了，若身边有十个盛杏荪的话，天下什么事都好办。

“这个法国特使我倒是见过一面。”李鸿章缓缓地说。

“爵相认识他？”盛宣怀颇为吃惊。

“三年前他的兵舰在塘沽停了一个月，专程到北洋衙门看过我，看起来像个精明鬼。只见过一面，我对他不了解，是得防范点。就按你的主意办，赶紧给赫德发个电报，叫德璀林带着密函来见我，让那个法国人在烟台候信。”

盛宣怀不敢多打扰李鸿章，遂告辞离开北洋大臣衙门。

李鸿章拿着电报走进卧房，再细细地看过一遍后，便将它压在枕头下。他是个心胸开阔的人，平生不知度过多少险滩恶浪，这种事不至于影响他的情绪，他照常睡他的午觉。

一个钟点后，他起床走进签押房，开始处理公事。老仆人送来他数十年来喝惯了的祁门红茶。他喝上一口后，想起了午间盛宣怀送来的电报。

自从同治元年组建淮军救援上海以来，李鸿章与洋人打交道已有二十余年的历史。他虽然不懂洋话，也没放过洋，但对东洋西洋各国的情况大致了解，至于对自己国家的实力和各种弊端，更是洞若观火。积二十余年的洋务经验，李鸿章深知中国目前远不是东西洋各国的对手，必须有一段相当长的时间用来向洋人学习，引进他们的长技，然后才能谈得上与他们抗衡；至于制服洋人，则更是近期所不能奢望的。他的老师曾国藩在世时，师徒俩多次谈过这件事，彼此的看法是一致的。同治九年他们联合上折，请求派出优秀子弟分期分批出洋留学，学习洋人的天文历数、机器制造等技术，十年八年学成后再回国报效。他和他的老师把这个国策定名为“徐图自强”之策，并认为这是导致中国富强的唯一稳健而有效的策略。中国在近几十年里，应当有一个能保证这项国策得以实现的安定环境，所以，在与洋人纠纷中，要尽可能地采取妥协的办法，避开与外人交战。

徐图自强之策得到慈禧太后、恭亲王的支持，但也时常受到国人的指责。守旧者认为学洋人的“奇技淫巧”是离经叛道之举，有辱祖宗；激进者又认为在洋人面前的妥协是软弱可耻的行为，有汉奸之嫌。虽有太后和恭王的支持，李鸿章仍时常有各方不讨好的烦恼，但他生性倔强，并不因此而改变自己的国事宗旨。

法国人在越南挑起的与中国人的纠纷，从去年开始就闹起来了，朝廷像往常一样，也把这件棘手的外交事务交给李鸿章去办理。去年四月间，当法国政府调兵遣将，加大军费开支，准备在越南大干一场的时候，慈禧命李鸿章迅速前往广东，督办越南战事，所有广西、云南两省的军队都归他一人节制。李鸿章抱定不与法国破裂的既定方针，没有去广州，而是在上海与法国公使作了一个多月的和平谈判。后来，谈判的地点又搬到天津。中法双方在谈判桌上磨了半年多的嘴皮，几乎没有什么进展。法国方面终于停止谈判，于是有今年春天越南战场上，中国军队的丧师失地。

这个时候，法国政府派遣特使前来天津拜会，表示法国并不想把这场战争打下去。只要中国不是损失太大，为了“徐图自强”的大计，对外之事李鸿章都主张隐忍曲全。是的，要抓住这个机会，恢复谈判，如能签订一个双方都可接受的条约，使战争即刻停止，那就更好了。

但这是一桩极大的事情，不能擅自做主，趁着法国特使和德璀林还在海上航行的时候，应该到京师去一趟，请求陛见，当面向太后禀报。李鸿章打定了主意，次日一早便动身，坐上一驾快马车离开天津。进了京城后，他决定先去看看恭王。于公于私，这都是非去不可的。

恭王奕䜣的府第，是北京城里的第一号王府，坐落在前海西街，是乾隆朝的权相和珅的住宅。和珅玩弄权术，贪污受贿，积累了数不清的银子，建造这座仅次于皇宫的大宅院。乾隆死后，和珅垮台，嘉庆皇帝将它赐给自己的胞弟庆王，以后几经周折，便到了恭王的手里。自从辛酉年两宫垂帘听政以来，二十多年里，恭王一直处于军机处领班大臣的重要位置，执掌朝政，权倾天下。他住这个宅子，倒也是名副其实的。

但眼下，恭王的地位与这座王府的规模却不符了，因为现在他只是一个普通的王爷，他的炙手可热的权力，已被慈禧太后一纸命令给剥夺了。

当年，因共同的险恶处境，而内外携手结成联盟的叔嫂，本应长期合作，共享坐天下的荣耀，但其实不然。早在垂帘听政初期，江宁刚刚打下，江南局势尚未完全稳定的时候，慈禧与恭王之间便有了裂缝。

慈禧虽是咸丰帝的妃子，但她的儿子做了皇帝，她升为太后，便是君了。恭王虽是道光帝的儿子，从血统上来说也是名正言顺的皇位继承者，但一旦这个皇位没有继承上，他便只是一个臣子，只能听从为君者的号令。违令便是欺君，反抗便是造反，上下形势，一转眼工夫就这样铁定终生。于是慈禧可以对恭王发号施令，恩威并加，而恭王也只有臣服的分。

裂缝出现，慈禧对恭王很是不满，亲自动手写了一道错字连篇的上谕，把恭王的一切职务都给罢了。过了几天，因为满朝文武都不赞成，慈禧又把职务还给恭王，但“议政王大臣”这个最高头衔却始终没有交还。

再过几年，同治帝亲政，在母亲的授意下，下令修复圆明园。身为当家人的恭王知道国库窘迫，根本拿不出这笔巨款来，便力劝侄儿收回成命。恭王的不合作，既得罪了侄儿皇帝，也得罪了嫂子太后。小皇帝刚执政，不知轻重，为了讨得母亲的欢心，也为了树立自己的权威，竟然下令革去恭王的一切差使，并贬为庶人。这道命令太骇人听闻了，整个皇族为之震惊。咸丰帝的五弟惇王代表王公大臣向太后求情。

慈禧原只想警告一下恭王，给他一个处分，却不料儿子这样不懂事，弄得阖朝不满。她只得教训儿子一顿，将罢免几个时辰的各种差使又全数奉还。恭王当然知道这背后的原因，彼此之间的裂缝遂更为加深了。

上个月，因越南前线的军事失利，军机处全班下台，恭王心里明白，这是二十余年来，他和慈禧在国事及私事上，各种积怨的总爆发。

恭王是一个集器局开阔和性格软弱于一身的王爷，罢官以后，他几乎谢绝所有人的拜访，自己更是足不出户。他在王府内赏花观鱼吹箫听戏，倒也自得其乐。过去太忙，没有时间读书，现在有的是清闲，他捧出几本唐诗宋词来读，立刻就被汉人祖先所创造的精美绝伦的艺术给镇服了，成为一个诗迷词狂。

恭王聪明，从小起又受过严谨的宫廷教育，学问基础好。一两个月下来，他居然写出了几十首很像个样子的诗词来，而在集句这方面，则更显出他过人的才情。

吃过早饭后，他在王府的东花园里一边散步，一边随意背诵几句唐诗。忽然间灵感上来，又得到一首集句佳作。他急忙回到书房，抽出一纸花笺，将这首诗记下。刚写完，王府长史便来禀报：李中堂的轿子已停在府门外。

恭王虽然被罢了官，但他还是王爷，且他执政多年，得过他好处的人不少，故家居以来虽大为冷清，却也并非门可罗雀，还是有人前来看望问候。若是寻常的大臣，恭王看过名帖后，交代长史一句“知道了，多谢”，就没有了下文。长史明白王爷的意思，出去婉拒来访者。这样做，来访者并不见怪，反而觉得十分合适。因为这种时候，来访者也不过是表示一种慰问之意罢了，彼此之间都不便深谈，甚至还不知王府旁边是否有醇王的暗探，轿子停留的时间越短越好，心意到了就行了。长史说完这句话后，来访者便会立即起轿离开。

这就是官场之间的交往，本来不合情理，然而大家都这样做，反而合情合理了。但是，李鸿章不是寻常的大臣，他和恭王的交情也不同寻常。李鸿章这半年来都住在天津，恭王离开军机处后，他只来过一封慰问函，这是罢官后的第一次拜访。恭王放下手中的笔，对长史说：“将李中堂请到阅报室去。”

王府里的阅报室，是专为恭王阅读西洋各国报刊所辟的一间房子。恭王不懂洋文，这些报刊上的文章自然是已经总署翻译好了的。室内所有摆设，全是西洋的一套，精美考究，舒适实用。

“王爷。”李鸿章一进阅报室，便要行跪拜大礼，恭王忙双手扶着他的肩，不让他跪下。“中堂年事已高，千万不要这样。”

说着，亲手把李鸿章领到墙边的座椅旁，请他坐下。这是一套西洋牛皮沙发，是英国公使威妥玛送的。

“王爷，近来身体还好吗？”李鸿章望着五十刚出头便已显衰老迹象的恭王，关心地问。

“托祖宗的福，还好。”奕䜣微笑着说，“中堂气色甚好，我真佩服你的保养功夫。”

“哪有保养功夫，不想事罢了。”李鸿章哈哈一笑，“听说王爷在用功读书，这两天读的什么书？”

“读的都是闲书。”奕䜣猛然想起自己的诗作，忙叫长史从书房拿来刚写上字的那张花笺，递给李鸿章，“中堂是翰林出身，诗文很好，看我这首集唐人句，有没有牛头不对马嘴的地方。”

李鸿章恭敬地接过花笺，看那上面写的是一首题作《无题》的五律：

白发催年老，颜因醉暂红。
有时弄闲笔，无事则书空。
缥缈晴霞外，筋骸药臼中。
一瓢藏世界，直似出尘笼。

李鸿章出身书香世家，小时候在父亲的严督下，刻苦攻读过经史子集，诗文的确做得不错。当年，他的父亲李文安想让儿子拜曾国藩为师。曾国藩对李文安说：“把你家二少爷的诗文拿给我看看吧。”

李文安送上儿子的诗稿，曾国藩慢慢地翻开着，目光久久地停在那十首《入都》组诗上，默默地念着这个二十二岁的年家子的诗作：“马是出群休恋栈，燕辞故垒更图新。遍交海内知名士，去访京师有道人。”心里在点头赞许。当他读到“丈夫只手把吴钩，意气高于百尺楼。一万年来谁著史，三千里外欲封侯”时，大为惊讶，他合上诗稿簿，对李文安说：“二少爷志向高远，前途无量，这个学生我收下了。”后来，在曾国藩的指点下，他的诗文长进更大。但李鸿章要做英雄的事业，不乐意在笔墨之间耗费太多的工夫。后来，军务政务繁忙，他几乎与诗文绝交了。

此刻，他读了奕䜣这首集唐人句诗，不觉大为叹服：“浑然天成，如出一手。王爷唐诗功底如此深厚，真令我这个翰林要汗颜了。”

奕䜣听了很高兴：“中堂说好，看来这个事我今后可以长做下去了。”

李鸿章说：“吟诗作赋，毕竟是文人的事业，王爷尽管在这方面才华横溢，也不必下过多的工夫，还有许多大事需要王爷您去费神哩！”

奕䜣笑道：“我现在无官一身轻，军国大事都不考虑了，正可以全副身心来做这个名山事业。”

李鸿章佩服奕䜣的器局，奕䜣赏识李鸿章的才具，又加之无论对内对外，二人在大计上十分投合，故二十年来，李鸿章与奕䜣，除开在官场上配合默契外，在私交上也有较深的情谊。对于两个月前的政局巨变，李鸿章的心中是大不以为然的，但无奈这是太后的决定，新军机处的后台又是皇上的生父，何况军事上的失利，军机处也有推卸不掉的责任。所有这一切，都使得李鸿章不好说什么，只能对此保持缄默，而对奕䜣的同情，则是发自内心的。尽管他们之间的身份上有近支王爷与汉大臣之间不可逾越的差距，因为相知颇深，李鸿章说话也就不顾忌。

“王爷，话虽这么说，但哪能呢，祖宗留下的江山，王爷能不操心吗？依老臣之见，王爷不久还得复出，朝廷这个家还得王爷您来当呀！”

奕䜣眼睛一亮，猛然想：李鸿章一向住天津，这会子怎么到京师来了呢？莫非太后有什么大事召他来商议？

“说了这多闲话，我还没问你，什么时候来的京师，住在哪儿。”

“昨天午后到的，住在贤良寺。”

奕䜣点点头：“有什么要事吗？”

“有一件大事要当面禀报太后，还没有递牌子，先到这里来了，一来看望王爷，二来也要向王爷请教。”

“什么大事，还要找我这赋闲家居的人。”奕䜣说着，神情立即肃然起来。他知道，李鸿章亲来京师禀告太后，自然是有极大的事。二十多年来的执政生涯，养成了他以国事为己任的习惯。这两个月来无国事过问，他的心空落落的，读书也好，集句也好，实在是百无聊赖的自我消遣。他的内心深处，一刻也没有停止过对往日权势的追忆。

“越南的战争，赫德来了电报，说法国政府专门派了个特使要来天津见我，谈停战签约的事。”李鸿章说着，从衣袖袋里取出电报，递给奕䜣，“这是赫德的电报，请王爷看看。”

奕䜣接过电报，细细地看过一遍后还给李鸿章，端起茶碗来，慢慢地抿着，一言不发。

李鸿章谦恭地问：“王爷您看，这个法国特使，见还是不见？”

奕䜣又沉默了一会，方才开口：“按理说，这样的大事，我现在已不便说什么了。一来如你说的，事关祖宗传下来的江山社稷，我再没有一官半职，也是太祖太宗的后裔，宣宗成皇爷的儿子；二则你打老远的来，看得起我，就冲着中堂你的面子，我也不能不说两句。”

“王爷言重了。我这张老面子可有可无，倒是您说得好，祖宗传下来的江山社稷为重，别的过节都是小事。”

奕䜣听出李鸿章的话中之话，说：“老七早就想自己动手了。也好，看人挑担不费力，让他自己来挑一挑吧！”

“王爷这话说得对极了！”

奕䜣这句话真是说到李鸿章的心坎里去了。这二十多年来，他每受到别人的指摘时，心里就老想起这句话，满肚子都是怨气。

“你问我的看法，我就实说吧。与法国人打仗，是绝对打不赢的，早和早好，迟和迟好，和总归是好。你就辛苦下，抓住这个机会，与这个法国特使谈出个和局来。谈成了，就是大清江山社稷之福，是太后、皇上之福。”奕䜣以十分明朗的语言表达了自己的意见。

“好，有王爷这番话，我心里就有底了。”

奕䜣的这个态度，也正是李鸿章的态度。

“你什么时候去见太后？”

“过会我告辞后，就去递牌子。看明天上午太后能不能召见我，我在贤良寺里候着。”

奕䜣又端起茶碗来，慢慢地喝着茶。李鸿章心里想：电报，恭王看了，对谈判的看法，恭王也说了，可以告辞了。正想着要起身时，奕䜣开口了：

“在越南带兵打仗的两个巡抚，都是那些清流党极力推荐的，坏事后把责任往军机上推的，也是那些清流党，真不知这班人要把国家弄成什么样子才肯罢休！”

奕䜣所说的两个巡抚，一个是指广西巡抚徐延旭，一个是云南巡抚唐炯。徐延旭在广西做藩司时，幕僚中有人在越南住过一段时期，徐便通过此人的讲叙，写了一本关于越南山川形势的书，自以为把越南的国情都掌握了，主战的调子唱得很高。唐炯乃将门之后，对兵戈一事也自视甚高，主战甚力。

对外一贯主张强硬的清流党人，很是欣赏徐延旭、唐炯；尤其是徐延旭，还是一个研究越南的专家，更为这些书生所看重。就在法军挑衅日甚之时，张佩纶极力主张将原来的滇、桂两省的巡抚换下来，擢升徐、唐为巡抚。张佩纶怕自己一人的力量单薄，便邀请已为一方疆吏的老友，在越事上与自己持同样观点的张之洞会衔。张之洞也是同意的，只是这两个人都和他有些亲戚瓜葛：唐炯是他死去的唐夫人的弟弟，徐延旭是鹿传霖的儿女亲家，为着避嫌，他请陈宝琛与张佩绘会衔。张、陈的折子递上去没有几天，徐、唐二人便分别升为滇、桂两省的巡抚。

不料，这二人都只是纸上谈兵的角色，一到实战时便不中用了。电报传到京师，大家都很愤怒。盛昱上了一疏弹章，先是指责张佩纶、陈宝琛滥保匪人，继而强调最终责任还是在军机处。于是，便有军机处大换班的变局出现。因为官居右庶子的盛昱也是个喜欢参劾大员的言官，时人也将他视作清流党。这便是奕䜣所发怨气的背景。

李鸿章说："清流误国，的确是不刊之论。这些人只唱高调，不办实事，出了麻烦惹了祸，他们一点责任都没有，还得别人来替他了结。就拿前些年天津那桩烧教堂杀洋人的事来说吧。都说陈国瑞是幕后的指挥，其实陈国瑞是受那帮唱高调人的煽动。后来又说什么趁此机会烧掉所有教堂杀尽一切洋人，听起来爱国得很，若真照他们说的去做，祸还不知要闯多大。亏得文正公委曲求全，总算较好了结了，却背了个汉奸的罪名忧郁而死。"

"趁此机会烧掉所有教堂，杀尽一切洋人"这句话，便是醇王奕譞说的，李鸿章不便点名，奕䜣一听就明白。在洋务这方面，他们二人是完全一致的，对清流党的指摘都是深恶痛绝的。

奕䜣说："这班子清流党，我看都得给他们派点实事做做为好，免得他们天天说自己怀才不遇，看别人这也不顺眼那也不顺眼的。"

"张之洞这不放了两广总督，让他试试看吧！"

李鸿章的话语里明显地带有几分轻慢的色彩。在他的面前，张之洞真正是个后生小辈，没有他的那些赫赫军功，这是不消说的了；就拿资历来说，也不过只做了两年多山西巡抚。仅凭几份写得好看的论兵奏疏，就擢升粤督？战场上的事可不是做文章，白刀子进红刀子出，要的是真家伙！

"是呀！"奕䜣拖长着声调说，"那是军机处刚交班的几天，太后为的是不太冷淡了我，特地问我，世铎提出的让张之洞接替张树声去做两广总督，你看行不行。我知道这是张之万在作祟，一入军机就营私。老七也是急于要提拔新进，组建自己的人马。行不行，我说了都不中用。后来我想，张之洞主战嚷得最凶，那年伊犁事件上，也就数他喊得厉害。正如你刚才说的，让他自己来试试也好，吃点苦头，长长见识，做个徐延旭第二，也未必不是朝廷之福，免得日后为害更大。我于是对太后说，放张之洞做两广总督，算是放对了人，他写了那多军事奏折，一定有带兵统将的才干，眼下两广正要他这样的制台。”

“王爷说得好！让他撞一撞南墙，也好头脑清醒点。”

李鸿章不觉笑了起来。两广总督张树声是二十多年前李鸿章创建淮军时的第一批哨官，跟随李鸿章南征北战，多有战功，是淮军系统中一个很重要的成员。撤掉张树声的粤督，令张之洞代替，自然不是李鸿章所喜欢的事。

“还要多让几个人去撞撞南墙。”奕䜣端起茶碗，但并没有喝，他边思索边说，“第一个要放张佩纶出去。此人自以为天下第一，谁都不放在他的眼里，谈起打仗来，好像比哪个都有本事。我看也得放个兵差让他过过瘾。”

张佩纶这个人，李鸿章对他又爱又恼。爱他的才华过人敢于言事，恼他在国事上常与自己针锋相对。一个功勋盖世、年岁与他父亲同辈的人，他却在奏章中用刻薄的词句加以挖苦，在平日的言谈中用调侃的语言加以讥讽。对奕䜣的这个建议，李鸿章是很赞成的，甚至佩服恭王这种整人不留痕迹的高明手法。

“张佩纶是一个。”

“还有陈宝琛。这人也是个眼低吴楚目中无人的家伙。还有吴大澂，此人金石书画还不错，在翰苑做个翰林倒是称职，但偏偏不安本分，觉得自己是个带兵打仗的大才。我看也得让他们去试试，免得终日抑郁不得志。”奕䜣揭开茶碗盖，嘴角边露出一丝冷笑。“中堂不是明天要递牌子见太后吗，你好好琢磨琢磨一下，该给张佩纶、陈宝琛、吴大澂委派个什么差使合适，明天就当面向太后提出来，太后是一向看重你的话的。”

离开恭王府，在回到贤良寺的路上，李鸿章坐在轿子里一直在想着奕䜣这个建议。让那几个清流党在实际事务中去碰碰壁，杀一杀他们平日的骄矜之气，这也是李鸿章的宿愿。不过，他在细细思索之后，又发觉奕䜣更主要的还不是要整几个清流党，他是把醇王当作清流的后台，最终目的是要整他的这个亲弟兼政敌。李鸿章想到这里，心猛地抽动了一下。

二 慈禧深夜召见李鸿章

中国军队在越南境内与法军交战这件事，几个月来一直是慈禧心中的一件大事。作为一个女性当国者，慈禧从来没有要作出一番大事业来的雄心壮志，实事求是地说，辛酉年那次政变，也是咸丰帝的失误和肃顺跋扈所逼出来的。

倘若不是咸丰帝那样心胸狭窄，把兄弟之间的过节老盘着至死不解，而在顾命大臣中安排恭王一个位子；即使不安排，哪怕是在临终前见见面，像历代托孤帝王那样，执着恭王的手说几句好话，委托他辅佐六岁的孤儿。若这样做了，恭王便不会跟慈禧联合起来，置祖制不顾而废顾命大臣。

倘若肃顺等人不是那样的跋扈嚣张，专断一切，眼角里根本没有两宫太后和近支亲王，而是稍微照顾下他们的体面，有一点和衷共济共渡难关之意，也不至于把慈禧逼到要与顾命大臣们一决生死势不两立的地步。

垂帘听政十二年，同治皇帝十八岁了，慈禧把权力完全交付给儿子。谁知儿子并不成器，处理国家大事既草率，个人立身更孟浪，在亲政到驾崩这一年多时间里，慈禧不得不替儿子操心费神。到儿子一死，谁来继位，则又成了天上人间的头等大事。比来比去，思前想后，终于选择载湉来接替，做了个光绪皇帝。

光绪登基只有四岁，离十八岁亲政，还有十多年，同治朝已经垂了一个朝代的帘，显然，此时朝野内外，无论谁都认为这个帘子还是继续垂下去为好，慈禧只得又管理国事了。如此说来，慈禧岂不成了一个忧国忧民舍身为公的贤明太后？也不是的。

慈禧压根儿没有想到要效法康熙、乾隆去安边绥远，臣服四夷，也没有想到要像他们那样去修《康熙字典》、《四库全书》。凡这些流芳百世的文治武功，她都不大去想。她只是热衷权势，有极强的统治欲望，指使欲望，满足欲望。她喜欢所有的须眉男子在她面前匍匐称臣，唯唯诺诺，听凭她的吩咐，向她宣誓效忠。她喜欢过问一切事情，大至军国谋略，小至某个王府格格的婚配，她都要过问，都要裁定。大事小事，一经她的定夺，便不能改变。

慈禧就是这样一个女人，这样一个女当国者。她有过人的机敏才智，却没有深厚的学养和远大的识见；她有强烈的权力之欲，却没有宏伟的抱负和做大事业的气魄；她有至高无上的地位，却没有为国为民谋福的公心。

说实在话，人类历史上这样的统治者，又何止一个慈禧太后！他们真正是辜负了天时地利人和给他们汇聚成的举国无双的机遇！倘若是平平淡淡庸庸碌碌倒也罢了，更为可恨的是，他们以自己的愚蠢、自私、狂妄、强暴，借助于这种无人可及的地位和权力，去祸国殃民，给人世间带来痛苦和灾难，让历史为此蒙上羞恨耻辱，长使后人浩叹！

就慈禧内心来说，她希望所有的洋人都不招她惹她，她也不会去招惹洋人，彼此相安无事，她安安心心地做她大清帝国独一无二的太后，颐指气使，生杀予夺。到了皇帝成年后，把权力交给他。他办事办得合自己的心意，则让他办下去，若办得不合自己的心意，让他改办重办，乃至于废掉他，重立一个，到时都是可以做得到的事。可是，就是这些可恼可恨可鄙可杀的洋人，无休无止地寻事生非，跟她过意不去。

这二十年来，大大小小的教案数也数不清，还有俄国的东北边界纠纷，伊犁城的归还，日本强占藩属国琉球、干涉藩属国朝鲜，还不时有这个国家要开放一个港口，那个国家要借一块地等等。现在，又拱出一个越南事情来。

法国人咬定说他只是要开通一条进入中国的贸易线而已，别无他求。慈禧真的不明白这些红毛蓝眼的洋人是怎么想的。口口声声说的是经商做买卖，但买卖是双方的事，是一个愿卖一个愿买的平等商量的事呀！你愿卖，我不愿买，或者说你愿买，我不愿卖，就不做好了，你凭什么要用强力逼迫人家呢？要说洋人蠢嘛，他的那些船炮又确实造得好；要说洋人不蠢嘛，怎么连这样简单的道理都不懂？

夷狄真的是夷狄。一想到这里，慈禧就连连摇头。

对于远在云南、广西之外的越南国，慈禧先前所知甚少。后来那里闹事了，云贵总督、两广总督向朝廷报告，她才知道有这么一个君主昏庸、官吏贪恶、百姓无知无识的小国家，才知道这个国家每年给朝廷送点贡品，而朝廷的回赠要比它的进贡大过十几二十倍。它名义上承认是大清的藩国，实际上它的朝廷更替、君位承继、官员任免、税金收入等等一切大事，朝廷都不能过问，反而还要承担保护它免受外国侵略的责任。

慈禧弄不清楚，当年老祖宗为什么要把这个包袱背在自己的身上，这对咱们大清国到底有什么好处？若不是碍着丢了祖宗脸面这一点，慈禧真的不想去管这档子事。把军队全部撤回来，让他们越南去和法国人周旋好了，自家的事已够麻烦，哪还有那份闲心思去管人家的事哩！

因此，究其实，恭王军机处的全班撤换，并非是因为丢了越南的北宁、太原两个城市的缘故，而是慈禧要借此机会除掉久已不满的奕䜣，换上觊觎此位甚久的奕譞罢了。

要说，慈禧这样的大换班，也自有她的道理所在。奕䜣当国二十余年，历事多了，腰杆也硬了，上下党羽也肯定安插不少了。他近年来常常自做主张，明显地有架空慈禧的趋势。过几年皇帝亲政，他就会完全把皇帝架空。慈禧读过张之万为她编的《治平宝鉴》，知道历史上大凡出现皇帝被架空的时候，便是国家祸乱的时候。这是因为：如果皇帝弱，则会被权臣废掉，皇帝强，则会从权臣手中夺回失去的权力，不管哪种情形，都会引起政局的动荡不安，甚至发生战乱。军机的权操在奕𫍽的手里，则不会出现这种情况。奕𫍽听话，不会背她自做主张，奕𫍽对自己的亲生儿子也决不会有二心，一定会尽职尽责、尽心尽力地辅佐，今后也决不会有权力争斗的事情出现。

慈禧自认为考虑周到计谋深远，断然采取了这个少见的大举措，尽管朝野内外有不少的议论，她一概置之不顾。她寄希望于新的军机处，要他们先把上台来的第一件大事办好。这第一件大事便是越南境内的中法冲突。这件事办好了，不仅为他们自己建立威信，奠定日后的治国基础，也为她的脸上争来光荣。

新军机处上台后的第一个举措，便是将办事不力的两广总督张树声革职，擢升山西巡抚张之洞为新的两广总督。张之洞这几年在山西实心办事，成效突出，这是慈禧所知道并赏识的。张之洞究心兵事对外强硬，这点，慈禧更是从光绪六年的伊犁事件中就知道了。虽然同意军机处的任命，但张之洞毕竟是个一天兵都没带的翰林出身的文官，他能胜任战火在即的前线制军之任吗？慈禧对此没有把握，而对中国与法国的交战，胜负前景如何，慈禧更不可预料。她总巴望着哪天突然传来一个消息：仗不打了，大家和解了。若真有这样的好消息，那才真正是阿弥陀佛，佛祖保佑，祖宗保佑。

傍晚，慈禧吃过晚饭后，正在和李莲英，以及两个常来侍候她的礼王府小格格一起玩牌九。这时，内奏事处的值班太监进来禀报：“李鸿章请求陛见。”

“李鸿章这几个月不是在天津吗，他现在是在天津呢，还是已到了京师？”慈禧一边看着手中的牌，一边慢慢地说话。

“他昨天已到了京师。”

“有什么事吗？”慈禧依然慢声慢气地说，并示意在她身后的小宫女照常为她抓牌。

“说是法国将派特使来天津谈和……”

“法国谈和？”慈禧打断太监的话，手中的牌立刻被收了起来。

“是的，谈和约。”

“传令，一个时辰后在养心殿召见李鸿章！”

“嗻！”

内奏事处的太监立即把这道懿旨传了出去。很快，这道懿旨就被传到位于紫禁城附近的贤良寺里。太后破例连夜召见，既体现她对此事的重视，也说明她对此事很有兴趣。与太后打了三十多年交道的前淮军统帅这样寻思着，心里也便有了几分把握。

紫禁城一到断黑时，进入宫中的各道大门小门一律紧闭，并加上又大又粗的门杠。白日里，在阳光照耀下，在翎顶蟒袍的辉映下，雄伟威严的三大殿和气象宏阔的青砖广场，将朝廷的尊严和皇家的富贵，表现得淋漓尽致，气势逼人。可是一到黑夜，就完完全全是另外一番模样。三大殿内没有一盏灯，黑幽幽的，宛如三座从昌平搬来的前明皇帝的祭祠享殿。青砖广场上也没有一盏灯照着，空旷旷、黑沉沉的，就像一处死了无数生灵的古战场，给人以凄凉悲哀之感。宫中历来稀奇古怪的传闻甚多，太监又格外的胆小多疑。所以，一入夜，这里便见不到一个人影。白日的天堂，此刻简直就成了阴间。

不过，这只是紫禁城的前半部分，至于后半部分则多少还有些人间生气。围绕乾清宫、坤宁宫、交泰宫两侧的东西十二宫以及御花园等，向来被称为后宫，是皇帝和后妃及皇子、公主们的居住活动之地。在咸丰朝以前的几个朝代里，尤其是康熙、乾隆那些年代，皇帝在位时间长，享寿又高，后妃众多，龙子龙孙更是多，后宫热热闹闹的。晚上灯火辉煌，小儿女嬉笑声不断，紫禁城里并不乏人间天伦之乐。尤其是那位号称十全老人的五福堂主乾隆爷，更是龙体健旺风流成性，每天夜晚他所宿的那个妃子宫里，必定丝竹绕梁弦歌不绝，人尽名花，舞皆霓裳，把夜间后宫真弄成一个莺歌燕舞的海外仙岛似的。

到了咸丰朝以后，后宫就如同大清的国运一样，一朝不如一朝，一年不如一年。咸丰帝三十去世，只留下一子一女，儿子便是慈禧所生的同治帝，女儿则是另一个妃子丽妃所出。咸丰帝因为死得早，妃子的队伍还来不及壮大。相比道光朝来说，后宫已是大为冷落了。

慈禧集女性的嫉妒、寡妇的变态、君王的大权于一身，后宫这块小天地本就是她职分所在的主管之地，现在更成了她砧板上的一块鱼肉，任她摆布宰割。咸丰帝所留下的那些与她争过宠的太妃们，哪个见到她不像鼠儿见了猫一样，战战抖抖，诚惶诚恐？后宫不要说晚上，即便白天也都是一片冷冷清清的。

同治皇帝十九岁就死了，皇后被逼殉夫，留下的几个不明不白的妃子，在后宫中毫无地位可言。今上只有十四岁，他还没想起要女人。丽妃所生的女儿早在同治八年便出宫下嫁苻珍。自从同治八年起到眼下十五六年了，偌大的紫禁城后院里，就再也没有一个皇子公主出现过。人们在背地里叹息：大清朝皇嗣主脉怎么会凋零到如此地步？这是不是前廷所显示的国运不昌对后院的压迫，或者反过来说，恰恰是后院的后嗣不兴，而使得前廷的国运不昌？更有受到慈禧压抑的老太妃们，则把责任归咎于她的身上，暗地里叽叽喳喳地议论着：从来阴气太盛，阳气则衰，哪朝哪代有过这样强梁霸道的太后？怪不得大清苗裔不旺！

叹息也罢，指责也罢，大清王朝的皇宫后院便是这样冷清多年了，大家都寄希望于这个尚未大婚的光绪皇帝身上，但愿他多置妃嫔，广育子女，最好能像周文王那样，生他一百个皇子出来，重振当年后宫雄风！

然而，这还得拭目以待，至于眼下则依旧如故。一到晚上，更比白天冷清，妃子也好，宫女也好，太监也好，都早早地缩进各自宫里，不再出来。整个后院悄没声息，从外表看来，与死气沉沉的前廷相比，只多了一些灯火和几个巡更守夜的太监罢了。

但也有唯一的例外，那就是养心殿。从垂帘听政的第一天开始，这座本来属于后院系统的宫殿，就成了整个紫禁城的第一号建筑。这是因为慈禧住在这里。大清国一切有资格面见圣上的官员，都在这里向她三跪九叩头；大清国一切军国大计都在这里制定，都从这里发出。这里，白天王公大臣川流不息，入夜灯火通明，警戒森严。不过，慈禧通常夜里不办公事，她很会保养自己，每晚戌时刚过，她便上床睡觉了。但今天慈禧却要在夜里召见李鸿章。养心殿里的宫女、太监都在猜测着，太后一定有刻不容缓的军国大事要与李中堂商量。

一顶簇新的墨绿呢大轿，停在紫禁城东侧的景运门边，李鸿章身着正一品官服，神色端凝地从轿中走出来。他顺手从左边袖袋里掏了一块金光闪亮的大怀表出来看了看，时针正好指在七时上。这是一块瑞士表，乃驻英法公使侍郎曾纪泽所赠。李鸿章喜欢用洋人的东西，连生病时都喜欢吃洋药，说洋药简便收效快。这块怀表他已经用了四五年，随时随地都带着，而且养成了每隔一会儿便掏出来看看的习惯。

景运门已经打开，几个刀枪晃晃的侍卫分立两旁。近年来，大受慈禧宠爱品衔升得很快的太监李莲英，早已恭候在门边，见李鸿章已走出轿门，忙哈着腰迎上。因为李莲英的地位非比寻常，许多大臣都对他礼让有加。有的是想走他的门子，求一条升官捷径；有的并非想巴结，只是防他在太后面前说对自己不利的话，故而也不得不对他假以辞色。李莲英在宫中久了，见的王公大臣多了，这些衮衮诸公究竟有多大能耐，他也心中有数了。大清朝中的这些不可一世的大人物，说句实在话，李莲英对其中很多人都看不起，真正令他从心眼里生发敬佩之情的还不多，而在为数不多的几个人中，便有眼前的这位相国爷。在李莲英的眼里，李鸿章才是真正有着治国安邦定天下的文武全才，就连他的那种气宇，也不是一般人所能比拟的。

“老相国，这么晚了还要进宫来，您真辛苦！”

这样的话，李莲英平时对那些王公大臣也常说，但只有他自己知道，平日说的只是客套，今晚这一句，才是从心里说出的。

“国家多事，不能不辛苦点。李总管，近来身体好吗？”

李鸿章也不想得罪这个太后身边的宠奴，脸上露出了难得的笑容。

“托老相国的福，还好。”

李莲英感激这位他所崇敬的人物的关心，遂走近李鸿章的身旁，伸出一只手来搀扶着李鸿章。

“天色黑了，老相国慢慢走。”李莲英以一种近于平时对慈禧说话的口吻关照着李鸿章。同时，又对着附近的一群太监高声命令，“把灯笼点得亮亮的，为老相国引路！”

于是八盏大红宫灯一齐点燃。六盏在前面开路，两盏在后面护卫，中间，李莲英亲自搀扶着李鸿章，跨过景运门，向着养心殿走去。李鸿章自家带来的跟班和轿夫都被拦在门外。

李莲英搀扶着李鸿章走的这条路，正是紫禁城里前廷后院的分界之路。往左边中和殿方向望去，是一片令人生悸的黑寂；往右边乾清门方向看去，也只有稀稀疏疏的几点星火。词臣出身的北洋大臣，脑子里突然冒出两句唐人的诗句来：“潮落夜江斜月里，两三星火是瓜洲。”他在心里笑了起来：今夜走在紫禁城内，即将面见太后，怎么没有“剑佩声随玉墀步，衣冠身惹御炉香”的体会，却无端生出这种感觉来！

穿过这道黑暗的分界地，来到西长街口，这里的灯光明显地亮多了。当李鸿章跨过遵义门，进入养心殿前院时，眼前一阵目眩。原来，此处灯火通明，亮如白昼。跟在李莲英的后面，李鸿章一直走进东暖阁，在门帘外站定。

一会儿，李莲英掀开帘子，对门外的李鸿章说：“老相国，太后叫您进去。”

李鸿章迈进门槛，肃立站定，然后跪下，摘掉饰有大红珊瑚顶插着双眼花翎孔雀毛的帽子，将它放在一旁，磕了一个响头。再站起，左手捧着这顶帽子，向前迈进几步，来到太后身边，又跪下，将帽子放在手边的地砖上，用带着浓厚淮北口音的官腔喊道："臣李鸿章叩见太后，祝太后万寿无疆！"

"起来吧！"慈禧轻轻地说了一句，又对着站在门边的李莲英吩咐，"给李中堂搬一张凳子来。"

"谢太后厚恩，臣不敢坐。"

李鸿章被慈禧的格外眷顾感动得热血奔涌。李莲英很快亲自搬来一张精致的梓木方形小凳，放在李鸿章的旁边。李鸿章还是不敢起身。

"李鸿章，你是年过六十的四朝老臣，今夜又不是平时的叫起，说话的时间可以长一些，你就坐着慢慢说吧！"

李鸿章长年带兵征战四方，且性格开朗，他想了想，太后说的也是：自己今年六十二岁了，为朝廷立过汗马功劳，今夜就是坐着和太后说话，也不是担当不起的。这样想过后，他站起身来，将双眼花翎大红珊瑚帽端端正正地戴在头上，然后大大方方地在梓木方凳上坐了下来。

"李鸿章，你是要跟我说点法国政府的事儿吧，你说吧！"

"臣正是要向太后禀报这件事。"

李鸿章挺直腰板，望了太后一眼。不料这一望，却让李鸿章的奏对停了瞬间。论名望勋绩，李鸿章无疑是当今天下第一人，但他面见慈禧的次数也不很多。这是因为李鸿章一直是外官，而不是内臣，尤其是他没有在军机处任过职。从同治九年以来，他一直做直隶总督兼北洋大臣。直隶总督衙门在保定，北洋大臣衙门在天津。李鸿章长年住的地方便是保定和天津，不是特别重要的事，他通常不到京师来；就是有时住在京师，也不是每次都能见到太后。至于朝廷与李鸿章相商的事情自然很多，但都是通过文报往来，并不需要面谈。

慈安在世的时候，两宫太后召见臣工时，一律垂下帘子。跪在帘外的臣工即使想看清太后的花容月貌，也是不可能的。慈安过世后，慈禧便撤掉了那道帘子。但臣工们既要行君臣之礼，又要守男女之防，何况召见时气氛庄严，时间短促，跪在地上的大臣只求奏对不出差错，就是万千之幸了，谁敢有那大的胆子，偷眼看下掉帘子的太后？万一惹怒了她，你还要不要脑袋？

李鸿章亦不例外。往常的召见，他也没敢正眼看过太后一面。慈禧的圣容，只存在于他的想象中，而不在他的记忆里。

今夜这一眼，既距离很近，又是平视，真是把太后看得真切了：辉煌的宫灯之下，太后美丽得就如传说中的嫦娥似的，端庄高雅，气度尊贵。朝廷年初就发下谕旨，说今年十月是太后的五十万寿华诞，将要举行盛大庆典为之祝福。五十岁的女人了，脸上不见一点皱纹，容光焕发，宛如青春玉女。李鸿章不觉暗自称奇。他想起自己的大姨太，还不到五十岁，当初进门时也是美人尖子，而今比起太后来可就差远了。是上天赋予她的这种母仪天下的高贵，还是宫中藏有驻春美容的秘方？李鸿章来不及在脑中思考这些问题，他要向太后禀报比这重要得多的夷情大事。

“赫德从上海打电报到天津，说法国政府已派出一个名叫福禄诺的特使，在德璀林的陪同下已到了上海，马上就要到天津来与臣见面，商谈订立中法两国条约事。”

“法国政府要跟咱们讲和了？”

天天盼望着越南战争早日停止，想不到法国果然遣使前来讲和了！慈禧按捺不住心中的喜悦，打断李鸿章的话。

“是的，法国有讲和的意思。”

李鸿章与洋人打了多年的交道，深知洋人的脾性。法国在越南的战争，是中国人节节失利，他们并没有吃大亏。显然，此时订条约，是想趁战胜之机向我们索取更多的好处，并非主动求和，硬要说是和约的话，也只是城下之盟。他不想触慈禧的兴头，顺着她的话回答。

“赫德有没有说，他们提出了些什么条件？”

其实，慈禧的头脑很清醒，她也知道法国人不会无缘无故地来此一举。

“赫德的电报里说了几条。”赫德的电报就放在他的袖袋里，但他既不能拿出来，要慈禧自个儿看，也不能自己照着电报去念。他的记性极好，虽年老而不减当年，电报的内容早已全部记在他的心中。“一是开放云南，二是不能限制法国在越南的权利，三是赔偿军费，四是调走曾纪泽。主要是这么几条。”

慈禧听后没有做声，心里在盘算着：开放云南，让他们进来做生意，也不是一件很不好的事。法国人在越南做什么，不去管它也好，多一事不如少一事。曾纪泽因为主战得罪了法国政府，也可以考虑换一个去。难就难在赔款上，朝廷现在缺的就是银子。再说，战争是他们挑起的，到头来还要我们赔银子，这口气也咽不下呀！慈禧沉吟半晌后，决定先听听李鸿章的意见。

“李鸿章，你说说看，法国人这几个条件，咱们哪些可以接受，哪些不能接受？”

老于官场的李鸿章，对于慈禧的这个问话并不感到奇怪。年轻的时候，他的官职低，常常在禀报时遇到上司的诘问，经过一两次尴尬后，他有了经验：禀报之前自己先深思熟虑，在脑中准备几种不同的看法，到时视情况而说出其中的一种。因为此，李鸿章常常能得到上司的称赞，故而官运亨通。中老年后，官职高了，他又常常搬来别人的这个伎俩，一是从下级的回答中受到启发，二是借此考察属员。

关于越南境内打仗的这件事，他早有自己的看法，昨天听了恭王的意见后，心中更有把握了，于是底气甚足地回答：“回禀太后，依臣之见，这次是个好机会，务必要把这个和约给定下来，战火早一天熄灭，国家便可早日安生，太后您也可以早一天宽心。”

“是呀，你是打了大半辈子仗的人了，仗还是不打为好。”慈禧感叹着。

“太后英明！”李鸿章立即恭维，“臣打了大半辈子的仗，办了大半辈子的军务，从中悟出这样一个道理：国家一定要备战，战争不可不防备，这是第一；第二，仗能不打就不打，万一打起来，能早停就早停。”

“这话说得在理儿。”慈禧点头，表示赞许。

“所以，臣以为法国这些条件，都可以接受，只要能早日停战，一切都好商量。”

“赔款一事要好好谈。”慈禧打断李鸿章的话，“朝廷银钱短缺，最好不赔，能少赔就少赔。”

“是。”李鸿章趁此机会抓紧请示，“其他几条，也请太后慈谕训示。”

“曾纪泽与法国人争吵了吗？”慈禧问李鸿章，“为何法国人容不得他住在那里？”

“曾纪泽性格耿直，或许在言谈之间对法国人有得罪之处。他是公使，若与驻在国不和的话，还是调离一下为好。”

曾纪泽既是老师的儿子，又是有德有才的君子，李鸿章对他很是器重，视为亲兄弟。曾纪泽最令李鸿章佩服的一点是他懂洋文，不但能读洋书，而且能说洋话，是朝廷派往各国公使中的第一等人才。

曾国藩晚年亲自延聘两个英国人为塾师，分别教两个儿子纪泽、纪鸿学英文。那时纪泽已过三十，学习英文甚是吃力，但遵父命，还是硬着头皮学下来。几年后，真的是英文帮助了他，为国家出了大力。每一念及此，李鸿章便发自内心地对老师的远见表示钦佩，并效法老师，也请洋人到家里来教自己的儿子。遇到儿子们不好好学的时候，便拿曾纪泽的例子来开导，果然对儿子们启益很大。

想到这里，李鸿章又补充一句：“曾纪泽这些年在国外很辛苦，为国家做了不少好事。依臣之见，他回国后宜予以优叙。”

“那么谁可以接替他这个事呢？你有没有合适的人？”

太后显然接受了这一条。李鸿章立即答：“法国公使这个职位，眼下最是紧要，一天都不能空缺。日后也很重要，一定要有一个相当的人才行。依臣之见，不妨先将驻德国公使李凤苞从柏林调到巴黎，做个代理法国公使，处理日常事务，朝廷再慢慢地选择一个人去接替。”

“这样安排也好。”慈禧轻轻颔首。“刚才你说的法国特使叫个什么名字来着，此人是个什么人？”

“法国派出的这个公使叫做福禄诺，臣与他打过交道。”

“你们先前见过面？”

“见过面。”李鸿章答，“福禄诺是个海军舰长。三年前他的舰艇在塘沽码头停过一个月，他到过臣的北洋衙门。臣与他见过面，说过话。”

慈禧浅浅地笑了笑说：“看来洋人也是讲旧交情的。他们派这个舰长来，就是因为他与你有过交道。既然是熟人，更好说话。你就对你的这个老朋友说，赔款一条取消吧，其他的都好商量。”

李鸿章心里吃一惊：太后说得也太轻巧了。漫说打过一次交道不能算是老朋友，即使是老朋友，就可以免去几百万两银子的赔款吗？法国又不是他的！何况李鸿章知道，洋人与国人不同，一般都忠于职守，对国家利益看得重，很少有接受贿赂而牺牲国家利益的。但他不能对这位不懂外情的太后说得太多，只能答：“臣一定利用这个关系，去跟他好好地谈，尽可能地把赔款一项取消，若实在不行的话，也要越少越好，必不致使我大清吃亏。”

“这件事，你就这样跟他谈吧。”

慈禧终于为法国公使前来谈判的事作了交代，李鸿章心里一阵轻松。他在心里寻思着：该向太后谈恭王吩咐的事了，如何谈起呢？

“李鸿章，你办了这多年的洋务了，我问你一句话：咱们大清眼下的军事力量，到底与洋人相差多远，能不能与他们打仗？今夜没有别的人，你只管对我说实话。”

这个问题虽然重大，但李鸿章胸中早有成竹。平日，他最讨厌的就是那些既不懂外国，也不知本国实力的人，遇到与洋人闹纠纷，开口闭口就是与洋人决一死战之类的话，似乎很爱国，其实最是误国之论。太后虽有定识，但有时不免也受这种论调的左右。李鸿章觉得自已身受太后厚恩，肩负着朝廷的重任，有责任实事求是地将这个大事说清楚。

李鸿章正了正腰板，一脸端谨地说："回禀太后，臣奉太后之命办了二十多年的洋务，为朝廷的军队买了许多西洋的枪炮，为北洋南洋购置了不少铁甲船只，比起先前打长毛捻子时来，我们的军事力量的确是要强大多了，但若跟洋人比起来还差得太远，真的若是与洋人交起仗来，我们沾光的把握极少。依臣之见，咱们大清要赶上洋人，至少得有三十年到五十年的功夫。在这三五十年的时间里，我们要力求避免与洋人打仗，以求发展。过去越王勾践卧薪尝胆，以'十年生聚，十年教训'的话教育臣民，后来终于报了大仇。咱们要有勾践的这种眼光和毅力。只是洋人比当年的吴王夫差要强大百倍，所以，臣以为，今天咱们大清的力量对付洋人，二十年还不够，要有三十年五十年的准备。"

慈禧读书不多，但"卧薪尝胆"这个典故还是知道的，她也很佩服越王勾践。李鸿章这番话，她深以为然。

"这么说来，咱们与法国人这场战争，就寄希望于你与那个舰长的和谈上了。"

李鸿章忙答："臣一定不负太后的期望，把这次和谈谈好。"

"主张对洋人开仗的人，也不都是浮浪的人。"慈禧把左手无名指上长长的金指套压了压，说，"张之洞对洋人强硬，他也在实心做事。朝廷调他去两广，希望他代替张树声，把两广军务振刷一下。天津的和谈要谈，广西、云南的防备也是不能松的。"

"太后英明！洋人诡诈，得多防着点，广西、云南的防备确是不能松劲。"李鸿章想，终于遇到机会了。他继续说下去，"张之洞后生可畏，太后擢升他为两广总督，足见太后借两广军务历练他的苦心。臣以为，还有几个人，也都是年少有才之人，若加以历练，日后可望为国家储存大才。”

“你说说，有哪几个？”慈禧对此很有兴趣。

“第一个数张佩纶。此人志大才高，是廷臣中第一青年才俊。”李鸿章做出一副实心荐贤的神态。

这两年来，慈禧对张佩纶印象甚好。前年亲自提名擢他为都察院左副都御史，有心把他作为军机大臣来培养，所虑的也是他的地方阅历不够，应该让他磨炼磨炼。她问：“你看张佩纶做个什么事最好？”

“派他去福建会办海疆事务。”李鸿章昨天便为恭王提出的几个人想好了去处，此刻他不假思索地提了出来。“福建海疆绵长宽阔，形势重要，但闽浙总督何璟不甚得力，须得强干的人协助他。张佩纶长于军事，正好做他的海防助手。”

“福建的海防现在是越来越重要了。前两天刘铭传还来密折说，法国海军有攻打台湾的可能。只是张佩纶从没有过水师经历，他办海防行吗？”

“臣以为张佩纶行。”带了二十余年兵的李鸿章，何尝不知道打仗的事，不在纸上而在战场上。张佩纶的军事奏折写得好，不一定就能带兵打仗。但自古以来，长于议兵的书生出面带兵的，既有全军覆没身首不保的赵括，也有克敌制胜襄成霸业的管仲。张佩纶有可能是赵括，也有可能是管仲。李鸿章既然对他又爱又恼，也就没有一定要把他往死里整的念头。倘若出息了，为国家玉成一个人才；倘若证实无用，也可为自己去一政敌。“太后，不妨将张佩纶派去福建试一试。据说何璟也器重他的才学，他们会合作好的。”

慈禧点了点头，没有做声。

“南洋水师眼下最缺一个得力的襄助。南洋水域与福建海疆相连，张佩纶既出任福建海防的会办，那南洋水师的会办就非用他的好友不成。故臣以为，常与他会衔上折言事的陈宝琛，可放南洋水师会办。”

对于陈宝琛，李鸿章只有恼恨，没有怜才之念。昨夜，他为陈宝琛想了一个极好的去处：南洋会办。近日上任的南洋大臣，乃有名的曾老九曾国荃。此人，李鸿章是知之极深的。

曾国荃虽与曾国藩一母同胞，为人处事却判若两人。李鸿章永远记得：当年老九为了抢天下第一功，带着吉字营五万人马，匆匆忙忙去围有着九十里城墙的江宁城。围了近两年时间，几乎没有进展，为了尽快打下江宁，塞天下悠悠之口，曾国藩请用全副洋枪洋炮武装的淮军前去援助。李鸿章答应了。正欲启程，突然传来曾老九派人捎带的话：吉字营用死了几千人的代价，才熬来攻进城门的好时机，你李少荃若来争功，我与你先在城外分个高低！

李鸿章深知这个倔犟过人的老九是说得出做得出的，赶紧打消前去江宁的念头。他写了一封信给老师：盛夏之际，洋火药不灵，淮军不能奉命，江宁还是让吉字营独家打吧！洋火药盛夏不灵，这岂不是笑话一句！曾国藩知道是弟弟在作梗，也便不再勉强李鸿章了。

若说伴君如伴虎的话，那么伴这个曾老九就如伴狼伴鹰一般。若不是出自吉字营又能见他的眼色行事的人，简直无法与他相处融洽。一旦惹怒了他，他会毫不留情地将你打下去。当年他做湖北巡抚，连身为大学士的满人湖广总督官文都被他逼得离开武昌。你想想，一个书生出身的年轻文人，来做他手下的水师会办，他会将这人放在眼里吗？如果说，将张佩纶派给翰林出身的何璟做助手，成与败还未可料定的话，那么，将书呆子陈宝琛派给血火中打出的曾国荃做会办，则无异于将他推上刀山，推进虎口，几乎不存在半点成功的可能。

不料慈禧对这个推荐倒是一口答应：“曾国荃围城打冲锋是把好手，但与洋人斗智斗谋略的本事不够，陈宝琛虑事周到，给他去做个助手，倒是极合适的。”

“太后英明。”李鸿章赶紧恭维一句后，又提出一个新人事设想来，“俄国政府几次提出要跟我们把东北交界地区重新勘查一次，将中俄分界线划定，以便今后双方为领土问题少一点纠纷。臣一直在寻思此事，这得有一个精于地理的人主持才是。”

“是呀！”慈禧接言，“此事之所以迟迟未答应的原因，就是找不出这样一个人来，你以为谁能胜任此事？”

“吴大澂。”李鸿章立即回答。

为吴大澂的去处，李鸿章昨夜颇费了不少脑筋，结果终于为他觅到了这个“美差”。这是件极苦极累又极不讨好的事。俄国人横暴强梁，只知以势凌人，根本不去与你理论什么历史沿革。吴大澂那一肚子古地理之学，在俄国人面前，正应得上一句俗话：秀才遇了兵，有理讲不清。让他和老毛子去怄气吧，谁要他专爱说别人的风凉话！

“太后，吴大澂治古地理学三十余年，他本人就是一本活地图。臣对他的这门学问，也是敬佩不已，让他去办这种事，真是人尽其才。先派他去东北，与俄国人踏勘分界地段。明年还可以派他去云南、广西，与法国人踏勘中越两国的分界地段。让他一展平生才学，于国于己都是很有利的。”

听到这儿，慈禧“扑哧”一声笑了起来，说：“没有想到，吴大澂这门旧学问，倒还真的派上大用场了。李鸿章，你今夜一口气荐了三个人才，可见你平日于此是存了心的。昨天召见世铎，要他提出两个人来接替徐延旭和唐炯，他支支吾吾的半天，到底也没正经说出个名儿来，真让我失望。”

能说出个子丑寅卯的人，近支亲王里也还有几个，谁要你听信醇王，挑一个这样的窝囊废来做军机处的领班呀！这些话当然只能在李鸿章的肚子里嘀咕着，嘴面上还得另外说：“礼王爷遇事深谋远虑，不像臣这样想到哪儿就说到哪儿。”

慈禧也清楚，与李鸿章相比，世铎自然是樗栎庸材，但普天之下，能有几棵李鸿章这样的擎天大树呢！

“李鸿章，军机处换了人马，这也是无可奈何的事儿。世铎这人老实，办事的才能是要比奕䜣差些。不过，阎敬铭、张之万都是前朝旧臣了，可以帮衬点。你比起他们来，历事又更多。还望你以国家重臣的身份，在外多多体贴朝廷的艰难，协助军机处。张之洞到底年轻不大懂兵事，关于与法国人打交道的事儿，你以后还要多多开导开导他。为国家培育人才，不光是朝廷的责任，也是你等老臣的责任。今夜里就谈到这儿，若还有要说的，明儿个再递牌子吧！”

李鸿章走出遵义门时，紫禁城里已经是夜色深沉了。后宫的几盏稀疏的灯火早已熄灭，天上也没有月亮星星，上下内外一片锅底似的黑暗。一阵夜风吹来，他觉得浑身凉飕飕的。若不是周围有宫灯在护送着，这个刀枪堆里杀出来的前淮军统帅，也都会生出几分恐惧感来。

三　醇王府把宝押在对法一战上

第二天上午，军机处领班大臣礼王世铎，奉着慈禧的懿旨，来到醇王府。自从军机处大换班以来，每天至少有一位军机大臣到醇王府里来禀报朝中大事，请示处置方略。这种情形在当时有个名目，叫做“过府”。

四十四岁的皇帝本生父醇亲王，这两个月来真可谓春风得意，踌躇满志。自从儿子登基的那天起，他便蓄意要把朝政拿到自己的手里。虽然有周公旦辅佐侄儿的事迹载之于经典，但醇王奕谡并不相信辅佐侄儿的叔伯，都会像周公旦那样忠心耿耿，万无一失。因为自古以来，也只有周公旦这一圣人，能做到任劳任怨，毫无一点野心，至于别的人，多多少少都有点三心二意。

奕谡当然知道，就在本朝开国之初，也有皇叔多尔衮辅佐世祖爷的故事。但是，若不是太后为了儿子的江山下嫁给小叔子，早就没有了世祖爷登基这码子事；就是后来嫁给了他，那位皇父也一天没有断绝过自己做皇帝的心思，如果不是后来坠马而死，大清朝开国之初还不知又要多添几场腥风血雨！自己儿子的江山，也只有自己来替他看守，才是真正的万无一失。经过十年的韬晦、蓄势、待机，现在终于大权在握了，奕譞怎能不兴奋激动，不思有番大的作为呢！

他不便上朝，每天由世铎或其他军机处大臣来王府与他商量机宜，定夺国事，他总是拿出全副兴致来做这些事情。然而，奕譞治国的才能，实在不如他精明的嫂子和能干的六哥。不过，他有一个好帮手，此人便是经他全力荐举才得以进军机的孙毓汶。

孙毓汶字莱山，山东人，咸丰年间的翰林。咸丰十年在山东办团练时曾被革职，后靠银子的力量复了职。到了光绪年间，他的官运红了起来，由侍读学士升到工部左侍郎。孙毓汶聪明机灵，尤擅长走门子。他的老子咸丰年间曾经做过醇王半年的师傅，因这层关系，孙毓汶往太平湖的脚步最勤，跟王府里里外外相处融洽。奕譞一直把他看做自己的人。

世铎组建新军机，孙毓汶挤了进来。因官阶最低，资历最浅，被排在最后一个，称作军机处行走。行走，意为看看学学，有点类似于学徒的味道。处于这种地位的军机大臣，每到叫起时，则负责把东暖阁的帘子一角掀起扶住，待领班王爷和其他几个资格较老的军机大臣全部进去后，他才完成使命，把帘子角放下来，故朝中戏称为“打帘子军机”。

孙毓汶自知不能跟张之万、阎敬铭等人相比，遂把这个打帘子的差事做得主动殷勤，人人满意，但他心里却并不把张、阎这些老朽看得很重。每天散朝后，他都要在醇王府里呆上个把两个时辰，有事则办事，无事则陪醇王听曲赏花喂鸟说闲话，连王府里未来的小王爷、小贝勒们，孙毓汶也乐意为他们效力，甘心充当他们游戏的伙伴。他一天也不离开醇王，醇王每天也需要他。

世铎这次过府相商的事，正是李鸿章昨夜与慈禧说的两件事：天津的和谈和外放张佩纶、陈宝琛、吴大澂三人。孙毓汶也正在醇王府，三人便坐在王府宽敞而高雅的书房里商讨起来。

“这和谈是好事，若与法国人谈好，越南的战争不再打了，咱们军机处该省去多少麻烦！只是太后怎么会突然间一下子放三个书生出京，太后难道忘记了他们可都是些清流，清流能办事吗？七爷，您看这是怎么回事儿？”

矮矮墩墩的世铎有一颗肥大厚重的脑袋，和一张弥勒佛似的胖胖的笑脸。他是清初八大铁帽子王的后裔中最无干政之心的一个王爷。他喜欢吃，喜欢玩，喜欢女人，不喜欢读书，不喜欢想事，不喜欢做官。就因为这，仗着祖上的余荫，他过了大半辈子享福的日子，什么麻烦事也轮不到他的头上，他一年到头快快活活无忧无虑的。

先前，常有黄带子笑他无大志，无能耐，无出息。近几年里，黄带子们则又称赞他有识力，有远见，有福气。他不曾料到，年过五十后，还有宰辅的福分。那天醇王对他说，要他出来接替老六做军机处领班，他还真以为耳朵出了毛病，听错了。他一再推辞，醇王就是不依，对他说：“我与太后一起把所有王爷都挑了出来，逐个儿琢磨，比来比去，还只有你最为合适。”世铎仍是不敢接受。最后，醇王不得不说实话：“我身为皇上本生父，不便出面，只有请你挑起这个担子。遇到大事，可以来王府一起商量着办。”世铎这才明白，自己只是替老七看摊子而已，他答应了。于是从接任的那天起，不论大事小事，他一概“过府”，由醇王和其他几位军机拿主意，他甘愿做个传声筒。果然，醇王对他很满意，太后对他这样做也无异议。

“李少荃这个人一贯怕洋人，畏敌如虎。法国人在越南并没有打败仗，他们为什么会派特使谈和，此事奇怪！”

体形单薄、满脸病容的醇王奕譞靠在藤制的躺椅上，声音不大，但语气很是峻厉。

“是呀，七王爷怀疑得很有道理！”孙毓汶立即接腔。他高高瘦瘦的，神色精明得近于阴鸷。他平素称奕譞，口口声声都是“王爷”，遇有世铎在时，为便于两个王爷相区分，他在奕譞的“王爷”面前加一个“七”字。“福禄诺这人我知道。他原是法国凯旋号舰艇的舰长，据说在天津塘沽码头停过一两个月，与李少荃和北洋衙门里的官员们都混得很熟。卑职以为，这很可能是法国政府在玩诡计。

利用福禄诺与李少荃是朋友这个关系来迷惑我们，一方面在天津谈和，使我们戒备松懈，一方面抓紧时间调兵遣将，打我们一个措手不及。”

“哎呀，莱山，你真不愧为智多星，眼睛就是比别人尖利。”世铎对孙毓汶这番话表示由衷的钦佩。“你这一说我就明白了。法国和谈是假，再打是真，用和谈这块幕布遮盖我们的眼睛，幕后在秣马厉兵。”

其实，孙毓汶也没有确凿的证据，证明法国人是假和谈真备战，只是，聪明和阅历，使得他知道世上的事大都较复杂，从一个角度来看是这样，从另一个角度来看又是那样。谈判有多种可能性，刚才醇王对这次谈判表示怀疑，于是孙毓汶便把眼光盯在另一种可能性上。现在经世铎这么一肯定，他也仿佛觉得就是这么回事似的，脸上露出得意的冷笑。

“莱山说的不无道理。”奕譞对洋人有一种近于本能的反感。“李少荃喜欢和谈，就让他谈去，我们还是做我们的事。只是还得要跟李少荃指出几点，不能离谱太远。”

“七爷说得很对。”世铎谦恭地说，“太后讲了，赔款一事不能谈，朝廷没有银子。”

“太后说的这点很重要。”奕譞摸了摸没有胡子的尖下巴，略为思索一下后，转过脸对孙毓汶说，“莱山，你看还有什么要对少荃说的吗？”

孙毓汶想了想，说：“有一点很重要，务必要跟李少荃讲清楚。越南是我们大清的藩属国，这是祖宗传下来的规矩，这个规矩不能坏。别的事可以跟法国人商量，咱们大清跟越南的主仆关系则不能改。若丢了越南这个藩属国，我们如何向祖宗交代？”

“这是个顶重要的事！”奕譞从藤椅上站起，以坚定的口气说，“世上最大的事莫过于正名，名分之事乃第一等大事。我们即便赔法国人几百万两银子，也不能丢掉我们对越南的宗主权利。亭翁，明天上午叫起时，你要向太后禀明这一点。然后拟一道谕旨，把不能赔款和不能改变藩属这两条写进去，发给李少荃，叫他务必禀遵照办。”

“是，是。下午就叫许庚身去拟旨。”世铎忙答应，想起外放张佩纶等人的事，他又请示，“七爷，你看张佩纶、陈宝琛、吴大澂三个人的事怎么说？”

奕譞重又坐到藤躺椅上，沉吟良久后问：“上午太后召见时，你揣摸太后的意思，是定了，还是交给咱们议一议？”

世铎想了一会，说：“我揣摸太后的口气，好像这三个人的外放也没有定下来，是有点叫咱们议一议的意思在里面。我说过会儿就去禀报七爷。太后说，明儿个你把七爷的话说给我听听。听这口气，我寻思着太后没最后定。”

“清流中向来藏龙卧虎，张佩纶这几个人也都是人才，虽说他们爱说些过头的话，但向来不满李少荃在洋人面前委曲求全，竭力维护我们大清国的形象，这种骨气我是很看重的。”

奕譞头靠在藤椅上的杏黄苏绸枕头上，说话间，枕头滑下去了。孙毓汶忙上前将枕头拉上来，重新平放在奕譞的后脑勺下。

奕譞继续说：“张佩纶是个大才，跟何璟会办福建海防，却不是一个合适的安排。他不懂水师，万一出了差错，会误了他的前程。此人今后我有要职相委。陈宝琛与曾沅浦去共事也不太合适。曾沅甫脾气不好，陈宝琛与他会合不来，曾沅甫也会看不起他。我看不如把陈宝琛放到两广去，做个什么臬司、藩司的。他与张之洞气味相投，彼此合作，说不定会有一番作为。至于吴大澂，他擅长地理之学，让他与俄国人一道踏勘地界，倒是挺合适的。莱山，你看呢？”

孙毓汶托着腮帮坐在一旁，两只眼睛一直在望着奕譞。世铎刚进府时一说到外放三人的话，便立时引起他的警觉。他一直在想：怎么突然间一下子外放三个书生出京，或会办军务，或与洋人打交道，都是挺时髦又挺麻烦的事，是清流们时来运转吉星高照呢，还是别有缘故？

孙毓汶讨厌清流党，结怨始于一次清流党人的集会。

那是孙毓汶刚放工部左侍郎时，一次杨忠愍公祠的集会上，清流党干将邓承修，毫不留情地说他这个左侍郎，是靠走醇王府的门子得来的。另一干将黄体芳则说他是靠趴在地上，给小王爷做马骑换来的。工部有个主事也参加了这次集会，为之鼓掌叫好。孙毓汶得知后气得不得了，他奈何不了邓承修、黄体芳，却可以整治工部那个主事。

不久，朝廷要外放一批边远地区的知府，孙毓汶便将这个主事的名字报上去。此人被分到云南匪乱最重的东川府，叫苦不迭。不到一年，孙毓汶又指使心腹云南藩司参东川知府一本，说他治乱不力。很快，知府被贬为县令。前工部主事终于明白了此中的过节，请邓承修、黄体芳帮忙说话。邓、黄很为他抱不平，但苦于找不到孙毓汶陷害的痕迹，这个主事的冤终于无法申清。然而，清流党人都心里有数，视孙为杀人不见血的奸邪小人，彼此之间的仇也便越结越深。这次孙升任打帘子军机，清流党人又好一阵子冷嘲热讽。孙决心伺机出这口怨气。

现在清流党人一下子外放三人，要说他们走红运了，也说得过去。三年前张之洞外放山西巡抚，两年前张佩纶升为副都御史，都是清流大用的明证。张之洞眼下又擢升两广总督，更成了万众瞩目的人物，官场内外都说他为清流露了大脸。因张之洞的能干，使朝廷许多人改变了“清流能说不能干”的传统看法。从这种背景来看，张、陈此次外放军事会办，应该是太后对他们的重用。但孙毓汶却不这样认为，他从蛛丝马迹中看出了另一些苗头。

他想：这事与李鸿章和谈一事同时传出，可见是李在昨夜陛见太后时提出来的。李鸿章一向与清流党不睦，由他来建议此事，不可能对清流党有利。如此说来，李所采取的手段也跟自己一样：陷对手于无形之中——让书生来办军务，以军务来困书生。想到这一层，孙毓汶高兴起来，心里说：你李鸿章聪明，我孙某人比你更聪明，你借太后之手，我就来借你之手。

于是，他以十分明朗的口气对奕譞说：“七王爷，依卑职之见，太后这个安排是很有远见的英明之举。她一是让张佩纶、陈宝琛二人有立功的机会，二是为了配合张之洞在两广的军事行动。曾沅甫、何小宋都是张之洞的前辈，他们都是积了一辈子的勋劳，才做上一方总督的。张之洞年纪轻轻，便擢升粤督，跟他们平起平坐，他们心里多少有点不服气。太后想到了这一点。一旦战争打起来，法国人海舰厉害，两广、闽浙、两江水域必定联成一气，如果曾、何两位与张之洞不配合的话，就会影响大局。故派他的两个好友去会办闽浙、两江的海防，这对张之洞是大有好处的。”

孙毓汶不愧为才高一筹，他这番话正说到奕譞的心坎里去了。因为有了与法国人打仗的失败，才有新军机处取代旧军机处，故而中法这场战争的胜负，便成了新军机处能否立足的关键。仗打胜了，新军机处就有了威望；若打败了，不但无威望可言，说不定也会全班换掉。在别的军机大臣而言，只是丢掉一个兼职，对于他奕譞而言，则有可能是主政之梦的彻底破灭。

这场战争的胜与负，重要之处在粤督的人选上。可以说，奕譞把这场战争之宝，甚至把自己主政之宝，都押在张之洞的身上。对于张之洞，只能全力支持，不能有半点损伤。经这么一点拨，他突然明白了这是太后的深谋远虑。奕譞从心里佩服慈禧的治国谋略，他重又从藤躺椅上站起，断然对世铎说：“莱山说得有道理。你明天禀明太后：军机处完全遵照太后的安排，即刻拟旨，发布张佩纶、陈宝琛外放闽浙、两江，同意派吴大澂去东北，与俄国人踏勘边界。”

世铎躬身答道：“我一定照七王爷所说的去办。若没有别的事，我先回去了。”

世铎刚要转身，奕譞又对他交代一件事：“你顺路到张子青家去一下，叫他今晚到我这儿来一趟。”

世铎领了这道旨意，命令绿呢大轿直奔煤渣胡同张府。

七十三岁的张之万刚睡好午觉醒来。他踱步来到书房，戴上老花眼镜，一边啜着浓茶，一边翻看着近日的邸抄。

邸抄上登载的多是有关越南战场上的事。有揭露徐延旭手下两个前线将领，互相倾轧而贻误军情内幕的；有抨击越南君臣昏庸贪婪，主张丢弃越南的；也有说张之洞以一介书生持节两广前途难卜的。张之万默默地翻着看着，自己的整个心绪都让这场战争给浸泡了。

蛰居老家十余载，不料古稀之年还能重返京师做尚书，升协办大学士，此次又进了军机处，张之万深知老来的这番风光，完全是醇王所送。他禀赋清雅，不贪钱财，现在到了这把年纪，就是有再多银子，他也消受不了。两个儿子都还争气，一个走的是两榜正途，现正在河南做个同知。一个举人出身，在江南制造局做个局员，收入颇丰。二子都不用他操心。他深服同辈好友曾国藩所说的话：子孙贤，没有父祖的财产，也有饭吃；子孙不肖，财产越多越坏事。因而，他认为昧着良心去聚敛钱财，其实是件很愚蠢的事，既害自己，又害子孙。

老状元已到了清心寡欲的境界。官位、权势、金钱、享乐，他都无所求了。唯一应该做的，便是竭尽全力为国效劳。这既是平生志愿之所在，也是为了报答醇王的知遇之恩。张之洞升粤督，其实并非他提的名。当年他做会试同考官，堂弟作为应试举子尚需回避，何况今日他为军机，弟为巡抚，若由他提名，岂非明显的徇私？张之洞的名是醇王提的，阎敬铭立即附和，他当然也同意。太后很快便钦准了。这说明堂弟恩眷正隆。

前几天，他收到张之洞临离太原前给他的一封信函。信中申谢对堂兄提携的诚意，同时也恳请堂兄给予指点和帮助。不用张之洞开口，张之万也会全力帮助的。这不仅因为堂弟年轻，前程远大，更重要的是目前的形势，明摆着是兄弟二人的命运已连在一起了。

张之万离开书案，慢慢地在书房里来回走着。他开始认真思索起来：应该从哪些方面为堂弟提供帮助。

他首先想到的，便是应该为两广的军队提供一批新的枪炮弹药。在军机处讨论前线战事时，有人提到打败仗的一个主要原因是装备陈旧，徐延旭、唐炯的军队用的都是当年打长毛打捻子时的枪炮，比起法国人来相差得太远了。

打仗靠的是武器。武器不利，如何打得赢？张之万想，这批军火要向洋人去订购。据说美国、德国都有人在中国专做军火生意。关键是要银子，这要请身为户部尚书的阎敬铭帮忙了。国库再紧，也要拨出几十万两银子给张之洞才行。此事明天就要找阎敬铭商量，最好由醇王来出面。

再者，应该调几员宿将去两广。张之洞毕竟是个书生，缺乏实战经验，带兵这码子事，还是沙场上打出来的老将靠得住些。调谁呢？张之万重又坐到太师椅上，闭着眼睛回想起来。

二十多年前那场弥漫全国的战火，仍令他记忆犹新。他虽然没有直接带过兵，但身为地方高级官员，与当时带兵的文武大员多有接触，对他们的才干长短都很清楚。可惜，当年的那些能征惯战的将帅们，如今绝大部分已凋零故去，剩下的几个也已老病不堪，再也上不了战场。张之万掰着指头一个个地数，终于想起了两个人。

一个是当年威名赫赫的霆军首领鲍超，因为战功卓著，同治三年江宁打下后，他被封为子爵。鲍超不识字，为人粗豪，有一则笑话说，他封爵后衣锦还乡，在四川奉节老家盖起一座壮阔的府第。有个秀才跟他开玩笑，说，你这个房子盖得跟宫殿一样，皇帝的宫殿叫皇宫，你是子爵，你的宫殿就是子宫了。鲍超不知此人戏弄他，反而很得意地说，我是子爵，住的府第当然是子宫，麻烦你老兄给我题“子宫”两个字，我要制一块匾，把它挂在大门上。众皆大笑。一个幕僚附着他的耳朵嘀咕了几句，鲍超明白过来，瞪着眼睛对那秀才说，你在侮辱本爵！那秀才忙叩头谢罪，鲍超居然也没惩罚他。鲍超今年五十六岁，正在湖南做提督，身体还硬朗，请他出马，对前线将士是个鼓舞。

另一个是娄云庆，湖南长沙人，十几岁投军，东征西讨，军功累累。现正做着正定镇总兵，还不到五十岁，是当年一批大将中存世的最年轻的一个。此人最是合适。

还有一点令张之万欣慰的是，现正在广东督办军务的兵部尚书彭玉麟乃湘军元老，而鲍超、娄云庆都是原湘军的哨官。对于军营来说，这层情谊非寻常可比。

张之万想，这两件事都是大事，得赶快办理。正在思忖着在什么事情上，还可以再为堂弟援上一手时，他的眼睛突然被邸报上的一道奏章吸引过去。那道某御史的奏章上讲，徐延旭、唐炯的军队排斥越南境内的黑旗军首领刘永福，这也是北宁、太原失守的一个重要原因。这位御史建议重用刘永福，利用他久居越南的长处，收里应外合之效。

张之万立时觉察到，这是一道很有识见的奏折，可惜没有引起太后的重视。他认为张之洞应该在此事上，吸取徐、唐前车之覆的教训，要和刘永福取得联系，建立一种彼此融洽的关系，以此换来刘永福的倾力相助。但刘永福乃会党出身，参加过长毛，又和越南的三教九流都有联系，背景很复杂。张之万深知堂弟清流本色，是极不情愿与那些江湖人士打交道的，更何况现在身居制军之尊，也不宜贸然与刘永福这类人联系，应该有一个人代替他去办这种事才好。派谁去呢？

张之万左思右想，终于替堂弟想出一个人来，此人即桑治平。无论从本人阅历才干，还是从目前的身份来说，桑治平都是最好的人选。

他拿起笔来，给张之洞回一封信，将自己的这些思考告诉堂弟，盼望他在中国与法国的这场纠纷中，发挥中流砥柱的作用，为朝廷，也为他这个老哥的脸上争来光彩。

正在这时，世铎进来，亲自转达醇王的口谕。张之万高兴地说：“我正要去晋谒王爷哩，过会儿就去。”

说着，把世铎请到客厅，细细地向他询问上午太后召见的情形来。二人正谈得兴起，家中仆人进来报告：“贤良寺今日张灯结彩，准备迎接左侯下榻。”

左侯即爵封二等恪靖侯的左宗棠。上个月，左宗棠奉旨将两江总督一职交给曾国荃，以东阁大学士的身份入阁办事。左宗棠虽已高龄七十二岁，体弱多病，然豪雄之气仍不减当年，面对法国人的嚣张气焰，他多次上疏请缨。张之万对这个素有常胜将军之称的老朋友十分景仰。猛然间，一个想法跳入脑中，他兴奋地对世铎说：“左侯进京，此乃天助我们成事！”

“此话怎讲？”世铎尚不明白内里。

张之万说：“军机处六人，没有一人带过兵，眼看与法国人这场战争不可避免，一旦打起来，调兵遣将，筹饷谋划，便是军机处的第一件大事，我们于此都是生手。何不请太后调左侯入值军机，借助他的声望和经验？他肯出力，您这个领班就好当多了。”

世铎喜道：“你这个提议好！今夜我们一起与醇王商量，明日启禀太后。”张之万笑着说：“左侯入军机，军机添虎翼。明日我们军机处全班启奏太后，务必说服太后，将左侯请进军机处来。”

第八章／谅山大捷

一　面对炮火，好谈兵事的张佩纶惊惶失措

近几十年来，南国大都市广州在中国的地位是越来越重要了。

四十多年前，林则徐在这座城市里制定了销毁鸦片的决策，试图通过这个惊世之举，维护中华民族的国家体面和人格尊严，斩断不法之徒毒害中国人的魔爪。虎门的销烟坑伸张了民族正气。然而没有多久，在坚船利炮的威胁下，道光皇帝屈服了，林则徐被撤职流放，一艘艘从英吉利海峡开过来的船舰，从南海驶进零丁洋，进入珠江口，将堆积成小山般的鸦片箱卸下。就在光天化日之下，通过这座城市，将毒品合法地贩卖到全国各地。美丽的五羊城从此蒙上了巨大的耻辱，成为一座罪恶的都市。

然而，随着鸦片公开上岸的同时，洋人也在广州买地起屋，打起长住下去的主意。他们在珠江两岸建起高大结实、采光通风设备都很

好的楼房；自己发电，亮起了电灯，装起了电话；换上了诸如钟表、留声机、牛皮沙发等精巧舒适的奢侈品。他们还带进了烫金硬壳的洋文书籍、满载世界各地最新消息的洋文报纸。他们读着洋书洋报，说着洋话，和广州的官场打交道，做生意，通买卖，白花花的银子水一般地流入他们的金库。

随着华洋交易的频繁，一批沟通华洋的中国人应运而生。这种人既懂洋话，又懂官话，既知外情又知国情，他们从中穿针引线，牟取暴利。广州人叫他们做西崽，官方称他们为买办。买办通过自己和家人亲戚朋友，将洋风洋俗在广州迅速地传播开来。因而，广州这座城市，又是受泰西文明影响最大、最有生气的都市。

正是酷暑季节的闰五月中旬，张之洞带着他的家小和随从，千里迢迢从山西来到广州，做起南国的这座大都市和粤桂两省这片广袤土地的最高主宰者来。

一个多月来的舟车旅途，使他有充裕的时间阅读有关两广的史册记载。他又从沿途官府那里获取朝廷下发的各类京报文钞，那上面有不少关于越战的消息。这期间，他还在几个抚台衙门里，收到了朝廷专为寄给他的包封。包封里都是关于两广的绝密文书。所有这些，都有利于他对即将履任的新职作深入的思考。

到了广东韶州府，他收到了一件只能他亲自拆看的朝廷密函。密函里装的是李鸿章与福禄诺在天津和谈的内容要点。这些要点有：法国愿意保护中国毗连越南的疆土安全，中国在越南北圻的各驻防营即行调回边界，法国不向中国索赔军费，中国允许法国货物在中国边界自由运销，法国与越南订立各项条约均不得伤害中国体面，三个月后再议详细条款。

张之洞一向不喜欢和谈，随便瞧了瞧后便封存起来，并不将这份日后载于近代史册上的《简明天津条约》看得太重。一路上，他和桑治平、杨锐等人常常谈论当前的局势。充满少年激情的杨锐，从来对前途都抱着乐观的看法。饱经世事的桑治平，则往往对事情复杂的一面注意得更多一些。

他们谈得更多的是眼下广东的局面。前任总督张树声虽搬出了督署，但仍住在广州城外黄埔港督办两广军务。驻扎虎门的军营是这几个月来征调的前湘军系统的人马，统帅是有中兴名臣之称的老将彭玉麟，他的助手正是张之万所推荐的娄云庆。另一支军队是由广东提督管辖的绿营。在彭玉麟来到广东前，张树声的淮系军营与当地的粤军有很深的隙嫌。这原因是因为张利用督办的权力，将粤军安置在虎门一带的前沿阵地，而将自己的人马留在广州城郊。粤军对此大为不满，遂不与张配合，并向朝廷密告张的种种不是。张树声被撤去粤督一职，与此也很有关系。彭玉麟到了广东后，将粤军调回内地，而将湘系军营驻防在虎门。彭玉麟这种大公无私以国事为重的品德赢得了淮、粤两系的敬重。目前广东省内的三支主要军事力量各自都在修备战具，密切注视战事的进展。

进广州城的第二天，张之洞从广东巡抚倪文蔚的手里接过两广总督的印信、王旗，正式做起负责指挥越战的最高地方统帅来。通过与城内各大衙门的宪台及原督署僚属的反复会谈，张之洞对当前的内外形势有着更多的了解。为更好地谋划运筹，他决定采取两个行动。一是接受张之万的建议，派桑治平和熟悉越南情形的雷琼道员王之春亲到镇南关外走一趟，实地考察战地形势，会会正在关外督战的清军首领新上任的广西巡抚潘鼎新，以及黑旗军首领刘永福等人。二是自己走出广州城，先到扼控省垣的黄埔港看望驻防在此地的淮军及张树声，再到广东的南大门虎门去看望防守前线的湘军及彭玉麟。

送走桑治平、王之春的次日，张之洞在兵备道李必中的陪同下，乘坐小火轮，顺着珠江南下。在黄埔港，他见到了已重病在身的张树声，张树声向后任倾吐了这半年来压在胸间的满腹牢骚和委屈，拜托后任务必将这些奏报朝廷，主持公道。为安定淮军军心，共同备战，张之洞满口答应了。在总兵吴宏洛的陪同下，张之洞巡视了黄埔港一带的防御工事。淮军的散漫军风和应战力量的薄弱，令新粤督担忧。

在虎门炮台，张之洞见到了年近七旬犹与士卒同甘共苦的兵部尚书彭玉麟。彭玉麟和娄云庆亲自陪同他巡查虎门口内外的十余处炮台。彭玉麟是个坚定的主战派，虎门防守状况要比黄埔港强，但大量缺乏射程远杀伤力强的新式火炮，却令雄风不倒的老将军十分忧虑。面对着当年关天培将军英勇捐躯的靖远炮台，彭玉麟沉痛地说，关将军和将士们并不乏爱国心、报国志，之所以不敌侵略者，是因为武器不如人家的缘故。战争的残酷迫使大家接受了这个无情的事实。故而以后湘淮军都大量购买洋枪洋炮。胡林翼更主张自己制造。他留给身边人的最后一句话便是：不把洋人的那一套学过来，我们就要永远受欺侮。老将军叹息：我们的武器还是不如洋人，假若虎门再增加二十座德国克虏伯钢炮的话，防守起来，就更有把握了。

波涛汹涌的汪洋大海，血迹斑斑的古旧炮台，耻辱痛苦的往事回忆，形势严峻的今日局面，所有这些，给张之洞的心灵以强烈的震撼。翰林、洗马、学台、清流党，不知不觉之间，这些身份正在离他渐渐远去；两广军队的统帅、国家门户的守卫者、粤东粤西的当家人、三千万百姓的父母官，一副副沉重的担子正在向他压来。不管他愿不愿意，不管他挑不挑得起，他都得接受，都得担当起来。

“不把洋人那套学过来，我们就要永远受欺侮。”彭玉麟转述的这句胡氏遗言，一遍又一遍地在他的耳畔响起。脑子里又浮出榆次驿馆里阎敬铭的深沉谈话，太原衙门里李提摩太的科学技术实验。要想致强，得学洋人，要想致富，也得学洋人。

“学洋人，办洋务”，在返回广州城的珠江航道上，张之洞从牙缝里狠狠地挤出这句话来。

在桑治平、王之春暗访越南的日子里，战事的发端地越南北圻倒是意外的宁静，而数千里之外的中国东南海疆反而日趋紧张，凭借着精良的武器装备和坚实的国力基础，面积不足四川、人口少于两广的法兰西帝国，从来就视大清王朝如掌中之物，有恃无恐地对它进行讹诈和欺侮。

就在法军侵犯谅山，王德榜率部把他们赶走的第二天，法国驻北京代理公使谢满禄便照会总理各国事务衙门，说法方按规定收回谅山，却遭到中国军队的袭击，中国违背天津李福条约，应负担此次事件的责任并赔偿军费。总理各国事务衙门复函法国公使：天津条约载明三个月后再议定详细条款，在详细条款出来之前，双方应维持现在局面不变，法军此时收回谅山之行为本属不当，应视同法军侵犯了清军，军费赔偿应由法国方面承担。总理衙门的复函显然站在正理上，但谢满禄狡辩说，条约应以法文本为根据，中文本翻译有误。清廷再三核对中、法两个文本，并无歧义，乃予以严厉驳斥。法国政府恼羞成怒，立即派出正式公使巴德诺赶到中国，要中国按天津条约第二款赔偿军费二万五千万法郎，折合白银一百二十五万两。

作为天津条约的谈判者和签字人，李鸿章对法国政府这种做法也颇为头痛。他告诉已抵上海的巴德诺，驻扎在越南的中国军队已遵命按兵不动，北圻平静，条约中已写明没有赔款一事，再要中国赔款不能接受。巴德诺以逗留上海不赴北京的做法来拒绝与总理衙门及李鸿章会谈。软弱的清朝廷竟然迁就巴德诺，改派两江总督曾国荃为全权大臣，与巴德诺会谈。此时，陈宝琛亦以南洋军务会办的身份来到南京。

一贯主张对外强硬的陈宝琛对曾国荃说，要坚持天津条约，据理力争，决不能示巴德诺以弱。曾国荃却说，他已接李鸿章密电，李说法国现已对中国东南海疆采取军事行动，形势紧张，一触即发。战争一旦打起，则对中国不利。若能以小的损失来换取大局的安宁，应是可行的。李的密电还说天津条约已请太后认可，要朝廷拿出钱来作赔款，太后面子上过不去，君有难处，为臣子的应当体贴，请两江代朝廷受谤，在与法使会议时，无论曲直，拿出几十万银子来给法国，满足他们的贪欲之心，这样做，无伤国体。

陈宝琛坚决反对这样做。曾国荃却并不理睬陈宝琛的意见，摆出一副上司的派头，命令陈宝琛代表他去上海与巴德诺接触，许以五十万两银子为代价，息讼罢兵。

陈宝琛老大不情愿，但面对着曾国荃冷峻威严的面孔和毫无商量余地的态度，只得硬着头皮去上海找巴德诺。谁知巴德诺一听只有五十万，与政府的要求相差太远，便一口拒绝。陈宝琛被巴德诺大大奚落了一番。

此事并未就此而了。陈宝琛刚回南京，上海的外国报纸便将此事公开于众，舆情哗然，慈禧得知后，大不高兴。传旨斥责曾国荃背着朝廷私许外人，实属不知大体，陈宝琛遇事向有定见，此事乃随声附和，殊负委任。陈宝琛想起来真是太窝囊不堪了。自己明明不愿意向侵犯者讲和示弱，但作为属下，又不能抗拒上司的命令，违心地去与法国人谈判，事情没有办成，反而招来四面难堪：洋人冷眼，国人愤慨，太后斥责。这是何苦来呢！好不容易培植的一世清流英名，便如此轻轻易易地毁于一旦！一向自命清高的陈宝琛来到两江不久，便吃了这个有苦说不出的哑巴亏。他开始领略了世事的复杂，实务的难办，颇为后悔不该离开京师，从此便将陷于这麻烦透顶的事务圈，既没有读书做学问的空闲，又丢失了指点江山激扬文字的潇洒。正在李鸿章、曾国荃、陈宝琛处在骑虎难下的时候，美国公使馆表示愿意出面调停。于是大家都松了一口气，静待美法两个强权国家之间私下交易的结果。

与此同时，法国积极调兵遣将，试图以武力威胁清廷，恐吓主战派，尽快达到他控制越南，打通红河航线及最终瓜分中国征服远东的战略大目标。

法国海军中将孤拔率领一支庞大的舰队，驶向中国东海海域。六月十五日，法军五艘兵舰突然攻打台湾基隆炮台。驻守在台湾的军事统领乃淮军宿将刘铭传，他指挥兵士仓促应战，交战不到一个钟点，基隆炮台便失守。刘铭传慌忙向他的老上司李鸿章求援，请李派出北洋水师前来台湾救助。第二天，法兵四百余人强行登岸。淮军提督曹志忠、章高元率部与法兵战斗，双方死伤惨重，先天被法军强占的炮台则又被淮军夺回了。

法国政府见在台湾并未占到便宜，便指使巴德诺在谈判中可退一步。巴德诺接到政府的命令后，立即照会曾国荃，诡称已夺基隆炮台，赔款可酌量减少，若一次拿出八十万两银子，则可息兵。又暗中请总税务司赫德出面为之关说。赫德遂做出一副既为中国又为法国讲话的姿态，提出一个折中方案，中国出八十万两银子，但分十年还清。同时驻北京代理公使谢满禄亦向清廷发出最后通牒，限二日内答复。如不允，则下旗离京，中法之间似乎到了撤馆断交的严重时刻。

清廷面对这一突变形势，又气又惧。一面将法国近期的无理行为照会各国，以求得国际社会的公道，一面又密谕沿江沿海统兵大臣，亟力筹防，严行戒备。

密谕发到福州闽浙总督衙门，总督何璟收到后，命人飞骑送往船政局。

何璟是个老官僚了，道光二十七年的翰林，与李鸿章同年。他虽然没有战功，但遇事敢言，为政干练，故而迁升顺遂，同治二年，便做了安徽按察使，又升湖北布政使，同治九年便擢升巡抚。同治十一年，曾国藩病逝江督任上，何璟正做江苏巡抚。他上疏朝廷，请求为曾国藩在江宁立专祠，一时朝野都认为他体恤功臣，能仗义执言。

官场跟军营差不多。再朴实的乡巴佬在军营中呆久了也会变成兵油子。若要使军营常有生气，便必须不断地退去兵油子，补进乡巴佬。同样，再有血性的书生，官场呆久了，也会被磨光浸疲，直到从头到尾都磨得光光的，浸得黑黑的，熏得蔫蔫的，当然也有不老松、常春藤，但古往今来都很少见到。可惜的是，官场有官场的规矩，不能像军营一样时常吐故纳新，故而官场朝气少，暮气多，锐意进取者少，因循塞责者多，廉洁自爱者少，同流合污者多。这也真是无可奈何的事！

何璟年轻时也曾踔厉风发过，如今年过六十六岁，封疆大吏做了十四五年，早已做烦做腻了，当年的上进之心荡然无存。

上个月，怀着振衰起疲、一展抱负之心的张佩纶奉旨来闽会办军务。这位名满天下年方三十六岁的都察院左副都御史，以天使的身份面对着包括何璟在内的八闽官员。因为张佩纶一向敢于参劾大员，故他一到福州，便有人投匿名状，告福建提督在元贪墨荒谬，列出了四大罪行。张佩纶为着要建立自己铁面无私的清官形象，立即查办，没有几天便一一查实。他将弹劾书专递京师，在元被交部严议。身为总督的何璟有疏忽之失，也在弹章中被附带指责了一句。何璟由此知张佩纶得太后特别宠信，飞黄腾达在指日之间，便干脆将闽浙军务防务大事都交给张佩纶，由他做主。基隆战争爆发后，他来到福州城外三十里的船政局。

这个船政局正式的名称叫做福州船政局，因局址在闽江马尾港，故习惯上都叫它马尾船政局。同治五年由当时任闽浙总督的左宗棠所创办，是与江南制造局、金陵制造局同时期开办的官办洋务企业。江南局重在造枪弹，金陵局重在造机器，马尾局则专造轮船。马尾局聘请法国人日意格为总监督人。三十年来，在左宗棠、沈葆桢等人的督理下，已造出了万年青、安澜、飞云、伏波等十余艘兵轮，装备着南北洋水师。眼下，该局已有造船、模型、装备等二十个车间，三座船台，一座铁船，共有人员三千余，并设立了船政学堂。中国海军史上的一些著名人物，如严复、邓世昌、刘步蟾、萨镇冰等人都是船政学堂毕业的学生。显然，马尾船政局是当时闽浙最大的洋务企业，也是全国最大的一批洋务企业中的一个。海域军情紧急，马尾局便成为第一个重点保护的对象。

常住该局的还有一位船政大臣何如璋。何如璋是一个庸吏。摆架子，谋私利，这一套他都行，若论真才实学，却和大多数官场人物一样胸无点墨。

海疆风声一紧，他就巴不得有人来替代他。现在，张佩纶神气十足地来到马尾，何如璋则有获救的感觉。张佩纶拍着胸脯对何如璋说："有我在，你就放心好了。洋人我是琢磨透了，他们一贯欺软怕硬。我张某人的硬汉子是出了名的，谅他们不敢胡作非为。"

作为船政大臣，何如璋对洋人的品性和军事实力还是有所知的。他心里想，洋人难道还会怕你张佩纶这个硬汉子？也未免太狂了吧！他知道战争一旦打起，局面一定不妙，眼下正需要有一个人自己挺身来做出头鸟，将来好代他承担责任。

他以满脸信任的姿态说："张大人，您是太后派下的钦差大臣，何制台都把闽浙军务大事交给了你，我自然没有话说的。马尾船政局如何克敌制胜，就全听您的指挥了。"

论职守，何如璋是船政局的主人，论资格，远在张佩纶之上，张佩纶生怕他不听调遣。现在听他这么说，恰合心意。张佩纶正要借这块地方好好施展自己的军事才干，便毫不客气地说："这段时期，马尾船政局一切就交给我了，我虽不赞同用上千万两银子建造这个船厂，但既已花二十年建成了这个规模，这船厂便是国家的一笔财产。我身为福建军务会办大臣，有责任保护它。何大人，你放一百个心，船厂在我张某人的手里必定安然无恙！"

"好，好，张大人文武全才，年轻有为，我放心。"何如璋点头弯腰地笑说，脑子里想起了一桩大事。

六月初七，法国海军中将孤拔接奉政府的密电后，率领一支由八艘舰艇组成的庞大船队，突然出现在闽江入海口，从指挥舰上放下一只小快艇。小快艇开足马力，溯江而上，很快便来到马尾港，被船厂巡逻人员拦截住。"我们是法国船队。"快艇上站起一个西装革履的年轻中国人，用带有闽南腔的官话回答巡逻人员的喝问，又指着坐在他身边的一个同样年轻的洋人介绍，"这位是法国伏尔他号油轮副船长米歇尔先生，奉总领队孤拔先生的命令，特来拜访福州船政大臣，有要事商量。"

巡逻人员听说是洋人商量要事，不敢怠慢，忙将客人带到船政大臣办事处，去见何如璋。听了翻译的介绍后，米歇尔脱下帽子，向中国船政大臣恭恭敬敬地鞠了一躬。行完礼后，米歇尔叽里咕噜地讲了一通话，翻译转述："我们是一队法国油轮，是到俄国装汽油的，路过贵国，一来我们淡水用完了，想补淡水，二来听说马尾船厂有一些法国人，总监督日意格先生与我们领队孤拔先生是朋友。我奉孤拔先生命令，请允许我们船队开进马尾港，补充淡水，会会朋友和同乡。所补充的淡水，我们将按量付款，恳请同意。"

何如璋说："日意格先生不在此地，他已到香港休假去了。"

日意格不在马尾，是他们早已知道的。米歇尔故作惊讶地问："那太遗憾了，不过，还有别的法国同胞，我们也想见见聊聊。"

何如璋问："你们准备呆多久？"

米歇尔答："顶多只呆一个礼拜。"

何如璋答应了。

下午，八艘洋轮前后有序地开进马尾港，在船厂的指定处停泊下来。随即，自称商船总领队的孤拔，便由实为海军中尉名为伏尔他号副船长的米歇尔和翻译陪同，前来拜访何如璋。孤拔五十余岁年纪，两鬓斑白，面色粗糙，然身材结实挺直，精力充沛。

他首先感谢中国船政大臣接受他的请求，然后叫米歇尔捧出两样礼品来：一个尺余长的单筒望远镜，一个小碟子大的金壳怀表。

何如璋特别喜欢洋人的望远镜。他曾借日意格的望远镜玩过。站在屋顶上，用望远镜一望，整个马尾船厂都收入眼中，连五里之外船坞里停的几只什么船都看得清清楚楚。现在有人将这个好玩意儿送给他，他怎不接受！他高兴地接过望远镜后，又将金壳怀表也收下，心里想：这只表过些日子送给何璟，让老头子也欢喜欢喜，年终考绩时在奏疏里为自己说几句好话。

次日，何如璋回拜。他的回礼也是两样，一对康熙年间景德镇御窑厂烧制的高颈大肚青花瓷瓶，一座浙江青田八仙漂海石雕。每件都由四个工役抬着，加上翻译、随从、仆人在内，一行十多人，浩浩荡荡体面排场地来到领队船伏尔他号。

孤拔高兴地收下礼物，赞不绝口，又兴致勃勃地陪同他在伏尔他号上上下下前前后后地参观。伏尔他号坚固威武，舱房里面布置得富丽堂皇，电灯光明亮如昼，更有彩灯红红绿绿的，恍如仙境。比起船厂制造的伏波、安澜来，伏尔他号简直就是瑶池里的画舫，可望而不可即。大清国的福州船政大臣，不断发出由衷的赞叹。

参观完后，孤拔又设宴招待客人。精美的巴黎大菜，甘醇的马赛葡萄酒，加上主人的殷勤相劝，直把何如璋弄得脑子醺醺的，心里甜甜的。

从第二天起，八条轮船都在不停地灌注淡水，米歇尔也真的把在马尾船厂的所有法国匠师都请到船上去喝酒叙乡情。到了一个星期期满了，翻译陪着米歇尔再次来到船厂，说有两条轮船出了毛病，拟请马尾的法国匠师去修理，匠师修理期间的工钱，由他们支付，船厂可以停发他们的工资。

何如璋满口答应，并大方地对米歇尔表示：匠师的工资仍由我们支发，你们要请哪个就请哪个好了。

米歇尔对何如璋的慷慨表示感谢。谁知这一修便修了五六天，至今仍停泊在马尾港，何如璋再也没有去过问。现在张佩纶来了，何如璋想起了这桩事，请他去看看，今后万一出了什么事，责任便可以由他来承担，与自己无关。

张佩纶也觉得不应该停这么久，便同意去看看。来到船上，孤拔、米歇尔连连说抱歉，经全面检查后，又发现了新的问题，有的零件还须重新在马尾制造，故而耽搁了时间，说罢又拿出一万法郎的支票来，说是按国际通例，法轮在马尾停泊超过十天，应支付停泊费。何如璋、张佩纶都不知道有没有这个国际通例，他们只知道中国百姓的渔船、政府的官船停泊在任何一个港口码头，都不需要支付停泊费。本来嘛，一只船停在这里，又没有吃你的，拿你的，这个地方空着也是空着，客人认为没有理由付款，主人也不好意思收款。中国是礼仪之邦，既然自己人可以不收钱，又怎么能收洋人的钱？有朋自远方来，不亦乐乎！如果真的是朋友，不但不收停泊费，还有好饭好菜招待你呢，尽地主之谊嘛！但洋人的习性摸不透，何况在越南战场上，中法两国还处在敌对的关系，对这队法国商船多少还得警惕。张佩纶这样想过后对孤拔说：“停泊费我们不收，请你们在三天之内全部离开马尾港。”

“行，行。”孤拔立即同意，“我们一定在三天之内离开。”米歇尔请他们吃了饭再走。何如璋巴不得主人发这个话，张佩纶也不好独自一人先走，于是一起进了餐厅。美酒大菜让两位清朝大员吃得心满意足，酒酣耳热之际，孤拔提出，若三天没有修好，请宽限再停几天。早已醉醺醺的何如璋口不自主地打起中国官场的流行腔调：“好说，好说！”

张佩纶、何如璋从法国轮船上回到办事处，便收到了何璟送来的朝廷关于基隆战争及沿海沿江加强戒备的密谕。

张佩纶说：“这队法国轮船不知与攻打基隆的军舰有没有联系。”

“他们是商船。”何如璋满有把握地说，“洋人经商做生意的人地位很高，他们并不受政府的控制，也没有必要做政府的工具。”

“可他们毕竟是法国的船只，现在两国交兵，我们不能不防。”

“不是说好三天之内叫他们走吗，走了就没事了。”

不料，三天之后，他们并没有走，张佩纶也并不去催促。奇怪的是，这个清流干将，在京师上奏折时反复提醒当政者要对洋人提高警惕，要采取有效防范措施，现在身为会办福建海疆事务大臣，面临着东海海面上的紧张局势和一支法国船队，居然就轻易地相信“商船”的谎言，毫不加以提防，也没有叫他们到期开走。就这样，为国家也为他自己种下了损失惨重的祸根！

七月三日，是一个平常而平静的日子，马尾船厂三千号员工跟往常一样，都在各自的岗位上劳作。空阔的马尾港内停泊着十一艘中国兵舰，这些兵舰都是马尾船厂自己造出来的，其中有几艘曾在海面上为国防出过大力。比起西洋人造的兵舰来，它们自然逊色一等，但在中国以及东南亚诸国来说，这仍然是一支强有力的舰队。每艘兵舰上都装有火力较强的炮位：主炮位安装在船头上，船尾的炮位相对地要弱一些。巨大的铁锚从船头抛入江中，粗壮的铁链将船头系在江边的碇泊上，一只承载量达数万吨的大船，便靠这一锚一链固定在江中某个位置上。上午涨潮时，潮水从下游涌进，江水倒流，没有系绊的船尾随着流水漂向上游，船头指向下游。下午退潮时，船尾便顺着水流漂向下游，船头则指向上游。一天里，每只船都这样上下漂动两次，大家都习以为常。

今天也一样，上午，海水涨潮了，滚滚东海之水从闽江口一波一波地涌进马尾港，十一艘兵舰的船尾都随着江水的倒流而漂向上游，装有主炮位的船头指向下游，而下游不远处则停泊着在马尾港内呆了近一个月的八艘法国“商轮”。

中午过后，海水退潮，船尾又慢慢漂下来，接近洋轮的部位由船头换成了船尾。

就在这时，法国驻福州领事馆派人向中国闽浙总督衙门送来一份紧急公文，翻译打开公文套，不禁大吃一惊，忙将它递给何璟，并声气急迫地说：“这是一份宣战书。法国政府定于本日下午两点向停泊在马尾港内的中国兵舰宣战。”

何璟听了这话，脸色顿时变成灰白，全身虚汗直冒，嘴里吐出的话语无伦次：“好好的，宣什么战？洋人怎么能这样做……哪有这样宣战的道理……马尾港停的不是商船吗？”

这时，福州商会会长林旺发正在衙门，见了这份宣战书也大出意外，对何璟说：“赶快告诉船厂。”

何璟疑惑地问：“他们是向船厂宣的战，船厂难道没有收到？”

林旺发掏出怀表一看，惊道：“现在是一点三十八分，离宣战时间不到半个钟点了。不管他们有没有收到，都要告诉他们这件事。”

“来不及了！”何璟已气得手足失措。

“到电报局发电报呀！”

林旺发提醒了制台大人，巡捕奉命立即飞马奔赴福州电报局。

马尾电报局很快收到了这份紧急电报。当译电生译到“宣战”二字时，两手不自觉地发起抖来，正要将下面一句话翻译出来时，“轰隆隆”，巨大的炮声由江面传过来，震得电报房的彩色玻璃“哐啷”作响，译电生手中的笔也被震得摔到地上。

此刻，会办福建海疆事务大臣张佩纶、船政大臣何如璋正在床上睡午觉，突然间被这震天动地的炮声震醒，何如璋瞟了一眼架在桌上的那只孤拔送的怀表，长短针标明的时间是：一点五十六分。

一股混合强烈刺激味道的浓烟弥漫在马尾港，整个船厂立即陷于惊骇恐怖之中。

“张大人，制台衙门来电，法国洋轮要向我宣战。”

译电生匆匆将电文全部译完后，急急忙忙赶到张佩纶的住所，一边递过电报，一边气喘喘地说着电报的主要内容。

张佩纶拿起一件长袍子披在身上，顾不得正三品大员的尊严，赤着脚从床上跳到地下，接过电报纸，急速地扫了一眼后，便奔到窗口旁向江边看去：往日平和秀美的马尾港，此刻已沦为杀气腾腾的水上战场。

下午一点半钟，奉孤拔之命，八艘法国轮船一齐掀掉罩在炮位上的帆布，露出船头船尾所安装的德国克虏伯炮厂最新出产的远射程强火力的钢炮。和平友好的商船伪装剥去后，显现的是凶恶狰狞的兵舰原形。所有舰上的人员都各就各位，就像猎鹰盯兔子样的死死盯着前面一百多丈远的中国兵舰，指挥舰的发号令台上站着的正是法国海军中将孤拔，举着一支单筒望远镜，纹丝不动地瞄着前方，他旁边站的是海军中尉米歇尔。

随着潮水的退下，前面的兵舰的舰尾正在慢慢漂下，眼看所有的舰尾都已漂下，孤拔掏出胸前口袋里的怀表，打开看了一眼，对着身旁的米歇尔下命令：

“各舰做好准备！”

“各舰做好准备！”米歇尔将命令传下去。

“开炮！”孤拔恶狠狠地吼着。

“开炮！”米歇尔的喊声刚落，伏尔他号左边的豺狼号已迫不及待打响了第一炮。接着维拉号、台斯当号、特隆方号等其他法国兵舰相继发出炮弹。

中国兵舰上的人员，从舰长到水手都没有预料到这一点，就在一片慌乱之中，最靠近法舰的琛波和永保两舰已被炮弹打中，舰艇上到处都是火焰，正在可怕地慢慢往下沉。

张佩纶冲出门外，来到江边，眼看着琛波、永保两舰被烈焰包围着，渐渐失去了平衡，一头高一头低，摇摇摆摆地在江面上挣扎，不觉跌足长叹，心中已失了方寸，只一个劲地大声喊叫：“为何不打炮还击！”紧跟在他身后一起跑到江边的船厂协办禀道：“主炮位在船头，他们无法还击！”

“该死！”张佩纶情急之中骂道，“这些蠢猪，还不快把船头掉过来。”

“来不及了！”协办绷起着脸答。难道就这样让他们活活的打！张佩纶痛苦万分。眼看着自己的兵舰被击中而不能还手，心中悔恨不已：悔不该上当受骗，悔不该前几天没有下死决心让这些魔鬼离开马尾！除了痛苦和悔恨，张佩纶拿不出一点实际办法。

他能做什么呢？他既不能跳到闽江里去将中国兵舰的船头都扭转过来，将炮火猛烈地对着那一群卑鄙无耻的骗子强盗，又不能飞到伏尔他号去，怒斥孤拔、米歇尔，叫他们停止这种罪恶的行为，以正义去压倒邪恶，用良知去熄灭战火。他一无实战经验，二不懂船炮战术，此时，即使他能借用电报指挥江上的中国兵舰，他又能指挥出个什么名堂来？

张佩纶想大骂一通引狼入室的何如璋，但何如璋连影子也看不到了，气得他在岸上毫无目的地来回奔走，没有走几步，便已两腿发软，浑身战抖，终于瘫倒在江边。江面上，马尾港里的中法两国水战越来越惨烈了。

孤拔为他们的突然袭击获得成功而大声狞笑，他又下达了“连续发炮”的命令。一发发凶猛的炮弹呼啸着向中国舰队打去，有的打在船上，立刻引发出一片烟火，有的打在江上，则马上激发几丈高的水浪。

中国的水师官兵并不是懦弱的，他们经过几秒钟的思索后，便明白过来这是怎么一回事。尽管事前无一丝毫准备，且眼下的处境极为不利，凭着军人本能的血性和勇敢，他们在没有统一的指挥下，舰自为战，人自为战，给予侵犯者——无耻的骗子以猛烈的回击。

福胜、建顺两舰的舰头上都各装有两座十八吨的大炮，他们一面急忙掉转船头，一面用船尾所安装的十吨炮向敌舰开火，豺狼号只得集中火力对付这两艘中国兵舰。

扬武号的船尾装有两座十二吨的炮位，在十一艘中国兵舰中，扬武号是船尾火力最强的一只。眼看着船头一时掉不过来，舰长决定充分发挥自己舰尾的优势，认真对付这群卑劣的洋鬼子。他看出伏尔他号是敌舰队的指挥舰，便命令炮手瞄准着号令台射击。两发炮弹同时从扬武号舰尾射出。妙极了！第一炮便恰好打中伏尔他号的舰桥，桥上的五个法国兵顷刻之间便毙了命。第二发炮弹打中了发号台，发号台被打得稀巴烂，只可惜偏了点，那个罪恶的大头子孤拔没被击中，他被震倒在地，爬起来后又哇哇直叫，命令打炮。扬武号的尾炮又接连发出几发炮弹，虽压住了敌舰的火力，但遗憾的是未打中伏尔他号的要害。这时，一艘在伏尔他号旁边的鱼雷舰偷偷地对着扬武号发出一枚鱼雷，鱼雷箭一般地在水中向扬武号飞去，打在右舷下。

轰的一声，扬武号爆炸。开战后的二十七秒钟，立了大功的扬武号悲壮地沉没了。

这时，福星、济安、飞云等兵舰都中了敌炮。就在随时都有灭顶之灾的时候，各舰上的炮手仍在用尾炮回击敌舰的挑战，维护着中华民族的尊严。

振威号是一艘刚出厂的新舰，它的炮位上装的也是德国克虏伯厂新出的钢炮。现在它的船尾后面跟着的是法国的维拉号和台斯当号两艘兵舰，他们正利用船头主炮位的优势，全力猛扑振威号。振威号毫不畏惧，一边用尾炮英勇还击，一边全速掉头，在掉头的过程中，恰遇法国的特隆方号向它侧面驶来。振威号狠狠地射出一炮，击中特隆方号船头侧面，一股浓烟立时将特隆方号的船头罩住。

特隆方号没料到振威号的炮火威力这样大，气急败坏地也向振威号发来一排炮弹，有两发打在振威号的船舷上，立刻穿成两个大洞。江水从洞口急涌而入，振威号还在继续掉转船头。好了，主炮位正好面对跟踪的维拉号和台斯当号。振威号将一肚子仇恨发出去，一排炮弹连珠般射出，两艘敌舰都被打中了，维拉号在江面摇摇晃晃，似要沉水。这时，伏尔他号身边的鱼雷舰从烟火中冲进，疯狂地向振威号发射一颗鱼雷，击中了它的船头。就在振威号即将沉水，炮位就要沉没的那一瞬间，振威号用尽全身力气，将最后一颗克虏伯炮弹射出。它迅速直前，将法舰台斯当号的旋转轮打得粉碎，轮机手及其身边的挥旗人被击毙，身后的舰长右臂离开身体不知去向。就在这个胜利的炮声中，振威号带着对船厂、对闽江、对父老乡亲的深深眷恋，永不屈服地沉入江底。

这就是中国近代史上著名的马尾之役。从打第一炮开始，到振威号的沉没，前后不过半个钟头，中国十一艘兵舰全部被击中，伤亡将士七百余人，经营了三十多年的福建水师全军覆没；而法国八艘军舰无一沉没，只有两艘遭到重创，死伤不过三十来人。

大清帝国在世界面前再一次暴露出它的衰败无能，懦弱可欺！

当看到振威号悲壮沉江的那一刻，瘫倒在岸边的张佩纶眼前一黑，晕了过去。

“轰隆隆，轰隆隆”，猛烈的炮声将张佩纶惊醒，他看到身边不远处车间腾起了烟火。

“不好了，法国人的炮打到岸上了！”一肚子造船技术却惮于兵戈的船厂协办，吓得脸色惨白，他本能地意识到，必须离开这里，否则将性命不保。

“张大人，我们快走！”协办扶起张佩纶，张佩纶的两腿仍然无力。

“快过来扶着张大人往后山走！”

协办招来几个工役，大家架起张佩纶，扶着协办，转身向后。

张佩纶觉得自己此时离开船厂，正好比守城的官员弃城而逃。临阵弃逃，论律当有死罪！张佩纶心里一震，不由地停住脚步。船厂的第一号主管官员，自然是船政大臣何如璋。“何大人呢？何大人在哪里？”他茫然地问身边的工役。“何大人早已转到后山去了。”一个工役答道。何如璋早已走了，这话使张佩纶惊虚的心略为安定下来。论职守，自己是整个福建海疆的会办大臣，不只管一个马尾船厂，马尾的守土之责在何如璋身上。他都先走了，我还等什么！

“轰隆隆，轰隆隆”，又是一阵炮轰声，江面上得胜的法国舰队掉转炮位向岸上打来，他们在发泄征服者的淫威，试图彻底摧毁这个中国最大的造船基地，炸死手无寸铁的三千员工！可怜的马尾船厂四处受炸，房屋倒塌，数十名员工倒在血泊之中，更多的人在抱头鼠窜，向树木茂集的后山奔去。

一发炮弹就在张佩纶等人的身边炸开，尘土飞扬，刚才还是一块平整的地面上，立时出现了一个足可埋下四五个人的坟坑。

从小在锦衣玉食的官衙里长大的张佩纶，从来没有见过这种惊心动魄、生死系于瞬间的战争场面。此时，他早已方寸大乱，六神无主，只有求生的本能在强烈地驱使他挪动脚步，一步一步地向后山密林里逃去。这一逃，铸成了张佩纶终生不能洗刷的耻辱。他那令人目眩的光彩形象，因此而黯然失色，轰然坍塌。

二　马尾一仗，毁了两个清流名臣的半世英名

马尾之役的惨败，震惊全国，朝野均为之悲沮，更为举国同愤不能宽恕的是驻在船厂的两位大员的行为。福建海疆事务会办张佩纶和船政大臣何如璋，竟然贪生怕死，临阵脱逃，致使继三号的江上全军覆没后，四号、五号在法舰的炮击下，船厂因无人主持秩序大乱而损失惨重。

慈禧太后甚是恼怒，立即将张佩纶、何如璋罢官削职；过两天，又将张佩纶荐举徐延旭、唐炯的事加上一个“滥保匪人”的罪名，新账老账一起算，发往边塞流放充军。接着又将闽浙总督何璟、福建巡抚张兆栋一并解职，勒令致仕回籍，诏命东阁大学士、军机大臣七十三岁的左宗棠赴福州督办军务，欲借他的声威镇抚东南，慑服法人。调杨昌濬为闽浙总督。同时下诏宣讨法国罪状，公开向法国开战。

圣旨下到福州的时候，张佩纶尚躲在马尾港三十里外的彭田乡。

张佩纶在彭田乡已经十一天了，这十一天里，他一直在极度的痛苦中度过。出事的那天下午，他被船厂协办和一群工役搀扶着来到鼓山脚下，想在一家农舍里安顿下来，谁知那农夫听说他们是船厂逃奔出来的，便不让他们进屋。工役特别说：“这位是福建海疆会办张大人。”那农夫冷冷地看了看张佩纶，不屑地说：“张大人我们也不接待！马尾港打了败仗，带兵的大人应坚守阵地，士兵们死在沙场，你做大人的却逃跑，有良心吗？”

说罢“砰”的一声把大门关了。

张佩纶受了这番指摘，满脸羞惭，只得继续向前走。又走了十多里，来到彭田乡。吸取鼓山的教训，他们不再找普通农舍而是去找乡长。彭田乡的乡长是一名老绅士，听了介绍后，对着衣衫不整的张佩纶十分鄙夷地说：“你就是那个号称清流健将的张幼樵吗？哼，你也有今天！想当年我的堂弟只因一个小小的过错，你就上章纠弹他，工

部为他求情，你硬是不罢休，一连三疏，终于害得他连降两级。老夫还以为你是一个正派的人，原来你才是一个真正不负责任、不要人格的大奸佞。你滚吧，老夫家里不能容忍你这个口是心非的清流！”

这一顿奚落，真的把张佩纶的脸面扫尽，恨不得去掘地以藏。

本来想离开彭田乡，远远地走去，只是经这两番辱骂，张佩纶心更虚，体更弱，实在不能再走了，幸而附近有一所尼姑庵，庵里只有一老一小两个尼姑，都是胆小的女人，看来了一大群身着官服的男人，不敢阻挡，船厂的逃命者再也不敢打起张大人的牌子了，胡乱在尼姑庵里住了下来。

第二天、第三天，张佩纶接连打发人去船厂探听消息，晚上回来时都说，这两天法军天天向船厂打炮，车间多半被炸毁，何大人没有下落，其他管事的一个也找不到。

第四天晚上，派出的工役回来说：法国军舰开走了，炮不打了，但船厂的人恨死了两位大人，何大人借押送银两回福州离开了船厂。工役对张佩纶说，不要回船厂了，回去后会被人打死，不如干脆在这里呆着，过几天再回福州去。

张佩纶听到这些话以后，心里有说不出的恐惧和悔恨。他知道自己的罪过太大了。法国的军舰在马尾二十多天，居然就轻信谎言没有看出它的真正意图，怎么糊涂至此！

炮火一响，自己就惊慌失措，拿不出一点办法，平日里那多主意都到哪里去了，难道说对军事的筹划只能由安静的书斋里产生，一到真刀实枪的战场，就一点谋略都出不来了？尤其千不该万不该的是，不该离开船厂，那天怎么就这样懵懂，这样混账！

张佩纶想到锥心的时候，捶胸打背，嚎啕痛哭！他想起仅仅只在三个月前，自己还是一位令人敬仰畏惧的堂堂都察院左副都御史，十多年里，劾大员，纠显宦，谈洋务，议兵事，直赢得海内盛誉，天下闻名。说起张佩纶，谁人不称赞是一个气贯长虹、节如劲竹的清流名士？他的那些掷地有声的奏疏，多年前便有琉璃厂的书商找上门，请求让他们选择其中一部分雕版付梓，刷印几千份，好使那些敬仰他的人天天诵读，张佩纶答应过两年再说。倘若不是做这个背时的福建军务会办，来到这个倒霉的马尾船厂，要不了多久，他就可以由副都御史而升都御史，由都御史而拜大学士，他的那些皇皇奏议，便会被千百万士人奉为经典，惠及今时，泽被后世。

可是现在，一切都改变了，一切都破灭了。张佩纶想，他一定会遭到严惩，因为结怨太广，仇家太多，那些人必定会罗织罪名，周纳深文，甚至有可能被判处杀头抄家。

至于那些金声玉振般的奏疏，更会成为一堆废纸，再也没有人去理睬了。“张佩纶”三个字，从此以后将会成为“只会为文，不会办事”，“口头上的英豪，骨子里的懦夫”等等的代名词，千秋万代成为士大夫的反面教材。

张佩纶这样想来想去后，万念俱灰，身如槁木，连起床的力气都没有了，一天到晚僵卧冷床，气如游丝，奄奄待毙。

圣旨到了福州后，会办衙门的官员们四处查访，终于在彭田乡的尼姑庵里找到张佩纶。听完圣旨，他暗自庆幸没有杀头，一丝生机又从体内恢复。他无理由也无脸面作任何申诉，叩头谢恩完毕，稍过几天便穿起囚服踏上戍途！一路上他时刻担心，生怕再有后命。

果然不出他所料，不少人上折痛斥他，更有许多清流党的怨敌，此时都要将他从戍途上召回，交刑部议决，处以立决。慈禧权衡了一下，没有召他回京，只是将戍边的年限由五年增至八年。

张佩纶刚披上囚衣，陈宝琛又中箭落下马来。本来，马尾之战爆发前，因擅许赔偿法人五十万军费一事，慈禧早已对陈宝琛不满，战火烧起来之后，陈宝琛又奉曾国荃之命巡视长江入海口及沿海防务要塞，督促加强战备，防御法国兵船从长江口打入。

陈宝琛在巡视过程中，亲眼看到海防要塞军纪涣散，防守松懈，将士们对从西洋进口的枪炮火药的使用，懵然不知。军中赌博之风盛行，有的通宵不眠，一夜之间的胜负达数百两之多。营官克扣军饷几成通例。更为严重的是，前线最高将官陈湜萎靡贪侈，险诈骄纵，不仅品性恶劣，而且才能平庸，当此非常之时，恐坏国家大事。陈宝琛回到江宁之后，把这些情况如实告诉曾国荃，岂料曾国荃不但不支持陈宝琛，反而指责他不该随便批评前线将士，扰乱军心。

原来，陈湜乃曾国荃的同乡姻亲，又是百战沙场过来的生死之交。曾做山西巡抚时，陈为山西按察使。曾做江督时，又奏调陈为水陆马步统领。陈的贪骄，曾不是不知，但陈是他的心腹，他有意维护。陈宝琛不知深浅，口无遮拦，曾如何不恼！

但陈宝琛依然秉他在京时的清流亢直之气，认为不向朝廷如实反映，则有负太后的重托。联系到曾国荃平日的倚老卖老荒废公事，陈宝琛忧心忡忡，于是给慈禧上了一道辞气激烈的奏疏，在禀报江南海防的实情后笔锋直指陈湜："直视兵戎为儿戏，等纪律于弁髦。其才智足以济其奸，贪权适以成其骄。在曾国荃不过任用姻私，失知人之明，在国家则直豢养无赖，酿玩兵之祸。臣若谬托和衷，坐观成败，于曾国荃则为姑息，于皇太后、皇上则为不忠。"

既已点到曾国荃，陈宝琛干脆一吐痛快："曾国荃自奉命督防以来，初尚踊跃，一入直境，日就颓废，老病日增，志气日挫。见宾客则卧榻而呻，谈戎机则涕流而道，观其愁苦龙钟之态，几若旦晚就木之人。若以为真耶，孱暮衰气岂可临戎；若以为伪耶，挟诈畏难岂非负国？"

陈宝琛这一道密折进京不久，便有平时用重金收买的宫廷耳目密报曾国荃。曾国荃、陈湜知道后，怒火万丈。这些白刀子进红刀子出的人对背后捣鬼的秀才恨之入骨，报复起来决不手软。

曾国荃一面指使人上奏朝廷，无端给陈宝琛加上一个收受法国人五万两银子的贿赂罪名，又无中生有地说陈宝琛在江南期间狎娼嫖妓，行为不轨，有伤风化。还有人上奏揭老底：保举徐延旭、唐炯是张佩纶与陈宝琛的合谋；张既是滥保匪人，陈不应逃脱责任。

江宁城里，曾国荃从此不理睬陈宝琛。所有会办南洋事务大臣应该参与的事情，曾国荃一律不让他参与，将陈宝琛晾在一旁，无事可做。陈湜更指使一些兵痞子在陈宝琛的住宅四周寻事生非，无理挑衅，弄得陈宝琛形影孤单，凄凄惶惶，日不能食，夜不安寝，处境尴尬，心绪烦乱，如坐针毡，如处火炉，狼狈至极！

这时，陈宝琛才悔不该来到江宁做曾老九的会办，才知道清流只能存于京师，离开京师那个圈子，则孤立无援，寸步难行；也终于明白，世事的复杂，实事的难办，远非书斋里可以想得到的，至于忠诚正直、廉洁律己，这些书生们所推崇的品德，也只是在文章里才有光彩，而在现实世界中，它们并没有多高的地位，更没有丝毫的力量可言！

陈宝琛的迂腐，终于为自己招来苦果。慈禧采取对张佩纶同样的手法，新账老账一起算，一道上谕，将陈宝琛连贬五级！

陈宝琛身心交瘁，心灰意懒，他也不想回京师去做一个低微的小京官，便借母老为由，回籍侍亲。朝廷很快批下来，成全了他的“孝心”。

陈宝琛离江宁那天，江宁各大衙门无一人相送，倒是一群丘八在码头上焚纸燃炮，意谓送瘟神，弄得陈宝琛又愤又羞，欲哭无泪，如漏网之鱼般匆忙开船。

谁知陈宝琛这次回籍，一住便是二十四年，直到光绪、慈禧相继过世，宣统登基之后才回到京师，那已是白发皤然，垂垂老者了。可怜一个正派清流名士，直到临死还不知道他这一生究竟栽倒在何人的手里！

而就在他黯然离宁的时候，恭王府里的鉴园主人在私心庆贺，醇王府的高参孙毓汶在暗自得意，李鸿章也有出了一口气似的舒坦。至于那些遭张佩纶、陈宝琛纠弹的人则更是弹冠相庆，喜形于色。更有许多对清流抱有仇恨、讨厌、嫉妒、轻视种种复杂心态的人，此时都把目光盯在这几年甚得圣眷、官运极好的清流中的幸运儿张之洞的身上，且看他究竟有几分能耐！

马尾之役的战况很快便传到广州，接着，严惩福建大员及对法宣战等圣谕都下达到各省，张之洞这些日子来心情甚是沉重。他既为战事失利而忧愤，更为老友的不幸而痛苦。他实在不明白，一向精明气壮的张佩纶，何以在战场上如此窝囊无用，再不济，也不能临阵脱逃，这不是有无指挥才能和临阵经验的事，这是关乎于责任操守的大是大非！

张佩纶多年来在张之洞脑中的高大形象开始低矮褪色，两广总督的心里不由得对老朋友生发出几分鄙薄来。

朝廷已向法国宣战，两广毫无疑问成了备战的重点，广东又是重中之重，广东军事上的要务首在增强武器装备。张之洞请张树声通过李鸿章的关系，为广东再购买二十尊德国克虏伯钢炮，又请彭玉麟派人去香港向英国军火商买一批枪支弹药。

就在这时，桑治平、王之春从越南回到了广州。

在衙门签押房里，桑、王将此次去越南实地考察一个多月的情况向张之洞作了详细报告。

目前中国在越南的兵力有四支，即驻扎在谅山的由广西巡抚潘鼎新统领的桂军约三千人，驻扎在镇南关的由提督衔总兵杨玉科统领的滇军约一千五百人，驻扎在文米的由原布政使王德榜统领的湘军约一千二百人，以及驻扎在宣光一带的由刘永福统领的黑旗军约四千人。四支人马合起来虽近万人，但各自独立，没有形成一股统一的力量。名义上潘鼎新负有总指挥权，但杨、王、刘均不服他。潘鼎新的桂军其实多为安徽子弟，是新淮军，军纪差，力量弱，潘本人遵循其老主子李鸿章的旨意，重在和而不在战。桑、王都认为潘不能担负越南战场上的主帅重担。

张之洞凝神听着这来自前方的实实在在的消息，心里琢磨着，潘鼎新任不了主帅，谁又来做头领呢？

桑治平、王之春兴奋地告诉张之洞，他们这次在宣光山林里遇到了一个奇人唐景崧。

唐景崧这个人，张之洞数月前已风闻其名。他原本是吏部的主事。越南出事后，他主动请缨入越，要为朝廷招抚黑旗军。唐景崧的这个行动，对于京师官场而言乃是一个惊人之举。随着太平军、捻军之乱的次第平息，十余年来，京师又恢复过去的文恬武嬉歌舞升平的时代。京中各部曹的官员习惯于按部就班，因循守旧，巴望的是公务少，拿钱多，迁升快。漕运早已恢复，海运也已畅通，南方的稻米瓜果丝绸茶叶源源不断地运进京城。人在北京，可以坐享各地的美味。大部分京官不愿外放，倘若硬要外放，最好是两司巡抚，若放的是道府一级，则非江浙苏杭不可，若分到云南、陕甘，即便是连升两三级，也都视为畏途，千方百计找门子拉关系，以求改调或干脆免去。大家都如此习以为常的时候，突然冒出了一个唐景崧，居然要离开京师安乐窝，到万里绝域去招抚啸聚山林的刘永福。不要说越南乃蛮荒小国，眼下又正处在兵凶战危之时，单说招抚刘永福便风险极大，倘若事机不成，岂不贻笑天下？京师中那些老成稳重、聪明圆熟的大小官僚对唐景崧此举大不以为然。但也有人深为赞赏，认为这才是英雄豪杰的作为，正所谓“万里觅封侯”。不历艰险，不行万里，如何成得了大功业？李鸿章、曾国荃等人赞赏，张之洞也赞赏。他笑着对桑、王说：“唐景崧是今天的张骞、班超！”

桑治平告诉张之洞，唐景崧为刘永福筹划了上、中、下三策。上策是乘越南内忧外患之际，揭竿起义，取代陵福而做越南王。下策为据守宣光一带，坐待法人得势而被驱逐。中策是与潘、王、杨等人合作打败法人而保持在越南的地位。

张之洞说：“刘永福接受了哪一策？”

王之春说：“中策。”

张之洞点点头后又问：“你们见到了刘永福吗？”

“见到了，并与他相处了三四天。”王之春说。

关于刘永福，张之洞只知道他早年参加过天地会，与朝廷对抗过，失败后率部逃到越南，因为打赢过法国人，早两年被越南封为宣光副提督，其他方面所知甚少。

“刘永福这个人怎么样，可用不可用？”

桑治平说：“这个人虽识不了几个字，但头脑明白，一直没有忘记自己是中国人，他手下的黑旗军也还可以打仗。在他所接受的唐景崧的中策基础上，我们劝他打败法国人，借立功之机回国，结束异国他乡的流浪岁月。他同意了，但提出三个要求。”

张之洞忙问：“他有些什么要求？”

桑治平说：“第一，他希望回国后，能给一个相应的官职，他的部属能至少保留一半人。”

张之洞说：“立功受赏这是正理。保留一半旧部，也可商量。此事将来由我奏请朝廷。”

“刘永福认为潘、王、杨部均不可指望，故他希望能让唐景崧回广西招募一支二千人的子弟兵，由朝廷发饷。”

“这个也好办！”张之洞爽快地答应了。

“第三，刘永福希望能由冯子材来指挥在越南的中国军队，请总督敦劝冯子材出山入越。”

张之洞颇为吃惊地说：“刘永福信得过冯子材？”

王之春说：“刘永福讲，若由潘鼎新做主帅，必不能服众，若冯子材出山，打败法国人或有希望！”

听了桑治平、王之春的禀报，对越南的战事，张之洞的心里踏实多了。

为郑重其事，张之洞专门从虎门、黄埔前线请回彭玉麟、娄云庆、吴宏洛，又召集包括粤军提督、总兵在内的广东省的高级文武官员，一起商讨越南战场上的局势及应对策略，会议开了整整三天。会后，张之洞又和桑治平私下计议了两个晚上，最后对越南局势形成一个较为完备的认识。张之洞和桑治平都认为，军事实力上，中国跟法国比，若比水上之仗，是绝对不如，若比陆地之仗，除武器不如外，其他方面多有胜过之处：如兵力上可以超过法国，对地理的适应上要强过法国，供应给需上也比法国有优势。在越南北圻要打赢法国不是不可能的。扩充军队很有必要。张之洞决定召唐景崧回国，由他在广西招募四营一千五百子弟兵，并发给他二万银子的军饷。但目前在越南缺的是一个能得众望的军事统帅，故请冯子材出山是最重要的事情。考虑到各方面的原因，张之洞接受桑治平、王之春的建议，亲自到钦州去敦请冯老将军。

二十年前，张之洞做客胡林翼武昌署中时，便听胡说起过冯子材。那时他以总兵身份驻军镇江、丹阳一带。胡林翼和湘军将领们都看不起绿营，独对冯子材表示佩服。冯子材的过人之处，除冯本人武功超众用兵有方外，还表现在他的廉洁上。当时湘军为筹军饷而建厘金制，无论水陆，遇关设卡，凡经商做买卖的，值百抽十。绿营本有固定军饷，不能抽厘，但许多绿营将领见此有大利可图，便擅自设卡抽税，与湘军争利，湘军对此也无可奈何。冯子材的军队所在地镇江、丹阳本是富庶之区，部属也有劝冯子材学别的绿营样，但冯子材却不为所动。所部驻扎镇江一带六年，军纪也较好，没有发生与地方争斗之事。曾国藩赏识冯子材，经他力荐，冯子材得以升广西提督，并获黄马褂之赏。同治九年，出驻镇南关，平定越南北圻匪盗。光绪元年任贵州提督。三年前，因年高而致仕，家居钦州原籍。

钦州属廉州府，向正西方向走二百余里是刘永福的老家上思，往西南方向走二百余里，则到了越南的边界。从广州去钦州，以走水路为宜。

张之洞请桑治平再麻烦一次陪他走一趟，桑治平对冯子材心仪已久，欣然同意。这种出访，通常都是大根陪护，但这些天，他正害着病，于是就由前向才从山西来投奔的张彪顶替。

张彪是山西榆次人，二十刚出头，因拳脚功夫好，当年在太原府时与大根要好，又因为都姓张，便结为拜把兄弟。大根没有亲兄弟，便将张彪视同手足。衙门里有大根忙不过来的事，大根便请张彪帮忙，几件事办得好，得到了张之洞的赞赏，便正式招进衙门做了马弁。张之洞来广州，本来张彪要跟着来，恰逢母亲病逝，便回榆次办丧事去了。在家里住满一百天后，他千里迢迢一人赶来了广州。

小海轮沿着近海区走了三天，这天傍晚由龙门海驶近淡水湾，然后再从钦江入海口溯流而上，不到十里便是古老的钦州城了。刚踏上码头，便见钦州县令刘勉勤带领一班人马迎上来，一个粗壮的汉子举着一把硕大的淡黄色万民伞走在最前面。张之洞见到这把万民伞，眉头马上皱了起来，命令立即收起。刘县令笑容可掬地对张之洞说："打万民伞迎接贵客，是钦州县由来已久的风俗，请大人赏脸接受吧！"

张之洞板着面孔说："什么样的贵客可以享受这种礼节？"

刘县令答："知府以上的文官，参将以上的武官，发了大财的商贾，这些人都可以享用万民伞迎接的礼节。还有两种人，一是新科进士回籍，二是年过八旬四代同堂家风清白的百姓，祝寿时也可以动用一次万民伞。"

听到这里，张之洞的脸色开始缓和下来，对着刘县令和其他前来迎接的人说："在别的地方，万民伞是用来送那些为百姓做了好事的清官离任的，想不到贵县的风俗当作迎接客人用。我向贵县提个建议，今后官员，无论文官还是武官，以及发财的商贾来钦州，一概免去这个礼节。官府的开支乃民脂民膏，百姓一丝一粟都来之不易，能省则省，切不可铺张讲排场。至于商人，为富不仁者多，不能再以万民伞来助长其气焰。但贵县对新科进士回籍，和四代同堂家风清白的八十老者祝寿动用万民伞，却是很好的举措，可以起着激励士人发愤读书，敦劝百姓尊老齐家的好作用，今后应当保持。本督还希望两广各县都向贵县学习，凡对厚风俗、利教化的良行善举，县衙门都应当予以表彰推行。"

刘县令和所有前来迎接的人员，齐声称赞制台大人的这个好建议。张之洞高声说："今天，就从我开始，收起万民伞，我们一路步行进驿馆。"

想不到张之洞如此体恤民情，大家不约而同地欢呼起来，簇拥着他一同进城，引得许多百姓围观，都在悄悄议论：两广还从未见过这样平易的大官！

吃晚饭时，刘县令对张之洞说："宋知府昨夜派急足通知卑职，说大人到钦州的目的是看望冯老将军。冯老将军住在荔枝湾，我这就派人到荔枝湾去告诉他，叫他明天上午到城里来，如何？"

原来是昨天廉州府通知钦州县的，怪不得刘县令事先就在码头上等候，张之洞的本意是并不想这么麻烦县衙门的。他说："不要麻烦冯老将军了，我们到荔枝湾去看他。"

刘县令说："荔枝湾离城有二十多里，路不好走，还是叫他来吧。"

张之洞放下筷子，沉下脸说："我是专程来看望冯老将军的，几百里的路都走了，还在乎这二十多里吗？冯老将军快七十岁了，叫他进城，我们舒舒服服地坐着，于心也不安呀！再说，我还要借这个机会查看查看贵县的风气和田里的农活哩！你明天和我一道去，我们都不穿官服，也不骑马坐轿，冯府不要事先通知，沿途百姓也不要惊动。你能走吗？"

刘县令虽不到四十，却因长期养尊处优，早已发福，肚子大得像怀胎七八个月的孕妇一样，平时连一两里路都不愿走，来钦州做了近三年的县令，足迹不出城外五六里。现在要他走二十多里的路，他如何吃得消？但在这个年近半百的总督面前，他敢露出半点为难吗？忙连声答："能走能走，卑职也常常到四乡去视察民情的，天气热，明天我们早点吃饭，早点动身。"

"好，明天我们五点半钟吃饭，六点钟动身，沿途也不打尖了，中午之前赶到荔枝湾。"

张之洞也不同县令商量，就这样做了决定。

三　海隅荒村，张之洞恭请冯子材出山

次日清早，张之洞、桑治平、刘县令连同张彪及县衙门里的两个仆人，一共六个人，组成一个不大不小的行列，向荔枝湾走去。

早上天气凉爽，带露水的晨风吹到脸上湿润清凉，望着四周的青山绿水，碧叶黄穗，张之洞心里很是舒坦，不断地向刘县令问钦州的民情民风。刘县令昨夜做了充分准备，要在总督面前表露出好形象，故走了十来里路状态还算好。眼下正当七月下旬，倘若在山西，气候明显的是秋凉了。但广东天气炎热，雨水充沛，依然是盛夏的光景。过了九点，太阳便晒得使人难受了。张之洞也渐有劳累之感，看身旁的田畴，比起城郊来又差得太多，显得有点贫瘠荒凉，他的心情受到影响，更觉劳累不堪。回头看了看一旁的刘县令，也开始汗流满面，喘着粗气，步履蹒跚了。他拍了拍刘县令的肩膀笑着说："老弟，歇会儿吧，你是太胖了，负担重，走远路，瘦人要沾光。"

一声"老弟"，把刘县令的眼睛说得大大的。他压根儿没想到，这位制台大人竟然这样随和平易！他略带几分惭愧之色苦笑道："不瞒大人说，卑职的确是累了。但大人不说辛苦，卑职何敢言累，卑职不善走路，都是这身蠢肉害的，今后要下决心饿瘦它！"

张之洞哈哈笑道："老弟是福气好，我是想胖也胖不起来，几十年都这样了，吃什么都不长肉！"

众人都跟着总督开心地笑起来，歇了一会儿后，刘县令强忍着全身散架似的痛苦，跟着张之洞和众人一步步地向前走着。终于，仆人告诉他，荔枝湾到了，他忙把这个喜讯告诉张之洞。

张之洞放眼看眼前的荔枝湾，左右两边都是连绵的小山，正前方一片汪洋。在阳光照耀下，碧波荡漾，白鸥起伏，显然那是南海。近处分布着大大小小的水田，田里随处可见一块块突兀而起的黑色大石头。稻叶青中显黄，谷穗大多下垂了，但禾苗稀疏，谷穗也不长，看来不像是丰收的景象。左侧有一道小山谷，隐隐约约可见山谷里有房

屋村落。钦州县衙门的一个仆役对众人说："冯老将军就住在那道山谷里。"

"那我们就到那边去吧！"

张之洞说罢，先迈开步，大家都跟了上来。

田里有几个汉子在劳作，抬起头来，以颇为惊异的眼光看着这一行陌生的客人。

快要到小山谷的口子边，只见附近的一块小田里，有一个人正牵着一条大水牛走上田塍。那人头戴一顶斗笠，身穿一件白布无袖短褂，一条过膝盖的半长黑布裤，赤脚上流着泥水，个子矮小，从背影上看，像是一个十五六岁未成年的男孩。

仆役走上前去指着山谷问："冯府在这里吗？"

那人转过身来，摘下斗笠，大家这才发现原来不是小孩，而是一个老头子。这老头子满头白发，却没有留胡须。他一边用手理着头发，一边问："你们去冯府做什么？"

老头子说着扯了扯绳索，大水牛跟在后面迈开笨重的四蹄。

"我们去冯府找冯老将军。"

老头子牵着水牛慢慢地走在前面，又问："找冯老将军有什么事吗？"

仆役顿时神气起来，带着几分自豪的口气说："制台张大人从广州来到钦州，督署的桑老爷和我们县令刘老爷陪着他老人家一起来见冯老将军。"

"制台张大人？"老头子突然停住脚步，盯住仆役的脸问："你是说他和刘太爷一起来看冯老将军？"

"是呀！"仆役挺了挺胸脯。

老头子的目光迅速打量了众人一眼问："他在哪里？"

张之洞从这一道目光中看出一种迥异常人的神采，蓦然间一道灵感闪过：莫非此人就是冯子材？他忙跨前一步，走到老头子的身边："老人家，我就是张之洞，特地从广州来荔枝湾拜访冯老将军。"

老头子没有吱声，将张之洞从头看到脚，与此同时，张之洞也将眼前的小老头认真地看了看：头脸不大，面色黑里透红，极少皱纹，两道眉毛不太浓密，眉梢处长着几根特别明显的长寿眉，身躯短小却匀称协调，年近古稀却精力弥满。

“啊，你就是张大帅，真正是远来的稀客贵客。”老头子脸上露出灿烂的笑容来。“老朽就是冯子材，张大帅这么远来荔枝湾，老朽不敢当，不敢当。”

“你就是冯老将军！”张之洞激动万分，下意识地伸出手来，要来拿冯子材手中的绳索，“我来替您牵牛。”

“使不得，使不得！”冯子材急得忙将手中的绳索握得紧紧的。

刘县令见状，赶紧走上去说：“我就是钦州县令刘勉勤，本县来给冯老将军牵牛吧！”

“也使不得，也使不得。”冯子材的手向一边躲着，正在这时，从小山谷口边快步走出一个三十来岁穿戴整齐的汉子来。

冯子材高兴地说：“我的老二相华来了，让他来牵吧。”

说话间，冯相华来到父亲跟前。冯子材指着张之洞和刘勉勤说：“快来参拜二位大人老爷。”又对儿子说：“你先牵着牛快点回家，好好准备一下，我就来。”

冯相华向张、刘各鞠了一躬，张之洞见冯相华精壮麻利，心里想：果然虎父无犬子。

冯子材将手中的绳索交给儿子。

张之洞真诚地对冯子材说：“老将军为国家立过许多大功劳，而今年事已高，应该在家享享清福，何苦还要亲自牵牛扶犁，做这等艰苦力田之事。”

冯子材爽朗地笑了两声说：“儿孙和乡亲们也都对我这样说，按理应该这样，家里既不缺劳力，也不缺钱用，还要我这老头子下田做什么？不瞒大帅，我是一世劳动惯了，早年下的是力气活，军中二三十年，不是打仗，就是操练，没有一天休闲过，养成习惯了，非动不可。一天不动，这浑身筋骨就酸胀。我下田，说是做农活，其实是活动筋骨，图个自己舒畅。”说罢又哈哈大笑，大家也都开心地与冯子材一起笑。桑治平想起那年去解州拜访阎敬铭，一样地做过大事业，一样地处过高位，一样地离开权要退下隐居，打发日子的方式却迥然不同。他对眼前这个开朗爽快的小老头立即生发亲近之感来。

“大帅，你从广州到荔枝湾这个偏远的海边来看我，叫我如何担当得起！”

冯子材的话，不是表面上的客套，而是发自内心的感慨。

六十八年前，冯子材出生在这里一个半农半渔的家庭。家里苦，他从小没有读过一天书，但天生聪明机灵，学什么会什么，而且比别人都干得好。他种田，是一个好庄稼汉，打鱼，是一个能干的渔民。二十多岁时投军，做了一名绿营士兵。凭着勇敢和机智，他一步一步地从最低级的武官升了上来，职位迫使他不能不识字。识字读书之后，他才明白，原来书里有许多智慧，那些自己用多年的摸索，用血和汗换来的见识，前人早已将它记录在书上了。冯子材后悔读书太晚，也因此对有学问的人十分尊敬。

三年前，他卸下贵州提督的要职，回到荔枝湾安度晚年。表面看起来，他已不过问世事，但多年的高级武官养成了他关心天下大事的习惯。他知道越南的战事，也知道新来的两广总督便是大名鼎鼎的名士张之洞。冯子材对张之洞很敬重。一敬重他的探花出身。三年一次的进士考试，全国十八行省，有多少异才俊秀，此人居然可以名列鼎甲，不由得冯子材不佩服。二是敬重他的清流名望。十多年来张之洞的一系列奏疏名动海内，身处军界要职的冯子材还能不知？他常常读登载在邸报上的张之洞的奏疏，并要手下的文案和儿孙们认真阅读，视之为文章范本。

这样一个巍科清望、令他敬重已久的总督大人，亲自来到这个荒寂得几乎无人知晓的海边小山谷来看望他，岂不令他感激，令他兴奋！

“应该，应该。”张之洞高兴地说，“您是大英雄，二十多年前，我还是一个年轻举子的时候，便已闻您的大名，景仰您的功业，只是没有机会拜访您，这次来到两广，是朝廷送我这个好机会，我怎能放弃！”

“大帅言重了。”冯子材咧开嘴大笑起来。桑治平在一旁看着，心里想：此人年近古稀，然笑起来却不乏孩童的天真，看来是一个胸襟光霁、克享遐龄的老人。

两榜出身的刘勉勤也一路走一路思量：这样一个矮矮小小单单薄薄的老头子，竟是一个戎马终生军功卓著的带兵将领，真是怪事！眼前的荷笠老者和想象中的绿营提督，怎么也对不上号，合不了榫。他甚至有点怀疑，这是不是一个假冒者？

冯子材带着大家很快便到了自家门口。比起广州城里大商巨贾的住宅来，冯家的府第固然粗朴简陋，但在乡间山里，却是名副其实的高门大宅。穿过一座三层楼高的木石牌坊，便算正式进了冯府。这里大大小小高高低低地分布着二三十间房子，全是冯子材和他的儿孙们及家里的男工女仆所住的房屋。众人在冯子材导引下踏进一间大厅堂。厅堂宽敞明亮，摆着一色的仿明红木家具，正中供奉着一尊陶瓷关帝全身像，两旁站着他的儿子关兴和护刀将军周仓。三尊陶像面前香烟缭绕，鲜果满碟，给厅堂增加一份浓厚的兵家气氛。

刚一落座，便立刻有几个仆人上来沏茶，摆糕点，冯子材向大家告辞一会。片刻光景，再出厅堂的老将军身穿一套黑亮的香云衫，脚踏一双泰西黑皮拖鞋，腰杆挺拔，精神抖擞。头上的白发和浑身的黑装对比分明，益发显出老英雄烈士暮年壮心不已的气概。张之洞和桑治平都在心里暗暗叫绝，对此行的成功更添几分信心。

“老将军，您的身板真好！”张之洞不觉脱口赞道。

“托大帅的福。”冯子材中气充足地说，“老朽虽已六十八岁，却还能吃能睡能喝酒，过会儿，我要与大帅痛饮三百杯，一醉方休！”

冯子材的军人豪气，令众人肃然起敬。

张之洞忙笑着说："我的酒量不大，不要说三百杯，只怕五六杯就要醉倒在这荔枝湾回不去了。"

"好哇！要真的醉了，就在我这里多住几天，我餐餐请大帅吃刚出海的石斑鱼、大龙虾。"

说罢，又哈哈大笑，那一股气流仿佛有震动屋瓦的力量。

张之洞趁势说道："现在还不是醉酒吃海鲜的时候，老将军，国家局势严峻得很，法国人已欺侮到我们的头上来了。前几天，马尾船厂遭法国人炮击全军覆没的事，想必老将军已有所闻。"

"我知道。"冯子材自己脸上的笑容顿时消除。"左相和沈文肃公苦心经营了几十年的福建海军，片刻之间便全军毁灭，太令人伤心痛心了。"

"朝廷为此已向法国公开宣战，沿海沿江各重要港口码头都要严加提防。"

"广东的防守在广州，广州的防守在黄埔，黄埔的防守在虎门。"冯子材以一个军事行家的口吻说着，"不知黄埔港和虎门海口防守力量如何？"

张之洞答："我来广州后没几天便去了黄埔和虎门，实地察看了一番。黄埔有张轩帅在，虎门有彭大司马亲自坐镇，武器装备也还算强。"

冯子材沉吟片刻说："淮军军纪平素不大好，但打起仗来，还能同心协力，武器装备在广东来说要算好的了。湘军军纪要比淮军好一些，但装备不如淮军，不过有彭大司马亲自坐镇，想必也可放心。"

想起马尾船厂的惨祸，又想起在虎门时彭玉麟的话，张之洞忧心忡忡地说："我们的船炮不如人家，法国人若发起疯来拼命，虎门和黄埔都有可能守不住。"

"那就让他进来好了，我们关门打狗！"冯子材捋起香云衫衣袖，挥舞着手臂。那手臂虽瘦，却像铁棍一样的坚硬有力。"法国人是客，我们是主，他闯进我们的家里来了，我们还没办法收拾吗？他十个人，我用百个人、千个人对付，塞断珠江，围困他三五个月，饿也要饿死他们。我们中国人与洋人打仗，眼下主要还不是输在武器上，而是输在气势上。仗还没打，被他的船炮吓住，心里先自慌了，如何能打得赢？兵法上说，三军之帅在气，气不馁，则兵不败。”

这番铿锵有力的话，虽然有点像在指责张之洞刚才所说的船炮不如，令他略为不快，至于塞断珠江，事实上也办不到，但清流出身的张之洞仍为冯子材这番气势、这番血性所感动，所激昂。是的，武器是不如人家，但人家已是杀气腾腾打上门来了，难道就因此而卑躬屈膝、举手投降吗？武器不如的时候，更要提倡气势和血性。

张之洞动情地说：“老将军说得很好，法国人若真的闯进广东内河来，我们就按你所说的关门打狗，十个百个打他一个，砖块石头一齐上！”

“正是这样，正是这样！”冯子材舒心地笑起来，露出一口整齐未缺的大牙齿。

这时，一个仆人走进来，附着冯子材耳朵说了两句话，冯子材起身说：“大帅走了半天路，一定饿了，我们现在就去吃饭。匆忙之间，没有好招待的，上个月我的一位老部属送我两对东北熊掌，现在已开始在火上煲了，晚上请大帅和诸位尝尝东北黑瞎子的味道。”

众人听了这话都很高兴，尤其是刘县令，过去只是在书本上看到炖熊掌是一道特别珍贵难得的美食，今天跟着张制台，真的捞到了口福。

冯子材将大家引到餐厅，一张十人坐的大圆桌上早已摆满各色海鲜山珍。广东人本就讲究吃，冯府上下更对吃重视，虽然是匆忙间操持，但菜肴数量之多，烹饪之精，已令张之洞、桑治平等人大为惊讶了。冯子材不断地给张之洞夹菜，又不停地劝酒，自己是大块吃肉，大口喝酒，谈笑风生，不拘不束。一向与文人学士打交道的两广总督，第一次感受到一股浓厚的豪放粗犷之气。不知不觉间也受到了感染，心绪变得兴奋起来。

张之洞对武夫向来怀有偏见，认为他们粗俗、卑陋，今天他才发现，其实与武夫在一起也有很多快乐和兴奋。吃喝谈笑之间，生命便充满了人性的真趣，许多不必要的思虑和忧愁自然就远远地离你而去了，这有什么不好！

吃过饭后，冯子材陪张之洞等人参观他的兵器库。兵器库里也有西洋人造的快炮和驳壳枪，但更多的是刀矛剑棍，中国古老的十八般武器，件件皆全。看过兵器库后，冯子材又带他们去看宅院后的习武坪。这是一块方圆十余亩的大土坪，土坪上竖立着不少拴马桩和箭垛，堆放着各种石锁石臼，另一角有十几个人在练习棍棒。冯子材指着领头的汉子介绍："那是我的长子相荣，他有上百个徒儿，现在比我神气。"

顺着冯子材的手势，张之洞看到一个身材不高的中年汉子，正在挥动一根棍子做示范动作，遂问道："老将军有几位公子？"

"就两个。"冯子材笑了笑答，"孙子倒不少，大大小小加起来有七个了，还有三个孙女。"

"好福气呀！"张之洞随口赞道。

"我还喂了十多匹好马。"冯子材得意地说，"要不要去看看？"

张之洞心里一动，这个老将军真非比等闲，有人有枪有马，若世道一乱，他真可以占山为王，做一方豪强！这种局面，哪个文人可以做到？

看了马圈后，冯子材请张之洞回到客厅休息喝茶，经过半天的交往，张之洞对请冯子材出山的念头更坚定了。这的确是一个不可多得的将才，越南战场的统帅，非他莫属。不过，毕竟年近七十，他还愿意重披战甲，亲赴凶危之地吗？

张之洞思忖片刻后，决定就此切入正题。

"老将军，我想请教你，法国人本是在越南北圻一带与我较量，这次突然犯我海疆，六月中旬，攻打基隆炮台，七月初又袭击我马尾船厂。这两次海盗行为究竟是为了什么？老将军戎马几十年，深知用兵之道，请指教指教。”

从见到张之洞那一刻起，冯子材的脑子里就一直在想：他到荔枝湾来做什么，是因为视察到了廉州而就近看看我这个老头子，还是专门为了一件事来的？听了这话后，他明白了，原来因初掌军权不懂军事而来当面讨教的。冯子材颇为感动。这几年的两广总督，从曾国荃到张树声，仗着自己昔日的战功，从来不将他这个绿营宿将放在眼里，用兵打仗的事，没有一次咨询过，他也索性不过问。现在张之洞亲来荔枝湾讨教，给他一个很大的脸面。与所有久任要职的致仕官员一样，冯子材也是十分看重在位者对自己的态度的。他思索了一下，郑重回答：“依我看，这是敲山震虎。”

“敲山震虎”这四个字同时在张之洞和桑治平的心中震荡，不约而同地将目光盯住这位年虽迈气犹雄的前绿营提督。

“四年前，我率兵在镇南关外住了三个月，对法国与越南之间的关系比较了解。越南君臣既昏庸又懦弱，法国控制它不需要多大的力气，这中间主要是防着我们中国这一层。我们中国不想把北圻交给法国，也不希望法国通过红河进入云南，所以这几年一直有军营驻扎在那里。在陆地上，法国人虽然枪弹也比我们好，但我们还是可以和他们拼一拼的，中法之间有胜有负。但在海上，法国则占绝对便宜。上次打谅山不利，他们便想利用自己的长处，用海战来迫使朝廷让步，所以有了基隆和马尾之战。法国的目标还是在越南。”

冯子材这一席话，使得张之洞和桑治平大受启发。是的，打基隆，打马尾，都只是手段，目的是要逼中国军队退出越南。不愧是老于军事的将领，一眼便看穿了法国人的鬼蜮伎俩。

“老将军说得很好，使我们茅塞顿开。”张之洞望着冯子材说，“老将军多年为广西提督，又在越南驻扎过，依您之见，如果我们齐心合力，同仇敌忾，是否可以在越南打赢一场大仗，杀下法国人的威风？”

“当然可以。”冯子材不假思索一口咬定下来。“不瞒大帅说，当年在镇南关，我就想过，我们中国所有在越南的人马联合起来，打它一场大仗，狠狠地杀一杀那些洋鬼子的威风。但一来当时朝廷没有向法国宣战，二来我也不具备联合其他人马的地位，所以也只是空想而已。”

张之洞听了这话很高兴，立即接话：“老将军，现在朝廷已公开向法国宣战，可谓天时已备，假如给您一个地位，让您有统帅所有在越各路军队的权力，您是否还愿意将您当年的设想变为现实？”

“这个嘛，”冯子材这时才真的明白了：原来张之洞是想请我出山！他心里一阵惊喜。人们常说老骥伏枥志在千里，冯子材就是这样一位志在千里的老骥。过去的辉煌，既是他生命中的亮光，也是他生命的支柱。在回首往事的时候，他常有按捺不住的再创辉煌的雄心，只是时过境迁，今不如昔，许多该具备的条件都不具备。在新总督这番热切的心情面前，面对着这个重大的问题，冯子材犹豫起来。他的一只手用力地摸着干瘦的尖下巴，沉吟良久才开口，“不瞒大帅说，光绪七年轩帅也曾派人来过荔枝湾，请我出山带一支人马再进越南，我以年迈力衰为由推辞了。我其实并不年迈力衰，而是不愿领这个命。”

“为什么？”想不到在关键的时候，冯子材退缩了，张之洞略感失望。他急切地想知道，这位老将军推辞张树声的理由。

“这最主要的原因，也就是我刚才说的，那年轩帅来找我时，条件仍不具备，一则朝廷未宣战，二则轩帅也只是叫我带一支人马入越，并未赋予全权指挥的权力。另外，在对待洋人的态度上，我与轩帅也有很大的不同。我这老头子是倔犟的，宁折不弯。洋人欺压我们，我宁愿死，也要痛痛快快跟他们干一场。轩帅不是这样，他与李少荃一鼻孔出气，只是忍呀忍呀的，我也不愿在他手下做事。”

张之洞心里舒了一口气，说：“这些顾虑现在都可不必有了，老将军还有别的什么难处吗？”

“轩帅虽然不做总督了，但在越南的军队主要还是淮军的势力，广西巡抚潘鼎新坐镇北圻。潘这个人还不如张，不好相处，我去越南的话，如何与他共事，彼此的位置又如何摆？”

这倒真是一个大难题！潘鼎新身为广西巡抚，按朝廷的制度，他并不是张之洞的下属，张之洞无权将他从北圻调回，更无权罢他的巡抚之职；何况潘是淮军宿将，资格比起张之洞来要老得多。有潘在北圻，冯就不可能做统帅，这也是明摆着的事情。张之洞双手轻轻地来回搓着，手心沁出热汗来，一时想不出一个两全其美的办法。桑治平也在为此思索着，他也一样想不出一个好主意，见张之洞颇为为难，不能不插一句话来为总督解围：“老将军，此事容张制台与朝廷再商量，除此外还有别的难处吗？”

冯子材望了桑治平一眼后说：“除开淮军外，北圻的最主要的军队便是黑旗军。刘永福是中国人，却领了个越南的提督职。此人是个枭雄，不服管束，什么人都不在他的眼睛里。我在北圻三个月，没有与此人见过面。听人说早年投过长毛，与我的军队交过手，若叫我去指挥他，怕不行。”

张之洞听到这里，心里大为舒畅起来，忙说：“老将军，你知道这次是谁卖力推举你吗？仲子，你对老将军说说。”

桑治平笑了笑，将前向在宣光与刘永福会面的情形简略地说了说后，强调指出：“刘永福一再讲，越南战事，只有老将军您出来，才能压得住台面，潘鼎新究其实不是一个带兵打仗的料。他的黑旗军一定配合老将军，为中国人争一口气。”

冯子材快活地笑了起来，说：“没料到，刘二这个人看人还有眼光，不计前嫌，气量也不错。不过，他手下那班子人马我不称心，不怕大帅说我老头子背后嚼人，他率的黑旗军里强盗毒贩子、乌龟王八蛋，什么都有，不能指望那些人做大事。”

张之洞忙说：“老将军知道他有个帮手唐景崧吗？”

“听说过，据说也是广西出的进士，在朝廷官做得好好的，却主动请缨来越南，给刘二当参军。”

桑治平说：“我在宣光跟唐景崧相处过三天，此人有才有识，张制台已答应由唐景崧亲自回广西招募四营子弟兵。这四营子弟兵可以作为配合老将军的一支兵力。”

冯子材点点头，没有做声。

张之洞将冯子材的每句话、每个动作都看在眼里。他看出冯子材虽有顾虑，但率兵出关的可能性是存在的。他决定对这位当年叱咤风云的老将军动之以情，晓之以理，务必要使他丢开顾虑，重上沙场。

“冯老将军，”张之洞敛容凝望着冯子材，声调厚实而沉重，“我虽没有明说，大概您也听出来了，我这次来荔枝湾，就是专程来请您出山，请您率子弟兵再赴关外。促使我作出这个决定的，一是老将军您本人几十年来的战功，二是桑先生和雷琼道王道台此次去越南后当面听的刘永福的推荐，来到荔枝湾，亲眼见到您精力旺盛，气概不减昔日，更使我欣慰。”

“岁月不饶人，精力、气概都不如从前了。”冯子材忍不住插了一句话。桑治平发现，自从见到冯子材以来大半天了，这好像是他说的第一句叹老的话。

张之洞笑着说：“赵王问廉颇老矣，尚能饭否。我看中午餐桌上，您大块吃肉，大口喝酒，知廉颇未老！”

冯子材又开怀大笑起来，依然是满脸的灿烂。

“自从道光二十年，我们与洋人在南海上开仗以来，四十多年间，直到最近的基隆、马尾之役，我们与洋人打过多次大仗，但每次都是我们吃亏，尤其是法国人更可恨，不仅用武力，而且还利用传教士欺侮我们。这个令人恼火的法国，是与我们结下深仇大恨的了。这次基隆、马尾之役更是猖獗至极。”

“这两次海战，真把中国军人的脸丢光了。”冯子材狠狠地插话。

"是的。"张之洞赶忙抓住这个话头。"凡有点血性的中国军人，莫不为这两次的失败而痛心疾首。所以我们想趁着朝廷与法人宣战的机会，请老将军出马，大家全力支持，周密计划，在越南北圻打一个大仗，杀下法国人的威风，为中国百姓，更为中国军人争这一口气。"

这几句话说得冯子材胸腔里的热血开始加速流动起来，他在心里频频点头，两只眼睛紧紧地盯着满身书生气的制台大人，聚精会神地听他说下去。

"来荔枝湾之前，我和彭大司马、张轩帅以及桑先生都仔细计议过，海战，我们的船炮的确不如法国人，取胜的把握不大；但陆战，我们的武器差不了多少，至于地理、民情、军需供应等方面，我们更要胜过法国。所以，只要冯将军出马，我们对在越南打一场大胜仗是很有信心的。"

"大帅分析得好，海战或许不如人，陆战并不弱得太多。"做了几十年陆军将领的冯子材，深为赞许张之洞的这番中肯之言。

桑治平插话："老将军过去打长毛、打捻子，战功虽多，但终究只是朝廷的忠臣，若这次在越南打赢了法国，那就是我们堂堂华夏的英雄。"

这两句话的背后，其实还藏着许多话，诸如打赢长毛、捻子，究其实还是在替满人卖力，悠悠史册对此事的评价究竟如何还很难说；但若打赢法国，那就是建的岳飞、戚继光的功业，千秋万代都会长受敬重，久享祭祀。但这种话，不是至亲深交，岂能随便说出，只可点到为止，能不能意会得到，就只能看这位老军人的悟性了。

不料，冯子材两眼突然放出一束亮光来，兴奋地望着桑治平，许久，才长长地吐出一句话："桑先生这话，说到冯某的心坎里去了。冯某从军数十年，近十几年来，常为此事感到遗憾。桑先生此话，给我指明了一条光明大道。冯某愿赴越南，只是手中无兵无饷，如何打仗？"

“你需要多少兵？”张之洞问。

“大约要六七千人。”冯子材胸有成竹。

“两广各镇绿营，随你挑选好了。”

“哼哼。”冯子材冷笑两声，“不怕大帅你笑话我不自量，在冯某看来，两广绿营，无一兵可挑。”

张之洞尚在惊愕之中，桑治平插话：“如此说来，请老将军自募子弟兵如何？”

“要打胜仗，也只能如此了。”冯子材断然回答。“只需三个月，我冯家子弟兵就可以出关，只是这笔军饷如何办？”

张之洞摸了摸下巴上浓密的长须，思索了一下说：“我回广州后，即刻给你拨五万银子，供你招募，以及在国内训练之用。三个月若出关，我按过去湘军的规矩，每名陆勇月发四两二钱，按月发足。你看如何？”

冯子材当然知道，当年曾国藩给湘军陆勇每月发四两二钱银子，是有点重赏之下招勇夫的味道，远比绿营的待遇要高。湘军战斗力强，这是一个重要的原因。他于此看出张之洞的诚意，忙说：“这当然很好了，关键是今后不要欠饷。”

“这你放心。只要我张之洞做两广总督，就不会欠冯老将军的饷，要不要我给你立个字据？”

“那倒不必。”冯子材有点不好意思地笑起来。

“那就这样定了。”张之洞起身走到冯子材的身边，握住冯子材的双手。“那我即刻上奏朝廷，请朝廷委任老将军帮办广东军务之职。老将军奉旨后便可在广东招募子弟兵，三个月出关。今后仗怎么打，我们再随时互通声气，相机行事。”

冯子材也站起来，略带激动地说：“冯某本不想再过问国事了，只为大帅亲临荔枝湾的情义不能负，故答应大帅之请，组建冯家军，再进镇南关。不过，冯某最后还有一点请求。”

“老将军尽管说。”虽然话说得爽快，但张之洞的心里却冒出一丝凉意，他不知道这位暮年烈士出山时还有什么特别的要求，万一答应不了，又如何办呢？总不能让前功尽弃吧！

“潘鼎新现在是以广西巡抚的身份帮办关外军务，按常规当节制所有驻越南北圻的军队，但此人虽为淮军头领二十余年，其实不懂打仗。我只希望大帅给我一个答复：冯某在越南，不归潘鼎新指挥，遇事直接与大帅商量；紧急关头，要给冯某以调度指挥其他在越军队的权力，若这点权没有，即便出山也可能无功而回。”

冯子材的这个最后请求，实际上又回到先前所说的在越南的地位问题。张之洞不能不佩服冯子材的老辣，转来转去，还是转到这个重要的事上来了。看来，冯子材所募的子弟兵不能从藩库里开支。若从自筹而来，则属团勇一类的军队，可仿湘勇前例，不按朝廷经制之师对待；不是经制之师，自然可以不受制度所限，不归潘鼎新指挥可以行得通。至于紧急关头，指挥全越清军，到时再说。想到这里，张之洞斩钉截铁地说：“可以，老将军的子弟兵只听老将军您一人的将令，不但潘抚不能约束，即便本督，也不遥制，相信老将军当会以国家为重，以朝廷为重，以老将军数十年来所成就的英名为重，善自处理。”

冯子材感到了一种全权的信任感。他紧握张之洞的手说：“那就这样说定了，走，我们一道吃熊掌去。”

第二天上午，冯子材正要陪同张之洞一行到荔枝湾四处走走的时候，廉州府快马赶来的衙役报告一个不幸的消息：张树声已于三天前病逝广州。张之洞大吃一惊，急忙告别冯子材，匆匆回奔五羊城。

四　来了个精通十国语言的奇才

张之洞匆匆赶回广州，先不回衙门，径直来到高隆街张树声在穗的寓所。这里已经是白花如雪，挽幛如林了。李鸿章送的挽联贴在丈八白绫上，高高地悬挂在灵堂正大门的两侧楹柱上，十分引人注目，其余映入眼帘的尽皆淮军系统的高级文武官员的挽联。他们挑尽字典中的最好词语，不惜破格逾等吹捧曾与他们一道平发平捻，而今无官无职的那个皖北强梁。在踏入张府的那一刻，张之洞直觉这是驻粤淮军集团在着意为之。他们近在给广东粤军以威胁，远在向朝廷施加压力，其用意则很明显：淮军团结一致，力量强大，不可轻慢。

清流出身的张之洞本能上有一种不可名状的压抑之感。

张树声的长子张华奎，见张之洞一身平常装扮，也不见祭礼奠仪等等，心中老大不快，前去码头迎接的兵备道李必中悄悄对张华奎说明了原由。张华奎见张之洞家门都没进便来吊唁父亲，又感动了。他赶忙以孝子之礼跪着接待，将张之洞引到张树声的灵柩前。

张之洞对着灵牌凝思着。想当年这位淮军统领指挥千军万马，搏击沙场，是何等威风凛凛叱咤风云，而今说走就走了，生前的战功、袍泽一样也带不去。做过统帅，做过巡抚，做过总督，不料到了最后却一官半职都没有，灵牌上的头衔空空荡荡的。此刻的祭堂尽管热热闹闹风风光光，但那位长眠者的心境，一定冷落寂寥，有苦难言。想到这些，一丝人生无常的感叹，不由自主地在张之洞的脑中涌起。他跪在张树声的灵柩前，满怀哀悯地磕了三个头。

张华奎恭恭敬敬地扶起张之洞，将他带到书房坐下后，将张树声的遗折捧了出来，请张之洞代为转奏朝廷。张之洞打开前总督的遗折，认真地看着。前一段文字依旧是为自己辩护，只是语气较往日低沉，遗折的最后，张树声以一个深受厚恩的三朝旧臣的身份，郑重敦请朝廷变法自强：

“西人立国之本体，在育才于学堂，论政于议院，轮船大炮电线铁路皆其用，中国遗其体而求其用，常不相及，纵令铁舰成行，铁路四达，犹不足恃也。宜采西人之体以引其用，则奠国家长久之业矣。”

张之洞虽不能完全赞同这个意见，但张树声临死仍念念不忘国家的忠心却强烈地震动了他。何况此刻战火已经点燃，厮杀在即，借张树声的身后之事安抚淮军，让湘淮粤三军精诚团结一致对外，乃眼下的头等大事。张之洞站起来，诚恳地对张华奎说：“请大公子放心，本督将亲自拟折为轩帅请恤。”

第二天，张之洞尽心尽力地为张树声拟了一道请恤折，以继任者的身份，历叙张树声在两广任上的政绩，再一次为张树声洗刷这几年来所受的指摘。又追叙张三十余年来的战功，请求朝廷将其任上的处分予以开除，生平事迹交国史馆立传，并在原籍和立功省份建祠享祭，荫子庇孙。又换上素服，带着一班高级官员再次亲临祭奠，在张树声的灵前亲自宣读这道请恤折，请前总督在天之灵安息。张华奎和守灵的淮军将士无不感激，郑重表示：朝廷已发出对法宣战的指令，淮军将士听从制台调遣，同仇敌忾，坚守大清南大门。

料理完前总督的丧事后，张之洞全力以赴办理另一件大事：筹饷。

眼下当务之急是要拿出一大批银子出来，这批银子的主要用途：一是从洋人军火商手里买二十座克虏伯钢炮及一万颗炮弹，二为唐景崧新募的景字营及冯子材即将招募的子弟兵发放饷银，三为湘淮粤三军因备战而必添的急用军需和赏银，这几项款子加起来，将在百万两左右。

这可是一笔庞大的数字，要是在先前的山西，如同上天摘星揽月，是想都不敢想的事，广东富裕，或许可以四处腾挪挤压，凑起这百万银子出来。他将巡抚倪文蔚、布政使龚易图、按察使沈镕经等人找来商量，孰料这几位熟知钱粮底细的人听后大为犯难。倪文蔚告诉张之洞，早在去年，便因海防吃重，经费不敷，张树声不得不奏请朝廷同意，向香港汇丰银行借高息银二百万两，去年八月提取一百万，今年三月又因库款紧绌提取一百万，向汇丰银行所借的二百万银子已全部提尽。

张之洞还不知有这件事，心里也焦急起来，顿时有一种“空存抱负却无法展布”之感。他想起二十年前胡林翼对他说过的一番话来。

那是在武昌抚台衙门里，身在安徽前方的湘军首领曾国藩给胡林翼来了一封十万火急的信。信上只写了几句话：请在十天内速筹八万两银子，不然将人心溃散，无法维系。胡林翼拿着这封信对侍立一旁的张之洞说："现在正是春荒时节，湖北农人行乞啃树皮度荒，道路上只见难民，没有商人，厘卡收不到厘金，街市萧条，也收不上税，而四处要钱要粮的信函不断前来，藩库一洗再洗，几乎淘空。我现在到哪里去弄八万两银子。但没有饷银，军队随时都会哗变，又怎么能指望他们打仗，这也是实情，真难办呀！"

看着恩师满脸忧愁一筹莫展的样子，张之洞也觉得心头茫然。他绞尽脑汁，想为恩师分忧："奏请朝廷，让户部拨下银两呢？"

胡林翼摇摇头说："朝廷这些年来也是山穷水尽，走投无路了，才要各省自筹饷银。向朝廷要银是一句空话。再说，即使能给你一点银子，十天之内也到不了安徽呀。"

"可不可以请江苏、河南、山东就近接济呢？"

"别省接济？"胡林翼冷笑道，"谁会接济你？别说他们也一样地拿不出银子，就是拿得出，他会拿银子来让你成事，让你立功出风头？也就是我胡林翼，才和曾涤生患难与共，急他之急，别的省巴不得你湘军全军覆没，他在一旁看火色哩！"

张之洞听了这话，心里惊道："这国家难道就是湘军的，与他们无关？各省官吏原来都存这种心，怪不得长毛能得逞。"

"香涛呀，"胡林翼叹了一口气，语重心长地对着他说，"读书做文章毕竟是容易的事，治理天下，真正的硬功夫在于经济二字。是否社稷之臣，就看这经济二字做得如何。至于经济中，理财又是头一项，你今后要在这方面积累些实学。晓得理财，才可谈事业。"

张之洞重重地点了点头，将恩师这几句话牢牢地记在心里。

前几年在山西，因为来不及大兴作，银钱一事尚不太突出，现在这百万银子的大事硬邦邦地摆在面前，张之洞似乎突然深刻理解了恩师二十年前的教导：经济、理财，真正是治天下的第一桩大事。

他双眉紧拧地问龚易图："你可以挤出多少银子出来？"

布政使哭丧着脸，摸着脑袋想了半天说："顶多二十万，这还得担风险，准备挨骂。"

张之洞听了很不高兴："堂堂广东省藩库，就这样窘迫！这话怎么讲？"

龚易图解释："藩库账面上是有些银子，但一项项都有安排，挪动不得。能挪动的银子，今年春上都动用了。现在只能在上缴朝廷的银子里扣除一点，这就要担风险。给广州商人加重税收，就得准备挨骂。"

二十万两解决不了大问题，怎么办呢？张之洞望着众人："就不能有别的法子了？"

龚易图咬了咬嘴唇，说："法子只有一个，那就是再向香港汇丰银行去借商银。"

对呀，张树声可以借，我为什么不可以借！张之洞立即作了决定："就按龚方伯意见，再向汇丰去借二百万两。"

"太多了，太多了！"老迈的巡抚忙摇手，"张大人您不知道，英国人的息太重了，我们还不起。"

"多少息？"这是第一次与外国商人打交道，张之洞不清楚洋人的行情。

"五五的息钱。"倪文蔚的神情很是愤慨。"轩帅去年八月借二百万，借据写好按五五还息，到今年八月我们就要还息十一万，我们至今一钱息银未还。到明年八月还的话，息上再生息，就不只二十二万了。如果再借二百万，光息钱就会把我们拖垮！"

山西的钱庄老板若放四分的息，便会被骂为黑心。洋人竟然收五分五的息钱，岂不贪婪太甚！

"不能低一点？"张之洞问倪巡抚。

"洋人从不讨价还价。"龚易图俨然一个与洋人办交易的老手。

"那就借一百五十万吧！"

“张大人，我看先借一百万吧。”倪文蔚说，“以后要用的钱再想办法，先把这个难关过了再说。”

“好，就依倪抚台的意见，先借一百万。”张之洞想了想：也是，息钱太重了，能少借就少借点。

他转脸问龚易图：“上次的钱，轩帅是通过谁去与汇丰银行打交道的？”

龚易图答：“轩帅请盛宣怀的朋友郑观应去办的。”

“郑观应这个人，张大人知道吗？”沈镕经插话。

张之洞摇了摇头。

“郑观应写了一部书，名叫《盛世危言》，说的是中国应该向西方学习的事。张轩帅遗折中的办学堂开议院等话，就是受郑观应的启发。彭大司马也很看重这部书，还亲自为它作了序。”

彭玉麟愿为之作序，可见这部《盛世危言》不一般。张之洞问臬司：“你能找一部给我看看吗？”

“我家里就现有一部，明天送给您看。”

张之洞又问：“郑观应这个人呢？能见到他吗？”

龚易图说：“他正在南洋经商，一时回不来。”

“喔。”张之洞轻轻点头。“那这次叫谁去和汇丰银行打交道呢？”

沉默片刻后，倪文蔚说：“前两天，我衙门里的巡捕赵茂昌对我说：刘玉澍从香港带回一个奇人，英语流利，还能讲德国、法国、俄国好多个国家的话，又在香港住了三四年。若叫这人去办借款的事，应该不在郑观应之下。”

能说这多国家的洋话？张之洞心里生出几分疑惑来，问：

“刘玉澍是个什么人，他莫不是从香港带回一个骗子？”

倪文蔚说：“刘玉澍是早些年分发来粤的候补知府，福建人，对洋务极有兴趣，也能说几句英语。今年春上，福建沿海一带风声紧，轩帅见他人尚可靠，又是闽人，便派他到福建去打探情况，随时报告军情，上月他取道香港回广州。刘玉澍带的这个人我没见过，不知他是不是骗子。张大人如果对此人有兴趣，明天我叫赵茂昌带着刘玉澍来见您。”

赵茂昌是广东巡抚衙门的文巡捕，江苏武进人，人长得清秀，文笔书法都不错，聪明伶俐会办事，深得倪文蔚的赏识。他十五岁入钱庄学徒，二十岁纳资捐了个佐杂小官。巡抚衙门有报往总督衙门的公文要件，倪文蔚常遣赵茂昌亲自递送。赵茂昌也热心于此事，跑总督衙门的脚步甚为勤快，对张之洞格外殷勤。张之洞对他的印象也很好。这次，刘玉澍从香港带回的奇人便是先告诉赵茂昌，再由赵茂昌告诉倪文蔚的。

“好啊，明天叫赵茂昌和刘玉澍一起来见我。”

第二天上午，张之洞在签押房接见赵茂昌和刘玉澍，没有任何寒暄，待二人坐定后，开门见山便问刘玉澍：“听倪中丞说，你从香港带回一个能讲几个国家洋话的人。你把这个人的情况跟我细说说。”

刘玉澍是第一次见张之洞。他见这个名满天下的总督，大眼大鼻满口大胡须，脸上无一丝笑容，一副冷峻威严的样子，心中不免有几分怯意。赵茂昌见状，忙笑嘻嘻地为刘玉澍打气：“不要紧张，张大人最是平易随和，你慢慢地说。反正你已经对我讲过，有遗漏的地方，我帮你补充。”

经赵茂昌这一开导，候补知府心绪平静下来，向张之洞禀报：“卑职上个月结束福建的差事，从厦门乘船，取道香港回广州。在船上餐厅里，我看到一个年轻的中国人正跟一个英国人兴致勃勃地聊天。卑职也略微懂一点英语，但不敢跟洋人直接对话。这个年轻人能操一口流利的英语，卑职很是羡慕，一边吃饭一边仔细地听他们谈。许多话听不懂，但卑职大致听得出他们在谈莎士比亚的戏剧，谈狄更斯的小说，间或也谈到牛顿、法拉第。卑职对这个年轻人肃然起敬。”

莎士比亚、狄更斯、牛顿，这些名字，张之洞还是第一次听到，他不知道他们是些什么人。刘玉澍既然听到别人谈这些名字便肃然起敬，看来都是英国了不起的人物。若是一个平素熟悉的幕僚，张之洞一定会问个究竟。但对初次见面的这个候补知府，张之洞尚不愿如此不耻下问，他只是随意点点头，表示在认真地听。

"傍晚，我到餐厅吃晚饭，又见这个年轻人与另外两个洋人在高谈阔论，这次我却一个字都听不懂，不知他们说些什么。只见这个年轻人一边口不停地说，一边手舞足蹈，那两个洋人频频点头，时时露出会心的笑意，看得出那两个洋人是很欣赏这个人的。卑职心里纳闷，见一个侍应生过来，我悄悄地指着那两个洋人问他。侍应生告诉卑职，这是两个德国人。卑职听了一惊，莫不是这个年轻人在跟两个德国人讲德语。怪不得我一个字听不懂，这个人不简单，我要跟他聊聊。"

张之洞一只手在轻轻地捋着长须，脸上露出微微的笑意，显然，他也被这个既能跟英国人谈话，又能跟德国人谈话的年轻人给吸引住了。

"我一边慢慢地吃，一边注视着对面的餐桌，见他们三个人走出餐厅，我也便跟着出来。走到甲板上，两个洋人与那个年轻人握手道别，我赶紧跨上一步，冲着那人的背说，喂！年轻人，请到我房间里坐坐好吗？那个年轻人回过头来，朝我一笑点了点头。我这时看清这个年轻人鼻梁很高，眼睛深陷着，两只眸子灰灰蓝蓝的。卑职突然一惊：莫非他不是中国人，是个洋人不成？再细细地看，他的皮肤黄黄的，辫子黑黑的，一身蓝底金花宁绸长袍上罩了一件考究的黑细呢马褂。他是个中国人呀！"

赵茂昌"扑哧"一声笑了起来，张之洞也听得有趣，忍不住插话："这个人到底是不是中国人？"

"大人问得好！一到房间，卑职第一句话就问他，你到底是中国人还是洋人？那人大笑起来，露出一口雪白好看的牙齿，用不太规范的闽腔官话说，我是中国人，不是洋人。卑职试探着问，你是福建人吗？他答，我正是福建人。卑职一听乐了，这么说，我们是同乡了。年轻人，你叫什么名字，他说我姓辜，名汤生，字鸿铭。卑职也将自己的名字告诉了他。卑职称赞他英语、德语都说得好，了不起。他笑着说，我不但会讲英语、德语，我还会讲法语、俄语、葡萄牙语、拉丁语、意大利语、希腊语、马来语，连同我的母语汉语，我懂十门语言。卑职想，这真是一个罕见的奇才，便问他，你怎么会讲这么多的洋话。他于是告诉我，他出生在南洋槟榔屿，父亲是中国人，母亲是葡萄牙人。养父母是英国人，十岁时跟着他们去了英国。在英国读完大学后，又去德国学工程，再到法国留学，故而能说这么多洋话。”

张之洞笑道：“这么说来，我明白了，他原来是个混血种，又是中国人，又是洋人。”

“大人说得对极了。”赵茂昌忙恭维。“刘玉澍还说，他亲耳听过这个辜鸿铭的一则笑话。卑职从这则笑话里知道辜鸿铭是个极聪明风趣的人。”

“什么笑话？你说说。”张之洞很有兴致地问。

“刘玉澍和辜鸿铭一起坐船从香港来广州，辜鸿铭和船上一个法国老太太用法语谈得火热。法国老太太说，我身体不好，医生建议找个好地方疗养一段时期，听说厦门是个好地方，最宜疗养，不知是不是这回事。辜鸿铭说，不错，厦门真是一个好地方。我刚到厦门时，站不起，只能在地上爬着走，成天睡在床上，拉屎拉尿都不能控制。在厦门住了两年后，不但可以走路了，还能跑步。成天在四处跑，拉屎拉尿，也都正常了。法国老太太听后高兴极了，说，先生这么重的病都疗养好了，我一定去。当辜鸿铭将他与老太太的谈话告诉刘玉澍后，刘玉澍问他，厦门哪有这么好，你不是在骗人家吗？辜鸿铭说，我没骗她。我一岁时，父母就带着我在厦门住了两年。一岁的小孩子当然不会走路，只会爬，拉屎拉尿也没有节制。到了三岁，自然会走会跑，也不随便拉屎拉尿了。我哪里骗她？”

“哈哈哈，”张之洞禁不住大笑起来，“这个混血种太有趣了。

下午你们带他来衙门，我见见他，合适的话，就让他在我这里做事，我身边还真缺少一个这样的人哩！”

中午，张之洞把辜鸿铭的情况告诉桑治平，请他寻两本洋人的书，一本法文的，一本俄文的，下午带着这两本洋书和他一起会见辜鸿铭。桑治平听说天下竟有这样的奇才，又惊又喜，一口答应。

下午四点，张之洞处理好应办的公事，将已在会客室等候一个钟头的辜鸿铭和陪他前来的赵茂昌、刘玉澍招了进来。

辜鸿铭踏进签押房门的时候，张之洞抬起头来，将他仔细地审视一番。的确如刘玉澍所说，此人隆准碧眼，黄肤黑发，一副华夷混合外表。高挑的身材，穿一套笔挺的细呢蓝底条纹西装，脚上是一双发亮的黑皮鞋，头上留的是西式分缝短发，浑身流露出一股英挺峻拔的气概。桑治平看在眼里，心里想，辜鸿铭的这种气概更接近洋人，加上他的高鼻子灰蓝眼珠，真可以称得上三分中国模样，七成外国味道。

“你就是辜鸿铭？”待大家都坐下后，张之洞直接发问。

辜鸿铭也将张之洞认真地打量一眼后，嗓音洪亮地回答：“是，我叫辜汤生，字鸿名。大家都叫我辜鸿铭。”

尽管语音不太准确，但张之洞和桑治平都能听得懂。

“你是福建人？”

“祖籍福建同安，属泉州府。”

“听说你生在马来亚的槟榔屿，你家是从哪一代离家出洋的？”

“高祖尉庭公十五岁跟人漂洋过海到马来亚务农，因勤劳刻苦，中年以后家道殷实。曾祖礼欢公因此被推举为槟榔屿华人首领，先祖龙池公一直在当地政府任公职，先父紫云公在槟榔屿主持一个橡胶园。到我这一代，辜家在马来亚已是第五代了。”辜鸿铭这一番不假思索如流水般的应答，令张之洞颇为满意：生长在海外，却没有忘记祖宗根系，是个真正的中国人。

“听说你在泰西很多年，在那里读的大学，为什么没有留在泰西做事而来到香港，这次又愿意跟着刘玉澍回国来呢？说说你的这个过程吧！”

张之洞习惯性地捋起长须，微露一丝笑意的双眼盯着坐在对面的这个华夷混血儿。

略为思考一下后，辜鸿铭用四声不太协调的福建官话说：“我在槟榔屿长到十岁时，义父布朗先生要回他的祖国英国去。布朗先生喜欢我，向我的父亲提出带我到英国去读书。因我还有一个兄长在槟榔屿，于是父母就同意了。临走时，父亲叫我在祖宗的牌位上磕三个头，叮嘱我，今后不论到了哪里，不管在泰西生活多久，都要永远记住自己是中国人，根在福建同安。”

张之洞和桑治平听了这句话，不觉为之动容。一个已在海外居住四五代的中国人，竟然有如此深厚的家国情谊，这是他们过去从来没有想到的。眼前这个年轻混血儿的分量，在他们的心中显然加重了。

“我到英国后，布朗先生安排我在中学读书，读拉丁文、希腊文、法文和德文。后来我进了爱丁堡大学的文学院，毕业后，又到德国莱比锡大学学土木。从德国出来，布朗先生将我带到巴黎，让我跟一个很漂亮很富有的妓女做邻居。”

“跟一个有钱的妓女住一起？”赵茂昌忍不住插话，布朗给辜鸿铭的这个安排太使他羡慕了。

张之洞等人虽没有插话，但这句话也大大提高了他们的兴头。

“我起先不愿意。布朗先生严肃地对我说，你小小的年纪，我叫你跟她做邻居，难道是让你当嫖客吗？你不要小看了她，她虽是妓女，却是一个很有本事很有头脑的人。她的客人都是法国上流社会的头面人物，你可以在这里见到很多人，可以由此看到法国的上层社会究竟是个什么样子。这个妓女对中国有很浓厚的兴趣，你可以给她讲中国，她会给你讲她的客人们。你在她这里可以学习别处学不到的许多学问。我这是真正地在培养你。你住在这里，好比再上一个大学。”

把妓女的住处当作大学，就好比将京师的八大胡同当作国子监一样，用这样的方法来培育自己的义子，这洋人教育子弟的做法真令人匪夷所思。张之洞停止抚须的右手指，聚精会神地听这个混血儿的下文。

“我在这里住了半年，亲眼见到法国的不少部长、议员和将军。他们一个个衣冠楚楚地进来，风度翩翩地出去，而在那个女人的房子里却干着荒唐下流的勾当。那个妓女亲口对我讲了许多关于这些人的愚蠢贪婪卑鄙可耻的故事。她使我对巴黎上层社会彻底失望和厌恶。”

桑治平沉吟着。他想起自己过去壮游天下时，什么地方都去过，就是没有去过妓院，以为那是低贱肮脏之处，非君子该去的地方。现在听辜鸿铭说来，倒真的是放弃了一个最能洞悉官场的地方。京师八大胡同，每晚该有多少化了装的大官显宦频频出没。如果有一个八大胡同的名牌妓女朋友，她一定可以向你提供许多最为隐秘又最为可靠的朝廷真情。唉，这个机会再想弥补都不可能了！

“我回到苏格兰，跟布朗先生谈起在巴黎的感受。布朗先生对我说，不只是巴黎，伦敦、柏林也是一个样的，法国、德国和我们英国，都是世界的强国，世人不知内里，以为什么都很好。其实，高层官场已腐化堕落，总有一天国家会要崩溃的。后来，我去看望我的老师爱丁堡大学的老校长卡莱尔。卡莱尔听了我的诉说后，长长地叹了一口气说，孩子，你是中国人，你还是回到你的国家去吧！你的国家有几千年的古老文明，是世界上最了不起的国家之一。我一向很尊敬黑格尔，佩服他的哲学观念。后来我读到一本介绍你们中国最古老的经书《易经》的小册子，才知道黑格尔的那一套是从中国的《易经》里学来的。但黑格尔却不说明，这不是在欺骗世人吗？黑格尔是一个很有学问的大教授，尚且不能完全的诚实，可见这诚实二字之难。又是看了介绍中国的书以后，我才知道早在几百年前，中国的学人便在倾尽全力研究‘诚意’‘不欺’这些大课题，并以‘不诚无物’和

‘慎独’这样的高度来修炼自己的品德，积累了一整套修身养性的有效方法。这比我们西方的学者不知要高明多少倍了！”

一向只是洋人瞧不起中国，说中国没有铁路轮船、没有机器炮舰，这些话虽倨傲无礼，听了很不舒服，但也只得忍了，因为中国的确没有这些东西；至于说中国没有学术，没有文明，这就让人很恼火。现在第一次听说泰西也有大学者称赞中国的古老学术，而且称赞的是正宗中国儒学，这怎么能不令视学术为生命的两广总督欣慰！坐在眼前的这个深受泰西文化浸淫的混血儿，在他的眼里立时变得亲切起来。

桑治平插话：“你是听了这个老师的话，回到东方来的？”

“是的。”辜鸿铭望着桑治平点了点头，他弄不清楚这个与总督并排坐在一起的人的身份。“我在四年前就离开了苏格兰。”

“那你为何没有很快回国呢？”桑治平接着又问了一句。

“是这样的。”辜鸿铭整了整脖子上的浅色丝领带回答，“我离开苏格兰后，第一个愿望是要回槟榔屿看望我的母亲，我的父亲则早在我大学毕业前夕便去世了，他没有等到我学成归来的一天。我在家里还没有住到一个月，马来亚的英国殖民政府得知我的留学情况，委派我一个公职，要我即刻到新加坡赴任，因为那里很需要像我这样懂得多国语言的人做秘书。母亲说我应该为政府效力，我于是接受了这个职务。我在新加坡一边处理公务，一面利用新加坡的有利条件练习中文，阅读中文书报。半年下来，我的中文水平提高很快。这一天，突然有一个人来到新加坡，因为他，使得我终于下定决心辞掉公职迅速回国。”

这是个什么人，有这样大的说服力，能使辜鸿铭置母命与政府的委派于不顾，竟然奔回自己的国家？

“此人刚从法国留学回来，途经新加坡，名叫马建忠。”

马建忠是个什么人，张之洞不知道。他问桑治平：“你知道这个人吗？”

桑治平想了想，问辜鸿铭："他是江苏人吗？"

"是。他告诉我，他是江苏丹徒人，有两个哥哥，大哥名叫马建勋，二哥名叫马相伯。"

"我就想到他有可能是马建勋的兄弟。"桑治平说，"马建勋，我见过一面，那时他在亳州做淮军粮台。马相伯现在天津北洋衙门做事。马家三兄弟，在江苏被视为当年的马氏五常。"

张之洞点点头，心里思索着：马建忠一回国，李鸿章就通过其兄的老关系将他收罗过去了。这是李鸿章的过人之处。李鸿章可以这样做，我张之洞现在也是一方总督，我为什么不可以这样做？他李鸿章可以仗着总督的实权，广纳各方人才，我今后也应该如此。收下一个辜鸿铭，通过他的关系再网罗一批留洋人才，看来往后的事情要更多地仰仗从西方归来的读书人。一种渴望留住辜鸿铭的愿望，在张之洞的心中油然而起。

张之洞的脸上现出蔼然之色，问辜鸿铭："马建忠和你说了什么？"

"马建忠对我说，中国是一个有着五千年古老文明的国家，当中国已经高度发达的时候，欧洲这些国家还处在愚昧摸索之中。中国的四大发明恩惠了全世界，若没有中国人的这四大发明，欧洲决没有今天的发达强盛。我问他什么是四大发明。马建忠告诉我，四大发明，一是造纸术，一是印刷术，一是指南车，一是火药。有了造纸术和印刷术，才有欧洲的书报，有了指南车，才有了欧洲轮船航海业，有了火药，才有欧洲的大炮机枪。我没有想到，外国引以自豪的这些东西原来都是靠的我们祖宗的发明，我顿时有一种扬眉吐气之感。"

张之洞说："我们中国人仁慈，发明了指南车，不去造轮船渡海侵略别人，而是造福远行者不迷路。发明了火药不去造子弹杀人，而是做鞭炮，使得过年过节热热闹闹高高兴兴。"

桑治平、赵茂昌、刘玉澍都笑了起来。赵茂昌说："张大人说得好极了，我们中国人是君子，洋人是小人。"

“马建忠还对我说，”辜鸿铭继续说下去，“中国有好多种学问。两千年前有过一次百家争鸣，大家敞开心怀，把自己的聪明才智都表露出来，经过争论，最后归纳为十大家。他告诉我，儒家叫人如何修身养性，道家叫人如何养心适性，墨家叫人如何勤劳兼爱，纵横家叫人如何从事外交，至于阴阳家、杂家更是有许多神秘的学问，西方人只能莫测高深，不能窥探其奥妙。要了解这些，就得要回到中国去，在那方水土上生存，才能识那方水土精髓。”

张之洞不觉哈哈笑了起来说：“这个马建忠也真会说话，他应该到总署去做事才好。”

“听了马建忠这番话，我决心即刻离开新加坡回国。我问他，我回国后要拜谁为师最好。马建忠想了一下说，要说中国传授学问的老师真是成千上万，就名师来说，也数以百计；但在我看来，都不必去拜访，也不必去投靠。中国现在最大的问题是国势颓唐，谁有拯救中国于颓唐之中的本事，谁就是今天中国最大的学问家。我很高兴地说，我的想法跟你一样，回到中国后，要投身于中国的实务中去，各家各派的学说可以利用空暇去浏览。”

张之洞想，自己也应该算是一个拯中国于颓唐的大学问家了，不知这个海外学子的心目中有没有自己。

“马建忠对我说，你若十多年前回国，可以去投奔曾文正公，他是中国公认的有真才实学的第一号大人物。我笑道，十多年前，我还是一个小孩子，他也不会接收我。马建忠笑了说，是呀，可是他现在过世了，你回国见不到他了。不过，他有一个得其真传的学生，名叫李鸿章，他是眼下中国公认的第一号大学问家。你回国后找他，若需要的话，我可以为你写一封推荐信。我说，好，我去找他。”

张之洞的脸色立时沉下来。他也知道，无论是声望还是实力，李鸿章都远在他之上，但是，当一个海外学子在他的面前如此抬举李鸿章而全然没有提到他时，他心里仍然极不舒服。赵茂昌将张之洞脸色的变化看在眼里，寻思着要在适当的时候说几句话。

"我离开新加坡，回到槟榔屿，将这一想法告诉母亲，母亲支持我。此时恰好有一支英国探险队要到中国去，我就随着他们一起出发。在翻越滇缅边境时，我们遇到了许多险恶，我意识到随时都有生命的危险。我志不在探险，如果死在那里，将大为不值，我于是离开探险队来到香港。在香港遇到一个人，他告诉我，要到中国去投李鸿章，你这点学问远远不够。不如在香港住几年，多读点中国书。我听信了他的话，一住三年。上个月，我偶然遇到了刘玉澍先生。他对我谈起了您，我在香港的报纸上也看过关于您的介绍，于是就随他来到广州，希望见到您。"

听到这里，张之洞才舒服过来，看来海外还没有无视我张某人。张之洞脸上变化的这一小细节，又被赵茂昌看在眼里。他赶紧对张之洞说："这几天，我和辜先生谈了几次话。我告诉他，马建忠的话说得不准确，当今天下第一大学问家不是李中堂，而是我们张制台。"

张之洞听了这话很高兴，满脸堆上笑容，和气地对辜鸿铭说："你就在我这里住下来，不要到别的地方去啦。我以后常给你讲中国学问，中国最大的学问在我的肚子里。"

辜鸿铭认真地问："请问张大人，你肚子里的这门学问叫什么？"

"这门学问叫什么？"张之洞哈哈笑起来，"它叫天人合一之学，是天底下最高最深的莫大学问。我今后慢慢地传授给你吧！"

桑治平想起张之洞要他找的两本书，连忙拿出来，走到辜鸿铭的面前说："这是一个朋友送我的两本书，可惜我不懂洋文，你能帮我看看吗？"

辜鸿铭接过来，看了看上面一本的封面，又翻了翻，说："这是笛卡儿的《哲学原理》，此人已死去二百多年，是法国很有名的哲学家、科学家。他写了很多书，这本《哲学原理》是他的代表作，这是法文原版。因为讲的道理太深奥不好读，我在巴黎时用了整整一个星期才读完。"

辜鸿铭把《哲学原理》还给桑治平，将手中的另一本封面瞄了一眼，说：“这是一本俄文小说，书名叫《父与子》，作者是俄国著名作家屠格涅夫。这本书别看它厚，很好读，作者才华过人，语言优美。我在爱丁堡大学读书时，一天就把它读完了。”

这番话使在座的两个中国读书人听了目瞪口呆，做声不得。张之洞深感当今中国，正缺少也正需要的就是这种人，不管他提出什么要求，要多高的薪水，也要把他留在两广总督的幕府里。

张之洞满是关爱地对辜鸿铭说：“辜先生在海外十多年，积累了丰富的西方学问，又学过泰西语言，国家要的正是你这种人才。我想请你留在广州，跟我一道做一些对国家和百姓有用的实事。至于薪水和待遇，我都会从优考虑。你愿不愿意留下，有什么要求吗？”

“我愿意。”辜鸿铭爽快地回答，“我现在也提不出什么要求，以后我想起什么，再给大人提出。”

“好。”张之洞满意地点点头，将辜鸿铭从头到脚又重新打量了一番，说：“你不向我提要求，我要向你提一个要求。”

辜鸿铭有点紧张，不知这位自己国家的大官员会提出什么要求来。

“辜先生，你既然已回到中国来，就要做一个完全的中国人。今后在我的衙门里做事，不要穿这身西装，明天赵茂昌带你到城里裁缝店去做三套衣服，冬天一套，夏天一套，春秋一套，就算是我送给你的礼物。另外，你的头上没有辫子，要把辫子留下来，一时长不出，先去买条假辫子来。对朝廷来说，这有没有辫子，不是一个留头发的问题，而是忠不忠的大事。这里面的缘故，叫刘玉澍告诉你吧！”

“我知道。”辜鸿铭说，“我第一次离家到英国去的时候，父亲就对我说，今后不管遇到什么情况，你头上这条辫子一定要留下来，这是中国人的标记。”

“那后来为什么没有了呢？”桑治平望着辜鸿铭头上梳得很好的西式分头，饶有兴趣地发问。

辜鸿铭笑了笑说："我刚到英国时，学校里的同学都笑我脑后的辫子，说它是猪尾巴。我记着父亲的叮嘱，不管别人如何取笑，我一直不剪。一直到十七岁那年，我进了爱丁堡大学，我的一个同班女同学对我说，你的这条辫子真可爱，乌黑油亮，好玩极了，你送给我吧！我很喜欢这个美丽的英国姑娘，心里犹豫好长一会，最后还是下了决心，当即拿剪子剪了辫子，对那姑娘说，你喜欢它，就送给你吧。那姑娘很感动地收下了。"

满屋子人都笑了起来，桑治平笑道："原来辜先生是个多情的男儿，祖宗传下来的辫子为一个姑娘而剪了。"

张之洞关心地问："后来那个姑娘嫁给了你吗？"

"没有。"辜鸿铭似乎并不把它当作一回事，"毕业后她去维也纳学音乐，我去莱比锡学工程，就那样分了手，再没见面。"

赵茂昌忙问："你后来娶的哪国女子？"

"我至今未成家。"辜鸿铭说，"马建忠对我说，中国古代男子是三十而授室，我还只有二十八岁，不急。"

"好！"张之洞说，"到时我来给你找一个好姑娘！"

辜鸿铭笑了笑，没做声。

张之洞也起身说："眼下就有一件紧要的事要你来办。你带着两广总督衙门的公文到香港去，找到汇丰银行的老板，为两广借一百万两银子。具体如何办理，过会儿桑先生再给你详细交代。"

辜鸿铭等人刚出门，巡捕便进来报告："粤海关道黄万全求见。"张之洞叫巡捕带他进来。

五　冯子材威震镇南关

黄万全进来向张之洞打个躬后，即从左手衣袖袋里掏出一个五寸长两寸宽的红纸袋来，双手捧上，说："这是七、八、九三个月公费银，三张银票，每张三千两，共九千两，请大人过目。"

张之洞大吃一惊：这是怎么回事！是行贿吗？光天化日之下，一个粤海关道竟然敢来总督衙门公开行贿，是这个道员胆子太大呢，还是把我这个制台太小看了呢？张之洞想到这里，心里一股怒火猛然升起。他拉下脸来厉声喝道："你这是干什么？还不赶快给我收回去！"

黄万全瞪大着两只眼睛，茫然望着张之洞那张铁青的长脸，托红纸袋的手不由得抖了起来。"大人，您千万别误会了，职道没有别的意思，这是粤海关的例行公事。"

例行公事？张之洞想，这中间必有名堂，便将拉长的脸收回来，语气和缓地说："你坐下说，这到底是怎么回事？"

黄万全这才明白张之洞还不知这件事情，神色安定了许多。他坐下，将红纸袋暂时又放回衣袖袋里，悄悄地说："大人原来不知道，容职道禀告，这是一桩已奉行十多年的成例了。早在同治年间瑞麟任两广总督时，因督署开支庞大，公款不够，当时的粤海关道傅璟为总督分忧，每个月从关税中提取一千两银子以补充开支，从此便成定例。不管谁做粤海关道，他都照样上缴这些银子，也不管谁做了粤督，都照样接收；不同的是，这笔银子是一年年增加，从一千到一千五，到二千。上年曾九帅来广州后，他的开支更大，遂干脆来了个每月三千，一季上缴一次。职道以为大人已经知道，故未说明，这是职道的不是，希望大人宽恕。"

张之洞想：总督衙门的开支不够，就从粤海关税中提取，这不明摆着是从国库中揩油吗？这样明目张胆地侵吞国库，居然可以名正言顺地成为惯例，居然可以奉行十多年而无人告发，这国法纪纲到哪里去了！常言道上行下效、上梁不正下梁歪。总督衙门可从海关税中取钱，巡抚衙门便可以从盐税中取钱，县衙门便可以从赋税中取钱。这样一来，岂不全乱了套？这个成例要废除掉，不能再沿袭下去了！正要这样对黄万全说，转念一想：一个月三千，一年便是三万六，眼下唐景崧、冯子材新招的勇丁要军饷，在越南的各支队伍也望银眼穿，大战在即，银子就是士气，银子就是胜利，刚才还在要辜鸿铭到香港去借洋款，为什么这笔银子不收下？既然已实行多年，这三千两银子从关税中提出早已有了合法的途径，就让它这样继续吧，我张之洞今天就拿这笔钱去补充军营好了。

“黄道。”

“职道在。”

“这笔银子既已成十多年的定例，本督也不想改变。你就从这季度的九千两开始，每季度上报一个册子，交给督署军需处，由军需处作补充军饷用。督署衙门的其他任何开支均不得用它，我今后还要专折向朝廷奏明此事。”

“大人清廉，职道钦佩，职道这就去办。”黄万全忙起身告辞。

黄万全走了以后，张之洞想，还不知两广各级衙门这种陈规陋习有多少。本是违法行为，大家都这样做，见怪不怪，就成为合法的了，真是岂有此理！他恨不得立即就来一个全面肃清官场风气的举措，但战火弥漫，形势逼人，眼下最大的事情只能是全力备战，其他事，不得不压一压了。

是的，战争已是当前举国关注的头号大事了。

法国海军六月攻打台湾基隆失败后，八月中旬，在司令孤拔的率领下，再次侵犯台湾。法舰十一艘攻打基隆，又派出五艘进犯沪尾。当时这一带的清兵仅三四千人，为全力保沪尾，不得不放弃基隆。法军占据了基隆这个台湾北部的重要港口，并向四路扩大它的侵略领地，部署向台北推进。台湾巡抚刘铭传不得不向他的老上司李鸿章请援。李鸿章却只派遣刘铭传留在大陆的老部属一千五百余人，坐英国货船由台东登岸。这支军队对台湾局势的缓解几乎不起作用。刘铭传对此大为失望，他致电李鸿章，再次告急。李鸿章回电刘铭传：现在北洋只有快碰船二只，断不足以抵挡铁舰的巨炮，即使派到台湾来也无济于事，只得请求朝廷另设他法。

闽浙总督左宗棠上疏朝廷，责问南北两洋的兵轮为何坐视不救，应当立即开赴台湾救急。于是朝廷命两江总督曾国荃派出兵轮五艘迅速赴难。两江水师统领吴安康率领开济、南琛、南瑞、驭远、澄庆五艘兵轮驶向台湾海峡。行到浙江洋面，突遇九艘法舰。时大雾迷蒙，吴安康以寡不敌众为借口，令各舰驶入镇海。结果驭远、澄庆二轮为法舰所击沉。南洋援台一事宣告失败。正当台湾局势危急万分的时候，幸而法国海军中将孤拔病死澎湖，军心受到影响，攻打台湾的炮火逐渐淡了下来，台湾才免于全岛沦陷。

在越南北部，法国陆军对清军的进攻也在全面铺开。经过三个多月的操练，唐景崧所招募的景字营开出镇南关，协助刘永福驻扎宣光附近。经张之洞奏请，朝廷授刘永福记名提督，并加唐景崧五品衔。紧接着，冯子材在广东招募的十八营子弟兵，也操练成军，由他的两个儿子相荣、相华分任左右翼长，由钦州、上思浩浩荡荡开进越南。古稀名将统率的这支七千人的新粤军，给整个越南北部战场注进一股强大的活力，驻扎关外的所有清军莫不为之一振。

与此同时，广东碣石镇总兵王孝祺也奉张之洞之命，统率八营将士由梧浔溯西江，经龙州出镇南关。王孝祺安徽合肥人，是张树声的小同乡，也是张树声插起招军旗的第一批铁杆兄弟，二十余年来跟着张树声转战南北，累功升至总兵。王孝祺骁勇善战，却也强悍任性，他跟吴元洛等其他淮军将领一样，原本压根儿瞧不起无一天沙场履历的文人张之洞。几个月下来，他从张之洞对张树声和淮军的一连串举措中，看出新总督的才干，也看出此人虽不是带兵打仗的将军，却有镇抚全局的帅才气度，遂乐意听从命令，带兵入越，再立新功。

这三支人马共三十营一万二千将士出关入越，无疑大大增加了朝廷在越南北部的军事力量。

其实，朝廷早已在越南投入不少兵力。此时，广西巡抚潘鼎新统帅两个精锐新兵营驻扎在谅山城内。环绕着谅山的有三路人马，分别为驻在谷松的中路苏元春十八营，驻在南甲的西路杨玉科九营和驻在那阳的东路王德榜十营。这三支军队距谅山均只百来里路程。此外，还有刘永福的四千黑旗军。所有在越南北圻的朝廷军队加起来不少于三万人，若是纪律严明，武器精良，指挥有方，这三万人马堪称一支雄师劲旅，不但可以有效地抵御法军的挑衅，甚至可以将侵略者赶出北圻。可惜，事实不是这样。军纪散漫，武器低劣，是当时清末军营的通病，出关入越的与在国内的，没有什么区别。更糟糕的是官衔最高、负有统帅所有在越军营的广西巡抚潘鼎新，是个徒有空名无真本事的老官僚，各路统领差不多都不买他的账。冯子材的十八营子弟兵，入越后一直在镇南关外徘徊着，要静观形势的变化。他拒绝接受潘鼎新的调遣，潘鼎新也不敢指挥他。

法国则不断地向越南加强军事部署。老将尼格里任总指挥，频频向清军挑起战事，试图凭借强大的国力和精良的军事装备，把所有北圻的清军赶回关内，让越南北部成为法兰西的殖民地。孤拔统率的海军进犯台湾，其战略目的仍是配合越南。这一点，经冯子材一针见血地指出后，张之洞也越来越看清楚了。他上疏朝廷，明确指出，尽管法国在东南海疆挑起事端，而其用意却在越南，故振全局在争越南，而争越南又在此数月内。

辜鸿铭不负所望，从汇丰银行借来了一百万洋款，张之洞用这笔洋款迅速从洋人军火商手中购买枪炮弹药，同时在军饷上也尽量满足前线将士的要求。又接受辜鸿铭的建议，在香港定购大批西方报刊，派专人每天送到广州督署，由他翻译，择其重要者，送给总督，以便从西方报载中掌握法国的军事动态，为越南战争提供讯息。

十一月，法军七千人在远征军总司令波里指挥下，大举进攻丰谷，王德榜大败，向苏元春求救。苏元春竟然按兵不动。半个月后，法军又大举进攻谷松等处，王德榜也坐视不救。苏元春无奈退兵威埔。张之洞得知此事，对苏元春、王德榜的行为甚是恼火。他一面上疏朝廷，一面任命冯子材为帮办广西军务，以便让冯取得仅次于潘鼎新的军事调遣权。十二月，法军乘连败清军中路、东路的兵威进攻谅山。潘鼎新既已失去中、东两路的屏障，西路杨玉科又战死沙场，遂丢掉谅山仓皇逃命。逃跑途中，从马上摔下来，跌断左手。他又羞又急，从谅山逃到幕府，从幕府逃到凭祥，又从凭祥逃到龙州厅，惊魂尚未安定。法军攻陷谅山，又占领镇南关，将一座数百年的雄关彻底摧毁后才退出。关内关外难民，跟着逃兵一起沿着北江流窜。广西全省大震。

朝廷对潘鼎新这种弃城而逃的行为非常愤怒，立即下令撤职严办，并命广西按察使李秉衡护理桂抚一职，担当起统领越南北圻一带的重任。

谅山丢失，固然给越南战局带来极大的不利，但天下事祸福相依，因潘鼎新的革职导致李秉衡的上任，又给局势带来新的转机。

李秉衡是清末官场上不多见的清廉能干之员，虽是捐纳出身，却操守甚佳，早在做府县官员时，就有“北直廉吏第一”之誉。张之洞钦佩李秉衡这种为官之风，他以晋抚身份向朝廷推荐了一批人才，李秉衡也列在其中。

经张之洞的推荐，李秉衡很快便擢升为浙江按察使，随即平移广西。李秉衡感激张之洞的知遇之恩，张之洞也对李秉衡格外信任，二人之间相处融洽。

就在朝廷任命下达的同时，张之洞也给即将出关统兵的李秉衡一封急信。信上说，这两个月来越南战局恶化，关键在于各路统领不能协调合作，而这种局面根本原因又出在潘鼎新的身上。潘鼎新德不能服众，才不足以制敌，希望李秉衡以前车之覆为鉴，将越南北圻的军事总指挥权交给冯子材，由冯全权督办关外军务。

张之洞对李秉衡说，如今的局势，与咸丰十年江南大营溃败时差不多。当时朝廷为了挽回败局，不得不将东南事权委之于曾国藩一人。眼下冯子材、刘永福都是可独当一面的人。为此，他为前线谋划一个大的战略部署：东西两线合作用兵，东线谅山委之于冯子材，西线宣光委之于刘永福。

这时候，冯子材的心情正颇为抑郁。原来，潘鼎新既是巡抚，又兼广西陆路提督之职。他被撤职后，朝廷任命苏元春为广西提督，却并不按常例擢升他这个帮办。六十八岁的原广西提督看到四十岁的苏元春位居他之上，心中甚是不快。

李秉衡带着张之洞的信，一到镇南关，便去拜会驻在关外的冯子材。

“老将军，”李秉衡诚恳地说，“局势危殆，关外各军群龙无首，我虽奉朝廷之命护理巡抚在关外督战，但其实不懂军事，还请老将军出面，挑起这副重担。”

冯子材冷冷地说：“苏元春不是擢升广西提督了吗？这重担自然由他挑，我不过帮办而已。”

李秉衡说：“苏元春虽被升为提督，但他的声望和能力毕竟不能与老将军相比，王德榜在上次战事中与他结了仇，现在如何会听他的？王孝祺是淮军宿将，资历年岁都已在苏元春之上，他也不会听苏元春的。至于刘永福，他早就说过，只服老将军一人。”

冯子材冷笑道：“既然这样，又何必让苏元春占着广西提督这个位置呢？”

李秉衡见冯子材年近古稀，做过多年的提督了，如今还这样计较名位，心里虽不以为然，嘴上仍耐心地解释：“三个多月前，老将军尚未来越南，潘鼎新便已向朝廷推荐了苏元春出任广西提督。他是广西人，在广西办了多年的团练，与广西村寨头领、土司交往颇多，也算得上一个地头蛇，故而潘鼎新推荐他，朝廷也便接受了；但在越南做各路人马的统帅，他显然不够资格，更不能跟老将军比。老将军二十年前就是提督了，还在乎这个官衔吗？再说，与一个儿辈的人去怄这个气，也不值。”

李秉衡的这番话不无道理。冯子材想：我都快七十岁了，已致仕多年，还在乎职务高低吗，只是心里不顺气罢了！

已是正午时候，他留下李秉衡在军营吃午饭，彼此都不再谈这件事。吃过午饭后，他安排李秉衡休息，自己也照例睡午觉。冯子材倒下后很快便鼾声大作，书生出身的李秉衡面对着严峻的局势心中焦急万分，坐立不安。正在这时，军中信使来到营外。李秉衡忙走出门，指着信使手中的一封用火漆封口的信函：“这是什么？”

信使答：“这是两广总督衙门发给冯军门的信。”

“噢。”李秉衡心里想：又有什么紧急军情吗？“你直接送给冯老将军吧！”

原来，信使送来的并不是紧急军情，而是张之洞写给冯子材的私人信件。信上说：上次在荔枝湾，老将军说过要有制胜之把握，必须有统率各军的权力，当时鉴于潘鼎新以桂抚在关外督军的缘故，不便答应，只能在今后相机而动。现在潘已去职，苏元春虽升为提督，但难负众望，不能统辖各军，广西提督亦未有辖制关外各军之权，我已请李护抚台恭请老将军出面主持大计。时机已到，盼老将军以国事为重，临危受命，挽回大局，为华夏争光。近日，外国报纸透露法国远征军中的一个重要消息，愿老将军切实把握。从敌人营垒获取军情，常常是出奇制胜的秘诀。老将军用兵一生，自然比别人更深知此中道理。另纸附辜鸿铭翻译的英国《泰晤士报》上的一则花边新闻：法国远征军东线总指挥尼格里少将贪恋女色，跟一个河内歌女打得火热，居然将歌女从河内召来谅山相伴，军中多有不满。

冯子材看到这则消息，一个想法突然冒出来，他仿佛从中看出打胜仗的苗头了。

他兴冲冲地走进李秉衡的休息间，爽快地对愁眉未展的护理抚台说：“我同意出面指挥全局军务，但你要苏元春、王孝祺、王德榜等人保证，完全听我的将令，不得稍有违抗；若有违者，老夫将以军令处置。”

李秉衡听了这话，愁云顿时消去，高兴地抚着冯子材的双肩说：“老将军放心，这事包在我的身上。说句实话，苏元春他们也是从心里服老将军您的。”

冯子材从明暗两方面制定他的作战计划。明的一面，即保卫镇南关，收复北圻失地。冯子材带着苏元春等人仔细查勘镇南关四周的地形，决定将军营移进关内距关楼八里处的关前隘。此地东西高耸，中间两道山岭相距约四十丈宽，冯子材在这里筑一道两人高连接东西山岭的土石长墙。墙外挖一条一人深的大沟，东西两道山岭上建三座炮台。王孝祺的军营扎东岭，苏元春率部扎三里之外的幕府，王德榜率部屯于五里外的油隘，构成对关前隘大营的犄角之势。冯子材和他的两个儿子则率部扎在土石长墙内。

王孝祺私下问冯子材："镇南关内外布置得这样严密，法国已经将关楼焚毁而去了，他还会再来吗？他若不来，我们岂不白费力？"

冯子材笑道："法国人想要独吞越南北圻，不容中国插手，只要我们还有一支人马在这里，他就不安心。现在我们有七十多营、三万将士扎在镇南关内外，他更是一天到晚吃睡不香，要不了多久，便会主动来找我们挑战的。"

王孝祺说："镇南关内外现在可以说是严如铁桶，谅他们再来，也占不到便宜。不过，法国人乖滑，他们在关口上一旦失利，便会撤退逃跑。我们若采取包围阵式，截断他的后路，将他们全部歼灭在此地就好了。但这要事先知道他们从哪条路来，先期埋伏在那里才好，如何能预先知道呢？"

冯子材遥望着关外草树浓密的荒芜之地，沉默良久后，悄悄地说："办法是在想，能不能成功，就只有看天老爷帮不帮忙了。"

原来，暗的一面在同时进行，不过他不想对王孝祺明说罢了，这种事只能越隐蔽越好。

冯子材在越南住过几个月，与当地人有些联系，通过他们的查访，很快便落实《泰晤士报》的花边新闻说的是实情。这个歌女名叫溪笋。溪笋已没有父母，有个大姐已出嫁，还有一个小妹在一家小餐馆当招待，日子过得都不宽裕。溪笋做歌女，收入也不多，她其实并不爱这个法国老头，只是图他的钱而已。

打听到这些情况后，冯子材叫他的小儿子相华装扮成一个越南生意人的模样，在本地翻译的陪同下，悄悄来到法国人占领的河内城。傍晚的时候，他们找到溪笋的大姐溪草家。溪草和她的丈夫阮志清对这两个不速之客的来临颇为惊讶。

翻译对溪草夫妇说："我是从顺化来的。"

顺化是越南的都城，从顺化来的，意味着是从朝廷来的。溪草和她的丈夫都是小老百姓，翻译随意编造的第一句话，便将两个人镇住了。他们瞪着两只眼睛怯怯地听着。

"我给你们说实话吧。法国人在我们越南是呆不久的，朝廷上下，从国王到各位文武大臣都恨死了法国人，请中国派兵到我们国内来，就是为了要把法国人从我们越南赶出去，跟法国人混在一起是没有好下场的。"

溪草的心在怦怦乱跳，妹子跟一个法国将军相好，最近又去了谅山这些事，她都是知道的。亲戚朋友、左邻右舍中有知内情的，都在背后指指点点，还有的人骂溪笋是越奸。作为亲姐姐，溪草也为妹子担着心。她有时也劝妹子不要跟法国人混在一起，但妹子不听，又常常拿点钱给她花，她也便不说什么了。现在，这个男子板着面孔说出这种硬话来，着实让她害怕：莫非他是朝廷派来的人，要来捉拿妹子？溪草看了看丈夫，丈夫的脸色也明显地变了。

"你的妹妹溪笋做了法军头领的情妇，还跟着他去了谅山。"

"我们不知道。"溪草想为自己打掩护。

"这件事，英国的报纸都登出来了。"翻译瞪了溪草一眼，"不知道，我今天就正式告诉你们。"

阮志清急了，说："我们不是越奸，溪笋也不是越奸，她只是图那个法国佬的钱罢了。"

"做法国佬的情妇，就有越奸的嫌疑，到时法国佬被赶出越南后，你妹子的日子就不好过了。"翻译这一副政府代言人的模样，使溪草夫妇更害怕了。

"我这就去谅山，叫她回河内来，离开那个法国佬算了。"溪草以哀求的口气说，“求求你们，今后不要找她的麻烦。她也是命苦，没有法子。”

“离开就行了，就没事了？”翻译冷笑道，“除非为国家立有功劳。”

阮志清问：“她一个小女人，能为国家立什么功劳？”

相华开口了：“只要她愿意，她可以立大功。”

翻译把相华的话转告后，说：“这位便是我们从中国请来的将军。他的军队很强大，法国人打不过他们。若你妹子能够帮忙的话，打赢法国人要省事很多。你的妹子立了功，朝廷自然不会再找她的麻烦了。”

溪草忙问：“她怎样帮忙呢？”

相华通过翻译与他们交谈起来。

“要你妹子努力打听法国人的军事情况，遇有大事，应立即报告我们。”

“这些情况如何到达你们那里呢？”

“你们两夫妇明天跟我们一起去谅山，找一处离你妹子最近的地方住下来。你去见你妹子，将这件事告诉她，要她一有事就告诉你，然后你再告诉我们的人。我们有人天天来联系。”

溪草两口子对坐着不开口，相华从口袋里拿出一锭银子来，说：“这是五十两纹银，先给你们，事情办好了，再给你五十两。另外，给你的妹子三百两银子。”

望着这一锭沉甸甸的银子，阮志清的眼光顿时亮了。他一年辛辛苦苦，起早贪黑地做事，一年下来，赚不到二十两银子，办好这件事，一下子就是一百两银子，抵五年的辛劳，妹子还可以得三百两；如果再从妹子那里分一百两的话，就可以起屋买田，做起富人来，一家子舒舒服服了，何况还可以为妹子洗去越奸的耻辱。他用肩膀碰了碰妻子：“怎么样？”

溪草的想法跟丈夫一个样，于是点了点头，答应下来。就这样，溪笋的姐姐姐夫便在谅山住了下来，尼格里的动向也便随时传到冯子材的耳朵里。

这一天，由溪笋那里传来一个极为重要的消息：后天，也就是二月七日，尼格里将率大批人马从谅山出发，沿神木、敦土一线从东边进攻镇南关。尼格里已向波里夸下海口：一举踏平镇南关，将中国军队彻底赶出关外。

冯子材得到这个消息，将镇南关的军事力量作了一番调整，又安排驻扎油隘的王德榜部先天夜里潜伏在敦土，待战斗打响后，切断法国人的后逃之路。同时，冯子材又飞骑将这个消息告诉西线的刘永福，一旦镇南关的仗打赢了，便乘势进攻宣光、光复、广威、敦江等，来个东线西线全面开花。

果然，二月七日一大早，尼格里便带着装备精良一千名法国士兵浩浩荡荡向镇南关开赴，真的沿着神木、敦土一线前进。王德榜看着这一队法国人从眼皮底下走过，又紧张又兴奋。这个跟着左宗棠转战南北的前楚军首领，两个拳头攥得紧紧的，暗暗下定决心，一定要把后门关得牢牢的，让这群趾高气扬的洋鬼子有来无回，一个也不能跑掉。

中午时分，尼格里来到镇南关口。尼格里也是战火中打出来的军人，是一个富有经验的强悍的指挥官。当他的军队来到镇南关口时，便借助望远镜将关前隘中国军队兵力部署都看清楚了。东西两道岭上的炮台显然都是为了保卫进口关隘的。西边的炮台，其火力点又集中关隘后，对关隘前威胁最大的是东边的炮台。

尼格里知道，要打开关隘，必须先要拿下东岭的三座炮台。他将部队分成两部分，自己带六百人进攻东岭，参谋长米歇尔率领另外四百人攻打正面的土石墙。

他指挥士兵构筑临时工事，装上炮架，开始对东岭炮台发起猛烈的攻击。守卫在这里的王孝祺早有准备，沉着应战。

双方的炮火都很激烈。法国人倚仗着先进的军事装备，和屡战屡胜的昂扬气概，全然不把中国军队放在眼里。中国军队憋足了一肚子怒火，又加之这次早已成算在胸，也一扫过去的怯弱和慌乱，并不害怕山下敌人的嚣张气焰。尼格里与中国人打过几次交道，还是第一次感受到这种与往日不同的气氛。他不时拿起望远镜向岭头遥望，又哇啦哇啦不停地叫喊着。他手下三十多门大炮，随着他的喊叫和手臂挥动，将一发发带着火光的炮弹飞一般地向山头射去。

临近傍晚时，山头中国军队的炮声突然稀少起来。原来，平素预备的炮弹打得差不多了，临时从大营里赶运上山的几十箱炮弹却大部分是哑炮，有的甚至射到一半便头重脚轻似的栽了下来。王孝祺看到这个情况，气得顿脚直跳："他妈的，这是怎么回事！这炮弹是哪里造的？"

"这是江南制造局造的。"炮手指着木箱上的黑字说。

"我操他八辈子祖宗！这不是要老子的命吗？"王孝祺气得将印有"江南制造局"字样的一个空木箱用力向炮垒外甩去。

他还不解恨，又破口大骂："这些家伙统统都要抽筋剥皮下油锅！老子一个也不让他活！"

这个意外的变故很快便让尼格里看到了，他兴奋地大声喊叫："上帝啊上帝！中国人没有炮弹了，我们把炮架推过去，瞄准好，一发一发地打！"

法国兵一个个拍手叫好，肆无忌惮地将炮架推移过去。射程近，法国大炮的威力更大了。没有多久，三号炮台便被炸毁，二十多个炮手全部牺牲。

王孝祺气得昏了头，大叫："兄弟们，跟着老子冲下去，跟洋鬼子们拼了！"

正在这时，相荣已来到山头。他一把扯住王孝祺的手说："王镇台，你这样下去，不是明摆着去送死吗？家父要我来告诉你，既然炮弹是哑的，守住几座空炮台也无用，不如干脆放弃，我们在关前跟他们来个肉搏战。"

正说着，法国人的炮弹如雨点般射来。二号炮台里的炮手们刚刚走出，炮台便被法国人的炮弹炸毁，眼看一号炮台也即将同此命运，王孝祺只得哀叹一声，带着驻守在东岭的所有将士下了山。

尼格里见东岭很久没有一发炮弹射出，知道中国军队已无还击力量了，便将令旗一挥，二百名法国士兵扛起三十多门轻型钢炮，很快便架到东岭上，扼控关隘口的东岭三座炮台便这样全部落入法国人的手里。

三个月前的那一幕即将在镇南关再次重演！形势的严峻令冯子材和所有中国将士们心头万分沉重。幸而，此时天色已完全黑下来，法国人要吃饭、睡觉、休整了，白日的鏖战，遂暂时停止。这一夜，古稀老将军望着关楼上的一弯冷月，久久不能安歇。戎马一生的荣誉，军人的尊严，志士的爱国情，交织在一起，促使他作出背水一战、杀身成仁的悲壮决定。

天亮的时候，他把王孝祺、苏元春等高级将领和儿子相荣、相华召在一起，沉痛地说："东岭的炮台已经丢失，镇南关面临随时被攻破的危险，现在我们面前只有两条路。一条就是像有些人那样，为保自己的命而弃关逃跑。自己的小命暂时保住了，但成百上千的士兵和百姓要因此而丧命，朝廷也不会轻易饶过，撤职罢官，自不待言，充军杀头也不为过，即便不死，万千人口骂手指，活着比死还受罪。"

冯子材炯炯发亮的眼睛将四周人扫了一眼，见所有的人都在屏声静气肃然恭听。他继续说下去："还有一条路那就是奋勇向前决不后退半步，与敌人拼到底。各位将军们，老夫为大家所选择的就是这条路，而且只有这条路。不要说拼命沙场马革裹尸是我们做军人的本分，单从今天的局面来看，我们也只有选择这条路，才是死里求生的唯一希望。"

冯子材又用坚定不屈的目光将大家打量了一眼，见众人的目光里都没有难色，心里颇为满意，嗓门更洪亮了："各位将军，法国人只有一千来人，我们有三万人，三十个对一个，优势在我们一边，关键是要大家都不怕死，团结一致，和法国人拼到底！”

苏元春插话：“老将军说得对，我们是三十个对一个，人多势大。现在的危险主要是东岭炮台被法国人占去了，对我们大为不利。我提议赶紧将西炮台移下来，安在东岭山脚下，仗打起后，炮火对准东岭，压住法国人的火力。我们全力以赴歼灭长墙外的法国兵，先把眼前的敌人吃掉后，再对付东岭。”

冯子材说：“苏军门的建议很好。你现在赶紧下令，把西炮台移下来。”

苏元春立即吩咐旁边的一个参将去西岭传达命令。

就在这时，一个把总慌慌张张地进来报告：“不好了，老将军，法国人已在填沟了。”

“慌什么？让他们去填！”冯子材的脸色突然变得铁青，他猛地撕开身上的黑马甲，吼道：“各位兄弟，为国立功的时候到了！谁是英雄好汉，谁是孬种混蛋，镇南关头见个明白！老夫今天就把这条老命送在这里，你们统统都要跟着我上来！”

说着，他将挂在柱子上的一把宝剑“嗖”一声抽出，那剑全身上下发出凛凛寒光。

“这把剑是二十多年前文宗爷给老夫的奖赏，它就是我们大清王朝的国法军纪。苏军门！”

“在！”苏元春应声答道。

“今天，这把剑就交给你，你代老夫执行王法。等下炮声一响，全体将士都要跟着老夫冲锋上阵。有畏葸不前临阵逃脱的，你立即用此剑斩下他的头来。”

“是！”苏元春响亮地回答，郑重地接过剑来。

“老将军，有一队法国兵已冲过沟来了！”先前的那个把总，人还没进门便大声叫起来。

“传我的将令，开枪射击，打烂他们的狗头。”

冯子材的声音刚落，外面的炮声便已鞭炮似的响了起来。

一会儿，西岭炮台的人前来报告：“西岭十二门大炮都已移到东岭脚下安装完毕。”

冯子材下令：“向东岭山头开炮，压住法国人的火力。”

外面的炮声枪声喊杀声越来越大，冯子材手一挥说：“我们都上土石墙！”

王孝祺忙阻止：“老将军，外面枪子太密集，你不要出去，我们代你上墙指挥！”

“那不行！”

冯子材从桌上拿起一条又长又宽的青色土布，将自己的头顶围扎起来，笑着说：“包上它，就不怕炮子了！”

说着，大踏步走出营房门，带着二子和诸将一起上了土石墙。

墙外，清军和法军正在作殊死的搏斗。尽管山脚的炮弹对东边岭头上法国人的火炮构成压力，但法国人占据地势居高临下，仍然有不少炮弹落到墙外沟边，可怕地威胁着守卫关隘的清军。趁着这有利的机会，深沟又被法国人填满了一段，大批洋兵哇哇乱叫如潮水般地踏过深沟，直向土石墙外扑来，形势越来越危急了。

“冯相荣、冯相华！”

“在！”见老父厉声呼叫，冯氏兄弟愣了一下后马上高声回答。

“跟我到墙外去！”冯子材将上衣脱下甩掉，露出黑瘦的光膀子来，又随手从身边的一个士兵手中夺过一把长矛。

“爹！”冯相荣忙去抢父亲手中的长矛，“你老不要下去！”

冯子材将手中的长矛往墙上用力一戳，瞪着眼望着儿子：“你怕死？”

“不是！”次子相华也来劝阻，“爹，你呆在这儿，我们下去。”

“老将军不要下去！”诸将也都来阻挡。

冯子材阴沉着脸，拿起这根一人半高的长矛，快步奔下土石墙。相荣、相华知道父亲的脾气，再也不说话，急忙各自操起一把大砍刀紧随着父亲下去了。

冯子材来到墙外，站在一块突兀的青石上，咬紧牙关死盯着一群群跨过深沟来到关隘口的法国人，万丈怒火升腾在他的胸中。穿出云层的朝阳，照在他飘拂的银须上，照在他头上的布帕和脚上的草鞋上，照在他手中那根闪闪发亮的丈八长矛上。这是一尊顶天立地的英雄雕塑，这是一股冲霄长虹的浩然正气，这是一座万古不倒的巍峨山峰。懦弱的大清王朝，你是多么的需要千千万万个冯子材啊！多灾多难的中华民族，你是多么的需要这种不畏强暴、誓死捍卫民族尊严的气概啊！

“相荣、相华，我们爷儿三个跟他们拼了！”

冯子材大叫一声，从青石上跳下来，手中的长矛直向一个法军小头目的胸膛刺去。相荣、相华紧紧地护卫着老父，挥起大砍刀，左右砍杀。

王孝祺看到这一幅壮烈的情景，早已热泪盈眶。他振臂高呼：“兄弟们，冯老将军跟法国人肉搏了，我们都下去吧！”

苏元春也高高挥起手中的宝剑，大喊起来：“冯老将军都亲自上阵了，我们还怕死吗？”

古稀老英雄这一壮举，成了清军将士最强有力的号令，最崇高的榜样。顷刻之间，这些平时散漫疲沓、畏难怕苦的绿营团勇仿佛吞下了仙丹灵药，浑身上下立时平添无穷的胆量和气力。断腿断臂、流血死亡的恐怖好像都不存在了，眼中只有冯老将军英勇杀敌的伟岸身躯，胸中只有不共戴天的仇恨，聚集在土石墙后的两万多清军如波涛如海浪般涌向墙外，山脚下的十二门大炮也一齐向东岭山头射击，顽强压住法国大炮的火力。在一股强大力量支持下的清军，此刻总算像个真正的军队了！他们三个四个围住一个法国人，大刀长矛，一齐向侵略者头上身上刺去。可怜这些一向骄横狂妄自以为东方无敌手的法兰西子弟们，今儿个蒙了头，晕了向，他们压根儿也没想到镇南关内竟然有如此强硬的对手：难道他们不是中国来的兵油子，难道他们今日真的是神灵附体？常言说，一人不怕死，十人不能敌。现在两万多人都不怕死了，千名洋鬼子岂能抵抗得住？法国人平时打仗得手，靠的是枪炮的威力，一旦短兵相接，枪炮就失去了优势，需要的是棍棒拳脚的功夫，而这一方面，洋人普遍不如中国人。

不到半个钟点，跨过沟来的法国人便大部分躺在墙外起不来了，没有过沟的见势不对，纷纷后撤。这时，王德榜率领的军队从敦土埋伏点冲了过来。他们人多势众，又见前方打赢了，更是气势十足，早已吓破胆的法国兵见了这批截断归路的中国军人，不由得更加心虚胆战，除开极少数的几十个逃出包围圈外，几乎所有人都成了刀下之鬼。至于那个头头米歇尔，因为服装与众不同，多时便成了众矢之的，早被剁成一堆肉酱了。

尼格里没有想到败得如此之惨，气得口吐鲜血，昏倒在地。身边的副官知道炮台保不住，便趁着还有十几发炮弹的机会，叫人背着尼格里，慌忙从山背后逃走了。

东岭炮台很快便被夺回。

还没有到中午，镇南关隘之仗便以法军全军覆没而获得大胜。乘着这股强劲的军威，冯子材指挥东线的苏元春、王德榜、王孝祺一鼓作气向谅山进发，几乎没有费多大力气便光复谅山，接下来又连连收复文渊、谷波、委坡、船头等地。

捷报传到西线，刘永福的黑旗军和唐景崧的景字营联合起来，一举光复被法国人占领多时的西部重镇宣光，紧接着又拿下广威、鹤江等地。越南北圻的大部分土地已在中国军队的控制之下。

这是一个多么令人兴奋的喜讯，这是一个多么令人珍贵的胜仗啊！中国人对这个胜利已盼望了四十多年！自从道光二十年的鸦片之战以来，凡中国军队与外国军队一接火，便注定是中国失败，外国获胜。中国人打不赢洋人，似乎已成了举世皆知的定理，在许许多多中国人的心中，对洋人的恐惧，早已深入骨髓。这种心理，四十多年来一直沉重地压在大清帝国的头上，从朝廷到民间，在洋人的面前都直不起腰，挺不起胸！

现在终于有了这一场关外大捷，冯子材统率的中国军队在越南北圻为大清帝国，为中华民族扬了一次眉，吐了一口气。捷报传到广州，全城喜气洋洋，张之洞更是兴高采烈。他感谢冯子材和关外的三万将士扬了国威，振了民气，也感激他们为他这个两广制军赢得无上脸面。

他以两广制军的名义命令，东线统领冯子材稍事休整后立即进攻北宁、河内，西线统领刘永福迅速攻占兴化。东西两线齐头并进，互为声援，争取尽快光复整个北圻；并以此为基础，将所有侵犯越南的法国军队全部驱逐出境，使越南重新回到中国的怀抱，成为中国一个稳定可靠的藩属国。他随后又给朝廷上折，详细禀报关外大捷的前前后后，在表彰冯子材、王孝祺、苏元春、王德榜、刘永福、唐景崧等人的功劳的同时，也不忘将自己如何谋划运筹的过程叙说了一番。又着重提出收复河内，全驱法人的宏伟构想，请朝廷准予按此执行，大张远威，以申天讨！

不料，事情远不是张之洞想的这么简单顺利。就在关外大捷刚刚获胜的时候，一场以口舌为刀枪的外交谈判便已开始。

究其实，中法的外交会谈，在两国冲突发生之后，就一直没有停止过，主持这件大事的便是有当今中国第一臣之称的李鸿章。

李鸿章治理国家的大计简单地说，对内兴办洋务，徐图自强，对外息事宁人，以夷制夷。在外交上，凡与洋人冲突，他的主张是能和则和，不能和则尽量减少损失，中国自己无法调停，则请别国洋人出面帮助。

面对着与法国人的纠纷，他采取的亦是这个办法。先是签订条约，希望和平解决冲突。不料法国人并不接受这个条约的约束，蓄意挑起更大的战争。李鸿章担心，战争打响之后，中国军队吃亏更大。早在第一次镇南关大战之前，他便委托中国海关税务司驻伦敦办事处的英国人金登干，去巴黎代表清廷与法国政府秘密和谈。法国代表态度强硬，为了赢得谈判桌上的更大筹码，他们发起了这次的再打镇南关之役。孰料遭到惨败，法兰西举国哗然，反对党议员纷纷责难政府，茹费理内阁不能得到议院谅解，引咎辞职。法国代表一改往日的傲慢无理之态，表示愿意全数撤退停留在台湾海峡的舰艇，解除对台湾的封锁，用来换取中国的开放海口允许法国商船出入。李鸿章认为法国能让到这种地步便是和谈的最大成绩了，立即命令金登干在此条约上签字，并电令中国所有在越南北圻的军队立即停战，限期撤退。张之洞的宏伟构思付之流水，他对李鸿章的怨恨又加深了一层。冯子材、刘永福等眼看着到手的功勋而不能建立，更是扼腕叹息，愤愤不已！

自从国门被强行闯开以来，直到清王朝覆灭之前，七十余年间这唯一一次的对外胜仗便这样了结了。它本该以辉煌的句号来结束，却以遗憾无穷的省略号而令人长叹。这真是中华民族诉说不尽的悲哀。

然而，它毕竟是一个胜仗，它使这场战争的最高主帅张之洞赢得朝廷上下一致赞扬，奠定了他日后纵横政坛的厚实基础；它也使这位主帅更加坚定开创一番宏图大业的雄伟信念。同时，它又使得这位名流出身的总督逐渐滋生了舍我其谁天下独尊的倨傲心态。

张之洞在总督衙门举办了一个大型庆功会，除中国官场人员外，还特为邀请法国之外的所有在穗各国领事以及洋商、教会方面的头面人物参加。他向这些平日趾高气扬的洋人绘声绘色地介绍中国军队英勇杀敌的感人场面，着意渲染这次大捷所带来的重大国际影响，使得这些洋人面对美酒佳肴而坐立不安，一个个争先恐后地端起酒杯，向这个身材矮小、模样丑陋的制台大人表示祝贺。辜鸿铭跟在张之洞的身边大出风头。他时而用英语、德语，时而用俄语、日语，流利无误地翻译着，令庆功会上的所有中外宾客惊讶不止。他们在私下议论：张大人从哪里请来了一个这样的翻译奇才！

庆功会结束的时候，七十岁的兵部尚书彭玉麟来到张之洞的身边，激动地说："老弟，我盼望多年的胜仗，终于在你的指挥下打成了，为我们中国人争了脸面。我今天真是太高兴了！”

张之洞开怀大笑：“大司马，我们再来为关外大捷痛饮一杯！”

立时便有一个侍者端来两杯酒，彭玉麟抬起手来轻轻地接住：“我已经喝得太多，不能再喝了，老弟你也不要喝了。酒不能多喝，喝多了头就会晕晕的，忘乎所以。”

张之洞听出了彭玉麟的话中之话，忙说：“大司马说得好，我们不能让关外大捷晕了头。”

“正是这话。”彭玉麟收起笑容肃然说，“关外大捷诚然是一件大喜事，但我今天要特别提醒老弟的是，这场胜仗主要是机缘凑泊，切不可引为常例。我戎马一生，深知真正的胜负之别在于实力的较量。若论实力，我们远远不是法国人的对手，更不要谈美国、英国、德国了。提高实力，这才能使中国永远立于不败之地。”

张之洞点点头说：“大司马所言极是。我也想到这一层了。”

“郑观应过几天就要从南洋回来了，你应当召见他。他是一个很有头脑的人。”

“好！”张之洞立时想起《盛世危言》一书中所说的种种实业救国的举措来，他也很想见见这位识见远在常人之上的商人。“关外的战争结束了，我正要和郑观应谈谈他的救危之策。”

彭玉麟发亮的双眼紧紧盯着张之洞，语重心长地说：“我已经老了，无所作为了，这些年来一直是少荃当家。他虽精力旺盛，雄心勃勃，但年过花甲，岁月不饶人。中国的事情，已经责无旁贷地落在老弟你的肩上，你可要十分清楚地看到这一点啊！”

张之洞凝视着白发苍苍的老英雄，重重地点了点头，好半天，才从牙缝中挤出一句话来：“中国不会只有一个李少荃的！”